DIANA GABALDON
Der Ruf der Trommel

Buch

Eigentlich hat Claire als Ärztin in Boston alles erreicht, was die moderne Zeit ihr bieten kann. Und doch führt die Liebe zu Jamie, dem rebellischen schottischen Clanführer, sie erneut zurück in das 18. Jahrhundert. Unruhige Zeiten hatten Jamie aus seiner Heimat vertrieben. In den Häfen Europas beginnt nun für Claire eine abenteuerliche Suche nach dem Geliebten, die sie schließlich zu ihm und auf ihren eigenen Kontinent zurückführen wird, mitten hinein in die rauhe Welt der ersten Siedler. In den unberührten Bergen von North Carolina ertrotzen sich Claire und Jamie schließlich ein neues Leben fernab der Zivilisation. Doch der Atem der Vergangenheit reicht weit. Denn auch ihre gemeinsame Tochter Brianna ist dem Ruf der Trommel gefolgt ...

Autorin

Die Amerikanerin Diana Gabaldon ist eine vielseitig begabte Frau. Als Honorarprofessorin für Tiefseebiologie und Zoologie sowie als Computerspezialistin arbeitete sie jahrelang an der Northern Arizona University. Mit der Geschichte von Claire Randall und Jamie Fraser hat sie wahres Highland-Fieber ausgelöst – alle ihre Bücher standen in den USA auf sämtlichen Bestsellerlisten und wurden auch in Deutschland zu Lieblingsbüchern von Lesern und Buchhändlern. Diana Gabaldon lebt mit ihrer Familie in Scottsdale, Arizona.

Von Diana Gabaldon ist außerdem erschienen:

Feuer und Stein (Band 1; 35004)
Die geliehene Zeit (Band 2; 35024)
Ferne Ufer (Band 3; 35095)
Dar magische Sternkreis (Kompendium; 35180)

Das flammende Kreuz (Band 5; geb. Ausgabe, 0056)

DIANA GABALDON

DER RUF DER TROMMEL

Roman

Ins Deutsche übertragen
von Barbara Schnell

BLANVALET

Die Originalausgabe erschien unter dem Titel
»Drums of Autumn« bei Delacorte Press,
Random House Inc., New York.

Umwelthinweis:
Alle bedruckten Materialien dieses Taschenbuches
sind chlorfrei und umweltschonend.

Blanvalet Taschenbücher erscheinen im Goldmann Verlag,
einem Unternehmen der Verlagsgruppe Random House.

Sonderausgabe September 2002
Copyright © der Originalausgabe 1997 by Diana Gabaldon
Copyright © der deutschsprachigen Ausgabe 1998
by Blanvalet Verlag, München,
in der Verlagsgruppe Random House GmbH
Umschlaggestaltung: Design Team München
Umschlagmotiv: Raymond D. Yelland
Druck: Elsnerdruck, Berlin
Made in Germany · Titelnummer: 35843
ISBN 3-442-35843-4
www.blanvalet-verlag.de

1 3 5 7 9 10 8 6 4 2

*Es hat sich so ergeben, daß dieses Buch
eine Menge mit Vätern zu tun hat,
daher ist es für meinen Vater, Tony Gabaldon,
der auch gern Geschichten erzählt.*

Prolog

Ich habe mich noch nie vor Gespenstern gefürchtet. Schließlich lebe ich tagaus, tagein mit ihnen. Wenn ich in den Spiegel sehe, blicken mich die Augen meiner Mutter an, und mein Mund kräuselt sich zu dem Lächeln, das meinen Urgroßvater zu dem Schicksal verlockte, aus dem ich wurde.

Nein, wie könnte ich die Berührung dieser vergangenen Hände fürchten, die sich unerkannt in Liebe auf mich legen? Wie könnte ich jene fürchten, die mich geformt, ihre Spuren weit über das Grab hinaus hinterlassen haben?

Noch weniger ängstigen mich die Geister, die im Vorübergehen an meine Gedanken rühren. Jede Bibliothek ist voll von ihnen. Ich nehme ein Buch aus einem verstaubten Regal, und die Gedanken eines Toten suchen mich heim, lebendig wie eh und je in ihrem Leichentuch aus Worten.

Natürlich sind es nicht diese vertrauten Geister des Alltags, die den Schlafenden stören und den Wachenden eiskalt durchfahren. Sieh hinter dich, nimm eine Fackel und leuchte in die dunklen Winkel. Hör auf das Echo der Schritte, das hinter dir erklingt, wenn du allein unterwegs bist.

Unablässig huschen die Geister um uns und durch uns und verbergen sich in der Zukunft. Wir blicken in den Spiegel und sehen die Schatten anderer Gesichter durch die Jahre zurückblicken, wir sehen die Gestalt der Erinnerung, die greifbar in einem verlassenen Durchgang steht. Aus Blutsbanden und freier Wahl erschaffen wir unsere Geister: Wir suchen uns selber heim.

Der Geist taucht immer ungebeten aus dem nebligen Reich der Träume und der Stille auf.

Unser Verstand sagt: »Nein, das ist unmöglich.«

Doch ein anderer Teil, ein älterer Teil klingt stets leise im Dunkel mit: »Ja, aber es könnte sein.«

Unser Ursprung und Ziel sind ein Rätsel, und dazwischen ver-

suchen wir zu vergessen. Doch ab und zu weht in einem stillen Zimmer ein Luftzug mit sanfter Zuneigung durch mein Haar. Ich glaube, es ist meine Mutter.

ERSTER TEIL

O schöne neue Welt

I

Eine Hinrichtung in Eden

Charleston, Juni 1767
Ich hörte die Trommeln, lange bevor sie in Sichtweite kamen. Die Schläge hallten in meiner Magengrube wider, als wäre ich selber hohl. Der Klang breitete sich in der Menge aus, ein harter, militärischer Rhythmus, der dazu gedacht war, jedes Gespräch und selbst Schüsse zu übertönen. Ich sah, wie sich die Köpfe umwandten, während die Menschen verstummten und jenen Abschnitt der East Bay Street entlangblickten, der den Rohbau des neuen Zollhauses mit den White Point Gardens verband.

Es war ein heißer Tag, sogar für Charleston im Juni. Die besten Plätze waren auf dem Hafendamm, wo wenigstens ein Luftzug wehte; hier unten war es, als würde man lebendig gegrillt. Mein Hemd war durchnäßt, und das Baumwollmieder klebte mir zwischen den Brüsten. Zum zehnten Mal in ebenso vielen Minuten wischte ich mir über das Gesicht und hob meinen schweren Haarknoten in der vergeblichen Hoffnung, daß ein Luftzug mir den Hals kühlen würde.

Überhaupt fielen mir im Moment makabererweise Hälse besonders auf. Unauffällig legte ich die Hand an meine Kehle und umspannte sie mit den Fingern. Ich konnte spüren, wie der Puls meiner Halsschlagadern im Takt mit den Trommeln schlug, und beim Atmen verstopfte mir die heiße, feuchte Luft die Kehle, als wäre ich selber dem Ersticken nahe.

Ich zog hastig meine Hand weg und holte Luft, so tief ich konnte. Das war ein Fehler. Der Mann vor mir hatte seit mindestens einem Monat nicht mehr gebadet. Der Rand seiner Halsbinde stand vor Dreck, und seine Kleider rochen säuerlich und muffig und überdeckten sogar den Schweißgeruch der Menge. Aus den Buden, an denen Eßbares verkauft wurde, drang der Geruch von heißem Brot und siedendem Schweinefett und vermischte sich mit dem Moder verfaulenden Seegrases, der aus der Marsch herüberwehte und durch einen salzigen Luftzug vom Hafen her kaum gemildert wurde.

Vor mir reckten ein paar Kinder gaffend die Hälse. Sie rannten zwischen den Eichen und Fächerpalmen hervor, um einen Blick auf die Straße zu werfen und wurden von ihren besorgten Eltern wieder zurückgerufen. Der Hals des Mädchens neben mir erinnerte an den weißen Teil eines Grashalmes, schlank und glänzend.

Ein aufgeregtes Raunen ging durch die Menge: Die Galgenprozession kam am anderen Ende der Straße in Sicht. Die Trommeln wurden lauter.

»Wo ist er?« murmelte Fergus neben mir und reckte ebenfalls den Hals, um etwas zu sehen. »Ich wußte doch, daß ich besser mit ihm gegangen wäre.«

»Er kommt schon noch.« Ich hätte mich am liebsten auf die Zehenspitzen gestellt, ließ es aber bleiben, weil ich es als unpassend empfand. Dennoch blickte ich mich suchend um. Ich konnte Jamie in jeder Menschenmenge ausmachen, denn sein Kopf und seine Schultern überragten die meisten Männer, und in seinem Haar fing sich das Licht in einer rotgoldenen Flamme. Er war noch nicht zu sehen, nur das Meer wogender Hauben und Dreispitze, mit denen sich jene Bürger vor der Hitze schützten, die zu spät gekommen waren, um noch einen Platz im Schatten zu ergattern.

Zuerst kamen die Flaggen. Über den Köpfen der aufgeregten Menge wehten die Banner von Großbritannien und der Kronkolonie South Carolina. Und ein weiteres, das das Wappen des Gouverneurs der Kolonie trug.

Dann kamen die Trommler, in Zweierreihen und im Gleichschritt, und ihre Stöcke wechselten zwischen Schlägen und Wirbeln ab. Es war ein langsamer Marsch, grimmig und unerbittlich. Totenmarsch, so glaubte ich, nannte man diese spezielle Kadenz; sehr passend unter diesen Umständen. Alle anderen Geräusche ertranken im Trommelwirbel.

Dann kam der Zug der rotberockten Soldaten, und in ihrer Mitte die Gefangenen.

Sie waren zu dritt. Man hatte ihnen die Hände vor den Bauch gebunden und sie mit einer Kette aneinandergefesselt, die durch Ringe an ihren Halseisen lief. Der erste war ein kleiner, älterer Mann, zerlumpt und verlottert, ein verfallenes Wrack, und er torkelte und stolperte so sehr, daß sich der dunkelgewandete Geistliche an seiner Seite gezwungen sah, ihn beim Arm zu nehmen, damit er nicht hinfiel.

»Ist das Gavin Hayes? Er sieht schlecht aus«, murmelte ich Fergus zu.

»Er ist betrunken.« Die leise Stimme erklang hinter mir, und ich wirbelte herum. Jamie stand genau hinter mir und hatte die Augen auf die klägliche Prozession gerichtet.

Die Gleichgewichtsstörungen des kleinen Mannes behinderten die Prozession, denn sein Torkeln zwang die beiden an ihn geketteten Männer zu abrupten Kurswechseln, wenn sie auf den Füßen bleiben wollten. Sie erinnerten an drei Betrunkene auf dem Nachhauseweg von der Dorfkneipe, was in drastischem Kontrast zum Ernst der Lage stand. Über die Trommeln hinweg hörte ich Gelächter aufbrausen, und von den schmiedeeisernen Balkonen der East Bay Street erschollen Anfeuerungsrufe.

»Warst du das?« Ich sprach leise, um keine Aufmerksamkeit zu erregen, aber ich hätte auch schreien und mit den Armen rudern können; niemand hatte Augen für irgend etwas anderes als die Szene vor uns.

Ich spürte Jamies Schulterzucken mehr, als daß ich es sah, während er einen Schritt vortrat und sich neben mich stellte.

»Er hat mich darum gebeten«, sagte er. »Es war alles, was ich für ihn tun konnte.«

»Brandy oder Whisky?« fragte Fergus, der Hayes' Erscheinung mit Kennerblick begutachtete.

»Der Mann ist ein Schotte, mein lieber Fergus.« Jamies Stimme war so ruhig wie sein Gesicht, doch ich hörte die leise Anspannung darin. »Er wollte Whisky.«

»Gute Wahl. Mit etwas Glück wird er es nicht einmal merken, wenn sie ihn hängen«, murmelte Fergus. Der kleine Mann war dem Griff des Priesters entschlüpft, auf der sandigen Straße mitten aufs Gesicht gefallen und hatte dabei einen seiner Mitgefangenen auf die Knie heruntergezogen. Der dritte Gefangene, ein hochgewachsener junger Mann, blieb auf den Füßen, schwankte aber wild hin und her, während er mit aller Kraft versuchte, die Balance zu halten. Die Menge auf dem Platz brüllte vor Schadenfreude.

Der Hauptmann der Wache glühte zwischen seiner weißen Perücke und seinem Kragen vor Wut mindestens genauso feuerrot wie von der Sonne. Er bellte einen Befehl, die Trommeln setzten ihr finsteres Rollen fort, und ein Soldat bemühte sich hastig, die Kette zu entfernen, die die Gefangenen aneinanderfesselte. Hayes wurde ohne Umschweife auf die Füße gerissen, an beiden Armen von einem Soldaten ergriffen, und die Prozession nahm ihren Weg wieder auf, diesmal in besserer Ordnung.

Das Gelächter verstummte, als sie das Schafott erreichten, einen von Maultieren gezogenen Karren unter den Ästen einer riesigen

Eiche. Ich spürte das Schlagen der Trommeln durch meine Fußsohlen. Mir war ein bißchen schlecht von der Sonne und den Gerüchen. Das Trommeln endete abrupt, und die Stille summte in meinen Ohren.

»Du mußt es dir nicht ansehen, Sassenach«, flüsterte Jamie mir zu. »Geh zurück zum Wagen.« Seine Augen waren fest auf Hayes gerichtet, der murmelnd im Griff der Soldaten schwankte und sich trübäugig umschaute.

Zusehen war das letzte, was ich wollte. Aber ich konnte Jamie auch nicht dabei im Stich lassen. Er war wegen Gavin Hayes gekommen; ich war seinetwegen gekommen. Ich berührte seine Hand.

»Ich bleibe hier.«

Jamie richtete sich höher auf. Er trat einen Schritt vor und sorgte so dafür, daß er in der Menge gut sichtbar war. Falls Hayes noch nüchtern genug war, um irgend etwas zu sehen, dann wäre das Letzte, was er auf dieser Welt sah, das Gesicht eines Freundes.

Er konnte sehen – Hayes stierte hierhin und dorthin, als sie ihn auf den Karren hoben, und reckte verzweifelnd suchend den Hals.

»*Gabhainn! A charaid!*« rief Jamie plötzlich. Hayes' Blick fand ihn sofort, und er mühte sich nicht länger ab.

Der kleine Mann stand leicht schwankend da, als die Anklage verlesen wurde: Diebstahl in Höhe von sechs Pfund, zehn Schillingen. Er war mit rötlichem Staub bedeckt, und Schweißperlen hingen zitternd in seinen grauen Bartstoppeln. Der Priester beugte sich dicht zu ihm herüber und murmelte drängend in sein Ohr.

Dann setzten die Trommeln in einem gleichmäßigen Wirbel wieder ein. Der Henker führte die Schlinge über den fast kahlen Kopf und zog sie fest. Den Knoten positionierte er präzise unter dem Ohr. Der Hauptmann der Wache stand mit erhobenem Säbel in Habachtstellung.

Plötzlich richtete sich der Verurteilte zu voller Höhe auf. Den Blick auf Jamie gerichtet, öffnete er den Mund, als wollte er etwas sagen.

Der Säbel blitzte in der Morgensonne, und das Trommeln endete mit einem letzten, abgehackten Schlag.

Ich sah Jamie an. Er war kalkweiß und starrte ins Leere. Aus dem Augenwinkel sah ich das ruckende Seil und das schwache, unwillkürliche Zucken des baumelnden Kleiderbündels. Ein scharfer Geruch nach Urin und Fäkalien durchschnitt die dicke Luft.

Neben mir beobachtete Fergus gelassen das Geschehen. »Dann hat er es wohl doch gemerkt«, murmelte er mit Bedauern.

Die Leiche schwang sacht, ein totes Gewicht, das wie ein Senkblei an seiner Schnur baumelte. Aus der Menge erklang ein Seufzer der Verschüchterung und Erleichterung. Seeschwalben kreischten am brennenden Himmel, und entfernte Hafengeräusche durchdrangen gedämpft die schwere Luft, doch der Platz war in Schweigen gehüllt. Von meinem Platz aus konnte ich das leise *Plitsch, Platsch, Plitsch* der Tropfen hören, die vom Zeh der baumelnden Leiche fielen.

Ich hatte Gavin Hayes nicht gekannt, und sein Tod ging mir nicht persönlich nahe, doch ich war froh, daß es schnell gegangen war. Ich warf einen verstohlenen Blick auf ihn und fühlte mich wie ein Störenfried. Es war eine höchst öffentliche Art, einen ganz privaten Akt zu vollbringen, und es machte mich verlegen, ihn anzusehen.

Der Henker hatte seine Sache gut gemacht: Es hatte kein entwürdigendes Gezappel gegeben, keine vorquellenden Augen, keine heraushängende Zunge. Gavins kleiner, runder Kopf war scharf zur Seite geknickt, sein Hals war grotesk in die Länge gezogen, doch sein Genick war glatt gebrochen.

Jemand anders dagegen war derweil ausgebrochen. Nachdem er sich von Hayes' Tod überzeugt hatte, gab der Hauptmann der Wache mit seinem Säbel das Signal, den nächsten Mann zum Galgen zu bringen. Ich sah, wie seine Augen an der rotberockten Kolonne entlangschweiften und sich dann vor Entrüstung weiteten.

Im selben Moment erscholl ein Schrei aus der Menge, und eine Welle der Aufregung breitete sich aus. Köpfe drehten sich, und die Zuschauer drängten gegeneinander, um etwas zu sehen, wo es nichts zu sehen gab.

»Weg ist er!«

»Da ist er!«

»Haltet ihn!«

Es war der dritte Gefangene, der hochgewachsene junge Mann, der den Augenblick von Gavins Tod dazu benutzt hatte, um sein Leben zu rennen. Er hatte sich an der Wache vorbeigeschlichen, die auf ihn hätte aufpassen sollen, sich aber der Faszination des Galgens nicht hatte entziehen können.

Ich sah eine kurze Bewegung hinter einer Bude, ein Aufblitzen ungewaschener, blonder Haare. Einige der Soldaten sahen es ebenfalls und liefen dorthin, doch viele hasteten auch in andere Richtungen, und in der allgemeinen Verwirrung erreichten sie gar nichts.

Der Hauptmann der Wache brüllte mit hochrotem Gesicht, doch seine Stimme war in dem Aufruhr kaum zu hören. Der letzte Gefangene, der ein verblüfftes Gesicht machte, wurde ergriffen und zum

Quartier der Wache zurückverfrachtet, während die Rotröcke hastig begannen, unter der peitschenden Stimme ihres Hauptmanns ordentliche Aufstellung einzunehmen.

Jamie schlang seinen Arm um meine Taille und brachte mich vor einer anrollenden Woge von Menschen in Sicherheit. Soldatentrupps rückten an, formierten sich und marschierten schnellen Schrittes davon, um die Umgebung unter dem grimmigen und zornbebenden Kommando ihres Sergeanten zu durchkämmen, und die Menge wich vor ihnen zurück.

»Wir sollten Ian suchen«, sagte Jamie, während er eine Gruppe aufgeregter Lehrjungen verscheuchte. Er sah Fergus an und deutete auf den Galgen und seine traurige Bürde. »Sag, daß wir die Leiche haben wollen, aye? Wir treffen uns nachher im Willow Tree.«

»Meinst du, sie kriegen ihn?« fragte ich, während wir uns durch das abflauende Gedränge schoben und durch eine kopfsteingepflasterte Gasse zu den Lagerhäusern der Handelsleute gingen.

»Ich denke schon. Wo sollte er denn hin?« Er klang abwesend, und ich sah eine dünne Linie zwischen seinen Augenbrauen. Seine Gedanken waren ganz offensichtlich noch bei dem Toten, und er hatte für die Lebenden nicht viel Aufmerksamkeit übrig.

»Hatte Hayes irgendwelche Verwandten?« fragte ich. Er schüttelte den Kopf.

»Das habe ich ihn auch gefragt, als ich ihm den Whisky brachte. Er meinte, einer seiner Brüder könnte noch leben, hatte aber keine Ahnung, wo. Der Bruder war kurz nach dem Aufstand deportiert worden – nach Virginia, meinte Hayes, hat aber seitdem nie wieder von ihm gehört.«

Kein Wunder – ein Zwangsarbeiter hätte keine Möglichkeit gehabt, mit seinen Verwandten in Schottland in Verbindung zu treten, es sei denn, sein Herr war so großzügig, für ihn einen Brief dorthin zu schicken. Und großzügig oder nicht, es war unwahrscheinlich, daß ein solcher Brief Gavin Hayes erreicht hätte, denn er hatte zehn Jahre im Gefängnis von Ardsmuir verbracht, bevor er ebenfalls deportiert wurde.

»Duncan!« rief Jamie, und ein hochgewachsener, dünner Mann drehte sich um und hob als Erwiderung seine Hand. Er wand sich durch die Menge, wobei er sich die Leute vom Leib hielt, indem er seinen Arm in weitem Bogen schwang.

»Mac Dubh«, sagte er und begrüßte Jamie mit einem Kopfnicken. »Mrs. Claire.« Sein langes, schmales Gesicht war von Traurigkeit durchfurcht. Auch er hatte als Gefangener in Ardsmuir gesessen, zusammen mit Hayes und Jamie. Nur die Tatsache, daß er seinen Arm durch eine Blutvergiftung verloren hatte, hatte verhindert, daß er mit den anderen deportiert wurde. Da man ihn nicht als Arbeiter verkaufen konnte, hatte man ihn begnadigt und dem Hunger überlassen – bis Jamie ihn gefunden hatte.

»Möge der arme Gavin in Frieden ruhen«, sagte Duncan und schüttelte leidvoll den Kopf.

Jamie murmelte eine Antwort auf Gälisch und bekreuzigte sich. Dann richtete er sich auf und schüttelte mit sichtbarer Anstrengung die bedrückende Atmosphäre ab.

»Aye, gut. Ich muß zu den Docks gehen und Ians Überfahrt arrangieren, und dann können wir uns um Gavins Begräbnis kümmern. Aber erst muß ich den Jungen unterbringen.«

Wir kämpften uns durch das Gewühl zu den Docks voran, zwängten uns zwischen Grüppchen aufgeregter Klatschmäuler hindurch und wichen den Fuhrwerken und Handkarren aus, die mit dem behäbigen Gleichmut von Handel und Wandel durchs Gedränge fuhren.

Eine Reihe rotberockter Soldaten kam im Laufschritt vom anderen Ende des Kais und zerteilte die Menge, wie wenn man Essig auf Mayonnaise träufelt. Die Sonne glänzte heiß auf ihren Bayonettspitzen, und der Rhythmus ihres Trotts klang im Lärmen der Menge wie eine gedämpfte Trommel. Sogar die rumpelnden Gespanne und Karren hielten abrupt an, um sie vorbeizulassen.

»Paß auf deine Tasche auf, Sassenach«, murmelte Jamie mir ins Ohr und schob mich durch die enge Lücke zwischen einem turbantragenden Sklaven, der zwei kleine Kinder umklammert hielt, und einem Straßenprediger, der auf einer Kiste thronte. Er schrie Sodom und Gomorrha, aber bei dem Lärm konnte man nur jedes dritte Wort verstehen.

»Ich habe sie zugenäht«, sagte ich und griff trotzdem nach dem kleinen Gewicht, das an meinem Oberschenkel baumelte. »Was ist mit deiner?«

Er grinste und schob seinen Hut hoch. Seine dunkelblauen Augen blinzelten in das gleißende Sonnenlicht.

»Die ist da, wo ich den Sporran tragen würde, wenn ich einen hätte. So lange mir keine Hure mit langen Fingern begegnet, kann mir nichts passieren.«

Ich blickte auf die leicht ausgebeulte Vorderseite seiner Kniehose und sah dann zu ihm hoch. Er war breitschultrig und hochgewachsen, und mit seinen ausgeprägten, kühnen Gesichtszügen und der stolzen Haltung des Highlanders zog er die Blicke aller Frauen auf sich, an denen er vorbeiging – und das, obwohl sein leuchtendes Haar unter einem nüchternen blauen Dreispitz verborgen war. Die Kniehose war eine Leihgabe und viel zu eng, was den allgemeinen Effekt nicht im geringsten minderte – und verstärkt wurde er noch dadurch, daß er selbst sich dessen nicht bewußt war.

»Du bist eine wandelnde Einladung für Huren«, sagte ich. »Bleib in meiner Nähe, ich beschütze dich.«

Er lachte und nahm mich beim Arm, als wir auf einen kleinen, freien Platz hinaustraten.

»Ian!« rief er, als er seinen Neffen über die Köpfe der Menschenmenge hinweg erblickte. Einen Augenblick später tauchte ein hochgewachsener, sehniger Bauernlümmel aus der Menge auf, schob sich ein braunes Haarbüschel aus den Augen und grinste breit.

»Ich dachte schon, ich würd' dich nie finden, Onkel Jamie!« rief er aus. »Himmel, hier gibt's ja mehr Leute als am Lawnmarket in Edinburgh!« Er wischte sich mit dem Hemdsärmel über sein langes, unscheinbares Gesicht und hinterließ einen Schmutzstreifen auf der einen Wange.

Jamie beäugte seinen Neffen mißtrauisch.

»Dein Frohsinn scheint mir ein bißchen fehl am Platz, Ian, wenn man bedenkt, daß du gerade einen Mann hast sterben sehen.«

Ian änderte hastig seine Miene und bemühte sich, den angemessenen Ernst an den Tag zu legen.

»O nein, Onkel Jamie«, sagte er. »Ich war nicht bei der Hinrichtung.« Duncan zog eine Augenbraue hoch, und Ian errötete leicht. »Ich – ich hatte keine Angst zuzuschauen, aber es war so, ich... hatte etwas anderes vor.«

Jamie zeigte die Spur eines Lächelns und klopfte seinem Neffen auf den Rücken.

»Mach dir keine Sorgen, Ian, ich wäre lieber auch nicht dabeigewesen, aber Gavin war nun mal mein Freund.«

»Das weiß ich, Onkel Jamie. Tut mir leid.« Mitgefühl blitzte in den braunen Augen des Jungen auf, das einzige in seinem Gesicht, was man mit Fug und Recht schön nennen konnte. Er sah mich an. »War es schlimm, Tante Claire?«

»Ja«, sagte ich. »Aber es ist vorbei.« Ich zog mir das feuchte Taschentuch aus dem Ausschnitt und stellte mich auf die Zehenspitzen, um ihm den Flecken von der Wange zu wischen.

Duncan Innes schüttelte traurig den Kopf. »Aye, armer Gavin. Aber immer noch ein schnellerer Tod als Verhungern, und etwas anderes wäre ihm kaum übriggeblieben.«

»Laßt uns gehen«, unterbrach Jamie, dem der Sinn nicht nach nutzlosem Lamentieren stand. »Die *Bonnie Mary* dürfte fast am anderen Ende des Kais liegen.« Ich sah, wie Ian Jamie einen Blick zuwarf und sich aufrichtete, als wollte er etwas sagen, doch Jamie hatte sich schon zum Hafen umgedreht und schob sich durch das Gedränge. Ian sah mich an, zuckte die Achseln und bot mir seinen Arm.

Wir folgten Jamie an den Lagerhäusern vorbei, die die Docks säumten, und wichen dabei Matrosen, Trägern, Sklaven, Passagieren, Käufern und Verkäufern aller Art aus.

Charleston war ein bedeutender Hafen, und das Geschäft blühte. In einer Saison sah man dort bis zu hundert Schiffe, die aus Europa eintrafen oder dorthin aufbrachen.

Die *Bonnie Mary* gehörte einem Freund von Jamies Vetter Jared, der nach Frankreich emigriert war, um sich dort als Weinhändler zu versuchen, und ein Vermögen verdient hatte. Mit etwas Glück konnte man vielleicht den Kapitän der *Bonnie Mary* überreden, Ian um Jareds willen mit zurück nach Edinburgh zu nehmen, wenn er dafür als Schiffsjunge arbeitete.

Ian war von dieser Aussicht nicht begeistert, aber Jamie war fest entschlossen, seinen auf Abwege geratenen Neffen bei nächster Gelegenheit nach Schottland zurückzubefördern. Es war unter anderem die Nachricht gewesen, daß die *Bonnie Mary* in Charleston lag, die uns von Georgia hierhergeführt hatte. Dort hatten wir zwei Monate zuvor – zufällig – zum ersten Mal amerikanischen Boden betreten.

Wir kamen an einem Wirtshaus vorbei, und gerade in diesem Moment trat eine schmuddelige Dienstmagd mit einer Schüssel Küchenabfälle nach draußen. Sie erblickte Jamie und hielt inne, setzte die Schüssel auf ihrer Hüfte ab, sah ihn von der Seite an und lächelte ihn mit einem Schmollmund an. Er ging zielstrebig weiter, ohne ihr auch nur einen Blick zu gönnen. Sie warf den Kopf zurück, schüttete dem Schwein, das neben der Schwelle schlief, die Essensreste hin und rauschte wieder hinein.

Er blieb stehen und hielt sich die Hand über die Augen, um an der Reihe der hoch aufragenden Schiffsmasten entlangzusehen. Ich stellte mich neben ihn. Er zupfte unwillkürlich an der Vorderseite seiner engen Kniehose und ich ergriff seinen Arm.

»Familienjuwelen noch in Sicherheit?« murmelte ich.

»Unbequem, aber in Sicherheit«, versicherte er mir. Er rupfte an den Schnüren seines Hosenschlitzes und zog eine Grimasse. »Hätte sie mir aber doch besser in den Hintern gesteckt, glaube ich.«

»Lieber du als ich«, sagte ich lächelnd. »Da riskiere ich es doch lieber, ausgeraubt zu werden.«

Bei den Familienjuwelen handelte es sich tatsächlich um Edelsteine. Ein Hurrikan hatte uns an die Küste von Georgia getrieben, wo wir durchnäßt, zerlumpt und mittellos gestrandet waren – bis auf eine Handvoll großer, wertvoller Edelsteine.

Ich hoffte, daß der Kapitän der *Bonnie Mary* Jared Fraser genügend schätzte, um Ian als Schiffsjungen zu nehmen, denn sonst würde uns die Überfahrt in Schwierigkeiten bringen.

Theoretisch enthielten Jamies und meine Taschen ein beträchtliches Vermögen. Praktisch nutzten uns die Steine nicht mehr als Strandkiesel. Edelsteine waren zwar eine gute Lösung, wenn man Reichtum transportieren wollte, doch war es ein Problem, sie wieder zu Geld zu machen.

Die meisten Geschäfte in den südlichen Kolonien liefen über Tauschhandel ab, und der Rest funktionierte entweder über Interimsscheine oder Wechsel, die auf einen reichen Kaufmann oder Bankier ausgestellt waren. Und reiche Bankiers waren in Georgia nicht gerade dicht gesät, schon gar nicht solche, die daran interessiert waren, ihr verfügbares Kapital in Edelsteinen anzulegen. Der wohlhabende Reisfarmer in Savannah, der uns aufgenommen hatte, hatte uns versichert, er selbst könne keine zwei Pfund Sterling in bar zusammenkratzen – wahrscheinlich existierten in der ganzen Kolonie keine zehn Pfund in Gold oder Silber.

Und natürlich hatte sich auch in den endlosen Marschlandschaften und Kiefernwäldern, durch die wir auf unserem Weg nach Norden gekommen waren, keine Gelegenheit ergeben, einen der Steine zu verkaufen. Charleston war die erste Stadt an unserem Weg, die groß genug war, um Kaufleute und Bankiers zu beherbergen, die uns vielleicht helfen konnten, einen Teil unserer eingefrorenen Vermögenswerte zu liquidieren.

Wobei es eigentlich unwahrscheinlich war, daß in Charleston im Sommer irgend etwas lange gefroren blieb, dachte ich. Der Schweiß lief mir in Rinnsalen den Hals herunter, und das Leinenhemd unter meinem Mieder lag durchnäßt und zerknittert auf meiner Haut. Selbst so nah am Hafen wehte zu dieser Tageszeit kein Wind, und die Gerüche von heißem Teer, totem Fisch und schwitzenden Arbeitern waren nahezu überwältigend.

Trotz ihrer Proteste hatte Jamie darauf bestanden, Mr. und Mrs. Olivier einen unserer Edelsteine als Dank für ihre Gastfreundschaft zu schenken, denn sie waren so großzügig gewesen, uns aufzunehmen, als wir quasi vor ihrer Haustür Schiffbruch erlitten. Dafür hatten sie uns mit einem Wagen, zwei Pferden, frischer Reisekleidung, Proviant für den Weg nach Norden und einem kleinen Geldbetrag ausgestattet.

Davon hatte ich noch sechs Schillinge und drei Pennies in meiner Tasche, die unsere gesamte Barschaft darstellten.

»Da lang, Onkel Jamie«, sagte Ian. Er drehte sich um und gestikulierte seinem Onkel lebhaft zu. »Ich hab' was, was ich dir zeigen muß.«

»Was denn?« fragte Jamie, während er sich seinen Weg durch eine Kette schwitzender Sklaven bahnte, die gerade staubige Blöcke aus getrocknetem Indigo auf ein vor Anker liegendes Frachtschiff verluden. »Und wie bist du daran gekommen, was immer es ist? Du hast doch kein Geld, oder?«

»Nein, ich hab' beim Würfeln gewonnen«, kam Ians Stimme angeweht, während sein Körper von einer Wagenladung Mais verdeckt wurde.

»Beim Würfeln! Ian, um Himmels willen, du kannst dich doch nicht auf Glücksspiele einlassen, wenn du keinen Penny besitzt.« Jamie hielt meinen Arm fest und schob sich durch die Menschenmenge, um seinen Neffen einzuholen.

»Das machst du doch auch dauernd, Onkel Jamie«, wandte der Junge ein und blieb stehen, um auf uns zu warten. »Du hast es in jedem Wirtshaus und jedem Gasthof getan, in dem wir Rast gemacht haben.«

»Mein Gott, Ian, ich habe Karten gespielt, nicht Würfel. Und ich weiß, was ich tue.«

»Ich auch«, sagte Ian und setzte eine überlegene Miene auf. »Ich hab' gewonnen, oder?«

Jamie verdrehte die Augen und flehte um Geduld.

»Himmel, Ian, bin ich vielleicht froh, daß du heimfährst, bevor dir jemand den Schädel einschlägt. Versprich mir, daß du nicht mit den Matrosen spielst, aye? Auf dem Schiff kannst du ihnen nicht entkommen.«

Ian hörte ihm nicht zu. Er war an einem halbzerfallenen Pfosten angekommen, um den ein fester Strick gebunden war. Er blieb stehen, wandte sich uns zu und deutete auf etwas zu seinen Füßen.

»Na? Es ist ein Hund.«

Ich trat schnell hinter Jamie und griff nach seinem Arm

»Ian«, sagte ich. »Das ist kein Hund. Es ist ein Wolf. Es ist ein verdammt *großer* Wolf, und ich finde, du solltest weggehen, bevor er dich in den Hintern beißt.«

Der Wolf stellte nachlässig ein Ohr in meine Richtung auf, befand mich für uninteressant und legte das Ohr wieder an. Vor Hitze hechelnd, saß er da und hielt seine großen, gelben Augen mit einer Intensität auf Ian gerichtet, die jeder, der noch nie einem Wolf begegnet war, für Hingabe gehalten hätte. Ich war schon einmal einem Wolf begegnet.

»Diese Viecher sind gefährlich«, sagte ich. »Sie beißen schneller, als du denkst.«

Jamie ignorierte das und bückte sich, um das Tier in Augenschein zu nehmen.

»Es ist kein richtiger Wolf, oder?« Er klang interessiert und hielt dem sogenannten Hund eine Faust hin, um ihn an seinen Knöcheln schnuppern zu lassen. Ich schloß die Augen und machte mich auf die bevorstehende Amputation seiner Hand gefaßt. Da die Schreie ausblieben, öffnete ich sie wieder und sah, daß er auf dem Boden hockte und dem Tier in die Nasenlöcher schaute.

»Das ist ein Prachtkerl, Ian«, sagte er und kraulte das Vieh vertraulich unter dem Kinn. Die gelben Augen verengten sich leicht, vielleicht, weil das Tier die Aufmerksamkeit genoß, vielleicht aber auch – was ich für wahrscheinlicher hielt – weil es sich schon darauf freute, Jamie die Nase abzubeißen. »Ist aber größer als ein Wolf; hat einen breiteren Kopf und Brustkorb und etwas längere Beine.«

»Seine Mutter war eine Irische Wolfshündin.« Ian kauerte neben Jamie und erklärte begeistert, während er den enormen graubraunen Rücken streichelte. »Sie hat sich in den Wald davongemacht, als sie läufig war, und als sie trächtig zurückkam –«

»Oh, aye, ich verstehe.« Jetzt turtelte Jamie auf Gälisch mit dem Monster, hob seine riesige Pfote hoch und spielte mit seinen behaarten Zehen. Die gebogenen schwarzen Krallen waren gut fünf Zentimeter lang. Das Vieh schloß halb die Augen, und der leichte Luftzug zerzauste ihm die dichten Nackenhaare.

Ich sah zu Duncan hinüber, der die Augenbrauen hochzog, fast unmerklich mit den Achseln zuckte und seufzte. Duncan machte sich nichts aus Hunden.

»Jamie –«, sagte ich.

»*Balach boidheach*«, sagte Jamie zu dem Wolf. »Ja, bist du denn mein Hübscher?«

»Was würde er fressen?« fragte ich, etwas lauter als notwendig.

Jamie hörte auf, das Tier zu liebkosen.

»Oh«, sagte er. Er betrachtete das gelbäugige Vieh mit beträchtlichem Bedauern. »Tja.« Er erhob sich und schüttelte widerstrebend den Kopf.

»Ich fürchte, deine Tante hat recht, Ian. Womit sollen wir ihn füttern?«

»Ach, das ist kein Problem, Onkel Jamie«, versicherte Ian ihm. »Er jagt für sich selbst.«

»Hier?« Ich ließ meinen Blick über die Lagerhäuser und die stuckverzierte Ladenzeile dahinter schweifen. »Was jagt er denn, Kleinkinder?«

Ian sah ein bißchen beleidigt aus.

»Natürlich nicht, Tante Claire. Fische.«

Angesichts der drei skeptischen Gesichter, die ihn umringten, fiel Ian auf die Knie, ergriff die Schnauze des Tieres mit beiden Händen und zog sie auf.

»Ehrlich! Ich schwöre es, Onkel Jamie! Hier, riech mal seinen Atem!«

Jamie bedachte die zur Schau gestellte Doppelreihe eindrucksvoll glänzender Fänge mit einem verzweifelten Blick und rieb sich das Kinn.

»Ich – äh, ich glaube dir, Ian. Aber trotzdem – um Himmels willen, paß auf deine Finger auf, Junge!« Ian hatte seinen Griff gelockert, und die massiven Kiefer schnappten zu und versprühten Speicheltropfen über die Kaimauer.

»Alles in Ordnung, Onkel Jamie«, sagte Ian fröhlich und wischte sich die Hand an seiner Kniehose ab. »Er würde mich nicht beißen, da bin ich mir sicher. Er heißt Rollo.«

Jamie rieb sich mit den Fingerknöcheln über die Oberlippe.

»Mmpf. Tja, egal, wie er heißt und was er frißt, ich glaube nicht, daß der Kapitän der *Bonnie Mary* über seine Anwesenheit im Mannschaftsquartier besonders begeistert wäre.«

Ian sagte nichts, doch der frohe Ausdruck verschwand nicht aus seinem Gesicht. Er wurde eher noch stärker. Jamie sah ihn an, bemerkte sein leuchtendes Gesicht und erstarrte.

»Nein«, sagte er entsetzt. »Oh nein.«

»Doch«, sagte Ian. Ein breites, überglückliches Lächeln breitete sich auf seinem hageren Gesicht aus. »Sie ist vor drei Tagen abgesegelt, Onkel Jamie. Wir sind zu spät gekommen.«

Jamie sagte etwas auf Gälisch, das ich nicht verstand. Duncan machte ein schockiertes Gesicht.

»Verdammt!« sagte Jamie, indem er wieder ins Englische wechselte. »Verflucht noch mal!« Jamie nahm seinen Hut ab und rieb sich fest mit der Hand über das Gesicht. Er sah erhitzt, zerzaust und durch und durch verärgert aus. Er machte den Mund auf, überlegte es sich wieder anders, schluckte das, was er beinahe gesagt hätte, hinunter und fuhr sich mit den Fingern durch die Haare, wobei er das Haarband losriß, das sie zusammenhielt.

Ian machte ein verlegenes Gesicht.

»Tut mir leid, Onkel Jamie. Ich werde versuchen, dir keinen Kummer zu machen, ehrlich. Und ich kann arbeiten, ich werd' genug für mein Essen verdienen.«

Jamies Gesichtsausdruck wurde weicher, als er seinen Neffen ansah. Er seufzte tief und klopfte Ian auf die Schulter.

»Es ist nicht so, daß ich dich nicht dabeihaben möchte, Ian. Du weißt, daß mir nichts lieber wäre, als dich hierzubehalten. Aber was zum Teufel wird deine Mutter sagen?«

Das Leuchten kehrte in Ians Gesicht zurück.

»Ich hab' keine Ahnung, Onkel Jamie«, sagte er. »Aber sie wird es in Schottland sagen, oder? Und wir sind hier.« Er legte seine Arme um Rollo und drückte ihn. Der Wolf schien etwas verwirrt über die Geste, doch einen Augenblick später rollte er seine lange, rosafarbene Zunge aus und leckte Ian genüßlich am Ohr. Eine kleine Kostprobe, dachte ich zynisch.

»Außerdem«, fügte der Junge hinzu, »weiß sie ganz genau, daß ich in Sicherheit bin – du hast ihr aus Georgia geschrieben, daß ich bei dir bin.«

Jamie brachte ein trockenes Lächeln zustande.

»Ich glaube nicht, daß dieses Wissen sie übermäßig beruhigen wird, Ian. Sie kennt mich schon ziemlich lange, aye?«

Er seufzte und klatschte sich den Hut wieder auf den Kopf.

»Ich muß dringend etwas trinken, Sassenach«, sagte er. »Laß uns dieses Wirtshaus suchen.«

Im Willow Tree war es dunkel, und es hätte kühl sein können, wenn weniger Gäste dagewesen wären. Doch die Tische und Bänke waren mit Zaungästen von der Hinrichtung und Seeleuten von den Docks besetzt, und es herrschte eine Atmosphäre wie in einem Dampfbad. Ich holte Luft, als ich in den Schankraum trat, und atmete schnell wieder aus. Es war, als atmete man durch ein Stück biergetränkte Schmutzwäsche.

Rollo stellte unverzüglich seinen Wert unter Beweis und zerteilte die Menge wie das Rote Meer, als er durch den Schankraum schlich, die Zähne zu einem konstanten, lautlosen Knurren entblößt. Kneipen waren ihm offenbar nicht neu. Nachdem er erfolgreich eine Eckbank für uns geräumt hatte, rollte er sich unter dem Tisch zusammen, und es sah so aus, als schliefe er ein.

Jetzt, wo Jamie der Sonne nicht mehr ausgesetzt war und ein großer Zinnkrug mit dunklem Ale sanft schäumend vor ihm stand, erlangte er schnell wieder seine übliche Selbstbeherrschung.

»Wir haben nur zwei Möglichkeiten«, sagte er und strich sich das schweißnasse Haar aus den Schläfen. »Wir können so lange in Charleston bleiben, bis wir vielleicht einen Käufer für einen der Steine finden und wir möglicherweise auf einem anderen Schiff Ians Überfahrt nach Schottland buchen können. Oder wir können uns nach Norden zum Cape Fear durchschlagen und vielleicht in Wilmington oder New Bern ein Schiff für ihn finden.«

»Ich bin für den Norden«, sagte Duncan, ohne zu zögern. »Du hast doch Verwandte in Cape Fear, oder? Mir gefällt die Vorstellung nicht, zu lange unter Fremden zu bleiben. Und deine Verwandtschaft würde dafür sorgen, daß wir nicht übers Ohr gehauen oder ausgeraubt werden. Hier –« Er zog die Schulter zu einer Geste hoch, die alles über die unschottischen – und damit automatisch unehrlichen – Menschen um uns herum sagte.

»Ach ja, laß uns nach Norden gehen, Onkel Jamie!« sagte Ian schnell, bevor Jamie antworten konnte. Er wischte sich mit dem Ärmel einen kleinen Schnurrbart aus Bierschaum ab. »Die Reise könnte gefährlich werden; du brauchst bestimmt einen zusätzlichen Mann zum Schutz, aye?«

Jamie vergrub seine Miene in seinem Becher, aber ich saß nah genug bei ihm, um zu spüren, wie ihn ein Zittern überlief. Jamie hatte seinen Neffen wirklich herzlich gern. Was aber nichts daran änderte, daß Ian zu der Sorte Menschen gehörte, die das Mißgeschick anzieht. Normalerweise konnte er nichts dafür, aber es passierte dennoch einfach immer wieder.

Im Jahr zuvor war der Junge von Piraten entführt worden, und weil wir ihn retten mußten, waren wir auf verschlungenen und oftmals gefährlichen Wegen nach Amerika gekommen. In letzter Zeit war nichts vorgefallen, aber ich wußte, daß Jamie darauf brannte, seinen fünfzehnjährigen Neffen zurück nach Schottland und zu seiner Mutter zu schicken, bevor es dazu kam.

»Äh... um ehrlich zu sein, Ian«, sagte Jamie und senkte seinen Becher. Er achtete sorgfältig darauf, meinem Blick auszuweichen, doch ich sah, wie sein Mundwinkel zuckte. »Du wärst bestimmt eine große Hilfe, aber...«

»Vielleicht treffen wir ja auf Indianer!« sagte Ian mit weit aufgerissenen Augen. Sein Gesicht, das sowieso schon von der Sonne rosigbraun gefärbt war, glühte jetzt rot vor wohliger Vorfreude. »Oder wilde Tiere! Dr. Stern hat mir gesagt, daß die Wildnis von Carolina vor Raubtieren nur so wimmelt – Bären und Wildkatzen und hinterlistige Panther – und große, widerwärtige Bestien, die die Indianer Skunks nennen!«

Ich verschluckte mich an meinem Ale.

»Alles in Ordnung, Tante Claire?« Ian beugte sich besorgt über den Tisch.

»Bestens«, keuchte ich und wischte mir das triefende Gesicht mit meinem Halstuch ab. Ich tupfte mir die verschütteten Biertropfen aus dem Ausschnitt und lüpfte unauffällig den Stoff meines Mieders, um vielleicht etwas Luft hereinzulassen.

Dann sah ich Jamies Gesicht, in dem der Ausdruck unterdrückter Belustigung einem leichten, besorgten Stirnrunzeln gewichen war.

»Skunks sind nicht gefährlich«, murmelte ich und legte eine Hand auf sein Knie. In seiner Heimat, dem schottischen Hochland, war Jamie ein erfahrener Jäger, doch genau deshalb neigte er auch dazu, sich der unbekannten Fauna der Neuen Welt mit Vorsicht zu nähern.

»Mmpf.« Das Stirnrunzeln ließ nach, doch eine schmale Falte blieb zwischen seinen Augenbrauen stehen. »Mag sein, aber was ist mit dem Rest? Ich kann nicht behaupten, daß ich gern einem Bären oder einem Haufen Wilder begegnen würde, wenn ich nur das hier in der Hand habe.« Er berührte das große Messer, das in einer Scheide an seinem Gürtel hing.

Unser Mangel an Waffen hatte Jamie schon in Georgia große Sorgen gemacht, und Ians Bemerkungen über Indianer und wilde Tiere hatten ihm diese Sorge wieder zu Bewußtsein gebracht. Neben Jamie trug nur noch Fergus eine kleinere Klinge, mit der man Stricke zerschneiden und Zweige zu Zunder stutzen konnte. Das war unser ganzes Arsenal – die Oliviers hatten weder Pistolen noch Schwerter entbehren können.

Von Georgia nach Charleston waren wir in Gesellschaft einer Gruppe von Reis- und Indigofarmern gereist – alle bis an die Zähne mit Messern, Pistolen und Musketen bewaffnet –, die ihre Erzeugnisse zum Hafen brachten, von wo aus sie in den Norden, nach Pennsylvania und New York verschifft werden sollten. Wenn wir jetzt nach Cape Fear aufbrachen, würden wir allein sein, unbewaffnet und allem, was aus den dichten Wäldern auftauchen mochte, mehr oder weniger hilflos ausgeliefert.

Gleichzeitig gab es jedoch triftige Gründe, nach Norden zu reisen, und unser Mangel an verfügbarem Kapital war einer davon. Am Cape Fear war die größte Ansiedlung schottischer Highlander in den amerikanischen Kolonien, und es gab dort mehrere Städte, deren Einwohner infolge des Umbruchs nach Culloden während der letzten zwanzig Jahre aus Schottland emigriert waren. Unter diesen Emigranten befanden sich Verwandte von Jamie, und ich wußte, daß sie uns bereitwillig Zuflucht gewähren würden: ein Dach über dem Kopf, ein Bett und Zeit, um in dieser neuen Welt Fuß zu fassen.

Jamie trank noch einen Schluck und nickte Duncan zu.

»Ich kann nur sagen, ich bin deiner Meinung, Duncan.« Er lehnte sich an die Wand und schaute sich unauffällig im Raum um. »Spürst du die Blicke in deinem Rücken nicht?«

Es lief mir kalt den Rücken hinunter, ungeachtet der Schweißtropfen, die sich auf demselben Weg befanden. Duncans Augen weiteten sich um einen Bruchteil und verengten sich dann wieder, doch er drehte sich nicht um.

»Ah«, sagte er.

»Welche Blicke?« fragte ich und sah mich ziemlich nervös um. Mir fiel niemand auf, der uns besonders zu beachten schien, aber vielleicht wurden wir ja verstohlen beobachtet – das Wirtshaus war eine einzige alkoholgetränkte Menschenmenge, und das Stimmengewirr war laut genug, um jede weiter entfernte Unterhaltung zu übertönen.

»Alle möglichen, Sassenach«, antwortete Jamie. Er warf mir einen Seitenblick zu und lächelte. »Jetzt mach nicht so ein ängstliches Gesicht, ja? Wir sind nicht in Gefahr. Hier nicht.«

»Noch nicht«, sagte Innes. Er beugte sich vor, um sich nachzuschenken. »Mac Dubh hat Gavin am Galgen gerufen. Es wird Leute geben, die sich das gemerkt haben – wo doch Mac Dubh so eine unauffällige Erscheinung ist«, fügte er trocken hinzu.

»Und die Bauern, die mit uns aus Georgia gekommen sind, haben ihre Waren inzwischen bestimmt verkauft und erholen sich an Orten wie diesem hier«, sagte Jamie und studierte scheinbar gebannt das Muster auf seinem Becher. »Lauter ehrliche Männer – aber sie werden den Mund nicht halten, Sassenach. Es ist doch eine tolle Geschichte, oder? Die Leute, die vom Hurrikan angeweht wurden. Und wie stehen die Chancen, daß mindestens einer von ihnen ahnt, was wir bei uns tragen?«

»Ich verstehe«, murmelte ich, und so war es auch. Wir hatten öffentliche Aufmerksamkeit erregt, weil wir mit einem Verbrecher in Verbindung standen, also gingen wir nicht länger als unauffällige Reisende durch. Wenn es länger dauerte, einen Käufer zu finden, und das war wahrscheinlich, liefen wir Gefahr, skrupelloses Gesindel zum

Diebstahl einzuladen oder von den englischen Behörden überprüft zu werden. Keine dieser Aussichten war verlockend.

Jamie hob den Becher und tat einen tiefen Zug, dann stellte er ihn mit einem Seufzer hin.

»Nein. Ich denke, es ist wohl nicht klug, hier in der Stadt zu bleiben. Wir sorgen dafür, daß Gavin ordentlich beerdigt wird, und dann suchen wir uns einen sicheren Platz zum Schlafen draußen in den Wäldern. Morgen können wir dann entscheiden, ob wir bleiben oder weiterfahren.«

Der Gedanke, erneut mehrere Nächte in den Wäldern zu verbringen – egal, ob mit oder ohne Skunks – war nicht verlockend. Ich hatte mir seit acht Tagen das Kleid nicht ausgezogen und nur die erreichbaren Körperteile gewaschen, wenn wir an einem Bach gerastet hatten.

Ich hatte mich auf ein richtiges Bett gefreut, selbst wenn es voller Flöhe war, und auf die Gelegenheit, mir den Dreck der letzten Woche abzuschrubben. Doch er hatte recht. Ich seufzte und betrachtete den Saum meines Ärmels, der vom Tragen grau und schmierig war.

Da flog plötzlich die Wirtshaustür auf und riß mich aus meinen Gedanken. Vier rotberockte Soldaten drängten sich in den überfüllten Raum. Sie trugen Uniform, hatten die Bajonette ihrer Musketen aufgepflanzt und waren offensichtlich nicht zum Würfeln oder Trinken hier.

Zwei der Soldaten machten eine schnelle Runde durch den Raum und sahen unter die Tische, während ein anderer in der Küche verschwand. Der vierte blieb als Wache an der Tür stehen und musterte die Menge mit flinken, blassen Augen. Sein Blick traf unseren Tisch und ruhte einen Augenblick spekulierend auf uns, doch dann wanderte er weiter, unablässig auf der Suche.

Jamie war äußerlich ruhig und trank scheinbar unbeirrt sein Ale, doch ich sah, wie sich die Hand in seinem Schoß langsam zur Faust ballte. Duncan, der seine Gefühle weniger im Zaum halten konnte, senkte den Kopf, um seinen Gesichtsausdruck zu verbergen. Keiner von beiden würde die Gegenwart eines Rotrockes jemals ohne Beklommenheit ertragen können, und das aus gutem Grund.

Außer uns schien die Anwesenheit der Soldaten niemanden sonderlich zu beunruhigen. Der kleine Gesangsverein in der Kaminecke setzte seine endlose Version von »Fill Every Glass« fort, und die Kellnerin fing einen lauten Streit mit zwei Lehrlingen an.

Der Soldat kam aus der Küche zurück, offensichtlich ohne etwas gefunden zu haben. Er stapfte mitten durch die Würfelrunde am Kamin und schloß sich dann seinen Kameraden an der Tür wieder an. Just als sich die Soldaten aus der Wirtschaft schoben, quetschte sich Fergus' schmale Gestalt herein und drückte sich gegen den Türpfosten, um den Ellbogen und Musketenkolben auszuweichen.

Ich sah, wie ein Soldat das Blitzen des Metalls bemerkte und interessiert den Haken betrachtete, den Fergus anstelle seiner fehlenden linken Hand trug. Er blickte Fergus scharf an, schulterte dann aber seine Muskete und eilte seinen Kameraden nach.

Fergus schob sich durch die Menge und ließ sich neben Ian auf die Bank fallen. Er sah erhitzt und verärgert aus.

»Blutsaugender *salaud*«, sagte er unvermittelt.

Jamies Augenbrauen gingen in die Höhe.

»Der Priester«, erläuterte Fergus. Er nahm den Becher entgegen, den Ian ihm hinschob, und leerte ihn gierig. Er stellte ihn ab, atmete schwer aus, blinzelte und sah merklich glücklicher aus. Er seufzte und wischte sich den Mund ab.

»Er will zehn Schillinge, wenn er den Mann im Kirchhof beerdigen soll«, sagte er. »Natürlich eine anglikanische Kirche, hier gibt es keine katholischen Kirchen. Der elende Wucherer! Er weiß, daß wir keine Wahl haben. Die Leiche wird sich ja kaum bis zum Sonnenuntergang halten.« Er fuhr mit dem Finger unter seine Halsbinde und zog sich das schweißzerknitterte Baumwolltuch vom Hals, dann knallte er mehrfach die Faust auf den Tisch, um die Aufmerksamkeit der Bedienung zu erregen, die dem Ansturm der Gäste kaum gewachsen war.

»Ich habe dem fetten Schwein gesagt, daß Ihr entscheiden werdet, ob wir das bezahlen oder nicht. Wir könnten ihn schließlich einfach im Wald begraben. Obwohl wir dann einen Spaten kaufen müßten«, fügte er stirnrunzelnd hinzu. »Diese raffgierigen Leute hier wissen, daß wir Fremde sind; sie werden uns bis auf den letzten Penny ausnehmen, wenn sie können.«

Der letzte Penny kam der Wahrheit gefährlich nahe. Ich hatte gerade genug, um hier eine anständige Mahlzeit zu bezahlen und ein paar Lebensmittel für den Weg nach Norden zu kaufen; vielleicht genug für ein paar Übernachtungen. Das war alles. Ich sah, wie Jamie sich rasch umblickte und die Möglichkeit abschätzte, beim Hasard- oder Kartenspiel an ein bißchen Geld zu kommen.

Soldaten und Seeleute boten die besten Voraussetzungen zum Spielen, doch beide Gruppen waren im Schankraum nicht besonders zahlreich vertreten. Wahrscheinlich durchsuchte der Großteil der Garnison immer noch die Stadt nach dem Flüchtling. In einer Ecke vergnügte sich eine kleine Gruppe von Männern lauthals bei mehreren Krügen Brandy. Zwei von ihnen sangen oder versuchten es zumindest, und ihre Bemühungen verursachten große Heiterkeit bei ihren Kameraden. Jamie nickte fast unmerklich bei ihrem Anblick und wandte sich wieder an Fergus.

»Was hast du in der Zwischenzeit mit Gavin gemacht?« fragte Jamie. Fergus zog eine Schulter hoch.

»Ihn in den Wagen gelegt. Ich habe seine Kleider bei einer Lumpenhändlerin gegen ein Leichentuch eingetauscht, und als Teil der Abmachung war sie bereit, ihn zu waschen. Keine Sorge, Milord, er ist vorzeigbar. Noch«, fügte er hinzu und hob den frischen Bierkrug an die Lippen.

»Armer Gavin.« Duncan Innes hob seinen Becher zum Gedenken an den gefallenen Kameraden.

»*Slàinte*«, antwortete Jamie und hob ebenfalls den Becher. Dann stellte er ihn hin und seufzte.

»Er würde nicht wollen, daß man ihn im Wald beerdigt«, sagte er.

»Warum nicht?« fragte ich neugierig. »Ich kann mir nicht vorstellen, daß es eine Rolle für ihn spielt, so oder so.«

»O nein, das dürfen wir nicht, Mrs. Claire.« Duncan schüttelte energisch den Kopf. Duncan war normalerweise ein sehr zurückhaltender Mann, und ich war überrascht, daß er so viel Gefühl zeigte.

»Er hatte Angst im Dunkeln«, sagte Jamie leise. Ich starrte ihn an, und er lächelte mich schief an. »Ich hab' mit Gavin Hayes fast so lange zusammengelebt, wie mit dir, Sassenach – und auf sehr viel engerem Raum. Ich habe ihn gut gekannt.«

»Aye, er hatte Angst davor, im Dunkeln allein zu sein«, fiel Duncan ein. »Er hatte eine höllische Angst vor den *tannagach* – vor Geistern, aye?«

Der Ausdruck seines langen, kummervollen Gesichtes war nach innen gewandt, und ich wußte, daß er in Gedanken die Gefängniszelle vor sich sah, die er und Jamie drei Jahre lang mit Gavin Hayes geteilt hatten – und mit vierzig anderen Männern. »Erinnerst du dich, Mac Dubh, wie er uns eines Nachts von dem *tannasq* erzählt hat, dem er begegnet ist?«

»O ja, Duncan, und ich wünschte, ich hätte es vergessen.« Jamie erschauerte trotz der Hitze. »Ich habe die halbe Nacht wachgelegen, nachdem er uns die Geschichte erzählt hatte.«

»Wie ging sie denn, Onkel Jamie?« Ian beugte sich mit großen Augen über sein Ale. Seine Wangen waren gerötet und schweißnaß, seine Halsbinde zerknittert vor Feuchtigkeit.

Jamie rieb sich den Mund und überlegte.

»Ah. Nun, es war eines Abends im kalten Spätherbst in den Highlands, um die Zeit, wenn die Jahreszeit wechselt und die Luft einem verrät, daß der Boden am nächsten Morgen mit Reif überzogen sein wird«, sagte er. Er machte es sich auf seinem Sitz bequem und lehnte sich zurück, den Bierkrug in der Hand. Er lächelte ironisch und zupfte sich am Hals. »Nicht so wie jetzt, aye? Also, Gavins Sohn trieb an dem Abend die Kühe heim, aber eine fehlte – der Junge hatte sämtliche Hügel und Senken abgesucht, konnte sie aber nirgends finden. Also ließ Gavin den Jungen die beiden anderen melken und zog selber los, um die verlorene Kuh zu suchen.«

Er drehte den Zinnbecher langsam zwischen seinen Händen und starrte in das dunkle Ale, als sähe er darin die nachtschwarzen schottischen Gipfel und den Nebel, der durch die herbstlichen Täler schwebte.

»Er lief ein ganzes Stück, und die Kate hinter ihm verschwand. Als er sich umsah, konnte er das Licht im Fenster nicht mehr sehen, und um ihn war nichts als das Heulen des Windes. Es war kalt, aber er ging weiter, stapfte durch Heide und Morast, und unter seinen Stiefeln hörte er Eis brechen.

Er sah einen kleinen Hain im Nebel, und weil er dachte, die Kuh hätte vielleicht unter den Bäumen Schutz gesucht, ging er dorthin. Er sagte, es waren kahle Birken, doch ihre Zweige waren so zusammengewachsen, daß er sich bücken mußte, um darunter durchzupassen.

Er trat in den Hain und sah, daß es gar keiner war, sondern ein Kreis von Bäumen. Sehr große Bäume standen in regelmäßigen Abständen um ihn herum, und kleinere Schößlinge wuchsen dazwischen und bildeten eine Wand aus Zweigen. Und in der Mitte des Kreises war ein Hügelgrab.«

Trotz der Hitze in der Wirtschaft fühlte ich mich doch, als sei mir ein Eissplitter an der Wirbelsäule heruntergeglitten. Ich hatte in den Highlands solche uralten Hügelgräber gesehen und fand sie schon bei Tageslicht unheimlich genug.

Jamie trank einen Schluck Ale und wischte sich einen Schweißtropfen weg, der ihm die Schläfe herunterlief.

»Er fühlte sich ziemlich merkwürdig, unser Gavin. Denn er kannte die Stelle – jeder kannte sie und hielt sich von ihr fern. Es war seltsam dort. Und in der Kälte und Dunkelheit kam es ihm noch schlimmer vor als bei Tageslicht. Es war ein altes Hügelgrab mit einem Fundament aus großen Felsplatten, auf die man Steine gehäuft hatte, und vor sich sah er die schwarze Öffnung der Grabkammer.

Er wußte, daß man diesen Ort auf keinen Fall betreten sollte, vor allem nicht ohne Amulett. Gavin trug nur ein Holzkreuz um den Hals. Also bekreuzigte er sich damit und wandte sich zum Gehen.«

Jamie hielt inne und trank einen Schluck Ale.

»Doch als Gavin aus dem Hain heraustrat«, sagte er leise, »hörte er hinter sich Schritte.«

Ich sah, wie sich der Adamsapfel in Ians Kehle auf und ab bewegte. Er griff mechanisch nach seinem Becher, die Augen gebannt auf seinen Onkel gerichtet.

»Er blickte nicht hinter sich«, fuhr Jamie fort, »sondern ging weiter. Und die Schritte hielten mit ihm mit, Schritt für Schritt folgten sie ihm. Dann kam er im Torfmoor an eine Stelle, wo Wasser hochquoll, und weil es so kalt war, war dort eine Eiskruste. Er hörte den Torf unter seinen Füßen knacken und hinter sich das Krack! Krack! zerbrechenden Eises.

Er ging weiter und weiter durch die kalte, dunkle Nacht und hielt Ausschau nach dem Licht der Kerze, die seine Frau ins Fenster gestellt hatte. Aber das Licht zeigte sich nicht, und er begann zu befürchten, daß er sich in der Heide und den dunklen Hügeln verlaufen hatte. Und die ganze Zeit hielten die Schritte mit ihm mit und hallten in seinen Ohren.

Schließlich hielt er es nicht mehr aus, ergriff das Kreuz um seinen Hals und schwang sich mit einem lauten Schrei herum, um sich dem Verfolger – wer immer es war – zu stellen.«

»Was hat er gesehen?« Ians Pupillen waren geweitet, dunkel vom Alkohol und vor Staunen. Jamie sah den Jungen an und nickte dann Duncan zu, den Faden der Geschichte aufzunehmen.

»Er sagte, es war eine Gestalt wie ein Mann, nur ohne Körper«, sagte Duncan ruhig. »Ganz weiß, als wäre sie aus Nebel gemacht. Aber mit Riesenlöchern, wo die Augen hätten sein sollen, schwarz und leer, so daß es ihm vor Schrecken fast die Seele aus dem Leib zog.«

»Aber Gavin hielt sich das Kreuz vors Gesicht und betete laut zur Jungfrau Maria.« Jamie übernahm wieder, konzentriert nach vorn gebeugt, und der gedämpfte Feuerschein umrandete sein Profil mit Gold. »Und das Wesen kam nicht näher, sondern blieb, wo es war, und beobachtete ihn.

Und so begann er, rückwärts zu gehen, weil er sich nicht traute, sich wieder umzudrehen. Er ging rückwärts, stolperte und rutschte aus, fürchtete, er könnte jeden Moment in einen Bach oder von einem Abhang stürzen und sich den Hals brechen, doch er fürchtete sich noch mehr davor, dem kalten Wesen den Rücken zuzukehren.

Er konnte nicht sagen, wie lange er so gegangen war, nur, daß seine Beine vor Schwäche zitterten, als er endlich ein Licht im Nebel erblickte, und das war seine Kate mit der Kerze im Fenster. Er tat einen Freudenschrei und wandte sich der Tür zu, aber das kalte Wesen war schneller und schlüpfte an ihm vorbei, um sich zwischen ihn und die Tür zu stellen.

Seine Frau hatte nach ihm Ausschau gehalten, und als sie seinen Schrei hörte, kam sie sofort an die Tür. Gavin rief ihr zu, sie sollte nicht herauskommen, sondern um Himmels willen ein Amulett gegen den *tannasq* holen. Blitzschnell zog sie den Nachttopf unter ihrem Bett hervor und griff nach einem Myrtenzweig, den sie mit rotem und schwarzem Garn umwunden hatte, um die Kühe zu segnen. Sie bespritzte die Türpfosten mit Wasser, und das kalte Wesen sprang in die Höhe und hängte sich rittlings über den Türsturz. Gavin huschte hinein, verriegelte die Tür und verharrte drinnen in den Armen seiner Frau bis zur Morgendämmerung. Sie ließen die ganze Nacht die Kerze brennen, und Gavin Hayes hat nie wieder nach Sonnenuntergang sein Haus verlassen – bis er für Prinz Tscharlach in den Kampf gezogen ist.«

Selbst Duncan, der die Geschichte kannte, seufzte, als Jamie zum Ende kam. Ian bekreuzigte sich und sah sich dann befangen um, doch niemand schien es beachtet zu haben.

»Jetzt ist Gavin also in die Dunkelheit gegangen«, sagte Jamie leise. »Aber wir werden nicht zulassen, daß er in ungeweihtem Boden liegt.«

»Haben sie die Kuh gefunden?« fragte Fergus mit seinem üblichen Sinn fürs Praktische. Jamie deutete auf Duncan, der antwortete.

»Oh, aye, das haben sie. Am nächsten Morgen fanden sie das arme Vieh, die Hufe voll Schlamm und Steinen, mit wildem Blick und Schaum vor dem Maul, und ihre Flanken hoben und senkten sich, als wollten sie bersten.« Er ließ den Blick von mir zu Ian und zurück zu Fergus schweifen. »Gavin meinte«, sagte er präzise, »sie sah aus, als hätte man sie zur Hölle und zurück geritten.«

»Himmel.« Ian trank einen tiefen Zug Ale, und ich folgte seinem Beispiel. Der betrunkene Gesangsverein in der Ecke versuchte sich an »Captain Thunder« und brach jedesmal hilflos lachend ab.

Ian stellte seinen Becher auf den Tisch.

»Was ist aus ihnen geworden?« fragte er mit betroffenem Gesicht. »Aus Gavins Frau und seinem Sohn?«

Jamies Blick suchte den meinen, und seine Hand berührte meinen Oberschenkel. Auch ohne daß man es mir sagte, wußte ich, was aus der Familie Hayes geworden war. Ohne Jamies Mut und Unnachgiebigkeit wäre mir und Brianna wahrscheinlich dasselbe widerfahren.

»Gavin hat es nie herausgefunden«, sagte Jamie ruhig. »Er hat nie wieder von seiner Frau gehört – sie wird wohl verhungert sein, oder man hat sie dem Kältetod überlassen. Sein Sohn hat in Culloden an seiner Seite gestanden. Jedesmal, wenn ein Mann, der dort gekämpft hatte, zu uns in die Zelle kam, fragte Gavin ihn: ›Hast du vielleicht einen mutigen Jungen namens Archie Hayes gesehen, ungefähr so groß?‹« Er ahmte unwillkürlich Hayes' Geste nach und nahm etwa anderthalb Meter vom Boden Maß. »›Um die vierzehn‹, sagte er dann, ›mit einem grünen Plaid und einer kleinen, vergoldeten Brosche.‹ Aber es kam nie einer, der ihn mit Gewißheit erkannt hatte – und hätte sagen können, ob er gefallen oder entkommen war.«

Jamie trank einen Schluck Ale und richtete den Blick auf zwei britische Offiziere, die hereingekommen waren und es sich in der Ecke gemütlich gemacht hatten. Draußen war es dunkel geworden, und sie waren ganz offensichtlich nicht im Dienst. In dieser Hitze standen ihre Lederkrägen offen, und sie trugen nur Seitenwaffen, die unter ihren Röcken glänzten. Im gedämpften Licht erschienen sie fast schwarz, bis auf die Stellen, wo der Feuerschein sie in Rot tauchte.

»Manchmal hoffte er, man hätte den Jungen festgenommen und deportiert«, sagte er. »Wie seinen Bruder.«

»Aber das müßte doch in den Unterlagen stehen?« sagte ich. »Wurden – werden – Register geführt?«

»Ja«, sagte Jamie, der immer noch die Soldaten beobachtete. Der Anflug eines bitteren Lächelns erschien in seinem Mundwinkel. »Es war schließlich eine solche Liste, die mich gerettet hat, nach Culloden, als sie mich vor dem Erschießen nach meinem Namen fragten, um ihn in ihr Register einzutragen. Aber für einen Mann wie Gavin hätte es keine Möglichkeit gegeben, die Totenregister der Engländer einzusehen. Und selbst wenn er es hätte herausfinden können, glaube ich nicht, daß er es getan hätte.« Er sah mich an. »Würdest du es wissen wollen, wenn es dein Kind wäre?«

Ich schüttelte den Kopf, und er lächelte mich leise an und drückte meine Hand. Unser Kind war in Sicherheit. Er hob seinen Becher und leerte ihn, dann winkte er der Bedienung.

Das Mädchen brachte unser Essen und machte einen weiten Bogen, um Rollo auszuweichen. Der Hund lag bewegungslos unter dem Tisch, sein Kopf ragte in den Raum und sein langer, behaarter Schwanz hing schwer über meinen Füßen, doch seine gelben Augen waren weit geöffnet, und ihnen entging nichts. Sie folgten dem Mädchen gebannt, und sie wich nervös zurück, ohne ihn aus den Augen zu lassen, bis sie sicher außer Bißweite war.

Jamie sah das und warf dem sogenannten Hund einen skeptischen Blick zu.

»Hat er Hunger? Muß ich ihm einen Fisch bestellen?«

»O nein, Onkel Jamie«, versicherte Ian. »Rollo fängt sich seine Fische selbst.«

Jamies Augenbrauen schnellten in die Höhe, doch er nickte nur und nahm sich mit einem wachsamen Blick auf Rollo einen Teller mit Brathuhn vom Tablett.

»Ach, was für eine Schande.« Duncan Innes war inzwischen völlig betrunken. Er saß zusammengesunken an der Wand und hielt die armlose Schulter höher als die andere, was ihm das seltsame Aussehen eines Buckligen gab. »Daß ein anständiger Mann wie Gavin ein solches Ende finden mußte!« Er schüttelte tieftraurig den Kopf und ließ ihn über dem Alebecher hin- und herschwingen wie den Klöppel einer Totenglocke.

»Keine Familie, die ihn betrauern könnte, allein in einem fremden Land gestrandet – wie ein Verbrecher gehängt und um ein Haar in ungeweihter Erde vergraben. Und jetzt bekommt er nicht einmal ein ordentliches *caithris*!« Er hob den Becher und fand unter Schwierigkeiten seinen Mund. Er trank in tiefen Zügen und stellte ihn mit einem gedämpften Geräusch ab.

»Was soll's, wir *werden* die Totenklage halten!« Er funkelte Jamie, Fergus und Ian herausfordernd an. »Warum nicht?«

Jamie war nicht betrunken, doch er war auch nicht mehr völlig nüchtern. Er grinste Duncan an und hob seinen eigenen Becher zum Salut.

»Warum nicht, genau«, sagte er. »Du wirst aber singen müssen, Duncan. Keiner von den anderen hat Gavin gekannt, und ich kann nicht singen. Ich kann aber mitbrüllen.«

Duncan nickte gebieterisch und sah uns mit blutunterlaufenen Augen an. Ohne Vorwarnung warf er den Kopf zurück und gab ein furchtbares Geheul von sich. Ich fuhr auf meinem Sitz zusammen und verschüttete einen halben Becher Ale in meinem Schoß. Ian und Fergus, die offenbar schon öfter gälische Totenklagen gehört hatten, verzogen keine Miene.

Überall im ganzen Raum wurden Bänke gerückt, als die Männer alarmiert aufsprangen und nach ihren Pistolen griffen. Die Bedienung lehnte sich mit großen Augen aus der Küchendurchreiche. Rollo erwachte mit einem empörten »*Wuff!*« und starrte mit gefletschten Zähnen wild um sich.

»*Tha sinn cruinn a chaoidh ar caraid, Gabhainn Hayes*«, donnerte Duncans rauher Bariton. Ich verstand gerade genug Gälisch, um das zu übersetzen. »Wir haben uns zusammengefunden, um zu weinen und dem Himmel den Verlust unseres Freundes Gavin Hayes zu klagen!«

»*Èisd ris!*«, stimmte Jamie ein.

»*Rugadh e do Sheumas Immanuel Hayes agus Louisa N'ic a Liallain an am baile Chill-Mhartainn, ann an sgire Dhun Domhnuill, anns a bhliadhnaseachd ceud deug agus a haon!*« Er wurde geboren als Sohn von James Emmanuel Hayes und Louisa Maclellan, im Dorf Kilmartin im Pfarrbezirk Dodanil, im Jahr unseres Herrn siebzehnhundertundeins!

»*Èisd ris!*« Diesmal fielen Fergus und Ian in den Refrain ein, den ich mir in etwa mit »Hört ihn an!« übersetzte.

Rollo schien weder Strophe noch Refrain übermäßig zu gefallen. Er hatte seine Ohren flach an den Schädel gepreßt und die gelben Augen zu Schlitzen verengt. Ian kratzte ihn beruhigend am Kopf, und er legte sich wieder hin und brummte Wolfsflüche vor sich hin.

Da das Publikum begriff, daß keine Gewalt drohte und ihm die minderwertige Stimmakrobatik der betrunkenen Sänger in der Ecke wohl sowieso langweilig geworden war, ließ es sich gemütlich nieder, um die Darbietung zu genießen. Als Duncan so weit gediehen war, daß er die Namen der Schafe aufzählte, die Gavin Hayes besessen hatte, bevor er seine Kate verlassen hatte, um seinem Herrn nach Culloden zu folgen, sangen viele der Gäste an den umliegenden Tischen begeistert den Refrain mit, brüllten »*Èisd ris!*«, knallten ihre Becher auf den Tisch – und hatten glücklicherweise keine Ahnung, wovon eigentlich die Rede war.

Betrunkener denn je fixierte Duncan die Soldaten am Nebentisch mit haßerfülltem Blick, während ihm der Schweiß über das Gesicht lief.

»*A Shasunnaich na galladh, 's olc a thig e dhuibh fanaid air bàs gasgaich. Gun toireadh an diabhul fhein leis anns a bhàs sibh, direach di Fhirinn!*« Hinterlistige Sassenach-Hunde, die totes Fleisch essen! Übel steht es euch an, euch über den Tod eines beherzten Mannes zu freuen! Möge der Teufel selbst in eurer Todesstunde über euch kommen und euch zur Hölle befördern!

An diesem Punkt wurde Ian etwas blaß, und Jamie warf Duncan einen scharfen Blick zu, doch beide brüllten tapfer »*Èisd ris!*« mit dem Rest der Menge.

Einer Eingebung folgend, stand Fergus auf und ließ seinen Hut herumgehen, und außer sich vom Bier und vor Begeisterung, zahlten die Leute fröhlich Kupferstücke dafür, daß sie über sich selbst herziehen durften.

Mein Kopf vertrug nicht weniger als so mancher Männerschädel, doch meine Blase war viel kleiner. Da mir vor Krach, dicker Luft und Alkohol ganz schwindelig war, erhob ich mich und bahnte mir vorsichtig einen Weg hinter dem Tisch hervor, durch das Gedränge und hinaus in die frische Luft des frühen Abends.

Es war immer noch heiß und drückend, obwohl die Sonne schon lange untergegangen war. Aber hier draußen gab es viel mehr Luft und viel weniger Leute, die sie teilten.

Nachdem ich meinem inneren Druck Erleichterung verschafft hatte, setzte ich mich mit meinem Zinnbecher auf den Hackklotz des Wirtshauses und holte tief Luft. Die Nacht war klar, und ein leuchtender Halbmond lugte silbern über den Hafenrand. Unser Wagen stand in der Nähe, nur ein Umriß im Licht der Kneipenfenster. Gavin Hayes' ordentlich eingewickelte Leiche lag wohl darin. Ich hoffte, daß ihm sein *caithris* Freude gemacht hatte.

Drinnen war Duncans Gesang verstummt. Zitternd vom Alkohol, aber dennoch wohlklingend sang jetzt eine klare Tenorstimme eine vertraute Melodie, die trotz des Stimmengewirrs gut zu hören war.

> »*To Anacreon in heav'n, where he sat in full glee,*
> *A few sons of harmony sent a petition,*
> *That he their inspirer and patron would be!*
> *When this answer arrived from the jolly old Grecian:*
> ›*Voice, fiddle, and flute,*
> *No longer be mute!*
> *I'll lend you my name and inspire you to boot.*‹«

Bei »voice, fiddle and flute« schwankte die Stimme des Sängers gefährlich, doch er sang trotz des Gelächters aus dem Publikum tapfer weiter. Ich lächelte ironisch vor mich hin, als er bei den beiden letzten Zeilen des ausgelassenen Trinkliedes angelangte:

> »›*And, besides, I'll instruct you like me to entwine,*
> *The Myrtle of Venus with Bacchus's vine!*‹«

Ich hob meinen Becher in Richtung des Leichenwagens und wiederholte leise die Melodie der letzten Zeilen des Sängers. Doch ich wählte den anderen Text, ohne mich daran zu stören, daß weder das Amerika mit dem »sternenbesäten Banner« noch der Text seiner Nationalhymne zu diesem Zeitpunkt schon existierte:

>»Oh, say, does that star-spangled banner yet wave
O'er the land of the free and the home of the brave?‹«

Ich leerte meinen Becher. Dann saß ich still da und wartete, bis die Männer herauskamen.

2

In welchem Kapitel wir einem Geist begegnen

»Zehn, elf, zwölf... und zwei, und sechs... ein Pfund, acht Schillinge, Sixpence, zwei Farthings!« Fergus ließ die letzte Münze feierlich in den Stoffbeutel fallen, zog ihn zu und reichte ihn Jamie. »Und drei Knöpfe«, fügte er hinzu, »aber die habe ich behalten«. Er klopfte sich auf seinen Rock.

»Hast du bei dem Wirt unser Essen bezahlt?« fragte mich Jamie und prüfte das Gewicht des kleinen Beutels.

»Ja«, versicherte ich ihm. »Ich habe noch vier Schillinge und Sixpence, dazu das, was Fergus gesammelt hat.«

Fergus lächelte bescheiden, und seine weißen Zähne blitzten in dem schwachen Licht, das aus dem Kneipenfenster fiel.

»Dann haben wir ja das Geld, das wir für die Beerdigung brauchen«, sagte er. »Bringen wir Monsieur Hayes jetzt zu dem Priester, oder warten wir bis morgen?«

Jamie blickte stirnrunzelnd zum Wagen hinüber, der still am Rand des Kneipenhofs stand.

»Ich glaube nicht, daß der Priester um diese Zeit noch wach ist«, sagte er mit einem Blick auf den aufgehenden Mond. »Aber...«

»Ich würde ihn lieber nicht mitnehmen«, sagte ich. »Nichts für ungut«, fügte ich mit einem entschuldigenden Blick auf den Wagen hinzu. »Aber wenn wir draußen im Wald schlafen, dann wird der... äh... Geruch...« Es war noch nicht überwältigend, aber sobald man den Rauchgeruch des Wirtshauses hinter sich ließ, nahm man in der Nähe des Wagens einen deutlichen Geruch wahr. Es war kein sanfter Tod gewesen, und wir hatten einen heißen Tag gehabt.

»Tante Claire hat recht«, sagte Ian, und fuhr sich unauffällig mit den Knöcheln unter der Nase entlang. »Wir wollen keine wilden Tiere anlocken.«

»Aber wir können Gavin doch nicht hierlassen!« protestierte Duncan, empört bei dem Gedanken. »Was, ihn hier am Eingang der Wirtschaft in seinem Leichentuch liegenlassen wie ein Findelkind in Windeln?« Er schwankte alarmierend, denn der Alkoholkonsum beeinträchtigte sein ohnehin schon empfindliches Gleichgewicht.

Im Licht des Mondes, der weiß auf sein messerscharfes Nasenbein schien, sah ich Jamies breiten Mund vor Belustigung zucken.

»Nein«, sagte er. »Wir lassen ihn nicht hier.« Er warf den kleinen Beutel mit einem leisen Klimpern von einer Hand in die andere und steckte ihn dann in die Rocktasche. Er hatte einen Entschluß gefaßt.

»Wir begraben ihn selbst«, sagte er. »Fergus, kannst du da drüben in den Stall gehen und schauen, ob du sehr billig einen Spaten kaufen kannst?«

Der kurze Weg durch die stillen Straßen von Charleston zur Kirche verlief ein bißchen weniger würdevoll als bei einem Leichenzug üblich, was unter anderem daran lag, daß Duncan darauf bestand, den Zug mit den interessantesten Passagen seines Trauergesanges zu begleiten.

Jamie fuhr langsam und rief ab und zu den Pferden ein paar anfeuernde Worte zu; Duncan stolperte heiser singend neben dem Gespann her und klammerte sich an das Halfter des einen Pferdes, während Ian das andere festhielt, damit es nicht durchging. Fergus hatte den neu erstandenen Spaten geschultert und prophezeite düster, daß wir noch die Nacht im Gefängnis verbringen müßten, weil wir die nächtliche Ruhe von Charleston gestört hatten.

Doch die Kirche stand in einer ruhigen Straße in einigem Abstand vom nächsten Haus. Das war gut, denn wir wollten ja keine Aufmerksamkeit erregen, doch es bedeutete auch, daß der Kirchhof beängstigend dunkel war und weder von Kerze noch Fackel erleuchtet wurde.

Große Magnolienbäume streckten ihre Äste über das Tor, ihre ledrigen Blätter schlaff vor Hitze, und eine Reihe Kiefern, die tagsüber Schatten und Zuflucht bieten sollte, schloß nachts auch die letzte Spur von Mond- und Sternenschein aus, so daß der Kirchhof in das Schwarz... nun, einer Grabkammer getaucht war.

Wenn man durch diese Luft ging, war es, als schöbe man Vorhänge aus schwarzem Samt beiseite, die durchdringend nach dem Terpentin der sonnenerhitzten Kiefern dufteten: lauter erdrückende Duftwolken. Nichts hätte der kalten Klarheit der Highlands unähnlicher sein können als diese drückende Atmosphäre des Südens. Dennoch – am Fuß der dunklen Ziegelmauern hingen schwache Nebelschwaden, und ich wünschte mir, Jamie hätte die Geschichte vom *tannasq* nicht ganz so farbenfroh erzählt.

»Wir suchen uns eine Stelle. Bleib hier und halt die Pferde, Duncan.« Jamie glitt von der Sitzbank des Wagens und nahm mich beim Arm.

»Vielleicht finden wir ein schönes Plätzchen an der Mauer«, sagte er und führte mich zum Tor. »Ian und ich graben, während du das Licht hältst, und Fergus kann Wache stehen.«

»Was ist mit Duncan?« fragte ich und sah zurück. »Alles in Ordnung mit ihm?« Der Schotte war unsichtbar, sein großer, dürrer Körper war mit dem größeren Fleck verschmolzen, der die Pferde und den Wagen andeutete, doch man konnte ihn immer noch deutlich hören.

»Er ist unser Zeremonienmeister«, sagte Jamie mit der Spur eines Lächelns in der Stimme. »Paß auf deinen Kopf auf, Sassenach.« Ich duckte mich automatisch unter einem tiefhängenden Magnolienzweig durch. Ich wußte nicht, ob Jamie wirklich im Dunkeln sehen konnte oder ob er die Hindernisse nur instinktiv erspürte, jedenfalls hatte ich ihn noch nie stolpern sehen, egal, wie dunkel es um ihn herum war.

»Meinst du nicht, daß ein frisches Grab den Leuten auffallen wird?« Es war doch nicht völlig schwarz auf dem Kirchhof; nachdem ich einmal aus dem Dunkel der Magnolien getreten war, konnte ich die verschwommenen Formen von Grabsteinen ausmachen, schattenhaft, aber unheimlich in der Dunkelheit. Ein schwacher Nebel stieg aus dem dichten Gras an ihrem Sockel auf.

Meine Fußsohlen prickelten, als wir uns vorsichtig einen Weg zwischen den Steinen bahnten. Mir war, als schlügen mir von unten unsichtbare Wellen des Tadels über unser unschickliches Eindringen entgegen. Ich stieß mir das Schienbein an einem Grabstein und biß mir auf die Lippen, weil ich das Bedürfnis unterdrücken mußte, mich bei seinem Eigentümer zu entschuldigen.

»Kann schon sein.« Jamie ließ meinen Arm los, um in seinem Rock herumzukramen. »Aber wenn der Priester Geld dafür haben wollte, Gavin zu beerdigen, wird er sich kaum die Mühe machen, ihn umsonst wieder auszugraben, aye?«

Ian jagte mir einen Schrecken ein, indem er aus dem Nichts neben mir auftauchte.

»An der Nordmauer ist noch Platz, Onkel Jamie«, sagte er leise, obwohl es offensichtlich war, daß niemand da war, der ihn hätte hören können. Er hielt inne und kam näher zu mir.

»Ziemlich dunkel hier, oder?« Der Junge hörte sich angespannt an. Er hatte fast so viel getrunken wie Jamie oder Fergus, aber während der Alkohol die älteren Männer mit grimmigem Humor erfüllt hatte, hatte er Ians Lebensgeister eher erlahmen lassen.

»Das stimmt, aye. Ich habe aber einen Kerzenstumpf aus der Wirtschaft, warte einen Augenblick.« Leises Geraschel kündete von Jamies Suche nach Feuerstein und Zunderschachtel.

Die Dunkelheit um mich herum gab mir das Gefühl, körperlos, selbst ein Geist zu sein. Ich blickte nach oben und sah ein paar Sterne, die so schwach durch die dicke Luft leuchteten, daß sie kein Licht auf den Boden warfen, sondern nur ein Gefühl immenser Distanz und unendlicher Ferne vermittelten.

»Es ist wie in der Osternacht«, kam leise Jamies Stimme, begleitet von den schwachen Kratzgeräuschen eines Feuersteins. »Ich habe die Messe einmal erlebt, in Notre Dame in Paris. Vorsicht, Ian, da ist ein Stein.« Ein dumpfes Geräusch und ein unterdrücktes Stöhnen zeigten an, daß Ian den Stein zu spät bemerkt hatte.

»Die Kirche war ganz dunkel«, fuhr Jamie fort, »aber die Leute, die zur Messe kamen, kauften kleine Wachskerzen bei den alten Frauen an der Tür. Es war ein bißchen wie hier« – ich fühlte seine himmelwärts gerichtete Geste mehr, als daß ich sie sah – »ein riesiger Raum über uns, der vor Stille widerhallte, und die Bänke rechts und links voller Leute.« Trotz der Hitze erschauerte ich unwillkürlich bei diesen Worten, die eine Vision der Toten um uns heraufbeschworen, dicht an dicht gedrängt in Erwartung ihrer unmittelbar bevorstehenden Auferstehung.

»Und dann, gerade als ich dachte, ich könnte die Stille und die Menschenmenge nicht mehr ertragen, kam die Stimme des Priesters vom Eingang. ›*Lumen Christi*‹, rief er aus, und die Meßdiener zündeten die große Kerze an, die er trug. Dann nahmen sie die Flamme mit ihren eigenen, kleinen Kerzen auf und huschten in den Gängen auf und ab, um das Licht an die Gläubigen weiterzugeben.«

Ich konnte seine Hände sehen, als die winzigen Funken des Feuersteins sie schwach erleuchteten.

»Danach erfüllte sich die Kirche mit dem Licht tausend kleiner Flammen, aber es war jene erste Kerze, die die Dunkelheit besiegt hat.«

Die Kratzgeräusche verstummten, und er nahm die Hand fort, mit der er die neugeborene Flamme geschützt hatte. Die Flamme wurde kräftiger und beleuchtete sein Gesicht von unten, tauchte seine hohen Wangenknochen und seine Stirn in goldenes Licht und seine Augenhöhlen in tiefe Schatten.

Er hob die Kerze hoch und begutachtete die Grabsteine, die unheimlich wie ein Steinkreis um uns aufragten.

»*Lumen Christi*«, sagte er leise und neigte vor einer Granitsäule, die von einem Kreuz gekrönt war, den Kopf. »*Et requiescite in pace, amici.*« Der halb spottende Ton war aus seiner Stimme verschwun-

den; er sprach völlig ernst, und ich fühlte mich sogleich merkwürdig getröstet, als hätte sich eine wachsame Präsenz zurückgezogen.
Da lächelte er mich an und reichte mir die Kerze.
»Sieh nach, ob du ein Stück Holz für eine Fackel finden kannst, Sassenach«, sagte er. »Ian und ich werden uns mit dem Graben abwechseln.«

Ich war nicht mehr nervös, kam mir aber immer noch wie eine Grabräuberin vor, als ich mit meiner Fackel unter einer Kiefer stand und zusah, wie Ian und Jamie sich in der tiefer werdenden Grube abwechselten, die nackten Rücken schweißglänzend im Fackelschein.

»Die Medizinstudenten haben früher Männer angeheuert, die ihnen frische Leichen von den Kirchhöfen stahlen«, sagte ich und reichte Jamie mein schmutziges Halstuch, als er sich, vor Anstrengung grunzend, aus dem Loch hob. »Es war ihre einzige Möglichkeit, das Sezieren zu üben.«

»Früher?« fragte Jamie. Er wischte sich den Schweiß aus dem Gesicht und warf mir einen schnellen, ironischen Blick zu. »Oder heutzutage?«

Glücklicherweise war es so dunkel, daß Ian nicht sehen konnte, wie ich errötete. Es war nicht mein erster Ausrutscher und würde wahrscheinlich auch nicht mein letzter sein, doch meist brachten mir diese ungeschickten Bemerkungen höchstens einmal einen fragenden Blick ein, wenn sie überhaupt jemandem auffielen. Die Wahrheit war einfach keine Möglichkeit, die irgend jemand in Betracht gezogen hätte.

»Sie tun es heutzutage wohl auch noch«, gab ich zu. Mich schauderte bei dem Gedanken, einer frisch exhumierten und unkonservierten Leiche gegenüberzustehen, an der noch der Schmutz ihres entweihten Grabes klebte. Eine einbalsamierte Leiche auf einem Edelstahltisch war zwar auch nicht besonders angenehm, doch die Förmlichkeit der Präsentation trug mit dazu bei, die zerstörerische Realität des Todes wenigstens etwas auf Abstand zu halten.

Ich atmete kräftig durch die Nase aus, um die eingebildeten wie die erinnerten Gerüche loszuwerden. Als ich wieder einatmete, füllte sich meine Nase mit dem Aroma von feuchter Erde, dem heißem Pech meiner Kiefernfackel und dem schwächeren, kühleren Duft der lebendigen Kiefer über mir.

»Sie nehmen auch arme Schlucker und Verbrecher aus den Gefängnissen.« Ian, der unseren Wortwechsel offenbar gehört hatte, ohne ihn zu verstehen, ergriff die Gelegenheit zu einer kurzen Pause. Er wischte sich über die Stirn und stützte sich auf die Schaufel.

»Papa hat mir erzählt, wie er einmal festgenommen und nach Edinburgh gebracht wurde. Er wurde im Tolbooth festgehalten. Er war mit drei anderen Männern in einer Zelle, und einer davon war ein Kerl mit Schwindsucht, der furchtbar hustete, und die anderen Tag und Nacht wachhielt. Eines Nachts hörte der Husten auf, und da wußten sie, daß er tot war. Aber Papa sagte, sie waren so müde, daß sie nur noch ein Vaterunser für seine Seele beten und einschlafen konnten.«

Der Junge hielt inne und rieb sich die juckende Nase.

»Papa hat gesagt, er wurde ganz plötzlich wach, weil jemand seine Beine umklammerte und jemand anders ihn bei den Armen nahm und hochhob. Er trat um sich und schrie, und der, der seine Arme festhielt, kreischte und ließ ihn fallen, so daß er sich den Kopf auf den Steinen stieß. Er setzte sich hin, rieb sich den Schädel und stellte fest, daß er sich einem Arzt aus dem Hospital und zwei Helfern gegenübersah, die die Leiche zum Sezierraum tragen wollten.«

Ian grinste breit bei dem Gedanken und wischte sich das schweißnasse Haar aus dem Gesicht.

»Papa hat gesagt, er war sich nicht sicher, wer mehr erschrocken war, er oder die Kerle, die sich den Falschen geschnappt hatten. Er hat aber gesagt, daß der Arzt es zu bedauern schien – er meinte, mit seinem Beinstumpf hätte Papa ein interessanteres Objekt abgegeben.«

Jamie lachte und reckte die Arme, um seine Schultern zu entspannen. Seine Aufmachung, Gesicht und Oberkörper waren mit roter Erde verschmiert, sein Haar hatte er mit einem um die Stirn gebundenen Halstuch gebändigt – ließ ihn so verwegen wie den schlimmsten Grabräuber aussehen.

»Aye, ich erinnere mich an die Geschichte«, sagte er. »Ian meinte danach, alle Ärzte wären Unholde, und wollte nichts mehr mit ihrer Zunft zu tun haben.« Er grinste mich an; ich war in meiner eigenen Zeit Ärztin – Chirurgin – gewesen, doch hier hielt man mich nur für eine weise Frau, die sich mit Kräutern auskannte.

»Glücklicherweise hab' ich ja keine Angst vor dem einen oder anderen Unhold«, sagte er und beugte sich zu mir herab, um mich schnell zu küssen. Seine Lippen waren warm und schmeckten nach Ale. Ich sah die Schweißtropfen, die sich in seinen lockigen Brusthaaren verfangen hatten, und seine Brustwarzen, dunkle Knospen im schwachen Licht. Mich überlief ein Zittern, das weder von der Kälte noch von unserer unheimlichen Umgebung herrührte. Er sah es, und sein Blick traf den meinen. Er holte tief Luft, und plötzlich wurde mir bewußt, wie eng mein Mieder saß und schwer meine Brüste in dem schweißdurchtränkten Stoff lagen.

Jamie verlagerte leicht sein Gewicht und zupfte an seiner engsitzenden Hose herum.

»Verdammt«, sagte er leise. Er senkte den Blick und wandte sich ab, die Spur eines reumütigen Lächelns auf den Lippen.

Ich hatte nicht damit gerechnet, erkannte es aber nur zu gut. Ein plötzlicher Anflug von Lust war eine häufige, wenn auch absonderliche Reaktion auf die Gegenwart des Todes. Ein Soldat spürt ihn im Dämmerzustand nach der Schlacht, auch dem Heiler, dessen Geschäft Blut und Überlebenskampf sind, ist er vertraut. Vielleicht war Ian der Wahrheit ja näher, als ich dachte, wenn er Ärzte für Unholde hielt.

Jamies Hand berührte meinen Rücken, und ich fuhr auf. Meine flammende Fackel versprühte einen Funkenschauer. Er nahm sie mir ab und deutete auf einen Grabstein neben uns.

»Setz dich, Sassenach«, sagt er. »Du solltest nicht so lange stehen.« Ich hatte mir bei unserem Schiffbruch das linke Schienbein gebrochen, und obwohl es gut verheilt war, schmerzte das Bein manchmal noch.

»Mir geht's gut.« Dennoch ging ich zu dem Stein hinüber und streifte Jamie im Vorbeigehen. Er strahlte Hitze aus, doch seine nackte Haut fühlte sich durch den verdunstenden Schweiß kühl an. Ich konnte ihn riechen.

Ich blickte ihn an und sah, daß er dort, wo ich seine helle Haut berührt hatte, eine Gänsehaut bekam. Ich schluckte und verdrängte das plötzliche Verlangen, mich mit ihm zu einer heftigen Paarung auf zerdrücktem Gras und nackter Erde ins Dunkel zu stürzen.

Seine Hand verweilte auf meinem Ellbogen, als er mir half, mich auf den Stein zu setzen. Rollo lag hechelnd daneben, und seine Speicheltropfen glitzerten im Fackelschein. Seine gelben Augen blickten mich an und verengten sich.

»Vergiß es«, sagte ich und kniff meinerseits die Augen zusammen. »Wenn du mich beißt, ramme ich dir meinen Schuh so tief in den Hals, daß du erstickst.«

»*Wuff!*« sagte Rollo leise. Er legte seine Schnauze auf die Pfoten, doch seine haarigen Ohren waren aufgerichtet, bereit, auch das leiseste Geräusch aufzunehmen.

Der Spaten bohrte sich fast lautlos in die Erde zu Ians Füßen. Er richtete sich auf, strich sich mit dem Handrücken den Schweiß aus dem Gesicht und hinterließ dabei schwarze Streifen auf seinem Kinn. Er atmete tief aus, sah zu Jamie hoch und spielte mit hängender Zunge den Erschöpften.

»Aye, ich denke, es ist tief genug.« Jamie erhörte sein wortloses Flehen mit einem Kopfnicken. »Dann hole ich jetzt Gavin.«

Fergus runzelte angespannt die Stirn – seine Gesichtszüge leuchteten klar im Fackelschein.

»Werdet Ihr keine Hilfe brauchen, um die Leiche zu tragen?« Sein Widerstreben war nicht zu übersehen, aber immerhin hatte er das Angebot gemacht. Jamie lächelte ihm leise ironisch zu.

»Das schaffe ich schon«, sagte er. »Gavin war ein kleiner Kerl. Aber du könntest die Fackel mitnehmen, damit ich etwas sehe.«

»Ich komme mit, Onkel Jamie!« Ian krabbelte hastig aus der Grube; seine mageren Schultern glänzten vor Schweiß. »Nur falls du Hilfe brauchst«, fügte er atemlos hinzu.

»Angst, im Dunkeln allein zu bleiben?« fragte Fergus sarkastisch. Ich hatte den Eindruck, daß ihn der Friedhof nervös machte, denn obgleich er Ian, den er als einen jüngeren Bruder betrachtete, manchmal hänselte, wurde er dabei nur selten gemein.

»Ja, habe ich«, sagte Ian schlicht. »Du nicht?«

Fergus öffnete den Mund, zog die Augenbrauen hoch, machte den Mund wieder zu und wandte sich ohne ein Wort der schwarzen Öffnung des Friedhofstores zu, durch die Jamie verschwunden war.

»Findest du nicht, daß es hier schrecklich ist, Tante Claire?« murmelte Ian nervös. Er hielt sich dicht neben mir, als wir Fergus' flackernder Fackel zwischen den aufragenden Steinen folgten. »Ich muß immer an die Geschichte denken, die Onkel Jamie erzählt hat. Und daß vielleicht jetzt, wo Gavin tot ist, das kalte Wesen... ich meine, glaubst du, es könnte kommen... und ihn holen?« Ein hörbares Schlucken unterbrach die Frage, und ein eisiger Finger berührte mich genau an der Wurzel meiner Wirbelsäule.

»Nein«, sagte ich etwas zu laut. Ich ergriff Ians Arm, weniger zur Stütze als vielmehr, weil er ein Wesen aus Fleisch und Blut war. »Ganz bestimmt nicht.«

Seine Haut war klamm vom verdunstenden Schweiß, aber es beruhigte mich, seinen mageren, muskulösen Arm unter meinen Fingern zu spüren. Jetzt, wo er nur halb sichtbar war, erinnerte er mich an Jamie; er war fast so groß wie sein Onkel und fast genauso stark, obwohl er noch die magere Schlaksigkeit des Heranwachsenden an sich hatte.

Dankbar tauchten wir schließlich in den kleinen Lichtkegel ein, den Fergus' Fackel warf. Das flackernde Licht schien durch die Wagenräder und warf Schatten, die wie Spinnweben im Staub lagen. Auf der Straße war es genauso heiß wie auf dem Kirchhof, doch es kam mir irgendwie so vor, als könnte man die Luft freier und leichter atmen, wenn man nicht mehr unter den erdrückenden Bäumen stand.

Zu meiner Überraschung war Duncan immer noch wach. Er hing auf der Sitzbank des Wagens wie eine verschlafene Eule und hatte die Schultern bis zu den Ohren hochgezogen. Er sang vor sich hin, hörte damit aber auf, als er uns sah. Das lange Warten schien ihn ein wenig ernüchtert zu haben; er stieg einigermaßen trittsicher vom Sitz und kam zur Rückseite des Wagens, um Jamie zu helfen.

Ich unterdrückte ein Gähnen. Ich würde froh sein, wenn wir diese traurige Pflicht hinter uns hatten und zu unserem Rastplatz unterwegs waren, auch wenn es nur ein Blätterhaufen war, den ich als Bett in Aussicht hatte.

»*Ifrinn an Diabhuil! A Dhia, thoir cobhair!*«

»*Sacrée Vierge!*«

Ich fuhr auf. Es brach allgemeines Geschrei aus, die Pferde wieherten aufgeschreckt, rissen wie verrückt an ihren Beinfesseln, so daß der Wagen schwankte wie ein betrunkener Käfer.

»*Wuff!*« sagte Rollo neben mir.

»Himmel!« sagte Ian und stierte den Wagen an. »Himmel noch mal!«

Ich folgte seinem Blick und schrie auf. Aus dem Laderaum ragte eine bleiche Gestalt, die jedes Schwanken des Wagens mitmachte. Mehr konnte ich nicht sehen, denn dann brach das Chaos aus.

Rollo spannte sein Hinterteil an und schoß mit lautem Knurren durch die Dunkelheit, begleitet von Ians und Jamies Rufen und einem schrecklichen Schrei des Geistes. Hinter mir hörte ich französische Flüche, als Fergus, der auf den Kirchhof zurückrannte, im Dunkeln stolperte und über die Grabsteine stürzte.

Jamie hatte die Fackel fallen lassen; sie flackerte und zischte auf der staubigen Straße und drohte zu verlöschen. Ich fiel auf die Knie, blies sie an und versuchte verzweifelt, sie am Brennen zu halten.

Der Chor aus Rufen und Knurren schwoll zu einem Crescendo an. Ich stand auf, die Fackel in der Hand, und sah, wie Ian mit Rollo rang und versuchte, ihn von den verschwommenen Gestalten fernzuhalten, die in einer Staubwolke miteinander kämpften.

»*Arrêtes, espèce de cochon!*« Fergus galoppierte aus der Dunkelheit hervor und schwang den Spaten, den er geholt hatte. Niemand beachtete seinen Befehl, also trat er einen Schritt vor und ließ den Spaten mit einem dumpfen *Klong!* auf den Kopf des Eindringlings niedersausen. Dann schwang er sich zu Ian und Rollo herum.

»Sei du ebenfalls still!« sagte Fergus zu dem Hund und bedrohte ihn mit dem Spaten. »Halt sofort das Maul, du nichtsnutziges Vieh, sonst schlage ich dir den Schädel ein!«

Rollo knurrte und entblößte dabei seine Zähne auf eindrucksvolle Weise, die »Na, dann komm doch!« zu sagen schien, doch Ian hinderte ihn daran, irgendwelchen Schaden anzurichten, indem er seinen Arm um den Hals des Hundes legte und alle weiteren Kommentare abwürgte.

»Wo kommt *der* denn her?« fragte Ian erstaunt. Er reckte den Hals und versuchte, einen Blick auf die am Boden liegende Gestalt zu werfen, ohne Rollo loszulassen.

»Aus der Hölle«, sagte Fergus kurz. »Und von mir aus kann er sofort dorthin zurückkehren.« Er zitterte vom Schock und vor Ermüdung. Das Licht auf seinem Haken glänzte dumpf, als er sich eine dichte schwarze Locke aus den Augen strich.

»Nicht aus der Hölle, vom Galgen. Erkennst du ihn nicht?«

Jamie kam langsam auf die Füße und klopfte sich den Staub von den Kniehosen. Er atmete schwer und war voller Schmutzflecken, schien aber unverletzt zu sein. Er hob sein Halstuch auf und sah sich um, während er sich das Gesicht abwischte. »Wo ist Duncan?«

»Hier, Mac Dubh«, sagte eine rauhe Stimme von der Vorderseite des Wagens. »Den Pferden war Gavin von Anfang an nicht besonders geheuer, und sie haben sich ziemlich aufgeregt, als es plötzlich so aussah, als würde er auferstehen. Nicht«, fügte er fairerweise hinzu, »daß ich nicht auch 'nen kleinen Schrecken gekriegt hätte.« Er beäugte die Gestalt auf dem Boden mißmutig und klopfte einem der scheuenden Pferde auf den Hals. »Ah, es ist doch nur irgendein Dummkopf, *luaidh*, Schluß jetzt mit dem Lärm, aye?«

Ich hatte Ian die Fackel gegeben und kniete mich hin, um unseren Besucher zu inspizieren. Anscheinend hatte er weiter keinen Schaden genommen, denn der Mann begann schon, sich zu regen. Jamie hatte recht: Es war der Mann, der heute früh der Hinrichtung entkommen war. Er war jung, ungefähr dreißig, muskulös und kraftvoll gebaut, und sein helles, schweißnasses Haar stand vor Dreck. Er roch nach Gefängnis und dem muffig-scharfen Dunst fortgesetzter Angst. Kein Wunder.

Ich nahm ihn beim Arm und half ihm, sich aufzusetzen. Er stöhnte, griff sich an den Kopf und blinzelte im Fackelschein.

»Geht es Euch gut?« fragte ich.

»Herzlichen Dank, Ma'am, mir ging's schon mal besser.« Er hatte einen leichten, irischen Akzent und eine sanfte, tiefe Stimme.

Rollos Oberlippe war gerade so weit hochgezogen, daß man einen angsteinflößenden Eckzahn sehen konnte, als er dem Fremden die Schnauze in die Achsel stieß, schnüffelte, den Kopf zurückkriß und explosionsartig nieste. Ein leises, zitterndes Lachen durchlief die Runde, und die Spannung ließ für einen Augenblick nach.

»Seit wann seid Ihr schon im Wagen?« wollte Duncan wissen.

»Seit heute mittag.« Schwankend von den Nachwirkungen des Hiebes, erhob sich der Mann umständlich auf die Knie. Er griff sich noch einmal an den Kopf und zuckte zusammen. »O Himmel! Ich bin da reingekrochen, gleich nachdem der Franzmann den alten Gavin aufgeladen hatte.«

»Wo wart Ihr vorher?« fragte Ian.

»Unter dem Galgenkarren. Das war die einzige Stelle, von der ich dachte, da würden sie nicht nachsehen.« Er stand mühsam auf, schloß die Augen, um das Gleichgewicht wiederzuerlangen und öffnete sie wieder. Im Fackelschein waren sie blaßgrün, von der Farbe seichten Seewassers. Ich sah sie von einem Gesicht zum nächsten blicken, dann blieben sie auf Jamie ruhen. Der Mann verbeugte sich, wobei er auf seinen Kopf achtgab.

»Stephen Bonnet. Euer Diener, Sir.« Er machte keine Anstalten, die Hand zur Begrüßung auszustrecken, und Jamie tat das auch nicht.

»Mr. Bonnet.« Jamie nickte mit betont ausdrucksloser Miene zurück. Mir war nicht ganz klar, wie er es fertigbrachte, ehrfurchtgebietend auszusehen, obwohl er nur eine feuchte, dreckverschmierte Kniehose anhatte, aber er schaffte es. Er betrachtete den Besucher von oben bis unten und ließ sich kein Detail seiner Erscheinung entgehen.

Bonnet war das, was man »gut gebaut« nennt, groß und kraftvoll mit gewölbtem Brustkorb und groben, aber auf eine rauhe Weise gutaussehenden Gesichtszügen. Er war ein paar Zentimeter kleiner als Jamie, stand lässig auf seinen Fußballen und hielt die Fäuste halb geballt in Bereitschaft.

Seiner leicht schiefen Nase und der kleinen Narbe an seinem Mundwinkel nach zu urteilen, waren ihm Faustkämpfe nicht neu. Die kleinen Schönheitsfehler beeinträchtigten den allgemeinen Eindruck rein körperlicher Anziehungskraft nicht; er war ein Mann, der auf Frauen wirkte. Auf manche Frauen, verbesserte ich mich, als er mir einen spekulativen Blick zuwarf.

»Weswegen seid Ihr verurteilt worden, Mr. Bonnet?« fragte Jamie. Er selbst stand entspannt da, doch es lag eine Wachsamkeit in seinem Blick, die Bonnets Ausdruck verteufelt ähnlich sah. Es war ein Blick von der Sorte, wie ihn sich männliche Hunde mit angelegten Ohren zuwerfen, bevor sie entscheiden, ob sie aufeinander losgehen.

»Schmuggel«, sagte Bonnet.

Jamie antwortete nicht, legte aber den Kopf schief. Eine Augenbraue hob sich fragend.

»Und Piraterie.« Neben Bonnets Mund zuckte ein Muskel – der gescheiterte Versuch eines Lächelns oder ein unwillkürliches Zittern der Angst?

»Und habt Ihr bei der Ausübung Eurer Verbrechen jemanden umgebracht, Mr. Bonnet?« Bis auf die wachsamen Augen war Jamies Gesicht ausdruckslos. *Überleg es dir gut*, sagte sein Blick ganz unverhüllt. *Sehr gut*.

»Niemanden, der nicht versucht hätte, mich zuerst umzubringen«, antwortete Bonnet. Die Worte kamen entspannt, sein Tonfall war fast respektlos, doch die Hand, die sich an seiner Seite fest zur Faust ballte, strafte ihn Lügen.

Es dämmerte mir, daß Bonnet sich fühlen mußte, als stünde er Richter und Geschworenen erneut gegenüber. Er konnte ja nicht wissen, daß es uns fast genauso widerstrebte wie ihm, den Garnisonssoldaten zu nahe zu kommen.

Jamie sah Bonnet lange an, nahm ihn im flackernden Licht der Fackel genau in Augenschein, nickte dann und trat einen halben Schritt zurück.

»Dann geht«, sagte er ruhig. »Wir werden Euch nicht aufhalten.«

Bonnet holte hörbar Luft. Ich sah, wie er sich entspannte und wie seine Schultern unter dem billigen Leinenhemd erschlafften.

»Danke«, sagte er. Er wischte sich mit der Hand über das Gesicht und holte noch einmal tief Atem. Seine grünen Augen blickten von mir zu Fergus und weiter zu Duncan. »Aber könnt Ihr mir vielleicht helfen?«

Duncan, der sich bei Jamies Worten entspannt hatte, gab einen Laut der Überraschung von sich.

»Euch helfen? Einem Dieb?«

Bonnets Kopf fuhr zu Duncan herum. Das Halseisen lag wie ein dunkler Streifen um seine Kehle und erweckte den unheimlichen Eindruck, als wäre sein Kopf abgetrennt und schwebte mehrere Zentimeter über seinen Schultern.

»Helft mir«, wiederholte er. »Heute nacht werden Soldaten auf den Straßen sein – und Jagd auf mich machen.« Er deutete auf den Wagen. »Ihr könntet mich sicher an ihnen vorbeibringen – wenn Ihr so gütig wärt.« Er wandte sich wieder Jamie zu und straffte die Schultern. »Ich flehe Euch an, mir zu helfen, Sir, im Namen von Gavin Hayes, der mein Freund genau wie der Eure war – und ein Dieb wie ich.«

Die Männer musterten ihn einen Moment lang schweigend, während sie das verdauten. Fergus blickte Jamie fragend an; es war seine Entscheidung.

Doch nach einem langen, abschätzenden Blick auf Bonnet wandte sich Jamie an Duncan.

»Was meinst du, Duncan?« Duncan betrachtete Bonnet mit demselben Gesichtsausdruck wie zuvor Jamie und nickte schließlich.

»Um Gavins willen,« sagte er und wandte sich zum Friedhofstor um.

»Nun denn, in Ordnung«, sagte Jamie. Er seufzte und schob sich eine lose Haarsträhne hinter sein Ohr.

»Helft uns, Gavin zu begraben«, sagte er zu unserem Gast, »und dann brechen wir auf.«

Eine Stunde später war Gavins Grab ein Rechteck aus frisch umgegrabener Erde, das nackt zwischen den Grautönen des Grases hervorstach.

»Er muß eine Namenstafel bekommen«, sagte Jamie. Mühsam kratzte er mit der Spitze seines Messers Gavins Namen und seine Lebensdaten in einen glatten Stein. Ich rieb etwas Ruß von der Fackel in die eingravierten Lettern und schuf auf diese Weise einen einfachen, aber lesbaren Grabstein, den Ian fest in einen kleinen Grabhügel aus Kieseln drückte. Jamie setzte den Kerzenstummel aus dem Wirtshaus oben auf das kleine Monument.

Dann standen wir alle einen Moment lang befangen um das Grab herum, ohne zu wissen, wie wir Abschied nehmen sollten. Jamie und Duncan standen nah beieinander und blickten zu Boden. Sie hatten sich seit Culloden von vielen Kameraden für immer verabschieden müssen, und das oft sehr viel weniger förmlich.

Schließlich nickte Jamie Fergus zu. Dieser ergriff einen trockenen Kiefernzweig, zündete ihn an meiner Fackel an, bückte sich und berührte damit den Docht der Kerze.

»*Requiem aeternam dona ei, et lux perpetua luceat ei...*«, sagte Jamie leise.

»Schenke ihm ewige Ruhe, o Herr – und das ewige Licht leuchte ihm«, wiederholte Ian mit feierlichem Gesicht, vom Fackelschein beleuchtet.

Ohne ein weiteres Wort wandten wir uns ab und verließen den Kirchhof. Hinter uns brannte die Kerze reglos in der stillen, schweren Luft wie das ewige Licht in einer leeren Kirche.

Als wir den Militärposten vor den Stadtmauern erreichten, stand der Mond schon hoch am Himmel. Es war zwar nur Halbmond, doch er leuchtete so hell, daß wir den festgetrampelten Fahrweg vor uns sehen konnten, der breit genug war, daß zwei Wagen nebeneinander darauf fahren konnten.

Wir waren schon auf dem Weg von Savannah nach Charleston auf ein paar solcher Militärposten gestoßen. Sie waren zumeist mit gelangweilten Soldaten besetzt, die uns einfach durchwinkten, ohne sich die Mühe zu machen, die Pässe zu überprüfen, die wir in Georgia erworben hatten. Die Posten dienten vor allem dazu, Schmuggelware abzufangen und den einen oder anderen entlaufenen Zwangsarbeiter oder Sklaven festzunehmen.

Selbst schmutzig und ungekämmt erregten wir kaum Beachtung, denn Reisende sahen selten besser aus. Da Fergus und Duncan verstümmelt waren, konnten sie keine Zwangsarbeiter sein, und Jamies Ausstrahlung war trotz der Kleider spürbar. Niemand würde ihn für einen Untergebenen halten.

Doch heute nacht war es anders. Der Posten war mit acht Soldaten bemannt, und sie waren alle bewaffnet und hellwach. Musketenläufe blitzen im Mondlicht, und aus der Dunkelheit kam der Ruf: »Halt! Name und Begehr!« Eine Laterne hing plötzlich zehn Zentimeter vor meiner Nase und blendete mich einen Augenblick lang.

»James Fraser, unterwegs nach Wilmington mit meiner Familie und meinen Bediensteten.« Jamies Stimme war ruhig, und seine Hände zitterten nicht, als er mir die Zügel reichte, bevor er nach den Pässen in seiner Jacke griff.

Ich hob den Kopf nicht und versuchte, müde und gleichgültig auszusehen. Ich war müde, das stimmte – ich hätte mich einfach so auf die Straße legen und einschlafen können –, doch ich war alles andere als gleichgültig. Was machten sie wohl mit einem Mann, der einem entlaufenen Galgenstrafling bei der Flucht half? Ein einzelner Schweißtropfen schlich sich an meinem Nacken herunter.

»Habt Ihr im Vorbeifahren irgend jemanden auf der Straße gesehen, Sir?« Das »Sir« kam etwas zögerlich, denn der traurige Zustand von Jamies Rock und meinem Kleid war im gelben Lichtkegel der Laterne nicht zu übersehen.

»Von der Stadt her ist uns eine Kutsche entgegengekommen, die habt Ihr wohl selbst gesehen«, antwortete Jamie. Der Sergeant antwortete mit einem Grunzen, überprüfte die Pässe sorgfältig und blinzelte dann in die Dunkelheit, um sicherzugehen, daß die Zahl der Anwesenden dazu paßte.

»Was habt Ihr dabei?« Er gab die Pässe zurück und signalisierte einem seiner Untergebenen, den Wagen zu durchsuchen. Ich ruckte aus Versehen an den Zügeln, und die Pferde schnaubten und warfen die Köpfe hin und her. Jamies Fuß stieß gegen den meinen, doch er sah mich nicht an.

»Haushaltswaren«, antwortete er, immer noch ruhig. »Ein Stück Wild und einen Beutel Salz als Vorräte. Und eine Leiche.«

Der Soldat, der nach der Abdeckung des Wagens gegriffen hatten, hielt abrupt inne. Der Sergeant warf uns einen scharfen Blick zu.

»Eine was?«

Jamie nahm mir die Zügel ab und wickelte sie sich lässig um das Handgelenk. Aus dem Augenwinkel sah ich, wie Duncan sich auf den dunklen Wald zubewegte. Fergus, der erfahrene Taschendieb, war bereits aus dem Blickfeld verschwunden.

»Die Leiche des Mannes, der heute mittag gehängt wurde. Ich kannte ihn, und habe mir von Colonel Franklin die Erlaubnis erbeten, ihn zu seinen Verwandten im Norden mitzunehmen. Deshalb reisen wir auch bei Nacht«, fügte er vielsagend hinzu.

»Aha.« Der Sergeant winkte einen Laternenträger heran. Er warf Jamie einen langen, nachdenklichen Blick aus zusammengekniffenen Augen zu und nickte. »Ich erinnere mich an Euch«, sagte er. »Ihr habt ihm am Schluß etwas zugerufen. Euer Freund, ja?«

»Ich war einmal mit ihm bekannt. Vor einigen Jahren«, fügte er hinzu. Der Sergeant nickte seinem Untergebenen zu und ließ Jamie nicht aus den Augen.

»Sieh nach, Griswold.«

Griswold, der vielleicht vierzehn war, nahm den Befehl mit einem merklichen Mangel an Begeisterung entgegen, lüftete aber gehorsam die Segeltuchplane und hielt seine Laterne hoch, um das Innere auszuleuchten. Nur mit Mühe hielt ich mich davon ab, mich umzudrehen und hinzusehen.

Das Pferd direkt vor mir schnaubte und warf den Kopf zurück. Falls wir durchstarten mußten, würde es mehrere Sekunden dauern, bis sich der Wagen in Bewegung setzte. Ich hörte, wie Ian sich hinter mir bewegte und seine Hand auf den Hickoryknüppel legte, der hinter dem Sitz verstaut war.

»Ja, Sir, hier ist eine Leiche«, erstattete Griswold Bericht. Er ließ die Plane erleichtert sinken und atmete tief durch die Nase aus.

»Pflanz dein Bajonett auf und stich hinein«, sagte der Sergeant, den Blick noch auf Jamie gerichtet. Ich mußte ein Geräusch von mir gegeben haben, denn nun richtete sich der Blick des Sergeanten auf mich.

»Ihr werdet mir den Wagen ruinieren«, erhob Jamie Einspruch. »Der Mann hat einen Tag in der Sonne gelegen und ist ziemlich reif, aye?«

Der Sergeant schnaubte ungeduldig. »Dann stich ihn ins Bein. Los, Griswold.«

Mit beträchtlichem Widerwillen pflanzte Griswold sein Bajonett auf, stellte sich auf die Zehenspitzen und fing an, im Laderaum herumzustochern. Hinter mir hatte Ian leise zu pfeifen begonnen, ein gälisches Lied mit dem Titel »Und am Morgen sterben wir« – was ich ziemlich geschmacklos von ihm fand.

»Nein, Sir, er ist wirklich tot.« Griswold stellte sich wieder auf die Fersen und klang erleichtert. »Ich hab' fest zugestochen, aber es kam kein Muckser.«

»Also, in Ordnung.« Der Sergeant entließ den jungen Soldaten mit einer Kopfbewegung und nickte Jamie zu. »Fahrt weiter, Mr. Fraser. Aber ich würde Euch raten, Euch Eure Freunde in Zukunft besser auszusuchen.«

Ich sah, wie Jamies Knöchel auf den Zügeln weiß wurden, aber er setzte sich nur aufrecht hin und setzte sich den Hut fester auf den Kopf. Er schnalzte mit der Zunge, die Pferde zogen abrupt an und ließen bleiche Staubwölkchen zurück, die hinter uns im Laternenlicht schwebten.

Nach dem Licht erschien die Dunkelheit allumfassend; trotz des Mondes konnte ich so gut wie nichts sehen. Die Nacht hüllte uns ein. Ich spürte die Erleichterung eines gejagten Tieres, das sichere Zuflucht findet, und trotz der bedrückenden Hitze atmete ich freier.

Wir legten fast eine Viertelmeile zurück, bevor irgend jemand etwas sagte.

»Seid Ihr verletzt, Mr. Bonnet?« Ians Stimme war ein lautes Flüstern, das beim Rattern des Wagens gerade eben zu hören war.

»Ja, er hat mich in den Oberschenkel gestochen, das kleine Schwein.« Bonnets Stimme war leise, aber ruhig. »Gott sei Dank hat er von mir abgelassen, bevor das Blut durch das Tuch kommen konnte. Tote bluten nicht.«

»Seid Ihr schwer verletzt? Soll ich nach hinten kommen und es mir ansehen?« Ich drehte mich um. Bonnet hatte die Plane zurückgeschoben und sich aufgesetzt, eine verschwommene, blasse Gestalt in der Dunkelheit.

»Nein, danke, Ma'am. Ich habe mir den Strumpf darumgebunden, und ich denke, das wird reichen.« Meine Nachtsicht kehrte zurück; ich sah sein helles Haar schimmern, als er sich über seine Wunde beugte.

»Meint Ihr, daß Ihr laufen könnt?« Jamie zügelte die Pferde zum Schrittempo und drehte sich um, um unseren Gast in Augenschein zu nehmen. Obwohl sein Ton nicht unfreundlich war, war es doch klar, daß er unsere gefährliche Fracht so schnell wie möglich loswerden wollte.

»Nicht so richtig, tut mir ehrlich leid, Sir.« Auch Bonnet spürte Jamies Wunsch, ihn loszuwerden. Unter Schwierigkeiten zog er sich auf der Ladefläche hoch und stützte sich hinter dem Sitz auf sein gesundes Knie. Sein Unterkörper war in der Dunkelheit nicht zu erkennen, doch ich konnte sein Blut riechen, ein schärferer Geruch als der leichte, immer noch wahrnehmbare Geruch von Gavins Leichentuch.

»Ein Vorschlag, Mr. Fraser. Noch drei Meilen, dann erreichen wir die Straße zur Fähre. Eine Meile hinter der Kreuzung führt noch eine Straße zur Küste. Kaum mehr als eine Räderspur, aber befahrbar. Sie führt zum Ufer eines Flüßchens, das in die See mündet. Einige meiner Partner werden im Lauf der Woche dort vor Anker gehen. Wenn Ihr mir ein paar Vorräte überlassen würdet, könnte ich einigermaßen sicher auf sie warten, und Ihr könntet weiterfahren, ohne daß meine Gesellschaft Euch die Luft verpestet.«

»Partner? Ihr meint Piraten?« Ians Stimme war voller Mißtrauen. Seit er von Piraten aus Schottland entführt worden war, betrachtete er diese Leute nicht mehr mit demselben romantischen Blick wie andere Fünfzehnjährige.

»Das kommt auf den Blickwinkel an, Junge.« Bonnet hörte sich belustigt an. »Die Gouverneure von Carolina würden sie sicher so nennen, aber die Kaufleute von Wilmington und Charleston sehen das möglicherweise anders.«

Jamie schnaubte. »Schmuggler, aye? Und womit handeln Eure sogenannten Partner?«

»Mit allem, was so viel Geld bringt, daß sich der Transport lohnt.« Die Belustigung war nicht aus Bonnets Stimme gewichen, hatte jetzt aber eine zynische Färbung angenommen. »Wollt Ihr eine Belohnung für Eure Hilfe? Das läßt sich arrangieren.«

»Nein.« Jamies Stimme war kalt. »Ich habe Euch um Gavins und um meinetwillen gerettet. Dafür würde ich niemals eine Belohnung wollen.«

»Ich wollte Euch nicht beleidigen, Sir.« Bonnet neigte leicht den Kopf.

»Schon gut«, sagte Jamie kurz angebunden. Er schüttelte die Zügel aus und nahm sie wieder auf, diesmal mit der anderen Hand.

Die Unterhaltung erstarb nach diesem kurzen Wortwechsel, obwohl Bonnet weiter hinter uns kniete und über meine Schulter hinweg auf die dunkle Straße blickte. Doch es tauchten keine Soldaten mehr auf; nichts rührte sich, nicht einmal ein Luftzug in den Blättern. Nichts unterbrach die Stille der Sommernacht außer dem gelegentlichen Schrei eines vorbeifliegenden Nachtvogels oder dem Heulen einer Eule.

Das sanfte, rhythmische Hufgetrappel und das Quietschen und Rattern des Wagens begann, mich in den Schlaf zu lullen. Ich versuchte, mich aufrecht zu halten, beobachtete die schwarzen Schatten der Bäume links und rechts der Straße, doch langsam, aber sicher kippte ich zu Jamie hinüber, und all meinen Bemühungen zum Trotz fielen mir die Augen zu.

Jamie nahm die Zügel in die linke Hand, legte den rechten Arm um mich und zog mich an sich, so daß ich mich an seine Schulter lehnen konnte. Wie immer fühlte ich mich geborgen, sobald ich ihn berührte. Ich erschlaffte, die Wange gegen den staubigen Sergestoff seines Rokkes gepreßt, und verfiel sofort in jenes unangenehme Dösen, das sich einstellt, wenn man völlig erschöpft ist und sich nicht hinlegen kann.

Einmal öffnete ich die Augen und sah Duncan Innes' lange, magere Gestalt mit dem unermüdlichen Schritt des Hochlandbewohners neben dem Wagen herlaufen, den Kopf wie in Gedanken gebeugt. Dann schloß ich sie wieder und verfiel in einen Halbschlaf, in dem sich Bilder des vergangenen Tages mit Traumfragmenten vermischten. Ich träumte von einem gigantischen Stinktier, das unter einem Kneipentisch schlief und dann aufwachte, um in den Refrain der Nationalhymne einzustimmen, dann von einer hin und her schwingenden Leiche, die ihren herunterbaumelnden Kopf hob und mich mit leeren Augenhöhlen angrinste... Ich erwachte und stellte fest, daß Jamie mich sanft schüttelte.

»Am besten kriechst du nach hinten und legst dich hin, Sassenach«, sagte er. »Du brabbelst im Schlaf. Nachher fällst du mir noch auf die Straße.«

Verschlafen stimmte ich zu, kroch umständlich über die Lehne der Sitzbank und tauschte den Platz mit Bonnet. Ian schlief auf der Ladefläche, und ich legte mich neben ihn.

Im Laderaum roch es muffig – und schlimmer. Ians Kopf ruhte auf einem Stück grob zerlegtem Wildbret, das in die ungegerbte Haut des Tieres gewickelt war. Rollo hatte es besser getroffen – seine haarige Schnauze ruhte bequem auf Ians Bauch. Ich wählte den ledernen Salzbeutel. Das glatte Leder lag hart, aber geruchlos unter meiner Wange.

Man konnte die rumpelnden Bretter der Ladefläche bei aller Phantasie nicht bequem nennen, doch die Erleichterung darüber, daß ich mich endlich ganz ausstrecken konnte, war so überwältigend, daß ich das Gerüttel kaum wahrnahm. Ich drehte mich auf den Rücken und blickte in die dunstige Unendlichkeit des südlichen Himmels auf, der mit flammenden Sternen übersät war. *Lumen Christi*, dachte ich und schlief wieder ein, beruhigt von der Vorstellung, daß Gavin Hayes im Himmelslicht sicher den Heimweg fand.

Ich kann nicht sagen, wie lange ich unter meiner betäubenden Decke aus Hitze und Erschöpfung schlief. Ich erwachte, weil der Wagen die Geschwindigkeit änderte, und driftete schweißgebadet ins Bewußtsein zurück.

Bonnet und Jamie unterhielten sich im leisen, entspannten Tonfall zweier Männer, die die anfängliche Befangenheit ihres ersten Zusammentreffens überwunden haben.

»Ihr habt gesagt, daß Ihr mich um Gavin Hayes' willen gerettet habt – und um Euretwillen«, sagte Bonnet. Seine Stimme war leise und ging beinahe im Gerumpel der Räder unter. »Was habt Ihr damit gemeint, wenn ich das fragen darf, Sir – ?«

Jamie antwortete nicht sofort; ich schlief schon fast wieder, bevor er etwas sagte, doch schließlich kam seine Antwort und trieb körperlos in der warmen, dunklen Luft.

»Ich schätze, Ihr habt letzte Nacht nicht besonders gut geschlafen, oder? In Erwartung dessen, was am nächsten Tag auf Euch zukam?«

Bonnet lachte leise, doch es klang nicht übermäßig belustigt.

»O ja«, sagte er. »Ich glaube nicht, daß ich das so schnell vergessen werde.«

»Ich auch nicht.« Jamie murmelte den Pferden leise etwas auf Gälisch zu, und sie wurden daraufhin langsamer. »Ich habe auch schon einmal eine solche Nacht erlebt, in der ich wußte, daß ich am Morgen gehängt würde. Und dennoch habe ich überlebt, dank eines Menschen, der viel riskiert hat, um mich zu retten.«

»Ach so«, sagte Bonnet leise. »Also seid Ihr ein *asgina ageli*?«

»Aye? Und was ist das?«

Es gab ein kratzendes Geräusch, als der Wagen an ein paar Ästen vorbeischrammte, und der würzige Harzgeruch der Bäume wurde plötzlich stärker. Etwas Leichtes berührte mein Gesicht – Blätter, die von oben herunterfielen. Die Pferde wurden langsamer, und der Rhythmus des Wagens änderte sich merklich, denn die Wagenräder gerieten auf eine unebene Oberfläche. Wir waren in die kleine Straße eingebogen, die zu Bonnets Flüßchen führte.

»*Asgina ageli* ist ein Wort, das die Rothäute benutzen – die Cherokees in den Bergen. Ich habe es von einem, der einmal mein Führer war. Es bedeutet ›Halbgeist‹, einer, der eigentlich hätte sterben sollen, aber immer noch auf der Erde weilt: eine Frau, die eine tödliche Krankheit überlebt, ein Mann, der in die Hände seiner Feinde gefallen ist und entkommt. Sie sagen, ein *asgina ageli* steht mit einem Fuß auf der Erde und mit dem anderen in der Geisterwelt. Er kann mit den Geistern sprechen und die Nunnahee sehen – das Kleine Volk.«

»Kleines Volk? So wie unsere Feen?«

»So etwas Ähnliches.« Bonnet verlagerte sein Gewicht, und der Sitz knarrte, als er sich reckte. »Die Indianer sagen, daß die Nunnahee in den Felsen der Berge leben und herauskommen, um ihrem Volk im Krieg oder in der Not zu helfen.«

»Wirklich. Das klingt wie die Sagen, die man sich in Schottland in den Highlands erzählt – vom alten Volk.«

»Ach was.« Bonnet klang belustigt. »Nun, nach allem, was ich von den schottischen Hochlandbewohnern gehört habe, gibt es, was die Barbarei angeht, keinen großen Unterschied zwischen ihnen und den Roten.«

»Unsinn«, sagte Jamie, den das nicht im geringsten zu beleidigen schien. »Die Wilden hier essen die Herzen ihrer Feinde, habe ich zumindest gehört. Ich persönlich ziehe eine anständige Schüssel Porridge vor.«

Bonnet machte ein Geräusch, das er hastig unterdrückte.

»Ihr seid ein Highlander? Nun, ich muß sagen, für einen Barbaren finde ich Euch ganz zivilisiert, Sir«, versicherte er Jamie, und Gelächter schwang in seiner Stimme mit.

»Ich danke Euch außerordentlich für das Kompliment, Sir«, erwiderte Jamie mit derselben Höflichkeit.

Ihre Stimmen vermischten sich mit dem rhythmischen Quietschen der Räder, und bevor ich noch etwas hören konnte, war ich wieder eingeschlafen.

Der Mond hing tief über den Bäumen, als wir schließlich haltmachten. Ich schreckte hoch, weil Ian schläfrig über den Rand des Wagens krabbelte, um Jamie bei den Pferden zu helfen. Ich hob den Kopf und sah einen breiten Wasserstreifen, der an lehmigen Schlammbänken vorbeifloß. Der Strom war schwarzglänzend, und wo die Stromschnellen über die Felsen in Ufernähe eilten, glitzerte er silbern. Mit dem in der Neuen Welt üblichen Hang zur Untertreibung mochte Bonnet es ein Flüßchen nennen, doch bei den meisten Bootsleuten würde es als waschechter Fluß durchgehen, dachte ich.

Die Männer bewegten sich im Schatten hin und her und führten ihre Aufgaben aus, ohne mehr als ein gelegentliches, leises Wort zu wechseln. Sie bewegten sich mit ungewohnter Langsamkeit und schienen mit der Nacht zu verschmelzen, als nähme die Müdigkeit ihnen die Substanz.

»Geh und such dir einen Platz zum Schlafen, Sassenach«, sagte Jamie und hielt inne, um mich zu stützen, als ich vom Wagen sprang. »Ich muß zusehen, daß unser Gast ein paar Vorräte bekommt und aufbricht, und daß die Pferde trockengerieben werden und grasen können.«

Die Temperatur war seit Anbruch der Nacht fast überhaupt nicht gesunken, doch hier am Wasser schien mir die Luft etwas frischer zu sein, und ich spürte, wie meine Lebensgeister zurückkehrten.

»Ich kann nicht schlafen, bevor ich nicht gebadet habe«, sagte ich und zog mir das durchnäßte Mieder meines Kleides von den Brüsten. »Ich fühle mich furchtbar.« Mir klebte das Haar an den Schläfen, und meine Haut fühlte sich schmutzig an und juckte. Das dunkle Wasser sah kühl und einladend aus. Jamie warf einen sehnsüchtigen Blick darauf und zupfte an seiner zerknitterten Halsbinde.

»Das kann ich dir nicht verdenken. Sei aber vorsichtig; Bonnet sagt, die Fahrrinne ist so tief, daß man den Fluß mit einem Zweimaster befahren kann. Außerdem ist es ein Gezeitenwasser; die Strömung ist stark.«

»Ich bleibe nah am Ufer.« Ich deutete flußabwärts, wo eine kleine Landzunge eine Flußbiegung anzeigte. Dort wuchsen Weiden, die silberdämmrig im Mondlicht leuchteten. »Siehst du die kleine Landzunge? Da ist bestimmt ein Becken mit Strudeln.«

»Aye. Sei vorsichtig«, sagte er noch einmal und drückte meinen Ellbogen zum Abschied. Als ich mich zum Gehen wandte, ragte eine bleiche Gestalt vor mir auf; unser ehemaliger Gast mit einem dunklen Fleck von getrocknetem Blut am Hosenbein.

»Ergebenster Diener, Ma'am«, sagte er und machte trotz seines verletzten Beines eine achtbare Verbeugung. »Sagen wir uns jetzt adieu?« Er stand etwas näher bei mir, als mir lieb war, und ich unterdrückte den Drang, einen Schritt zurückzutreten.

»Ja«, sagte ich und nickte ihm zu, während ich eine lose Haarlocke zurückstrich. »Viel Glück, Mr. Bonnet.«

»Danke für die guten Wünsche, Ma'am«, antwortete er leise. »Ich habe allerdings festgestellt, daß man am besten seines eigenen Glückes Schmied ist. Gute Nacht, Ma'am.« Er verbeugte sich noch einmal und wandte sich dann ab. Er hinkte stark und sah aus wie der Geist eines verkrüppelten Bären.

Das Rauschen des Flusses verschluckte die meisten normalen Geräusche der Nacht. Ich sah eine Fledermaus auf der Jagd nach unsichtbaren Insekten über eine mondbeschienene Stelle fliegen und in der Nacht verschwinden. Falls sonst noch etwas in der Dunkelheit lauerte, verhielt es sich still.

Jamie grunzte leise.

»Na, ich hab' so meine Zweifel, was den Mann angeht«, sagte er, als beantwortete er eine Frage, die ich nicht gestellt hatte. »Ich kann nur hoffen, daß für mein Herz und nicht gegen meinen Verstand spricht, daß ich ihm geholfen habe.«

»Aber du konntest doch nicht zulassen, daß man ihn aufhängt«, sagte ich.

»O doch, das hätte ich gekonnt«, sagte er zu meiner Überraschung. Er sah, wie ich zu ihm aufblickte, und lächelte, eine ironische Mundbewegung, die in der Dunkelheit kaum zu sehen war.

»Die Krone sucht sich nicht *immer* den Falschen zum Hängen aus, Sassenach«, sagte er. »Meistens hat der Mann am Ende des Strickes ihn auch verdient. Und ich möchte mir nicht vorwerfen müssen, daß ich einem Schurken zur Flucht verholfen habe.« Er zuckte die Achseln und schob sich das Haar aus dem Gesicht.

»Aye, nun, passiert ist passiert. Geh baden, Sassenach, ich komme zu dir, sobald ich kann.«

Ich stellte mich auf die Zehenspitzen, um ihn zu küssen, und fühlte ihn dabei lächeln. Meine Zunge berührte sanft einladend seinen Mund, und als Antwort biß er mich leicht in die Unterlippe.

»Kannst du noch ein bißchen wach bleiben, Sassenach?«

»So lange wie nötig«, versicherte ich ihm. »Aber beeil dich, ja?«

Dichtes Gras wuchs unter den Weiden am Rand der Landzunge. Ich zog mich langsam aus und genoß es, den Luftzug, den das Wasser herantrug, durch den feuchten Stoff von Hemd und Strümpfen zu spüren – und dann schließlich die Freiheit, als die letzten Kleidungsstücke zu Boden fielen und ich nackt in der Nacht stand.

Ich trat vorsichtig ins Wasser. Es war überraschend kühl – kalt im Kontrast zu der heißen Nachtluft. Der Boden unter meinen Füßen bestand zum Großteil aus Schlamm, ging aber einen Meter vom Ufer entfernt in feinen Sand über.

Obwohl der Fluß ein Gezeitenwasser war, befanden wir uns so weit stromaufwärts, daß das Wasser frisch und süß war. Ich trank und bespritzte mir das Gesicht, um mir den Staub aus Kehle und Nase zu spülen.

Ich watete bis zur Hälfte meiner Oberschenkel hinein, Jamies Warnungen vor Fahrrinne und Strömungen im Hinterkopf. Nach der umwerfenden Hitze des Tages und der erdrückenden Umarmung der Nacht brachte das Gefühl der Kühle auf entblößter Haut überwältigende Erleichterung. Ich schöpfte Wasser mit den Händen und ließ es mir über Gesicht und Brüste laufen; die Tropfen rannen mir den Bauch herunter und kitzelten mich kalt zwischen den Beinen.

Ich fühlte den leichten Druck der ansteigenden Flut, die sich sanft gegen meine Unterschenkel schob und mich zum Ufer drängte. Ich war aber noch nicht soweit. Ich hatte keine Seife, daher kniete ich mich hin, spülte mein Haar wieder und wieder im klaren, dunklen Wasser aus und rieb mir den Körper mit einer Handvoll Sand ab, bis sich meine Haut dünn und heiß anfühlte.

Schließlich kletterte ich aus dem Wasser auf eine Felsbank und lag genießerisch wie eine Meerjungfrau im Mondlicht. Jetzt waren die Hitze der Luft und der sonnenwarme Stein eine Wohltat für meinen ausgekühlten Körper. Ich kämmte mir das dichte, lockige Haar mit den Fingern aus, wobei ich überall Wassertropfen versprühte. Der feuchte Stein roch nach Regen, staubig und prickelnd.

Ich war sehr müde und fühlte mich doch gleichzeitig sehr lebendig, in jenem halb bewußten Zustand, in dem sich das Denken verlangsamt und sich die kleinen physischen Wahrnehmungen verstärken. Ich bewegte meinen nackten Fuß langsam über den Sandsteinfelsen und genoß die leichte Reibung. Dann ließ ich eine Hand sanft über die Innenseite meines Oberschenkels gleiten, und bei dieser Berührung überlief mich eine Gänsehaut.

Meine Brüste erhoben sich im Mondlicht, kühle, weiße Halbkugeln, noch von klaren Tropfen benetzt. Ich streifte meine Brustwarze und sah zu, wie sie sich versteifte und sich wie von Zauberhand aufrichtete.

Und es war wirklich ein verzauberter Ort, dachte ich. Die Nacht war lautlos und still, doch die Atmosphäre war so träge, als triebe man im warmen Meer. So nah an der Küste war der Himmel klar, und die Sterne leuchteten wie Diamanten, mit kraftvollem, hellem Licht.

Ein leises Klatschen ließ mich zum Fluß blicken. Nur das schwache Funkeln der Sterne bewegte sich auf der Wasseroberfläche, wie Glühwürmchen in einem Spinnennetz.

Da durchbrach ein großer Kopf in der Flußmitte die Wasseroberfläche, und Wasser strömte an beiden Seiten der spitzen Schnauze herab. Ein Fisch schlug zwischen Rollos Kiefern um sich; seine Schuppen glänzten kurz auf, als Rollo mit aller Kraft den Kopf schüttelte, um ihm das Genick zu brechen. Der riesige Hund schwamm langsam ans Ufer, schüttelte sich kurz und schlich dann mit seinem Abendessen davon, das ihm schlaff und schimmernd aus dem Maul hing.

Am anderen Ufer blieb er einen Augenblick stehen und sah mich an; seine zotteligen Nackenhaare umrahmten die gelben Augen und den glänzenden Fisch. Wie ein primitives Gemälde, dachte ich – ein Rousseau, mit seinem Kontrast zwischen völliger Wildnis und perfekter Stille.

Dann war der Hund verschwunden, und am anderen Ufer waren nur noch die Bäume, die alles verbargen, was hinter ihnen lag. Was das wohl war? fragte ich mich. Noch mehr Bäume, antwortete mein Verstand.

»Viel mehr«, murmelte ich und blickte in die rätselhafte Dunkelheit. Die Zivilisation – selbst von der primitiven Sorte, an die ich mich gewöhnt hatte – war nur eine schmale Sichel am Rand des Kontinents. Zweihundert Meilen weiter landeinwärts gab es keine Städte oder Gehöfte mehr. Und dahinter lagen dreitausend Meilen... wovon? Wildnis, sicherlich, und Gefahr. Abenteuer, das auch – und Freiheit.

Es war schließlich eine neue Welt, frei von Furcht und voller Glück, denn jetzt waren Jamie und ich zusammen, für den Rest unseres Lebens. Abschied und Leid lagen hinter uns. Selbst der Gedanke an Brianna erfüllte mich nicht mit furchtbarem Bedauern – ich vermißte sie sehr und dachte ständig an sie, doch ich wußte, daß sie in ihrer eigenen Zeit in Sicherheit war, und dieses Wissen ließ mich ihre Abwesenheit leichter ertragen.

Ich legte mich wieder auf den Felsen, dessen Oberfläche die gespeicherte Hitze des Tages auf meinen Körper ausstrahlte, und war einfach nur froh, am Leben zu sein. Ich sah zu, wie die Wassertropfen auf meinen Brüsten trockneten, sich in einen feuchten Film verwandelten und dann völlig verschwanden.

Kleine Mückenwolken hingen über dem Wasser. Ich konnte sie zwar nicht sehen, doch das gelegentliche Platschen eines Fisches, der hochsprang, um sie in der Luft zu fangen, verriet mir, daß sie da waren.

Die Insekten waren eine allgegenwärtige Plage gewesen. Jeden Morgen unterzog ich Jamies Haut einer eingehenden Inspektion, zog ihm gierige Zecken und anderes Getier vom Körper und rieb die Männer großzügig mit einem Aufguß von Poleiminze- und Tabakblättern ein. Dies verhinderte, daß sie bei lebendigem Leib von den

Moskitos, Stechmücken und anderen Blutsaugern verspeist wurden, die in den sonnengefleckten Schatten der Wälder hingen, doch es konnte die vorwitzigen Insektenschwärme nicht davon abhalten, sie durch ständige kitzelnde Erkundungsgänge in Ohr, Auge, Nase und Mund zum Wahnsinn zu treiben.

Merkwürdigerweise ließen mich die meisten Insekten strikt in Ruhe. Ian sagte im Scherz, daß mein starker Kräutergeruch sie wohl verjagte, doch ich glaubte, daß mehr dahintersteckte – selbst wenn ich frisch gebadet war, zeigten die Insekten keinerlei Neigung, mich zu belästigen.

Ich hielt das für eine weitere Manifestation jener evolutionären Merkwürdigkeit, die – so vermutete ich zumindest – mich hier auch vor Erkältungen und harmlosen Erkrankungen schützte. Die Entwicklung der blutsaugenden Insekten verlief genau wie die der Mikroben parallel zur Entwicklung des Menschen, und sie waren empfänglich für die subtilen chemischen Signale ihrer Wirte. Da ich aus einer anderen Zeit kam, verbreitete ich nicht mehr dieselben Signale, und demzufolge betrachteten mich die Insekten nicht länger als Beute.

»Oder vielleicht hat Ian ja recht und ich rieche einfach nur scheußlich«, sagte ich laut. Ich tauchte meine Finger ins Wasser und spritzte eine Libelle naß, die auf meinem Felsen Rast machte, kaum mehr als ein transparenter Schatten, den die Dunkelheit seiner Farben beraubt hatte.

Ich hoffte, daß Jamie sich beeilen würde. Tagaus, tagein direkt neben ihm auf dem Wagen zu sitzen, die kaum merklichen Bewegungen seines Körpers beim Fahren zu beobachten, zuzusehen, wie sich der Lichteinfall in seinem Gesicht beim Reden und Lächeln veränderte, reichte völlig aus, um meine Handflächen prickeln zu lassen vor Sehnsucht, ihn zu berühren. Wir hatten seit einigen Tagen nicht mehr miteinander geschlafen, da wir solche Eile hatten, Charleston zu erreichen, und ich Hemmungen hatte, in Hörweite von einem Dutzend Männer intim zu werden.

Ein warmer Lufthauch wehte an mir vorbei, und die flaumigen Härchen meines Körpers sträubten sich. Jetzt gab es keine Eile mehr, und niemand konnte uns hören. Ich schob eine Hand über meinen sanft gerundeten Bauch, über die weiche Innenseite meiner Oberschenkel, wo das Blut im Rhythmus meines Herzschlags pulsierte. Ich schloß meine Hand um das geschwollene, feuchte Brennen meines drängenden Verlangens.

Ich schloß sanft reibend die Augen und genoß das Gefühl des zunehmenden Drängens.

»Und wo zum Teufel bist du, Jamie Fraser?« murmelte ich.

»Hier«, kam es heiser zurück.

Erschrocken öffnete ich die Augen. Er stand zwei Meter von mir entfernt oberschenkeltief im Wasser, seine Genitalien dunkel vor dem bleichen Glanz seines Körpers. Sein Haar lag offen auf seinen Schultern und umrahmte ein Gesicht, das so weiß war wie Knochen, die Augen reglos und konzentriert wie die des Wolfshundes. Völlige Wildnis, vollkommene Stille.

Dann regte er sich und kam zu mir, immer noch konzentriert, aber nicht mehr still. Seine Oberschenkel waren so kalt wie das Wasser, als er mich berührte, doch in Sekundenschnelle wurde er warm, dann heiß. Schweißperlen bildeten sich augenblicklich überall dort, wo seine Hände meine Haut berührten, und eine Flut heißer Feuchtigkeit benetzte von neuem meine Brüste, die rund und glatt unter seiner harten Brust lagen.

Dann wanderte sein Mund zu meinem und ich verschmolz – fast buchstäblich – mit ihm. Es war mir egal, wie heiß es war und ob die Feuchtigkeit auf meiner Haut sein Schweiß war oder meiner. Sogar die Insektenwolken verloren jede Bedeutung. Ich hob meine Hüften an, und er glitt hinein, glatt und fest, und der letzte Rest seiner Kühle erlosch in meiner Hitze wie das kalte Metall eines Schwertes in heißem Blut.

Meine Hände glitten auf einem feuchten Film über seinen Rücken, meine Brüste bewegten sich unter seiner Brust, und ein Rinnsal tropfte zwischen ihnen nach unten und glättete die Reibung von Bauch und Oberschenkel.

»Himmel, dein Mund ist so schlüpfrig und salzig wie deine Möse«, murmelte er und streckte die Zunge aus, um die kleinen Salzperlen in meinem Gesicht zu kosten, Schmetterlingsflügel auf Schläfen und Augenlidern.

Ich spürte den harten Felsen unter mir kaum. Die gespeicherte Tageshitze, die von ihm aufstieg, wanderte durch mich hindurch, und die rauhe Felsoberfläche schürfte mir Rücken und Hinterteil auf, doch es störte mich nicht.

»Ich kann nicht warten«, flüsterte er mir atemlos ins Ohr.

»Dann tu's auch nicht«, sagte ich und schlang meine Beine fest um seine Hüften, Haut an Haut im kurzen Wahn der Erlösung.

»Ich habe ja schon gehört, daß Leute vor Leidenschaft dahinschmelzen«, sagte ich und schnappte nach Luft, »aber das hier ist lächerlich.«

Er hob den Kopf von meiner Brust, und es gab ein leises, klebriges

Geräusch, als sich seine Wange löste. Er lachte und glitt langsam zur Seite.

»Mein Gott, ist das heiß!« sagte er. Er schob sich das schweißnasse Haar aus der Stirn und atmete aus. Seine Brust hob und senkte sich immer noch vor Anstrengung. »Wie schaffen die Leute das, wenn es so heiß ist?«

»Genau wie wir gerade«, erläuterte ich. Ich atmete selbst schwer.

»Das geht nicht«, sagte er im Brustton der Überzeugung. »Nicht auf die Dauer, sie würden sterben.«

»Nun, vielleicht machen sie es langsamer«, sagte ich. »Oder unter Wasser. Oder sie warten bis zum Herbst.«

»Bis zum Herbst?« sagte er. »Vielleicht möchte ich doch nicht im Süden leben. Ist es heiß in Boston?«

»Um diese Jahreszeit schon«, versicherte ich ihm. »Und im Winter verdammt kalt. Du wirst dich an die Hitze gewöhnen. Und an die Insekten.«

Er streifte sich eine eifrige Mücke von der Schulter und blickte von mir zum Fluß.

»Vielleicht«, sagte er, »vielleicht auch nicht, aber im Moment...«

Er schlang die Arme fest um mich und drehte sich. Mit der schwerfälligen Eleganz eines rollenden Baumstamms fielen wir vom Rand der Felsbank ins Wasser.

Wir lagen feucht und kühl auf dem Felsen und berührten uns kaum, während die letzten Wassertropfen auf unserer Haut verdampften. Am anderen Ufer ließen die Weiden ihre Blätter ins Wasser hängen, und ihre Kronen sahen im Mondlicht schwarz und zerzaust aus. Hinter den Weiden lagen Morgen um Morgen und Meile um Meile jungfräulicher Wälder, denn die Zivilisation hatte gerade erst am Rand des Kontinentes Fuß gefaßt.

Jamie folgte meiner Blickrichtung und erriet meine Gedanken.

»Es hat sich wohl ziemlich verändert, seit du es zuletzt gesehen hast, oder?« Er deutete auf das Blätterdunkel.

»Ach, ein bißchen.« Ich verschränkte meine Hand mit der seinen, und mein Daumen liebkoste abwesend seinen breiten knochigen Handrücken. »Die Straßen sind dann befestigt, nicht gepflastert, sondern mit einem harten, glatten Material bedeckt, das ein Schotte namens MacAdam erfunden hat.«

Jamie grunzte leise vor Belustigung.

»Also gibt es dann Schotten in Amerika? Das ist gut.«

Ich ignorierte ihn und redete weiter, während ich in die tanzenden

Schatten blickte, als könnte ich die blühenden Städte heraufbeschwören, die dort eines Tages entstehen sollten.

»Es wird dann Menschen aus aller Herren Länder in Amerika geben. Das ganze Land wird besiedelt, von hier bis zur Westküste, bis zu einem Ort namens Kalifornien. Aber im Augenblick« – ich erschauerte sacht trotz der warmen, feuchten Luft – »haben wir nur dreitausend Meilen Wildnis vor uns. Da draußen ist überhaupt nichts.«

»Aye, nur Tausende von blutrünstigen Wilden«, sagte er pragmatisch. »Und wahrscheinlich das eine oder andere gefährliche Tier.«

»Na ja«, stimmte ich zu. »So ist es wohl.« Es war eine beunruhigende Vorstellung; natürlich war mir – ganz vage und theoretisch – bekannt gewesen, daß die Wälder von Indianern, Bären und anderen Waldbewohnern bevölkert waren, doch diese ganz allgemeine Vorstellung war plötzlich dem konkreten und ganz akuten Bewußtsein gewichen, daß wir leicht – und unerwartet – mit irgendwelchen dieser Bewohner zusammentreffen konnten, von Angesicht zu Angesicht.

»Was wird aus ihnen? Den Indianern?« fragte Jamie neugierig, während er genau wie ich in die Dunkelheit blickte, als versuchte er, die Zukunft in den schwankenden Schatten zu lesen. »Sie werden besiegt und vertrieben, nicht wahr?«

Mich überlief wieder ein leichtes Zittern, und meine Zehen krampften sich zusammen.

»Ja«, sagte ich. »Umgebracht, viele von ihnen. Oder gefangengenommen und eingesperrt.«

»Das ist doch gut.«

»Ich schätze, das hängt sehr vom Standpunkt ab«, sagte ich ziemlich trocken. »Ich glaube nicht, daß die Indianer das auch so sehen.«

»Kann schon sein«, sagte er. »Aber wenn ein verdammter Wilder mit aller Kraft versucht, mir die Kopfhaut abzusägen, interessiert mich sein Standpunkt nicht besonders, Sassenach.«

»Das kannst du ihnen aber nicht zum Vorwurf machen«, protestierte ich.

»Kann ich wohl«, versicherte er mir. »Wenn dich einer von den Kerlen skalpiert, werde ich ihm alles mögliche zum Vorwurf machen.«

»Äh... hmm«, sagte ich. Ich räusperte mich und machte noch einen Versuch.

»Was, wenn ein Haufen Fremder ankäme und versuchte, dich umzubringen oder dich von dem Boden zu vertreiben, auf dem du immer gelebt hast?«

»Schon geschehen«, sagte er sehr trocken. »Sonst wäre ich noch in Schottland, aye?«

»Hmm...« Ich kam ins Schwimmen. »Aber ich meine doch nur – du würdest unter diesen Umständen doch auch kämpfen, oder?«

Er holte tief Luft und atmete kräftig durch die Nase aus.

»Wenn ein englischer Dragoner zu meinem Haus käme und Ärger machte«, sagte er wohlüberlegt, »würde ich mich gegen ihn verteidigen. Ich würde auch nicht eine Sekunde lang zögern, ihn umzubringen. Ich würde ihm weder das Haar abschneiden und es durch die Luft schwenken, noch würde ich seine Genitalien essen. Ich bin kein Barbar, Sassenach.«

»Das habe ich auch nicht gesagt«, protestierte ich. »Ich habe nur gesagt, daß –«

»Außerdem«, sagte er mit unumstößlicher Logik, »habe ich nicht vor, irgendwelche Indianer umzubringen. Wenn sie mich in Ruhe lassen, werde ich ihnen auch nichts tun.«

»Sie werden sicher froh sein, das zu hören«, murmelte ich und gab für den Augenblick auf.

Wir lagen aneinandergeschmiegt in der Felsmulde, sanft vom Schweiß verklebt, und beobachteten die Sterne. Ich war unvorstellbar glücklich und zugleich ein wenig mißtrauisch. Konnte dieser Glückszustand wirklich andauern? Einst hatte ich das »für immer« zwischen uns als selbstverständlich betrachtet, doch damals war ich noch jünger.

So Gott wollte, würden wir uns bald niederlassen, den Ort finden, wo wir uns ein Heim, ein Leben aufbauen konnten. Das war alles, was ich wollte, doch gleichzeitig kamen mir Zweifel. Seit meiner Rückkehr hatten wir erst ein paar Monate miteinander verbracht. Jede Berührung, jedes Wort war immer noch in Erinnerungen gehüllt und gleichzeitig eine Neuentdeckung. Was würde geschehen, wenn wir uns gründlich aneinander gewöhnt hatten und den Alltag und seine Routine teilten?

»Meinst du, daß du meiner überdrüssig wirst?« murmelte er. »Wenn wir uns niedergelassen haben?«

»Ich habe mich gerade umgekehrt dasselbe gefragt.«

»Nein«, sagte er, und ich hörte das Lächeln in seiner Stimme. »Bestimmt nicht, Sassenach.«

»Woher weißt du das?« fragte ich.

»Ich war es nie«, erinnerte er mich. »Damals. Wir waren drei Jahre verheiratet, und ich habe dich am letzten Tag noch genauso begehrt wie am ersten. Vielleicht sogar mehr«, fügte er leise hinzu. Genau wie ich dachte er an unseren letzten Liebesakt, bevor er mich durch die Steine geschickt hatte.

Ich beugte mich herab und küßte ihn. Er schmeckte sauber und frisch und hatte noch etwas vom durchdringenden Geruch des Geschlechtsaktes an sich.

»Ich auch.«

»Dann mach dir keine Sorgen, Sassenach, und ich mach' mir auch keine.« Er berührte mein Haar und strich mir die feuchten Locken aus der Stirn. »Ich glaube, ich könnte mein Leben lang mit dir zusammensein und dich immer noch lieben. Und obwohl ich schon so oft bei dir gelegen habe, überrascht du mich manchmal immer noch, so wie heute nacht.«

»Ja? Was habe ich denn getan?« Ich starrte zu ihm hinunter, meinerseits überrascht.

»Oh... also. Ich wollte nicht... äh –«

Er klang plötzlich verlegen, und sein Körper war ungewohnt steif. »Mm?« Ich küßte ihn aufs Ohr.

»Äh... als ich zu dir gekommen bin... was du da gemacht hast... ich meine – war es das, was ich dachte?«

Ich lächelte im Dunkeln in seine Schulter hinein.

»Das kommt darauf an, was du gedacht hast, nehme ich an.«

Er stützte sich auf seinen Ellbogen, und seine Haut löste sich mit einem leisen Schmatzgeräusch von der meinen. Die feuchte Stelle, an der er festgeklebt hatte, war plötzlich kühl. Er drehte sich auf die Seite und grinste mich an.

»Du weißt ganz genau, was ich gedacht habe, Sassenach.«

Ich berührte sein Kinn, das von sprießenden Bartstoppeln überschattet war.

»Stimmt. Und du weißt auch ganz genau, was ich gemacht habe, warum fragst du also?«

»Na ja, ich hätte einfach nicht gedacht, daß eine Frau so etwas macht.«

Der Mond war so hell, daß ich seine halb hochgezogene Augenbraue sehen konnte.

»Männer tun es doch auch«, erinnerte ich ihn. »Du zumindest. Du hast es selbst gesagt – als du im Gefängnis warst, hast du gesagt –«

»Das war etwas anderes!« Ich sah, wie sich sein Mund verzog, während er sich überlegte, was er sagen sollte. »Ich – ach, ich konnte damals einfach nicht anders. Ich konnte schließlich nicht –«

»Tust du es denn sonst nie?« Ich setzte mich auf, schüttelte mein feuchtes Haar aus und warf ihm über die Schulter einen vorsichtigen

Blick zu. Man konnte im Mondlicht nicht sehen, wenn jemand errötete, doch ich hatte den Eindruck, daß er rot angelaufen war.

»Na gut«, murmelte er. »Ich denke schon, ja.« Ihm kam ein plötzlicher Gedanke, und seine Augen weiteten sich, als er mich ansah. »Machst du – hast du das schon oft gemacht?« Das letzte Wort kam als Krächzen heraus, und er mußte innehalten und sich räuspern.

»Das kommt darauf an, was du unter ›oft‹ verstehst«, sagte ich und ließ es zu, daß sich ein Hauch von Bitterkeit in meine Stimme schlich. »Ich habe schließlich zwei Jahre lang als Witwe gelebt.«

Er rieb sich mit den Fingerknöcheln über seine Lippen und beobachtete mich mit Interesse.

»Aye, das stimmt. Es ist nur – ich hatte einfach nicht gedacht, daß Frauen so etwas machen, das ist alles.« Zunehmende Faszination bekam die Oberhand über seine Überraschung. »Kannst du – es zu Ende bringen? Ohne einen Mann, meine ich?«

Da mußte ich laut lachen, und leise Echos hallten aus den umstehenden Bäumen wider und wurden vom Fluß zurückgeworfen.

»Ja, aber es ist viel schöner mit einem Mann«, versicherte ich ihm. Ich streckte die Hand aus und berührte seine Brust. Ich sah, wie sich eine Gänsehaut auf seiner Brust und seinen Schultern ausbreitete, und er erschauerte sacht, als ich mit meiner Fingerspitze einen sanften Kreis um seine Brustwarze zog. »Viel schöner«, sagte ich leise.

»Oh«, sagte er und hörte sich erfreut an. »Dann ist es ja gut, aye?«

Er war heiß – noch heißer als die flüssige Luft –, und mein erster Impuls war zurückzuweichen, doch ich folgte ihm nicht. Augenblicklich brach mir überall dort, wo seine Hände auf meiner Haut innehielten, der Schweiß aus, und ganze Rinnsale liefen mir den Hals herunter.

»So habe ich noch nie mit dir geschlafen«, sagte er. »Wie Aale, aye? Und dein Körper gleitet mir durch die Finger, so schlüpfrig wie Seetang.« Er fuhr mit beiden Händen an meinem Rücken herab, wobei er seine Daumen in die Furche meiner Wirbelsäule preßte. Die Härchen in meinem Nacken prickelten vor Vergnügen.

»Mm. Das kommt davon, daß es in Schottland zu kalt ist, um wie ein Schwein zu schwitzen«, sagte ich. »Obwohl – schwitzen Schweine eigentlich? Das habe ich mich schon immer gefragt.«

»Ich weiß es nicht, ich habe noch nie mit einem Schwein geschlafen.« Er neigte den Kopf, und seine Zunge berührte meine Brust. »Aber du schmeckst ein bißchen nach Forelle, Sassenach.«

»Wonach schmecke ich?«

»Frisch und süß mit etwas Salz«, antwortete er und hob den Kopf, bevor er sich weiter auf den Weg nach unten machte.

»Das kitzelt«, sagte ich und erzitterte unter seiner Zunge, machte aber keine Anstalten, mich ihm zu entziehen.

»Soll es auch«, sagte er und hob das feuchte Gesicht zum Atemholen, bevor er sich wieder ans Werk machte. »Gefällt mir nicht, daß du ganz ohne mich auskommen könntest.«

»Kann ich auch gar nicht«, versicherte ich ihm. »Oh!«

»Ah?« kam die gedämpfte Nachfrage. Ich legte mich auf den Stein zurück, den Rücken durchgedrückt, während die Sterne über mir schwindelerregend zu tanzen begannen.

»Ich habe ›Oh!‹ gesagt«, sagte ich schwach. Und dann sagte ich eine ganze Zeitlang nichts Zusammenhängendes mehr, bis er heftig atmend dalag und sein Kinn ganz leicht auf mein Schambein stützte. Ich langte herunter, um ihm das schweißdurchtränkte Haar aus dem Gesicht zu streichen, und er küßte meine Handfläche.

»Ich komme mir vor wie Eva«, sagte ich leise und sah zu, wie hinter ihm der Mond im dunklen Wald versank. »Genau am Rand des Gartens Eden.«

In meiner Nabelgegend erklang ein kurzes, prustendes Lachen.

»Aye, dann bin ich wohl Adam«, sagte Jamie. »Am Tor zum Paradies.« Er wandte den Kopf und blickte sehnsüchtig über den Fluß auf das unbekannte Land, dann legte er seine Wange auf meinen Bauch. »Ich wünschte nur, ich wüßte, ob ich gerade hineingehe oder herauskomme.«

Ich lachte ebenfalls, und das schreckte ihn auf. Dann packte ich ihn bei beiden Ohren und zog ihn sanft über meine schlüpfrige nackte Haut.

»Hinein«, sagte ich. »Ich sehe jedenfalls keinen Engel mit einem Feuerschwert.«

Er sank auf mich herab, seine Haut ebenfalls fieberheiß, und ich erschauerte unter ihm.

»Nicht?« murmelte er. »Dann siehst du wohl nicht genau genug hin.«

Dann trennte mich das Feuerschwert vom Bewußtsein ab und steckte meinen Körper in Brand. Wir flammten gemeinsam auf, hell wie Sterne in der Sommernacht, dann sanken wir ausgebrannt zurück, und unsere Asche löste sich auf in einem warmen Urmeer aus Salzwasser, in dem sich das erste pulsierende Leben regte.

ZWEITER TEIL

Schatten der Vergangenheit

3

Pastors Katze

Boston, Massachusetts, Juni 1969

»Brianna?«

»Hä?« Sie schoß hoch. Ihr Herz schlug wie wild, und der Klang ihres Namens hallte in ihrem Ohr nach. »Wer – was?«

»Du hast geschlafen. Verdammt, ich wußte doch, daß ich die falsche Zeit erwischt habe! Entschuldigung, soll ich wieder auflegen?«

Es war der gutturale Klang seiner Stimme, der schließlich ihre verwirrten Nervenverbindungen einrasten ließ. Telefon. Das Telefon hatte geklingelt, und sie hatte mitten im Traum automatisch abgehoben.

»Roger!« Der Adrenalinstoß des plötzlichen Erwachens ließ nach, doch ihr Herz raste immer noch. »Nein, leg nicht auf! Es ist in Ordnung, ich bin wach.« Sie rieb sich mit der Hand über das Gesicht und versuchte dann, die Telefonschnur zu entwirren und gleichzeitig das Bettzeug glattzustreichen.

»Aye? Sicher? Wie spät ist es bei dir?«

»Keine Ahnung es ist so dunkel, daß ich die Uhr nicht sehen kann«, sagte sie immer noch schlafverwirrt. Ein zögerndes, leises Lachen antwortete ihr.

»Es tut mir wirklich leid; ich habe versucht, die Zeitdifferenz auszurechnen, aber ich muß es verkehrt herum gemacht haben. Ich wollte dich nicht aufwecken.«

»Schon okay, ich hätte ja sowieso aufwachen müssen, um ans Telefon zu gehen«, versicherte sie ihm und lachte.

»Aye, gut…« Sie konnte das Lächeln in seiner Stimme hören und ließ sich wieder in die Kissen sinken. Sie schob sich die Locken aus den Augen und gewöhnte sich langsam ans Hier und Jetzt. Ihr Traum war ihr immer noch gegenwärtig, wirklicher als die in Dunkelheit gehüllten Umrisse ihres Schlafzimmers.

»Es tut gut, deine Stimme zu hören, Roger«, sagte sie leise. Sie war überrascht, *wie* gut es tat. Seine Stimme war weit weg und wirkte doch viel unmittelbarer als das entfernte Sirenengeheul und das Zischen der Reifen draußen auf dem Asphalt.

»Mir tut es auch gut.« Er klang ein bißchen schüchtern. »Hör mal, ich könnte nächsten Monat in Boston an einer Konferenz teilnehmen. Ich habe mir gedacht, ich könnte kommen, wenn – verdammt, ich weiß nicht, wie ich es sagen soll. Willst du mich sehen?«

Ihre Hand umklammerte den Hörer, und ihr Herz tat einen Sprung.

»Tut mir leid«, sagte er sofort, bevor sie antworten konnte. »Ich setze dich unter Druck, stimmt's? Ich... also... sag mir gleich, wenn es dir nicht recht ist.«

»Doch. Klar ist es mir recht!«

»Ah. Du hast also nichts dagegen? Nur... du hast meinen Brief nicht beantwortet. Ich dachte, ich hätte vielleicht etwas getan –«

»Nein, hast du nicht. Tut mir leid. Es war nur –«

»Schon gut. Ich wollte nicht –«

Ihre Sätze kollidierten, und sie hielten beide inne, gelähmt vor Befangenheit.

»Ich wollte nicht drängen –«

»Ich wollte nicht –«

Da war es schon wieder passiert, doch diesmal lachte er, und die leise schottische Belustigung überbrückte Zeit und Raum, so beruhigend, als hätte er sie berührt.

»Dann ist es ja gut«, sagte er mit Nachdruck. »Ich verstehe schon, aye?«

Sie antwortete nicht, sondern schloß die Augen, und ein undefinierbares Gefühl der Erleichterung durchströmte sie. Roger Wakefield war wahrscheinlich der einzige Mensch auf der Welt, der sie verstehen *konnte*. Doch ihr war vorher nicht klar gewesen, wie wichtig dieses Verständnis sein könnte.

»Ich habe geträumt«, sagte sie, »als das Telefon klingelte.«

»Mmpf?«

»Von meinem Vater.« Jedesmal, wenn sie das Wort aussprach, schnürte es ihr ganz leicht die Kehle zu. Dasselbe passierte auch, wenn sie »Mutter« sagte. Sie konnte immer noch die sonnenwarmen Kiefern aus ihrem Traum riechen und das Knirschen der Kiefernnadeln unter ihren Füßen spüren.

»Ich konnte sein Gesicht nicht sehen. Ich bin irgendwo mit ihm durch den Wald gewandert. Ich folgte ihm einen Pfad hinauf, und er hat mit mir geredet, aber ich konnte ihn nicht verstehen – ich versuchte ihn einzuholen, damit ich ihn hören konnte, aber ich habe es nicht geschafft.«

»Und du wußtest, daß der Mann dein Vater ist?«
»Ja – aber vielleicht habe ich das nur wegen der Bergwanderung gedacht. Das habe ich immer mit Paps gemacht.«
»Wirklich? Ich mit meinem auch. Wenn du jemals nach Schottland zurückkommst, nehme ich dich mit zum *Munro bagging*.«
»Wohin?«
Er lachte, und sie sah ihn plötzlich vor sich, wie er das dichte Haar zurückstrich, das er nicht oft genug schnitt, die moosgrünen Augen beim Lächeln halb zugekniffen. Sie merkte, daß sie sich langsam mit der Daumenspitze über die Unterlippe strich, und hielt inne. Er hatte sie geküßt, als sie sich verabschiedet hatten.
»Munro nennt man in Schottland einen Berg, der höher als neunhundervierzehn Meter ist. Es gibt so viele davon, daß die Leute sich einen Sport daraus machen herauszufinden, auf wie viele sie klettern können. Man sammelt sie wie Briefmarken oder Streichholzschachteln.«
»Wo bist du jetzt – in Schottland oder in England?« fragte sie, dann unterbrach sie sich, bevor er antworten konnte. »Nein, laß mich raten. Du bist in... Schottland. In Inverness.«
»Stimmt.« Die Überraschung in seiner Stimme war unüberhörbar. »Woher weißt du das?«
Sie reckte sich und schlug unter der Bettdecke ihre langen Beine übereinander.
»Du rollst das R, wenn du dich mit anderen Schotten unterhalten hast. Es ist mir aufgefallen, als wir – nach London gefahren sind.«
Ihre Stimme war nur noch leicht belegt; es wurde langsam leichter, dachte sie.
»Und ich warrr schon überrrzeugt, du könntest hellsehen«, sagte er und lachte.
»Ich wünschte, du wärst jetzt hier«, sagte sie impulsiv.
»Wirklich?« Er klang überrascht, und dann plötzlich schüchtern. »Oh. Also... das ist doch gut, oder?«
»Roger – weshalb ich nicht geschrieben habe –«
»Mach dir deswegen keine Gedanken«, sagte er schnell. »In einem Monat bin ich da, dann können wir darüber reden. Brianna, ich –«
»Ja?«
Sie hörte ihn Luft holen und erinnerte sich genau daran, wie es sich anfühlte, wenn sich seine Brust warm und fest unter ihren Fingern hob und senkte.
»Ich bin froh, daß du ja gesagt hast.«

Sie konnte nicht wieder einschlafen, nachdem sie aufgelegt hatte. Rastlos schwang sie die Füße aus dem Bett und tappte in die Küche des kleinen Apartments, um ein Glas Milch zu trinken. Erst als sie einige Minuten in die Tiefen des Kühlschrankes gestarrt hatte, begriff sie, daß sie nicht die Ketchupflaschen und angebrochenen Dosen sah, sondern aufrechte Steine, schwarz vor dem bleichen Himmel der Morgendämmerung.

Mit einem Ausruf der Ungeduld richtete sie sich auf und knallte die Tür zu. Sie zitterte ein wenig und rieb sich die Arme, die in der temperierten Raumluft kalt geworden waren. Impulsiv griff sich nach oben und schaltete die Klimaanlage aus, ging zum Fenster, schob es hoch und ließ die schwüle Luft der verregneten Sommernacht herein.

Sie hätte schreiben sollen. Sie *hatte* auch geschrieben – mehrmals, und all ihre halbvollendeten Versuche frustriert weggeworfen.

Sie wußte, warum, oder sie glaubte es zumindest. Es Roger zusammenhängend zu erklären, war etwas anderes.

Zum Teil war es schlicht der Instinkt eines verwundeten Tieres, der Drang, fortzulaufen und sich vor dem Schmerz zu verstecken. Was im letzten Jahr geschehen war, war nicht im geringsten Rogers Schuld, und doch war er unentrinnbar darin verwickelt.

Er war hinterher so zärtlich und so lieb gewesen, hatte sie wie eine Hinterbliebene behandelt – was sie auch war. Aber was für ein seltsamer Verlust! Ihre Mutter war für immer fort, doch sicher – so hoffte sie – nicht tot. Und doch war es ähnlich gewesen wie beim Tod ihres Vaters; als glaubte man an ein Leben nach dem Tod und hoffte mit aller Kraft, daß der geliebte Mensch geborgen und glücklich war – und als müßte man dennoch Trauer, Verlust und Einsamkeit ertragen.

Ein Krankenwagen fuhr auf der anderen Seite des Parks vorbei, das rote Licht pulsierte in der Dunkelheit, die Sirene wurde durch die Entfernung gedämpft. Aus Gewohnheit bekreuzigte sie sich und murmelte: »*Miserere nobis.*« Schwester Marie Romaine hatte der fünften Klasse eingeschärft, daß die Toten und die Sterbenden ihre Gebete brauchten, und damit einen so starken Eindruck bei den Kindern hinterlassen, daß keins von ihnen jemals an einer Unfallstelle vorbeigehen konnte, ohne ein kurzes Gebet gen Himmel zu senden, um den Seelen derer beizustehen, die unmittelbar vor der Himmelspforte standen.

Sie betete jeden Tag für sie, ihre Mutter und ihren Vater – ihre Väter. Das war der andere Grund. Onkel Joe wußte auch, wer ihr wirklicher Vater war, doch nur Roger konnte wirklich verstehen, was geschehen war, nur Roger konnte die Steine auch hören.

Niemand erlebte so etwas, ohne davon gezeichnet zu werden. Er nicht, sie nicht. Er hatte gewollt, daß sie blieb, nachdem Claire fortgegangen war, doch sie konnte nicht.

Sie müsse hier einiges erledigen, hatte sie ihm gesagt, sich um viele Dinge kümmern, ihre Ausbildung zu Ende bringen. Das stimmte. Doch was noch wichtiger war, sie mußte weg – weit weg von Schottland und seinen Steinkreisen, zurück zu einem Ort, wo ihre Wunden heilen konnten, wo sie ihr Leben wieder aufbauen konnte.

Wäre sie bei Roger geblieben, hätte sie nicht vergessen können, was geschehen war, nicht einen Moment lang. Und das war der letzte Grund, das letzte Stück ihres dreiteiligen Puzzles.

Er hatte sie beschützt, sie liebevoll umsorgt. Ihre Mutter hatte sie ihm anvertraut, und er hatte dieses Vertrauen nicht enttäuscht. Doch hatte er sich nur um sie gekümmert, um das Versprechen zu halten, das er Claire gegeben hatte – oder weil ihm wirklich etwas an ihr lag? Wie auch immer, die erdrückenden Verpflichtungen auf beiden Seiten boten keine Grundlage für eine gemeinsame Zukunft.

Falls es eine Zukunft für sie gab... und das war es, was sie ihm nicht schreiben konnte, denn wie sollte sie es sagen, ohne sich eingebildet und idiotisch anzuhören?

»Geh fort, so daß du zurückkommen und es richtig machen kannst«, murmelte sie und zog bei den Worten ein Gesicht. Der Regen prasselte immer noch herunter und kühlte die Luft so weit ab, daß sie ungehindert atmen konnte. Es war kurz vor der Dämmerung, dachte sie, doch die Luft war immer noch so warm, daß die Feuchtigkeit auf der kühlen Haut ihres Gesichtes kondensierte; es bildeten sich kleine Wassertropfen, die ihr einzeln den Hals heruntergleiten und von ihrem Baumwoll-T-Shirt aufgesogen wurden.

Sie wollte, daß sie die Ereignisse des vergangenen Novembers hinter sich ließen, sie wollte einen sauberen Bruch. Wenn genug Zeit verstrichen war, konnten sie vielleicht wieder zusammenkommen. Nicht als Nebendarsteller im Lebensdrama ihrer Eltern, sondern als Schauspieler, die sich ihre Rollen selbst aussuchten.

Nein, wenn irgend etwas zwischen ihr und Roger Wakefield geschehen sollte, sollte es definitiv aus freien Stücken sein. Es sah so aus, als bekäme sie jetzt die Gelegenheit, sich zu entscheiden, und die Aussicht rief ein leises, aufgeregtes Flattern in ihrer Magengrube hervor.

Sie wischte sich mit der Hand über das Gesicht, strich die Feuchtigkeit weg und rieb sie sich ins Haar, um die wallenden Locken zu bändigen.

Sie ließ das Fenster offen, ohne sich daran zu stören, daß der Regen auf dem Boden eine Pfütze bildete. Sie fühlte sich zu unruhig, um abgeriegelt zu sein und sich von künstlicher Luft erfrischen zu lassen.

Sie schaltete die Tischlampe ein, zog ihr Lehrbuch der Analysis hervor und öffnete es. Die späte Entdeckung, welch beruhigende Wirkung die Mathematik auf sie hatte, war ein kleiner und unerwarteter Vorteil ihres Studiengangwechsels.

Als sie allein nach Boston und zur Uni zurückkehrte, hatte sie den Eindruck, Ingenieurwesen sei eine sehr viel ungefährlichere Wahl als Geschichte: solide, faktenabhängig, beruhigend unveränderbar. Vor allem kontrollierbar. Sie nahm sich einen Stift, spitzte ihn langsam – eine Vorbereitung, die sie genoß –, beugte dann den Kopf und las die erste Aufgabe.

Langsam wie immer wob die unausweichliche Logik der Summen ihr Netz in ihrem Kopf, fing alle Zufallsgedanken ein und wickelte die verwirrenden Gefühle in Seidenfäden, als wären sie Fliegen. Um die Zentralachse des mathematischen Problems spann die Logik ihr Netz, ordentlich und voller Schönheit wie das juwelenbesetzte Werk einer Radnetzspinne. Nur ein kleiner Gedanke verfing sich nicht in ihren Netzen und flatterte frei wie ein heller, winziger Schmetterling.

Ich bin froh, daß du ja gesagt hast, hatte er gesagt. Sie war es auch.

Juli 1969

»Spricht er wie die Beatles? Ich sterbe, wenn er sich anhört wie John Lennon. Du weißt, wie der redet? Das haut mich einfach um.«

»Er hört sich überhaupt nicht wie John Lennon an, verflixt und zugenäht!« zischte Brianna. Sie warf einen vorsichtigen Blick um einen Betonpfeiler, doch der Flugsteig für Internationale Ankünfte war immer noch leer. »Kannst du jemanden aus Liverpool nicht von einem Schotten unterscheiden?«

»Nein«, sagte ihre Freundin Gayle fröhlich und schüttelte ihr blondes Haar aus. »Für mich hören sich alle Engländer gleich an. Ich könnte ihnen ewig zuhören!«

»Er ist kein Engländer. Ich habe dir doch gesagt, daß er ein Schotte ist!«

Gayle warf Brianna einen Blick zu, der deutlich besagte, daß sie ihre Freundin für verrückt hielt.

»Schottland gehört zu England, ich habe es auf der Karte nachgesehen.«

»Schottland gehört zu Großbritannien, nicht zu England.«

»Und wo ist da der Unterschied?« Gayle machte einen langen Hals und schaute um den Pfeiler. »Warum stehen wir hier hinten? Da wird er uns nie sehen.«

Brianna fuhr sich mit der Hand durch das Haar, um es zu glätten. Sie standen hinter einem Pfeiler, weil sie sich nicht sicher war, ob sie *wollte*, daß er sie sah. Jetzt war es aber nicht mehr zu ändern, die ersten Passagiere kamen zerzaust und mit Gepäck beladen durch die Doppeltür.

Sie ließ sich von der immer noch quasselnden Gayle in die Hauptempfangszone schleifen. Die Zunge ihrer Freundin führte eine Doppelexistenz: Obwohl Gayle in der Uni durchaus zu kühlem und vernünftigem Diskurs in der Lage war, war ihre wichtigste Fähigkeit im Umgang mit anderen, auf ein Stichwort hin wie ein Wasserfall zu reden. Deswegen hatte Brianna Gayle gebeten, mit zum Flughafen zu kommen und Roger abzuholen – so waren befangene Pausen in der Unterhaltung ausgeschlossen.

»Hast du es schon mit ihm getan?«

Sie fuhr aufgeschreckt zu Gayle herum.

»Was?«

Gayle rollte mit den Augen.

»Sackhüpfen gespielt. Also ehrlich, Brianna!«

»Nein. Natürlich nicht.« Sie spürte, wie ihr das Blut in die Wangen stieg.

»Und, *wirst* du es tun?«

»Gayle!«

»Also, ich meine, du hast deine eigene Wohnung und alles, und keiner wird –«

In diesem ungeeigneten Moment erschien Roger Wakefield. Er trug ein weißes Hemd und schmuddelige Jeans, und Brianna mußte bei seinem Anblick erstarrt sein, denn Gayle drehte eilig den Kopf, um herauszufinden, wohin Brianna blickte.

»Ooh«, sagte sie entzückt. »Ist er das? Er sieht aus wie ein Pirat!«

Das stimmte, und Brianna spürte, wie ihr Magen noch ein paar Zentimeter tiefer sank. Roger war das, was ihre Mutter einen schwarzen Kelten nannte, mit reiner Olivenhaut, schwarzem Haar und dichten, schwarzen Wimpern. Seine Augen, die man sich blau vorgestellt hätte, waren aber überraschend dunkelgrün. Mit den Haaren, die zerzaust und so lang waren, daß sie seinen Kragen streiften, und den Bartstoppeln sah er nicht nur verwegen, sondern geradezu gefährlich aus.

Bei seinem Anblick prickelte ein Alarmzeichen an ihrer Wirbelsäule hoch, und sie wischte sich die schwitzenden Handflächen an den Seiten ihrer bestickten Jeans ab. Sie hätte ihn nicht kommen lassen sollen.

Dann sah er sie, und sein Gesicht glühte auf wie eine Kerze. Sie spürte, wie sich trotz ihrer Bedenken auch in ihrem Gesicht ein breites, idiotisches Grinsen ausbreitete, und ohne weiter über böse Vorahnungen nachzudenken, rannte sie durch den Raum, vorbei an streunenden Kindern und Gepäckwagen.

Er traf sie in der Mitte und riß sie fast von den Füßen, weil er sie so fest umarmte, daß ihre Rippen ächzten. Er küßte sie, hielt inne und küßte sie noch einmal, und seine Bartstoppeln kratzten über ihr Gesicht. Er roch nach Seife und Schweiß und schmeckte nach Scotch, und sie wollte nicht, daß er aufhörte.

Das tat er dann aber doch und ließ sie los, und sie waren beide fast außer Atem.

»*A-hem*«, sagte eine laute Stimme direkt neben Brianna. Sie wandte sich von Roger ab und gab den Blick auf Gayle frei, die ihn unter ihrem blonden Pony engelhaft anlächelte und wie ein Kind beim Abschied winkte.

»Hall – ooo«, sagte sie. »Du mußt Roger sein, denn wenn du es nicht bist, steht Roger ein schöner Schock bevor, wenn er auftaucht, oder?«

Sie begutachtete ihn beifällig von oben bis unten.

»Das alles, und Gitarre spielst du auch noch?«

Brianna hatte den Koffer gar nicht bemerkt, den er losgelassen hatte. Er bückte sich, hob ihn auf und schwang ihn über seine Schulter.

»Tja, davon muß ich mich auf dieser Reise ernähren«, sagte er und lächelte Gayle an, die sich in gespielter Ekstase ans Herz griff.

»Ooh, sag das noch mal!« bettelte sie.

»Was denn?« Roger machte ein verwundertes Gesicht.

»Reise ernähren«, sagte Brianna und schulterte eine seiner Taschen. »Sie möchte noch mal hören, wie du das R rollst. Gayle ist verrückt nach britischen Akzenten. Oh – das ist Gayle.« Sie deutete resigniert auf ihre Freundin.

»Ja, das habe ich schon mitgekriegt. Äh...« Er räusperte sich, fixierte Gayle mit einem durchdringenden Blick und senkte seine Stimme um eine Oktave. »Rrringel, rrrangel, Rrrose, schöne Aprrrikose... Reicht das fürs erste?«

»Könntest du bitte damit aufhören?« Brianna sah ihre Freundin, die dramatisch in einen der Plastiksessel gesunken war, ärgerlich an. »Ignorier sie einfach«, riet sie Roger und wandte sich zum Ausgang.

Mit einem vorsichtigen Blick auf Gayle befolgte er ihren Ratschlag, hob eine große Schachtel hoch, die von einer Schnur zusammengehalten wurde, und folgte ihr nach draußen.

»Was hast du damit gemeint, daß du dich auf der Reise ernähren mußt?« fragte sie, um die Unterhaltung wieder in vernünftige Bahnen zu lenken.

Er lachte, ein bißchen befangen.

»Tja, die Konferenz kommt zwar für den Flug auf, doch die Spesen können sie nicht übernehmen. Also habe ich ein bißchen herumtelefoniert und mir einen Job besorgt, um das Problem aus der Welt zu schaffen.«

»Einen Job, bei dem du Gitarre spielst?«

»Tagsüber ist der angenehm gesittete Historiker Roger Wakefield ein harmloser Akademiker aus Oxford. Doch in der Nacht legt er heimlich seine Tartanrrregalien an und verrrwandelt sich in den aufrrregenden – Roger MacKenzie!«

»Wen?«

Er lächelte über ihre Überraschung. »Tja, ich singe schottische Folksongs auf Festivals und *ceilidhs* – Highlandfestspielen und so. Ich soll am Wochenende bei einem keltischen Festival in den Bergen auftreten, das ist alles.«

»Schottische Songs? Trägst du dabei einen Kilt?« Gayle war an Rogers anderer Seite aufgetaucht.

»Klar. Woran sollten sie sonst erkennen, daß ich Schotte bin?«

»Ich *liebe* Wuschelknie«, sagte Gayle verträumt. »Sag mal, stimmt es, daß ein Schotte –«

»Hol das Auto«, befahl Brianna und drückte Gayle hastig die Schlüssel in die Hand.

Gayle stützte ihr Kinn auf die Unterkante des Autofensters und sah zu, wie Roger ins Hotel ging. »Mensch, ich hoffe, daß er sich nicht rasiert, bevor wir uns zum Abendessen treffen. Ich finde, Männer sehen einfach toll aus, wenn sie sich eine Zeitlang nicht rasiert haben. Was meinst du, was in der großen Schachtel ist?«

»Sein *bodhran*. Ich habe ihn gefragt.«

»Sein *was*?«

»Das ist eine keltische Kriegstrommel. Er begleitet ein paar seiner Songs damit.«

Gayle schürzte nachdenklich die Lippen.

»Du willst wohl nicht, daß ich ihn zu diesem Festival fahre, oder? Ich meine, du hast doch bestimmt unheimlich viel zu tun, und –«

»Ha, ha. Glaubst du, ich lasse dich in seine Nähe, wenn er einen Kilt trägt?«

Gayle seufzte sehnsüchtig und zog den Kopf ein, als Brianna den Wagen anließ.

»Vielleicht gäbe es da ja noch mehr Männer im Kilt.«
»Das ist wohl anzunehmen.«
»Ich wette, die haben keine keltischen Kriegstrommeln.«
»Wahrscheinlich nicht.«
»Und, wirst du es tun?«
»Woher soll ich das wissen?« Aber das Blut ließ ihre Haut aufblühen, und die Kleider wurden ihr eng.

»Also, wenn nicht«, sagte Gayle mit Bestimmtheit, »dann spinnst du.«

»Pastors Katze ist eine... androgyne Katze.«
»Pastors Katze ist eine... aberdonische Katze.«

Brianna zog die Augenbrauen hoch und wandte den Blick kurzfristig von der Straße ab.

»Schon wieder was Schottisches?«
»Es ist ein schottisches Spiel«, sagte Roger. »Und die Katze ist eben aus Aberdeen. Du bist dran. Buchstabe B.«

Sie blinzelte durch die Windschutzscheibe auf die enge Bergstraße. Die Morgensonne schien ihnen ins Gesicht und erfüllte den Wagen mit Licht.

»Pastors Katze ist eine bunte Katze.«
»Pastors Katze ist eine beliebte Katze.«
»Na, das war ja für beide einfach. Unentschieden. Okay. Pastors Katze ist eine...« Er sah, wie es in ihrem Gehirn arbeitete und wie dann ihre zusammengekniffenen blauen Augen blitzten, als ihr ein Gedanke kam. »... coccygodynische Katze.«

Bei dem Versuch, das Wort zu erraten, kniff Roger nun auch die Augen zusammen.

»Eine Katze mit einem dicken Hintern?«

Sie lachte und bremste sacht, als das Auto in eine Kurve fuhr.

»Eine Katze, die dich am Arsch kriegt.«
»Das Wort gibt es wirklich, oder?«
»Ja.« Sie beschleunigte sauber, als sie aus der Kurve herausfuhr. »Einer von Mamas medizinischen Fachbegriffen. Coccygodynie ist ein Schmerz in der Steißbeingegend. Sie nannte die Krankenhausverwaltung immer Coccygodynier.«

»Und ich dachte schon, es wäre einer von deinen Ingenieursbegrif-

fen. Also gut. Pastors Katze ist eine cholerische Katze.« Er grinste. »Coccygodynier sind nämlich von Natur aus Choleriker.«
»Okay. Unentschieden. Pastors Katze ist...«
»Stop«, unterbrach Roger und zeigte nach draußen. »Hier ist die Abzweigung.«
Langsam bog sie von der engen Landstraße in ein noch engeres Sträßchen ein und folgte einem kleinen Schild mit roten und weißen Pfeilen, auf dem KELTISCHES FESTIVAL stand.
»Das ist lieb von dir, daß du mich den ganzen Weg hierher fährst«, sagte Roger. »Ich hatte keine Ahnung, wie weit es ist, sonst hätte ich dich nie darum gebeten.«
Sie sah ihn belustigt an.
»So weit ist es doch gar nicht.«
»Es sind fast dreihundert Kilometer!«
Sie lächelte, doch ein Hauch von Ironie schwang darin mit.
»Mein Vater hat immer gesagt, das ist der Unterschied zwischen einem Amerikaner und einem Engländer. Ein Engländer hält hundert Kilometer für eine weite Strecke, ein Amerikaner hält hundert Jahre für eine lange Zeit.«
Roger lachte überrascht.
»Stimmt genau. Du gehörst dann wohl zu den Amerikanern, oder?«
»Ich nehme es an.« Doch ihr Lächeln war erstorben.
Die Unterhaltung auch. Sie fuhren ein paar Minuten lang schweigend weiter und hörten nur das Motorengeräusch und den Fahrtwind. Es war ein wunderschöner, heißer Sommertag, und sie hatten die Bostoner Schwüle weit unter sich gelassen, als sie sich bergauf in die klarere Bergluft schlängelten.
»Pastors Katze ist auf Distanz«, sagte Roger schließlich leise. »Habe ich was Falsches gesagt?«
Sie schoß ihm einen blauen Blitz und ein halbes Lächeln zu.
»Pastors Katze ist eine dösende Katze.« Sie preßte die Lippen zusammen, als sie hinter einem anderen Wagen abbremste, und entspannte sich dann. »Nein, das stimmt nicht, es *liegt* an dir, aber es ist nicht deine Schuld.«
Roger verlagerte sein Gewicht und drehte sich, so daß er sie ansehen konnte.
»Pastors Katze ist eine enigmatische Katze.«
»Pastors Katze ist eine errötende Katze – ich hätte nichts sagen sollen, entschuldige.«
Roger war klug genug, sie nicht zu bedrängen. Statt dessen beugte

er sich vor und suchte unter dem Sitz nach der Thermoskanne mit heißem Tee und Zitrone.

»Willst du welchen?« Er bot ihr die Tasse an, doch sie zog ein Gesicht und schüttelte den Kopf.

»Nein, danke. Ich hasse Tee.«

»Also bestimmt keine Engländerin«, sagte er und wünschte sich im selben Moment, er hätte den Mund gehalten, denn ihre Hände umklammerten das Lenkrad fester. Sie sagte aber nichts, und er trank schweigend seinen Tee und beobachtete sie.

Trotz ihrer Herkunft und Hautfarbe sah sie nicht wie eine Engländerin aus. Er konnte nicht sagen, ob der Unterschied nur auf die Kleidung zurückzuführen war, aber er glaubte es nicht. Amerikaner schienen so viel mehr... was? Mehr Ausstrahlung zu haben?

Intensiver zu sein? Größer? Einfach *mehr*. Brianna Randall war definitiv mehr.

Der Verkehr nahm zu, und als sie die Einfahrt an der Anlage erreichten, in der das Festival stattfand, kroch er nur noch dahin.

»Hör mal«, sagte Brianna abrupt. Sie sah ihn nicht an, sondern starrte durch die Windschutzscheibe auf das New-Jersey-Kennzeichen des Wagens vor ihnen. »Ich muß was erklären.«

»Mir nicht.«

Irritiert zog sie eine rote Augenbraue hoch.

»Wem denn sonst?« Sie preßte die Lippen zusammen und seufzte. »Na gut, okay, mir selber auch. Trotzdem.«

Roger schmeckte die Säure des Tees bitter in seinem Gaumen. Kam jetzt der Moment, in dem sie ihm sagte, daß es ein Fehler gewesen war herüberzukommen? Das hatte er sich auf dem Weg über den Atlantik auch gedacht, während er sich verkrampft in dem winzigen Flugzeugsessel gewunden hatte. Dann hatte er sie am anderen Ende der Ankunftshalle gesehen, und all seine Zweifel hatten sich sofort in Luft aufgelöst.

Sie waren während der vergangenen Woche nicht wiedergekehrt. Er hatte Brianna jeden Tag zumindest kurz gesehen, es am Donnerstagnachmittag sogar geschafft, sich mit ihr ein Baseballspiel im Fenwick-Park anzusehen.

Das Spiel an und für sich hatte ihn verwirrt, doch die Art, wie Brianna sich dafür begeisterte, hatte ihn bezaubert. Er ertappte sich dabei, daß er die Stunden zählte, die ihnen bis zum Abschied noch blieben, und doch hatte er sich auf heute gefreut – auf den einzigen Tag, den sie von früh bis spät miteinander verbringen konnten.

Das bedeutete aber nicht, daß es ihr genauso ging. Er betrachtete abschätzend die Autoschlange; die Einfahrt war in Sicht, aber immer noch eine Viertelmeile weit weg. Ihm blieben etwa drei Minuten, um sie zu überzeugen.

»In Schottland«, hörte er sie sagen, »als... als das alles mit meiner Mutter passiert ist. Du warst toll, Roger – wirklich wundervoll.« Sie blickte ihn nicht an, doch er sah einen feuchten Schimmer auf ihren dichten, kastanienfarbigen Wimpern.

»Das war doch nicht der Rede wert«, sagte er. »Ich fand es interessant.«

Sie lachte kurz.

»Das kann ich mir vorstellen.« Sie bremste ab und wandte den Kopf, um ihn direkt anzusehen. Selbst wenn sie ihre Augen weit öffnete, waren sie noch katzenhaft schräg.

»Bist du noch einmal bei dem Steinkreis gewesen? Auf dem Craigh na Dun?«

»Nein«, sagte er kurz. Dann hustete er und fügte scheinbar beiläufig hinzu: »Ich komme nicht so oft nach Inverness; schließlich war es mitten im Semester.«

»Kann es sein, daß Pastors Katze sich fürchtet?« fragte sie, lächelte aber dabei.

»Pastors Katze hat eine Heidenangst vor der Stelle«, sagte er ganz offen. »Sie würde sie nicht einmal betreten, wenn sie dort knietief in Sardinen waten könnte.« Brianna lachte spontan, und die Spannung zwischen ihnen ließ merklich nach.

»Ich auch nicht«, sagte sie und holte tief Luft. »Aber ich erinnere mich an alles. An all die Mühe, die du dir gemacht hast, um zu helfen – und dann, als es – als sie – als Mama durch die Steine gegangen –« Ihre Zähne gruben sich in ihre Unterlippe, und sie trat fester als nötig auf die Bremse.

»Verstehst du?« sagte sie leise. »Kaum bin ich eine halbe Stunde mit dir zusammen, kommt es alles wieder hoch. Über ein halbes Jahr lang habe ich meine Eltern nicht ein einziges Mal erwähnt, und kaum fangen wir mit diesem bescheuerten Spiel an, rede ich von beiden, noch bevor eine Minute vergangen ist. So ist es die ganze Woche gewesen.«

Sie schnippte sich eine lose Haarsträhne von der Schulter. Sie wurde so schön rot, wenn sie sich aufregte oder aus der Fassung geriet, und die Farbe brannte mitten auf ihren Wangen.

»Ich habe mir gedacht, daß es so etwas war – als du meinen Brief nicht beantwortet hast.«

»Nicht nur das.« Sie klemmte ihre Unterlippe zwischen die Zähne, als wollte sie sich die Worte verkneifen, doch es war zu spät. Eine leuchtendrote Flut stieg aus dem V-Ausschnitt ihres T-Shirts auf, bis sie so rot war wie der Ketchup, den sie immer zu ihren Pommes aß.

Er streckte den Arm über den Sitz und strich ihr den Haarschleier aus dem Gesicht.

»Ich war fürchterlich in dich verknallt«, platzte sie heraus und starrte geradeaus durch die Windschutzscheibe. »Aber ich war mir nicht sicher, ob du nur nett zu mir warst, weil Mama dich darum gebeten hatte, oder ob –«

»Ob«, unterbrach er und lächelte, als sie einen kurzen Seitenblick auf ihn riskierte. »Definitiv ob.«

»Oh.« Sie entspannte sich ein wenig und lockerte ihren Würgegriff um das Lenkrad. »Ja dann – gut.«

Er wollte sie bei der Hand nehmen, wollte sie aber nicht vom Lenkrad lösen und einen Unfall riskieren. Statt dessen legte er seinen Arm um die Lehne ihres Sitzes und ließ seine Finger über ihre Schulter streifen.

»Jedenfalls dachte ich nicht – ich dachte – also, ich konnte mich dir nur an den Hals werfen oder so schnell wie möglich abhauen. Also bin ich abgehauen, aber ich wußte nicht, wie ich es dir erklären sollte, ohne wie eine Idiotin dazustehen, und als du dann geschrieben hast, wurde alles noch schlimmer – siehst du, und schon *stehe* ich da wie eine Idiotin.«

Roger öffnete seinen Sicherheitsgurt.

»Fährst du auf den Wagen vor uns auf, wenn ich dir einen Kuß gebe?«

»Nein.«

»Gut.« Er rutschte zu ihr herüber, nahm ihr Kinn in die Hand und küßte sie schnell. Sie rumpelten gemächlich über den Feldweg auf den Parkplatz.

Sie atmete freier, und ihre Röte hatte nachgelassen. Sie parkte ordentlich ein und würgte den Motor ab, dann saß sie einen Moment lang nur da und blickte geradeaus. Dann schnallte sie sich ab und wandte sich ihm zu.

Erst als sie einige Minuten später aus dem Auto stiegen, fiel Roger auf, daß sie zwar ihre Eltern mehr als einmal erwähnt hatte – doch das wirkliche Problem lag wohl mehr bei dem Elternteil, den sie so sorgfältig *nicht* erwähnt hatte.

Toll, dachte er und bewunderte geistesabwesend ihren Hintern, als sie sich bückte, um den Kofferraum zu öffnen. *Da gibt sie sich alle Mühe, nicht an Jamie Fraser zu denken, und wo zum Teufel bringst du sie hin?* Er blickte zum Eingang der Anlage, wo der Union Jack und das schottische Andreaskreuz im Sommerwind flatterten. Dahinter lag ein Berghang, auf dem melancholisches Dudelsackspiel erklang.

4

Das Präteritum schlägt zurück

Da Roger es gewohnt war, sich in Pferdeanhängern oder in den Herrentoiletten von Kneipen umzuziehen, erschien ihm die kleine Kabine, die man ihm hinter der Bühne zugeteilt hatte, geradezu bemerkenswert luxuriös. Sie war sauber, sie hatte Garderobenhaken, und es schnarchten keine betrunkenen Gäste auf der Türschwelle. Klar, er war hier in Amerika, sinnierte er, während er seine Jeans aufknöpfte und sie zu Boden fallen ließ. Ein völlig anderer Standard, zumindest was den materiellen Komfort anging.

Er zog sich das Hemd mit den Trompetenärmeln über den Kopf und fragte sich, an welchen Lebensstandard Brianna gewöhnt war. Er hatte keine Ahnung von Frauenkleidung – wie teuer mochten wohl Blue Jeans sein? –, aber er hatte ein bißchen Ahnung von Autos. Sie fuhr einen funkelnagelneuen blauen Mustang, und er war ganz spitz darauf, sich ans Steuer zu setzen.

Ganz offensichtlich hatten ihre Eltern sie gut versorgt – darauf konnte man sich bei Claire Randall verlassen. Er hoffte nur, daß es nicht so viel war, daß sie glaubte, er interessiere sich deswegen für sie. Bei dem Gedanken an ihre Eltern blickte er auf den braunen Briefumschlag: Sollte er ihn Brianna doch geben?

Pastors Katze war vor Schreck fast an die Decke gegangen, als sie durch den Bühneneingang gekommen waren und sich der 78th Fraser Highlanders' Pipe Band aus Kanada gegenübergesehen hatten, die mit voller Kraft hinter den Garderoben probte. Sie war sogar blaß geworden, als er sie dem Major vorgestellt hatte, einem alten Bekannten von ihm. Nicht daß Bill Livingston so ehrfurchteinflößend gewesen wäre, es war die Clannadel der Frasers gewesen, die an seiner Brust steckte.

Je suis prêt, stand darauf. *Ich bin bereit.* Nicht einmal ansatzweise bereit, dachte Roger, und hätte sich in den Hintern treten können, weil er sie hierhergebracht hatte.

Immerhin hatte sie ihm versichert, es wäre kein Problem für sie, allein herumzuschlendern, während er sich umzog und auf seinen Auftritt vorbereitete.

Und darauf sollte er sich jetzt am besten auch konzentrieren, dachte er, schloß die Schnallen seines Kilts an Taille und Hüfte und griff nach den langen Wollstrümpfen. Sein Auftritt war am frühen Nachmittag, eine Dreiviertelstunde, und dann noch eine kürzere Soloeinlage beim abendlichen *ceilidh*. Er hatte sich die Reihenfolge der Songs grob zurechtgelegt, doch es kam immer auch auf das Publikum an. Waren viele Frauen da, kamen die Balladen gut an, überwogen die Männer, wählte er mehr Kriegerisches – »Killiecrankie« und »Montrose«, »Guns and Drums«. Zotiges funktionierte am besten, wenn sich das Publikum gut aufgewärmt hatte – am besten mit dem einen oder anderen Bier.

Er schlug die Strumpfbündchen ordentlich um und ließ den *sgian dhu* hineingleiten, so daß er fest an seinem rechten Unterschenkel lag. Er schnürte seine Stiefel zu, wobei er sich etwas beeilte. Er hatte vor, Brianna zu suchen, sich ein bißchen Zeit zum Herumspazieren zu nehmen, ihr etwas zum Essen zu kaufen, dafür zu sorgen, daß sie beim Konzert einen guten Platz bekam.

Er schwang sich das Plaid über die Schulter, befestigte seine Brosche, umgürtete sich mit Dolch und Sporran, und dann war er soweit. Oder doch nicht ganz. Auf halbem Weg zur Tür hielt er inne.

Die uralte olivfarbige Unterhose stammte aus Militärbeständen, zirka Zweiter Weltkrieg, eins der wenigen Erinnerungsstücke an seinen Vater, die Roger besaß. Normalerweise trug er selten Unterhosen, doch manchmal benutzte er sie unter seinem Kilt als Verteidigungsmaßnahme gegen die erstaunliche Unverfrorenheit mancher Zuhörerinnen. Andere Musiker hatten ihn gewarnt, doch er hätte ihnen nicht geglaubt, hätte er es nicht am eigenen Leib erfahren. Deutsche waren am schlimmsten, aber er war auch schon auf einige Amerikanerinnen getroffen, die sich fast genausoviel herausnahmen, wenn er in ihre Nähe geriet.

Er glaubte nicht, daß solche Vorsichtsmaßnahmen hier nötig waren; das Publikum machte einen zivilisierten Eindruck, und er hatte gesehen, daß die Bühne außer Reichweite war. Und wenn er nicht auf der Bühne stand, würde Brianna bei ihm sein, und falls sie vorhatte, sich etwas herauszunehmen... Er warf die Unterhose wieder in die Tasche, oben auf den braunen Umschlag.

»Drück mir die Daumen, Paps«, flüsterte er und ging sie suchen.

»Wahnsinn!« Sie ging um ihn herum und machte Stielaugen. »Roger, du bist eine Wucht!« Sie lächelte ein wenig schief. »Meine Mutter hat immer gesagt, daß Männer in Kilts unwiderstehlich sind. Da hatte sie wohl recht.«

Er sah, wie sie schluckte, und hätte sie am liebsten für ihre Tapferkeit umarmt, doch sie hatte sich schon abgewandt und zeigte auf die Imbißbuden.

»Hast du Hunger? Ich habe mich umgesehen, während du dich umgezogen hast. Wir können wählen zwischen Tintenfischspießchen, Baja Fischtacos, polnischen Hot Dogs –«

Er nahm sie am Arm und drehte sie zu sich um.

»Hey«, sagte er leise, »es tut mir leid. Ich hätte dich nicht hergebracht, wenn ich geahnt hätte, daß es so ein Schock für dich sein würde.«

»Schon in Ordnung.« Diesmal war ihr Lächeln überzeugender. »Es ist – ich bin froh, daß du mich mitgenommen hast.«

»Wirklich?«

»Ja. Wirklich. Es ist –« Sie deutete hilflos auf das karierte Getümmel um sie herum. »Es ist so – schottisch.«

Fast hätte er gelacht: Nichts hätte Schottland weniger ähneln können als diese Mischung aus Touristennepp und dreistem Verkauf von pseudotraditionellem Ramsch. Gleichzeitig hatte sie recht, es *war* typisch schottisch, ein Beispiel für das uralte Überlebenstalent der Schotten – die Fähigkeit, sich allen Verhältnissen anzupassen und daraus Profit zu schlagen.

Diesmal umarmte er sie wirklich. Ihr Haar roch sauber und nach frischem Gras, und er spürte ihr Herz unter ihrem weißen T-Shirt schlagen.

»Du bist auch Schottin, weißt du?« flüsterte er ihr ins Ohr und ließ sie wieder los. Ihre Augen leuchteten immer noch, aber jetzt lag ein anderer Ausdruck darin, dachte er.

»Da hast du wohl recht«, sagte sie und lächelte wieder, diesmal von Herzen. »Das heißt aber nicht, daß ich Haggis essen muß, oder? Ich habe da drüben welchen gesehen und mir gedacht, ich versuche es lieber mit einem Tintenfischspießchen.«

Er hatte gedacht, sie hätte einen Witz gemacht, aber das stimmte nicht. Der Veranstaltungsort hatte sich voll und ganz auf »folkloristische Veranstaltungen« verlegt, wie es einer der Standbetreiber nannte.

»Polkatanzende Polen, Jodler aus der Schweiz – Mensch, die hatten mindestens zehn Millionen Kuckucksuhren dabei! Spanier, Italiener, japanische Kirschblütenfeste – unglaublich, wie viele Kameras die Japse haben, einfach unglaublich.« Der Mann schüttelte gedankenverloren den Kopf und schob zwei Pappteller mit Hamburgern und Fritten herüber.

»Wie auch immer, alle zwei Wochen ist hier was anderes los. Da kommt keine Langeweile auf. Wir verkaufen natürlich einfach weiter, egal, welche Sorte Essen.« Der Mann warf einen interessierten Blick auf Rogers Kilt.

»Und, sind Sie Schotte oder tragen Sie nur gern 'nen Faltenrock?«

Roger, der schon einige Dutzend Variationen dieser Hänselei gehört hatte, blickte den Mann ausdruckslos an.

»Nun, wie mein alter Großvater immer gesagt hat«, begann er, wobei er immer stärker ins Schottische verfiel, »wenn du dein' Kilt anziehst, Jungchen, kannste auch sicher sein, daß du 'n Mann bist.«

Der Mann krümmte sich vor Lachen, und Brianna verdrehte die Augen.

»Kiltwitze«, murmelte sie. »Lieber Himmel, wenn du jetzt auch noch anfängst, Kiltwitze zu erzählen, fahre ich los und lasse dich hier sitzen, das schwöre ich.«

Roger grinste sie an.

»Och, das würd'ste doch nicht tun, oder? Einfach weggehn und 'nen Mann verlassen, nur weil er dir sagen will, was er unterm Kilt trägt?«

Ihre Augen verengten sich zu blauen Dreiecken.

»Na, ich wette, unter *diesem* Kilt ist gar nichts«, sagte sie und deutete auf Rogers Sporran. »Und da unten funktionierrrt bestimmt alles perrrfekt, oder?«

Roger verschluckte sich an seinen Pommes frites.

»Eigentlich käme jetzt ›Gib mir mal die Hand, dann zeig' ich's dir‹«, fiel der Standbesitzer ein. »Mann, habe ich den Spruch diese Woche schon oft gehört.«

»Wenn er das jetzt sagt«, warf Brianna finster ein, »fahre ich weg und lasse ihn auf diesem Berg hocken. Von mir aus kann er hierbleiben und sich von Tintenfisch ernähren.«

Roger trank einen Schluck Coca Cola und hielt wohlweislich den Mund.

Sie hatten Zeit genug, durch die Budengassen zu wandern. Hier wurde alles mögliche verkauft, von Tartankrawatten über irische Flöten, Silberschmuck, schottische Clan-Landkarten, Butterscotch und Shortbread, Highlanderfigurinen aus Blei, Bücher, Schallplatten bis hin zu allen erdenklichen Gegenständen, die sich mit einem Clansymbol oder -motto bedrucken ließen.

Roger zog nur gelegentlich neugierige Blicke auf sich. Seine Tracht war zwar von besserer Qualität als die vieler anderer, fiel hier aber ansonsten nicht auf. Das Publikum bestand zum Großteil aus Touristen, die Shorts und Jeans trugen und deren Kleidung nur hier und dort in Karomuster ausbrach.

»Wieso MacKenzie?« fragte Brianna und blieb bei einer Bude mit Clan-Schlüsselanhängern stehen. Sie nahm einen der Silberanhänger in die Hand, auf der *Luceo non uro* stand. Das lateinische Motto schlang sich um eine Abbildung, die aussah wie ein Vulkan. »Hat sich Wakefield nicht schottisch genug angehört? Oder hast du gedacht, deine Kollegen in Oxford sehen es nicht gern, wenn du – das hier machst?« Sie deutete auf das Schauspiel um sie herum.

Roger zuckte mit den Achseln.

»Zum Teil. Aber es ist auch mein Nachname. Meine Eltern sind beide im Krieg umgekommen, und mein Großonkel hat mich adoptiert. Er hat mir seinen eigenen Namen gegeben – aber eigentlich heiße ich Roger Jeremiah MacKenzie.«

»Jeremiah?« Sie lachte nicht laut heraus, doch ihre Nasenspitze lief rot an, als müßte sie sich Mühe geben, es nicht zu tun. »Wie der Prophet im Alten Testament?«

»Lach nicht«, sagte er und nahm ihren Arm. »Ich heiße nach meinem Vater – sie haben ihn Jerry gerufen. Meine Mutter hat mich Jemmy genannt, als ich noch klein war. Alter Familienname. Es hätte schlimmer kommen können – sie hätten mich Ambrose oder Conan nennen können.«

Das Lachen sprudelte aus ihr heraus.

»Conan?«

»Vollkommen anständiger keltischer Name, bevor die Fantasy-Meute ihn mit Beschlag belegt hat. Jedenfalls scheinen sie einen Grund gehabt zu haben, als sie sich Jeremiah ausgesucht haben.«

»Und zwar?«

Sie kehrten um und gingen langsam zur Bühne zurück, auf der eine Gruppe kleiner Mädchen einen Highlandtanz tanzte. Sie bewegten sich völlig synchron, jede gestärkte Rockfalte und jedes Schleifchen an seinem Platz.

»Ach, das ist eine von den Geschichten, die Pa – der Reverend, ich habe ihn immer Pa genannt – gern erzählt hat, wenn er mit mir den Stammbaum durchging und mir erklärte, wer wer war.«

Ambrose MacKenzie, das ist dein Urgroßvater, Roger. Er war wahrscheinlich Schiffsbauer in Dingwall. Und hier ist Mary Oliphant – ich habe deine Urgroßmutter Mary Oliphant gekannt, habe ich dir das schon erzählt? Sie wurde siebenundneunzig, war echt auf Draht, bis zum letzten Atemzug – tolle Frau.

Sie war sechsmal verheiratet – alle eines natürlichen Todes gestorben, hat sie mir versichert –, aber ich habe nur Jeremiah MacKenzie eingetragen, weil er dein Vorfahr ist. Der einzige, mit dem sie Kinder hatte, hat mich immer gewundert.

Ich hab' sie mal darauf angesprochen, und sie hat ein Auge zugekniffen und mir zugenickt und gesagt: »Is fhearr an giomach na 'bhi gun fear tighe.« *Ein altes gälisches Sprichwort –* »Lieber mit 'nem Hummer verheiratet als gar nicht.« *Sie meinte, man könnte zwar so manchen heiraten, aber Jeremiah war der einzige Mann, der genug hermachte, um ihn jede Nacht zu sich ins Bett zu lassen.*

»Ich frage mich, was sie den anderen gesagt hat«, meinte Brianna gedankenverloren.

»Na ja, sie hat nicht gesagt, daß sie nicht ab und zu auch mit ihnen geschlafen hat«, erklärte Roger. »Aber nicht jede Nacht.«

»Einmal reicht, um schwanger zu werden«, sagte Brianna. »Das hat meine Mutter zumindest in der Schule erzählt, beim Sexualkundeunterricht. Und dann hat sie Bilder von Spermien an die Tafel gemalt, die alle lechzend auf ein riesiges Ei zuflitzten.« Sie war wieder rot geworden, offensichtlich aber vor Belustigung.

Arm in Arm standen sie da, und er spürte ihre Körperwärme durch das dünne T-Shirt. Eine Bewegung unter seinem Kilt brachte ihn auf den Gedanken, daß es ein Fehler gewesen war, die Unterhose nicht anzuziehen.

»Vergessen wir mal die Frage, ob Spermien lechzen können – was habt ihr denn sonst so fürs Leben gelernt?«

»Alles mögliche«, erklärte sie. »Jungen und Mädchen wurden getrennt unterrichtet. In der Mädchenklasse haben wir ›Die Geheimnisse des Lebens‹ und ›Zehn Tips, wie man nein zu einem Jungen sagt‹ durchgenommen.«

»Und die Jungs?«

»Na ja, ich weiß es nicht genau, weil ich ja keine Brüder hatte, die es mir hätten sagen können. Aber ein paar von meinen Freundinnen hatten Brüder – einer von denen hat gesagt, sie hätten achtzehn verschiedene Synonyme für ›Erektion‹ gelernt.«

»Sehr nützlich«, sagte Roger und fragte sich, wozu irgend jemand mehr als eines davon brauchte. Glücklicherweise verbarg ein Sporran gleich eine ganze Anzahl von Sünden.

»Vielleicht kann man damit ein Gespräch in Gang halten – unter bestimmten Umständen.«

Ihre Wangen waren gerötet. Er spürte, wie auch ihm die Röte den Hals hochkroch, und er bildete sich ein, daß sie allmählich Aufmerksamkeit erregten. Seit er siebzehn war, hatte ihn kein Mädchen mehr öffentlich bloßgestellt, aber sie war auf dem besten Weg. Sie hatte damit angefangen – also konnte sie es auch zu Ende bringen.

»Mmpf. Unter solchen Umständen sind mir noch keine großartigen Gespräche untergekommen.«

»Du mußt es ja wissen.« Es war nicht direkt eine Frage. Etwas verspätet erkannte er, worauf sie hinauswollte. Er spannte seinen Arm an und zog sie näher an sich.

»Wenn du meinst, habe ich, ja. Wenn du meinst, bin ich, nein.«

»Wie bitte?« Ihre Lippen zitterten leicht, als sie ein Lachen unterdrückte.

»Du willst doch wissen, ob ich in England eine Freundin habe, oder nicht?«

»Will ich das?«

»Ich habe keine. Das heißt, ich habe schon eine, aber es ist nichts Ernstes.« Sie waren vor den Garderoben angekommen; beinahe Zeit, seine Instrumente zu holen. Er blieb stehen und sah sie an. »Und du? Hast du einen Freund?«

Sie war so groß, daß sie ihm in die Augen sehen konnte, und so nah, daß ihre Brüste seinen Unterarm streiften, als sie sich ihm zuwandte.

»Was hat deine Uroma doch gleich gesagt? ›*Is fhearr an giomach*...?‹«

»›...*na 'bhi gun fear tighe*.‹«

»Ah. Na ja, lieber einen Hummer als gar keinen Freund.« Sie hob die Hand und berührte seine Brosche. »Also, es gibt Leute, mit denen ich ausgehe. Aber ich habe keinen festen Freund – noch nicht.«

Er erwischte ihre Finger und führte sie an seinen Mund.

»Laß dir Zeit«, sagte er und küßte ihre Hand.

Das Publikum verhielt sich erstaunlich still, ganz anders als bei einem Rockkonzert. Natürlich konnten sie keinen Lärm machen, hier gab es keine E-Gitarren oder Verstärker, nur ein kleines Mikrofon auf einem Ständer. Manche Dinge hatten aber auch keine Verstärker nötig. Ihr Herz zum Beispiel, das ihr in den Ohren hämmerte.

»Hier«, hatte er gesagt, als er plötzlich mit Gitarre und Trommel in der Tür der Umkleidekabine erschien. Er hatte ihr einen kleinen braunen Umschlag gegeben. »Die habe ich gefunden, als ich Papas Papierkram in Inverness sortiert habe. Ich dachte, vielleicht willst du sie.«

Sie wußte, daß es Fotos waren, doch sie hatte sie nicht sofort angesehen. Sie hatte dagesessen und Rogers Set zugehört und versucht, nicht an die Fotos zu denken.

Er war gut – obwohl sie nur halb bei der Sache war, konnte sie hören, daß er gut war. Er hatte eine überraschend volle, tiefe Baritonstimme, und er wußte sie zu benutzen. Nicht nur, was Tonfall und Melodie anging – er hatte das Talent des echten Bühnenkünstlers, den Vorhang zwischen Sänger und Publikum zur Seite zu ziehen, in die Menge zu blicken, einen Zuhörer anzusehen und ihm zu zeigen, was hinter den Worten und der Musik lag.

Er wärmte sie mit »The Road to the Isles« auf, einem schnellen, lebendigen Song zum Mitklatschen und -singen, hielt sie mit »The Gallowa' Hills« bei der Stange und schaffte dann den sanften Übergang zu »The Lewis Bridal Song« mit seinem schönen gälischen Refrain.

Er ließ den letzten Ton von »Vhair Me Oh« verklingen und lächelte sie direkt an, dachte sie.

»Und hier ist eins von 1745«, sagte er. »Dieser Song handelt von der berühmten Schlacht von Prestopans, wo Charles Stuarts Highland-Armee eine viel stärkere englische Truppe in die Flucht schlug, die von General Jonathan Cope befehligt wurde.«

Ein anerkennendes Raunen ging durch das Publikum – der Song war für viele von ihnen offenbar eine alte Lieblingsnummer. Das Murmeln verstummte schnell, als Roger die Hauptmelodie zupfte und dann Copes arrogante Herausforderung an Prinz Charles sang.

»*Cope sent a challenge from Dunbar*
Sayin' 'Charlie, meet me, and ye daur
An' I'll learn ye the art o' war
If ye'll meet me in the mornin'.«

Er beugte den Kopf über die Saiten und nickte der Menge zu, in den höhnischen Refrain einzustimmen, der Cope zum Versager stempelte.

»*Hey, Johnnie Cope, are ye walkin' yet?*
And are your drums a-beatin' yet?
If ye were walkin', I would wait
Tae gang tae the coals in the mornin'.«

Brianna spürte plötzlich ein Prickeln an den Haarwurzeln, das weder mit dem Sänger noch dem Publikum, sondern mit dem Song selbst zusammenhing.

»When Charlie looked the letter upon
He drew his sword the scabbard from,
Come, follow me, my merry men,
And we'll meet Johnnie Cope in the morning!«

»Nein«, flüsterte sie, und ihre Finger lagen kalt auf dem glatten, braunen Umschlag. *Come follow me, my merry men...* »Mir nach, meine Gefolgsleute«, hatte Prinz Charles befohlen und die Herausforderung angenommen. Sie waren dabeigewesen – ihre Eltern, alle beide. Es war ihr Vater gewesen, der als erster über das Schlachtfeld bei Preston gestürmt war, Schwert und Lederschild in der Hand. Und es floß Blut an diesem Morgen.

»For it will be a bluidie morning!«

»Hey, Johnnie Cope, are ye walkin' yet?
And are your drums a-beatin' yet?...«

Die Stimmen um sie herum schwollen zu einem zustimmenden Rauschen an, als sie in den Refrain einfielen. Sie erlebte einen Anflug von Panik und wäre am liebsten geflüchtet wie Johnnie Cope, doch es ging vorbei. Danach fühlte sie sich von ihren Emotionen genauso erschlagen wie von der Musik.

»In faith, quo Johnnie, I got sic flegs,
Wi' their claymores an' philabegs,
Gin I face them again, de'il brak my legs,
So I wish you a' good morning!

Hey, Johnnie Cope, are ye walkin' yet?...«

Ja, Johnnie Cope ging immer noch um. Und er würde gegenwärtig bleiben, solange dieses Lied gesungen wurde. Manche Menschen versuchten, die Vergangenheit zu bewahren, andere wollten ihr entkommen. Und das war so ziemlich die größte Kluft zwischen ihr und Roger. Warum war ihr das nicht schon früher eingefallen?

Sie wußte nicht, ob Roger ihre Unruhe wahrgenommen hatte, doch er verließ das gefährliche Thema Jakobiten und begann »MacPherson's Lament«, das er nur mit gelegentlichen Berührungen der Saiten begleitete. Die Frau neben Brianna seufzte und blickte mit Rehaugen auf die Bühne, als die Geschichte des zum Tode verurteilten Fiedlers erklang, der selbst vor dem Galgen nicht von der Musik lassen konnte.

»Sae rantingly, sae wantonly, sae dauntingly gaed he,
He played a tune and he danced it roond... alow the
gallows tree!«

Sie griff nach dem Umschlag und wog ihn in der Hand. Vielleicht sollte sie warten, bis sie zu Hause war. Doch ihre Neugier rang mit ihrem Zögern. Roger war sich nicht sicher gewesen, ob er ihr den Umschlag geben sollte; das hatte sie an seinem Blick erkannt.

»...ein *bodhran*«, sagte Roger. Die Trommel war nur ein hölzerner Ring, der ein paar Zentimeter breit war, einen Durchmesser von vielleicht vierzig Zentimetern hatte und mit Leder bespannt war. Er hielt die Trommel in der einen Hand und einen kleinen, doppelköpfigen Schlegel in der anderen. »Dies ist eins der ältesten bekanntesten Instrumente, die Trommel, mit der die Keltenstämme im Jahr 52 vor Christus Julius Caesars Truppen das Fürchten lehrten.« Kichern erklang aus dem Publikum, und er berührte das breite Trommelfell mit dem Schlegel, schlug es im sanften, schnellen Rhythmus eines schlagenden Herzens.

»Und jetzt ›The Sheriffmuir Fight‹ aus der Zeit des ersten Jakobitenaufstandes im Jahr 1715.«

Seine Finger verschoben sich unter dem Trommelfell, und die Schläge wurden tiefer und nahmen einen kriegerischen Ton an, Donnerschläge, die die Worte untermalten. Das Publikum benahm sich immer noch, richtete sich aber auf und beugte sich vor, während es dem Gesang folgte, der die Schlacht von Sheriffmuir im blutigen Detail beschrieb und die Clans nannte, die daran teilgenommen hatten.

»...then on they rushed, and blood out-gushed, and many a
puke did fall, man...
They hacked and hashed, while broadswords clashed...«

Als das Lied zu Ende war, schob sie ihre Finger in den Umschlag und zog einen Stapel Fotografien heraus. Alte Schnappschüsse, deren Schwarz-Weiß zu Brauntönen verblichen war. Ihre Eltern. Frank und Claire Randall, die beide auf eine absurde Weise jung aussahen – und furchtbar glücklich.

Sie waren irgendwo in einem Garten. Liegestühle und ein Tisch mit Getränken standen vor einem Hintergrund, der gefleckt war mit diffusem Licht, das durch die Laubbäume fiel. Doch ihre Gesichter waren klar zu erkennen – lachende Gesichter, die vor Jugend glühten. Sie hatten nur Augen füreinander.

In der üblichen Pose, Arm in Arm und gleichzeitig voll Spott über die eigene Förmlichkeit. Und dann Claire, die sich bog vor Lachen über etwas, was Frank gesagt hatte, und ihren weiten, im Wind flatternden Rock festhielt, wogegen ihr lockiges Haar nicht zu bändigen war. Frank, der Claire ein Glas reichte, während sie ihm mit einem derart hoffnungsvollen Blick ins Gesicht sah, daß der Anblick Brianna das Herz schwer machte.

Dann betrachtete sie das letzte Bild, und ihr wurde klar, was sie da sah. Die beiden standen am Tisch, hielten gemeinsam ein Messer fest und lachten, als sie eine ganz offensichtlich selbstgebackene Torte anschnitten. Eine Hochzeitstorte.

»Und zum Schluß eins meiner Lieblingslieder, das Sie bestimmt kennen. Man sagt, ein gefangener Jakobit habe das Lied auf dem Weg zum Galgen nach London an seine Frau in den Highlands geschickt.«

Sie breitete ihre Hände über die Bilder, als wollte sie verhindern, daß jemand sie sah. Ein eisiger Schreck durchfuhr sie. Hochzeitsfotos. Schnappschüsse von ihrer Hochzeit. Natürlich, sie waren in Schottland getraut worden. Reverend Wakefield hatte die Messe zwar nicht selbst halten können, da er kein katholischer Priester war, doch als einer der ältesten Freunde ihres Vaters hatte er den Empfang sicher in seinem Pfarrhaus ausgerichtet.

Ja. Sie schaute durch ihre Finger und erkannte im Hintergrund vertraute Details des alten Hauses. Dann schob sie widerstrebend ihre Hand beiseite und betrachtete noch einmal das junge Gesicht ihrer Mutter.

Achtzehn. Claire hatte Frank Randall mit achtzehn geheiratet. Wie konnte jemand, der so jung war, sich seiner Sache so sicher sein?

»By yon bonnie banks, and by yon bonnie braes,
Where the sun shines bright in Loch Lomond,
Where me and my true love were ever wont to gae...«

Doch Claire war sich sicher gewesen – oder zumindest hatte sie das gedacht. Ihre breite, klare Stirn und ihr feiner Mund ließen keinen Raum für Zweifel; ihre großen, leuchtenden Augen waren auf ihren frischgebackenen Ehemann gerichtet, ohne eine Spur von Zurückhaltung oder bösen Vorahnungen zu verraten. Und dennoch –

»But me and my true love will never meet again
on the bonnie, bonnie banks of Loch Lomond.«

*»Doch ich werd' meine Liebste niemals wiedersehen
an den herrlichen Ufern von Loch Lomond.«*

Ohne zu merken, daß sie den Leuten auf die Zehen trat, stolperte Brianna aus der Sitzreihe und flüchtete, bevor irgend jemand ihre Tränen sah.

»Ich kann beim Ruf der Clans noch etwas bei dir bleiben«, sagte Roger, »doch gegen Ende habe ich da zu tun, und dann muß ich dich allein lassen. Geht das?«

»Ja, natürlich«, sagte sie bestimmt. »Mir geht's gut. Mach dir keine Sorgen.«

Er sah sie etwas besorgt an, sagte aber nichts. Keiner von ihnen hatte bis jetzt ihre Flucht von vorhin erwähnt. Bis er sich einen Weg durch die Fans gebahnt hatte, hatte sie genug Zeit gehabt, eine Damentoilette zu suchen und mit Hilfe von viel kaltem Wasser die Beherrschung wiederzuerlangen.

Den Rest des Nachmittags waren sie über das Festivalgelände spaziert, hatten ein bißchen eingekauft, hatten sich im Freien den Dudelsackwettbewerb angehört und waren halb taub wieder nach innen gegangen, um einem jungen Mann zuzusehen, der zwischen zwei über Kreuz im Boden steckenden Schwertern tanzte. Die Fotos waren außer Sichtweite in ihrer Handtasche verwahrt.

Jetzt war es fast dunkel; die Leute verließen die Imbißbuden und strömten zu der Tribüne, die draußen am Fuß des Berges aufgebaut war.

Sie hatte erwartet, daß die Familien mit Kleinkindern nach Hause fahren würden, und manche taten das auch, doch überall zwischen den Erwachsenen auf der Tribüne sah man kleine Körper mit müde herabhängenden Köpfen. Ein winziges Mädchen war auf der Schulter seines Vaters fest eingeschlafen und hing schlaff in seinen Armen, während er sich seinen Weg zu den oberen Rängen bahnte. Vor den unüberdachten Sitzreihen befand sich eine ebene Lichtung, auf der man einen riesigen Holzhaufen aufgetürmt hatte.

»Was ist der Ruf der Clans?« hörte sie in der Reihe vor ihnen eine Frau ihre Begleiterin fragen. Sie zuckte nur mit den Schultern, und Brianna sah Roger fragend an, doch der lächelte nur.

»Du wirst schon sehen«, sagte er.

Es war völlig dunkel, und der Mond war noch nicht aufgegangen. Der Berg ragte dunkel vor dem sternenübersäten Himmel auf. Irgendwo in der Menge erscholl ein Ausruf, andere folgten, und dann ertönte von fern ein einzelner Dudelsack und brachte alles andere zum Schweigen.

Ein kleiner Lichtfleck erschien in der Nähe der Bergspitze. Sie sahen zu, wie er sich herunterbewegte, und dann erschien ein zweiter dahinter. Die Musik wurde lauter, und ein weiteres Licht kam über den Bergrücken. Fast zehn Minuten lang nahm die Spannung ständig zu, während die Musik immer lauter und die Lichterreihe immer länger wurde, eine Flammenkette am Berghang.

Fast am Fuß des Hanges kam ein Pfad aus dem Wald; sie hatte ihn auf ihrem Erkundungsgang gesehen. Jetzt trat ein Mann zwischen den Bäumen hervor, der eine lodernde Fackel in die Höhe hielt. Hinter ihm kam der Dudelsackspieler, dessen Musik jetzt so laut war, daß sie sogar die »Oohs« und »Aahs« der Menge übertönte.

Als die beiden den Pfad bis zu dem freien Platz herunterschritten, sah Brianna, daß noch mehr Männer hinter ihnen waren; eine lange Reihe von Männern, jeder mit einer Fackel, alle im Sonntagsstaat der Highland-Clanoberhäupter. Sie sahen barbarisch und umwerfend aus mit ihren Moorhuhnfedern und den Schwertern und Dolchen, die sich im Fackelschein rotglänzend von den Tartanfalten abhoben.

Der Dudelsack verstummte abrupt, und der erste Mann schritt auf die Lichtung und blieb vor der Tribüne stehen. Er hob seine Fackel hoch und rief: »Die Camerons sind hier!«

Laute Beifallsrufe erklangen auf der Tribüne, und er warf die Fackel auf das kerosingetränkte Holz, das donnergrollend in einer drei Meter hohen Feuersäule aufloderte.

Ein anderer Mann erschien vor der blendenden Feuerwand und rief: »Die MacDonalds sind hier!«

Großes Geschrei aus der Menge derer, die damit ihre Verwandtschaft mit dem Clan MacDonald kundtaten, und dann –

»Die MacLachlans sind hier!«

»Die MacGillivrays sind hier!«

Das Schauspiel hielt sie so in Atem, daß sie Roger kaum beachtete. Dann trat wieder ein Mann vor und rief: »Die MacKenzies sind hier!«

»*Tulach Ard!*« dröhnte Roger, und sie fuhr zusammen.

»Was war *das* denn?« fragte sie.

»Das«, sagte er grinsend, »ist der Kriegsruf des MacKenzie-Clans.«

»So hat es sich auch angehört.«

»Die Campbells sind hier!« Es mußten ziemlich viele Campbells sein, denn ihre Antwort erschütterte die Sitzreihen. Als wäre dies das Signal gewesen, auf das Roger gewartet hatte, stand er auf und schwang sich das Plaid über die Schulter.

»Wir treffen uns hinterher bei der Garderobe, in Ordnung?« Sie nickte, und er bückte sich plötzlich und küßte sie.

»Nur für alle Fälle«, sagte er, »der Ruf der Frasers ist *Caisteal Dhuni*!«

Sie sah zu, wie er nach unten ging und dabei über die Ränge kletterte wie eine Bergziege. Rauchgeruch erfüllte die Nachtluft und vermischte sich mit dem schwächeren Tabakduft der Zigaretten im Zuschauerraum.

»Die MacKays sind hier!«
»Die MacLeods sind hier!«
»Die Farquarsons sind hier!«

Rauch und Emotion nahmen ihr den Atem. Die Clans waren auf dem Feld von Culloden gestorben – oder nicht? Doch, das waren sie, dies hier war nur Erinnerung, Geisterbeschwörung. Die Leute, die hier so enthusiastisch brüllten, waren nicht miteinander verwandt, sie waren nicht mehr durch Land und Clanoberhaupt miteinander verbunden, sondern...«

»Die Frasers sind hier!«

Panik ergriff sie, und sie umklammerte den Verschluß ihrer Handtasche.

Nein, dachte sie. *O nein. Das tue ich nicht.*

Dann war der Moment vorbei, und sie konnte wieder atmen, doch das Adrenalin raste immer noch durch ihre Adern.

»Die Grahams sind hier!«
»Die Innes' sind hier!«

Die Ogilvys, die Lindsays, die Gordons... und schließlich erstarben die Echos des letzten Rufes. Brianna klammerte sich fest an die Tasche auf ihrem Schoß, als wollte sie ihren Inhalt daran hindern, wie ein Dschinn aus einer Lampe zu entfliehen.

Wie konnte sie nur? dachte sie, und dann, als sie Roger ins Licht treten sah, Feuer im Haar, *bodhran* in der Hand, überlegte sie es sich anders. *Was hätte sie sonst tun sollen?*

5

Gestern in zweihundert Jahren

»Du hast ja deinen Kilt gar nicht an!« Gayle verzog enttäuscht den Mund.

»Falsches Jahrhundert«, sagte Roger und lächelte auf sie herab. »Bißchen zugig für einen Spaziergang auf dem Mond.«

»Du mußt mir das beibringen.«

»Was denn?«

»Wie du das R rollst.« Sie runzelte die Stirn und machte einen ernstgemeinten Versuch, der sich anhörte wie ein Motorboot im ersten Gang.

»Sehrrr gut«, sagte er und bemühte sich, nicht zu lachen. »Weiterrr so, Übung macht den Meisterrr.«

»Hast du wenigstens deine Gitarre mitgebracht?« Sie stellte sich auf die Zehenspitzen und versuchte, ihm über die Schulter zu blicken. »Oder diese starke Trommel?«

»Die ist im Auto«, sagte Brianna, steckte die Schlüssel ein und stellte sich neben Roger. »Wir fahren danach direkt zum Flughafen.«

»Ach schade; ich dachte, wir könnten nachher noch ein bißchen rumhängen und singen. Kennst du ›This Land is your Land‹, Roger? Oder stehst du mehr auf Protestsongs? Na ja, wahrscheinlich nicht, weil du ja Engländer – huch, ich meine Schotte bist. Bei euch gibt's doch nichts zu protestieren, oder?«

Brianna warf ihrer Freundin einen leicht entnervten Blick zu. »Wo ist Onkel Joe?«

»Im Wohnzimmer, er traktiert den Fernseher mit den Füßen«, sagte Gayle. »Soll ich Roger bei Laune halten, während du ihn suchst?« Sie hängte sich bei Roger ein und klimperte mit den Wimpern.

»Ich habe die halbe Technik-Uni von Massachusetts hier, und keiner kann den bescheuerten *Fernseher* in Gang bringen?« Dr. Joseph Abernathy warf den Jugendlichen, die grüppchenweise in seinem Wohnzimmer verstreut waren, anklagende Blicke zu.

»Du meinst *Elektrotechnik*, Paps«, erklärte ihm sein Sohn überlegen. »Wir studieren Maschinenbau. Einen Maschinenbauingenieur zu bitten, dir deine Glotze zu reparieren, ist so, als wolltest du, daß sich ein Gynäkologe die wunde Stelle an deinem Schwa- au!«

»Oh, tut mir leid«, sagte sein Vater und blickte ungerührt über den Rand seines goldenen Brillengestells. »War das dein Fuß, Lenny?«

Unter allgemeinem Gelächter hüpfte Lenny auf einem Bein durchs Zimmer und umklammerte Fuß und Turnschuh in gespielter Agonie.

»Brianna, Schätzchen!« Der Doktor erblickte sie, strahlte übers ganze Gesicht und überließ den Fernseher seinem Schicksal. Er umarmte sie stürmisch, ohne sich im geringsten daran zu stören, daß sie ihn um gute zehn Zentimeter überragte. Dann ließ er sie wieder los und sah Roger an. Seine Gesichtszüge hatten einen Ausdruck wachsamer Höflichkeit angenommen.

»Ist das dein Freund?«

»Das ist Roger Wakefield«, sagte Brianna und warf dem Doktor einen Blick aus leicht zusammengekniffenen Augen zu. »Roger, Joe Abernathy.«

»Guten Tag, Dr. Abernathy.«

»Sagen Sie Joe zu mir.«

Sie begrüßten sich mit einem abwägenden Handschlag. Der Doktor musterte ihn von oben bis unten. Aus seinen braunen Augen sprach bei aller Wärme sehr viel Scharfsinn.

»Brianna, Schätzchen, kannst du mal Hand an diese Schrottkiste legen und nachsehen, ob du sie wieder zum Leben erwecken kannst?« Er wies mit dem Daumen auf das 24-Zoll-Gerät, das stumm auf der Fernsehbank stand. »Gestern abend hat er noch wunderbar funktioniert, und heute... pffft!«

Brianna warf dem großen Farbfernseher einen zweifelnden Blick zu, suchte in ihrer Jeanstasche herum und brachte ein Schweizer Armeemesser zum Vorschein.

»Also, ich kann mir ja mal die Kontakte ansehen.« Sie klappte den Schraubenzieher auf. »Wieviel Zeit haben wir noch?«

»Eine halbe Stunde vielleicht«, rief ein Student mit Bürstenschnitt. Er sah zu der Gruppe hinüber, die sich um das kleine Schwarzweißgerät auf dem Küchentisch drängte. »Wir sind immer noch im Kontrollzentrum in Houston – geschätzte Landungszeit in vierunddreißig Minuten.« Die aufgeregte Stimme des TV-Kommentators durchdrang nur ab und zu die lebhaftere Aufregung seiner Zuschauer.

»Gut, gut«, sagte Dr. Abernathy. Er legte seine Hand auf Rogers Schulter. »Also reichlich Zeit für einen Drink. Mögen Sie Scotch, Mr. Wakefield?«

»Sagen Sie Roger.«

Abernathy goß einen großzügigen Schuß bernsteinfarbenen Nektars ein und gab ihm das Glas.

»Sie werden wohl kein Wasser nehmen, oder, Roger?«

»Nein.« Es war Lagavulin; erstaunlich, diese Marke in Boston zu finden. Er probierte ihn anerkennend, und der Doktor lächelte.

»Ich habe ihn von Claire – Briannas Mama. Das war mal eine Frau mit einem guten Whiskygeschmack.« Er schüttelte sinnierend den Kopf und hob sein Glas zum Zeichen seiner Hochachtung.

»*Slàinte*«, sagte Roger und neigte sein Glas, bevor er davon trank.

Abernathy schloß in stummer Anerkennung die Augen – ob für den Whisky oder die Frau, das konnte Roger nicht sagen.

»Wasser des Lebens, was? Ich glaube gern, daß diese Sorte hier Tote wieder lebendig machen könnte.« Mit ehrfürchtigen Händen stellte er die Flasche zurück in das Barfach.

Wieviel hatte Claire Abernathy erzählt? Genug, vermutete Roger. Der Doktor hob sein Glas und warf ihm einen abschätzenden Blick zu.

»Da Briannas Vater tot ist, habe ich wohl die Ehre. Ob wohl genug Zeit bleibt, Sie gründlich auszuquetschen, bevor sie landen, oder sollen wir es kurz machen?«

Roger zog eine Augenbraue hoch.

»Ihre Absichten«, half der Doktor nach.

»Oh. Völlig ehrenhaft.«

»Ach ja? Ich habe Brianna gestern abend noch angerufen, um sie zu fragen, ob sie heute kommt. Keine Antwort.«

»Wir waren bei einem keltischen Festival in den Bergen.«

»So so. Ich habe noch einmal angerufen, um elf. Um Mitternacht. Keine Antwort.« Die Augen des Doktors blickten immer noch scharfsinnig, jedoch beträchtlich weniger warm. Er stellte sein Glas mit einem leisen Klicken ab.

»Brianna ist allein«, sagte er. »Und sie ist einsam. Und sie ist ein wunderbarer Mensch. Ich möchte nicht, daß jemand das ausnutzt, Mr. Wakefield.«

»Ich auch nicht – Dr. Abernathy.« Roger leerte sein Glas und stellte es mit Nachdruck hin. Seine Wangen brannten, und daran war nicht der Lagavulin schuld. »Wenn Sie glauben, daß ich –«

»HIER HOUSTON«, dröhnte der Fernseher. »TRANQUILITY BASE, LANDUNG IN ZWANZIG MINUTEN.«

Die Gäste schwenkten Colaflaschen und spendeten Beifall, während sie aus der Küche strömten. Brianna lachte, rot vor Anstrengung, und wies die Glückwünsche von sich, während sie das Messer einsteckte. Abernathy legte eine Hand auf Rogers Arm, um ihn an seiner Seite zu halten.

»Hören Sie mir gut zu, Mr. Wakefield«, sagte Abernathy so leise, daß ihn die Studenten nicht hören konnten. »Daß mir nur nicht zu Ohren kommt, Sie hätten das Mädchen unglücklich gemacht. Nie.«

Roger löste seinen Arm vorsichtig aus dem Griff des anderen.

»Finden Sie, daß sie unglücklich aussieht?« fragte er, so höflich er konnte.

»Nein«, sagte Abernathy, verlagerte sein Gewicht auf seine Absätze und schaute ihn scharf an. »Im Gegenteil. Es ist die Art, wie sie heute abend aussieht, die mich darauf bringt, daß ich Ihnen vielleicht an Stelle ihres Vaters eine verpassen sollte.«

Roger drehte sich automatisch um und sah sie ebenfalls an. Es stimmte. Sie hatte dunkle Ringe unter den Augen, kleine Haarsträhnen waren aus ihrem Pferdeschwanz entwischt, und ihre Haut glühte wie das Wachs einer brennenden Kerze. Sie sah aus wie eine Frau, die eine lange Nacht hinter sich hatte – und sie genossen hatte.

Als spürte sie ihn per Radar, wandte sie den Kopf und sah ihn über Gayles Kopf hinweg an. Sie redete weiter mit Gayle, doch ihre Augen sprachen direkt zu ihm.

Der Doktor räusperte sich laut. Roger riß sich von ihr los und stellte fest, daß Abernathy nachdenklich zu ihm aufsah.

»Ach«, sagte der Doktor in einem ganz anderen Tonfall. »So ist das also.«

Rogers Hemdkragen stand offen, doch er fühlte sich, als trüge er eine zu fest gebundene Krawatte. Er sah den Doktor direkt an.

»Ja«, sagte er, »so ist das.«

Dr. Abernathy griff nach der Flasche Lagavulin und füllte beide Gläser.

»Claire hat ja auch gesagt, Sie wären ihr sympathisch«, sagte er resigniert. Er hob sein Glas. »Okay. *Slàinte.*«

»In die andere Richtung – Walter Cronkite ist ja ganz orange!« Lenny Abernathy drehte gehorsam den Regler, woraufhin sich der Kommentator grün verfärbte. Cronkite redete weiter, ohne sich an seinem plötzlichen Teintwechsel zu stören.

»*In ungefähr zwei Minuten werden Commander Neil Armstrong und die Mannschaft von Apollo 11 mit der ersten bemannten Landung auf dem Mond in die Geschichte eingehen...*«

Das Wohnzimmer war abgedunkelt und voller Menschen, die gebannt auf den großen Fernseher starrten, wo jetzt Aufnahmen vom Start der Apollo-Rakete gezeigt wurden.

»Ich bin beeindruckt«, flüsterte Roger Brianna ins Ohr. »Wie hast du das hingekriegt?« Er hatte sich an das Seitenteil eines Bücherregals gelehnt und sie eng zu sich gezogen. Seine Hände ruhten auf der Rundung ihrer Hüften, sein Kinn auf ihrer Schulter.

Ihre Augen waren auf den Fernseher gerichtet, doch er spürte, wie sich ihre Wange an der seinen bewegte.

»Jemand hat den Stecker rausgezogen«, sagte sie. »Ich habe ihn nur wieder in die Steckdose gesteckt.«

Er lachte und küßte sie auf den Hals. Obwohl die Klimaanlage brummte, war es heiß im Zimmer und ihre Haut war feucht und salzig.

»Du hast den rundesten Arsch der Welt«, flüsterte er. Sie antwortete nicht, schob aber ihren Hintern noch dichter an ihn heran.

Vom Fernseher rauschende Stimmen und Bilder der Flagge, die die Astronauten auf dem Mond aufpflanzen würden.

Er blickte durchs Zimmer, doch Joe Abernathy war genauso hypnotisiert wie alle anderen, sein Gesicht gebannt im Glühen des Fernsehschirms. Im Schutz der Dunkelheit legte er die Arme um Brianna, spürte ihre Brüste als weiche Gewichte auf seinem Unterarm. Mit einem tiefen Seufzer lehnte sie sich an ihn, legte ihre Hand auf die seine und drückte sie fest.

Hätte dabei irgendeine Gefahr bestanden, wäre keiner von ihnen so mutig gewesen. Doch in zwei Stunden mußte er aufbrechen, sie würden keine Gelegenheit haben, weiterzugehen. Letzte Nacht hatten sie gewußt, daß sie mit dem Feuer spielten, und waren vorsichtiger gewesen. Er fragte sich, ob Abernathy ihn wohl wirklich geschlagen hätte, wenn er zugegeben hätte, daß Brianna die Nacht in seinem Bett verbracht hatte.

Er war den Berg heruntergefahren, hin- und hergerissen zwischen seinen Bemühungen, auf der richtigen Straßenseite zu bleiben, und dem aufregenden Gefühl, daß Briannas Gewicht sanft gegen ihn gepreßt war. Sie hatten eine Kaffeepause gemacht, sich bis nach Mitternacht unterhalten, wobei sie einander ständig berührt hatten: Hände, Oberschenkel, Köpfe ganz nah aneinander. Mitten in der Nacht waren sie nach Boston weitergefahren. Das Gespräch erstarb, und dann lag Briannas Kopf schwer auf seinen Schultern.

Weil er zu müde war, um im Gewirr der unbekannten Straßen den Weg zu ihrer Wohnung zu suchen, war er zu seinem Hotel gefahren, hatte sie die Treppe hochgeschmuggelt und sie auf sein Bett gelegt, wo sie innerhalb von Sekunden eingeschlafen war.

Er selbst hatte den Rest der Nacht auf dem harten Boden verbracht, und Briannas Strickjacke hatte ihm die Schultern gewärmt. In der Dämmerung war er aufgestanden, hatte sich in den Sessel gesetzt, umhüllt von ihrem Geruch, und stumm zugesehen, wie sich das Licht über ihr schlafendes Gesicht breitete.

Ja, so war das.

»*Tranquility Base... der Adler ist gelandet.*« Die Stille im Zimmer wurde von einem tiefen, kollektiven Seufzer unterbrochen, und Roger spürte, wie sich ihm die Nackenhaare sträubten.

»*Ein... kleiner... Schritt für einen Menschen*«, sagte die blecherne Stimme, »*ein Riesensprung für die Menschheit.*« Das Bild war voller Schnee, doch das lag nicht am Fernseher. Köpfe reckten sich, begierig, die plumpe Gestalt zu sehen, die vorsichtig die Leiter herunterstieg und zum erstenmal den Fuß auf den Mond setzte. Ein Mädchen hatte Tränen auf den Wangen, die im Licht des Fernsehers silbern glänzten.

Selbst Brianna hatte alles andere vergessen. Ihre Hand war von seinem Arm gefallen, und sie beugte sich vor, im Augenblick gefangen.

Einen Augenblick lang kamen ihm Zweifel, als er sie alle so gebannt sah, so durch und durch stolz, und Brianna so ganz Teil davon. Es *war* ein anderes Jahrhundert, gestern in zweihundert Jahren.

Ob es eine gemeinsame Grundlage für sie gab, einen Historiker und eine Ingenieurin? Obwohl sein Blick auf die Geheimnisse der Vergangenheit gerichtet war und ihrer in die Zukunft mit ihrem blendenden Glanz?

Dann löste sich die Spannung im Raum in Beifallsrufe und Geplauder auf, und er dachte, daß es vielleicht keine Rolle spielte, daß sie in entgegengesetzte Richtungen blickten – solange sie einander ansahen.

DRITTER TEIL

Piraten

6

Begegnung mit einer Hernie

Juni 1767
»Ich hasse Schiffe«, sagte Jamie und biß die Zähne zusammen. »Ich verabscheue Schiffe. Mir grrrraut vor Schiffen.«

Jamies Onkel, Hector Cameron, lebte auf einer Plantage namens River Run kurz hinter Cross Creek. Cross Creek wiederum lag von Wilmington aus gesehen ein gutes Stück stromaufwärts, genauer gesagt an die zweihundert Meilen. Um diese Jahreszeit, so hatte man uns gesagt, würde die Fahrt auf dem Wasserweg vier Tage bis eine Woche dauern; es hing von den Windverhältnissen ab. Wenn wir dem Landweg den Vorzug gäben, wären wir zwei Wochen unterwegs – oder länger, wenn die Straßen überflutet und schlammig waren oder wir einen Achsenbruch hatten.

»Auf einem Fluß gibt es keinen Wellengang«, sagte ich. »Und bei der Vorstellung, zweihundert Meilen durch den Schlamm zu waten, grrrraut mir weitaus mehr.« Ian grinste breit, setzte aber schnell eine unbeteiligte Miene auf, als Jamies erboster Blick auf ihn fiel.

»Außerdem«, sagte ich zu Jamie, »habe ich ja meine Nadeln, falls du seekrank wirst.« Ich strich über meine Tasche, in der ein Satz winziger goldener Akupunkturnadeln in einem Elfenbeinkästchen ruhte.

Jamie atmete tief durch die Nase aus, sagte aber nichts mehr. Nachdem diese Kleinigkeit ausdiskutiert war, blieb uns noch das Hauptproblem: die Kosten für die Schiffsreise.

Wir waren nicht reich, waren aber durch einen glücklichen Zufall unterwegs zu etwas Geld gekommen. Wir waren wie Landstreicher von Charleston nach Norden gezogen und hatten nachts in sicherer Entfernung von der Straße gelagert. Dabei hatten wir ein verlassenes Gehöft auf einer Waldlichtung entdeckt, die schon fast wieder überwuchert war.

Pyramidenpappelschößlinge sprossen wie Speere durch die Balken des eingestürzten Daches, und eine Stechpalme schob sich aus einem breiten Sprung in dem Herdstein hervor.

Die halb verfallenen, verrottenden Holzwände waren mit grünem Moos und rostfarbenen Pilzen überzogen. Es war schwer zu sagen, seit wann die Ansiedlung verlassen war, doch es war offensichtlich, daß die Wildnis Blockhaus und Lichtung in ein paar Jahren verschluckt haben würde und nur ein Haufen eingestürzter Kaminsteine noch an ihre Existenz erinnern würde.

Doch den näher rückenden Bäumen zum Trotz gediehen hier die Überbleibsel einer kleinen Pfirsichplantage und die Früchte waren reif und wimmelten von Bienen. Wir hatten davon gegessen, soviel wir konnten, und im Schutz der Ruinen geschlafen. Dann waren wir vor der Dämmerung aufgestanden und hatten den Wagen mit den saftigen, samtenen Früchten beladen.

Wir hatten sie unterwegs verkauft und waren daher mit klebrigen Händen und einem Sack voller Münzen – zum Großteil Pennies – in Wilmington angekommen. Der Geruch nach gärenden Früchten, der unseren Haaren, unseren Kleidern und unserer Haut anhaftete, war so durchdringend, als hätte man uns alle in Pfirsichschnaps getaucht.

»Nimm das hier«, wies Jamie mich an und gab mir den kleinen Lederbeutel, der unser Vermögen enthielt. »Kauf so viele Vorräte, wie du dafür bekommst – aber bitte keine Pfirsiche, aye? –, und vielleicht ein paar Kleinigkeiten, damit wir nicht ganz wie Bettler aussehen, wenn wir zu meinem Onkel kommen. Nadel und Faden vielleicht?« Er zog eine Augenbraue hoch und deutete auf den langen Riß in Fergus' Jacke, den er sich beim Sturz von einem Pfirsichbaum geholt hatte.

»Duncan und ich werden versuchen, den Wagen und die Pferde zu verkaufen, und uns nach Schiffen erkundigen. Und wenn es hier einen Goldschmied gibt, frage ich ihn vielleicht, was er mir für einen der Steine bietet.«

»Sie bloß vorsichtig, Onkel Jamie«, riet Ian ihm und deutete mit gerunzelter Stirn auf das bunte Durcheinander von Menschen, das zum nahe gelegenen Hafen unterwegs war oder von dort herkam.

Mit todernster Miene versicherte Jamie seinem Neffen, daß er die notwendige Vorsicht würde walten lassen.

»Nimm Rollo mit«, drängte Ian. »Er paßt auf dich auf.«

Jamie sah zu Rollo hinab, der die vorbeiziehenden Massen hechelnd beobachtete, wobei seine aufmerksame Miene weniger gesellschaftliche Neugier als vielmehr kaum verhohlenen Appetit auszudrücken schien.

»Oh, aye«, sagte er. »Dann komm, mein Freund.« Er sah mich an, als er sich zum Gehen wandte. »Vielleicht kaufst du auch ein paar getrocknete Fische.«

Wilmington war eine kleine Stadt, doch aufgrund seiner günstigen Lage als Seehafen an der Mündung eines schiffbaren Flusses gab es dort nicht nur einen Bauernmarkt und ein Trockendock, sondern auch diverse Läden, wo Luxusgüter aus Europa genauso wie die vor Ort erzeugten Gebrauchsgüter feilgeboten wurden.

»Bohnen, gut«, sagte Fergus. »Ich mag Bohnen, sogar in Massen.« Er schulterte den Jutesack und balancierte die sperrige Last aus. »Und Brot, natürlich brauchen wir Brot – und Mehl, Salz und Schmalz. Pökelfleisch, getrocknete Kirschen, frische Äpfel, alles schön und gut. Fisch, sicher doch. Ich sehe ein, daß Nadel und Faden ebenfalls vonnöten sind. Selbst die Haarbürste«, fügte er mit einem Seitenblick auf mein Haar hinzu, das, angestiftet von der Feuchtigkeit wüste Anstrengungen unternahm, meinem breitkrempigen Hut zu entfliehen. »Und die Arzneimittel aus der Apotheke, selbstverständlich. Aber *Spitze?*«

»Spitze«, sagte ich nachdrücklich. Ich steckte das kleine, in Papier gewickelte Paket mit drei Metern Brüsseler Spitze in den großen Korb. »Und breite Seidenbänder, jeweils einen Meter«, sagte ich zu dem schwitzenden Mädchen hinter der Ladentheke. »Rot – das ist für dich, Fergus, also beschwer dich nicht –, grün für Ian, gelb für Duncan und das ganz dunkle Blau für Jamie. Und es ist keine Extravaganz. Jamie will nicht, daß wir wie Lumpengesindel aussehen, wenn wir uns seinem Onkel und seiner Tante vorstellen.«

»Was ist mit dir, Tante Claire?« fragte Ian grinsend. »Du willst doch bestimmt nicht als graue Maus gehen, während wir Männer die Dandys spielen, oder?«

Halb entnervt, halb amüsiert stieß Fergus die Luft aus.

»Das da«, sagte er und zeigte auf eine große Rolle in dunklem Rosa.

»Aber das ist eine Farbe für ein junges Mädchen«, protestierte ich.

»Eine Frau ist nie zu alt, um Rosa zu tragen«, erwiderte Fergus bestimmt. »Das habe ich die Damen oft genug sagen hören.« Ich hatte die Ansichten dieser Damen schon öfter zu hören bekommen, denn Fergus hatte seine Kindheit in einem Bordell verbracht – und seinen Erzählungen nach auch einen beträchtlichen Teil seines späteren Lebens. Ich hoffte sehr, daß er sich das jetzt, wo er mit Jamies Stieftochter verheiratet war, abgewöhnen würde, aber da Marsali auf Jamaika war, wo sie die Geburt ihres ersten Kindes erwartete, hatte ich meine Zweifel. Fergus war schließlich durch und durch Franzose.

»Die Damen müssen es ja wissen«, sagte ich. »In Ordnung, das rosafarbene auch.«

Schwer beladen mit Körben und Lebensmittelsäcken, bahnten wir uns einen Weg nach draußen. Es war heiß und drückend vor Feuchtigkeit, doch es kam ein Luftzug vom Fluß, und nach der Enge des Ladens erschien mir die Luft süß und erfrischend. Ich blickte zum Hafen, wo die Masten einiger kleiner Schiffe aufragten und sich sanft in der Strömung wiegten, und sah Jamie zwischen zwei Gebäuden hervortreten, dicht gefolgt von Rollo.

Ian rief: »Hallo« und winkte. Rollo stürmte die Straße entlang und wedelte beim Anblick seines Herrn wie wild mit dem Schwanz. Um diese Tageszeit waren nur wenige Leute unterwegs, und die paar, die in der engen Straße zu tun hatten, preßten sich in weiser Voraussicht an die nächste Wand, um dem leidenschaftlichen Wiedersehen nicht im Weg zu sein.

»Meine Güte«, sagte eine gedehnte Stimme irgendwo über mir. »Das ist der größte Köter, den ich je gesehen hab'.« Als ich mich umdrehte, sah ich einen Mann, der sich von der Vorderwand einer Kneipe löste und höflich den Hut vor mir zog.

»Zu Euren Diensten, Ma'am. Ich will doch hoffen, daß er sich nichts aus Menschenfleisch macht, oder?«

Ich sah zu dem Mann auf, der mich angesprochen hatte – und noch weiter auf. Ich verkniff mir die Bemerkung, daß er ja wohl der letzte sein dürfte, der Grund hatte, sich von Rollo bedroht zu fühlen.

Der Fragesteller war einer der größten Männer, die ich jemals gesehen hatte, er war etliche Zentimeter größer als Jamie. Außerdem war er schlaksig und knochig, seine riesigen Hände baumelten in Höhe meiner Ellbogen, und der perlenverzierte Gürtel um seine Mitte war direkt vor meiner Brust. Ich hätte meine Nase in seinen Nabel stecken können, hätte ich das Bedürfnis verspürt, doch glücklicherweise war das nicht der Fall.

»Nein, er frißt Fische«, versicherte ich meinem neuen Bekannten. Als er sah, wie ich den Hals reckte, ging er zuvorkommend in die Hocke, wobei seine Kniegelenke wie Gewehrschüsse knackten. Zwar hatte ich jetzt sein Gesicht vor mir, doch ich mußte feststellen, daß seine Gesichtszüge immer noch nicht zu sehen waren, da sie hinter einem buschigen, schwarzen Bart versteckt waren. Eine wenig passende Stupsnase ragte aus dem Gestrüpp und darüber blickten große haselnußbraune Augen sanft in die Welt.

»Na, es freut mich, das zu hören. Wäre nicht nett, so früh am Morgen schon ein Stück von meinem Bein zu verlieren.« Er schwenkte den schäbigen Schlapphut, in dessen Krempe eine zerzauste Truthahnfeder steckte, und er verbeugte sich vor mir. Schwarze Locken fielen ihm über die Schultern. »John Quincy Myers, zu Euren Diensten, Ma'am.«

»Claire Fraser«, sagte ich und hielt ihm fasziniert die Hand hin. Er blinzelte sie einen Augenblick lang an, hob meine Finger an die Nase und schnüffelte daran, blickte dann auf und zeigte ein Lächeln, das durch die Tatsache, daß ihm die Hälfte seiner Zähne fehlte, kaum an Charme einbüßte.

»Oh, da werdet Ihr wohl ein Kräuterweiblein sein, was?«

»Meint Ihr?«

Er drehte meine Hand sanft um und zeichnete die Chlorophyllspuren um meine Fingernägel nach.

»Eine Dame mit grünen Fingern hat vielleicht nur ihre Rosen geschnitten, aber eine Dame, deren Hände nach Sassafraswurzeln und Chinarinde riechen, weiß sicher nicht nur, wie man Blumen zum Blühen bringt. Meinst du nicht auch?« fragte er, freundlich an Ian gewandt, der Mr. Myers mit unverhohlenem Interesse betrachtete.

»Oh, aye«, versicherte Ian ihm. »Tante Claire ist eine berühmte Heilerin. Eine weise Frau.« Er sah mich stolz an.

»Wirklich, mein Junge?« Mr. Myers' Augen weiteten sich interessiert und richteten sich wieder auf mich. »Da soll mich doch der Teufel holen. Und ich hab' schon gedacht, ich müßte warten, bis ich in die Berge komme und mir einen *Schamanen* dafür suchen kann.«

»Seid Ihr krank, Mr. Myers?« fragte ich. Er machte nicht den Eindruck, doch wegen seiner Haare und des Bartes war es schwer zu beurteilen, außerdem schien eine dünne Schicht schmutzigbraunen Staubes sämtliche Körperteile zu bedecken, die nicht unter seinen zerlumpten Lederhosen verschwanden. Die Stirn war die einzige Ausnahme. Normalerweise schützte sie der schwarze Filzhut vor der Sonne, doch jetzt war sie unseren Blicken ausgesetzt, eine reinweiße Fläche.

»Nicht direkt krank, glaub' ich«, antwortete er. Er stand plötzlich auf und begann, sein Wildlederhemd hochzuschieben. »Es ist jedenfalls kein Tripper und auch nicht die Franzosenkrankheit; die habe ich schon mal gesehen.« Was ich für Hosen gehalten hatte, waren in Wirklichkeit lange Wildlederleggings, ergänzt durch einen Lendenschurz. Beim Weiterreden ergriff Mr. Myers das Lederband, welches das letztgenannte Bekleidungsstück in Position hielt, und kämpfte mit dem Knoten.

»Ist auch so ärgerlich genug; da war ganz plötzlich diese Riesenbeule hinter meinen Eiern. Ziemlich lästig, wie Ihr Euch vorstellen könnt, obwohl ich nicht sagen könnte, daß es weh tut, außer beim

Reiten. Ob Ihr wohl einen Blick darauf werfen wollt und mir sagt, was ich am besten dagegen tue, hm?«

»Äh...«, sagte ich und warf Fergus einen verzweifelten Blick zu, doch der Mistkerl verlagerte nur seinen Bohnensack und machte eine belustigtes Gesicht.

»Habe ich das Vergnügen, die Bekanntschaft von Mr. John Myers zu machen?« fragte eine höfliche schottische Stimme über meine Schulter hinweg.

Mr. Myers hörte auf, an seinem Lendenschurz herumzufummeln und blickte fragend auf.

»Kann nicht sagen, ob es ein Vergnügen für Euch wird, Sir«, antwortete er zuvorkommend. »Aber wenn Ihr Myers sucht, habt Ihr ihn gefunden.«

Jamie trat näher und schob sich taktvoll zwischen mich und Mr. Myers' Lendenschurz. Er verbeugte sich förmlich, den Hut unterm Arm.

»James Fraser, zu Euren Diensten, Sir. Man hat mir gesagt, ich sollte Euch gegenüber den Namen Hector Cameron erwähnen.«

Mr. Myers betrachtete Jamies rotes Haar mit Interesse.

»Schotte, ja? Seid Ihr einer von diesen Highlandern?«

»Ich bin Schotte, aye, und Highlander.«

»Seid Ihr mit dem alten Hector Cameron verwandt?«

»Er ist ein angeheirateter Onkel, Sir, aber ich bin ihm noch nie begegnet. Ich habe gehört, daß Ihr gut mit ihm bekannt seid und uns vielleicht zu seiner Plantage führen könnt.«

Die beiden Männer taxierten einander unverhüllt, musterten einander während des Gespräches von Kopf bis Fuß und begutachteten dabei Haltung, Kleidung und Bewaffnung ihres Gegenübers. Jamies Augen ruhten zustimmend auf dem langen Messer, das in einer Scheide am Gürtel des Waldläufers hing, während Mr. Myers' Nüstern vor Interesse bebten.

»*Comme deux chiens*«, bemerkte Fergus leise hinter mir. Wie zwei Hunde. »...*aux culs*.« Als nächstes werden sie sich noch gegenseitig am Hintern schnüffeln.

Mr. Myers warf Fergus einen schnellen Blick zu, und ich sah die haselnußbraunen Augen belustigt aufblitzen, bevor er sich wieder Jamie zuwandte. Der Bergläufer mochte unkultiviert sein, doch er hatte ganz offensichtlich Grundkenntnisse in Französisch.

Da ich Mr. Myers' ausgeprägten Geruchssinn und seinen Mangel an Scheu schon kannte, wäre ich wahrscheinlich nicht überrascht gewesen, wenn er Fergus' Vorschlag in die Tat umgesetzt hätte. Doch er gab sich mit einer kurzen Inspektion zufrieden, in die er nicht nur Jamie, sondern auch Ian, Fergus, mich selbst und Rollo einbezog.

»Netter Hund«, sagte er beiläufig und hielt letzterem einen Satz massiver Knöchel vor die Nase. Rollo nahm die Einladung an und beschnüffelte Myers nun angeregt von den Mokassins bis zum Lendenschurz, während das Gespräch weiterging.

»Euer Onkel also. Weiß er, daß Ihr kommt?«

Jamie schüttelte den Kopf.

»Das weiß ich nicht. Ich habe ihm vor einem Monat von Georgia aus einen Brief geschickt, aber ich habe keine Ahnung, ob er ihn schon bekommen hat.«

»Wohl nicht«, sagte Myers nachdenklich. Sein Blick verweilte auf Jamies Gesicht und schweifte dann schnell über uns alle.

»Eure Frau kenne ich schon. Ist das Euer Sohn?« Er deutete auf Ian.

»Meine Neffe Ian. Mein angenommener Sohn Fergus.« Jamie erledigte die Vorstellung mit einer Handbewegung. »Und ein Freund, Duncan Innes, der gleich kommt.«

Myers grunzte, nickte, und traf seinen Entschluß.

»Doch, ich denke schon, daß ich Euch zu den Camerons bringen kann. Wollte sichergehen, daß Ihr zur Verwandtschaft gehört, aber Ihr seht aus wie die Witwe Cameron, im Gesicht. Der Junge auch ein bißchen.«

Jamie fuhr auf.

»Die *Witwe* Cameron?«

Ein Lächeln huschte durch das Bartdickicht.

»Der alte Hector hat letzten Winter eine schlimme Halsentzündung bekommen und ist daran gestorben. Schätze, daß man da, wo er jetzt ist, nicht viel Post bekommt.«

Damit hatten die Camerons als Gesprächsstoff ausgedient. Er griff dringendere persönliche Probleme auf und nahm seine Ausgrabungsarbeiten wieder auf.

»Dickes lila Ding«, erklärte er mir und zupfte an seinem gelockerten Lederband herum. »Fast so groß wie eins von meinen Eiern. Ihr glaubt nicht, daß mir irgendwie, also... eins extra gewachsen ist, oder?«

»Nein«, sagte ich und biß mir auf die Lippe. »Das bezweifle ich wirklich.« Seine Bewegungen waren sehr langsam, doch er hatte den Knoten fast gelöst; die Leute blieben schon stehen und starrten ihn an.

»Bitte macht Euch keine Mühe«, sagte ich. »Ich glaube, ich weiß, was es ist – es ist eine Leistenhernie.«

Seine Augen weiteten sich.

»Wirklich?« Die Nachricht schien ihn zu beeindrucken und ihm nicht im geringsten unangenehm zu sein.

»Ich müßte es mir ansehen – irgendwo drinnen«, fügte ich hastig hinzu, »um ganz sicher zu sein, doch es hört sich danach an. Man kann es chirurgisch leicht beheben, aber...« Ich zögerte und sah an dem Koloß hoch. »Ich könnte wirklich nicht – also, Ihr müßt schlafen. Bewußtlos sein«, betonte ich. »Ich müßte Euch aufschneiden und wieder zunähen, versteht Ihr? Vielleicht wäre doch ein Bruchband – ein Stützgurt – besser.«

Myers kratzte sich langsam am Kinn und dachte nach.

»Nein, hab' ich schon versucht. Aber aufschneiden... Bleibt Ihr noch etwas in der Stadt, bevor Ihr zu den Camerons aufbrecht?«

»Nicht lange«, unterbrach Jamie bestimmt. »Wir fahren flußaufwärts zum Gut meiner Tante, sobald wir ein Boot finden.«

»Oh.« Der Riese dachte einen Augenblick nach und nickte dann freudestrahlend.

»Ich weiß den richtigen Mann für Euch, Sir. Ich gehe gleich los und hole Josh Freeman aus dem Sailor's Rest. Die Sonne steht noch hoch, er wird noch nicht zu betrunken zum Verhandeln sein.« Er verbeugte sich überschwenglich vor mir und hielt sich dabei den zerknautschten Hut vor den Bauch. »Und vielleicht hat dann Eure Frau die Güte, mit mir in das Wirtshaus da drüben zu gehen – das ist ein bißchen feiner als das Sailor's – und sich diese... diese...« – ich sah, wie er in seinem Gedächtnis nach dem Wort kramte und dann aufgab – »dieses Hindernis hier anzusehen.«

Er stülpte sich den Hut auf den Kopf, nickte Jamie zu und verschwand.

Jamie beobachtete seinen steifbeinigen Rückzug über die Straße, der noch dadurch verlangsamt wurde, daß er jeden Passanten herzlich grüßte.

»Was hast du bloß an dir, Sassenach, frage ich mich?« sagte er im Plauderton.

»Inwiefern?«

Er drehte sich um und sah mich scharf an.

»Was jeden Mann, der dir begegnet, dazu bringt, daß er sich fünf Minuten nachdem er dich kennengelernt hat, die Hosen ausziehen will.«

Fergus hustete, und Ian wurde rot. Ich machte das unschuldigste Gesicht, das ich fertigbrachte.

»Na ja, wenn du es nicht weißt, mein Lieber«, sagte ich, »dann weiß es keiner. *Ich* scheine ein Schiff für uns gefunden zu haben. Und was hast *du* heute morgen getrieben?«

Emsig wie immer hatte Jamie einen potentiellen Käufer für einen unserer Edelsteine gefunden. Und nicht nur einen Käufer, sondern auch eine Einladung, mit dem Gouverneur zu Abend zu essen.

»Gouverneur Tryon ist gerade in der Stadt«, erklärte er. »Er wohnt bei einem Mr. Lillington. Heute morgen habe ich mich mit einem Kaufmann namens MacEachern unterhalten, der mich zu einem Mann namens MacLeod geschickt hat, der –«

»Der dich MacNeil vorgestellt hat, der dich mit zu MacGregor in die Kneipe genommen hat, der dir alles über seinen Neffen Bethune erzählt hat, dessen Vetter dritten Grades der Junge ist, der mit dem Gouverneur die Schuhe putzt«, schlug ich vor, denn inzwischen kannte ich die komplexen Pfade schottischer Geschäftsbeziehungen.

Man setze zwei Hochlandschotten in einen Raum, und innerhalb von zehn Minuten sind sie mit der jeweiligen Familiengeschichte der letzten zweihundert Jahre vertraut und haben eine hilfreiche Anzahl gemeinsamer Verwandter und Bekannter entdeckt.

Jamie grinste.

»Es war der Sekretär der Frau des Gouverneurs«, verbesserte er, »und er heißt Murray. Er ist Maggies ältester Sohn – der Cousine deines Vaters, von Loch Linnhe«, fügte er, an Ian gerichtet, hinzu. »Sein Vater ist nach dem Aufstand emigriert.« Ian nickte beiläufig. Zweifellos trug er die Information gerade in seine eigene Ausgabe der genetischen Enzyklopädie ein und speicherte sie dort für den Tag, an dem sie sich nützlich erweisen würde.

Edwin Murray, der Sekretär der Frau des Gouverneurs, hatte Jamie herzlich als Verwandten willkommen geheißen – obwohl er nur angeheiratet war – und uns für den heutigen Abend eine Einladung bei den Lillingtons besorgt, vorgeblich, damit wir dem Gouverneur über den Handel auf den Westindischen Inseln berichteten. In Wirklichkeit hatten wir vor, uns mit Baron Penzler bekannt zu machen – einem gutsituierten deutschen Adligen, der ebenfalls dort dinieren würde. Der Mann war nicht nur für seinen Reichtum, sondern auch für seinen Geschmack und seine Sammlung wertvoller Objekte bekannt.

»Na ja, es könnte eine gute Idee sein«, sagte ich zweifelnd. »Aber ich denke, du gehst besser allein. Ich kann nicht mit einem Gouverneur speisen, solange ich *so* aussehe.«

»Ach, du siehst doch g –« Bei genauem Hinsehen verstummte er. Sein Blick wanderte langsam über mich und erfaßte mein schmutziges, zerknittertes Kleid, mein zerzaustes Haar und mein zerschlissenes Häubchen.

Er runzelte die Stirn. »Nein, ich will, daß du mitkommst, Sassenach; ich brauche vielleicht ein Ablenkungsmanöver.«

»Wo wir gerade von Ablenkungsmanövern sprechen, wie viele Liter Bier hat es dich gekostet, das mit der Einladung zum Abendessen zu deichseln?« fragte ich angesichts unserer schwindenden Finanzen. Jamie zuckte nicht mit der Wimper, sondern nahm mich beim Arm und schob mich auf die Ladenzeile zu.

»Drei, aber er hat die Hälfte bezahlt. Komm, Sassenach, um sieben gibt's Essen, und wir müssen etwas Anständiges für dich zum Anziehen finden.«

»Aber wir können es uns nicht leisten –«

»Es ist eine Investition«, sagte er bestimmt. »Und außerdem hat Vetter Edwin mir einen Vorschuß auf den Erlös des Steines gegeben.«

Gemessen am kosmopolitischen Standard von Jamaika war das Kleid seit zwei Jahren aus der Mode, doch es war sauber, und das war für mich die Hauptsache.

»Ihr tropft, Madame.« Die Stimme der Schneiderin war kalt. Sie war eine schmale, unscheinbare Frau in den mittleren Jahren und die beste Schneiderin von Wilmington – und wie ich merkte, war sie es gewöhnt, daß man ihrem Modediktat widerspruchslos folgte. Ich war bei ihr in Ungnade gefallen, weil ich mir lieber die Haare gewaschen hatte, als ein Spitzenhäubchen aufzusetzen, und sie hatte mir eine Rippenfellentzündung prophezeit. Die Nadeln, die sie im Mund hatte, zitterten empört, als ich darauf bestand, das übliche schwere Korsett durch ein leichteres, fischbeinverstärktes Mieder zu ersetzen, das die Brüste anhob, ohne zu kneifen.

»Entschuldigung.« Ich steckte die feuchte Locke, die den Ärger verursacht hatte, in das Leinentuch, das um meinen Kopf gewickelt war.

Da die Gästequartiere in Mr. Lillingtons großem Haus vollständig von den Begleitern des Gouverneurs belegt waren, hatte man mich in Vetter Edwins winziges Speicherzimmer über dem Stall verwiesen, und die Anprobe wurde von gedämpften Stampf- und Kaugeräuschen aus der unteren Etage begleitet, in die sich noch die monotonen Melodien mischten, die der Stallknecht beim Ausmisten pfiff.

Trotzdem konnte ich mich nicht beklagen: Mr. Lillingtons Ställe waren um einiges sauberer als das Gasthaus, in dem Jamie und ich unsere Begleiter zurückgelassen hatten, und Mrs. Lillington hatte großzügigerweise dafür gesorgt, daß ich mit einer großen Schüssel heißen Wassers und einem Stück Lavendelseife versorgt wurde – was mir noch viel wichtiger war als das frische Kleid. Hoffentlich bekam ich nie wieder einen Pfirsich zu Gesicht.

Ich stellte mich auf die Zehenspitzen, um aus dem Fenster zu sehen, falls Jamie kam, gab aber auf, als die Schneiderin, die gerade meinen Rocksaum absteckte, ein Protestgeräusch von sich gab.

Das Kleid selbst war gar nicht übel: Es war aus cremefarbener Seide und ganz schlicht geschnitten, hatte halblange Ärmel, einen weinrot gestreiften Reifrock, und von der Taille bis zum Ausschnitt verliefen zwei Reihen weinroter Seidenrüschen. Wenn man die Brüsseler Spitze, die ich gekauft hatte, an die Ärmel nähte, würde es genügen, dachte ich, auch wenn der Stoff nicht vom Feinsten war.

Ich war anfangs über den Preis überrascht gewesen, denn er kam mir bemerkenswert niedrig vor, doch jetzt sah ich, daß der Stoff grober war als üblich, und hier und da fing sich das Licht in einem Knoten. Neugierig rieb ich ihn zwischen den Fingern. Ich kannte mich mit Seide nicht besonders aus, aber ein chinesischer Bekannter hatte einmal den Großteil eines faulen Nachmittags auf See damit verbracht, mich in die Lehre von den Seidenraupen und den feinen Varianten ihrer Erzeugnisse zu unterweisen.

»Wo kommt diese Seide her?« fragte ich. »Es ist keine chinesische Seide; ist sie aus Frankreich?«

Die Schneiderin blickte auf, und ihre Unfreundlichkeit wurde kurzfristig von Interesse abgelöst.

»Nein, das stimmt. Das heißt, sie wurde in South Carolina hergestellt. Da ist eine Dame, sie heißt Mrs. Pickney, die hat die Hälfte ihres Landes mit Maulbeerbäumen bepflanzt und darauf Seidenraupen gezüchtet. Der Stoff ist vielleicht nicht ganz so fein wie chinesische Seide«, gab sie zögernd zu, »aber er ist auch nicht halb so teuer.«

Sie blinzelte zu mir hoch und nickte langsam.

»Das wird wohl passen, und die Rüschen sind schön; sie betonen Eure Wangen. Aber verzeiht bitte, Madame. Ihr müßt etwas über dem Ausschnitt tragen, damit Ihr nicht so nackt aussieht. Wenn Ihr schon kein Häubchen und keine Perücke wollt, habt Ihr dann vielleicht ein Halsband?«

»Oh, ein Band!« sagte ich, und es fiel mir wieder ein. »Ja, was für eine gute Idee. Seht in meinen Korb da drüben, da findet Ihr ein Stück, das passen sollte.«

Gemeinsam schafften wir es, mein Haar aufzutürmen. Wir banden es locker mit dem dunkelrosa Band zusammen, während mir ein paar feuchte Locken – ich konnte sie nicht daran hindern – über Ohren und Stirn fielen.

»Es ist doch hoffentlich nicht zu jugendlich für mich, oder?« fragte ich, denn mir kamen plötzlich Zweifel. Ich fuhr mit der Hand über die Vorderseite des Mieders, doch es schmiegte sich glatt – und wie angegossen – um meine Taille.

»O nein, Madame«, versicherte mir die Schneiderin. »Es steht Euch gut, wenn ich das sagen darf.« Sie runzelte nachdenklich die Stirn. »Nur der Ausschnitt ist immer noch ein bißchen nackt. Habt Ihr denn überhaupt keinen Schmuck?«

»Nur das hier.« Wir drehten uns überrascht um, als Jamie den Kopf einzog und zur Tür hereinkam; keine von uns hatte ihn kommen hören.

Er hatte es irgendwie geschafft, zu baden und sich ein sauberes Hemd und Halstuch zu besorgen; darüber hinaus hatte ihm jemand das Haar gekämmt und zu einem ebenmäßigen Zopf geflochten, der mit dem neuen blauen Seidenband zusammengebunden war. Sein teurer Rock war nicht nur gebürstet, sondern auch mit einem Satz versilberter Knöpfe aufpoliert worden, in deren Mitte jeweils eine kleine Blume eingraviert war.

»Hübsch«, sagte ich und faßte einen der Knöpfe an.

»Hat mir der Goldschmied geliehen«, sagte er. »Aber sie werden genügen. Das hier auch, denke ich.« Er zog ein schmutziges Taschentuch aus der Tasche und zauberte aus den Falten eine schmale Goldkette hervor.

»Er hatte nur Zeit für eine ganz schlichte Fassung«, sagte er und runzelte konzentriert die Stirn, während er die Kette um meinen Hals befestigte. »Aber so ist es vielleicht auch am besten, oder?«

Der Rubin hing glitzernd genau über meinem Busen und warf einen zartrosa Schimmer auf meine weiße Haut.

»Ich bin froh, daß du den ausgesucht hast«, sagte ich und berührte sanft den Stein. Er hatte Jamies Körperwärme angenommen. »Er paßt viel besser zu dem Kleid als der Saphir oder der Smaragd.« Die Schneiderin stand mit offenem Mund da. Sie blickte von mir zu Jamie, und ihr Eindruck von unserer gesellschaftlichen Position verbesserte sich offensichtlich sprunghaft.

Jamie hatte sich endlich die Zeit genommen, den Rest meiner Aufmachung zu betrachten. Sein Blick wanderte langsam von meinem Kopf bis zu meinem Rocksaum, und ein Lächeln breitete sich auf seinem Gesicht aus.

»Du bist 'ne sehr dekorative Schmuckschachtel, Sassenach«, sagte er. »Ein wunderbares Ablenkungsmanöver, aye?«

Er blickte aus dem Fenster, wo ein blasser Pfirsichton den diesigen Abendhimmel färbte, dann wandte er sich mir zu und verbeugte sich. »Dürfte ich beim Abendessen um das Vergnügen Eurer Gesellschaft bitten, Madame?«

7

Große Pläne mit kleinen Haken

Ich wußte zwar, wie bereitwillig die Menschen im achtzehnten Jahrhundert alles aßen, was sich überwältigen und an einen Tisch zerren ließ, doch ihre Manie, Wild so zu servieren, als sei es vor seinem Erscheinen beim Abendessen nicht erst getötet und gekocht worden, war nicht mein Fall.

Demzufolge betrachtete ich den riesigen Stör, dem ich Augapfel in Augapfel gegenübersaß, mit deutlicher Appetitlosigkeit. Man hatte dem neunzig Zentimeter langen Fisch nicht nur die Augen, sondern auch die Flossen, die Schuppen und den Schwanz gelassen, und er thronte majestätisch auf Wellen aus Rogen in Aspik, verziert mit Unmengen kleiner gewürzter Krebse, die man ganz gekocht und kunstvoll auf der Servierplatte verstreut hatte.

Ich trank noch einen großen Schluck Wein und wandte mich an meinen Tischgenossen, wobei ich versuchte, nicht in die glasigen Glupschaugen des Störs zu blicken.

»...ein überaus impertinenter Mensch!« sagte Mr. Stanhope gerade über einen Herrn, dem er auf dem Weg von Wilmington zu seinen Besitztümern in New Bern in einer Poststation begegnet war.

»Also wirklich, wir nahmen gerade Erfrischungen zu uns, da fing er von seinen Hämorrhoiden an und welche Qual ihm die ständigen Stöße der Kutsche verursachten. Und der Teufel soll mich holen, wenn er dann nicht ein über und über mit Blut beflecktes Taschentuch aus der Tasche zog, um es den Anwesenden zu beweisen! Hat mir vollständig den Appetit verdorben, das versichere ich Euch, Madam«, sagte er zu mir und stopfte sich mit Hühnerfrikasse voll. Er kaute langsam und betrachtete mich mit blaßblauen, hervorquellenden Augen, die mich unangenehm an die des Störs erinnerten.

Auf der anderen Seite des Tisches zuckte Phillip Wylies Mund belustigt.

»Paßt auf, daß Euer Gesprächsthema nicht dieselbe Wirkung hervorruft, Stanhope«, sagte er und deutete auf meinen unberührten

Teller. »Obwohl ich ja zugeben muß, daß die oft ungehobelte Gesellschaft zu den Unannehmlichkeiten öffentlicher Verkehrsmittel gehört.«

Stanhope zog die Nase hoch und strich sich die Krümel aus den Falten seines Halstuches.

»Braucht Euch gar nichts einzubilden, Wylie. Nicht jeder kann sich eine Kutsche leisten, schon gar nicht bei all diesen neuen Steuern. Kaum wendet man sich ab, schon hat man eine neue am Hals – ich muß schon sagen!« Er fuchtelte erbost mit der Gabel. »Tabak, Wein, Brandy, schön und gut, aber eine *Zeitungs*steuer, hat man so was schon gehört? Der älteste Sohn meiner Schwester hat letztes Jahr seinen Abschluß an der Universität Yale gemacht« – er blies sich unbewußt auf und sprach ein kleines bißchen lauter als gewöhnlich –, »und dann mußte sie doch tatsächlich einen halben Schilling bezahlen, nur damit er einen offiziellen Stempel auf sein Diplom bekam!«

»Das gibt es jetzt aber nicht mehr«, sagte Vetter Edwin geduldig. »Seit der Abschaffung der Stempelverordnung...«

Stanhope pickte einen der winzige Krebse von der Platte und schwenkte ihn anklagend in Edwins Richtung.

»Kaum sind wir eine Steuer los, schon taucht die nächste an ihrer Stelle auf. Sie schießen wie Pilze aus dem Boden!«

Er steckte sich den Krebs in den Mund, und man hörte ihn undeutlich murmeln, daß es ihn nicht wundern würde, wenn demnächst noch die Luft besteuert würde.

»Ihr seid erst kürzlich von den Westindischen Inseln gekommen, Madame Fraser?« Auf meiner anderen Seite ergriff Baron Penzler die Gelegenheit, sich ins Gespräch zu mischen. »Ihr werdet wohl kaum mit solchen Provinzgeschichten vertraut sein – oder Euch dafür interessieren«, fügte er hinzu und deutete Stanhope mit einem wohlwollenden Nicken an, daß seine Redezeit vorbei war.

»Oh, jeder interessiert sich für Steuern«, sagte ich und drehte mich leicht zur Seite, um mein Dekolleté möglichst gut zur Geltung zu bringen. »Oder meint Ihr nicht auch, daß Steuern der Preis für eine zivilisierte Gesellschaft sind? Obwohl« – ich nickte zur anderen Seite – »Mr. Stanhope mir nach seiner Geschichte vielleicht bepflichtet, daß der Grad der Zivilisation nicht unbedingt dem Grad der Besteuerung entspricht?«

»Ha, ha!« Stanhope verschluckte sich an einem Stück Brot und spuckte Krümel in alle Richtungen. »Oh, das ist gut! Nicht dem Grad – ha, ha, nein, wirklich nicht!«

Phillip Wylie pflichtet mir mit einem sardonischen Nicken bei.

»Ihr müßt versuchen, nicht ganz so amüsant zu sein, Mrs. Fraser«, sagte er. »Es könnte den Tod des armen Stanhope bedeuten.«

»Äh... was meint Ihr denn, wie hoch zur Zeit die Besteuerungsrate ist?« fragte ich und lenkte taktvoll von Stanhopes Gehuste ab.

Wylie spitzte die Lippen und überlegte. Dandy, der er war, trug er eine hochmodische Perücke, und ein sternförmiges Schönheitspflästerchen klebte neben seinem Mund. Aber hinter dem gutaussehenden, gepuderten Gesicht verbarg sich offenbar auch ein sehr gewitztes Gehirn.

»Oh, wenn man alle Nebenverdienste mit einberechnet, würde ich sagen, können es bis zu zwei von Hundert des Jahreseinkommens sein, wenn man die Sklavensteuern mitzählt. Wenn man die Steuern auf Land und Ernten hinzufügt, wird es vielleicht etwas mehr.«

»Zwei Prozent!« prustete Stanhope und hämmerte sich auf die Brust. »Das schreit zum Himmel! Das schreit einfach zum Himmel!«

Während ich mich lebhaft an meine letzte Steuererklärung erinnerte, pflichtete ich ihm mitfühlend bei, daß eine zweiprozentige Steuerrate wirklich empörend war, und fragte mich gleichzeitig, was zum Kuckuck im Laufe der dazwischenliegenden zweihundert Jahre aus dem Kampfgeist der amerikanischen Steuerzahler geworden war.

»Aber vielleicht sollten wir das Thema wechseln«, sagte ich, denn ich sah, daß man in unsere Richtung zu blicken begann. »Im Haus des Gouverneurs über Steuern zu reden ist doch in etwa so, als unterhielte man sich im Haus eines Gehängten über Seile, oder nicht?«

An dieser Stelle bekam Mr. Stanhope einen ganzen Krebs in den Hals und verschluckte sich ernsthaft.

Sein anderer Tischgenosse hämmerte ihm hilfreich auf den Rücken, und der kleine schwarze Junge, der mit einer Fliegenklatsche am Fenster beschäftigt gewesen war, wurde hastig losgeschickt, um Wasser zu holen. Für den Fall des Falles wählte ich ein scharfes, schmales Messer, das neben der Fischplatte lag, hoffte aber doch, daß ich nicht gezwungen wäre, an Ort und Stelle einen Luftröhrenschnitt durchzuführen, denn diese Art von Aufmerksamkeit wollte ich nicht erregen.

Glücklicherweise erwiesen sich derart drastische Maßnahmen als unnötig; ein Glückstreffer auf den Rücken löste den Krebs, so daß das Opfer purpurrot und japsend, ansonsten aber unbeschädigt davonkam.

»Wo wir gerade von Zeitungen sprechen«, sagte ich, als Mr. Stanhope von seinen Exzessen gerettet war. »Wir sind erst so kurz hier, daß ich noch keine gesehen habe. Wird in Wilmington regelmäßig eine Zeitung gedruckt?«

Ich hatte meine Hintergedanken bei dieser Frage, die nicht nur Mr. Stanhope Zeit geben sollte, sich zu erholen. Unter den wenigen weltlichen Gütern, die Jamie besaß, befand sich eine Druckerpresse, die zur Zeit in Edinburgh gelagert war.

Es stellte sich heraus, daß zwei Drucker in Wilmington ansässig waren, doch nur einer dieser Herren – ein Mr. Jonathan Gilette – stellte regelmäßig eine Zeitung her.

»Und vielleicht ist es bald vorbei mit der Regelmäßigkeit«, sagte Stanhope finster. »Mr. Gilette soll vom Komitee für Sicherheit verwarnt worden – ah!« Er machte einen kurzen Ausruf, und sein rundes Gesicht verzog sich vor schmerzlicher Überraschung.

»Gibt es einen besonderen Grund für diese Frage, Mrs. Fraser?« erkundigte sich Wylie höflich und warf seinem Freund einen schnellen Blick zu. »Ich habe gehört, daß Euer Gatte Verbindungen zum Druckergewerbe in Edinburgh unterhält.«

»Äh, ja«, sagte ich, überrascht, daß er so viel über uns wußte. »Jamie hat dort eine Druckerei besessen, aber keine Zeitung herausgegeben – nur Bücher, Pamphlete, Theaterstücke und ähnliches.«

Eine von Wylies feingeschwungenen Augenbrauen hob sich.

»Euer Gatte hat also keine politischen Vorlieben? Wie oft werden doch die Fähigkeiten der Drucker von jenen mißbraucht, die ihre Leidenschaften gedruckt sehen wollen – aber natürlich teilt der Drucker diese Leidenschaften nicht notwendigerweise.«

Das ließ diverse Alarmglocken schrillen: Wußte Wylie wirklich etwas von Jamies politischen Verbindungen in Edinburgh – die meisten waren extrem regierungsfeindlich –, oder war dies nur ein normales Tischgespräch? Stanhopes Bemerkungen nach zu urteilen, waren Zeitungen und Politik in den Köpfen der Leute untrennbar verbunden – was ja in Anbetracht der Zeiten auch kein Wunder war.

Jamie, der am anderen Ende des Tisches saß, hatte seinen Namen aufgeschnappt und wandte jetzt leicht den Kopf, um mir zuzulächeln, bevor er sich dann wieder einem ernsten Gespräch mit dem Gouverneur widmete, zu dessen rechter Seite er saß. Ich war nicht sicher, ob diese Sitzordnung Mr. Lillingtons Werk war, der zur Linken des Gouverneurs saß und der Unterhaltung mit dem intelligenten, etwas leidenden Ausdruck eines Bassets folgte, oder Vetter Edwins, der mir gegenüber saß, zwischen Phillip Wylie und dessen Schwester Judith.

»Ach, ein Handwerker«, bemerkte diese Dame jetzt mit wichtiger Stimme. Sie lächelte mich an, sorgfältig darauf bedacht, ihre Zähne nicht zu zeigen. Wahrscheinlich faul, dachte ich. »Und das ist« – sie deutete vage auf ihren Kopf und verglich mein Haarband mit dem turmartigen Aufbau ihrer Perücke – »jetzt Mode in Edinburgh? Wie... hinreißend.«

Ihr Bruder warf ihr einen Blick aus zusammengekniffenen Augen zu.

»Ich habe, glaube ich, auch gehört, daß Mr. Fraser der Neffe von Mrs. Cameron auf River Run ist«, sagte er liebenswürdig. »Hat man mich da richtig informiert, Mrs. Fraser?«

Vetter Edwin, der zweifellos die Informationsquelle war, bestrich emsig ein Brötchen mit Butter. Vetter Edwin sah gar nicht wie ein Sekretär aus. Er war ein großer, einnehmender junger Mann mit einem Paar lebhafter brauner Augen – von denen mir jetzt eines andeutungsweise zuzwinkerte.

Der Baron, den Zeitungen genauso langweilten wie Steuern, wurde lebendig, als er den Namen Cameron hörte.

»River Run?« sagte er. »Ihr habt Beziehungen zu Mrs. Jocasta Cameron?«

»Sie ist die Tante meines Mannes«, antwortete ich. »Kennt Ihr sie?«

»O ja! Eine bezaubernde Frau, höchst bezaubernd.« Ein breites Lächeln hob die Hängebacken des Barons. »Ich bin schon seit vielen Jahren ein guter Freund von Mrs. Cameron und war auch ein Freund ihres leider verstorbenen Gatten.«

Der Baron begann eine begeisterte Aufzählung der Freuden von River Run, und ich benutzte diesen Monolog, um mir ein kleines Stück Fischpastete reichen zu lassen, die nicht nur mit Fisch, sondern auch mit Austern und Shrimps in einer Sahnesauce gefüllt war. Mr. Lillington hatte offensichtlich weder Kosten noch Mühen gescheut, um den Gouverneur zu beeindrucken.

Als ich mich zurücklehnte, damit der Lakai noch etwas Sauce auf meinen Teller schöpfen konnte, sah ich, daß Judith Wylie mich voll unverhüllter Abneigung beäugte. Ich lächelte ihr liebenswürdig zu, wobei ich meine exzellenten Zähne entblößte, dann wandte ich mich mit neuem Selbstbewußtsein wieder dem Baron zu.

In Edwins Quartier hatte es keinen Spiegel gegeben. Zwar hatte Jamie mir versichert, daß ich gut aussah, doch seine Maßstäbe waren andere als die der Mode. Bei Tisch hatten die Herren nicht mit Komplimenten gegeizt, das stimmte, doch das konnte auch ganz normale Höflichkeit sein – die Herren der Oberschicht neigten zu übertriebener Galanterie.

Doch Miss Wylie war fünfundzwanzig Jahre jünger als ich, sie trug modische Kleider und Schmuck, und wenn sie auch keine große

Schönheit war, so war sie doch auch nicht unansehnlich. Ihre Eifersucht reflektierte meine Erscheinung besser als jeder Spiegel, dachte ich.

»Was für ein schöner Stein, Mrs. Fraser – erlaubt Ihr mir, ihn genauer anzusehen?« Der Baron beugte sich zu mir herüber, und seine Wurstfinger schwebten gefährlich dicht über meinem Ausschnitt.

»Oh, aber sicher«, sagte ich hastig, öffnete schnell den Verschluß der Kette und ließ den Rubin in seine breite, feuchte Hand fallen. Der Baron machte ein etwas enttäuschtes Gesicht darüber, daß es ihm nicht vergönnt war, den Stein *in situ* zu begutachten, doch er hob die Hand und blinzelte den funkelnden Tropfen mit der Miene eines Kenners an – der er offensichtlich war, denn er griff in seine Westentasche und zog eine kleine Vorrichtung heraus, die sich als Kombination optischer Linsen erwies und sowohl ein Vergrößerungsglas als auch eine Juwelierlupe enthielt.

Ich entspannte mich bei diesem Anblick und ließ mir eine Portion von einem heißen, herzhaft duftenden Gericht geben, das der Butler in einer Glasschüssel umhertrug. Was dachten sich die Leute nur dabei, heißes Essen zu servieren, wo die Raumtemperatur mindestens fünfunddreißig Grad betrug?

»Schön«, murmelte der Baron und drehte den Stein sanft in seiner Hand. »Sehr schön.«

Es gab nicht viele Dinge, bei denen ich Geillis Duncan vertraut hätte, aber ich war mir sicher, daß sie einen untrüglichen Geschmack für Edelsteine gehabt hatte. »Es muß ein erstklassiger Stein sein«, hatte sie zu mir gesagt, als sie mir ihre Theorie der Zeitreise mit Hilfe von Edelsteinen erklärte. »Groß und völlig makellos.«

Der Rubin war groß, das stimmte; er hatte fast die Größe der eingelegten Wachteleier, die den vollständig gefiederten Fasan auf der Anrichte umrahmten. Und was seine Makellosigkeit anging, so hatte ich keinerlei Zweifel. Geillis hatte darauf vertraut, daß dieser Stein sie in die Zukunft tragen würde, da würde er uns wohl bis Cross Creek bringen. Ich kostete das Gericht auf meinem Teller; eine Art Ragout, dachte ich, sehr zart und aromatisch.

»Wie köstlich das ist«, sagte ich zu Mr. Stanhope und nahm noch eine Gabel. »Wißt Ihr, was das ist?«

»Oh, das ist eins meiner Lieblingsgerichte, Ma'am«, sagte er und roch selig an seinem Teller. »Eingelegter Schweinskopf. Himmlisch, nicht wahr?«

Ich schloß die Tür von Vetter Edwins Zimmer hinter mir und lehnte mich dagegen, während ich vor Erleichterung darüber, nicht mehr ständig lächeln zu müssen, meine Kinnlade herunterfallen ließ. Jetzt konnte ich das Kleid ausziehen, das mir am Körper klebte, das enge Mieder aufschnüren und aus den verschwitzten Schuhen schlüpfen.

Friede, Einsamkeit, Nacktheit und Stille. Ich konnte mir im Augenblick nicht vorstellen, was mir sonst noch zum vollkommenen Glück fehlen sollte, vielleicht mit Ausnahme von frischer Luft. Ich zog mich aus und ging, nur mit meinem Hemd bekleidet, zum Fenster.

Draußen war die Luft so dick, daß ich das Gefühl hatte, ich hätte aus dem Fenster steigen und heruntersinken können wie ein Kiesel in einem Glas Melasse. Insekten stürzten sich lichthungrig und blutrünstig auf meine Kerzenflamme. Ich blies sie aus, setzte mich im Dunkeln auf die Fensterbank und ließ mich von der sanften, warmen Luft einhüllen.

Der Rubin hing immer noch um meinen Hals, schwarz wie ein Blutstropfen auf meiner Haut. Ich berührte ihn und ließ ihn sanft zwischen meinen Brüsten schwingen; der Stein war auch so warm wie mein Blut.

Draußen machten sich die Gäste auf den Heimweg. In der Auffahrt warteten eine Reihe Kutschen. Abschiedsgrüße, Unterhaltungen und leises Gelächter trieben in Fetzen zu mir herauf.

»...sehr geistreich, fand ich«, hörte ich Phillip Wylies gepflegten Singsang.

»Oh, *geistreich*, natürlich war das *geistreich*!« Die schrille Stimme seiner Schwester besagte deutlich, was sie von Esprit hielt.

»Nun, man kann es tolerieren, wenn eine Frau geistreich ist, meine Liebe, solange sie auch hübsch anzusehen ist. Ebenso kann eine schöne Frau vielleicht auf Klugheit verzichten, solange sie die Geistesgegenwart besitzt, diesen Mangel zu verbergen, indem sie den Mund hält.«

Man konnte Miss Wylie vielleicht nicht des Esprits bezichtigen, doch sie hatte sicherlich genug Verstand, um diesen Seitenhieb zu verstehen. Sie schnaubte wenig damenhaft.

»Sie ist mindestens tausend Jahre alt«, antwortete sie. »Hübsch anzusehen, lieber Himmel. Aber ich muß zugeben, daß sie einen hübschen Edelstein um den Hals hatte«, fügte sie neidisch hinzu.

»Das ist wahr«, sagte eine tiefere Stimme, die ich als diejenige Lloyd Stanhopes erkannte. »Obwohl es meiner Meinung nach die Fassung war, die bemerkenswert war, nicht der Stein.«

»Fassung?« Miss Wylie klang verständnislos. »Es gab keine Fassung, der Stein lag einfach nur in ihrem Ausschnitt.«

»Wirklich?« sagte Stanhope höflich. »Das war mir gar nicht aufgefallen.« Wylie brach in Gelächter aus und hielt abrupt inne, als sich die Tür öffnete und weitere Gäste herauskamen.

»Tja, mein Guter, vielleicht ist es Euch nicht aufgefallen, anderen aber schon«, sagte er verschmitzt. »Kommt, hier ist der Wagen.«

Ich berührte den Rubin erneut und sah zu, wie die prachtvollen Grauschimmel der Wylies davontrabten. Ja, andere hatten es auch bemerkt. Ich konnte immer noch den Blick des Barons in meinem Ausschnitt spüren, voll unverhohlener Gier. Ich hatte den Eindruck, daß er nicht nur ein Kenner von Edelsteinen war.

Der Stein lag warm in meiner Hand, er fühlte sich noch wärmer an als meine Haut, doch das mußte Einbildung sein. Ich trug normalerweise keinen Schmuck außer meinen Eheringen; ich hatte mir nie viel daraus gemacht. Es würde eine große Erleichterung bedeuten, wenigstens einen Teil unseres gefährlichen Schatzes loszuwerden. Und doch saß ich da und wog den Stein in meiner Hand, bis ich beinahe das Gefühl hatte, ich könnte ihn wie ein kleines Herz spüren, im Takt mit meinem Puls.

Es war nur noch eine Kutsche da, deren Fahrer vorn bei den Pferden stand. Vielleicht zwanzig Minuten später trat ihr Besitzer nach draußen und fügte seinen Abschiedsgrüßen auf Deutsch ein gutgelauntes »Gute Nacht« hinzu, als er in den Wagen stieg. Der Baron. Er hatte bis zum Schluß gewartet und fuhr nun in guter Stimmung heim; das mußte ein gutes Zeichen sein.

Einer der Lakaien, jetzt ohne den Rock seiner Livree, löschte die Fackeln an der Einfahrt. Ich sah sein Hemd als bleichen Fleck, als er im Dunkeln zum Haus zurückging, dann einen hellen Lichtschein, als sich eine Tür öffnete, um ihn einzulassen. Danach wurde es dunkel, und die Stille der Nacht senkte sich auf das Anwesen.

Ich war davon ausgegangen, daß Jamie sofort hochkommen würde, doch die Minuten verstrichen, ohne daß seine Schritte erklangen. Ich blickte zum Bett, verspürte aber kein Bedürfnis, mich hinzulegen.

Schließlich stand ich auf und zog mir das Kleid wieder über, ohne mir jedoch den Umstand mit Schuhen oder Strümpfen zu machen. Ich verließ das Zimmer und ging leise auf nackten Füßen über den Flur, die Treppe hinunter, durch die Pergola zum Haupthaus und durch den Nebeneingang hinein. Bis auf die bleichen Quadrate, die das Mondlicht auf den Boden malte, war es dunkel; die meisten Bediensteten hatten sich wohl gleichzeitig mit den Hausherren und Gästen zurückgezogen. Doch durch das Treppengeländer fiel ein Lichtschein; die Kerzenleuchter im Speisezimmer brannten noch.

Als ich auf Zehenspitzen an der gebohnerten Treppe vorbeihuschte, hörte ich das Gemurmel von Männerstimmen; Jamies tiefes, weiches Schottisch wechselte mit dem englischen Tonfall des Gouverneurs im intimen Rhythmus des Zwiegesprächs.

Die Kerzen waren in den Haltern heruntergebrannt. Der Geruch von Bienenwachs hing süß in der Luft, und schwere, duftende Zigarrenrauchwolken schwebten vor der Tür des Speisezimmers.

Ich bewegte mich geräuschlos und blieb neben der Tür stehen. Von diesem Punkt aus konnte ich den Gouverneur sehen. Er drehte mir den Rücken zu und reckte den Kopf, um sich eine neue Zigarre an der Kerze auf dem Tisch anzuzünden.

Falls Jamie mich sah, war es ihm nicht anzumerken. Sein Gesicht trug den üblichen Ausdruck ruhiger Freundlichkeit. Die jüngsten Falten der Anspannung um Augen und Mund hatten sich geglättet, und ich konnte an der Haltung seiner Schultern sehen, daß er entspannt und zufrieden war. Mir wurde augenblicklich leichter ums Herz – er hatte also Erfolg gehabt.

»Ein Gut, das River Run heißt«, sagte er zum Gouverneur. »Oben in den Hügeln hinter Cross Creek.«

»Ich kenne es«, bemerkte Gouverneur Tryon etwas überrascht. »Meine Frau und ich haben letztes Jahr einige Tage in Cross Creek verbracht; wir haben anläßlich meiner Amtsübernahme eine Rundreise durch die Kolonie gemacht. River Run liegt ein gutes Stück in den Bergen, nicht in der Stadt – eigentlich wohl fast im Gebirge, glaube ich.«

Jamie lächelte und nippte an seinem Brandy.

»Aye«, sagte er, »meine Familie kommt aus den Highlands, Sir, da werden wir uns wie daheim fühlen.«

»So, so.« Ein kleines Rauchwölkchen stieg über der Schulter des Gouverneurs auf. Dann nahm er die Zigarre aus dem Mund und beugte sich vertraulich zu Jamie hinüber.

»Da wir unter uns sind, Mr. Fraser – ich wollte Euch noch eine andere Angelegenheit vortragen. Nehmt Ihr noch ein Glas?« Ohne die Antwort abzuwarten, hob er die Karaffe und schenkte Brandy nach.

»Ich danke Euch, Sir.«

Der Gouverneur zog einen Moment lang kräftig an seiner Zigarre und erzeugte blaue Rauchwolken. Als sein Kraut gut brannte, lehnte er sich zurück, und die Zigarre qualmte vergessen in seiner Hand.

»Der junge Edwin sagt mir, daß Ihr erst kürzlich in die Kolonien gekommen seid. Seid Ihr mit den hiesigen Gegebenheiten vertraut?«

Jamie zuckte leicht mit den Achseln.

»Ich habe mich bemüht, so viel wie möglich in Erfahrung zu bringen, Sir«, antwortete er. »Welche Gegebenheiten meint Ihr?«

»North Carolina ist ein sehr fruchtbares Land«, antwortete der Gouverneur, »und doch hat es noch nicht denselben Wohlstand erreicht wie seine Nachbarn – was vor allem darauf zurückzuführen ist, daß es uns an Arbeitskräften mangelt, so daß wir die Möglichkeiten, die sich hier bieten, nicht nutzen können. Wie Ihr wißt, haben wir keinen bedeutenden Seehafen; daher müssen Sklaven unter großem Aufwand auf dem Landweg aus South Carolina oder Virginia hergebracht werden – und hier gibt es längst nicht so viele Zwangsarbeiter wie in Boston oder Philadelphia.

Genau wie die Krone betreibe ich schon seit langem die Politik, intelligente, fleißige und gottesfürchtige Familien zu ermuntern, sich in der Kolonie North Carolina anzusiedeln, im Interesse der Sicherheit und des Wohlstandes aller.« Er hob die Zigarre, nahm einen tiefen Zug, atmete langsam aus und hustete.

»Zu diesem Zweck, Sir, haben wir bei der Landvergabe ein System eingeführt, wonach ein vermögender Mann eine größere Landfläche zur Verfügung erhält und nun seinerseits eine Anzahl Emigranten dazu anregt, sich mit seiner Unterstützung auf einer Parzelle dieses Landes anzusiedeln. Diese Politik ist seit dreißig Jahren überaus erfolgreich; wir konnten viele Highlander und Familien von den Inseln dafür gewinnen, hierherzukommen und sich niederzulassen. Bei meiner Ankunft war ich geradezu erstaunt, wie viele MacNeills, Buchanans, Grahams und Campbells an den Ufern des Cape Fear leben!«

Der Gouverneur zog noch einmal an seiner Zigarre, diesmal aber nur kurz, denn nun wollte er auf den Punkt kommen.

»Dennoch gibt es im Landesinneren und in den Bergen große Flächen gutes Land, das noch unbesiedelt ist. Es ist etwas abgelegen, und doch, wie Ihr sagt, für Männer, die mit den Weiten der schottischen Highlands vertraut sind –«

»Ich habe von diesen Landvergaben gehört, Sir«, unterbrach Jamie ihn. »Aber sind die Bedingungen nicht so formuliert, daß die Begünstigten weiß, männlichen Geschlechts, Protestanten und über dreißig Jahre alt sein müssen? Und daß diese Formulierung den Status eines Gesetzes hat?«

»Ja, so steht es geschrieben.« Mr. Tryon drehte sich, so daß ich ihn jetzt von der Seite sah, während er die Zigarrenasche in eine kleine Porzellanschale klopfte. Sein hochgezogener Mundwinkel verriet seine Vorfreude; das Gesicht eines Anglers, der das erste Zucken an der Schnur spürt.

»Das Angebot ist von beträchtlichem Interesse für mich«, sagte Jamie förmlich. »Ich muß Euch allerdings darauf hinweisen, daß ich kein Protestant bin und die meisten meiner Verwandten auch nicht.«

Der Gouverneur spitzte abwehrend die Lippen und zog eine Augenbraue hoch.

»Ihr seid weder Jude noch Neger. Ich kann doch hier von Mann zu Mann sprechen, oder? In aller Offenheit, Mr. Fraser, es gibt das Gesetz, und dann gibt es die Realität.« Er hob sein Glas mit einem leisen Lächeln. »Und ich bin überzeugt, daß Ihr das genausogut wißt wie ich.«

»Möglicherweise sogar besser«, murmelte Jamie mit einem höflichen Lächeln.

Der Gouverneur warf ihm einen scharfen Blick zu, stieß dann aber ein kurzes Lachen aus. Er hob zustimmend sein Glas und nippte daran.

»Wir verstehen uns, Mr. Fraser«, sagte er und nickte zufrieden.

Jamie neigte den Kopf um ein paar Millimeter.

»Dann gäbe es also keine Schwierigkeiten, was die persönlichen Qualifikationen der Siedler betrifft, die möglicherweise auf Euer Angebot eingehen möchten?«

»Überhaupt keine«, sagte der Gouverneur und stellte mit einem dumpfen Geräusch das Glas ab. »Solange gewährleistet ist, daß es sich um kräftige Leute handelt, die das Land bestellen können, habe ich keine weiteren Wünsche. Und was ich nicht weiß, das macht mich auch nicht heiß, was?«

Fragend hob er die schmalen Augenbrauen.

Jamie drehte das Glas in seinen Händen, als bewunderte er die dunkle Farbe der Flüssigkeit.

»Nicht alle, die den Aufstand der Stuarts überlebt haben, hatten so viel Glück wie ich, Eure Exzellenz«, sagte er. »Mein angenommener Sohn hat eine Hand verloren; ein anderer meiner Begleiter hat nur einen Arm. Doch sie sind beide arbeitsame Männer von gutem Charakter. Ich kann nicht guten Gewissens einen Vorschlag akzeptieren, der sie ausschließt.«

Der Gouverneur tat dies mit einer ausladenden Handbewegung ab.

»Wenn sie selbst für ihr tägliches Brot sorgen können und sich nicht als Belastung für die Gemeinschaft erweisen, sind sie herzlich willkommen.« Dann richtete er sich auf, als fürchtete er, er sei in seiner Großzügigkeit zu weit gegangen. Er legte die Zigarre am Rand des Schälchens ab und ließ sie weiterqualmen.

»Da Ihr die Jakobiten erwähnt – diese Männer werden einen Eid auf die Krone schwören müssen, wenn sie das noch nicht getan haben. Wenn ich das fragen darf, Sir, da Ihr andeutet, daß Ihr Papist seid... Ihr selbst...«

Es war möglich, daß Jamies Augen sich nur wegen des Qualms verengten, aber ich glaubte es nicht. Gouverneur Tryon glaubte es auch nicht, denn auch wenn er erst in den Dreißigern war, war er kein schlechter Menschenkenner. Er wandte sich wieder zum Tisch, so daß ich nur seinen Rücken sah, aber ich konnte erkennen, daß er Jamie intensiv ansah, als folgte sein Blick den geschmeidigen Bewegungen der Forelle unter Wasser.

»Ich will Euch nicht an vergangene Erniedrigungen erinnern«, sagte er still. »Oder Euch jetzt in Eurer Ehre verletzen. Dennoch werdet Ihr verstehen, daß es meine Pflicht ist zu fragen.«

Jamies lächelte ohne eine Spur von Humor.

»Und meine zu antworten, nehme ich an«, sagte er. »Ja, ich bin ein begnadigter Jakobit. Und aye, ich habe den Eid geschworen – wie alle anderen, die diesen Preis für ihr Leben gezahlt haben.«

Ziemlich abrupt stellte er sein immer noch volles Glas ab und schob den schweren Stuhl zurück. Er stand auf und verneigte sich vor dem Gouverneur.

»Es ist spät, Eure Exzellenz. Erlaubt, daß ich mich zurückziehe.«

Der Gouverneur lehnte sich in seinem Stuhl zurück und führte die Zigarre an seine Lippen. Mit einem festen Zug ließ er die Spitze hell aufglühen, während er zu Jamie aufblickte. Dann nickte er und ließ ein kleines Rauchwölkchen von seinen gespitzten Lippen aufsteigen.

»Gute Nacht, Mr. Fraser. Denkt über mein Angebot nach – werdet Ihr das tun?«

Ich wartete die Antwort nicht ab – es war auch nicht nötig. Mit wehenden Röcken huschte ich durch den Flur und weckte dabei einen Lakaien, der in einer dunklen Ecke vor sich hin döste.

Ich erreichte unser Gästezimmer in den Stallungen, ohne unterwegs noch jemandem zu begegnen, und ließ mich dort auf einen Stuhl fallen. Das Herz schlug mir bis zum Hals; nicht nur vom überstürzten Treppensteigen, sondern auch wegen der Dinge, die ich gehört hatte.

Jamie würde das Angebot des Gouverneurs mit Sicherheit überdenken. Und was für ein Angebot! Auf einen Schlag alles wiederzugewinnen, was er in Schottland verloren hatte – und mehr.

Jamie war nicht als Gutsherr geboren, doch nach dem Tod seines älteren Bruders war Lallybroch zu seinem Erbe geworden, und man hatte ihn seit seinem achten Lebensjahr darauf vorbereitet, die Verantwortung für das Gut zu übernehmen, für das Wohlergehen von Land und Pächtern zu sorgen und dieses Wohlergehen über sein eigenes zu stellen. Doch dann war Charles Stuart gekommen und sein Wahnsinnsmarsch zum Ruhm; ein feuriges Kreuz, das seine Anhänger in die Vernichtung führte.

Jamie hatte nie mit Bitterkeit von den Stuarts gesprochen, hatte überhaupt nie von Charles Stuart gesprochen. Er hatte auch kaum je ein Wort darüber verloren, was dieses Unterfangen ihn persönlich gekostet hatte.

Doch jetzt... das alles zurückzubekommen. Neues Land, fruchtbar und voller Wild, besiedelt mit Familien unter seiner Führung und seinem Schutz. Es war wie im Buch Hiob, dachte ich – all diese Söhne und Töchter und Kamele und Häuser, so beiläufig vernichtet und dann mit solch verschwenderischer Großzügigkeit wieder ersetzt.

Ich hatte diese Bibelstelle schon immer dubios gefunden. Ein Kamel mochte vielleicht wie das andere sein, aber bei Kindern schien mir die Sache doch anders zu liegen. Vielleicht kam es Hiob ja wie ausgleichende Gerechtigkeit vor, daß man ihm die Kinder ersetzte, doch ich hatte den Verdacht, daß die Mutter der toten Kinder vielleicht anderer Meinung gewesen war.

Da ich nicht stillsitzen konnte, ging ich wieder zum Fenster und sah blicklos in den Garten hinaus.

Es war nicht einfach nur Aufregung, die mein Herz zum Rasen und meine Hände zum Schwitzen brachte; es war Angst. So, wie die Dinge in Schottland standen – wie sie seit dem Aufstand gestanden hatten – würde es nicht schwierig sein, Emigrationswillige zu finden.

Ich hatte auf den Westindischen Inseln und in Georgia Schiffe anlegen und ihre Emigrantenfracht ausspeien sehen, so ausgemergelt und überanstrengt von der Überfahrt, daß sie mich an die Opfer von Konzentrationslagern erinnerten – klapprig wie lebende Leichen nach zwei Monaten unter Deck.

Obwohl die Reise teuer und beschwerlich war, obwohl es schmerzte, sich für immer von Freunden, Familie und Heimat zu trennen, riß der Einwandererstrom nicht ab. Zu Hunderten und Tausenden trugen sie ihre Kinder – wenn sie die Reise überlebten – und ihre Besitztümer in kleinen, zerlumpten Bündeln an Land. Sie flohen vor Armut und Hoffnungslosigkeit und strebten nicht nach Reichtum, sondern hofften nur, irgendwo im Leben Fuß fassen zu können. Hofften auf eine Chance.

Ich hatte im vergangenen Winter nicht viel Zeit auf Lallybroch verbracht, doch ich wußte, daß einige der Pächter nur durch die Großzügigkeit Ians und des jungen Jamie überlebten, da ihre eigenen Parzellen nicht genug zum Leben hergaben. Diese Großzügigkeit wurde ihnen zwar ohne Zögern gewährt, doch sie war nicht unerschöpflich; ich wußte, daß die mageren Ressourcen des Gutes oft bis an die Grenzen des Machbaren gestreckt wurden.

Neben Lallybroch gab es noch die Schmuggler, die Jamie aus Edinburgh kannte, und die illegalen Whiskybrenner in den Highlands – eine ganze Anzahl von Männern, die in die Gesetzlosigkeit gedrängt worden waren, um ihre Familien zu ernähren. Nein, Emigrationswillige zu finden würde für Jamie kein Problem sein.

Das Problem war, daß er nach Schottland reisen mußte, um die passenden Männer zu rekrutieren. Und vor meinem inneren Auge sah ich einen Grabstein aus Granit in einem schottischen Friedhof, auf einem Hügel hoch über den Mooren und der See.

JAMES ALEXANDER MALCOLM MACKENZIE FRASER stand darauf, und darunter war mein eigener Name eingemeißelt – *Verbunden mit Claire über den Tod hinaus.*

Ich würde ihn in Schottland begraben. Doch auf dem Stein hatte kein Datum gestanden, als ich dort gewesen war, heute in zweihundert Jahren; kein Hinweis darauf, wann der Schlag fallen würde.

»Noch nicht«, flüsterte ich und krallte die Hände in meinen seidenen Unterrock. »Ich habe ihn doch nur so kurz gehabt – o Gott, bitte noch nicht!«

Wie zur Antwort ging die Tür auf, und James Alexander Malcolm MacKenzie Fraser trat ein, eine Kerze in der Hand.

»Du bist sehr leichtfüßig, Sassenach. Ich sehe schon, daß ich dir eines Tages doch beibringen muß, wie man jagt. Wo du dich so gut anschleichen kannst.«

Ich entschuldigte mich nicht dafür, daß ich gelauscht hatte, sondern trat zu ihm, um ihm bei seinen Westenknöpfen zu helfen. Trotz der späten Stunde und des Weinbrands war sein Blick klar und wach und sein Körper reagierte sofort, als ich ihn berührte.

»Mach besser die Kerze aus«, sagte ich. »Die Mücken werden dich bei lebendigem Leib verspeisen.« Zur Demonstration zerdrückte ich einen Moskito auf seinem Hals und zerrieb den zarten Körper zwischen meinen Fingern zu einer Blutspur.

Ich nahm nicht nur den Geruch von Brandy und Zigarrenrauch an ihm wahr, sondern auch den Duft der Nacht und einen würzigen Hauch von Nicotiana; also war er zwischen den Blumen im Garten spazierengegangen. Das tat er gern, wenn er beunruhigt oder aufgeregt war – und beunruhigt schien er nicht zu sein.

Er seufzte und spannte die Schultermuskeln an, als ich ihm den Rock abnahm. Sein Hemd darunter war schweißnaß, und er lüpfte es mit einem Laut unterdrückten Abscheus.

»Ich verstehe nicht, wie die Leute sich in dieser Hitze so anziehen können. Dagegen kommen einem die Wilden mit ihrem Lendenschurz geradezu vernünftig vor.«

»Es wäre auch sehr viel billiger«, stimmte ich ihm zu, »wenn auch ästhetisch nicht so ansprechend. Stell dir bloß mal Baron Penzler mit einem Lendenschurz vor.« Der Baron wog etwa hundertzwanzig Kilo und hatte eine teigige Haut.

Er lachte. Es klang gedämpft, weil er sich gerade das Hemd über den Kopf zog.

»Du dagegen...« Ich setzte mich auf die Fensterbank und bewunderte den Anblick, den er bot, als er seine Kniehosen auszog und sich auf ein Bein stellte, um seinen Strumpf herunterzurollen.

Ohne das Kerzenlicht war es dunkel im Zimmer, doch meine Augen hatten sich daran gewöhnt, und ich konnte ihn immer noch erkennen. Seine langen Gliedmaßen leuchteten blaß in der samtigen Nacht.

»Wo wir gerade vom Baron sprechen...«, bohrte ich.

»Dreihundert Pfund Sterling«, antwortete er und klang extrem zufrieden. Er richtete sich auf und warf die aufgerollten Strümpfe auf einen Hocker. Dann bückte er sich und küßte mich. »Was ich größtenteils dir verdanke, Sassenach.«

»Weil ich so eine dekorative Fassung abgegeben habe?« fragte ich trocken und dachte an die Unterhaltung der Wylies.

»Nein«, sagte er kurz angebunden. »Weil du Wylie und seine Freunde beim Essen beschäftigt hast, während ich mich mit dem Gouverneur unterhalten habe. Dekorative Fassung... Pah! Stanhope hat fast seine Augäpfel in deinen Ausschnitt kullern lassen, der widerliche Lüstling; ich hätte ihn dafür fordern mögen, aber –«

»Vorsicht ist die Mutter der Porzellankiste«, sagte ich, stand auf und erwiderte den Kuß. »Nicht, daß mir je ein Schotte begegnet wäre, der dieser Ansicht war.«

»Aye, nun ja, da war mein Großvater, der alte Simon. Man könnte wohl sagen, daß ihn die Vorsicht am Ende erledigt hat.« Ich hörte das Lächeln und die Schärfe in seiner Stimme. Er sprach zwar nur selten von den Jakobiten und dem Aufstand, doch das bedeutete nicht, daß er sie vergessen hatte und seine Unterredung mit dem Gouverneur heute nacht hatte sie ihm offensichtlich ins Bewußtsein gerufen.

»Ich würde nicht sagen, daß Vorsicht und Verrat dasselbe sind.

Und dein Großvater hatte es seit mindestens fünfzig Jahren verdient«, antwortete ich schnippisch. Simon Fraser, Lord Lovat, war auf dem Towe Hill enthauptet worden – im Alter von achtundsiebzig Jahren, nach einem Leben voll unglaublicher Machenschaften im Privatleben wie auch in der Politik. Trotzdem bedauerte ich es, daß der alte Haudegen tot war.

»Mmpf.« Jamie widersprach mir nicht, sondern trat zu mir ans Fenster. Er atmete tief ein, als kostete er das schwere Parfüm der Nacht.

Im gedämpften Licht der Sterne sah ich sein Gesicht ganz deutlich. Es war ruhig und ausdruckslos, doch sein Blick war nach innen gerichtet, als sähen seine Augen nicht das, was vor ihnen lag, sondern etwas völlig anderes. Die Vergangenheit? fragte ich mich. Oder die Zukunft?

»Wie lautete er?« fragte ich plötzlich. »Der Eid, den du geschworen hast.«

Ich spürte die Bewegung seiner Schultern mehr, als daß ich sie sah. Es war nicht direkt ein Achselzucken.

»›Ich, James Alexander Malcolm MacKenzie Fraser, schwöre, so wahr ich mich am Tag des Jüngsten Gerichtes vor Gott rechtfertigen muß, daß sich in meinem Besitz weder Gewehr noch Schwert noch Pistole noch eine andere Waffe befindet und ich auch keine erwerben oder beschaffen werde, daß ich niemals Tartanmuster, Plaid oder irgendeinen Teil der Highlandtracht anlegen werde; andernfalls mögen all meine Unternehmungen, meine Familie und meine Besitztümer verflucht sein‹.« Er holte tief Atem und sprach deutlich weiter.

»›Möge ich Frau und Kinder, Vater, Mutter und Verwandte niemals wiedersehen. Möge ich in der Schlacht als Feigling sterben und ohne christliches Begräbnis in einem fremden Land ruhen, fern von den Gräbern meiner Vorfahren und meiner Sippe; möge all dies mich ereilen, wenn ich meinen Eid breche‹.«

»Und war es schlimm für dich?« fragte ich einen Augenblick später.

»Nein«, sagte er leise und blickte weiter in die Nacht hinaus. »Damals nicht. Es gibt Dinge, für die es sich zu sterben oder zu hungern lohnt – aber Worte gehören nicht dazu.«

»Vielleicht nicht diese Worte.«

Er wandte sich mir zu; seine Gesichtszüge verschwammen im Sternenschein, doch in seinem Mundwinkel erschien die Spur eines Lächelns.

»Kennst du denn Worte, die es wert wären?«

Der Grabstein trug seinen Namen, aber kein Datum. Ich konnte ihn bestimmt davon abhalten, nach Schottland zurückzukehren. Wenn ich es wollte.

Ich sah ihn an und lehnte mich an den Fensterrahmen.

»Was ist mit – ›Ich liebe dich‹?«

Er streckte die Hand aus und berührte mein Gesicht. Ein Lufthauch strich an uns vorbei, und ich sah, wie sich die Härchen an seinem Arm aufrichteten.

»Aye«, flüsterte er. »Die schon.«

Irgendwo in der Nähe sang ein Vogel. Ein paar klare Töne, denen eine Antwort folgte, ein kurzes Zwitschern und dann Stille. Der Himmel draußen war immer noch tiefschwarz, doch die Sterne leuchteten nicht mehr so hell wie zuvor.

Ich drehte mich unruhig um. Ich war nackt, nur mit einem Leinenlaken zugedeckt, doch selbst in den frühen Morgenstunden war die Luft noch warm und erdrückend, und die flache Mulde, in der ich lag, war feucht.

Ich hatte versucht zu schlafen und konnte es nicht. Normalerweise versetzte es mich in wohlige Benommenheit, wenn ich mit Jamie schlief, doch diesmal hatte es meine Unruhe nur vergrößert, und ich fühlte mich klebrig. Aufgeregt und besorgt zugleich über unsere Zukunftsaussichten – und unfähig, mit ihm darüber zu reden –, hatte ich mich von Jamie getrennt gefühlt; entfremdet und distanziert, obwohl unsere Körper nah beieinander lagen.

Ich drehte mich wieder um, diesmal zu Jamie. Er lag da wie immer, auf dem Rücken, das Laken um die Hüften geknüllt, die Hände sanft auf seinem flachen Bauch gefaltet. Sein Kopf lag seitlich auf dem Kissen, und sein Gesicht war im Schlaf entspannt. Jetzt, wo der Schlummer seinen breiten Mund sanfter aussehen ließ und seine dunklen Wimpern auf seinen Wangen lagen, sah er in dem gedämpften Licht aus, als wäre er vielleicht vierzehn.

Ich hätte ihn gern berührt, wußte aber nicht, ob ich ihn liebkosen oder treten wollte. Er hatte mir zwar körperliche Erleichterung verschafft, doch er hatte mir meinen Seelenfrieden genommen, und irrationalerweise beneidete ich ihn um seinen ungestörten Schlaf.

Ich überlegte es mir anders und legte mich einfach nur auf den Rücken. Ich lag mit geschlossenen Augen da und zählte grimmig Schafe – doch sie erwiesen sich als schottische Schafe, die fröhlich über einen Kirchhof trabten und unbekümmert über Grabsteine hüpften.

»Machst du dir über irgend etwas Sorgen, Sassenach?« sagte eine schläfrige Stimme neben mir.

Ich schlug die Augen auf.

»Nein«, sagte ich und versuchte, genauso müde zu klingen. »Mir geht's gut.«

Ich hörte ein unterdrücktes Prusten, und die spreugefüllte Matratze knisterte, als er sich umdrehte.

»Du bist eine furchtbar schlechte Lügnerin, Sassenach. Du denkst so laut nach, daß ich dich von hier aus hören kann.«

»Man kann niemanden denken hören.«

»Aye, ich kann es. Dich zumindest.« Er lachte leise und streckte eine Hand aus, die sich träge auf meinen Oberschenkel legte. »Was ist los – hast du Blähungen von den Krebsen?«

»Nein!« Ich versuchte, mein Bein wegzuziehen, doch seine Hand hing wie eine Klette an mir.

»Das freut mich. Was ist es dann – ist dir endlich die passende Antwort auf Wylies Bemerkungen über Austern eingefallen?«

»Nein«, sagte ich irritiert. »Wenn du es wirklich wissen willst: Ich habe an das Angebot gedacht, das Gouverneur Tryon dir gemacht hat. Kannst du vielleicht mein Bein loslassen?«

»Ah«, sagte er, ohne mich loszulassen, aber in weniger schläfrigem Ton. »Also, darüber habe ich mir auch schon Gedanken gemacht.«

»Und was denkst du darüber?« Ich gab den Versuch auf, seine Hand abzuschütteln, und stützte mich auf den Ellbogen, so daß ich ihn ansehen konnte. Draußen war es immer noch schwarz, doch die Sterne waren sichtbar verblaßt, ausgelöscht vom bevorstehenden Tagesanbruch.

»Zum einen habe ich mich gefragt, warum er es mir gemacht hat.«

»Wirklich? Aber ich dachte, das hat er dir gesagt.«

Er grunzte kurz.

»Na ja, er bietet mir das Land bestimmt nicht an, weil ich so schöne blaue Augen habe, soviel kann ich dir sagen.« Er öffnete die besagten Augen und zog die Augenbraue hoch. »Bevor ich ein Geschäft mache, Sassenach, will ich über die Vor- und Nachteile Bescheid wissen.«

»Du meinst, er sagt über die Landvergabe durch die Krone nicht die Wahrheit? Aber er sagt, das wird schon seit dreißig Jahren so gehandhabt«, protestierte ich. »Er kann doch bei so etwas nicht lügen.«

»Nein, das ist wahr«, stimmte er zu. »Auf den ersten Blick. Aber Bienen mit Honig im Rüssel haben hinten Stacheln, aye?« Er kratzte sich am Kopf und strich sich seufzend eine Haarsträhne aus dem Gesicht.

»Frag dich noch mal folgendes, Sassenach«, sagte er. »Warum ich?«

»Hm – weil er einen Mann von großer Autorität und Zuverlässigkeit braucht«, sagte ich langsam. »Er braucht einen geborenen Anführer, und Vetter Edwin hat ihm offensichtlich gesagt, daß du einer bist, und einen einigermaßen reichen Mann –«

»Was ich nicht bin.«

»Das weiß er aber nicht«, wandte ich ein.

»Nein?« fragte er zynisch. »Vetter Edwin hat ihm sicher alles erzählt, was er weiß – und der Gouverneur weiß genau, daß ich Jakobit war. Sicher, einige haben nach dem Aufstand auf den Westindischen Inseln ein Vermögen gemacht, und ich könnte natürlich einer davon sein – aber er hat keinen Grund, das anzunehmen.«

»Er weiß, daß du nicht *völlig* mittellos bist.«

»Wegen Penzler? Aye«, sagte er nachdenklich. »Was weiß er sonst noch über mich?«

»Soviel ich weiß, nur das, was du ihm beim Essen erzählt hast. Und er kann kaum viel von anderen über dich erfahren haben; schließlich bist du gerade erst in der Stadt ange – was, du meinst, das ist es?«

Meine Stimme schwoll ungläubig an, und er lächelte etwas grimmig. Die Dämmerung war immer noch weit weg, doch sie rückte näher, und seine Gesichtszüge waren jetzt klar umrissen.

»Aye, das ist es. Ich habe Verbindungen zu den Camerons, die nicht nur reich, sondern in der Kolonie auch hochangesehen sind. Doch gleichzeitig bin ich auch neu hier und habe kaum Verbindungen und bin noch niemandem verpflichtet.«

»Mit Ausnahme des Gouverneurs vielleicht, der dir ein beträchtliches Stück Land anbietet«, sagte ich langsam.

Er antwortete nicht sofort, sondern rollte sich auf den Rücken, hielt aber immer noch mein Bein fest. Sein Blick war auf die weiße Stuckdecke mit ihren verschwommenen Girlanden und geisterhaften Putten gerichtet.

»Ich bin schon früher dem einen oder anderen Deutschen begegnet, Sassenach«, sagte er sinnierend. Sein Daumen begann, über die empfindliche Innenseite meines Oberschenkels zu streicheln. »Und ich kann nicht sagen, daß sie unvorsichtig mit ihrem Geld umgegangen wären. Und du hast heute abend zwar ausgesehen wie eine weiße Rose, aber ich glaube nicht, daß es allein deine Reize waren, die den Herrn dazu bewegt haben, mir hundert Pfund mehr als der Goldschmied zu bieten.«

Er sah mich an. »Tryon ist Soldat. Er weiß mit Sicherheit, daß ich auch einer bin. Und dann gab es da vor zwei Jahren diesen kleinen Zwischenfall mit den Regulatoren.«

Mein Verstand war so sehr von den Möglichkeiten abgelenkt, die sich aus seinen Worten ergaben, daß ich mir der zunehmenden Vertraulichkeiten der Hand zwischen meinen Oberschenkeln kaum bewußt war.

»Mit wem?«

»Oh, das habe ich ganz vergessen; diesen Teil des Gesprächs hast du wohl nicht mitbekommen, weil du ganz mit deinen zahlreichen Bewunderern beschäftigt warst.«

Ich ließ ihm diese Bemerkung durchgehen, weil ich wissen wollte, was es mit den Regulatoren auf sich hatte. Diese schienen ein lockerer Zusammenschluß von Männern zu sein, die zum Großteil aus dem rauhen Hinterland der Kolonie kamen und nicht mehr länger hinnehmen wollten, was sie als kapriziöses und ungerechtes – und dann und wann schlichtweg illegales – Verhalten der Vertreter der Krone empfanden, also der Sheriffs, Richter, Steuereintreiber und so weiter.

Da sie den Eindruck hatten, daß Gouverneur und gewählte Versammlung ihre Beschwerden nicht ernst genug nahmen, hatten sie die Angelegenheit selbst in die Hand genommen. Hilfssheriffs waren überfallen worden, und aufgebrachte Menschenmengen hatten Friedensrichter aus ihren Häusern gezerrt und zum Rücktritt gezwungen.

Ein Komitee von Regulatoren hatte an den Gouverneur geschrieben und ihn bedrängt, sich der Ungerechtigkeiten anzunehmen, unter denen sie litten, und Tryon – ein Mann der Tat und der Diplomatie – hatte ihnen eine besänftigende Antwort geschickt. Er war sogar so weit gegangen, zwei der korruptesten Sheriffs zu ersetzen und einen offiziellen Brief an die Gerichtsoberen zustellen zu lassen, der sich mit der Beschlagnahmung beweglichen Eigentums befaßte.

»Stanhope hat von einem Sicherheitskomitee gesprochen«, sagte ich interessiert. »Das hörte sich aber nach einer ziemlich neuen Einrichtung an.«

»Die Unruhen sind zwar im Moment eingedämmt, aber nicht beigelegt«, sagte Jamie schulterzuckend. »Und feuchtes Schießpulver mag zwar lange nur glimmen, Sassenach, doch wenn es einmal Feuer fängt, geht es mit einem unheimlichen Knall hoch.«

Würde Tryon es für eine gute Investition halten, sich die Treue und Verpflichtung eines erfahrenen Soldaten zu kaufen, der sich wiederum der Treue und der Dienste seiner Männer versicherte und sich in einer abgelegenen und unruhigen Gegend der Kolonie niederließ?

Mir kam es wie ein Bombengeschäft vor – den Gouverneur kostete es ein paar hundert Pfund und ein paar mickrige Morgen vom Land des Königs. Schließlich besaß Seine Majestät jede Menge davon.

»Also erwägst du es ernsthaft?« Jetzt sahen wir einander an, und meine Hand lag auf der seinen, nicht in Zurückhaltung, sondern in Zustimmung.

Er lächelte lässig.

»Ich bin nicht so alt geworden, weil ich alles geglaubt habe, was man mir erzählt, Sassenach. Vielleicht nehme ich also das freundliche Angebot des Gouverneurs an, vielleicht auch nicht – aber ich will eine ganze Menge mehr darüber erfahren, bevor ich ja oder nein sage.«

»Na ja, es ist schon seltsam, daß er dir ein solches Angebot macht, wo er dich doch gerade erst kennengelernt hat.«

»Es würde mich wundern, wenn ich der einzige wäre, an den er damit herangetreten ist«, sagte Jamie. »Und es ist schließlich kein großes Risiko für ihn, oder? Du hast doch gehört, wie ich ihm gesagt habe, daß ich Katholik bin. Er war nicht weiter überrascht.«

»Stimmt. Er schien es aber nicht für ein Problem zu halten.«

»O nein, das hat er nicht – es sei denn, der Gouverneur beschließt, eins daraus zu machen.«

»Meine Güte.« Meine Einschätzung des Gouverneurs änderte sich rapide, doch ich war mir nicht sicher, ob zum Besseren oder nicht. »Wenn die Dinge also nicht so laufen, wie er sich das vorstellt, braucht er nur verlauten zu lassen, daß du ein Katholik bist, und das Gericht würde uns das Land mit dieser Begründung wieder abnehmen. Andererseits, wenn er stillhält –«

»Und wenn ich tue, was er will, aye.«

»Er ist viel gewiefter als ich dachte«, sagte ich nicht ohne Bewunderung. »Geradezu schottisch.«

Er lachte und strich sich das Haar aus dem Gesicht.

Die langen Vorhänge am Fenster, die bis jetzt schlaff heruntergehangen waren, blähten sich plötzlich auf und ließen einen Luftzug herein, der nach sandigem Schlamm, Flußwasser und einem schwachen Hauch von frischer Kiefer roch. Die Dämmerung kam mit dem Wind.

Als wäre das ein Signal gewesen, krümmten sich Jamies Finger, und ein leichter Schauder übertrug sich von ihm auf mich, als die kühle Luft auf seinen nackten Rücken traf.

»Ich habe mir vorhin keine Ehre gemacht«, sagte er leise. »Aber wenn du dir sicher bist, daß du im Augenblick nichts auf dem Herzen hast...«

»Nichts«, sagte ich und sah zu, wie das Leuchten von draußen den Umriß seines Kopfes und Halses in Gold tauchte. Sein Mund war immer noch breit und sanft, aber er sah nicht länger wie vierzehn aus.

»Vorerst nicht das geringste.«

8

Ein Mann von Wert

»Gott, ich hasse Schiffe!«

Während mir dieser aus tiefster Seele kommende Abschiedsgruß noch in den Ohren klang, fuhren wir langsam in den Hafen von Wilmington hinaus.

Wir hatten zwei Tage mit Einkaufen und anderen Vorbereitungen verbracht und befanden uns jetzt auf dem Weg nach Cross Creek. Da wir nach dem Verkauf des Rubins genug Geld hatten, war es nicht notwendig gewesen, die Pferde zu verkaufen. Wir hatten Duncan mit den schwereren Ausrüstungsgegenständen im Wagen losgeschickt, und Myers war als Führer mitgefahren. Wir anderen wählten die schnellere und viel bequemere Überfahrt mit Kapitän Freeman an Bord der *Sally Ann*.

Die *Sally Ann* war ein Gefährt von einzigartiger und unbeschreiblicher Machart, lang, flach, mit einem quadratischen Vorschiff und einem stumpfen Kiel. Sie hatte ein kleine Kabine, die vielleicht zwei Meter mal zwei Meter maß, und rechts und links davon war vielleicht noch ein halber Meter Platz zum Vorbeigehen. Vorder- und Achterdeck waren etwas geräumiger, wenn letzteres zur Zeit auch weitgehend von Bündeln, Säcken und Fässern bedeckt wurde.

Ein einzelnes Segel war an Mast und Baum über der Kabine gefestigt, so daß die *Sally Ann* von weitem aussah wie eine Krabbe, die auf einem Kieselstein hockt und eine weiße Fahne schwenkt. Das torfbraune Wasser des Cape Fear schwappte kaum fünfzehn Zentimeter unterhalb der Reling, und die Bodenbretter waren ständig feucht vom langsam eindringenden Wasser.

Dennoch war ich zufrieden. Ungeachtet der beengten Verhältnisse tat es doch gut, auf dem Wasser zu sein, weit weg – wenn auch nur vorübergehend – vom Sirenengesang des Gouverneurs.

Jamie war unzufrieden. Er haßte Schiffe wirklich aus tiefster Seele und litt an so akuter Seekrankheit, daß er manchmal schon grün wurde, wenn er nur das Wasser in einem Glas herumwirbeln sah.

»Es ist völlig still«, beobachtete ich. »Vielleicht wird dir ja gar nicht schlecht.«

Jamie schielte mißtrauisch auf das schokoladenbraune Wasser und kniff dann die Augen zusammen, als das Kielwasser eines anderen Schiffes gegen die Breitseite der *Sally Ann* schlug und sie kräftig zum Schaukeln brachte.

»Vielleicht«, sagte er in einem Tonfall, der ausdrückte, daß meine Bemerkung zwar gut gemeint sei, er es aber für unwahrscheinlich halte.

»Willst du die Nadeln? Sie wirken besser, wenn ich sie setze, bevor du dich übergibst.« Resigniert griff ich in meine Rocktasche, in der das Kästchen mit den chinesischen Akupunkturnadeln lag, die ihm auf der Atlantiküberquerung das Leben gerettet hatten.

Er schauderte kurz und öffnete die Augen.

»Nein«, sagte er. »Ich glaube, es geht. Erzähl mir etwas, Sassenach – lenk mich von meinem Magen ab, aye?«

»Gut«, sagte ich bereitwillig. »Was für ein Mensch ist deine Tante Jocasta?«

»Ich hab' sie nicht mehr gesehen, seit ich zwei war, von daher sind meine Eindrücke etwas vage«, erwiderte er abwesend. Sein Blick hing an einem großen Floß, das flußabwärts kam und sich allem Anschein nach auf Kollisionskurs mit uns befand. »Meinst du, dieser Neger schafft das? Vielleicht sollte ich ihm ein bißchen helfen.«

»Besser nicht«, sagte ich und betrachtete das näher kommende Floß argwöhnisch. Neben dem Kapitän – einem verlotterten, nach Tabak stinkenden Wrack – gab es auf der *Sally Ann* noch einen Matrosen, einen älteren Schwarzen, der ein ehemaliger Sklave war und unser Schiff ganz allein mit einem langen Staken steuerte.

Die sehnigen Muskeln des Mannes streckten und beugten sich in lockerem Rhythmus. Den angegrauten Kopf vor Anstrengung gesenkt, schien er keinerlei Notiz von dem näher kommenden Fahrzeug zu nehmen, sondern hob und senkte den langen Staken in einem flüssigen Bewegungsablauf, der ihn wie einen dritten Arm erscheinen ließ.

»Laß ihn lieber. Du weißt also nicht viel von deiner Tante?« fügte ich in der Hoffnung hinzu, ihn abzulenken. Das Floß bewegte sich schwerfällig und unausweichlich auf uns zu.

Es war vielleicht zehn Meter lang und lag tief im Wasser. Es war mit Fässern und Fellbündeln beladen, die unter einem Netz befestigt waren. Eine durchdringende Geruchswolke eilte ihm voraus, es stank so stark nach Moschus, Blut und ranzigem Fett, daß vorübergehend alle anderen Gerüche des Flusses davon überdeckt wurden.

»Nein, sie hat ein Jahr vor der Hochzeit meiner Eltern den Cameron von Erracht geheiratet und Leoch verlassen.« Seine Worte kamen unkonzentriert, und er sah mich nicht an, da seine ganze Aufmerksamkeit auf das näherkommende Fahrzeug gerichtet war. Seine Knöchel wurden weiß, ich sah, wie es ihn drängte, nach vorn zu stürzen, dem Matrosen den Staken zu entreißen und dem Floß auszuweichen. Ich legte ihm beruhigend die Hand auf den Arm.

»Und sie hat euch in Lallybroch nie besucht?«

Ich sah die Sonne auf stumpfem Eisen glänzen, wo sie auf Klampen an der Floßkante fiel, und die drei halbnackten Matrosen schwitzten selbst so früh am Morgen schon. Einer von ihnen schwenkte den Hut und rief grinsend etwas, was sich anhörte wie »Hah, *ihr*!«, als sie auf uns zukamen.

»Nun, John Cameron ist an der roten Ruhr gestorben, und sie hat seinen Vetter, den schwarzen Hugh Cameron aus Aberfeldy geheiratet, und dann –« Er schloß instinktiv die Augen, als das Floß unter dem gutmütigen Spott und Gebrüll seiner Mannschaft keine zwanzig Zentimeter entfernt an uns vorbeischoß. Rollo, der seine Vorderpfoten auf das niedrige Kabinendach gestützt hatte, bellte wie verrückt, bis Ian ihm einen Klaps versetzte und ihn so zum Schweigen brachte.

Jamie öffnete erst ein Auge, dann das andere, als er sah, daß die Gefahr vorüber war. Er entspannte sich und ließ das Dach los.

»Aye, der schwarze Hugh – so genannt, weil er eine große schwarze Pustel am Knie hatte – kam auf der Jagd ums Leben, also hat sie Hector Mor Cameron vom Loch Eilean geheiratet –«

»Anscheinend hatte sie eine ziemliche Vorliebe für Camerons«, sagte ich fasziniert. »Hat dieser Clan etwas Besonderes an sich – außer einer Neigung zu Unfällen, meine ich?«

»Sie können mit Worten umgehen«, sagte er mit einem plötzlichen, ironischen Lächeln. »Die Camerons sind Dichter – und Scherzbolde. Manchmal auch beides. Du erinnerst dich sicher an Lochiel?«

Ich lächelte und teilte seine bittersüße Erinnerung an Donald Cameron von Lochiel, der zur Zeit des Aufstandes Clanoberhaupt der Camerons gewesen war. Er war ein gutaussehender Mann mit seelenvollem Blick, doch hinter seinem sanftäugigen Benehmen und seinen eleganten Manieren verbarg sich ein wahrhaft großes Talent für vulgäre Knittelverse, mit denen er mich *sotto voce* auf Bällen in Edinburgh amüsiert hatte, wo Charles Stuarts Unterfangen seine kurze Glanzzeit erlebt hatte.

Jamie lehnte sich an das Dach der winzigen Schiffskabine und beargwöhnte den Verkehr auf dem Fluß. Wir hatten den Hafen von Wilmington noch nicht verlassen, und kleine Gigs und Skullboote flitzten herum wie Wasserläufer und huschten zwischen den größeren, langsameren Fahrzeugen hin und her. Er war bleich, aber noch nicht grün.

Ich stützte mich ebenfalls mit den Ellbogen am Kabinendach ab und streckte meinen Rücken. Im Sonnenlicht war es zwar heiß, doch es war auch eine Wohltat für meine Muskeln, die von den improvisierten Schlafgelegenheiten schmerzten. Ich hatte die letzte Nacht zusammengekauert auf einer harten Eichenbank im Schankraum eines Wirtshauses verbracht und mit dem Kopf auf Jamies Knien geschlafen, während er unsere Passage arrangierte.

Ich stöhnte und räkelte mich.

»Ist Hector Cameron ein Poet oder ein Witzbold?«

»Weder noch«, erwiderte Jamie und berührte wie auf Kommando meinen Nacken und fing an, ihn zu massieren. »Er ist tot, aye?«

»Das ist wunderbar«, sagte ich und stöhnte ekstatisch, als sich sein Daumen in eine besonders empfindliche Stelle bohrte. »Was du da machst, meine ich, nicht, daß dein Onkel tot ist. Ooh, nicht aufhören. Wie ist er nach North Carolina gekommen?«

Jamie prustete amüsiert und trat hinter mich, so daß er meinen Nacken und meine Schultern mit beiden Händen bearbeiten konnte. Ich preßte mich mit dem Hintern gegen ihn und seufzte selig.

»Du bist eine ziemliche Krawallschachtel, Sassenach«, sagte er und beugte sich vor, so daß er mir ins Ohr flüstern konnte. »Wenn ich dir den Nacken massiere, machst du dieselben Geräusche, wie wenn –« Er stieß mich dezent, aber dennoch eindeutig mit dem Becken an, so daß ziemlich klar war, was er meinte. »Mm?«

»Mmmm«, antwortete ich und trat ihn – dezent – gegen das Schienbein. »Schön. Wenn mich jemand hinter verschlossenen Türen hört, wird er also annehmen, daß du mir den Nacken massierst – und zu mehr wirst du wahrscheinlich sowieso nicht kommen, bevor wir von dieser dahintreibenden Planke herunterkommen. Also, was ist jetzt mit deinem verstorbenen Onkel?«

»Ach, der.« Seine Finger gruben sich rechts und links von meiner Wirbelsäule ein und wanderten langsam auf und nieder, während er einen weiteren Strang seiner verworrenen Familiengeschichte aufrollte. Immerhin lenkte ihn das von seinem Magen ab.

Mit mehr Glück – und entweder auch mit mehr Verstand oder mit mehr Zynismus – als sein berühmter Verwandter hatte sich Hector Mor Cameron für die Möglichkeit gewappnet, daß die Sache der Stuarts scheiterte. Er war unverletzt aus Culloden entkommen und heimgeeilt, wo er unverzüglich seine Frau, seine Dienstboten und seine beweglichen Güter in eine Kutsche geladen hatte, mit der sie nach Edinburgh geflohen waren – und von dort per Schiff nach North Carolina. Auf diese Weise waren sie den Verfolgern der Krone um Haaresbreite entkommen.

In der Neuen Welt angekommen, hatte Hector Cameron ein großes Stück Land erworben, den Wald gerodet, ein Haus und eine Sägemühle gebaut, Sklaven zur Bestellung des Landes gekauft, es mit Tabak und Indigo bepflanzt und war – zweifellos erschöpft nach so viel Arbeitsamkeit – im reifen Alter von dreiundsiebzig einer Halsentzündung erlegen.

Woraufhin Jocasta MacKenzie Cameron Cameron Cameron offenbar beschlossen hatte, daß dreimal reichte, es – soweit Myers wußte – abgelehnt hatte, erneut zu heiraten, und die alleinige Herrin von River Run geblieben war.

»Meinst du, der Bote mit deinem Brief kommt eher dort an als wir?«

»Er würde ja sogar eher dort ankommen als wir, wenn er auf allen vieren kriechen würde«, sagte Ian, der plötzlich neben uns auftauchte. Er blickte in leiser Empörung auf den Matrosen, der geduldig seinen triefenden Staken hob und senkte. »In diesem Tempo werden wir *Wochen* brauchen, bis wir ankommen. Ich habe dir doch gesagt, daß es besser gewesen wäre zu reiten, Onkel Jamie.«

»Keine Sorge, Ian«, versicherte ihm sein Onkel und ließ meinen Nacken los. Er grinste seinen Neffen an. »Du kommst schon noch dran mit Staken – und dann bringst du uns sicher bis zum Abend nach Cross Creek, aye?«

Ian warf seinem Onkel einen säuerlichen Blick zu und ging davon, um Kapitän Freeman mit Fragen über Indianer und wilde Tiere zu löchern.

»Ich hoffe, der Kapitän wirft Ian nicht irgendwann über Bord«, sagte ich und beobachtete, wie Freeman seine mageren Schultern defensiv hochzog, als Ian sich näherte. Mein Nacken und meine Schultern glühten von der ihnen erwiesenen Aufmerksamkeit; ebenso wie die weiter südlich gelegenen Regionen. »Danke für die Massage«, sagte ich und zog eine Augenbraue hoch.

»Du kannst dich revanchieren, Sassenach – nach Anbruch der Dunkelheit.« Er versuchte sich an einem lüsternen Blick, jedoch ohne Erfolg. Er war nicht in der Lage, nur ein Auge zu schließen, was sich nachteilig auf seine Fähigkeit zu anzüglichem Gezwinker auswirkte, doch ich verstand ihn trotzdem.

»Ach ja?« sagte ich und klimperte mit den Wimpern. »Und was genau hättest du nach Anbruch der Dunkelheit gern massiert?«

»Nach Anbruch der Dunkelheit?« fragte Ian, der wie ein Schachtelteufel wieder auftauchte, bevor sein Onkel antworten konnte. »Was passiert denn dann?«

»Dann ertränke ich dich und zerschneide dich in lauter kleine Fischköder«, teilte ihm sein Onkel mit. »Lieber Himmel, kannst du denn keine Ruhe geben, Ian? Du rumpelst hier herum wie eine Hummel in einer Flasche. Leg dich in die Sonne und schlaf ein bißchen, wie dein Hund – der ist wenigstens vernünftig.« Er nickte Rollo zu, der mit halbgeschlossenen Augen wie ein Teppich auf dem Kabinendach ausgebreitet lag und ab und zu mit einem Zucken des Ohrs eine Fliege verscheuchte.

»Schlafen?« Ian sah seinen Onkel ungläubig an. »*Schlafen?*«

»Das machen normale Menschen, wenn sie müde sind«, erklärte ich ihm und unterdrückte ein Gähnen. Die zunehmende Hitze und die langsamen Bewegungen des Bootes waren extrem einschläfernd nach der kurzen Nacht – wir waren schon vor der Dämmerung aufgewesen. Unglücklicherweise sahen die schmalen Bänke und die rauhen Deckplanken der *Sally Ann* auch nicht einladender aus als die Bank im Wirtshaus.

»Aber ich bin kein bißchen müde, Tante Claire!« versicherte mir Ian. »Ich glaube, ich werd' tagelang nicht schlafen.«

Jamie beäugte seinen Neffen.

»Wir werden ja sehen, ob du das nach deiner Schicht am Staken immer noch denkst. Bis dahin weiß ich vielleicht etwas, womit du dich beschäftigten kannst. Warte einen Moment –« Er brach ab und verschwand in der niedrigen Kabine, wo ich ihn im Gepäck kramen hörte.

»Gott, ist das heiß!« sagte Ian und fächelte sich Luft zu. »Was sucht Onkel Jamie denn?«

»Das weiß der Himmel«, sagte ich. Jamie hatte eine große Kiste mit an Bord gebracht, über deren Inhalt er nur höchst ausweichende Auskünfte erteilt hatte. Als ich in der letzten Nacht einschlief, hatte er Karten gespielt, und ich konnte mir vorstellen, daß er dabei irgendeinen peinlichen Gewinn gemacht hatte, den er nur ungern Ians Spott preisgeben wollte.

Ian hatte recht, es *war* heiß. Ich konnte nur hoffen, daß später ein Lüftchen aufkommen würde; im Augenblick hing das Segel schlaff wie ein Spültuch herunter, und mein Hemd klebte feucht an meinen Beinen. Mit einem gemurmelten Wort drückte ich mich an Ian vorbei und steuerte den Bug an, wo das Wasserfaß stand.

Fergus stand mit verschränkten Armen auf dem Vordeck, und mit seinem strengen, gutaussehenden Profil, das flußaufwärts wies, und dem dichten, zurückgekämmten schwarzen Haar gab er eine großartige Galionsfigur ab.

»Ah, Milady!« Er grüßte mich mit einem Lächeln, das seine weißen Zähne aufblitzen ließ. »Ist dies nicht ein großartiges Land?«

Im Augenblick war die Aussicht nicht besonders großartig, denn die Landschaft bestand aus einer endlosen Schlammbank, die in der Sonnenhitze stank, und einer großen Ansammlung von Möwen und Meeresvögeln, die einen Riesenaufstand machten, weil sie in Ufernähe irgendeinen streng riechenden Fund gemacht hatten.

»Milord sagt, daß jeder Mann Anspruch auf zwölf Hektar Land erheben kann, wenn er ein Haus darauf baut und sich verpflichtet, es zehn Jahre lang zu bestellen. Stellt Euch das vor – zwölf Hektar!« Er ließ die Worte auf der Zunge zergehen und kostete sie beeindruckt aus. Ein französischer Bauer würde sich wahrscheinlich schon mit einem glücklich schätzen.

»Ja, schon«, sagte ich etwas zweifelnd. »Ich denke aber, du mußt dir deine zwölf Hektar gut aussuchen. Manche Gegenden hier eignen sich nicht besonders gut zum Ackerbau.« Ich wagte lieber keine Prognose darüber, wie schwer es für Fergus werden würde, der Wildnis einhändig eine Farm und ein Zuhause abzuringen, egal, wie fruchtbar der Boden war.

Er schenkte mir sowieso keine Beachtung. Seine Augen leuchteten verträumt.

»Vielleicht kann ich bis zum Jahresende ein kleines Haus bauen«, murmelte er vor sich hin. »Dann könnte ich im Frühling Marsali und das Kind nachkommen lassen.« Seine Hand wanderte automatisch zu der nackten Stelle auf seiner Brust, wo das grünliche Medaillon des heiligen Dismas seit seiner Kindheit gehangen hatte.

Er war in Georgia zu uns gestoßen. Seine junge und schwangere Frau hatte er in der Obhut von Freunden auf Jamaika zurückgelassen. Er hatte mir versichert, daß er keine Angst um ihre Sicherheit hatte, denn er hatte sie auch noch seinem Schutzheiligen anvertraut und die strenge Anweisung erteilt, das zerbeulte Medaillon nicht von ihrem Hals zu entfernen, bevor sie nicht sicher entbunden hatte.

Ich wäre zwar nicht darauf gekommen, daß Mütter und Säuglinge unter die Zuständigkeit des Schutzheiligen der Diebe fielen, doch Fergus hatte seine Kindheit als Taschendieb verbracht, und sein Vertrauen in Dismas kannte keine Grenzen.

»Wirst du das Baby Dismas nennen, wenn es ein Junge ist?«

»Nein«, sagte er völlig ernst. »Ich werde ihn Germain nennen. Germain James Ian Aloysius Fraser – James Ian nach Milord und Monsieur«, erklärte er, denn so bezeichnete er Jamie und Ian Murray, Jamies Schwager.

»Marsali war für Aloysius«, fügte er herablassend hinzu und ließ keinen Zweifel daran, daß er mit der Wahl eines solchen Allerweltsnamens nichts zu tun hatte.

»Und wenn es ein Mädchen wird?« fragte ich und hatte plötzlich eine lebhafte Erinnerung. Vor über zwanzig Jahren hatte Jamie mich durch die Steine zurückgeschickt. Schwanger. Er war fest davon überzeugt, daß das Kind das ich trug, ein Junge war, und das letzte, was er zu mir gesagt hatte, war: »Nenne ihn Brian nach meinem Vater.«

»Oh.« Auch Fergus hatte sich anscheinend nicht mit dieser Möglichkeit auseinandergesetzt, denn er wirkte leicht fassungslos. Dann hellte sich sein Gesicht auf.

»Genevieve«, sagte er entschlossen. »Nach Madame«, womit er Jenny Murray meinte, Jamies Schwester. »Genevieve Claire, denke ich«, fügte er mit einem weiteren strahlenden Lächeln hinzu.

»Oh«, sagte ich aufgeregt und seltsam geschmeichelt. »Schön. Danke. Bist du sicher, daß du nicht nach Jamaika zurückfahren solltest, um bei Marsali zu sein, Fergus?« fragte ich, um das Thema zu wechseln.

Er schüttelte entschieden den Kopf.

»Milord könnte mich brauchen«, sagte er. »Und hier kann ich mich nützlicher machen als dort. Babys sind Frauensache, und wer weiß, welche Gefahren hier in der Fremde auf uns zukommen?«

Wie um die rhetorische Frage zu beantworten, stiegen die Möwen in einer kreischenden Wolke auf, kreisten über dem Fluß und den Schlammbänken und gaben den Gegenstand ihres Heißhungers preis.

Ein stabiler Kiefernpfosten war in den Uferschlamm getrieben worden. Seine Spitze befand sich etwa einen halben Meter unterhalb der dunklen Linie, die den höchsten Stand der Flut anzeigte. Das Wasser stand noch tief, und der Pfosten war kaum mehr als halb überschwemmt. Über dem dahinplätschernden Schlammwasser hing die Gestalt eines Mannes, der mit einer Kette um die Brust an den Pfosten gefesselt war. Besser gesagt um das, was einmal seine Brust gewesen war.

Ich konnte nicht sagen, wie lange er schon dort hing, doch seinem Aussehen nach war es schon lange. Ein schmaler Streifen seiner Kopfhaut war mitsamt den Haaren abgerissen, darunter war sein weißer Schädelknochen freigelegt. Unmöglich zu sagen, wie er ausgesehen hatte; die Vögel hatten ganze Arbeit geleistet.

Neben mir murmelte Fergus einen französischen Fluch vor sich hin.

»Ein Pirat«, sagte Kapitän Freeman lakonisch, während er an mir vorbeiging und gerade lange genug stehenblieb, um einen Schuß braunen Tabakssafts ins Wasser zu spucken. »Wenn sie nicht zum Hängen nach Charleston gebracht werden, bindet man sie manchmal bei Ebbe an so einen Pfahl und überläßt sie dem Fluß.«

»Gibt – gibt es hier viele Piraten?« Ian hatte es auch gesehen; er war viel zu alt, um mich noch bei der Hand zu nehmen, stellte sich aber dicht neben mich. Unter der Sonnenbräune war sein Gesicht blaß.

»Nicht sehr viele, jetzt nicht mehr. Die Marine hält sie ganz gut unter Kontrolle. Aber noch vor ein paar Jahren konnte man hier oft vier oder fünf Piraten auf einmal sehen. Die Leute haben dafür bezahlt, mit dem Boot herauszufahren und ihnen beim Ertrinken zuzuschauen. Ganz hübsch hier, wenn die Flut bei Sonnenuntergang kommt«, sagte er, und seine Kinnbacken bewegten sich in einem langsamen, nostalgischen Rhythmus. »Dann wird das Wasser ganz rot.«

»Da!« Ian vergaß sich und klammerte sich an meinen Arm. Irgend etwas bewegte sich nah am Ufer, und dann sahen wir, was die Vögel verjagt hatte.

Es glitt ins Wasser, ein langer, schuppiger Körper, vielleicht anderthalb oder zwei Meter lang, der eine tiefe Furche im weichen Uferschlamm hinterließ. Am anderen Ende des Schiffes murmelte der Matrose etwas, ohne jedoch seinen Staken loszulassen.

»Es ist ein Krokodil«, sagte Fergus und machte angewidert das Zeichen gegen das Böse.

»Nein, das glaube ich nicht.« Jamies Stimme erklang hinter mir, und als ich mich umdrehte, sah ich, daß er über das Kabinendach hinweg auf den reglosen Körper im Wasser und die V-förmige Welle blickte, die sich darauf zubewegte. Er hielt ein Buch in der Hand, den Daumen als Lesezeichen zwischen die Seiten gesteckt, und senkte jetzt den Kopf, um den Band zu konsultieren.

»Ich glaube, es ist ein Alligator. Sie ernähren sich von Aas, heißt es hier, und sie fressen kein frisches Fleisch. Wenn sie einen Menschen oder ein Schaf erlegen, ziehen sie das Opfer unter Wasser, um es zu ertränken, schleppen es dann aber in ihre unterirdische Höhle und lassen es dort liegen, bis es so weit verrottet ist, daß es ihnen schmeckt. Natürlich«, fügte er mit einem finsteren Blick zum Ufer hinzu, »haben sie manchmal das Glück, eine fertige Mahlzeit vorzufinden.«

Der Körper am Pfosten schien kurz zu erzittern, als etwas von unten dagegen stieß, und Ian machte hinter mir ein leises Würgegeräusch.

»Wo hast du denn das Buch her?« fragte ich, ohne dabei den Pfosten aus den Augen zu lassen. Der obere Teil des Holzpflockes vibrierte, als machte sich etwas unter Wasser daran zu schaffen. Dann stand der Pfosten wieder reglos da, und die V-förmige Kielwelle war wieder zu sehen, diesmal in Richtung Ufer. Ich wandte mich ab, bevor es aus dem Wasser kam.

Jamie gab mir das Buch, ohne den Blick von der schwarzen Schlammbank und dem kreischenden Vogelschwarm abzuwenden.

»Der Gouverneur hat es mir gegeben. Er meinte, es könnte auf unserer Reise von Interesse sein.«

Ich blickte auf das Buch herunter. Es war in schlichtes Buckram gebunden, und der Titel war mit Blattgold auf den Rücken geprägt – *Naturkunde North Carolinas.*

»Uch!« sagte Ian neben mir. Er beobachtete entsetzt die Szene am Ufer. »Das ist das Schrecklichste, was ich je –«

»Von Interesse«, wiederholte ich, den Blick immer noch fest auf das Buch gerichtet. »Ja, das wird wohl so sein.«

Fergus, dem jede Zimperlichkeit fremd war, beobachtete interessiert, wie der Alligator die Schlammbank emporkroch.

»Ein Alligator, sagt Ihr? Das ist aber doch mehr oder weniger dasselbe wie ein Krokodil, oder nicht?«

»Ja«, sagte ich und erschauderte trotz der Hitze. Ich wandte mich vom Ufer ab. Ich war auf den Westindischen Inseln einem Krokodil aus nächster Nähe begegnet, und ich war nicht erpicht darauf, die Beziehung jetzt mit einem Verwandten zu vertiefen.

Fergus wischte sich den Schweiß von der Oberlippe, und seine dunklen Augen hingen gebannt an der Szene des Grauens.

»Dr. Stern hat Milord und mir einmal von den Reisen eines Franzosen namens Sonnini erzählt, der Ägypten besucht und viel über die Sehenswürdigkeiten geschrieben hat und über die Gebräuche, von denen er hörte. Er sagte, in diesem Land paaren sich die Krokodile an den schlammigen Flußufern. Dabei liegt das Weibchen auf dem Rücken, und es ist in dieser Position nicht in der Lage, sich ohne die Hilfe des Männchens wieder aufzurichten.«

»Oh, aye?« Ian war ganz Ohr.

»Ja, genau. Er sagte, manchmal nutzen die Männer dort, von den Impulsen des Entzugs getrieben, die Zwangslage des Weibchens aus, verjagen das Männchen und nehmen dann selbst seine Stelle ein und genießen die unmenschliche Umarmung des Reptils. Es soll ein machtvolles Zaubermittel sein, wenn man Ansehen und Reichtum erlangen will.«

Ian sackte der Kiefer nach unten.

»Das meinst du doch nicht ernst, Mann?« wollte er ungläubig von Fergus wissen. Er wandte sich an Jamie. »Onkel Jamie?«

Jamie zuckte belustigt mit den Schultern.

»Ich für meinen Teil würde es vorziehen arm, aber enthaltsam zu leben.« Er sah mich an und zog eine Augenbraue hoch. »Außerdem glaube ich nicht, daß deine Tante begeistert wäre, wenn ich die Umarmung eines Reptils der ihren vorziehen würde.«

Der Schwarze, der sich das Ganze vom Bug aus angehört hatte, schüttelte den Kopf und sprach, ohne aufzublicken.

»Wer's mit 'nem Krokodil treibt, um reich zu werden, ist selber schuld, wenn Ihr mich fragt.«

»Da muß ich Euch wirklich recht geben«, sagte ich und sah plötzlich das charmante, zahnreiche Lächeln des Gouverneurs vor meinem inneren Auge. Ich sah Jamie an, doch der hörte nicht mehr zu. Sein Blick war flußaufwärts gerichtet, im Bann der Möglichkeiten, und Buch und Alligator waren vergessen. Immerhin hatte er auch vergessen, seekrank zu werden.

Die Gezeitenströmung erfaßte uns eine Meile außerhalb von Wilmington und beschwichtigte Ians Sorgen um unsere Geschwindigkeit. Der Cape Fear war ein Gezeitenwasser, dessen tägliche Flutwelle zwei Drittel seiner Gesamtlänge hinaufreichte, fast bis nach Cross Creek.

Ich spürte, wie der Fluß unter uns lebendig wurde, das Boot einige Zentimeter höher stieg und dann an Geschwindigkeit zunahm, während die steigende Flut sich durch den Hafen wie durch einen Trichter preßte und weiter den schmalen Flußlauf hinauf. Der Schwarze seufzte erleichtert und hievte den triefenden Staken aus dem Wasser.

Wir würden ihn nicht mehr brauchen, bis die Flut in fünf oder sechs Stunden zurückging. Dann würden wir entweder für die Nacht vor Anker gehen und auf die nächste Flutwelle warten oder zur Weiterfahrt das Segel benutzen, wenn der Wind es zuließ. Den Staken, so wurde mir mitgeteilt, brauchte man nur in der Nähe einer Sandbank oder im Fall einer Flaute.

Friedliche Schläfrigkeit senkte sich über unser Schiff, Fergus und Ian rollten sich am Bug zum Schlafen zusammen, während Rollo oben auf dem Dach Wache hielt – hechelnd, mit triefender Zunge, die

Augen wegen der Sonne halb zugekniffen. Der Kapitän und sein Matrose – der Eutroclus hieß – verschwanden in der winzigen Kabine, von wo das melodische Geräusch ertönte, das beim Einschenken einer Flüssigkeit entsteht.

Jamie befand sich ebenfalls in der Kabine, um irgend etwas aus seiner mysteriösen Kiste zu holen. Ich hoffte, daß es etwas Trinkbares war – obwohl ich nur still auf dem achterlichen Querbalken saß, die Füße im Wasser baumeln ließ und mir den leichten Fahrtwind durch die Nackenhaare blasen ließ, brach mir an sämtlichen Stellen, wo Haut an Haut stieß, der Schweiß aus.

Aus der Kabine erklang undeutliches Murmeln und Gelächter. Jamie kam hervor und wandte sich dem Achterdeck zu. Er wich den Häufchen mit unserer Ausrüstung so vorsichtig aus wie ein Clydesdalehengst den Fröschen auf einer Wiese, und er hielt eine große Holzkiste im Arm.

Diese legte er mir sanft in den Schoß, streifte Schuhe und Strümpfe ab, setzte sich neben mich, ließ die Füße ins Wasser gleiten und seufzte dabei vor Vergnügen über die Kühle.

»Was ist das?« Ich fuhr neugierig mit der Hand über die Kiste.

»Oh, nur ein kleines Geschenk.« Er sah mich nicht an, aber seine Ohrenspitzen liefen rot an. »Mach's auf, hm?«

Die Kiste war schwer, breit und tief. Sie war aus einem harten, fein gemaserten dunklen Holz gearbeitet und trug die Spuren häufigen Gebrauchs – Kratzer und Kerben, die aber ihre glatte Schönheit nicht beeinträchtigten, sondern nur noch betonten. Es gab ein Schließband, aber kein Schloß; die gefetteten Messingscharniere des Deckels ließen sich leicht öffnen, und mir schlug ein Hauch von Kampfer entgegen, flüchtig wie ein Flaschengeist.

Die Instrumente glänzten hell im dunstigen Sonnenlicht, obwohl sie vom Nichtgebrauch angelaufen waren. Jedes hatte sein eigenes Fach, das maßgefertigt und mit grünem Samt ausgeschlagen war.

Eine kleine, grobzackige Säge; eine Schere, drei Skalpelle – eins mit gerundeter Klinge, eins mit gerader, eins mit gebogener Klinge; das silberne Blatt eines Zungenspatels, ein Häkchen...

»Jamie!« Begeistert ergriff ich einen kurzen Ebenholzstiel, an dessen Ende eine in mottenzerfressenen Samt gehüllte Kammgarnkugel befestigt war. Etwas Ähnliches hatte ich bereits in Versailles gesehen – die zeitgenössische Version eines Reflexhammers.

»Jamie! Wie wunderbar!«

Er wackelte zufrieden mit den Zehen.

»Gefällt's dir?«

»Ich bin begeistert. Sieh mal – da unter der Klappe im Deckel ist noch mehr –« Einen Moment lang starrte ich das Durcheinander aus Röhrchen, Schrauben, Plättchen und Spiegeln an, bevor mein inneres Auge es umsortierte und es mir in zusammengebautem Zustand präsentierte. »Ein Mikroskop!« Ich berührte es ehrfürchtig. »Du meine Güte, ein Mikroskop.«

»Da ist noch mehr«, sagte er voll Ungeduld, mir alles zu zeigen. »Du kannst die Vorderseite aufklappen, und innen sind kleine Schubladen.«

Das stimmte – unter anderem fand ich darin eine Miniaturwaage und einen Satz Messinggewichte, ein Röhrchen zum Pillendrehen und einen fleckigen Mörser, dessen Stößel in Stoff gewickelt war, damit er beim Transport nicht zerbrach. Über den Schubladen standen mehrere Reihen verkorkter Fläschchen aus Keramik oder Glas.

»Ach, sind die schön!« sagte ich und ergriff respektvoll das kleine Skalpell. Der glatte Holzgriff lag in meiner Hand, als wäre es für mich gemacht, und die Klinge war vollkommen ausgewogen. »Oh, Jamie, danke!«

»Dann gefallen sie dir?« Seine Ohren waren vor Freude feuerrot geworden. »Ich dachte, das würden sie vielleicht. Ich habe keine Ahnung, wozu sie taugen, aber ich konnte sehen, daß es gute Qualität ist.«

Ich hatte selbst keine Ahnung, wozu einige der Instrumente taugten, doch sie waren auch so eine Augenweide: Sie waren von einem Mann oder für einen Mann hergestellt worden, der seine Werkzeuge und ihre Aufgabe liebte.

»Ich frage mich, wem sie gehört haben.« Ich hauchte die gerundete Oberfläche einer bikonvexen Linse an und rieb sie mit einer Rockfalte, bis sie glänzte.

»Die Frau, die sie mir verkauft hat, wußte es nicht, aber er hat sein Arztbuch hinterlassen, und das habe ich auch noch genommen – vielleicht steht sein Name drin.«

Er nahm den oberen Einsatz mit den Instrumenten heraus, und es kam ein weiteres, flacheres Fach zum Vorschein. Er zog ein Buch mit geradem Rücken daraus hervor, das vielleicht zwanzig Zentimeter breit und in abgegriffenes, schwarzes Leder gebunden war.

»Ich dachte, du wünschst dir vielleicht wieder so ein Buch, wie das, was du in Frankreich geführt hast«, erklärte er. »Wo du die Zeichnungen und Notizen von den Leuten gemacht hast, die du im Hôpital des Anges behandelt hast. Er hat schon etwas hineingeschrieben, aber hinten sind noch ziemlich viele Seiten frei.«

Etwa ein Viertel des Buches war mit einer zierlichen Handschrift eng beschrieben, und dazwischen waren Zeichnungen, die mir durch ihre klinische Vertrautheit ins Auge fielen: ein vereiterter Zeh, eine zerschmetterte Kniescheibe, über der die Haut ordentlich zur Seite gezogen war; die groteske Schwellung eines fortgeschrittenen Kropfes und eine Darstellung der Wadenmuskeln, jeweils ordentlich beschriftet.

Ich blätterte zurück zum Innendeckel, und da stand sein Name auf der ersten Seite, verziert mit einem kleinen, eleganten Schnörkel: *Dr. Daniel Rawlings, Esq.*

»Was wohl aus Dr. Rawlings geworden ist? Hat die Frau mit der Kiste es dir gesagt?«

Jamie nickte mit einem leichten Stirnrunzeln.

»Der Doktor ist für eine Nacht bei ihr eingekehrt. Er hat gesagt, er käme aus Virginia, wo er zu Hause sei, und hätte etwas zu erledigen und seine Kiste mitgebracht. Er suchte einen Mann namens Garver – sie meinte zumindest, daß das der Name war. Aber nach dem Abendessen ging er fort – und ist nie mehr wiedergekommen.«

Ich starrte ihn an.

»Nie mehr wiedergekommen? Hat sie herausgefunden, was ihm zugestoßen ist?«

Jamie schüttelte den Kopf und verscheuchte eine kleine Mückenwolke. Die Sonne ging unter und übergoß die Wasseroberfläche mit Gold und Orange, und die Insekten begannen sich zu versammeln, als der Nachmittag in den kühlen Abend überging.

»Nein. Sie war beim Sheriff und beim Richter, und der Constabler hat ihn überall gesucht – aber sie haben keine Spur von dem Mann gefunden. Sie haben eine Woche lang gesucht und es dann aufgegeben. Er hatte der Wirtin nicht erzählt, aus welcher Stadt in Virigina er stammt, also konnten sie seine Spur nicht zurückverfolgen.«

»Sehr merkwürdig.« Ich wischte mir einen Tropfen Feuchtigkeit vom Kinn. »Wann ist der Doktor verschwunden?«

»Vor einem Jahr, hat sie gesagt.« Er sah mich leicht nervös an. »Macht es dir etwas aus? Seine Sachen zu benutzen, meine ich?«

»Nein.« Ich schloß den Deckel und strich sanft darüber. Das dunkle Holz war warm und glatt unter meinen Fingern. »Wenn ich an seiner Stelle wäre – ich würde wollen, daß jemand sie benutzt.«

Ich erinnerte mich lebhaft daran, wie sich mein eigener Arztkoffer angefühlt hatte – Korduanleder, und meine Initialen waren mit Gold in den Tragegriff geprägt. Geprägt gewesen, um genau zu sein; sie waren schon lange abgegriffen, und das Leder war vom Gebrauch glatt und glänzend und dunkel geworden. Frank hatte mir die Tasche zum Examen geschenkt, und ich hatte sie meinem Freund Joe Abernathy gegeben, weil ich wollte, daß sie jemand benutzte, der sie genauso schätzte wie ich.

Er sah den Schatten über mein Gesicht gleiten – woraufhin sich auch sein Gesicht verdunkelte –, doch ich nahm seine Hand und lächelte, als ich sie drückte.

»Es ist ein wunderbares Geschenk. Wie hast du es nur gefunden?«

Da lächelte er zurück. Die Sonne hing jetzt tief, ein strahlender, orangeroter Ball, der kurz durch dunkle Baumwipfel spähte.

»Ich hatte die Kiste gesehen, als ich im Laden des Goldschmieds war – die Frau des Goldschmieds hatte sie in Verwahrung. Dann bin ich gestern noch einmal hingegangen, weil ich dir ein Schmuckstück kaufen wollte – vielleicht eine Brosche –, und während die Frau mir die Auslagen zeigte, haben wir uns über dies und jenes unterhalten, und sie hat mir von dem Doktor erzählt, und –«

»Warum wolltest du mir Schmuck kaufen?« Ich sah ihn erstaunt an. Der Verkauf des Rubins hatte uns zwar ein bißchen Geld eingebracht, doch Verschwendungssucht war überhaupt nicht seine Art, und unter den gegenwärtigen Umständen –

»Oh! Weil du Laoghaire das ganze Geld geschickt hast? Das hat mich nicht gestört; das habe ich doch gesagt.«

Er hatte – etwas widerwillig – dafür gesorgt, daß der Großteil des Erlöses, den wir beim Verkauf des Rubins erzielt hatten, nach Schottland geschickt wurde. Damit zahlte er ein Versprechen ab, das er Laoghaire MacKenzie – hol' sie der Teufel – Fraser gemacht hatte, die er auf Drängen seiner Schwester geheiratet hatte, als er unter dem völlig logischen Eindruck stand, daß ich, wenn ich auch nicht tot war, so doch niemals zurückkommen würde. Meine augenscheinliche Auferstehung von den Toten hatte jede Menge Komplikationen nach sich gezogen, und Laoghaire war nicht die geringste davon gewesen.

»Aye, das hast du gesagt«, sagte er mit unverhohlenem Zynismus.

»Ich habe es auch so gemeint – mehr oder weniger«, sagte ich und lachte. »Du konntest die Schreckschraube ja nun einmal nicht verhungern lassen, so verlockend die Idee auch ist.«

Er lächelte schwach.

»Nein. Das würde ich ungern auf mein Gewissen laden; darauf lastet auch so schon genug. Aber das ist nicht der Grund, warum ich dir ein Geschenk kaufen wollte.«

»Warum denn dann?« Die Kiste war schwer, ein ansprechendes, greifbares, befriedigendes Gewicht auf meinen Beinen, ihr Holz eine wahre Freude unter meinen Händen. Da wandte er den Kopf und sah mich direkt an. Sein Haar flammte in der untergehenden Sonne auf, sein Gesicht war eine dunkle Silhouette.

»Heute vor vierundzwanzig Jahren habe ich dich geheiratet, Sassenach«, sagte er leise. »Ich hoffe, daß du bis jetzt keinen Grund siehst, das zu bedauern.«

Das Land entlang des Flusses war besiedelt; von Wilmington bis Cross Creek war es mit Plantagen gesäumt. Doch die Ufer selbst waren dicht bewaldet, und nur ab und zu gab eine Lücke zwischen den Bäumen den Blick auf Felder frei, oder hier und dort tauchte halb unter dem Laub versteckt ein hölzerner Anlegeplatz auf.

Wir fuhren langsam flußaufwärts, folgten der Gezeitenwelle, so weit sie uns trug, und legten für die Nacht an, wenn sie verebbte. Wir aßen an einem kleinen Feuer am Ufer zu Abend, schliefen aber an Bord, denn Eutroclus hatte beiläufig erwähnt, daß es hier Wassermokassinschlangen gebe. Diese – so sagte er – lebten in Höhlen an der Uferböschung, kamen aber mit Vorliebe heraus, um sich an ahnungslosen Schläfern zu wärmen.

Ich erwachte kurz vor der Dämmerung, steif und verspannt vom Schlafen auf den Planken. Ich hörte das sanfte Rauschen eines Schiffes, das in der Nähe vorbeifuhr, und spürte, wie sein Kielwasser gegen unsere Bordwand schlug. Jamie regte sich im Schlaf, als er meine Bewegungen spürte, drehte sich um und drückte mich gegen seine Brust.

Ich spürte seinen Körper hinter mir, wie jeden Morgen paradoxerweise schläfrig und erregt zugleich. Er machte ein schlaftrunkenes Geräusch und preßte sich fragend an mich. Seine Hand tastete am Saum meines zerknitterten Hemdes herum.

»Halt«, sagte ich leise und wehrte seine Hand ab. »Vergiß nicht, wo wir sind, zum Kuckuck!«

Ich hörte Rufe und Gebell am Ufer, wo Ian mit Rollo herumtollte, in der Kabine regte sich etwas, und Hust- und Spuckgeräusche kündigten Kapitän Freemans bevorstehendes Auftreten an.

»Oh«, sagte Jamie und kam zu Bewußtsein. »Oh, aye. So ein Jammer.« Er drückte meine Brüste mit beiden Händen und räkelte sich mit wollüstiger Langsamkeit, um mir eine detaillierte Vorstellung davon zu geben, was ich mir entgehen ließ.

»Na ja«, sagte er, entspannte sich widerstrebend, ließ mich aber noch nicht los. »*Foeda est in coitu*, hm?«

»Wie?«

»›*Foeda est in coitu et brevis voluptas*‹«, zitierte er gehorsam. »›*Et taedat Veneris statim peractae.*‹ Der Akt ist ein schmutziges und kurzes Vergnügen, und kaum ist er vorbei, bereuen wir ihn.«

Ich blickte auf die schmutzigen Planken unter uns. »Hm, vielleicht ist ›schmutzig‹ gar nicht so verkehrt«, setzte ich an, »aber –«

»Es ist nicht der Schmutz, der mir Sorgen macht, Sassenach«, unterbrach er und sah grollend zu Ian hinüber, der über der Reling hing und Rollo beim Schwimmen anfeuerte. »Es ist mehr die Kürze.«

Er sah mich an, und das Grollen verwandelte sich in Anerkennung, als er meine zerzauste Erscheinung von oben bis unten erfaßte. »Ich habe vor, mir dabei Zeit zu lassen, aye?«

Dieser klassische Tagesanbruch schien Jamie nachhaltig beeinflußt zu haben. Während ich in der Nachmittagssonne saß und Daniel Rawlings Krankenbuch durchblätterte – und die Dinge, die hier aufgezeichnet waren, zugleich unterhaltsam, interessant und abstoßend fand – hörte ich, wie sich Jamies Stimme im wohlgeordneten Rhythmus altgriechischer Verse hob und senkte. Ich hörte die Passage nicht zum ersten Mal – ein Ausschnitt aus der *Odyssee*. Er hielt erwartungsvoll auf einer betonten Silbe inne.

»Äh...«, sagte Ian.

»Was kommt dann, Ian?«

»Äh...«

»Noch einmal«, sagte Jamie mit leicht gereizter Stimme. »Paß doch auf, Mann. Ich rede hier nicht, weil ich meine Stimme so gern höre, aye?« Er begann von vorn, und der elegante, formelle Vers erwachte zu warmem Leben, als er sprach.

Er hörte sich vielleicht nicht gern zu, aber ich schon. Ich verstand zwar kein Griechisch, doch das Auf und Ab der Silben in dieser weichen tiefen Stimme war so beruhigend wie das Plätschern des Wassers an der Bordwand.

Jamie, der sich inzwischen widerstrebend mit der Anwesenheit seines Neffen abgefunden hatte, nahm seine Verantwortung für Ian sehr ernst, und er hatte angefangen, dem Jungen während der Reise Unterricht zu erteilen. Immer wieder benutzte er freie Momente, um dem Jungen die Grundlagen der griechischen oder lateinischen Grammatik beizubringen – oder es zumindest zu versuchen – und seine Kenntnisse in Mathematik und französischer Konversation zu verbessern.

Glücklicherweise begriff Ian mathematische Prinzipien genauso schnell wie sein Onkel; die Kabinenwand neben mir war mit eleganten euklidischen Beweisen bedeckt, die sie mit einem angekohlten Stöckchen ausgeführt hatten. Im Sprachbereich hatten sie weniger gemeinsam.

Jamie war ein geborenes Sprachgenie; er lernte neue Sprachen oder Dialekte ohne sichtbare Anstrengung und schnappte Redewendungen auf, wie ein Hund sich beim Toben durch die Felder Fuchsschwanzgräser einfängt. Außerdem war er an der Pariser *Université* in den Klassikern unterwiesen worden – und obwohl er ab und zu anderer Meinung war als so mancher römische Philosoph, betrachtete er Homer und Virgil als enge Freunde.

Ian war mit Englisch und Gälisch aufgewachsen, und von Fergus hatte er eine Art französisches Patois gelernt, das er für seine Zwecke ausreichend fand. Sicher, er besaß ein beeindruckendes Repertoire an Schimpfwörtern in sechs oder sieben weiteren Sprachen – die er sich in jüngster Zeit im Kontakt mit diversen zweifelhaften Vorbildern zugelegt hatte, unter ihnen auch sein Onkel –, doch er hatte nur einen sehr vagen Begriff von den Geheimnissen der lateinischen Konjugation.

Noch weniger wußte er die Notwendigkeit zu schätzen, Sprachen zu lernen, die er nicht nur für tot hielt, sondern auch für so vergammelt, daß es nicht mehr die geringste Verwendung für sie gab. Homer hatte keine Chance gegen dieses aufregende neue Land, in dem das Abenteuer auf beiden Ufern seine lockenden Hände ausstreckte.

Jamie beendete seine griechische Passage und befahl Ian mit einem Seufzer, den ich von meinem Platz aus deutlich hören konnte, das Lateinbuch hervorzuholen, das er sich aus Gouverneur Tryons Bibliothek ausgeliehen hatte. Da mich jetzt kein Vortrag mehr ablenkte, widmete ich mich wiederum Dr. Rawlings' Krankenbuch.

Der Doktor schien wie ich etwas Latein zu verstehen, hatte aber den Großteil seiner Notizen in Englisch niedergeschrieben. Nur bei offiziellen Eintragungen wechselte er ins Lateinische.

Mr. Beddoes einen halben Liter Blut abgenommen. Deutliches Nachlassen der gelben Galle, Verbesserung der gelben Hautfarbe und der Pusteln, die ihn befallen haben. Schwarze Tinktur verabreicht, um die Blutreinigung zu unterstützen.

»Esel«, murmelte ich – nicht zum ersten Mal. »Kannst du nicht sehen, daß der Mann leberkrank ist?« Wahrscheinlich leichte Zirrhose; Rawlings hatte eine geringfügige Vergrößerung und Verhärtung der Leber notiert, was er allerdings der vermehrten Gallenproduktion zuschrieb. Höchstwahrscheinlich Alkoholvergiftung; die Pusteln im Gesicht und auf der Brust waren typisch für eine Mangelerscheinung, die ich oft in Verbindung mit exzessivem Alkoholgenuß sah – und *der* war weiß Gott eine Seuche.

Falls Beddoes noch am Leben war – was ich bezweifelte –, trank er wahrscheinlich täglich bis zu einem Liter Hochprozentiges und hatte seit Monaten kein frisches Gemüse mehr aus der Nähe gesehen. Die Pusteln, zu deren Verschwinden sich Rawlings beglückwünschte, waren wahrscheinlich zurückgegangen, weil er in seinem Spezialrezept für die »schwarze Tinktur« Rübenblätter als Farbstoff benutzte.

In meine Lektüre vertieft, hörte ich mit halbem Ohr Ians holprige Version von Plautus' *De Virtute* von der anderen Seite der Kabine her. Bei jeder zweiten Zeile unterbrach ihn Jamies tiefere Stimme auffordernd oder verbessernd.

»›*Virtus praemium est optimus*…‹«

»›*Optimum.*‹«

»›… *est optimum. Virtus omnibus rebus*‹ an… äh… an…«

»›*Anteit.*‹«

»Danke, Onkel Jamie. ›*Virtus omnibus rebus anteit… profectus*‹?«

»›*Profecto.*‹«

»Oh, aye, *profecto*. Hm… ›*Virtus*‹?«

»*Libertas.* ›*Libertas salus vita res et parentes, patria et prognati…*‹ weißt du noch, was *vita* bedeutet, Ian?«

»Leben«, tönte Ian. Dankbar klammerte er sich an diesen Strohhalm.

»Aye, das ist richtig, aber es ist mehr als Leben. Im Lateinischen bedeutet es nicht nur, am Leben zu sein, sondern es ist die Substanz eines Menschen, sein Kern. Denn es geht weiter mit ›*libertas salus vita res et parentes, patria et prognati tutantur, servantur; virtus omnia in sese habet, omnia adsunt bona quem praeest virtus.*‹ Also, was meinst du, was das heißt?«

»Äh… Tugend ist eine gute Sache?« sagte Ian versuchsweise.

Es folgte ein Moment der Stille, in dessen Verlauf ich beinahe hören konnte, wie Jamies Blutdruck stieg. Dann ein langes, zischendes Einatmen, während er sich noch einmal überlegte, was er zu sagen im Begriff war, dann ein leidgeprüftes Ausatmen.

»Mmpf. Schau mal, Ian. ›*Tutantur, servantur.*‹ Was meint er wohl, wenn er diese beiden Wörter nebeneinanderstellt, anstatt…« Ich wandte mich wieder dem Buch zu, in dem Dr. Rawlings gerade von einem Duell und seinen Folgen berichtete.

15. Mai. Wurde im Morgengrauen aus dem Bett geholt, um nach einem Herrn zu sehen, der im Red Dog Quartier bezogen hatte. Fand ihn in traurigem Zustand vor: eine Handverletzung, verursacht durch die Fehlzündung einer Pistole. Daumen und Zeigefinger waren von der Explosion ganz weggerissen, der Mittelfinger schlimm zugerichtet und zwei Drittel der Hand so zerfetzt, daß man sie kaum noch als menschliches Glied erkennen konnte.

Ich entschied, daß nur sofortige Amputation helfen konnte, ließ den Wirt rufen und erbat einen Becher Brandy, Leinen zum Verbinden und die Hilfe zweier starker Männer. Nachdem dies gebracht und der Patient ausreichend gesichert war, ging ich daran, die Hand – zum Unglück des Patienten war es die rechte – genau über dem Handgelenk abzunehmen. Durchtrennte erfolgreich zwei Arterien, doch die interossea anterior *entkam mir und zog sich in den Muskel zurück, nachdem ich die Knochen durchsägt hatte. Mußte das Tourniquet lösen, um sie zu finden, daher war der Blutverlust beträchtlich – ein glücklicher Zufall, denn durch den reichlichen Blutfluß verlor der Patient das Bewußtsein, und seiner Agonie war für den Moment ein Ende gesetzt, und auch seinen Bewegungen, die mich sehr bei meiner Arbeit behinderten.*

Nach der erfolgreich durchgeführten Amputation wurde der Herr zu Bett gebracht, doch ich blieb in der Nähe für den Fall, daß er jählings wieder zu Bewußtsein käme und mit einer zufälligen Bewegung meine Naht beschädigte.

Diese faszinierende Erzählung wurde durch einen Ausruf Jamies unterbrochen, der offensichtlich am Ende seiner Geduld war.

»Ian, dein Latein ist eine Affenschande! Und was den Rest angeht, so kannst du ja noch nicht einmal genug Griechisch, um Wasser von Wein zu unterscheiden!«

»Wenn man es trinkt, ist es kein Wasser«, murmelte Ian in aufmüpfigem Ton.

Ich klappte das Buch zu und stand hastig auf. Es klang ganz so, als würden hier in Kürze die Dienste eines Schiedsrichters benötigt. Ian gab leise, schottische Unmutsäußerungen von sich, während ich die Kabine umrundete.

»Aye, mpf, aber ich interessiere mich doch gar nicht so –«

»Aye, du interessierst dich nicht dafür! Das ist das Allertraurigste daran, daß du dich für deine Ignoranz nicht einmal schämst.«

Danach kam eine gespannte Pause, die nur durch das leise Plätschern von Eutroclus' Staken am Bug unterbrochen wurde. Ich blickte um die Ecke und sah Jamie, der seinen zerknirscht wirkenden Neffen wütend anstarrte. Ian warf mir einen Blick zu, hustete und räusperte sich.

»Also, ich sag' dir, Onkel Jamie, wenn ich glauben würde, daß es hilft, mich zu schämen, dann hätte ich keine Skrupel, rot zu werden!«

Er setzte eine so überzeugende Armesündermiene auf, daß ich lachen mußte. Als Jamie mich hörte, drehte er sich um, und sein finsteres Gesicht hellte sich etwas auf. »Du bist mir aber auch keine große Hilfe, Sassenach«, sagte er. »Du kannst doch Latein, oder? Als Ärztin mußt du das doch. Vielleicht sollte ich dir seinen Lateinunterricht überlassen, aye?«

Ich schüttelte den Kopf. Zwar konnte ich Latein – mehr schlecht als recht – lesen, doch ich hatte keine Lust, Ian die Überreste meiner Ausbildung einzutrichtern.

»Alles, was ich noch weiß, ist *Arma virumque cano*.« Ich sah Ian an und übersetzte grinsend: »Mein Arm wurde von einem Hund gebissen.«

Ian brach in Gekicher aus, und Jamie warf mir einen zutiefst desillusionierten Blick zu.

Er seufzte und fuhr sich mit der Hand durch das Haar. Jamie und Ian hatten körperlich nichts gemeinsam außer ihrer Größe, doch sie hatten beide dichtes Haar und teilten die Angewohnheit, sich mit der Hand hindurchzufahren, wenn sie aufgeregt waren oder nachdachten. Der Unterricht schien anstrengend gewesen zu sein – sie sahen beide so aus, als hätte man sie rückwärts durch eine Hecke geschleift.

Jamie lächelte mich trocken an und wandte sich dann wieder kopfschüttelnd an Ian.

»Nun gut. Ich blaffe dich nicht gern an, Ian, wirklich nicht. Aber du hast doch Verstand, und ich sähe es nicht gern, wenn du den verschwendetest. Himmel, Mann, in deinem Alter war ich in Paris und hatte schon mein Studium an der *Université* angefangen.«

Ian stand da und sah hinunter in das Wasser, das in glatten, braunen Wellen am Schiffsrumpf entlangwirbelte. Seine Hände lagen auf der Reling; große Hände, breit und sonnengebräunt.

»Aye«, sagte er. »Mein Vater war in meinem Alter auch in Frankreich. Im Krieg.«

Ich war ein wenig erschrocken, das zu hören. Ich hatte gewußt, daß der ältere Ian eine Zeitlang in Frankreich gekämpft hatte, aber nicht, daß er so früh Soldat geworden war – und so lange dort geblieben war. Der junge Ian war gerade fünfzehn. Sein Vater hatte also von diesem Alter an als Söldner gedient, bis er zweiundzwanzig war. Dann hatte ihm eine Kartätsche das Bein so schlimm zerschmettert, daß es dicht unter dem Knie amputiert werden mußte – und er war für immer heimgekehrt.

Jamie sah seinen Neffen einen Moment lang mit einem leichten Stirnrunzeln an. Dann stellte er sich neben Ian, lehnte sich nach hinten und hielt sich mit den Händen an der Reling fest.

»Das weiß ich, aye?« sagte Jamie leise. »Schließlich bin ich ihm gefolgt, als ich geächtet wurde.«

Jetzt blickte Ian verblüfft auf.

»Ihr wart zusammen in Frankreich?«

Die Bewegung des Schiffes verursachte einen leichten Fahrtwind, aber es war immer noch heiß. Vielleicht brachte die Temperatur Jamie zu der Überzeugung, daß es besser war, die hehre Bildung für einen Augenblick zu vergessen, denn er nickte und hob seinen dicken Haarzopf an, um sich den Nacken zu kühlen.

»In Flandern. Über ein Jahr, bis Ian verwundet und nach Hause geschickt wurde. Wir haben damals im schottischen Söldnerregiment gekämpft, um Fergus mac Leodhas.«

Ians Augen leuchteten interessiert auf.

»Hat Fergus – unser Fergus – daher seinen Namen?«

Sein Onkel lächelte.

»Aye, ich habe ihn nach mac Leodhas benannt, ein Prachtkerl und ein guter Soldat. Er hat viel von Ian gehalten. Hat dein Vater dir nie von ihm erzählt?«

Ian schüttelte den Kopf. Seine Stirn war leicht umwölkt.

»Er hat mir nie etwas erzählt. Ich – ich habe gewußt, daß er sein Bein im Krieg in Frankreich verloren hat – Mama hat es mir gesagt, als ich sie gefragt habe –, aber er selbst wollte nicht darüber sprechen.«

Da mir Dr. Rawlings' Beschreibung der Amputation noch lebhaft in Erinnerung war, konnte ich es verstehen, wenn der ältere Ian nicht daran denken wollte.

Jamie zuckte die Schultern und zog sich das schweißnasse Hemd von der Brust weg.

»Aye, na ja. Wahrscheinlich wollte er diese Zeit vergessen, nachdem er heimgekommen war und sich in Lallybroch niedergelassen hatte. Und dann...« Er zögerte, aber Ian gab nicht nach.

»Und dann, Onkel Jamie?«

Jamie warf seinem Neffen einen Blick zu und lächelte schief.

»Hm, ich glaube, er wollte nicht zu viele Kriegsgeschichten erzählen, damit ihr Jungs nicht auf dumme Gedanken kommt und selber Soldaten werden wollt. Er und eure Mutter haben sich wahrscheinlich etwas Besseres für euch gewünscht, aye?«

Ich fand, daß der ältere Ian weise gehandelt hatte, doch der Gesichtsausdruck seines Sohnes verriet, daß er sich nichts Aufregenderes als kämpfen und Krieg vorstellen konnte.

»Da steckt bestimmt Mama dahinter«, sagte Ian angewidert. »Wenn ich sie ließe, würde sie mich in Wolle packen und mich an ihren Rockzipfel binden.«

Jamie grinste.

»Wenn du sie ließest, aye? Glaubst du, daß sie dich in Wolle packen und mit Küssen überhäufen würde, wenn du jetzt zu Hause wärst?«

Ian hörte auf, den Verächtlichen zu mimen.

»Bestimmt nicht«, gab er zu. »Ich glaube, sie würde mir das Fell über die Ohren ziehen.«

Jamie lachte.

»Du hast ja doch ein bißchen Ahnung von Frauen, wenn auch nicht so viel, wie du glaubst.«

Ian blickte skeptisch von seinem Onkel zu mir und wieder zurück.

»Und du weißt wahrscheinlich alles über Frauen, was, Onkel Jamie?«

Ich zog eine Augenbraue hoch und forderte ihn zu einer Antwort heraus, doch Jamie lachte nur.

»Ein kluger Mann kennt die Grenzen seines Wissens, Ian.« Er bückte sich und küßte mich auf die feuchte Stirn, um sich dann wieder an seinen Neffen zu wenden und hinzuzufügen: »Obwohl ich wünschte, *deine* Grenzen wären etwas weiter gesteckt.«

Ian zuckte die Achseln und machte ein gelangweiltes Gesicht.

»Ich will doch gar kein feiner Herr werden. Der junge Jamie und Michael können schließlich auch kein Griechisch, und sie kommen gut zurecht.«

Jamie rieb sich die Nase und betrachtete seinen Neffen nachdenklich.

»Jamie hat Lallybroch. Und Michael hat es bei Jared in Paris gut getroffen. Für sie ist gesorgt. Wir haben für sie getan, was wir konnten, aber wir hatten verdammt wenig Geld für Reisen oder Schulen, als sie erwachsen wurden. Sie hatten nicht viele Möglichkeiten, aye?«

Er stieß sich von der Reling ab und richtete sich auf.

»Aber es ist nicht das, was deine Eltern für dich im Sinn haben, wo es jetzt bessere Möglichkeiten gibt. Sie sähen gern, daß du ein Mann von Bildung und Einfluß wirst; ein *duine uasal*, vielleicht.« Ich hörte diesen gälischen Ausdruck nicht zum ersten Mal, wörtlich »ein Mann von Wert«. Es war die Bezeichnung für Großpächter und Gutsherren, Männer mit Besitz und Gefolge, über denen in der Hierarchie der Hochlandclans nur noch die Clanoberhäupter standen.

Ein Mann, wie Jamie einer gewesen war, vor dem Aufstand. Jetzt nicht mehr.

»Mmpf. Und du, bist du geworden, was deine Eltern wollten, Onkel Jamie?« Ian sah seinen Onkel kühl an, und nur ein wachsames Zucken seiner Augen zeigte an, daß er wußte, auf welch gefährlichem Terrain er sich bewegte. Jamie war in der Tat dazu bestimmt gewesen, *duine uasal* zu werden; Lallybroch hatte rechtmäßig ihm gehört. Er hatte den Besitz nur deshalb Jennys Sohn Jamie überschrieben, um zu verhindern, daß er von der Krone konfisziert wurde.

Jamie starrte ihn einen Augenblick lang an und rieb sich dann mit dem Knöchel über die Oberlippe, bevor er antwortete.

»Habe ich nicht gesagt, daß du Verstand hast?« erwiderte er trokken. »Also, wenn du es wissen willst... man hat mich zu zweierlei Dingen erzogen, Ian. Mich um mein Land und meine Leute zu kümmern und für meine Familie zu sorgen. Beides habe ich getan, so gut ich konnte – und ich werde es weiter tun, so gut ich kann.«

Ian hatte den Anstand, verlegen dreinzusehen.

»Aye, gut, ich wollte nicht...«, murmelte er und blickte zu Boden.

»Keine Sorge, Junge«, unterbrach Jamie und klopfte ihm auf die Schulter. Er grinste seinen Neffen ironisch an. »Um deiner Mutter willen wirst du es schon noch zu etwas bringen – und wenn es uns beide umbringt. Und jetzt bin ich, glaube ich, mit dem Staken dran.«

Er blickte zum Bug, wo Eutroclus' muskulöse Schultern wie geöltes Kupfer glänzten. Jamie öffnete seine Kniehosen – im Unterschied zu den anderen Männern legte er zum Staken nie das Hemd ab, sondern zog sich nur zur Kühlung die Hose aus und knotete sich zum Arbeiten das Hemd nach Highlandart zwischen den Oberschenkeln zusammen – und nickte Ian zu.

»Denk darüber nach, Junge. Auch wenn du der jüngste Sohn bist, dein Leben ist nicht dazu da, daß du es vergeudest.«

Dann strahlte er mich plötzlich mit einem atemberaubenden Lächeln an und überreichte mir seine Hose. Er richtete sich auf, eine Hand noch in meiner, die andere auf dem Herzen, und deklamierte:

»Amo, amas, ich lieb' mein' Schatz,
eine Zeder rank und schlank,
Grazil wie eine Dotterblum'
so ist ihr Nominativ,
Und ihr Geschlecht das Femininum.«

Er nickte Ian, der sich vor Lachen bog, huldvoll zu und hob meine Hand an die Lippen, die blauen Augen voller Schabernack.

»Wie kann ich dieser Nymph' widerstehn?
Ihre Stimme ist so dulcis
ihr Oculus hell, ihr Manus weiß,
und sanft, wenn ich tacto, ihr Puls ist.
Oh, so bella, mein' puella
Ich küß in saecula saeculorum
Hab' ich Glück, wird sie meine uxor,
o dies benedictorum.«

Er machte einen Hofknicks vor mir, kniff, so gut er konnte, ein Auge zu und schritt im Hemd davon.

9

Der Zweidrittelgeist

Der Fluß glänzte wie Öl, und das Wasser strömte sanft und völlig glatt an uns vorbei. Eine einzelne Laterne hing steuerbord am Bug. Ich hatte mich auf dem Vordeck auf einen Schemel gesetzt und konnte von dort aus sehen, wie sich das Licht unten Seite an Seite mit dem Schiff bewegte, weniger vom Wasser reflektiert als darunter gefangen.

Der Mond war eine dünne Sichel und zog müde seine Bahn über die Baumspitzen. Jenseits der dichten Bäume am Ufer senkte sich der Boden in breiten, dunklen Streifen zu den Reisplantagen und Tabakfeldern hin. Die Erde hatte die Tageshitze aufgesaugt, und nun glühte sie mit unsichtbarer Energie im Erdreich. Hinter den Kiefern und Gummibäumen schimmerten die reichen, fruchtbaren Ebenen in schwarzer Hitze und vollzogen ihre Alchemie aus Wasser und gespeicherter Sonne.

Schon die kleinste Bewegung hatte zur Folge, daß einem der Schweiß ausbrach. Ich konnte die Luft anfassen, spürte jede kleine Wärmewelle als Liebkosung auf Gesicht und Händen.

Es raschelte leise hinter mir in der Dunkelheit, und ich griff nach oben, ohne mich umzudrehen. Jamies große Hand schloß sich sanft um die meine, drückte sie und ließ sie los. Selbst von dieser kurzen Berührung wurden meine Finger schweißnaß.

Seufzend ließ er sich neben mir nieder und zupfte an seinem Hemdkragen.

»Ich glaube nicht, daß ich ein einziges Mal Luft eingeatmet habe, seit wir Georgia verlassen haben«, sagte er. »Jedesmal, wenn ich Atem hole, glaube ich, ich ertrinke.«

Ich lachte und spürte, wie mir ein Rinnsal aus Schweiß zwischen den Brüsten heruntersickerte.

»In Cross Creek ist es kühler; das sagen alle.« Ich holte tief Luft, nur um zu beweisen, daß ich es konnte. »Aber riecht es nicht wunderbar?« Die Dunkelheit gab die durchdringenden Gerüche der Bäume und Pflanzen am Wasserrand frei, die sich mit dem feuchten

Uferschlamm und dem sonnenwarmen Holz des Schiffsdecks vermischten.

»Du hättest einen guten Hund abgegeben, Sassenach.« Er lehnte sich mit einem Seufzer an die Kabinenwand. »Kein Wunder, daß das Vieh dich so bewundert.«

Zehennägel klickten auf den Planken und verkündeten Rollos Ankunft. Vorsichtig näherte er sich der Reling, blieb mißtrauisch einen halben Meter davor stehen und ließ sich umständlich auf Deck nieder. Er legte die Nase auf seine Pfoten und seufzte tief. Rollos Abneigung gegen Schiffe war fast genausogroß wie Jamies.

»Na du«, sagte ich. Ich hielt ihm meine Hand zum Beschnüffeln hin und er ließ sich höflich dazu herab, mich seine Ohren kratzen zu lassen. »Und wo ist dein Herrchen, hm?«

»In der Kabine; läßt sich neue Tricks beibringen, mit denen man beim Kartenspiel betrügen kann«, sagte Jamie ironisch. »Weiß Gott, was aus dem Jungen einmal wird; wenn er nicht erschossen wird oder in einer Wirtschaft eins über den Schädel bekommt, kommt er wahrscheinlich demnächst mit einem Emu nach Hause, den er beim Pharo gewonnen hat.«

»In den Bergen wird es doch wohl weder Emus noch Pharospiele geben, oder? Wo es keine richtigen Städte gibt, gibt es doch sicher auch keine richtigen Wirtshäuser.«

»Ich glaube es kaum«, gab er zu. »Doch wenn ein Mann vor die Hunde gehen soll, dann findet er auch einen Weg dorthin, egal, wo man ihn absetzt.«

»Ich bin mir sicher, daß Ian nicht vor die Hunde geht«, sagte ich beruhigend. »Er ist ein guter Junge.«

»Er ist ein Mann«, verbesserte Jamie. Er neigte sein Ohr zur Kabine, aus der gedämpftes Lachen und gelegentlich eine behäbige Obszönität ertönten. »Allerdings ein verdammt junger, und dickköpfig dazu.« Er sah mich an, und im Laternenschein sah ich ein reumütiges Lächeln.

»Wenn er noch ein kleiner Junge wäre, könnte ich ihn im Zaum halten. Aber so –« Er zuckte die Achseln. »Er ist alt genug, sich um seine eigenen Angelegenheiten zu kümmern, und er wird es mir nicht danken, wenn ich meine Nase da hineinstecke.«

»Er hört immer auf dich«, protestierte ich.

»Mmpf. Warte nur, bis ich ihm etwas sage, was er nicht hören will.« Er lehnte den Kopf an die Wand und schloß die Augen. Schweiß glänzte auf seinen hohen Wangenknochen, und ein kleines Rinnsal lief ihm den Hals hinunter.

Ich streckte einen Finger aus und schnippte den kleinen Tropfen vorsichtig weg, bevor er sein Hemd erreichte.

»Seit zwei Monaten sagst du ihm, daß er nach Schottland zurück muß; ich glaube nicht, daß er das hören will.«

Jamie öffnete die Augen und betrachtete mich zynisch.

»Ist er in Schottland?«

»Äh...«

»Mmpf«, sagte er und schloß die Augen wieder.

Ich saß eine Weile still da und tupfte mir mit einer Rockfalte den Schweiß aus dem Gesicht. Der Fluß hatte sich hier verengt; das eine Ufer war kaum mehr als drei Meter entfernt. Ich hörte eine raschelnde Bewegung in den Büschen, und ein glänzendes Augenpaar reflektierte das Licht unserer Laterne.

Rollo hob mit einem leisen *Wuff!* den Kopf und stellte die Ohren wachsam auf. Jamie öffnete die Augen, blickte zum Ufer und setzte sich dann abrupt auf.

»Himmel! Das ist die größte Ratte, die ich je gesehen habe.«

Ich lachte.

»Das ist keine Ratte, das ist ein Opossum. Siehst du die Jungen auf dem Rücken?«

Jamie und Rollo bedachten das Opossum mit berechnenden Blicken und versuchten, sein Gewicht und seine Geschwindigkeit abzuschätzen. Vier kleine Opossums starrten ernst und mit zuckenden Nasen zurück. Ihre Mutter hielt das Boot offensichtlich nicht für eine Bedrohung, trank ungerührt zu Ende, drehte sich um und wackelte langsam in den Busch zurück. Die Spitze ihres nackten, rosafarbenen Schwanzes verschwand, als der Laternenschein verblaßte.

Beide Jäger gaben einen Seufzer von sich und entspannten sich wieder.

»Myers hat gesagt, man kann sie gut essen«, bemerkte Jamie sehnsüchtig. Ich seufzte meinerseits leise, griff in meine Rocktasche und gab ihm einen Stoffbeutel.

»Was ist das?« Er lugte interessiert in den Beutel und schüttelte sich dann die kleinen, braunen Kügelchen in die Handfläche.

»Geröstete Erdnüsse«, sagte ich. »Sie wachsen hier, unter der Erde. Ich habe einen Bauern gesehen, der sie als Schweinefutter verkaufte, und die Wirtin hat ein paar davon für mich geröstet. Man entfernt die Schale, bevor man sie ißt.« Ich grinste ihn an und genoß das völlig neue Gefühl, ausnahmsweise einmal mehr über unsere Umgebung zu wissen als er.

Er warf mir einen säuerlichen Blick zu, zerdrückte eine Nußschale zwischen Daumen und Zeigefinger und brachte drei Nüsse zum Vorschein.

»Ich bin unwissend, Sassenach«, sagte er. »Kein Dummkopf. Das ist der Unterschied, aye?« Er steckte eine Nuß in den Mund und biß zögernd zu. Seine skeptische Miene verwandelte sich in erfreute Überraschung; er kaute mit wachsender Begeisterung und schob sich die anderen Nüsse in den Mund.

»Schmeckt's?« Ich lächelte und genoß sein Vergnügen. »Ich mach' dir Erdnußbutter fürs Brot, wenn wir uns niedergelassen haben und ich meinen neuen Mörser ausgepackt habe.«

Er lächelte zurück und schluckte, bevor er die nächste Nuß knackte.

»Ich muß sagen, es ist zwar sumpfig hier, aber der Boden ist gut. Ich habe noch nie so viele Dinge so mühelos wachsen sehen.«

Er schob sich noch eine Nuß in den Mund.

»Ich habe nachgedacht, Sassenach«, sagte er und blickte auf seine Handflächen hinab. »Was hältst du davon, uns hier niederzulassen?«

Die Frage kam nicht völlig unerwartet. Ich hatte gesehen, wie er die schwarzen Felder und ihre reiche Ernte mit den glitzernden Augen des Ackerbauern sah, und mir war der sehnsüchtige Ausdruck nicht entgangen, mit dem er die Pferde des Gouverneurs bewunderte.

Wir konnten sowieso nicht sofort nach Schottland zurückkehren. Ian ja, aber Jamie und ich nicht, dank gewisser Komplikationen – von denen eine nicht unwesentliche den Namen Laoghaire MacKenzie trug.

»Ich weiß nicht«, sagte ich langsam. »Auch wenn man die Indianer und wilden Tiere einmal völlig außer acht läßt –«

»Ooch, aber«, unterbrach er leicht verlegen. »Myers hat mir gesagt, sie machen keine Schwierigkeiten, wenn man sich von den Bergen fernhält.«

Ich unterließ es, ihn darauf hinzuweisen, daß uns das Angebot des Gouverneurs in die Nähe ebendieser Berge bringen würde.

»Ja, aber du erinnerst dich doch noch an das, was ich dir gesagt habe, oder? Über die Revolution? Jetzt haben wir 1767, und du hast die Gespräche am Tisch des Gouverneurs gehört. Noch neun Jahre, Jamie, dann bricht hier die Hölle los.« Wir hatten beide schon Kriege erlebt und nahmen diese Vorstellung nicht auf die leichte Schulter. Ich legte eine Hand auf seinen Arm und zwang ihn, mich anzusehen.

»Ich hatte schon einmal recht, das weißt du.« Ich hatte gewußt, was auf dem Feld von Culloden geschehen würde, hatte ihm das

Schicksal Charles Stuarts und seiner Männer vorausgesagt. Und weder mein Wissen noch das seine hatte ausgereicht, um uns zu retten. Zwanzig schmerzhafte Jahre der Trennung und der Geist einer Tochter, die er niemals sehen würde, lagen hinter diesem Wissen.

Er nickte langsam und hob die Hand, um meine Wange zu berühren. Der sanfte Schein der kleinen Laterne über uns zog scharenweise kleine Mücken an; von seiner Bewegung gestört, wirbelten sie plötzlich auf.

»Aye, das stimmt«, sagte er leise. »Aber damals – dachten wir, wir müßten die Dinge ändern. Oder es zumindest versuchen. Aber hier –« Er drehte sich um und ließ den Arm über das weite Land schweifen, das unsichtbar hinter den Bäumen lag. »Ich würde es nicht für meine Sache halten«, sagte er schlicht. »Weder dabei helfen noch es verhindern wollen.«

Ich verscheuchte die Mücken aus meinem Gesicht.

»Es *könnte* unsere Sache werden, wenn wir hier leben würden.«

Er rieb sich mit dem Finger unter der Unterlippe entlang und überlegte. Sein Bart begann zu sprießen, ein Schimmer roter Stoppeln mit Silberfunken im Schein der Laterne. Er war ein hochgewachsener Mann, gutaussehend und kräftig, in den besten Jahren, doch nicht länger jung, wie ich mit plötzlicher Dankbarkeit begriff.

Highlandmänner wurden zum Kampf erzogen: Highlandjungen wurden zu Männern, wenn sie ihre Schwerter erheben und in den Krieg ziehen konnten. Jamie war nie leichtsinnig gewesen, doch er hatte fast sein ganzes Leben als Krieger und Soldat verbracht. Als junger Mann in den Zwanzigern hätte ihn nichts von einem Kampf fernhalten können, ob es ihn etwas anging oder nicht. Jetzt, in den Vierzigern, bremste der Verstand die Leidenschaft – so hoffte ich zumindest.

Und es stimmte: Außer seiner Tante, die er nicht kannte, hatte er keine Verwandten mehr, keine Verbindungen, die ihn zur Einmischung zwingen konnten. Ob uns das Wissen um das, was auf uns zukam, helfen konnte, uns aus dem Schlimmsten herauszuhalten?

»Hier ist so viel Platz, Sassenach.« Er blickte über den Bug des Schiffes hinaus auf das weite Land, verborgen in der Dunkelheit. »Allein seit wir Georgia verlassen haben, haben wir eine größere Strecke zurückgelegt als England und Schottland lang sind.«

»Das stimmt«, gab ich zu. Selbst in den entlegensten Bergen der Highlands hatte man in Schottland den Kriegswirren nicht entkommen können. Hier war das anders; wenn wir unseren Platz mit Bedacht aussuchten, konnten wir dem suchenden Auge des Mars vielleicht entkommen.

Er legte den Kopf schief und sah zu mir hoch.

»Dich kann ich mir gut als Herrin einer Plantage vorstellen, Sassenach. Wenn der Gouverneur einen Käufer für die anderen Steine findet, habe ich wohl genug, um Laoghaire die Summe zu schicken, die ich ihr versprochen habe, und uns trotzdem noch ein gutes Grundstück zu kaufen – auf dem wir es zu Wohlstand bringen können.«

Er nahm meine rechte Hand in die seine, und sein Daumen strich sanft über meinen silbernen Ehering.

»Vielleicht werde ich dich eines Tages in Spitze und Juwelen kleiden«, sagte er leise. »Das einzige, was ich dir je habe geben können, war ein kleiner Silberring und die Perlen meiner Mutter.«

»Du hast mir viel mehr als das gegeben«, sagte ich. Ich legte meine Finger um seinen Daumen und drückte ihn. »Brianna zum Beispiel.«

Er lächelte leise und sah auf das Deck.

»Aye, das ist wahr. Sie ist vielleicht der wahre Grund – warum wir bleiben sollten, denke ich.«

Ich zog ihn an mich, und er lehnte den Kopf an mein Knie.

»Das hier ist ihre Heimat, nicht wahr?« sagte er leise. Er hob die Hand und deutete auf den Fluß, die Bäume und den Himmel. »Sie wird hier geboren werden, hier leben.«

»Das stimmt«, sagte ich leise. Ich strich ihm über das Haar und glättete die dichten Strähnen, die Briannas so sehr ähnelten. »Das hier wird ihr Land.« Ihres auf eine Art, wie es niemals das meine oder das seine sein würde, egal, wie lange wir hier leben mochten.

Er nickte, und sein Bart kratzte sanft über meinen Rock.

»Ich will nicht kämpfen oder dich irgendwie in Gefahr bringen, Sassenach, aber wenn ich etwas tun kann... um daran mitzubauen, vielleicht, es sicher zu machen, ein gutes Land für sie...« Er zuckte mit den Achseln. »Es würde mir Freude machen«, beendete er leise seinen Satz.

Wir saßen eine Weile still da, nah beieinander, betrachteten den stumpfen Glanz des Wassers und sahen zu, wie der versunkene Schein der Laterne langsam dahinzog.

»Ich habe ihr die Perlen dagelassen«, sagte ich schließlich. »Es erschien mir richtig so, sie waren schließlich ein Erbstück.« Ich zog meine beringte Hand über seine Lippen. »Und der Ring ist alles, was ich brauche.«

Da nahm er meine Hände in die seinen und küßte sie – die linke, die immer noch den goldenen Ring von meiner Ehe mit Frank trug, dann die rechte mit Jamies Silberring.

»*Da mi basia mille*«, flüsterte er lächelnd. Gib der Küsse mir tausend. Es war die Gravur in meinem Ring, ein kurzes Zitat aus einem Liebesgedicht von Catull. Ich bückte mich und küßte ihn wider.

»*Dein mille altera*«, sagte ich. Und noch tausend mehr.

Es war beinahe Mitternacht, als wir am Rand eines dichten Wäldchens zur Rast anlegten. Das Wetter hatte sich geändert; es war immer noch heiß und schwül, doch es lag ein Donnergrollen in der Luft, und es raschelte leise im Unterholz – zufällige Luftströme oder das Getrappel der kleinen Nachtlebewesen, die vor dem Sturm nach Hause hasteten.

Wir waren fast am Ende der Gezeitenwelle angelangt; ab hier mußten wir segeln und staken, und Kapitän Freeman hoffte, daß ihm die Schwingen des Sturms eine gute Brise brachten. Es würde klug sein zu rasten, solange das noch möglich war. Ich kuschelte mich in unser Nest am Heck, konnte aber nicht sofort einschlafen, obwohl es spät war.

Nach Schätzung des Kapitäns würden wir Cross Creek am nächsten Abend erreichen – mit Sicherheit am Tag danach. Ich war überrascht festzustellen, wie ungeduldig ich unserer Ankunft entgegensah; die zwei Monate, die wir unterwegs von der Hand in den Mund gelebt hatten, hatten mich mit tiefer Sehnsucht nach einem Zufluchtsort erfüllt, egal wie vorübergehend.

Da ich wußte, was man in den Highlands unter Gastfreundschaft und Verwandtschaft verstand, hatte ich keine Befürchtungen, was unsere Aufnahme betraf. Offensichtlich hielt Jamie die Tatsache, daß er besagte Tante seit über vierzig Jahren nicht gesehen hatte, nicht für einen Hinderungsgrund für unseren herzlichen Empfang, und ich war mir völlig sicher, daß er recht hatte. Gleichzeitig war ich überaus neugierig auf Jocasta Cameron.

Die Geschwister MacKenzie waren zu fünft gewesen, die Kinder des roten Jacob, der Castle Leoch erbaut hatte. Jamies Mutter Ellen war die älteste gewesen, Jocasta die jüngste. Janet, die dritte Schwester, und Ellen waren gestorben, lange bevor ich Jamie kennenlernte, doch dafür hatte ich ihre beiden Brüder, Colum und Dougal, sehr gut gekannt, und nach dem, was ich von ihnen wußte, mußte ich mich einfach fragen, was für ein Mensch wohl die letzte MacKenzie-Schwester von Leoch war.

Hochgewachsen, dachte ich mit einem Seitenblick auf Jamie, der friedlich zusammengerollt neben mir auf Deck lag. Hochgewachsen und vielleicht rothaarig. Sie waren alle groß – selbst Colum, der das Opfer einer verkrüppelnden degenerativen Erkrankung war, war anfangs hochgewachsen gewesen –, hellhäutige Wikinger allesamt mit einer rötlichen Glut im Haar, die von Jamies feurigem Rot bis hin zum tiefen Kastanienbraun seines Onkels Dougal ging. Nur Colum war wirklich dunkel gewesen.

Bei dem Gedanken an Colum und Dougal regte sich ein plötzliches Gefühl der Beklommenheit. Colum war vor Culloden an seiner Krankheit gestorben. Dougal war am Vorabend der Schlacht gestorben – von Jamie umgebracht. Es war Notwehr gewesen – Jamie hatte mich beschützt – und nur einer von vielen Toden in jenem blutigen April. Dennoch fragte ich mich, ob Jamie sich schon überlegt hatte, was er sagen würde, wenn wir die Begrüßung in River Run hinter uns hatten und man beim Familienklatsch zu den Fragen überging: »Oh, und wann hast du soundso zuletzt gesehen?«

Jamie seufzte und reckte sich im Schlaf. Er konnte problemlos auf jeder Oberfläche schlafen, denn er war daran gewöhnt, unter Bedingungen zu schlafen, die von feuchter Heide über muffige Höhlen bis zu kalten Steinböden von Gefängniszellen reichten. Das Holzdeck unter uns mußte ihm im Vergleich dazu durch und durch komfortabel erscheinen.

Ich war weder so flexibel noch so abgehärtet wie er, doch nach und nach überwältigte mich die Müdigkeit, und selbst die Neugier auf unsere Zukunft konnte mich nicht mehr wachhalten.

Ich erwachte verwirrt. Es war immer noch dunkel. Überall um mich herum erscholl Lärm, Geschrei und Gebell, und das Deck unter mir erzitterte von den Vibrationen stampfender Füße. Ich fuhr hoch und hatte das dumpfe Gefühl, mich auf einem Segelschiff zu befinden, das von Piraten geentert worden war.

Dann klärte sich mein Verstand und mit ihm meine vernebelte Sicht, und ich stellte fest, daß wir tatsächlich von Piraten geentert worden waren. Fremde Stimmen brüllten Flüche, und Stiefeltritte hallten auf dem Deck wider. Jamie war fort.

Ich erhob mich auf alle viere, ohne mich um meine Kleider oder sonst etwas zu kümmern. Es war kurz vor der Dämmerung; es war zwar noch dunkel, aber doch schon so hell, daß die Kabine sich als dunklerer Fleck vor dem Himmel abzeichnete. Ich richtete mich unter Schwierigkeiten auf, indem ich mich auf das Kabinendach stützte, und wurde fast von den Körpern umgeworfen, die plötzlich darüber hinweggeflogen kamen.

Ich nahm ein verschwommenes Durcheinander von Fell und weißen Gesichtern wahr, hörte einen Schrei, einen Schuß und einen entsetzlichen Aufprall, und dann hockte Ian mit aschgrauem Gesicht auf dem Deck über Rollos schnaufendem Körper. Ein Unbekannter rappelte sich zerzaust und ohne Kopfbedeckung auf die Füße.

»Verdammt. Er hat mich fast erwischt.« Dies hatte den Piraten aus der Fassung gebracht, und mit zitternder Hand machte er sich an der Ersatzpistole an seinem Gürtel zu schaffen. Er zielte damit auf den Hund, das Gesicht zu einem häßlichen Schielen verzogen.

»Nimm das, du Arschbeißer!«

Ein größerer Mann erschien aus dem Nichts und schlug mit der Hand die Pistole herunter, bevor der Feuerstein zuschnappen konnte.

»Verschwende deinen Schuß nicht, du Dummkopf.« Er deutete auf Eutroclus und Kapitän Freeman, die gerade zu mir gedrängt wurden, letzterer unter wortreichen Wutausbrüchen. »Wie willst du sie denn mit einem leeren Schießeisen in Schach halten?«

Der kleinere Mann warf Rollo einen giftigen Blick zu, richtete die Pistole aber auf Freemans Taille.

Rollo gab merkwürdige Geräusche von sich, ein tiefes Grollen, vermischt mit jaulenden Schmerzenslauten, und unter seinem zuckenden Körper sah ich einen feuchten, dunklen Flecken auf den Planken. Ian war tief über ihn gebeugt, und seine Hände streichelten hilflos Rollos Kopf. Er blickte auf, und auf seinen feuchten Wangen glitzerten Tränen.

»Hilf ihm, Tante Claire«, sagte er. »Bitte hilf ihm.«

Ich setzte mich impulsiv in Bewegung, doch der hochgewachsene Mann trat einen Schritt vor und streckte den Arm aus, um mich aufzuhalten.

»Ich will dem Hund helfen«, sagte ich.

»*Was?*« sagte der kleine Pirat empört.

Der hochgewachsene Mann war maskiert – sie waren alle maskiert, stellte ich fest, als sich meine Augen an das Zwielicht anpaßten. Wie viele waren es? Es war wegen seiner Maske schwer zu sagen, aber ich hatte den deutlichen Eindruck, daß der hochgewachsene Mann lächelte. Er antwortete nicht, doch ein kurzer Ruck seiner Pistole erteilte mir die Erlaubnis.

»Hallo, alter Junge«, sagte ich leise und kniete neben dem Hund nieder. »Nicht beißen, braver Hund. Wo ist er verletzt, weißt du das, Ian?«

Ian schüttelte schniefend den Kopf.

»Auf seiner Unterseite; ich kriege ihn nicht dazu, sich umzudrehen.«

Ich hatte ebenfalls nicht vor, den riesigen Körper des Hundes herumzuhieven. Ich tastete nach dem Puls an seinem Hals, doch meine

Finger versanken in Rollos dichtem Pelz und suchten vergebens. Einer Eingebung folgend, hob ich statt dessen sein Vorderbein hoch und tastete es der Länge nach ab, bis meine Finger die Höhlung erreichten, wo das Bein in den Körper überging.

Und da war er auch; ein regelmäßiger Puls, der beruhigend unter meinen Fingern schlug. Aus Gewohnheit begann ich zu zählen, gab es aber schnell auf, da ich keine Ahnung von der normalen Pulsfrequenz eines Hundes hatte. Doch er ging regelmäßig – kein Flattern, keine Arrhythmie, keine Schwäche. Das war ein sehr gutes Zeichen.

Ein weiteres gutes Zeichen war, daß Rollo das Bewußtsein nicht verloren hatte; das lange Bein, das ich mir unter den Ellbogen geklemmt hatte, war gespannt wie ein Sprungfeder, anstatt schlaff vor Schock herunterzubaumeln. Der Hund gab einen langen, gellenden Laut von sich, irgendwo zwischen Jaulen und Heulen, dann begann er, mit den Klauen zu scharren, und entzog mir sein Bein während er versuchte, sich aufzurichten.

»Ich glaube nicht, daß es schlimm ist, Ian«, sagte ich erleichtert. »Sieh mal, er dreht sich um.«

Rollo stand schwankend auf. Er schüttelte heftig den Kopf, wobei sein struppiges Fell von Kopf bis Fuß zuckte, und ein Schauer von Blutstropfen ging prasselnd auf das Deck nieder. Die großen, gelben Augen fixierten den kleinen Mann mit einem Blick, den auch der Dümmste noch verstand.

»Da! Haltet ihn fest, sonst erschieß ich ihn, ich schwör's!« Panik und Entsetzen schwangen in der Stimme des Piraten mit, während die Mündung der Pistole unsicher zwischen der kleinen Gefangenengruppe und Rollos zähnefletschender Miene hin und her schwankte.

Ian, der hektisch sein Hemd geöffnet hatte, riß es sich vom Leib und warf es Rollo über den Kopf, um den Hund vorübergehend auszuschalten. Dieser schüttelte wie verrückt den Kopf und grollte in seiner Falle. Blutflecken erschienen auf dem gelben Leinen – doch jetzt konnte ich sehen, daß sie von einem kleinen Kratzer an der Schulter des Hundes kamen; offensichtlich hatte das Geschoß ihn nur gestreift.

Ian umklammerte ihn entschlossen, zwang Rollo auf die Hinterbeine und brummte dem eingewickelten Hundekopf Befehle zu.

»Wie viele an Bord?« Die scharfen Augen des größeren Mannes richteten sich auf Kapitän Freeman, dessen Mund so fest zusammengepreßt war, daß er nur noch wie eine Naht im grauen Pelz eines Gesichts aussah, dann auf mich.

Ich erkannte ihn, erkannte seine Stimme. Er mußt es an meinem

Gesicht gesehen haben, denn er hielt einen Moment inne, ruckte dann mit dem Kopf und ließ das Tuch vor seinem Gesicht fallen.

»Wie viele?« fragte Stephen Bonnet noch einmal.

»Sechs«, sagte ich. Es gab keinen Grund, nicht zu antworten; ich sah Fergus mit erhobenen Händen am Ufer, während ein dritter Pirat ihn mit erhobener Pistole zum Schiff dirigierte; Jamie war neben mir aus der Dunkelheit aufgetaucht und machte ein grimmiges Gesicht.

»Mr. Fraser«, sagte Bonnet liebenswürdig bei seinem Anblick. »Was für ein Vergnügen, unsere Bekanntschaft zu vertiefen. Aber hattet Ihr nicht noch einen weiteren Begleiter, Sir? Den einarmigen Herrn?«

»Nicht hier«, erwiderte Jamie kurz.

»Ich gehe nachsehen«, brummte der kleine Pirat und wandte sich zum Gehen, doch Bonnet bremste ihn mit einer Handbewegung.

»Also, du willst doch nicht das Wort eines Herrn wie Mr. Fraser anzweifeln? Nein, du paßt auf diese feinen Herrschaften hier auf, ich werde mich umsehen.« Er nickte seinem Begleiter zu und verschwand.

Die Sorge um Rollo hatte mich kurzfristig von dem Lärm am anderen Ende des Bootes abgelenkt. Aus der Kabine erklangen Geräusche der Zerstörung. Mir fiel meine Medizinkiste ein, und ich sprang auf die Füße.

»He! Wo wollt Ihr hin? Halt! Ich schieße!« In der Stimme des Piraten klang Entschlossenheit mit, aber auch Unsicherheit. Anstatt stehenzubleiben und mich zu ihm umzudrehen, duckte ich mich in die Kabine, wo ich auf einen vierten Piraten prallte, der in der Tat in meiner Medizinkiste herumwühlte.

Durch die Kollision stolperte ich zunächst rückwärts, doch dann ergriff ich mit einem Schrei der Empörung seinen Arm. Er hatte achtlos Schachteln und Fläschchen geöffnet, den Inhalt ausgeschüttet und sie zu Boden geworfen; ein Durcheinander von Flaschen, viele davon zerbrochen, lag zwischen den verstreuten Überbleibseln von Dr. Rawlings' Arzneisammlung.

»*Wage* es ja nicht, die anzufassen!« sagte ich, riß das nächstbeste Fläschchen aus der Kiste, zog den Korken heraus und schleuderte ihm den Inhalt ins Gesicht.

Wie die meisten von Rawlings' Mixturen enthielt er einen hohen Anteil an Alkohol. Er schnappte nach Luft, als ihn die Flüssigkeit traf, und taumelte mit tränenden Augen rückwärts.

Das nutzte ich aus, indem ich eine Steingutflasche aus dem Scherbenhaufen ergriff und ihm damit auf den Kopf schlug. Sie landete mit einem höchst zufriedenstellenden Geräusch, doch ich hatte nicht fest genug zugeschlagen. Er stolperte, blieb aber auf den Beinen und griff schwankend nach mir.

Ich holte zum nächsten Schlag aus, doch jemand ergriff von hinten mit eiserner Faust mein Handgelenk.

»Mit Verlaub, meine liebe Mrs. Fraser«, sagte eine vertraute irische Stimme höflich. »Aber ich kann es wirklich nicht zulassen, daß Ihr ihm den Schädel einschlagt. Es stimmt zwar, er ist nicht besonders dekorativ, aber er braucht ihn noch als Hutständer.«

»Verfluchtes Miststück! Sie hat mich *geschlagen*!« Der Mann, den ich geschlagen hatte, hielt sich mit schmerzverzerrtem Gesicht den Kopf.

Bonnet zerrte mich an Deck und hielt meinen Arm schmerzhaft hinter dem Rücken verdreht. Es war jetzt fast hell, der Fluß glänzte wie eine Silberplatte. Ich starrte unsere Angreifer durchdringend an, denn ich wollte sie erkennen, wenn ich sie wiedertraf, maskiert oder unmaskiert.

Unglücklicherweise erlaubte die Dämmerung auch den Piraten bessere Sicht. Der Mann, den ich geschlagen hatte und der mir das sehr übelzunehmen schien, nahm meine Hand und drehte an meinem Ring.

»Hier, gib mir den!«

Ich entriß ihm meine Hand und setzte an, ihn zu ohrfeigen, wurde aber durch ein bedeutsames Husten aus Bonnets Richtung daran gehindert. Er hatte sich neben Ian gestellt und hielt dem Jungen die Pistole im Abstand von zwei Zentimetern an das linke Ohr.

»Gebt sie ihm lieber, Mrs. Fraser«, sagte er höflich. »Ich fürchte, Mr. Roberts bedarf der Kompensation für den Schaden, den Ihr ihm zugefügt habt.«

Ich zog mir den Goldring vom Finger, und meine Hände zitterten vor Furcht und Wut. Der Silberring ließ sich schwieriger entfernen; er blieb an meinem Fingerknöchel stecken, als wollte er sich nicht von mir trennen. Beide Ringe waren feucht und schlüpfrig vom Schweiß, und das Metall fühlte sich wärmer an als meine plötzlich kalten Finger.

»Her damit.« Der Mann stieß mir grob gegen die Schulter und hielt mir dann seine breite, schmierige Handfläche entgegen. Ich steckte die Hand aus, widerstrebend, die Finger um die Ringe geschlossen – und dann schlug ich mir in einem unreflektierten Impuls die Hand vor den Mund.

Mein Kopf prallte mit einem Knall gegen die Kabinenwand, als der

Mann mich zurückstieß. Seine rauhen Finger stachen in meine Wangen und stocherten in meinem Mund herum, wo sie unsanft nach den Ringen suchten. Ich wand mich und schluckte; mein Mund füllte sich mit Speichel und Silbergeschmack, der sowohl vom Metall der Ringe als auch von Blut hätte stammen können...

Ich biß zu, und er riß mit einem Schrei die Hand zurück. Dabei mußte mir einer der Ringe aus dem Mund geflogen sein, denn ich hörte irgendwo ein schwaches, metallisches *Ping*, dann würgte und schluckte ich, und der zweite Ring rutschte mir in die Kehle, hart und rund.

»Miststück! Ich schlitz' dir die verdammte Kehle auf! Du fährst ohne deine Ringe zur Hölle, du verschlagenes Biest!« Ich sah das wutverzerrte Gesicht des Mannes und dann das Aufblitzen einer blanken Messerklinge. Dann traf mich ein harter Schlag und warf mich um, und ich fand mich, flachgedrückt von Jamies Körper, auf Deck liegend wieder.

Ich war zu überrumpelt, um mich zu bewegen, obwohl ich mich sowieso nicht hätte bewegen können. Jamies Brust war gegen meinen Hinterkopf gedrückt und quetschte mein Gesicht auf das Deck. Ich hörte Schreie und Verwirrung, gedämpft von den feuchten Leinenfalten um meinen Kopf. Es gab einen dumpfen Schlag, und Jamie fuhr zusammen und stöhnte.

O, Gott, sie haben auf ihn eingestochen! dachte ich, vor Schreck wie gelähmt. Ein weiterer dumpfer Schlag und ein lauteres Stöhnen kündeten allerdings nur von einem Tritt in die Rippen. Jamie bewegte sich nicht; er preßte sich nur fester gegen das Deck und drückte mich flach wie einen Sandwichbelag.

»Laß das! Roberts! Ich habe gesagt, laß ihn!« ertönte Bonnets Stimme, autoritär und scharf genug, um den dämpfenden Stoff zu durchdringen.

»Aber sie –«, begann Roberts, doch sein nörgelndes Gejammer endete abrupt in einem scharfen, kräftigen Klatschen.

»Erhebt euch, Mr. Fraser. Eure Frau ist sicher – nicht, daß sie das verdient hätte.« In Bonnets heiserem Bariton schwangen Belustigung und Verärgerung mit.

Jamie erhob sich langsam von mir, und ich setzte mich auf. Von dem Schlag auf den Kopf war mir schwindelig und ein bißchen übel. Stephen Bonnet stand da, sah auf mich herab und betrachtete mich mit einer Spur von Abscheu, als wäre ich ein räudiges Fell, das man ihm zum Kauf angeboten hatte. Neben ihm starrte mich Roberts böse an und betupfte eine Blutspur an seinem Haaransatz.

Schließlich kniff Bonnet die Augen zusammen und richtete den Blick auf Jamie, der wieder auf den Beinen war.

»Eine Närrin«, sagte Bonnet kalt, »aber das stört Euch wohl nicht.« Er nickte und ließ ein schwaches Lächeln sehen. »Ich bin dankbar für die Gelegenheit, Euch meine Schulden zurückzuzahlen, Sir. Ein Leben für ein Leben, wie die Bibel sagt.«

»Zurückzahlen?« sagte Ian aufgebracht. »Nach allem, was wir für Euch getan haben, plündert Ihr uns aus, legt Hand an meine Tante und meinen Hund und besitzt dann die Unverfrorenheit, von Rückzahlung zu sprechen?«

Bonnet fixierte Ian. Seine Augen waren grün, grün wie abgehäutete Trauben. Er hatte ein tiefes Grübchen in der einen Wange, als hätte Gott bei seiner Erschaffung einen Daumenabdruck dort hinterlassen, doch seine Augen waren so kalt wie Flußwasser in der Morgendämmerung.

»Na, du bist wohl nicht besonders bibelfest, was, Junge?« Bonnet schüttelte tadelnd den Kopf und schnalzte mit der Zunge. »Wem ein tugendsam Weib beschert ist, die ist viel edler denn Rubine und die köstlichsten Perlen.«

Er öffnete die Hand, immer noch lächelnd, und der Schein der Laterne brach sich in drei Edelsteinen: Einem Smaragd, einem Saphir und dem dunklen Feuer eines schwarzen Diamanten. »Ich bin sicher, daß Mr. Fraser meiner Meinung ist, nicht wahr, Sir?« Er ließ die Hand in seinen Rock gleiten und zog sie leer wieder hervor.

»Und schließlich«, sagte er und ließ seine kalten Augen noch einmal zu Ian wandern, »gibt es verschiedene Arten von Rückzahlungen.« Er lächelte, nicht besonders angenehm. »Obwohl ich denke, daß du noch zu jung bist, um das zu wissen. Sei froh, daß ich nicht in der Stimmung bin, dir eine Lektion zu erteilen.«

Er wandte sich ab und winkte seinen Kameraden zu.

»Wir haben, was wir wollten«, sagte er abrupt. »Kommt.« Er trat auf die Reling, sprang und landete grunzend auf dem schlammigen Ufer. Seine Helfershelfer folgten ihm, wobei Roberts mir einen giftigen Blick zuwarf, bevor er ungeschickt in die Untiefe und dann ans Ufer platschte.

Die vier Männer verschwanden augenblicklich im Unterholz, und ich hörte, wie schrilles Pferdegewieher sie irgendwo in der Dunkelheit begrüßte. An Bord war alles still.

Der Himmel hatte die Farbe von Holzkohle. In der Ferne ertönte schwaches Donnergrollen, und Blitze flackerten dicht über dem Horizont.

»Schweinehunde!«

Kapitän Freeman spuckte zum Abschied über Bord und wandte sich an seinen Maat.

»Hol die Staken, Eutroclus«, sagte er, schlurfte zur Ruderpinne und zog sich im Gehen die Hosen hoch.

Langsam regten sich die anderen und wurden wieder lebendig. Fergus zündete mit einem Blick auf Jamie die Laterne an und verschwand in der Kabine, wo ich hörte, wie er mit dem Aufräumen begann. Ian kauerte auf Deck. Sein dunkler Kopf war über Rollo gebeugt, während er den Hals des Hundes mit seinem zusammengeknüllten Hemd abtupfte.

Ich wollte Jamie nicht ansehen. Ich drehte mich um und kroch langsam zu Ian herüber. Rollo beobachtete mich argwöhnisch, beanstandete meine Gegenwart aber nicht.

»Wie geht es ihm?« sagte ich ziemlich heiser. Ich spürte den Ring als unangenehmes Hindernis in meiner Kehle und schluckte mehrmals krampfhaft.

Ian blickte sofort auf; sein Gesicht war bleich und entschlossen, doch sein Blick war wachsam.

»Ich glaube, ihm geht es gut«, sagte er leise. »Tante Claire, was ist mit dir? Du bist doch nicht verletzt, oder?«

»Nein«, sagte ich und versuchte, beruhigend zu lächeln. »Mir fehlt nichts.« An meinem Hinterkopf befand sich eine schmerzende Stelle, und mir klangen die Ohren immer noch ein bißchen, der gelbe Ring aus Licht, der die Laterne umgab, schien zu oszillieren und sich im Rhythmus meines Herzschlages auszudehnen und zusammenzuziehen, ich hatte einen Kratzer auf der Wange, einen angeschlagenen Ellbogen und einen großen Splitter in der Hand, doch im großen und ganzen schien ich keinen körperlichen Schaden genommen zu haben. Was den Rest anging, hatte ich meine Zweifel.

Ich drehte mich nicht zu Jamie um, der zwei Meter hinter mir stand, doch ich spürte seine Gegenwart, unheilvoll wie eine Gewitterwolke. Ian, der ihn über meine Schulter hinweg deutlich sehen konnte, machte ein besorgtes Gesicht.

Das Deck ächzte leise, und Ians Gesichtsausdruck entspannte sich. Jamies Stimme drang aus der Kabine, äußerlich ruhig, als er Fergus eine Frage stellte. Dann wurde sie von dem allgemeinen Gerumpel übertönt, als die Männer Möbelstücke zurechtrückten und verstreute Gegenstände einsammelten. Ich atmete langsam aus.

»Keine Sorge, Tante Claire«, sagte Ian und versuchte, mich zu trösten. »Ich glaube nicht, daß Onkel Jamie Hand an dich legen würde.«

Ich war mir da nicht so sicher, wenn ich die Vibrationen aus Jamies Richtung bedachte, doch ich hoffte, daß er recht hatte.

»Meinst du, daß er sehr wütend ist?« fragte ich mit leiser Stimme.

Ian zuckte beklommen mit den Achseln.

»Tja, letztesmal, als er mich so angesehen hat, hat er mich hinters Haus gebracht und mich verprügelt. Das würde er mit dir aber nicht tun, da bin ich mir sicher«, fügte er hastig hinzu.

»Wohl nicht«, sagte ich etwas trostlos. Ich war mir nicht sicher, ob ich es nicht vielleicht sogar vorgezogen hätte.

»Es ist allerdings auch nicht besonders angenehm, wenn Onkel Jamie einem die Meinung sagt«, sagte Ian und schüttelte mitfühlend den Kopf. »Da wäre mir eine Tracht Prügel lieber.«

Ich brachte Ian mit einem Blick zum Schweigen und beugte mich über den Hund.

»Ein jeglicher Tag hat seine eigene Plage. Hat er aufgehört zu bluten?«

Das hatte er; abgesehen von dem blutverklebten Fell hielt sich der Schaden überraschend in Grenzen; kaum mehr als eine tiefe Kerbe in der Haut und den Muskeln neben der Schulter. Rollo legte die Ohren an und entblößte die Zähne, als ich ihn untersuchte, legte aber keinen hörbaren Protest ein.

»Braver Hund«, murmelte ich. Hätte ich ein Betäubungsmittel gehabt, hätte ich die Wunde genäht, doch wir mußten ohne solche Annehmlichkeiten auskommen. »Wir sollten hier etwas Salbe auftragen, um die Fliegen fernzuhalten.«

»Ich hole sie, Tante Claire, ich weiß, wo deine Kiste ist.« Ian schob Rollos Nase sanft von seinem Knie und stand auf. »Ist es das grüne Zeug, das du auf Fergus' Zeh geschmiert hast?« Auf mein Nicken verschwand er in der Kabine, und ich konnte mich meinem rumorenden Magen, meinem brummenden Kopf und meiner blockierten Kehle widmen. Ich schluckte mehrmals, doch ohne nennenswerten Erfolg. Ich berührte zögernd meinen Hals, während ich mich fragte, welcher meiner Ringe mir geblieben war.

Eutroclus bog um die Kabinenecke. Er trug einen langen, dicken Staken aus hellem Holz, der an einem Ende dunkel gefleckt war und so von häufigem Gebrauch zeugte. Er stieß den Staken jenseits der Bordwand in den Boden, stemmte sich mit seinem ganzen Gewicht dagegen und wuchtete ihn mit einer ausgedehnten Kraftanstrengung wieder hoch.

Ich fuhr zusammen, als Jamie mit einem weiteren Staken aus dem Schatten trat. Inmitten all der Geräusche und Rufe hatte ich ihn nicht gehört. Er sah mich nicht an, sondern zog sich das Hemd aus und stieß auf ein Zeichen des Matrosen ebenfalls mit seinem Staken zu.

Beim vierten Versuch spürte ich, wie die Bordwand vibrierte, ein leichtes Zittern, als sich etwas verlagerte. Dadurch ermutigt, drückten Jamie und der Matrose fester zu, und ganz plötzlich kam das Schiff mit einem dumpfen Knarren frei, worauf Rollo mit einem aufgeschreckten *Wuff!* den Kopf hob.

Eutroclus, der unter seiner glänzenden Schweißschicht strahlte, nickte Jamie zu und nahm seinen Staken entgegen. Jamie nickte lächelnd zurück, hob sein Hemd auf und wandte sich mir zu.

Ich erstarrte, und Rollos Ohren zuckten wachsam, doch Jamie schien nicht vorzuhaben, mich auszuschimpfen oder über Bord zu werfen. Statt dessen bückte er sich und sah mich stirnrunzelnd im Licht der schwankenden Laterne an.

»Wie fühlst du dich, Sassenach? Ich kann nicht sagen, ob du wirklich grün bist oder ob es nur das Licht ist.«

»Mir geht's gut. Ein bißchen wacklig vielleicht.« Mehr als nur ein bißchen – meine Hände waren immer noch klamm, und ich wußte, daß meine zitternden Knie mich nicht tragen würden, falls ich versuchte aufzustehen. Ich schluckte fest, hustete und schlug mir auf die Brust.

»Vielleicht bilde ich es mir nur ein, aber es fühlt sich so an, als wäre mir der Ring im Hals steckengeblieben.«

Er blinzelte mich nachdenklich an und wandte sich dann an Fergus, der aus der Kabine aufgetaucht war und abwartend neben uns stand.

»Frag den Kapitän, ob er mir kurz seine Pfeife leiht, Fergus.« Er wandte sich ab, zog sich das Hemd über den Kopf und verschwand seinerseits nach achtern. Einen Augenblick später kehrte er mit einem Becher Wasser zurück.

Ich griff dankbar danach, doch er hielt ihn außer Reichweite.

»Jetzt noch nicht Sassenach«, sagte er. »Hast du sie? Aye, danke, Fergus. Jetzt hol einen leeren Eimer, ja?« Er nahm dem verblüfften Fergus die verdreckte Pfeife ab, fuhr mit dem Daumen in den Kopf und begann, die verbrannten, klebrigen Rückstände abzukratzen.

Er drehte die Pfeife um und klopfte sie über dem Wasserbecher aus. Braune Flocken und feuchte Krümel halbverbrannten Tabaks rieselten herab, und er rührte sie mit seinem geschwärzten Daumen ins Wasser. Als er mit seinen Vorbereitungen fertig war, warf er mir über den Becherrand hinweg einen ausgesprochen unheilsschwangeren Blick zu.

»Nein«, sagte ich. »O nein.«

»O doch«, sagte er. »Komm schon, Sassenach, danach geht's dir besser.«

»Ich... warte lieber«, sagte ich. Ich verschränkte die Arme vor der Brust. »Trotzdem danke.«

Fergus war inzwischen mit dem Eimer zurückgekehrt und zog die Augenbrauen hoch. Jamie nahm ihm den Eimer ab und stellte ihn geräuschvoll auf den Boden.

»So habe ich es auch schon gemacht, Sassenach«, informierte er mich, »und es ist eine größere Schweinerei, als du denkst. Es ist außerdem nicht besonders angenehm auf dem Schiff, so dicht, wie wir hier aufeinanderhocken, aye?« Er legte mir eine Hand auf den Hinterkopf und hielt mir den Becher an die Lippen. »Das hier geht schnell. Komm schon, ein kleiner Schluck genügt.«

Ich preßte die Lippen fest zusammen; der Gestank aus dem Becher reichte schon aus, daß sich mir der Magen umdrehte, denn ich verband den Geruch des billigen Tabaks und den Anblick der widerlichen Flüssigkeit, in der die Krümel schwammen, mit dem Gedanken an Kapitän Freemans braune Speicheltropfen auf den Planken.

Jamie verlor keine Zeit mit Diskussionen oder Überredungsversuchen. Er ließ einfach meinen Kopf los, kniff mir die Nase zu, und als ich den Mund zum Atmen öffnete, schüttete er den übelriechenden Inhalt des Bechers hinein.

»Mmmfff!«

»Schlucken«, sagte er, hielt mir fest die Hand vor den Mund und ignorierte sowohl die Tatsache, daß ich mich verzweifelt wand, als auch meine erstickten Protestlaute. Er war viel stärker als ich, und er hatte nicht die Absicht, mich loszulassen. Ich hatte die Wahl zwischen schlucken oder ersticken.

Ich schluckte.

»So gut wie neu.« Jamie polierte den Silberring an seinem Hemdschoß fertig, hielt ihn hoch und bewunderte ihn im Schein der Laterne.

»Das kann man von mir nicht behaupten«, erwiderte ich kalt. Ich lag zusammengesunken auf dem Deck, das trotz der ruhigen Strömung immer noch ganz leicht unter mir zu schlingern schien. »Du bist ein ausgewachsener, waschechter, sadistischer, verdammter Schweinehund, Jamie Fraser.«

Er beugte sich über mich und strich mir das feuchte Haar aus der Stirn.

»Kann schon sein. Wenn es dir so gut geht, daß du mich beschimpfen kannst, Sassenach, dann wirst du's überleben. Ruh dich ein bißchen aus, aye?«

Nachdem die Aufregung vorüber und die Ordnung auf dem durchwühlten Schiff wiederhergestellt war, hatten sich die anderen Männer in die Kabine begeben, um sich mit Hilfe einer Flasche Apfeltrester zu erholen, die der Kapitän vor den Piraten gerettet hatte, indem er sie in das Wasserfaß fallen ließ. Ein kleiner Becher dieses Getränks stand neben meinem Kopf auf dem Deck; mir war immer noch zu schummrig, um ans Schlucken auch nur zu denken, doch der warme, fruchtige Duft war angenehm beruhigend.

Wir hatten das Segel gesetzt; wir alle brannten darauf, vom Ort des Angriffs fortzukommen, als lauerte dort immer noch Gefahr. Wir kamen jetzt schneller voran; die kleine Insektenwolke, die sonst über den Laternen hing, war verschwunden. Nur ein paar Florfliegen saßen noch auf dem Querbalken, und ihre zarten grünen Körper warfen winzige Schatten. Aus der Kabine erklang eine kurze Lachsalve, und Rollo antwortete vom Seitendeck mit einem Knurren – alles war wieder normal.

Eine leichte, willkommene Brise tanzte über das Deck, ließ den feuchtkalten Schweiß in meinem Gesicht verdunsten, hob Jamies Haarspitzen an und wehte sie ihm ins Gesicht. Die kleine senkrechte Falte zwischen seinen Augenbrauen und sein gesenkter Kopf verrieten tiefe Nachdenklichkeit.

Kein Wunder, wenn er nachdenklich war. Mit einem Schlag waren unsere Reichtümer – unsere potentiellen Reichtümer – und all unsere Vorräte auf einen Sack Bohnen und eine gebrauchte Medizinkiste reduziert worden. So viel zu seinem Wunsch, nicht als Bettler an Jocasta Camerons Tür zu klopfen – jetzt waren wir kaum noch mehr als das.

Mein Hals schmerzte um seinetwillen, Mitleid trat an die Stelle meiner Verärgerung. Abgesehen von der konkreten Frage seines Stolzes war das unbekannte Land namens Zukunft jetzt wüst und leer. Natürlich war unsere Zukunft auch zuvor voller Fragezeichen gewesen, doch das beruhigende Wissen, daß wir Geld zur Verwirklichung unserer Ziele hatten – was auch immer sie sein würden – hatte diesen Fragen die Schärfe genommen.

Sogar die ärmlichen Bedingungen unserer Reise nach Norden waren uns wie ein Abenteuer vorgekommen, weil wir uns sicher waren, daß wir ein Vermögen besaßen, ob wir es nun ausgeben konnten oder nicht. Ich hätte nie gedacht, daß mir Geld einmal so viel bedeuten würde, doch die Tatsache, daß uns unser Gefühl der Sicherheit so brutal genommen worden war, hatte bei mir einen plötzlichen und völlig unerwarteten Anfall von Schwindel ausgelöst.

Wie mochte es erst Jamie gehen, der nicht nur sich und mich in Gefahr sah, sondern die erdrückende Verantwortung für so viele andere Menschen trug? Ian, Fergus, Marsali, Duncan, die Bewohner von Lallybroch – sogar die verdammte Nervensäge Laoghaire. Ich wußte nicht, ob ich bei dem Gedanken an das Geld, das Jamie ihr geschickt hatte, lachen oder weinen sollte; die rachsüchtige Kreatur war im Moment sehr viel besser dran als wir. Bei dem Gedanken an Rache durchfuhr mich etwas, was all meine anderen Befürchtungen verblassen ließ. Jamie war zwar nicht sonderlich rachsüchtig – für einen Schotten –, doch kein Highlander würde einen solchen Verlust, den Verlust nicht nur seines Vermögens, sondern auch seiner Ehre, in stiller Resignation erdulden.

Jamie starrte unbeweglich in das dunkle Wasser, sein Mund war zusammengepreßt; sah er wieder den Friedhof vor sich, wo er sich einverstanden erklärt hatte, Bonnet bei der Flucht zu helfen, von Duncan in alkoholisierter Sentimentalität überredet?

Erst jetzt kam mir der Gedanke, daß die finanziellen Aspekte dieser Katastrophe Jamie wahrscheinlich noch gar nicht in den Sinn gekommen waren – er war ganz mit seinen bitteren Erinnerungen beschäftigt. Er war es gewesen, der Bonnet geholfen hatte, der Schlinge des Henkers zu entwischen, er hatte es ihm ermöglicht, wieder Unschuldigen nachzustellen. Wie viele Menschen würden außer uns noch deswegen leiden müssen?

»Es ist nicht deine Schuld«, sagte ich und berührte sein Knie.

»Wessen Schuld denn sonst?« fragte er still, ohne mich anzusehen. »Ich wußte, was er für ein Mensch war. Ich hätte ihn seinem verdienten Schicksal überlassen können – und habe es nicht getan. Ich war ein Narr.«

»Du hast eine gute Tat getan. Das ist nicht dasselbe.«

»Aber fast.«

Er atmete tief ein; die Luft war frisch und enthielt eine Spur von Ozon: Bald würde es regnen. Er griff nach dem Becher mit Apfeltrester und trank, dann sah er mich zum ersten Mal an und hielt den Becher fragend hoch.

»Ja, gern.« Ich kämpfte mich hoch, doch Jamie half mir auf, so daß ich an ihm lehnte. Er hielt den Becher fest, so daß ich trinken konnte, und die Flüssigkeit glitt mir sanft und warm wie Blut über die Zunge, fing Feuer, als sie mir durch die Kehle lief, brannte die Spuren der

Übelkeit und des Tabaks fort und hinterließ an ihrer Stelle den nachhaltigen Geschmack gebrannten Zuckerrohrs.

»Besser?«

Ich nickte und hielt die rechte Hand hoch. Er steckte mir den Ring an den Finger, das Metall noch warm von seiner Hand. Dann bog er meine Finger um, drückte meine Faust und hielt sie fest.

»Ob er uns wohl seit Charleston gefolgt ist?« fragte ich mich laut.

Jamie schüttelte den Kopf. Sein Haar war immer noch offen und fiel in üppigen Wellen nach vorn, die sein Gesicht verbargen.

»Ich glaube nicht. Wenn er gewußt hätte, daß wir die Steine haben, hätte er uns auf der Straße aufgelauert, bevor wir nach Wilmington kamen. Nein, er wird es wohl von einem von Lillingtons Bediensteten erfahren haben. Ich hatte gedacht, wir wären einigermaßen sicher, weil wir in Cross Creek sein würden, bevor jemand von den Steinen erfährt. Aber irgend jemand hat geplaudert – ein Lakai, oder vielleicht die Schneiderin, die dein Kleid abgeändert hat.«

Sein Gesicht war äußerlich ruhig, doch das war es immer, wenn er starke Gefühle verbarg. Ein plötzlicher Windstoß fuhr von der Seite über das Deck – der Regen war im Anmarsch. Der Wind peitschte Jamie die Haare übers Gesicht, und er strich die dichten Locken zurück.

»Tut mir leid um deinen anderen Ring«, sagte er einen Augenblick später.

»Oh. Es ist –« Ich hatte sagen wollen: »Es ist nicht so schlimm«, doch die Worte blieben mir im Hals stecken, erstickt von der plötzlichen Erkenntnis des Verlustes.

Ich hatte diesen Goldring fast dreißig Jahre lang getragen, als Zeichen eines Versprechens, das ich gemacht, gebrochen, erneuert und von dem ich zuletzt losgesprochen worden war. Ein Zeichen meiner Ehe, meiner Familie, ein Zeichen, das für einen Großteil meines Lebens stand. Und die letzte Spur von Frank – den ich trotz allem geliebt hatte.

Jamie sagte nichts, sondern nahm meine linke Hand in die seine, hielt sie fest und strich mir mit dem Daumen über die Fingerknöchel. Ich schwieg ebenfalls. Ich seufzte tief und drehte das Gesicht nach steuerbord. Die Bäume am Ufer zitterten erwartungsvoll im auffrischenden Wind, und ihre Blätter rauschten so laut, daß sie unser Schiff übertönten.

Ein kleiner Tropfen traf meine Wange, doch ich bewegte mich nicht. Meine Hand lag regungslos und weiß in der seinen und sah ungewohnt zerbrechlich aus – es erschreckte mich, sie so zu sehen.

Ich hatte meinen Händen schon immer große Aufmerksamkeit geschenkt. Sie waren meine Werkzeuge, meine Tastinstrumente, in ihnen verbanden sich die Sanftheit und die Kraft meiner Heilkunst. Sie waren von einer gewissen Schönheit, die ich auf eine distanzierte Weise bewunderte, doch es war die Schönheit der Kraft und der Kompetenz, die Gewißheit ihrer Stärke, die mir an ihnen gefiel.

Die Hand war dieselbe, blaß, mit langen Fingern und knochigen Gelenken – seltsam nackt ohne den Ring, aber eindeutig meine Hand. Und doch lag sie in einer Hand, die so viel größer und rauher war, daß sie mir klein erschien und vergleichsweise zerbrechlich.

Seine andere Hand drückte fester zu, preßte mir den Silberring in die Haut und erinnerte mich an das, was mir blieb. Ich hob seine Faust und drückte sie fest an mein Herz. Es begann zu regnen, in großen, nassen Tropfen, doch keiner von uns regte sich.

Der Regen setzte urplötzlich ein, warf einen Schleier über Schiff und Ufer und gab uns für einen Augenblick die Illusion, verborgen zu sein. Er lief kühl und weich über meine Haut und linderte vorübergehend die Wunden der Furcht und des Verlustes.

Ich fühlte mich furchtbar verletzlich und zugleich völlig sicher. Doch schließlich hatte ich mich in Jamie Frasers Nähe immer so gefühlt.

VIERTER TEIL

River Run

10

Jocasta

Cross Creek, North Carolina, Juni 1767
River Run lag am Ufer des Cape Fear, kurz hinter dem Zusammenfluß, nach dem Cross Creek benannt war. Cross Creek war recht groß, und ein belebter öffentlicher Kai und diverse große Lagerhäuser säumten das Ufer. Als die *Sally Ann* sich langsam durch die Fahrrinne arbeitete, hing ein starker, harziger Geruch über Stadt und Fluß, gefangen in der heißen, stickigen Luft.

»Himmel, als würde man Terpentin einatmen«, keuchte Ian, als eine weitere Welle des betäubenden Geruches über uns hinwegzog.

»Du *atmest* Terpentin ein, Mann.« Eutroclus' Lächeln – ein seltener Anblick – blitzte weiß auf und verschwand wieder. Er deutete auf einen Schleppkahn, der an einem der Kais festgebunden war. Er war mit Fässern beladen, von denen manche eine dicke, schwarze Brühe durch undichte Nute ausschwitzten. Andere, größere Fässer trugen das Zeichen ihrer Besitzer, und darunter war ein großes T in das Kiefernholz eingebrannt.

»Genau«, stimmte Kapitän Freeman zu. Er blinzelte im hellen Sonnenlicht und wedelte sich mit der Hand vor der Nase herum, als könnte er so den Gestank vertreiben. »Um diese Jahreszeit kommen die Pechkocher aus dem Hinterland. Pech, Terpentin, Teer – verschiffen alles auf Kähnen nach Wilmington und schicken es von dort zu den Werften nach Charleston.«

»Ich glaube nicht, daß es nur Terpentin ist«, sagte Jamie. Er wischte sich mit einem Taschentuch über den Nacken und deutete auf das größte Lagerhaus, dessen Tor von rotberockten Soldaten flankiert war. »Riechst du es, Sassenach?«

Ich holte vorsichtig Luft. Es lag tatsächlich noch ein anderer Geruch in der Luft, scharf und vertraut. »Rum?« sagte ich.

»Und Branntwein. Und außerdem noch etwas Portwein.« Jamies lange Nase zuckte, empfindsam wie die eines Mungos. Ich sah ihn amüsiert an.

»Du kannst es immer noch, stimmt's?« Zwanzig Jahre zuvor hatte er in Paris die Weinhandlung seines Vetters Jared geführt, und seine Nase und sein Gaumen hatten bei allen Weinproben für Staunen gesorgt.

Er grinste.

»Na, ich könnte wohl immer noch einen Moselwein von Pferdepisse unterscheiden, wenn man ihn mir genau unter die Nase hält. Aber Rum von Terpentin zu unterscheiden ist keine große Kunst, oder?«

Ian sog die Lunge mit Luft voll und stieß sie hustend wieder aus.

»Riecht alles gleich für mich«, sagte er kopfschüttelnd.

»Gut«, sagte Jamie. »Dann kriegst du Terpentin, wenn ich dir das nächste Mal einen ausgebe. Das wird dann viel billiger.«

Und im Schutz des allgemeinen Gelächters, das diese Bemerkung auslöste, fügte er hinzu: »Terpentin ist sowieso das einzige, was ich mir im Moment leisten kann.« Er richtete sich auf und strich sich die Rockschöße glatt. »Wir sind bald da. Sehe ich sehr wie ein Bettler aus, Sassenach?«

Die Sonne glühte auf seinem ordentlich zusammengebundenen Haar, sein Profil hob sich scharf vom Gegenlicht ab, und ich persönlich fand, daß er umwerfend aussah – doch ich hatte den leisen, ängstlichen Unterton in seiner Stimme gehört und wußte nur zu gut, was er bedeutete. Er mochte keinen Pfennig besitzen, doch er hatte nicht vor, auch danach auszusehen.

Mir war klar, daß es seinem Stolz beträchtlich zusetzte, als armer, bettelnder Verwandter bei seiner Tante anzuklopfen. Die Tatsache, daß ihm diese Rolle aufgezwungen worden war, machte es nicht leichter.

Ich betrachtete ihn sorgfältig. Rock und Weste waren nicht aufsehenerregend, aber dank Vetter Edwin völlig akzeptabel: ein unauffälliger, grauer Wollstoff von guter Qualität und Paßform, die Knöpfe nicht aus Silber, jedoch auch nicht aus Holz oder Knochen – nüchternes Zinn wie bei einem wohlhabenden Quäker.

Nicht, daß er ansonsten auch nur die geringste Ähnlichkeit mit einem Quäker gehabt hätte. Sein Leinenhemd war ziemlich schmuddelig, doch solange er den Rock anbehielt, würde es niemand merken, und der fehlende Westenknopf wurde durch den eleganten Fall seines Spitzenjabots verdeckt, der einzigen Extravaganz, die er sich bei seiner Kleidung genehmigt hatte.

Seine Strümpfe waren in Ordnung: blaßblaue Seide, keine sichtbaren Löcher. Die weißen Leinenkniehosen waren eng, aber nicht unanständig – nicht direkt unanständig – und einigermaßen sauber.

Die Schuhe waren der einzige Makel an seiner Garderobe, wir hatten keine Zeit gehabt, welche anfertigen zu lassen. Seine alten waren solide, und ich hatte mein möglichstes getan, ihre Schrammen mit einer Mischung aus Ruß und Bratenfett zu tarnen, doch sie waren immer noch die Schuhe eines Bauern, nicht die eines feinen Herrn, aus grobem Leder geschustert, mit starken Sohlen und Schnallen aus schlichtem Horn. Allerdings bezweifelte ich, daß seine Tante Jocasta ihm als erstes auf die Füße schauen würde.

Ich stellte mich auf die Zehenspitzen, um ihm das Jabot geradezuziehen, und strich ihm eine lose Daunenfeder von der Schulter.

»Es wird schon gutgehen«, flüsterte ich ihm zu. »Du siehst schön aus.«

Er machte ein aufgeschrecktes Gesicht, dann wich sein Ausdruck grimmiger Distanz einem Lächeln.

»*Du* siehst schön aus, Sassenach.« Er beugte sich zu mir herüber und küßte mich auf die Stirn. »Du hast rote Wangen wie ein Äpfelchen, wirklich hübsch.« Er richtete sich auf, warf Ian einen Blick zu und seufzte.

»Was Ian betrifft, vielleicht kann ich ihn als Leibeigenen ausgeben, den ich mir als Schweinehirten zugelegt habe.«

Ian war einer jener Menschen, deren Kleider unabhängig von ihrer ursprünglichen Qualität nach kürzester Zeit so aussehen, als stammten sie von einem Müllhaufen. Sein Haar war zur Hälfte aus dem grünen Band entwischt, und einer seiner knochigen Ellbogen lugte aus einem Riß in seinem neuen Hemd hervor, dessen Manschetten um die Handgelenke herum bereits merklich angegraut waren.

»Kapitän Freeman sagt, wir sind gleich da!« rief er aus, und seine Augen leuchteten vor Aufregung, als er sich über die Reling lehnte und flußaufwärts blickte, um ja der erste zu sein, der unser Ziel zu sehen bekam. »Was glaubt ihr, was es zum Essen gibt?«

Jamie betrachtete seinen Neffen mit einem deutlichen Mangel an Wohlwollen.

»Ich schätze, du kriegst die Knochenabfälle zusammen mit den Hunden. Hast du keinen Rock, Ian? Oder einen Kamm?«

»Oh, aye«, sagte Ian und sah sich unbestimmt um, als erwartete er, daß die besagten Gegenstände aus dem Nichts vor ihm auftauchten. »Ich habe einen Rock hier. Irgendwo. Glaube ich.«

Der Rock wurde schließlich unter einer der Bänke gesichtet und unter Schwierigkeiten Rollos Fängen entrissen, der sich daraus ein bequemes Bett gemacht hatte. Er wurde kurz abgebürstet, um die Hundehaare wenigstens zum Teil zu entfernen, dann wurde Ian gewaltsam hineingesteckt und hingesetzt, um sich das Haar bürsten und flechten zu lassen, während Jamie einen schnellen Wiederholungskurs in Manieren abhielt, der ausschließlich aus dem Rat bestand, den Mund so weit wie möglich geschlossen zu halten.

Ian nickte liebenswürdig.

»Dann erzählst du Tante Jocasta also selber von den Piraten?« erkundigte er sich.

Jamie warf einen kurzen Blick auf Kapitän Freemans hageren Rücken. Es war zwecklos, davon auszugehen, daß eine solche Geschichte nicht in jedem Wirtshaus von Cross Creek die Runde machen würde, sobald sich unsere Wege trennten. Es konnte sich nur um Tage handeln – Stunden vielleicht –, bis sie River Run erreichte.

»Aye, ich erzähl's ihr«, sagte er. »Aber nicht gleich zuallererst, Ian. Sie soll sich erst einmal an uns gewöhnen.«

Die Anlegestelle von River Run lag ein gutes Stück hinter Cross Creek. Einige Kilometer baumgesäumten Wassers trennten das Anwesen vom Lärm und Gestank der Stadt. Nachdem ich dafür gesorgt hatte, daß Jamie, Ian und Fergus so präsentabel aussahen, wie es mit Hilfe von Wasser, Kamm und Haarbändern möglich war, zog ich mich in die Kabine zurück, legte mein schmuddeliges Musselinkleid ab, wusch mich hastig mit einem Schwamm und schlüpfte in das cremefarbene Seidenkleid, daß ich zum Dinner mit dem Gouverneur getragen hatte.

Der weiche Stoff lag leicht und kühl auf meiner Haut. Vielleicht war es etwas zu förmlich für den Nachmittag, aber es war Jamie wichtig, daß wir anständig aussahen – besonders jetzt, nach unserer Begegnung mit den Piraten – und meine einzigen Alternativen waren das schmutzige Musselinkleid oder ein sauberes, aber abgetragenes Kamelottkleid, daß ich aus Georgia mitgebracht hatte.

Mit meinem Haar war nicht viel zu machen; ich kämmte es oberflächlich, band es dann im Nacken zusammen und ließ die Spitzen sich ringeln, wie sie lustig waren. Ich brauchte mir keine Gedanken darüber zu machen, welchen Schmuck ich tragen sollte, dachte ich wehmütig und polierte meinen silbernen Ehering, bis er glänzte. Ich vermied es immer noch, meine linke Hand anzusehen, die sich nackt und leer anfühlte; wenn ich nicht hinsah, konnte ich immer noch das imaginäre Gewicht des Goldes daran spüren.

Als ich aus der Kabine trat, war der Anlegeplatz in Sicht. Anders als die oftmals klapperig zusammengeschusterten Anlegeplätze auf unserem Weg hatte River Run ein ausladendes, stabiles Holzdock.

Ein kleiner schwarzer Junge saß an seinem Ende und ließ gelangweilt die Beine baumeln. Als er die *Sally Ann* näher kommen sah, sprang er auf und machte sich davon, wahrscheinlich, um unsere Ankunft zu melden.

Unser gutes altes Schiff kam rumpelnd am Steg zum Halten. Von der Baumfront am Fluß zog sich ein gepflasterter Weg durch weitläufige Rasenflächen und formale Gärten, teilte sich, um paarweise aufgestellten Marmorstatuen auszuweichen, die in eigens für sie angelegten Blumenbeeten standen, vereinte sich wieder, um dann auf dem großzügigen Vorplatz eines imposanten zweistöckigen Hauses mit Kolonnaden und vielen Schornsteinen fächerförmig auszulaufen. An der einen Seite der Blumenbeete stand ein Miniaturgebäude aus weißem Marmor – wohl ein Mausoleum, dachte ich. Mir kamen Zweifel, ob das cremefarbene Seidenkleid wirklich passend war, und ich berührte nervös mein Haar.

Ich machte sie sofort unter den Leuten aus, die jetzt aus dem Haus und den Weg entlang eilten. Selbst wenn ich nicht gewußt hätte, wer sie war, hätte ich sie als MacKenzie erkannt. Sie hatte die prägnanten Knochen, die breiten Wikingerwangen und die hohe, glatte Stirn ihrer Brüder Colum und Dougal. Und genau wie ihr Neffe und wie ihre Großnichte war sie von jener außergewöhnlichen Größe, die sie alle als Abkömmlinge eines Geschlechts kennzeichnete.

Einen Kopf größer als der Schwarm schwarzer Sklaven, der sie umgab, schwebte sie über den Pfad, der vom Haus wegführte. Eine Hand lag auf dem Arm ihres Butlers, obwohl ich selten eine Frau gesehen hatte, die der Hilfe weniger bedurfte.

Sie war hochgewachsen und flink, und ihr sicherer Schritt stand im Widerspruch zu ihrem weißen Haar. Vermutlich hatte sie einmal genauso rote Haare wie Jamie gehabt. Sie hatten auch jetzt noch einen leichten Stich ins Rote, wo sie das volle, weiche Weiß der Rothaarigen angenommen hatten – wie die Patina eines alten goldenen Löffels.

Einer der kleinen Jungen in der Vorhut rief etwas, und zwei von ihnen liefen vor und galoppierten über den Pfad zum Anlegeplatz, wo sie japsend wie Welpen im Kreis um uns herumsprangen. Zuerst verstand ich kein Wort – erst als Ian ihnen ausgelassen antwortete, wurde mir klar, daß sie auf Gälisch herumschrien.

Ich wußte nicht, ob sich Jamie Gedanken darüber gemacht hatte, was er bei dieser ersten Begegnung sagen oder tun wollte, aber letztendlich trat er einfach vor, ging auf Jocasta MacKenzie zu, umarmte sie und sagte: »Tante Jocasta – ich bin's, Jamie.«

Erst als er sie losließ, sah ich sein Gesicht. Diesen Ausdruck – zwischen brennendem Eifer, Glück und Respekt – hatte ich noch nie bei ihm gesehen. Mich durchfuhr ein kleiner Schreck, als mir klar wurde, daß Jocasta MacKenzie ihrer älteren Schwester sehr ähnlich sehen mußte – Jamies Mutter.

Ich vermutete, daß sie seine dunkelblauen Augen hatte, konnte es aber nicht sagen, denn sie waren verschleiert. Sie lachte unter Tränen, hielt ihn am Ärmel fest und faßte an seine Wange, um ihm nicht vorhandene Haarsträhnen aus dem Gesicht zu streichen.

»Jamie!« sagte sie wieder und wieder. »Jamie, der kleine Jamie! Ah, ich bin froh, daß du da bist, Junge.« Sie hob noch einmal die Hand und berührte sein Haar. Erstaunen zeigte sich in ihrem Gesicht.

»Heilige Jungfrau, er ist ja ein Riese! Du bist ja mindestens so groß, wie es mein Bruder Dougal war.«

Der glückliche Ausdruck in seinem Gesicht verblaßte ein bißchen, doch das Lächeln blieb, als er sich gemeinsam mit ihr zu mir wandte.

»Tante Jocasta, darf ich dir meine Frau vorstellen? Dies ist Claire.«

Strahlend streckte sie sofort die Hand aus, und ich ergriff sie. Die langen, kräftigen Finger weckten schmerzliche Erinnerungen: Obwohl ihre Finger vom Alter etwas knorrig waren, war ihre Haut doch weich, und ihr Griff war Briannas verwirrend ähnlich.

»Ich bin so froh, Euch kennenzulernen, meine Liebe«, sagte sie und zog mich an sich, um mich auf die Wange zu küssen. Ein starker Duft nach Minze und Verbenen schlug mir aus ihrem Kleid entgegen, und ich war seltsam bewegt, als hätte mich eine wohlwollende Gottheit plötzlich unter ihren Schutz gestellt.

»Wie schön!« sagte sie bewundernd, während ihre langen Finger über den Ärmel meines Kleides strichen.

»Danke«, sagte ich, dann traten Ian und Fergus vor, um ebenfalls vorgestellt zu werden. Sie begrüßte die beiden mit Umarmungen und freundlichen Worten und lachte, als Fergus ihr in bester Franzosenmanier die Hand küßte.

»Kommt«, sagte sie, als sie sich schließlich zum Aufbruch wandte, und wischte sich mit der Hand über die feuchten Wangen. »Kommt ins Haus, meine Lieben, und trinkt eine Tasse Tee und nehmt etwas zu euch. Nach einer solchen Reise müßt ihr ja ausgehungert sein. Ulysses!« Sie wandte sich suchend um, und ihr Butler trat vor und verneigte sich tief.

»Madame«, sagte er zu mir und »Sir« zu Jamie. »Es ist alles vorbereitet, Miss Jo«, sagte er leise zu seiner Herrin und bot ihr seinen Arm.

Während sie sich auf den Rückweg machten, drehte sich Fergus zu Ian um und verbeugte sich, um die höfischen Umgangsformen des

Butlers nachzuahmen. Dann bot er Ian spöttisch den Arm. Ian trat ihn fest in den Hintern und schritt den Weg entlang, während sich sein Kopf von rechts nach links wandte, damit er auch ja alles sah. Sein grünes Haarband hatte sich gelöst und hing ihm auf den Rücken.

Jamie kommentierte ihr Herumgealber mit einem Schnauben, lächelte aber dennoch.

»Madame?« Er hielt mir den Arm hin. Ich ergriff ihn und rauschte elegant über den Pfad zu den Toren von River Run, die zu unserer Begrüßung weit offen standen.

Innen war das Haus großzügig angelegt und luftig, und alle Räume im Parterre hatten hohe Decken und breite Fenster zum Garten.

Als wir an einem großen, offiziellen Speisezimmer vorbeikamen, erspähte ich Silber und Kristall und dachte mir, daß Hector Cameron wirklich ein erfolgreicher Plantagenbesitzer gewesen sein mußte.

Jocasta führte uns in ihr privates Wohnzimmer, einen kleineren, intimeren Raum, der zwar nicht weniger aufwendig möbliert war als die anderen Zimmer, neben dem Glanz der Möbel und glitzernden Ornamente aber auch einen Hauch von Gemütlichkeit ausstrahlte. Auf einem kleinen, polierten Holztisch stand ein großer Strickkorb voller Wollknäuel, daneben eine Glasvase mit einem dicken Strauß Sommerblumen und eine kleine verzierte Silberglocke; ein Spinnrad drehte sich sanft von selbst im Wind, der durch die offene Fenstertür hereinwehte.

Der Butler eskortierte uns in das Zimmer, half seiner Herrin, sich hinzusetzen, und ging zu einer Anrichte, auf der eine Ansammlung von Krügen und Flaschen stand.

»Einen Schluck zur Feier deiner Ankunft, Jamie?« Jocasta deutete mit ihrer langen, schlanken Hand auf die Anrichte. »Du hast wahrscheinlich keinen anständigen Whisky mehr getrunken, seit du Schottland verlassen hast, aye?«

Jamie lachte und nahm ihr gegenüber Platz.

»Das ist allerdings wahr, Tante Jocasta. Und wie kommst du hier an Whisky?«

Sie lächelte achselzuckend und machte ein selbstzufriedenes Gesicht.

»Dein Onkel hat das Glück gehabt, sich vor einigen Jahren einen guten Vorrat anzulegen. Er hat ein Lagerhaus voll Tabak gegen eine halbe Schiffsladung Wein und Schnaps eingetauscht und hatte vor, den Alkohol zu verkaufen – doch dann hat das Parlament ein Gesetz verabschiedet, nach dem es niemandem außer der Krone erlaubt ist, in den Kolonien Alkohol zu verkaufen, der stärker ist als Ale, und so sind die zweihundert Flaschen in unserem Weinkeller gelandet!«

Sie streckte die Hand nach dem Tisch neben ihrem Sessel aus, ohne sich die Mühe zu machen, den Blick dorthin zu wenden. Das brauchte sie auch nicht, denn der Butler stellte ihr Whiskyglas genau dorthin, wo ihre Finger es berühren würden. Sie schloß die Hand um das Glas und hob es hoch, führte es an ihre Nase, roch daran und schloß voll sinnlichem Vergnügen die Augen.

»Wir haben noch einiges davon übrig. Mehr, als ich selber schlucken kann, das sage ich dir!« Sie öffnete lächelnd die Augen und prostete uns zu. »Auf dich, Neffe, und deine liebe Frau – ich hoffe, ihr werdet euch hier zu Hause fühlen. *Slàinte!*«

«*Slàinte mhar!*« antwortete Jamie, und wir tranken.

Es war wirklich guter Whisky, weich wie Seide und herzerwärmend wie Sonnenschein. Ich spürte, wie er meinen Magen erreichte, sich dort warm ausbreitete und an meinem Rückgrat hochkroch.

Auf Jamie schien er ähnlich zu wirken: Ich sah, wie das leichte Stirnrunzeln verschwand, als sich sein Gesicht entspannte.

»Ich lasse Ulysses noch heute abend einen Brief schreiben und deiner Schwester sagen, daß ihr sicher hier angekommen seid«, sagte Jocasta. »Sie hat sich sicher große Sorgen um ihren Jungen gemacht, wo euch doch unterwegs so viel Unglück hätte zustoßen können.«

Jamie stellte sein Glas hin und stählte sich räuspernd für seine Beichte.

»Was das Unglück angeht, Tante Jocasta, so fürchte ich, ich muß dir sagen...«

Ich wandte den Blick ab, denn ich wollte sein Unbehagen nicht noch dadurch vergrößern, daß ich ihm zusah, während er ihr ausführlich unsere desolate Lage erklärte. Jocasta hörte sehr aufmerksam zu und gab leise Unmutslaute von sich, als er von unserer Begegnung mit den Piraten berichtete. »Heimtückisch, ach wie heimtückisch!« rief sie aus. »Dir deine Großzügigkeit so heimzuzahlen! Der Mann gehört an den Galgen!«

»Tja, das ist nur an mir gescheitert, Tante Jocasta«, sagte Jamie reumütig. »Wäre ich nicht gewesen, wäre er an den Galgen gekommen. Und da ich von Anfang an wußte, daß der Mann ein Schurke ist, darf es mich nicht überraschen, wenn er schließlich wieder Schurkereien begeht.«

»Mmpf.« Jocasta richtete sich in ihrem Sessel auf und blickte beim Sprechen knapp an Jamies linker Schulter vorbei.

»Wie auch immer, Neffe. Ich habe gesagt, daß du River Run als dein Zuhause betrachten sollst und ich habe es so gemeint. Du und die Deinen, ihr seid hier willkommen. Und ich bin sicher, daß uns etwas einfallen wird, wie wir dir wieder zu Geld verhelfen.«

»Ich danke dir, Tante Jocasta«, murmelte Jamie, doch auch er wollte ihr nicht in die Augen sehen. Er blickte zu Boden, und ich sah, daß er seine Hand so fest um das Whiskyglas geschlossen hatte, daß die Knöchel weiß hervortraten.

Glücklicherweise wandte sich das Gespräch jetzt Jenny und ihrer Familie in Lallybroch zu, und Jamies Verlegenheit ließ etwas nach. Das Abendessen war bestellt worden; der Abendwind, der über die Rasenflächen und Blumenbeete wehte, trug verlockende Duftwolken von gebratenem Fleisch aus dem Küchengebäude herbei.

Fergus stand auf und entschuldigte sich höflich, während Ian durch das Zimmer wanderte, einzelne Gegenstände näher betrachtete und sie wieder hinstellte. Rollo, dem es innen zu langweilig war, schnüffelte eifrig an der Türschwelle herum, wobei ihn der pingelige Butler mit offener Abneigung beobachtete.

Das Haus und sein Mobiliar waren schlicht, aber gut gearbeitet, schön anzusehen und mit etwas mehr als nur Geschmack arrangiert. Der Grund für die eleganten Proportionen und Arrangements wurde mir klar, als Ian abrupt vor einem großen Gemälde an der Wand innehielt.

»Tante Jocasta!« rief er aus und drehte sich aufgeregt zu ihr um. »Hast du das gemalt? Es steht dein Name drauf.«

Ich glaubte einen plötzlichen Schatten über ihr Gesicht huschen zu sehen, doch dann lächelte sie wieder.

»Den Blick auf die Berge? Aye, ich habe die Aussicht immer gern gemocht. Ich habe Hector ins Hinterland begleitet, wenn er dort Felle kaufen wollte. Wir haben dann in den Bergen campiert und ein Riesenfeuer gemacht, ein Signalfeuer, das die Bediensteten Tag und Nacht unterhielten. Innerhalb von ein paar Tagen sind die Rothäute durch den Wald zu uns gekommen und haben sich am Feuer niedergelassen, um zu reden und Whisky zu trinken und zu verhandeln – und ich, ich habe stundenlang mit meinem Skizzenbuch dagesessen und Kohlezeichnungen von allem gemacht, was ich sehen konnte.«

Sie drehte sich um und deutete in die andere Zimmerecke.

»Sieh dir das Bild in der Ecke an, Junge. Such mal, ob du den Indianer finden kannst, der sich zwischen den Bäumen versteckt.«

Jocasta trank ihren Whisky aus und stellte ihr Glas hin. Der Butler bot ihr an, es erneut zu füllen, doch sie winkte ab, ohne ihn anzusehen. Er setzte die Karaffe ab und verschwand still im Flur.

»Aye, ich habe den Anblick der Berge liebt«, sagte Jocasta noch einmal leise. »Sie sind nicht so schwarz und kahl wie in Schottland, aber die Sonne auf den Felsen und der Nebel in den Bäumen haben mich manchmal an Leoch erinnert.«

Dann schüttelte sie den Kopf und lächelte Jamie ein bißchen zu strahlend an.

»Aber das hier ist jetzt schon lange mein Zuhause, Neffe – und ich hoffe, du wirst es auch als das deine betrachten.«

Wir hatten kaum eine andere Wahl, doch Jamie nickte und murmelte gehorsam ein paar Dankesworte. Dabei wurde er allerdings von Rollo unterbrochen, der seinen Kopf mit einem aufgeschreckten *Wuff!* hob.

»Was ist los, Junge?« fragte Ian und stellte sich neben den großen Wolfshund. »Riechst du was?« Rollo starrte winselnd auf das schattige Blumenbeet hinaus, und sein dichtes Fell zuckte unbehaglich.

Jocasta wandte den Kopf zur offenen Tür und schnüffelte hörbar. Ihre feinen Nasenlöcher waren gebläht.

»Ein Skunk«, sagte sie.

»Ein Skunk!« Ian fuhr zu ihr herum und starrte sie entgeistert an. »Sie kommen so nah ans Haus ran?«

Jamie war eilig aufgestanden und blickte in die Abendluft hinaus.

»Ich kann ihn noch nicht sehen«, sagte er. Seine Hand fuhr automatisch an seinen Gürtel, doch natürlich trug er zu seinem Sonntagsstaat keinen Dolch. »Hast du irgendwelche Waffen im Haus, Tante Jocasta?«

Jocasta fiel die Kinnlade herunter.

»Aye«, sagte sie. »Reichlich, aber –«

»Jamie«, sagte ich. »Ein Skunk ist nicht –«

Bevor eine von uns ihren Satz beenden konnte, bewegte sich etwas zwischen den Löwenmäulchen in der Staudenrabatte, so daß die langen Stengel hin und her schwenkten. Rollo knurrte, und die Nackenhaare standen ihm zu Berge.

»Rollo!« Ian sah sich nach etwas um, das er als Waffe benutzen konnte, schnappte sich das Schüreisen vom Kamin, schwenkte es über dem Kopf und stürzte zur Tür.

»Warte, Ian!« Jamie ergriff den erhobenen Arm seines Neffen. »Sieh mal.« Auf seinem Gesicht breitete sich ein Lächeln aus, und er zeigte auf die Rabatte. Die Löwenmäulchen teilten sich, und ein schönes, fettes Stinktier marschierte in unser Blickfeld, hübsch schwarzweiß gestreift und offensichtlich der Ansicht, daß in seiner kleinen Welt alles zum Besten stand.

»*Das* ist ein Skunk?« fragte Ian ungläubig. »Aber das ist doch nur so ein kleiner Iltisstinker!« Er kräuselte mit ebenso belustigter wie angewiderter Miene die Nase. »Puh! Und ich hab' gedacht, es wäre ein gefährliches Riesentier.«

Die zufriedene Unbekümmertheit des Stinktiers war zuviel für Rollo, der mit einem kurzen, scharfen Bellen vorwärtsschoß. Er täuschte auf der Terrasse einen Angriff nach dem anderen vor, knurrte und machte kurze Sätze auf das Stinktier zu, das angesichts des Aufruhrs eine verärgerte Miene machte.

»Ian«, sagte ich und zog mich hinter Jamies Rücken zurück. »Ruf deinen Hund zurück. Skunks *sind* gefährlich.«

»Wirklich?« Jamie drehte sich mit verwirrten Gesicht zu mir um. »Aber was –«

»Iltisse stinken nur«, erklärte ich. »Stinktiere – Ian, nicht! Laß es in Ruhe und komm rein!« Neugierig hatte Ian das Stinktier mit dem Schüreisen angestupst. Erbost über diese ungebetenen Annäherungsversuche, stampfte das Stinktier mit den Füßen und hob seinen Schwanz.

Ich hörte, wie ein Stuhl über den Boden kratzte, und sah mich um. Jocasta war aufgestanden, und ihr Gesichtsausdruck war besorgt, doch sie machte keine Anstalten, zur Tür zu gehen.

»Was ist los?« sagte sie. »Was geht hier vor?« Zu meiner Überraschung starrte sie in das Zimmer und drehte den Kopf hin und her, als versuchte sie, jemanden im Dunkeln zu erkennen.

Plötzlich dämmerte mir die Wahrheit: Ihre Hand auf dem Arm des Butlers, die Art, wie sie Jamies Gesicht zur Begrüßung berührt hatte, das Glas, das in ihre Reichweite gestellt wurde, und der Schatten auf ihrem Gesicht, als Ian das Gemälde erwähnte. Jocasta Cameron war blind.

Ein erstickter Schrei und ein durchdringendes Jaulen brachten mich schlagartig zu den dringenderen Ereignissen auf der Terrasse zurück. Eine Flutwelle von beißendem Gestank ergoß sich ins Zimmer.

Würgend und japsend, die Augen voller Tränen von dem Gestank, tastete ich nach Jamie, der atemlos Bemerkungen auf Gälisch hervorstieß. Inmitten all des Gestöhns und des mitleiderregendem Geheuls aus dem Garten hörte ich hinter mir kaum das leise *Ting!* von Jocastas Glocke.

»Ulysses?« sagte sie und klang resigniert. »Sag am besten dem Koch Bescheid, daß wir später essen.«

»Was für ein Glück, daß wenigstens Sommer ist«, sagte Jocasta am nächsten Tag beim Frühstück. »Stellt euch vor, es wäre Winter und wir müßten die Türen geschlossen halten!« Sie lachte und entblößte dabei ihre Zähne, die für ihr Alter in überraschend gutem Zustand waren.

»Oh, aye«, murmelte Ian. »Kann ich bitte noch etwas Toast haben, Ma'am?«

Er und Rollo waren zuerst im Fluß abgespült und dann mit Tomaten abgerieben worden, die am Toilettenhäuschen an der Rückseite des Hauses rankten. Die geruchsmindernden Eigenschaften dieser Früchte waren gegen Skunköl genauso wirksam wie gegen die weniger schlimmen Gerüche menschlicher Exkremente, doch in keinem der Fälle war der neutralisierende Effekt hundertprozentig. Ian saß allein am anderen Ende der langen Tafel neben einer geöffneten Fenstertür, doch ich sah, wie das Dienstmädchen, das ihm den Toast brachte, unauffällig die Nase rümpfte.

Vielleicht waren es Ians Nähe und ein Bedürfnis nach frischer Luft, was Jocasta auf den Gedanken brachte, einen Ausritt zu den Terpentinanlagen in den Wäldern oberhalb von River Run vorzuschlagen.

»Hin und zurück dauert es einen Tag, aber ich glaube, das Wetter bleibt schön.« Sie wandte sich der offenen Fenstertür zu, wo Bienen über einer Rabatte mit Goldrute und Phlox summten. »Hört ihr sie?« sagte sie und lächelte knapp an Jamie vorbei. »Die Bienen sagen, es wird heiß und sonnig.«

»Ihr habt gute Ohren, Madame Cameron«, sagte Fergus höflich. »Wenn ich jedoch vielleicht ein Pferd aus Eurem Stall borgen dürfte, würde ich mich lieber in die Stadt begeben.« Ich wußte, daß er es nicht erwarten konnte, Marsali eine Nachricht nach Jamaika zu schicken; ich hatte ihm in der Nacht zuvor geholfen, einen langen Brief zu schreiben, in dem er unsere Abenteuer und unsere glückliche Ankunft beschrieb. Anstatt abzuwarten, bis ein Sklave ihn mit der wöchentlichen Post mitnahm, wollte er ihn lieber eigenhändig abschicken.

»Das dürft Ihr in der Tat, Mr. Fergus«, sagte Jocasta großzügig. Sie blickte lächelnd über den ganzen Tisch. »Wie gesagt, ich möchte, daß ihr alle River Run betrachtet, als wäre es euer Zuhause.«

Jocasta hatte offensichtlich vor, uns auf dem Ausritt zu begleiten; sie kam in einem Reitkleid aus dunkelgrünem Musselin die Treppe herunter, und das Dienstmädchen Phaedre trug ihr einen Hut hinterher, der mit passenden Samtbändern verziert war. Sie hielt in der Eingangshalle inne, doch anstatt gleich den Hut aufzusetzen, ließ sie sich von Phaedre die Augen mit einem weißen Leinenstreifen verbinden.

»Ich kann nur Licht sehen«, sagte sie. »Ich kann überhaupt keine Gegenstände erkennen. Aber das Sonnenlicht tut mir weh, so daß ich meine Augen schützen muß, wenn ich mich ins Freie begebe. Seid ihr fertig, meine Lieben?«

Damit waren einige meiner Spekulationen über ihre Blindheit beantwortet, wenn auch nicht alle. Retinitis pigmentosa? fragte ich mich mit Interesse, als ich ihr durch die großzügige Eingangshalle folgte. Oder vielleicht Netzhautdegeneration, obwohl ein Glaukom wohl am wahrscheinlichsten war. Nicht zum ersten Mal – und auch nicht zum letzten, da war ich mir sicher – umschlossen meine Finger den Griff eines imaginären Ophtalmoskops, begierig zu sehen, was für die Augen allein nicht zu sehen war.

Als wir zu den Ställen hinübergingen, stand zu meiner Überraschung eine Stute gesattelt für Jocasta bereit anstelle der Kutsche, die ich erwartete hatte. Das Talent zur Pferdebeschwörung zog sich dominant durch die Linie der MacKenzies; beim Anblick ihrer Herrin hob die Stute den Kopf und wieherte, und Jocasta, deren Gesicht vor Freude aufleuchtete, ging unverzüglich zu ihrem Pferd.

»*Ciamar a tha thu?*« sagte sie und strich über die weiche, römische Nase. »Da ist ja meine Corinna. Ist sie nicht ein braves Mädchen?« Sie griff in ihre Tasche und zog einen kleinen, grünen Apfel hervor, den ihr das Pferd vorsichtig abnahm.

»Und haben sie sich um dein Knie gekümmert, *mo chridhe?*« Jocasta bückte sich und fuhr am Bein des Pferdes entlang bis zur Innenseite des Knies, wo sie mit sicherer Hand eine verheilende Narbe suchte und fand. »Was sagst du, Neffe? Ist sie gesund? Kann ich ihr einen Tagesritt zumuten?«

Jamie schnalzte mit der Zunge, und Corinna, die ihn unmißverständlich als jemanden erkannte, der ihre Sprache sprach, trat gehorsam einen Schritt auf ihn zu. Er warf einen Blick auf ihr Bein, nahm sie am Zügel und drängte sie mit ein paar leisen Worten auf Gälisch zum Gehen. Dann brachte er sie zum Stehen, schwang sich in den Sattel, trabte zweimal langsam um den Hof und blieb vor der wartenden Jocasta stehen.

»Aye«, sagte er beim Absteigen. »Sie ist ganz munter, Tante Jocasta. Wie hat sie sich verletzt?«

»Das war 'ne Schlange, Sir«, sagte der Stallknecht, ein junger Schwarzer, der im Hintergrund gestanden und Jamie aufmerksam beobachtet hatte.

»Doch wohl kein Schlangenbiß, oder?« sagte ich überrascht. »Es sieht wie ein Riß aus, als wäre sie mit dem Bein irgendwo hängengeblieben.«

Er sah mich mit hochgezogenen Augenbrauen an, nickte aber respektvoll.

»Aye, Ma'am, so war's. Vor einem Monat hab' ich das Mädchen hier ein Riesengetöse machen hören, ein Getrete und Gestampfe war das, daß man hätte meinen können, der Stall breche zusammen. Als ich hingerannt bin, um nachzusehen, was los ist, hab' ich eine große, tote Giftschlange blutig und zertrampelt im Stroh unter der Futterkrippe gefunden. Die Krippe in Trümmern, und unser Mädchen hat in der Ecke gestanden und gezittert, und ihr Bein hat geblutet von 'nem Splitter, an dem sie hängengeblieben war.« Er sah das Pferd mit unverhohlenem Stolz an. »Och, du bist mir mal ein tapferes Mädchen.«

»Die ›große Giftschlange‹ war keinen halben Meter lang«, sagte Jocasta mit ironischem Unterton zu mir. »Und außerdem war es nur eine einfache Grasnatter. Aber das dumme Ding hat fürchterliche Angst vor Schlangen. Kaum sieht sie eine, schon verliert sie den Kopf.« Sie nickte in Richtung des jungen Stallknechtes und lächelte. »Unser lieber Josh sieht sie auch nicht besonders gern, stimmt's?«

Der Stallknecht grinste zurück.

»Nein, Ma'am«, sagte er. »Ich kann die Biester nicht ausstehen, nicht mehr als mein Mädchen hier.«

Ian, der dem Wortwechsel zugehört hatte, konnte seine Neugier nicht länger zügeln.

»Wo kommst du her, Mann?« fragte er den Stallknecht und sah den jungen Mann fasziniert an.

Josh runzelte die Stirn.

»Wo ich herkomme? Wieso, nirge – oh, aye, jetzt komm' ich mit. Ich bin flußaufwärts geboren, auf Mr. Burnetts Anwesen. Miss Jo hat mich vor zwei Jahren um die Osterzeit gekauft.«

»Und wir dürfen wohl annehmen, daß Mr. Burnett seinerseits höchstens einen Steinwurf von Aberdeen entfernt zur Welt gekommen ist«, sagte Jamie leise zu mir. »Aye?«

River Run war ziemlich groß und umfaßte nicht nur das erstklassige Land am Fluß, sondern auch ein großes Stück des Sumpfkiefernwaldes, der ein Drittel der Kolonie bedeckte. Außerdem hatte Hector Cameron darauf geachtet, daß eins der vielen Flüßchen, die in den Cape Fear mündeten, sein Land durchfloß.

So war die Plantage also nicht nur mit den wertvollen Rohstoffen

Holz, Pech und Terpentin gesegnet, sondern auch mit einem bequemen Weg, diese zum Markt zu befördern, daher war es kein Wunder, daß River Run floriert hatte, obwohl es Tabak und Indigo nur in bescheidenen Mengen produzierte – wenn mir auch die duftenden grünen Tabakfelder, durch die wir ritten, alles andere als bescheiden vorkamen.

»Wir haben eine kleine Sägemühle«, erklärte Jocasta unterwegs. »Kurz oberhalb der Stelle, wo das Flüßchen in den Cape Fear fließt. Dort wird das Holz gesägt und zugeschnitten, und dann werden die Bretter und Fässer mit dem Kahn nach Wilmington geschickt. Auf dem Wasserweg ist es keine große Entfernung vom Haus zur Sägemühle, wenn es einem nichts ausmacht, flußaufwärts zu rudern, aber ich habe mir gedacht, ich zeige euch lieber ein bißchen die Landschaft.« Sie atmete die nach Kiefern duftende Luft mit sichtlichem Wohlgefallen ein. »Es ist schon eine Weile her, daß ich selber das letztemal draußen war.«

Es war wirklich eine wunderbare Landschaft. Jetzt, da wir den Kiefernwald erreicht hatten, war es viel kühler, denn das dichte Nadeldach schirmte uns von der Sonne ab. Über uns ragten die Baumstämme sechs bis zehn Meter auf, bevor sie die ersten Zweige bildeten – da überraschte es nicht, daß die Sägemühle vor allem Masten und Spiere für die Königliche Marine produzierte.

Jocastas Worten zufolge handelte River Run anscheinend oft und viel mit der Marine: Masten, Spiere, Latten, Balken, Pech, Terpentin und Teer. Jamie ritt dicht neben ihr und hörte gebannt zu, während sie ihm alles im Detail erklärte, und Ian und ich ritten hinter ihnen. Sie hatte beim Aufbau von River Run offenbar eng mit ihrem Mann zusammengearbeitet. Ich fragte mich, wie sie jetzt, wo er tot war, mit der Führung der Plantage zurechtkam.

»Da!« sagte Ian und hob den Finger. »Was ist das?«

Ich holte auf und lenkte mein Pferd neben dem seinen zu dem Baum, auf den er gezeigt hatte. Jemand hatte ein großes Stück Rinde entfernt und auf einer Seite das Holz etwa einen Meter hoch freigelegt. Innerhalb dieser Fläche war das weißgelbe Holz kreuzweise in einer Art Fischgrätmuster schraffiert, als hätte es jemand kreuz und quer mit einem Messer eingeritzt.

»Wir sind fast da«, sagte Jocasta. Jamie hatte uns anhalten sehen, und sie waren zu uns zurückgeritten. »Was ihr da seht, ist ein Terpentinbaum, ich kann es riechen.«

Wir konnten es alle riechen – der Duft nach frischem Holz und würzigem Harz war so stark, daß sogar *ich* den Baum mit verbundenen Augen gefunden hätte. Jetzt, da wir angehalten hatten, hörte ich von weitem Geräusche: das Rumpeln und Krachen arbeitender Männer, Axtschläge und Stimmen. Beim Einatmen fing ich auch Brandgeruch auf.

Jocasta trieb Corinna näher an den angeritzten Baum, wo eine flache Kuhle in das Holz gemeißelt worden war. »Das nennen wir Schachtel, Harz und Rohterpentin laufen hier herein und sammeln sich. Diese hier ist fast voll. Bald kommt ein Sklave und leert sie.«

Sie hatte den Satz kaum beendet, als ein Mann zwischen den Bäumen erschien, ein Sklave, der nur einen Lendenschurz trug. Er führte ein großes, weißes Maultier, das einen breiten Gurt um den Rücken geschnallt hatte, von dem auf beiden Seiten jeweils ein Faß herunterhing. Das Maultier hielt abrupt an, als es uns sah, warf den Kopf zurück und brüllte hysterisch.

»Und das dürfte Clarence sein«, sagte Jocasta so laut, daß man sie auch bei dem Lärm noch hören konnte. »Er freut sich, wenn er Menschen sieht. Und wer ist bei ihm? Bist du das, Pompey?«

»Ja'm. Ch'bins.« Der Sklave packte das Maultier bei der Oberlippe und drehte sie kräftig um. »Halsmaul, Miskel!« Gerade übersetzte ich das im Geiste mit »Halt's Maul, du Mistkerl!«, da drehte der Mann sich zu uns um, und ich sah, daß sein Genuschel daher rührte, daß ihm sein linker Unterkiefer fehlte; unter dem Wangenknochen wich sein Gesicht einfach in eine tiefe Höhlung zurück, die mit Narbengewebe ausgefüllt war.

Jocasta mußte gehört haben, wie ich erschrocken nach Luft schnappte – oder auch einfach mit einer solchen Reaktion gerechnet haben –, denn sie wandte mir ihre Augenbinde zu.

»Es war eine Explosion beim Teerschwelen – glücklicherweise ist er nicht dabei umgekommen. Kommt, wir sind fast bei der Terpentinanlage.« Ohne auf ihren Stallknecht zu warten, drehte sie zielsicher ihr Pferd um und machte sich zwischen den Bäumen hindurch in die Richtung auf, aus der der Brandgeruch kam.

Der Kontrast der Terpentinanlage zur Stille des Waldes war erstaunlich; eine große Lichtung voller Menschen, die vor Geschäftigkeit summte. Die meisten waren Sklaven, die nur mit dem Nötigsten bekleidet waren, die Gliedmaßen und Körper mit Asche bedeckt.

»Ist jemand bei den Hütten?« Jocasta wandte mir den Kopf zu.

Ich stellte mich in den Steigbügeln auf, um nachzusehen. Am anderen Ende der Lichtung erblickte ich bei einer Reihe baufälliger Hütten einen Farbtupfer: drei Männer in der Uniform der britischen Marine und ein weiterer in einem flaschengrünen Rock.

»Das dürfte mein bester Freund sein«, sagte Jocasta und lächelte zufrieden bei meiner Beschreibung. »Mr. Farquard Campbell. Komm, Neffe, ich möchte, daß du ihn kennenlernst.«

Aus der Nähe betrachtet, erwies sich Campbell als ein Mann von etwa sechzig, nicht mehr als mittelgroß und von jener ledrigen Härte, die manche Schotten im Alter annehmen. Nicht so sehr ein Verwitterungsprozeß als vielmehr eine Gerbung, die in einer ledrigen Oberfläche ähnlich der eines Lederschildes resultiert und selbst die schärfste Klinge abwehren kann.

Campbell begrüßte Jocasta erfreut, verbeugte sich höflich vor mir, registrierte Ian mit einem Zucken seiner Augenbrauen und wandte sich dann mit der ganzen Ausdruckskraft seiner gewitzten grauen Augen an Jamie.

»Ich bin sehr erfreut, daß Ihr hier seid, Mr. Fraser«, sagte er und streckte die Hand aus. »Wirklich sehr erfreut. Ich habe viel von Euch gehört, seit Eure Tante erfahren hat, daß Ihr River Run besuchen wollt.«

Er schien wirklich erfreut, Jamie kennenzulernen, was mir merkwürdig vorkam.

Nicht, daß es nicht die meisten Menschen freute, Jamie kennenzulernen – er war ein sehr einnehmender Mann, wenn ich das sagen darf –, doch es schien fast so etwas wie Erleichterung in Campbells überschwenglicher Begrüßung zu liegen, was mir ungewöhnlich vorkam bei einem Mann, dessen äußerliche Erscheinung eher auf Zurückhaltung und Schweigsamkeit schließen ließ.

Falls es Jamie merkwürdig vorkam, so verbarg er dies hinter einer Fassade der Höflichkeit.

»Eure Aufmerksamkeit schmeichelt mir, Mr. Campbell.« Jamie lächelte freundlich und verbeugte sich vor den Marineoffizieren. »Meine Herren? Ich bin ebenfalls erfreut, Eure Bekanntschaft zu machen.«

Auf dieses Stichwort hin stellten sich eine rundliche, finster dreinblickende kleine Person namens Leutnant Wolff und seine beiden Fähnriche vor und verbeugten sich flüchtig, um mich und Jocasta dann aus ihren Gedanken und Gesprächen zu verbannen und ihre Aufmerksamkeit augenblicklich einer Unterhaltung über Festmeter und Hektoliter zuzuwenden.

Jamie zog die Augenbraue hoch, deutete mit leichtem Kopfnicken auf Jocasta und bedeutete mir in ehelicher Signalsprache, daß ich mir seine Tante schnappen und mich mit ihr verdrücken solle, während es ums Geschäft ging.

Jocasta zeigte allerdings nicht die geringste Bereitschaft, sich zu entfernen.

»Geht nur, meine Liebe«, drängte sie mich. »Josh wird Euch alles zeigen. Ich warte einfach im Schatten, während die Herren ihre Geschäfte erledigen. Die Hitze ist einfach zuviel für mich, fürchte ich.«

Die Männer hatten in einer Hütte mit offener Front Platz genommen, in der ein einfacher Tisch und eine Anzahl Hocker standen; wahrscheinlich nahmen hier die Sklaven ihre Mahlzeiten zu sich und nahmen die Kriebelmücken in Kauf, wenn sie nur frische Luft hatten. Eine andere Hütte diente Lagerzwecken; die dritte, die eingezäunt war, war demnach wohl das Schlafquartier.

»Man erhitzt das Terpentin und verkocht es zu Pech«, erklärte Josh und führte mich in Sichtweite der Kessel. »Ein Teil wird so, wie er ist, in Fässer gefüllt« – er deutete auf die Hütten, bei denen ein Wagen stand, der hoch mit Fässern beladen war –, »aber aus dem Rest wird Pech gemacht. Die Herren von der Marine sagen uns, wieviel sie brauchen, damit wir Bescheid wissen.«

Ein kleiner Junge von sieben oder acht saß auf einem hohen, wackeligen Hocker und rührte mit einem langen Stock in dem Kessel; ein größerer Junge stand mit einer enormen Schöpfkelle daneben, mit der er die oben schwimmende, leichtere Schicht von gereinigtem Terpentin abschöpfte und in ein Faß an der Seite goß.

Während ich ihnen zusah, kam ein Sklave mit einem Maultier aus dem Wald und hielt auf den Kessel zu. Ein anderer Mann kam ihm zu Hilfe, und gemeinsam luden sie die – offensichtlich schweren – Fässer vom Rücken des Maultiers und leerten das duftende, gelbliche Kiefernharz in einer lärmenden Kaskade in den Kessel.

»Och, tretet besser einen Schritt zurück, Ma'am«, sagte Josh und nahm mich am Arm, um mich vom Feuer wegzuziehen. »Das Zeug spritzt ziemlich, und falls es Feuer fängt, wollt Ihr bestimmt nicht verbrennen.«

Nach dem Anblick des Mannes im Wald wollte ich mir ganz gewiß keine Verbrennungen zuziehen. Ich wich zurück und blickte mich zu den Hütten um. Jamie, Mr. Campbell und die Männer von der Marine saßen auf den Hockern um den Tisch in der einen Hütte, teilten sich den Inhalt einer Flasche und stocherten in einem Haufen Papiere herum.

Von außen gegen die Wand der Hütte gepreßt und für die Männer im Inneren unsichtbar, stand Jocasta Cameron. Die Ausrede von ihrer Erschöpfung vergessend, spitzte sie mit aller Kraft die Ohren.

Josh sah meinen überraschten Gesichtsausdruck und drehte sich um, um zu sehen, wohin ich blickte.

»Miss Jo haßt es, wenn sie nicht alle Fäden in der Hand hält«, murmelte er bedauernd. »Ich hab's noch nicht selbst erlebt, aber Phaedre hat mir erzählt, wie die Herrin sich anstellt, wenn sie mit etwas nicht allein fertig wird – macht ein furchtbares Theater und stampft mit den Füßen.«

»Das muß ein ziemlich bemerkenswerter Anblick sein«, murmelte ich. »Aber was schafft sie denn nicht allein?« Allem Anschein nach hatte Jocasta Cameron ihr Haus, ihre Felder und ihre Leute fest in der Hand.

Jetzt zog er ein überraschtes Gesicht.

»Och, die verflixte Marine. Hat sie Euch nicht gesagt, warum wir heute hier sind?«

Bevor ich mich der faszinierenden Frage widmen konnte, warum Jocasta mit der britischen Marine fertigwerden wollte, ob nun heute oder zu einem späteren Zeitpunkt, unterbrach uns ein Warnruf vom anderen Ende der Lichtung. Ich drehte mich um und wurde fast von einigen halbnackten Männern niedergetrampelt, die in Panik auf die Hütten zurannten.

Auf der anderen Seite der Lichtung erhob sich ein merkwürdiger Hügel. Ich hatte ihn schon zuvor bemerkt, war aber noch nicht dazu gekommen, mich danach zu erkundigen. Der Boden der Lichtung bestand zum Großteil aus Erde, doch der Hügel war mit Gras bedeckt – aber es war ein seltsam fleckiges Gras: teils grün, teils gelb vertrocknet, und hier und da ein Rechteck, das völlig braun war.

Gerade als ich begriff, daß das daher kam, daß der Hügel mit ausgestochenen Grassoden bedeckt war, flog das Ganze in die Luft. Es gab kein Explosionsgetöse, nur ein unterdrücktes Geräusch wie ein enormes Niesen und eine leichte Druckwelle, die mir über die Wange strich.

Es hörte sich zwar nicht an wie eine Explosion, doch es sah zweifellos so aus; überall auf der Lichtung regneten Stücke des Grasbelages und verbrannte Holzsplitter herab. Es gab ein großes Geschrei, und Jamie und seine Begleiter kamen aus der Hütte geschossen wie eine Schar aufgescheuchter Fasane.

»Geht's dir gut, Sassenach?« Mit ängstlichem Gesicht faßte er mich am Arm.

»Ja, alles klar«, sagte ich ziemlich verwirrt. »Was zum Kuckuck ist hier passiert?«

»Wenn ich das wüßte«, sagte er kurz, während er bereits den Blick über die Lichtung schweifen ließ. »Wo ist Ian?«

»Ich weiß es nicht. Du glaubst doch nicht, daß er etwas damit zu tun hatte, oder?« Ich strich über die freischwebenden Holzkohleflocken, die in meinem Ausschnitt gelandet waren. Schwarze Streifen verzierten mein Dekolleté, als ich Jamie zu dem kleinen Sklavengrüppchen folgte, das in einer verwirrenden Mischung aus Gälisch, Englisch und diversen afrikanischen Sprachen durcheinanderredete.

Wir fanden Ian bei einem der Fähnriche. Sie blickten interessiert in die geschwärzte Grube, die jetzt da war, wo zuvor der Hügel gewesen war.

»Es kommt häufig vor, habe ich gehört«, sagte der Fähnrich gerade, als wir dazukamen. »Ich habe es allerdings noch nie gesehen – erstaunlich kraftvoller Stoß, nicht wahr?«

»*Was* passiert oft?« fragte ich und sah an Ian vorbei. Die Grube war mit geschwärzten Kiefernbalken gefüllt, die durch die Wucht der Explosion kreuz und quer übereinandergeflogen waren. Das Fundament des Hügels war noch da und ragte wie der Rand einer Backform um die Grube herum auf.

»Eine Explosion beim Teerschwelen«, antwortete der Fähnrich. Er war klein und rotwangig, ungefähr in Ians Alter. »Man schwelt Kienholz unter einem luftdichten Mantel aus Erde und Rasenstücken, damit die Hitze nicht entweicht. Dabei muß noch so viel Luft hereinströmen, daß das Feuer anbleibt. Der Teer fließt dann durch einen ausgehöhlten Baumstamm in das Teerfaß – seht Ihr?« Er zeigte auf einen gespaltenen Baumstamm, der über den Überresten eines zerschmetterten Fasses hing, aus dem klebriges Schwarz sickerte. Die Luft war vom Geruch verbrannten Holzes und dicken Teeres erfüllt, und ich versuchte, nur durch den Mund zu atmen.

»Das Problem ist, die Luftzufuhr zu regeln«, fuhr der kleine Fähnrich fort, der sich ein wenig mit seinem Wissen brüstete. »Bei zu wenig Luft geht das Feuer aus; bei zu viel Luft entwickelt es so viel Energie, daß man es nicht mehr kontrollieren kann, und dann können sich die Schweldämpfe entzünden und aus ihrem Gefängnis ausbrechen. Wie Ihr seht, Ma'am.« Er wies mit wichtiger Miene auf einen Baum in unmittelbarer Nähe. Eins der Rasenstücke war mit solcher Wucht dagegengeflogen, daß es sich um den Stamm gewickelt hatte und nun wie ein zottiger gelber Pilz dort klebte.

»Es erfordert höchste Präzision«, sagte er, während er sich auf die Zehenspitzen stellte und sich mit Interesse umsah. »Wo ist der Sklave, dessen Aufgabe es ist, sich um das Feuer zu kümmern? Ich hoffe, der arme Kerl ist nicht umgekommen.«

Er war nicht umgekommen. Ich hatte die Menge während unseres

Gespräches prüfend gemustert und nach Verletzten gesucht, doch alle schienen unversehrt davongekommen zu sein – diesmal.

»Tante Jocasta!« erinnerte Jamie sich plötzlich. Er fuhr zu den Hütten herum, entspannte sich dann aber. Dort stand sie ja, deutlich erkennbar in ihrem grünen Kleid. Ihre Haltung war stocksteif.

Stocksteif vor Wut, wie wir feststellten, als wir sie erreichten. Wir alle hatten sie im Durcheinander nach der Explosion vergessen, und blind, wie sie war, mußte sie hilflos dastehen und sich den Tumult anhören, ohne eingreifen zu können.

Mir fiel wieder ein, was Josh über Jocastas Wutausbrüche gesagt hatte, doch sie war zu sehr feine Dame, um in der Öffentlichkeit mit den Füßen zu stampfen und ausfallend zu werden, so aufgebracht sie auch sein mochte. Josh entschuldigte sich in schönstem Aberdeener Dialekt dafür, daß er von ihrer Seite gewichen war, doch sie winkte in freundlicher, wenn auch energischer Ungeduld ab.

»Spar dir die Wort, Junge, du hast getan, was ich dir aufgetragen hatte.« Sie wandte den Kopf ruhelos von einer Seite zur anderen, als versuchte sie, durch ihre Augenbinde zu sehen.

»Farquard, wo bist du?«

Mr. Campbell ging zu ihr, schob ihre Hand durch seinen Arm und tätschelte sie kurz.

»Es ist nicht viel passiert, meine Liebe«, versicherte er ihr. »Keine Verletzten, und nur ein Teerfaß verloren.«

»Gut«, sagte sie, und ihre Anspannung ließ ein wenig nach. »Aber wo ist Byrnes?« fragte sie. »Ich kann ihn nicht hören.«

»Der Aufseher?« Leutnant Wolff tupfte sich mit einem großen Leinentaschentuch ein paar Schmutzflecken aus dem schweißbedeckten Gesicht. »Das habe ich mich auch schon gefragt. Heute morgen war niemand da zu unserem Empfang. Glücklicherweise ist Mr. Campbell kurz darauf gekommen.«

Farquard Campbell räusperte sich leise und spielte seine Rolle herunter.

»Ich vermute, daß Byrnes in der Sägemühle ist«, sagte er. »Einer der Sklaven hier hat mir gesagt, daß es dort Schwierigkeiten mit dem großen Sägeblatt gibt. Wahrscheinlich kümmert er sich darum.«

Wolff machte ein aufgeblasenes Gesicht, als hielte er ein defektes Sägeblatt für eine armselige Entschuldigung dafür, daß man ihn nicht standesgemäß empfangen hatte. Ihrem zusammengepreßten Mund nach zu urteilen, teilte Jocasta diese Ansicht.

Jamie hustete, streckte die Hand aus und zupfte mir ein kleines Grasbüschel aus den Haaren.

»Ich meine, ich hätte ein Lunchpaket gesehen, oder, Tante Jocasta? Vielleicht möchtest du dem Leutnant eine kleine Erfrischung anbieten, während ich mich hier ums Aufräumen kümmere?«

Das war genau der richtige Vorschlag. Jocastas Lippen entspannten sich ein wenig, und Wolff sah bei dem Wort »Lunch« schon entschieden glücklicher aus.

»Das wollen wir tun, lieber Neffe.« Sie richtete sich auf und nickte mit wiederhergestellter Autorität in die Richtung, aus der Wolffs Stimme kam. »Leutnant, dürfte ich Euch einladen, uns beim Essen Gesellschaft zu leisten?«

Im Lauf des Mittagessens erfuhr ich, daß der Leutnant die Terpentinanlage einmal im Vierteljahr besuchte. Während dieses Besuches wurde dann ein Vertrag über den Erwerb und die Lieferung diverser Vorräte für die Marine aufgesetzt. Es war Aufgabe des Leutnants, mit allen Plantagenbesitzern von Cross Creek bis zur Grenze von Virginia ähnliche Abmachungen zu treffen und zu erneuern, und Leutnant Wolff gab uns deutlich zu verstehen, welchen Teil der Kolonie er bevorzugte.

»Wenn es eins gibt, wovon ich zugeben muß, daß sich die Schotten dabei selbst übertreffen«, verkündete der Leutnant reichlich aufgeblasen, während er einen kräftigen Schluck aus seinem dritten Becher Whisky nahm, »dann ist es die Herstellung von Trinkbarem.«

Farquard Campbell, der anerkennend an seinem Zinnbecher genippt hatte, lächelte mit leiser Ironie und schwieg. Jocasta saß neben ihm auf einer wackeligen Bank. Ihre Finger ruhten leicht auf seinem Arm, empfindlich wie ein Seismograph, der auf unterirdische Erschütterungen wartet.

Wolff versuchte erfolglos, einen Rülpser zu unterdrücken und ließ mich dann etwas verspätet in den Genuß dessen kommen, was er wohl für seinen Charme hielt.

»In fast jeder anderen Hinsicht«, fuhr er fort, während er sich vertraulich zu mir herüberbeugte, »sind sie ein fauler und sturer Menschenschlag, was sie unfähig macht zum –« An dieser Stelle stürzte der jüngste Fähnrich, rot vor Verlegenheit, eine Schüssel mit Äpfeln um und sorgte damit für ausreichende Ablenkung, um den Leutnant an der Vollendung seines Satzes zu hindern – allerdings reichte es unglücklicherweise nicht aus, um ihn auf andere Gedanken zu bringen.

Der Leutnant tupfte sich den Schweiß ab, der ihm unter der Prücke hervorlief, und blickte mich aus blutunterlaufenen Augen an.

»Gehe ich recht in der Annahme, daß Ihr keine Schottin seid,

Ma'am? Eure Stimme ist höchst melodiös und gebildet, wenn ich das sagen darf. Ihr habt nicht die Spur eines barbarischen Akzents, trotz Eures Umgangs.«

»Äh... danke«, murmelte ich und fragte mich, welche Laune der Verwaltung den Leutnant als Vertreter der Marine in das Tal des Cape Fear geschickt hatte, wo es wahrscheinlich mehr schottische Highlander gab als in der ganzen übrigen Neuen Welt zusammen. Ich begann zu verstehen, was Josh mit »Och, die verflixte Marine« gemeint hatte.

Jocastas Lächeln hätte angeklebt sein können. Neben ihr zuckte Mr. Campbell kaum merklich mit seinen Augenbrauen und machte ein würdevolles Gesicht. Dem Leutnant ein Obstmesser ins Herz zu rammen, kam offensichtlich nicht in Frage – zumindest nicht, solange er die Bestellung nicht unterzeichnet hatte –, also tat ich das Zweitbeste, was mir einfiel: Ich nahm die Whiskyflasche und füllte ihm den Becher noch einmal bis zum Rand.

»Er ist furchtbar gut, nicht wahr? Wollt Ihr nicht noch ein Schlückchen, Leutnant?«

Er war wirklich gut – weich und warm. Und sehr teuer. Ich wandte mich an den jüngsten Fähnrich, lächelte ihn freundlich an und überließ es dem Leutnant, den Weg zum Boden der Flasche allein zu finden.

Die Unterhaltung setzte sich holprig, aber ohne weitere Zwischenfälle fort, obwohl die beiden Fähnriche von der anderen Seite des Tisches ein wachsames Auge auf die Fortschritte des Trunkenboldes hatten. Kein Wunder: Schließlich mußten sie den Leutnant auf ein Pferd hieven und heil nach Cross Creek zurückbringen. Allmählich ging mir auf, wieso sie zu zweit waren.

»Mr. Fraser scheint seine Sache ganz großartig zu machen«, murmelte der ältere Fähnrich und deutete in einem zaghaften Versuch, die steckengebliebene Unterhaltung wieder aufzunehmen, nach draußen. »Meint Ihr nicht auch, Sir?«

»Oh? Ah. Zweifelsohne.« Wolff hatte das Interesse an allen Dingen außer dem Grund seines Bechers verloren, doch es stimmte. Während wir anderen beim Essen saßen, war es Jamie – mit Ians Hilfe – gelungen, die Ordnung auf der Lichtung wiederherzustellen; die Pechkocher, Teerschweler und die Harzsammler in Bewegung zu setzen und das Gerümpel von der Explosion einzusammeln. Zur Zeit befand er sich, nur mit Hemd und Kniehosen bekleidet, am anderen Ende der Lichtung, wo er mithalf, die halbverbrannten Baumstämme wieder in die Teergrube zu hieven. Ich beneidete ihn sehr – seine Aufgabe schien mir weitaus angenehmer zu sein als das Essen mit Leutnant Wolff.

»Aye, das hat er gut gemacht.« Farquards flinker Blick huschte über die Lichtung und kehrte dann zum Tisch zurück. Er machte sich ein Bild vom Zustand des Leutnants und drückte Jocastas Hand. Ohne sich umzuwenden, richtete sie das Wort an Josh, der still in der Ecke gewartet hatte.

»Steck die zweite Flasche da in die Satteltasche des Leutnants, Junge«, sagte sie. »Wäre doch ein Jammer, sie zu verschwenden.« Sie schenkte dem Leutnant ein bezauberndes Lächeln, das um so überzeugender wirkte, da er ihre Augen nicht sehen konnte.

Mr. Campbell räusperte sich.

»Da Ihr uns so bald verlassen werdet, Sir, sollten wir uns vielleicht jetzt um Eure Einkäufe kümmern.«

Es schien Wolff ein wenig zu überraschen, als er hörte, daß der Aufbruch bevorstand, doch seine Fähnriche sprangen hurtig auf und begannen, Papiere und Satteltaschen aufzulesen. Einer von ihnen brachte hastig ein Reisetintenfaß und eine geschärfte Feder zum Vorschein und baute das Ganze vor dem Leutnant auf. Mr. Campbell zog einen zusammengefalteten Bogen Papier aus der Rocktasche und legte ihn dem Leutnant zur Unterschrift vor.

Wolff sah das Papier stirnrunzelnd an und schwankte dabei ein wenig.

»Einfach nur hier, Sir«, murmelte der ältere Fähnrich, schob seinem Vorgesetzten die Feder in die schlaffe Hand und zeigte auf das Papier.

Wolff hob seinen Becher, legte den Kopf zurück und trank die letzten Tropfen.

Er stellte den Becher mit einem Knall hin und lächelte mit leerem, ziellosem Blick in die Runde. Der jüngste Fähnrich schloß resigniert die Augen.

»Oh, warum auch nicht?« sagte der Leutnant unternehmungslustig und tauchte die Feder ein.

»Willst du dich nicht gleich waschen und umziehen, Neffe?« Jocastas Nasenlöcher zuckten empfindlich. »Du stinkst fürchterlich nach Teer und Holzkohle.«

Ein Glück, daß sie ihn nicht sehen konnte. Nicht nur, daß er stank – seine Hände waren schwarz, von seinem neuen Hemd war nur noch ein Schmutzlappen übrig, und sein Gesicht war so verschmiert, daß er aussah, als käme er vom Schornsteinfegen. Was an ihm nicht schwarz war, war rot. Er hatte bei der Arbeit in der Mittagshitze keinen Hut getragen, und sein Nasenbein hatte die Farbe eines gekochten Hummers angenommen. Ich glaube aber nicht, daß seine Farbe ausschließlich von der Sonne herrührte.

»Mein Bad kann warten«, sagte er. »Zuerst würde ich gern die Bedeutung dieser kleinen Scharade hier erfahren.« Er fixierte Mr. Campbell mit seinen dunkelblauen Augen.

»Erst lockt man mich unter dem Vorwand, daß ich Terpentin schnuppern soll, in den Wald, und eh man sich's versieht, sitze ich mit der britischen Marine am Tisch, rede über Dinge, von denen ich nichts verstehe, und dein Vasall hier tritt mir unterm Tisch vors Schienbein wie ein dressierter Affe.«

Jocasta lächelte.

Campbell seufzte. Trotz der Mühen des Tages war auf seinem adretten Rock keine Spur von Staub zu sehen, und seine altmodische Perücke saß ordentlich auf seinem Kopf.

»Ich möchte mich bei Euch entschuldigen, Mr. Fraser – es muß Euch tatsächlich so vorkommen, als hätten wir Eure Gutmütigkeit schamlos ausgenutzt. Es war einfach so, daß Eure Ankunft mir extrem gelegen kam, ich aber nicht genug Zeit hatte, mich mit Euch in Verbindung zu setzen. Ich war bis gestern abend in Averasboro, und als ich von Eurer Ankunft erfuhr, war es viel zu spät für mich, um noch herzureiten und Euch einzuweihen.«

»Ach ja? Nun, da es so aussieht, als hätten wir jetzt Zeit, bitte ich Euch, das nun nachzuholen«, sagte Jamie mit leisem Zähneknirschen.

»Willst du dich nicht erst hinsetzen, Neffe?« fiel Jocasta mit einer eleganten Geste ein. »Es wird eine Weile dauern, bis alles erklärt ist, und dein Tag war sicher anstrengend, oder?« Ulysses war mit einem Leinentuch über dem Arm aus dem Nichts erschienen; er breitete es mit einer ausladenden Armbewegung über einen der Stühle und lud Jamie mit einer Geste ein, sich hinzusetzen.

Jamie sah den Butler mit zusammengekniffenen Augen an, doch es war wirklich ein anstrengender Tag gewesen. Unter dem Ruß sah ich Blasen an seinen Händen, und der Schweiß hatte helle Linien in den Schmutz auf seinem Geicht und Hals gegraben. Er sank langsam in den angebotenen Stuhl und ließ es geschehen, daß man ihm einen Silberbecher in die Hand drückte.

Auch in meiner Hand erschien wie durch Zauberei ein solcher Becher, und ich lächelte den Butler dankbar an; ich hatte keine Baumstämme durch die Gegend geschleift, doch der lange Ritt in der Hitze hatte mich geschafft. Ich tat einen tiefen Zug – ein schöner, kühler, trockener Cidre, der sofort den Durst löschte.

Jamie trank einen großen Schluck und sah ein wenig ruhiger aus.

»Also, Mr. Campbell?«

»Es hängt mit der Marine zusammen«, begann Campbell, und Jocasta schnaubte verächtlich.

»Mit Leutnant Wolff, meinst du«, verbesserte sie.

»Das ist doch für deine Zwecke dasselbe, Jo, das weißt du ganz genau«, sagte Mr. Campbell ein wenig scharf. Er wandte sich wieder an Jamie, um ihm die Sache zu erklären.

Der Großteil der Erträge von River Run stammte, wie Jocasta uns gesagt hatte, aus dem Verkauf von Holz- und Terpentinprodukten, und die britische Marine war die beste und gewinnträchtigste Kundin.

»Aber die Marine ist nicht mehr das, was sie einmal war«, sagte Mr. Campbell und schüttelte bedauernd den Kopf. »Während des Krieges mit den Franzosen kamen sie kaum nach mit der Versorgung der Flotte, und wer eine Sägemühle besaß, war reich. Aber in den letzten zehn Jahren ist es hier friedlich gewesen, und sie lassen die Schiffe verrotten – die Admiralität hat seit fünf Jahren keinen Stapellauf mehr gefeiert.« Er seufzte über die unglücklichen ökonomischen Folgen des Friedens.

Die Marine benötigte immer noch Güter wie Pech, Teer, Terpentin und Spieren – solange es galt, eine lecke Flotte über Wasser zu halten, gab es auch einen Markt für Teer. Doch dieser Markt war ernstlich geschrumpft, und die Marine konnte sich jetzt aussuchen, mit welchen Grundbesitzern sie Geschäfte machte.

Da es der Marine vor allem auf Zuverlässigkeit ankam, wurden ihre begehrten Verträge vierteljährlich erneuert, und zwar nach der Inspektion und Genehmigung durch einen höheren Marineoffizier – in diesem Fall Wolff. Es war immer schon schwierig gewesen, mit Wolff zu verhandeln, doch Hector Cameron war bis zu seinem Tod gut mit ihm zurechtgekommen.

»Hector hat mit ihm getrunken«, warf Jocasta geradeheraus ein. »Und wenn er abreiste, war immer eine Flasche in seiner Satteltasche, und noch ein bißchen extra.« Doch Hector Camerons Tod hatte den Geschäften der Plantage schwer geschadet.

»Und das nicht nur, weil es weniger Bestechungsgelder gibt«, sagte Campbell mit einem Seitenblick auf Jocasta. Er räusperte sich vielsagend.

Leutnant Wolff, so schien es, war hier aufgekreuzt und hatte der

Witwe Cameron sein Beileid zum Tod ihres Gatten ausgesprochen, ordnungsgemäß uniformiert und in Begleitung seiner beiden Fähnriche. Am nächsten Tag war er allein zurückgekehrt – und hatte ihr einen Heiratsantrag gemacht.

Jamie, der gerade trank, verschluckte sich.

»Natürlich hat er sich nicht für mich interessiert«, sagte Jocasta scharf, als sie ihn hörte, »sondern für mein Land.«

Jamie beschloß klugerweise, sich jeden Kommentars zu enthalten. Statt dessen betrachtete er seine Tante mit neuem Interesse.

Da ich nun den Hintergrund kannte, glaubte ich, daß sie wahrscheinlich recht hatte – Wolff war daran interessiert, eine profitable Plantage zu erwerben, die durch die Verträge mit der Marine, die sein Einfluß ihm garantierte, noch profitabler werden konnte. Doch gleichzeitig war auch Jocasta Cameron selbst ein Anreiz, der nicht zu verachten war.

Blind oder nicht, sie war eine außergewöhnliche Frau. Über ihre körperliche Schönheit hinaus strahlte sie eine solch sinnliche Vitalität aus, daß selbst ein Stockfisch wie Farquard Campbell in ihrer Nähe Feuer fing.

»Das erklärt dann ja wohl das unverschämte Verhalten des Leutnants beim Essen«, sagte ich interessiert. »Die Höll' kennt keine Wut gleich der eines verschmähten Weibes, aber die Kerle sind auch nicht besonders scharf auf einen Korb.«

Jocasta wandte mir aufgeschreckt den Kopf zu – ich glaube, sie hatte vergessen, daß ich da war –, doch Farquard Campbell lachte.

»Stimmt haargenau, Mrs. Fraser«, versicherte er augenzwinkernd. »Wir armen Männer sind zerbrechliche Wesen; mit unseren Gefühlen spielt ihr Frauen auf eigene Gefahr.«

Jocasta schnaubte wenig damenhaft.

»Gefühle, mein lieber Schwan!« sagte sie. »Der Mann hat keine Gefühle für irgend etwas, wenn es nicht in Flaschen zu haben ist.«

Jamie betrachtete Mr. Campbell mit einem gewissen Interesse.

»Wo du gerade von Gefühlen sprichst, Tante Jocasta«, sagte er mit einem scharfen Unterton, »darf ich fragen, wie die Dinge mit deinem Freund hier stehen?«

Mr. Campbell starrte zurück.

»Ich bin verheiratet, Sir«, sagte er trocken, »und ich habe acht Kinder, das älteste vielleicht ein paar Jahre älter als Ihr. Aber ich habe Hector Cameron über dreißig Jahre lang gekannt, und ich tue mein Bestes für seine Frau, um seiner Freundschaft willen – und der ihren.«

Jocasta legte ihm die Hand auf den Arm und wandte ihm den Kopf zu. Auch wenn ihre Augen ihr nichts mehr nützten, wußte sie doch um die Wirkung niedergeschlagener Lider.

»Farquard ist mir eine große Hilfe gewesen, Jamie«, sagte sie mit einem tadelnden Unterton. »Ohne seine Hilfe hätte ich es nach dem Tod des armen Hector nicht geschafft.«

»Oh, aye«, sagte Jamie mit einem leisen Hauch von Skepsis. »Und sicher schulde ich Euch genauso Dank wie meine Tante. Aber ich frage mich immer noch, welche Rolle ich in dieser Geschichte spielen soll.«

Campbell hustete diskret und erzählte weiter.

Jocasta hatte den Leutnant vertröstet, Erschöpfung durch die Trauer vorgetäuscht und sich in ihr Schlafzimmer tragen lassen, das sie so lange nicht wieder verlassen hatte, bis er seine Geschäfte in Cross Creek abgeschlossen hatte und nach Wilmington aufgebrochen war.

»Damals hat Byrnes sich um die Verträge gekümmert und ein heilloses Durcheinander angerichtet«, ergänzte Jocasta.

»Ah, Mr. Byrnes, der unsichtbare Aufseher. Und wo war er heute morgen?«

Ein Dienstmädchen war mit einer Schüssel warmen, parfümierten Wassers und einem Handtuch erschienen. Ohne zu fragen, kniete sie sich vor Jamies Sessel, ergriff eine seiner Hände und begann, sanft den Ruß abzuwaschen. Diese Zuwendung schien Jamie etwas zu verstören, doch er war zu sehr ins Gespräch vertieft, um sie wegzuschicken.

Ein leises, ironisches Lächeln wanderte über Campbells Gesicht.

»Ich fürchte, Mr. Byrnes, der sonst ein fähiger Aufseher ist, hat mit dem Leutnant eine kleine Schwäche gemeinsam. Ich habe sofort jemanden zu ihm in die Sägemühle geschickt, doch der Sklave ist zurückgekommen und hat mir gesagt, Byrnes läge besinnungslos in seinem Quartier, stinke nach Alkohol und sei nicht wachzukriegen.«

Jocasta machte wieder ein undamenhaftes Geräusch, und Campbell sah sie voller Zuneigung an, bevor er sich wieder Jamie zuwandte.

»Eure Tante ist mehr als fähig, die Geschäfte zu führen, wenn Ulysses ihr bei der Buchführung hilft. Wie Ihr aber selbst gesehen habt« – er wies auf die Wasserschüssel, die jetzt eher einer Schüssel voll Tinte ähnelte –, »erfordert der Plantagenbetrieb auch körperlichen Einsatz.«

»Das war Leutnant Wolffs Argument«, sagte Jocasta, und ihre Lippen wurden schmal bei der Erinnerung. »Daß ich als Frau, und als Blinde obendrein, nicht damit rechnen könne, mein Eigentum allein zu verwalten. Ich könnte mich, sagte er, nicht auf Byrnes verlassen, da ich nicht in den Wald und zur Mühle gehen und nachsehen kann, was der Mann tut. Oder eben nicht tut.« Bei dem Gedanken preßte sie die Lippen zusammen.

»Was nur zu wahr ist«, warf Campbell reumütig ein. »Bei uns gibt es ein Sprichwort: ›Glück ist ein Sohn, der alt genug ist, um Gutsverwalter zu sein‹. Denn wenn es um Geld oder Sklaven geht, kann man sich nur auf seine Verwandten verlassen.«

Ich holte tief Luft und sah Jamie an. Er nickte. Endlich kamen wir zur Sache.

»Und hier«, sagte ich, »kommt Jamie ins Spiel. Habe ich recht?«

Jocasta hatte Farquard Campbell schon gebeten, sich beim nächsten Besuch um Leutnant Wolff zu kümmern und zu verhindern, daß Byrnes beim Vertragsabschluß Dummheiten machte. Doch unser zeitlich überaus günstiges Auftauchen hatte Jocasta auf einen anderen Plan gebracht.

»Ich habe Farquard ausrichten lassen, er solle den Leutnant davon in Kenntnis setzen, daß mein Neffe eingetroffen sei, um die Verwaltung von River Run zu übernehmen. Damit wollte ich ihn zur Vorsicht bewegen«, erklärte sie. »Er hätte es nicht gewagt, mich unter Druck zu setzen, solange es einen Verwandten mit berechtigten Interessen gibt.«

»Ach so.« Trotz seiner ursprünglichen Verärgerung schien Jamie die Sache allmählich amüsant zu finden. »Also sollte der Leutnant glauben, sein Versuch, sich hier dauerhaft breitzumachen, sei durch meine Ankunft vereitelt worden. Kein Wunder, daß ich den Eindruck hatte, der Mann könnte mich nicht leiden. Nach dem, was er gesagt hat, dachte ich eigentlich, daß er die Schotten generell verabscheut.«

»Ich könnte mir vorstellen, daß er das jetzt auch tut«, sagte Campbell und tupfte sich vorsichtig die Lippen mit dem Taschentuch ab.

Jocasta streckte suchend die Hand über den Tisch aus, und Jamie hielt ihr instinktiv die seine hin.

»Kannst du mir verzeihen, Neffe?« sagte sie. Seine Hand führte sie, so daß sie zu seinem Gesicht blicken konnte; man hätte sie niemals für blind gehalten, so flehend war der Ausdruck ihrer schönen, blauen Augen.

»Ich habe ja vor deiner Ankunft nicht gewußt, was für ein Mensch du bist, verstehst du? Ich konnte dir doch nicht vorher von der Täuschung erzählen und riskieren, daß du es ablehnst mitzuspielen. Bitte sag, daß du mir nicht grollst, Jamie, und wenn es nur um Ellens willen ist.«

Jamie drückte sanft ihre Hand und versicherte ihr, daß er ihr nicht grollte. Vielmehr sei er froh, rechtzeitig gekommen zu sein, um ihr zu helfen, und seine Tante könne auf seine Unterstützung zählen, worum sie ihn auch bat.

Mr. Campbell strahlte und läutete die Glocke; Ulysses brachte den besten Whisky, ein Tablett mit Kristallgläsern und einen Teller voll Häppchen, und wir tranken auf die Verwirrung der britischen Marine.

Als ich aber das fein gemeißelte Gesicht betrachtete, das voll blinder Ausdrucksfähigkeit war, konnte ich nicht umhin, mich an die kurze Zusammenfassung zu erinnern, mit der Jamie mir die wichtigsten Eigenschaften seiner Familienmitglieder aufgezählt hatte.

»Die Frasers sind stur wie Felsbrocken«, hatte er gesagt. »Und die MacKenzies sind so charmant wie die Lerchen im Felde, aber gerissen wie Füchse.«

»Und wo bist *du* gewesen?« fragte Jamie und betrachtete Fergus gründlich von oben bis unten. »Ich hätte nicht gedacht, daß du genug Geld hast für das, was du deinem Aussehen nach getan hast.«

Fergus glättete sich das zerzauste Haar und setzte sich. Er strahlte verletzte Würde aus.

»Ich habe in der Stadt ein paar französische Pelzhändler getroffen. Da sie wenig Englisch sprachen und ich es fließend kann, blieb mir nichts anderes übrig, als ihnen bei ihren Transaktionen zu helfen. Und wenn sie mich dann noch zum Essen in ihrem Wirtshaus eingeladen haben...«

Er zuckte mit den Schultern und tat die Angelegenheit nach echter Gallierart ab, um sich dann Dringenderem zuzuwenden und einen Brief aus einem Hemd zu ziehen.

»Der ist in Cross Creek für Euch angekommen«, sagte er und gab Jamie den Brief. »Der Postmeister hat mich gebeten, ihn mitzunehmen.«

Es war ein dickliches Papierbündel, das ein angeschlagenes Siegel trug und kaum in besserer Verfassung war als Fergus. Jamies Gesicht hellte sich auf, als er es sah, obwohl er es mit einiger Beklommenheit öffnete. Es fielen drei Briefe heraus. Auf einem erkannte ich die Handschrift seiner Schwester, die beiden anderen waren von jemand anderem beschriftet worden.

Jamie hob den Brief von seiner Schwester auf, beäugte ihn, als könnte er etwas Explosives enthalten, und lehnte ihn sanft an die Fruchtschale auf dem Tisch.

»Ich fange mit Ian an«, sagte er und ergriff grinsend den zweiten Brief. »Ich bin mir nicht sicher, ob ich Jennys lesen möchte, solange ich keinen Whisky in der Hand halte.«

Er entfernte das Siegel mit der Spitze des silbernen Obstmessers, öffnete den Brief und überflog die erste Seite. »Ich frage mich, ob er...« Seine Stimme verstummte, als er zu lesen begann.

Neugierig stand ich auf, stellte mich hinter seinen Sessel und blickte ihm über die Schulter. Ian Murray hatte eine klare, große Handschrift, die auch aus der Entfernung leicht zu lesen war.

Mein lieber Bruder,

hier geht es allen gut, und wir danken Gott für die Nachricht von Eurer sicheren Ankunft in den Kolonien. Ich schicke dieses Schreiben zu Händen von Jocasta Cameron; sollte es Dich in ihrer Gesellschaft antreffen, so bittet Jenny Dich, ihrer Tante die besten Grüße auszurichten.

Dem beigefügten Brief kannst Du entnehmen, daß Du bei meiner Gattin wieder in Gnaden stehst; sie hat nun damit aufgehört, Dich in einem Atemzug mit dem Satan persönlich zu nennen, und ich habe sie in letzter Zeit auch nicht mehr von Entmannung sprechen hören, was Dich vielleicht erleichtern wird.

Aber Scherz beiseite – bei der Nachricht, daß Ian in Sicherheit ist, wurde ihr ebenso leicht ums Herz wie mir. Du wirst Dir die Tiefe unserer Dankbarkeit für seine Rettung vorstellen können, glaube ich; daher will ich Dich nicht mit Wiederholungen ermüden, obwohl ich ohne Mühen einen Roman über dieses Thema schreiben könnte.

Es gelingt uns, alle hier zu ernähren, obwohl die Gerste schwer unter dem Hagel gelitten hat, und im Dorf geht die rote Ruhr um, die diesen Monat das Leben zweier Kinder gefordert hat, zum Schmerz ihrer Eltern. Annie Fraser und Alasdair Kirby sind es, die wir verloren haben, möge Gott sich ihrer Unschuld erbarmen.

Doch es gibt auch gute Nachrichten: Wir haben von Michael aus Paris gehört; er ist weiter erfolgreich im Weingeschäft und plant eine baldige Heirat.

Es freut mich, Dir von der Geburt meines jüngsten Enkelsohnes berichten zu können, Anthony Brian Montgomery Lyle. Ich will mich mit dieser Bekanntgabe begnügen und Jenny die ausführlichere Beschreibung überlassen; sie ist in ihn vernarrt, genau wie wir alle, er ist ein süßer Kerl. Sein Vater Paul – Maggies Mann – ist Soldat, daher sind Maggie und der kleine Anthony hier bei uns in Lallybroch. Paul ist zur Zeit in Frankreich; wir beten jede Nacht, daß man ihn dort in relativem Frieden bleiben läßt und ihn nicht in die Gefahren der Kolonien oder die Wildnis Kanadas schickt.

Wir haben in dieser Woche Besuch gehabt: Simon, Lord Lovat, und seine Begleiter. Er ist schon wieder gekommen, um Rekruten für das Highlandregiment zu suchen, das er befehligt. Du wirst vielleicht in den Kolonien von ihnen hören, wo sie sich, wenn ich richtig informiert bin, einen Namen gemacht haben. Simon erzählt großartige Geschichten von ihrer Tapferkeit gegen die Indianer und die hinterlistigen Franzosen, und manche davon sind zweifellos wahr.

Jamie grinste und wendete das Blatt.

Er hat Henry und Matthew mit seinen Geschichten völlig in Bann gezogen und die Mädchen auch. Josephine (»Kittys Älteste«, erklärte mir Jamie) war sogar so begeistert, daß sie einen Raubüberfall auf den Hühnerstall organisiert hat, aus dem sie und ihre Vettern mit Federn übersät hervorgingen, und Schlamm aus dem Gemüsegarten mußte als Kriegsbemalung herhalten.

Da sie alle die Wilden spielen wollten, wurden der junge Jamie, Kittys Mann Geordie und ich als Highlandregiment zwangsrekrutiert und mußten nun Attacken mit Tomahawks (Löffel und Schöpfkellen) und andere Formen begeisterten Angriffs über uns ergehen lassen, während wir uns tapfer mit unseren Schwertern (Latten und Weidenzweigen) zu verteidigen suchten.

Ich gebot Einhalt bei dem Vorschlag, das Strohdach des Taubenschlages mit Brandpfeilen anzuzünden, mußte mich am Ende aber skalpieren lassen. Zu meiner Ehrenrettung sei gesagt, daß ich diesen Vorgang in besserer Verfassung überstand als die Hühner.

Und so ging der Brief weiter, berichtete von den Neuigkeiten in der Familie, vor allem aber von der Gutsverwaltung sowie den Ereignissen in der Region. Emigration, schrieb Ian, hatte sich zu »einer Epidemie« entwickelt, und fast alle Bewohner des Dörfchens Shewglie hatten sich zu diesem letzten Ausweg durchgerungen.

Jamie las den Brief zu Ende und legte ihn nieder. Er lächelte mit leicht verträumtem Blick, als sähe er anstelle des feuchten, vor Leben strotzenden Dschungels um uns die kühlen Nebel und die Steine von Lallybroch.

Der zweite Brief war ebenfalls in Ians Schrift adressiert, trug aber unter dem blauen Wachssiegel den Vermerk »Privat«.

»Und was haben wir wohl hier?« murmelte Jamie, als er das Siegel erbrach und den Brief auffaltete. Er begann ohne Begrüßungsformel und war wohl als Fortsetzung des längeren Briefes gedacht.

Und jetzt, Bruder, möchte ich Dir noch eine Angelegenheit von einiger Wichtigkeit vorlegen, über die ich separat schreibe, so daß du Ian meinen längeren Brief zeigen kannst, ohne daß er von dieser Angelegenheit erfährt.

In Deinem letzten Brief hast Du geschrieben, daß Du in Charleston ein Schiff für Ian suchen wolltest. Sollte dies geschehen sein, so werden wir ihn natürlich mit Freude willkommen heißen. Wenn er Dich allerdings zufällig noch nicht verlassen haben sollte, so ist es unser Wunsch, daß er bei Euch bleibt, falls diese Verpflichtung Dir und Claire nicht allzu unangenehm ist.

»Nicht unangenehm«, murmelte Jamie, und seine Nasenflügel zitterten, als er von dem Blatt zum Fenster aufsah. Ian und Rollo balgten sich auf dem Rasen mit zwei Sklavenjungen und bildeten ein einziges kicherndes Knäuel aus Gliedmaßen und Kleidern und einem wedelnden Schwanz. »Mmpf.« Er drehte dem Fenster den Rücken zu und las weiter.

Ich habe Simon Fraser erwähnt und den Grund seiner Anwesenheit. Diese Truppenaushebungen geben uns seit einiger Zeit Grund zur Besorgnis, obwohl wir uns selten wirklich bedrängt fühlen, da unsere Gegend glücklicherweise abgelegen und schwer zu erreichen ist.

Es bereitet Lovat kaum Schwierigkeiten, den jungen Männern das Geld des Königs schmackhaft zu machen; was bleibt ihnen hier auch sonst übrig? Armut und Not ohne Aussicht auf Besserung. Warum sollten sie hierbleiben, wo sie nichts erben können, wo es ihnen untersagt ist, das Plaid oder die Waffen eines Mannes zu tragen? Warum sollten sie nicht die Chance ergreifen, sich ihre Männlichkeit zurückzuerobern – selbst wenn es bedeutet, daß sie den Tartan und das Schwert im Dienst eines deutschen Thronräubers tragen?

Manchmal glaube ich, daß dies das Schlimmste an der ganzen Sache ist – nicht nur, daß man Mord und Ungerechtigkeit ungehemmt auf uns losläßt ohne Hoffnung auf Heilung oder Wiedergutmachung, man lockt auch unsere jungen Männer fort, unsere Hoffnung und unsere Zukunft, vergeudet ihr Leben zum Nutzen des Eroberers und bezahlt sie in kleiner Münze für ihren Stolz.

Jamie zog eine Augenbraue hoch und sah mich an.

»Sieht man Ian gar nicht an, daß ein solcher Poet in ihm steckt, aye?«

An dieser Stelle war eine Lücke im Text. Am Ende der Seite ging er weiter, und Ians Handschrift, die zwischenzeitlich zu einem aggressiven Gekritzel mit vielen Klecksen und Ausstreichungen geworden war, war dort wieder beherrscht und ordentlich.

Ich muß mich für meine kräftigen Worte entschuldigen. Ich hatte nicht vorgehabt, so viel zu sagen, aber die Versuchung, Dir mein Herz auszuschütten, wie ich es immer getan habe, ist überwältigend. Dies sind Dinge, über die ich nicht mit Jenny sprechen würde, obwohl ich glaube, daß sie davon weiß.

Zur Sache also; ich werde weitschweifig. Der junge Jamie und Michael sind für den Moment gut versorgt – zumindest müssen wir nicht befürchten, daß sich einer von ihnen vom Soldatenleben in Versuchung führen läßt.

Das gilt aber nicht für Ian; Du kennst den Jungen und seine Abenteuerlust, die der Deinen so sehr ähnelt. Hier gibt es keine richtige Aufgabe für ihn, und doch hat er nicht den Geist eines Gelehrten oder die Schläue eines Geschäftsmannes. Was soll aus ihm werden in einer Welt, in der er sich nur zwischen dem Leben eines Bettlers und dem eines Soldaten entscheiden kann? Denn viel anderes gibt es nicht.

Wir möchten gern, daß er bei Dir bleibt, wenn Du ihn nimmst. Vielleicht gibt es in der Neuen Welt bessere Möglichkeiten für ihn als hier. Und selbst wenn das nicht so ist, bleibt seiner Mutter wenigstens der Anblick erspart, wie ihr Sohn mit seinem Regiment davonzieht.

Ich könnte mir keinen besseren Schutzherrn und kein besseres Beispiel für ihn vorstellen als Dich. Ich weiß, daß ich Dich um einen großen Gefallen bitte. Dennoch hoffe ich, daß die Situation nicht völlig ohne Vorteile für Dich ist, einmal abgesehen von dem großen Vergnügen, das Ians Gesellschaft dir zweifellos bereitet.

»Nicht nur ein Poet, sondern auch ein Satiriker«, beobachtete Jamie mit einem weiteren Blick auf die Jungen auf dem Rasen.

Hier war der Brief wieder unterbrochen, bevor er wieder ansetzte, diesmal mit frisch geschärfter Feder, die Worte ein sorgfältig niedergeschriebenes Spiegelbild der Gedanken.

Ich hatte meinen Brief unterbrochen, Bruder, denn ich wünschte mir klare und von Müdigkeit ungetrübte Gedanken, wenn ich auf diese Angelegenheit zu sprechen komme. Ja, ich habe meinen Stift ein Dutzend Mal ergriffen und wieder hingelegt, unsicher, ob ich überhaupt sprechen soll – ich habe Angst, Dich in einem Atemzug um einen Gefallen zu bitten und zu beleidigen. Und doch muß ich sprechen.

Ich habe Simon Fraser bereits erwähnt. Er ist ein Ehrenmann, wenn auch seines Vaters Sohn – doch er ist verflucht. Ich kenne ihn schon, seit wir alle noch Jungen waren (manchmal scheint mir das gerade gestern gewesen zu sein, dann wieder scheint ein Abgrund von Jahren dazwischenzuliegen), und es ist jetzt eine Härte in ihm, ein Hauch von Stahl in seinem Blick, der vor Culloden nicht da war.

Was mir Sorgen macht – und ich wage das nur zu sagen, weil ich weiß, daß Du Dir meiner Liebe sicher bist – ist, daß ich diesen Stahl auch in Deinen Augen gesehen habe, Bruder.

Ich kenne die Bilder nur zu gut, die das Herz eines Mannes gefrieren lassen und seine Augen auf diese Weise verhärten. Ich vertraue darauf, daß Du mir meine Offenheit vergeben wirst, doch seit Culloden habe ich oftmals um Deine Seele gebangt.

Ich habe Jenny nichts davon gesagt, aber sie hat es auch gesehen. Sie ist schließlich eine Frau und kennt Dich viel besser. Ich glaube, daß es diese Angst um Dich war, die sie dazu bewogen hat, Dir Laoghaire aufzudrängen. Ich finde, ihr wart kein gutes Paar, aber (hier verdeckte ein großer, absichtlich erzeugter Tintenfleck mehrere Zeilen). *Claire ist ein Segen für Dich.*

»Mmpf«, sagte Jamie und warf mir einen Blick zu. Ich drückte seine Schulter und beugte mich vor, um den Rest zu lesen.

Es ist spät, und ich verliere den Faden. Ich habe von Simon gesprochen – die Verantwortung für seine Männer ist jetzt seine einzige Verbindung zu anderen Menschen. Er hat weder Frau noch Kind, er lebt ohne Wurzeln und eigenen Herd, sein Erbe ist dem Eroberer verfallen, dem er dient. Ein solcher Mann trägt ein brennendes Feuer in sich, doch kein Herz. Ich hoffe, daß ich nie dasselbe von Dir sagen muß – oder von meinem Sohn Ian.

Daher vertraue ich Euch einander an, und möge Gottes Segen – und der meine – mit Euch sein.

Schreib, sobald Du kannst. Wir hungern nach Nachricht von Euch und nach Euren Beschreibungen der exotischen Gegenden, in denen Ihr jetzt weilt.

Dein Dich liebender Bruder,
Ian Murray

Jamie faltete den Brief sorgfältig zusammen und steckte ihn in seinen Rock.

»Mmpf«, sagte er.

11

Das Gesetz des Blutvergießens

Juli 1767
Nach und nach gewöhnte ich mich in River Run ein. Die Gegenwart der Sklaven machte mich nervös, doch ich konnte nicht viel dagegen tun, außer ihre Dienste so wenig wie möglich in Anspruch zu nehmen und so weit wie möglich für mich selbst zu sorgen.

River Run verfügte über eine Kräuterkammer, die eigentlich nur ein kleiner Wandschrank war, in dem getrocknete Kräuter und Arzneien aufbewahrt wurden. Es gab nicht viel davon – nur ein paar Gläser Löwenzahnwurzel und Weidenrinde und ein paar fertig gekaufte Wickel, die Staub angesetzt hatten, weil niemand sie benutzte. Jocasta zeigte sich hocherfreut, als ich den Raum benutzen wollte – sie selbst habe kein Talent für die Heilkunst, sagte sie achselzuckend, und auch keiner der Sklaven.

»Wir haben eine Neue, die vielleicht einige Erfahrung in dieser Richtung hat«, sagte sie, während ihre langen Finger den Faden von der Spindel wegzogen und das Spinnrad surrte.

»Sie ist allerdings keine Haussklavin; sie ist erst vor ein paar Monaten frisch aus Afrika gekommen und hat weder Sprachkenntnisse noch Kultur. Ich hatte mir vorgenommen, sie auszubilden, doch da Ihr nun hier seid... ah, jetzt ist der Faden zu dünn geworden, seht Ihr?«

Während ich mich jeden Tag einige Zeit mit Jocasta unterhielt und versuchte, von ihr die Kunst des Garnspinnens zu lernen, verbrachte Jamie die eine oder andere Stunde mit dem Butler Ulysses, der nicht nur als Jocastas Auge und ihr Majordomus fungierte, sondern seit Hector Camerons Tod offensichtlich auch die Bücher der Plantage geführt hatte.

»Und seine Sache verdammt gut macht«, teilte mir Jamie unter vier Augen nach einer dieser Sitzungen mit.

»Wenn er ein Weißer wäre, hätte meine Tante keine Schwierigkeiten, ihre Angelegenheiten selbst zu regeln. So aber –« Er zuckte mit den Schultern.

»So aber ist es ein Glück für sie, daß du hier bist«, sagte ich und neigte mich zu ihm hinüber, um an ihm zu schnuppern. Er hatte den Tag in Cross Creek verbracht und eine komplizierte Transaktion abgewickelt, bei der es um Indigoblöcke, Holz, drei Paar Maultiere, fünf Tonnen Reis und eine Lagerhausquittung über eine vergoldete Uhr ging, und als Resultat haftete seinem Rock eine faszinierende Vielfalt von Gerüchen an.

»Es ist das mindeste, was ich tun kann«, sagte er, den Blick auf seine Stiefel gerichtet, die er gerade bürstete. Er preßte kurz die Lippen zusammen. »Es ist ja nicht so, als ob ich anderweitig beschäftigt wäre, oder?«

»Eine Abendgesellschaft«, erklärte Jocasta. »Wir müssen ein zünftiges Fest abhalten, um euch hier einzuführen.«

»Das ist doch nicht nötig, Tante Jocasta«, sagte Jamie abwinkend und sah von seinem Buch auf. »Ich glaube, ich habe den Großteil des Landkreises letzte Woche auf dem Viehmarkt kennengelernt. Oder zumindest den männlichen Teil«, fügte er hinzu und lächelte mich an. »Wenn ich es mir überlege, wäre es aber vielleicht gut für Claire, mit den Damen der Umgebung Bekanntschaft zu schließen.«

»Ich hätte nichts dagegen, ein paar Leute kennenzulernen«, gab ich zu. »Nicht, daß ich hier nicht hinreichend Beschäftigung finde«, versicherte ich Jocasta, »aber –«

»Aber nicht die Art, die Euch interessiert«, antwortete sie, jedoch mit einem Lächeln, das der Bemerkung den Stachel nahm. »Ihr seid keine große Freundin von Nadelarbeiten, denke ich.« Ihre Hand wanderte zu dem großen Korb mit bunter Wolle und griff nach einem grünen Knäuel, das sie für ein Schultertuch benutzen wollte.

Die Wollknäuel wurden jeden Morgen von einem der Dienstmädchen sorgfältig in einem spiralförmigen Spektrum arrangiert, so daß Jocasta durch Abzählen die richtige Farbe finden konnte.

»Aye, nun, nicht *diese* Sorte von Nadelarbeiten«, warf Jamie ein. Er schloß sein Buch und lächelte mich an. »Claire näht lieber Hautrisse zu. Ich schätze, daß sie langsam unruhig wird. Schließlich hat sie hier nur die eine oder andere Beule oder Hämorrhoide zu behandeln.«

»Ha, ha«, sagte ich schnippisch, doch im Grunde genommen hatte er recht. Es freute mich zwar, daß die Bewohner von River Run im großen und ganzen gesund und gut genährt waren, doch für eine Ärztin gab es hier nicht viel zu tun. Ich wünschte zwar bestimmt niemandem etwas Böses, doch es war auch nicht zu leugnen, daß ich tatsächlich unruhig wurde. Von Jamie ganz zu schweigen, doch das hielt ich für etwas, worüber man derzeit besser Stillschweigen bewahrte.

»Ich hoffe, Marsali geht es gut«, sagte ich, um das Thema zu wechseln. In der sicheren Annahme, daß Jamie seine Hilfe vorerst nicht benötigen würde, war Fergus tags zuvor stromabwärts nach Wilmington aufgebrochen, von wo er nach Jamaika segeln wollte. Wenn alles gutging, würde er im Frühjahr mit Marsali und – so Gott wollte – ihrem neugeborenen Kind zurückkehren.

»Ich auch«, sagte Jamie. »Ich habe Fergus gesagt, daß –«

Jocasta wandte abrupt den Kopf zur Tür.

»Was ist los, Ulysses?«

Völlig in die Unterhaltung vertieft hatte ich die Schritte im Flur nicht bemerkt. Nicht zum ersten Mal war ich von Jocastas scharfem Gehör beeindruckt.

»Mr. Farquard Campbell«, sagte der Butler ruhig und trat zurück an die Wand.

Es zeugte von Farquard Campbells Vertrautheit mit dem Haushalt, daß er nicht abwartete, bis Ulysses zurückkehrte und ihn zum Eintreten aufforderte. Er folgte dem Butler direkt auf dem Fuße, den Hut achtlos unter den Arm geklemmt.

»Jo, Mrs. Fraser«, sagte er, wobei er sich kurz vor Jocasta und mir verneigte, und »Euer Diener, Sir« zu Jamie. Mr. Campbell war geritten, und zwar schnell; seine Rockschöße waren völlig eingestaubt, und unter der schiefsitzenden Perücke lief ihm der Schweiß übers Gesicht.

»Was ist los, Farquard? Ist etwas vorgefallen?« Jocasta saß vorn auf der Sesselkante, und seine spürbare Aufregung spiegelte sich in ihrem Gesicht wider.

»Ja«, sagte er abrupt. »Ein Unfall in der Sägemühle. Ich bin gekommen, um Mrs. Fraser zu bitten –«

»Ja, natürlich. Ich will nur meinen Verbandskasten holen. Ulysses, kannst du dafür sorgen, daß mir jemand ein Pferd bringt?« Ich erhob mich hastig und suchte nach den Schuhen, aus denen ich herausgeschlüpft war. Ich war nicht zum Reiten angezogen, doch Campbells Blick nach zu urteilen, reichte die Zeit nicht zum Umziehen. »Ist es ernst?«

Er hob die Hand, um mir Einhalt zu gebieten, als ich mich bückte, um meine Slipper anzuziehen.

»Aye, es ist ziemlich schlimm. Aber Ihr braucht nicht mitzukommen, Mrs. Fraser. Wenn Euer Gatte allerdings einige Eurer Arzneien mitbringen könnte –«

»Natürlich komme ich mit.«

»Nein!« Er sprach abrupt, und wir alle starrten ihn an. Sein Blick suchte Jamies, und er kniff die Lippen zusammen und zog eine Grimasse.

»Das ist nichts für Frauen«, sagte er. »Aber ich wäre sehr dankbar, wenn Ihr mich begleiten würdet, Mr. Fraser.«

Bevor ich protestieren konnte, war Jocasta aufgestanden und umklammerte Campbells Arm.

»Was ist los?« fragte sie scharf. »Ist es einer von meinen Negern? Hat Byrnes etwas angestellt?«

Sie überragte ihn um fast fünf Zentimeter, daher mußte er zu ihr aufsehen, als er antwortete. Ich sah Falten der Anspannung in seinem Gesicht, und Jocasta spürte das offenbar ebenfalls. Ihre Finger schlossen sich fest um den grauen Sergestoff seines Rockärmels.

Er blickte Ulysses an und dann wieder Jocasta. Als hätte er einen direkten Befehl erhalten, drehte sich der Butler um und verließ den Raum, wie immer auf leisen Sohlen.

»Es ist Blut geflossen, Jo«, sagte er still zu ihr. »Ich weiß weder, um wen es sich handelt, noch wie es passiert ist, noch wie schwer die Verletzung ist. MacNeills Junge hat mich geholt. Was den anderen angeht –« Er zögerte und zuckte dann die Achseln. »Es ist nun einmal Gesetz.«

»Du bist doch Richter«, stieß sie hervor. »Um Himmels willen, kannst du denn nichts tun?« Ihr Kopf bewegte sich ruckartig, während ihre blinden Augen versuchten, ihn zu fixieren und ihrem Willen zu unterwerfen.

»Nein!« sagte er scharf und wiederholte dann sanfter: »Nein.« Er nahm ihre Hand von seinem Ärmel und hielt sie fest.

»Du weißt, daß ich das nicht kann«, sagte er. »Wenn ich könnte…«

»Du würdest es auch dann nicht tun, wenn du könntest«, sagte sie bitter. Sie entzog ihm ihre Hand und trat zurück, die Fäuste an ihren Seiten geballt. »Geh schon. Sie haben dich zu ihrem Richter ernannt, geh und richte für sie.« Sie machte auf dem Absatz kehrt und verließ in ohnmächtiger Wut mit wehenden Gewändern den Raum.

Er starrte ihr hinterher. Als er dann vom anderen Ende des Flurs die Tür knallen hörte, atmete er mit einer schiefen Grimasse aus und wandte sich an Jamie.

»Ich bitte Euch nur widerstrebend um einen solchen Gefallen, Mr. Fraser, da wir uns erst so kurz kennen, doch ich wäre sehr dankbar, wenn Ihr mich auf diesem Gang begleiten würdet. Mrs. Cameron kann ja nicht selbst mitkommen, und Euch bei dieser Angelegenheit als ihren Vertreter dabeizuhaben –«

»Was ist das für eine Angelegenheit, Mr. Campbell?« unterbrach Jamie.

Campbell sah mich an und wünschte sich ganz offensichtlich, daß ich ging. Da ich aber keinerlei Anstalten dazu machte, zuckte er mit den Achseln, zog ein Taschentuch aus dem Rock und wischte sich über das Gesicht.

»In dieser Kolonie ist es Gesetz, Sir, daß ein Neger, der einen Weißen angreift und dabei Blut vergießt, für sein Vergehen mit dem Leben bezahlt.« Widerstrebend hielt er inne. »Derartige Zwischenfälle sind glücklicherweise selten. Aber wenn es dazu kommt –«

Er verstummte und preßte die Lippen zusammen. Dann seufzte er, betupfte sich ein letztes Mal die geröteten Wangen und steckte das Taschentuch ein.

»Ich muß gehen. Kommt Ihr mit, Mr. Fraser?«

Jamie blieb noch einen Moment stehen und betrachtete forschend Campbells Gesicht.

»Ja,« sagte er abrupt. Er ging zur Anrichte und öffnete die obere Schublade, in der die Duellpistolen des verblichenen Hector Cameron verwahrt wurden.

Als ich das sah, wandte ich mich an Campbell.

»Ist es gefährlich?«

»Ich kann es nicht sagen, Mrs. Fraser.« Campbell zog die Schultern hoch. »Donald MacNeill hat mir nur gesagt, daß es bei der Sägemühle zu einem Streit gekommen sei und daß es um das Gesetz des Blutvergießens gehe. Er hat mich gebeten, sofort zu kommen, das Urteil zu fällen und die Exekution zu beaufsichtigen, dann ist er weitergeritten, um die anderen Gutsbesitzer zu benachrichtigen, bevor ich nach Details fragen konnte.«

Er sah unglücklich aus, schien sich aber in sein Schicksal ergeben zu haben.

»Exekution? Wollt Ihr damit sagen, Ihr beabsichtigt, einen Mann zu exekutieren, ohne überhaupt zu wissen, was er getan hat?« In meiner Aufregung hatte ich Jocastas Strickkorb umgestoßen. Kleine, bunte Wollknäuel rollten in alle Himmelsrichtungen davon und hüpften über den Teppich.

»Ich weiß, was er getan hat, Mrs. Fraser!« Campbell hob mit hochrotem Kopf das Kinn und schluckte mit sichtlicher Mühe seine Ungeduld hinunter.

»Verzeihung, Ma'am. Ich weiß, daß Ihr gerade erst hier angekommen seid, daher werden Euch manche unserer Sitten unverständlich und vielleicht sogar barbarisch vorkommen, aber –«

»Natürlich finde ich sie barbarisch! Was für ein Gesetz ist es, das einen Mann verurteilt–«

»Einen Sklaven–«

»Einen Mann! Ihn ohne Gerichtsverfahren verurteilt, ja sogar ohne Ermittlungen? Was für ein Gesetz ist das?«

»Ein schlechtes, Madame!« schnappte er. »Aber es ist trotzdem Gesetz, und ich bin damit beauftragt, ihm Geltung zu verschaffen, Mr. Fraser, seid Ihr bereit?« Er setzte sich den Hut auf und wandte sich an Jamie.

»Ja.« Jamie hatte Pistolen und Munition in seinen tiefen Rocktaschen verstaut, richtete sich auf und strich die Rockschöße über seinen Oberschenkeln glatt. »Sassenach, kannst du–«

Bevor er zu Ende sprechen konnte, war ich bei ihm und hatte ihn am Arm gepackt.

»Jamie, bitte! Geh nicht, du kannst dich nicht an so etwas beteiligen.«

»Psst!« Er legte seine Hand auf die meine und drückte sie fest. Sein Blick hielt den meinen und ließ mich nicht zu Wort kommen.

»Ich bin schon daran beteiligt«, sagte er still. »Es ist der Besitz meiner Tante, es sind ihre Männer. Mr. Campbell hat recht; ich bin ihr Verwandter. Es ist meine Pflicht zu gehen – zumindest als Zeuge. Dazusein.« Dann zögerte er, als wollte er noch etwas sagen, drückte mir aber statt dessen noch einmal die Hand und ließ los.

»Dann gehe ich mit.« Ich sprach völlig ruhig, mit jenem geisterhaften Gefühl der Distanz, das mit dem Bewußtsein einer bevorstehenden Katastrophe einhergeht.

Sein breiter Mund zuckte kurz.

»Das habe ich mir gedacht, Sassenach. Geh und hol deine Kiste, aye? Ich kümmere mich um die Pferde.«

Ohne Mr. Campbells Vorhaltungen zu beachten, eilte ich zur Kräuterkammer, und meine Schuhe klapperten auf den Fliesen wie die Schläge eines furchtsamen Herzens.

Unterwegs trafen wir auf Andrew MacNeill, der sein Pferd im Schatten einer Kastanie verschnaufen ließ. Er hatte uns erwartet; als er unsere Hufschläge hörte, trat er aus dem Dunkel. Er nickte Mr. Campbell zu, als wir bei ihm anhielten, doch sein Blick war stirnrunzelnd auf mich gerichtet.

»Habt Ihr es ihm nicht erklärt, Mr. Campbell?« fragte er und wandte sich stirnrunzelnd an Jamie. »Das ist nichts für eine Frau, Mr. Fraser.«

»Ihr habt doch gesagt, daß es um Blutvergießen geht, oder?« sagte Jamie mit deutlicher Schärfe in der Stimme. »Meine Frau ist *ban ligiche*; sie hat mit mir den Krieg durchgemacht, und mehr. Wenn Ihr mich dabeihaben wollt, kommt sie auch mit.«

MacNeill kniff die Lippen fest zusammen, brachte aber keine Einwände mehr vor. Er wandte sich abrupt ab und schwang sich in den Sattel

»Macht uns mit den Umständen dieser unglücklichen Angelegenheit vertraut, MacNeill.« Campbell trieb seine Stute neben Jamies Pferd und drängte sich geschickt zwischen MacNeill und Jamie. »Mr. Fraser ist neu hier, wie Ihr wißt, und Euer Sohn hat mir nur gesagt, daß es Blutvergießen gegeben hat. Ich weiß noch nichts Genaues.«

McNeills massige Schultern hoben sich leicht und schoben sich auf das graue, zu einem Zopf gebundene Haar zu, das über seinem Kragen hing. Sein Hut saß fest auf seinem Kopf, parallel zu seinen Schultern, als hätte er ihn mit der Wasserwaage ausgerichtet. Ein vierschrötiger, unverblümter Mann, dieser MacNeill.

Er erzählte uns die Geschichte beim Weiterreiten, und sie war simpel. Byrnes, der Aufseher der Sägemühle, hatte mit einem der Sklaven von der Terpentinanlage eine Auseinandersetzung gehabt. Dieser war mit dem großen Rindenmesser, das er für seine Aufgabe brauchte, bewaffnet gewesen und hatte versucht, die Angelegenheit zu regeln, indem er Byrnes köpfte. Er hatte sein Ziel verfehlt, und es war ihm nur gelungen, Byrnes um ein Ohr zu erleichtern.

»Hat ihn wie eine Kiefer geschält«, sagte MacNeill, und eine gewisse grimmige Genugtuung schwang in seiner Stimme mit. »Hat nur seinen Löffel erwischt und ein Stückchen vom Gesicht. Nicht, daß es der Schönheit der ekligen Eiterbeule groß geschadet hätte.«

Ich sah Jamie an, der als Antwort eine Augenbraue hochzog. Offenbar war Byrnes bei den Plantagenbesitzern der Gegend nicht beliebt.

Der Aufseher hatte um Hilfe gebrüllt, und mit Hilfe zweier Kunden und ihrer Sklaven war es ihm gelungen, den Angreifer dingfest zu machen. Sobald die Wunde verbunden und der Sklave in eine Hütte gesperrt worden war, hatte man den jungen Donald MacNeill – der gekommen war, um ein Sägeblatt abziehen zu lassen, und sich unerwartet in ein Drama verwickelt gesehen hatte – losgeschickt, um die Besitzer der umliegenden Plantagen zu informieren.

»Ihr kennt dieses Gesetz wohl nicht«, erklärte Campbell, der sich im Sattel umdrehte, um Jamie anzusprechen. »Wenn ein Sklave hingerichtet werden muß, bringt man die Sklaven von den umliegenden Plantagen her, damit sie zusehen – zur Abschreckung, aye? Um sie von unüberlegten Handlungen abzuhalten.«

»Was Ihr nicht sagt«, antwortete Jamie höflich. »Ich glaube, das war auch die Absicht der Krone, als man meinen Großvater nach dem Aufstand auf dem Tower Hill hingerichtet hat. Sehr effektiv – meine Verwandtschaft hat sich seitdem mustergültig benommen.«

Ich hatte lange genug unter Schotten gelebt, um die Bedeutung dieses kleinen Seitenhiebs zu verstehen. Jamie mochte Campbells Bitte gefolgt sein, doch der Enkel des Alten Fuchses ordnete sich nicht einfach so unter – noch hielt er notwendigerweise viel von englischen Gesetzen.

MacNeill hatte zweifelsohne verstanden; sein Nacken wurde feuerrot, doch Farquard Campbell wirkte amüsiert. Er lachte kurz und trocken, bevor er sich umdrehte.

»Wißt Ihr, welcher Sklave es ist?« frage er den älteren Mann. MacNeill schüttelte den Kopf.

»Das hat Donald nicht gesagt. Aber Ihr wißt es genausogut wie ich, es wird dieser Hitzkopf Rufus sein.«

Campbells Schultern sanken zusammen, als er das hörte.

»Jo wird sehr traurig sein, wenn sie das hört«, murmelte er und schüttelte bedauernd den Kopf.

»Sie ist selbst daran schuld«, sagte MacNeill und verpaßte einer Pferdebremse, die sich oberhalb des Stiefels auf seinem Bein niedergelassen hatte, eine brutalen Schlag. »Dieser Byrnes ist nicht einmal in der Lage, Schweine zu hüten, geschweige denn, Verantwortung für Sklaven zu tragen. Ich habe es ihr schon oft gesagt, und Ihr auch.«

»Aye, aber Hector hat den Mann eingestellt, nicht Jo«, wandte Campbell ein. »Und sie konnte ihn nicht einfach so entlassen. Was soll sie denn tun, die Sägemühle selbst betreiben?«

Ein Grunzen war die Antwort, als MacNeill seinen breiten Hintern im Sattel verlagerte. Ich sah zu Jamie hinüber und blickte in ein Pokerface. Seine Augen waren im Schatten unter seiner Hutkrempe verborgen.

»Es gibt kaum etwas Schlimmeres als eine eigensinnige Frau«, sagte MacNeill etwas lauter als unbedingt notwendig. »Sie hat es nur sich selbst zuzuschreiben, wenn sie ins Unglück rennt.«

»Wohingegen«, warf ich ein, indem ich mich vorbeugte und meine Stimme so weit erhob, daß sie trotz des Hufgetrappels und des Knirschens der Sättel zu hören war, »wenn ein Mann sie ins Unglück stürzt, die Tatsache, daß sie ihm die Schuld zuschieben kann, alles wieder aufwiegt?«

Jamie schnaubte belustigt; Campbell kicherte laut und stieß MacNeill die Reitgerte zwischen die Rippen.

»Erwischt, Andrew!« sagte er.

MacNeill antwortete nicht, doch sein Hals wurde noch röter. Danach ritten wir schweigend weiter, und MacNeill hielt die Schultern bis zu den Ohren hochgezogen.

Obwohl der Schlagabtausch mich mit leiser Genugtuung erfüllte, beruhigte er meine Nerven keineswegs; mein Magen zog sich bei dem Gedanken an das, was vielleicht geschehen würde, wenn wir die Sägemühle erreichten, vor Schrecken zusammen. Obwohl die Männer kein Hehl aus ihrer Abneigung gegen Byrnes und aus ihrer Vermutung machten, daß er selbst schuld war an dem, was sich zugetragen hatte – was auch immer es war –, gab es nicht den geringsten Hinweis darauf, daß dies das Schicksal des Sklaven in irgendeiner Weise ändern würde.

»Ein schlechtes Gesetz«, hatte Campbell es genannt – aber dennoch Gesetz. Trotzdem war es weder meine Empörung noch mein Entsetzen bei dem Gedanken an die Grausamkeit der Justiz, was meine Hände zittern und die Lederzügel vor Schweiß schlüpfrig werden ließ; es war die Frage, was Jamie tun würde.

Sein Gesicht verriet nichts. Er ritt entspannt, die Zügel in der linken Hand, die rechte locker auf dem Oberschenkel neben der Rocktasche, in der sich die Pistole abzeichnete.

Ich war noch nicht einmal sicher, ob es mich beruhigen sollte, daß er mich hatte mitkommen lassen. Das konnte bedeuten, daß er nicht damit rechnete, gewalttätig werden zu müssen – aber bedeutete das dann, daß er einfach dastehen und die Hinrichtung geschehen lassen würde?

Und wenn er das tat...? Mein Mund war ausgetrocknet, Nase und Hals von dem feinen, braunen Staub verstopft, der von den Hufen der Pferde aufstieg.

Ich bin schon daran beteiligt. Aber woran? An Clan und Familie, ja – aber *hieran*? Ein Highlander konnte für eine Sache, die seine Ehre betraf oder ihn in Rage brachte, sein Leben aufs Spiel setzen, aber den Angelegenheiten Fremder stand er meist unbeteiligt gegenüber. Nach Jahrhunderten der Abgeschiedenheit in ihren Bergfestungen neigten die Highlander nicht dazu, sich in die Belange anderer einzumischen – aber Gnade dem, der sich in die ihren einmischte.

Campbell und MacNeill hielten dies ganz klar für Jamies Angelegenheit – aber tat er selbst das auch? Jamie war kein abgeschieden lebender Highlander, beruhigte ich mich. Er war weitgereist und gebildet, ein kultivierter Mann. Und er wußte verdammt gut, was *ich* von dieser Sache hielt. Ich hatte allerdings das dumpfe Gefühl, daß meine Meinung bei den Entscheidungen dieses Tages keine besondere Rolle spielen würde.

Es war ein heißer, windstiller Nachmittag, die Zikaden zirpten laut in den Kräutern am Straßenrand, doch meine Finger waren kalt und lagen steif auf den Zügeln. Wir hatten ein paar andere Grüppchen überholt; kleine Pulks von Sklaven, die zu Fuß zur Sägemühle unterwegs waren. Sie blickten nicht auf, wenn wir vorbeikamen, sondern zogen sich an den Rand der Büsche zurück, um uns Platz zu machen.

Ein tiefhängender Zweig fegte Jamie den Hut vom Kopf; er fing ihn geschickt und setzte ihn wieder auf, doch zuvor konnte ich sein Gesicht einen Moment lang sehen. Seine Gesichtszüge waren angespannt vor Nervosität. Mit leichtem Schrecken begriff ich, daß er auch nicht wußte, was er tun würde. Und das machte mir mehr angst als alles andere zuvor.

Plötzlich waren wir im Kiefernwald; das gelbgrüne Flimmern der Hickory- und Erlenblätter wich abrupt dem dunkleren Licht kühlen Tiefgrüns, als bewegte man sich von der Meeresoberfläche in ruhigere Tiefen.

Ich griff hinter mich, um die Holzkiste zu berühren, die hinter meinem Sattel festgeschnallt war, und versuchte den Gedanken an das, was vor uns lag, zu verdrängen, indem ich mich im Geiste auf die einzige Rolle vorbereitete, die ich bei dem bevorstehenden Unheil spielen konnte. Ich würde es wahrscheinlich nicht verhindern können, doch ich konnte versuchen, den Schaden zu lindern, der bereits geschehen war. Desinfektion und Säuberung – ich hatte eine Flasche mit destilliertem Alkohol und eine Lösung aus Knoblauchsaft und Minze. Dann die Wunde verbinden – ja, ich hatte Verbandszeug – doch sicher mußte sie erst genäht werden?

Während ich mich noch fragte, was sie wohl mit Byrnes' abgetrenntem Ohr gemacht hatten, hielt ich inne. Das Summen in meinen Ohren kam nicht von den Zikaden. Campbell, der vorausgeritten war, zog scharf die Zügel an, um zu lauschen, und wir anderen hielten hinter ihm.

Stimmen in der Ferne, viele Stimmen, ein tiefes, aufgebrachtes Brummen wie von einem umgestürzten Bienenstock. Dann gedämpftes Rufen und Schreien und plötzlich der laute Knall eines Schusses.

Wir galoppierten zwischen den Bäumen hindurch den letzten Hang hinunter und donnerten auf die Lichtung mit der Sägemühle. Die freie Fläche war voller Menschen; Sklaven und Leibeigene, Männer,

Frauen und Kinder, irrten in Panik zwischen den aufgetürmten Baumstämmen herum wie durch einen Axthieb freigelegte Termiten.

Dann vergaß ich die Menge um mich herum. Meine ganze Aufmerksamkeit richtete sich auf die Seitenwand der Mühle, wo ein Kranzug aufgebaut war, der mit Hilfe eines riesigen Krummhakens Baumstämme zum Sägeblatt hinaufhieven konnte.

Der Körper eines Schwarzen war auf den Haken gespießt und wand sich gräßlich wie ein Wurm. Blutgeruch hing süß und scharf in der Luft, und auf dem Podest unter dem Kran bildete sich eine Lache.

Mein Pferd blieb stehen und trat, durch die Menge behindert, von einem Bein auf das andere. Das Geschrei war zu Stöhnen und hier und da einem Kreischen der Frauen in der Menge abgeebbt. Ich sah, wie Jamie vor mir aus dem Sattel glitt und sich mit Gewalt einen Weg zur Plattform bahnte. Campbell und MacNeill waren bei ihm und schoben sich entschlossen durch die aneinandergepreßten Körper. MacNeills Hut fiel herab, unbeachtet, und wurde am Boden zertrampelt.

Ich saß wie erstarrt im Sattel und konnte mich nicht bewegen. Es waren noch mehr Männer auf dem Podest; ein kleiner Mann, dessen Kopf auf groteske Weise mit Bandagen umwickelt war, die auf einer Seite reichlich mit Blut befleckt waren; mehrere andere Männer, Weiße und Mulatten, die mit Knüppeln und Musketen bewaffnet waren und gelegentlich drohend in die Menge stießen.

Nicht, daß es irgend jemanden dazu zu drängen schien, das Podest zu stürmen; im Gegenteil, es herrschte allgemeines Gedränge in die andere Richtung. Die Gesichter um mich herum zeigten Gefühle, die von Furcht bis hin zu erschrockenem Ekel reichten, und nur hier und dort blitzte Wut auf – oder Genugtuung.

Von MacNeills stämmigen Schultern auf das Podest gehoben, tauchte Farquard Campbell aus dem Gedränge auf und ging unverzüglich auf die bewaffneten Männer los. Er fuchtelte mit den Armen und rief etwas, das ich nicht hören konnte, obwohl das Schreien und Stöhnen um mich herum jetzt erschrockener Stille wich. Jamie ergriff den Rand des Podestes, zog sich hinter Campbell hoch und reichte MacNeill die Hand. Campbell stand Byrnes direkt gegenüber, und sein schmales Gesicht war wutverzerrt.

»... unsagbare Brutalität!« brüllte er. Seine Worte erreichten mich nur bruchstückhaft, da sie im Gedränge um mich herum halb untergingen, doch ich sah, wie er empört auf den Kran und seine grauenhafte Bürde zeigte. Der Sklave hatte aufgehört, sich zu winden, und hing nun reglos da.

Das Gesicht des Aufsehers war nicht zu sehen, doch sein Körper war steif vor Empörung und Trotz. Ein paar seiner Freunde bewegten sich auf ihn zu in der klaren Absicht, ihm Schützenhilfe zu leisten.

Ich sah, wie Jamie einen Augenblick stehenblieb, um die Lage einzuschätzen. Er zog beide Pistolen aus dem Rock und kontrollierte kühl, ob sie schußfertig waren. Dann trat er vor und hielt die eine an Byrnes bandagierten Kopf. Der Aufseher erstarrte überrascht.

»Hol ihn herunter«, sagte Jamie zu dem nächstbesten Rowdy. Er sprach so laut, daß er im ersterbenden Raunen der Menge gut zu hören war. »Oder ich puste das weg, was vom Gesicht deines Freundes noch übrig ist. Und dann –« Er hob die zweite Pistole und zielte mitten auf die Brust des Mannes. Jamies Gesichtsausdruck machte weitere Drohungen überflüssig.

Der Mann bewegte sich widerstrebend, wobei er die Pistole mit zusammengekniffenen Augen im Blick behielt. Er ergriff den Bremshebel des Krans, und zog ihn zurück. Der Haken sank langsam herab, das Seil vom Gewicht der Last gestrafft. Unter den Zuschauern erklang allgemeines Seufzen, als der schlaffe Körper die Erde berührte.

Es war mir gelungen, mein Pferd so weit durch die Menge zu treiben, daß ich nur noch etwa einen halben Meter vom Rand des Podestes entfernt war. Das Pferd scheute und stampfte, es warf seinen Kopf herum und schnaubte wegen des starken Blutgeruchs, war aber so gut dressiert, daß es nicht durchging. Ich saß ab und befahl einem Mann neben mir, meine Kiste abzuladen.

Die Bretter des Podestes fühlten sich seltsam unter meinen Füßen an, sie schwankten wie der Boden, wenn man von einem Schiff kommt. Nur wenige Schritte trennten mich von dem Sklaven; als ich ihn erreichte, war jene kalte Klarheit über mich gekommen, die die größte Stärke eines Chirurgen ist. Ich beachtete weder die erhitzten Auseinandersetzungen hinter mir noch die restlichen Zuschauer.

Er lebte noch; seine Brust bewegte sich in kurzen, ruckartigen Stößen. Der Haken hatte den Bauch durchbohrt, war durch den unteren Brustkorb gedrungen und ungefähr in Nierenhöhe hinten ausgetreten. Die Haut des Mannes war von einem unirdischen, dunklen Blaugrau, und seine Lippen waren bleich wie Lehm.

»Psst«, sagte ich leise, obwohl der Sklave bis auf sein röchelndes Atmen kein Geräusch machte. In seinen Augen stand Unverständnis, seine Pupillen waren erweitert und von Dunkelheit überschwemmt.

Es lief ihm kein Blut aus dem Mund, also waren die Lungen nicht verletzt. Sein Atem ging flach, aber rhythmisch; das Zwerchfell war nicht durchstochen. Meine Hände bewegten sich sanft über ihn hinweg, während mein inneres Auge versuchte, den Pfad der Zerstörung zu verfolgen. Aus beiden Wunden sickerte Blut, es floß schwarz über die Bauch- und Rückenmuskeln und leuchtete rubinrot auf dem polierten Stahl. Es spritzte nicht hervor; irgendwie hatten seine Henker sowohl die Bauch- als auch die Nierenschlagader verfehlt.

Hinter mir war ein hitziger Streit ausgebrochen, und ich registrierte ganz am Rande, daß Byrnes' Kameraden, die Aufseher zweier Nachbarplantagen, gegenwärtig von Farquard Campbell kräftig zurechtgewiesen wurden.

»... offene Mißachtung des Gesetzes. Dafür werdet Ihr Euch vor Gericht verantworten, meine Herren, dessen könnt Ihr Euch sicher sein!«

»Was macht das schon?« brummte einer von ihnen schmollend. »Hier geht's doch um Blutvergießen – und Verstümmelung. Byrnes hat seine Rechte!«

»Rechte, über die Leute wie Ihr nichts zu sagen haben«, fiel MacNeill tief grollend ein. »Abschaum seid Ihr, nicht besser als die –«

»Und was habt Ihr zu melden, Alter? Steckt Eure lange, schottische Nase nicht in Sachen, die Euch nichts angehen!«

»Was brauchst du, Sassenach?«

Ich hatte ihn nicht kommen hören, doch er war da. Jamie hockte an meiner Seite, und meine Kiste stand geöffnet auf den Planken neben ihm. Er hielt immer noch eine geladene Pistole in der Hand und konzentrierte sich vorwiegend auf die Gruppe hinter mir.

»Ich weiß es nicht«, sagte ich. Ich hörte, wie der Streit im Hintergrund weiterging, doch die Worte verschwammen zur Bedeutungslosigkeit. Wirklichkeit existierte nur unter meinen Händen.

Es dämmerte mir langsam, daß der Mann vor mir trotz seiner verheerenden Wunde möglicherweise nicht tödlich verletzt war. Nach allem, was ich sehen und fühlen konnte, war der gekrümmte Haken aufwärts durch die Leber gedrungen. Wahrscheinlich war die rechte Niere beschädigt und das Jejunum oder die Gallenblase verletzt – aber nichts davon würde ihn unmittelbar umbringen.

Falls er schnell starb, dann höchstens durch den Schock. Doch ich sah den Puls in seinem schweißglatten Abdomen schlagen, genau über der Eintrittsstelle des Hakens. Er ging schnell, aber so regelmäßig wie der Schlag einer Trommel; ich konnte das Echo in den Fingerspitzen spüren, wenn ich die Hand darauf legte. Er hatte Blut verloren – der Geruch war stark und überlagerte die Gerüche nach Schweiß und Angst –, doch nicht so viel, daß er nicht zu retten war.

Mir kam ein beunruhigender Gedanke – möglicherweise war ich

in der Lage, diesen Mann am Leben zu erhalten. Wahrscheinlich ja; mit dem Gedanken fiel mir eine Flut möglicher Komplikationen ein, angefangen mit heftigen Blutungen beim Entfernen des Hakens. Innere Blutungen, verzögerter Schock, ein perforierter Darm, Peritonitis – und dennoch.

Bei der Schlacht von Prestonpans hatte ich einen Mann gesehen, der ungefähr an derselben Stelle von einem Schwert durchbohrt worden war. Seine einzige Behandlung war ein Verband um den Körper gewesen – und doch war er gesund geworden.

»Gesetzlosigkeit!« hörte ich Campbell sagen, als seine Stimme einmal die Auseinandersetzung übertönte. »So etwas kann nicht geduldet werden, egal, wodurch es provoziert wurde. Ich werde Euch alle zur Verantwortung ziehen, darauf könnt Ihr Gift nehmen!«

Niemand schenkte dem eigentlichen Gegenstand der Diskussion auch nur die geringste Beachtung. Es waren nur Sekunden vergangen, doch mir blieben auch nur noch Sekunden. Ich legte meine Hand auf Jamies Arm, um ihn von der Debatte abzulenken.

»Wenn ich ihn rette, werden sie ihn leben lassen?«

Abschätzend betrachtete er die Männer in meinem Rücken.

»Nein«, sagte er leise. Sein Blick traf den meinen, dunkel und voller Verständnis. Er straffte die Schultern und legte sich die Pistole über den Oberschenkel. Ich konnte ihm bei seiner Entscheidung nicht helfen und er mir nicht bei der meinen, aber er würde mich in Schutz nehmen, egal, welche Wahl ich traf.

»Gib mir die dritte Flasche von links in der oberen Reihe«, sagte ich und deutete mit einem Nicken auf den Deckel der Kiste, in dem sich drei Reihen durchsichtiger, fest verkorkter Glasflaschen mit Arzneimitteln befanden.

Ich hatte zwei Flaschen mit reinem Alkohol und eine mit Brandy. Ich schüttete eine kräftige Dosis der bräunlichen, zu Pulver zerstoßenen Wurzel in den Brandy und schüttelte das Ganze kräftig. Dann kroch ich zum Kopf des Mannes und setzte ihm die Mischung an die Lippen.

Seine Augen waren glasig; ich versuchte hineinzusehen, ihn dazu zu bringen, daß er mich wahrnahm. Warum? fragte ich mich, während ich mich noch über ihn beugte und ihn beim Namen rief. Ich konnte ihn nicht fragen, ob er diese Wahl treffen würde – ich hatte es für ihn getan. Und ich konnte ihn weder um seine Zustimmung noch um Vergebung dafür bitten.

Er schluckte. Einmal. Zweimal. Die Muskeln um seinen bleichen Mund zuckten; Weinbrandtropfen liefen ihm über die Haut. Noch ein tiefer, krampfhafter Schluck, dann entspannte sich sein Hals, und sein Kopf lag schwer auf meinem Arm.

Ich saß mit geschlossenen Augen da und stützte seinen Kopf, meine Finger auf dem Puls unter seinem Ohr. Er ging unregelmäßig, setzte einen Schlag aus und begann von neuem. Ein Zittern überlief seinen Körper, seine fleckige Haut zuckte, als liefen tausend Ameisen darüber.

Die Beschreibung aus dem Lehrbuch kam mir in den Sinn:

Taubheitsgefühl. Kribbeln. Ein Kitzeln wie von tausend Ameisen. Übelkeit, Bauchschmerzen. Atembeschwerden, Haut kalt und klamm, Gesicht blutleer. Puls schwach und unregelmäßig, doch der Verstand bleibt klar.

Keins der sichtbaren Symptome unterschied sich von denen, die er sowieso zeigte. Bauchschmerzen, und wie!

Ein fünfzigstel Gran tötet einen Sperling in wenigen Sekunden. Ein Zehntel Gran ein Kaninchen in fünf Minuten. Akonitin, so sagt man, war das Gift in dem Becher, den Medea für Theseus bereitete.

Ich versuchte, nichts zu hören, nichts zu fühlen, nichts wahrzunehmen außer dem ruckartigen Pochen unter meinen Fingern. Ich bemühte mich mit aller Kraft, die Stimmen über mir auszusperren, die Hitze, den Staub, den Blutgestank, zu vergessen, wo ich war und was ich tat.

Doch der Verstand bleibt klar.

O Gott, dachte ich. In der Tat.

12

Die Rückkehr des John Quincy Myers

Obwohl sie von den Geschehnissen bei der Sägemühle tief erschüttert war, erklärte Jocasta dennoch, daß sie die geplante Abendgesellschaft stattfinden lassen wolle.

»Das wird uns von unserem Kummer ablenken«, sagte sie bestimmt. Sie wandte sich mir zu und streckte die Hand aus, um den Musselinstoff meines Ärmels kritisch zu befühlen.

»Ich rufe Phaedre, damit sie ein neues Kleid für Euch anfängt«, sagte sie. »Das Mädchen ist eine wunderbare Schneiderin.«

Ich war fest davon überzeugt, daß ein neues Kleid und ein festliches Abendessen nicht reichen würden, um mich abzulenken, doch ich fing einen warnenden Blick von Jamie auf und schloß fest den Mund, um die Worte nicht entschlüpfen zu lassen.

Da die Zeit knapp und kein geeigneter Stoff vorhanden war, beschloß Jocasta schließlich, eins ihrer eigenen Kleider für mich ändern zu lassen.

»Wie sieht es aus, Phaedre?« Jocasta runzelte die Stirn und wies in meine Richtung, als könnte sie mein Bild durch pure Willenskraft heraufbeschwören. »Paßt es?«

»Gut«, sagte das Dienstmädchen, den Mund voller Stecknadeln. Sie steckte drei davon schnell nacheinander in den Stoff, blinzelte mich an, raffte an der Taille eine Falte zusammen und stach noch zweimal zu.

»Paßt genau«, führte sie aus, diesmal mit leerem Mund. »Sie ist kleiner als Ihr, Miss Jo, und ein bißchen schlanker um die Taille. Hat aber 'nen größeren Busen«, fügte sie leise hinzu und grinste mich an.

»Ja, das weiß ich.« Jocastas Tonfall war scharf – die geflüsterte Bemerkung war ihr nicht entgangen. »Schneide das Mieder auf; wir können Valenciennespitze einsetzen und sie mit grüner Seide unterlegen – schneide ein Stück aus dem alten Morgenrock meines Mannes; die Farbe sollte hierzu passen.« Sie berührte den leuchtend grün gestreiften Ärmel. »Faß die Einschnitte auch mit grüner Seide ein, das bringt ihr Dekolleté zur Geltung.« Ihre langen, bleichen Finger deuteten die Änderung an und wanderten fast abwesend über meine Brüste. Die Berührung war kühl und unpersönlich, und ich spürte sie kaum, doch ich konnte mich nur mit Mühe davon abhalten zurückzufahren.

»Ihr habt ein bemerkenswertes Gedächtnis für Farben«, sagte ich überrascht und etwas aus der Fassung gebracht.

»Oh, an dieses Kleid kann ich mich sehr gut erinnern«, sagte sie. Sie berührte sachte den weiten Ärmel. »Ein Herr hat mir einmal gesagt, daß ich ihn darin an Persephone erinnere – der Frühling in Person, hat er gesagt.« Diese Erinnerung zauberte ein Lächeln auf ihr Gesicht, das wieder verschwand, als sie den Kopf in meine Richtung hob.

»Welche Farbe hat Euer Haar, meine Liebe? Ich habe vergessen, danach zu fragen. Ihr hört euch irgendwie blond an, aber ich habe keine Ahnung, ob das wirklich stimmt. Bitte sagt jetzt nicht, daß Ihr schwarzhaarig und blaß seid!« Sie lächelte, doch irgendwie klang ihr Scherz wie ein Befehl.

»Es ist mehr oder weniger braun«, sagte ich und berührte befangen mein Haar. »Aber ein bißchen verblichen; ein paar Strähnen sind schon grau geworden.«

Sie runzelte die Stirn und schien zu überlegen, ob sie braun passend fand oder nicht. Da sie nicht in der Lage war, die Frage selbst zu beantworten, wandte sie sich an das Dienstmädchen.

»Wie sieht sie aus, Phaedre?«

Die Frau trat einen Schritt zurück und blinzelte mich an. Wie alle anderen Haussklaven war sie es wohl gewohnt, ihrer Herrin sorgfältige Beschreibungen zu liefern. Ihre dunklen Augen überflogen mich hurtig und ruhten einen langen Augenblick abschätzend auf meinem Gesicht. Sie nahm zwei Nadeln aus dem Mund, bevor sie antwortete.

»Genau richtig, Miss Jo«, sagte Phaedre. Sie nickte einmal langsam. »Genau richtig«, sagte sie noch einmal. »Sie hat weiße Haut, weiß wie abgeschöpfte Milch; paßt wirklich gut zu dem hellen Grün.«

»Hm. Aber der Unterrock ist elfenbeinfarben – sieht sie da bei ihrer blassen Haut nicht blutleer aus?«

Es paßte mir überhaupt nicht, erörtert zu werden, als wäre ich ein Kunstobjekt – und noch dazu möglicherweise ein unvollkommenes –, doch ich schluckte meine Einwände hinunter.

Phaedre schüttelte entschieden den Kopf.

»O nein, Ma'am«, sagte sie, »gar nicht. Ihre Knochen werfen Schatten. Und sie hat gelbbraune Augen, aber jetzt nicht an Lehm denken. Ihr habt doch dieses Buch, in dem lauter komische Tiere abgebildet sind.«

»Meinst du *Berichte von einer Erkundung des indischen Subkontinents?*« fragte Jocasta. »Ich erinnere mich. Ulysses hat es mir letzten Monat noch vorgelesen. Du meinst, Mrs. Fraser erinnert dich an eine der Illustrationen?« Sie lachte amüsiert.

»Mm-hm.« Phaedre hatte mich nicht aus den Augen gelassen. »Sie sieht aus wie die große Katze«, sagte sie leise und starrte mich an. »Dieser Tiger, der aus dem Busch guckt.«

Jocasta wirkte einen Augenblick erschrocken.

»So, so«, sagte sie und lachte. Doch sie faßte mich nicht mehr an.

Ich stand unten in der Halle und strich die grüngestreifte Seide über meinem Busen glatt. Phaedre hatte ihren Ruf als Schneiderin völlig zu Recht; das Kleid paßte wie angegossen, und die breiten Einfassungen aus smaragdfarbenem Satin hoben sich leuchtend von den blasseren Elfenbein- und Blattgrüntönen ab.

Da sie auf ihr dichtes Haar stolz war, trug Jocasta keine Perücken, und so gab es auch keine Versuche, mir eine solche zu verpassen. Phaedre hatte mir das Haar statt dessen mit Reismehl pudern wollen, doch ich hatte ihr entschlossen Widerstand geleistet. Sie hatte sich damit begnügt, meine Lockenpracht mit einem weißen Seidenband zu bändigen und am Hinterkopf aufzustecken und dabei ihre Meinung über meinen Mangel an modischem Instinkt mühsam unterdrückt.

Ich war mir nicht ganz sicher, warum ich den restlichen Flitterkram abgelehnt hatte, mit dem sie mich weiter verunstalten wollte – vielleicht war es schlichte Abneigung gegen Übertreibungen jeder Art. Oder vielleicht war es auch ein tiefer liegendes Unbehagen zum Objekt degradiert zu werden, für Jocastas Zwecke herausgeputzt und zur Schau gestellt zu werden. Wie auch immer, ich hatte es abgelehnt. Ich trug keinen Schmuck außer meinem Ehering, einem Paar kleiner Perlenohrringe und einem grünen Samtband um den Hals.

Ulysses kam die Treppe herunter, makellos in seiner Livree. Ich bewegte mich, und er wandte den Kopf, als er das Rascheln meiner Röcke wahrnahm.

Seine Augen weiteten sich zu einem Blick offener Anerkennung, als er mich sah, und ich blickte zu Boden und lächelte zurückhaltend, wie üblich, wenn man bewundert wird. Dann hörte ich ihn nach Luft schnappen und fuhr auf. Seine Augen waren immer noch geweitet, doch diesmal vor Furcht; seine Hand war so fest um das Geländer geschlossen, daß die Knöchel hervortraten.

»Verzeihung, Madame«, sagte er mit erstickter Stimme und hastete mit gesenktem Kopf die Treppe herunter an mir vorbei. Die Tür des Durchgangs zum Küchenhaus schwang hinter ihm zu.

»Was zum Kuckuck...?« sagte ich laut, und dann fiel mir ein, wo – und in welcher Zeit – wir uns befanden.

Er hatte so viel Zeit nur mit einer blinden Herrin und ohne Herrn in diesem Haus verbracht, daß er unvorsichtig geworden war. Für den Augenblick hatte er den grundlegendsten Schutz vergessen, den einzigen wirklichen Schutz, den ein Sklave hatte: das unbeteiligte, reglose Gesicht, hinter dem alle Gedanken verborgen blieben.

Kein Wunder, daß er einen Mordsschrecken bekommen hätte, als ihm klar wurde, was er getan hatte. Wenn eine andere Frau diesen unvorsichtigen Blick aufgefangen hätte... meine Hände wurden kalt und feucht, und ich schluckte, denn plötzlich hatte ich den Geruch von Blut und Terpentin in der Nase.

Doch es war nur ich gewesen, besann ich mich, und niemand sonst hatte es gesehen. Auch wenn der Butler Angst hatte, er war in Sicherheit. Ich würde mich verhalten, als wäre nichts geschehen – es war ja auch nichts geschehen – und die Situation... nun, die war eben, wie sie war. Das Geräusch von Schritten auf der Empore über mir unterbrach meinen Gedankengang. Ich blickte nach oben, holte tief Luft, und alle anderen Gedanken verblaßten augenblicklich.

Ein Highlander in voller Montur ist ein eindrucksvoller Anblick – jeder Highlander, und sei er noch so alt, unansehnlich oder übelgelaunt. Ein hochgewachsener, aufrechter und nicht im geringsten unansehnlicher Highlander in den besten Jahren wirkt atemberaubend.

Er hatte seit Culloden keinen Kilt mehr getragen, doch er hatte nicht verlernt, wie man sich darin hielt.

»Oh!« sagte ich.

Da sah er mich, und seine weißen Zähne blitzten auf, während er sich elegant verbeugte. Die Silberschnallen an seinen Schuhen glänzten. Er richtete sich auf und drehte sich einmal auf dem Absatz um sich selbst, um das Plaid in Schwung zu versetzen, dann kam er langsam herunter, die Augen gebannt auf mein Gesicht gerichtet.

Einen Moment lang sah ich ihn wie an dem Morgen, an dem ich ihn geheiratet hatte. Das Muster seines Tartans sah fast genauso aus wie damals: schwarzes Karo auf karminrotem Grund; das Plaid, mit einer Silberbrosche an der Schulter zusammengehalten, fiel bis zu seiner elegant bestrumpften Wade herab.

Leinenhemd und Rock waren heute feiner als damals, und der

Dolch an seiner Taille war am Heft mit Goldbändern verziert. *Duine uasal*, so sah er aus, ein Mann von Wert.

Doch das kühne Gesicht über den Spitzen war dasselbe, älter, doch dafür auch weiser – und dennoch, seine Kopfhaltung, der energische Zug um seinen breiten Mund, die klaren, schrägen Katzenaugen, die in die meinen blickten, das alles hatte sich nicht verändert. Hier stand ein Mann, der seinen Wert immer gekannt hatte.

»Euer Diener, Ma'am«, sagte er – und grinste übers ganze Gesicht, während er die letzten Stufen herunterkam.

»Du siehst großartig aus«, sagte ich und bekam den Kloß in meinem Hals kaum hinunter.

»Ist gar nicht so übel«, stimmte er ohne eine Spur falscher Bescheidenheit zu. Sorgfältig arrangierte er eine Falte auf seiner Schulter. »Das ist natürlich der Vorteil bei einem Plaid – es gibt keine Probleme mit der Paßform.«

»Ist es von Hector Cameron?« Ich hatte lächerliche Hemmungen, ihn in seiner festlichen Aufmachung zu berühren. Statt dessen berührte ich den goldenen Knauf seines Dolches, die stilisierte Darstellung eines fliegenden Vogels.

Jamie holte tief Luft.

»Jetzt gehört es mir. Ulysses hat es mir gebracht – mit den besten Wünschen meiner Tante.« Ich hörte einen seltsamen Unterton in seiner Stimme und sah zu ihm hoch. Obwohl es ihm offensichtlich größte Freude bereitete, wieder einen Kilt zu tragen, beunruhigte ihn etwas. Ich berührte seine Hand.

»Stimmt etwas nicht?«

Er lächelte halbherzig, doch seine Brauen waren sorgenvoll zusammengezogen.

»Ich würde nicht so weit gehen zu behaupten, daß etwas nicht stimmt. Nur –«

Er wurde durch Schritte auf der Treppe unterbrochen, und er zog mich aus der Bahn eines Sklaven, der mit einem Berg Tischwäsche vorbeieilte. Das Haus erinnerte an einen Bienenstock: Überall wurden letzte Vorbereitungen getroffen, am Hintereingang hörte ich Räder auf dem Kies knirschen, und die Platten, die im Galopp aus der Küche getragen wurden, erfüllten die Luft mit herzhaften Düften.

»Wir können hier nicht reden«, murmelte er. »Sassenach, kannst du beim Abendessen aufpassen? Falls ich dir ein Zeichen gebe« – er zupfte an seinem Ohrläppchen –, »kannst du dann sofort ein Ablenkungsmanöver starten? Egal, was – wirf dein Weinglas um, fall in Ohnmacht, stich mit der Gabel auf deinen Tischgenossen ein –« Er grinste mich an, und das machte mir Mut – es ging bei seinem Problem also nicht um Leben und Tod.

»Kann ich«, versicherte ich ihm. »Aber was –«

Oben auf der Empore öffnete sich eine Tür, und Jocastas Stimme drang zu uns herab, als sie Phaedre letzte Anweisungen gab. Als Jamie das hörte, beugte er sich schnell zu mir herab und küßte mich. Dann machte er sich mit schwingendem Plaid davon und verschwand zielsicher zwischen zwei Sklaven, die Tabletts mit Kristallgläsern in den Salon trugen. Ich starrte ihm verwundert nach und trat gerade noch rechtzeitig zur Seite, um nicht von den Dienstboten umgerannt zu werden.

»Bist du das, liebste Claire?« Jocasta hielt auf der unteren Stufe inne. Ihr Kopf war mir zugewandt und sie schien direkt auf meine Schultern zu blicken. Es war unheimlich.

»Ja«, sagte ich und berührte ihren Arm, um ihr genau zu zeigen, wo ich war.

»Ich habe den Kampfer in deinem Kleid gerochen«, sagte sie als Antwort auf meine unausgesprochene Frage und schob ihre Hand in meine Armbeuge. »Ich dachte, ich hätte Jamie gehört. Ist er hier?«

»Nein«, sagte ich völlig wahrheitsgemäß. »Ich glaube, er ist nach draußen gegangen, um die Gäste zu begrüßen.«

»Ah.« Ihre Hand schloß sich fester um meinen Arm, und sie seufzte halb beruhigt, halb ungeduldig. »Ich will nicht über Dinge jammern, die nicht zu ändern sind, aber ich würde ein Auge hergeben, wenn ich dafür mit dem anderen den Jungen heute abend in seinem Plaid sehen könnte.«

Mit einem Kopfschütteln, bei dem ihre Diamantohrringe aufblitzten, verscheuchte sie den Gedanken. Ihr weißes Haar hob sich leuchtend von der dunkelblauen Seide ihres Kleides ab. Der Stoff war mit Libellen bestickt, die zwischen den Falten hin- und herzuschwirren schienen, wenn sie sich im Licht der Wandleuchten und der schweren Kerzenleuchter bewegte.

»Nun gut. Wo ist Ulysses?«

»Hier, Madame.« Er war so leise zurückgekehrt, daß ich ihn nicht gehört hatte, und war an ihrer anderen Seite erschienen.

»Dann komm«, sagte sie und nahm seinen Arm. Ich wußte nicht, ob die Aufforderung ihm oder mir galt, doch ich folgte gehorsam in ihrem glitzernden Kielwasser. Dabei mußte ich zwei Küchenjungen ausweichen, die das Hauptgericht hereintrugen – einen am Stück gegrillten Keiler samt Kopf und Stoßzähnen, dessen fettriefender Hinterschinken nur darauf wartete, daß man ihn anschnitt. Es roch göttlich.

Ich strich mir über das Haar und bereitete mich innerlich darauf vor, Jocastas Gästen gegenüberzutreten. Irgendwie kam ich mir so vor, als sollte auch ich auf einer silbernen Platte präsentiert werden – mit einem Apfel im Mund.

Die Gästeliste hätte sich wie ein *Who's Who* der feinen Gesellschaft von Cape Fear gelesen, hätte ein solches Buch existiert. Campbell, Maxwell, Buchanan, MacNeill, MacEachern... Namen aus den Highlands, Namen von den Inseln, MacNeill von Barra Meadows, MacLeod von Islay... viele der Plantagennamen zeugten ebenso von der Herkunft ihrer Eigentümer wie deren Sprache; von der hohen Stuckdecke hallten melodiöse, gälische Klänge wider.

Einige der Männer kamen im Kilt oder hatten Plaids über ihre Röcke und Seidenkniehosen geschlungen, doch ich sah keinen, der so umwerfend aussah wie Jamie – der durch Abwesenheit auffiel. Ich hörte, wie Jocasta Ulysses etwas zuflüsterte; dieser klatschte in die Hände und rief so ein kleines Serviermädchen herbei, das er in das laternenbeschienene Halbdunkel des Gartens schickte, wahrscheinlich, um ihn zu suchen.

Fast genauso auffällig waren die wenigen Gäste, die keine Schotten waren; ein breitschultriger, sanft lächelnder Quäker, der Hermon Husband hieß; ein hochgewachsener, grobknochiger Herr namens Hunter und – zu meiner großen Überraschung – Phillip Wylie, makellos gepudert in Anzug und Perücke.

»So treffen wir uns also wieder, Mrs. Fraser«, bemerkte er, während er meine Hand viel länger in der seinen hielt, als gesellschaftlich korrekt war. »Ich gestehe, daß mich das Glück, Euch wiederzusehen, schier überwältigt!«

»Was macht Ihr denn hier?« sagte ich ziemlich rüde.

Er grinste unverschämt.

»Mein Gastgeber hat mich mitgenommen, der edle und einflußreiche Mr. MacNeill von Barra Meadows, von dem ich just ein Paar ausgezeichnete Grauschimmel erwarb. Apropos, zehn Pferde hätten mich nicht daran hindern können, an diesem feierlichen Anlaß teilzunehmen, nachdem ich erfuhr, daß die Gesellschaft zu Euren Ehren stattfindet.« Genüßlich betrachtete er mich von Kopf bis Fuß, wobei er sich so unnahbar gab wie ein Kenner, der sich an einem seltenen Kunstwerk erfreut.

»Darf ich anmerken, Ma'am, wie überaus gut Euch dieser Grünton steht?«

»Daran kann ich Euch wohl nicht hindern.«

»Ganz zu schweigen von der Wirkung des Kerzenlichtes auf Eurer Haut. ›Dein Hals ist wie ein elfenbeinerner Turm‹«, zitierte er und ließ den Daumen anzüglich über meine Handfläche gleiten, »›deine Augen sind wie die Teiche zu Hesbon.‹«

»›Deine Nase ist wie der Turm auf dem Libanon, der gen Damaskus steht‹«, sagte ich mit einem vielsagenden Blick auf seinen ausgeprägten Aristokratenrüssel.

Er brach in Gelächter aus, ließ meine Hand aber nicht los. Ich warf einen verstohlenen Blick auf Jocasta, die in der Nähe stand; sie schien in die Unterhaltung mit einem Neuankömmling vertieft zu sein, doch die Erfahrung hatte mich gelehrt, wie scharf ihre Ohren waren.

»Wie alt seid Ihr?« fragte ich, wobei ich meine Augen zusammenkniff und versuchte, ihm meine Hand ohne ungebührliche Kraftanstrengung zu entziehen.

»Fünfundzwanzig, Ma'am«, antwortete er ziemlich überrascht. Er drückte einen Finger seiner freien Hand auf das sternförmige Schönheitspflaster neben seinem Mund. »Sehe ich denn abgehärmt aus?«

»Nein. Ich wollte nur sichergehen, daß ich die Wahrheit sage, wenn ich Euch davon in Kenntnis setze, daß ich alt genug bin, um Eure Mutter zu sein!«

Diese Nachricht schien ihn nicht im mindesten zu verstören. Vielmehr hob er meine Hand an die Lippen und preßte diese inbrünstig darauf.

»Ich bin entzückt«, hauchte er. »Darf ich Euch *Maman* rufen?«

Ulysses stand hinter Jocasta, die dunklen Augen konzentriert auf die Gäste gerichtet, die über den erleuchteten Pfad vom Fluß heraufkamen. Ab und zu beugte er sich vor, um ihr etwas ins Ohr zu flüstern. Ich zog meine Hand mit aller Kraft aus Wylies Griff und benutzte sie, um dem Butler auf die Schulter zu tippen.

»Ulysses«, sagte ich und lächelte Wylie charmant an, »würdest du bitte dafür sorgen, daß Mr. Wylie beim Essen neben mir sitzt?«

»Gewiß, Madame, ich werde mich darum kümmern«, versicherte er mir und setzte unverzüglich seine Inspektion fort.

Mr. Wylie verbeugte sich überschwenglich und versicherte mich seiner unendlichen Dankbarkeit, um sich dann von einem der Lakaien ins Haus führen zu lassen. Ich winkte ihm vergnügt nach und dachte mir, wie sehr ich es im Fall des Falles genießen würde, mit meiner Gabel auf ihn einzustechen.

Ich konnte nicht sagen, ob es nur ein glücklicher Zufall oder wohlüberlegte Planung war, doch ich fand mich zwischen Mr. Wylie und

Mr. Husband, dem Quäker, wieder, und Mr. Hunter – noch jemand, der kein Gälisch sprach – saß mir gegenüber. Wir bildeten eine kleine englische Insel inmitten einer wogenden schottischen See.

Jamie war im letzten Moment aufgetaucht und saß jetzt am Kopfende des Tisches, Jocasta zu seiner Rechten. Zum x-ten Mal fragte ich mich, was eigentlich vorging. Ich beobachtete ihn genau und hielt eine saubere Gabel neben meinem Teller einsatzbereit, doch wir waren ohne besondere Zwischenfälle beim dritten Gang angelangt.

»Ich bin überrascht, einen Herrn Eurer Glaubensrichtung bei einer solchen Gelegenheit anzutreffen, Mr. Husband. Erregt solche Frivolität keinen Anstoß bei Euch?« Da es ihm während der ersten beiden Gänge nicht gelungen war, meine Aufmerksamkeit auf sich zu ziehen, versuchte Wylie es jetzt damit, daß er sich über mich beugte, wobei sein Oberschenkel beiläufig den meinen berührte.

Hermon Husband lächelte. »Auch Quäker müssen essen, Freund Wylie. Und ich habe Mrs. Camerons Gastfreundschaft schon oft genossen, es fiele mir nicht ein, sie jetzt zurückzuweisen, nur weil sie andere mit einschließt.« Er wandte sich wieder mir zu und nahm den unterbrochenen Gesprächsfaden auf.

»Ihr habt nach den Regulatoren gefragt, Mrs. Fraser?« Er deutete über den Tisch. »Ich würde Eure Frage gern an Mr. Hunter weiterleiten, denn wenn überhaupt davon die Rede sein kann, daß die Regulatoren jemandes Führung genießen, dann halten sie sich an diesen Herrn.«

Mr. Hunter akzeptierte das Kompliment mit einer Verbeugung. Er war ein hochgewachsenes, hohlwangiges Individuum und einfacher gekleidet als die meisten anderen Gäste, obwohl er kein Quäker war. Er und Mr. Husband befanden sich auf der Heimreise von Wilmington ins Hinterland. Ich hatte Gouverneur Tryons Angebot im Hinterkopf und wollte so viel wie möglich über diese Gegend herausfinden.

»Wir sind nur ein loser Zusammenschluß«, sagte er bescheiden und stellte sein Weinglas ab, »und tatsächlich würde es mir widerstreben, irgendeinen Titel zu beanspruchen – ich habe einfach nur das Glück, eine Heimstätte zu besitzen, die sich gut als Versammlungsort eignet.«

»Man sagt, die Regulatoren sind nur Gesindel.« Wylie tupfte sich die Lippen ab, wobei er achtgab, sein Pflästerchen nicht abzulösen. »Sie sollen gesetzlos sein und dazu neigen, den offiziellen Vertretern der Krone Gewalt anzutun.«

»Das ist nicht wahr, so sind wir nicht«, warf Mr. Husband ein, ohne sich aus der Ruhe bringen zu lassen. Ich war überrascht, daß er sich als Regulator zu erkennen gab – vielleicht war die Bewegung ja nicht ganz so gesetzlos und gewalttätig, wie man Wylies Worten entnehmen konnte. »Wir streben nur nach Gerechtigkeit, und diese kann nicht durch Gewalt erlangt werden, denn sobald Gewalt ins Spiel kommt, flieht die Gerechtigkeit.«

Wylie lachte, und für einen solchen Gecken klang es überraschend tief und männlich.

»Es sollten wohl besser die Diener der Gerechtigkeit fliehen! Diesen Eindruck hat mir jedenfalls Richter Dodgson vermittelt, als ich ihn letzte Woche sprach. Oder vielleicht war er im Irrtum, Sir, was die Halunken anging, die in seine Räumlichkeiten eingedrungen sind, ihn niedergeschlagen und an den Fersen auf die Straße geschleift haben?« Er schenkte Hunter ein einnehmendes Lächeln, und dieser errötete tief unter seiner Sonnenbräune. Seine Finger umklammerten den Stiel des Weinglases. Ich sah hoffnungsvoll zu Jamie herüber. Kein Anzeichen für ein Signal.

»Richter Dodgson«, sagte Hunter verächtlich, »ist ein Wucherer, ein Dieb, eine Schande für den Rechtsstand und –«

Ich hatte schon seit einiger Zeit draußen Geräusche gehört, jedoch eine Krise im Küchenhaus, das durch einen offenen Durchgang vom Haupthaus getrennt war, für die Ursache gehalten. Doch jetzt wurden die Geräusche deutlicher, und ich fing eine vertraute Stimme auf, die mich vollständig von Mr. Hunters Bezichtigungen ablenkte.

»Duncan!« Ich erhob mich halb, und meine Nachbarn wandten fragend die Köpfe.

Es gab ein plötzliches Durcheinander auf der Terrasse, man sah schattenhafte Gestalten hinter den offenen Fenstertüren und hörte Rufe, Streitereien und Vorwürfe.

Die Gespräche verstummten, und jeder versuchte zu sehen, was da vor sich ging. Ich sah, wie Jamie seinen Stuhl zurückschob, doch bevor er sich erheben konnte, zeigte sich in der Tür eine Erscheinung.

Es war John Quincy Myers, der Mann aus den Bergen, der die zweiflügelige Tür von oben bis unten und von einer Seite zur anderen ausfüllte, angetan mit derselben Kostümierung, in der ich ihn kennengelernt hatte. Er lehnte schwerfällig im Türrahmen und betrachtete die Versammlung mit blutunterlaufenen Augen. Sein Gesicht war gerötet, er atmete geräuschvoll, und in der einen Hand hielt er eine lange Glasflasche.

Dann erblickte er mich, und sein Gesicht verzog sich zu einer abscheulichen Grimasse der Befriedigung.

»Da ssseid Ihr ja«, sagte er im Tonfall tiefster Genugtuung. »Hapss doch gessagt, Duncan wollt nix davon hör'n. Hat gessagt, Misstresss Claire meint, ich ssoll bet-trunken ssein, bevor ssie mich aufschneidet. Jetz' bin ich voll. Voll –« Er hielt inne, schwankte gefährlich und hob die Flasche. »Wie'n TROLL!!« schloß er triumphierend. Er trat einen Schritt in den Raum, fiel flach auf das Gesicht und regte sich nicht mehr.

Duncan erschien im Eingang, und auch er sah ziemlich mitgenommen aus. Sein Hemd war zerrissen, sein Rock hing ihm von der Schulter, und es sah so aus, als zeigten sich bei ihm die Anfänge eines Veilchens.

Er warf einen Blick auf die Gestalt, die vor seinen Füßen lag, und sah Jamie entschuldigend an.

»Ich habe versucht, ihn aufzuhalten, Mac Dubh.«

Ich erhob mich und kam gleichzeitig mit Jamie bei Myers an, gefolgt von einer Flut neugieriger Gäste. Jamie sah mich mit hochgezogenen Augenbrauen an.

»Tja, du hast wirklich gesagt, daß er bewußtlos sein muß«, stellte er fest. Er beugte sich über den Mann aus den Bergen und zog mit dem Daumen ein Augenlid hoch, worauf sich ein Streifen des weißen Augapfels zeigte. »Und ich würde sagen, er hat seine Sache gut gemacht.«

»Aber ich meinte doch nicht stockbesoffen!« Ich hockte mich neben den Bewußtlosen und legte vorsichtig zwei Finger an seine Halsschlagader. »Schön kräftig. Trotzdem... Alkohol ist wirklich kein gutes Betäubungsmittel«, sagte ich kopfschüttelnd. »Er ist ein Gift. Er legt das zentrale Nervensystem lahm. Wenn man seinem Rausch auch noch den Schock der Operation hinzufügt, könnte das leicht sein Ende bedeuten.«

»Kein großer Verlust«, sagte einer der Gäste, doch die anderen brachten den Spötter zischend zum Schweigen.

»Was für eine Schande, so viel Brandy zu verschwenden«, sagte jemand unter allgemeinem Gelächter. Es war Phillip Wylie; ich sah sein gepudertes Gesicht hinter Jamies Schulter. Er lächelte frech.

»Wir haben viel von Eurem Können gehört, Mistress Fraser. Jetzt ist die Gelegenheit, es unter Beweis zu stellen – vor Zeugen!« Er deutete elegant auf die Gäste, die sich um uns drängten.

»Ach, fort mit Euch«, sagte ich schroff.

»Ooh, hört, hört!« murmelte jemand hinter mir, nicht ohne Bewunderung. Wylie blinzelte verblüfft, grinste dann aber noch breiter als zuvor.

»Euer Wunsch ist mir Befehl, Ma'am«, murmelte er und verschwand mit einer Verbeugung wieder im Publikum.

Ich erhob mich, von Zweifeln geplagt. Es konnte gutgehen. Technisch gesehen, war die Operation einfach und sollte nicht mehr als ein paar Minuten in Anspruch nehmen – falls ich nicht auf Komplikationen stieß. Nur ein kleiner Einschnitt – doch er ging durch das Bauchfell, und das Infektionsrisiko war beträchtlich.

Dennoch konnte ich wohl kaum bessere Bedingungen antreffen als hier – reichlich Alkohol zur Desinfektion und jede Menge bereitwillige Assistenten. Andere Betäubungsmittel standen nicht zur Verfügung, und ich konnte es unter keinen Umständen tun, wenn der Patient bei Bewußtsein war. Und außerdem hatte Myers mich darum gebeten.

Ich suchte Jamies Gesicht, weil ich seinen Rat wollte. Er stand da, direkt neben mir, und sah die Frage in meinen Augen. Verdammt, er hatte doch ein Ablenkungsmanöver gewollt.

»Tu's lieber, Sassenach.« Jamie betrachtete die hingestreckte Gestalt. »Vielleicht hat er nie wieder den Mut oder das Geld, sich so zu betrinken.« Ich bückte mich und prüfte noch einmal seinen Puls – er ging kräftig und regelmäßig.

Jocastas stattlicher Kopf erschien zwischen den neugierigen Gesichtern und blickte über MacNeills Schulter.

»Bringt ihn in den Salon«, sagte sie kurz. Sie zog sich zurück, und die Entscheidung war mir abgenommen.

Ich operierte nicht zum erstenmal unter merkwürdigen Bedingungen, dachte ich, während ich hastig meine Hände in dem Essig abspülte, den man mir aus der Küche gebracht hatte, doch so merkwürdig waren sie noch nie gewesen.

Seiner Unterbekleidung entledigt, lag Myers, geschmackvoll auf dem Mahagonitisch ausgebreitet, reglos wie ein gegrillter Fasan und fast ebenso dekorativ. Statt auf einer Platte lag er auf einer Pferdedecke, und mit seinem mit Stachelschweinborsten verzierten Hemd und seiner Bärenkrallenkette gab er einen prachtvollen Hauptgang ab, garniert mit einer Ansammlung von Flaschen, Tüchern und Verbandsmaterial.

Ich hatte keine Zeit, mich umzuziehen; aus dem Räucherhaus wurde eine lederne Metzgerschürze geholt, um mein Kleid abzudecken, und Phaedre steckte mir die langen Rüschenärmel hoch, um meine Unterarme freizulegen.

Man hatte zusätzliche Kerzen herbeigeholt und bestückte Kandelaber und Kronleuchter; damit ich genug Licht hatte, wurde nicht gespart an wohlriechendem Bienenwachs. Allerdings nicht annähernd so duftend wie Myers; ohne Zögern nahm ich die Karaffe von der Anrichte und schüttete ihm besten Brandy im Wert von mehreren Schillingen über sein dunkles, lockiges Schamhaar.

»Eine teure Art, Läuse umzubringen«, bemerkte jemand kritisch hinter mir, als er den hastigen Exodus diverser Kleinstlebewesen vor der Flut beobachtete.

»Ah, aber sie sterben glücklich«, sagte eine Stimme, die ich als Ians erkannte. »Ich habe dir deine Kiste gebracht, Tante Claire.« Er stellte meine chirurgische Ausrüstung neben mir ab und öffnete sie für mich.

Ich griff nach meiner kostbaren blauen Flasche mit destilliertem Alkohol und dem Skalpell mit der geraden Klinge. Ich goß Alkohol über die Klinge, die ich dabei über eine Schale hielt, und suchte derweil unter den Zuschauern nach geeigneten Assistenten. Es würde nicht an Freiwilligen mangeln, denn im Publikum brodelte es vor unterdrücktem Gelächter und leisen Kommentaren. Das unterbrochene Abendessen war in der allgemeinen Aufregung vergessen.

Zwei kräftige Kutscher wurden aus der Küche gerufen, um die Beine des Patienten festzuhalten, Andrew MacNeill und Farquard Campbell erklärten sich bereit, die Arme zu übernehmen, und Ian wurde an meine Seite dirigiert, um mit einem großen Kerzenleuchter für mehr Licht zu sorgen. Jamie bezog am Kopf des Patienten als Chefanästhesist Posten – er hielt ein Glas Whisky neben dem schlaffen, schnarchenden Mund bereit.

Ich überprüfte, ob meine Vorräte und chirurgischen Nadeln bereitlagen, holte tief Luft und nickte meinen Truppen zu.

»Na, dann los.«

Verlegen über so viel Aufmerksamkeit, hatte sich Myers' Penis bereits zurückgezogen und linste schüchtern aus dem Gebüsch. Als die langen Beine des Patienten angehoben und gespreizt waren und Ulysses mit Bedacht den Hodensack zur Seite hielt, war der Leistenbruch klar zu sehen, eine glatte Schwellung von der Größe eines Hühnereis, die sich dunkelrot gegen die gespannte Leistenhaut drückte.

»Lieber Himmel!« sagte einer der Kutscher, dem bei dem Anblick fast die Augen aus dem Kopf fielen. »Es stimmt – er hat drei Eier!«

Das Publikum hielt vor Erstaunen die Luft an und kicherte dann, doch ich war zu beschäftigt, um den falschen Eindruck geradezurücken. Ich wischte sorgfältig das Perineum mit reinem Alkohol ab, tauchte mein Skalpell in die Flüssigkeit, zog die Klinge als letzte Sterilisationsmaßnahme vorwärts und rückwärts durch eine Kerzenflamme und machte einen raschen Einschnitt.

Nicht groß, nicht tief. Gerade genug, um die Haut zu öffnen und die rötlichgrau glänzende Darmschlinge zu sehen, die sich durch den Riß im Muskelgewebe vorwölbte. Blut quoll in einem dünnen Rinnsal heraus und tropfte dann auf die Decke.

Ich erweiterte den Einschnitt, tauchte meine Finger gründlich in die Desinfektionsschale, legte dann zwei Finger auf die Schlinge und schob sie sanft hoch. Myers verkrampfte sich plötzlich und schüttelte mich fast ab, dann entspannte er sich genauso plötzlich. Er verspannte sich wieder, sein Hintern hob sich, und meine Helfer ließen fast seine Beine los.

»Er wacht auf!« rief ich Jamie im allgemeinen Alarmgeschrei zu. »Gib ihm mehr, schnell!« All meine Zweifel über den Nutzen von Alkohol als Betäubungsmittel erwiesen sich als richtig, doch jetzt war es zu spät, um es mir anders zu überlegen.

Jamie packte den Mann am Kinn, öffnete ihm den Mund und flößte ihm Whisky ein. Myers hustete und spuckte und machte Geräusche wie ein ertrinkender Büffel, doch eine ausreichende Menge Alkohol schaffte es durch seine Kehle – der hünenhafte Körper entspannte sich. Der Bergläufer verfiel in murmelnde Reglosigkeit und begann zu schnarchen.

Es war mir gelungen, meine Finger in Position zu halten; er blutete stärker, als es mir lieb war, doch seine Bewegungen hatten die durchgebrochene Darmschlinge nicht wieder hinausbefördert. Mit einem sauberen, brandygetränkten Tuch betupfte ich die Stelle; ja, ich konnte den Rand der Muskelschicht sehen. Obwohl Myers so dürr war, lag unter seiner Haut eine dünne, gelbe Fettschicht, die die Oberfläche von den darunterliegenden dunkelroten Fasern trennte.

Wenn er atmete, konnte ich spüren, wie sich sein Darm bewegte, und die dunkle, feuchte Wärme seines Körpers umgab meine nackten Finger in jener seltsamen, einseitigen Intimität, die das Reich des Chirurgen ist. Ich schloß die Augen, ließ jede Eile von mir abfallen und vergaß die Zuschauer ringsum.

Ich atmete langsam ein und paßte meinen Rhythmus dem deutlich hörbaren Schnarchen an. Durch den Brandyduft und den etwas abstoßenden Essensgeruch hindurch nahm ich die erdigen Gerüche seines Körpers wahr; abgestandenen Schweiß, schmuddelige Haut, einen Hauch Urin und den Kupfergeruch des Blutes. Jedem anderen wären sie unangenehm gewesen, doch mir nicht, zumindest nicht jetzt.

Dieser Körper *war*. Weder gut noch schlecht, er war einfach. Er war mir jetzt vertraut; er war mein.

Sie waren alle mein: der bewußtlose Körper unter meinen Händen, der seine Geheimnisse preisgab, die Männer, die ihn hielten und ihre Augen auf mich gerichtet hatten. Es geschah nicht immer, doch wenn es dazu kam, war es ein unvergeßliches Gefühl, diese Synthese von Individuen, die sich zu einem einzigen Organismus verbanden. Und indem ich die Kontrolle über diesen Organismus übernahm, wurde ich selbst Teil davon und verlor mich darin.

Die Zeit stand still. Ich war mir jeder Bewegung genau bewußt, jedes Atemzuges, des Widerstandes der Catgutfäden, während ich den Leistenring zusammenzog, doch meine Hände gehörten nicht mir. Meine Stimme war hell und klar, sie gab Anweisungen, die unverzüglich befolgt wurden, und irgendwo in weiter Ferne verfolgte ein kleiner Beobachter in meinem Hirn den Vorgang mit distanziertem Interesse.

Dann war es vorbei, und die Zeit setzte wieder ein. Ich trat einen Schritt zurück und löste damit die Verbindung. Mir wurde ein bißchen schwindelig, als ich so unvermittelt allein dastand.

»Fertig«, sagte ich, und das Gemurmel der Zuschauer schwoll zu lautem Beifall an. Immer noch berauscht – hatte sich Myers' Trunkenheit per Osmose auf mich übertragen? –, drehte ich mich auf dem Absatz um und sank zu einem besonders tiefen Hofknicks vor den Gästen nieder.

Eine Stunde später hatte ich mir meinen eigenen Rausch angetrunken, denn ich war das Opfer diverser Trinksprüche geworden. Unter dem Vorwand, nach meinem Patienten sehen zu wollen, gelang es mir, kurz zu entfliehen, und ich stolperte nach oben in das Gästezimmer, in dem er lag.

Auf der Empore blieb ich stehen und hielt mich am Geländer fest, um die Balance wiederzufinden. Gespräche und Gelächter klangen als lautes Summen von unten herauf; die Abendgesellschaft war immer noch in vollem Gange, hatte sich aber in kleine Grüppchen aufgelöst, die sich über das Parkett der Halle und des Salons verteilten. Von meinem Standort aus betrachtet, wirkte es wie eine Bienenwabe: Bauschige Perückenköpfe und gazebeflügelte Kleider taumelten auf den sechseckigen Fliesen hin und her und summten geschäftig über Gläsern, die mit dem Nektar Brandy und Portwein gefüllt waren.

Wenn Jamie ein Ablenkungsmanöver wollte, dachte ich benommen, dann hätte er sich nichts Besseres wünschen können. Was auch immer hätte geschehen sollen, war erfolgreich verhindert worden. Doch was war es – und wie lange konnte es aufgeschoben werden?

Ich schüttelte den Kopf, um ihn klar zu bekommen – mit mäßigem Erfolg – und begab mich zu meinem Patienten.

Myers schlief immer noch selig und tief und atmete in langen Zügen, die das baumwollene Bettzeug erzittern ließen. Die Sklavin Betty nickte mir lächelnd zu.

»Es geht ihm gut, Mrs. Claire«, flüsterte sie. »Man könnte den Mann nicht mal mit 'nem Schießeisen aufwecken, glaube ich.«

Ich brauchte seinen Puls nicht zu fühlen; sein Kopf war zur Seite gedreht, und ich konnte die dicke Vene an seinem Hals sehen, in der der Puls langsam und schwer wie ein Hammer schlug. Ich berührte ihn, und seine Haut fühlte sich kühl und feucht an. Kein Fieber, kein Anzeichen eines Schocks. Seine ganze enorme Person strahlte Frieden und Wohlbehagen aus.

»Wie geht es ihm?« Wäre ich weniger betrunken gewesen, hätte ich mich erschrocken. So aber drehte ich mich nur um die eigene Achse. Jamie stand hinter mir.

»Gut«, sagte ich. »Man könnte ihn nicht einmal mit einer Kanone umbringen. Er ist wie du«, sagte ich und lehnte plötzlich an ihm, die Arme um seine Taille geschlungen, mein erhitztes Gesicht in den kühlen Leinenfalten seines Hemdes vergraben. »Unverwüstlich.«

Er küßte mich auf den Scheitel und strich ein paar Locken zurück, die sich während der Operation selbständig gemacht hatten.

»Gut gemacht, Sassenach«, flüsterte er. »Sehr gut, Liebste.«

Er roch nach Wein und Bienenwachs, nach Kräutern und Highlandwolle. Ich ließ meine Hand tiefer gleiten und spürte die Rundungen seines Hinterns, glatt und frei unter dem Kilt. Er bewegte sich sacht und drückte seinen Oberschenkel an den meinen.

»Du brauchst ein bißchen frische Luft, Sassenach – und ich muß mit dir reden. Kannst du ihn ein Weilchen allein lassen?«

Ich blickte auf das Bett und seinen schnarchenden Bewohner.

»Ja. Wenn Betty bei ihm sitzenbleibt und darauf achtet, daß er sich nicht im Schlaf übergibt und erstickt?« Ich sah die Sklavin an, die überrascht schien, daß ich überhaupt fragte, aber bereitwillig nickte.

»Wir treffen uns im Kräutergarten – und paß auf, daß du nicht die Treppe runterfällst und dir den Hals brichst, aye?« Er hob mein Kinn an und küßte mich kurz und intensiv. Ich blieb benommen zurück, und fühlte mich zugleich betrunkener und nüchterner als zuvor.

13

Eine Gewissensprüfung

Etwas Dunkles landete mit einem leisen *Plop!* vor uns auf dem Weg, und ich blieb abrupt stehen und klammerte mich an seinen Arm.

»Ein Frosch«, sagte Jamie seelenruhig. »Hörst du sie singen?«

»Singen« war nicht das Wort, das mir zu dem Quak- und Grunzkonzert eingefallen wäre, das aus dem Schilf am Fluß erklang. Aber Jamie hatte kein musikalisches Gehör und machte kein Hehl aus dieser Tatsache.

Er streckte die Fußspitze vor und stieß das am Boden hockende Tier sanft an.

»›Brekekekex, quak, quak‹«, zitierte er. »›Brekekekex, quak!‹« Das Tier hüpfte davon und verschwand unter den feuchten Pflanzen am Wegrand.

»Ich habe ja schon immer gewußt, daß du ein Talent für Sprachen hast«, sagte ich amüsiert, »aber ich hatte keine Ahnung, daß du Fröschisch kannst.«

»Na ja, nicht gerade fließend«, sagte er bescheiden. »Aber meine Aussprache ist gut, wenn ich das sagen darf.«

Ich lachte, und er drückte mir die Hand und ließ sie dann los. Der kurze Funke des Witzes erlosch, ohne eine Unterhaltung zu entzünden, und wir gingen weiter, körperlich zusammen, doch in Gedanken meilenweit voneinander entfernt.

Ich hätte erschöpft sein sollen, doch durch meine Adern strömte immer noch Adrenalin. Ich verspürte die Hochstimmung, die sich nach einer erfolgreichen Operation einstellt, ganz zu schweigen von einem ordinären kleinen Alkoholrausch. Infolge dieser Kombination stand ich etwas wackelig auf den Beinen, nahm jedoch gleichzeitig die Dinge um mich herum intensiv wahr.

Unter den Bäumen bei der Anlegestelle stand eine dekorative Bank, zu der Jamie mich jetzt führte, tiefer ins Dunkel hinein. Mit einem langen Seufzer sank er auf die Marmorbank, was mich daran erinnerte, daß auch er einen ereignisreichen Abend hinter sich hatte.

Ich sah mich mit übertriebener Aufmerksamkeit um und setzte mich dann neben ihn.

»Wir sind allein und unbeobachtet«, sagte ich. »Willst du mir jetzt vielleicht sagen, was zum Teufel hier vorgeht?«

»Oh, aye.« Er richtete sich auf und streckte seinen Rücken. »Ich hätte dir eher etwas sagen sollen, aber ich hatte ja keine Ahnung, daß sie so etwas tun würde.« Er tastete nach mir und fand im Dunklen meine Hand.

»Nichts Schlimmes, wie ich dir schon gesagt habe. Nur – als Ulysses mir das Plaid und den Dolch und die Brosche gebracht hat, hat er mir gesagt, Jocasta hätte vor, heute abend beim Essen zu verkünden – aller Welt mitzuteilen, daß sie mich zum Erben machen wollte von – dem hier.«

Seine Geste umfaßte das Haus und die Felder hinter uns – und alles andere: die Anlegestelle am Fluß, den Obstgarten, die Gärten, die Stallungen, die endlosen, harzduftenden Kiefernwälder, die Sägemühle und die Terpentinanlage – und die vierzig Sklaven, die dort arbeiteten.

Ich sah das Ganze vor mir, wie es zweifellos Jocastas Vision gewesen sein mußte: Jamie, der am Tisch präsidierte, in Hector Camerons Tartan gehüllt, angetan mit dessen Dolch und Brosche – jene Brosche mit der nicht gerade subtilen Beschwörungsformel der Camerons. »Eint Euch!« –, inmitten von Hectors alten Kollegen und Freunden, die alle nur darauf brennen würden, den jüngeren Verwandten ihres Freundes an seiner Statt willkommen zu heißen.

Wenn sie dies vor den versammelten treuen Schotten verkündet hätte, die bereits einiges vom besten Whisky des verstorbenen Hector intus hatten, hätten sie ihn auf der Stelle als Herrn von River Run akzeptiert, ihn mit Wildschweinfett gesalbt und mit Bienenwachskerzen gekrönt.

Es war ein typischer MacKenzie-Plan gewesen, dachte ich; kühn, dramatisch – und ohne Rücksicht auf die Wünsche der beteiligten Personen.

»Und wenn sie es getan hätte«, sagte er und fing meine Gedanken mit schlafwandlerischer Sicherheit auf, »hätte ich es sehr schwierig gefunden, auf diese Ehre zu verzichten.«

»Ja. Sehr.«

Er sprang plötzlich auf, denn er war zu unruhig zum Stillsitzen. Ohne ein Wort streckte er mir die Hand hin, ich erhob mich, und wir kehrten auf dem Pfad durch den Obstgarten zurück und umwanderten die formalen Gärten. Die Laternen, die man für den Empfang angezündet hatte, waren entfernt worden, die Kerzen ausgeblasen und sparsam zur späteren Verwendung verwahrt.

»Warum hat Ulysses es dir gesagt?«

»Frag dich doch selbst, Sassenach«, sagte er. »Wer ist jetzt der Herr von River Run?«

»Oh?«, sagte ich, und dann, »oh!«

»Oh, genau«, sagte er trocken. »Meine Tante ist blind – wer führt die Bücher und verwaltet den Haushalt? Sie entscheidet vielleicht, was getan werden soll – aber wer sagt, daß es getan wird? Wer ist immer an ihrer Seite, um ihr alles zu berichten, wessen Worte hat sie stets im Ohr, wessen Urteil vertraut sie mehr als dem aller anderen?«

»Ach so.« Ich starrte nachdenklich zu Boden. »Aber du glaubst doch nicht, daß er in den Büchern herumgepfuscht oder ähnliche Gemeinheiten angestellt hat?« Ich hoffte, daß er das nicht getan hatte, denn ich mochte Jocastas Butler sehr und hatte den Eindruck gehabt, daß sie einander zugetan waren und sich gegenseitig respektierten – die Vorstellung, daß er sie kaltblütig betrog, gefiel mir gar nicht.

Jamie schüttelte den Kopf.

»Nein. Ich habe die Akten und Bücher durchgesehen, und es ist alles in Ordnung – sogar in sehr guter Ordnung. Ich bin mir sicher, daß er ein ehrlicher Mann und ein treuer Diener ist – aber er wäre kein Mensch, wenn er sich darüber freuen würde, seine Position einem Fremden überlassen zu müssen.«

Er schnaubte kurz.

»Meine Tante ist vielleicht blind, doch der Schwarze sieht sehr gut. Er hat mit keinem Wort versucht, mich davon abzubringen oder mich zu irgend etwas zu überreden: hat mir nur gesagt, was meine Tante vorhat, und es dann mir überlassen, was ich tun wollte. Oder auch nicht.«

»Du meinst, er wußte, daß du nicht –« Ich hielt inne, denn ich war mir nicht so sicher, ob er es nicht doch wollte. Stolz, Vorsicht oder auch beides mochten ihn bewogen haben, Jocastas Plan zu durchkreuzen, doch das hieß nicht unbedingt, daß er vorhatte, ihr Angebot zurückzuweisen.

Er antwortete nicht, und mich durchfuhr ein leiser, kalter Schauer. Ich erzitterte trotz der warmen Sommerluft und nahm beim Weitergehen seinen Arm, um in dieser Berührung Beruhigung zu finden.

Es war Ende Juli, und der Duft der reifenden Früchte hing so süß und schwer in der Luft, daß ich das reine, kühle Aroma der frischen Äpfel fast schmecken konnte. Ich dachte an die Versuchung – und den Wurm, der hinter einer glänzenden Schale verborgen lag.

Versuchung nicht nur für ihn, sondern auch für mich. Für ihn war es die Chance, das zu tun, wozu er geboren und erzogen war, was ihm das Schicksal aber versagt hatte: ein großes Anwesen zu führen, die Verantwortung für die Menschen darauf zu tragen, seinen Ehrenplatz einzunehmen unter bedeutenden, ihm ebenbürtigen Männern. Was noch wichtiger war, er würde wieder Clan und Familie haben. *Ich bin schon daran beteiligt*, hatte er gesagt.

Er machte sich nichts aus Reichtum um des Reichtums willen; das wußte ich. Und ich glaubte auch nicht, daß er nach Macht strebte; hätte er das gewollt, hätte er sich mein Wissen über die Zukunft zunutze gemacht und wäre nach Norden gegangen, um sich seinen Platz unter den Gründern einer Nation zu suchen.

Doch er war schon einmal ein Gutsherr gewesen. Er hatte mir nur sehr wenig über seine Zeit im Gefängnis erzählt, doch eine Bemerkung war mir noch im Gedächtnis. Über die Männer, die mit ihm zusammen eingesperrt gewesen waren, sagte er – *Sie waren mein. Und sie zu haben, hat mich am Leben erhalten.* Und ich erinnerte mich an das, was Ian über Simon Fraser gesagt hatte: »*Die Verantwortung für seine Männer ist jetzt seine einzige Verbindung mit anderen Menschen.*«

Ja, Jamie brauchte Menschen. Menschen, die er führen konnte, für die er verantwortlich war, die er verteidigte und an deren Seite er kämpfte. Nicht jedoch Menschen, die sein Eigentum waren.

Immer noch schweigend, gingen wir am Obstgarten vorbei, dann den langen Weg durch die Blumenrabatten, wo es so durchdringend und betäubend nach Lilien, Lavendel, Anemonen und Rosen duftete, daß sich das bloße Gehen in der heißen, schweren Luft anfühlte, als stürzte man kopfüber in ein Meer aus Blütenblättern.

Oh, River Run war ein Garten irdischer Freuden, kein Zweifel... doch ich hatte einen Schwarzen zum Freund gehabt und meine Tochter in seiner Obhut zurückgelassen.

Der Gedanke an Joe Abernathy und Brianna gab mir das seltsame Gefühl, doppelt zu sehen, als existierte ich an zwei Orten gleichzeitig. Ich konnte ihre Gesichter vor mir sehen, ihre Stimmen in Gedanken hören, und dennoch war der Mann an meiner Seite, dessen Kilt bei jedem Schritt schwang, dessen Kopf in Gedanken gesenkt war, die Wirklichkeit.

Und das war meine Versuchung: Jamie. Nicht die belanglosen weichen Betten und eleganten Räume, die Seidenkleider und die gesellschaftliche Bedeutung. Jamie.

Wenn er Jocastas Angebot nicht annahm, mußte er etwas anderes tun. Und »etwas anderes« war sehr wahrscheinlich William Tryons gefährlicher Lockruf – Land und Siedler. Auf gewisse Weise war das besser als Jocastas großzügiges Angebot; was er aufbaute, würde ihm gehören, das Erbe, das er Brianna hinterlassen wollte. Wenn er lange genug lebte, es aufzubauen.

Ich lebte immer noch auf zwei Ebenen. Hier hörte ich seinen Kilt flüstern, wenn er meinen Rock streifte, spürte die feuchte Wärme seines Körpers, der noch wärmer war als die heiße Luft. Ich roch seinen Moschusduft, der in mir die Begierde weckte, ihn in das Blumenbeet zu zerren, seinen Gürtel zu öffnen und das Plaid auf seinen Schultern abzuwerfen, mein Mieder herunterzuziehen und meine Brüste an ihn zu pressen, ihn halbnackt und ganz erregt in die feuchten, grünen Pflanzen herabzuziehen und ihn mit Gewalt aus seiner Gedankenwelt in die meine zu entführen.

Doch auf der Ebene der Erinnerung roch ich die Eiben und den Wind vom Meer, und meine Finger spürten nicht den lebendigen Mann, sondern den kalten, glatten Granit eines Grabsteins, der seinen Namen trug.

Ich sagte nichts. Er schwieg ebenfalls.

Wir hatten jetzt eine komplette Runde gedreht und waren wieder am Flußufer angekommen, wo graue Steinstufen in die Tiefe führten und in den glitzernden Wellen verschwanden; selbst so weit flußaufwärts war von der Flut noch etwas zu spüren.

Dort lag ein Boot vertäut, ein kleines Ruderboot, in dem man fischen oder einen kleinen Ausflug unternehmen konnte.

»Kommst du mit auf eine kleine Bootsfahrt?«

»Ja, warum nicht?« Er mußte dasselbe Bedürfnis verspüren wie ich, dachte ich – nur fort vom Haus und von Jocasta, um genügend Abstand zu bekommen und ohne die Gefahr einer Unterbrechung klare Gedanken fassen zu können.

Beim Hinabgehen stützte ich mich auf seinen Arm, um das Gleichgewicht zu halten. Doch ehe ich in das Boot steigen konnte, drehte er sich zu mir um. Er zog mich an sich und küßte mich sanft, dann hielt er mich an seinen Körper gedrückt und legte das Kinn auf meinen Kopf.

»Ich weiß es nicht«, sagte er leise als Antwort auf meine unausgesprochenen Fragen. Er kletterte in das Boot und reichte mir die Hand.

Er schwieg, während wir auf den Fluß hinausfuhren. Es war eine dunkle, mondlose Nacht, doch das Spiegelbild der Sterne auf der Wasseroberfläche spendete so viel Licht, daß ich genug sehen konnte, nachdem meine Augen sich einmal an das Wechselspiel von glitzerndem Wasser und Baumschatten gewöhnt hatten.

»Willst du nichts dazu sagen?« fragte er schließlich abrupt.

»Es ist nicht meine Entscheidung«, sagte ich und spürte eine Enge in meiner Brust, die von keinem Korsett herrührte.

»Nicht?«

»Nein. Sie ist deine Tante. Es ist dein Leben. Du mußt dich entscheiden.«

»Und du willst einfach nur zusehen?« Ächzend tauchte er die Ruder ein, um flußaufwärts zu fahren. »Ist es nicht auch *dein* Leben? Oder willst du jetzt doch nicht bei mir bleiben?«

»Was meinst du damit, nicht bleiben?« Erschreckt setzte ich mich auf.

»Vielleicht wird es dir zuviel.« Sein Kopf war über die Ruder gebeugt, so daß ich sein Gesicht nicht sehen konnte.

»Wenn du den Zwischenfall bei der Sägemühle meinst –«

»Nein, das nicht.« Er zog die Ruder zurück. Seine Schultern spannten sich an, und er lächelte schief. »Tod und Katastrophen würden dich doch kaum stören, Sassenach. Aber die kleinen Dinge des Alltags... Ich sehe doch, wie du zusammenzuckst, wenn das schwarze Dienstmädchen dir die Haare kämmt oder wenn der schwarze Page deine Schuhe zum Putzen mitnimmt. Und die Sklaven bei der Terpentinanlage. Das macht dir Kummer, oder?«

»Ja. Das stimmt. Ich bin – ich kann keine Sklaven besitzen. Ich habe dir gesagt –«

»Aye, das hast du.« Er ließ für einen Augenblick die Ruder ruhen und strich sich eine Haarsträhne aus dem Gesicht. Er sah mich offen an.

»Und wenn ich beschließe, es zu tun, Sassenach... könntest du bei mir bleiben und zusehen und nichts tun – denn wir könnten nichts tun, bis meine Tante stirbt. Vielleicht nicht einmal dann.«

»Was meinst du damit?«

»Sie wird ihre Sklaven kaum freilassen wollen – wie könnte sie auch? Also könnte ich es auch nicht, solange sie noch am Leben ist.«

»Aber wenn du die Plantage erst einmal geerbt hättest...« Ich zögerte. Abgesehen davon, daß es makaber war, so über Jocastas Tod zu sprechen, mußte man schließlich bedenken, daß dieses Ereignis kaum in absehbarer Zeit eintreten würde: Jocasta war knapp über sechzig und, von ihrer Blindheit einmal abgesehen, bei bester Gesundheit.

Plötzlich verstand ich, was er meinte: Konnte ich mich dazu durchringen, Tag um Tag, Monat um Monat, Jahr um Jahr als Sklavenhalterin zu leben? Ich würde mir nichts vormachen können, würde mich nicht in das Bewußtsein flüchten können, daß ich hier nur ein Gast war, eine Außenseiterin.

Ich biß mir auf die Lippe, um seine Frage nicht spontan und laut zu verneinen.

»Auch dann noch«, beantwortete er meinen halb angefangenen Einwand. »Hast du nicht gewußt, daß ein Sklavenbesitzer seine Sklaven ohne schriftliche Erlaubnis der Versammlung nicht freilassen darf?«

»Er darf was?« Ich starrte ihn verständnislos an. »Warum in aller Welt darf er das nicht?«

»Die Plantagenbesitzer leben in ständiger Furcht vor einem bewaffneten Aufstand der Neger«, sagte er. »Und kannst du es ihnen zum Vorwurf machen?« fügte er sardonisch hinzu. »Sklaven dürfen keine Waffen tragen mit Ausnahme von Werkzeugen wie den Rindenmessern, und das Gesetz des Blutvergießens soll verhindern, daß sie sie einsetzen.« Er schüttelte den Kopf. »Nein, das letzte, was die Versammlung erlauben würde, wäre, einen Haufen freigelassener Schwarzer auf die Gegend loszulassen. Und selbst wenn jemand einen seiner Sklaven freilassen will und man es ihm gestattet, muß der entlassene Sklave die Kolonie innerhalb kurzer Zeit verlassen – sonst darf er vom erstbesten gefangen und erneut versklavt werden.«

»Du hast es dir durch den Kopf gehen lassen«, sagte ich langsam.

»Du nicht?«

Ich antwortete nicht. Ich ließ meine Hand ins Wasser hängen, und eine kleine Welle kräuselte sich um mein Handgelenk. Nein, ich hatte nicht über diese Möglichkeit nachgedacht. Nicht bewußt, denn ich hatte mich nicht mit der Entscheidung befassen wollen, die mir jetzt vorgelegt wurde.

»Es wäre sicher eine großartige Chance für dich«, sagte ich, und meine Stimme hörte sich angestrengt und unnatürlich an. »Du hättest alles in der Hand...«

»Meine Tante ist keine Närrin«, sagte er, und eine leichte Schärfe lag in seiner Stimme. »Sie würde mich zu ihrem Erben machen, aber nicht zum Eigentümer an ihrer Statt. Sie würde mich benutzen, um Dinge zu regeln, die sie selbst nicht erledigen kann – aber ich wäre nicht mehr als ihr Handlanger. Sicher, sie würde mich nach meiner Meinung fragen und auf meinen Rat hören, aber sie würde nichts geschehen lassen, was sie nicht will.«

Er schüttelte den Kopf.

»Ihr Mann ist tot. Ob sie ihn nun geliebt hat oder nicht, sie ist jetzt die Herrin hier, und sie ist niemandem Rechenschaft schuldig. Und die Macht schmeckt ihr viel zu gut, als daß sie darauf verzichten würde.«

Er hatte völlig recht mit seiner Einschätzung von Jocasta Cameron, und darin lag der Schlüssel zu ihrem Plan. Sie brauchte einen Mann, jemanden, der die Orte aufsuchte, an die sie nicht gelangen konnte, der mit der Marine verhandeln konnte, der die auf dem großen Anwesen anfallenden Aufgaben erledigte, die jene wegen ihrer Blindheit nicht selbst übernehmen konnte.

Gleichzeitig konnte jeder sehen, daß sie *nicht* auf der Suche nach einem Ehemann war; jemandem, der ihre Macht für sich beanspruchen und ihr Vorschriften machen würde. Wäre er kein Sklave gewesen, hätte Ulysses in ihrem Auftrag handeln können – doch er konnte ihr zwar seine Augen und Ohren leihen, aber nicht ihre Hände ersetzen.

Nein, Jamie war die perfekte Wahl; ein starker, kompetenter Mann, der sich den Respekt Gleichgestellter und den Gehorsam seiner Untergebenen zu verschaffen wußte. Einer, der wußte, wie man Land und Menschen verwaltete. Ein Mann, der darüber hinaus durch Verwandtschaft und Verpflichtung an sie gebunden war, der täte, was sie befahl – und im Grunde machtlos war. Angewiesen auf ihre Großzügigkeit, bestochen von der Aussicht auf River Run, wäre Jamie wenig mehr als Jocastas Zwangsarbeiter, und der Preis dafür würde erst fällig, wenn Jocasta keine weltlichen Sorgen mehr hatte.

Ich hatte einen Kloß im Hals, als ich nach Worten suchte. Ich konnte es nicht, dachte ich. Ich brachte es nicht fertig. Doch der Alternative konnte ich ebenfalls nicht ins Auge sehen; ich konnte ihn nicht drängen, Jocastas Angebot abzulehnen, denn ich wußte, daß ich ihn damit nach Schottland schickte, wo ihn ein unbekannter Tod ereilen würde.

»Ich kann dir nicht sagen, was du tun sollst«, sagte ich schließlich. Meine Stimme war kaum lauter als das regelmäßige Plätschern der Ruder.

Ein hoher Baum war ins Wasser gefallen; in seinen Ästen verfing sich das Treibgut. Dort hatte sich ein kleines Becken gebildet, das Jamie nun ansteuerte. Zielsicher ließ er das Ruderboot in das ruhige Gewässer gleiten. Er zog die Ruder ein und wischte sich mit dem Ärmel über das Gesicht. Er atmete schwer vor Anstrengung.

Die Nacht um uns herum war still; es gab kaum Geräusche außer dem Plätschern des Wassers und dem gelegentlichen Kratzen versunkener Zweige an der Bootswand. Schließlich streckte er die Hand aus und berührte mein Kinn.

»Dein Gesicht ist mein Herz, Sassenach«, sagte er leise, »und meine Liebe zu dir ist meine Seele. Aber du hast recht, du kannst nicht mein Gewissen sein.«

Trotz allem wurde mir leichter ums Herz, als wäre eine unbeschreibliche Bürde von mir abgefallen.

»Ach, ich bin so froh«, sagte ich und fügte impulsiv hinzu: »Es wäre eine furchtbare Verantwortung.«

»Oh, aye?« Er machte ein etwas erschrockenes Gesicht. »Findest du mich denn so schlimm?«

»Du bist der wunderbarste Mann, dem ich je begegnet bin«, sagte ich. »Ich habe nur gemeint... es ist eine so schwere Verantwortung, wenn man versucht, für zwei Menschen zu leben. Zu versuchen, einen anderen Menschen den eigenen Vorstellungen von Gut und Böse anzupassen... natürlich tut man das für ein Kind, das muß man ja, aber selbst da ist es eine furchtbare Belastung. Ich könnte es nicht für dich tun... es wäre falsch, das auch nur zu versuchen.«

Das verblüffte ihn beträchtlich. Er saß einige Sekunden da, das Gesicht halb abgewandt.

»Glaubst du wirklich, daß ich ein guter Mensch bin?« fragte er schließlich. Seine Stimme hatte einen seltsamen Unterton, den ich nicht einordnen konnte.

»Ja«, sagte ich ohne Zögern. Dann fügte ich halb im Scherz hinzu: »Du nicht?«

Nach einer langen Pause sagte er völlig ernst: »Nein, ich glaube nicht.«

Ich sah ihn sprachlos an, und mir stand zweifellos der Mund offen.

»Ich bin ein brutaler Mensch, das weiß ich«, sagte er ruhig. Er breitete seine Hände auf den Knien aus: große Hände, die Schwert und Dolch mit Leichtigkeit schwingen konnten, die einen Mann erwürgen konnten. »Du weißt es auch – oder du solltest es zumindest wissen.«

»Du hast noch nie etwas getan, wozu du nicht gezwungen warst.«

»Nicht?«

»Ich glaube nicht«, sagte ich, doch noch während ich sprach, kamen mir Zweifel. Selbst wenn sie in größter Not begangen wurden – hinterließen solche Taten nicht ihre Spur in der Seele eines Menschen?

»Du schätzt mich also nicht so ein wie, sagen wir, Stephen Bonnet? Man könnte doch sagen, daß er auch aus Not gehandelt hat.«

»Wenn du glaubst, daß du auch nur das Geringste mit Stephen Bonnet gemeinsam hast, liegst du völlig falsch«, sagte ich bestimmt.

Er zuckte leicht ungeduldig die Achseln und rutschte nervös auf der schmalen Sitzbank herum.

»Der Unterschied zwischen mir und Bonnet ist gar nicht so groß, nur daß ich im Gegensatz zu ihm Ehrgefühl besitze. Was hindert mich sonst daran, zum Dieb zu werden?« fragte er. »Daran, auszuplündern, wen immer ich kann? Die Veranlagung dazu trage ich in mir – mein einer Großvater hat Leoch mit dem Gold derer gebaut, die er auf den Pässen der Highlands ausgeraubt hat; der andere hat sein Glück durch die Frauen gemacht, die er wegen ihres Reichtums und ihrer Titel zur Heirat gezwungen hat.«

Er reckte sich, und seine kraftvollen Schultern ragten dunkel vor dem schimmernden Wasser auf. Dann ergriff er plötzlich die Ruder, die auf seinen Knien lagen, und warf sie ins Boot. Der Knall ließ mich auffahren.

»Ich bin über fünfundvierzig«, sagte er. »In diesem Alter sollte ein Mann seßhaft geworden sein, oder? Er sollte zumindest ein Haus haben, etwas Land, um seine Nahrung anzubauen, und ein wenig Geld, damit er im Alter versorgt ist.«

Er holte tief Luft, ich sah, wie seine weiße Hemdbrust sich hob, als seine Lungen anschwollen.

»Nun, ich habe kein Haus. Und kein Land. Und kein Geld. Keine Hütte, keinen Kartoffelacker, keine Kuh, kein Schwein, keine Ziege! Ich habe keinen Dachbalken, kein Bett und keinen Topf, in den ich pinkeln kann!«

Er ließ seine Faust auf die Ruderbank niedersausen, und der Holzsitz unter mir vibrierte.

»Mir gehören nicht einmal die Kleider, die ich am Leib habe!«

Es folgte eine lange Stille, die nur vom leisen Gezirpe der Grillen unterbrochen wurde.

»Du hast mich«, sagte ich leise. Das schien mir nicht besonders viel.

Aus seiner Kehle drang ein Laut, der sowohl Lachen als auch Schluchzen hätte sein können.

»Aye, ich habe dich«, sagte er. Seine Stimme zitterte ein wenig, doch ich konnte nicht sagen, ob vor Belustigung oder Leidenschaft. »Das ist das Schlimmste daran, aye?«

»Ja?«

Ungeduldig warf er die Hand in die Höhe.

»Wenn es nur um mich ginge, was würde es für eine Rolle spielen? Ich könnte leben wie Myers: in die Wälder ziehen, mich vom Jagen und Fischen ernähren und mich, wenn ich zu alt würde, friedlich unter einen Baum legen und sterben und den Füchsen meine Knochen zum Abnagen überlassen. Wen würde es kümmern?«

Er zuckte heftig mit den Schultern, als wäre ihm sein Hemd zu eng.

»Aber es geht nun einmal nicht nur um mich«, sagte er. »Es geht um dich und um Ian und um Duncan und um Fergus und um Marsali – Gott steh mir bei, ich muß sogar an Laoghaire denken!«

»Na, lieber nicht«, sagte ich.

»Verstehst du denn nicht, Claire?« sagte er, der Verzweiflung nah. »Ich möchte dir die Welt zu Füßen legen, Claire – und ich habe nichts, was ich dir geben könnte.«

Er glaubte wirklich, daß es eine Rolle spielte.

Ich saß da, sah ihn an und suchte nach Worten. Er hatte sich halb abgewandt, und seine Schultern waren vor Hoffnungslosigkeit zusammengesunken.

Innerhalb der letzten Stunde hatte ich erst Qualen erlitten, weil ich Angst hatte, ihn in Schottland zu verlieren, hatte dann unbändiges Verlangen verspürt, ihn in den Blumenbeeten zu verführen, gefolgt von dem dringenden Bedürfnis, ihm ein Ruder über den Schädel zu ziehen. Jetzt war ich wieder bei der Zärtlichkeit angelangt.

Schließlich ergriff ich eine seiner großen, rauhen Hände und glitt nach vorn, so daß ich zwischen seinen Beinen auf den Brettern kniete. Ich legte meinen Kopf an seine Brust und spürte, wie sein Atem über mein Haar strich. Mir fehlten die Worte, doch ich hatte meine Wahl getroffen.

»›Wo du hingehst‹«, sagte ich, »›da will auch ich hingehen; wo du bleibst, da bleibe ich auch. Dein Volk ist mein Volk, und dein Gott ist mein Gott. Wo du stirbst, da sterbe ich auch, da will ich auch begraben werden.‹« Ob es ein schottischer Hügel war oder ein Wald im alten Süden. »Du tust, was du mußt; ich bin bei dir.«

In der Flußmitte strömte das Wasser schnell dahin; und es war dort flach; ich sah die schwarzen Felsen direkt unter der Oberfläche. Jamie sah sie auch und ruderte aus Leibeskräften zum anderen Ufer, wo er uns auf eine Kiesbank treiben ließ und wir in einem Becken zur Ruhe kamen, das von den Wurzeln einer Trauerweide gebildet wurde. Ich lehnte mich aus dem Boot, griff nach einem herabhängenden Zweig und wickelte unsere Fangleine darum.

Ich hatte gedacht, wir würden nach River Run zurückkehren, doch offensichtlich diente dieser Ausflug nicht nur Erholungszwecken. Wir waren vielmehr weiter stromaufwärts gefahren, und Jamie hatte kräftig gegen die langsame Strömung angerudert.

Mit meinen Gedanken allein gelassen, lauschte ich seinem leisen Keuchen und fragte mich, was wir tun würden. Wenn er sich zum Bleiben entschied... nun, vielleicht würde es sich nicht so schwierig gestalten, wie er dachte. Ich unterschätzte Jocasta Cameron nicht, doch ich unterschätzte Jamie Fraser ebensowenig. Colum und Dougal MacKenzie hatten versucht, ihn ihrem Willen zu beugen – und beiden war es nicht gelungen.

Mein Gewissen regte sich für einen Moment bei der Erinnerung daran, wie ich Dougal MacKenzie zum letzten Mal gesehen hatte, den Mund voll tonloser Flüche, als er an seinem eigenen Blut erstickte, Jamies Dolch bis zum Anschlag in seinem Hals. *Ich bin ein brutaler Mensch,* hatte er gesagt, *und du weißt es auch.*

Doch es stimmte einfach nicht, es gab einen Unterschied zwischen ihm und Stephen Bonnet, dachte ich, während ich beobachtete, wie sich sein Körper beim Rudern anspannte, wie fließend und kraftvoll sich seine Arme bewegten. Er besaß mehr als das Ehrgefühl, auf das er sich berief: Güte, Mut... und ein Gewissen.

Mir wurde klar, wohin wir unterwegs waren, als er mit einem Ruder innehielt und quer zur Strömung die espenverhangene Mündung eines breiten Baches ansteuerte. Ich war noch nie auf dem Wasserweg hierhergekommen, doch Jocasta hatte gesagt, es sei nicht weit.

Es hätte mich nicht überraschen dürfen, denn wenn er heute nacht unterwegs war, um sich seinen Dämonen zu stellen, war es ein überaus passender Ort.

Kurz hinter der Mündung des Baches ragte die Sägemühle dunkel und schweigend in die Höhe. Hinter dem Gebäude sah man gedämpftes Licht, das aus den Sklavenhütten am Waldrand drang. Um uns herum erklangen die üblichen Nachtgeräusche, doch der Platz selber erschien mir merkwürdig still, trotz des Lärms, der vom Wind in den Bäumen, den Fröschen und dem Wasser kam. Obwohl es Nacht war, schien das hohe Gebäude einen Schatten zu werfen – doch das bildete ich mir sicherlich nur ein.

»Orte, an denen tagsüber viel los ist, machen bei Nacht immer einen besonders gruseligen Eindruck«, sagte ich in dem Bemühen, das Schweigen der Sägemühle zu brechen.

»Ja?« Jamie klang geistesabwesend. »Der hier war mir schon bei Tageslicht nicht besonders sympathisch.«

Ich schauderte bei der Erinnerung.

»Mir auch nicht. Ich habe nur gemeint –«

»Byrnes ist tot.« Er sah mich nicht an; sein Gesicht war der Mühle zugewandt, die durch die Weide halb verborgen war.

Ich ließ das Ende des Taus fallen.

»Der Aufseher? Wann?« fragte ich, mehr von der Plötzlichkeit der Übermittlung als von der Nachricht selbst schockiert. »Und wie?«

»Heute nachmittag. Campbells jüngster Sohn hat die Nachricht kurz vor Sonnenuntergang überbracht.«

»Wie?« fragte ich erstaunt. Ich umklammerte meine Knie und zerknautschte dabei zwei Hände voll elfenbeinfarbener Seide zwischen meinen Fingern.

»Es war Wundstarrkrampf.« Seine Stimme klang beiläufig und teilnahmslos. »Eine ziemlich unangenehme Art zu sterben.«

Damit hatte er recht. Ich hatte noch nie selbst gesehen, wie jemand an Tetanus starb, doch ich kannte die Symptome sehr gut: Rastlosigkeit und Schluckbeschwerden, die in zunehmende Steifheit übergehen, dazu Muskelkrämpfe in Armen, Beinen und Hals. Die Krämpfe nehmen an Stärke und Dauer zu, bis der Körper des Patienten so hart ist wie ein Brett und sich in Agonie krümmt. Die Krämpfe kommen, lassen nach, schwellen an, hören auf und werden schließlich immer stärker. Den letzten Starrkrampf kann nur der Tod wieder lösen.

»Er ist grinsend gestorben, hat Ronnie Campbell gesagt. Aber ich glaube trotzdem nicht, daß es ein glücklicher Tod war.« Es war ein makaberer Witz, doch es lag nicht viel Humor in seiner Stimme.

Ich setzte mich kerzengerade auf, und trotz der warmen Nacht kroch mir die Kälte die Wirbelsäule hinunter.

»Es ist auch kein schneller Tod«, sagte ich. Argwohn breitete seine kalten Tentakel in meinen Gedanken aus. »Es dauert Tage, bis man an Tetanus stirbt.«

»Davie Byrnes hat von Anfang bis Ende fünf Tage gebraucht.« Falls überhaupt eine Spur von Humor in seiner Stimme gelegen hatte, war sie jetzt verschwunden.

»Du bist bei ihm gewesen«, sagte ich, und ein kurzes Aufflackern von Wut begann, meine innere Kälte aufzutauen. »Du bist bei ihm gewesen! Und du hast es mir nicht gesagt?«

Ich hatte Byrnes' Wunde verbunden – sie war gräßlich, aber nicht lebensbedrohend – und mir sagen lassen, daß man ihn an einen »sicheren« Ort bringen würde, bis die Unruhe über den Lynchmord nachgelassen hatte. Aufgewühlt, wie ich war, hatte ich mir nicht die Mühe gemacht, mich weiter nach dem Aufenthaltsort oder Befinden des Aufsehers zu erkundigen; es war meine eigene Schuld an dieser Nachlässigkeit, die mich wütend machte, und ich wußte das – aber dieses Wissen half nichts.

»Hättest du denn etwas tun können? Ich dachte, du hättest mir gesagt, daß Wundstarrkrampf eine der Krankheiten ist, gegen die man nichts tun kann, nicht einmal zu deiner Zeit.« Er sah mich nicht an; sein Profil war der Sägemühle zugewandt. Sein Kopf zeichnete sich schwarz vor den helleren Schatten des bleichen Laubes ab.

Ich zwang mich, meinen Rock loszulassen, denn ich dachte vage daran, daß Phaedre furchtbare Arbeit damit haben würde, ihn zu bügeln.

»Nein«, sagte ich etwas bemüht. »Nein, ich hätte ihn nicht retten können. Aber ich hätte nach ihm sehen sollen, ich hätte es ihm leichter machen können.«

Jetzt blickte er mich an; ich sah, wie er den Kopf wandte, und spürte, wie er sein Gewicht im Boot verlagerte.

»Hättest du«, sagte er gleichmütig.

»Und du wolltest es nicht…« Ich hielt inne und erinnerte mich, daß er im Lauf der letzten Woche öfter fortgewesen war, und an seine ausweichenden Antworten, wenn ich ihn fragte, wo er gewesen war. Ich konnte mir die Szene nur zu gut vorstellen: die winzige Dachkammer in Farquard Campbells Haus, in der ich Byrnes' Verletzung verbunden hatte. Den schmerzgepeinigten Körper auf dem Bett, der langsam unter den kalten Blicken der Männer starb, die durch das Gesetz zu seinen widerwilligen Verbündeten geworden waren. Und er wußte, daß er verhaßt starb. Die Kälte kehrte zurück und überzog meine Arme mit einer Gänsehaut.

»Nein, ich wollte nicht, daß Campbell nach dir schickt«, sagte er leise. »Es gibt das Gesetz, Sassenach – und es gibt die Gerechtigkeit. Ich kenne den Unterschied nur zu gut.«

»Es gibt auch so etwas wie Barmherzigkeit.« Und wenn mich jemand gefragt hätte, hätte ich Jamie Fraser einen barmherzigen Mann genannt. Er war einmal einer gewesen. Doch die Jahre, die seitdem vergangen waren, waren hart gewesen – und Mitleid war ein Gefühl, das widrigen Umständen oft zum Opfer fiel. Ich hatte dennoch gedacht, daß ihm seine Güte geblieben war, und der Gedanke an ihren Verlust schmerzte mich. *Nein, ich glaube nicht.* War er einfach nur ehrlich gewesen?

Das Boot hatte sich halb um sich selbst gedreht, so daß der Ast jetzt zwischen uns hing. Aus der Dunkelheit hinter den Blättern erklang ein leises Schnauben.

»Selig sind die Barmherzigen«, sagte er, »denn sie werden Barmherzigkeit erlangen. Byrnes war nicht barmherzig, also hat er keine Barmherzigkeit erlangt. Und was mich betrifft, so hielt ich es nicht für richtig einzugreifen, nachdem Gott einmal seine Meinung über den Mann kundgetan hatte.«

»Du glaubst, daß *Gott* ihm Tetanus geschickt hat?«

»Ich kann mir nicht vorstellen, daß jemand anders auf so etwas kommen würde. Außerdem«, fuhr er in aller Logik fort, »wo sollte man denn sonst nach Gerechtigkeit suchen?«

Ich rang nach Worten, und mir fielen keine ein. Ich gab es auf und kehrte zum eigentlichen Streitpunkt zurück. Mir war ein bißchen übel.

»Du hättest es mir sagen sollen. Auch wenn du der Meinung warst, daß ich ihm nicht helfen könnte, war es nicht deine Sache zu entscheiden –«

»Ich wollte nicht, daß du zu ihm gehst.« Seine Stimme war immer noch ruhig, doch es lag jetzt ein Hauch von Stahl darin.

»Ich weiß, daß du das nicht wolltest! Aber es spielt keine Rolle, ob du gemeint hast, daß Byrnes es verdiente zu leiden, oder –«

»Es ging nicht um ihn!« Das Boot schaukelte heftig, als er sich bewegte, und ich hielt mich an den Seitenwänden fest, um das Gleichgewicht zu behalten. Er sprach ungestüm.

»Es hat mich einen feuchten Dreck gekümmert, ob Byrnes einen leichten oder einen schweren Tod hatte, aber ich bin kein grausames Monster! Ich habe dich nicht von ihm ferngehalten, um ihn leiden zu sehen, ich habe dich von ihm ferngehalten, um dich zu schützen.«

Ich war erleichtert, das zu hören, wurde aber zunehmend wütend, als mir dämmerte, was er eigentlich getan hatte.

»Es war nicht deine Sache, das zu entscheiden. Wenn ich nicht dein Gewissen bin, dann hast du auch kein Recht, das meine zu sein!« Ich fegte die Weidenzweige zwischen uns beiseite, denn ich wollte ihn sehen.

Plötzlich schoß eine Hand zwischen den Blättern hervor und ergriff mein Handgelenk.

»Es ist meine Sache, für deine Sicherheit zu sorgen.«

Ich versuchte, meine Hand wegzureißen, doch er hatte mich fest im Griff und ließ nicht los.

»Ich bin kein kleines Mädchen, das man beschützen muß, und eine Idiotin bin ich auch nicht. Wenn es einen Grund gibt, warum ich etwas nicht tun soll, dann sag ihn mir, und ich höre zu. Aber du kannst nicht entscheiden, was ich tun und wohin ich gehen soll, ohne mich auch nur zu fragen... das lasse ich mir nicht bieten und das weißt du verdammt gut.«

Das Boot tat einen Ruck. Unter lautem Blättergeraschel steckte er den Kopf durch den Weidenvorhang und starrte mich wütend an.

»Ich versuche überhaupt nicht, dir vorzuschreiben, wohin du gehen sollst.«

»Du hast entschieden, wohin ich nicht gehen darf, und das ist genauso schlimm!« Die Weidenblätter glitten über seine Schultern, als sich das Boot, von Jamies Heftigkeit herumgestoßen, in Bewegung setzte. Wir drehten uns langsam und kamen unter dem Baum hervor.

Er ragte vor mir auf, so massiv wie die Sägemühle; sein Kopf und seine Schultern verdeckten einen guten Teil der Szenerie hinter ihm. Seine lange, gerade Nase war zwei Zentimeter von meiner entfernt, und er hatte die Augen zusammengekniffen. In diesem Licht erschienen sie fast schwarz, und es war extrem beunruhigend, aus der Nähe in sie hineinzusehen.

Ich blinzelte. Er nicht.

Er hatte mein Handgelenk losgelassen, als er durch den Blättervorhang kam. Jetzt ergriff er meine Oberarme. Ich fühlte die Hitze seiner Hände durch den Stoff. Sie waren sehr groß und sehr hart und brachten mir plötzlich zu Bewußtsein, wie zerbrechlich meine eigenen Knochen im Vergleich dazu waren. *Ich bin ein brutaler Mensch.*

Er hatte mich schon einige Male durchgerüttelt, und ich hatte es gehaßt. Für den Fall, daß er jetzt etwas Derartiges im Sinn hatte, schob ich meinen Fuß zwischen seine Beine und bereitete mich darauf vor, ihm mein Knie dorthin zu stoßen, wo es am wirkungsvollsten war.

»Ich hatte unrecht«, sagte er.

In gespannter Erwartung von Gewalt hatte ich tatsächlich schon angesetzt, meinen Fuß hochzureißen, als ich hörte, was er gesagt hatte. Bevor ich innehalten konnte, hatte er die Beine fest zusammengeklemmt und hielt mein Knie zwischen seinen Oberschenkeln fest.

»Ich habe doch gesagt, daß ich unrecht hatte, Sassenach«, wiederholte er, eine Spur von Ungeduld in seiner Stimme. »Hast du mich gehört?«

»Äh... nein«, sagte ich ziemlich verlegen. Ich wackelte versuchsweise mit dem Knie, doch er hielt seine Oberschenkel fest geschlossen.

»Du würdest es nicht eventuell in Erwägung ziehen, mich loszulassen, oder?« sagte ich höflich. Mein Herz hämmerte immer noch.

»Nein. Wirst du mir jetzt zuhören?«

»Ich denke schon«, sagte ich, immer noch höflich. »Es sieht nicht so aus, als wäre ich im Moment sehr beschäftigt.«

Ich war ihm so nah, daß ich seinen Mund zucken sah. Seine Oberschenkel drückten einen Augenblick lang fester zu, dann entspannten sie sich.

»Das hier ist ein ziemlich törichter Streit, und das weißt du genausogut wie ich.«

»Nein, das stimmt nicht.« Meine Verärgerung hatte etwas nachgelassen, doch ich hatte nicht vor, ihn einfach so davonkommen zu lassen. »Für dich ist es vielleicht nicht wichtig, aber für mich schon. Es ist nicht töricht. Und das weißt du, sonst würdest du nicht zugeben, daß du im Unrecht bist.«

Diesmal war das Zucken deutlicher. Er holte tief Luft und ließ die Hände von meinen Schultern fallen.

»Also gut. Ich hätte dir vielleicht von Byrnes erzählen sollen, das gebe ich zu. Aber wenn ich es getan hätte, wärst du zu ihm gegangen, selbst wenn ich dir gesagt hätte, daß er Wundstarrkrampf hat – und ich wußte, daß es das war, ich habe es nicht zum ersten Mal gesehen. Du würdest doch selbst dann zu einem Patienten gehen, wenn du nichts tun könntest, oder?«

»Ja. Selbst wenn – ja, ich wäre zu ihm gegangen.«

Es gab wirklich nichts, was ich für Byrnes hätte tun können. Myers' Anästhetikum hätte bei Tetanus nichts genutzt. Nichts konnte diese Krämpfe erleichtern, es sei denn, man injizierte ein Curarederivat. Ich hätte ihn nur mit meiner Gegenwart trösten können, und es war zweifelhaft, ob er das zu schätzen gewußt hätte – oder es überhaupt bemerkt hätte. Dennoch hätte ich mich verpflichtet gefühlt, es ihm zumindest anzubieten.

»Ich hätte gehen müssen«, sagte ich, schon sanfter. »Ich bin Ärztin. Verstehst du das nicht?«

»Natürlich verstehe ich das«, sagte er schroff. »Glaubst du, ich kenne dich überhaupt nicht, Sassenach?«

Ohne eine Antwort abzuwarten, fuhr er fort:

»Es hat Gerede gegeben über das, was bei der Sägemühle passiert ist – das war zu erwarten, aye? Aber so, wie der Mann dir unter den Händen weggestorben ist – nun, niemand hat bisher direkt gesagt, daß du ihn absichtlich umgebracht hast, aber man kann sehen, daß die Leute es sich denken. Vielleicht nicht einmal, daß du ihn umgebracht hast – aber, daß du auf die Idee gekommen sein könntest, ihn absichtlich sterben zu lassen, um ihn vor dem Galgen zu retten.«

Ich starrte auf meine Hände, die gespreizt auf meinen Knien lagen, fast so blaß wie der elfenbeinfarbene Satin darunter.

»Ich bin ja auch auf diese Idee gekommen.«

»Das weiß ich wohl, aye?« sagte er trocken. »Ich habe dein Gesicht gesehen, Sassenach.«

Ich holte tief Luft, wenn auch nur, um mich zu vergewissern, daß es nicht mehr nach Blut roch. Doch mir drang nur der harzige, belebende Terpentingeruch des Kiefernwaldes in die Nase. Plötzlich überkam mich eine lebhafte Erinnerung an das Krankenhaus und den Geruch des nach Kiefern duftenden Desinfektionsmittels, der dort in der Luft hing und den darunterliegenden Krankheitsgeruch überdeckte, ihn aber nicht vertreiben konnte.

Ich tat noch einen befreienden Atemzug und hob den Kopf, um Jamie anzusehen.

»Und hast du dich gefragt, ob ich ihn umgebracht habe?«

»Du wirst getan haben, was du für das Beste hältst.« Er ignorierte die nebensächliche Frage, ob ich einen Mann getötet hatte, um beim eigentlichen Thema zu bleiben.

»Aber ich hätte es unklug gefunden, wenn du beim nächsten Todesfall ebenfalls die Hand im Spiel gehabt hättest, falls du verstehst, was ich meine.«

Das tat ich, und nicht zum ersten Mal wurde ich mir der subtilen Netzwerke bewußt, denen er auf eine Weise angehörte, wie es mir niemals möglich sein würde. Eigentlich war dieser Ort ihm genauso fremd wie mir, und doch wußte er nicht nur, worüber die Leute sprachen – das konnte jeder herausfinden, der gern ins Wirtshaus oder auf den Markt ging –, sondern auch, was sie dachten.

Noch mehr irritierte mich, daß er wußte, was *ich* dachte.

»Du siehst also«, sagte er, während er mich beobachtete, »ich wußte, daß Byrnes sterben würde und du ihm nicht helfen konntest. Doch ich wußte auch, daß du zu ihm gehen würdest, wenn du von seinem Leiden erfuhrst. Und dann würde er sterben, und die Leute würden sich wundern. Vielleicht würden sie nicht laut sagen, wie seltsam es wäre, daß beide Männer dir sozusagen unter den Händen weggestorben sind – aber –«

»Aber sie würden es denken«, beendete ich seinen Satz.

Das Zucken wurde zu einem schiefen Lächeln.

»Du fällst den Leuten auf, Sassenach.«

Ich biß mir auf die Lippen. Es stimmte, im Guten wie im Bösen, und die Tatsache, daß ich auffiel, hatte mich schon mehr als einmal beinahe umgebracht.

Er stand auf, hielt mit Hilfe eines Astes das Gleichgewicht, trat auf den Kies und zog sich das Plaid über die Schulter.

»Ich habe Mrs. Byrnes gesagt, ich würde die Sachen ihres Mannes aus der Sägemühle holen«, sagte er. »Du brauchst nicht mitzukommen, wenn du nicht möchtest.«

Die Sägemühle ragte vor dem sternenübersäten Himmel auf. Sie hätte beim besten Willen nicht unheimlicher aussehen können. *Wo du hingehst, da will auch ich hingehen.*

Ich glaubte jetzt zu wissen, was er tat. Er hatte alles sehen wollen, bevor er seinen Entschluß faßte; es in dem Bewußtsein betrachten wollen, daß es ihm gehören konnte. Der Spaziergang durch den Park und die Obstgärten, die Bootspartie vorbei an den dichten Kiefernwäldern, der Besuch bei der Sägemühle – er verschaffte sich einen Überblick über den Besitz, den man ihm anbot, abwägend und einschätzend, stellte fest, welchen Komplikationen er sich gegenübersah und ob er die Herausforderung annehmen konnte und wollte.

Schließlich, dachte ich grimmig, hatte der Teufel darauf bestanden, Jesus alles zu zeigen, was er sich entgehen ließ, und ihn auf das Dach des Tempels geführt, damit er die Städte der Welt sah. Die einzige Schwierigkeit dabei war – falls Jamie beschloß, sich hinabzustürzen, stand keine Heerschar von Engeln bereit, um zu verhindern, daß er sich den Fuß – und alles andere – an einer Platte aus schottischem Granit stieß.

Nur ich.

»Warte«, sagte ich und kletterte aus dem Boot. »Ich komme mit.«

Die Baumstämme waren immer noch auf dem Hof aufgestapelt, niemand hatte sie bewegt, seit ich das letzte Mal hiergewesen war. Die Dunkelheit nahm mir jegliches Gefühl für Perspektive; die frischen Holzstapel waren helle Rechtecke, die über einem unsichtbaren Boden zu schweben schienen, zuerst weit weg, dann plötzlich so nah, daß sie meinen Rock streiften. Es roch nach Kiefernharz und Sägemehl.

Ich konnte nicht einmal den Boden unter meinen eigenen Füßen sehen, denn er wurde von der Dunkelheit und von meinem wogenden elfenbeinfarbenen Rock verdeckt. Jamie hielt meinen Arm fest, damit ich nicht stolperte. Selbstverständlich stolperte er nie. Vielleicht, dachte ich, hatte er eine Art Radar entwickelt, nachdem er sein ganzes Leben ohne einen Gedanken daran verbracht hatte, daß es auch nach Sonnenuntergang im Freien noch Licht geben könnte – wie eine Fledermaus.

Irgendwo bei den Sklavenhütten brannte ein Feuer. Es war sehr spät, die meisten schliefen wohl. Auf den Westindischen Inseln hätte es nächtelanges Trommeln und Wehklagen gegeben; die Sklaven hätten beim Tod eines Kameraden Totengesänge angestimmt und eine Woche lang Trauerfeierlichkeiten abgehalten. Hier tat sich nichts. Kein Geräusch, außer dem Rauschen der Kiefern, nicht die Spur einer Bewegung, nur das schwache Licht am Waldrand.

»Sie haben Angst«, sagte Jamie leise und hielt inne, um genau wie ich in die Stille zu horchen.

»Kein Wunder«, sagte ich. »Ich auch.«

Er gab ein leises Schnauben von sich, das Belustigung hätte ausdrücken können.

»Ich auch«, murmelte er, »aber nicht vor Geistern.« Er ergriff meinen Arm und schob die kleine Tür an der Seite der Sägemühle auf, bevor ich fragen konnte, *wovor* er denn Angst hatte.

Im Innenraum konnte man die Stille förmlich greifen. Zuerst kam sie mir vor wie die gespenstische Stille toter Schlachtfelder, doch dann erkannte ich den Unterschied. Diese Stille lebte. Und was auch immer hier in der Stille lebte, es ruhte nicht. Ich hatte das Gefühl, in der Luft immer noch das Blut riechen zu können.

Dann holte ich tief Luft, und es überlief mich kalt. Ich konnte tatsächlich Blut riechen. Frisches Blut.

Ich packte Jamies Arm, doch er hatte es selbst gerochen. Sein Arm war unter meiner Hand hart geworden, die Muskeln wachsam angespannt. Ohne ein Wort entzog er sich meinem Griff und verschwand.

Einen Augenblick lang dachte ich wirklich, er wäre verschwunden, und brach fast in Panik aus, als ich nach ihm tastete und meine Hand sich dort, wo er gestanden hatte, nur um Luft schloß. Dann begriff ich, daß er sich nur das dunkle Plaid über den Kopf geworfen hatte, um die Blässe seines Gesichtes und des Leinenhemdes zu verbergen. Ich hörte seine Schritte, schnell und leicht auf dem Lehmboden, und dann war auch das verstummt.

Die Luft war heiß und still, und der süße, metallische Geruch von Blut hing schwer im Raum. Ganz genau so, wie es vor einer Woche gewesen war. Der Geruch beschwor Halluzinationen herauf. Immer noch von kaltem Grauen gepackt, wandte ich mich um und blickte angestrengt zur anderen Seite des höhlenartigen Raumes. Fast erwartete ich, die Szene, die mir ins Gedächtnis gegraben war, wieder aus der Dunkelheit auftauchen zu sehen. Das fest angespannte Seil des Holzkrans, den riesigen Haken, der mit seiner stöhnenden Last hin und her schwang...

Ein Stöhnen zerriß die Luft, und ich biß mir fast die Lippe durch. In meiner Kehle stieg ein Schrei auf, nur die Angst, auf mich aufmerksam zu machen, ließ mich schweigen.

Wo war Jamie? Es drängte mich, ihn zu rufen, doch ich traute mich nicht. Meine Augen hatten sich soweit an die Dunkelheit gewöhnt, daß ich den Schatten des Sägeblattes erkennen konnte, einen formlosen Fleck in drei Meter Entfernung, doch die andere Seite des

Raumes war eine Wand aus Schwärze. Ich bemühte mich, etwas zu sehen und begriff mit Verspätung, daß ich in meinem hellen Kleid zweifellos für jeden zu sehen war, der sich mit mir im Raum befand.

Das Stöhnen erklang erneut, und ich fuhr zusammen. Meine Handflächen schwitzten. *Nein!* redete ich mir ein. *Nein. Das kann nicht sein!*

Ich war vor Angst wie gelähmt und brauchte einige Momente, um zu begreifen, was meine Ohren mir gesagt hatten. Das Geräusch war nicht aus dem Dunkel am anderen Ende des Raumes gekommen, wo der Kran mit dem Haken stand. Es war von irgendwo hinter mir gekommen.

Ich fuhr herum. Die Tür, durch die wir eingetreten waren, stand immer noch offen, ein blasses Rechteck in der Finsternis. Es war nichts zu sehen, nichts bewegte sich zwischen mir und der Tür. Ich trat schnell einen Schritt darauf zu und hielt dann inne. Jeder Muskel in meinen Beinen brannte darauf, zu rennen wie der Teufel – doch ich konnte Jamie nicht allein lassen.

Wieder das Geräusch, dasselbe erstickte Keuchen körperlicher Qualen – Schmerz jenseits des Aufschreiens. Da fiel mir ein: Was, wenn das Geräusch von Jamie kam?

Das erschreckte mich so sehr, daß ich jede Vorsicht vergaß, mich in die Richtung drehte, aus der das Geräusch gekommen war, und seinen Namen rief, daß es vom Dachstuhl widerhallte.

»Jamie!« rief ich noch einmal. »Wo *bist* du?«

»Hier, Sassenach.« Jamies gedämpfte Stimme erklang irgendwo zu meiner Linken, ruhig, aber irgendwie drängend. »Komm zu mir, ja?«

Er war es nicht. Fast zitternd vor Erleichterung beim Klang seiner Stimme, polterte ich durch die Dunkelheit. Jetzt war mir egal, wer das Geräusch gemacht hatte, solange es nicht Jamie war.

Meine Hand stieß auf eine Holzwand, tastete sich blind vor und fand schließlich eine offenstehende Tür. Er war im Quartier des Aufsehers.

Ich trat durch die Tür und spürte die Veränderung sogleich. Hier drinnen war es noch stickiger und viel heißer als in der Sägemühle. Der Boden war aus Holz, doch meine Schritte hallten nicht wider; die Luft war totenstill und drückend. Und der Blutgeruch war noch stärker.

»Wo bist du?« rief ich noch einmal, diesmal leise.

»Hier«, ertönte es überraschend nah bei mir. »Am Bett. Komm und hilf mir; es ist ein Mädchen.«

Er befand sich in dem winzigen Schlafzimmer. Der kleine Raum war fensterlos, und Licht gab es auch nicht. Ich fand sie mit Hilfe meines Tastsinns, Jamie, der auf dem Holzboden neben einem schmalen Bett kniete, und eine Gestalt in dem Bett.

Es war eine Frau, wie er gesagt hatte; das spürte ich mit einer Berührung. Die Berührung sagte mir auch, daß sie im Begriff war zu verbluten. Die Wange, über die ich strich, war kühl und klamm. Alles andere, was ich berührte, war warm und feucht; ihre Kleidung, das Bettzeug, die Matratze unter ihr. Ich spürte, wie an der Stelle, wo ich auf dem Boden kniete, Feuchtigkeit durch meinen Rock drang.

Ich suchte den Puls an ihrem Hals und konnte ihn nicht finden. Ihre Brust bewegte sich sachte unter meiner Hand, das einzige Lebenszeichen außer dem Seufzer, der dabei erklang.

»Ist schon gut«, hörte ich mich sagen, und meine Stimme klang beruhigend, jede Spur von Panik war daraus verschwunden, obwohl ich eigentlich jetzt noch mehr Grund dazu hatte. »Wir sind hier, du bist nicht allein. Was ist mit dir geschehen, kannst du mir das sagen?«

Währenddessen huschten meine Hände über Kopf und Kehle und Brust und Bauch, schoben durchnäßte Kleider zur Seite, suchten blind, verzweifelt nach einer Wunde, die es zu verbinden galt. Nichts, kein hervorschießendes Blut, kein klaffender Schnitt. Und die ganze Zeit erklang ein leises, aber regelmäßiges *Pitsche-patsch, Pitsche-patsch* wie das Geräusch von rennenden Füßchen.

»Sagt…« Es war weniger ein Wort als ein artikulierter Seufzer. Dann eine Pause, ein schluchzendes Einatmen.

»Wer hat dir das angetan, Kleine?« erklang Jamies körperlose Stimme leise und drängend. »Sag mir, wer?«

»Sagt…«

Ich berührte all die Stellen, wo große Blutgefäße dicht unter der Haut liegen, und fand sie unverletzt, ergriff ihren widerstandslosen Arm und hob sie an, schob eine Hand unter sie, um ihren Rücken abzutasten. Ihre gesamte Körperwärme hatte sich dort gesammelt, ihr Mieder war schweißnaß, aber nicht blutdurchtränkt.

»Es ist alles gut«, sagte ich noch einmal. »Du bist nicht allein. Jamie, halt ihre Hand.« Hoffnungslosigkeit war über mich gekommen, ich wußte, was es sein mußte.

»Ich habe sie schon«, sagte er zu mir und: »Mach dir keine Sorgen, Kleine«, zu ihr. »Es wird alles gut, hörst du?« *Pitsche-patsch, Pitsche-patsch*. Die kleinen Füße wurden langsamer.

»Sagt…«

Ich konnte ihr nicht helfen, schob aber dennoch meine Hand noch einmal unter ihren Rock und ließ meine Finger zwischen die reglosen, gespreizten Oberschenkel wandern. Hier war sie immer noch warm, sehr warm. Blut lief mir sanft über die Hand und durch die Finger, heiß und feucht wie die Luft um uns, unaufhaltsam wie das Wasser, das durch die Mühlenschleuse floß.

»Ich... sterbe...«

»Ich glaube, jemand hat dich ermordet«, sagte Jamie ganz sanft zu ihr. »Willst du nicht sagen, wer dich umgebracht hat?«

Ihr Atem wurde lauter, wurde ein sanftes Rasseln. *Pitsch. Patsch. Pitsch. Patsch.* Die Füße gingen jetzt leise auf Zehenspitzen.

»Ser... geant. Sagt... ihm...«

Ich zog meine Hand zwischen ihren Oberschenkeln hervor und ergriff ihre andere Hand, ohne mich um das Blut zu kümmern. Es spielte jetzt wohl kaum noch eine Rolle.

»...*sagt*...« kam es mit plötzlicher Intensität, und dann Stille. Eine lange Stille, und dann noch ein langer, seufzender Atemzug. Stille, noch länger. Und ein Atemzug.

»Das werde ich«, sagte Jamie. Seine Stimme war kaum mehr als ein Flüstern in der Dunkelheit. »Ich werde es tun. Das verspreche ich dir.«

Pitsch.
Patsch.

In den Highlands nannte man es »Todestropfen«, das Geräusch tropfenden Wassers, wenn man es in einem Haus hörte, wo ein Mensch im Sterben lag. Was hier tropfte, war zwar kein Wasser, aber es war dennoch ein sicheres Zeichen.

Es kam kein Geräusch mehr aus der Dunkelheit. Ich konnte Jamie nicht sehen, fühlte aber die leichte Bewegung des Bettes an meinem Oberschenkel, als er sich vorbeugte.

»Gott wird dir vergeben«, flüsterte er in die Stille. »Geh in Frieden.«

Ich hörte das Summen sofort, als wir am nächsten Morgen das Quartier des Aufsehers betraten. In der staubigen Stille der Sägemühle war alles durch den weiten Raum und den Staub gedämpft worden. Doch in diesem kleinen, abgetrennten Areal fingen die Wände jedes Geräusch auf und warfen es zurück; das Echo unserer Schritte hallte vom Holzboden bis zur Holzdecke wider. Ich fühlte mich wie eine Fliege, die in einer Kleinen Trommel eingesperrt ist, und erlebte einen Augenblick der Klaustrophobie, als ich in dem engen Durchgang zwischen den beiden Männern festsaß.

Es gab nur zwei Zimmer, die durch einen kurzen Durchgang getrennt waren, der von außen in die eigentliche Sägemühle führte. Zu unserer Rechten lag der größere Raum, in dem die Byrnes' gewohnt und gekocht hatten, und links das kleinere Schlafzimmer, aus dem jetzt der Lärm kam. Jamie holte tief Luft, hielt sich das Plaid vors Gesicht und zog die Schlafzimmertür auf.

Es sah aus wie eine Tagesdecke auf dem Bett, ein stahlblauer Überwurf, der hier und da grün aufblitzte. Dann betrat Jamie das Zimmer, und die Fliegen erhoben sich summend von ihrem Mahl aus verklumptem Blut und protestierten gefräßig.

Ich schluckte einen Aufschrei des Abscheus herunter und bückte mich, während ich mit den Armen nach ihnen schlug. Aufgedunsene, langsam fliegende Insektenkörper trafen auf mein Gesicht und meine Arme und torkelten langsam durch die Luft davon. Farquard Campbell machte ein schottisches Geräusch des überwältigenden Ekels, das sich wie »Juch!« anhörte, dann senkte er den Kopf und schob sich an mir vorbei. Seine Augen waren zu Schlitzen verengt, seine Lippen fest zusammengepreßt und seine Nase stark so zusammengekniffen, daß sie weiß war.

Das kleine Schlafzimmer war kaum größer als ein Sarg, zu dem es geworden war. Es gab keine Fenster, nur Spalten zwischen den Brettern, die gedämpftes Licht hereinließen. Es war heiß und feucht wie in einem Tropenhaus, und die Luft war vom süßen Verwesungsgeruch des Todes erfüllt. Ich spürte, wie der Schweiß mir an den Seiten herunterkroch und mich kitzelte wie Fliegenfüße, und ich versuchte, nur durch den Mund zu atmen.

Sie war nicht kräftig gewesen; ihr Körper war nur eine leichte Ausbuchtung unter der Decke, die wir letzte Nacht anstandshalber über sie gelegt hatten. Ihr Kopf kam mir im Verhältnis zu dem ausgemergelten Körper groß vor, wie bei einem Strichmännchen, dessen runder Kopf auf streichholzdünnen Gliedern ruht.

Jamie wischte ein paar Fliegen zur Seite, die zu vollgefressen waren, um sich zu bewegen, und zog die Decke zurück. Wie alles andere war auch die Decke blutbefleckt und verkrustet, und ihr Fußende war feucht. Der menschliche Körper enthält im Durchschnitt fünf Liter Blut, doch es sieht nach sehr viel mehr aus, wenn man es in der Gegend verteilt.

Ich hatte in der Nacht zuvor kurz ihr Gesicht gesehen, und im Licht des Kiefernspans, den Jamie über sie gehalten hatte, hatten ihre toten Züge künstlich geleuchtet. Jetzt war sie bleich und kalt wie ein Pilz, und ihre stumpfen Gesichtszüge ragten aus einem Gewirr feiner, brauner Haare hervor. Es war unmöglich, etwas über ihr Alter zu sagen, außer, daß sie nicht alt gewesen war. Ich konnte auch nicht sagen, ob sie attraktiv gewesen war; sie hatte keinen eleganten Knochenbau, doch vielleicht hatte das Leben ihren runden Wangen und ihren tiefliegenden Augen einen Glanz verliehen, den die Männer hübsch fanden. Zumindest für einen Mann war sie hübsch genug gewesen, dachte ich.

Die Männer waren über den reglosen Körper gebeugt und unterhielten sich flüsternd. Jetzt wandte sich Mr. Campbell an mich und runzelte dabei die Stirn unter seiner förmlichen Perücke.

»Ihr seid Euch über die Todesursache einigermaßen sicher, Mrs. Fraser?«

»Ja.« Ich hob den Rand der Decke hoch und schlug sie zurück, wobei ich versuchte, die übelriechende Luft nicht einzuatmen. Ich entblößte die Beine der Leiche. Ihre Füße waren bläulich angelaufen und begannen anzuschwellen.

»Ich habe ihr den Rock heruntergezogen, sonst aber alles so gelassen, wie es war«, erklärte ich und schob ihn wieder hoch.

Mein Magen verkrampfte sich unwillkürlich, als ich sie berührte. Es war nicht das erste Mal, daß ich eine Leiche sah, und diese war bei weitem nicht die schauderhafteste, doch wegen des heißen Klimas und der drückenden Atmosphäre hatte sich ihr Körper kaum abgekühlt – ihr Oberschenkel war so warm wie mein eigener, aber unangenehm schwammig.

Ich hatte ihn dort liegenlassen, wo wir ihn gefunden hatten, im Bett zwischen ihren Beinen: ein Grillspieß, über dreißig Zentimeter lang. Er war ebenfalls voll getrocknetem Blut, aber klar erkennbar.

»Ich... äh... habe keine äußere Verletzung gefunden«, sagte ich, indem ich mich so vorsichtig wie möglich ausdrückte.

»Aye, ich verstehe.« Mr. Campbells Stirnrunzeln schien etwas nachzulassen. »Ah, gut, dann handelt es sich wohl zumindest nicht um einen Fall von vorsätzlichem Mord.«

Ich öffnete den Mund, um zu antworten, doch ich fing einen warnenden Blick von Jamie auf. Mr. Campbell bemerkte nichts davon und fuhr fort:

»Bleibt die Frage, ob die arme Frau es wohl selbst getan hat oder durch die Hilfe eines Dritten zu Tode gekommen ist. Was meint Ihr, Mistress Fraser?«

Jamie blickte mich mit zusammengekniffenen Augen über Campbells Schulter hinweg an, doch die Warnung war unnötig. Wir hatten letzte Nacht über die Angelegenheit gesprochen und waren zu unseren eigenen Schlüssen gekommen – und zu dem Schluß, daß wir unsere Ansichten den Vertretern von Recht und Ordnung in Cross

Creek besser nicht mitteilten – jetzt noch nicht. Ich rümpfte die Nase, vorgeblich des Geruches wegen, in Wirklichkeit aber, um jede verräterische Veränderung meines Gesichtsausdruckes zu verbergen. Ich war eine sehr schlechte Lügnerin.

»Ich bin sicher, daß sie es selbst getan hat«, sagte ich bestimmt. »Es dauert nicht lange, auf diese Weise zu verbluten, und wie Jamie Euch gesagt hat, hat sie noch gelebt, als wir sie gefunden haben. Wir haben einige Zeit draußen vor der Mühle gestanden und uns unterhalten, bevor wir hereingekommen sind; niemand hätte sich unbemerkt entfernen können.«

Andererseits hätte sich leicht jemand in dem anderen Zimmer verstecken und lautlos im Dunkeln davonschleichen können, während wir damit beschäftigt waren, der sterbenden Frau Beistand zu leisten. Falls Mr. Campbell nicht selbst auf diese Möglichkeit kam, sah ich auch keinen Grund, ihn darauf aufmerksam zu machen.

Als Mr. Campbell sich zu ihm zurückwandte, hatten Jamies Gesichtszüge wieder einen Ausdruck angemessenen Ernstes angenommen. Der ältere Mann schüttelte bedauernd den Kopf.

»Ach, die arme Unglückliche! Nun, vielleicht sollten wir erleichtert sein, daß niemand anders an ihrer Sünde beteiligt ist.«

»Was ist mit dem Mann, der das Kind gezeugt hat, das sie loszuwerden versucht hat?« sagte ich mit einer gewissen Schärfe. Mr. Campbell machte ein erschrockenes Gesicht, fing sich aber schnell wieder.

»Äh... ja, natürlich«, sagte er und hustete. »Wobei wir nicht wissen, ob sie verheiratet war –«

»Also kennt Ihr die Frau auch nicht?« fuhr Jamie dazwischen, ehe ich noch mehr unüberlegte Bemerkungen machen konnte.

Campbell schüttelte den Kopf.

»Sie ist keine Bedienstete von Mr. Buchanan oder den MacNeills, da bin ich mir sicher. Auch nicht von Richter Alderdyce. Dies sind die einzigen Plantagen, die so nah liegen, daß sie von dort hergelaufen sein könnte. Obwohl ich mich frage, warum sie ausgerechnet hierher gekommen sein sollte, um eine solche Verzweiflungstat zu begehen...«

Das hatten Jamie und ich uns auch gefragt. Um Mr. Campbell daran zu hindern, weiter in diese Richtung zu forschen, unterbrach Jamie ihn erneut.

»Sie hat nicht viel gesagt, aber sie hat einen ›Sergeant‹ erwähnt. ›Sagt es dem Sergeant‹, waren ihre Worte. Habt Ihr vielleicht eine Ahnung, wen sie damit gemeint haben könnte?«

»Ich glaube, ein Sergeant der Armee befehligt die Wache des königlichen Lagerhauses. Ja, da bin ich mir sicher.« Mr. Campbells Gesicht hellte sich ein wenig auf. »Ah! Ohne Zweifel hatte die Frau in irgendeiner Weise mit dem Militär zu tun. Verlaßt Euch darauf, das ist die Erklärung. Obwohl ich mich immer noch frage, warum sie –«

»Mr. Campbell, bitte verzeiht mir, aber ich fürchte, mir ist ein bißchen schwindelig«, unterbrach ich ihn und legte ihm eine Hand auf den Ärmel. Es war nicht gelogen, denn ich hatte weder geschlafen noch gegessen. Ich fühlte mich benommen von der Hitze und dem Gestank, und ich wußte, daß ich blaß aussehen mußte.

»Könnt Ihr meine Frau nach draußen begleiten?« fragte Jamie. Er wies auf das Bett und seine erbarmungswürdige Bürde. »Ich bringe dann die arme Kleine nach.«

»Bitte macht Euch nicht die Mühe, Mr. Fraser«, protestierte Campbell, während er sich bereits umwandte, um mich hinauszubegleiten. »Mein Diener kann die Leiche holen.«

»Es ist die Sägemühle meiner Tante, Sir, und daher meine Angelegenheit.« Jamie sprach höflich, aber bestimmt. »Ich kümmere mich darum.«

Phaedre wartete draußen beim Wagen.

»Hab' Euch doch gesagt, da drin spukt's«, sagte sie und betrachtete mich mit grimmiger Genugtuung. »Ihr seid bleich wie'n Leintuch, Ma'am.« Sie reichte mir eine Feldflasche mit gewürztem Wein und rümpfte vornehm die Nase.

»Ihr riecht schlimmer als letzte Nacht, und da habt Ihr so ausgeseh'n als kämt Ihr vom Schweineschlachten. Setzt euch mal da in den Schatten und trinkt das; das hilft.« Sie blickte mir über die Schulter. Ich wandte mich ebenfalls um und sah, daß Campbell im Schatten der Platanen am Flußufer angelangt war und nun in ein Gespräch mit seinem Bediensteten vertieft war.

»Hab' sie gefunden«, sagte Phaedre sogleich mit leiser Stimme. Ihre Augen huschten seitwärts zu der kleinen Ansammlung von Sklavenhütten, die von dieser Seite der Sägemühle aus kaum zu sehen war.

»Sicher? Du hast schließlich nicht viel Zeit gehabt.« Ich nahm einen Schluck Wein und behielt ihn im Mund, froh um das scharfe Bouquet, das mir in der Kehle aufstieg und meinen Gaumen vom Geschmack des Todes reinigte.

Phaedre nickte, und ihr Blick wanderte zu den Männern unter den Bäumen.

»Hat nicht viel dazugehört. Bin zu den Hütten da drüben gegangen, hab' eine Tür offenstehen sehen, und überall haben Sachen rumgelegen, als hätte es jemand sehr eilig gehabt. Ich hab' 'nen kleinen Jungen gefragt, wer da wohnt. Er hat gesagt, Pollyanne wohnt da, aber sie ist weg, und er weiß nicht, wohin. Ich frage, seit wann, und er sagt, beim Abendessen war sie noch da, und heute morgen war sie weg. Keiner hat sie geseh'n.« Ihr Blick traf den meinen, dunkel und fragend. »Jetzt wißt Ihr es; was wollt Ihr tun?«

Eine verdammt gute Frage, noch dazu eine, auf die ich keine Antwort wußte. Ich schluckte den Wein hinunter und mit ihm die aufsteigende Panik.

»Jeder Sklave hier muß doch wissen, daß sie fort ist; wie lange wird es dauern, bis jemand anders es herausfindet? Wer ist für so etwas zuständig, jetzt, wo Byrnes tot ist?«

Phaedre zuckte graziös eine Schulter.

»Jeder, der fragt, erfährt es sofort. Aber wer dafür zuständig ist –« Sie deutete kopfnickend auf die Mühle. Wir hatten die kleine Tür zu den Wohnräumen offen gelassen; Jamie kam gerade heraus und trug eine in Decken gewickelte Last auf dem Arm.

»Er, schätze ich«, sagte sie.

Ich bin schon daran beteiligt. Er hatte es schon vor der unterbrochenen Abendgesellschaft gewußt. Ohne offizielle Bekanntmachung, ohne daß man ihn aufforderte oder daß er einwilligte, übernahm er seine Position, seine Rolle, wie ein Puzzleteil, das an seinen Platz gelegt wird. Er war bereits Herr von River Run – wenn er es sein wollte.

Campbells Diener war zu ihm gegangen, um ihm mit der Leiche zu helfen. Jamie kniete sich am Rand des Mühlbachs hin und ließ seine Bürde sanft zu Boden gleiten. Ich gab Phaedre die Feldflasche zurück und nickte zum Dank.

»Würdest du die Sachen aus dem Wagen holen?«

Wortlos ging Phaedre die Dinge holen, die ich mitgebracht hatte – eine Decke, einen Eimer, saubere Tücher und ein Gefäß mit Kräutern –, während ich zu Jamie ging.

Er kniete am Wasser und wusch sich die Hände, etwas oberhalb der Stelle, wo die Leiche lag. Es hatte zwar keinen Sinn, mir zur Vorbereitung die Hände zu waschen, doch ich war ein Gewohnheitstier; ich kniete mich neben ihn, tauchte meine Hände ebenfalls ein und spülte die Berührung der klammen Haut im Rauschen des kalten, frischen Wassers davon.

»Ich hatte recht«, sagte ich leise zu ihm. »Es war eine Frau namens Pollyanne; sie ist über Nacht verschwunden.«

Er zog eine Grimasse, rieb seine Handfläche kräftig aneinander und blickte über die Schulter. Campbell stand jetzt bei der Leiche und trug immer noch ein leicht angewidertes Stirnrunzeln im Gesicht.

Jamie blickte finster konzentriert drein und wandte den Blick wieder seinen Händen zu. »Na, das paßt ja wie die Faust aufs Auge, aye?« Er bückte sich und bespritzte sich das Gesicht, dann schüttelte er heftig den Kopf und versprühte dabei Tropfen wie ein nasser Hund. Dann nickte er mir zur, stand auf und trocknete sich mit dem Saum seines fleckigen Plaids das Gesicht ab.

»Kümmere dich um die Kleine, aye, Sassenach?« Dann schritt er zielsicher mit schwingendem Kilt auf Mr. Campbell zu.

Es hatte keinen Zweck, ihre Kleider zu retten, also schnitt ich sie ihr vom Leib. Unbekleidet sah sie so aus, als wäre sie in den Zwanzigern gewesen. Unterernährt, man konnte ihre Rippen zählen, ihre Arme und Beine waren dünn und blaß wie geschälte Zweige. Trotzdem war sie überraschend schwer, und da die Totenstarre immer noch anhielt, war sie schwierig zu bewegen. Phaedre und ich kamen dabei heftig ins Schwitzen, und aus dem Knoten in meinem Nacken entwischten Strähnen, die bald an meinen erhitzten Wangen klebten.

Immerhin reduzierte die schwere Arbeit unser Gespräch auf ein Minimum, und ich konnte in Ruhe nachdenken. Nicht, daß meine Gedanken besonders beruhigend gewesen wären.

Eine Frau, die ein Kind abtreiben wollte, würde es in ihrem eigenen Zimmer, in ihrem eigenen Bett tun, wenn sie es allein machte. Es konnte für die Fremde nur einen Grund geben, sich an einen abgelegenen Ort wie diesen zu begeben: sich dort mit der Person zu treffen, die die Arbeit für sie erledigen würde, einer Person, die nicht zu ihr kommen konnte.

Wir mußten nach einer Sklavin im Umfeld der Sägemühle Ausschau halten, hatte ich ihm gesagt, einer Frau, die vielleicht einen Ruf als Hebamme hatte und über die die anderen Frauen redeten, die sie flüsternd weiterempfehlen würden.

Die Tatsache, daß ich wohl recht gehabt hatte, verschaffte mir keine Genugtuung. Die Engelmacherin war geflohen, aus Angst, daß die Frau uns gesagt haben könnte, wer die Tat begangen hatte. Wäre sie geblieben und hätte geschwiegen, hätte Farquard Campbell sich auf meine Aussage verlassen, daß die Frau es selbst gewesen war – konnte er doch kaum das Gegenteil beweisen. Doch wenn jemand anders herausfand, daß die Sklavin Pollyanne entflohen war – und man würde es selbstverständlich herausfinden! –, und sie gefangen und verhört wurde, dann würde die ganze Sache sofort herauskommen. Und was dann?

Ich erschauerte trotz der Hitze. Fand das Gesetz des Blutvergießens in diesem Fall Anwendung? Das sollte es wohl, dachte ich, während ich grimmig noch einen Eimer Wasser über die weißen Glieder schüttete – falls Quantität irgendeine Rolle dabei spielte.

Der Teufel sollte die Frau holen, dachte ich, indem ich das nutzlose Mitleid unter meinem Ärger verbarg. Das einzige, was ich jetzt noch für sie tun konnte, war, hinter ihr aufzuräumen – im wahrsten Sinne des Wortes. Und vielleicht zu versuchen, ihre Mitspielerin in dieser Tragödie zu retten, die arglose Frau, die ohne böse Absicht einen Mord begangen hatte, wo sie doch nur hatte helfen wollen, und die jetzt vielleicht mit ihrem eigenen Leben für diesen Fehler bezahlen mußte.

Ich sah, daß Jamie die Weinflasche geholt hatte; er trank im Wechsel mit Farquard Campbell, und beide unterhielten sich angeregt, wobei sie gelegentlich auf die Sägemühle, den Fluß oder in Richtung Stadt deuteten.

»Habt Ihr was, womit ich sie kämmen kann, Ma'am?«

Phaedres Frage lenkte meine Aufmerksamkeit wieder auf meine eigentliche Aufgabe. Sie hockte neben der Leiche und befühlte kritisch deren wirres Haar.

»Würde sie nur ungern so ins Grab legen, das arme Kind«, sagte sie und schüttelte den Kopf.

Phaedre kam mir kaum älter vor als die Tote – und es spielte sowieso kaum eine Rolle, ob die Leiche wohlfrisiert beerdigt wurde. Dennoch suchte ich in meiner Tasche und zog einen kleinen Elfenbeinkamm heraus, mit dem sich Phaedre leise summend ans Werk machte.

Mr. Campbell brach auf. Ich hörte das Zaumzeug seines Gespanns knarren, und die Pferde stampften erwartungsvoll, als der Kutscher aufsaß. Mr. Campbell erblickte mich und verbeugte sich tief, den Hut in der Hand. Ich deutete meinerseits einen Knicks an und sah erleichtert zu, wie er davonfuhr.

Phaedre hatte ebenfalls in ihrer Arbeit innegehalten und sah der abfahrenden Kutsche nach.

Sie murmelte etwas und spuckte in den Staub. Sie tat es ohne erkennbare Bösartigkeit – es war eine Geste, die das Böse fernhalten sollte und die ich schon öfter beobachtet hatte. Sie blickte zu mir auf.

»Mister Jamie sollte Pollyanne besser vor Sonnenuntergang finden. Im Kiefernwald sind wilde Tiere, und Mister Ulysses sagt, die Frau hat zweihundert Pfund gekostet, als Miss Jocasta sie gekauft hat. Sie kennt den Wald nicht, die Pollyanne; sie ist erst vor einem Jahr aus Afrika gekommen.«

Ohne weiteren Kommentar beugte sie sich wieder über ihre Arbeit, und ihre Finger wanderten dunkel und wieselflink über das feine Seidenhaar der Toten.

Ich machte mich ebenfalls ans Werk und stellte mit einigem Schrecken fest, daß das Netz der Umstände, das Jamie umgab, mich ebenfalls erfaßt hatte. Ich blieb nicht unbeteiligt, wie ich gedacht hatte – das wäre nicht einmal dann möglich gewesen, wenn ich es gewollt hätte.

Phaedre hatte mir nicht deshalb geholfen, Pollyanne zu finden, weil sie mir vertraute oder mich mochte, sondern weil ich die Frau des Herrn war. Pollyanne mußte gefunden und versteckt werden. Und Jamie, so dachte sie, würde Pollyanne selbstverständlich finden und verstecken, sie war schließlich sein Eigentum – oder Jocastas, aber das lief in Phaedres Augen sicher auf dasselbe hinaus.

Schließlich lag die Fremde sauber auf dem zerschlissenen Laken, das ich als Leichentuch mitgebracht hatte. Phaedre hatte ihr das Haar gekämmt und geflochten, und nun ergriff ich das große Steingutgefäß mit den Kräutern. Ich hatte sie aus Gewohnheit wie auch aus gutem Grund mitgebracht, und jetzt war ich froh darum – nicht so sehr, weil ich sie gegen den Verwesungsprozeß brauchte, sondern weil sie den einzigen – und notwendigen – Hauch einer Zeremonie beisteuerten.

Es war schwer, diesen stinkenden Klumpen mit der kleinen Hand in Verbindung zu bringen, die sich an die meine geklammert hatte, mit dem furchtsamen Flüstern, das »sagt...« in die erdrückende Dunkelheit gehaucht hatte. Und dennoch war die Erinnerung an sie, an ihr letztes Lebensblut, das sich heiß über meine Hand ergoß, in meinen Gedanken lebendiger als dieser Anblick ihrer leeren Hülle, die nackt in den Händen von Fremden lag.

Der nächste Priester wohnte in Halifax, daher würde sie ohne Zeremonie beerdigt werden – doch was hätten ihr die Riten genützt? Beerdigungsrituale dienen den Hinterbliebenen zum Trost. Es war unwahrscheinlich, daß sie jemanden hinterlassen hatte, der um sie trauern würde, dachte ich, denn hätte ihr jemand nahegestanden – Familie, Ehemann, selbst ein Liebhaber –, dann wäre sie jetzt wahrscheinlich nicht tot.

Ich hatte sie nicht gekannt, sie würde mir nicht fehlen – doch ich trauerte um sie, um sie und ihr Kind. Und so kniete ich mich mehr um meinet- als um ihretwillen neben sie und verstreute meine Kräuter: duftend und bitter, Gartenraute und Ysopblüten, Rosmarin, Thymian und Lavendel. Ein Strauß der Lebenden für die Tote – ein kleines Zeichen der Erinnerung.

Phaedre sah kniend zu und schwieg. Dann streckte sie die Hand aus und legte dem toten Mädchen das Leichentuch sanft über das Gesicht. Jamie war ebenfalls gekommen, um zuzusehen. Wortlos bückte er sich, hob sie auf und trug sie zum Wagen.

Er sagte nichts, bis ich eingestiegen war und mich neben ihn gesetzt hatte. Er ließ die Zügel auf die Pferderücken klatschen und schnalzte mit der Zunge.

»Dann wollen wir mal den Sergeant suchen«, sagte er.

Natürlich mußten wir uns zuerst um ein paar andere Dinge kümmern. Wir kehrten nach River Run zurück, um Phaedre zurückzubringen. Jamie verschwand, um Duncan zu suchen und seine schmutzige Kleidung zu wechseln, während ich nach meinem Patienten sah und Jocasta mit den Ereignissen des Morgens vertraut machte.

Ich hätte mir bei beiden die Mühe sparen können: Farquard Campbell saß im Frühstückszimmer und schlürfte Tee mit Jocasta, John Myers lag der Länge nach auf der grünen Chaiselongue ausgestreckt, ein Cameronplaid um seine Lenden geschlungen, und kaute fröhlich ein Brötchen. Der ungewohnten Sauberkeit seiner nackten Beine und Füße nach zu urteilen, die aus der Tartandecke ragten, hatte sich jemand in der Nacht zuvor den Zustand seiner vorübergehenden Bewußtlosigkeit zunutze gemacht und ihm ein Bad verabreicht.

»Meine Liebe.« Beim Klang meiner Schritte wandte Jocasta den Kopf und lächelte, obwohl ich Sorgenfalten zwischen ihren Augenbrauen sah. »Setz dich, Kind, und nimm etwas zu dir; du hast sicher letzte Nacht nicht geschlafen – und wie es scheint, hattest du einen furchtbaren Morgen.«

Normalerweise hätte ich es entweder amüsant oder beleidigend gefunden, wenn mich jemand »Kind« nannte; unter den gegenwärtigen Umständen war es seltsam beruhigend. Ich sank dankbar in einen Armsessel, ließ mir von Ulysses eine Tasse Tee einschenken und fragte mich derweil, was genau Farquard Jocasta erzählt hatte – und wieviel er wußte.

»Wie geht es Euch heute morgen?« fragte ich meinen Patienten. Er schien sich in erstaunlich guter Verfassung zu befinden, wenn man bedachte, wieviel Alkohol er letzte Nacht konsumiert hatte. Er hatte eine gesunde Gesichtsfarbe, und wenn man nach der Menge der Krümel auf dem Teller neben ihm ging, war an seinem Appetit ebenfalls nichts auszusetzen.

Er nickte mir herzlich zu, während seine Kiefer geräuschvoll kauten, und schluckte dann etwas mühsam.

»Erstaunlich gut, Ma'am, besten Dank. Bißchen wund am Allerwertesten« – er klopfte sich sachte auf die betreffende Stelle –, »aber ich hab' noch nie eine schönere Naht gesehen. Mr. Ulysses war so freundlich, mir einen Spiegel zu besorgen«, erklärte er. Er schüttelte den Kopf mit einiger Ehrfurcht.

»Hab' noch nie meinen eigenen Hintern gesehen – bei all den Haaren, die ich da habe, könnte man meinen, daß mein Papa ein Bär war!«

Er lachte herzhaft, und Farquard Campbell verbarg ein Lächeln in seiner Teetasse. Ulysses wandte sich mit dem Tablett ab, doch ich sah seine Mundwinkel zucken.

Jocasta lachte laut auf, und die Belustigung umgab ihre blinden Augen mit Fältchen.

»Man sagt, das Kind, das seinen Vater kennt, muß schlau sein, John Quincy. Aber ich habe deine Mutter gut gekannt, und ich würde sagen, es ist ziemlich unwahrscheinlich.«

»Tja, meiner Mama haben die haarigen Männer gefallen. Hat gemeint, die wären so gemütlich in kalten Winternächten.« Er blinzelte in seinen offenen Hemdkragen und betrachtete das Gestrüpp, das dort zum Vorschein kam, mit einiger Genugtuung. »Könnte schon sein. Den Indianermädchen scheint es zu gefallen – obwohl es vielleicht nur der Reiz des Neuen ist, wenn man es recht bedenkt. Ihre eigenen Männer haben kaum Pelz an den Eiern, geschweige denn am Hintern.«

Mr. Campbell bekam einen Krümel in den falschen Hals und hustete heftig in seine Serviette. Ich lächelte vor mich hin und nahm einen großen Schluck Tee. Es war eine starke, duftende indische Mischung, und ich genoß ihn trotz der drückenden Vormittagshitze. Mir brach der Schweiß aus, als ich trank, doch die Wärme ließ sich beruhigend in meinem aufgewühlten Magen nieder, und der Duft des Tees vertrieb den Gestank von Blut und Exkret aus meiner Nase, wie auch die fröhliche Unterhaltung die morbiden Bilder des Morgens aus meinen Gedanken verbannte.

Ich warf einen sehnsüchtigen Blick auf den Teppich vor dem Kamin. Ich fühlte mich, als könnte ich mich friedlich dort hinlegen und eine Woche lang schlafen. Doch es gab keine Rast für die Mühseligen.

Jamie kam herein, frisch rasiert und gekämmt und mit einem nüchternen Rock und einem sauberen Hemd bekleidet. Er nickte Farquard ohne erkennbare Überraschung zu; er mußte seine Stimme vom Flur aus gehört haben.

»Tante Jocasta.« Er bückte sich und küßte Jocasta zum Gruß die Wange, dann lächelte er Myers zu.

»Wie geht's Euch denn, *a charaid*? Oder soll ich sagen, wie geht's ihnen?«

»Alles bestens«, versicherte ihm Myers. Er legte abschätzend eine Hand zwischen seine Beine. »Aber ich warte lieber noch ein oder zwei Tage, bevor ich wieder auf ein Pferd steige.«

»Das würde ich auch«, versicherte Jamie ihm. Er wandte sich wieder an Jocasta. »Hast du Duncan heute morgen schon gesehen, Tante Jocasta?«

»Oh, aye. Er macht für mich eine kleine Besorgung, er und der Junge.« Sie lächelte und streckte ihre Hand nach ihm aus; ich sah, wie sie ihre Finger fest um sein Handgelenk legte.

»So ein wunderbarer Mann, dieser Mr. Innes. So hilfsbereit. Und so verständig und intelligent; wirklich ein Vergnügen, sich mit ihm zu unterhalten. Findest du nicht auch, Neffe?«

Jamie warf ihr einen seltsamen Blick zu, dann sah er Farquard Campbell an. Der ältere Mann wich seinem Blick aus und schlürfte seinen Tee, während er vorgab, das große Gemälde über dem Kamin zu studieren.

»In der Tat«, sagte Jamie trocken. »Ein brauchbarer Mann, unser Duncan. Und Ian ist mit ihm gegangen?«

»Um ein kleines Päckchen für mich zu holen«, sagte seine Tante seelenruhig. »Brauchst du Duncan sofort?«

»Nein«, sagte Jamie langsam und starrte auf sie herab. »Es kann warten.«

Ihre Finger ließen seinen Ärmel fahren und sie griff nach ihrer Teetasse. Der zarte Henkel zeigte exakt in ihre Richtung, bereit für ihre Hand.

»Dann ist es ja gut«, sagte sie. »Willst du vielleicht etwas frühstücken? Und Farquard – noch etwas Gebäck?«

»Ah, nein, *Cha ghabh mi 'n còrr, tapa leibh*. Ich habe in der Stadt zu tun und sehe besser zu, daß ich aufbreche.« Campbell stellte seine Tasse ab, stand auf und verbeugte sich nacheinander vor mir und Jocasta. »Ergebenster Diener, die Damen. Mr. Fraser«, fügte er mit hochgezogenen Augenbrauen hinzu, verbeugte sich und folgte Ulysses hinaus.

Jamie setzte sich hin, die Augenbrauen seinerseits hochgezogen, und nahm sich eine Scheibe Toast.

»Diese Besorgung, Tante Jocasta – Duncan ist auf der Suche nach der Sklavin?«

»Ja.« Jocasta richtete stirnrunzelnd ihren blinden Blick auf ihn. »Ich hoffe, es macht dir nichts aus, Jamie? Ich weiß, daß Duncan zu dir gehört, aber die Sache kam mir dringend vor, und ich konnte nicht wissen, wann du kommen würdest.«

»Was hat Campbell dir gesagt?« Ich konnte mir denken, was Jamie meinte; es erschien mir nicht wahrscheinlich, daß der aufrechte und gestrenge Mr. Campbell, Richter des Distriktes, der keinen Finger gerührt hatte, um einen grausamen Lynchmord zu verhindern, sich an einer Verschwörung zum Schutz einer Sklavin – noch dazu einer Engelmacherin – beteiligen würde. Und dennoch – vielleicht betrachtete er es als Ausgleich für das, was er nicht hatte verhindern können.

Ihre wohlgeformten Schultern hoben sich in einem angedeuteten Achselzucken, und neben ihrem Mund regte sich ein Muskel.

»Ich kenne Farquard Campbell schon zwanzig Jahre. Ich höre das, was er nicht sagt, besser als das, was er sagt.«

Myers hatte diesen Wortwechsel mit Interesse verfolgt.

»Könnte nicht sagen, daß meine Ohren auch so gut sind«, beobachtete er nachsichtig. »Ich habe ihn nur sagen hören, daß irgendeine arme Frau sich durch einen Unfall ums Leben gebracht hat, oben bei der Sägemühle, als sie versuchte, was Kleines loszuwerden. Er sagt, er hat sie nicht persönlich gekannt.«

Er lächelte mir freundlich zu.

»Und das allein sagt mir schon, daß das Mädchen eine Fremde war«, beobachtete Jocasta. »Farquard kennt die Leute, die am Fluß und in der Stadt leben, genausogut, wie ich meine eigenen kenne. Sie ist niemandes Tochter und niemandes Dienstmädchen.«

Sie stellte ihre Tasse ab und lehnte sich mit einem Seufzer im Sessel zurück.

»Es wird schon in Ordnung kommen«, sagte sie. »Iß nur auf, Junge, du mußt am Verhungern sein.«

Jamie starrte sie einen Moment lang an, die Toastscheibe unberührt in seiner Hand. Er beugte sich vor und ließ sie auf den Teller fallen.

»Ich kann nicht sagen, daß ich im Augenblick großen Appetit habe, Tante Jocasta. Von toten Mädchen bekomme ich Bauchgrimmen.« Er stand auf und strich über seine Rockschöße.

»Sie mag niemandes Tochter oder Dienstmädchen sein – aber im Augenblick liegt sie im Hof und lockt die Fliegen an. Ich wüßte gern ihren Namen, bevor ich sie beerdige.« Er machte auf dem Absatz kehrt und schritt hinaus.

Ich trank den restlichen Tee aus und stellte die Porzellantasse mit einem leisen Klirren ab.

»Tut mir leid«, sagte ich entschuldigend. »Ich glaube, ich habe auch keinen Hunger.«

Jocasta regte sich nicht, und ihr Gesichtsausdruck blieb unverändert. Als ich das Zimmer verließ, sah ich, wie sich Myers von seiner Chaiselongue herüberbeugte und zielsicher nach dem letzten Brötchen angelte.

Es war fast Mittag, als wir das Lagerhaus der Krone am Ende der Hay Street erreichten. Es stand etwas oberhalb der Stadt am Nordufer des Flusses und hatte sein eigenes Pier zum Verlassen. Im Augenblick schien es kaum Bedarf für eine Wache zu geben, denn nichts regte sich in der Nähe des Gebäudes außer ein paar blaßgrünen Schmetterlingen, die sich unbeeindruckt von der drückenden Hitze emsig in den dichten, blühenden Büschen abmühten, die das Ufer säumten.

»Was wird hier gelagert?« fragte ich Jamie, während ich neugierig an dem massiven Gebäude hochsah. Die riesige, zweiflügelige Tür war geschlossen und verriegelt, und ein einzelner, rotberockter Wachtposten stand reglos wie ein Zinnsoldat davor. Neben dem Lagerhaus stand ein kleineres Gebäude, auf dem eine englische Flagge schlaff in der Hitze hing; vermutlich war dies das Reich des Sergeanten, den wir suchten.

Jamie zuckte mit den Achseln und strich sich eine vorwitzige Fliege von der Augenbraue. Trotz der Bewegung des Wagens hatten wir mit zunehmender Tageshitze mehr und mehr Fliegen angezogen. Ich schnüffelte vorsichtig, doch ich roch nur einen leisen Hauch von Thymian.

»Alles, was die Krone für wertvoll hält. Pelze aus dem Hinterland, Vorräte für die Marine – Pech, Teer und Terpentin. Aber die Wache steht wegen des Alkohols hier.«

Zwar braute jedes Wirtshaus sein eigenes Bier, und jeder Haushalt hatte seine Rezepte für Apfelcidre und Kirschwein, doch die hochprozentigeren Spirituosen waren der Krone vorbehalten: Brandy, Whisky und Rum wurden in kleinen Mengen und unter schwerer Bewachung in die Kolonie importiert und für teures Geld unter dem Siegel der Krone verkauft.

»Im Moment ist ihr Vorrat wohl nicht sehr groß«, sagte ich und deutete auf den einzelnen Wachtposten.

»Nein, die Alkohollieferungen kommen einmal im Monat von Wilmington den Fluß herauf. Campbell sagt, sie nehmen jedesmal einen anderen Wochentag, um das Risiko von Raubüberfällen zu verringern.«

Er sprach geistesabwesend, und zwischen seinen Augenbrauen stand eine kleine Falte.

»Meinst du, Campbell hat uns geglaubt? Daß sie es selbst getan hat?« Unwillkürlich warf ich einen flüchtigen Blick hinter mich in den Wagen.

Aus Jamies Kehle drang ein schottischer Laut der Verachtung.

»Natürlich nicht, Sassenach, der Mann ist kein Narr. Aber er ist ein guter Freund meiner Tante; er wird uns keine Schwierigkeiten machen, wenn es nicht sein muß. Wir wollen hoffen, daß die Frau niemanden hatte, der Krach schlagen könnte.«

»Ziemlich kaltblütig von dir«, sagte ich leise. »Bei deiner Tante habe ich noch gedacht, du würdest anders fühlen. Aber du hast wohl recht – hätte sie jemanden gehabt, wäre sie jetzt nicht tot.«

Er hörte die Bitterkeit in meiner Stimme und sah zu mir herab.

»Ich will ja nicht pietätlos sein, Sassenach«, sagte er sanft. »Aber das arme Kind ist tot. Ich kann nicht mehr für sie tun als für eine anständige Beerdigung sorgen, ansonsten muß ich mich um die Lebenden kümmern, aye?«

Ich seufzte und drückte kurz seinen Arm. Meine Gefühle waren viel zu komplex, um zu versuchen, sie zu erklären; ich hatte nur ein paar Minuten bei der Frau gesessen und hätte ihren Tod keinesfalls verhindern können – doch sie war mir unter den Händen weggestorben, und ich verspürte die ohnmächtige Wut, die jeder Arzt unter solchen Umständen empfindet, das Gefühl, daß ich irgendwie versagt hatte, daß der Todesengel mich überlistet hatte. Und jenseits von Wut und Mitleid erklang das Echo unausgesprochener Schuld: Das Mädchen war ungefähr in Briannas Alter – Brianna, die in ähnlichen Umständen auch niemanden haben würde.

»Ich weiß. Es ist nur... ich fühle mich wohl irgendwie für sie verantwortlich.«

»Ich auch«, sagte er. »Keine Angst, Sassenach, wir sorgen schon dafür, daß sie zu ihrem Recht kommt.« Er zügelte die Pferde unter einer Kastanie, schwang sich herab und bot mir die Hand.

Es gab keine Kaserne. Campbell hatte Jamie erzählt, daß die Männer der Lagerhauswache in mehreren Häusern in der Stadt untergebracht waren. Wir erkundigten uns bei dem Schreiber, der in der Stube arbeitete. Er schickte uns zum Wirtshaus Golden Goose auf der anderen Straßenseite, wo der Sergeant zur Zeit beim Mittagessen anzutreffen war.

Ich erblickte den Sergeanten sofort, als ich das Wirtshaus betrat; er saß an einem Tisch beim Fenster, hatte seine weiße Lederhalsbinde abgelegt, seinen Uniformrock aufgeknöpft und machte einen völlig entspannten Eindruck. Vor ihm standen ein Krug Bier und die Reste einer Fleischpastete. Jamie trat hinter mir ein und verdunkelte vorübergehend den Eingang. Der Sergeant blickte auf.

Obwohl es im Schankraum ziemlich dunkel war, konnte ich sehen, daß das Gesicht des Mannes vor Schreck jeden Ausdruck verlor. Jamie blieb hinter mir abrupt stehen. Er brummte etwas auf Gälisch, das ich als deftigen Kraftausdruck erkannte, doch dann ging er ohne Zögern an mir vorbei.

»Sergeant Murchison«, sagte er im Tonfall leichter Überraschung, so wie man vielleicht einen beiläufigen Bekannten begrüßt. »Ich hatte nicht damit gerechnet, Euch noch einmal zu Gesicht zu bekommen – jedenfalls nicht in dieser Welt.«

Der Gesichtsausdruck des Sergeanten legte die Vermutung nahe, daß das Gefühl auf Gegenseitigkeit beruhte. Und daß jedes Zusammentreffen diesseits der Himmelspforte für ihn zu früh war. Das Blut stieg ihm in die fleischigen, pockennarbigen Wangen, und er schob seine Bank zurück, die quietschend über den sandbestreuten Fußboden rutschte.

»Ihr!« sagte er.

Jamie zog den Hut und neigte höflich den Kopf.

»Euer Diener, Sir«, sagte er. Ich konnte jetzt sein Gesicht sehen, das nach außen hin freundlich war, doch seine Augen verrieten Argwohn. Ihm waren seine Gefühle nicht so deutlich anzusehen wie dem Sergeanten, doch auch er war überrascht.

Murchison erlangte die Selbstbeherrschung zurück. Ein Hohnlächeln trat an die Stelle seines erschrockenen Blickes.

»Fraser. Oh, Verzeihung, das heißt jetzt sicher *Mr.* Fraser, richtig?«

»So ist es.« Trotz des beleidigenden Tons der Bemerkung hielt Jamie seine Stimme neutral. Egal, was zwischen ihnen vorgefallen war – er wollte jetzt keinen Ärger. Nicht angesichts dessen, was draußen im Wagen lag. Ich wischte mir unauffällig die verschwitzten Handflächen am Rock ab.

Der Sergeant hatte angefangen, sich die Uniformjacke zuzuknöpfen, ohne den Blick von Jamie abzuwenden.

»Ich habe gehört, daß ein Mr. Fraser angekommen sein soll, um bei Mistress Cameron auf River Run herumzuschmarotzen«, sagte er und verzog seine dicken Lippen. »Das seid dann wohl Ihr, oder?«

Der Argwohn in Jamies Augen gefror zu einem Blau so kalt wie Gletschereis, obwohl seine Lippen weiter freundlich lächelten.

»Mistress Cameron ist meine Verwandte. Ich bin in ihrem Namen hier.«

Der Sergeant legte den Kopf zurück und kratzte sich ausgiebig am Hals. Eine lange, scharfkantige, rote Falte zog sich dort über die bleiche Haut, als hätte jemand erfolglos versucht, den Mann zu garrottieren.

»Eure Verwandte. Tja, das sagt sich leicht, ist es nicht so? Die Dame ist blind wie ein Maulwurf habe ich gehört. Kein Ehemann, keine Söhne, eine leichte Beute für jeden Gauner, der hier aufkreuzt und behauptet, zur Familie zu gehören.« Der Sergeant senkte den Kopf und grinste mich an. Er hatte sich wieder völlig im Griff.

»Und die Dirne gehört auch zu Euch, ja?« Es war pure Böswilligkeit, ein Schuß ins Blaue; der Mann hatte mich kaum angesehen.

»Das ist meine Frau, Mistress Fraser.«

Ich konnte sehen, wie die beiden steifen Finger an Jamies rechter Hand einmal zuckten, der einzige sichtbare Hinweis auf seine Gefühle. Er legte den Kopf etwas zurück und betrachtete den Sergeanten mit einer Art sachlichem Interesse.

»Und welcher seid Ihr, Sir? Ich bitte meine Erinnerungslücke zu entschuldigen, aber ich gestehe, daß ich Euch nicht von Eurem Bruder unterscheiden kann.«

Der Sergeant zuckte zusammen, als hätte man ihn angeschossen, und erstarrte beim Anlegen seiner Halsbinde.

»Verdammt!« sagte er und erstickte fast an seinen Worten. Sein Gesicht hatte einen ungesunden Pflaumenton angenommen, und ich dachte bei mir, daß er wirklich auf seinen Blutdruck achten sollte. Das sagte ich aber nicht laut.

An dieser Stelle schien der Sergeant zu bemerken, daß ihn alle Anwesenden im Schankraum mit großem Interesse anstarrten. Er blickte um sich, schnappte sich seinen Hut und stampfte zur Tür, wobei er mich im Vorübergehen zur Seite schob, so daß ich einen Schritt zurückstolperte.

Jamie ergriff meinen Arm, um mich zu stützen, und schlüpfte dann ebenfalls unter dem Türsturz hindurch. Ich folgte ihm und bekam gerade noch mit, wie er dem Sergeant hinterherrief: »Murchison! Ich muß mit Euch reden!«

»Reden, was?« sagte er. »Und was könntet Ihr mir wohl zu sagen haben, *Mister* Fraser?«

»Etwas Berufliches, Sergeant«, sagte Jamie kühl. Er deutete mit einem Nicken auf den Wagen, den wir unter einem Baum zurückgelassen hatten. »Wir haben Euch eine Leiche mitgebracht.«

Zum zweiten Mal verlor das Gesicht des Sergeants jeden Ausdruck. Er blickte auf den Wagen, wo Fliegen und Mücken sich in kleinen Wolken gesammelt hatten und träge über der offenen Ladefläche kreisten.

»So.« Er war Berufssoldat, sein Benehmen blieb zwar unvermindert feindselig, doch das Blut wich aus seinem Gesicht, und seine geballten Fäuste entspannten sich.

»Eine Leiche? Wessen Leiche?«

»Ich habe keine Ahnung, Sir. Ich hatte die Hoffnung, daß Ihr es uns vielleicht sagen könntet. Wollt Ihr nachsehen?« Er wies kopfnickend auf den Wagen, und nach einem Augenblick des Zögerns nickte der Sergeant ebenfalls und schritt zum Wagen.

Ich eilte Jamie hinterher und kam gerade rechtzeitig, um das Gesicht des Sergeanten zu sehen, als er den Rand des improvisierten Leichentuches zurückzog. Er hatte nicht die geringste Erfahrung darin, wie man seine Gefühle verbarg – vielleicht war das in seinem Beruf nicht nötig. Schrecken flackerte über sein Gesicht wie ein Sommergewitter.

Jamie konnte das Gesicht des Sergeanten genausogut sehen wie ich.

»Ihr kennt sie also?« sagte er.

»Ich – sie – das heißt… ja, ich kenne sie.« Der Mund des Sergeants klappte abrupt zu, als hätte er Angst davor, noch mehr Worte entweichen zu lassen. Er starrte weiter auf das Gesicht des toten Mädchens, während sein eigenes sich verschloß und jedes Gefühl darin gefror.

Ein paar Männer waren uns aus dem Wirtshaus gefolgt. Sie hielten zwar diskret Abstand, doch zwei oder drei von ihnen reckten neugierig die Hälse. Es würde nicht lange dauern, bis der ganze Distrikt wußte, was sich bei der Sägemühle zugetragen hatte. Ich hoffte, daß Duncan und Ian weitergekommen waren.

»Was ist mit ihr geschehen?« fragte der Sergeant und sah auf das erstarrte, weiße Gesicht herab. Sein eigenes Gesicht war fast genauso bleich.

Jamie beobachtete ihn genau, ohne es zu verhehlen.

»Ihr kennt sie also?« sagte er noch einmal.

»Sie ist – sie war – eine Wäscherin. Lissa – Lissa Garver heißt sie.« Der Sergeant sprach mechanisch und blickte immer noch auf den Wagen herab, als könnte er sich nicht von dem Anblick losreißen. Sein Gesicht war ausdruckslos, doch seine Lippen waren weiß, und er hatte die Hände an seinen Seiten zu Fäusten geballt. »Was ist passiert?«

»Hat sie Verwandte in der Stadt? Einen Ehemann vielleicht?«

Es war eine naheliegende Frage, doch Murchisons Kopf schoß hoch, als hätte Jamie ihn gestochen.

»Das geht Euch nichts an, oder?« sagte er. Er starrte Jamie aus weit aufgerissenen Augen an und entblößte die Zähne zu einem Ausdruck, der Höflichkeit hätte sein können, aber keine war. »Sagt mir, was ihr zugestoßen ist.«

Jamie zuckte mit keiner Wimper, als sein Blick den des Sergeants traf.

»Sie wollte ein Kind abtreiben, und es ist schiefgegangen«, sagte er leise. »Wenn sie einen Mann hat, muß man es ihm sagen. Wenn nicht – wenn sie keine Verwandten hat –, werde ich dafür sorgen, daß sie anständig beerdigt wird.«

Murchison wandte den Kopf, um noch einmal in den Wagen zu blicken.

»Sie hat jemanden«, sagte er kurz. »Ihr braucht Euch nicht zu bemühen.« Er wandte sich ab und rieb sich mit der Hand so heftig über das Gesicht, als wollte er jegliches Gefühl wegwischen. »Geht in meine Schreibstube«, sagte er mit halberstickter Stimme. »Ihr müßt eine Aussage machen – beim Schreiber. Geht!«

Die Schreibstube war leer; zweifellos saß jetzt der Schreiber beim Mittagessen. Ich setzte mich zum Warten nieder, doch Jamie durchstreifte ruhelos den Raum, und sein Blick huschte von den Regimentsbannern an der Wand zu dem Schubladenschrank in der Ecke hinter dem Schreibtisch.

»Verdammtes Pech«, sagte er halb zu sich selbst. »Ausgerechnet Murchison.«

»Du kennst den Sergeanten also gut?«

Er sah mich mit ironisch verzogenen Lippen an.

»Ziemlich gut. Er war bei der Garnison im Gefängnis von Ardsmuir.«

»Ich verstehe.« Dann waren sie also nicht unbedingt die besten Freunde. Es war stickig in der kleinen Stube; ich betupfte ein Schweißrinnsal, das mir zwischen den Brüsten hinunterlief. »Was glaubst du, was er hier verloren hat?«

»Das weiß ich; er hatte das Kommando über die Gefangenen, als sie deportiert wurden. Vermutlich hatte die Krone keinen Grund, ihn nach England zurückzuholen, wo man doch hier Soldaten brauchte – es war nämlich während des Kriegs mit den Franzosen, aye?«

»Und was war das mit seinem Bruder?«

Er schnaubte, ein kurzes, humorloses Geräusch.

»Sie waren zu zweit – Zwillinge. Klein-Billy und Klein-Bobby haben wir sie genannt. Ähnelten sich wie ein Ei dem anderen, und zwar nicht nur äußerlich.«

Er hielt inne, um seine Gedanken zu ordnen. Er sprach nicht oft über seine Zeit in Ardsmuir, und ich sah, wie sich sein Gesicht verdüsterte.

»Du kennst vielleicht die Sorte Mensch, die allein ganz anständig ist, sich aber zu mehreren aufführt wie ein Rudel Wölfe?«

»Du tust den Wölfen unrecht«, sagte ich lächend. »Denk an Rollo. Aber ich weiß, was du meinst.«

»Dann eben Schweine. Bestien jedenfalls, wenn sie zusammen auftreten. In der Armee gibt es viele solche Männer, deshalb funktionieren Armeen ja: In der Masse tun Menschen fürchterliche Dinge, die ihnen allein nicht im Traum einfallen würden.«

»Und die Murchisons waren nie allein?« fragte ich langsam.

Er nickte sachte.

»Aye, so ist es. Sie waren immer zu zweit. Und wovor der eine Skrupel hatte, davor hatte der andere keine. Und wenn es einmal Ärger gab – tja, natürlich konnte niemand sagen, wer der Schuldige war, nicht wahr?«

Er strich immer noch ruhelos wie ein eingesperrter Panther umher. Er blieb am Fenster stehen und blickte hinaus.

»Ich – die Gefangenen – wir konnten uns zwar über die Mißhandlungen beschweren, doch die Offiziere konnten nicht beide für etwas bestrafen, woran nur der eine Schuld hatte, und man wußte nur selten, vor welchem Murchison man gerade auf dem Boden lag, einen Stiefel zwischen den Rippen, oder welcher einen gefesselt an einem Haken baumeln ließ, bis man sich zur Belustigung der Garnison in die Hosen machte.«

Sein Blick war auf irgend etwas draußen gerichtet, seine Miene unverstellt. Er hatte von Bestien gesprochen – ich konnte sehen, daß die Erinnerungen eine geweckt hatten. Das Licht fing sich in seinen Augen, saphirblau und reglos.

»Sind sie beide hier?« fragte ich – nicht nur, weil ich es wissen wollte, sondern auch, um den beunruhigend starren Blick zu vertreiben.

Es funktionierte; er wandte sich abrupt vom Fenster ab. »Nein«, sagte er kurz. »Das hier ist Billy. Klein-Bobby ist in Ardsmuir gestorben.« Seine beiden steifen Finger zuckten.

Ich hatte mich kurz gefragt, warum er heute morgen statt einer

Reithose den Kilt trug, wo doch der purpurne Tartan buchstäblich zu einem roten Tuch werden konnte, wenn er ihn einem englischen Soldaten so provokativ vorführte. Jetzt wußte ich es.

Man hatte ihm den Kilt schon einmal genommen und ihm damit auch seinen Stolz und seine Männlichkeit nehmen wollen. Der Versuch war fehlgeschlagen, und er beabsichtigte, diese Tatsache zu unterstreichen, ob das nun vernünftig war oder nicht. Vernunft hatte wenig mit jenem sturen Stolz zu tun, der Jahre ständiger Beleidigung überstehen konnte – und obwohl er beides hatte, konnte ich sehen, daß gegenwärtig der Stolz die Oberhand gewann.

»So, wie der Sergeant reagiert hat, ist er wohl keines natürlichen Todes gestorben?« fragte ich.

»Nein«, sagte er. Er seufzte und zuckte leicht mit den Schultern, um den engen Rock etwas zurechtzurücken.

»Jeden Morgen haben sie uns zum Steinbruch geführt und in der Dämmerung wieder zurück, und jeder Wagen wurde von zwei oder drei Männern bewacht. Eines Tages hatte Klein-Bobby Murchison das Kommando. Er ist morgens mit uns ausgezogen – aber er ist am Abend nicht mit uns zurückgekommen.« Er blickte erneut zum Fenster. »Am Fuß des Steinbruchs war eine ziemlich tiefe Wassergrube.«

Sein sachlicher Ton ließ mich fast genauso frösteln wie der Inhalt seines kargen Berichtes. Trotz der drückenden Hitze lief mir ein leichter Schauer über den Rücken.

»Hast du –« begann ich, doch er legte einen Finger auf seine Lippen und wies mit dem Kopf auf die Tür. Einen Augenblick später hörte auch ich die Schritte, die er mit seinen schärferen Ohren aufgefangen hatte.

Es war der Sergeant, nicht sein Schreiber. Er hatte stark geschwitzt; Schweißspuren liefen ihm unter der Perücke über das Gesicht, und seine Haut hatte die ungesunde Farbe frischer Rinderleber.

Er blickte auf den verwaisten Schreibtisch, und ein kurzer, heftiger Laut entfuhr seiner Kehle. Mir tat der abwesende Schreiber leid. Der Sergeant schob das Durcheinander auf dem Schreibtisch mit einer ausladenden Armbewegung zur Seite, und ein Papierregen ergoß sich auf den Boden.

Er schnappte sich ein Tintenfaß aus Zinn und einen Bogen aus dem Haufen und knallte beides auf den Tisch.

»Aufschreiben«, befahl er. »Wo Ihr sie gefunden habt, was geschehen ist.« Er hielt Jamie einen fleckigen Gänsekiel hin. »Unterschreiben, mit Datum.«

Jamie sah ihn aus zusammengekniffenen Augen an, machte aber

keine Anstalten, die Feder zu ergreifen. Mir wurde plötzlich schwindelig.

Jamie war Linkshänder, doch man hatte ihn dazu gezwungen, mit der rechten Hand zu schreiben, und dann war diese rechte Hand verkrüppelt worden. Schreiben war für ihn eine langsame, mühsame Prozedur, deren Ergebnis verkleckste, schweißbefleckte und zerknitterte Seiten waren – und er selbst war dann kaum in einem besseren Zustand. Keine Macht der Erde konnte ihn dazu bringen, sich vor dem Sergeanten in dieser Weise zu erniedrigen.

»Schreibt. Es. Auf.« Der Sergeant biß jedes Wort mit den Zähnen ab.

Jamie kniff die Augen noch weiter zu, doch ehe er etwas sagen konnte, streckte ich die Hand aus und riß dem Sergeanten den Gänsekiel aus der Hand.

»Ich war dabei, ich kann es tun.«

Jamies Hand schloß sich um die meine, noch bevor ich die Feder in das Tintenfaß tauchen konnte. Er nahm mir den Kiel aus der Hand und ließ ihn mitten auf den Tisch fallen.

»Euer Schreiber kann mich später im Haus meiner Tante aufsuchen«, sagte er kurz zu Murchison. »Komm mit, Claire.«

Ohne eine Antwort des Sergeanten abzuwarten, ergriff er mich am Ellbogen und zog mich geradezu auf die Füße. Wir waren draußen, bevor ich wußte, wie mir geschah. Der Wagen stand immer noch unter dem Baum, doch jetzt war er leer.

»Also, im Augenblick ist sie in Sicherheit, Mac Dubh, aber was zum Teufel sollen wir mit der Frau machen?« Duncan kratzte sich die Bartstoppeln am Kinn; er und Ian hatten drei Tage die Wälder durchsucht, bevor sie die Sklavin Pollyanne gefunden hatten.

»Es wird nicht leicht sein, sie vom Fleck zu bewegen«, warf Ian ein, während er eine Scheibe Schinken vom Frühstückstisch zog. Er teilte sie und gab Rollo die Hälfte ab. »Die arme Frau ist vor Schreck fast gestorben, als Rollo sie aufgespürt hat, und es war ein Heidenaufwand, sie auf die Beine zu bringen. Wir konnten sie nicht auf ein Pferd bekommen; ich mußte meinen Arm um sie legen und neben ihr gehen, damit sie nicht hinfiel.«

»Wir müssen sie irgendwie wegbringen.« Jocasta runzelte die Stirn, die ausdruckslosen Augen zum Nachdenken halb geschlossen. »Dieser Murchison war gestern morgen schon wieder bei der Sägemühle und hat einen Aufruhr verursacht, und gestern abend hat Farquard mir ausrichten lassen, der Mann hätte erklärt, es sei Mord gewesen, und daß er Männer angefordert hat, um den Distrikt nach der Sklavin zu durchsuchen, die es getan hat. Farquard war so aufgebracht, daß ich dachte, ihm platzt der Kragen.«

»Meinst du, sie könnte es getan haben?« Ian blickte kauend von Jamie zu mir. »Unbeabsichtigt, meine ich?«

Trotz der Morgenhitze erschauerte ich und dachte an den Metallspieß, wie er unnachgiebig und fest in meiner Hand lag.

»Es gibt drei Möglichkeiten: Ein Unfall, Mord oder Selbstmord«, sagte ich. »Es gibt *viel* einfachere Arten, Selbstmord zu begehen, glaube mir. Und ein Mordmotiv ist uns nicht bekannt.«

»Wie auch immer«, sagte Jamie und würgte damit das Gespräch geschickt ab, »wenn Murchison die Sklavin festnimmt, wird er sie innerhalb eines Tages hängen oder zu Tode peitschen lassen. Er braucht keinen Prozeß. Nein, wir müssen sie unbedingt aus dem Distrikt bringen. Das habe ich mit unserem Freund Myers arrangiert.«

»Du hast *was* mit Myers arrangiert?« durchschnitt Jocastas Stimme scharf das Durcheinander der Ausrufe und Fragen, mit denen seine Ankündigung begrüßt wurde.

Jamie bestrich die Toastscheibe in seiner Hand mit Butter und gab sie Duncan, bevor er etwas sagte.

»Wir werden die Frau in die Berge bringen«, sagte er. »Myers sagt, die Indianer werden sie gern aufnehmen; er weiß einen guten Platz für sie, sagt er. Und dort wird sie vor Klein-Billy Murchison sicher sein.«

»*Wir*?« fragte ich höflich. »Und wer ist *wir*?«

Er antwortete mit einem Grinsen.

»Myers und ich, Sassenach. Ich muß mir das Hinterland ansehen, bevor es kalt wird, und dies ist eine gute Gelegenheit. Myers ist der beste Führer, den ich mir wünschen kann.«

Er verzichtete auf die Anmerkung, daß es für ihn ebenfalls von Vorteil wäre, vorübergehend aus Sergeant Murchisons Einflußbereich zu verschwinden, doch für mich lag diese Schlußfolgerung auf der Hand.

»Du nimmst mich doch mit, oder, Onkel Jamie?« Ian strich sich das feuchte Haar aus der Stirn und machte ein eifriges Gesicht. »Du wirst Hilfe brauchen mit der Frau, glaube mir – sie hat die Ausmaße von einem Melassefaß.«

Jamie lächelte seinem Neffen zu.

»Aye, Ian, wir können wohl noch einen Mann brauchen.«

»Hm-mm«, sagte ich und warf ihm einen bösen Blick zu.

»Und sei es auch nur, um auf deine Tante aufzupassen«, fuhr Jamie fort, indem er meinen Blick erwiderte. »Wir brechen in drei Tagen auf, Sassenach – wenn Myers bis dahin auf einem Pferd sitzen kann.«

Drei Tage waren nicht viel Zeit, doch mit Myers' und Phaedres Hilfe wurde ich wenige Stunden vor dem Aufbruch mit meinen Vorbereitungen fertig. Ich hatte einen kleinen Reisemedizinkasten mit Arzneien und Instrumenten gepackt, und unsere Satteltaschen waren mit Lebensmitteln, Decken und Kochgerät gefüllt. Jetzt blieb nur noch das kleine Problem mit meiner Kleidung.

Ich kreuzte die Enden des langen Seidenbandes über meiner Brust, verknotete sie lässig zwischen meinen Brüsten und begutachtete das Ergebnis im Spiegel.

Nicht übel. Ich streckte die Arme aus und wackelte mit dem Oberkörper hin und her. Ja, das würde gehen. Obwohl, wenn ich es mir vielleicht noch einmal um die Brust wand, bevor ich die Enden überkreuzte...

»Was tust du da, Sassenach? Und was um Himmels willen hast du an?« Jamie lehnte mit gekreuzten Armen in der Tür und beobachtete mich mit hochgezogenen Augenbrauen.

»Ich improvisiere einen Büstenhalter«, sagte ich würdevoll. »Ich habe nicht vor, im Damensitz und mit einem Kleid durch die Berge zu reiten, aber selbst wenn ich kein Korsett trage, will ich doch auch nicht, daß meine Brüste die ganze Zeit herumwackeln. Das ist ziemlich unangenehm.«

»Was du nicht sagst.« Er trat in das Zimmer, umkreiste mich in sicherem Abstand und betrachtete interessiert meine unteren Körperregionen. »Und was ist *das*?«

»Gefällt sie dir?« Ich legte die Hände auf die Hüften und zeichnete die Form der geschnürten Lederhose nach, die Phaedre mir – unter hysterischem Gelächter – aus weichem Wildleder geschneidert hatte, das wir von einem von Myers' Freunden in Cross Creek erstanden hatten.

»Nein«, sagte er gerade heraus. »Du kannst nicht herumlaufen in – in –« Er zeigte sprachlos darauf.

»Einer Hose«, sagte ich. »Und selbstverständlich kann ich das. Ich habe in Boston die ganze Zeit Hosen getragen. Sie sind sehr praktisch.«

Er sah mich einen Augenblick schweigend an. Dann ging er ganz langsam um mich herum. Schließlich erklang seine Stimme hinter mir.

»Du hast sie im Freien getragen?« fragte er in ungläubigem Tonfall. »Wo dich die Leute sehen konnten?«

»Ja«, sagte ich ärgerlich. »Die meisten anderen Frauen auch. Warum nicht?«

»Warum *nicht*?« sagte er entgeistert. »Ich kann deine Pobacken genau sehen, zum Kuckuck, und die Falte dazwischen.«

»Ich kann deine auch sehen«, erklärte ich und drehte mich um, um ihn anzusehen. »Seit Monaten sehe ich deinen Hintern tagtäglich in Hosen, aber der Anblick verleitet mich nur gelegentlich dazu, mich dir unsittlich zu nähern.«

Sein Mund zuckte, unsicher, ob er lachen sollte oder nicht. Ich nutzte seine Unentschlossenheit aus, trat einen Schritt vor, legte ihm die Arme um die Taille und nahm seinen Hintern fest in die Hände.

»Eigentlich ist es ja dein Kilt, bei dem ich Lust bekomme, dich zu Boden zu schleudern und zu vergewaltigen«, sagte ich. »Aber in deiner Hose siehst du auch nicht übel aus.«

Da lachte er, beugte sich zu mir herab und küßte mich gründlich, wobei seine Hände sorgfältig die Umrisse meines Hinterns erforschten, der fest in Wildleder verpackt war. Er drückte sanft zu, und ich wand mich in seiner Umarmung.

»Zieh sie aus«, sagte er, als er zum Luftholen innehielt.

»Aber ich –«

»Zieh sie aus«, wiederholte er bestimmt. Er trat einen Schritt zurück und knotete die Vorderseite seiner Hose auf. »Du kannst sie nachher wieder anziehen, Sassenach, aber wenn hier jemand schleudert und vergewaltigt, dann bin ich derjenige, welcher, aye?«

FÜNFTER TEIL

Strawberry Fields Forever

14

Flieht vor dem kommenden Unheil

August 1767
Sie hatten die Frau in einem Tabakschuppen am Rand von Farquard Campbells abgelegensten Feldern versteckt. Es war nicht wahrscheinlich, daß irgend jemand etwas merkte – abgesehen von Campbells Sklaven, die sowieso Bescheid wußten –, doch wir richteten es so ein, daß wir unmittelbar nach Anbruch der Dunkelheit dort ankamen, als der lavendelblaue Himmel sich schon grau gefärbt hatte und die Umrisse des dunklen Trockenschuppens kaum noch zu sehen waren.

Die Frau glitt heraus wie ein Geist, in einen Umhang mit Kapuze gehüllt, und sie wurde auf das zusätzliche Pferd gehievt wie ein Bündel Schmuggelware, das man hastig an Bord schafft. Sie zog die Beine an, klammerte sich mit beiden Händen an den Sattel und rollte sich voll Panik zusammen – offenbar hatte sie noch nie auf einem Pferd gesessen.

Myers versuchte, ihr die Zügel zu reichen, doch sie beachtete ihn nicht, sondern hielt sich einfach nur fest und stöhnte in einer Art melodischer Schreckensagonie vor sich hin. Die Männer wurden ungeduldig und blickten hinter sich auf die menschenleeren Felder, als erwarteten sie jeden Augenblick die Ankunft von Sergeant Murchison und seinen Helfershelfern.

»Laßt sie mit mir reiten«, schlug ich vor. »Vielleicht fühlt sie sich dann sicherer.«

Die Frau wurde unter Schwierigkeiten wieder von ihrem Pferd gehoben und hinter dem Sattel auf den Rücken meines Pferdes gesetzt. Sie roch durchdringend nach frischen Tabakblättern und nach etwas anderem, das mehr an Moschus erinnerte. Sie schlang sofort die Arme um meine Taille und hielt sich mit aller Kraft fest. Ich tätschelte eine ihrer Hände, die meine Gürtellinie umklammerten, und sie drückte noch fester zu, machte aber sonst keine Bewegung und gab keinen Laut von sich.

Kein Wunder, daß sie Todesangst hatte, dachte ich, während ich das Pferd wendete, damit es Myers folgte. Vielleicht wußte sie nichts von dem Aufruhr, den Murchison im Distrikt veranstaltete, doch sie konnte sich keine Illusionen machen über das, was geschehen würde, wenn man sie fing; sie war sicherlich vor zwei Wochen unter den Zuschauern an der Sägemühle gewesen.

Als Alternative zum sicheren Tod mochte sie die Flucht in die Arme der Rothäute geringfügig vorziehen, doch ihrem Zittern nach zu schließen, nicht sehr – es war alles andere als kalt, doch sie bibberte wie vor Kälte.

Sie preßte mir fast den Atem aus dem Leib, als Rollo auftauchte und sich aus dem Gebüsch schlich wie ein Dämon des Waldes. Mein Pferd war von seinem Anblick auch nicht besonders begeistert: Schnaubend und stampfend ging es rückwärts und versuchte, mir die Zügel zu entreißen.

Ich mußte zugeben, daß Rollo einigermaßen furchterregend aussah, selbst wenn er in Sonntagslaune war, und das war er im Augenblick – Rollo liebte Ausflüge. Dennoch bot er zweifellos einen unheimlichen Anblick. Seine Zähne waren zu einem erfreuten Grinsen entblößt und seine Schlitzaugen halb geschlossen, während er witterte. Wenn man die Art und Weise hinzufügte, wie sich die Grau- und Schwarztöne seines Felles dem Schatten anpaßten, dann bekam man den merkwürdigen und beunruhigenden Eindruck, daß er aus der Substanz der Nacht heraus Gestalt angenommen hatte, der verkörperte Appetit.

Er trottete direkt an uns vorbei, kaum einen halben Meter entfernt, und die Frau schnappte nach Luft. Ihr Atem blies heiß in meinen Nacken. Ich tätschelte ihr noch einmal die Hand und sprach sie an, doch sie antwortete nicht. Duncan hatte gesagt, daß sie aus Afrika stammte und nur wenig Englisch sprach, aber sie mußte doch sicher ein paar Worte verstehen.

»Alles wird gut«, sagte ich noch einmal. »Hab keine Angst.«

Ganz mit meinem Pferd und meiner Mitreisenden beschäftigt, hatte ich Jamie nicht bemerkt, bis er plötzlich lautlos wie Rollo direkt neben mir erschien.

»Alles in Ordnung, Sassenach?« fragte er leise und legte mir die Hand auf den Oberschenkel.

»Ich glaube schon«, sagte ich. Ich deutete auf die verbissene Umklammerung, die meine Taille umschloß. »Sofern ich nicht ersticke.«

Er sah hin und lächelte.

»Na ja, zumindest läuft sie nicht Gefahr herunterzufallen.«

»Ich wünschte, ich wüßte etwas, was ich ihr sagen könnte; die Ärmste, sie hat solche Angst. Meinst du, sie weiß überhaupt, wo wir sie hinbringen?«

»Ich glaube es kaum – ich weiß ja selbst nicht, wohin wir unterwegs sind.« Er trug eine Reithose, hatte aber sein Plaid darübergegürtet und das lose Ende über die Schulter geschlungen. Der dunkle Tartan verschmolz mit den Schatten des Waldes wie früher mit den Farben der schottischen Heide; alles, was ich von ihm sehen konnte, war ein weißer Fleck, der von seiner Hemdbrust herrührte, und das bleiche Oval seines Gesichtes.

»Weißt du nicht irgend etwas Passendes, was du auf *Taki-taki* zu ihr sagen könntest?« fragte ich. »Es kann natürlich sein, daß sie das auch nicht versteht, wenn man sie nicht über die Westindischen Inseln hierhergebracht hat.«

Er wandte den Kopf und sah meine Mitreisende abschätzend an.

»Ah«, sagte er. »Also, es gibt ein Wort, das sie alle kennen, egal, wo sie herkommen.« Er streckte die Hand aus und drückte den Fuß der Frau.

»Freiheit«, sagte er und hielt inne. »*Saorsa*. Verstehst du, was ich sage?«

Sie lockerte ihren Griff nicht, doch ihr Atem kam in einem erschauernden Seufzer, und ich glaubte, ihr Nicken zu spüren.

Die Pferde folgten einander im Gänsemarsch, Myers vornweg. Der grobe Pfad war nicht einmal eine Wagenstraße, nur eine Art flachgetrampelte Spur im Unterholz, doch wir kamen auf diese Weise mühelos durch den Wald.

Ich bezweifle, daß Sergeant Murchisons Rachedurst uns so weit verfolgen würde – wenn er uns überhaupt verfolgte –, doch das Gefühl, auf der Flucht zu sein, war zu stark, um es zu ignorieren. Wir alle empfanden dasselbe unausgesprochene, aber allgegenwärtige Gefühl der Dringlichkeit, und ohne es zu besprechen, waren wir uns darüber einig, daß wir so weit wie möglich reiten wollten.

Entweder verlor meine Mitreisende ihre Furcht oder sie wurde so müde, daß ihr alles egal war, denn nach einer mitternächtlichen Erfrischungspause ließ sie sich von Ian und Myers ohne Protest wieder auf das Pferd helfen, und obwohl sie meine Taille nie losließ, schien sie doch ab und zu einzunicken, wobei sie die Stirn an meine Schulter preßte.

Auch mich ermüdete der lange Ritt allmählich, wozu auch das hypnotische, leise Hufgetrappel der Pferde und das endlose Säuseln der Kiefern über uns beitrug. Wir befanden uns immer noch im Sumpfkiefernwald, und die hohen aufrechten Stämme um uns ragten wie die Masten längst versunkener Schiffe in die Höhe.

Die Zeilen eines uralten schottischen Liedes kamen mir in den Sinn – »*Wie viele Erdbeeren wachsen im salzigen Meer; wie viele Schiffe segeln im Wald?*« –, und ich fragte mich benommen, ob der Komponist wohl einmal in einem Wald wie diesem hier gewesen war, der sich unirdisch im Licht des Halbmondes und der Sterne ausbreitete, einem Traum so ähnlich, daß sich die Grenzen zwischen den Elementen auflösten – wir hätten genausogut auf dem Wasser wie auf festem Boden sein können, das Auf und Ab unter mir die Bewegung der Planken und das Säuseln der Kiefern der Wind in unseren Segeln.

In der Morgendämmerung machten wir halt, sattelten die Pferde ab, fesselten ihre Beine und ließen sie im hohen Gras einer kleinen Wiese fressen. Ich fand Jamie und rollte mich sofort neben ihm in einem Nest aus Gras zusammen. Das friedliche Kauen der Pferde war das letzte, was ich hörte.

Wir verschliefen die Tageshitze und erwachten kurz vor Sonnenuntergang, steif, durstig und mit Zecken übersät. Ich war zutiefst dankbar, daß die Zecken den Abscheu teilten, den die Moskitos vor mir empfanden, doch ich hatte mir auf unserer Reise nach Norden angewöhnt, Jamie und die anderen nach jeder Schlafpause zu kontrollieren; es gab immer Vorreiter.

»Igitt«, sagte ich, während ich ein besonders saftiges Exemplar von der Größe einer Traube betrachtete, das in dem weichen, zimtfarbenen Haar in Jamies Achselhöhle prangte. »Verdammt. Ich traue mich nicht, sie herauszuziehen, sie ist so vollgesogen, daß sie wahrscheinlich platzt.«

Er zuckte mit den Schultern, während er mit der anderen Hand seine Haare nach weiteren Eindringlingen durchforstete.

»Laß sie in Ruhe und kümmere dich um die anderen«, schlug er vor. »Vielleicht fällt sie von selbst ab.«

»Das sollte ich wohl«, stimmte ich zögernd zu. Von mir aus konnte die Zecke platzen, aber nicht, solange ihre Kiefer noch in Jamies Haut steckten. Ich wußte, wie eine Infektion aussah, die von einer gewaltsam entfernten Zecke herrührte, und damit wollte ich es mitten im Wald wirklich nicht zu tun bekommen. Ich hatte nur eine rudimentäre medizinische Ausrüstung bei mir – diese enthielt allerdings glücklicherweise eine sehr schöne Pinzette aus Dr. Rawlings' Kiste.

Myers und Ian schienen gut zurechtzukommen; beide hatten den Oberkörper entblößt, und Myers hockte über dem Jungen wie ein riesiger Pavian und machte sich mit den Fingern in Ians Haar zu schaffen.

»Hier ist 'ne kleine«, sagte Jamie, beugte sich zu mir herüber und schob das Haar zur Seite, so daß ich nach der kleinen, dunklen Erhebung hinter seinem Ohr greifen konnte. Ich war dabei, das Tierchen sanft herauszudrehen, als mir bewußt wurde, daß jemand neben mir stand.

Als wir unser Lager aufgeschlagen hatten, war ich zu müde gewesen, um besonders auf unsere Flüchtige zu achten, denn ich hatte zu Recht angenommen, daß sie sich nicht allein in die Wildnis davonmachen würde. Allerdings war sie bis zu einem Bach in der Nähe spaziert und mit einem Eimer Wasser zurückgekehrt.

Diesen stellte sie jetzt ab, schöpfte eine Handvoll Wasser und ließ es in ihren Mund laufen. Einen Moment lang kaute sie heftig mit aufgeblasenen Wangen. Dann winkte sie mich beiseite, hob zu Jamies Überraschung seinen Arm hoch und spuckte ihm kräftig in die Achselhöhle.

Sie griff in die tropfende Höhlung und schien den Parasiten vorsichtig mit den Fingern zu kitzeln. Mit Sicherheit kitzelte sie Jamie, der in dieser Gegend sehr empfindlich war. Er wurde rot im Gesicht und zuckte bei ihrer Berührung erschauernd zusammen.

Doch sie hielt ihn am Handgelenk fest, und innerhalb von Sekunden fiel ihr die pralle Zecke in die Handfläche. Sie schnippte sie verächtlich weg und wandte sich mit einem Hauch von Genugtuung zu mir.

Solange sie in ihren Umhang gewickelt war, hatte ich geglaubt, daß sie einer Kugel ähnelte. Doch ohne Umhang sah sie auch nicht anders aus. Sie war sehr klein, keine anderthalb Meter groß und fast genauso breit. Ihr kurzgeschorener Kopf erinnerte an eine Kanonenkugel, und ihre Wangen waren so rund, daß die Augen darüber zu Schlitzen verengt waren.

Sie hatte große Ähnlichkeit mit den geschnitzten afrikanischen Fruchtbarkeitsidolen, die ich auf den Westindischen Inseln gesehen hatte – mächtige Brüste, schwere Hüften und die tiefe Röstkaffeefarbe der Kongolesen. Ihre Haut war so makellos, daß sie unter dem dünnen Schweißfilm aussah wie polierter Stein. Sie hielt mir die Hand hin und zeigte mir ein paar kleine Gegenstände in ihrer Handfläche, die in etwa die Größe und Form getrockneter Limabohnen hatten.

»Pah-pah«, sagte sie mit einer so tiefen Stimme, daß selbst Myers ihr überrascht den Kopf zuwandte. Es war eine laute, volle Stimme, volltönend wie eine Trommel. Als sie meine Reaktion darauf sah, lächelte sie ein wenig schüchtern und sagte etwas, was ich nicht ganz verstand, obwohl ich wußte, daß es Gälisch sein mußte.

»Sie sagt, du darfst die Samen nicht hinunterschlucken, weil sie giftig sind«, übersetzte Jamie und betrachtete sie ziemlich argwöhnisch, während er sich die Achselhöhle mit einem Zipfel seines Plaids abwischte.

»Hau«, stimmte Pollyanne zu und nickte heftig. »Gif-tick.« Sie bückte sich über ihren Eimer und schöpfte noch eine Handvoll Wasser, spülte sich damit den Mund und spuckte es gegen den Felsen. Es knallte wie ein Gewehrschuß.

»Damit könntest du anderen ganz schön gefährlich werden«, sagte ich zu ihr. Ich wußte nicht, ob sie mich verstand, doch aus meinem Lächeln schloß sie, daß meine Absichten freundschaftlich waren; sie lächelte zurück, steckte sich noch zwei der Paw-paw-Samen in den Mund und winkte Myers heran. Dabei kaute sie bereits, und die Samen zerplatzten mit einem leisen Knirschen, als sie sie zwischen ihren Zähnen zermahlte.

Als wir gegessen hatten und zum Aufbruch bereit waren, hatte sie sich, wenn auch reichlich nervös, bereit erklärt, es einmal allein auf einem Pferd zu versuchen. Jamie brachte sie dazu, sich dem Pferd zu nähern, und zeigte ihr, wie sie das Tier an ihr schnuppern lassen sollte. Sie zitterte, als die große Nase sie anstupste, doch dann schnaubte das Pferd. Sie fuhr auf, kicherte – was sich anhörte, wie wenn man Honig aus einem Krug schüttet – und ließ sich dann von Jamie und Ian hinaufhieven.

Pollyanne blieb den Männern gegenüber schüchtern, doch mir vertraute sie bald genug, um mit mir in einer polyglotten Mischung aus Gälisch, Englisch und ihrer Muttersprache zu reden. Ich hätte es nicht übersetzen können, doch ihr Gesicht und ihr Körper waren so ausdrucksvoll, daß ich oft erraten konnte, was sie sagte, obwohl ich nur jedes zehnte Wort verstand. Ich konnte nur bedauern, daß ich die Körpersprache nicht genauso beherrschte; sie verstand die meisten meiner Fragen und Bemerkungen nicht, so daß ich warten mußte, bis wir unser Lager aufschlugen und ich Jamie oder Ian bitten konnte, mir mit ein paar Brocken Gälisch auszuhelfen.

Nachdem sie zumindest vorübergehend vom Druck des Schreckens befreit war und sie sich in unserer Gesellschaft immer sicherer fühlte, zeigte sich allmählich ihr überschäumendes Temperament. Während wir Seite an Seite ritten, redete sie ohne Punkt und Komma, ohne sich darum zu kümmern, ob ich sie verstand. Ab und zu brach sie in leise johlendes Gelächter aus, das wie das Heulen des Windes in einem Höhleneingang klang.

Nur einmal dämpfte sich ihre Stimmung: als wir über eine große Lichtung ritten, auf der sich das Grasland in seltsamen, sanft gewellten Hügeln erhob, als läge eine große Schlange darunter begraben. Pollyanne verstummte bei diesem Anblick, und als sie versuchte, ihr Pferd anzutreiben, zog sie statt dessen die Zügel an und brachte es zum Stillstand. Ich ritt zurück, um ihr zu helfen.

»*Droch àite*«, murmelte sie und sah die schweigenden Hügel aus den Augenwinkeln heraus an. Ein schlimmer Ort. »*Djudju.*« Sie verzog das Gesicht und machte eine kleine, schnelle Handbewegung, ein Zeichen gegen das Böse, dachte ich.

»Ist das ein Friedhof?« fragte ich Myers, der kehrtgemacht hatte, um nachzusehen, warum wir angehalten hatten. Die Hügel waren nicht gleichmäßig angeordnet, sondern erhoben sich am Rand der Lichtung, als wären sie künstlich angelegt. Sie erschienen mir allerdings zu groß für Gräber – es sei denn, es waren Grabhügel, wie sie in grauer Vorzeit in Schottland errichtet worden waren, oder Massengräber, dachte ich und erinnerte mich beklommen an Culloden.

»Friedhof würde ich nicht sagen«, anwortete er und schob seinen Hut zurück. »Das war mal ein Dorf, wahrscheinlich der Tuscarora. Die Erhebungen hier« – er ließ die Hand darüber schweifen – »sind eingestürzte Häuser. Das große da an der Seite dürfte wohl das Langhaus des Häuptlings gewesen sein. Dauert nicht lang, bis da wieder Gras drüberwächst. Aber so, wie es aussieht, ist das hier schon seit einer ganzen Weile überwachsen.«

»Was ist hier geschehen?« Ian und Jamie hatten ebenfalls angehalten und waren umgekehrt, um einen Blick auf die kleine Lichtung zu werfen.

Myers kratzte sich nachdenklich den Bart.

»Kann ich nicht sagen, nicht sicher. Kann sein, daß eine Krankheit sie vertrieben hat, kann sein, daß die Cherokee oder die Creek sie vertrieben haben, obwohl wir uns hier ziemlich weit nördlich von den Cherokee befinden. Wahrscheinlich ist es aber im Krieg passiert.« Er grub kräftig in seinem Bart, verdrehte die Hand und schnippte die Reste einer hartnäckigen Zecke fort. »Kann nicht sagen, daß ich hier freiwillig bleiben würde.«

Da Pollyanne sichtlich derselben Meinung war, ritten wir weiter. Als es Abend wurde, hatten wir die Kiefernwälder des hügeligen Vorlandes hinter uns gelassen. Wir gewannen jetzt ernsthaft an Höhe, und der Baumbestand veränderte sich: kleine Kastanienhaine, weite, mit Eichen und Hickorynußbäumen bestandene Flächen, dazwischen Hartriegel und Dattelpflaumen, Eßkastanien und Pappeln – wir waren umgeben von Wellen gefiederten Grüns.

Auch die Luft roch anders und fühlte sich anders an, als wir an Höhe gewannen. Das überwältigende, scharfe Harzaroma der Kiefern wich einer Vielzahl leichterer Gerüche; der Duft von Laub mischte sich mit dem der Sträucher und Blumen, die aus jedem Riß in den schroffen Felsen wuchsen. Es war immer noch feucht und schwül, doch nicht mehr so heiß; die Luft schien nicht länger eine erstickende Decke zu sein, sondern etwas, was wir atmen konnten – mit Vergnügen atmen konnten, denn sie roch nach vermodertem Laub, sonnengewärmten Blättern und feuchtem Moos.

Beim Sonnenuntergang des sechsten Tages waren wir tief im Gebirge, und überall erklang das Gemurmel fließenden Wassers. Bäche durchzogen die Täler, ergossen sich von Bergkämmen und rieselten an steilen Felswänden herab, wo sie einen kunstvollen grünen Vorhang aus Nebel und Moos nach sich zogen. Als wir um den Hang eines steilen Hügels bogen, hielt ich erstaunt an: In einiger Entfernung stürzte ein Wasserfall gut fünfundzwanzig Meter tief in die darunterliegende Schlucht.

»Jetzt seht Euch das bloß an!« Ian stand vor Ehrfurcht der Mund offen.

»Schon ganz nett«, gab Myers mit der selbstgefälligen Überlegenheit eines Grundbesitzers zu. »Nicht die größten Fälle, die ich kenne, aber ganz ordentlich.«

Ian wandte mit großen Augen den Kopf.

»Es gibt noch größere?«

Myers lachte, das leise Lachen eines Bergläufers, kaum mehr als ein Hauch.

»Junge, du hast noch gar nichts gesehen.«

Wir schlugen unser Nachtlager in einer Mulde in der Nähe eines größeren Baches auf – ein Bach, der tief genug für Forellen war. Jamie und Ian wateten mit Begeisterung hinein und rückten den Wasserbewohnern mit biegsamen Weideruten zu Leibe. Ich hoffte, daß sie Glück haben würden; unsere Vorräte an frischen Lebensmitteln gingen zur Neige, obwohl wir immer noch reichlich Maismehl übrig hatten.

Pollyanne kam die Böschung herauf und brachte einen Eimer Wasser mit, um einen neuen Schwung Maiskuchen zu backen, kleine, rechteckige Kekse aus grobem Maismehl für unterwegs. Frisch vom Blech schmeckten sie gut, und am nächsten Tag waren sie zumindest noch eßbar. Mit der Zeit wurden sie jedoch immer unappetitlicher und nach vier Tagen hatten sie größte Ähnlichkeit mit Zementbröckchen. Da sie aber leicht zu transportieren waren und nicht so schnell vergammelten, waren sie, neben getrocknetem Rindfleisch und gepökeltem Schweinefleisch, ein beliebter Reiseproviant.

Pollyannes Überschwenglichkeit schien ein wenig gedämpft zu sein, und in ihrem runden Gesicht lauerten Schatten. Ihre Augenbrauen waren so dünn, daß sie fast nicht zu sehen waren, was den paradoxen Effekt hatte, daß sie die Ausdruckskraft ihres Gesichtes verstärkten, wenn es in Bewegung war, und es im Zustand der Ruhe von jeglichem Ausdruck befreiten. Wenn sie wollte, konnte sie völlig teilnahmslos dreinblicken – eine nützliche Fähigkeit für eine Sklavin.

Ich nahm an, daß ihre Gedankenverlorenheit zumindest zum Teil daher rührte, daß dies die letzte Nacht war, die wir alle zusammen verbringen würden. Wir hatten das Hinterland erreicht, wo das Land der Krone endet. Morgen würde Myers sich nach Norden wenden und sie über den Grat der Berge ins Indianerland führen, wo sie, so gut es eben ging, Sicherheit finden und sich ein neues Leben aufbauen würde.

Ihr runder, dunkler Kopf war über die Holzschüssel gebeugt, und ihre kurzen Finger vermischten Maismehl mit Wasser und Schmalz. Ich hockte ihr gegenüber und legte Zweige auf das Feuer, neben dem das schwarze, eiserne Bratblech fertig gefettet bereitstand. Myers war eine Pfeife rauchen gegangen. Ich hörte, wie Jamie Ian flußabwärts etwas zurief und ihm ein gedämpftes Lachen antwortete.

Es herrschte jetzt dunkles Zwielicht; um unsere Mulde ragten düster die Berge auf; Dunkelheit schien das flache Tal anzufüllen und an den umstehenden Bäumen emporzukriechen. Ich hatte keine Ahnung, aus was für einer Gegend sie gekommen war, ob Wald oder Dschungel, Küste oder Wüste, aber ich hielt es nicht für wahrscheinlich, daß es dort so wie hier ausgesehen hatte.

Was mochte sie wohl denken? Sie hatte die Überfahrt aus Afrika und die Sklaverei überlebt; was auch immer vor ihr lag, ich glaubte nicht, daß es viel schlimmer sein konnte. Dennoch war es eine unbekannte Zukunft – in eine Wildnis zu gehen, die so weit und absolut war, daß ich jeden Moment das Gefühl hatte, ich könnte darin verschwinden, ohne eine Spur verschluckt werden. Unser Feuer schien nur ein winziger Funke in der Weite der Nacht zu sein.

Rollo spazierte in den Feuerschein und schüttelte sich. Er spritzte Wasser in alle Richtungen, so daß das Feuer zischte und Funken sprühten. Anscheinend hatte er sich den Anglern angeschlossen.

»Geh weg, du gräßlicher Hund«, sagte ich. Natürlich tat er das nicht, sondern kam einfach her und beschnüffelte mich unsanft, um sicherzugehen, daß ich immer noch die war, für die er mich hielt. Dann wandte er sich um, um Pollyanne derselben Behandlung zu unterziehen.

Ohne besonderen Gesichtsausdruck wandte sie den Kopf und spuckte ihm ins Auge. Er winselte, trat einen Schritt zurück und blieb dann stehen, schüttelte den Kopf und machte ein durch und durch überraschtes Gesicht. Sie hob den Kopf und grinste mich breit an, so daß ihre Zähne weiß aufblitzten.

Ich lachte und beschloß, mir nicht allzu viele Sorgen zu machen – wer es fertigbrachte, einem Wolf ins Auge zu spucken, würde wahrscheinlich auch mit den Indianern, der Wildnis und allen anderen Umständen fertig werden.

Die Schüssel war fast leer, und die Maiskuchen waren ordentlich auf dem Blech aufgereiht. Pollyanne wischte sich die Finger an einer Handvoll Gras ab und sah zu, wie das gelbe Maismehl zu brutzeln begann und dann braun wurde, als das Schmalz zerlief. Ein warmer, beruhigender Duft stieg vom Feuer auf, vermischte sich mit dem Geruch des brennenden Holzes, und mein Magen knurrte leise und erwartungsvoll. Das Feuer schien jetzt mehr Substanz zu haben, der Duft des brutzelnden Essens schien seine Reichweite zu vergrößern und so die Nacht in Schach zu halten.

War es dort, wo sie herkam, so gewesen? Hatten Feuer und Essen das Dunkel des Dschungels auf Abstand gehalten, statt Bären Leoparden ferngehalten? Hatten Licht und Gesellschaft ihr Trost gespendet und die Illusion der Sicherheit? Denn es war bestimmt nur eine Illusion gewesen – das Feuer bot keinen Schutz vor Menschen oder vor der Dunkelheit, die über sie gekommen war. Mir fehlten die Worte, um sie zu fragen.

»Ich habe noch nie so viele Fische gesehen, nie«, wiederholte Jamie zum viertenmal, und verträumte Seligkeit lag in seinem Blick, als er eine dampfende, in Maismehl gebratene Forelle aufschlitzte. »Da waren ganze *Schwärme* im Wasser, stimmt's, Ian?«

Ian nickte, einen ähnlich erfurchtsvollen Ausdruck in seinem gutmütigen Gesicht.

»Mein Papa würde sein anderes Bein hergeben, um das zu sehen«, sagte er. »Sie sind uns an den Haken gesprungen, wirklich, Tante Claire.«

»Die Indianer geben sich meist gar nicht mit Haken und Angelschnur ab«, warf Myers ein, während er seinen Anteil des Fangs zielsicher mit dem Messer aufspießte. »Sie bauen Fallen und Reusen, oder manchmal legen sie Zweige und anderes Zeug quer über den Fluß, um die Fische aufzuhalten, und stellen sich dann mit spitzen Stöcken oberhalb der Stelle hin und spießen die Fische einfach im Wasser auf.«

Das war Ians Stichwort: Jede Erwähnung von Indianern und ihrer Lebensweise animierte ihn zu einer Flut von wißbegierigen Fragen. Nachdem er alles über die Methoden des Fischfangs erfahren hatte, erkundigte er sich erneut nach dem verlassenen Dorf, das wir am Anfang unserer Reise gesehen hatten.

»Ihr habt gesagt, es könnte im Krieg passiert sein«, sagte Ian, während er seine dampfende Forelle entgrätete und dann die Finger schüttelte, um sie abzukühlen. Er reichte Rollo ein Stück des entgräteten Fisches, und dieser verschluckte es in einem Bissen, ohne sich an der Temperatur zu stören. »Habt Ihr den mit den Franzosen gemeint? Ich habe nicht gewußt, daß es so weit im Süden Kämpfe gegeben hat.«

Myers schüttelte den Kopf, kaute und schluckte, bevor er antwortete.

»O nein, ich habe den Tuscarorakrieg gemeint; so nennen ihn zumindest die Weißen.«

Der Tuscarorakrieg, so erklärte er, war ein kurzer, aber brutaler Konflikt gewesen, der etwas mehr als vierzig Jahre zurücklag und durch einen Angriff auf einige Siedler im Hinterland ausgelöst worden war. Der damalige Gouverneur der Kolonie hatte als Vergeltungsmaßnahme Truppen in die Tuscaroradörfer geschickt, und das Ergebnis waren einige regelrechte Schlachten gewesen, die die viel besser bewaffneten Kolonisten mühelos gewonnen hatten – vernichtend für den Stamm der Tuscarora.

Myers nickte in der Dunkelheit.

»Gibt jetzt nur noch sieben Tuscaroradörfer – und nicht mehr als jeweils hundertfünfzig Leute darin, außer im größten.« Derart empfindlich getroffen, wären die Tuscarora leichte Beute für die umliegenden Stämme gewesen und vollständig verschwunden, wären sie nicht offiziell von den Mohawk adoptiert und damit in den machtvollen Irokesenbund aufgenommen worden.

Jamie kam mit einer Flasche aus seiner Satteltasche zum Feuer zurück. Es war schottischer Whisky, ein Abschiedsgeschenk von Jocasta. Er goß sich einen kleinen Becher voll und bot Myers dann die halbvolle Flasche an.

»Ist das Land der Mohawk nicht viel weiter im Norden?« fragte er.

»Wie können sie ihren Kameraden hier Schutz bieten, wo sie doch überall von feindlichen Stämmen umgeben sind?«

Myers nahm einen Schluck Whisky und kostete ihn genießerisch aus, bevor er antwortete.

»Mmm. Das ist ein guter Tropfen, mein Freund James. Aye, die Mohawk sind ein ganzes Stück weit weg. Doch mit dem Irokesenbund ist nicht zu spaßen – und die Mohawk sind der wildeste der sechs Stämme. Keiner – ob rot *oder* weiß – legt sich ohne guten Grund mit den Mohawk an, bestimmt nicht.«

Das faszinierte mich. Allerdings war ich auch erfreut zu hören, daß das Gebiet der Mohawk ein gutes Stück von uns entfernt war.

»Warum waren die Mohawk dann daran interessiert, die Tuscarora zu adoptieren?« fragte Jamie und zog eine Augenbraue hoch. »Es sieht nicht so aus, als hätten sie Verbündete nötig, wenn sie so wild sind, wie Ihr sagt.«

Myers' haselnußbraune Augen hatten sich unter dem Einfluß des guten Whiskys verträumt geschlossen.

»Wild sind sie schon – aber sie sind auch sterblich«, sagte er. »Indianer sind blutrünstig, und die Mohawk sind die schlimmsten. Sie sind Ehrenmänner, versteht mich nicht falsch« – er hob ermahnend seinen kräftigen Finger –, »aber sie töten aus vielen Gründen, manche verständlich, manche nicht. Sie veranstalten Raubzüge untereinander, versteht Ihr, und sie töten aus Rache – nichts hält einen rachedurstigen Mohawk auf, es sei denn, man bringt ihn um. Und dann hat man noch seinen Bruder, seinen Sohn oder seinen Neffen auf den Fersen.«

Er leckte sich langsm und nachdenklich den Whisky von den Lippen.

»Manchmal morden die Indianer aus Gründen, die niemand für wichtig halten würde; vor allem, wenn Alkohol im Spiel ist.«

»Hört sich an wie die Schotten«, murmelte ich Jamie zu, der mir als Antwort einen kalten Blick zuwarf.

Myers ergriff die Whiskyflasche und drehte sie zwischen den Handflächen.

»Jeder kann mal einen Schluck zuviel trinken und dann Unsinn treiben, aber bei einem Indianer ist jeder Tropfen zuviel. Ich habe von mehr als einem Massaker gehört, das vielleicht nicht passiert wäre, wären die Männer nicht sinnlos betrunken gewesen.«

Er schüttelte den Kopf und besann sich wieder auf sein Thema.

»Wie auch immer, es ist ein hartes Leben und ein blutiges dazu. Es kommt vor, daß ganze Stämme ausgelöscht werden, und sie haben alle keinen Männerüberschuß. Also adoptieren sie Fremde, um diejenigen zu ersetzen, die getötet werden oder an Krankheiten sterben. Manchmal machen sie Gefangene – nehmen sie in eine Familie auf und betrachten sie als die Ihren. Das werden sie auch mit Mrs. Polly hier tun.« Er wies kopfnickend auf Pollyanne, die still am Feuer saß und seinen Worten keinerlei Aufmerksamkeit schenkte.

»So haben also vor fünfzig Jahren die Mohawk den ganzen Stamm der Tuscarora adoptiert. Es gibt nicht viele Stämme, die dieselbe Sprache sprechen«, erklärte Myers. »Doch manche sind miteinander verwandt. Tuscarora ähnelt der Mohawksprache mehr als der Sprache der Creek oder Cherokee.«

»Könnt Ihr auch Mohawk sprechen, Mr. Myers?« Ian hatte während dieser Erklärung glühende Ohren bekommen. Ian war von jedem Felsen, Baum und Vogel auf unserer Reise fasziniert, doch noch mehr faszinierte ihn jede Erwähnung von Indianern.

»Ach, ganz gut.« Myers zuckte bescheiden mit den Achseln. »Jeder Händler schnappt hier und da ein paar Worte auf. Kusch, Hund.« Rollo, der seine Nase in Schnüffelweite von Myers' letzter Forelle geschoben hatte, zuckte bei der Ermahnung mit den Ohren, zog seine Nase aber nicht zurück.

»Dann wollt Ihr Mistress Polly also zu den Tuscarora bringen?« fragte Jamie, während er einen Maiskuchen in mundgerechte Stücke zerkrümelte.

Myers nickte und kaute vorsichtig; wenn man nur noch so wenige Zähne hatte wie er, stellten sogar frische Maiskuchen ein riskantes Unterfangen dar.

»Aye. Noch vier, fünf Tagesritte«, erklärte er. Er wandte sich an mich und lächelte mir beruhigend zu. »Ich passe auf, daß sie gut aufgenommen wird, Mrs. Claire, macht Euch keine Sorgen um sie.«

»Was wohl die Indianer von ihr denken werden, frage ich mich?« sagte Ian. Er sah Pollyanne interessiert an. »Ob sie schon einmal eine Schwarze gesehen haben?«

Myers lachte.

»Junge, es gibt viele Tuscarora, die noch nie eine *Weiße* gesehen haben, Mrs. Polly wird sie nicht mehr erschrecken, als es deine Tante tun würde.« Myers trank einen großen Schluck Wasser und spülte sich damit den Mund. Er betrachtete Pollyanne nachdenklich. Sie spürte seinen Blick und erwiderte ihn unverwandt.

»Ich glaube aber, daß sie sie für eine Schönheit halten werden, sie mögen ihre Frauen gern schön rund.« Es war einigermaßen offensichtlich, daß Myers diese Bewunderung teilte. Sein Blick wanderte anerkennend und mit einem Hauch unschuldiger Lüsternheit über Pollyanne.

Sie sah das, und es kam eine außergewöhnliche Veränderung über sie. Obwohl sie sich kaum zu bewegen schien, konzentrierte sie sich auf einmal ganz auf Myers. Ihre Augen glänzten im Feuerschein schwarz und unergründlich. Sie war immer noch klein und schwer, doch durch eine ganz leichte Haltungsänderung waren plötzlich ihre ausladenden Brüste und breiten Hüften betont und rundeten sich zu einem Versprechen sinnlicher Fülle.

Myers schluckte hörbar.

Ich wandte den Blick von diesem kleinen Zwischenspiel ab und sah, daß Jamie es ebenfalls beobachtete. Er sah gleichermaßen amüsiert und besorgt aus. Ich stieß ihn unauffällig an und warf ihm einen Blick zu, der mit allem Nachdruck, den ich aufbrachte, »Tu etwas!« sagte.

Er blinzelte.

Ich riß die Augen auf und starrte ihn beschwörend an, was sich mit »Ich weiß nicht, was, aber tu etwas!« übersetzen ließ.

»Mmpf.«

Jamie räusperte sich, beugte sich vor, legte seine Hand auf Myers' Arm und riß den Bergläufer aus seiner Trance.

»Ich würde mir nicht wünschen, daß die Frau auf irgendeine Weise mißbraucht wird«, sagte er höflich, doch er legte einen Hauch von schottischer Anzüglichkeit in das Wort »mißbraucht«, der grenzenlose Unanständigkeit andeutete. Er drückte leicht zu. »Werdet Ihr es auf Euch nehmen, für ihre Sicherheit zu garantieren, Mr. Myers?«

Myers warf ihm aus seinen blutunterlaufenen Augen einen verständnislosen Blick zu, doch dann dämmerte es ihm. Der Bergläufer befreite langsam seinen Arm, nahm dann seinen Becher, trank den letzten Schluck Whisky, hustete und wischte sich den Mund ab. Möglich, daß er errötete, doch durch seinem Bart war das nicht zu erkennen.

»O ja. Ich meine, o nein. Nein, wirklich nicht. Bei den Mohawk und den Tuscarora suchen sich die Frauen aus, mit wem sie ins Bett gehen, sogar, wen sie heiraten. Bei ihnen gibt es keine Vergewaltigung. O nein. Nein, Sir; sie wird nicht mißbraucht, das kann ich versprechen.«

»Na, da bin ich ja froh, das zu hören.« Jamie lehnte sich beruhigt zurück und warf mir aus den Augenwinkeln einen erbosten »Ich-hoffe-du-bist-zufrieden«-Blick zu. Ich lächelte sittsam.

Ian war zwar noch keine sechzehn, doch er war viel zu aufgeweckt, als daß ihm dieser Wortwechsel entgangen wäre. Er gab ein bedeutsames schottisches Husten von sich.

»Onkel Jamie, Mr. Myers war so freundlich, mich einzuladen, ihn und Mrs. Polly zu begleiten und mir das Indianerdorf anzusehen. Ich sorge bestimmt dafür, daß sie dort gut behandelt wird.«

»Du –« Jamie brach ab. Über das Feuer hinweg warf er seinem Neffen einen langen Blick zu. Ich sah, wie es in seinem Kopf arbeitete.

Ian hatte nicht um Erlaubnis gebeten mitzugehen, sondern hatte uns mitgeteilt, daß er gehen würde. Wenn Jamie es ihm verbot, mußte er es begründen – und er konnte kaum sagen, daß es zu gefährlich war, denn damit hätte er nicht nur eingestanden, daß er bereit war, die Sklavin einer Gefahr auszusetzen, sondern auch, daß er Myers und seinen Beziehungen zu den hier ansässigen Indianern nicht traute. Jamie saß in der Falle, und zwar gründlich.

Er atmete kräftig durch die Nase ein. Ian grinste.

Ich blickte wieder über das Feuer. Pollyanne saß noch genauso da wie zuvor, ohne sich zu bewegen. Ihr Blick ruhte auf Myers, und um ihre Lippen spielte ein einladendes Lächeln. Ihre Hand hob sich langsam und umfaßte fast abwesend eine der massiven Brüste.

Myers starrte zurück, betäubt wie ein Reh, dem ein Jäger ins Gesicht leuchtet.

Und würde ich es anders machen? dachte ich später, während ich dem Rascheln und dem leisen Stöhnen aus der Gegend von Myers' Decke lauschte. Wenn ich wüßte, daß mein Leben von einem Mann abhing? Würde ich im Angesicht unbekannter Gefahren nicht alles tun, um sicherzugehen, daß er mich beschützte?

Etwas knackte und knisterte im hohen Gebüsch. Es war laut, und ich erstarrte. Jamie auch. Er zog seine Hand aus meinem Hemd und griff nach seinem Dolch, entspannte sich dann aber, als der beruhigende Geruch eines Stinktieres unsere Nasen erreichte.

Er schob seine Hand wieder unter mein Hemd, drückte sanft meine Brust und schlief wieder ein, sein Atem warm in meinem Nacken.

Vielleicht doch kein so großer Unterschied. War meine Zukunft irgendwie gesicherter als ihre? Und hing nicht mein Leben von einem Mann ab, der – zumindest zum Teil – durch das Verlangen nach meinem Körper an mich gebunden war?

Ein sanfter Wind strich durch die Bäume, und ich zog mir die Decke über die Schultern. Das Feuer war bis auf die Glut heruntergebrannt, und so hoch in den Bergen war es nachts kühl. Der Mond war untergegangen, doch es war sehr klar. Die Sterne flammten in der Nähe auf, ein Netz aus Licht, das über den Berggipfeln ausgeworfen war.

Nein, es gab Unterschiede. Wie ungewiß meine Zukunft auch sein mochte, ich würde sie teilen, und die Bindung zwischen mir und meinem Mann ging über das Körperliche hinaus. Doch darüber hinaus gab es den einen großen Unterschied – ich war aus freien Stücken hier.

15

Edle Wilde

Am Morgen nahmen wir Abschied von den anderen, wobei Jamie und Myers unser Zusammentreffen in zehn Tagen aufs genaueste besprachen. Angesichts der verwirrend riesigen Ausmaße der Wälder und Berge um mich herum konnte ich mir nicht vorstellen, wie sich irgend jemand sicher sein konnte, daß er eine bestimmte Stelle wiederfinden würde. Ich konnte mich nur auf Jamies Orientierungssinn verlassen.

Sie wandten sich nach Norden, wir nach Südwesten, indem wir dem Bach folgten, an dem wir übernachtet hatten. Zunächst kam es mir sehr ruhig und merkwürdig einsam vor, nur zu zweit zu sein. Doch innerhalb kürzester Zeit hatte ich mich an die Einsamkeit gewöhnt und fing an, mich zu entspannen und die Umgebung mit Interesse zu betrachten. Schließlich konnte dies unsere Heimat werden.

Diese Vorstellung war ziemlich einschüchternd – die Gegend war von erstaunlicher Schönheit und großem Reichtum, doch so wild, daß es mir kaum möglich erschien, daß Menschen dort lebten. Diesen Gedanken sprach ich jedoch nicht aus, sondern folgte nur Jamies Pferd, während er uns tiefer und tiefer in die Berge führte und schließlich am späten Nachmittag haltmachte, um ein kleines Lager aufzuschlagen und Fische für das Abendessen zu fangen.

Das Licht verblaßte langsam und zog sich zwischen den Bäumen zurück. Um die dicken, bemoosten Stämme sammelten sich die Schatten. Oben waren sie immer noch in flüchtiges Licht getaucht, das sich im Laub verbarg, und grüne Schatten schwankten in der abendlichen Brise.

Ein kleines Licht glühte plötzlich neben mir im Gras auf, kühl und hell. Ich sah noch eins und noch eins, und dann war der Waldrand erfüllt davon. Sie sanken träge zu Boden und verloschen, kalte Funken, die in der zunehmenden Dunkelheit dahintrieben.

»Weißt du, daß ich Glühwürmchen zum erstenmal in Boston gesehen habe?« sagte ich voll Freude über den Anblick der glühenden

Smaragde und Topase im Gras. »In Schottland gibt es keine Glühwürmchen, oder?«

Jamie schüttelte den Kopf und lehnte sich träge im Gras zurück, einen Arm angewinkelt hinter dem Kopf.

»Hübsche kleine Dinger«, beobachtete er und seufzte zufrieden. »Das ist meine liebste Tageszeit, glaube ich. Als ich nach Culloden in der Höhle gelebt habe, bin ich immer zur Abendzeit herausgekommen und habe mich auf einen Stein gesetzt und auf die Dunkelheit gewartet.«

Mit halbgeschlossenen Augen beobachtete er die Glühwürmchen. Die Schatten breiteten sich nach oben aus, als die Nacht von der Erde zum Himmel aufstieg. Einen Moment zuvor hatte ihn das Licht, das durch die Eichenblätter schien, noch wie ein Rehkitz gesprenkelt; jetzt, da es dunkel wurde, lag er in einer Art gedämpftem, grünem Leuchten da, das seine Gestalt fest und substanzlos zugleich wirken ließ.

»All die kleinen Insekten kommen jetzt heraus – Motten und Mücken; all die winzigen Tierchen, die in Wolken über dem Wasser hängen. Man sieht die Schwalben nach ihnen jagen und dann die Fledermäuse herabsausen. Und die Lachse, die aufsteigen, wenn die Insekten am Abend schlüpfen und Ringe ins Wasser zeichnen.«

Seine Augen waren jetzt offen und auf das wogende Grasmeer auf dem Hügel gerichtet, doch ich wußte, daß er statt dessen die gekräuselte Oberfläche des winzigen *Lochs* in der Nähe von Lallybroch sah.

»Es dauert nur einen Augenblick, doch man meint, daß es niemals enden wird. Seltsam, nicht wahr?« sagte er gedankenverloren. »Man kann fast zusehen, wie das Licht schwindet – und doch gibt es keinen Zeitpunkt, an dem man sagen könnte: ›Jetzt! Jetzt ist es Nacht!‹« Er deutete auf die Lücke zwischen den Eichen und das Tal, das sich mit Dunkelheit füllte.

»Nein.« Ich streckte mich neben ihm aus. Die warme Feuchtigkeit des Grases drang durch meine Wildlederkleidung, so daß sie sich an meinen Körper schmiegte. Die Luft unter den Bäumen war schwer und kühl wie die Luft in einer Kirche, halbdunkel und voller Erinnerungen an Weihrauchduft.

»Erinnerst du dich an Bruder Anselm in der Abtei?« Ich blickte nach oben; die Farbe wich aus den Eichenblättern über uns und ließ die weichen, silbernen Blattunterseiten so grau wie Mäusefell zurück. »Er hat gesagt, jeder Tag hat eine Stunde, in der die Zeit stillzustehen scheint – aber sie ist für jeden anders. Er hat gemeint, es ist vielleicht die Stunde, in der man geboren wurde.«

Ich wandte den Kopf und sah ihn an.

»Weißt du, wann du geboren bist?« fragte ich. »Die Tageszeit, meine ich?«

Er blickte mich an und lächelte. Dann drehte er sich um, so daß er mir gegenüber lag.

»Aye, das weiß ich. Vielleicht hat er recht gehabt, denn ich bin zur Abendessenszeit geboren worden – am ersten Mai, gerade als das Zwielicht kam.« Er strich ein dahinschwebendes Glühwürmchen zur Seite und grinste mich an.

»Habe ich dir die Geschichte nie erzählt? Wie meine Mutter einen Topf mit Haferbrei zum Kochen auf den Herd gestellt hat, und ihre Wehen dann so schnell gekommen sind, daß sie keine Zeit mehr gehabt hat, daran zu denken, und es ist auch keinem anderen eingefallen, bis sie diesen Brandgeruch bemerkt haben, und das Abendessen war ruiniert und der Topf auch? Es war nichts mehr zum Essen im Haus außer einer Stachelbeertorte. Also haben sie alle davon gegessen, aber die Küchenmagd war neu und die Stachelbeeren unreif und alle – außer meiner Mutter natürlich – haben sich die ganze Nacht mit Darmkrämpfen gewunden.«

Er schüttelte den Kopf und lächelte immer noch. »Mein Vater hat gesagt, es hätte Monate gedauert, bis er mich ansehen konnte, ohne Bauchgrimmen zu bekommen.«

Ich lachte, und er streckte die Hand aus, um mir ein Blatt vom vorigen Jahr aus dem Haar zu zupfen.

»Und um welche Zeit bist du geboren, Sassenach?«

»Ich weiß es nicht«, sagte ich mit dem leichten Stich des Bedauerns, den mir der Gedanke an meine verschwundene Familie immer versetzte. »Es hat nicht in meiner Geburtsurkunde gestanden, und wenn Onkel Lamb es gewußt hat, so hat er es mir nicht gesagt. Aber ich weiß, wann Brianna auf die Welt kam« fügte ich etwas heiterer hinzu. »Sie ist um drei nach drei am Morgen geboren worden. An der Wand des Kreissaals hat eine riesige Uhr gehangen, da habe ich es gelesen.«

Trotz des gedämpften Lichtes konnte ich seine Überraschung deutlich sehen.

»Du bist wach gewesen? Ich dachte, du hast mir gesagt, daß man in deiner Zeit die Frauen betäubt, damit sie keine Schmerzen spüren.«

»Die meisten, ja. Aber ich wollte nicht, daß sie mir etwas geben.« Ich starrte nach oben. Um uns war es dunkel geworden, doch der Himmel war immer noch klar und hell, ein sanftes, leuchtendes Blau.

»Warum zum Teufel nicht?« wollte er ungläubig wissen. »Ich habe noch nie gesehen, wie eine Frau ein Kind bekommt, aber ich habe es schon mehr als einmal *gehört*, sag' ich dir. Da komme ich doch wirklich nicht mit – warum sollte eine Frau, die halbwegs bei Verstand ist, das tun, wenn sie die Wahl hätte?«

»Hm...« Ich hielt inne, denn ich wollte nicht melodramatisch erscheinen. Doch es war die Wahrheit. »Nun«, sagte ich ziemlich trotzig, »ich habe geglaubt, ich würde sterben, und ich wollte nicht im Schlaf sterben.«

Er war nicht schockiert. Er zog nur eine Augenbraue hoch und schnaubte leise vor Belustigung.

»Nicht?«

»Nein. Du?« Ich wandte den Kopf, um ihn anzusehen. Er rieb sich das Nasenbein, immer noch belustigt über die Frage.

»Aye, tja, vielleicht. Ich bin dem Tod am Galgen nahe gewesen und fand das Warten furchtbar. Ich bin mehrere Male fast in der Schlacht umgekommen, aber da habe ich mir keine großen Sorgen ums Sterben gemacht, weil ich zu beschäftigt war, um darüber nachzudenken. Und dann bin ich fast an Verletzungen und am Fieber gestorben, und da ging es mir so elend, daß ich es kaum abwarten konnte, tot zu sein. Aber wenn ich die Wahl gehabt hätte, hätte ich im Großen und Ganzen nichts dagegen, im Schlaf zu sterben, nein.«

Er beugte sich zu mir herüber und küßte mich sacht. »Am liebsten im Bett neben dir. Natürlich in sehr hohem Alter.« Er berührte meine Lippen sanft mit der Zunge, dann stand er auf und strich sich trockene Eichenblätter von der Reithose.

»Am besten machen wir Feuer, solange wir noch genug Licht haben, um den Feuerstein zu sehen«, sagte er. »Gehst du die Fische holen?«

Ich überließ es ihm, sich mit Feuerstein und Zunder zu beschäftigen, während ich den kleinen Hügel hinabstieg und zum Bach ging, wo unsere frisch gefangenen Forellen an Drahtschnüren in der eisigen Strömung baumelten. Als ich den Hügel wieder heraufkam, war es so dunkel geworden, daß ich ihn nur schemenhaft über einem glimmenden Häufchen Reisig kauern sah. Ein Rauchfaden stieg bleich zwischen seinen Händen auf.

Ich legte die ausgenommenen Fische in das hohe Gras, hockte mich neben ihn und sah zu, wie er neue Zweige auf das Feuer legte und es geduldig anfachte, eine Barrikade gegen die kommende Nacht.

»Was glaubst du, wie es sein wird?« fragte ich plötzlich. »Zu sterben.«

Er starrte ins Feuer und dachte nach. Ein brennender Zweig zersprang knisternd und funkensprühend. Die Funken sanken herab und verloschen, bevor sie den Boden berührten.

»»Der Mensch ist wie das Gras, das verwelkt und ins Feuer geworfen wird; er ist wie ein Funke, der zum Himmel steigt... und seine Heimat wird sich seiner nicht erinnern'«, zitierte ich leise. »Meinst du, danach kommt nichts mehr?«

Er schüttelte den Kopf und blickte ins Feuer. Ich sah, wie seine Augen darüber hinwegwanderten, dorthin, wo die kühlen, hellen Funken der Glühwürmchen zwischen den dunklen Halmen aufleuchteten und verloschen.

»Ich kann es nicht sagen«, sagte er schließlich leise. Seine Schulter berührte die meine, und ich lehnte den Kopf an ihn. »Es gibt das, was die Kirche sagt, aber –« Sein Blick war immer noch auf die Glühwürmchen gerichtet, die unermüdlich zwischen den Grashalmen zwinkerten. »Nein, ich kann es nicht sagen. Aber ich denke, es wird vielleicht alles gut.«

Er neigte den Kopf und drückte einen Moment lang seine Wange auf mein Haar, dann stand er auf und griff nach seinem Dolch.

»Das Feuer brennt jetzt gut.«

Die Luft war mit dem Herannahen der Dämmerung weniger drückend geworden, und ein leichter Abendwind blies mir die feuchten Haarsträhnen aus dem Gesicht. Ich saß mit geschlossenen Augen da, das Gesicht zum Himmel gewandt, und genoß die Kühle nach der schweißtreibenden Hitze des Tages.

Ich konnte hören, wie Jamie sich raschelnd am Feuer bewegte und mit schnellen Messerschnitten grüne Eichenzweige schälte, um die Fische zu grillen.

Ich denke, es wird vielleicht alles gut. Das dachte ich auch. Niemand konnte sagen, was nach dem Tod kam, doch ich hatte schon oft jene Stunde erlebt, in der die Zeit stillsteht, ohne zu denken, mit ruhiger Seele, im Angesicht... wessen? Es war etwas, das weder einen Namen noch ein Gesicht hatte, das mir jedoch gut erschien und voller Frieden. Wenn dort der Tod lag...

Jamies Hand berührte im Vorbeigehen meine Schulter, und ich lächelte, ohne die Augen zu öffnen.

»Autsch!« schimpfte er auf der anderen Seite des Feuers. »Hab' mich geschnitten, ich dummer Trottel.«

Ich öffnete die Augen. Er war gute zweieinhalb Meter von mir entfernt und hatte den Kopf gesenkt, um an einem kleinen Schnitt an seinem Daumengelenk zu lutschen. Plötzlich lief mir eine Gänsehaut über den Rücken.

»Jamie«, sagte ich. Meine Stimme hörte sich merkwürdig an, sogar in meinen Ohren. Ich hatte eine kleine, kalte Stelle im Nacken, die sich wie eine Zielscheibe anfühlte.

»Aye?«

»Ist da –« Ich schluckte und spürte, wie sich die Haare auf meinen Unterarmen aufstellten. »Jamie, ist... jemand... hinter mir?«

Seine Augen huschten zu den Schatten in meinem Rücken und öffneten sich weit. Ich blickte mich nicht erst um, sondern warf mich gleich flach auf den Boden, eine Reaktion, die mir wahrscheinlich das Leben rettete.

Ein lautes Brummen ertönte, und dann roch es plötzlich nach Ammoniak und Fisch. Irgend etwas traf mich mit solcher Gewalt im Rücken, daß mir die Luft wegblieb, und trat dann schwer auf meinen Kopf, wobei es mein Gesicht in den Boden bohrte.

Ich fuhr hoch, schnappte nach Luft und schüttelte mir den Laubkompost aus den Augen. Ein großer Schwarzbär torkelte fauchend wie eine Katze über die Lichtung und verstreute mit den Tatzen brennende Zweige.

Halb blind vor Schmutz konnte ich Jamie im ersten Moment überhaupt nicht sehen. Dann erblickte ich ihn. Er war vor dem Bären, hatte einen Arm um dessen Hals geschlungen und den Kopf genau unter dem geifernden Maul an dessen Schulter gepreßt.

Sein Fuß schoß unter dem Bären hervor, trat verzweifelt um sich und grub sich haltsuchend in den Boden. Er hatte seine Schuhe und Strümpfe ausgezogen, als wir unser Lager aufschlugen; ich hielt den Atem an, als er mit dem nackten Fuß ins glimmende Feuer geriet, daß die Funken sprühten.

Sein Unterarm war vor Anstrengung zerfurcht und halb in dem dichten Pelz vergraben. Mit dem freien Arm hieb und stieß er um sich. Wenigstens hatte er seinen Dolch noch. Gleichzeitig zerrte er mit aller Kraft am Hals des Bären und versuchte, ihn zu Boden zu ziehen.

Der Bär machte einen Satz, schlug mit einer Tatze um sich und versuchte das Gewicht abzuschütteln, das sich fest an seinen Hals klammerte. Er schien das Gleichgewicht zu verlieren und fiel unter lautem Wutgeheul schwerfällig nach vorn. Ich hörte ein ersticktes *Uff!*, das nicht von dem Bären zu kommen schien, und sah mich verzweifelt nach etwas um, was ich als Waffe gebrauchen konnte.

Der Bär kämpfte sich wieder auf die Pfoten und schüttelte sich heftig.

Für eine Sekunde erblickte ich Jamies vor Anstrengung verzerrtes Gesicht. Ein hervorquellendes Auge weitete sich, als er mich sah, und er befreite seinen Mund aus dem Zottelpelz.

»Lauf weg!« schrie er. Dann ließ sich der Bär wieder auf ihn fallen, und er verschwand unter dreihundert Pfund Fell und Muskeln.

Ich erinnerte mich vage an Mowgli und die Rote Blume und suchte wie wahnsinnig die feuchte Erde der Lichtung ab, fand aber nur kleine, verkohlte Zweige und glühende Holzkohlen, an denen ich mir Brandblasen holte, die aber zu klein zum Anfassen waren.

Ich hatte immer gedacht, Bären würden brüllen, wenn sie wütend waren. Dieser hier machte einen Heidenlärm, doch das durchdringende Gekreische und Gezeter, durchsetzt mit haarsträubendem Grollen, hörte sich eher nach einem Riesenschwein an. Jamie machte ebenfalls eine Menge Lärm, was unter den Umständen beruhigend war.

Meine Hand berührte etwas Feuchtes und Klammes – die Fische, die wir am Feuer abgelegt hatten.

»Zum Teufel mit der Roten Blume«, brummte ich. Ich packte eine der Forellen am Schwanz, rannte los und hieb sie dem Bären, so fest ich konnte, über die Nase.

Der Bär schloß das Maul und machte ein überraschtes Gesicht. Dann schwenkte er den Kopf in meine Richtung und tat einen Satz. Er bewegte sich schneller, als ich es für möglich gehalten hätte. Ich fiel rückwärts hin, landete auf dem Hintern und versetzte dem Bären einen letzten, tapferen Hieb mit meinem Fisch, bevor er mich angriff. Jamie klammerte sich immer noch unerbittlich an seinen Hals.

Ich kam mir vor wie in einem Fleischwolf – für einen kurzen Moment herrschte totales Chaos, akzentuiert von ziellosen, schmerzhaften Schlägen auf meinen Körper und dem Gefühl, von einer großen, stinkenden, haarigen Decke erstickt zu werden. Dann war es vorbei, und ich blieb angeschlagen auf dem Rücken im Gras zurück. Ich roch kräftig nach Bärenpisse und blinzelte den Abendstern an, der friedlich am Himmel leuchtete.

Am Boden ging es sehr viel weniger friedlich zu. Ich kämpfte mich auf alle viere und rief »Jamie!« in Richtung der Bäume, wo eine große, formlose Masse hin- und herrollte, Eichenschößlinge zermalmte und Grollaute und gälisches Gekreische von sich gab.

Am Boden war es jetzt vollständig dunkel, doch der Himmel spendete noch genug Licht, daß ich die Vorgänge verfolgen konnte. Der Bär war hingefallen, doch anstatt sich wieder aufzurichten und zuzuschlagen, rollte er sich jetzt auf den Rücken und fuchtelte mit den Hinterpfoten, um einen Ansatzpunkt für seine Krallen zu finden. Seine Vordertatze landete mit einem heftigen Klatschen, gefolgt von einem lauten Grunzen, das mir nicht von dem Bären zu kommen schien. In der Luft hing Blutgeruch.

»Jamie!« kreischte ich.

Es kam keine Antwort. Der zuckende Haufen rollte weiter und

kippte langsam seitwärts in die tieferen Schatten unter den Bäumen. Die gemischten Geräusche gingen in heftiges Grunzen und Japsen über, unterbrochen von leisem, wimmerndem Stöhnen.

»JAMIE!«

Die Hiebe und das Ästeknacken erstarben zu einem Rascheln. Etwas bewegte sich unter den Zweigen und schwankte schwerfällig auf allen vieren hin und her.

Ganz langsam, unter stöhnenden, stockenden Atemzügen kam Jamie auf die Lichtung gekrochen.

Ohne meine eigenen Verletzungen zu beachten, rannte ich zu ihm und sank neben ihm auf die Knie.

»Mein Gott, Jamie! Geht's dir gut?«

»Nein«, sagte er kurz angebunden und brach leise keuchend auf dem Boden zusammen.

Sein Gesicht war ein bleicher Fleck im Licht der Sterne; der übrige Körper war so dunkel, daß er fast unsichtbar war. Den Grund dafür fand ich heraus, als ich rasch meine Hände über ihn gleiten ließ. Seine Kleider waren so blutdurchtränkt, daß sie ihm am Körper klebten, und als ich an seinem Jagdhemd zog, löste es sich mit einem ekligen, leisen Sauggeräusch.

»Du riechst nach Schlachthof«, sagte ich, während ich nach dem Puls unter seinem Kinn suchte. Er ging schnell – was mich nicht überraschte –, aber kräftig. Mir fiel ein Stein vom Herzen. »Ist das dein Blut oder das des Bären?«

»Wenn es meins wäre, Sassenach, wäre ich tot«, sagte er gereizt und öffnete die Augen. »Nicht dein Verdienst, daß ich es nicht bin.« Er rollte sich unter Schmerzen auf die Seite und richtete sich langsam und stöhnend auf Hände und Knie auf. »Was hat dich nur geritten, Frau, mir mit einem Fisch auf den Kopf zu schlagen, während ich um mein Leben kämpfe?«»

»Halt still, zum Kuckuck!« Er konnte nicht allzu schlimm verletzt sein, wenn er versuchte, mir zu entwischen. Ich umklammerte seine Hüften, um ihn aufzuhalten. Ich kniete mich hinter ihn und befühlte vorsichtig seinen Oberkörper. »Gebrochene Rippen?«

»Nein. Aber kitzle mich bloß nicht«, sagte er keuchend.

»Das tue ich nicht«, versicherte ich ihm. Ich ließ die Hände langsam und mit sanftem Druck über seinen Brustkorb wandern. Keine zersplitterten Enden, die die Haut durchbohrten, keine unheilvollen Vertiefungen oder weichen Stellen – vielleicht war ja etwas angeknackst, doch er hatte recht, es war nichts gebrochen. Er schrie auf und zuckte unter meiner Hand. »Tut es hier weh?«

»Ja«, stieß er durch die Zähne hervor. Er begann zu zittern, daher holte ich schnell sein Plaid und legte es ihm um die Schultern.

»Mit mir ist alles in Ordnung, Sassenach«, sagte er und winkte ab, als ich versuchte, ihm beim Hinsetzen zu helfen. »Sieh nach den Pferden; sie sind bestimmt nervös.« Das stimmte. Wir hatten den Pferden, in kurzer Entfernung von der Lichtung entfernt, die Vorderbeine gefesselt; dem gedämpften Stampfen und Wiehern nach, das ich in der Ferne hören konnte, hatten sie diese Entfernung in ihrer Panik beträchtlich vergrößert.

Aus den Schatten unter den Bäumen kam immer noch leises, pfeifendes Stöhnen – das Geräusch klang so menschlich, daß sich meine Nackenhaare sträubten. Indem ich einen vorsichtigen Bogen um die Geräusche machte, ging ich los, um die Pferde zu suchen, die ich ein paar hundert Meter weiter in einem Birkenhain fand. Sie wieherten, als sie mich witterten; trotz der Bärenpisse waren sie entzückt, mich zu sehen.

Als ich die Pferde beruhigt und sie dazu bewegt hatte, auf die Lichtung zurückzukehren, waren die mitleiderregenden Geräusche im Schatten verstummt. Ein schwaches Glühen kam von der Lichtung. Jamie hatte das Feuer wieder angefacht.

Er hockte neben der winzigen Flamme und zitterte immer noch unter seinem Plaid. Ich legte genug Zweige nach, um sicherzugehen, daß es nicht verlosch, dann kümmerte ich mich wieder um ihn.

»Bist du wirklich nicht schwer verletzt?« fragte ich immer noch besorgt.

Er lächelte mich schief an.

»Geht schon. Er hat mir eins über den Rücken gebrummt, aber ich glaube nicht, daß es sehr schlimm ist. Willst du's dir ansehen?« Er zuckte zusammen, als er sich aufrichtete und vorsichtig seine Seite betastete. Ich trat hinter ihn.

»Warum hat er das wohl gemacht?« sagte er und sah sich nach dem Bärenkadaver um. »Myers hat gesagt, Schwarzbären greifen selten an, wenn man sie nicht irgendwie provoziert.«

»Vielleicht hat ihn jemand anders provoziert«, schlug ich vor. »Und ist dann so schlau gewesen, ihm aus dem Weg zu gehen.« Ich hob das Plaid und pfiff dann leise.

Sein Hemd hing in Fetzen, es war voll Schmutz und Asche und mit Blut befleckt. Diesmal war es sein Blut, nicht das des Bären, aber glücklicherweise nicht viel. Sanft zog ich die zerrissenen Teile des Hemdes auseinander und legte seinen Rücken frei. Vier lange Krallenspuren zogen sich von seinem Schulterblatt bis zu seiner Achselhöhle, tiefe, schlimme Furchen, die zu oberflächlichen Kratzern ausliefen.

»Ooh!« sagte ich mitfühlend.

»Na ja, es ist ja nicht so, als wäre mein Rücken vorher ein hübscher Anblick gewesen«, witzelte er schwach. »Im Ernst, ist es schlimm?« Er verdrehte den Kopf und versuchte, etwas zu sehen, hielt dann aber grunzend inne, weil ihm bei dieser Bewegung die angeschlagenen Rippen weh taten.

»Nein. Aber schmutzig, ich muß sie auswaschen.« Das Blut hatte schon angefangen zu gerinnen; die Wunden mußten unverzüglich gereinigt werden. Ich legte das Plaid wieder darüber und setzte einen Topf mit Wasser zum Kochen auf, während ich überlegte, was ich sonst noch nehmen konnte.

»Ich habe unten am Bach etwas Pfeilkraut gesehen«, sagte ich. »Ich glaube, ich kann es aus dem Gedächtnis wiederfinden.« Ich reichte ihm die Aleflasche, die ich aus der Satteltasche geholt hatte, und nahm seinen Dolch.

»Kommst du zurecht?« Ich blieb stehen und sah ihn an. Er war sehr bleich und zitterte immer noch. Das Feuer warf einen roten Widerschein auf seine Stirn und hob die Linien seines Gesichtes deutlich hervor.

»Aye.« Er brachte ein schwaches Grinsen zustande. »Mach dir keine Sorgen, Sassenach, die Vorstellung, im Schlaf in meinem Bett zu sterben, gefällt mir jetzt noch besser als vor einer Stunde.«

Die Mondsichel ging hell über den Bäumen auf, und es bereitete mir kaum Schwierigkeiten, die Stelle wiederzufinden, die ich im Sinn hatte. Der Bach floß kalt und silbern im Mondschein und kühlte mir Hände und Füße, während ich bis zu den Waden im Wasser stand und nach dem Pfeilkraut suchte.

Überall um mich herum quakten kleine Frösche, und die Rohrkolben raschelten leise im Abendwind. Es war sehr, sehr friedlich, und ganz plötzlich überkam mich ein so starkes Zittern, daß ich mich am Ufer hinsetzen mußte.

Jederzeit. Es konnte jederzeit geschehen, und just so schnell. Ich war mir nicht sicher, was mir unwirklicher vorkam: der Angriff des Bären oder das hier, diese sanfte, verheißungsvolle Sommernacht.

Ich legte den Kopf auf die Knie und ließ die Übelkeit, die Nachwirkungen des Schocks vorübergehen. Es spielte keine Rolle, redete ich mir ein. Nicht nur jederzeit, sondern auch überall. Krankheit, Autounfall, verirrte Kugel. Es gab kein Entkommen, doch wie die meisten anderen Menschen schaffte ich es, die meiste Zeit nicht darüber nachzudenken.

Ich erschauerte, als ich an die Krallenspuren auf Jamies Rücken dachte. Hätte er langsamer reagiert oder wäre er schwächer gewesen... wären die Wunden auch nur etwas tiefer gegangen... Was das betraf, so stellte eine Infektion immer noch eine große Bedrohung dar. Doch diese Gefahr konnte ich wenigstens bekämpfen.

Der Gedanke brachte mich in die Realität zurück, zu den zerdrückten Blättern und Wurzeln, die kühl und feucht in meiner Hand lagen. Ich spritzte mir kaltes Wasser ins Gesicht und machte mich hügelaufwärts auf den Weg zum Lagerfeuer. Es ging mir etwas besser.

Durch eine durchlässige Wand von Schößlingen sah ich Jamie aufrecht dasitzen. Seine Gestalt zeichnete sich wie ein Scherenschnitt vor dem Feuer ab. Er saß kerzengerade da, was schmerzhaft sein mußte, wenn man seine Verletzungen bedachte.

Gerade als ich argwöhnisch stehenblieb, sprach er mich an.

»Claire?« Er drehte sich nicht um, und seine Stimme war ruhig. Er wartete meine Antwort nicht ab, sondern sprach mit kühler, fester Stimme weiter.

»Komm hinter mich, Sassenach, und leg dein Messer in meine linke Hand. Dann bleib hinter mir.«

Mit klopfendem Herzen tat ich die drei Schritte hügelaufwärts, die mir noch fehlten, damit ich ihm über die Schulter blicken konnte. Auf der anderen Seite der Lichtung, gerade eben im Licht des Feuers, standen drei schwerbewaffnete Indianer. Offenbar war der Bär wirklich provoziert worden.

Die Indianer betrachteten uns mit lebhaftem Interesse, das wir mehr als erwiderten. Sie waren zu dritt, ein älterer Mann, dessen federngeschmückter Haarschopf reichlich graue Strähnen enthielt, und zwei jüngere, vielleicht in den Zwanzigern. Vater und Söhne, dachte ich – sie ähnelten einander, wenn auch mehr im Körperbau als im Gesicht: Sie waren alle drei relativ klein und hatten breite Schultern, O-Beine und lange, kraftvolle Arme.

Ich beäugte verstohlen ihre Waffen. Der ältere Mann hielt ein Gewehr in der Armbeuge, eine uralte französische Radschloßflinte, deren sechseckiger Lauf mit Rost verkrustet war. Es sah aus, als würde sie ihm um die Ohren fliegen, wenn er sie abfeuerte, doch ich hoffte, er würde es gar nicht erst versuchen.

Einer der jüngeren hielt einen Bogen in der Hand und hatte lässig einen Pfeil aufgelegt. Alle drei trugen unheimlich aussehende Tomahawks und Häutemesser in ihren Gürteln. Obgleich er so lang war, erschien Jamies Dolch im Vergleich dazu reichlich inadäquat.

Da er offensichtlich zu demselben Schluß kam, beugte er sich vor und legte den Dolch vorsichtig neben seine Füße. Er setzte sich wieder aufrecht hin, breitete seine leeren Hände aus und zuckte mit den Achseln.

Die Indianer kicherten. Es klang derart unkriegerisch, daß ich halb lächeln mußte, obwohl mein Magen, der sich nicht so leicht entwaffnen ließ, sich noch vor Anspannung verkrampfte.

Ich sah, wie sich Jamies Schultern entspannten und wurde nun meinerseits etwas ruhiger.

»*Bonsoir, messieurs*«, sagte er. »*Parlez-vous français?*«

Die Indianer kicherten erneut und warfen einander schüchterne Blicke zu. Der ältere Mann trat zögernd einen Schritt vor und neigte den Kopf, was die Perlen in seinem Haar in Schwingung versetzte.

»Kein... Franz«, sagte er.

»Englisch?« fragte ich hoffnungsvoll. Er sah mich mit Interesse an, schüttelte aber den Kopf. Er warf einem seiner Söhne über die Schulter hinweg eine Bemerkung zu. Der Sohn antwortete in derselben unverständlichen Sprache. Der ältere Mann wandte sich wieder an Jamie und stellte ihm eine Frage, die er mit hochgezogenen Augenbrauen unterstrich.

Jamie schüttelte verständnislos den Kopf, und einer der jungen Männer trat in den Schein des Feuers. Er beugte die Knie und ließ die Schultern hängen, streckte den Kopf vor und begann in derart perfekter Bärenweise zu schwanken, und kurzsichtig zu blinzeln, daß Jamie laut auflachte. Die anderen Indianer grinsten.

Der junge Mann richtete sich auf und deutete mit einem fragenden Laut auf Jamies blutgetränkten Hemdsärmel.

»Oh, aye, er ist da drüben«, sagte Jamie und wies auf das Dunkel unter den Bäumen.

Ohne weitere Umschweife verschwanden alle drei Männer in der Dunkelheit, von wo bald aufgeregtes Rufen und Gemurmel erklang.

»Es ist in Ordnung, Sassenach«, sagte Jamie. »Sie werden uns nichts tun. Es sind nur Jäger.« Er schloß kurz die Augen, und ich sah den leichten Schweißfilm auf seinem Gesicht. »Das ist auch gut so, weil ich glaube, daß ich jetzt in Ohnmacht falle.«

»Untersteh dich. Wage es ja nicht, ohnmächtig zu werden und mich mit ihnen allein zu lassen.« Egal, was die Wilden für Absichten haben mochten, bei dem Gedanken, ihnen allein über Jamies bewußtlosem Körper gegenüberzustehen, krampften sich meine Eingeweide erneut in Panik zusammen. Ich legte ihm die Hand in den Nacken und drückte ihm den Kopf zwischen die Knie.

»Atme«, sagte ich, während ich kaltes Wasser aus meinem Taschentuch preßte und es ihm über den Nacken laufen ließ. »Du kannst später in Ohnmacht fallen.«

»Darf ich mich übergeben?« fragte er mit von seinem Plaid gedämpfter Stimme. Ich erkannte den ironischen Tonfall und atmete erleichtert auf.

»Nein«, sagte ich. »Setz dich, sie kommen zurück.«

Sie kamen und schleiften den Bärenkadaver hinter sich her. Jamie hob den Kopf wieder und wischte sich mit dem feuchten Taschentuch über das Gesicht. Obwohl die Nacht warm war, zitterte er leicht vor Schock, saß aber einigermaßen aufrecht.

Der ältere Mann kam zu uns herüber und wies mit hochgezogenen Augenbrauen zuerst auf das Messer, das neben Jamies Füßen lag, dann auf den toten Bären. Jamie nickte bescheiden.

»Es war aber nicht einfach«, sagte er.

Die Augenbrauen des Indianers hoben sich noch weiter. Dann neigte er den Kopf und breitete seine Hände zu einer respektvollen Geste aus. Er winkte einen der jüngeren Männer heran, der herüberkam und einen Beutel von seinem Gürtel band.

Der junge Mann schob mich ohne Umschweife zur Seite, riß Jamies Hemd am Hals auf, zog ihm die Reste von der Schulter und betrachtete die Wunde. Er schüttete sich ein klumpiges Pulver in die Hand, spuckte kräftig darauf und verrührte es zu einer übelriechenden Paste, die er großzügig auf die Wunden verschmierte.

»Jetzt übergebe ich mich wirklich«, sagte Jamie und zuckte unter den unsanften Zuwendungen zusammen. »Was ist das für ein Zeug?«

»Ich würde sagen, getrocknetes Trillium vermischt mit sehr ranzigem Bärenfett«, sagte ich und versuchte, die durchdringenden Dämpfe nicht einzuatmen. »Ich glaube nicht, daß es dich umbringt, zumindest hoffe ich es nicht.«

»Dann sind wir ja schon zu zweit«, sagte er leise. »Nein, das reicht jetzt, danke vielmals.« Er wehrte weitere Zuwendungen ab und lächelte dem Möchtegern-Doktor höflich zu.

Auch wenn er noch scherzte – im gedämpften Licht des Feuers waren seine Lippen weiß. Ich legte meine Hand auf seine unverletzte Schulter und fühlte, daß seine Muskeln vor Anspannung ganz hart waren.

»Hol den Whisky, Sassenach. Ich brauche ihn dringend.«

Einer der Indianer griff nach der Flasche, als ich sie aus der Tasche zog, doch ich schob ihn rüde zur Seite. Er grunzte überrascht, folgte mir aber nicht. Statt dessen ergriff er die Tasche und begann, darin herumzuwühlen wie ein Schwein auf Trüffelsuche. Ich machte keinen Versuch, ihn daran zu hindern, sondern eilte mit dem Whisky zu Jamie zurück.

Er trank einen kleinen Schluck, dann einen größeren, erschauerte und öffnete die Augen. Er atmete ein- oder zweimal tief durch, trank noch einmal, wischte sich dann über den Mund und hielt dem älteren Mann einladend die Flasche hin.

»Hältst du das für klug?« fragte ich, da ich an Myers' finstere Geschichten über Massaker und die Wirkung von Feuerwasser auf Indianer dachte.

»Ich kann ihnen den Whisky geben oder darauf warten, daß sie ihn sich nehmen, Sassenach«, sagte er ein wenig gereizt. »Sie sind zu dritt, aye?«

Der ältere Mann führte die Flasche unter seiner Nase vorbei, die sich wie in Anerkennung eines seltenen Bouquets weitete. Ich konnte den Alkohol von dort riechen, wo ich stand, und ich war überrascht, daß er ihm nicht die Nasenhaare versengte.

Ein Lächeln seliger Zufriedenheit breitete sich auf dem zerfurchten Gesicht des Mannes aus. Er sagte etwas zu seinen Söhnen, das sich anhörte wie »*Haruh!*«, und der Indianer, der gerade unsere Taschen durchforstete, kam sofort herbei, ein paar Maiskuchen in der Faust.

Der ältere Mann erhob sich mit der Flasche in der Hand, doch anstatt zu trinken, trug er sie zu der Stelle, wo der Bärenkadaver schwarz wie ein Tintenfleck auf dem Boden lag. Ganz bedächtig goß er sich etwas Whisky in die Hand, bückte sich und ließ die Flüssigkeit in das halb geöffnete Maul des Bären tropfen. Dann drehte er sich langsam im Kreis und versprühte feierlich einige Whiskytropfen. Im Flug sahen die Tropfen golden und bernsteinfarben aus, wenn sich das Licht in ihnen fing, und sie landeten mit leisem Zischen im Feuer.

Jamie setzte sich gerade hin und vergaß vor Interesse sein Schwindelgefühl.

»Nun sieh dir das an«, sagte er.

»Was denn?« sagte ich, doch er antwortete nicht. Das Verhalten der Indianer nahm seine ganze Aufmerksamkeit gefangen.

Einer der jüngeren Männer hatte einen kleinen, perlenbestickten Beutel hervorgezogen, der Tabak enthielt. Sorgfältig stopfte er den Kopf einer kleinen Tonschieferpfeife, entzündete sie an einem trockenen Zweig, den er in unser Feuer gehalten hatte und nahm einen kräftigen Zug. Der Tabak glomm auf, und bald darauf verbreitete sich aromatischer Rauch über der Lichtung.

Jamie hatte sich an mich gelehnt, sein Rücken ruhte an meinen

Oberschenkeln. Meine Hand lag wieder auf seiner unverletzten Schulter, und ich spürte, wie das Zittern nachließ, als der Whisky sich warm in seinem Magen auszubreiten begann. Er war nicht schwer verletzt, doch der Kampf und die fortdauernde Wachsamkeit forderten ihren Tribut.

Der ältere Mann ergriff die Pfeife und nahm mehrere tiefe, entspannte Züge, die er mit sichtlichem Genuß wieder ausblies. Dann kniete er nieder, nahm noch einen Zug und hauchte den Rauch vorsichtig in die Nüstern des toten Bären. Er wiederholte diesen Vorgang mehrere Male, wobei er beim Ausatmen etwas vor sich hin murmelte.

Dann erhob er sich ohne jedes Zeichen von Steifheit und hielt Jamie die Pfeife hin.

Jamie rauchte genau wie die Indianer – ein oder zwei zeremonielle Züge –, dann hob er die Pfeife und wandte sich um, um sie mir zu reichen.

Ich ergriff die Pfeife und zog vorsichtig daran. Sofort füllte mir brennender Rauch Augen und Nase, und meine Kehle zog sich zu einem überwältigenden Hustenreiz zusammen. Ich würgte ihn hinunter und gab Jamie hastig die Pfeife. Ich spürte, wie ich rot wurde, als sich der Rauch träge durch meine Brust kringelte und mich kitzelte und verbrannte, als er sich seinen Weg durch meine Lunge bahnte.

»Man *atmet* ihn nicht ein, Sassenach«, murmelte er. »Man läßt ihn sich nur hinten in der Nase hochsteigen.«

»Das sagst du... mir... jetzt«, sagte ich, während ich mir Mühe gab, nicht zu ersticken.

Die Indianer beobachteten mich höchst interessiert. Der ältere Mann legte den Kopf schief und runzelte die Stirn, als versuchte er, ein Rätsel zu lösen. Er sprang auf, umrundete das Feuer und hockte sich vor mich, um mich neugierig anzusehen. Er war mir so nah, daß ich den seltsamen Rauchgeruch wahrnahm, der von seiner Haut aufstieg. Er trug nur einen Lendenschurz und eine Art kurzer Lederschürze, doch seine Brust war von einer großen, reichverzierten Kette bedeckt, in die Muscheln, Steine und die Zähne eines großen Tieres eingearbeitet waren.

Ohne Vorwarnung streckte er plötzlich die Hand aus und drückte meine Brust. Die Geste hatte nichts auch nur entfernt Lüsternes an sich, doch ich fuhr zusammen. Jamie tat dasselbe, und seine Hand fuhr an sein Messer.

Der Indianer setzte sich ruhig auf die Fersen zurück und winkte ab. Er legte die Hand flach auf seine Brust, wölbte sie dann und zeigte auf mich. Es hatte nichts zu bedeuten – er hatte sich nur vergewissern wollen, daß ich wirklich eine Frau war. Er zeigte von mir auf Jamie und zog eine Augenbraue hoch.

»Aye, sie gehört zu mir«, nickte Jamie und ließ den Dolch sinken, hielt ihn aber weiter fest und sah den Indianer stirnrunzelnd an. »Benimm dich, ja?«

Unbeeindruckt von diesem Zwischenspiel, sagte einer der jüngeren Indianer etwas und deutete ungeduldig auf den Kadaver am Boden. Der ältere Mann, der Jamies Verärgerung nicht beachtet hatte, antwortete und zog das Häutemesser aus seinem Gürtel, als er sich umwandte.

»Halt – das ist meine Sache.«

Die Indianer drehten sich überrascht um, als Jamie sich erhob. Er deutete mit dem Dolch auf den Bären und wies dann mit der Spitze fest auf seine eigene Brust.

Ohne auf eine Reaktion zu warten, kniete er sich neben dem Kadaver auf den Boden und sagte etwas auf Gälisch, wobei er das Messer über dem reglosen Körper erhoben hielt. Ich kannte den Wortlaut nicht genau, aber ich hatte ihn schon einmal dabei beobachtet, als er auf der Reise von Georgia ein Reh getötet hatte.

Es war das Grallochgebet, das man ihm beigebracht hatte, als er in den schottischen Highlands als Junge das Jagen lernte. Es war alt, hatte er mir erzählt, so alt, daß einige der Worte nicht mehr gebräuchlich waren, daher klang es ungewohnt. Doch man mußte es über jedem getöteten Tier sprechen, das größer als ein Hase war, bevor man ihm die Kehle oder die Bauchdecke aufschlitzte.

Ohne zu zögern, machte er einen flachen Einschnitt quer über die Brust des Bären – er brauchte den Kadaver nicht auszubluten, denn das Herz stand schon lange still – und riß die Haut zwischen den Beinen auf, so daß die Eingeweide bleich aus dem schwarzen Pelz hervorquollen und im Licht aufglänzten.

Man braucht sowohl Kraft als auch beträchtliche Erfahrung, um die zähe Haut aufzuschneiden und abzuziehen, ohne Gekröse und Eingeweidesack zu durchbohren. Da ich schon sehr viel nachgiebigere menschliche Körper geöffnet hatte, erkannte ich chirurgische Kompetenz, wenn ich sie sah. Dasselbe galt für die Indianer, die die Vorgänge mit kritischem Interesse beobachteten.

Doch es war nicht Jamies Geschick beim Abhäuten, das ihre Aufmerksamkeit erregt hatte – das war hier sicherlich eine recht verbreitete Fähigkeit. Nein, es war das Grallochgebet – ich hatte gesehen, wie sich die Augen des älteren Mannes weiteten und wie er seinen Söhnen einen Blick zuwarf, als Jamie bei dem Kadaver kniete. Wenn sie auch nicht verstanden, was er sagte, so zeigten ihre Gesichter doch klar, daß sie wußten, was er tat – und daß sie zugleich überrascht und positiv beeindruckt waren.

Eine kleine Schweißspur lief hinter Jamies Ohr herab. Ein großes Tier abzuhäuten ist Schwerstarbeit, und Jamies Wunden begannen erneut zu bluten.

Bevor ich ihm jedoch anbieten konnte, das Messer zu nehmen, setzte er sich auf die Fersen zurück und hielt einem der Indianer den Dolch mit dem Griff zuerst hin.

»Mach nur«, sagte er und wies einladend auf den halbzerlegten Fleischberg. »Ich hoffe, du hast nicht gedacht, ich wollte das alles selber essen.«

Ohne zu zögern, nahm der Mann das Messer, kniete sich hin und fuhr mit dem Abhäuten fort. Die beiden anderen blickten Jamie an, und als sie sein Nicken sahen, schlossen sie sich an.

Er ließ es geschehen, daß ich ihn ein weiteres Mal auf den Baumstamm setzte und verstohlen seine Schulter säuberte und verband, während er zusah, wie die Indianer den Bären blitzschnell abhäuteten und zerlegten.

»Was hat er mit dem Whisky gemacht?« fragte ich leise. »Weißt du das?«

Er nickte, wobei er das blutige Werk am Feuer im Blick behielt.

»Es ist eine Beschwörungsformel. Man versprüht heiliges Wasser in alle vier Himmelsrichtungen, um sich vor dem Bösen zu schützen. Und unter diesen Umständen ist Whisky wohl ein ganz annehmbarer Ersatz für heiliges Wasser.«

Ich blickte zu den Indianern hinüber, die bis zu den Ellbogen mit dem Blut des Bären befleckt waren und sich lässig unterhielten. Einer von ihnen baute ein kleines Podest am Feuer, indem er eine grobe Lage Äste über quadratisch angeordnete Steine legte. Ein anderer schnitt Fleischstreifen zurecht und reihte sie zum Garen auf einem geschälten grünen Zweig auf.

»Vor dem Bösen? Meinst du, sie haben vor uns Angst?«

Er lächelte.

»Ich glaube nicht, daß wir so furchterregend sind, Sassenach; nein, vor Geistern.«

Mir hatte der Auftritt der Indianer einen solchen Schrecken eingejagt, daß ich gar nicht auf die Idee gekommen war, unser Erscheinen hätte sie ähnlich aus der Fassung bringen können. Doch als ich mir Jamie jetzt ansah, dachte ich, daß man es ihnen nicht hätte verdenken können, wenn sie nervös geworden wären.

Da ich so an ihn gewöhnt war, war mir nur selten bewußt, wie er auf andere wirkte. Doch selbst müde und verwundet war er noch eindrucksvoll – eine aufrechte und breitschultrige Gestalt mit schrägen Augen, in denen das Feuer blau wie das Herz der Flamme glitzerte.

Er saß jetzt locker da, entspannt, und seine großen Hände lagen lose zwischen seinen Oberschenkeln. Doch es war die Reglosigkeit einer großen Katze, deren Augen unter der Ruhe ständig wachsam waren. Er war groß, er war schnell, doch darüber hinaus hatte er unleugbar einen Hauch von Wildheit an sich – er war genauso in diesen Wäldern zu Hause, wie es der Bär gewesen war.

Die Engländer hatten die Schotten aus dem Hochland immer für Barbaren gehalten; nie zuvor hatte ich in Betracht gezogen, daß andere dasselbe empfinden könnten. Doch diese Männer hatten einen grimmigen Wilden gesehen und sich ihm mit der gebotenen Vorsicht und gezückten Waffen genähert. Und Jamie, den bisher der Gedanke an die wilden Indianer so erschreckt hatte, hatte ihre Rituale gesehen – die den seinen so ähnelten – und sie sogleich als Jäger erkannt, wie er einer war, als zivilisierte Menschen.

Jetzt sprach er ganz selbstverständlich mit ihnen, erklärte in ausladenden Gesten, wie der Bär über uns hergefallen war und wie er ihn getötet hatte. Sie folgten ihm mit großer Aufmerksamkeit und äußerten an genau den richtigen Stellen ihre Anerkennung. Als er die Überreste des zertrampelten Fisches aufhob und meine Rolle bei den Vorgängen demonstrierte, sahen sie mich an und kicherten haltlos.

Ich blickte alle vier vernichtend an.

»Das Abendessen«, sagte ich laut, »ist angerichtet.«

Wir aßen gemeinsam halb durchgebratenes Fleisch und Maiskuchen und tranken Whisky dazu, während uns der Bärenkopf, der feierlich auf der Plattform thronte, aus glasigen Augen beobachtete.

Ich lehnte mich leicht benebelt an einen Baumstamm und lauschte mit halbem Ohr der Unterhaltung. Nicht, daß ich viel von dem verstand, was gesagt wurde. Einer der Söhne, der ein begabter Pantomime war, gab eine temperamentvolle Vorstellung der großen Jagden der Vergangenheit, wobei er abwechselnd die Rollen von Jäger und Beute spielte und seine Sache so gut machte, daß selbst ich keine Schwierigkeiten hatte, einen Hirsch von einem Panther zu unterscheiden.

Unsere Bekanntschaft war so weit fortgeschritten, daß wir unsere Namen austauschten. Meiner klang aus ihrem Mund wie »Klah«, was sie sehr komisch zu finden schienen. »Klah«, sagten sie und zeigten auf mich. »Klah-Klah-Klah-Klah-Klah!« Dann lachten sie alle unbändig, denn ihr Humor war vom Whisky angefacht. Ich wäre vielleicht versucht gewesen, es ihnen in gleicher Münze heimzuzahlen, doch ich war mir nicht sicher, ob ich »Nacognaweto« einmal herausbringen konnte, geschweige denn mehrmals.

Sie waren – so informierte mich Jamie – Tuscarora. Mit seiner Sprachbegabung zeigte er bereits auf Gegenstände und probierte ihre indianischen Namen aus. Zweifelsohne würde er, wenn es dämmerte, unanständige Geschichten mit ihnen austauschen; sie erzählten ihm jetzt schon Witze.

»He«, sagte ich und zupfte am Saum von Jamies Plaid. »Geht's dir gut? Ich kann nämlich nicht mehr wach bleiben, um mich um dich zu kümmern. Wirst du ohnmächtig werden und kopfüber ins Feuer fallen?«

Jamie tätschelte mir geistesabwesend den Kopf.

»Mir geht's gut, Sassenach«, sagte er. Vom Essen und vom Whisky wiederhergestellt, schien er nicht unter irgendwelchen Nachwirkungen seines Kampfes mit dem Bären zu leiden. Wie es ihm am Morgen gehen würde, war eine andere Frage, dachte ich.

Ich sorgte mich aber weder darum, noch um irgend etwas anderes; in meinem Kopf drehte sich alles – die Nachwirkungen von Adrenalin, Whisky und Tabak –, und ich kroch davon, um meine Decke zu holen. Zu Jamies Füßen zusammengerollt, döste ich müde ein, umwabert von den heiligen Düften von Rauch und Alkohol, und der Bärenkopf schaute mir zu.

»Weiß genau, wie dir zumute ist«, sagte ich zu ihm, und dann war ich weg.

16

Der erste Hauptsatz der Thermodynamik

Kurz nach der Morgendämmerung wurde ich durch ein schwaches Ziehen am Kopf geweckt. Ich blinzelte und griff forschend mit der Hand nach oben. Die Bewegung verschreckte einen großen Eichelhäher, der dabeigewesen war, mir Haare auszureißen, und er schoß hysterisch kreischend auf einen nahen Baum.

»Geschieht dir recht, Kumpel«, brummte ich und rieb mir den Scheitel, doch ich mußte lächeln. Man hatte mir schon so oft gesagt, daß mein Haar nach dem Aufwachen wie ein Vogelnest aussah, vielleicht war doch etwas dran.

Die Indianer waren fort. Glücklicherweise war der Bärenkopf mit ihnen verschwunden. Ich griff vorsichtig an meinen eigenen Kopf, doch abgesehen von dem leichten Brennen, das auf die Plünderungsversuche des Eichelhähers zurückzuführen war, schien er intakt zu sein. Entweder war der Whisky außerordentlich gut gewesen, oder mein Gefühl der Trunkenheit war mehr den Wirkungen von Adrenalin und Tabak zuzuschreiben gewesen als dem Alkohol.

Mein Kamm war in dem kleinen Hirschlederbeutel, in dem ich meine persönlichen Dinge und jene wenigen Arzneien aufbewahrte, von denen ich glaubte, daß sie unterwegs nützlich sein könnten. Ich setzte mich hin, vorsichtig, um Jamie nicht zu wecken. Er lag nicht weit von mir entfernt mit gekreuzten Händen auf dem Rücken, so friedlich wie die gemeißelte Skulptur auf einem Sarkophag.

Allerdings sehr viel farbenfroher. Er lag im Schatten, und ein Fleck aus Sonnenlicht kroch an ihm entlang und berührte gerade eben sein Haar. In dem frischen, kühlen Licht sah er aus wie Adam, den soeben die Hand seines Schöpfers berührt hatte.

Allerdings entpuppte sich dieser Adam bei näherer Betrachtung als ziemlich angeschlagen – dieser Schnappschuß mußte lang nach dem Sündenfall entstanden sein. Er zeigte weder die zerbrechliche Vollkommenheit eines Kindes, das aus Lehm geboren war, noch die unverbrauchte Schönheit eines Jünglings, den Gott liebte, sondern die

Kraft eines reifen Mannes, dessen Gesicht und Körper von Kampf und Stärke gezeichnet waren, eines Mannes, der dazu gemacht war, nach der Welt zu greifen und sie sich untertan zu machen.

Ich bewegte mich sehr leise, als ich meinen Beutel hervorkramte. Ich wollte ihn nicht wecken, da ich selten Gelegenheit hatte, ihm beim Schlafen zuzusehen. Er schlief wie eine Katze, allzeit bereit, bei der geringsten Andeutung einer Bedrohung aufzuspringen, und normalerweise stand er im Morgengrauen auf, während ich noch an der Oberfläche meiner Träume herumdriftete. Entweder hatte er letzte Nacht mehr getrunken, als ich dachte, oder er befand sich im tiefen Schlaf der Heilung.

Der Hornkamm fuhr wohltuend durch mein Haar. Ausnahmsweise hatte ich keine Eile. Es gab kein Baby, das gefüttert werden mußte, kein Kind, das geweckt und für die Schule angezogen werden mußte, keine Arbeit, die getan werden mußte. Keine Patienten, nach denen ich sehen mußte, kein Papierkram, den es zu erledigen galt.

Nichts konnte weniger an die sterile Beengtheit eines Krankenhauses erinnern als dieser Ort, dachte ich. Im Wald lärmten die ersten Vögel auf der Suche nach Würmern fröhlich vor sich hin, und eine kühle, sanfte Brise wehte über die Lichtung. Es roch leicht nach getrocknetem Blut und nach der kalten Asche vom Feuer der letzten Nacht.

Vielleicht war es der Blutgeruch gewesen, der mich an das Krankenhaus erinnert hatte. Von dem Augenblick an, in dem ich zum ersten Mal eine Klinik betreten hatte, hatte ich gewußt, daß ich dort hingehörte. Und dennoch kam ich mir auch hier in der Wildnis nicht fehl am Platz vor. Das fand ich merkwürdig.

Meine Haarspitzen strichen mir mit einem angenehm kitzelnden Gefühl über die nackten Schulterblätter. Die Luft war so kühl, daß ich in der leichten Brise eine Gänsehaut bekam und meine Brustwarzen sich zusammenzogen und aufrichteten. Ich hatte es mir also nicht eingebildet, dachte ich und lächelte vor mich hin. Ich hatte mich bestimmt nicht selbst ausgezogen, ehe ich mich schlafen legte.

Ich schob die schwere Leinendecke zurück und sah die getrockneten Blutspritzer, Schmierspuren auf meinen Oberschenkeln und meinem Bauch. Ich spürte Feuchtigkeit zwischen meinen Beinen hervorsickern und fuhr mit dem Finger hindurch. Milchig, mit einem schweißigen Geruch, der nicht von mir stammte.

Das reichte, um mir den Traum ins Gedächtnis zurückzurufen – oder was ich für einen Traum gehalten hatte: der massige Bär, der über mir aufragte; der Schrecken, der mich durchfuhr; meine Reglosigkeit, als er mich anstieß und beschnüffelte; sein heißer Atem auf meiner Haut, sein weicher Pelz auf meinen Brüsten, seine Sanftheit, die für ein Tier erstaunlich war.

Dann dieser eine, messerscharfe Moment des Bewußtseins; erst kalt, dann heiß, als nackte Haut, nicht Bärenfell, mich berührte, und dann das benommene Zurückgleiten in trunkenes Träumen, die langsame, kraftvolle Paarung, deren Klimax in Schlaf überging... während er leise auf schottisch in meinem Ohr grollte.

Ich blickte nach unten und sah die erdbeerfarbene Sichel einer Bißspur auf meiner Schulter.

»Kein *Wunder*, daß du noch schläfst«, sagte ich vorwurfsvoll. Die Sonne hat seine Wange erreicht und ließ die Augenbraue in dieser Gesichtshälfte aufflammen wie ein Streichholz. Er öffnete die Augen nicht, doch ein langsames, seliges Lächeln breitete sich als Antwort auf seinem Gesicht aus.

Die Indianer hatten uns eine Portion Bärenfleisch dagelassen, das sie sorgfältig in Ölhaut gewickelt und an die Äste eines Baumes gehängt hatten, um die Stinktiere oder Waschbären davon abzuhalten. Nach dem Frühstück und einem hastigen Bad im Bach orientierte sich Jamie anhand der Sonne und der Berge.

»Dort entlang«, sagte er und nickte zu einem fernen blauen Gipfel hinüber. »Siehst du die Stelle, wo er mit dem niedrigen Berg den Paß bildet? Auf der anderen Seite beginnt das Indianerland; die neue Vertragslinie folgt diesem Bergkamm.«

»Jemand hat tatsächlich eine *Landvermessung* da oben durchgeführt?« Ich blickte ungläubig auf die Bergzacken, die sich aus den mit Morgennebel gefüllten Tälern erhoben. Die Berge stiegen vor uns auf wie eine endlose Reihe dahintreibender Luftspiegelungen, erst schwarzgrün, dann blau, dann violett, und die entferntesten Berge hoben sich schwarz und nadelspitz vom klaren Himmel ab.

»Oh, aye.« Er schwang sich in den Sattel und wendete sein Pferd, so daß ihm die Sonne über die Schulter fiel. »Das mußten sie, um mit Sicherheit sagen zu können, welches Land besiedelt werden darf. Ich habe mich über die Grenze kundig gemacht, bevor wir Wilmington verlassen haben, und Myers hat dasselbe gesagt – diesseits des höchsten Bergkammes. Ich habe es mir allerdings auch nicht nehmen lassen, die Jungs, die gestern mit uns zu Abend gegessen haben, danach zu fragen, nur um sicherzugehen, daß sie derselben Meinung sind.« Er grinste zu mir herab. »Fertig, Sassenach?«

»Fertiger geht's nicht«, versicherte ich ihm und wendete mein Pferd, um ihm zu folgen.

Er hatte sein Hemd – oder das, was davon übrig war – im Bach ausgewaschen. Der fleckige Leinenfetzen war hinter seinem Sattel zum Trocknen ausgebreitet, also war er halbnackt in seiner ledernen Reithose und hatte das Plaid lose um die Taille geschlungen. Die langen Kratzer, die die Bärenkrallen hinterlassen hatten, hoben sich schwarz von seiner hellen Haut ab, doch ich sah keine Entzündung, und der Leichtigkeit nach, mit der er sich im Sattel bewegte, schienen ihn die Wunden nicht zu stören.

Und sonst auch nichts, soweit ich sehen konnte. Die Andeutung von Wachsamkeit, die ihn immer begleitete, war noch da; sie war seit seiner Kindheit ein Teil von ihm – doch in der Nacht war irgendeine Last von ihm gewichen. Ich glaubte, daß es vielleicht an unserem Zusammentreffen mit den drei Jägern lag – dieses erste Zusammentreffen mit Wilden war für uns beide sehr beruhigend gewesen, und Jamie schien nicht länger hinter jedem Baum tomahawkschwingende Kannibalen zu vermuten.

Oder vielleicht waren es die Bäume selbst – oder die Berge. Mit jedem Meter, den wir von der Küstenebene aufgestiegen waren, war ihm leichter ums Herz geworden. Ich konnte nicht anders, als seine offensichtliche Freude teilen – doch gleichzeitig verspürte ich wachsende Furcht vor den möglichen Folgen dieser Freude.

Am späten Vormittag wurde der Wald auf den Abhängen zu dicht zum Weiterreiten. Als ich an einem fast senkrechten Felshang hinaufblickte in ein schwindelerregendes Gewirr dunkler, gold und grün und braun gefleckter Zweige, fand ich, daß die Pferde sich glücklich schätzen konnten, hier unten bleiben zu dürfen. Wir ließen sie mit gefesselten Vorderbeinen an einem Bach zurück, dessen Ufer mit dichtem Gras bewachsen war, und drangen zu Fuß immer weiter bergauf in den verdammten Urwald vor.

Ragten schwarz die düstern Fichten, ragten Tannen, wie? dachte ich, während ich über den knorrigen Stamm eines umgestürzten Baumes kletterte. Longfellow hatte ja keine Ahnung.

Die Luft war feucht, kühl, und meine Mokassins versanken geräuschlos in jahrhundertealtem, schwarzem Laubkompost. Mein Fußabdruck im weichen Schlamm eines Bachufers wirkte so seltsam und unerwartet wie eine Dinosaurierspur.

Wir erreichten den Gipfel eines Berges und sahen einen weiteren vor uns, und dahinter noch einen. Mir war schleierhaft, wonach wir suchten oder woran wir erkennen würden, wenn wir es gefunden hatten. Jamie legte in seinem unermüdlichen Bergwandererschritt Meilen zurück und sah sich dabei alles an. Ich trottete hinter ihm her, genoß die Aussicht, hielt dann und wann an, um eine faszinierende Pflanze oder Wurzel zu sammeln, und verstaute meine Schätze in der Tasche an meinem Gürtel.

Als wir über einen Kamm wanderten, fanden wir ihn von einem Heidegestrüpp versperrt: einem Berglorbeergebüsch, das aus der Entfernung zwischen den dunklen Koniferen wie eine helle, kahle Stelle aussah, sich aber aus der Nähe als undurchdringliches Dickicht erwies, dessen biegsame Zweige wie bei einem Korb ineinander verflochten waren.

Wir kehrten um und wandten uns bergab, ließen die hohen, duftenden Tannen hinter uns, überquerten Hänge mit wildem, sonnengebleichtem Lieschgras und tauchten schließlich an einem bewaldeten Steilufer, das einen kleinen, namenlosen Fluß überblickte, wieder in das wohltuende Grün der Eichen und Hickorybäume ein.

Es war kühl im plötzlichen Schatten der Bäume, und ich seufzte vor Erleichterung und schob mir das Haar aus dem Nacken, damit ein Luftzug an mich kam. Jamie, der mich hörte, drehte sich lächelnd um und hielt einen losen Ast zur Seite, so daß ich ihm folgen konnte.

Wir redeten nicht viel; abgesehen davon, daß wir unseren Atem zum Klettern brauchten, schien der Berg selbst sich das Reden zu verbitten. Er war voll geheimer, grüner Winkel und schien ein lebendiger Abkömmling der alten, schottischen Berge zu sein, zwar dicht bewaldet und doppelt so hoch wie die kahlen, schwarzen, elterlichen Hügel, doch in seiner Aura lag dieselbe Mahnung zur Stille, dasselbe Versprechen der Verzauberung.

Der Boden war hier mit einer dreißig Zentimeter tiefen Laubschicht bedeckt, die weich und schwammig unter den Füßen federte, und die Zwischenräume zwischen den Bäumen schienen eine Illusion zu sein, als könnte man plötzlich in eine andere Dimension der Realität befördert werden, wenn man zwischen diesen hohen, mit Flechten bewachsenen Stämmen hindurchschritt.

Jamies Haar flammte in den gelegentlich eindringenden Sonnenstrahlen auf wie eine Fackel, der ich durch die Schatten des Waldes folgen konnte. Es war im Lauf der Jahre zu einem tiefen, satten Rotbraun nachgedunkelt, doch das tagelange Reiten und Wandern in der Sonne hatten es wieder ausbleichen lassen. Er hatte das Band verloren, das seine Haare zusammenhielt; er blieb stehen und strich sich die dichten, feuchten Locken aus dem Gesicht, so daß ich plötzlich den weißen Streifen über der einen Schläfe sah. Normalerweise war er unter dem dunkleren Rot verborgen und nur selten zu sehen –

eine Hinterlassenschaft der Schußwunde, die er sich in der Höhle von Abandawe zugezogen hatte.

Trotz der Wärme erschauerte ich leicht bei dem Gedanken daran. Ich hätte es wirklich vorgezogen, Haiti und seine barbarischen Geheimnisse ganz zu vergessen, doch hatte ich nicht viel Hoffnung. Manchmal, wenn ich im Begriff war einzuschlafen, hörte ich den Höhlenwind und das nagende Echo des Gedankens, der ihm folgte: *Wo noch?*

Wir kletterten einen dicht mit Moos und Flechten bewachsenen Granitvorsprung hoch, der von ständig fließendem Wasser befeuchtet wurde, und folgten dann dem Bett eines bergabfließenden Wildwassers, strichen das hohe Gras zur Seite, das an unseren Beinen zog, und wichen den tiefhängenden Zweigen des Berglorbeers und den dickblättrigen Rhododendren aus.

Wunder taten sich zu meinen Füßen auf, kleine Orchideen und leuchtendbunte Pilze schimmerten zitternd und glänzend wie Geleefrüchte auf umgestürzten Baumstämmen. Libellen hingen über dem Wasser, unbewegliche Juwelen in der Luft, bis sie im Dunst verschwanden.

Ich war benebelt von all dem Überfluß, all der Schönheit. Jamies Gesicht trug den traumverblüfften Ausdruck eines Mannes, der weiß, daß er schläft, aber nicht aufwachen will. Paradoxerweise wurde mir um so mulmiger, je besser es mir ging; ich war extrem glücklich – und von extremer Angst erfüllt. Dies war der richtige Ort für ihn, und sicherlich spürte er das genauso wie ich.

Am frühen Nachmittag hielten wir an, um Rast zu machen und aus einer kleinen Quelle am Rand einer Lichtung zu trinken. Der Boden unter den Ahornbäumen war mit einem dichten Teppich aus dunkelgrünen Blättern bedeckt, zwischen denen es plötzlich rot aufblitzte.

»Wilde Erdbeeren!« sagte ich entzückt.

Die Beeren waren dunkelrot und winzig, ungefähr so groß wie mein Daumengelenk. Gemessen an den Richtlinien des modernen Gartenbaus wären sie zu herb gewesen, fast bitter, aber zu einer Mahlzeit aus halbgarem Bärenfleisch und steinharten Maiskuchen waren sie einfach köstlich – süße Nadelstiche auf meiner Zunge.

Ich sammelte eine Handvoll nach der anderen in meinem Umhang, ohne mich an den Flecken zu stören – was war schon ein bißchen Erdbeersaft zwischen den Flecken von Kiefernpech, Ruß, Laub und schlichtem Dreck? Als ich fertig war, klebten meine Finger und rochen durchdringend nach Saft, mein Magen war angenehm voll, und von dem herb-sauren Geschmack der Beeren fühlte sich mein Mund ganz rauh an. Dennoch konnte ich nicht widerstehen und nahm mir eine letzte Beere.

Jamie lehnte sich mit dem Rücken an eine Platane, die Augen vor der blendenden Nachmittagssonne halb geschlossen. Die kleine Lichtung hielt das Licht wie eine Schale, hell und klar.

»Was hältst du von diesem Ort, Sassenach?« fragte er.

»Ich finde ihn wunderschön. Du nicht?«

Er nickte und sah zwischen den Bäumen hinab, wo sich eine Wiese voll Timotheusgras bergab senkte und in einer Reihe von Weiden, die in der Entfernung den Fluß säumte, wieder anstieg.

»Ich überlege«, sagte Jamie ein wenig verlegen. »Hier im Wald ist die Quelle. Die Wiese da unten –« Er deutete mit einer Handbewegung auf die Erlen, die den Bergkamm von dem grasbewachsenen Hang abschirmten. »Sie würde fürs erste für etwas Vieh reichen, und dann könnte man das Land am Fluß roden und bebauen. Die Steigung hier ist gut zur Entwässerung. Und hier, siehst du…« Hingerissen von seinen Visionen, stand er auf und zeigte mit dem Finger darauf.

Ich sah genau hin – mir erschien die Stelle kaum anders als die steilen, bewaldeten Abhänge und grasbewachsenen Kuppen, die wir in den letzten paar Tagen durchwandert hatten. Doch unter Jamies erfahrenem Blick erhoben sich Häuser und Vorratsschuppen und Felder wie Zauberpilze im Schatten der Bäume.

Er leuchtete förmlich vor Glück. Mir lag das Herz bleischwer in der Brust.

»Du meinst also, wir sollten uns hier ansiedeln? Auf das Angebot des Gouverneurs eingehen?«

Er sah mich an und hielt abrupt in seinen Spekulationen inne.

»Das könnten wir«, sagte er. »Wenn –«

Er brach ab und warf mir einen Seitenblick zu. Sonnenverbrannt, wie er war, konnte ich nicht erkennen, ob er nun von der Sonne oder aus Schüchternheit errötete.

»Glaubst du an Vorzeichen, Sassenach?«

»Was für Vorzeichen?« fragte ich vorsichtig.

Statt einer Antwort bückte er sich, pflückte einen Trieb vom Boden und ließ ihn in meine Hand fallen – dunkelgrüne Blätter wie kleine, runde chinesische Fächer, eine reinweiße Blüte auf einem schlanken Stiel, und an einem anderen eine halbreife Beere mit purpurroter Spitze.

»Das. Es gehört zu uns, verstehst du?« sagte er.

»Uns?«

»Zu den Frasers, meine ich«, erklärte er. Mit seinem großen, stumpfen Finger stupste er die Beere sanft an. »Erdbeeren sind immer das Emblem des Clans gewesen – das ist es, was der Name am Anfang bedeutet hat, als ein Monsieur Fréselière mit König William aus Frankreich herüberkam – und zum Lohn für seine Mühen ein Stück Land in den schottischen Bergen in Besitz nahm.«

König William. William der Eroberer. Die Frasers waren vielleicht nicht der älteste der Highlandclans, doch sie waren dennoch von bedeutender Abstammung.

»Krieger seit eh und je, stimmt's?«

»Und auch Bauern.« Der Zweifel in seinen Augen wich einem Lächeln.

Ich sagte nicht, was ich dachte, doch ich wußte sehr gut, daß ihm derselbe Gedanke durch den Kopf gehen mußte. Vom Clan der Frasers waren nur noch verstreute Fragmente geblieben, jene, die durch Flucht, List oder Glück überlebt hatten. Die Clans waren auf dem Schlachtfeld von Culloden zerschlagen worden, ihre Oberhäupter in der Schlacht umgekommen oder von der Justiz ermordet.

Und doch stand er hier, hochgewachsen und aufrecht, den dunklen Stahl eines Highlanddolches an seiner Seite. Krieger und Bauer zugleich. Und wenn er auch nicht den Boden Schottlands unter den Füßen hatte, so atmete er doch in Freiheit – und es war Bergwind, der in seinem kupferroten Haar spielte.

Ich lächelte ihn an und unterdrückte mein wachsendes Unwohlsein.

»Fréselière, was? Mr. Erdbeere? Dann hat er sie also angebaut – oder hat er sie nur gern gegessen?«

»Vielleicht eins von beidem, vielleicht beides«, sagte er trocken, »oder vielleicht war er auch einfach nur ein Rotschopf, aye?«

Ich lachte, und er hockte sich neben mich und löste die Brosche, die sein Plaid festhielt.

»Es ist eine besondere Pflanze«, sagte er und berührte den Zweig in meiner offenen Hand. »Blüten, Früchte und Blätter gleichzeitig. Die weißen Blüten stehen für die Ehre, die roten Früchte für Mut – und die grünen Blätter für Beständigkeit.«

Es schnürte mir die Kehle zu, als ich ihn ansah.

»Volltreffer«, sagte ich.

Er umfing meine Hand mit der seinen und preßte meine Finger um den winzigen Stengel.

»Und die Frucht hat die Form eines Herzens«, sagte er leise und beugte sich zu mir, um mich zu küssen.

Die Tränen waren dicht unter der Oberfläche; immerhin hatte ich eine gute Entschuldigung für die eine, die jetzt hervorquoll. Er tupfte sie mir ab, stand dann auf, öffnete seinen Gürtel und ließ das Plaid zu Boden fallen. Dann zog er sich Hemd und Hose aus und lächelte mich an, nackt.

»Hier ist niemand«, sagte er. »Niemand außer uns.«

Ich hätte gesagt, daß das kein Grund war, doch ich spürte, was er wirklich meinte. Tagelang waren wir von Weite und Gefahren umgeben gewesen, und die Wildnis war nicht weiter von uns entfernt gewesen, als der blasse Lichtkreis unseres Feuers reichte. Doch hier waren nur wir beide, wir gehörten zu diesem Ort, und am hellichten Tag gab es keinen Grund, die Wildnis auf Abstand zu halten.

»In alter Zeit haben die Menschen das getan, um die Felder fruchtbar zu machen«, sagte er und reichte mir die Hand zum Aufstehen.

»Ich sehe keine Felder.« Und war mir auch nicht sicher, ob ich nicht hoffte, daß ich nie welche sehen würde. Dennoch streifte ich mein Wildlederhemd ab und zog den Knoten meines improvisierten Büstenhalters auf. Er betrachtete mich anerkennend.

»Nun, ich werde ohne Zweifel zuerst ein paar Bäume fällen müssen, aber das kann warten, aye?«

Wir machten uns ein Bett aus Plaid und Umhängen und legten uns nackt darauf, Haut an Haut, umgeben von gelben Gräsern und dem Duft von Balsam und wilden Erdbeeren.

Wir berührten uns lange, oder vielleicht waren es auch nur Augenblicke, die wir zusammen im Garten der irdischen Freuden verbrachten. Ich verdrängte die Gedanken, die mich während des ganzen Aufstiegs geplagt hatten, und wollte nur noch seine Freude teilen, so lange sie anhielt. Ich umschloß ihn fest und er atmete tief ein und preßte sich an meine Hand.

»Und was wäre das Paradies ohne eine Schlange?« murmelte ich, während meine Finger auf und ab strichen.

Seine Augen zogen sich zu blauen Dreiecken zusammen.

»Und wirst du mit mir speisen, *mo chridhe?* Von der Frucht vom Baum der Erkenntnis?«

Ich ließ meine Zungenspitze herausgleiten und zog sie ihm als Antwort über die Unterlippe. Er erschauerte unter meinen Fingern, obwohl die Luft warm und süß war.

»*Je suis prêt*«, sagte ich. »*Monsieur Fréselière.*«

Er neigte den Kopf, und sein Mund saugte sich an meiner Brustwarze fest, die so geschwollen war wie eine der kleinen, reifen Beeren.

»*Madame Fréselière*«, flüsterte er zurück. »*Je suis à votre service.*«

Und dann teilten wir uns die Früchte und die Blüten, und die grünen Blätter, die alles bedeckten.

Wir lagen ineinander verschlungen und schläfrig da und regten uns nur, um vorwitzige Insekten fortzuwedeln, bis die ersten Schatten unsere Füße berührten. Jamie stand leise auf und deckte mich mit einem Umhang zu – er dachte, daß ich schlief. Ich hörte das verstohlene Rascheln, als er sich anzog und dann durch das Gras schritt.

Ich rollte mich auf die andere Seite und sah ihn ein kleines Stück entfernt am Waldrand stehen und über das Land blicken, das zum Fluß hin abfiel.

Er hatte sich nur das zerknitterte, blutbefleckte Plaid um die Taille geschlungen, das Haar fiel ihm ungebändigt auf die Schultern – er sah aus wie der wilde Highlander, der er war. Was ich für sein Verderben gehalten hatte – seine Familie, sein Clan –, war seine Stärke. Und was ich für meine Stärke gehalten hatte – meine Einsamkeit, mein Mangel an Bindungen –, war meine Schwäche.

Da er Nähe erfahren hatte, im Guten wie im Schlechten, hatte er die Kraft, sie aufzugeben, jeden Sicherheitsgedanken hinter sich zu lassen und allein aufzubrechen. Und ich – die ich einmal so stolz auf meine Selbstgenügsamkeit gewesen war –, konnte die Vorstellung, wieder einsam zu sein, nicht ertragen.

Ich hatte mich entschlossen, nichts zu sagen, nur für den Augenblick zu leben, zu akzeptieren, was auch immer kam. Doch der Augenblick war gekommen, und ich konnte ihn nicht akzeptieren. Ich sah, wie er den Kopf hob und seinen Entschluß faßte, und im selben Augenblick sah ich seinen Namen in kalten Stein gemeißelt. Schrecken und Verzweiflung überfluteten mich.

Als hätte er das Echo meines stummen Schreis gehört, wandte er mir den Kopf zu. Was auch immer er in meinem Gesicht sah, es brachte ihn rasch zu mir.

»Was ist, Sassenach?«

Es hatte keinen Zweck zu lügen; nicht, wenn er mich sehen konnte.

»Ich habe Angst«, platzte ich heraus.

Er sah sich schnell nach einer Gefahr um, und seine Hand griff nach seinem Messer, doch ich legte ihm die Hand auf den Arm und unterbrach ihn.

»Nicht das. Jamie – halt mich fest. Bitte.«

Er umarmte mich und wickelte den Umhang um mich. Ich zitterte, obwohl es immer noch warm war.«

»Ist ja gut, *a nighean donn*«, murmelte er. »Ich bin hier. Was hat dir denn dann angst gemacht?«

»Du«, sagte ich und klammerte mich an ihn. Sein Herz schlug genau unter meinem Ohr, stark und regelmäßig. »Dieser Ort. Es macht mir angst, daß du hierher willst, mir vorzustellen, daß wir hierher ziehen –«

»Angst?« fragte er. »Wovor, Sassenach?« Seine Arme hielten mich fester. »Als wir geheiratet haben, habe ich doch versprochen, dafür zu sorgen, daß du immer zu essen hast, oder?« Er zog mich näher an sich heran und lehnte meinen Kopf an seine Schulter.

»An diesem Tag habe ich dir drei Dinge gegeben«, sagte er leise. »Meinen Namen, meine Familie und den Schutz meines Körpers. Diese Dinge wirst du immer haben, Sassenach – so lange wir beide leben. Wo wir auch sind. Ich werde dich nicht hungern oder frieren lassen; ich werde nicht zulassen, daß dir etwas zustößt, niemals.«

»Vor diesen Dingen habe ich keine Angst«, platzte ich heraus. »Ich habe Angst, daß du sterben wirst, und das kann ich nicht ertragen, Jamie, ich will, daß du nie stirbst!«

Er fuhr überrascht zurück und blickte mir ins Gesicht.

»Hm, ich werde mir alle Mühe geben, dir den Gefallen zu tun, Sassenach«, sagte er, »aber du weißt, daß ich nicht der einzige bin, der in dieser Sache mitzureden hat.« Sein Gesicht war ernst, doch einer seiner Mundwinkel zuckte.

Dieser Anblick gab mir den Rest.

»Lach nicht!« sagte ich wütend. »Wage es bloß nicht zu lachen!«

»Och, ich lach' doch gar nicht«, versicherte er mir und versuchte, ein ernstes Gesicht aufzusetzen.

»Doch!« Ich boxte ihn in die Brust. Jetzt lachte er wirklich. Ich boxte ihn noch einmal, fester, und ehe ich mich versah, hämmerte ich mit aller Kraft auf ihn ein. Durch das Plaid klang es wie gedämpfte Trommelschläge. Er griff nach meiner Hand, doch ich senkte den Kopf und biß ihn in den Daumen. Er schrie auf und zog die Hand zurück.

Einen Moment lang untersuchte er meine Zahnabdrücke, dann sah er mich mit hochgezogenen Augenbrauen an. Seine Augen glitzerten immer noch amüsiert, doch immerhin hatte der Schuft aufgehört zu lachen.

»Sassenach, du hast mich dutzendmal so gut wie tot gesehen und hast nicht mit der Wimper gezuckt. Warum zum Kuckuck regst du dich jetzt so auf, obwohl ich nicht einmal krank bin?«

»Nicht mit der Wimper gezuckt?« Ich starrte ihn in wütendem Erstaunen an. »Du meinst, es hat mir nichts ausgemacht?«

Er rieb sich mit dem Finger über seine Oberlippe und betrachtete mich mit einiger Belustigung.

»Oh. Hm. Natürlich hatte ich das Gefühl, daß du dir Sorgen

machst. Aber ich muß zugeben, daß ich es noch nie aus diesem Blickwinkel betrachtet habe.«

»Natürlich nicht. Und wenn du es getan hättest, liefe es doch auf dasselbe heraus. Du – du – Schotte!« Es war die schlimmste Beschimpfung, die mir einfiel. Da ich keine Worte mehr fand, drehte ich mich um und stapfte davon.

Unglücklicherweise hat Stapfen eine relativ geringe Wirkung, wenn man es barfuß auf einer Wiese tut. Ich trat auf etwas Scharfes, schrie leise auf und hinkte noch ein paar Schritte, bevor ich stehenbleiben mußte.

Ich war auf eine Klette getreten; ein halbes Dutzend Stacheln steckte in meiner nackten Fußsohle, und Blutstropfen quollen aus den kleinen Einstichen. Leise fluchend und unsicher auf einem Bein balancierend, versuchte ich, sie herauszuziehen.

Ich wankte und fiel fast hin. Eine starke Hand ergriff mich unter dem Ellbogen und stützte mich. Ich biß die Zähne zusammen und riß den Rest der Klettenstacheln heraus. Ich entzog ihm meinen Ellbogen, machte auf dem Absatz kehrt und ging – sehr viel vorsichtiger – zu der Stelle zurück, wo ich meine Kleider liegengelassen hatte.

Ich warf den Umhang ab und begann, mich so würdevoll wie möglich anzuziehen. Jamie stand mit verschränkten Armen da und sah mir kommentarlos zu.

»Als Gott Adam aus dem Paradies geworfen hat, hat Eva ihn immerhin begleitet«, sagte ich zu meinen Fingern, während ich das Zugband meiner Hosen festzog.

»Aye, das ist wahr«, stimmte er nach einer vorsichtigen Pause zu. Er warf mir einen Seitenblick zu, um zu sehen, ob ich vorhatte, erneut auf ihn einzuschlagen.

»Äh – du hast nicht zufällig ein paar von diesen Pflanzen gegessen, die du heute morgen gepflückt hast, oder, Sassenach? Nein, habe ich auch nicht gedacht«, fügte er hastig hinzu, als er meinen Gesichtsausdruck sah. »War nur so ein Gedanke. Myers sagt, von manchen Sachen hier bekommt man heftige Alpträume.«

»Ich habe keine Alpträume«, sagte ich mit mehr Nachdruck, als nötig gewesen wäre, wenn ich die Wahrheit gesagt hätte. Ich hatte Alpträume im Wachen, die allerdings nicht von der Einnahme halluzinogener Pflanzensubstanzen herrührten.

Er seufzte.

»Hast du vor, mir geradeheraus zu sagen, wovon du redest, Sassenach, oder möchtest du, daß ich erst ein bißchen leide?«

Ich starrte ihn wütend an, wie üblich hin- und hergerissen zwischen dem Drang zu lachen und dem Drang, mit einem stumpfen Gegenstand auf ihn einzuschlagen. Dann besiegte eine Welle der Verzweiflung das Lachen und die Wut. Schicksalsergeben ließ ich die Schultern sinken.

»Ich rede von dir«, sagte ich.

»Von mir? Warum?«

»Weil du ein verdammter Highlander bist und es dir nur um Ehre und Mut und Treue geht, und ich weiß, daß du nichts daran ändern kannst, das würde ich auch gar nicht wollen, nur – nur, verdammt, es wird dich nach Schottland führen und dich umbringen, und ich kann nichts dagegen tun!«

Er sah mich mit ungläubigem Blick an.

»Schottland?« sagte er, als hätte ich etwas völlig Verrücktes gesagt.

»Schottland! Wo dein verdammtes Grab ist!«

Er fuhr sich langsam mit der Hand durch die Haare und sah mich von oben herab an.

»Oh«, sagte er schließlich. »Ich verstehe schon. Du meinst, wenn ich nach Schottland fahre, muß ich dort sterben, weil ich dort begraben werde. Ist es so?«

Ich nickte, zu aufgeregt zum Sprechen.

»Mmpf. Und warum genau meinst du, daß ich nach Schottland fahre?« fragte er vorsichtig.

Ich starrte ihn entnervt an und deutete auf die Wildnis um uns herum.

»Wo zum Teufel willst du denn sonst Siedler für dieses Land herbekommen? Natürlich fährst du nach Schottland.«

Jetzt sah er mich seinerseits entnervt an.

»Wie um Himmels willen meinst du, daß ich das tun soll, Sassenach? Ich hätte es vielleicht tun können, als ich die Edelsteine noch hatte, aber jetzt? Ich habe gerade mal zehn Pfund, und die sind geliehen. Soll ich vielleicht wie ein Vogel nach Schottland fliegen? Und die Leute auf dem Rückweg hinter mir herführen, indem ich über das Wasser wandle?«

»Dir fällt schon etwas ein«, sagte ich elend. »Wie immer.«

Er warf mir einen seltsamen Blick zu, dann wandte er sich ab und schwieg einige Augenblicke, bevor er antwortete.

»Mir ist nicht klar gewesen, daß du mich für den Allmächtigen hältst, Sassenach«, sagte er schließlich.

»Das tue ich auch nicht«, sagte ich. »Für Moses vielleicht.« Die Worte waren scherzhaft, doch keiner von uns machte Witze.

Er entfernte sich ein Stück, die Hände auf dem Rücken verschränkt.

»Paß auf die Kletten auf«, rief ich hinter ihm her, als ich ihn auf den Ort meines Mißgeschicks zusteuern sah. Er änderte seinen Kurs, sagte aber nichts. Den Kopf nachdenklich gesenkt, ging er auf der Lichtung auf und ab. Schließlich kam er zurück und stellte sich vor mich.

»Ich kann es nicht allein«, sagte er leise. »Da hast du recht. Aber ich glaube nicht, daß ich mir meine Siedler in Schottland suchen muß.«

»Sondern?«

»Meine Männer – die Männer, die mit mir in Ardsmuir waren«, sagte er. »Sie sind schon hier.«

»Aber du hast doch keine Ahnung, wo sie sind«, protestierte ich. »Und außerdem sind sie vor Jahren deportiert worden! Sie werden sich längst irgendwo niedergelassen haben; verdammt, sie werden kaum ihre Zelte abbrechen und mit dir ans Ende der Welt kommen wollen.«

Er lächelte, etwas ironisch.

»Du hast es auch getan, Sassenach.«

Ich holte tief Luft. Die bohrende Furcht, die mein Herz wochenlang belastet hatte, hatte nachgelassen. Doch jetzt, da ich von dieser Sorge befreit war, konnte ich mich mit der überwältigenden Schwierigkeit der Aufgabe befassen, die er sich gestellt hatte – Männer aufzuspüren, die über drei Kolonien verstreut waren, sie zu überreden, sich ihm anzuschließen, und gleichzeitig genug Kapital aufzutreiben, um die Rodung des Landes und seine Bepflanzung zu finanzieren. Ganz zu schweigen von dem enormen Arbeitsaufwand, der dazu gehörte, dieser jungfräulichen Wildnis eine kleine Niederlassung abzuringen.

»Mir fällt schon etwas ein«, sagte er und lächelte leise, als er Zweifel und Unsicherheit über mein Gesicht huschen sah. »Wie immer, aye?«

Mein Atem entwich in einem langen Seufzer.

»Wie immer«, sagte ich. »Jamie – bist du sicher? Deine Tante Jocasta –«

Er tat die Möglichkeit mit einer Handbewegung ab.

»Nein«, sagte er. »Niemals.«

Ich zögerte immer noch, denn ich hatte ein schlechtes Gewissen.

»Du würdest nicht – es ist nicht nur meinetwegen? Was ich über die Sklavenhaltung gesagt habe?«

»Nein«, sagte er. Er hielt inne, und ich sah die beiden verkrümmten Finger seiner rechten Hand zucken. Er sah es auch und hörte abrupt mit der Bewegung auf.

»Ich habe wie ein Sklave gelebt, Claire«, sagte er leise mit gesenktem Kopf. »Ich könnte nicht in dem Bewußtsein leben, daß es einen Menschen auf der Welt gäbe, der mir gegenüber das empfände, was ich gegenüber jenen empfunden habe, die glaubten, mich zu besitzen.«

Ich streckte die Hand aus und bedeckte seine verkrüppelte Hand mit der meinen. Tränen liefen mir über die Wangen, warm und wohltuend wie Sommerregen.

»Du verläßt mich nicht?« fragte ich schließlich. »Du stirbst nicht?«

Er schüttelte den Kopf und drückte mir fest die Hand.

»Du bist mein Mut, wie ich dein Gewissen bin«, flüsterte er. »Du bist mein Herz – und ich dein Mitgefühl. Keiner von uns beiden ist ohne den anderen vollständig. Weißt du das nicht, Sassenach?«

»Doch, das weiß ich«, sagte ich, und meine Stimme zitterte. »Deshalb habe ich ja solche Angst. Ich will nicht wieder ein halber Mensch sein, ich kann es nicht ertragen.«

Er strich mir mit dem Daumen eine Locke von der feuchten Wange und nahm mich in die Arme, so nah, daß ich spüren konnte, wie sich seine Brust beim Atmen hob und senkte. Er war so wirklich, so lebendig, sein rotes Haar gewelltes Gold auf bloßer Haut. Und doch hatte ich ihn schon einmal so festgehalten – und ihn verloren.

Seine Hand berührte meine Wange, warm trotz der Feuchtigkeit meiner Haut.

»Aber verstehst du nicht, wie belanglos der Gedanke an den Tod für uns beide ist, Claire?« flüsterte er.

Meine Hände ballten sich auf seiner Brust zu Fäusten. Nein, ich fand den Gedanken nicht belanglos.

»Die ganze Zeit nach unserem Abschied, nach Culloden – damals war ich doch tot, oder?«

»Das habe ich gedacht. Darum habe ich – oh.« Ich atmete tief und zittrig ein, und er nickte.

»In zweihundert Jahren werde ich mit absoluter Sicherheit tot sein, Sassenach«, sagte er. Er lächelte schief. »Ob es Indianer sind, wilde Tiere, eine Seuche, die Galgenschlinge oder auch nur ein gesegnetes hohes Alter – ich werde tot sein.«

»Ja.«

»Und während du dort warst – in deiner eigenen Zeit –, da war ich tot, oder nicht?«

Ich nickte wortlos. Selbst jetzt noch konnte ich hinter mir den Abgrund der Verzweiflung sehen, in den mich diese Trennung gestürzt hatte und aus dem ich mich unter großen Schmerzen herausgearbeitet hatte.

Jetzt stand ich wieder mit ihm auf dem Gipfel des Lebens und wollte nicht an den Abstieg denken. Er bückte sich, pflückte einen Grashalm und breitete die weichen, grünen Grannen zwischen seinen Fingern aus.

»›Der Mensch ist wie das Gras im Felde‹«, zitierte er leise und strich mit dem schlanken Stiel über meine Fingerknöchel, die an seiner Brust ruhten. »›Heute erblüht es; morgen welkt es dahin und wird in den Ofen geworfen‹.«

Er hob das seidige, grüne Büschel an die Lippen und küßte es, dann berührte er sanft meinen Mund damit.

»Ich war tot, Sassenach – und doch habe ich dich die ganze Zeit geliebt.«

Ich schloß die Augen und fühlte, wie das Gras meine Lippen kitzelte, so sachte wie die Berührung von Sonne und Luft.

»Ich liebe dich auch«, flüsterte ich. »Ich werde dich immer lieben.«

Der Grashalm fiel zu Boden. Die Augen immer noch geschlossen, spürte ich, wie er sich zu mir herüberbeugte und sein Mund sich auf den meinen legte, warm wie die Sonne, leicht wie die Luft.

»Solange mein Körper lebt und der deine – sind wir eins«, flüsterte er. Seine Finger strichen über meine Haare und mein Kinn, über Hals und Brust, und ich atmete seinen Atem und spürte ihn lebendig unter meiner Hand. Dann lag mein Kopf an seinen Schultern, seine Stärke schützte mich, und seine Worte klangen tief und sanft in seiner Brust.

»Und wenn mein Körper aufhört zu sein, ist meine Seele immer noch dein, Claire – ich schwöre bei meiner Hoffnung auf den Himmel, wir werden nicht getrennt.«

Der Wind bewegte die Blätter der Kastanien, und rings um uns stiegen die schweren Düfte später Sommerrosen auf; Kiefern und Gras und Erdbeeren, sonnengewärmter Stein und kühles Wasser, und der scharfe Geruch seines Körpers neben meinem.

»Nichts geht verloren, Sassenach; es verändert sich nur.«

»Das ist der erste Hauptsatz der Thermodynamik«, sagte ich und wischte mir die Nase.

»Nein«, sagte er. »Das ist Zuversicht.«

SECHSTER TEIL

Je t'aime

17

Schöne Feiertage

Inverness, Schottland, 23. Dezember 1969
Er überprüfte zum dutzendstenmal den Zugfahrplan und strich dann im Wohnzimmer des Pfarrhauses herum, denn er war zu nervös zum Stillsitzen. Noch eine Stunde.

Das Zimmer war halb zerlegt, und Kartons stapelten sich kunterbunt auf jeder Oberfläche. Er hatte versprochen, das Haus zum Neujahrstag geräumt zu haben, bis auf die Stücke, die Fiona behalten wollte.

Er wanderte durch den Flur und in die Küche, stand einen Moment lang da und starrte in den uralten Kühlschrank, entschied, daß er keinen Hunger hatte und schloß die Tür.

Er wünschte, Mrs. Graham und der Reverend hätten Brianna kennenlernen können und Brianna sie. Er lächelte beim Anblick des leeren Küchentisches und erinnerte sich an eine Unterhaltung, die er als Jugendlicher mit den beiden älteren Herrschaften geführt hatte, als er, erfüllt von rasender – und unerwiderter – Begierde nach der Tochter des Tabakhändlers, gefragt hatte, woran man erkannte, daß man wirklich verliebt war.

»Wenn du dich fragen mußt, ob du verliebt bist, Junge – dann biste's nicht«, hatte Mrs. Graham ihm versichert und nachdrücklich ihren Löffel auf dem Rand der Rührschüssel abgeklopft. »Und laß die Pfoten von der kleinen Mavis MacDowell, sonst bringt ihr Pa dich um.«

»Wenn du verliebt bist, Rog, erkennst du es ohne Hilfe«, hatte der Reverend eingestimmt und dabei seinen Finger in den Kuchenteig getaucht. Er duckte sich in gespielter Angst, als Mrs. Graham drohend den Löffel hob, und lachte. »Und paß mit der kleinen Mavis auf, Junge; ich bin noch nicht alt genug, um Großvater zu werden.«

Nun, sie hatten recht gehabt. Er hatte es ohne Hilfe erkannt – war sich sicher, seit er Brianna Randall zum ersten Mal begegnet war. Was er nicht genau wußte, war, ob Brianna das gleiche empfand.

Er konnte nicht mehr warten. Er klopfte sich auf die Tasche, um sicherzugehen, daß er seine Schlüssel hatte, und rannte die Treppe hinunter in den Winterregen, der kurz nach dem Frühstück niederzuprasseln begonnen hatte. Man sagte ja, daß eine kalte Dusche Wunder wirken sollte. Bei Mavis hatte es allerdings nicht funktioniert.

24. Dezember 1969

»Also, der Plumpudding steht im Ofen warm, und der Guß ist hinten in dem kleinen Topf«, instruierte ihn Fiona, während sie sich ihre Pudelmütze aufsetzte. Die Mütze war rot, Fiona war klein, und sie sah damit aus wie ein Gartenzwerg.

»Paß aber auf, daß du die Flamme nicht zu weit aufdrehst. Und mach sie nicht ganz aus, sonst kriegst du sie nie wieder an. Und hier habe ich dir die Anleitung für die Vögel für morgen aufgeschrieben, sie sind schon gefüllt im Topf, und das Gemüse dazu habe ich schon geschnitten, es ist in der großen, gelben Schüssel im Kühlschrank, und...« Sie kramte in ihrer Jeanstasche und zog einen handbeschriebenen Zettel heraus, den sie ihm in die Hand drückte.

Er tätschelte ihr den Kopf.

»Keine Sorge, Fiona«, beruhigte er sie. »Wir brennen das Haus nicht ab. Und wir verhungern auch nicht.«

Sie runzelte zweifelnd die Stirn und zögerte an der Tür. Ihr Verlobter, der draußen in seinem Auto saß, trat ungeduldig aufs Gaspedal.

»Aye, gut. Bist du sicher, daß ihr beiden nicht mit uns kommen wollt? Ernies Mutter würde es nichts ausmachen, sie würde es sicher nicht richtig finden, wenn ihr zwei hier ganz alleine Weihnachten feiert...«

»Keine Sorge, Fiona«, sagte er und drängte sie sanft rückwärts zur Tür hinaus. »Wir schaffen das schon. Feier du nur schön mit Ernie und kümmer dich nicht um uns.«

Sie seufzte und gab widerstrebend nach. »Aye, das werdet ihr wohl.« Als hinter ihr ein kurzes, ärgerliches Hupen erklang, drehte sie sich um und warf dem Wagen einen wütenden Blick zu.

»Also, ich *komme* ja schon, oder?« schimpfte sie. Sie wandte sich zurück, strahlte Roger plötzlich an, warf die Arme um ihn, stellte sich auf die Zehenspitzen und küßte ihn fest auf die Lippen.

Sie wich zurück, zwinkerte ihm verschwörerisch zu und verzog ihr kleines, rundes Gesicht. »*Jetzt* haben wir's Ernie aber gezeigt«, flüsterte sie. »Frohe Weihnachten, Rog!« sagte sie laut, hüpfte fröhlich winkend von der Eingangstreppe und schlenderte in aller Ruhe und mit einem kleinen Hüftschwung zum Auto.

Mit protestierend aufheulendem Motor schoß das Auto reifenquietschend davon, noch ehe sich die Tür ganz hinter Fiona geschlossen hatte. Roger stand winkend auf der Stufe und war froh, daß Ernie kein übermäßig bulliger Zeitgenosse war.

Die Tür hinter ihm öffnete sich, und Brianna streckte den Kopf heraus.

»Was machst du ohne Mantel hier draußen?« erkundigte sie sich. »Es ist eiskalt.«

Er zögerte, war aber versucht, es ihr zu erzählen. Schließlich hatte es bei Ernie ja gewirkt. Doch es war Heiligabend, erinnerte er sich. Trotz des tiefhängenden Himmels und der sinkenden Temperaturen war ihm warm, und es prickelte ihn am ganzen Körper. Er lächelte sie an.

»Habe mich nur von Fiona verabschiedet«, sagte er und zog die Tür auf. »Wollen wir mal sehen, ob wir Mittagessen machen können, ohne die Küche in die Luft zu jagen?«

Sie brachten ohne Zwischenfälle ein paar Sandwiches zustande und kehrten nach dem Essen ins Arbeitszimmer zurück. Der Raum war jetzt fast leer, nur die Bücher aus ein paar Regalen mußten noch sortiert und eingepackt werden.

Einerseits verspürte Roger immense Erleichterung darüber, daß er es fast geschafft hatte. Andererseits war er traurig, als er das warme, vollgestopfte Studierzimmer auf die bloße Hülle seines früheren Selbst reduziert sah.

Der große Schreibtisch des Reverends war geleert und zur Lagerung in die Garage gebracht worden, die deckenhohen Regale von ihrer gigantischen Bücherlast entblößt worden und die Wand mit der Korktapete ihrer vielen Schichten loser Zettel entledigt. Der ganze Vorgang erinnerte Roger unangenehm an das Rupfen eines Huhns, und vom Ergebnis, einer trostlosen und traurigen Kahlheit, hätte er am liebsten den Blick abgewendet.

Ein Blatt Papier steckte immer noch an der Korkschicht. Das würde er zuletzt abnehmen.

»Was ist hiermit?« Brianna schwenkte den Staubwedel fragend über einem kleinen Bücherstapel, der vor ihr auf dem Tisch lag. Ein Sammelsurium von Kartons stand offen auf dem Boden, halbvoll mit Büchern, denen unterschiedliche Schicksale bestimmt waren: Büchereien, antiquarische Gesellschaften, Freunde des Reverends, Rogers persönlicher Gebrauch.

»Sie sind signiert, tragen aber keine Widmung«, sagte sie und gab ihm das obere Buch. »Du hast schon den Satz, der deinem Vater gewidmet ist, aber möchtest du die auch haben? Es sind Erstausgaben.«

Roger drehte das Buch um. Frank Randall hatte es geschrieben, ein schönes Buch, wunderbar gesetzt und gebunden, passend zur Eleganz seines wissenschaftlichen Inhalts.

»Du solltest sie bekommen, findest du nicht?« sagte er. Ohne ihre Antwort abzuwarten, legte er das Buch vorsichtig in einen kleinen Karton, der auf einem Sessel stand. »Sie sind schließlich das Werk deines Vaters.«

»Ich habe schon welche«, protestierte sie. »Tonnen. Kisten über Kisten.«

»Aber keine signierten?«

»Hm, nein.« Sie ergriff ein anderes der Bücher und schlug das Deckblatt auf, auf dem in einer prägnanten, schrägen Handschrift *Tempora mutantur nos et mutamur in illis – F. W. Randall* stand. Sie rieb sanft mit dem Finger über die Unterschrift, und ihre vollen Lippen wurde weich.

»*Die Zeiten ändern sich, und wir ändern uns mit ihnen.* Bist du sicher, daß du sie nicht willst, Roger?«

»Ja«, sagte er und lächelte. Er ließ ironisch die Hand über ihre bücherübersäte Umgebung schweifen. »Keine Angst, ich komme schon nicht zu kurz.«

Sie lachte und legte die Bücher in ihren persönlichen Karton, dann machte sie sich wieder an die Arbeit und staubte und wischte die aufgestapelten, sortierten Bücher ab, bevor sie sie einpackte. Die meisten waren in den letzten vierzig Jahren nicht saubergemacht worden, und inzwischen war sie selbst reichlich vollgestaubt, ihre langen Finger schmuddelig und die Manschetten ihres weißen Hemdes fast schwarz vor Schmutz.

»Wirst du dieses Haus nicht vermissen?« fragte sie. Sie wischte sich eine Haarsträhne aus den Augen und deutete auf das geräumige Zimmer. »Du bist doch hier aufgewachsen, oder?«

»Doch und ja«, antwortete er und hievte noch einen vollen Karton auf den Stapel, der an die Universitätsbibliothek geschickt werden sollte. »Aber ich habe kaum eine andere Wahl.«

»Ich schätze, du könntest nicht hier wohnen«, pflichtete sie ihm bedauernd bei. »Weil du ja die meiste Zeit in Oxford sein mußt. Aber mußt du es verkaufen?«

»Ich kann es gar nicht verkaufen. Es gehört mir nicht.« Er bückte sich, um einen besonders großen Karton besser anpacken zu können, dann erhob er sich langsam und stöhnte vor Anstrengung. Er schwankte durch den Raum und ließ ihn mit einem Knall, der kleine Staubwolken von den unteren Kartons aufsteigen ließ, auf den Stapel fallen.

»Wow!« Er atmete aus und grinste sie an. »Gott stehe dem Antiquar bei, der den hochhebt.«

»Was meinst du damit, es gehört dir nicht?«

»Was ich gesagt habe«, erwiderte er nüchtern. »Es gehört mir nicht. Haus und Grundstück gehören der Kirche. Papa hat hier fast fünfzig Jahre gewohnt, aber es hat ihm nicht gehört. Es gehört der Pfarre. Der neue Pfarrer will es nicht – er hat selber Geld, und seine Frau will etwas mehr Komfort –, also vermietet es die Pfarre. Fiona und ihr Ernie nehmen es, und der Himmel möge ihnen beistehen.«

»Nur die beiden?«

»Es ist billig. Mit gutem Grund«, fügte er ironisch hinzu. »Sie will jede Menge Kinder – hier ist Platz für eine ganze Armee davon, das kann ich dir sagen.« Da es in viktorianischer Zeit für Priester mit großen Familien entworfen worden war, hatte das Pfarrhaus zwölf Zimmer – das nicht modernisierte und hochgradig unpraktische Bad nicht eingeschlossen.

»Die Hochzeit ist im Februar, deshalb muß ich über Weihnachten mit dem Ausräumen fertig werden, damit noch Zeit für die Putzkolonne und die Maler ist. Eine Schande, daß du am Feiertag arbeiten mußt. Vielleicht fahren wir Montag nach Fort William?«

Brianna ergriff das nächste Buch, legte es aber nicht gleich in einen Karton.

»Also verlierst du dein Zuhause für immer«, sagte sie langsam. »Das kommt mir ungerecht vor – auch wenn ich mich freue, daß Fiona es bekommt.«

Roger zuckte mit den Achseln.

»Es ist nicht so, als hätte ich vorgehabt, mich in Inverness niederzulassen«, sagte er. »Und es ist auch nicht so, als wäre es der Familiensitz oder so etwas.« Er wies auf die Risse im Linoleum, die schäbige Emailfarbe und die uralte Glaslampe über ihnen. »Schließlich kann ich es nicht dem National Trust vermachen und den Leuten zwei Pfund für die Besichtigung abnehmen.«

Sie lächelte und machte sich wieder ans Aussortieren. Doch sie schien nachdenklich, und zwischen ihren dichten, roten Augenbrauen zeigte sich eine kleine Falte. Schließlich steckte sie das letzte Buch in den Karton, reckte sich und seufzte.

»Der Reverend hatte fast so viele Bücher wie meine Eltern«, sagte sie. »Mit Mamas medizinischen Büchern und Papas Geschichtskram haben sie genug hinterlassen, um eine ganze Bücherei auszustatten. Es wird wahrscheinlich sechs Monate dauern, das alles zu sortieren, wenn ich nach Ha – wenn ich zurückfahre.« Sie biß sich leicht auf die Lippe und wandte sich ab, um sich eine Rolle Paketband zu nehmen und mit dem Fingernagel daran herumzupicken. »Ich habe der Immobilienmaklerin gesagt, daß sie das Haus im Sommer zum Verkauf anbieten kann.«

»Das ist es also, was dich beschäftigt hat?« sagte Roger langsam, und es dämmerte ihm, als er ihr Gesicht beobachtete. »Der Gedanke daran, das Haus, in dem du aufgewachsen bist, aufzulösen – dein Zuhause für immer zu verlieren?«

Sie hob leicht die Schulter und fixierte immer noch das widerspenstige Klebeband.

»Wenn du es aushalten kannst, kann ich es wohl auch. Außerdem«, fuhr sie fort, »ist es nicht so schlimm. Mama hat sich fast um alles gekümmert – sie hat einen Mieter gefunden und mit ihm einen Zeitvertrag über ein Jahr abgeschlossen, so daß ich in Ruhe entscheiden konnte, was ich tun wollte, ohne daß ich mir Sorgen machen mußte, weil das Haus einfach leerstand. Aber es ist albern, es zu behalten; es ist viel zu groß, um allein darin zu wohnen.«

»Du könntest heiraten.« Er platzte damit heraus, ohne nachzudenken.

»Möglich«, sagte sie. Sie warf ihm einen Seitenblick zu, und ihr Mundwinkel zuckte, vielleicht vor Belustigung. »Eines Tages. Aber was, wenn mein Mann nicht in Boston leben will?«

Ganz plötzlich kam ihm der Gedanke, daß der Verlust des Pfarrhauses sie vielleicht – nur vielleicht – deswegen so betroffen gemacht hatte, weil sie sich vorgestellt hatte, mit ihm darin zu leben.

»Willst du Kinder haben?« fragte er abrupt. Er hatte bis jetzt nicht daran gedacht, sie danach zu fragen, doch er hoffte sehr, daß es so war.

Einen Augenblick sah sie erschrocken aus, doch dann lachte sie.

»Einzelkinder wünschen sich doch normalerweise große Familien, nicht wahr?«

»Kann ich nicht sagen«, sagte er. »Ich jedenfalls schon.« Er beugte sich über die Kartons und küßte sie plötzlich.

»Ich auch«, sagte sie. Ihre Augen wurden zu Schlitzen, wenn sie lächelte. Sie wandte den Blick nicht ab, doch sie wurde ein bißchen rot und sah aus wie eine reife Aprikose.

Er wünschte sich Kinder, gut und schön, doch im Augenblick hätte er noch viel lieber das getan, wovon man Kinder bekam.

»Aber vielleicht sollten wir zuerst fertig aufräumen?«

»Was?« Die Bedeutung ihrer Worte drang nur vage zu ihm durch. »Oh. Ja. Stimmt, das sollten wir wohl.«

Er senkte den Kopf und küßte sie noch einmal, langsam diesmal. Sie hatte den wundervollsten Mund: breit, mit vollen Lippen, fast zu groß für ihr Gesicht – aber doch nicht ganz.

Er hatte sie um die Taille gefaßt und die andere Hand in ihrem seidigen Haar vergraben. Ihr Nacken fühlte sich glatt und warm an, er umschloß ihn mit der Hand, und sie erschauerte leicht und öffnete den Mund zum Zeichen der Hingabe, und da hätte er sie am liebsten rückwärts über seinen Arm gebeugt, sie zum Teppich vor dem Kamin getragen und...

Kräftiges Gerappel ließ seinen Kopf hochfahren und schreckte ihn aus der Umarmung.

»Wer ist das denn?« rief Brianna aus und fuhr sich mit der Hand ans Herz.

Das Arbeitszimmer war an einer Seite von deckenhohen Fenstern begrenzt – der Reverend war Maler gewesen –, und ein quadratisches, backenbärtiges Gesicht war jetzt gegen eins davon gepreßt, die Nase fast platt vor Neugier.

»Das«, sagte Roger durch die Zähne, »ist der Postbote, MacBeth. Was zum Teufel macht der Kerl da draußen?«

Als hätte er die Frage gehört, trat Mr. MacBeth einen Schritt zurück, zog einen Brief aus der Tasche und wedelte ihnen jovial damit zu.

»Ein Brief«, sagte er mit deutlichen Lippenbewegungen und sah Brianna an. Dann wanderte sein Blick zu Roger, und er zog die buschigen Brauen vielsagend zu einem lüsternen Blick hoch.

Als Roger die Eingangstür erreicht hatte, stand Mr. MacBeth mit dem Brief auf der Stufe.

»Wieso um Himmels willen haben Sie ihn nicht in den Briefschlitz gesteckt?« wollte Roger wissen. »Nun geben Sie ihn schon her.«

Mr. MacBeth hielt den Brief außer Reichweite und setzte eine gekränkte Miene auf, deren Wirkung allerdings erheblich dadurch beeinträchtigt wurde, daß er ständig versuchte, Brianna über Rogers Schultern hinweg zu erspähen.

»Dachte, er wäre vielleicht wichtig, nicht? Aus den Staaten, nicht? Und er ist für die junge Dame, nicht für Sie, mein Junge.« Mit einem massiven, taktlosen Zwinkern zwängte er sich an Roger vorbei und streckte Brianna den Arm hin.

»Ma'am«, sagte er mit einem affektierten Lächeln. »Mit den Empfehlungen der Post Ihrer Majestät.«

»Danke.« Brianna war immer noch rosenrot, doch sie hatte sich das Haar geglättet und lächelte MacBeth mit allem Anschein der Selbstbeherrschung an. Sie ergriff den Brief und warf einen Blick darauf, machte aber keine Anstalten, ihn zu öffnen. Roger sah, daß der Umschlag von Hand beschriftet war und einen roten Nachsendeaufkleber trug, doch aus der Entfernung konnte er den Absender nicht lesen.

»Zu Besuch, was, Ma'am?« fragte MacBeth jovial. »Nur Sie beide, hier ganz allein?« Er rollte die Augen und sah sie von oben bis unten mit unverhohlenem Interesse an.

»O nein«, sagte Brianna völlig ernst. Sie knickte den Brief in der Mitte und steckte ihn in die Gesäßtasche ihrer Jeans.

»Onkel Angus ist bei uns; er schläft oben.«

Roger biß sich auf die Innenseite der Wange. Onkel Angus war ein mottenzerfressener Plüschterrier, ein Überbleibsel aus seiner Kindheit, das beim Aufräumen des Hauses zutage gekommen war. Völlig hingerissen hatte Brianna seine Karomütze entstaubt und ihn auf ihr Bett im Gästezimmer gesetzt.

Der Briefträger zog die dichten Augenbrauen in die Höhe.

»Ach«, sagte er völlig ausdruckslos. »Aye, ich verstehe. Dann ist er also auch Amerikaner, Ihr Onkel Angus?«

»Nein, er ist aus Aberdeen.« Abgesehen von einer verräterischen Rötung ihrer Nasenspitze, war in Briannas Gesicht nichts als offene Harmlosigkeit zu lesen.

Mr. MacBeth war entzückt.

»Oh, dann haben Sie auch ein bißchen was Schottisches in der Familie. Hätte ich mir ja auch denken können, bei den Haaren. Ein Prachtmädel, da gibt's nichts.« Er schüttelte den Kopf, und seine Anzüglichkeit wich einer gestellten Onkelhaftigkeit, die Roger kaum weniger unangenehm fand.

»Nun ja.« Roger räusperte sich bedeutsam. »Wir wollen Sie bestimmt nicht von der Arbeit abhalten, MacBeth.«

»Ach, das macht nichts, überhaupt nichts«, versicherte ihm der Postbote und reckte den Hals, um einen letzten Blick auf Brianna zu werfen, als er sich zum Gehen wandte. »Kein Frieden für die Mühseligen, nicht wahr, meine Liebe?«

»Das heißt ›kein Frieden für die Gottlosen‹«, sagte Roger mit einigem Nachdruck und öffnete die Tür. »Guten Tag, Mr. MacBeth.«

MacBeth sah ihn an, und eine Spur Anzüglichkeit war in sein Gesicht zurückgekehrt.

»Ihnen auch, Mr. Wakefield.« Er beugte sich zu Roger herüber, bohrte ihm den Ellbogen in die Rippen und flüsterte heiser: »Und eine noch bessere Nacht, sofern ihr Onkel einen guten Schlaf hat!«

»Hier, willst du deinen Brief lesen?« Er nahm ihn vom Tisch, wo sie ihn hingeworfen hatte, und reichte ihn ihr.

Sie errötete leicht und nahm ihn.
»Es ist nichts Wichtiges. Ich sehe ihn mir später an.«
»Ich gehe in die Küche, wenn es persönlich ist.«
Ihre Röte nahm zu.
»Nein. Es ist nichts.«
Er zog eine Augenbraue hoch. Sie zuckte ungeduldig mit den Achseln, riß den Umschlag auf und nahm ein einzelnes Blatt Papier heraus.

»Sieh selbst. Ich habe dir doch gesagt, daß es nichts Wichtiges ist.«
Ach wirklich? dachte er, sagte aber nichts. Er ergriff das Blatt, das sie ihm hinhielt, und warf einen Blick darauf.

Er war wirklich nicht viel; eine Benachrichtigung von ihrer Universitätsbibliothek, die besagte, daß eine bestimmte Quelle, die sie angefordert hatte, unglücklicherweise nicht per Fernleihe zu bekommen sei, aber in der Privatsammlung der Stuartpapiere im Königlichen Annex der Universität von Edinburgh eingesehen werden könne.

Als er aufsah, beobachtete sie ihn mit verschränkten Armen, glänzenden Augen und zusammengepreßten Lippen, die zu sagen schienen: *Wehe, du sagst etwas!*

»Du hättest mir sagen sollen, daß du auf der Suche nach ihm bist«, sagte er leise. »Ich hätte dir helfen können.«

Sie zuckte schwach mit den Achseln, und er sah, wie sich ihr Hals bewegte, als sie schluckte.

»Ich weiß, wie man Geschichte recherchiert. Ich habe oft meinem Va –« Sie brach ab und nahm die Unterlippe zwischen die Zähne.

»Klar, ich verstehe«, sagte er, und das stimmte auch. Er nahm sie beim Arm und schob sie durch den Flur in die Küche, wo er sie an dem ramponierten alten Tisch auf einen Stuhl drückte.

»Ich setze Wasser auf.«
»Ich mag keinen Tee«, protestierte sie.
»Du *brauchst* Tee«, sagte Roger bestimmt und zündete mit einem feurigen *Wusch!* die Gasflamme an. Er ging zum Schrank, nahm Tassen und Untertassen heraus und holte – in einer nachträglichen Eingebung – noch die Whiskyflasche vom oberen Brett.

»Und ich mag *wirklich* keinen Whisky«, sagte Brianna und beäugte die Flasche. Sie stand schon vom Tisch auf, doch Roger legte ihr die Hand auf den Arm und bremste sie.

»Ich mag Whisky«, sagte er. »Aber ich hasse es, alleine zu trinken. Du leistest mir doch Gesellschaft, aye?« Er lächelte sie an und beschwor sie zurückzulächeln. Schließlich tat sie es widerwillig und entspannte sich auf ihrem Stuhl.

Er setzte sich ihr gegenüber und füllte seine Tasse halb mit der scharf riechenden, bernsteinfarbenen Flüssigkeit. Er atmete die Dämpfe mit Genuß ein, schlürfte langsam und ließ sich den guten Whisky durch die Kehle laufen.

»Ah«, hauchte er. »Glenmorangie. Bist du sicher, daß du nicht mittrinken willst? Einen kleinen Spritzer in deinen Tee vielleicht?«

Sie schüttelte still den Kopf, doch als der Kessel zu pfeifen begann, stand sie auf, um ihn von der Flamme zu nehmen und das heiße Wasser in die vorbereitete Kanne zu gießen. Roger stand auf, stellte sich hinter sie und ließ seine Arme um ihre Taille gleiten.

»Du brauchst dich doch deswegen nicht zu schämen«, sagte er leise. »Du hast ein Recht, es herauszufinden, wenn du kannst. Jamie Fraser war immerhin dein Vater.«

»Oder auch nicht – nicht wirklich.« Sie hatte den Kopf gesenkt; er konnte die ebenmäßige Spirale des Wirbels auf ihrem Scheitel sehen, ein Abbild des Wirbels über ihrer Stirn, der ihr das Haar in einer sanften Welle aus dem Gesicht hob.

»Ich *hatte* einen Vater«, sagte sie, und es klang ein wenig erstickt. »Papa – Frank Randall –, er war mein Vater, und ich liebe – habe ihn geliebt. Es kommt mir falsch vor, nach – nach etwas anderem zu suchen, als wäre er nicht genug gewesen, als –«

»Das ist es aber nicht, und das weißt du.« Er drehte sie um und hob ihr Kinn mit dem Finger an.

»Es hat nichts mit Frank Randall und deinen Gefühlen für ihn zu tun – aye, er *ist* dein Vater gewesen, und nichts in der Welt wird daran je etwas ändern. Aber es ist ganz normal, wenn man neugierig ist und bestimmte Dinge wissen will.«

»Hast *du* sie jemals wissen wollen?« Sie hob ihre Hand und schob die seine fort – doch sie klammerte sich an seine Finger und ließ ihn nicht los.

»Klar. Ja, das habe ich. Ich glaube, das muß man.« Seine Finger schlossen sich fester um die ihren, als er sie zum Tisch zog. »Komm, setz dich, ich erzähl' es dir.«

Er wußte, wie es war, keinen Vater mehr zu haben, besonders, wenn man ihm nie begegnet war. Kurz nach seiner Einschulung hatte er eine Zeitlang wie besessen über den Orden seines Vaters gebrütet, hatte das kleine Samtkästchen in der Tasche mit sich herumgetragen und vor seinen Freunden mit den Heldentaten seines Vaters angegeben.

»Ich habe Geschichten über ihn erzählt, alles erfunden«, sagte er und blickte in die aromatischen Tiefen seiner Teetasse. »Bin verbimst worden, weil ich eine Nervensäge war, bin wegen meiner Lügen in der Schule geohrfeigt worden.« Er sah zu ihr auf und lächelte etwas verlegen.

»Ich mußte ihn für mich wirklich werden lassen, verstehst du?«

Sie nickte, und Verständnis färbte ihre Augen dunkel.

Er trank noch einen großen Schluck Whisky, ohne sich damit aufzuhalten, ihn auszukosten.

»Glücklicherweise schien Papa – der Reverend – das Problem zu erkennen. Er hat angefangen, mir Geschichten über meinen Vater zu erzählen; die wahren. Nichts Besonderes, nichts Heroisches – klar, Jerry MacKenzie war ein Held, ist abgeschossen worden und so weiter, aber die Geschichten, die Papa mir erzählt hat, haben davon gehandelt, wie er als Kind war – wie er einen Schwalbenkasten gebaut hat, aber das Loch zu groß geraten ist und ein Kuckuck es hineingeschafft hat; was er gern gegessen hat, wenn er in den Ferien hier war und sie zur Feier des Tages in die Stadt gegangen sind; wie er seine Taschen mit Schnecken von den Felsen vollgestopft hat und sich mit dem Gestank seine Hose ruiniert hat –« Er brach ab und lächelte sie an. Die Erinnerungen hatten ihm die Kehle zugeschnürt.

»Er hat meinen Vater für mich wirklich werden lassen. Und er hat mir mehr denn je gefehlt, denn jetzt wußte ich ein bißchen besser, *was* mir entging – aber ich mußte es wissen.«

»Manche Leute würden sagen, daß einem das, was man nie gehabt hat, auch nicht fehlen kann – daß es besser ist, überhaupt nichts zu wissen.« Brianna hob ihre Tasse, und ihre blauen Augen blickten unverwandt über den Rand.

»Manche Leute sind dumm. Oder feige.«

Er goß sich einen Schluck Whisky in die Tasse und neigte die Flasche mit hochgezogener Augenbraue in ihre Richtung. Sie hielt ihm kommentarlos ihre Tasse hin, und er schüttete Whisky hinein. Sie trank davon und stellte die Tasse hin.

»Was ist mit deiner Mutter?« fragte sie.

»Ich habe ein paar richtige Erinnerungen an sie; ich war fast fünf, als sie gestorben ist. Und dann sind da die Kartons in der Garage –« Er nickte zum Fenster. »All ihre Sachen, ihre Briefe. Es ist so, wie Papa gesagt hat, jeder braucht seine Geschichte. Meine ist immer da draußen gewesen; ich wußte, daß ich mehr erfahren konnte, wenn ich jemals den Wunsch hatte.«

Er musterte sie einen langen Augenblick.

»Fehlt sie dir sehr?« sagte er. »Claire?«

Sie sah ihn an, nickte kurz, trank dann und hielt ihm ihre leere Tasse zum Nachschenken hin.

»Ich habe – ich hatte – Angst nachzusehen«, sagte sie und starrte gebannt auf den fließenden Whisky.

»Es geht nicht nur um ihn – es geht auch um sie. Ich meine, ich kenne die Geschichten, die Geschichten über Jamie Fraser; sie hat mir viel von ihm erzählt. Viel mehr, als ich jemals in historischen Dokumenten finden werde«, fügte sie mit dem schwachen Versuch eines Lächelns hinzu. Sie holte tief Luft.

»Aber Mama – zuerst habe ich versucht, mir vorzumachen, daß sie nur fort ist, quasi verreist. Und dann, als ich das nicht mehr konnte, habe ich versucht zu glauben, daß sie tot ist.« Ihr lief die Nase von ihren Gefühlen, vom Whisky oder vom heißen Tee. Roger griff nach dem Küchenhandtuch, das am Herd hing, und schob es ihr über den Tisch zu.

»Aber das *ist* sie nicht.« Sie nahm das Handtuch und wischte sich erregt die Nase. »Das ist das Problem! Sie fehlt mir ständig, und ich weiß, daß ich sie nie wiedersehen werde, dabei ist sie nicht einmal *tot*! Wie kann ich um sie trauern, wenn ich glaube – wenn ich hoffe, daß sie da, wo sie ist, glücklich ist, wenn ich sie *selbst* dorthin geschickt habe?«

Sie schluckte den restlichen Inhalt ihrer Tasse herunter, verschluckte sich leicht, bekam dann aber wieder Luft. Sie fixierte Roger aufgebracht aus dunkelblauen Augen, als wäre er an der Situation schuld.

»Deswegen will ich es wissen, klar? Ich will sie finden, beide. Will wissen, ob es ihr gutgeht. Aber ich denke die ganze Zeit, vielleicht will ich es ja *doch* nicht wissen, denn was, wenn ich etwas Schreckliches herausfinde? Was, wenn ich herausfinde, daß sie tot ist, oder er – na ja, das würde keine große Rolle spielen, denn er ist ja sowieso schon tot, oder er war es jedenfalls, oder – aber ich *muß*, ich weiß, daß ich es muß.«

Sie knallte die Tasse vor ihm auf den Tisch.

»Mehr.«

Er öffnete den Mund, um zu sagen, daß sie schon mehr als genug getrunken hatte, doch ein Blick in ihr Gesicht, und er änderte seine Meinung. Er machte den Mund wieder zu und schenkte ein.

Sie wartete nicht ab, bis er Tee hinzufügen konnte, sondern hob die Tasse an den Mund, trank einen großen Schluck und noch einen. Sie hustete und spuckte und stellte die Tasse mit tränenden Augen hin.

»Also bin ich auf der Suche. Oder ich bin es gewesen. Aber als ich Papas Bücher gesehen habe und seine Handschrift... da kam es mir plötzlich alles falsch vor. Meinst du, es ist falsch von mir?«

»Nein, Liebes«, sagte er sanft. »Es ist nicht falsch. Du hast recht, du mußt es herausfinden. Ich helfe dir.« Er stand auf, nahm sie unter den Armen und half ihr auf. »Aber jetzt solltest du vielleicht ein Nickerchen machen, hm?«

Er hatte sie schon oben und halbwegs durch den Flur, als sie sich plötzlich losriß und ins Bad sauste. Er lehnte sich draußen an die Wand und wartete geduldig, bis sie wieder herausgestolpert kam. Ihr Gesicht hatte dieselbe Farbe wie der Putz über der alten Vertäfelung.

»Schade um den Glenmorangie«, sagte er, indem er ihr den Arm um die Schultern legte und sie ins Schlafzimmer dirigierte. »Wenn ich gewußt hätte, daß ich es mit einer Säuferin zu tun habe, hätte ich dir den billigen Fusel gegeben.«

Sie plumpste auf das Bett und ließ ihn ihre Schuhe und Strümpfe ausziehen. Sie drehte sich auf den Bauch und drückte Onkel Angus in ihre Armbeuge.

»Ich habe dir doch *gesagt*, daß ich keinen Tee mag«, murmelte sie, und Sekunden später war sie eingeschlafen.

Roger arbeitete ein oder zwei Stunden allein; er sortierte Bücher und schnürte Kartons zu. Es war ein stiller, dunkler Nachmittag, und das sanfte Prasseln des Regens und das gelegentliche Zischen der Autoreifen draußen auf der Straße waren die einzigen Geräusche. Als es dämmerte, knipste er die Lampen an und ging durch den Flur in die Küche, um sich den Staub von den Händen zu waschen.

Ein großer Topf milchiger Hühnersuppe blubberte hinten auf dem Herd vor sich hin. Was hatte Fiona darüber gesagt? Aufdrehen? Abdrehen? Irgend etwas hineinwerfen? Er blinzelte skeptisch in den Topf und beschloß, ihn einfach in Ruhe zu lassen.

Er räumte die Überreste ihrer improvisierten Teetafel auf – spülte die Tassen, trocknete sie ab und hängte sie sorgfältig an ihre Haken am Küchenbord. Sie waren die Überbleibsel des alten Services mit dem Weidenmuster, das der Reverend gehabt hatte, seit Roger denken konnte. Die blauweißen chinesischen Bäume und Pagoden wurden durch einzelne, unpassende Geschirrteile ergänzt, die von Wohltätigkeitsbasaren stammten.

Fiona würde natürlich alles neu kaufen. Sie hatte sie gezwungen, sich Zeitschriftenfotos von Porzellan und Gläsern und Geschirr anzusehen. Brianna hatte angemessene Bewunderungslaute von sich gegeben; Rogers Augen waren vor Langeweile glasig geworden. Er ging davon aus, daß die alten Sachen jetzt alle auf dem Basar landen würden – immerhin würden sie so noch jemandem nutzen.

Einer Eingebung folgend, nahm er die beiden Tassen, die er gespült hatte, wieder herunter, wickelte sie in ein sauberes Küchenhandtuch und trug sie ins Arbeitszimmer, wo er sie in den Karton steckte, den er für sich selbst beiseite gestellt hatte. Er kam sich zwar ziemlich närrisch vor, doch gleichzeitig ging es ihm etwas besser.

Er sah sich in dem hallenden Studierzimmer um, das jetzt völlig kahl war bis auf das einzelne Blatt Papier an der Korkwand.

Also verlierst du dein Zuhause für immer. Na ja, er war sowieso schon vor langer Zeit ausgezogen, oder?

Doch, es machte ihm etwas aus. Sogar viel mehr, als er sich Brianna gegenüber hatte anmerken lassen. Deshalb hatte er ja auch so verdammt lange gebraucht, um das Pfarrhaus zu räumen, wenn er ehrlich war. Sicher, es war ein monströses Unterfangen, sicher, er mußte auch noch seine Arbeit in Oxford tun, und sicher, die Tausende von Büchern hatten mit Sorgfalt aussortiert werden müssen – doch er hätte es schneller erledigen können. Wenn er gewollt hätte.

Hätte das Haus weiter leergestanden, wäre er vielleicht niemals fertig geworden. Doch da Fiona ihn antrieb und Brianna lockte... er lächelte bei dem Gedanken an die beiden: das kleine, dunkle, krausköpfige Vögelchen und die hünenhafte, flammenhaarige Wikingerin. Es sah so aus, als bräuchte es Frauen, damit Männer sich zu irgend etwas aufrafften.

Doch jetzt war es Zeit, zum Ende zu kommen.

Mit dem Gefühl, eine ernste Zeremonie durchzuführen, zog er die Nadeln aus den Ecken des vergilbten Blattes und nahm es von der Korktapete ab. Es war sein Stammbaum, eine Ahnentafel, die der Reverend in seiner ordentlichen, rundlichen Handschrift ausgeführt hatte.

MacKenzies über MacKenzies, ganze Generationen. Er hatte in letzter Zeit daran gedacht, den Namen wieder für immer anzunehmen, nicht nur für seine Auftritte. Schließlich hatte er jetzt, wo Papa tot war, nicht mehr vor, oft nach Inverness zurückzukommen, wo ihn die Leute als Wakefield kannten. Das war schließlich der Sinn der ganzen Ahnenkunde gewesen: daß Roger nicht vergaß, wer er war.

Papa hatte ein paar persönliche Geschichten gekannt, doch von den meisten Menschen auf der Tafel kannte er nur den Namen. Und bei der wichtigsten Person nicht einmal den – bei der Frau, deren grüne Augen Roger jeden Morgen im Spiegel sah. *Sie* tauchte nirgendwo auf dieser Tafel auf, und das aus gutem Grund.

Rogers Finger kam fast ganz oben auf der Tafel zum Halten. Da war er, der Wechselbalg – William Buccleigh MacKenzie. In die Obhut von Pflegeeltern gegeben, der illegitime Nachwuchs des Kriegsoberhaupts des MacKenzie-Clans und einer Hexe, die zum Verbrennen verurteilt war. Von Dougal MacKenzie und der Hexe Geillis Duncan.

Natürlich war sie gar keine Hexe, dafür aber etwas, was mindestens genau so gefährlich war. Er hatte ihre Augen – das sagte Claire jedenfalls. Hatte er noch mehr von ihr geerbt? War die furchterregende Fähigkeit, durch die Steine zu reisen, unauffällig über Generationen braver Schiffsbauer und Viehhüter hinweg vererbt worden?

Jedesmal, wenn er die Tafel sah, dachte er jetzt daran – und versuchte aus diesem Grund, nicht hinzusehen. Er verstand Briannas Gefühl des Hin- und Hergerissenseins; er wußte nur zu gut, wie nah Furcht und Neugier beieinanderlagen, wußte, wie das Bedürfnis nach Wissen mit der Furcht vor den Tatsachen rang.

Nun, er könnte Brianna helfen, es herauszufinden. Und was ihn selbst anging...

Roger ließ die Ahnentafel in einen Ordner gleiten und legte ihn in den Karton. Er schloß den Deckel des Kartons und klebte außerdem ein »X« aus Packband darüber.

»Das war's dann also«, sagte er laut und verließ das leere Zimmer.

Völlig überrumpelt blieb er auf der oberen Treppenstufe stehen.

Brianna hatte gebadet, dem uralten Durchlauferhitzer mit dem angeschlagenen Email und der lärmenden Flamme getrotzt. Jetzt trat sie in den Flur und trug nur ein Handtuch.

Sie sah ihn nicht und wandte sich zum Gehen. Roger stand ganz still, lauschte dem Pochen seines Herzens und spürte seine Hand feucht auf dem Geländer.

Ihre Blöße war bedeckt; er hatte mehr von ihr gesehen, als sie im Sommer Trägerhemdchen und Shorts getragen hatte. Es war die Instabilität ihrer Körperbedeckung, die ihn erregte; das Wissen, daß er nur einmal schnell zu ziehen brauchte, um sie zu entkleiden. Das und das Wissen, daß sie ganz allein im Haus waren.

Dynamit.

Er ging einen Schritt auf sie zu und blieb stehen. Sie hatte ihn gehört; sie blieb ebenfalls stehen, doch es dauerte eine ganze Weile, bis sie sich umdrehte. Ihre Füße waren nackt, mit hohem Spann und langen Zehen; die schmalen Bögen ihrer feuchten Fußabdrücke zeichneten sich dunkel auf dem abgewetzten Läufer ab, der auf dem Boden des Flures lag.

Sie sagte nichts, sah ihn nur direkt an mit ihren dunklen, schrägen Augen. Sie stand im Gegenlicht des großen Fensters am Ende des Flures. Ihr eingemummter Körper zeichnete sich schwarz vor dem blaßgrauen Licht des Regentages ab.

Er wußte, wie sie sich anfühlen würde, wenn er sie anfaßte. Ihre Haut würde immer noch heiß sein vom Baden, feucht in der Leiste, in den Knie- und Ellbogenbeugen. Er konnte sie riechen, Shampoo vermischt mit Seife und Puder, der Geruch ihrer Haut von einem blumigen Hauch überdeckt.

Ihre Fußspuren verliefen vor ihm auf dem Läufer, eine zarte Kette von Schritten, die sie miteinander verband. Er streifte seine Sandalen ab und setzte seinen nackten Fuß auf einen der Abdrücke, die sie hinterlassen hatte. Er war kühl unter seiner Haut.

Auf ihren Schultern waren Wassertropfen, passend zu den Tröpfchen auf der Fensterscheibe hinter ihr, als sei sie dort hindurch aus dem Regen gekommen. Sie hob den Kopf, als er auf sie zuging, und schüttelte ihn, so daß das Handtuch, das sie darum gewickelt hatte, zu Boden fiel.

Die glänzenden Bronzeschlangen ihres Haares lösten sich und streiften seine Wange mit Feuchtigkeit. Nicht die Schönheit einer Gorgo, sondern die eines Wassergeistes, der sich von einem schlangenmähnigen Pferd in eine Zauberfrau verwandelte.

»*Kelpie*«, flüsterte er an der erröteten Rundung ihrer Wange. »Du siehst aus, als wärst du geradewegs einem Bach der Highlands entstiegen.« Sie legte ihm die Arme um den Hals und ließ das Handtuch los – nur der Druck ihrer Körper hielt es zwischen ihnen.

Ihr Rücken war entblößt. Bei dem kalten Luftzug vom Fenster sträubten sich ihm die Haare auf dem Unterarm, während gleichzeitig ihre Haut seine Handfläche wärmte. Er hätte am liebsten sogleich das Handtuch um sie gezogen, sie eingehüllt, sie vor der Kälte geschützt; gleichzeitig aber auch sich und sie entkleidet, sich ihre Hitze genommen und ihr die seine gegeben, gleich hier im feuchten, zugigen Flur.

»Dampf«, flüsterte er. »Himmel, du dampfst.«

Ihr Mund wölbte sich gegen den seinen.

»Da sind wir dann schon zu zweit, und du hast nicht mal gebadet.

Roger –« Ihre Hand lag in seinem Nacken, die Finger kühl. Sie machte den Mund auf, um noch etwas zu sagen, doch er küßte sie, spürte dabei, wie heiße Feuchtigkeit den Stoff seines Hemdes durchdrang.

Ihre Brüste preßten sich gegen ihn, und ihr Mund öffnete sich unter dem seinen. Das flauschige Frotteetuch verbarg ihre Brüste vor seinen Händen, nicht aber vor seiner Phantasie; er konnte sie in Gedanken sehen, rund und glatt und so bezaubernd nachgiebig und fest zugleich.

Seine Hand wanderte weiter nach unten und umfaßte die Rundung ihrer nackten Pobacke. Sie scheute zurück, verlor das Gleichgewicht, und sie stolperten beide ungeschickt und rangen miteinander in dem Bemühen, auf den Füßen zu bleiben.

Roger kam mit den Knien auf dem Boden auf und zog sie mit sich nach unten. Sie schwankte, fiel zu Boden und landete lachend auf dem Rücken.

»He!« Sie grabschte nach dem Handtuch, ließ es dann aber los, als er sich auf sie stürzte und sie erneut küßte.

Er hatte recht gehabt, was ihre Brüste anging. Eine davon lag jetzt unter seiner Hand, entblößt, voll und weich, die Brustwarze hart in der Mitte seiner Handfläche.

Dynamit, und die Lunte brannte.

Seine andere Hand lag unter dem Handtuch auf ihrem Oberschenkel, so nah, daß er spüren konnte, wie die feuchten Locken seinen Finger streiften. Gott, welche Farbe hatte es? Kastanie, wie er es sich ausgemalt hatte? Kupfer und Bronze wie das Haar auf ihrem Kopf?

Instinktiv glitt seine Hand weiter und konnte es nicht abwarten, die weiche, schlüpfrige Fülle zu umfassen, die er ahnte, so nah. Mit einer Anstrengung, von der ihm schwindelig wurde, hielt er inne.

»Bitte«, flüsterte sie. »Bitte, ich möchte es.«

Er fühlte sich hohl wie eine Glocke; das Echo seines Herzschlags dröhnte in seinem Kopf, in seiner Brust und schmerzhaft hart zwischen seinen Beinen. Er schloß die Augen, holte Luft und preßte die Hand auf das rauhe Gewebe des Teppichs, versuchte den Gedanken daran zu verdrängen, wie sich ihre Haut anfühlte, um sie nicht erneut anfassen zu müssen.

Sie setzte sich auf und stieg wie eine Meerjungfrau aus dem dunkelblauen Handtuch auf, das in Wellen um ihre Hüften lag. Sie war abgekühlt; ihre Haut war blaß wie Marmor in dem grauen Licht und auch so glatt, nur an Armen, Brüsten und Schultern zeigte sich eine Gänsehaut.

Er berührte sie, rauhe Haut und glatte, und zog seine Finger über ihre Lippen, ihren breiten Mund. Er hatte immer noch ihren Geschmack auf den Lippen, saubere Haut und Zahnpasta – und ihre süße, weiche Zunge.

»Besser«, flüsterte er. »Ich möchte, daß es besser ist... beim ersten Mal.«

Sie knieten da und starrten einander an, und die Luft zwischen ihnen war mit Unausgesprochenem geladen. Die Lunte brannte immer noch, doch langsamer. Roger fühlte sich wie angewachsen – vielleicht war sie doch eine Gorgo.

Der Geruch nach angebrannter Milch stieg die Treppe hinauf, und sie sprangen beide gleichzeitig auf.

»Irgendwas brennt an!« sagte Brianna und schoß zur Treppe, das Handtuch wieder notdürftig um sich gewickelt.

Er hielt sie am Arm fest, als sie an ihm vorbei wollte. Sie fühlte sich kalt an, der zugige Flur hatte sie abgekühlt.

»Ich mach's schon«, sagte er. »Geh du dich nur anziehen.«

Sie warf ihm einen schnellen Blick zu, drehte sich um und verschwand im Gästezimmer. Die Tür schloß sich mit einem Klicken hinter ihr, und er eilte über den Flur, polterte die Treppe hinunter dem Katastrophengeruch entgegen, und seine Handfläche brannte an der Stelle, wo er sie berührt hatte.

Unten kümmerte sich Roger um die übergekochte, angebrannte Suppe und machte sich Vorwürfe. Was dachte er sich nur dabei, sich auf sie zu stürzen wie ein liebestoller Lachs auf dem Weg in die Laichgründe? Ihr das Handtuch vom Leib zu reißen und sie zu Boden zu ringen – Himmel, sie mußte ihn ja fast für einen Vergewaltiger halten.

Gleichzeitig war das heiße Gefühl, das seine Brust durchströmte, weder auf Schamgefühl noch auf den Gasherd zurückzuführen. Es war die latente Hitze ihrer Haut, die ihn immer noch wärmte. *»Ich möchte es«*, hatte sie gesagt, und sie hatte es ernst gemeint.

Die Sprache des Körpers war ihm vertraut genug, daß er Verlangen und Hingabe erkannte, wenn er sie berührte. Doch das, was er in jenem Moment empfunden hatte, als ihr Körper für den seinen erwachte, ging noch viel weiter. Mit einem leisen, entscheidenden Klicken hatte sich das Universum verschoben; er spürte das Echo immer noch in den Knochen.

Er wollte sie. Er wollte sie ganz; nicht nur im Bett, nicht nur ihren Körper. Alles, für immer. Plötzlich kam ihm das Bibelzitat ›*Ein Fleisch*‹ sehr greifbar und sehr wirklich vor. Genau das wären sie fast gewesen, oben auf dem Flurboden, und einfach so aufzuhören gab ihm ein merkwürdiges Gefühl der Verwundbarkeit – er war kein ganzer Mensch mehr, sondern nur noch die Hälfte von etwas, das es noch nicht gab.

Er goß die Reste der Suppe ins Spülbecken. Egal, sie würden essen gehen. Besser, aus dem Haus zu gehen, der Versuchung aus dem Weg zu gehen.

Abendessen, eine beiläufige Unterhaltung und vielleicht ein Spaziergang am Fluß. Sie hatte die Christmette besuchen wollen. Danach...

Danach würde er sie fragen, es offiziell machen. Sie würde ja sagen, das wußte er. Und dann...

Tja, dann würden sie nach Hause gehen, in ein dunkles Haus, das nur für sie da war. In dem sie allein sein würden, in einer Nacht der Sakramente und der Geheimnisse, in der die Liebe neu in die Welt gekommen war. Und er würde sie in seine Arme nehmen und sie nach oben tragen, in einer Nacht, in der das Opfer der Jungfräulichkeit nicht den Verlust der Reinheit bedeutete, sondern die Geburt immerwährender Freude.

Roger schaltete das Licht aus und ging aus der Küche. Hinter ihm brannte die vergessene Gasflamme blau und gelb in der Dunkelheit, glühend und beständig wie das Feuer der Liebe.

18

Unziemliche Lust

Reverend Wakefield war ein Mann der Offenheit und der Ökumene gewesen; er hatte religiöse Meinungen aller Schattierungen toleriert und war bereit gewesen, sich mit Lehren zu befassen, die seine Herde empörend, wenn nicht sogar schlichtweg gotteslästerlich gefunden hätte.

Doch nachdem er im strengen Klima des schottischen Presbyterianismus und dem damit verbundenen Mißtrauen gegenüber allem »Papistischen« aufgewachsen war, verspürte Roger einen Hauch Beklommenheit, wenn er eine katholische Kirche betrat – als könnte er am Eingang ergriffen und von seltsam gekleideten Anhängern des Wahren Kreuzes zwangsgetauft werden.

Doch es kam zu keinerlei derartigen Gewalttätigkeiten, als er Brianna in das kleine Steingebäude folgte. Am anderen Ende des Kirchenschiffes war ein Junge in einem langen, weißen Gewand zu sehen, doch er war friedlich damit beschäftigt, zwei Paar großer, weißer Kerzen anzuzünden, die den Altar schmückten. Ein unbekannter Duft hing schwach in der Luft. Roger atmete ihn ein, darum bemüht, es unauffällig zu tun. Weihrauch?

Brianna blieb neben ihm stehen und kramte in ihrer Handtasche. Sie holte ein kleines, kreisförmiges Etwas aus schwarzer Spitze heraus und steckte es mit einer Haarnadel auf ihrem Kopf fest.

»Was ist das?« fragte er.

»Ich weiß nicht, wie man es nennt«, sagte sie. »Man trägt es in der Kirche, wenn man keinen Hut oder Schleier tragen will. Man *muß* es eigentlich nicht mehr tun, aber ich bin damit großgeworden – früher durften katholische Frauen nicht ohne Kopfbedeckung in die Kirche gehen, weißt du?«

»Nein, wußte ich nicht«, sagte er interessiert. »Warum denn nicht?«

»Hat wahrscheinlich mit Paulus zu tun«, sagte sie und zog einen Kamm aus der Handtasche, um sich die Haarspitzen zu glätten. »Er war der Meinung, Frauen sollten ihre Haare immer bedeckt halten, um nicht zu Objekten unziemlicher Lust zu werden. Alter Miesepeter«, fügte sie hinzu und verstaute den Kamm wieder in ihrer Tasche.

»Mama hat immer gesagt, er hatte Angst vor Frauen, hielt sie für gefährlich«, sagte sie mit einem breiten Grinsen.

»Sind sie doch auch.« Impulsiv beugte er sich vor und küßte sie, ohne die Blicke der Leute zu beachten.

Sie machte ein überraschtes Gesicht, verlagerte dann aber ihr Gewicht nach vorn auf die Zehen und küßte ihn schnell zurück. Roger hörte irgendwo neben sich ein gedämpftes, mißbilligendes »Mmpf«, doch er ignorierte es.

»In der *Kirche*, und dann auch noch an Weihnachten!« kam ein heiseres Flüstern von hinten.

»Na ja, es ist nicht wirklich die Kirche, Annie, es ist nur der Vorraum, aye?«

»Und dann ist es auch noch der Pastorsjunge!«

»Na, du kennst doch das Sprichwort von den Schusterjungen, die barfuß gehen. Ein Predigersohn auf Abwegen ist wohl das gleiche. Komm jetzt rein.«

Unter sprödem Absatzgeklapper, das vom leiseren Geschlurfe eines Mannes begleitet wurde, entfernten sich die Stimmen in die Kirche. Brianna wich etwas zurück und sah zu ihm auf. Ihr Mund zitterte vor Lachen.

»Bist du auf Abwegen?«

Er lächelte zu ihr hinunter und berührte ihr leuchtendes Gesicht. Zur Feier des Weihnachtsfestes trug sie die Halskette ihrer Großmutter, und ihre Haut reflektierte den Glanz der Süßwasserperlen.

»Wenn ich welche finde.«

Bevor sie antworten konnte, wurden sie von einem Schwall nebliger Luft unterbrochen, als sich die Kirchentür öffnete.

»Mr. Wakefield, sind Sie das?« Er drehte sich um und sah zwei Paar heller, neugieriger Augen zu ihm heraufstrahlen. Zwei ältere Frauen, jede ungefähr einsvierzig groß, standen Arm in Arm in ihren Wintermänteln da, und mit ihren grauen Haaren, die unter ihren kleinen Filzhüten hervorquollen, sahen sie aus wie ein Paar Türstopper.

»Mrs. McMurdo, Mrs. Hayes! Fröhliche Weihnachten!« Er nickte ihnen zu und lächelte. Mrs. McMurdo wohnte zwei Häuser vom Pfarrhaus entfernt und ging jeden Sonntag mit ihrer Freundin, Mrs. Hayes zur Kirche. Roger kannte sie schon sein Leben lang.

»Dann sind Sie also nach Rom übergelaufen, was, Mr. Wakefield?« fragte Chrissie McMurdo. Jessie Hayes kicherte über die Schlagfertigkeit ihrer Freundin, und die roten Kirschen auf ihrem Hut hüpften auf und ab.

»Vielleicht später einmal«, sagte Roger und lächelte immer noch. »Ich begleite nur eine Freundin in die Messe, aye? Sie kennen doch Miss Randall, oder?« Er stellte ihnen Brianna vor und grinste innerlich, als die beiden kleinen, alten Damen sie mit unverhohlener, lebhafter Neugier begutachteten.

Für Mrs. McMurdo und Mrs. Hayes bedeutete seine Anwesenheit eine ebenso offene Erklärung seiner Absichten, als hätte er eine ganzseitige Anzeige in der Abendzeitung geschaltet. Zu schade, daß Brianna es nicht merkte.

Oder? Sie sah ihn mit einem halbversteckten Lächeln an, und er spürte den Druck ihrer Finger auf seinem Arm, nur einen Moment lang.

»Och, da kommt der Kleine mit dem Weihrauchfaß!« rief Mrs. Hayes aus, als sie einen weiteren weißgewandeten Jungen aus dem Allerheiligsten kommen sah. »Laß uns lieber schnell reingehen, Chrissie, sonst kriegen wir keinen Sitzplatz mehr!«

»Was für eine Freude, Sie kennenzulernen, meine Liebe«, sagte Mrs. McMurdo zu Brianna und neigte dabei den Kopf so weit zurück, daß er abzufallen drohte. »Meine Güte, und wie groß sie ist!« Sie warf Roger einen zwinkernden Blick zu. »Was für ein Glück, daß Sie den passenden Kerl gefunden haben, was?«

»Chrissie!«

»Komme schon, Jessie, komme schon. Immer mit der Ruhe, wir haben Zeit.« Indem sie ihren Hut zurechtrückte, der mit einem kleinen Büschel Moorhuhnfedern verziert war, drehte sich Mrs. McMurdo seelenruhig um, um sich ihrer Freundin anzuschließen.

Über ihnen begann erneut die Glocke zu läuten, und Roger ergriff Briannas Arm. Er sah, wie Jessie Hayes sich vor ihnen umsah. In ihren Augen leuchtete die Spekulation, und ihr wissendes Lächeln war verschmitzt.

Brianna tauchte die Finger in ein kleines Steinbassin, das neben der Tür in die Wand eingelassen war, und bekreuzigte sich. Roger kam die Geste plötzlich merkwürdig vertraut vor, obwohl sie so »papistisch« war.

Vor Jahren waren er und der Reverend auf einer Bergwanderung auf eine Heiligenquelle gestoßen, die in einem Hain versteckt lag. Eine Steinplatte stand am Rand der kleinen Quelle, die Überbleibsel des eingemeißelten Bildes darauf waren fast vollständig verwittert, kaum noch mehr als der Schatten eines menschlichen Körpers.

Eine geheimnisvolle Stimmung hatte über der kleinen, dunklen Quelle gehangen. Er und der Reverend hatten eine Zeitlang schweigend dagestanden. Dann hatte sich der Reverend gebückt, eine Handvoll Wasser geschöpft und es in stummem Zeremoniell über den Fuß des Steines gegossen, eine weitere Handvoll geschöpft und es sich ins Gesicht gespritzt. Erst dann waren sie an der Quelle niedergekniet, um von dem kalten, frischen Wasser zu trinken.

Über den gebeugten Rücken des Reverends hinweg hatte Roger Stoffstreifen gesehen, die über der Quelle an die Äste geknotet waren. Weihegaben, symbolische Bittgebete, hinterlassen von den Leuten, die dieses alte Heiligtum immer noch aufsuchten.

Seit wie vielen tausend Jahren segneten sich die Menschen schon so mit Wasser, bevor sie sich aufmachten, ihr Glück zu suchen? Roger tauchte die Finger in das Wasser und berührte verlegen seinen Kopf und sein Herz, und vielleicht betete er sogar dabei.

Sie fanden Sitzplätze im östlichen Querschiff, Schulter an Schulter mit einer Familie zusammengedrängt, die murmelnd damit beschäftigt war, ihre Habseligkeiten und schläfrigen Kinder zu verstauen und Mäntel, Handtaschen und Babyflaschen hin und her zu reichen, während eine kleine, heisere Orgel irgendwo unsichtbar »Zu Bethlehem geboren« spielte.

Die Musik verstummte. Es folgte erwartungsvolle Stille, und dann ertönten kraftvoll die Klänge von »Auf, gläubige Seelen«.

Roger erhob sich mit dem Rest der Gemeinde, als die Prozession durch den Mittelgang kam, angeführt von einigen weißgewandeten Meßdienern. Einer davon schwenkte ein Weihrauchfaß, das duftende Rauchwölkchen in die Menge schickte. Ein anderer trug ein Buch und ein dritter ein großes Kruzifix mit einer grausigen Christusfigur, deren schreiend rote Farbe sich blutig im rot-goldenen priesterlichen Ornat wiederholte.

Unwillkürlich verspürte Roger einen Anflug von schockiertem Widerwillen; diese Mischung aus heidnischem Brauchtum und dem Auf und Ab lateinischer Gesänge war seinen unbewußten Vorstellungen von dem, was sich in einer Kirche gehörte, völlig fremd.

Doch als die Messe ihren Lauf nahm, kam ihm alles normaler vor; es gab Lesungen aus der Bibel, die ihm durchaus bekannt waren, und dann kam das gewohnte Absinken in die irgendwie angenehme Langeweile einer Predigt, in deren Verlauf die unvermeidlichen Weihnachtsbotschaften von »Frieden«, »gutem Willen« und »Liebe« an die Oberfläche seines Bewußtseins stiegen, träge wie weiße Lilien, die auf einem Teich aus Worten trieben.

Als sich die Gemeinde schließlich wieder erhob, hatte Roger jedes Gefühl der Fremdheit verloren. Inmitten des warmen, vertrauten Kirchenmiefs aus Bohnerwachs, feuchter Wolle, Leuchtpetroleum und einem leichten Hauch von Whisky, mit dem sich einige der Kirchgänger für den langen Gottesdienst gestärkt hatten, bemerkte er den süßen, erdigen Geruch des Weihrauchs kaum noch. Er atmete tief ein und glaubte, den Hauch frischen Grases von Briannas Haar aufzufangen.

Es leuchtete im gedämpften Licht des Querschiffs, dicht und weich auf dem dunklen Violett ihres Pullovers. Die kupfernen Funken wurden vom Dämmerlicht gedämpft, so daß es die rotbraune Farbe eines Hirschfells hatte und ihm dasselbe Gefühl hilfloser Sehnsucht einflößte, das er verspürt hatte, als ihn einmal ein Reh auf einem Highlandpfad überrascht hatte – das starke Verlangen, es zu berühren, das wilde Wesen zu streicheln und es irgendwie bei sich zu behalten, gepaart mit der Gewißheit, daß das geringste Zucken seines Fingers es in die Flucht schlagen würde.

Was man auch immer von Paulus halten mochte, dachte er, der Mann hatte gewußt, wovon er sprach, als es um das Haar der Frauen ging. Unziemliche Lust, was? Er dachte plötzlich an den kahlen Flur und den Dampf, der von Briannas Körper aufstieg, an die feuchten, kühlen Haarschlangen auf seiner Haut. Er wandte den Blick ab und versuchte, sich auf die Vorgänge am Altar zu konzentrieren, wo der Priester eine große, flache Brotscheibe hochhielt, während ein kleiner Junge wie wild ein Glockenspiel schüttelte.

Er sah ihr zu, als sie nach vorn ging, um die Kommunion zu empfangen, und schreckte leicht zusammen, als er sich bewußt wurde, daß er wortlos betete.

Er entspannte sich ein wenig, als er den Inhalt seines Gebetes erkannte; es war nicht das unwürdige »Gib, daß sie die Meine wird«, das er erwartet hätte. Es war das bescheidenere – und annehmbarere, so hoffte er – »Gib, daß ich ihrer würdig bin, daß ich sie richtig liebe; gib, daß ich für sie sorgen darf.« Er nickte zum Altar, bemerkte dann den seltsamen Blick des Mannes neben ihm und richtete sich auf, wobei er sich verlegen räusperte, als hätte man ihn bei einem sehr persönlichen Gespräch überrascht.

Sie kam zurück, die Augen weit offen und auf etwas tief in ihrem Inneren gerichtet, ein leichtes, verträumtes Lächeln auf ihrem breiten, schönen Mund. Sie kniete nieder, und er tat es ihr nach.

Jetzt waren ihre Züge weich, doch es war kein sanftes Gesicht. Streng, mit einer geraden Nase und dichten roten Brauen, die nur durch ihren eleganten Schwung nicht wuchtig wirkten. Kinn und

Wangen waren so klar geformt, als wären sie aus weißem Marmor gemeißelt, es war ihr Mund, der sich von einem Moment zum nächsten verändern konnte, sich von sanfter Großzügigkeit in den Mund einer mittelalterlichen Äbtissin verwandeln konnte, deren Lippen in der kühlen Versteinerung des Zölibates versiegelt waren.

Die Stimme, die neben ihm mit schwerem Glasgower Akzent »Stille Nacht« dröhnte, riß ihn unsanft aus seinen Gedanken, gerade rechtzeitig, daß er sehen konnte, wie der Priester den Mittelgang entlangrauschte, umringt von seinen Meßdienern und einer Wolke aus triumphierendem Rauch.

»Stille Nacht, Heilige Nacht«, sang Brianna leise vor sich hin, während sie den River Walk entlanggingen, »alles schläft, einsam wacht – hast du eigentlich das Gas ausgemacht?«

»Ja«, versicherte er ihr. »Keine Sorge; wenn das Pfarrhaus bei diesem Herd und diesem Durchlauferhitzer bis jetzt noch nicht in Flammen aufgegangen ist, dann muß es der Beweis himmlischen Schutzes sein.«

Sie lachte.

»Glauben Presbyterianer eigentlich an Schutzengel?«

»Ganz bestimmt nicht. Papistischer Aberglaube, aye?«

»Na, dann hoffe ich nur, daß ich dich nicht zu ewiger Verdammnis verurteilt habe, indem ich dich zu der Messe mitgenommen habe. Glauben Presbyterianer überhaupt an die Hölle?«

»Oh, das tun wir«, versicherte er ihr. »So fest wie an den Himmel, wenn nicht fester.«

Hier am Fluß war es noch nebliger. Roger war froh, daß sie nicht gefahren waren, man konnte in der dichten, weißen Suppe kaum weiter als vielleicht anderthalb Meter sehen.

Sie gingen Arm in Arm am Ness entlang; ihre Schritte klangen gedämpft. In den Nebel gehüllt, hätte die unsichtbare Stadt, die sie umgab, genausogut nicht vorhanden sein können. Sie hatten die anderen Kirchengänger hinter sich gelassen, sie waren allein.

Jetzt, wo die Wärme und Sicherheit, die er in der Kirche gespürt hatte, von ihm abgefallen waren, fühlte sich Roger seltsam bloßgestellt, unterkühlt und verwundbar. Nur die Nerven, dachte er und umfaßte Briannas Arm fester. Der Moment war gekommen. Er holte tief Luft, und kühler Nebel füllte ihm die Brust.

»Brianna.« Er zog sie am Arm, so daß sie ihn ansah, noch bevor sie stehengeblieben war, und ihr Haar schwang dabei langsam durch den gedämpften Lichtbogen der Straßenlaterne.

Ein feiner Nebel aus Wassertröpfchen glitzerte auf ihrer Haut, glühte wie Perlen und Diamanten in ihrem Haar, und durch das Futter ihrer Jacke spürte er in der Erinnerung ihre bloße Haut, nebelkühl unter seinen Fingern, körperheiß in seiner Hand.

Ihre Augen waren so groß und dunkel wie ein schottischer See, unter dessen Wellen sich Geheimnisse bewegten, halb gesehen, halb gespürt. Ein *Kelpie*, ja. *Each urisge*, ein Wasserpferd mit wehender Mähne und glänzender Haut. Und der Mann, der eine solche Kreatur berührt, ist verloren, für immer an sie gebunden, wird hinabgezogen, ertränkt in dem See, in dem es zu Hause ist.

Plötzlich hatte er Angst, nicht um sich selbst, sondern um sie; als könnte etwas aus dieser Wasserwelt auftauchen, um sie zurückzureißen, fort von ihm. Er nahm ihre Hand, als wollte er sie zurückhalten. Ihre Finger waren kalt und feucht.

»Ich will dich, Brianna«, sagte er leise. »Ich kann es nicht deutlicher ausdrücken. Ich liebe dich. Willst du mich heiraten?«

Sie sagte nichts, doch ihr Gesicht veränderte sich – wie Wasser, wenn man einen Stein hineinwirft. Er sah es so klar wie sein Spiegelbild in einem Bergsee.

»Du wolltest nicht, daß ich das sage.« Der Nebel hatte sich auf seine Brust gesenkt; er atmete Eis ein, und Kristallnadeln durchbohrten Herz und Lungen. »Du wolltest es nicht hören, oder?«

Wortlos schüttelte sie den Kopf.

»Aye. Gut.« Mühsam ließ er ihre Hand los. »Schon gut«, sagte er, überrascht über den ruhigen Klang seiner Stimme. »Mach dir nur keine Gedanken darüber, aye?«

Er wandte sich zum Gehen, als ihre Hand auf seinem Ärmel ihn aufhielt.

»Roger.«

Es kostete ihn große Mühe, sich umzudrehen und ihr ins Gesicht zu sehen; er verspürte keinen Wunsch nach leeren Tröstungen, kein Bedürfnis zu hören, wie sie ihm halbherzig anbot, »Freunde zu bleiben«. Er glaubte nicht einmal, daß er es ertragen konnte, sie anzusehen, so niederschmetternd war das Gefühl des Verlustes. Doch er drehte sich dennoch um, und dann war sie plötzlich bei ihm, ihre Hände kalt auf seinen Ohren, als sie seinen Kopf nahm und ihren Mund fest auf den seinen preßte, weniger ein Kuß als blindes Wüten, ungeschickt und verzweifelt.

Er ergriff ihre Hände, zog sie herab und schob Brianna weg.

»Himmel, was ist das für ein Spiel?« Wut war besser als Leere, und er schrie sie auf der verlassenen Straße an.

»Es ist kein Spiel. Du hast gesagt, du willst mich.« Sie schluckte Luft. »Ich will dich auch, weißt du das nicht? Habe ich das heute nachmittag im Flur nicht gesagt?«

»Ich glaube es gehört zu haben.« Er starrte sie an. »Was zum Teufel meinst du?«

»Ich meine – ich meine, ich will mit dir schlafen«, platzte sie heraus.

»Aber du willst mich nicht heiraten?«

Sie schüttelte den Kopf, weiß wie ein Laken. Irgend etwas zwischen Übelkeit und Wut regte sich in seinem Inneren und brach dann hervor.

»Du willst mich also nicht heiraten, aber du willst mit mir bumsen? Wie kannst du so etwas sagen?«

»Sprich nicht so vulgär mit mir!«

»Vulgär? Du kannst so etwas vorschlagen, aber ich darf es nicht beim Namen nennen? Ich bin noch nie so beleidigt worden, nie!«

Sie zitterte, und die Nässe klebte ihr Haarsträhnen ins Gesicht.

»Ich wollte dich nicht beleidigen. Ich habe gedacht, du wolltest – wolltest –«

Er packte ihre Arme und riß sie an sich.

»Wenn ich dich nur hätte bumsen wollen, hätte ich dich letzten Sommer ein dutzendmal flachlegen können.«

»Den Teufel hättest du!« Sie riß ihren Arm los und schlug ihn fest auf das Kinn. Er war überrascht.

Er grabschte nach ihrer Hand, zog sie an sich und küßte sie, sehr viel heftiger und sehr viel länger als jemals zuvor. Sie war groß und kräftig und wütend – doch er war größer, kräftiger und noch viel wütender. Sie trat um sich und wehrte sich, und er küßte sie, bis er zufrieden war und zum Aufhören bereit.

»O ja, das hätte ich«, sagte er und schnappte nach Luft, als er sie losließ. Er wischte sich über den Mund und trat zitternd zurück. An seiner Hand war Blut; sie hatte ihn gebissen, und er hatte nichts davon gemerkt.

Sie zitterte ebenfalls. Ihr Gesicht war weiß, die Lippen so fest zusammengepreßt, daß in ihrem Gesicht nur die dunklen, flammenden Augen zu sehen waren.

»Habe ich aber nicht«, sagte er und atmete langsamer. »Das war es nicht, was ich wollte, und ich will es auch jetzt nicht.« Er wischte sich die blutige Hand an seinem Hemd ab. »Aber wenn dir nicht genug an mir liegt, um mich zu heiraten, dann liegt mir auch nicht genug an dir, um mit dir ins Bett zu gehen!«

»Aber mir liegt etwas an dir.«

»Quatsch.«

»Mir liegt zu viel an dir, um dich zu heiraten, du verdammter Mistkerl.«

»*Was?*«

»Denn wenn ich dich heirate – wenn ich irgend jemanden heirate – ist es für immer, verstehst du mich? Wenn ich so etwas verspreche, dann werde ich es auch halten, egal, was es mich kostet!«

Tränen liefen ihr über das Gesicht. Er kramte in seiner Jacke nach einem Taschentuch und gab es ihr.

»Putz dir die Nase, wisch dir das Gesicht ab und dann sag mir, wovon in Teufels Namen du eigentlich redest, aye?«

Sie tat, was er ihr sagte, und strich sich schluchzend das feuchte Haar aus dem Gesicht. Ihr alberner kleiner Schleier war heruntergerutscht; er hing nur noch an der Haarnadel. Er nahm ihn ab und zerknüllte ihn.

»Dein schottischer Akzent kommt durch, wenn du dich aufregst«, sagte sie und versuchte zaghaft zu lächeln, als sie ihm das zerknitterte Taschentuch zurückgab.

»Kein Wunder«, sagte Roger entnervt. »Jetzt sag mir, was du meinst, und sag es deutlich, sonst bringst du mich noch dazu, daß ich mit Gälisch anfange.«

»Du kannst Gälisch?« Allmählich erlangte sie ihre Selbstkontrolle wieder.

»Ja«, sagte er, »und wenn du nicht in kürzester Zeit einen ganzen Haufen Kraftausdrücke lernen willst... rede. Was denkst du dir dabei, mir ein solches Angebot zu machen – noch dazu, wo du ein gesittetes, katholisches Mädchen bist und gerade aus der Messe kommst! Ich habe gedacht, du bist eine Jungfrau.«

»Das bin ich auch! Was hat das denn damit zu tun?«

Bevor er diese empörende Bemerkung beantworten konnte, ließ sie ihr eine weitere folgen.

»Erzähl mir bloß nicht, daß du noch nichts mit anderen Mädchen gehabt hast, ich weiß es doch.«

»Aye, das stimmt! Die wollte ich aber nicht heiraten, und sie wollten mich nicht heiraten. Ich habe sie nicht geliebt, und sie haben mich nicht geliebt. Dich liebe ich aber, verdammt noch mal!«

Sie lehnte sich an den Laternenpfahl und verschränkte die Hände hinter dem Rücken. »Ich glaube, ich liebe dich auch.«

Ihm war nicht klar gewesen, daß er den Atem anhielt, bis er ausatmete.

»Ach.« Das Wasser war in seinem Haar kondensiert, und eisige Rinnsale liefen ihm den Hals hinunter. »Mmpf. Aye, und ist ›glaube‹ hier das Wort, auf das es ankommt, oder ist es ›liebe‹?«
Sie entspannte sich etwas und schluckte.
»Beides.«
Sie hielt die Hand hoch, als er ansetzte zu sprechen.
»Ich liebe dich – glaube ich. Aber – aber ich muß immer daran denken, was meiner Mutter passiert ist. Ich will nicht, daß mir das gleiche passiert.«
»Deiner Mutter?« Auf schlichtes Erstaunen folgte ein erneuter Ausbruch der Empörung. »Was? Du denkst an diesen verfluchten Jamie Fraser? Du meinst, du kannst dich nicht mit einem langweiligen Historiker zufriedengeben – du mußt eine – eine große Leidenschaft finden, wie sie sie für ihn empfunden hat, und du meinst, daß ich dir da vielleicht nicht genüge?«
»Nein! Ich denke nicht an Jamie Fraser! Ich denke an meinen Vater!« Sie schob die Hände tief in ihre Jackentaschen und schluckte heftig. Sie hatte aufgehört zu weinen, doch an ihren Wimpern hingen Tränen und klebten sie zu kleinen Stacheln zusammen.
»Es war ihr ernst, als sie ihn geheiratet hat – ich konnte es sehen auf den Bildern, die du mir gegeben hast. Sie hat gesagt: ›In guten wie in schlechten Zeiten‹ – und sie hat es auch so *gemeint*. Und dann… dann hat sie Jamie Fraser getroffen und es nicht mehr so gemeint.«
Ihr Mund zuckte, während sie um Worte rang.
»Ich – ich mache ihr eigentlich keine Vorwürfe, nicht, nachdem ich darüber nachgedacht habe. Sie konnte nichts dafür, und ich – wenn sie von ihm gesprochen hat, dann konnte ich sehen, wie sehr sie ihn geliebt hat – aber verstehst du nicht, Roger? Sie hat meinen Vater auch geliebt, und es war nicht ihre Schuld – aber es hat sie dazu gebracht, ihr Wort zu brechen. Ich werde das nicht tun, um nichts in der Welt.«
Sie fuhr sich mit der Hand unter der Nase entlang, und er gab ihr schweigend das Taschentuch zurück. Sie blinzelte die Tränen zurück und sah ihn direkt an.
»Es dauert noch über ein Jahr, bis wir zusammen sein können. Du kannst nicht aus Oxford weg, und ich kann nicht aus Boston weg, solange ich meinen Abschluß nicht habe.«
Er wollte sagen, daß er kündigen könnte, daß sie ihre Ausbildung abbrechen könnte – doch er schwieg. Sie hatte recht, keiner von ihnen wäre mit einer solchen Lösung glücklich.

»Was ist also, wenn ich jetzt ja sage und dann etwas passiert? Was, wenn – wenn ich jemand anderen kennenlerne, oder du?« Wieder stiegen ihr Tränen in die Augen und eine lief ihr über die Wange. »Ich will nicht riskieren, dich zu verletzen. Nein.«

»Aber jetzt liebst du mich?« Er berührte sanft mit dem Finger ihre Wange. »Brianna, liebst du mich?«

Sie trat einen Schritt vor und öffnete wortlos die Verschlüsse ihrer Jacke.

»Was zum Teufel machst du da?« Blankes Erstaunen gesellte sich zu all den anderen Gefühlen, und dann folgte eine ganz andere Empfindung, als ihre langen, blassen Finger den Reißverschluß seiner Jacke nahmen und ihn herunterzogen.

Der kalte Luftzug wurde von der Wärme ihres Körpers erstickt, der sich vom Hals bis zu den Knien an ihn preßte.

Seine Arme wanderten automatisch um ihren ausgepolsterten Rücken, und sie hatte die Arme unter seiner Jacke fest um ihn geschlungen. Ihr Haar roch kalt und süß, die letzten Weihrauchspuren waren noch in den schweren Locken gefangen und vermischten sich mit dem Duft nach Gras und Jasminblüten. Er sah eine Haarnadel aufleuchten, bronzenes Metall in den Kupferschlingen ihres Haars.

Keiner von beiden sagte etwas. Er spürte ihren Körper durch die dünnen Kleiderschichten hindurch, und das Verlangen schoß ihm wie ein Blitz an den Beinen hoch, als stünde er auf einem elektrischen Gitter. Er hob ihr Kinn an und legte seinen Mund auf den ihren.

»...siehst du da, Jackie Martin mit einem neuen Pelzkragen am Mantel?«

»Och, wo sie wohl das Geld für so was her hat, wo doch ihr Mann schon sechs Monate arbeitslos ist? Ich sage dir, Jessie, die Frau... ooh!«

Das Klappern der Absätze auf dem Bordstein verstummte, und dann ertönte ein so kräftiges Räuspern, daß es ausgereicht hätte, um die Toten zu erwecken.

Roger umfaßte Brianna fester und rührte sich nicht. Als Antwort umarmte sie ihn noch stärker, und er spürte die Wölbung ihres Mundes unter dem seinen.

»MMPF!«

»Ach, komm schon, Chrissie«, zischelte es hinter ihm. »Laß sie in Ruhe, aye? Kannst du nicht sehen, daß das 'ne Verlobung wird?«

»Mmmpf«, erklang es noch einmal, diesmal aber leiser. »Mpf. Das wird was ganz anderes, wenn die zwei noch lange so weitermachen.

Na ja...« Ein langer Seufzer voll Nostalgie. »Ach ja, es ist schön, jung zu sein, nicht wahr?«

Doppeltes Absatzklappern kam näher, viel langsamer, ging vorbei und verhallte im Nebel, bis es nicht mehr zu hören war.

Er blieb noch eine Minute stehen, dann rang er sich dazu durch, sie loszulassen. Doch wenn ein Mann einmal die Mähne des Wasserpferdes berührt hat, kann er nicht mehr einfach so loslassen. Ein alter *Kelpie*-Reim ging ihm durch den Kopf.

Guten Rutsch, Janetie
Und gute Reise, Davie.
Und ihr haltet nie,
Erst am Grund von Loch Cavie.

»Ich werde warten«, sagte er und ließ sie los. Er hielt sie bei den Händen und sah ihr in die Augen, die jetzt sanft und klar waren wie Quellwasser.

»Aber hör mir zu«, sagte er sanft. »Ich will dich ganz – oder gar nicht.«

Gib, daß ich sie richtig liebe, hatte sein wortloses Gebet gelautet. Und hatte Mrs. Graham ihm nicht oft genug gesagt: »Paß auf, worum du bittest, Junge, es könnte in Erfüllung gehen«?

Er umfaßte ihre Brust, die er weich durch ihren Pullover spürte.

»Ich will nicht nur deinen Körper – obwohl ich den weiß Gott will. Aber ich will dich entweder als meine Frau... oder gar nicht. Die Entscheidung liegt bei dir.«

Sie hob die Hand und berührte ihn, strich ihm das Haar aus der Stirn. Ihre Finger waren so kalt, daß sie brannten wie Trockeneis.

»Ich verstehe«, flüsterte sie.

Der Wind, der vom Fluß kam, war kalt, und er streckte die Hand aus, um den Reißverschluß ihrer Jacke hochzuziehen. Dabei streifte er seine eigene Tasche, und er spürte das kleine Paket darin. Er hatte es ihr beim Abendessen schenken wollen.

»Hier«, sagte er und gab es ihr. »Frohe Weihnachten.«

»Ich habe es letzten Sommer gekauft«, sagte er, während er zusah, wie ihre kalten Finger mit dem Papier kämpften, das mit Ilex bedruckt war. »Sieht jetzt so aus wie weise Voraussicht, oder?«

Sie hielt einen Ring aus Silber in der Hand, ein Armband, ein flaches Silberband, in das rundherum Worte eingraviert waren. Er nahm es ihr ab und ließ es über ihre Hand auf ihr Handgelenk gleiten. Sie drehte es langsam und las dabei die Worte.

»*Je t'aime... un peu... beaucoup... passionnément... pas du tout.* Ich liebe dich... ein bißchen... sehr... leidenschaftlich... überhaupt nicht.«

Er schob das Band noch eine Vierteldrehung weiter und schloß den Kreis.

»*Je t'aime*«, sagte er und ließ es mit einer Drehung seiner Finger um ihr Gelenk kreisen. Sie legte ihre Hand darauf und hielt es an.

»*Moi aussi*«, sagte sie leise und sah dabei nicht das Armband an, sondern ihn. »*Joyeux Noël.*«

SIEBTER TEIL

Auf dem Berg

19

Segne dieses Haus

September 1767
Unter Mond und Sternen in den Armen eines nackten Geliebten zu schlafen, zu zweit in Pelze und weiche Blätter gehüllt, eingelullt vom sanften Murmeln der Kastanien und dem entfernten Rauschen eines Wasserfalls, ist furchtbar romantisch. Durchweicht unter einem grob gezimmerten Verschlag zu schlafen, eingekeilt zwischen einem kräftigen, feuchten Ehemann und einem ebenso kräftigen, ebenso feuchten Neffen, während man dem Regen lauscht, der oben auf das Laubdach trommelt, und gleichzeitig die Annäherungsversuche eines immensen, gründlich durchnäßten Hundes abwehrt, irgendwie schon weniger.

»Luft«, sagte ich und kämpfte mich lahm in eine sitzende Position hoch, wobei ich mir zum hundertsten Male Rollos Schwanz aus dem Gesicht strich. »Ich bekomme keine Luft.« Der Geruch nach zusammengepferchten männlichen Tieren war überwältigend; ein schweißiger, ranziger Geruch, garniert mit dem Duft von feuchter Wolle und Fisch.

Ich rollte mich auf Hände und Knie und kroch nach draußen, wobei ich versuchte, niemanden zu treten. Jamie grunzte im Schlaf und machte den Verlust meiner Körperwärme wett, indem er sich sofort zu einer plaidumwickelten Kugel zusammenrollte. Ian und Rollo waren zu einer unentwirrbaren Masse aus Fell und Stoff zusammengewickelt, und wenn sie ausatmeten, wurden sie in der Kühle vor der Dämmerung von einem leichten Nebel umgeben.

Es *war* kühl draußen, doch die Luft war frisch; so frisch, daß ich beinahe hustete, als ich mir die Lungen vollsog. Es hatte aufgehört zu regnen, doch es tropfte noch von den Bäumen, und die Luft bestand zu gleichen Teilen aus Wasserdampf und reinem Sauerstoff, gewürzt mit den durchdringenden Gerüchen der Pflanzen auf dem Berghang.

Ich hatte in Jamies Ersatzhemd geschlafen und meine Lederhose in der Satteltasche verstaut, damit sie nicht naß wurde. Bis ich sie angezogen hatte, war ich mit Gänsehaut überzogen und zitterte am ganzen Körper, doch das steife Leder wärmte sich genug auf, um sich innerhalb weniger Minuten an meinen Körper anzuschmiegen.

Barfuß und mit kalten Zehen ging ich vorsichtig zum Bach hinunter, um mich zu waschen, den Kessel unter dem Arm. Die Dämmerung war noch nicht angebrochen, und der Wald war von Nebel und graublauem Licht erfüllt, von Zwielicht, dem geheimnisvollen Halbdunkel, das an beiden Enden des Tages kommt, wenn die kleinen, verborgenen Lebewesen auf Nahrungssuche gehen.

Über uns erscholl gelegentlich ein zaghaftes Zwitschern aus dem Blätterdach, doch es war nicht mit dem üblichen schrillen Chor zu vergleichen. Wegen des Regens begannen die Vögel heute den Tag später; der Himmel hing immer noch tief und war voller Wolken, die von Schwarz im Westen bis hin zu einem blassen Schieferblau im dämmrigen Osten reichten. Stolz durchfuhr mich bei dem Gedanken, daß ich schon die Zeit wußte, zu der die Vögel normalerweise sangen, und daß mir der Unterschied aufgefallen war.

Jamie hatte recht gehabt, dachte ich, als er vorschlug, auf dem Berg zu bleiben, anstatt nach Cross Creek zurückzukehren. Es war Anfang September, und Myers' Einschätzung nach würden wir noch zwei Monate lang gutes Wetter haben – relativ gutes Wetter, verbesserte ich mit einem Blick auf die Wolken –, bevor die Kälte einen Unterschlupf unabdingbar machte. Zeit genug – vielleicht –, um eine kleine Hütte zu bauen, zu jagen und uns mit Vorräten für den bevorstehenden Winter zu versorgen.

»Es wird ganz schön anstrengend werden«, hatte Jamie gesagt. Ich stand zwischen seinen Knien, während er auf einem hohen Felsen saß und über das Tal blickte. »Und nicht ganz ungefährlich; wir könnten scheitern, wenn es früh schneit oder ich nicht genug Wild jagen kann. Ich tue es nicht, wenn du nein sagst, Sassenach. Würdest du Angst haben?«

Angst war noch untertrieben. Der Gedanke ließ mir das Herz in die Hose sinken. Als ich zugestimmt hatte, daß wir uns auf dem Bergrücken ansiedelten, war ich davon ausgegangen, daß wir den Winter über nach Cross Creek zurückkehren würden.

Wir hätten ganz in Ruhe Vorräte und Siedler um uns sammeln und im Frühjahr als Karawane zurückkehren können, um gemeinsam das Land zu roden und Häuser zu errichten. Statt dessen würden wir völlig allein sein, mehrere Tagesreisen von der nächsten winzigen europäischen Ansiedlung entfernt. Allein in der Wildnis – allein den ganzen Winter lang.

Wir hatten so gut wie keine Werkzeuge oder Vorräte bei uns außer einer großen Axt, ein paar Messern, einem Reisekessel und einem Backblech und meiner kleineren Arzneikiste. Was wäre, wenn etwas passierte, wenn Ian oder Jamie krank wurden oder sich bei einem Unfall verletzten? Wenn uns Hunger oder Kälte zusetzten? Und Jamie war sich zwar sicher, daß unsere indianischen Bekannten keine Einwände gegen unser Vorhaben hatten, doch ich war nicht so gelassen, wenn ich daran dachte, wer sonst noch vorbeikommen könnte.

Ja, ich würde verdammt noch mal Angst haben. Andererseits war ich alt genug, um zu wissen, daß Angst allein normalerweise nicht tödlich war – zumindest nicht automatisch. Wenn man natürlich den einen oder anderen Bären oder Wilden hinzufügte, na ja, dann sah die Sache anders aus.

Zum ersten Mal dachte ich mit inniger Sehnsucht an River Run zurück, an heißes Wasser, warme Betten und regelmäßige Mahlzeiten, an Ordnung und Sauberkeit... und Sicherheit.

Ich konnte allerdings sehr gut verstehen, warum Jamie nicht zurückwollte: Noch ein paar Monate länger auf Jocastas Kosten zu leben, würde ihn ihr gegenüber noch tiefer verpflichten, würde es noch schwieriger machen, ihren Schmeicheleien zu widerstehen.

Er wußte auch – sogar noch besser als ich –, daß Jocasta Cameron eine geborene MacKenzie war. Ich hatte ihre Brüder, Dougal und Colum, gut genug gekannt, um diese Abstammung mit einigem Argwohn zu betrachten: Die MacKenzies von Leoch gaben nicht so leicht auf und waren sich mit Sicherheit nicht zu schade dazu, ihre Ziele mit Intrigen und Manipulation zu erreichen. Und vielleicht webte eine blinde Spinne ihre Netze ja um so fester, weil sie sich allein auf den Tastsinn verlassen mußte.

Außerdem hatten wir jeden Grund, Sergeant Murchisons Nähe wie die Pest zu meiden, denn er schien definitiv von der nachtragenden Sorte zu sein. Und dann waren da noch Farquard Campbell und das ganze Netz aus Pflanzern und Regulatoren, Sklaven und Politik, das uns dort erwartete... Nein, ich konnte absolut verstehen, warum Jamie nicht zu diesen Verwicklungen und Komplikationen zurückwollte, ganz zu schweigen von der bedrohlichen Tatsache des bevorstehenden Krieges. Zur gleichen Zeit aber war ich mir relativ sicher, daß keiner dieser Gründe den Ausschlag für seine Entscheidung gab.

»Es ist nicht nur, weil du nicht zurück nach River Run willst, oder?« Ich lehnte mich an ihn und spürte seine Wärme im Kontrast zur Kühle des Abendwindes. Die Jahreszeit hatte noch nicht gewechselt; es war immer noch Spätsommer, und die von der Sonne geweckten Düfte der Blätter und Beeren erfüllten die Luft, doch so hoch in den Bergen wurde es nachts kalt.

Ich spürte das sanfte Rumpeln des Gelächters in seiner Brust, und sein warmer Atem streifte mein Ohr.

»Ist es denn so offensichtlich?«

»Ziemlich.« Ich drehte mich in seinen Armen um und lehnte meine Stirn an die seine, so daß nur wenige Zentimeter unsere Augen trennten. Die seinen waren von einem tiefen Dunkelblau, dieselbe Farbe wie der Abendhimmel über dem Bergpaß.

»Eule«, sagte ich.

Er lachte verblüfft, und als er den Kopf zurückzog, senkten sich seine langen, kastanienbraunen Wimpern zu einem kurzen Blinzeln.

»Was?«

»Du hast verloren«, erklärte ich. »Es ist ein Spiel und heißt ›Eule‹. Wer zuerst blinzelt, hat verloren.«

»Oh.« Er faßte meine Ohren bei den Ohrläppchen und zog mich sanft an sich, Stirn an Stirn. »Na gut, Eule. Du hast wirklich Augen wie eine Eule, ist dir das schon aufgefallen?«

»Nein«, sagte ich. »Kann ich nicht behaupten.«

»Ganz klar und golden – und sehr weise.«

Ich blinzelte nicht.

»Dann sag es mir – warum bleiben wir hier?«

Er blinzelte ebenfalls nicht, doch ich spürte, wie sich seine Brust unter meiner Hand hob, als er tief Luft holte.

»Wie soll ich dir erklären, wie es ist, wenn man einen Platz zum Leben braucht?« sagte er leise. »Schnee unter den Schuhen. Die Berge, die mir ihren Atem in die Nase hauchen, so wie Gott es bei Adam getan hat. Einen rauhen Felsen unter meiner Hand, wenn ich klettere, und den Anblick der Flechten darauf, die ausharren in Sonne und Wind.«

Er hatte die Luft in seinen Lungen verbraucht. Er holte tief Luft und raubte mir dabei den Atem. Er hatte die Hände hinter meinem Kopf verschränkt und hielt mich fest, Gesicht an Gesicht.

»Wenn ich wie ein Mensch leben soll, brauche ich einen Berg«, sagte er schlicht. Seine Augen waren weit geöffnet und suchten in den meinen nach Verständnis.

»Vertraust du mir, Sassenach?« sagte er. Seine Nase war gegen die meine gepreßt, doch er blinzelte nicht. Und ich auch nicht.

»Absolut.«

Ich spürte das Lächeln auf seinen Lippen, zwei Zentimeter von den meinen entfernt.

»Von ganzem Herzen?«

»Immer«, flüsterte ich, schloß die Augen und küßte ihn.

Und so wurde es abgemacht. Myers würde nach Cross Creek zurückkehren, Duncan Jamies Instruktionen überbringen, Jocasta versichern, daß es uns gutging, und so viel Proviant besorgen, wie mit unserem restlichen Geld finanzierbar war. Wenn vor dem ersten Schneefall noch Zeit blieb, sollte er mit dem Nachschub gleich zurückkehren, wenn nicht, erst im Frühjahr. Ian würde bei uns bleiben; wir würden seine Hilfe beim Bau der Hütte und auf der Jagd brauchen.

Unser tägliches Brot gib uns heute, dachte ich, während ich mich durch das feuchte Gebüsch schob, das den Bach säumte, *und führe uns nicht in Versuchung*.

Doch wir waren einigermaßen sicher vor Versuchungen – ob es uns gefiel oder nicht, wir würden River Run mindestens ein Jahr nicht mehr zu sehen bekommen. Was unser tägliches Brot anging, so hatte es sich bis jetzt so verläßlich wie Manna eingestellt; um diese Jahreszeit gab es reife Nüsse, Früchte und Beeren im Überfluß, und ich sammelte sie so emsig wie ein Eichhörnchen. Ich hoffte jedoch, daß Gott uns auch in zwei Monaten noch hören würde, wenn die Bäume kahl wurden, die Bäche zufroren und der Wind heulte.

Der Regen hatte den Bach merklich anschwellen lassen; das Wasser stand vielleicht dreißig Zentimeter höher als gestern. Ich kniete mich hin und stöhnte leise, als die Steifheit in meinem Rücken nachließ; das Schlafen auf dem Boden verstärkte meine üblichen, leichten Bewegungsprobleme am Morgen. Ich spritzte mir kaltes Wasser ins Gesicht, spülte mir den Mund aus, trank aus meinen Händen und bespritzte mich noch einmal, wobei mir das Blut in Wangen und Fingern prickelte.

Als ich mit triefendem Gesicht aufblickte, sah ich zwei Hirsche, die ein Stück flußaufwärts an einer ruhigen Stelle tranken. Ich verhielt mich ganz ruhig, um sie nicht zu stören, doch sie zeigten sich von meiner Gegenwart nicht beunruhigt. Im Schatten der Birken waren sie von demselben weichen Blau wie die Felsen und Bäume, selbst kaum mehr als Schatten, doch jede Linie ihres Körpers war so fein umrissen wie auf einer japanischen Tuschezeichnung.

Dann waren sie plötzlich fort. Ich kniff die Augen zu, und noch einmal. Ich hatte nicht gesehen, wie sie sich umdrehten oder wegliefen – aber trotz ihrer ätherischen Schönheit war ich sicher, daß ich nicht geträumt hatte, denn ich konnte die dunklen Abdrücke ihrer Hufe im Schlamm am anderen Ufer sehen. Doch sie waren fort.

Ich sah oder hörte nicht das geringste, doch auf einmal sträubten sich mir die Haare am ganzen Körper, und ein instinktives Prickeln lief mir über Arme und Nacken. Ich erstarrte, nur meine Augen bewegten sich noch. Wo war es, was war es?

Die Sonne war aufgegangen; die Baumwipfel sahen jetzt grün aus, und die Felsen begannen zu leuchten, als sich ihre Farben erwärmten. Doch die Vögel schwiegen, nichts regte sich außer dem Wasser.

Er stand keine zwei Meter von mir entfernt, halb von einem Busch verdeckt. Die Geräusche, die er beim Trinken machte, gingen im Lärmen des Baches unter. Dann hob sich sein breiter Schädel, und sein Ohr drehte sich in meine Richtung, obwohl ich kein Geräusch gemacht hatte. Konnte er mich atmen hören?

Die Sonne hatte ihn erreicht und zu gelbbraunem Leben erweckt; sie glühte in den goldenen Augen, die mit übernatürlicher Ruhe in die meinen starrten. Der Wind hatte sich gedreht, und ich konnte ihn jetzt riechen: ein schwacher, beißender Hauch von Katze und ein stärkerer Blutgeruch. Er ignorierte mich, hob eine dunkelgefleckte Tatze und leckte sie gewissenhaft, die geschlitzten Augen ganz auf die Säuberung konzentriert.

Er rieb sich mehrfach mit der Tatze über das Ohr und reckte sich dann genüßlich im frühen Sonnenlicht – mein Gott, er mußte fast zwei Meter lang sein! – und schlenderte dann davon. Sein voller Bauch wackelte dabei hin und her.

Ich hatte mich nicht bewußt gefürchtet, reiner Instinkt hatte mich auf der Stelle erstarren lassen, und schieres Erstaunen – über die Schönheit der Katze wie auch über ihre Nähe – hatte mich in der Erstarrung gehalten. Doch als er ging, taute mein zentrales Nervensystem auf und brach prompt zusammen. Ich zitterte heftig, und es dauerte einige Minuten, bis ich es schaffte, mich zu erheben.

Meine Hände bebten so sehr, daß ich den Kessel dreimal fallenließ, als ich ihn füllte. Vertrauen, hatte er gesagt, vertraute ich ihm? Ja, das tat ich – und es würde mir unheimlich viel nützen, es sei denn, daß er beim nächsten Mal direkt vor mir stand.

Doch für diesmal – war ich am Leben. Ich stand still da, die Augen geschlossen, und atmete die reine Morgenluft. Ich konnte jedes einzelne Atom meines Körpers spüren, spürte, wie das Blut durch meinen Körper raste, um den ersehnten, frischen Sauerstoff in jede Zelle und Muskelfaser zu tragen. Die Sonne berührte mein Gesicht und wärmte mir die kalte Haut zu einem herrlichen Glühen.

Ich öffnete die Augen, und alles schillerte grün, gelb und blau; der Tag war angebrochen. Alle Vögel sangen jetzt.

Ich ging über den Pfad zur Lichtung hinauf und widerstand dem Impuls, mich umzusehen.

Jamie und Ian hatten tags zuvor ein paar hohe, schlanke Kiefern gefällt, sie in dreieinhalb Meter lange Stücke gesägt und diese mit einiger Kraftanstrengung den Berg hinunterkullern lassen. Jetzt lagen sie am Rand der kleinen Lichtung aufgestapelt, und ihre rauhe Rinde glänzte schwarz vor Feuchtigkeit.

Als ich mit dem gefüllten Wasserkessel zurückkam, war Jamie dabei, eine Linie abzuschreiten, indem er das feuchte Gras niedertrampelte. Ian hatte auf einer großen Steinplatte ein Feuer angezündet – er hatte von Jamie den praktischen Trick gelernt, neben Feuerstein und Stahl immer eine Handvoll trockenen Anzündholzes in seinem Sporran zu haben.

»Das wird ein kleiner Schuppen«, sagte Jamie und blickte mit einem konzentrierten Stirnrunzeln zu Boden. »Den bauen wir zuerst, dann können wir darin schlafen, falls es wieder regnen sollte, aber er braucht nicht so stabil gebaut zu sein wie die Hütte – das wird unser Übungsstück, was, Ian?«

»Wofür ist er sonst – außer zum Üben?« fragte ich. Er blickte auf und lächelte mich an.

»Guten Morgen, Sassenach. Hast du gut geschlafen?«

»Natürlich nicht«, sagte ich. »Wofür ist der Schuppen?«

»Fleisch«, sagte er. »Wir graben an der Rückseite eine flache Grube und füllen sie mit Holzkohle, dann können wir so viel Fleisch wie möglich auf Vorrat räuchern. Und wir brauchen einen Ständer zum Trocknen – Ian hat gesehen, wie die Indianer es machen, um das zu bekommen, was sie ›trockenes Fleisch‹ nennen. Wir brauchen einen sicheren Aufbewahrungsort, wo keine wilden Tiere an unsere Vorräte gelangen können.«

Das schien eine vernünftige Idee zu sein; besonders wenn man in Betracht zog, was für Tiere in der Gegend lebten. Meine einzigen Zweifel betrafen das Räuchern. Ich hatte gesehen, wie man es in Schottland machte, und wußte, daß das Räuchern von Fleisch sehr aufwendig war. Jemand mußte ständig dabeibleiben, um zu verhindern, daß das Feuer zu groß wurde oder ganz ausging, mußte das Fleisch regelmäßig wenden und es mit Fett bestreichen, damit es nicht verkohlte und austrocknete.

Es machte mir keine Schwierigkeiten zu sehen, wem diese Aufgabe zufallen würde. Das Problem war nur, wenn ich es nicht richtig hinbekam, würden wir alle an Lebensmittelvergiftung sterben.

»Gut«, sagte ich wenig begeistert. Jamie erkannte meinen Tonfall und grinste mich an.

»Das ist der erste Schuppen, Sassenach«, sagte er. »Der zweite ist für dich.«

»Für mich?« Jetzt taute ich etwas auf.

»Für deine Kräuter und Pflanzen. Sie nehmen einigen Platz in Anspruch, wenn ich mich richtig erinnere.« Er wies über die Lichtung, und die Begeisterung des Bauherrn leuchtete ihm aus den Augen. »Und da drüben, da kommt die Hütte hin, in der wir überwintern.«

Zu meiner Überraschung hatten sie am Ende des zweiten Tages die Wände des ersten Schuppens errichtet. Sie hatten sie provisorisch mit Zweigen überdacht, bis sie dazu kommen würden, Schindeln für ein richtiges Dach zurechtzuschneiden. Die Wände bestanden aus schlanken, eingekerbten und nicht entrindeten Stämmen, zwischen denen sich merkliche Zwischenräume befanden. Doch der Schuppen war so groß, daß wir drei und Rollo bequem darin schlafen konnten, und wenn wir in der steingefaßten Grube in der Ecke ein Feuer anzündeten, war es wirklich gemütlich.

Sie hatten so viele Zweige vom Dach entfernt, wie für einen Rauchabzug nötig war, und ich konnte die Abendsterne sehen, als ich mich an Jamie kuschelte und mir anhörte, wie er seine Handwerkskunst kritisierte.

»Sieh dir das an«, sagte er verärgert und wies mit dem Kinn in die entlegenste Ecke. »Da habe ich doch glatt einen krummen Stamm genommen, und jetzt ist ab da alles schief geworden.«

»Ich glaube nicht, daß das dem Wildbret etwas ausmacht«, murmelte ich. »Komm, zeig mir deine Hand.«

»Und der Dachbalken liegt an der einen Seite gute zwanzig Zentimeter niedriger als an der anderen«, redete er weiter, ohne mich zu beachten, überließ mir aber seine linke Hand. Seine Hände waren beide mit glatter Hornhaut überzogen, doch ich spürte die frischen Kratzer und Risse und so viele Holzsplitter, daß sich seine Handfläche ganz stachelig anfühlte.

»Du fühlst dich an wie ein Stachelschwein«, sagte ich und strich mit der Hand über seine Finger. »Komm, rück näher ans Feuer, damit ich genug sehen kann, um dich zu entholzen.«

Er setzte sich gehorsam in Bewegung und kroch um Ian herum, der – ebenfalls frisch entsplittert – mit dem Kopf auf Rollos pelziger Flanke eingeschlafen war. Unglücklicherweise enthüllte der Stellungswechsel Jamies kritischem Auge noch weitere Schwächen in der Konstruktion.

»Du hast doch noch nie einen Schuppen aus Baumstämmen gebaut, oder?« unterbrach ich sein vernichtendes Urteil über den Eingang und zog ihm dabei mit der Pinzette einen großen Splitter sauber aus dem Daumen.

»Au! Nein, aber –«

»Und ihr habt das verdammte Ding in zwei Tagen gebaut und hattet dazu nur eine Axt und ein Messer, zum Kuckuck! Ihr habt keinen einzigen Nagel benutzt! Warum erwartest du dann, daß es aussieht wie der Buckingham Palast?«

»Ich habe den Buckingham Palast noch nie gesehen«, sagte er nachsichtig. Er hielt inne. »Ich verstehe aber, was du meinst, Sassenach.«

»Gut.« Ich beugte mich tiefer über seine Handfläche und kniff die Augen zusammen, um die kleinen dunklen Streifen der Splitter zu sehen, die unter seiner Haut saßen.

»Ich schätze, er wird zumindest nicht einstürzen«, sagte er nach einer längeren Pause.

»Ich denke nicht.« Ich drückte ein Tuch auf den Hals der Brandyflasche, rieb ihm damit die Hand ab und wandte meine Aufmerksamkeit seiner rechten Hand zu.

Eine Zeitlang sagte er nichts. Das Feuer knisterte leise vor sich hin und flammte dann und wann auf, wenn ein Luftzug zwischen die Balken faßte, um es zu kitzeln.

»Das Haus kommt oben auf den Hang«, sagte er plötzlich. »Dahin, wo die Erdbeeren wachsen. Ja?« murmelte er.

»Du meinst die Blockhütte? Ich dachte, die käme an den Rand der Lichtung.« Ich hatte so viele Splitter aus seinen Handflächen herausgezogen, wie ich konnte, die übrigen waren so tief eingedrungen, daß ich abwarten mußte, bis sie sich näher an die Oberfläche gearbeitet hatten.

»Nein, nicht das Blockhaus. Ein richtiges Haus«, sagte er leise. Er lehnte sich mit dem Rücken an die rohen Baumstämme und blickte über das Feuer und durch die Ritzen in die Dunkelheit. »Mit einem Treppenhaus und Glasfenstern.«

»Das ist schön.« Ich legte die Pinzette in ihr Fach zurück und schloß die Kiste.

»Mit hohen Decken und einem Eingang, der so hoch ist, daß ich mir beim Eintreten nie den Kopf stoße.«

»Das ist wunderbar.« Ich lehnte mich neben ihm an die Wand und legte meinen Kopf an seine Schulter. Irgendwo in der Ferne heulte ein Wolf. Rollo hob mit einem leisen *Wuff!* den Kopf, lauschte einen Augenblick lang und legte sich dann mit einem Seufzer wieder hin.

»Mit einer Kräuterkammer für dich und einem Arbeitszimmer für mich mit Regalen für meine Bücher.«

»Mmmm.« Im Moment besaß er genau ein Buch – *Die Naturgeschichte North Carolinas*, erschienen 1733, das er als Reiseführer und Nachschlagewerk mitgebracht hatte.

Das Feuer war wieder heruntergebrannt, doch keiner von uns machte Anstalten, noch Holz nachzulegen. Die Glut würde uns in der Nacht wärmen, und am Morgen würden wir sie wieder anfachen.

Jamie legte mir den Arm um die Schultern, neigte sich seitwärts und zog mich mit herab, so daß wir zusammengerollt auf der dicken Laubschicht lagen, die unser Bett war.

»Und ein Bett«, sagte ich. »Du kannst doch ein Bett bauen, oder?«

»Mindestens so schön wie die im Buckingham Palast«, sagte er.

Myers – Dank sei seinem großen Herzen und seiner treuen Seele – kehrte innerhalb eines Monats zurück und brachte nicht nur drei mit Werkzeugen, kleinen Einrichtungsgegenständen und so Lebensnotwendigem wie Salz beladene Maultiere mit, sondern auch Duncan Innes.

»Hier?« Innes betrachtete interessiert die winzige Niederlassung, die auf dem erdbeerbewachsenen Bergrücken Formen anzunehmen begann. Wir hatten jetzt zwei stabile Schuppen und einen Pferch aus halbierten Baumstämmen für die Pferde und das Vieh, das wir noch erwerben würden.

Im Augenblick bestand unser gesamtes Vieh aus einem kleinen, weißen Ferkel, das Jamie dreißig Meilen weiter in einer Siedlung der Herrnhuter Brüdergemeinde gegen einen Sack Yamswurzeln, die ich gesammelt hatte, und ein Bündel Besen, die ich aus Weidenruten gemacht hatte, eingetauscht hatte. Da es noch viel zu klein für den Pferch war, hatte es bis jetzt mit uns den Schuppen bewohnt, wo es sich mit Rollo angefreundet hatte. Mir persönlich war es nicht ganz so sympathisch.

»Aye. Es ist gutes Land mit viel Wasser, im Wald sind Quellen, und der Bach läuft mittendurch.«

Jamie führte Duncan an eine Stelle, von der aus man die westlichen Abhänge unterhalb des Bergrückens sehen konnte. Dort waren entstandene waldfreie Streifen, die im Augenblick mit wildem Gras überwuchert waren, sich aber hervorragend zum Ackerbau eigneten.

»Siehst du?« Er wies über den Hang, der sanft vom Bergrücken zu einem flachen Felsstreifen abfiel, auf dem eine Platanenreihe das

Flußufer anzeige. »Für den Anfang ist da Platz für mindestens dreißig Parzellen. Wir müßten ein Stück Wald roden, aber es ist jetzt schon Platz genug, um zu beginnen. Jeder Bauer, der etwas taugt, könnte seine Familie mit einem Gemüsegarten ernähren, so fruchtbar ist der Boden.«

Duncan war Fischer gewesen, kein Bauer, doch er nickte gehorsam, den Blick auf die Landschaft gerichtet, während Jamie sie mit zukünftigen Häusern bevölkerte.

»Ich habe es abgeschritten«, sagte Jamie gerade, »doch es muß sobald wie möglich ordentlich vermessen werden. Aber ich habe die Beschreibung im Kopf – habt ihr zufällig Tinte und Papier mitgebracht?«

»Aye, haben wir. Und noch ein paar andere Sachen.« Duncan lächelte mich an, und sein langes, melancholisches Gesicht war wie verwandelt. »Miss Jo hat ein Federbett mitgeschickt und meinte, es käme Euch vielleicht gelegen.«

»Ein Federbett? Wie wundervoll!« Ich verdrängte auf der Stelle alle kleinlichen Gedanken, die ich jemals über Jocasta Cameron gehegt hatte. Jamie hatte uns einen ausgezeichneten, stabilen Bettrahmen aus Eichenholz gebaut und den Boden raffiniert aus verknoteten Seilen gearbeitet, doch ich hatte es nur mit Zedernzweigen auslegen können, und diese dufteten zwar, waren aber unangenehm knotig.

Meine genüßlichen Träumereien wurden von Ian und Myers unterbrochen, die aus dem Wald auftauchten, letzterer mit einem Paar Eichhörnchen am Gürtel. Ian präsentierte mir stolz ein riesiges schwarzes Ding, das sich bei näherem Hinsehen als Truthahn entpuppte, der sich an den herbstlichen Körnern fettgeschlemmt hatte.

»Der Junge hat ein gutes Auge, Mrs. Claire«, sagte Myers und nickte beifällig. »Sind clevere Vögel, diese Truthähne. Sogar die Indianer fangen sie nicht so schnell.«

Es war noch zu früh für Thanksgiving, doch ich war entzückt über den Vogel, der den ersten größeren Artikel in unserer Speisekammer darstellen würde. Jamie ging es ebenso, wobei er sich eher auf die Schwanzfedern des Vogels freute, die ihn mit einem ordentlichen Vorrat an Schreibkielen versorgen würden.

»Ich muß dem Gouverneur schreiben«, erklärte er beim Abendessen, »und ihm sagen, daß ich sein Angebot annehme, und ihm Informationen über das Landstück zukommen lassen.«

»Paß wegen der Nußschalen auf«, sagte ich etwas nervös. »Nicht, daß du dir einen Zahn ausbeißt.«

Das Abendessen bestand aus über dem Feuer gegrillten Forellen, in der Glut gebackenen Yamswurzeln, wilden Pflaumen und einem simplen Kuchen aus dem Mehl von Hickorynüssen, die ich in meinem Mörser zerstoßen hatte. Wir hatten zum Großteil von Fisch sowie eßbaren Pflanzen gelebt, wenn ich welche finden konnte, da Ian und Jamie zu sehr mit den Bauarbeiten beschäftigt waren, um sich Zeit zur Jagd zu nehmen. Ich hoffte sehr, daß es Myers möglich war, ein wenig zu bleiben – lange genug, um einen Hirsch oder eine andere schöne, große Proteinquelle einzusacken. Die Aussicht auf einen Winter, in dem es nichts als Trockenfische gab, war etwas entmutigend.

»Keine Sorge, Sassenach«, murmelte Jamie, den Mund voll Kuchen, und lächelte mich an. »Er ist gut.« Er wandte seine Aufmerksamkeit Duncan zu.

»Wenn wir fertig gegessen haben, Duncan, willst du dann mit mir zum Fluß gehen und dir dein Grundstück aussuchen?«

Innes' Gesicht verlor jeden Ausdruck, dann errötete es in einer Mischung aus Freude und Bestürzung.

»Mein Grundstück? Du meinst Land, Mac Dubh?« Unwillkürlich zog er die Schulter hoch, an der ihm der Arm fehlte.

»Aye, Land.« Jamie spießte mit einem angespitzten Stöckchen eine heiße Yamswurzel auf und begann, sie sorgfältig mit den Fingern zu pellen, ohne Innes anzusehen. »Ich brauche dich als meinen Bevollmächtigten, Duncan – wenn es dir recht ist. Es ist nur recht und billig, daß du dafür bezahlt wirst. Also, was ich mir gedacht habe – natürlich nur, wenn es dir recht ist –, ist, daß ich ein Grundstück auf deinen Namen eintragen lasse, aber da du nicht hiersein wirst, um es zu bestellen, werden Ian und ich dafür sorgen, daß auf deinem Land etwas Getreide ausgesät und ein kleines Haus gebaut wird. Da hast du dann später einen Ort, wo du dich niederlassen kannst, wenn du willst, und ein bißchen Getreide. Wärst du damit einverstanden?«

Während Jamie redete, hatte Duncan eine Vielfalt von Gefühlen gezeigt, die von Bestürzung über Erstaunen bis hin zu einer Art zurückhaltender Aufregung reichte. Eigenes Land zu besitzen war das letzte, womit er jemals gerechnet hatte. Besitzlos und unfähig, sich seinen Lebensunterhalt mit eigener Hände Arbeit zu verdienen, hätte er in Schottland als Bettler gelebt – wenn er überhaupt noch gelebt hätte.

»Aber«, begann er, hielt dann inne und schluckte, wobei sein knorriger Adamsapfel auf und ab hüpfte. »Aye, Mac Dubh. Damit wäre ich einverstanden.« Ein leises, ungläubiges Lächeln war in seinem Gesicht aufgekeimt, während Jamie sprach, und es hielt sich dort, als bemerkte Duncan es gar nicht.

»Bevollmächtigter.« Er schluckte erneut und griff nach einer der Aleflaschen, die er mitgebracht hatte. »Was soll ich für dich tun, Mac Dubh?«

»Zwei Dinge, Duncan, wenn's recht ist. Das erste ist, Siedler für mich zu suchen.« Jamie wies mit der Hand auf die Anfänge unserer Blockhütte, die bis jetzt nur aus einem Fundament aus Feldsteinen bestand, dem Balkenwerk für den Fußboden und einer großen Schieferplatte, die wir für die Feuerstelle ausgesucht hatten und die im Augenblick am Fundament lehnte.

»Ich kann hier im Augenblick nicht weg. Ich möchte, daß du möglichst viele von den Männern findest, die aus Ardsmuir deportiert worden sind. Sie sind bestimmt überall verstreut, aber sie sind über Wilmington gekommen; viele von ihnen sind bestimmt in North oder South Carolina. Finde, so viele du kannst, und sag ihnen, was ich hier vorhabe – und bring alle, die dazu bereit sind, im Frühjahr hierher.«

Duncan nickte langsam, die Lippen unter dem herabhängenden Schnurrbart gespitzt. Nur wenige Männer trugen solchen Gesichtsschmuck, doch er stand ihm gut und gab ihm das Aussehen eines dünnen, freundlichen Walrosses.

»In Ordnung«, sagte er. »Und das zweite?«

Jamie sah erst mich an, dann Duncan.

»Meine Tante«, sagte er. »Würdest du es auf dich nehmen, ihr zu helfen, Duncan? Sie braucht dringend einen ehrlichen Mann, der mit den Schuften von der Marine umgehen kann und sie in Geschäftsdingen vertreten kann.«

Duncan hatte keinen Moment gezögert, als es darum ging, die Kolonien über Hunderte von Kilometern auf der Suche nach Siedlern für unser Unterfangen zu durchkämmen, aber die Vorstellung, mit Schuften von der Marine umzugehen, erfüllte ihn mit tiefer Beklommenheit.

»Geschäftsdinge? Aber ich habe doch keine Ahnung von –«

»Keine Sorge«, sagte Jamie und lächelte seinen Freund an, und seine Beschwörung funktionierte bei Duncan genausogut wie bei mir: Ich konnte sehen, wie das geballte Unwohlsein aus Duncans Augen zu weichen begann. Ich fragte mich ungefähr zum zehntausendsten Mal, wie er das machte.

»Du wirst keine großen Probleme damit haben«, sagte Jamie beschwichtigend. »Meine Tante weiß genau, was zu tun ist; sie kann dir sagen, was du sagen und tun sollst – aber sie braucht einen Mann, der es sagt und tut. Ich schreibe ihr einen Brief, den du mit zurücknehmen kannst und in dem ich ihr erkläre, daß du sie mit Freude vertreten wirst.«

Während des letzten Teils der Unterredung hatte Ian in den Paketen herumgewühlt, die von den Maultieren abgeladen worden waren. Jetzt zog er ein flaches Metallstück hervor und blinzelte es neugierig an.

»Was ist das?« fragte er in die Runde. Er hielt es uns entgegen, ein flaches Stück dunkles Metall, das an einem Ende wie ein Messer zugespitzt war, mit angedeuteten Querstücken. Es sah aus wie ein kleiner Dolch, der unter eine Dampfwalze gekommen war.

»Eisen für euren Herd.« Duncan ergriff es und reichte es Jamie mit dem Griff zuerst. »Es war Miss Jos Idee.«

»Wirklich? Wie lieb von ihr.« Die langen Tage unter freiem Himmel hatten Jamies Gesicht einen dunklen Bronzeton verliehen, doch ich sah, wie sein Hals an der Seite rot anlief. Er strich mit dem Daumen über die glatte Oberfläche des Eisenstückes, dann gab er es mir.

»Heb es gut auf, Sassenach«, sagte er. »Wir segnen unseren Herd ein, bevor Duncan aufbricht.«

Ich konnte sehen, daß ihn das Geschenk tief berührte, verstand aber nicht genau, warum, bis Ian mir erklärte, daß man Eisen unter einem neuen Herd vergräbt, um für das neue Haus Segen und Wohlergehen zu erwirken.

Damit hatte Jocasta unserem Unterfangen ihren Segen gegeben, ihr Einverständnis mit Jamies Entscheidung gezeigt – und Vergebung für das, was so aussehen mußte, als hätte er sie im Stich gelassen. Es war mehr als nur Großzügigkeit, und ich wickelte das kleine Eisenstück vorsichtig in mein Taschentuch und steckte es zur sicheren Aufbewahrung in meine Tasche.

Zwei Tage später standen wir in der wandlosen Blockhütte und segneten unseren Herd ein. Myers hatte ehrerbietig seinen Hut abgenommen, und Ian hatte sich das Gesicht gewaschen. Auch Rollo war anwesend, ebenso das weiße Ferkel, das trotz seiner Protestbekundungen als Personifikation unserer »Herden« dabeisein mußte; das Schwein sah nicht ein, wieso man es von seiner Eichelmahlzeit wegzerrte, nur damit es an einem Ritual teilnahm, bei dem es so auffällig an Nahrungsmitteln mangelte.

Jamie ignorierte das durchdringende, verärgerte Schweinegeschrei, hielt das kleine Eisenmesser aufrecht an der Spitze, so daß es ein Kreuz bildete, und sagte ruhig:

»Herr, segne die Welt und was darin lebt.
»Herr, segne meine Gattin und meine Kinder.
»Herr, segne die Augen in meinem Kopf
und segne, Herr, meiner Hände Werk,
wenn ich frühmorgens erwache,
wenn ich spät zu Bett gehe,
segne mein Frühaufstehn,
segne mein Zubettgehn.«

Er streckte die Hand aus und berührte zunächst mich, dann Ian – und, mit einem Grinsen, Rollo und das Schwein – mit dem Eisen, bevor er weitersprach:

»Herr, schütze das Haus und den Haushalt,
Herr, segne die Kinder der Mutter,
Herr, wache über die Herden und ihre Jungen,
halte deine schützende Hand über sie,
wenn die Herden die Hügel und Wälder erklimmen,
wenn ich mich schlafen lege,
wenn die Herden die Hügel und Wälder erklimmen,
wenn ich mich in Frieden schlafen lege.

Laß das Feuer deines Segens immer bei uns brennen, o Herr.«

Dann kniete er sich neben die Feuerstelle und legte das Eisen in das kleine Loch, das er dafür gegraben hatte, deckte es zu und stampfte die Erde fest. Dann ergriffen er und ich die Seiten des großen Herdsteines und legten ihn vorsichtig an seinen Platz.

Ich hätte mir vollkommen lächerlich dabei vorkommen müssen, in Gesellschaft eines Wolfs und eines Schweins mitten in der Wildnis in einem Haus ohne Wände zu stehen und unter dem Spott der Drosseln an einem Ritual teilzunehmen, das mehr als nur zur Hälfte heidnisch war. Doch dem war nicht so. Beim Anblick der Schieferplatte vor uns erinnerte ich mich plötzlich an das verlassene Gehöft, auf das wir auf unserer Reise nach Norden gestoßen waren, an die eingestürzten Dachbalken und den zersprungenen Herdstein, aus dem eine Stechpalme hervorgewachsen war. Hatten die unbekannten Gründer dieser Ansiedlung daran gedacht, ihren Herd einzusegnen – und waren dennoch gescheitert? Jamies Hand legte sich fest um die meine und beruhigte mich unbewußt.

Duncan zündete auf einem flachen Stein außerhalb der Blockhütte ein Feuer an, und Myers hielt ihm den Stahl unter den Feuerstein. Einmal entfacht, wurde das Feuer vorsichtig zum Aufflammen gebracht und ein brennender Ast herausgenommen. Duncan nahm ihn in die Hand und ging in Sonnenlaufrichtung um das Fundament der Blockhütte herum, wobei er laut auf Gälisch sang. Jamie übersetzte den Gesang für mich:

>»*Der Schutz des Fionn mac Cumhaill sei dein,*
> *der Schutz von Cormac, dem Wohlgeformten, sei dein,*
> *der Schutz von Conn und Cumhall sei dein,*
> *vor Wolf und Vogelschwarm,*
> *vor Wolf und Vogelschwarm.*«

Jedesmal, wenn er eine Kompaßmarke erreichte, hielt er mit Singen inne, verneigte sich in die »vier Lüfte« und schwang seine Fackel in einem flammenden Bogen vor sich her. Rollo, der offensichtlich nichts von diesen pyromanischen Vorgängen hielt, knurrte tief in der Kehle, doch Ian brachte ihn energisch zum Schweigen.

> »*Der Schutzschild des Königs der Fianna sei dein,*
> *der Schutzschild des Sonnenkönigs sei dein,*
> *der Schutzschild des Sternenkönigs sei dein,*
> *in Gefahr und Not,*
> *in Gefahr und Not.*«

Es folgten noch diverse Strophen; Duncan umkreiste das Haus dreimal. Erst als er neben unserem neuen Herd zum Schluß kam, fiel mir auf, daß Jamie dem Herd beim Hüttenbau einen Platz im Norden zugedacht hatte, die Morgensonne fiel mir warm über die Schulter und warf unsere vereinten Schatten nach Westen.

> »*Der König der Könige behüte dich,*
> *Jesus Christus behüte dich,*
> *der heilende Geist behüte dich,*
> *vor Übeltat und Streit,*
> *vor Höllenhund und rotem Hund.*«

Mit einem verstohlenen Blick auf Rollo blieb Duncan neben dem Herd stehen und reichte Jamie die Fackel. Dieser bückte sich und entzündete das bereitliegende Häuflein Reisig. Ian brach in gälisches Freudengeschrei aus, und es gab allgemeinen Applaus.

Später verabschiedeten wir Duncan und Myers. Ihr Ziel war nicht Cross Creek, sondern der Mount Helicon, wo die Schotten aus der Umgebung jedes Jahr im Herbst ein *Gathering* abhielten, sich versammelten, um Erntedank zu feiern, Neuigkeiten auszutauschen und Geschäfte abzuwickeln, Hochzeiten und Taufen zu feiern und den Kontakt zwischen den weitverstreuten Teilen der Familien und des Clans aufrechtzuerhalten.

Jocasta und ihr Haushalt würden dort sein, ebenso Farquard Campbell und Andrew MacNeill. Hier konnte Duncan am besten mit seiner Suche nach den verstreuten Männern von Ardsmuir beginnen, da am Mount Helicon die größte aller Versammlungen stattfand, zu der sogar Schotten aus South Carolina und Virginia anreisten.

»Im Frühjahr bin ich wieder hier, Mac Dubh«, versprach Duncan Jamie, als er aufstieg. »Mit allen Männern, die ich dir bringen kann. Und ich leite deine Briefe zuverlässig weiter.« Er klopfte auf den Beutel an seinem Sattel und zog seinen Hut ins Gesicht, um seine Augen vor der hellen Septembersonne zu schützen. »Soll ich deiner Tante etwas ausrichten?«

Jamie zögerte einen Moment und dachte nach. Er hatte Jocasta schon geschrieben; gab es noch etwas hinzuzufügen?

»Sag meiner Tante, daß ich sie dieses Jahr nicht beim *Gathering* treffe, und vielleicht auch nicht nächstes. Aber beim übernächsten bin ich bestimmt dabei – und meine Leute auch. Gute Reise, Duncan.«

Er schlug Duncans Pferd auf die Kruppe und stand winkend neben mir, als die beiden Pferde hinter dem Rand der Anhöhe verschwanden. Der Abschied erweckte in mir ein seltsames Gefühl der Verlassenheit; Duncan war unsere letzte und einzige Verbindung mit der Zivilisation. Jetzt waren wir wirklich allein.

Na ja, nicht völlig allein, verbesserte ich mich. Wir hatten Ian. Ganz zu schweigen von Rollo, dem Schwein, drei Pferden und zwei Maultieren, die Duncan uns für das Pflügen im Frühjahr dagelassen hatte. Eigentlich schon fast ein Kleinbetrieb. Mir wurde zuversichtlicher zumute; bis zum Monatsende würde das Blockhaus fertig sein, dann würden wir ein festes Dach über dem Kopf haben. Und dann –

»Schlechte Nachrichten, Tante Claire«, sagte Ians Stimme in mein Ohr. »Das Schwein hat den Rest von deinen gemahlenen Nüssen gefressen.«

20

Der weiße Rabe

Oktober 1767
»›Körper, Seele und Verstand‹«, übersetzte Jamie, während er sich bückte, um den nächsten zurechtgehauenen Baumstamm am Ende zu packen. »›Der Körper für die Empfindungen, die Seele als Triebfeder unserer Handlungen, der Verstand für die Prinzipien. Dennoch hat auch der Ochse im Stall die Fähigkeit zur Empfindung; jedes wilde Tier und jeder Abartige folgt den Zuckungen seiner Impulse; und selbst Männer, die die Götter verleugnen oder ihr Land verraten oder‹ – Vorsicht, Mann!«

Nach dieser Warnung schritt Ian zielsicher über den Axtgriff hinweg, drehte sich nach links und bugsierte sein Ende der Last vorsichtig um die Ecke der halbfertigen Wand aus Stämmen.

»›– oder hinter verschlossenen Türen alle Arten von Schindluder treiben, besitzen einen Verstand, der sie auf den geraden Pfad der Tugend führen könnte‹«, resümierte Jamie Marcus Aurelius' *Selbstbetrachtungen*. »›Wenn man also begreift‹ – einen Schritt höher. Aye, gut, jetzt haben wir's – ›wenn man also begreift, daß alles andere auch solchen Menschen angeboren ist, dann ist das einzige, was den guten Menschen auszeichnet, die Bereitwilligkeit, mit der er jede Erfahrung willkommen heißt, die der Webstuhl des Schicksals für ihn webt; seine Weigerung, das Göttliche, das seiner Brust innewohnt, zu beflecken oder es durch Sinnesverwirrungen durcheinanderzubringen…‹ Gut so, und hau… ruck!«

Sein Gesicht wurde scharlachrot vor Anstrengung, als sie jetzt an der richtigen Stelle ankamen und gemeinsam den abgevierten Stamm auf Schulterhöhe hievten. Zu beansprucht, um mit Marc Aurels *Selbstbetrachtungen* fortzufahren, steuerte Jamie die Bewegungen seines Neffen mit Kopfrucken und atemlos hervorgebrachten kurzen Befehlen, während sie den sperrigen Holzbalken in die Einkerbung der darunterliegenden Querbalken manövrierten.

»Ach, die Zuckungen seiner Impulse, was?« Ian strich sich eine

Haarlocke aus dem schweißnassen Gesicht. »Ich spüre leichte Zuckungen in der Magengegend. Ist das schon abartig?«

»Ich glaube, das ist eine der Tageszeit angemessene körperliche Empfindung«, gestand Jamie ihm zu und stöhnte leise, als sie den Balken den letzten Zentimeter in Position manövrierten. »Noch etwas nach links, Ian.«

Der Stamm senkte sich in die vorbereiteten Einkerbungen und die beiden traten mit einem gemeinsamen Seufzer der Erleichterung zurück. Ian grinste seinen Onkel an.

»Das heißt, du hast auch Hunger, oder?«

Jamie grinste zurück, doch bevor er antworten konnte, hob Rollo den Kopf, spitzte die Ohren, und ein leises Knurren grollte in seiner Brust. Daraufhin hörte Ian auf, sich das Gesicht mit seinem Hemdschoß abzuwischen, und wandte suchend den Kopf.

»Wir kriegen Gesellschaft, Onkel Jamie«, sagte er und deutete mit einem Kopfnicken zum Waldrand. Jamie erstarrte. Bevor er sich jedoch umdrehen oder nach einer Waffe greifen konnte, hatte ich erkannt, was Rollo und Ian im wechselnden Licht der Blätter gesehen hatten.

»Keine Sorge«, sagte ich belustigt. »Es ist dein ehemaliger Saufkumpan – für eine Stippvisite herausgeputzt. Anscheinend eine kleine Überraschung, die der Webstuhl des Schicksals gewebt hat, auf daß du sie bereitwillig willkommen heißt.«

Nacognaweto wartete höflich im Schatten des Kastanienhains, bis er sicher war, daß wir ihn gesehen hatten. Dann trat er aus dem Wald und kam langsam näher, diesmal nicht von seinen Söhnen gefolgt, sondern von drei Frauen. Zwei von ihnen trugen große Bündel auf dem Rücken.

Eine war ein junges Mädchen, kaum älter als vielleicht dreizehn, und die zweite, die in den Dreißigern war, eindeutig die Mutter des Mädchens. Die dritte Frau, die sie begleitete, war viel älter – nicht die Großmutter, dachte ich beim Anblick ihrer gebeugten Haltung und ihres weißen Haars, vielleicht die Urgroßmutter.

Sie hatten sich tatsächlich für ihren Besuch herausgeputzt; Nacognawetos Unterschenkel waren nackt, seine Füße steckten in Schnürstiefeln, doch er trug eine Musselinkniehose, die am Knie locker saß, und darüber ein Hemd aus rot gefärbtem Leinen, das von einem prachtvollen Gürtel mit Verzierungen aus Stachelschweinborsten und weißen und lavendelblauen Muscheln gerafft wurde. Darüber trug er eine perlenbestickte Lederweste, und eine Art locker gewickelter Turban aus blauem Kaliko thronte auf seinem offenen Haar, aus dem über jedem Ohr eine Krähenfeder herabbaumelte. Schmuck aus Muscheln und Silber – ein Ohrring, mehrere Halsbänder, eine Gürtelschnalle und kleine Ornamente, die er sich ins Haar gebunden hatte – vervollständigte das Bild.

Die Frauen waren etwas weniger prunkvoll aufgemacht, aber immer noch eindeutig in ihrem Sonntagsstaat mit langen, weiten Kleidern, die ihnen bis an die Knie reichten und unter denen weiche Stiefel und Lederleggings zu sehen waren. Sie waren mit Hirschlederschürzen gegürtet, die mit dekorativen Mustern bemalt waren, und die beiden jüngeren Frauen trugen ebenfalls schmuckvolle Westen. Sie näherten sich im Gänsemarsch und blieben auf halbem Weg auf der Lichtung stehen.

»Mein Gott«, murmelte Jamie, »eine Gesandtschaft.« Er wischte sich mit dem Ärmel über das Gesicht und stieß Ian zwischen die Rippen. »Sag für mich guten Tag, Ian; ich bin gleich wieder da.«

Ian, der ein etwas verblüfftes Gesicht zog, trat vor, um die Indianer zu begrüßen, und winkte mit seiner großen Hand als offizielle Willkommensgeste. Jamie packte mich am Arm und schob mich um die Ecke in das halbfertige Haus.

»Was –«, begann ich verblüfft.

»Zieh dich um«, unterbrach er mich und schob die Kleiderkiste in meine Richtung. »Zieh deine prunkvollsten Sachen an, aye? Sonst würden wir ihnen nicht genug Respekt zollen.«

»Prunkvoll« war nicht gerade die Beschreibung, die auf irgendeins meiner Kleidungsstücke zutraf, doch ich tat mein Bestes, indem ich mir hastig einen gelben Leinenrock um die Taille schnürte und mein einfaches, weißes Halstuch durch ein mit Kirschen besticktes Tuch ersetzte, das Jocasta mir mitgeschickt hatte. Das würde reichen, dachte ich – schließlich waren es offensichtlich die Männchen der Gattung, die hier im Zentrum der Aufmerksamkeit standen.

Nachdem Jamie in Rekordzeit seine Kniehose abgestreift und sich das rote Plaid um die Hüften geschlungen hatte, befestigte er es mit einer kleinen, bronzenen Brosche, zog eine Flasche unter dem Bettgestell hervor und war durch die offene Seite des Hauses verschwunden, bevor ich mein Haar in Ordnung bringen konnte. Daraufhin gab ich den Versuch als vergebliche Liebesmüh auf und eilte ihm nach draußen nach.

Die Frauen beobachteten mich mit der gleichen Faszination, die ich für sie hegte, doch sie hielten sich im Hintergrund, während Jamie und Nacognaweto die üblichen Begrüßungen austauschten, wobei formell Brandy ausgeschenkt und gemeinsam getrunken wurde, ein

Ritual, in das sie Ian miteinschlossen. Erst dann trat die zweite Frau auf eine Geste Nacognawetos hin vor und grüßte uns mit einem schüchternen Kopfnicken.

»*Bonjour, Messieurs, Madame*«, sagte sie leise und blickte uns nacheinander an. Ihre Augen ruhten mit unverhüllter Neugier auf mir und registrierten jedes Detail meiner Erscheinung, daher hatte ich auch keine Hemmungen, sie ebenso anzustarren. Ein Mischling, dachte ich, vielleicht französisch?

»*Je suis sa femme*«, sagte sie und neigte ihren Kopf graziös in Nacognawetos Richtung, während ihre Worte meine Vermutungen über ihre Abstammung bestätigten. »*Je m'appelle Gabrielle.*«

»Äh... *je m'appelle Claire*«, sagte ich und deutete mit einer etwas weniger graziösen Geste auf mich. »*S'il vous plaît...*« Ich wies auf den Stapel Baumstämme und lud sie zum Sitzen ein, während ich mich insgeheim fragte, ob wir genug Eichhörncheneintopf hatten, um sie einzuladen.

Unterdessen beäugte Jamie Nacognaweto mit einer Mischung aus Belustigung und Verärgerung.

»So so, kein Franz' wie?« sagte er. »Nicht ein Wort, nehme ich an!« Der Indianer sah ihn mit völlig ausdruckslosem Gesicht an und nickte seiner Frau zu, damit sie mit der Vorstellung fortfahre.

Die ältere Frau hieß Nayawenne und war nicht Gabrielles Großmutter, wie ich gedacht hatte, sondern Nacognawetos. Sie war von leichtem Knochenbau, dünn und von Rheumatismus gebeugt, doch sie hatte glänzende Augen wie die Spatzen, denen sie so ähnlich sah. Um den Hals trug sie einen kleinen Lederbeutel, der mit einem ungeschliffenen, durchbohrten grünen Stein und den gefleckten Schwanzfedern eines Spechtes geschmückt war. Ein größerer Beutel, diesmal aus Stoff, hing an ihrer Taille. Sie sah, wie mein Blick auf die grünen Flecken auf dem groben Tuch fiel und lächelte, wobei sie zwei vorstehende, gelbe Vorderzähne entblößte.

Wie ich vermutet hatte, war das Mädchen Gabrielles Tochter – nicht aber, so glaubte ich, Nacognawetos; sie hatte keine Ähnlichkeit mit ihm, und verhielt sich ihm gegenüber schüchtern. Ihr etwas unpassender Name war Berthe, und man sah ihr noch viel deutlicher als ihrer Mutter an, daß sie ein Mischling war: Ihr Haar war dunkel und seidig, jedoch dunkelbraun anstatt ebenholzschwarz, und ihr rundes Gesicht hatte die frische Gesichtsfarbe einer Europäerin, obwohl ihre Augen die indianische Mandelform aufwiesen.

Als die offizielle Vorstellung vorbei war, winkte Nacognaweto Berthe zu, die gehorsam das große Bündel hervorholte, das sie getragen hatte, es zu meinen Füßen absetzte und einen großen Korb voll orange-grün gestreifter Kürbisse, auf einer Schnur aufgezogene getrocknete Fische, einen kleineren Korb mit Yamswurzeln und einen Berg geschälter und getrockneter Maiskolben zum Vorschein brachte.

»Mein Gott«, murmelte ich. »Die Rückkehr des Squanto!«

Alle sahen mich verständnislos an, und ich beeilte mich zu lächeln und in – völlig ernstgemeinte Freudenrufe über die Geschenke auszubrechen. Es war vielleicht nicht genug, um uns den ganzen Winter über zu ernähren, doch würde es unseren Speiseplan gut zwei Monate lang bereichern.

Nacognaweto erklärte durch Gabrielle, daß dies ein kleiner und bedeutungsloser Dank für den Bären sei, den Jamie ihm geschenkt hatte, was man in seinem Dorf mit Entzücken aufgenommen habe. Jamies mutige Heldentat (hier sahen die Frauen mich an und kicherten, denn sie alle hatten offenbar von der Episode mit dem Fisch gehört) sei der Gegenstand vieler Gespräche und großer Bewunderung gewesen.

Jamie, für den diese Art diplomatischer Wortwechsel etwas völlig Normales war, leugnete bescheiden jeden Heroismus und tat die Begegnung als puren Zufall ab.

Während Gabrielle mit der Übersetzung beschäftig war, ignorierte die Alte die gegenseitigen Komplimente und stahl sich seitwärts wie ein Krebs zu mir herüber. Ohne mir das geringste Gefühl eines Affronts zu geben, klopfte sie mich vertraulich von Kopf bis Fuß ab, befühlte meine Kleider, hob den Saum meines Kleides hoch, um meine Schuhe zu begutachten, und murmelte mit leiser, heiserer Stimme einen fortlaufenden Kommentar vor sich hin.

Das Murmeln wurde lauter und nahm einen erstaunten Tonfall an, als sie bei meinem Haar anlangte. Ihr zu Gefallen fischte ich die Haarnadeln heraus und ließ es mir über die Schultern fallen. Sie zog eine Locke heraus, zog sie stramm, ließ sie dann zurückfedern und lachte gurgelnd.

Die Männer blickten in unsere Richtung, doch inzwischen war Jamie dazu übergegangen, Nacognaweto die Konstruktion unseres Hauses zu zeigen. Der Schornstein war fertig, wie das Fundament aus Feldsteinen gebaut, und der Fußboden war gelegt, doch die Wände, gebaut aus soliden, abgevierten Baumstämmen von etwa zwanzig Zentimetern Durchmesser, erhoben sich erst schulterhoch. Jamie drängte Ian, das Entrinden eines Baumstammes zu demonstrieren, wobei er sich beständig nach hinten vorarbeitete, immer an der Oberseite eines Stammes entlang, und bei jedem Hieb gerade eben seine Zehen verfehlte.

Da diese Form männlicher Konversation keiner Übersetzung bedurfte, stand es Gabrielle frei, zu uns zu kommen und sich mit mir zu unterhalten; obwohl ihr Französisch merkwürdig akzentuiert und voll seltsamer Redewendungen war, hatten wir keine Schwierigkeiten, einander zu verstehen.

Binnen kurzem fand ich heraus, daß Gabrielle die Tochter eines französischen Pelzhändlers und einer Huronenfrau war. Sie war Nacognawetos zweite Frau, und er war wiederum ihr zweiter Ehemann – der erste, Berthes Vater, war Franzose gewesen und zehn Jahre zuvor im Franzosenkrieg ums Leben gekommen.

Sie lebten in einem Dorf namens Anna Ooka (ich biß mir auf die Innenseite der Wange, um nicht zu lachen; zweifellos hätte sich »New-Bern« für sie auch seltsam angehört), etwa zwei Tagesritte nordwestlich – Gabrielle zeigte die Richtung mit einer graziösen Kopfbewegung an.

Während ich mich mit Gabrielle und Berthe unterhielt und mit Handbewegungen nachhalf, wurde mir allmählich bewußt, daß noch eine andere Art von Kommunikation stattfand, und zwar mit der alten Frau.

Sie sprach mich nicht direkt an – obwohl sie dann und wann mit Berthe tuschelte, weil sie offensichtlich wissen wollte, was ich gesagt hatte –, doch ihre leuchtenden, dunklen Augen blieben auf mich gerichtet, und ich war mir ihrer Aufmerksamkeit seltsam bewußt. Ich hatte das merkwürdige Gefühl, daß sie mit mir sprach – und ich mit ihr –, ohne daß ein einziges Wort gewechselt wurde.

Ich sah, wie Jamie am anderen Ende der Lichtung Nacognaweto den Rest Brandy in der Flasche anbot; es war also an der Zeit, Gegengeschenke zu machen. Ich gab Gabrielle das bestickte Halstuch und Berthe eine mit Straß verzierte Haarnadel, worüber sie in erfreute Ausrufe ausbrachen. Doch für Nayawenne hatte ich etwas anderes.

Ich hatte in der Woche zuvor das Glück gehabt, vier große Ginsengwurzeln zu finden. Ich holte alle vier aus meiner Medizinkiste und drückte sie ihr lächelnd in die Hand. Sie blickte mich an, grinste dann, band den Stoffbeutel von ihrem Gürtel los und reichte ihn mir. Ich brauchte ihn gar nicht zu öffnen; ich konnte die vier langen, knotigen Gegenstände durch den Stoff fühlen.

Ich lachte zurück; ja, wir sprachen definitiv dieselbe Sprache.

Von Neugier und einem Impuls getrieben, den ich nicht beschreiben konnte, fragte ich Gabrielle nach dem Amulett der alten Dame, wobei ich hoffte, daß dies keine unverzeihliche Verletzung der Etikette bedeutete.

»*Grandmère est...*« Sie zögerte, denn sie suchte nach dem richtigen französischen Wort, doch ich wußte bereits Bescheid.

»*Pas docteur*«, sagte ich, »*et pas sorcière, magicienne. Elle est...*« Ich zögerte ebenfalls; es gab einfach kein passendes französisches Wort.

»Wir sagen, sie ist eine Sängerin«, warf Berthe schüchtern auf französisch ein. »Wir nennen sie Schamanin, und ihr Name bedeutet ›Es mag sein, es wird geschehen‹.«

Die Alte sagte etwas und nickte mir dabei zu, und die beiden Frauen machten ein etwas erschrockenes Gesicht. Nayawenne senkte den Kopf, nahm den kleinen Beutel ab und legte ihn mir in die Hand.

Er war so schwer, daß mein Handgelenk nachgab und ich ihn beinahe fallen ließ. Erstaunt schloß ich meine Finger darum. Das abgetragene Leder war von ihrem Körper erwärmt, und die runde Form schmiegte sich glatt in meine Hand. Einen kurzen Augenblick lang hatte ich das bemerkenswerte Gefühl, daß in dem Beutel etwas lebendig war.

Mein Gesicht muß mein Unbehagen angezeigt haben, denn die Alte krümmte sich vor Lachen. Sie hielt mir die Hand hin, und ich gab ihr das Amulett mit beträchtlicher Hast zurück. Gabrielle eröffnete mir höflich, daß es der Großmutter ihres Mannes ein Vergnügen wäre, mir die nützlichen Pflanzen zu zeigen, die hier wuchsen, wenn ich mit ihr einen Spaziergang unternehmen wolle.

Ich nahm diese Einladung begierig an, und die Alte machte sich mit einer Sicherheit und einem Tempo auf den Weg, die ihr Alter Lügen straften. Ich beobachtete ihre winzigen Füße in den weichen Lederschuhen und hoffte, daß ich in ihrem Alter auch noch in der Lage sein würde, zwei Tage durch die Wälder zu marschieren und dann noch einen Erkundungsgang unternehmen zu wollen.

Wir wanderten ein Stück am Bach entlang, in respektvoller Entfernung von Gabrielle und Berthe gefolgt, die nur zu uns aufschlossen, wenn wir sie zum Übersetzen riefen.

»Jede Pflanze trägt in sich das Heilmittel für eine Krankheit«, erklärte die Alte durch Gabrielle. Sie pflückte einen Zweig und reichte ihn mir mit einem ironischen Blick. »Wenn wir sie nur alle kennen würden!«

Großenteils kamen wir ganz gut mit Gesten zurecht, doch als wir das große Wasserbecken erreichten, in dem Jamie und Ian oft Forellen angelten, blieb Nayawenne stehen und winkte Gabrielle wieder herbei. Sie sagte etwas zu der Frau, die mich mit leicht überraschtem Blick ansah.

»Die Großmutter meines Mannes sagt, daß sie von Euch geträumt hat, in der Vollmondnacht vor zwei Monaten.«

»Von mir?«

Gabrielle nickte. Nayawenne legte mir die Hand auf den Arm und blickte mir aufmerksam ins Gesicht, als wollte sie sehen, welche Wirkung Gabrielles Worte hatten.

»Sie hat uns von dem Traum erzählt, in dem sie eine Frau gesehen hatte mit –« Ihre Lippen zuckten, doch rasch hatte sie sich wieder unter Kontrolle und berührte sacht die Spitzen ihres eigenen, glatten Haars. »Drei Tage danach kehrten mein Mann und seine Söhne zurück und berichteten, daß sie Euch und dem Bärentöter im Wald begegnet waren.«

Berthe betrachtete mich ebenfalls mit unverhohlenem Interesse und wickelte sich eine Strähne ihres dunkelbraunen Haares um die Spitze ihres Zeigefingers.

»Sie, die heilt, hat sofort gesagt, daß sie Euch sehen muß, und als wir dann hörten, daß Ihr hier seid…«

Das jagte mir einen kleinen Schrecken ein; ich hatte nicht das Gefühl gehabt, daß wir beobachtet wurden, und doch hatte ganz offensichtlich jemand unsere Anwesenheit auf dem Berg bemerkt und Nacognaweto die Nachricht überbracht.

Da ihr diese Nebensächlichkeiten zu lange dauerten, stieß Nayawenne ihre Schwiegerenkelin an, sagte etwas und wies dann nachdrücklich auf das Wasser zu unseren Füßen.

»Die Großmutter meines Mannes sagt, Ihr seid ihr hier an dieser Stelle im Traum erschienen.« Gabrielle wies auf das Becken und sah mich mit großem Ernst an.

»Sie ist Euch hier in der Nacht begegnet. Der Mond war im Wasser. Ihr habt Euch in einen weißen Raben verwandelt, seid über das Wasser geflogen und habt den Mond verschluckt.«

»Oh?« Ich hoffte, daß das keine Untat von mir gewesen war.

»Der weiße Rabe kam zurück und hat ihr ein Ei in die Handfläche gelegt. Das Ei ist aufgesprungen, und es war ein glänzender Stein darin. Die Großmutter meines Mannes wußte, daß dies ein großer Zauber war, daß dieser Stein Krankheiten heilen kann.«

Nayawenne nickte mehrere Male, nahm den Amulettbeutel erneut von ihrem Hals und griff hinein.

»Am Tag nach dem Traum ist die Großmutter meines Mannes in den Wald gegangen, um *kinnea*-Wurzeln auszugraben, und unterwegs hat sie etwas Blaues im Lehm am Bachufer stecken sehen.«

Nayawenne zog einen kleinen Klumpen hervor und legte ihn mir in die Hand. Es war ein Stein, zwar ungeschliffen, aber eindeutig ein Edelstein. Es hafteten noch Teile der Steinmatrix daran, doch das Herz des Steins war von einem tiefen, sanften Blau.

»Mein Gott – das ist ein Saphir, nicht wahr?«

»Saphir?« Gabrielle ließ sich das Wort auf der Zunge zergehen, als wollte sie seinen Geschmack prüfen. »Wir nennen ihn« – sie zögerte und suchte nach der richtigen französischen Übersetzung – »*pierre sans peur*.«

»*Pierre sans peur?*« Ein Stein ohne Furcht?

Nayawenne nickte und fuhr fort. Bevor ihre Mutter den Mund auftun konnte, fiel Berthe mit der Übersetzung ein.

»Die Großmutter meines Vaters sagt, ein Stein wie dieser sorgt dafür, daß die Menschen keine Angst bekommen, er stärkt ihre Lebensgeister, so daß sie schneller gesund werden. Dieser Stein hat schon zwei Menschen vom Fieber befreit und die Augenentzündung meines jüngeren Bruders geheilt.«

»Die Großmutter meines Mannes möchte Euch für dieses Geschenk danken.« Geschickt übernahm Gabrielle wieder die Gesprächsführung.

»Äh… sagt ihr, keine Ursache.« Ich nickte der Alten freundlich zu und gab ihr den blauen Stein zurück. Sie ließ ihn in den Beutel fallen und verschloß ihn wieder. Dann sah sie mich genau an, streckte die Hand aus, zog an einer meiner Locken und rieb sie beim Sprechen zwischen ihren Fingern.

»Die Großmutter meines Mannes sagt, ihr habt die Heilkraft schon, aber sie wird noch zunehmen. Wenn Euer Haar so weiß ist wie das ihre, werdet Ihr zu Eurer ganzen Macht finden.«

Die Alte ließ die Haarlocke los und sah mir einen Moment lang in die Augen. Ich glaubte eine große Traurigkeit in den verblichenen Tiefen zu sehen, und streckte unwillkürlich die Hand aus, um sie zu berühren.

Sie trat zurück und sagte noch etwas. Gabrielle blickte mich seltsam an.

»Sie sagt, Ihr sollt Euch keine Vorwürfe machen, Krankheiten werden von den Göttern gesandt. Es wird nicht Eure Schuld sein.«

Ich sah Nayawenne erschrocken an, doch sie hatte sich schon abgewandt.

»Was wird nicht meine Schuld sein?« fragte ich, doch die Alte war nicht bereit, mehr zu sagen.

21

Nacht auf dem verschneiten Berg

Dezember 1767
Der Winter ließ noch ein wenig auf sich warten, doch am achtundzwanzigsten November fing es nachts an zu schneien, und als wir erwachten, fanden wir die Welt verwandelt vor. Jede Nadel der großen Blaufichte hinter dem Blockhaus war mit Frost überzogen, und von den wilden Himbeersträuchern hingen zu Zacken geronnene Eiskristalle herab.

Der Schnee war nicht tief, doch mit seiner Ankunft änderte sich unser Tagesablauf. Ich ging tagsüber nicht länger auf Nahrungssuche, abgesehen von den kurzen Ausflügen zum Bach, wenn ich Wasser brauchte und um die letzten Reste grüner Kresse aus dem eisigen Uferschlamm zu ziehen. Jamie und Ian pausierten mit den Rodungsarbeiten und wandten sich der Herstellung von Schindeln zu. Der Winter rückte immer näher, und wir zogen uns vor der Kälte zurück und wandten uns nach innen.

Wir hatten keine Kerzen, nur Talglampen und Binsenlichter und den Schein des Feuers, das ständig in der Herdstelle brannte und unsere Dachbalken schwärzte. Daher standen wir bei Tagesanbruch auf und legten uns nach dem Abendessen nieder, im Einklang mit den Geschöpfen des Waldes, der uns umgab.

Wir hatten noch keine Schafe und konnten daher auch keine Wolle krempeln oder spinnen, kein Tuch weben oder färben. Wir hatten noch keine Bienenstöcke und konnten kein Wachs schmelzen und keine Kerzen ziehen. Es gab kein Vieh, um das wir uns kümmern mußten, außer den Pferden und Maultieren und dem Ferkel, das beträchtlich an Größe und Reizbarkeit zugenommen hatte und demzufolge in ein separates Abteil in einer Ecke des einfachen Stalles verbannt worden war, den Jamie gebaut hatte – und der kaum mehr war als ein großer Verschlag mit offener Vorderseite und einem Dach aus Zweigen.

Myers hatte eine kleine, aber nützliche Sammlung von Werkzeugen mitgebracht – Eisenteile, die in einem Beutel klirrten und noch mit

Holzgriffen aus dem nahen Wald versehen werden mußten: eine Axt zum Entrinden und eine weitere Axt, eine Pflugschar für die Aussaat im Frühjahr, Bohrer, Hobel und Meißel, eine kleine Grassense, zwei Hämmer und eine Handsäge, ein merkwürdiges Gerät namens »Karst«, mit dem man, wie Jamie sagte, Nute schneiden konnte, ein »Ziehmesser« – eine gekrümmte Klinge mit Griffen an beiden Enden, mit der man Holz glätten und konisch zulaufen lassen konnte –, zwei kleine, scharfe Messer, ein Breitbeil, etwas, das aussah wie ein mittelalterliches Folterinstrument, in Wirklichkeit aber zur Herstellung von Nagelköpfen diente, und ein Messer zum Spalten von Schindeln.

Mit vereinten Kräften war es Jamie und Ian gelungen, vor dem Schneefall das Dach der Blockhütte zu decken, doch die Schuppen waren weniger wichtig gewesen. Ein Holzblock stand ständig neben dem Feuer, das Spaltmesser hineingeschlagen, und wartete darauf, daß jemand einen Augenblick Zeit hatte und ein paar neue Schindeln abschlug. Diese Ecke am Herd war sowieso für Schnitzarbeiten reserviert. Ian hatte einen groben, aber brauchbaren Hocker gefertigt, der unter einem Fenster stand, so daß man das Tageslicht ausnutzen konnte, und man konnte ganz ökonomisch die Späne in das Feuer werfen, das Tag und Nacht brannte.

Myers hatte mir auch ein paar Frauenwerkzeuge mitgebracht: einen riesigen Nähkorb, der bestens mit Nadeln, Stecknadeln, Scheren, Garnknäueln und Leinen-, Musselin- und Wolltuchstücken ausgestattet war. Nähen war zwar nicht meine Lieblingsbeschäftigung, doch der Anblick entzückte mich trotzdem, da Jamie und Ian sich ständig durch dichtes Gesträuch bewegten oder auf den Dächern herumkrochen und die Knie, Ellbogen und Schultern all ihrer Kleidungsstücke daher konstant reparaturbedürftig waren.

»Schon wieder eins!« Jamie schoß neben mir im Bett hoch.

»Schon wieder ein was?« fragte ich verschlafen und öffnete ein Auge. Es war sehr dunkel in der Blockhütte, denn das Herdfeuer war bis auf die Glut heruntergebrannt.

»Schon wieder ein verdammtes Leck! Es hat mich am Ohr getroffen, verflucht!« Er sprang aus dem Bett, ging zum Feuer und steckte einen Holzstock hinein. Als dieser brannte, brachte er ihn zurück, stellte sich auf das Bett und hielt seine Fackel hoch, während er auf der Suche nach dem boshaften Leck das Dach wütend anstarrte.

»Häh?« Ian, der auf einem niedrigen, zusammenklappbaren Rollbett schlief, drehte sich um und gab ein fragendes Stöhnen von sich. Rollo, der darauf bestand, das Bett mit ihm zu teilen, äußerte ein kurzes »*Uff*«, fiel wieder zu einem grauen Fellhaufen zusammen und nahm sein lautes Schnarchen wieder auf.

»Ein Leck«, sagte ich zu Ian, während ich Jamies Fackel genau im Auge behielt. Es kam nicht in Frage, daß mein kostbares Federbett durch einen verirrten Funken in Flammen aufging.

»Oh.« Ian lag mit dem Arm über dem Gesicht da. »Hat es wieder geschneit?«

»Muß es wohl.« Die Fenster waren mit angenagelten Quadraten aus eingeöltem Hirschleder abgedeckt und von draußen kam kein Geräusch, doch die Luft hatte jene merkwürdige Gedämpftheit an sich, die mit dem Schnee kam.

Der Schnee fiel lautlos und türmte sich auf dem Dach auf, wenn dann die Wärme der Schindeln anfing, ihn von unten zum Schmelzen zu bringen, tropfte er an der Dachfläche herab und hinterließ ein glitzerndes Eiszapfengitter an den Traufen. Dann und wann aber fand das wandernde Wasser einen Riß in einer Schindel oder eine Fuge, deren überlappenden Ränder sich verzogen hatten, und die Tropfen steckten ihre Eisfinger durch das Dach.

Jamie betrachtete alle derartigen Störungen als persönlichen Affront und duldete keinen Aufschub, wenn es darum ging, mit ihnen fertig zu werden.

»Da!« rief er aus. »Da ist es. Siehst du?«

Ich verlagerte meinen glasigen Blick von den behaarten Knöcheln vor meiner Nase zur Decke hinauf. In der Tat zeigte das Licht der Fackel die schwarze Linie eines Risses in einer Schindel und eine dunkle, feuchte Stelle, die sich an ihrer Unterseite ausbreitete. Während ich dort hinsah, bildete sich ein klarer Tropfen, der rot im Fackelschein glitzerte, und fiel mit einem *Plop!* neben mir auf das Kissen.

»Wir könnten das Bett ein Stück zur Seite rücken«, schlug ich vor, wenn auch ohne große Hoffnung. Ich erlebte das nicht zum ersten Mal. Jegliche Andeutung, daß die Reparaturarbeiten doch bis zum Tagesanbruch warten könnten, traf auf erstaunte Ablehnung; ein richtiger Mann, so gab man mir zu verstehen, könne so etwas nicht gutheißen.

Jamie stieg vom Bett herunter und stieß Ian mit dem Fuß zwischen die Rippen.

»Steh auf und klopf gegen die Stelle, wo der Riß ist, Ian. Ich kümmere mich von außen darum.« Indem er eine frische Schindel, einen Hammer, ein Beil und einen Sack Nägel ergriff, ging er auf die Tür zu.

»Geh bloß nicht so aufs Dach!« rief ich aus und setzte mich abrupt auf. »Das ist dein gutes Wollhemd!«

Er blieb an der Tür stehen, warf mir einen kurzen, erbosten Blick zu, legte dann mit dem vorwurfsvollen Ausdruck eines frühchristlichen Märtyrers seine Werkzeuge hin, zog sich das Hemd aus, ließ es zu Boden fallen, hob die Werkzeuge wieder auf und schritt majestätisch hinaus, um sich um die undichte Stelle zu kümmern, die Pobacken in hingebungsvoller Entschlossenheit zusammengekniffen.

Dumpfes Hämmern auf dem Dach, das definitiv nicht von den Hufen acht winziger Rentiere stammte, teilte uns mit, daß Jamie angekommen war. Ich rollte mich aus dem Weg und stand resigniert auf, als Ian auf das Bett stieg und mit einem langen Stück Feuerholz an der feuchten Stelle herumstocherte und an den Schindeln rüttelte, so daß Jamie die undichte Stelle von außen erkennen konnte.

Es folgte kurzes Rucken und Klopfen, während die kaputte Schindel losgehebelt und ersetzt wurde, dann war das Leck vollständig beseitigt, und nur der kleine Schneehaufen, der durch das Loch an der Stelle der entfernten Schindel hereingefallen war, zeugte noch von seiner Existenz.

Wieder im Bett, wickelte Jamie seinen frostigen Körper um mich, preßte mich an seine eisige Brust und schlief prompt ein, erfüllt von der rechtschaffenen Genugtuung eines Mannes, der Heim und Herd gegen jede Bedrohung verteidigt hat.

Wir hatten sehr unsicher und zaghaft auf dem Berg Fuß gefaßt – doch wir *hatten* Fuß gefaßt. Wir hatten nicht viel Fleisch – wir hatten kaum Zeit gehabt, mehr als Eichhörnchen und Kaninchen zu jagen, und diese nützlichen Nager hatten sich jetzt in die Winterruhe begeben –, jedoch eine beträchtliche Menge an getrocknetem Gemüse, von Yamswurzeln über Kürbisse bis hin zu wilden Zwiebeln und Knoblauch, dazu ein paar Häufchen Nüsse und den kleinen Vorrat an Kräutern, die ich hatte sammeln und trocknen können. Es ergab einen kargen Speiseplan, doch wenn wir sorgsam mit unseren Vorräten umgingen, konnten wir bis zum Frühjahr überleben.

Da es draußen nur wenige Aufgaben zu erledigen gab, hatten wir Zeit, uns zu unterhalten, uns Geschichten zu erzählen und zu träumen. Jamie nahm sich die Zeit, neben nützlichen Objekten wie Löffeln und Schüsseln auch einen Satz hölzerner Schachfiguren zu schnitzen und versuchte oft, Ian oder mich zum Spielen zu verführen.

Ian und Rollo, die sich beide sehr eingepfercht fühlten, begaben sich oft nach Anna Ooka und machten manchmal ausgedehnte Jagdausflüge mit den jungen Männern aus dem Dorf, die sich über seine und Rollos Gesellschaft freuten.

»Der Junge spricht die Indianersprache viel besser als Griechisch oder Latein«, stellte Jamie mit einigem Mißvergnügen fest, während er Ian dabei zusah, wie er beim Aufbruch zu einer dieser Expeditionen freundschaftliche Beleidigungen mit seinem indianischen Begleiter austauschte.

»Na ja, wenn Marc Aurel darüber geschrieben hätte, wie man einer Stachelschweinfährte folgt, hätte er eine begeistertere Zuhörerschaft gefunden, schätze ich«, erwiderte ich beschwichtigend.

So lieb ich Ian hatte, war ich persönlich doch nicht unglücklich darüber, daß er so häufig abwesend war. Manchmal waren drei definitiv einer zuviel.

Es gibt nichts Schöneres im Leben als ein Federbett und ein offenes Feuer – außer einem Federbett mit einem warmen und zärtlichen Liebhaber darin. Wenn Ian nicht da war, mühten wir uns nicht erst mit den Binsenlichtern ab, sondern gingen bei Anbruch der Dunkelheit zu Bett und lagen dann in enger Umarmung im Warmen. Dann redeten wir bis spät in die Nacht, lachten und erzählten uns Geschichten, erinnerten uns an die Vergangenheit, machten Pläne für die Zukunft und hielten mitten im Gespräch inne, um die wortlosen Freuden der Gegenwart zu genießen.

»Erzähl mir von Brianna.« Geschichten aus Briannas Kindheit hörte Jamie am liebsten. Was sie gesagt, angezogen und getan hatte, wie sie ausgesehen hatte, was sie alles gekonnt hatte, was sie mochte.

»Habe ich dir schon erzählt, wie sie mich in die Schule eingeladen haben, um über den Arztberuf zu sprechen?«

»Nein.« Er verlagerte sein Gesicht, um es sich bequemer zu machen, drehte sich auf die Seite und schmiegte sich an meinen Rücken. »Warum solltest du das tun?«

»Man nannte das Berufstag; die Lehrer haben viele Leute mit unterschiedlichen Berufen eingeladen, damit sie erklärten, was sie machten, und die Kinder einen Eindruck davon bekämen, was beispielsweise ein Anwalt tut oder ein Feuerwehrmann –«

»Ich dachte, das läge auf der Hand.«

»Psst. Oder ein Veterinär – das ist ein Arzt, der nur Tiere behandelt – oder ein Zahnarzt...«

»Ein Arzt nur für *Zähne*? Was kann man denn mit einem Zahn machen außer ihn ziehen?«

»Du würdest dich wundern.« Ich strich mir das Haar aus dem Gesicht und hob es mir aus dem Nacken. »Wie auch immer, jedenfalls haben sie mich gebeten zu kommen, weil es damals nicht üblich war, daß eine Frau Arzt wird.«

»Und du meinst, *jetzt* ist es üblich?« Er lachte, und ich trat ihm sanft vor das Schienbein.

»Es ist bald darauf üblicher geworden. Aber damals war es das noch nicht. Und als ich zu Ende gesprochen hatte und mich erkundigte, ob es Fragen gebe, hat so ein vorwitziger kleiner Junge losposaunt, *seine* Mutter habe gesagt, berufstätige Frauen seien nicht besser als Prostituierte und sie gehörten nach Hause zu ihren Familien, anstatt den Männern die Arbeit wegzunehmen.«

»Dann kann seine Mutter nicht viele Prostituierte gekannt haben, nehme ich an.«

»Nein, das glaube ich auch nicht. Und auch nicht viele berufstätige Frauen. Aber als er das gesagt hat, ist Brianna aufgestanden und hat sehr laut gesagt: ›Na, du solltest besser froh sein, daß meine Mama Ärztin ist, weil du nämlich gleich eine *brauchst!*‹ Dann hat sie ihm ihr Mathebuch auf den Kopf geschlagen, und als er das Gleichgewicht verlor und hinfiel, ist sie ihm auf den Bauch gesprungen und hat ihm ins Gesicht geboxt.«

Ich spürte, wie seine Brust und sein Bauch in meinem Rücken bebten.

»Was für ein Prachtmädchen! Aber hat der Lehrer ihr dafür keins übergezogen?«

»Man schlägt keine Kinder in der Schule. Sie mußte dem kleinen Biest einen Entschuldigungsbrief schreiben, aber er mußte *mir* auch einen schreiben, und sie fand, das war ein fairer Tausch. Das peinlichere daran war, daß sich herausstellte, daß sein Vater auch Arzt war, einer meiner Kollegen im Krankenhaus.«

»Und du hattest nicht zufällig eine Anstellung bekommen, die er haben wollte?«

»Wie kommst du nur darauf?«

»Mmm.« Sein warmer Atem kitzelte mich im Nacken. Ich streckte die Hand nach hinten aus, strich der Länge nach über seinen langen, behaarten Oberschenkel und erfreute mich an den Mulden und Anschwellungen seiner Muskeln.

»Du hast gesagt, sie besucht eine Universität und studiert Geschichte wie Frank Randall. Wollte sie nie Ärztin werden, so wie du?« Eine große Hand umfaßte mein Hinterteil und fing an, es sanft zu kneten.

»Schon, als sie klein war – ich habe sie manchmal mit ins Krankenhaus genommen, und sie war fasziniert von den Instrumenten; sie hat immer gern mit meinem Stethoskop und dem Otoskop gespielt – damit kann man den Leuten in die Ohren sehen –, aber dann hat sie es sich anders überlegt. Sie hat es sich mindestens ein dutzendmal anders überlegt, wie die meisten Kinder.«

»Wie die meisten?« Dieser Gedanke war ihm neu. Die meisten Kinder seiner Zeit übernahmen einfach den Beruf ihrer Eltern – oder ergriffen vielleicht einen Lehrberuf, der für sie ausgesucht wurde.

»O ja. Mal sehen... eine Zeitlang wollte sie Ballerina werden, wie die meisten kleinen Mädchen. Das ist eine Tänzerin, die auf den Zehenspitzen tanzt«, erklärte ich ihm, und er lachte überrascht. »Dann wollte sie Müllmann werden – das war, nachdem unser Müllmann sie auf seinem Laster mitgenommen hat – und dann Tiefseetaucher und dann Briefträger und –«

»Was um Himmels willen ist ein Tiefseetaucher? Ganz zu schweigen von einem Müllkutscher?«

Bis ich mit meinem kurzen Katalog der Berufe des zwanzigsten Jahrhunderts fertig war, hatten wir uns einander zugewandt und die Beine gemütlich ineinander verschlungen, und ich bewunderte seine Brustwarze, die sich unter meinem Daumen zu einem kleinen Knoten versteifte.

»Ich bin mir nie sicher gewesen, ob sie wirklich Geschichte studieren wollte oder ob sie es mehr Frank zu Gefallen getan hat. Sie hat ihn so geliebt – und er war so stolz auf sie.« Ich hielt inne und dachte nach, während seine Hand spielerisch an meinem Rücken herunterwanderte.

»Sie hat schon angefangen, an der Universität Geschichtsseminare zu belegen, als sie noch auf der Highschool war – ich habe dir doch erklärt, wie das Schulsystem funktioniert? Und als Frank dann gestorben ist... ich habe das Gefühl, daß sie mit Geschichte weitergemacht hat, weil sie glaubte, daß er das gewollt hätte.«

»Das ist doch loyal.«

»Ja.« Ich fuhr ihm mit der Hand durch das Haar und spürte dabei seine festen, runden Schädelknochen und seine Kopfhaut. »Ich kann mir gar nicht erklären, wo sie ausgerechnet diesen Charakterzug her hat.«

Er schnaubte kurz und zog mich näher an sich.

»Nicht?« Ohne eine Antwort abzuwarten, fuhr er fort: »Wenn sie bei Geschichte bleibt – meinst du, sie wird uns finden? Irgendwo aufgeschrieben, meine ich?«

Dieser Gedanke war mir wirklich noch nicht gekommen, und einen Moment lang lag ich völlig still. Dann streckte ich mich ein wenig und legte meinen Kopf mit einem kleinen, nicht direkt fröhlichen Lachen auf seine Schulter.

»Ich glaube nicht. Nicht, wenn wir nicht etwas Aufsehenerregendes anstellen.« Ich machte eine vage Geste in Richtung der Hüttenwand und der endlosen Wildnis draußen. »Ziemlich unwahrscheinlich hier, schätze ich. Und sie müßte sowieso mit Absicht nach uns suchen.«

»Würde sie das?«

Ich schwieg einen Moment und atmete seinen herben Geruch ein.

»Ich hoffe nicht«, sagte ich schließlich leise. »Sie sollte ihr eigenes Leben leben – und nicht ihre Zeit damit verbringen, rückwärts zu blicken.«

Darauf antwortete er nicht sofort, sondern ergriff meine Hand und schob sie zwischen uns. Er seufzte, als ich ihn umfaßte.

»Du bist eine sehr intelligente Frau, Sassenach, aber ziemlich kurzsichtig. Obwohl, vielleicht ist es ja nur Bescheidenheit.«

»Und wie kommst du darauf?« fragte ich leicht pikiert.

»Du hast gesagt, die Kleine sei loyal. Sie hat ihren Vater so geliebt, daß sie ihr Leben danach ausgerichtet hat, was er sich gewünscht hätte, sogar nach seinem Tod. Meinst du, sie hat dich weniger geliebt?«

Ich wandte den Kopf und ließ mir das aufgetürmte Haar ins Gesicht fallen.

»Nein«, sagte ich schließlich mit vom Kissen erstickter Stimme.

»Siehst du.« Er faßte mich bei den Hüften, drehte mich um und rollte sich langsam auf mich. Dann sprachen wir nicht mehr, und die Grenzen unserer Körper verschmolzen.

Es war langsam, wie im Traum, friedlich, sein Körper der meine, so wie der meine seiner war, so daß ich meinen Fuß um sein Bein schlingen und gleichzeitig eine glatte Fußsohle und ein behaartes Schienbein spüren konnte, eine schwielige Handfläche und glatte Haut, ich zugleich Messer und Scheide war und der Rhythmus unserer Bewegungen der eines einzigen schlagenden Herzens.

Das Feuer knisterte leise und warf rote und gelbe Schlaglichter auf die hölzernen Wände unserer behaglichen Zuflucht, und wir lagen in stillem Frieden da und machten uns nicht die Mühe auszusortieren, welche Gliedmaßen zu wem gehörten. Auf der Schwelle zum Einschlafen spürte ich Jamies Atem warm auf meinem Hals.

»Sie wird uns suchen«, sagte er überzeugt.

Zwei Tage später setzte kurzfristig Tauwetter ein, und Jamie – der sich allmählich auch eingepfercht fühlte – beschloß, es auszunutzen und auf die Jagd zu gehen. Es lag zwar immer noch Schnee, doch die Schneedecke war dünn und löchrig geworden, er ging davon aus, auf den Abhängen gut vorwärtszukommen.

Ich war mir da nicht so sicher, als ich später am Vormittag Schnee zum Schmelzen in einen Korb schaufelte.

Unter den Büschen lag immer noch tiefer Schnee, obwohl er auf der Lichtung tatsächlich geschmolzen war. Trotzdem hoffte ich, daß er recht hatte – unsere Lebensmittelvorräte gingen zur Neige, und wir hatten seit über einer Woche kein Fleisch mehr gegessen; selbst die Schlingen, die Jamie gelegt hatten, waren vom Schnee begraben worden.

Ich trug meinen Schnee ins Haus und kippte ihn in den großen Kessel, wobei ich mir wie immer wie eine Hexe vorkam.

»›Dreimal schwarzer Kater‹«, murmelte ich, während ich zusah, wie die weißen Klumpen zischend in der brodelnden Flüssigkeit verschwanden.

Ich besaß einen großen Kessel, der, ständig mit Wasser gefüllt, über dem Feuer vor sich hin blubberte. Aus diesem Kessel holten wir nicht nur unser Waschwasser, darin kochte ich auch all das, was nicht gegrillt, fritiert oder gebraten werden konnte. Eintöpfe und anderes Kochgut kamen in ausgehöhlte Kürbisse oder Keramikgefäße, die ich verschlossen an Kordeln in die brodelnden Tiefen hinabsenkte und dann und wann zur Kontrolle herauszog. Auf diese Weise konnte ich eine komplette Mahlzeit in einem einzigen Topf kochen und hatte hinterher auch noch heißes Wasser zum Waschen.

Ich kippte einen zweiten Korb voll Schnee in eine Holzschüssel und ließ ihn dort langsamer schmelzen: Trinkwasser für den Tag. Da ich nichts sonderlich Dringendes zu tun hatte, setzte ich mich dann hin, um in Daniel Rawlings' Krankenbuch zu lesen und Strümpfe zu stopfen, während meine Zehen gemütlich am Feuer vor sich hin brieten.

Am Anfang machte ich mir keine Sorgen, als Jamie nicht zurückkam. Das heißt, ich machte mir zwar Sorgen – ich machte mir immer Sorgen, wenn er länger weg war –, doch auf eine leise und geheime Weise, die ich meistens erfolgreich verdrängen konnte. Als die Schatten im Schnee sich bei Sonnenuntergang violett färbten, begann ich allerdings, mit zunehmender Intensität nach ihm zu lauschen.

Ich machte meine Arbeit, erwartete dabei ständig, das Knirschen seiner Schritte zu hören, lauschte auf einen Ausruf, jederzeit bereit, hinauszulaufen und ihm zu helfen, falls er einen Truthahn mitgebracht hatte, der gerupft werden mußte, oder etwas anderes mehr oder weniger Eßbares, das gesäubert werden mußte. Ich fütterte und tränkte die Maultiere und Pferde und blickte ständig zum Berg hinauf. Als das Nachmittagslicht um mich herum erstarb, ging die Erwartung in Hoffnung über.

Es wurde kühl in der Blockhütte, und ich ging hinaus, um neues Holz zu holen. Ich glaubte nicht, daß es viel später als vier Uhr sein konnte, doch die Schatten unter den Heidelbeeren waren bereits kalt und blau. Noch eine Stunde, und die Abenddämmerung würde hereinbrechen, und in zweien würde es völlig dunkel sein.

Der Holzstapel war mit Schnee bestäubt, die äußeren Scheite feucht. Doch ich konnte ein Stück Hickoryholz zur Seite ziehen und dann in den Stapel greifen und trockene Scheite holen – immer auf der Hut vor Schlangen, Stinktieren und allem, was sonst noch Zuflucht in diesen Höhlungen gesucht haben könnte.

Ich schnüffelte, bückte mich dann und blickte vorsichtig in den Stapel, und als letzte Vorsichtsmaßnahme stieß ich einen langen Stock zwischen die Holzscheite und stocherte kurz dort herum. Da ich nichts rascheln oder knacken und auch sonst kein Alarmgeräusch hörte, griff ich zuversichtlich hinein und tastete mich vor, bis meine Finger auf die tief gerillte Maserung eines dicken Kiefernscheites trafen. Heute abend wollte ich ein heißes, schnell brennendes Feuer; nach einem ganzen Tag auf der Jagd im Schnee würde Jamie sicher durchgefroren sein.

Kiefer also für das Herz des Feuers und drei langsamer brennende Hickoryscheite aus der feuchten Außenschicht des Holzstapels. Diese konnte ich zum Trocknen im Herd aufstapeln, während ich das Abendessen kochte; wenn wir dann ins Bett gingen, wollte ich das feuchte Hickoryholz auflegen, damit das Feuer bis zum Morgen schwelte.

Die Schatten färbten sich indigoblau und verschmolzen mit der grauen Winterdämmerung. Der Himmel war lavendelfarben und hing voller dichter Wolken; Schneewolken. Ich konnte beim Atmen die kalte Feuchtigkeit in der Luft spüren; nach Anbruch der Dunkelheit würde mit der Temperatur auch der Schnee fallen.

»Verflixter Kerl«, sagte ich laut. »Was hast du angestellt, einen Elch geschossen?« Meine Stimme klang leise in der nebligen Luft, doch der Gedanke erleichterte mich. Wenn er tatsächlich gegen Ende des Tages etwas Großes eingesackt hatte, konnte es gut sein, daß er beschlossen hatte, neben dem erlegten Tier zu campieren; Großwild zu zerlegen war eine ermüdende, langwierige Arbeit, und Fleisch war zu rar, um es den Raubtieren zu überlassen.

Mein Gemüseeintopf brodelte vor sich hin, und die Hütte war von einem herzhaften Duft nach Zwiebeln und wildem Knoblauch erfüllt, doch ich hatte keinen Appetit. Ich schob den Kessel an seinem Haken zur Rückwand der Feuerstelle – er würde sich leicht aufwärmen lassen, wenn Jamie kam. Ein kleiner, grüner Blitz erregte meine Aufmerksamkeit, und ich bückte mich, um ihn in Augenschein zu nehmen. Es war ein winziger Salamander, der aus seinem Winterquartier in einer Spalte im Holz aufgescheucht worden war.

Er war grün und schwarz und leuchtete wie ein winziges Juwel; ich hob ihn auf, bevor er in Panik geraten und ins Feuer laufen konnte, und trug das feuchte Tierchen, das sich wie verrückt in meiner Hand wand, nach draußen. Ich setzte ihn in den Holzstapel zurück, an eine sichere Stelle in Bodennähe.

»Paß auf«, sagte ich zu ihm. »Nächstes Mal hast du vielleicht nicht so viel Glück.«

Ich blieb stehen, bevor ich wieder hineinging. Es war jetzt dunkel geworden, doch ich konnte immer noch die Baumstämme erkennen, die die Lichtung umstanden und sich kreidefarben und grau vor dem Bergmassiv im Hintergrund abzeichneten. Es regte sich nichts zwischen den Bäumen, doch vereinzelt fielen dicke Schneeflocken vom rötlichen Himmel und schmolzen sofort auf dem nackten Boden vor der Tür.

Ich verriegelte die Tür, aß zu Abend, ohne etwas zu schmecken, dämpfte das Feuer mit dem feuchten Hickoryholz und legte mich schlafen. Vielleicht hatte er ein paar Männer aus Anna Ooka getroffen und war bei ihnen untergekommen.

Der Geruch des Hickoryrauchs hing in der Luft, weiße Wölkchen kringelten sich über dem Hemd. Die darüberliegenden Dachbalken waren bereits rußgeschwärzt, obwohl hier erst seit zwei Monaten ein Feuer brannte. Aus dem Holz am Kopfende des Bettes sickerte immer noch frisches Harz, kleine, goldene Tröpfchen, die wie Honig leuchteten und nach Terpentin rochen, scharf und rein. Im Feuerschein waren die Axthiebe im Holz zu sehen, und plötzlich erschien Jamies breiter, schweißnasser Rücken deutlich vor meinem inneren Auge. Jamie schwang die Axt wieder und wieder, wie ein Uhrwerk, und die Klinge der Axt landete metallblitzend nur Zentimeter von seinem Fuß entfernt, während er sich an dem abgevierten, rohen Holz entlangarbeitete.

Es war furchtbar einfach, bei einem Axt- oder Beilhieb das Ziel zu verfehlen. Vielleicht hatte er Holz für sein Lagerfeuer geschlagen und danebengetroffen, einen Arm oder ein Bein erwischt. Allzeit hilfsbereit, lieferte meine Phantasie prompt eine kristallklare Vision von arteriellem Blut, das stoßweise karminrot auf den weißen Schnee sprühte.

Ich warf mich zur Seite. Er konnte unter freiem Himmel leben. Mein Gott, schließlich hatte er sieben Jahre in einer Höhle verbracht.

In Schottland, sagte meine Phantasie zynisch. Wo der größte Fleischfresser eine Wildkatze von der Größe einer Hauskatze ist. Wo die größte menschliche Bedrohung von englischen Soldaten ausging.

»Unfug!« sagte ich und drehte mich auf den Rücken. »Er ist erwachsen und bis an die Zähne bewaffnet, und er weiß ganz bestimmt, was er tun muß, wenn es schneit.«

Was *würde* er tun? fragte ich mich. Einen Unterschlupf suchen oder bauen, vermutete ich. Ich erinnerte mich an den groben Verschlag, den er errichtet hatte, als wir anfangs auf dem Bergrücken campiert hatten, und fühlte mich etwas beruhigt. Wenn er sich nicht verletzt hatte, würde er wohl nicht erfrieren.

Wenn er sich nicht verletzt hatte. Wenn er nicht verletzt worden war. Die Bären waren wahrscheinlich fett und schliefen fest, doch Wölfe jagten auch im Winter, Pumas ebenso; ich erinnerte mich an das Exemplar, dem ich am Bach begegnet war, und fröstelte trotz des Federbettes.

Ich drehte mich auf den Bauch und zog mir die Decke über die Schultern. Es war warm in der Blockhütte, wärmer im Bett, doch meine Hände und Füße waren immer noch eisig. Ich sehnte mich auf eine instinktive Weise nach Jamie, die nicht von meinem Verstand bestimmt wurde. Mit Jamie allein zu sein bedeutete Seligkeit, Abenteuer und Selbstvergessenheit. Ohne ihn allein zu sein bedeutete... allein zu sein.

Ich konnte hören, wie der Schnee flüsternd auf die Ölhaut rieselte, die das Fenster am Kopfende bedeckte. Wenn es so weiterschneite, würden seine Spuren am Morgen zugedeckt sein. Und wenn ihm etwas zugestoßen *war*...

Ich schlug das Bettzeug zurück und stand auf. Ich zog mich schnell an, ohne großartig darüber nachzudenken, was ich tat; ich hatte schon zuviel nachgedacht. Ich zog mir zur Isolation unter den Lederkleidern mein Wollhemd an und zwei Paar Strümpfe. Ich dankte Gott, daß meine Stiefel frisch mit Otterfett eingeschmiert waren; sie rochen zwar stark nach Fisch, doch sie würden die Feuchtigkeit eine ganze Weile fernhalten.

Er hatte das Beil mitgenommen; ich mußte mit einem Hammer und einem Keil noch ein Stück harzhaltiges Kiefernholz spalten und verfluchte dabei meine Langsamkeit. Jetzt, da ich mich zum Handeln entschlossen hatte, schien jede kleine Verzögerung ein unerträgliches Ärgernis. Doch das langfaserige Holz ließ sich leicht spalten; ich bekam fünf anständige Späne zustande, von denen ich vier mit einem Lederriemen zusammenschnürte. Ich stieß den fünften mit einem

Ende tief in die rauchende Glut des Feuers und wartete, bis er sich ordentlich entzündet hatte.

Dann band ich mir einen kleinen Medizinbeutel um die Taille, überprüfte, ob ich die Tasche mit Feuerstein und Reisig dabeihatte, zog meinen Umhang an, ergriff mein Bündel und meine Fackel und machte mich auf in den fallenden Schnee.

Es war nicht so kalt, wie ich befürchtet hatte; als ich erst einmal in Bewegung war, war mir in meiner Umhüllung ganz warm. Es war sehr still, es wehte kein Wind, und das Flüstern des fallenden Schnees erstickte die üblichen Nachtgeräusche.

Er hatte vorgehabt, seine Fallen abzuschreiten, soviel wußte ich. War er jedoch unterwegs auf ein vielversprechendes Zeichen gestoßen, dann war er ihm sicher gefolgt. Der alte Schnee lag dünn und fleckig auf dem Boden, doch die Erde war mit Wasser durchtränkt, und Jamie war schwer. Ich war mir ziemlich sicher, daß ich seiner Spur folgen konnte, wenn ich auf sie stieß. Und wenn ich auf *ihn* stieß, für die Nacht neben seiner Beute verschanzt, um so besser. Zu zweit schlief man in der Kälte besser als allein.

Hinter den kahlen Kastanien, die unsere Lichtung im Westen umrandeten, wandte ich mich hügelwärts. Ich hatte keinen guten Orientierungssinn, doch wo oben und unten war, konnte ich unterscheiden. Außerdem hatte Jamie mir sorgsam beigebracht, mich nach großen, festen Orientierungspunkten zu richten. Ich blickte zu den Wasserfällen hinüber – die weiße Kaskade war kaum mehr als ein verschwommener Fleck in der Ferne. Ich konnte sie nicht hören; wenn es überhaupt Wind gab, mußte er aus meiner Richtung wehen.

»Auf der Jagd achtet man darauf, daß der Wind aus der Gegenrichtung weht«, hatte Jamie erklärt. »Damit der Hirsch oder Hase einen nicht wittert.«

Ich fragte mich beklommen, was wohl da in der Dunkelheit sein mochte und *mich* in der schneegeschwängerten Luft witterte. Abgesehen von meiner Fackel, war ich nicht bewaffnet. Das Licht glitzerte rot auf der dichten Schneekruste und brach sich im Eismantel der Zweige. Wenn ich mich ihm bis auf eine Viertelmeile näherte, würde er mich sehen.

Die erste Schlinge befand sich in einer kleinen Mulde, ungefähr zweihundert Meter hügelaufwärts von der Blockhütte in einem Hain von Fichten und Hemlocktannen. Ich war dabeigewesen, als er sie gelegt hatte, doch das war bei Tageslicht gewesen; selbst mit der Fackel sah in der Nacht alles seltsam und fremd aus.

Ich ging hin und her und bückte mich, um mein Licht in Bodennähe zu bringen. Ich mußte die Mulde mehrere Male abschreiten, ehe ich fand, wonach ich suchte – den dunklen Abdruck eines Fußes auf einem Schneeflecken zwischen zwei Fichten. Nach kurzem Weitersuchen fand ich die Schlinge, die immer noch gespannt war. Entweder hatte sich nichts darin verfangen, oder er hatte den Fang entfernt und die Schlinge neu gelegt.

Die Fußabdrücke führten von der Lichtung weg und weiter hügelaufwärts, und dann verschwanden sie an einer Stelle, an der kein Schnee das feuchte Laub bedeckte. Panik überkam mich, als ich die Stelle im Zickzack überquerte und nach einem aufgescharrten Flecken suchte, der eine Fußspur hätte sein können. Es war nichts zu sehen. Das Laub mußte hier dreißig Zentimeter hoch liegen, es war weich und federte jeden Schritt ab. Doch da! Ja, dort hatte jemand einen umgestürzten Baumstamm umgedreht; ich konnte die dunkle, feuchte Furche sehen, in der er gelegen hatte, und das Moos an der Seite war abgeschabt. Ian hatte mir gesagt, daß Eichhörnchen und Streifenhörnchen manchmal in den Aushöhlungen unter solchen Baumstämmen überwintern.

Ganz langsam folgte ich ihm von einer Schlinge zur nächsten, verlor dabei ständig seine Spur und mußte meine eigenen Fußstapfen zurückverfolgen, um sie wiederzufinden. Der Schnee fiel jetzt dichter und schneller, und mir war beklommen zumute. Wenn er Jamies Spuren zudeckte, bevor ich ihn fand, wie sollte ich dann den Rückweg zum Blockhaus finden?

Ich blickte mich um, sah aber hinter mir nichts als einen langen, gefährlichen Hang mit unberührter Schneedecke. Er fiel zu einem mir unbekannten Bach ab, der als dunkle Linie sichtbar war und aus dem Felsbrocken wie Zähne aufragten. Keine Spur von dem fröhlichen Rauchwölkchen und den Funken aus unserem Schornstein. Ich drehte mich langsam im Kreis, doch auch die Wasserfälle konnte ich nicht mehr sehen.

»Großartig«, brummte ich vor mich hin. »Du hast dich verlaufen. Und *jetzt*?« Ich erstickte mit aller Strenge eine drohende Panikattacke und blieb stehen, um nachzudenken. Ich hatte mich nicht völlig verirrt. Ich wußte nicht, wo ich war, aber das war nicht ganz dasselbe. Ich konnte mich immer noch an Jamies Spur orientieren – oder würde es können, bis der Schnee sie zudeckte. Und wenn ich ihn finden konnte, konnte er wahrscheinlich das Blockhaus finden.

Meine Fackel war gefährlich weit heruntergebrannt; ich spürte, wie ihre Hitze mir die Hand versengte. Ich zog den nächsten trockenen Span unter meinem Umhang hervor und entzündete ihn am

Stumpf des ersten. Dann ließ ich das glühende Ende gerade noch rechtzeitig fallen, um mir nicht die Hand zu verbrennen.

Ich fragte mich, ob ich mich weiter von der Blockhütte entfernte oder mich in gleichbleibendem Abstand zu ihr bewegte. Ich wußte, daß die Reihe der Schlingen in etwa einen Kreis beschrieb, doch ich hatte keine Ahnung, wie viele Schlingen es genau waren. Bis jetzt hatte ich drei gefunden, die alle leer waren.

Die vierte war nicht leer. Der Schein meiner Fackel fing sich im Glitzern der Eiskristalle, die das Fell eines großen Hasen überzogen, der unter einem gefrorenen Busch ausgestreckt lag. Ich berührte ihn, hob ihn auf und zog ihm die Schlinge vom Hals. Er war steif, vielleicht von der Kälte, vielleicht von der Todesstarre. Er war also schon eine Weile tot – und was verriet mir das über Jamies Aufenthaltsort?

Ich versuchte, logisch zu denken und ignorierte die Kälte, die zunehmend durch meine Stiefel drang, und die wachsende Taubheit von Gesicht und Händen. Der Hase lag im Schnee; ich sah seine Pfotenabdrücke und die aufgewühlten Spuren seines Todeskampfes. Ich konnte aber keinen Fußabdruck von Jamie sehen. Gut, also hatte er diese Schlinge nicht aufgesucht.

Ich stand still, und mein Atem bildete kleine, weiße Wölkchen um meinen Kopf. In meinen Nasenlöchern bildete sich langsam Eis; es wurde kälter. Irgendwo zwischen der letzten Schlinge und dieser hier hatte er seinen Pfad also verlassen. Wo? Und wo war er hingegangen?

Eilig verfolgte ich meine Spur zurück und hielt Ausschau nach dem letzten Fußabdruck, dessen ich mir sicher war. Es dauerte lange, bis ich ihn fand; der Schnee hatte fast den gesamten Boden mit einer dünnen glitzernden Schicht bedeckt. Bis ich den Abdruck gefunden hatte, war meine zweite Fackel halb heruntergebrannt. Da war er, ein verschwommener Fleck im Uferschlamm eines Baches. Ich hatte die Schlinge mit dem Hasen nur gefunden, indem ich der Richtung folgte, in die sein Fußabdruck meiner Meinung nach wies – doch offenbar tat er das nicht. Er hatte den Schlamm hinter sich gelassen und war... wohin gegangen?

»Jamie!« schrie ich. Ich rief mehrmals nach ihm, doch der Schnee schien meine Stimme zu verschlucken. Ich lauschte, hörte aber nur das Gurgeln des eisgesäumten Wassers zu meinen Füßen.

Er war nicht hinter mir, er war nicht vor mir. Also rechts oder links?

»Ene, mene, mu«, murmelte ich, wandte mich hügelabwärts, weil es sich dort leichter ging, und rief dann und wann nach ihm.

Ich blieb stehen, um zu lauschen. Rief da jemand eine Antwort? Ich rief noch einmal, konnte aber keine Erwiderung hören. Der Wind wurde stärker und rüttelte an den Ästen über mir.

Ich ging einen Schritt weiter, kam auf einem vereisten Felsen auf und glitt aus. Ich fiel hin und kam ins Rutschen, schlitterte einen kurzen, schlammigen Abhang hinunter, landete in einem Immergrünegebüsch, durchbrach auch dieses und klammerte mich mit klopfendem Herzen an eine Handvoll eisiger Zweige.

Zu meinen Füßen befand sich der Rand einer Felsformation, der ins Leere wies. An den Busch geklammert, um nicht weiterzurutschen, kroch ich näher heran und blickte nach unten.

Es war kein Steilhang, wie ich gedacht hatte; es ging nur etwa anderthalb Meter in die Tiefe. Doch war es nicht diese Tatsache, die mir das Herz bis zum Hals klopfen ließ, sondern der Anblick, der sich mir in der laubgefüllten Mulde am Fuß der Felsen bot.

Das Durcheinander aufgewühlter Blätter erinnerte mich unangenehm an die Spuren des Todeskampfes, die der Hase hinterlassen hatte, der nun schlaff an meinem Gürtel hing. Etwas Großes hatte hier auf dem Boden gekämpft – und war dann fortgeschleift worden. Eine breite Furche zog sich durch das Laub und verschwand in der Dunkelheit.

Ohne darauf zu achten, ob meine Füße Halt fanden, krabbelte ich hinunter, eilte zu der Furche und folgte ihr unter den tiefhängenden Zweigen der Hemlock- und Balsamtannen. Im trügerischen Licht meiner flackernden Fackel folgte ich ihr um einen Felshaufen herum, durch ein Immergrüngestrüpp und...

Er lag in der Nähe eines großen, gespaltenen Felsbrockens, halb mit Laub bedeckt, als hätte etwas versucht, ihn zu begraben. Er war nicht zusammengerollt, um sich zu wärmen, sondern lag flach auf dem Bauch, totenstill. Dichter Schnee bedeckte die Falten seines Umhangs und bestäubte die Absätze seiner verdreckten Stiefel.

Ich ließ meine Fackel fallen und warf mich mit einem Schreckensschrei auf seinen Körper.

Er gab ein markerschütterndes Stöhnen von sich und verkrampfte sich unter mir. Ich fuhr zurück, hin- und hergerissen zwischen Erleichterung und Schrecken. Er war nicht tot, doch er *war* verletzt. Wo, wie schlimm?

»Wo?« wollte ich wissen und riß an seinem Umhang, der sich um seinen Körper verheddert hatte. »Wo bist du verletzt? Blutest du, hast du dir etwas gebrochen?«

Ich konnte keine großen Blutlachen sehen, doch ich hatte meine

Fackel fallengelassen, die in den feuchten Blättern, die ihn bedeckten, prompt erloschen war. Der rötliche Himmel und der fallende Schnee tauchten alles in ein sanftes Glühen, doch das Licht war viel zu gedämpft, um Details zu erkennen.

Er war beängstigend kalt; selbst für meine schneebetäubten Hände fühlte sich seine Haut kühl an, und er regte sich schwerfällig und gab nur leises Stöhnen und Grunzen von sich. Ich glaubte jedoch, ihn »Rücken« murmeln zu hören, und nachdem ich seinen Umhang weggezogen hatte, riß ich an seinem Hemd und zerrte es ihm unsanft aus der Hose.

Daraufhin stöhnte er laut, und ich schob in Panik meine Hände unter den Stoff und suchte nach der Einschußstelle – man mußte ihm in den Rücken geschossen haben. Die Eintrittswunde würde nicht sehr stark bluten, doch wo war die Kugel wieder herausgekommen? War sie glatt durchgegangen? Ein kleiner Teil meines Verstandes fand genug Muße, sich zu fragen, wer ihn angeschossen hatte und ob er immer noch in der Nähe war.

Nichts. Ich fand nichts; meine tastenden Hände stießen nur auf nackte, saubere Haut; kalt wie Marmor und mit alten Narben übersät, doch vollständig unverletzt. Ich versuchte es erneut, zwang mich diesmal zur Langsamkeit. Ich tastete nicht nur mit den Fingern, sondern auch mit meinem inneren Auge und ließ meine Handflächen langsam vom Nacken bis zum Kreuz über seinen Rücken gleiten. Nichts.

Tiefer? An seinem Hosenboden sah ich dunkle Flecken; ich hatte sie für Erde gehalten. Ich schob eine Hand unter ihn und tastete nach seinen Schnürbändern, zog sie auf und riß ihm die Hose herunter.

Es war tatsächlich Erde; seine Pobacken leuchteten vor mir auf, weiß, fest, perfekt gerundet und ohne den geringsten Kratzer unter ihrem Silberflaum. Ungläubig grub ich meine Hand in seine Haut.

»Bist du das, Sassenach?« fragte er ziemlich schläfrig.

»Ja, ich bin's! Was ist mit dir passiert?« wollte ich wissen. Meine Panik wich der Entrüstung. »Du hast gesagt, jemand hat dir in den Rücken geschossen!«

»Nein, das habe ich nicht. Kann ich gar nicht, weil es nicht stimmt«, erläuterte er in aller Logik. Er klang ruhig und immer noch sehr verschlafen; er sprach etwas gedehnt. »Mir weht es ziemlich kalt den Hintern hoch, Sassenach; meinst du, du kannst mich zudecken?«

Ich zog ihm mit einem Ruck die Hose wieder hoch, und er grunzte erneut.

»Was zum Teufel ist mit dir los?«

Er wurde jetzt etwas wacher. Mühsam verdrehte er den Kopf, um mich anzusehen.

»Aye, tja. Nicht viel. Nur, daß ich mich kaum bewegen kann.«

Ich starrte ihn an.

»Warum nicht? Hast du dir den Fuß verstaucht? Das Bein gebrochen?«

»Äh... nein.« Er klang ein bißchen verlegen. »Ich... äh... ich habe mir den Rücken verrenkt.«

»Du hast *was*?«

»Es ist nicht das erste Mal«, versicherte er mir. »Es dauert nur ein oder zwei Tage.«

»Dir ist nicht in den Sinn gekommen, daß du keinen Tag oder zwei *über*dauerst, wenn du hier zugeschneit auf dem Boden liegst?«

»Doch«, sagte er, immer noch schläfrig, »aber es sah nicht so aus, als könnte ich viel dagegen tun.«

Inzwischen dämmerte mir rapide, daß *ich* wahrscheinlich auch nicht besonders viel dagegen tun konnte. Er war gut dreißig Kilo schwerer als ich. Ich konnte ihn nicht tragen. Ich konnte ihn auch nicht besonders weit über die Abhänge, Felsen und Flußläufe hinter mir her ziehen. Es war zu steil für ein Pferd; möglicherweise konnte ich eins der Mulis dazu bewegen, hier hochzukommen – wenn ich zuerst den Rückweg zum Blockhaus und dann wieder den Berg hinauf finden konnte, und das alles im Dunkeln und bei heftigem Schneefall, der sich zu einem Schneesturm auszuwachsen drohte. Oder vielleicht konnte ich einen Schlitten aus Ästen bauen, dachte ich verzweifelt, mich rittlings auf seinen Körper setzen und so die verschneiten Abhänge hinabsausen.

»Ach, reiß dich zusammen, Beauchamp«, sagte ich laut. Ich wischte mir meine laufende Nase an einer Falte meines Umhangs ab und versuchte zu überlegen, was ich als nächstes tun sollte.

Es war eine geschützte Stelle, stellte ich fest; wenn ich aufsah, konnte ich die Schneeflocken an der Spitze des Felsens vorbeiwirbeln sehen, an dessen Fuß wir kauerten, doch hier unten war es windstill, und es schwebten nur ein paar schwere Flocken auf mein zum Himmel gewandtes Gesicht herab.

Jamies Haare und Schultern waren leicht mit Schnee bestäubt, und die Flocken ließen sich auf seinen Waden und Oberschenkeln nieder. Ich zog den Saum seines Umhangs herunter und strich ihm dann den Schnee aus dem Gesicht. Seine Wange hatte fast dieselbe Farbe wie die großen, feuchten Schneeflocken, und er fühlte sich steif an, als ich ihn berührte.

Erneut durchfuhr mich Besorgnis, denn ich begriff, daß er möglicherweise dem Erfrieren schon näher war, als ich gedacht hatte. Seine Augen waren halb geschlossen, und obwohl es so kalt war, schien er kaum zu zittern. Das war *verdammt* gefährlich, denn wenn er sich nicht bewegte, erzeugten seine Muskeln keine Hitze, und damit wich die Wärme langsam aus seinem Körper. Sein Umhang war schon schwer von Feuchtigkeit; wenn ich zuließ, daß seine Kleider durchnäßt wurden, konnte es passieren, daß er vor meiner Nase an Unterkühlung starb.

»Wach auf!« sagte ich und schüttelte ihn drängend an der Schulter. Er öffnete die Augen und lächelte mich verschlafen an.

»Beweg dich!« sagte ich. »Jamie, du mußt dich bewegen!«

»Ich kann nicht«, sagte er ruhig. »Das habe ich dir doch gesagt.« Er schloß die Augen wieder.

Ich packte ihn am Ohr und grub meine Fingernägel in sein empfindliches Ohrläppchen. Er grunzte, und sein Kopf zuckte zurück.

»Wach auf«, sagte ich entschlossen. »Hörst du? Wach sofort auf! Beweg dich, verdammt noch mal! Gib mir deine Hand.«

Ich wartete nicht darauf, daß er mir gehorchte, sondern wühlte unter seinem Umhang herum und ergriff seine Hand, die ich wie wahnsinnig zwischen den meinen rieb. Er öffnete erneut die Augen und sah mich stirnrunzelnd an.

»Mir geht's gut«, sagte er. »Ich bin nur ziemlich müde, aye?«

»Beweg die Arme«, befahl ich und ließ seine Hand los. »Schlag sie auf und ab. Kannst du deine Beine wenigstens ein bißchen bewegen?«

Er seufzte erschöpft, als zöge er sich selbst aus einem klebrigen Sumpf, und murmelte etwas auf Gälisch vor sich hin, doch er begann ganz langsam, seine Arme hin und her zu bewegen. Nach weiteren anspornenden Worten gelang es ihm, die Knöchel anzuspannen – obwohl jede weitere Bewegung sofort in Rückenkrämpfen resultierte –, und er begann sehr zögerlich, mit den Füßen zu wackeln.

Er hatte große Ähnlichkeit mit einem Frosch, der fliegen wollte, doch mir war nicht nach Lachen zumute. Ich wußte nicht, ob er wirklich zu erfrieren drohte, doch ich ließ es nicht darauf ankommen. Unter ständigen Ermahnungen, die ich mit wohlgezielten Stößen begleitete, hielt ich ihn in Bewegung, bis ich ihn völlig wach bekommen hatte und er zitterte. Nebenbei hatte er auch durch und durch schlechte Laune, doch das störte mich nicht.

»Beweg dich weiter«, wies ich ihn an. Ich stand unter Schwierigkeiten auf, denn dadurch, daß ich mich so lange über ihn gebeugt hatte, war ich völlig steif geworden. »Beweg dich, habe ich gesagt!«

fügte ich scharf hinzu, als er Anzeichen eines Durchhängers zeigte. »Wenn du aufhörst, stelle ich mich mitten auf deinen Rücken, das schwöre ich dir!«

Ein wenig erschöpft sah ich mich um. Es schneite immer noch, und es war schwierig, mehr als ein paar Meter weit zu sehen. Wir brauchten einen Unterschlupf – mehr, als uns der Fels allein gewähren konnte.

»Hemlock«, stieß er zwischen zusammengebissenen Zähnen hervor. Ich sah zu ihm herab, und er wies mit dem Kopf auf eine Baumgruppe in der Nähe. »Nimm das Beil. Große... Äste. Zwei Meter. V- vier Stück.« Er atmete schwer, und in seinem Gesicht zeigte sich ein Hauch Farbe. Trotz meiner Drohungen hatte er aufgehört, sich zu bewegen, doch er hatte die Zähne zusammengebissen, weil sie klapperten; ein Zeichen, das mich mit Freude erfüllte.

Ich bückte mich und tastete erneut unter seinem Umhang herum, diesmal auf der Suche nach dem Beil, das er am Gürtel befestigt hatte. Ich konnte dem Drang nicht widerstehen, meine Hand in den Halsausschnitt seines fransenbesetzten Wolljagdhemdes gleiten zu lassen. Warm! Gott sei Dank, er war immer noch warm; seine Brust fühle sich durch den Kontakt mit dem feuchten Boden zwar äußerlich kühl an, doch sie war immer noch wärmer als meine Finger.

»Gut«, sagte ich, zog die Hand heraus und stand mit dem Beil auf. »Hemlocktannen. Du meinst zwei Meter lange Äste?«

Er nickte unter heftigem Zittern, und ich setzte mich augenblicklich in Richtung der Bäume in Bewegung, auf die er gezeigt hatte.

In dem stillen Hain hüllte mich sogleich der Duft der Hemlocktannen und Zedern in einen Nebel von Harz und Terpenen, ein kalter, scharfer Geruch, klar und belebend. Viele der Bäume waren enorm groß, und ihre unteren Äste begannen weit über meinem Kopf, doch hier und dort standen auch kleinere Bäume. Ich erkannte sofort den Vorteil dieser Baumsorte – unter ihnen lag kein Schnee, da die fächerartigen Zweige den fallenden Schnee wie Schirme auffingen. Ich hackte auf die unteren Zweige los, hin- und hergerissen zwischem dem Drang zur Eile und der begründeten Angst davor, mir versehentlich ein paar Finger abzuschlagen; meine Hände waren taub vor Kälte und daher ungeschickt.

Das Holz war grün und elastisch, und es dauerte eine Ewigkeit, die zähen, federnden Fasern durchzuhacken. Schließlich hatte ich dennoch vier ausladende Äste mit weitverzweigten, dichten Nadelfächern. Sie malten sich weich und schwarz wie große Federbüschel auf dem frischen Schnee ab; es war fast eine Überraschung, wenn man sie anfaßte und harte, kalte stechende Nadeln zu spüren bekam.

Ich zog die Äste zum Felsen zurück und sah, daß Jamie es geschafft hatte, um sich herum noch mehr Laub aufzuhäufen; unter einer hohen, grauschwarzen Verwerfung am Fuß des Felsens war er fast nicht zu sehen.

Unter seiner knappen Anleitung lehnte ich die Hemlockzweige mit den Spitzen nach oben an den Felsen und steckte die abgehackten Enden schräg in den Boden, so daß darunter eine kleine, dreieckige Höhle entstand. Dann ergriff ich erneut das Beil und schlug noch ein paar kleine Kiefern- und Fichtenzweige ab, schob vertrocknetes Gras zusammen und häufte das Ganze gegen die Hemlockwand. Schließlich kroch ich, vor Erschöpfung keuchend, neben ihm in den Unterschlupf.

Ich grub mich zwischen seinem Körper und den Felsen ins Laub, wickelte meinen Umhang um uns beide, legte meine Arme um seinen Körper und hielt ihn fest. Jetzt fand ich die Muße zu zittern. Nicht vor Kälte – noch nicht –, sondern vor Erleichterung und Angst.

Er spürte das und griff etwas umständlich hinter sich, um mich beruhigend zu tätscheln.

»Es wird schon gutgehen, Sassenach«, sagte er. »Wir zwei kriegen das schon hin.«

»Ich weiß«, sagte ich und lehnte meine Stirn an seine Schulter. Doch es dauerte lange, bis ich aufhörte zu zittern.

»Wie lange liegst du schon hier?« fragte ich schließlich.

Er setzte an, mit den Achseln zu zucken, und hielt dann stöhnend inne.

»Eine ganze Weile. Kurz nach Mittag bin ich von einem Felsen gesprungen. Er war nicht sehr hoch, aber als ich auf dem einen Fuß gelandet bin, hat es in meinem Rücken geknackt, und bevor ich mich versah, lag ich bäuchlings im Dreck. Ich kam mir vor, als hätte mir jemand einen Dolch in die Wirbelsäule gestoßen.«

Es war alles andere als warm in unserem Unterschlupf, langsam kam die Feuchtigkeit der Blätter durch, und der Felsen in meinem Rücken schien Kälte auszustrahlen wie eine Art umgekehrt funktionierende Heizung. Dennoch war es deutlich wärmer als draußen. Ich fing wieder an zu zittern, doch diesmal hatte es körperliche Ursachen.

Jamie spürte das und griff sich an den Hals.

»Kannst du mir den Umhang ausziehen, Sassenach? Leg ihn dir über.«

Es kostete uns einiges Hin und Her und einige unterdrückte Flüche, als Jamie versuchte, sein Gewicht zu verlagern, doch schließlich bekam ich den Umhang zu fassen und breitete ihn über uns beide. Ich streckte die Hand aus und zog ihm sanft das Hemd hoch, um meine Hand auf seine kühle, bloße Haut zu legen.

»Sag mir, wo es weh tut«, sagte ich. Ich hoffte inständig, daß er keinen Bandscheibenvorfall hatte; die schreckliche Vorstellung, daß er für immer ein Krüppel sein könnte, schoß mir durch den Kopf, begleitet von pragmatischen Überlegungen, wie ich ihn den Berg herunterbekommen sollte. Würde ich ihn hier zurücklassen müssen und ihm täglich etwas zu essen bringen, bis er wieder gesund war?

»Genau hier«, sagte er und sog zischend den Atem ein. »Aye, da ist es. Ein gemeines Stechen, genau da, und wenn ich mich bewege, zieht es sich wie ein glühender Draht bis in die Rückseite meines Bein.«

Vorsichtig untersuchte ich ihn jetzt mit beiden Händen, tastete ihn ab, drückte zu, bat ihn, ein Bein zu heben, genau, jetzt das andere Knie... nein?

»Nein«, versicherte er mir. »Aber mach dir keine Sorgen, Sassenach. Es ist dasselbe, was ich schon einmal hatte. Es wird besser.«

»Ja, du hast gesagt, daß es schon einmal passiert ist. Wann denn?«

Er bewegte sich kurz und kam dann wieder zur Ruhe. Leise stöhnend preßte er sich gegen meine Handflächen.

»Och! Verdammt, das tut weh. Im Gefängnis.«

»Schmerzt es an derselben Stelle?«

»Aye.«

Ich konnte auf seiner rechten Seite einen harten Muskelknoten spüren, genau unterhalb der Niere, und eine Verdickung der langen Rückenstrecker, der Muskeln neben der Wirbelsäule. Nach seiner Beschreibung des früheren Vorfalls war ich mir ziemlich sicher, daß es nur ein schwerer Muskelkrampf war. Dagegen halfen Wärme, Ruhe und entzündungshemmende Mittel.

Von diesen Bedingungen konnten wir uns kaum weiter entfernen, dachte ich mit einigem Grimm.

»Ich könnte es vielleicht mit Akupunktur versuchen«, dachte ich laut. »Ich habe Mr. Willoughbys Nadeln in meiner Tasche, und –«

»Sassenach«, sagte er in gemessenem Tonfall. »Ich komme gut damit zurecht, daß ich Schmerzen habe, friere und hungrig bin. Ich werde aber nicht zulassen, daß meine eigene Frau mich in den Rücken sticht. Kannst du mir nicht statt dessen ein bißchen Mitgefühl und Trost bieten?«

Ich lachte, legte den Arm um ihn und preßte mich eng an seinen Rücken. Ich ließ meine Hand tiefer gleiten und ein Stück unter seinem Nabel vielsagend zur Ruhe kommen.

»Äh... und an welche Sorte Trost hattest du gedacht?«

Er ergriff hastig meine Hand, um weiteren Annäherungsversuchen zuvorzukommen.

»Diese nicht«, sagte er.

»Es lenkt dich vielleicht von den Schmerzen ab.« Ich wackelte einladend mit den Fingern, und sein Griff wurde fester.

»Ganz bestimmt«, sagte er trocken. »Ich sage dir, Sassenach, wenn wir erst zu Hause sind und ich in einem warmen Bett liege und ein heißes Abendessen im Bauch habe, dann könnte an der Idee etwas dran sein. Aber so macht mir der bloße Gedanke... Himmel, Sassenach, hast du eigentlich die geringste Ahnung, wie kalt deine Hände sind?«

Ich legte meine Wange an seinen Rücken und lachte. Ich spürte ihn seinerseits vor Heiterkeit zittern, da er nicht laut lachen konnte, ohne daß sein Rücken schmerzte.

Schließlich lagen wir still da und lauschten dem Flüstern des fallenden Schnees. Es war dunkel unter den Hemlockzweigen, doch meine Augen hatten sich jetzt ausreichend daran gewöhnt, so daß ich durch den Nadelvorhang stellenweise das seltsame Leuchten des Schnees sehen konnte. Winzige Flocken drangen durch die Lücken herein; ich sah sie hier und dort wie leichte Wölkchen aus weißem Nebel, und ich spürte das kalte Prickeln, als sie auf meinem Gesicht landeten.

Jamie selbst war nur eine dunkle, zusammengerollte Gestalt vor mir, doch als sich meine Augen an die Düsterkeit gewöhnten, sah ich die hellere Stelle, an der sein Hals zwischen Hemd und Haarzopf sichtbar war. Der Zopf lag kühl und glatt an meinem Gesicht; wenn ich den Kopf nur ein bißchen drehte, konnte ich ihn mit den Lippen streifen.

»Was meinst du, wie spät es ist?« fragte ich ihn. Ich selbst hatte keine Ahnung; ich hatte das Haus weit nach Anbruch der Dunkelheit verlassen, und die Zeit, die ich auf der Suche nach ihm auf dem Berg verbracht hatte, war mir wie eine Ewigkeit vorgekommen.

»Spät«, sagte er. »Aber es dauert noch lange bis zur Dämmerung«, fügte er als Antwort auf meine eigentliche Frage hinzu. »Wir haben die Sonnenwende gerade hinter uns, aye? Das hier ist eine der längsten Nächte des Jahres.«

»Wie schön«, sagte ich bestürzt. Es war alles andere als warm – ich konnte meine Zehen immer noch nicht spüren –, doch ich hatte aufgehört zu zittern. Mich beschlich eine furchtbare Lethargie, und meine Muskeln ergaben sich der Kälte und Erschöpfung. Ich sah uns beide im Geiste friedlich zusammen erfrieren, wie Igel im Laub zusammengerollt. Man sagt, es sei ein angenehmer Tod, doch das machte die Vorstellung auch nicht einladender.

Jamies Atemzüge wurden langsamer und tiefer.

»Nicht einschlafen!« drängte ich ihn und stieß ihn in die Achselhöhle.

»Aua!« Er fuhr zurück und preßte den Arm fest an seine Seite. »Warum nicht?«

»Wir dürfen nicht schlafen, sonst erfrieren wir.«

»Nein, das stimmt nicht«, sagte er schroff. »Es schneit draußen, bald sind wir zugedeckt.«

»Das weiß ich«, sagte ich, meinerseits ziemlich schroff. »Was hat das denn damit zu tun?«

Er versuchte, den Kopf zu wenden, um mich anzusehen, schaffte es aber nicht ganz.

»Schnee fühlt sich kalt an«, sagte er und rang um Geduld. »Aber er hält die Kälte draußen, aye? Wie eine Decke. In einem schneebedeckten Haus ist es viel wärmer als in einem, das ungeschützt im Wind steht. Was meinst du, wie es die Bären machen? Sie schlafen im Winter und erfrieren auch nicht.«

»Sie haben eine Fettschicht«, protestierte ich. »Ich habe gedacht, die hält sie warm.«

»Ha, ha.« Er griff mit einiger Anstrengung nach hinten und packte mich fest am Po. »Na, dann brauchst du dir ja überhaupt keine Sorgen zu machen, was?«

Ich zog ihm ganz bedachtsam den Kragen herunter, reckte den Kopf und leckte ihm den Hals in einer einzigen Bewegung vom Nacken bis zum Haaransatz.

»Das war eine *Gemeinheit!*« sagte er tadelnd. »Und das, wo ich hier so hilflos wie ein Holzklotz liege!«

»So ein Humbug«, sagte ich. Ich war einigermaßen beruhigt und kuschelte mich enger an ihn. »Du bist dir also sicher, daß wir nicht erfrieren?«

»Nein«, sagte er. »Aber ich halte es nicht für wahrscheinlich.«

»Hm«, sagte ich und fühlte mich schon weniger beruhigt. »Na ja, vielleicht sollten wir für alle Fälle doch noch etwas wach bleiben.«

»Ich wedele aber nicht mehr mit den Armen«, sagte er bestimmt. »Hier ist kein Platz. Und wenn du mir deine niedlichen Eispfoten in die Hose steckst, dann erwürg' ich dich, kranker Rücken hin oder her, das schwöre ich dir.«

»Schon gut, schon gut«, sagte ich. »Wie wäre es, wenn ich dir statt dessen eine Geschichte erzähle?«

Highlander lieben Geschichten, und Jamie machte da keine Ausnahme.

»Oh, aye«, sagte er und klang schon viel zufriedener. »Was für eine Geschichte ist es denn?«

»Eine Weihnachtsgeschichte«, sagte ich und schmiegte mich an ihn. »Über einen Geizhals namens Ebenezer Scrooge.«

»Ganz bestimmt ein Engländer, was?«

»Ja«, sagte ich. »Sei still und hör zu.«

Ich konnte beim Reden meinen Atem sehen; weiß hing er in der nebligen, kalten Luft. Außerhalb unseres Unterschlupfes schneite es heftig; immer wenn ich eine Pause beim Erzählen machte, hörte ich Schnee auf die Hemlockzweige rieseln, und weiter weg heulte der Wind in den Bäumen.

Ich kannte die Geschichte sehr gut; sie hatte zu unserem Weihnachtsritual gehört – Franks, Briannas und meinem. Seit Briannas fünftem oder sechstem Lebensjahr hatten wir jedes Jahr *Ein Weihnachtsmärchen* gelesen. Ein oder zwei Wochen vor Weihnachten hatten wir damit angefangen, und Frank und ich hatten ihr abwechselnd jede Nacht vor dem Schlafengehen daraus vorgelesen.

»Und der Geist sagte: ›Ich bin der Geist der vergangenen Weihnacht...‹«

Ich mochte vielleicht nicht im Begriff sein zu erfrieren, doch die Kälte hatte trotzdem eine seltsam hypnotische Wirkung. Die Phase, in der sie mir Beschwerden verursacht hatte, war vorbei, und jetzt fühlte ich mich irgendwie körperlos. Ich wußte, daß meine Hände und Füße eisig waren, doch es schien keine Rolle mehr zu spielen. Ich schwebte in einem friedvollen, weißen Nebel und sah die Worte wie Schneeflocken um meinen Kopf herumwirbeln, während ich sie sprach.

»... und da war der gute, alte Fezziwig und Lichter und Musik...«

Ich konnte nicht sagen, ob ich langsam auftaute oder ob mir kälter wurde. Ich war mir eines Zustandes allgemeiner Entspannung bewußt und eines völlig merkwürdigen Déjà-vu-Gefühls, als wäre ich schon einmal so eingeschlossen, vom Schnee umhüllt gewesen, kuschelig, obwohl draußen alles trostlos war.

Als Bob Cratchit mit seinem mageren Vogel ankam, fiel es mir wieder ein. Ich redete automatisch weiter, und der Fluß der Geschichte kam von irgendwo weit unterhalb meiner Bewußtseinsebene, und in meiner Erinnerung saß ich auf dem Vordersitz eines liegengebliebenen 1956er Oldsmobiles, dessen Windschutzscheibe schneeverkrustet war.

Wir waren unterwegs zu einem älteren Verwandten Franks in irgendeiner nördlichen Provinz des Bundesstaates New York gewesen. Auf halbem Weg hatte heftiger Schneefall eingesetzt, und Windböen waren über die vereisten Straßen gefegt. Ehe wir uns versahen, waren wir von der Straße in einen Graben geschlittert, während unsere Scheibenwischer vergeblich gegen die herabkommenden Schneemassen ankämpften.

Wir konnten nur auf den Morgen und auf Rettung warten. Wir hatten einen Picknickkorb und ein paar alte Decken dabei; wir holten Brianna zu uns auf den Vordersitz und kuschelten uns alle unter unseren Mänteln und den Decken aneinander, schlürften lauwarmen Kakao aus der Thermoskanne und machten Witze, damit sie keine Angst bekam.

Als es später und kälter wurde, rückten wir noch näher zusammen, und um Brianna abzulenken, begann Frank ihr Dickens' Geschichte aus dem Gedächtnis zu erzählen, wobei er darauf zählte, daß ich einsprang, wenn ihm etwas nicht einfiel. Keiner von uns hätte es allein geschafft, doch zusammen kamen wir gut zurecht. Nachdem der unheimliche Geist der zukünftigen Weihnacht erschienen war, schlief Brianna fest und gemütlich unter den Mänteln, ein warmes, weiches Gewicht an meiner Seite.

Wir hätten die Geschichte nicht unbedingt zu Ende erzählen müssen, doch wir taten es trotzdem, und unsere Hände berührten sich unter dem Deckenberg, als wir auch jenseits der Worte miteinander sprachen. Ich erinnerte mich an Franks Hände, warm und kraftvoll auf den meinen; sein Daumen streichelte meine Handfläche und umfuhr meine Finger. Frank hatte meine Hände immer geliebt.

Das Auto hatte sich mit dem Nebel unseres Atems gefüllt, und Wassertropfen waren an den Innenseiten der beschlagenen Fenster heruntergelaufen. Franks Kopf war wie eine dunkle Kamee gewesen, die sich schwach vor dem weißen Hintergrund abzeichnete. Ganz am Ende hatte er sich an mich gelehnt, seine Nase und Wangen kühl, seine Lippen warm auf den meinen, als er die letzten Worte der Geschichte flüsterte.

»Gott segne uns, einen jeden von uns«, schloß ich, und dann lag ich still, eine kleine Nadel aus Schmerz wie einen Eissplitter im Herzen. Es war still in unserem Unterschlupf, und es kam mir jetzt dunkler vor; da der Schnee alle Öffnungen zugedeckt hatte.

Jamie streckte die Hand nach hinten aus und berührte mein Bein.

»Steck deine Hände in mein Hemd, Sassenach«, sagte er leise. Ich ließ eine Hand vorn in sein Hemd gleiten, so daß sie auf seiner Brust ruhte, die andere in seinem Rücken. Die verblichenen Narben der Peitschenhiebe fühlten sich an wie Fäden unter seiner Haut.

Er legte seine Hand auf die meine und preßte sie fest an seine Brust. Er war sehr warm, und sein Herz schlug langsam und kräftig unter meinen Fingern.

»Schlaf jetzt, *a nighean donn*«, sagte er. »Ich lasse dich nicht erfrieren.

Ich erwachte abrupt aus meinem frostigen Halbschlaf, weil Jamies Hand meinen Oberschenkel drückte.

»Psst«, sagte er leise. In unserem winzigen Unterschlupf war es immer noch dämmrig, doch das Licht hatte sich verändert. Es war Morgen; wir lagen unter einer dichten Schneedecke, die das Tageslicht abhielt, doch die Dunkelheit der letzten Nacht hatte etwas leicht Unirdisches an sich gehabt, das jetzt verschwunden war.

Die Stille war ebenfalls vorbei. Die Geräusche von draußen drangen gedämpft zu uns herein. Jetzt nahm auch ich wahr, was Jamie gehört hatte – das leise Echo von Stimmen – und fuhr aufgeregt hoch.

»Pssst!« sagte er erneut in nachdrücklichem Flüsterton und drückte fester auf mein Bein.

Die Stimmen näherten sich, und jetzt konnte man schon fast einzelne Wörter aufschnappen. Fast. So sehr ich mich auch anstrengte, ich konnte mir keinen Reim auf das machen, was da gesagt wurde. Dann begriff ich, daß es daran lag, daß sie keine mir bekannte Sprache sprachen.

Indianer. Es war eine Indianersprache. Doch ich hatte nicht das Gefühl, daß die Sprache Tuscarora war, obwohl ich noch keine Wörter erkennen konnte; die Sprachmelodie war ähnlich, doch der Rhythmus war irgendwie anders. Ich strich mir das Haar aus den Augen und fühlte mich hin- und hergerissen zwischen zwei Möglichkeiten.

Hier war die Hilfe, die wir so dringend brauchten – wie es sich anhörte, bestand der Trupp aus mehreren Männern, genug, um Jamie gefahrlos zu transportieren. Andererseits, wollten wir wirklich die Aufmerksamkeit einer Gruppe Indianer auf uns lenken, die vielleicht auf einem Raubzug waren?

Jamies Verhalten nach wollten wir das ganz offensichtlich nicht. Er hatte es geschafft, sich auf einen Ellbogen zu stützen, hatte das Messer gezogen und hielt es nun in der rechten Hand bereit. Er kratzte sich mit der Spitze geistesabwesend das stoppelige Kinn, während er den Kopf schräg legte, um auf die herannahenden Stimmen zu lauschen.

Ein Schneeklumpen, der vom Dach unseres Käfigs fiel und mit

einem leisen *Plopp!* auf meinem Kopf landete, ließ mich zusammenfahren. Die Bewegung lockerte noch mehr Schnee, der sich in einer glitzernden Kaskade in den Innenraum ergoß und Jamies Kopf und Schultern mit feinem weißem Puder bestäubte.

Seine Finger umfaßten mein Bein so fest, daß es blaue Flecken geben würde, doch ich regte mich nicht und machte kein Geräusch. An einer Stelle war der Schnee vom Gitterwerk der Hemlockzweige gefallen und hatte zahlreiche kleine Löcher hinterlassen durch die ich zwischen den Nadeln nach draußen blicken konnte, wenn ich über Jamies Schulter sah.

Vor uns fiel der Boden ein wenig ab und senkte sich um einen oder zwei Meter bis hin zu dem Hain, wo ich in der vorigen Nacht die Zweige geschlagen hatte. Alles war tief verschneit – während der Nacht mußten gut zehn Zentimeter gefallen sein. Die Morgendämmerung war gerade vorbei; die aufgehende Sonne tauchte die dunklen Bäume in rotgoldenes, funkelndes Licht und ließ die eisige Schneefläche darunter weiß aufleuchten. Auf den Sturm war Wind gefolgt; pulvriger Schnee trieb in weißen Wolken von den Ästen.

Die Indianer befanden sich auf der anderen Seite des Hains; ich konnte die Stimmen jetzt deutlich hören. Es klang, als stritten sie sich über irgend etwas. Ein plötzlicher Gedanke überzog meine Arme mit Gänsehaut: Wenn sie durch den Hain kamen, sahen sie vielleicht die Stümpfe der Hemlockäste, die ich abgehackt hatte. Ich hatte nicht sauber gearbeitet; Nadeln und Rindenstücke mußten überall auf dem Boden verstreut sein. War genug Schnee durch die Zweige gerieselt, um meine ungeschickte Fährte zu verdecken?

Eine Bewegung blitzte zwischen den Bäumen auf, dann noch eine und plötzlich waren sie da, aus dem Tannenhain aufgetaucht wie aus dem Schnee aufgeschossene Drachenzähne.

Sie trugen winterliche Reisekleidung, Pelze und Leder, Kopfbedeckungen aus Fell, manche hatten Umhänge oder Stoffmäntel über ihren Leggings und weichen Stiefeln. Alle führten Bündel aus Decken und Vorräten mit, und die meisten hatten Schneeschuhe über die Schultern geschlungen; offensichtlich war der Schnee hier nicht so tief, daß sie sie benötigen.

Sie waren bewaffnet; ich sah ein paar Musketen, und alle hatten Tomahawks und Keulen im Gürtel stecken. Sechs, sieben, acht ... ich zählte stumm mit, als sie im Gänsemarsch aus dem Hain kamen, wobei jeder Mann in die Fußstapfen seines Vorgängers trat. Fast am Ende der Kolonne rief einer der Männer halb lachend ein paar Worte, und an der Spitze antwortete ein Mann über seine Schulter hinweg;

seine Worte gingen in dem wehenden Schleier aus Schnee und Wind verloren.

Ich holte tief Luft. Ich konnte Jamie riechen, eine scharfe Note von frischem Schweiß lag über seinem normalen, erdigen Nachtgeruch. Ich schwitzte ebenfalls, trotz der Kälte. Hatten sie Hunde? Konnten sie uns wittern, obwohl wir unter dem durchdringenden Geruch von Fichte und Tanne verborgen lagen?

Dann begriff ich, daß der Wind in unsere Richtung wehen mußte, denn er trug ja ihre Stimmen zu uns. Nein, selbst Hunde würden uns nicht riechen. Doch würden sie die Zweige sehen, die unsere Höhle einrahmten? Gerade als ich mich das fragte, rutschte ein großer Klumpen Schnee rauschend herunter und landete mit einem leisen Plumpsen auf der Außenseite.

Jamie atmete scharf ein, und ich beugte mich über seine Schulter und starrte hinaus. Der letzte Mann war zwischen den Bäumen hervorgekommen. Er trug ein kurzes Cape aus Bärenfell über seiner Kutte, Lederleggings und Mokassins darunter – doch er trug einen schwarzen Rock, den er zum Wandern im Schnee hochgeschürzt hatte, und einen breitkrempigen schwarzen Priesterhut, den er mit einer Hand festhielt, damit er nicht fortgeweht wurde. Als ich sein Gesicht zu sehen bekam, war es mit einem blonden Bart bedeckt und seine Haut war so hell, daß ich sogar aus dieser Entfernung erkennen konnte, wie rot Wangen und Nase waren.

»Ruf sie!« flüsterte ich, über Jamies Ohr gebeugt. »Sie sind Christen, ganz bestimmt, sonst hätten sie keinen Priester dabei. Sie werden uns nichts tun.«

Er schüttelte langsam den Kopf, ohne die Kolonne aus den Augen zu lassen, die jetzt hinter einer schneebedeckten Felsformation verschwand.

»Nein«, sagte er halb unterdrückt. »Nein. Sie sind vielleicht Christen, aber...« Er schüttelte noch einmal den Kopf, diesmal noch entschiedener. »Nein.«

Es hatte keinen Zweck, mit ihm zu diskutieren. Ich verdrehte die Augen in einer Mischung aus Frustration und Resignation.

»Wie geht's deinem Rücken?«

Er streckte sich vorsichtig und hielt mitten in der Bewegung mit einem unterdrückten Aufschrei inne, als hätte man ihn aufgespießt.

»Nicht so gut, hm?« sagte ich, und mein Mitleid war mit reichlich Sarkasmus versetzt. Er warf mir einen finsteren Blick zu, ließ sich ganz langsam auf sein Bett aus zerdrücktem Laub zurücksinken und schloß seufzend die Augen.

»Du hast dir natürlich schon eine geniale Lösung ausgedacht, wie wir von diesem Berg herunterkommen, nehme ich an, oder?« sagte ich höflich.

Er öffnete die Augen.

»Nein«, sagte er und schloß sie wieder. Er atmete ruhig, und seine Brust hob und senkte sich sanft unter dem fransenbesetzten Jagdhemd, so daß er ganz den Eindruck eines Mannes machte, dessen einzige Sorge seiner Frisur galt.

Es war ein kalter, heller Tag, und die Sonne sandte glitzernde Lichtfinger in unser ehemaliges Versteck und ließ überall um uns herum Schneekleckse wie kleine Bonbons fallen. Ich las einen davon auf und goß ihn sanft in Jamies Hemdkragen.

Er atmete mit einem scharfen Zischen durch die Zähne ein, öffnete die Augen und betrachtete mich kalt.

»Ich habe gerade nachgedacht«, informierte er mich.

»Oh. Dann entschuldige bitte die Unterbrechung.« Ich ließ mich neben ihm nieder und zog die ineinander verwickelten Umhänge über uns. Der Wind begann durch die Löcher in unserem Unterschlupf zu pfeifen, und mir dämmerte, daß er völlig recht gehabt hatte was die schützende Wirkung des Schnees betraf. Nur glaubte ich nicht, daß es heute nacht schneien würde.

Dann mußten wir uns über das kleine Problem der Verpflegung Gedanken machen. Mein Magen gab schon seit einiger Zeit unterdrückte Protestlaute von sich, und Jamies äußerte jetzt seine Einwände wesentlich lauter. Er blinzelte den Übeltäter von oben herab mißbilligend an.

»Ruhe«, sagte er tadelnd auf Gälisch und verdrehte die Augen himmelwärts. Schließlich seufzte er und sah mich an.

»Also gut«, sagte er. »Am besten wartest du ein bißchen, um sicherzugehen, daß diese Wilden wirklich weg sind. Dann gehst du zur Blockhütte...«

»Ich weiß nicht, wo sie ist.«

Er gab einen leisen Unmutslaut von sich.

»Wie hast du mich dann gefunden?«

»Spuren gelesen«, sagte ich nicht ohne Stolz. Ich warf durch die Nadeln einen Blick auf die stürmische Wildnis. »Ich glaube aber nicht, daß ich es umgekehrt auch kann.«

»Oh.« Er sah einigermaßen beeindruckt aus. »Tja, das war sehr umsichtig von dir, Sassenach. Aber mach dir keine Sorgen, ich kann dir sagen, wie du den Rückweg findest.«

»Gut. Und was dann?«

Er zuckte mit einer Schulter. Das Schneeklümpchen war inzwischen geschmolzen. Das Wasser lief ihm über die Brust, wobei es sein Hemd durchfeuchtete; in der Mulde an seinem Hals blieb ein kleines Tröpfchen zurück.

»Bring mir etwas zu essen und eine Decke. In ein paar Tagen müßte ich mich bewegen können.«

»Dich *hier* lassen?« Ich sah ihn erbost an; zur Abwechslung war ich jetzt mißmutig.

»Mir passiert schon nichts«, sagte er milde.

»Dich fressen die Wölfe!«

»Ach, das glaube ich nicht«, meinte er beiläufig. »Die haben wahrscheinlich genug mit dem Elch zu tun.«

»Welchem Elch?«

Er deutete auf den Tannenhain.

»Den ich gestern angeschossen habe. Ich habe ihn am Hals erwischt, aber der Schuß hat ihn nicht sofort umgebracht. Er ist da durchgerannt. Ich war hinter ihm her, als ich mich verletzt habe.« Er rieb sich mit der Hand über die Kupfer- und Silberstoppeln an seinem Kinn.

»Ich kann mir nicht vorstellen, daß er weit gekommen ist. Der Schnee muß den Kadaver zugedeckt haben, sonst hätten unsere lieben Freunde ihn gesehen, da sie aus dieser Richtung kamen.«

»Du hast also einen Elch geschossen, der jetzt die Wölfe anlocken wird wie die Fliegen, und du schlägst vor, hier in der Eiseskälte liegenzubleiben und auf sie zu warten? Du meinst wohl, wenn sie zurückkommen, um sich den zweiten Gang zu holen, bist du schon so taubgefroren, daß du es nicht mehr merkst, wenn sie anfangen, an deinen Füßen zu kauen?«

»Schrei nicht so«, sagte er. »Die Wilden sind vielleicht noch nicht so weit weg.«

Ich holte Luft, um weitere Bemerkungen zum Thema loszulassen, als er mich bremste und mir seine Hand liebkosend auf die Wange legte.

»Claire«, sagte er sanft. »Du kannst mich nicht von der Stelle bewegen. Wir können nichts anderes tun.«

»Doch«, sagte ich und unterdrückte das Zittern meiner Stimme. »Ich bleibe bei dir. Ich bringe dir Decken und etwas zu essen, aber ich lasse dich hier oben nicht allein. Ich bringe Holz mit, und wir machen ein Feuer.«

»Das ist nicht nötig. Ich komme schon zurecht«, beharrte er.

»Aber *ich* nicht«, sagte ich mit zusammengebissenen Zähnen. Ich konnte mich nur zu gut daran erinnern, wie es während dieser leeren, erdrückenden Stunden in der Blockhütte gewesen war, als ich auf ihn gewartet hatte. Mir tagelang im Schnee den Hintern abzufrieren war nicht gerade eine angenehme Aussicht, doch es war besser als die Alternative.

Er sah, daß es mir ernst war, und lächelte.

»Na gut. Am besten bringst du auch Whisky mit, wenn wir noch welchen haben.«

»Wir haben noch eine halbe Flasche«, sagte ich, und mir ging es schon besser. »Ich bringe ihn mit.«

Er legte den Arm um ich und zog mich in die Beuge seiner Schulter. Trotz des Windes, der draußen heulte, war es unter den Umhängen tatsächlich einigermaßen gemütlich, wenn ich mich eng an ihn kuschelte. Seine Haut roch warm und ein bißchen salzig, und ich konnte dem Drang nicht widerstehen, den Kopf zu heben und meine Lippen auf die feuchte Mulde an seiner Kehle zu drücken.

»Aah«, sagte er schaudernd. »Tu das nicht!«

»Magst du es nicht?«

»Nein, ich mag es nicht. Wie sollte ich auch? Mir zieht sich alles zusammen.«

»Also, ich mag es«, protestierte ich.

Er sah mich erstaunt an.

»Wirklich?«

»O ja«, versicherte ich ihm. »Ich liebe es, wenn du an meinem Hals knabberst.«

Er blinzelte mich zweifelnd an. Dann streckte er die Hand aus, nahm mich vorsichtig am Ohr und zog meinen Kopf herunter, wobei er mein Gesicht zur Seite wandte. Er ließ seine Zunge leicht über meine Kehle schnellen, hob dann den Kopf und senkte die Zähne ganz sanft in die weiche Haut an der Seite meines Halses.

»Iiiii«, sagte ich und schauderte unwillkürlich.

Er hielt inne und sah mich verwundert an.

»Hol mich der Teufel«, sagte er. »Es gefällt dir *wirklich*; du hast überall Gänsehaut, und deine Brustwarzen sind so hart wie unreife Kirschen.« Er fuhr leicht mit der Hand über meine Brüste; ich hatte mir nicht die Mühe gemacht, meinen improvisierten Büstenhalter anzuziehen, als ich mich für meine spontane Expedition ankleidete.

»Sag' ich doch«, sagte ich und errötete leicht. »Wahrscheinlich ist einer meiner Urahnen von einem Vampir gebissen worden oder so.«

»Einem was?« Er machte ein völlig verständnisloses Gesicht.

Wir hatten genug Zeit totzuschlagen, also erzählte ich ihm in groben Zügen vom Leben und der Zeit des Grafen Dracula. Er sah verwirrt und angewidert aus, doch seine Hand fuhr mit ihrer Beschäftigung fort. Sie war inzwischen unter mein Lederhemd gewandert und hatte auch ihren Weg unter das Wollzeug gefunden. Seine Finger waren kalt, doch es machte mir nichts aus.

»Manche Leute finden den Gedanken furchtbar erotisch«, schloß ich.

»Das ist das Ekelhafteste, was ich je gehört habe!«

»Das ist mir egal«, sagte ich, streckte mich ganz neben ihm aus und legte den Kopf mit einladend entblößter Kehle zurück. »Mach's noch mal.«

Er murmelte etwas auf Gälisch vor sich hin, schaffte es aber, sich auf einen Ellbogen zu stützen und sich mir zuzuwenden.

Sein Mund war warm und weich, und egal, ob er billigte oder nicht, was er da tat, er machte es wirklich gut.

»Ooooh«, sagte ich und erschauerte ekstatisch, als er die Zähne vorsichtig in mein Ohrläppchen grub.

»»Oh, na ja, wenn das *so* ist«, sagte er resigniert, nahm meine Hand und preßte sie fest zwischen seine Oberschenkel.

»Ach, du meine Güte«, sagte ich. »Und ich dachte, die Kälte...«

»Es wird gleich warm«, versicherte er mir. »Zieh sie aus, aye?«

Es war ziemlich beschwerlich, weil es so eng war, wir zugedeckt bleiben mußten, um uns keine Frostbeulen an freiliegenden Stellen zu holen, und Jamie mir nur die grundlegendste Hilfestellung geben konnte, doch wir kamen dennoch zufriedenstellend zurecht.

Dies alles nahm allerdings meine Aufmerksamkeit ziemlich in Anspruch, und ich wurde mir erst während einer vorübergehenden Schaffenspause des unangenehmen Gefühls bewußt, beobachtet zu werden. Ich stützte mich auf die Hände und blickte durch den Tannenvorhang nach draußen, sah aber nur den Hain und den schneebedeckten Hang im Hintergrund.

Jamie stöhnte laut.

»Nicht aufhören«, murmelte er mit halbgeschlossenen Augen. »Was ist?«

»Ich dachte, ich hätte etwas gehört«, sagte ich und ließ mich wieder auf seine Brust sinken.

Jetzt *hörte* ich etwas: Lachen, leise, aber deutlich, direkt über meinem Kopf.

Ich rollte mich in einem Gewirr aus Umhängen und abgelegten Lederkleidern von Jamie herunter, während er fluchte und nach seiner Pistole griff.

Er schob in einem Schwung die Zweige zur Seite und hielt die Pistole nach oben.

Mehrere Gesichter blickten von der Spitze des Felsens herab, und sie grinsten ausnahmslos. Ian und vier Begleiter aus Anna Ooka. Die Indianer murmelten und kicherten und schienen irgend etwas maßlos komisch zu finden.

Jamie legte die Pistole hin und grollte seinen Neffen an.

»Und was zum Teufel machst du hier, Ian?«

»Oh, ich war auf dem Nachhauseweg, um mit dir Weihnachten zu feiern, Onkel Jamie«, sagte Ian und grinste breit.

Jamie sah seinen Neffen mit beträchtlichem Mißfallen an.

»Weihnachten«, sagte er. »So ein Humbug.«

Der Elchkadaver war über Nacht gefroren. Mich schauderte beim Anblick der Eiskristalle, die die ausdruckslosen Augen überzogen – nicht beim Anblick des Todes, es war wunderschön, den großen, dunklen Tierkörper so still und schneeüberkrustet zu sehen, sondern bei dem Gedanken, daß das herbe Stilleben vor meinen Augen gut »Toter Schotte im Schnee« hätte heißen können anstatt »Gefrorener Elch mit diskutierenden Indianern«, hätte ich nicht meiner Besorgnis nachgegeben und mich hinaus in die Nacht und auf die Suche nach Jamie begeben.

Als die Diskussion zur allgemeinen Zufriedenheit abgeschlossen war, informierte mich Ian, daß sie beschlossen hatten, nach Anna Ooka zurückzukehren, uns aber gegen eine Beteiligung am Fleisch des Elches sicher nach Hause bringen würden.

Der Kadaver war nicht ganz gefroren; sie weideten ihn aus und ließen die blaugrauen Windungen der abkühlenden Gedärme in einem blutigen Haufen liegen. Nachdem sie dem Tier den Kopf abgeschlagen hatten, um das Gewicht noch weiter zu verringern, banden zwei der Männer den Kadaver mit zusammengebundenen Läufen an einen Pfahl. Jamie betrachtete sie finster – offenbar hatte er den Verdacht, daß sie planten, ihm dieselbe Behandlung angedeihen zu lassen, doch Ian versicherte ihm, daß sie ein *travois* bauen würden. Die Männer waren zu Fuß, doch sie hatten ein kräftiges Maultier zum Transport der erbeuteten Felle dabei.

Das Wetter hatte sich gebessert. Der Schnee war auf freier Fläche völlig geschmolzen, und die Luft war zwar noch beißend kalt, doch der Himmel war so blau, daß es blendete, und die kalte Waldluft war vom Duft der Rottannen und Balsamfichten durchdrungen.

Es war der Hemlockduft beim Durchqueren eines Hains, der mich an den Beginn dieser Irrfahrt erinnerte und an den geheimnisvollen Indianertrupp, den wir gesehen hatten.

»Ian«, sagte ich und schloß zu ihm auf. »Kurz bevor du uns mit deinen Freunden auf dem Berg gefunden hast, haben wir eine Gruppe von Indianern mit einem Jesuitenpriester gesehen. Ich glaubte nicht, daß sie aus Anna Ooka waren – hast du irgendeine Ahnung, wer sie gewesen sein könnten?«

»Oh, aye, Tante Claire. Ich weiß alles über sie.« Er wischte sich mit der handschuhbekleideten Hand unter seiner roten Nasenspitze vorbei. »Wir waren auf ihrer Spur, als wir euch gefunden haben.«

Die fremden Indianer, sagte er, waren Mohawk aus dem hohen Norden. Die Tuscarora waren vor etwa fünfzig Jahren von der Liga der Irokesen adoptiert worden, und sie waren eng mit den Mohawk verbündet. Beide Stämme statteten sich häufig Besuche ab, die sowohl formeller als auch informeller Natur sein konnten.

Der gegenwärtige Besuch hatte Elemente von beidem an sich gehabt – es war eine Gruppe junger Mohawkmänner, die auf der Suche nach Frauen waren. Da es in ihrem eigenen Dorf nicht genug heiratsfähige junge Frauen gab, hatten sie beschlossen, nach Süden zu wandern, um herauszufinden, ob sie bei den Tuscarora passende Ehepartnerinnen finden konnten.

»Verstehst du, eine Frau muß zum richtigen Clan gehören«, erklärte Ian. »Wenn sie vom falschen Clan ist, können sie nicht heiraten.«

»Wie MacDonalds und Campbells, aye?« fiel Jamie interessiert ein.

»Aye, in etwa«, sagte Ian grinsend. »Und deshalb hatten sie den Priester dabei – um sofort heiraten zu können und nicht auf dem ganzen Heimweg in einem kalten Bett schlafen zu müssen, falls sie Frauen fänden.«

»Dann sind sie Christen?«

Ian zuckte die Achseln.

»Manche von ihnen. Die Jesuiten leben schon eine ganze Zeit unter ihnen, und viele Huronen sind konvertiert. Aber bei den Mohawk sind es nicht so viele.«

»Also kamen sie aus Anna Ooka?« fragte ich neugierig. »Warum seid ihr ihnen gefolgt?«

Ian schnaubte und zog sich seinen Schal aus Eichhörnchenfellen fester um den Hals.

»Sie sind vielleicht Verbündete, Tante Claire, aber das heißt nicht, daß Nacognaweto und seine Männer ihnen trauen. Selbst die anderen Stämme des Irokesenbundes fürchten sich vor den Mohawk – egal, ob sie Christen sind.«

Kurz vor Sonnenuntergang kam das Blockhaus in Sicht. Ich war müde und fror, doch der Anblick der winzigen Ansiedlung erfreute mich unaussprechlich. Eins der Maultiere in unserem Pferch, ein hellgraues Tier namens Clarence, sah uns und schmetterte einen begeisterten Willkommensgruß. Die Pferde versammelten sich am Zaun, begierig nach Futter.

»Die Pferde sehen gut aus.« Mit einem typischen Viehzüchterblick sah Jamie zuerst nach dem Wohlergehen der Tiere. Mir ging es viel mehr um unser eigenes; darum, so schnell wie möglich ins Haus zu kommen, warm zu werden und etwas zu essen zu bekommen.

Wir luden Ians Freunde zum Bleiben ein, doch sie lehnten ab. Sie setzten Jamie vor dem Eingang ab und machten sich schnell davon, um ihre Wache über die davonziehenden Mohawk wieder aufzunehmen.

»Sie halten sich nicht gern in einem Haus auf, das von Weißen bewohnt wird, Tante Claire«, erklärte Ian. »Sie mögen unseren Geruch nicht.«

»Oh, wirklich?« sagte ich pikiert und dachte an einen gewissen älteren Herrn, den ich in Anna Ooka kennengelernt hatte und der sich mit Bärenfett eingeschmiert zu haben schien, um sich dann für den Rest des Winters in seine Kleider einnähen zu lassen. Wer im Glashaus sitzt, sollte nicht mit Steinen werfen, wenn man mich fragte.

Später dann, als wir mit einem – oder zwei – guten Schluck Whisky Weihnachten gefeiert hatten, lagen wir schließlich in unserem Bett, sahen in die Flammen des neu entfachten Feuers und lauschten Ians friedvollem Schnarchen.

»Es tut gut, wieder zu Hause zu sein«, sagte ich leise.

»Das stimmt.« Jamie seufzte und zog mich fester an sich; mein Kopf ruhte in der Beuge seiner Schulter. »Ich hatte die merkwürdigsten Träume, als ich in der Kälte geschlafen habe.«

»Ach ja?« Ich streckte mich aus und genoß das sanfte Nachgeben der federgefüllten Matratze. »Was hast du denn geträumt?«

»Alles mögliche.« Er klang ein bißchen verlegen. »Dann und wann habe ich von Brianna geträumt.«

»Wirklich?« Das war mir ein bißchen unheimlich; ich hatte in unserem eiskalten Unterschlupf ebenfalls von Brianna geträumt – etwas, das mir selten passierte.

»Ich habe mich gefragt...« Jamie zögerte einen Augenblick. »Hat sie ein Muttermal, Sassenach? Und wenn, hast du mir davon erzählt?«

»Ja, sie hat eins«, sagte ich langsam und dachte nach. »Aber ich glaube nicht, daß ich dir je davon erzählt habe; es ist schwer zu sehen, und es ist Jahre her, seit es mir zuletzt aufgefallen ist. Es ist ein –«

Seine Hand, die sich fester um meine Schulter legte, brachte mich zum Schweigen.

»Es ist ein kleines braunes Mal, geformt wie ein Diamant«, sagte er. »Genau hinter dem linken Ohr. Stimmt das?«

»Ja, das stimmt.« Es war warm und gemütlich im Bett, doch ein kleiner, kalter Fleck in meinem Nacken ließ mich plötzlich erzittern. »Hast du das in deinem Traum gesehen?«

»Ich habe sie auf diese Stelle geküßt«, sagte er leise.

22

Ein Funke von einer uralten Flamme

Oxford, September 1970

»O Gott.« Roger starrte auf das Blatt, das vor ihm lag, bis die Buchstaben ihre Bedeutung verloren und nur noch Schnörkel waren. Doch keine optische Täuschung der Welt konnte die Bedeutung der Worte selbst ausradieren, und diese waren ihm bereits ins Hirn eingraviert.

»O Gott, nein!« sagte er laut. Verärgert über den Lärm, fuhr das Mädchen in der nächsten Lesenische auf, und die Beine ihres Stuhls schabten über den Boden.

Er beugte sich über das Buch, verdeckte es mit den Unterarmen und schloß die Augen. Ihm war übel, und seine Handflächen waren kalt und verschwitzt.

Einige Minuten lang saß er so da und kämpfte gegen die Wahrheit an. Doch sie würde nicht verschwinden. Himmel, es war bereits geschehen, oder? Vor langer Zeit. Und man konnte die Vergangenheit nicht ändern.

Schließlich schluckte er den Gallengeschmack in seiner Kehle hinunter und sah noch einmal hin. Sie war immer noch da. Eine kurze Zeitungsnotiz, erschienen am 13. Februar 1776 in der amerikanischen Kolonie North Carolina in der Stadt Wilmington.

Mit Trauer nehmen wir die Nachricht vom Tod James MacKenzie Frasers und seiner Gattin Claire Fraser bei einer Feuersbrunst zur Kenntnis, die in der Nacht des 21sten Januar ihr Haus in der Siedlung Fraser's Ridge zerstörte. Mr. Fraser, ein Neffe des verstorbenen Hector Cameron, Besitzer der Plantage River Run, wurde in Broch Tuarach in Schottland geboren. Er war in der Kolonie gut bekannt und hoch angesehen; er hinterläßt keine Kinder.

Nur, daß er doch eins hinterließ.

Roger klammerte sich für einen Augenblick an die vage Hoffnung, daß sie es nicht waren; es gab schließlich jede Menge James Frasers, es war ein ziemlich gebräuchlicher Name. Aber nicht James *MacKenzie* Fraser, nicht mit einer Frau namens Claire. Nicht geboren in Broch Tuarach, Schottland.

Nein, sie waren es; die erdrückende Gewißheit erfüllte seine Brust und schnürte ihm vor Schmerz die Kehle zu. Seine Augen brannten, und das verschnörkelte Schriftbild aus dem achtzehnten Jahrhundert verschwamm erneut.

Also hatte Claire ihn gefunden. Sie hatte ihren tapferen Highlander gefunden und ein paar letzte Jahre mit ihm genossen. Er hoffte, daß es gute Jahre gewesen waren. Er hatte Claire Randall sehr gemocht – nein, das wurde ihr nicht gerecht. Wenn er ehrlich war, so hatte er sie geliebt, und zwar genauso um ihrer selbst wie um ihrer Tochter willen.

Mehr als das. Er hatte ihr von ganzem Herzen gewünscht, daß sie James Fraser fände, daß sie glücklich und zufrieden bis an ihr Ende mit ihm zusammenlebte. Das Wissen – oder genauer gesagt die Hoffnung –, daß ihr das gelungen war, war für ihn ein kleiner Talisman gewesen, Zeugnis dafür, daß dauerhafte Liebe möglich war, eine Liebe, die stark genug war, um Trennung und Not zu überstehen, stark genug, die Zeit zu überdauern. Und doch waren alle Menschen sterblich; keine Liebe konnte diese Tatsache überdauern.

Er packte die Tischkante und versuchte, sich unter Kontrolle zu bekommen. Verrückt, sagte er sich. Durch und durch verrückt. Und doch fühlte er den gleichen Schmerz wie beim Tod des Reverends; als wäre er selber frisch verwaist.

Die Erkenntnis traf ihn wie ein weiterer Schlag. Das hier konnte er Brianna nicht zeigen, er konnte es nicht. Sie war sich natürlich über das Risiko im klaren gewesen, aber – nein. Mit so etwas hatte sie sicher nicht gerechnet.

Es war purer Zufall gewesen, der ihn mit der Nase darauf gestoßen hatte. Er war auf der Suche nach Texten alter Balladen gewesen, die er seinem Repertoire hinzufügen konnte, und hatte ein Buch mit Country-Songs durchgeblättert. Eine Illustration hatte das Original der Zeitungsseite gezeigt, auf der eine der Balladen zuerst veröffentlicht worden war. Roger hatte einen Blick auf die antiken Bekanntmachungen auf derselben Seite geworfen, und dabei war ihm der Name »Fraser« ins Auge gefallen.

Der Schock ließ jetzt ein wenig nach, doch in seiner Magengrube hatte sich die Trauer niedergelassen und plagte ihn wie ein schmerzendes Geschwür. Er war ein Wissenschaftler und der Sohn eines Wissenschaftlers; er war mit Büchern aufgewachsen, und seit frühester

Kindheit hatte man ihm eingeimpft, daß das gedruckte Wort heilig war. Er kam sich wie ein Mörder vor, als er nach seinem Taschenmesser griff, sich umsah, um sicherzugehen, daß er unbeobachtet war, und das Messer verstohlen aufklappte.

Es war eher Instinkt als Verstand; der Instinkt, der einen Menschen dazu drängt, die Überreste eines Unfalls aufzuräumen, die Leichen ordentlich zuzudecken, die sichtbaren Spuren der Katastrophe zu verwischen, obwohl es eine Tragödie bleibt.

Er versteckte die zusammengefaltete Seite in seiner Tasche, als wäre es ein abgetrennter Daumen, verließ die Bibliothek und begab sich auf die verregneten Straßen von Oxford.

Der Spaziergang brachte ihn zur Ruhe, versetzte ihn wieder in die Lage, rational zu denken, seine Gefühle so lange zu unterdrücken, daß er planen konnte, was zu tun war, wie er Brianna vor einem Schmerz schützen sollte, der tiefer und längerwährend sein würde als sein eigener.

Er hatte die bibliographische Information vorn in dem Buch überprüft; herausgegeben 1906 von einem kleinen, britischen Verlag. Es würde also nicht weit verbreitet sein; aber dennoch könnte Brianna bei ihren eigenen Nachforschungen darauf stoßen.

Es war keine naheliegende Quelle für die Informationen, die sie suchte, doch der Titel des Buches war *Lieder und Balladen des achtzehnten Jahrhunderts*. Er kannte die Neugier zu gut, die einen Historiker dazu brachte, impulsiv an den unwahrscheinlichsten Stellen herumzustochern. Brianna wußte genug, um dies auch zu tun. Außerdem kannte er ihren kindlichen Wissensdurst – nach jeglicher Art von Wissen –, der sie dazu bewegen würde, sich alles anzusehen, was mit der betreffenden Periode zu tun hatte, in dem Bemühen, sich die Umgebung ihrer Eltern vorzustellen, eine Vision von einem Leben hervorzurufen, das sie weder sehen noch teilen konnte.

Unwahrscheinlich, aber nicht unwahrscheinlich genug. Jemand rempelte ihn im Vorübergehen an, und er stellte fest, daß er schon seit einigen Minuten am Brückengeländer lehnte und blicklos zusah, wie die Regentropfen auf die Wasseroberfläche prasselten. Langsam wandte er sich wieder der Straße zu, ohne die Läden und die zahllosen Regenschirme wahrzunehmen.

Es gab keine Möglichkeit sicherzugehen, daß sie niemals ein Exemplar dieses Buches zu Gesicht bekam; es konnte sein, daß dies hier das einzige Exemplar war, doch es konnte genausogut Hunderte davon geben, die wie Zeitbomben in den Bibliotheken der USA verteilt lagen.

Der Schmerz tief in seinem Inneren wurde stärker. Er war jetzt völlig durchnäßt und fror. Er spürte, wie sich bei einem weiteren Gedanken eine noch durchdringendere Kälte in ihm ausbreitete: Was würde Brianna tun, wenn sie es herausfand?

Sie würde verstört sein, schmerzerfüllt. Doch dann? Er persönlich war davon überzeugt, daß man die Vergangenheit nicht ändern konnte; die Dinge, die Claire ihm erzählt hatte, hatten ihn darin bestätigt. Sie und Jamie Fraser hatten das Gemetzel von Culloden zu verhindern versucht und nichts erreicht. Sie hatte versucht, Frank zu retten, ihren Ehemann in der Zukunft, indem sie seinen Vorfahren, Jack Randall, rettete – und hatte versagt, nur um herauszufinden, daß Jack überhaupt nicht Franks Vorfahr gewesen war, sondern die schwangere Geliebte seines jüngeren Bruders geheiratet hatte, damit das Kind nach dessen Tod ehelich geboren wurde.

Nein, die Vergangenheit mochte sich um sich selbst drehen wie eine sich windende Schlange, man konnte sie nicht ändern. Er war sich allerdings nicht so sicher, ob Brianna diese Überzeugung teilte.

Wie trauert man um eine Zeitreisende? hatte sie ihn gefragt. Wenn er ihr die Notiz zeigte, konnte sie wirklich trauern; dann wüßte sie Bescheid. Dieses Wissen würde sie verletzen, doch die Wunde würde heilen, und dann konnte sie die Vergangenheit ruhen lassen.

Wenn da nicht die Steine von Craigh na Dun wären. Der furchtbare Steinkreis und die Möglichkeiten, die er verhieß.

Claire war am traditionellen Tag des Samhain, des uralten Feuerfestes durch die Steine von Craigh na Dun gegangen, am ersten Tag im November vor fast zwei Jahren.

Roger erschauerte, und es lag nicht an der Kälte. Seine Nackenhaare sträubten sich jedesmal, wenn er daran dachte. Es war ein klarer, milder Herbstmorgen gewesen, damals in der Dämmerung des Allerheiligenfestes; und nichts störte den grasbewachsenen Frieden des Hügels, auf dem der Steinkreis Wache stand. Nichts, bis Claire den großen, gespaltenen Stein berührt hatte und in die Vergangenheit verschwunden war.

Dann war es ihm erschienen, als löste sich die Erde unter seinen Füßen auf, und die Luft hatte mit einem Dröhnen an ihm gezerrt, das in seinem Kopf wie ein Kanonendonner widerhallte. Er hatte grelles Licht und dann nur noch Dunkelheit wahrgenommen, nur seine Erinnerungen an das letzte Mal hatten verhindert, daß er in völlige Panik geriet.

Er hatte Briannas Hand festgehalten. Ein Reflex schloß seinen Griff, als schon alle Sinne von ihm wichen. Es war, als würde man aus einer Höhe von aberhundert Metern in eisiges Wasser gestürzt;

furchtbares Schwindelgefühl und ein Schrecken, der so intensiv war, daß er nur noch den Schrecken selbst fühlte. Blind und taub, seiner Sinne und seines Verstandes beraubt, war er sich zweier letzter Gedanken bewußt gewesen, Überbleibsel seines Bewußtseins, das verlosch wie Kerzenlicht in einem Hurrikan. *Ich sterbe*, hatte er gedacht und dabei große Ruhe verspürt. Und dann: *Nicht loslassen*.

Die aufgehende Sonne war wie ein lichter Pfad durch den gespaltenen Stein gefallen; Claire war ihn gegangen. Als Roger sich schließlich regte und den Kopf hob, glühte die späte Nachmittagssonne golden und lavendelfarben hinter dem hohen Stein und ließ ihn gegen den Himmel schwarz erscheinen.

Er lag auf Brianna und beschützte sie mit seinem Körper. Sie war bewußtlos, atmete aber, und ihr Gesicht war entsetzlich blaß im Kontrast zu ihrem roten Haar. Schwach, wie er war, war es ihm völlig unmöglich gewesen, sie den steilen Hügel hinunter zum Auto zu tragen; sie war die Tochter ihres Vaters, fast einsachtzig groß, nur ein paar Zentimeter kleiner als Roger selbst.

Er hatte über ihr gekauert, ihren Kopf in seinem Schoß gehalten und zitternd ihr Gesicht gestreichelt bis kurz vor Sonnenuntergang. Dann hatte sie die Augen geöffnet, so dunkel und blau, wie der Abendhimmel, und geflüstert: »Sie ist fort?«

»Ist schon gut«, hatte Roger zurückgeflüstert. Er beugte sich über sie und küßte ihre kalte Stirn. »Ist schon gut; ich paß auf dich auf.«

Er hatte es ernst gemeint. Doch jetzt?

Es wurde schon dunkel, als er zu seinen Räumen zurückkehrte. Im Vorbeigehen hörte er Klappern aus dem Speisesaal, und er roch Speck und gebackene Bohnen, doch Abendessen war das letzte, wonach ihm jetzt der Sinn stand.

Er schlich sich zu seinen Räumen hinauf und ließ seine feuchten Sachen in einem Haufen auf den Boden fallen. Er trocknete sich ab und setzte sich dann nackt auf sein Bett, das Handtuch vergessen in der Hand, und starrte auf den Schreibtisch und das Holzkistchen mit Briannas Briefen.

Er würde alles tun, um sie vor Schmerzen zu bewahren. Er würde noch viel mehr tun, um sie vor der Bedrohung durch die Steine zu bewahren.

Claire war – so hoffte er – von 1968 nach 1766 zurückgereist. Und war dann 1776 gestorben. Jetzt war 1970. Wenn man jetzt zurückging, würde man – vielleicht – 1768 ankommen. Zeit genug. Das war das Schlimmste daran, Zeit genug.

Selbst wenn Brianna genau wie er glaubte – oder er sie davon überzeugen konnte –, daß man die Vergangenheit nicht ändern konnte, würde sie die nächsten sieben Jahre in dem Bewußtsein leben können, daß das Fenster der Gelegenheit sich schloß, daß ihre einzige Chance, jemals ihrem Vater zu begegnen, jemals ihre Mutter wiederzusehen, Tag für Tag schrumpfte? Es war eine Sache, sie sich selbst zu überlassen, wenn man nicht wußte, wo sie waren oder wie es ihnen ergangen war; es war eine andere, es genau zu wissen und nichts zu tun.

Er kannte Brianna seit über zwei Jahren, hatte aber nur ein paar Monate davon mit ihr zusammen verbracht. Und dennoch kannten sie einander in mancher Hinsicht sehr gut. Wie hätte es auch anders sein sollen, nachdem sie eine solche Erfahrung gemeinsam durchgestanden hatten? Dann waren da die Briefe gewesen – Dutzende, zwei, drei oder vier in der Woche – und die seltenen, kurzen Urlaube, die er zwischen Zauber und Frustration verbrachte und an deren Ende er jedes Mal solches Bedürfnis nach ihrer Nähe hatte, daß es schmerzte.

Ja, er kannte sie. Sie war ein stilles Wasser, aber von einer wilden Entschlossenheit besessen, die sich dem Schmerz wohl kaum kampflos ergeben würde. Und sie war zwar zurückhaltend, doch wenn sie sich einmal etwas in den Kopf gesetzt hatte, dann handelte sie mit haarsträubender Eile. Wenn sie beschloß, den Sprung zu riskieren, konnte er sie nicht aufhalten.

Seine Hände schlossen sich fest um das zusammengeballte Handtuch, und sein Magen verkrampfte sich, als er an den Abgrund im Steinkreis dachte und an die Leere, die sie beide fast verschlungen hätte. Das einzige, was noch erschreckender war, war der Gedanke, Brianna zu verlieren, bevor er sie wirklich gehabt hatte.

Er hatte sie noch nie angelogen. Doch die Nachwirkungen von Schrecken und Trauer wichen langsam, als in ihm die Anfänge eines Plans aufkeimten. Er stand auf und wickelte sich das Handtuch um die Taille.

Ein Brief würde nicht reichen. Er würde langsam vorgehen müssen, mit ständigen Andeutungen und sanfter Ermutigung. Er glaubte nicht, daß es schwierig sein würde; ein Jahr der Suche in Schottland hatte fast nichts zutage gebracht außer dem Bericht von dem Brand in Frasers Druckerei in Edinburgh – er erschauerte unwillkürlich bei dem Gedanken an Flammen. Jetzt wußte er auch, warum: Sie mußten kurz danach emigriert sein, obwohl er keine Spur von ihnen in den Passagierlisten gefunden hatte, die er überprüft hatte.

Zeit aufzugeben, würde er ihr suggerieren. Die Vergangenheit ruhen und die Toten in Frieden zu lassen. Es würde an Besessenheit grenzen, wenn sie weitersuchten, obwohl es so gut wie keine Anhaltspunkte gab. Er würde ihr ganz subtil einreden, daß es ungesund war, dieses ständige Zurückblicken – jetzt war es an der Zeit, nach vorn zu blicken, damit sie ihr Leben nicht mit einer zwecklosen Suche vergeudete. Das hätten ihre Eltern nicht gewollt.

Im Raum war es kühl, doch er bemerkte es kaum.

Ich paß auf dich auf, hatte er gesagt, und er hatte es ernst gemeint. War es eine Lüge, wenn man eine gefährliche Wahrheit geheimhielt? Nun, wenn ja, würde er eben lügen. Seine Zustimmung zu einer falschen Handlung zu geben war Sünde, so hatte man es ihn seit frühester Kindheit gelehrt. Das war schon in Ordnung, für sie würde er seine Seele aufs Spiel setzen, und zwar bereitwillig.

Er kramte in der Schublade nach einem Stift. Dann hielt er inne, bückte sich und griff mit zwei Fingern in die Tasche seiner klatschnassen Jeans. Das Papier war fransig und aufgeweicht und löste sich schon auf. Mit ruhigen Fingern riß er es in kleine Stücke, ohne den kalten Schweiß zu beachten, der ihm in Rinnsalen über das Gesicht lief.

23

Der Schädel unter der Haut

Ich hatte Jamie gesagt, daß es mir nichts ausmache, fernab der Zivilisation zu leben; überall, wo Menschen lebten, würde es auch Arbeit für eine Heilerin geben. Duncan hatte sein Versprechen gehalten und war im Frühjahr 1768 mit acht der früheren Gefangenen aus Ardsmuir und ihren Familien zurückgekehrt, die sich auf Fraser's Ridge, wie man den Ort jetzt allgemein nannte, niederlassen wollten. Bei fast dreißig Seelen waren meine leicht eingerosteten Künste sofort gefragt; es galt, Wunden zuzunähen und Fieber zu behandeln, Abszesse zu öffnen und Zahnfleischentzündungen zu säubern. Zwei der Frauen waren schwanger, und es war mir eine Freude, sie von zwei gesunden Kindern zu entbinden, einem Jungen und einem Mädchen, die beide zu Beginn des Frühjahrs geboren wurden.

Mein Ruf – wenn das das richtige Wort ist – als Heilerin verbreitete sich schnell auch über unsere winzige Siedlung hinaus, und ich wurde immer weiter weg gerufen, um Leute zu behandeln, die in einem Umkreis von dreißig Meilen auf einsamen Höfen in wildem Bergland lebten. Außerdem unternahm ich manchmal mit Ian Stippvisiten nach Anna Ooka, um Nayawenne zu besuchen, und jedesmal kehrte ich mit Körben und Krügen voll nützlicher Kräuter zurück.

Anfangs hatte Jamie darauf bestanden, daß er oder Ian mich zu den weiter entfernten Orten begleiteten, doch es stellte sich bald heraus, daß keiner von ihnen entbehrlich war; es war Zeit für die erste Aussaat, der Boden mußte vorbereitet und mit der Egge bearbeitet werden, und Mais und Gerste mußten gesät werden, ganz zu schweigen von den regelmäßigen Aufgaben, die auf einem kleinen Hof anfielen. Zusätzlich zu den Pferden und Maultieren hatten wir eine kleine Hühnerschar erworben, einen lasterhaft aussehenden schwarzen Eber, der den gesellschaftlichen Bedürfnissen unseres Schweins gerecht werden sollte, und – als größten Luxus – eine Milchziege, und sie alle mußten gefüttert, getränkt und ganz allgemein daran gehindert werden, sich gegenseitig umzubringen oder von Bären oder Panthern gefressen zu werden.

Also ging ich immer öfter allein los, wenn ein Fremder unvermittelt in der Eingangstür erschien und nach einer Heilerin oder Hebamme fragte. Daniel Rawlings' Krankenbuch erhielt neue Einträge, und unsere Vorratskammer wurde um Schinken, Hirschkeulen, Getreidesäcke oder Berge von Äpfeln bereichert, mit denen mich meine Patienten für meine Zuwendung bezahlten. Ich verlangte nie eine Bezahlung, doch irgend etwas wurde mir immer angeboten – und arm, wie wir waren, war uns alles willkommen.

Meine Patienten im Hinterland kamen von überallher, und viele sprachen weder Englisch noch Französisch: da gab es deutsche Lutheraner, Quäker, Schotten, Iren und die Mitglieder einer großen Siedlung der Herrnhuter Brüdergemeinde in Salem, die eine merkwürdige Sprache sprachen, die *ich* für Tschechisch hielt. Normalerweise kam ich jedoch zurecht; in den meisten Fällen konnte jemand für mich dolmetschen, und schlimmstenfalls konnte ich mich auf die Sprache von Händen und Körper verlassen – »Wo tut es weh?« kann man in jeder Sprache leicht verstehen.

August 1768
Ich war durchgefroren. Obwohl ich mir größte Mühe gab, fest in meinen Umhang gewickelt zu bleiben, riß der Wind ihn mir vom Leib und blähte ihn auf wie ein Segel. Er flatterte dem Jungen, der neben mir herging, um den Kopf und riß mich mit jedem Windstoß im Sattel zur Seite. Der Regen drang zwischen den wehenden Falten wie gefrorene Nadeln ein, und ich war bis auf Kleid und Unterröcke durchnäßt, noch ehe wir den Bach namens Mueller's Creek erreichten.

Der Bach selbst brodelte an uns vorbei, und entwurzelte Schößlinge, Felsen und versunkene Äste stiegen dann und wann an seine Oberfläche.

Tommy Mueller warf einen Blick auf die Flut und hatte dabei die Schultern fast bis zur Krempe des Schlapphutes hochgezogen, den er sich über beide Ohren gestülpt hatte. Jede Linie seines Körpers drückte Zweifel aus, daher bückte ich mich, um ihm ins Ohr zu rufen.

»Bleib hier!« brüllte ich und versuchte, das Heulen des Windes zu übertönen.

Er schüttelte den Kopf und rief mir etwas zu, doch ich konnte ihn nicht hören. Ich schüttelte meinerseits heftig den Kopf und zeigte mit der Hand auf das Ufer; der schlammige Boden bröckelte schon ab – ich konnte förmlich zusehen, wie die schwarze Erde klumpenweise fortgewaschen wurde.

»Geh zurück!« rief ich.

Er machte ebenfalls eine nachdrückliche Handbewegung – zurück zum Bauernhaus – und griff mir in die Zügel. Er hielt es offensichtlich für zu gefährlich; er wollte, daß ich mit zum Haus zurückkehrte, um dort das Ende des Sturms abzuwarten.

Er hatte definitiv nicht unrecht. Andererseits konnte ich zusehen, wie der Fluß breiter wurde und die hungrige Flut Brocken und Klumpen aus dem weichen Ufer fraß. Wenn wir noch länger warteten, würde niemand mehr hinüberkönnen – und es würde noch tagelang nicht sicher sein; ein solches Hochwasser konnte bis zu einer Woche dauern, solange noch Regenwasser aus den höheren Berglagen herunterlief und die Flut nährte.

Die Vorstellung, in einem Vierzimmerhaus mit allen zehn Muellers eingepfercht zu sein, reichte aus, um mich zum Leichtsinn zu treiben. Ich entriß Tommy die Zügel und wandte mich um. Mein Pferd schüttelte sich den Regen vom Kopf und bewegte sich vorsichtig auf dem glitschigen Schlamm.

Wir gelangten an die obere Uferböschung, wo uns eine dichte Laubschicht besseren Halt gab. Ich drehte das Pferd um, wies Tommy an, aus dem Weg zu gehen, und beugte mich vor wie eine Hindernisreiterin. Meine Ellbogen gruben sich in den Sack voll Gerste, der vor mir über den Sattel gebunden war – die Bezahlung für meine Dienste.

Diese Verlagerung meines Gewichtes reichte aus; das Pferd war genausowenig darauf versessen wie ich, hier noch länger zu bleiben. Ich spürte den plötzlichen Ruck, als sich seine Hinterhand senkte und anspannte, und dann rasten wir die Böschung hinunter wie ein durchgedrehter Rodelschlitten. Ein Stoß und ein schwindelerregender Moment des freien Falls, dann fand ich mich bis über die Oberschenkel in eiskaltem Wasser wieder.

Meine Hände waren so kalt, daß sie mit den Zügeln hätten verschweißt sein können, doch ich konnte dem Pferd keinerlei Führungshilfen geben. Ich ließ die Arme sinken und überließ dem Pferd die Zügel. Ich spürte, wie sich beim Schwimmen seine kräftigen Muskeln rhythmisch unter mir bewegten und sich das Wasser mit immer stärkerem Druck an uns vorbeidrängte. Es zerrte an meinen Röcken und drohte, mich vom Pferd in die Strömung zu reißen.

Dann ein Ruck, Hufe scharrten auf dem Grund des Baches, und wir waren draußen, wassertriefend wie ein Sieb. Ich drehte mich im Sattel um und sah Tommy Mueller mit offenem Mund am anderen Ufer stehen. Ich konnte die Zügel nicht loslassen, um zu winken, doch ich verneigte mich formell vor ihm, trieb dann das Pferd mit den Absätzen an und wandte mich heimwärts.

Die Kapuze meines Umhangs war mir bei dem Sprung vom Kopf gerutscht, doch es machte keinen großen Unterschied; ich konnte kaum noch nasser werden. Ich strich mir mit dem Handgelenk eine feuchte Haarsträhne aus den Augen und trieb das Pferd auf den Pfad, der ins Bergland führte, erleichtert, daß es nach Hause ging, und wenn es noch so regnete.

Ich hatte drei Tage im Blockhaus der Muellers verbracht und die achtzehnjährige Petronella bei ihrer ersten Geburt betreut. Es würde auch ihre letzte sein, sagte zumindest Petronella. Als ihr siebzehnjähriger Ehemann am Mittag des zweiten Tages einen zaghaften Blick ins Zimmer geworfen hatte, war er mit einem Schwall deutscher Schimpfworte empfangen worden, der ihn mit schamroten Ohren in das Männerrefugium in der Scheune hatte zurückstolpern lassen.

Ein paar Stunden später hatte ich Freddy – der viel jünger aussah als siebzehn – schüchtern am Bett seiner Frau knien sehen, und sein Gesicht war weißer gewesen als ihr Nachthemd, als er zögernd einen saubergeschrubbten Finger ausstreckte, um die Decke zur Seite zu schieben, die seine Tochter umhüllte.

Er hatte stumm auf das runde Köpfchen gestarrt, das mit einem schwarzen Flaum überzogen war, und hatte dann seine Frau angesehen, als müßte man ihm auf die Sprünge helfen.

»Ist sie nicht wunderschön?« hatte Petronella leise gesagt.

Er hatte genickt, langsam, dann den Kopf in ihren Schoß gelegt und angefangen zu weinen. Die Frauen hatten freundlich gelächelt und sich dann wieder an die Zubereitung des Abendessens begeben.

Und es war ein gutes Abendessen gewesen; das Essen war einer der Vorteile eines Hausbesuchs bei den Muellers. Auch jetzt war mein Magen angenehm mit Knödeln und gebratener Blutwurst gefüllt, und der Geschmack der Spiegeleier, den ich noch im Mund hatte, lenkte mich zumindest ein wenig von der allgemeinen Unannehmlichkeit meiner gegenwärtigen Lage ab.

Ich hoffte, daß Jamie und Ian es fertiggebracht hatten, während meiner Abwesenheit anständig zu essen. Da der Sommer zu Ende ging, die Erntezeit aber noch nicht gekommen war, herrschte auf den Regalen in der Vorratskammer nicht einmal ansatzweise der für den Herbst erhoffte Überfluß, doch auf dem Bord befanden sich ein paar Käselaibe, auf dem Boden stand ein großes Steingutgefäß mit gesalzenem Fisch, und dazu gab es säckeweise Mehl, Mais, Reis, Bohnen, Gerste und Hafermehl.

Jamie konnte eigentlich kochen – zumindest insofern, als er Wildbret vorbereiten und über dem Feuer grillen konnte –, und ich hatte mein Bestes getan, um Ian in die Geheimnisse der Porridgezubereitung einzuweihen, doch da sie nun einmal Männer waren, nahm ich an, daß sie sich nicht die Mühe gemacht und sich statt dessen lieber von rohen Zwiebeln und Trockenfleisch ernährt hatten.

Ich konnte nicht sagen, ob sie am Ende eines Tages voller Männerarbeiten wie Bäumefällen, Pflügen und dem Heimschleppen toter Hirsche ehrlich zu erschöpft waren, um sich Gedanken über die Zusammenstellung einer ordentlichen Mahlzeit zu machen, oder ob sie es mit Absicht machten, damit ich mir unentbehrlich vorkam.

Jetzt, wo ich mich im Schutz des Bergrückens befand, wehte der Wind schwächer, doch der Regen prasselte immer noch auf mich nieder, und der Boden war trügerisch, da sich der Schlamm auf dem Weg in Flüssigkeit verwandelt hatte, auf deren Oberfläche eine Laubschicht verräterisch wie Treibsand dahintrieb. Ich spürte das Unbehagen des Pferdes, dessen Hufe mit jedem Schritt ausglitten.

»Guter Junge«, sagte ich beschwichtigend. »Geh schön weiter, so ist's gut.« Das Pferd richtete leicht die Ohren auf, hielt aber den Kopf gesenkt und ging vorsichtig weiter.

»Schlammfuß?« sagte ich. »Wie wär's damit?«

Das Pferd hatte zur Zeit keinen Namen – oder vielmehr, es hatte einen, doch ich kannte ihn nicht. Der Mann, von dem Jamie es gekauft hatte, hatte es mit einem deutschen Namen gerufen, von dem Jamie sagte, er sei für das Pferd einer Dame nicht geeignet. Als ich ihn gebeten hatte, den Namen zu übersetzen, hatte er nur die Lippen zusammengepreßt und ein schottisches Gesicht gemacht, woraus ich schloß, daß er ziemlich schlimm sein mußte. Ich hatte die alte Frau Mueller fragen wollen, was er bedeutete, hatte es aber in der Eile des Aufbruchs vergessen.

Jamies Theorie war sowieso, daß das Pferd seinen wahren – oder zumindest seinen aussprechbaren – Namen im Lauf der Zeit preisgeben würde, und so behielten wir das Tier im Auge und hofften, etwas über seinen Charakter herauszufinden. Nach einem Proberitt hatte Ian »Häschen« vorgeschlagen, doch Jamie hatte nur den Kopf geschüttelt und gesagt, nein, das sei es nicht.

»Wackelzeh?« schlug ich vor. »Leichtfuß? Verdammt!«

Das Pferd war völlig zum Stehen gekommen, und zwar aus gutem Grund. Ein kleines Wildwasser gurgelte fröhlich den Hügel herunter und sprang ganz ungehemmt von Fels zu Fels. Es war wunderschön, das Wasser rauschte kristallklar über die dunklen Felsen und das grüne Laub. Unglücklicherweise lief es auch über die Reste des Pfades, die der Macht der Ereignisse nicht gewachsen und talwärts den Abhang heruntergerutscht waren.

Ich saß still da und triefte vor mich hin. Ich konnte den Erdrutsch nicht umgehen. Rechts von mir stieg der Hügel beinahe senkrecht in die Höhe, und Büsche und Schößlinge sprossen aus den Spalten der Felswand, und links fiel er so steil in die Tiefe, daß es Selbstmord gewesen wäre, dort hinunterzusteigen. Unter Flüchen wich ich mit dem namenlosen Pferd zurück und kehrte um.

Wäre das Hochwasser nicht gewesen, wäre ich zu den Muellers zurückgekehrt und hätte Jamie und Ian noch ein bißchen länger für sich selbst sorgen lassen. Doch so hatte ich keine Wahl – ich konnte mir entweder einen anderen Weg nach Hause suchen oder hierbleiben und ertrinken.

Erschöpft verfolgten wir unsere Spur zurück. Keine vierhundert Meter von dem Erdrutsch entfernt fand ich eine Stelle, wo der Abhang in einen kleinen Sattel überging, eine Mulde zwischen zwei »Hörnern« aus Granit. Solche Formationen gab es hier häufig; eine besonders große auf einem Berg in der Nähe, die ihm den Namen Teufelsspitze eingebracht hatte. Wenn ich den Sattel überqueren, auf die andere Seite des Hügels gelangen und dann an diesem entlang weiterreiten konnte, würde ich irgendwann wieder auf den Pfad stoßen, wenn er den Kamm in Richtung Süden kreuzte.

Von dem Sattel aus hatte ich einen kurzen, klaren Blick auf das Vorgebirge und das blaue Tal dahinter. Doch die Berggipfel auf der anderen Seite waren hinter schwarzen Regenwolken verborgen, die gelegentlich vom Flackern versteckter Blitze erleuchtet wurden.

Jetzt, wo der Höhepunkt des Sturms anscheinend vorüber war, hatte der Wind nachgelassen. Es regnete noch stärker, und ich blieb so lange stehen, wie nötig war, um meine kalten Finger von den Zügeln loszueisen und mir die Kapuze meines Umhangs aufzusetzen.

Auf dieser Seite des Hügels kamen wir gut voran, denn der Boden war felsig, aber nicht allzu steil. Wir bahnten uns unseren Weg durch kleine Haine mit rotbeerigen Bergebereschen und größere Ansammlungen von Eichen. Ich merkte mir den Standort eines riesigen Brombeerdickichts, auf das ich später zurückkommen wollte, blieb aber nicht stehen. Ich konnte mich so schon glücklich schätzen, wenn ich noch im Hellen nach Hause kam.

Um mich von den kalten Rinnsalen abzulenken, die mir den Hals herabliefen, führte ich in Gedanken eine Inventur der Vorratskammer durch. Was konnte ich zum Abendessen machen, wenn ich erst einmal angekommen war?

Etwas Schnelles, dachte ich zitternd, und etwas Heißes. Eintopf würde zu lange dauern; Suppe ebenfalls. Wenn es Eichhörnchen oder Kaninchen gab, könnten wir es durch einen Teig aus Eiern und Maismehl ziehen und fritieren. Wenn nicht, dann vielleicht Erbsenpürree mit etwas Speck für den Geschmack und ein paar Rühreier mit jungen Zwiebeln.

Ich duckte mich und zuckte zusammen. Trotz der Kapuze und meines dichten Haares trommelten mir die Regentropfen auf den Kopf wie Hagelkörner.

Dann erkannte ich, daß es Hagelkörper *waren*. Winzige, weiße Kugeln prallten vom Rücken des Pferdes ab und prasselten auf das Eichenlaub. Sekunden später waren die Körner so groß wie Murmeln, und der Hagel war so stark geworden, daß es wie Maschinengewehrfeuer knatterte, wenn er auf den feuchten Laubteppich traf.

Das Pferd warf den Kopf herum und schüttelte heftig die Mähne, um den stechenden Körnern auszuweichen. Hastig zog ich die Zügel an und lenkte es unter die Krone einer riesigen Kastanie, die uns ansatzweise Unterschlupf bot. Dort war es zwar laut, doch der Hagel prallte am dichten Laub ab, so daß wir geschützt waren.

»Gut«, sagte ich. Mit einigen Schwierigkeiten löste ich eine Hand von den Zügeln und tätschelte das Pferd beschwichtigend. »Ganz ruhig. Uns passiert schon nichts, solange hier nicht der Blitz einschlägt.«

Offensichtlich hatte diese Bemerkung jemanden auf eine Idee gebracht; lautlos durchzuckte ein greller Blitz den schwarzen Himmel hinter einem Berg namens Roan. Einige Augenblicke später dröhnte ein heftiger Donnerschlag durch das Tal, der auch das Prasseln des Hagels im Laub über unseren Köpfen übertönte.

In der Ferne sah ich über den Bergen Wetterleuchten. Dann flammten noch mehr Blitze über den Himmel, und das darauffolgende Donnergrollen wurde jedesmal lauter. Der Hagelschauer ging vorbei, und der Regen begann wieder niederzurauschen, stärker als zuvor. Unter mir verschwand das Tal in Wolken und Nebel, doch im Licht der Blitze traten die schroffen Bergkämme hervor wie Knochen auf einem Röntgenschirm.

»Einundzwanzig, zweiundzwanzig, dreiundzwanzig, vierund –« BUMM! Das Pferd riß den Kopf zurück und stampfte nervös.

»Ich weiß genau, wie dir zumute ist«, sagte ich zu ihm und blickte in das Tal hinab. »Ruhig, ganz ruhig.« Der nächste Blitz zuckte über den Himmel. Er erleuchtete den dunklen Grat so, daß ich das Abbild der aufgestellten Pferdeohren auch in der folgenden Dunkelheit deutlich vor Augen hatte.

»Einundzwanzig, zweiund–« Ich hätte schwören können, daß der Boden bebte. Das Pferd tat einen schrillen Schrei und stieg in die Höhe, während ich an den Zügeln riß. Seine Hufe wirbelten das Laub auf. Die Luft roch nach Ozon.

Blitz.

»Ein–« sagte ich mit zusammengebissenen Zähnen. »Verdammt, steh! Einund–«

Blitz.

»Ein–«

Blitz.

»Steh. STEH!«

Ich merkte nichts von meinem Sturz und auch nicht von der Landung. In einer Sekunde zerrte ich noch wild an den Zügeln, unter mir ein tausend Pfund schweres Pferd, das panisch in alle Richtungen ausschlug. In der nächsten lag ich auf dem Rücken, über mir den schwarzen Himmel, der sich drehte, und versuchte, mein Zwerchfell zum Funktionieren zu bewegen.

Meine Muskeln bebten noch von der Erschütterung, und ich versuchte verzweifelt, Körper und Geist wieder in Einklang zu bringen. Dann holte ich mühsam japsend Atem und stellte fest, daß ich zitterte, denn auf den Schock folgten jetzt die ersten Schmerzen.

Ich lag still, schloß die Augen, konzentrierte mich auf meine Atmung und führte eine Inventur durch. Der Regen hämmerte immer noch auf mein Gesicht herab, sammelte sich in meinen Augenhöhlen und lief mir in die Ohren. Mein Gesicht und meine Hände waren taub. Meine Arme ließen sich bewegen. Ich bekam jetzt etwas besser Luft.

Meine Beine. Das linke tat weh, doch es war nicht bedrohlich; ich hatte mir nur das Knie gestoßen. Ich rollte schwerfällig auf die Seite, behindert von meinen nassen, massigen Kleidern. Und doch war es die klobige Kleidung gewesen, die mich vor schwereren Verletzungen bewahrt hatte.

Über mir erklang ein unsicheres Wiehern, das selbst im Dröhnen des Donners hörbar war. Ich blickte benommen nach oben und sah den Kopf des Pferdes gute zehn Meter über mir aus einem Himbeergestrüpp ragen. Unter dem Dickicht ging es steil und felsig nach unten; eine lange Rutschspur am unteren Ende zeigte, wo ich aufgekommen und weitergerollt war, bevor ich in meiner gegenwärtigen Position gelandet war.

Wir hatten quasi am Rand dieses kleinen Abgrundes gestanden, ohne daß ich es gesehen hatte, denn er war durch die dichten Büsche verdeckt. Die Panik hatte das Pferd bis an die Kante getrieben, doch offensichtlich hatte es die Gefahr gespürt und sich gefangen, bevor es abstürzte – jedoch nicht, ohne mich in den luftleeren Raum davonpurzeln zu lassen.

»Du verdammtes Mistvieh!« sagte ich. Und fragte mich, ob der unbekannte deutsche Name vielleicht etwas Ähnliches bedeutete. »Ich hätte mir den Hals brechen können!« Ich wischte mir, immer noch mit zitternder Hand, den Schmutz aus dem Gesicht und sah mich nach einer Möglichkeit um, wieder nach oben zu kommen.

Es gab keine. Hinter mir setzte sich der Felsenkamm fort und verschmolz mit einem der Granithörner. Vor mir endete er abrupt und stürzte geradewegs in ein kleines Tal. Der Abhang, auf dem ich stand, senkte sich ebenfalls in dieses Tal. Durch Sumach- und Gelbholzbaumgruppen ging es etwa noch zwanzig Meter hinab bis zu den Ufern eines Flüßchens.

Ich stand ganz still und versuchte nachzudenken. Niemand wußte, wo ich war. Davon abgesehen wußte ich auch nicht genau, wo ich war. Schlimmer noch, fürs erste würde auch niemand nach mir suchen. Jamie würde glauben, daß ich wegen des Regens immer noch bei den Muellers war. Die Muellers würden natürlich keinerlei Grund zu der Annahme haben, daß ich nicht sicher nach Hause gekommen war; und selbst wenn sie Zweifel hatten, konnten sie mir wegen des Hochwassers nicht folgen. Und bis irgend jemand den fortgespülten Pfad fand, würden alle Zeichen, daß ich dort vorbeigekommen war, längst vom Regen fortgewaschen sein.

Ich war unverletzt, das war immerhin etwas. Ich war außerdem zu Fuß, allein, ohne Proviant, einigermaßen orientierungslos und durch und durch naß. Daß ich nicht verdursten würde, war so ungefähr das einzige, was feststand.

Blitze zuckten immer noch wie sich duellierende Mistgabeln über den Himmel, obgleich der Donner zu einem dumpfen Grollen in der Ferne abgeschwollen war. Ich hatte jetzt keine sonderliche Angst mehr, vom Blitz getroffen zu werden – nicht, solange so viele geeignetere Kandidaten in Form der gigantischen Bäume herumstanden –, doch es schien trotzdem eine gute Idee zu sein, mir einen Unterstand zu suchen.

Es regnete immer noch; das Wasser tropfte mir mit monotoner Regelmäßigkeit von der Nasenspitze. Auf meinem angeschlagenen Bein humpelnd, suchte ich mir unter zahlreichen Flüchen einen Weg über den rutschigen Abhang hinunter zum Flußufer.

Auch dieser Bach war durch den Regen angeschwollen; ich sah versunkene Büsche aus dem Wasser ragen, deren Blätter schlaff in der rauschenden Strömung hingen. Es gab kein richtiges Ufer. Ich kämpfte mich zwischen den stacheligen Klauen von Stechpalmen und Wacholder hindurch zu der Felswand im Süden; vielleicht gab es dort eine Höhle oder Felsspalte, in der ich irgendwie Unterschlupf finden konnte.

Ich fand nichts als herumliegende Felsbrocken, die schwarz vor Nässe und schwierig zu umgehen waren. Ein Stück weiter sah ich allerdings etwas anderes, was mir möglicherweise Zuflucht bieten konnte.

Ein riesiger Lebensbaum war quer über den Bach gestürzt; seine Wurzeln waren unterspült worden, als das Wasser den Boden wegfraß, in dem er wuchs. Er war in die Richtung gefallen, die von mir weg zeigte, und auf dem Kliff aufgeschlagen, so daß die dichte Krone sich im Wasser und über den Felsen ausbreitete und der Stamm sich im spitzen Winkel über den Fluß neigte. Auf meiner Seite konnte ich den riesigen Teller der freigelegten Wurzeln sehen, die ein Bollwerk von Erdklumpen und kleinen Sträuchern mit sich gerissen hatten. Die darunterliegende Grube war zwar kein kompletter Unterschlupf, doch es sah aus, als wäre es dort besser als im Freien zu stehen oder im Gebüsch zu hocken.

Ich hatte mir keine Sekunde lang darüber Gedanken gemacht, ob der Unterschlupf vielleicht auch Bären, Wildkatzen oder anderes unfreundliches Getier angezogen haben könnte. Glücklicherweise war das nicht der Fall.

Der Zwischenraum maß vielleicht anderthalb Meter im Quadrat; er war muffig, dunkel und klamm. Die Decke wurde von den gewaltigen, knorrigen Wurzeln des Baumes gebildet, an denen noch sandiger Boden klebte. Es sah aus wie die Decke eines Dachsbaus. Trotzdem war es eine solide Decke; der aufgewühlte Erdboden war feucht, aber nicht schlammig, und zum ersten Mal seit Stunden trommelte mir kein Regen auf den Schädel.

Erschöpft kroch ich in die hintere Ecke, stellte meine nassen Schuhe neben mich und schlief fest ein. Die Kälte meiner nassen Kleider war schuld daran, daß ich lebhaft und wirr träumte von Blut und Geburten, von Bäumen, Felsen und Regen, und ich erwachte häufig zu jenem Halbbewußtsein, das die äußerste Ermüdung mit sich bringt, und schlief Sekunden später wieder ein.

Ich träumte, daß ich ein Kind bekam. Ich hatte keine Schmerzen, doch ich sah den Kopf austreten, als stünde ich zwischen meinen eigenen Oberschenkeln, Hebamme und Gebärende zugleich. Ich nahm das nackte Kind in die Arme, immer noch mit dem Blut verschmiert, das von uns beiden stammte, und reichte es seinem Vater. Ich reichte es Frank, doch es war Jamie, der dem Baby die Glückshaube vom Kopf nahm und sagte: »Sie ist wunderschön.«

Dann erwachte ich und schlief wieder ein und bahnte mir einen Weg zwischen Felsbrocken und Wasserfällen hindurch, suchte verzweifelt etwas, das ich verloren hatte. Erwachte und schlief ein und wurde im Wald von etwas Furchtbarem, Unbekanntem verfolgt. Erwachte und schlief ein, ein Messer in meiner Hand, rot vom Blut – doch wessen Blut, das wußte ich nicht.

Ich erwachte ganz, weil es nach Feuer roch, und fuhr senkrecht hoch. Der Regen hatte aufgehört; es war die Stille, die mich geweckt hatte, so glaubte ich. Doch der starke Rauchgeruch wich nicht aus meiner Nase – er gehörte nicht zu meinem Traum.

Ich streckte den Kopf aus meiner Erdhöhle wie eine Schnecke, die vorsichtig aus ihrem Haus kriecht. Der Himmel war in einem blassen Lilagrau gefärbt und über den Bergen mit orangen Streifen durchzogen. Der Wald um mich herum war still, und überall tropfte es. Es war kurz vor Sonnenuntergang, und die Dunkelheit sammelte sich schon in den tieferen Lagen.

Ich kroch ganz nach draußen und sah mich um. Hinter mir rauschte der angeschwollene Bach vorbei; sein Gurgeln war das einzige Geräusch. Vor mir stieg der Boden zu einem flachen Kamm hin an, auf dessen Grat eine hohe Balsampappel stand, die Quelle des Rauches. Der Baum war vom Blitz getroffen worden; eine Hälfte trug immer noch grünes Laub und zeichnete sich buschig vor dem blassen Himmel ab. Die andere Hälfte war entlang des gesamten massiven Stammes geschwärzt und verkohlt. Weiße Rauchwölkchen stiegen von ihm auf wie Geister auf der Flucht vor den Fesseln ihres Meisters, und rote Flammen, die unter der geschwärzten Hülle glommen, zeigten sich flüchtig.

Ich sah mich nach meinen Schuhen um, konnte sie in der Dunkelheit aber nicht finden. Ich störte mich nicht daran, sondern wanderte, vor Anstrengung keuchend, den Kamm hinauf zu dem getroffenen Baum. All meine Muskeln waren steif vom Schlaf und von der Kälte – ich fühlte mich selbst wie ein Baum, der umständlich zum Leben erwacht und auf knorrigen, schwerfälligen Wurzeln hügelaufwärts stapft.

Neben dem Baum war es warm. Traumhaft, wunderbar warm. Es roch nach Asche und verbranntem Ruß, doch es war warm. Ich ging so nah heran, wie ich mich traute, breitete meinen Umhang weit aus und stand still und dampfend da.

Eine Zeitlang versuchte ich nicht einmal nachzudenken, stand einfach nur da, spürte, wie mein ausgekühlter Körper auftaute und sich langsam wieder menschenähnlich anfühlte. Doch als mein Blut wieder zu fließen begann, fingen auch meine Verletzungen an zu schmerzen. Außerdem verspürte ich quälenden Hunger: Das Frühstück war schon lange her.

Es sah fast so aus, als würde es bis zum Abendessen noch viel länger dauern, dachte ich grimmig. Die Dunkelheit kroch aus dem Talboden herauf, und ich wußte immer noch nicht, wo ich war. Ich warf einen Blick auf den gegenüberliegenden Hügelkamm; kein Zeichen von dem verflixten Pferd.

»Verräter«, brummte ich. »Ist wahrscheinlich losgezogen, um sich einem Rudel Elche anzuschließen oder so ähnlich.«

Ich rieb meine Hände; meine Kleider waren halbwegs trocken, doch die Temperatur sank ständig. Es würde eine kalte Nacht werden. War es besser, die Nacht hier unter freiem Himmel neben dem verbrannten Baum zu verbringen, oder sollte ich zu meiner Erdhöhle zurückkehren, solange ich noch genug Licht hatte?

Ein Knacken hinter mir im Gebüsch nahm mir die Entscheidung ab. Der Baum war inzwischen abgekühlt; obwohl sich das verkohlte Holz noch heiß anfühlte, war das Feuer ausgebrannt. Es würde keine Abschreckung gegen herumstreifende Nachtjäger bedeuten. Ohne Feuer oder Waffen blieb mir nur die Verteidigung des Gejagten: in der Dunkelheit versteckt liegen wie eine Maus oder ein Kaninchen. Nun, ich mußte sowieso zurück, um meine Schuhe zu holen.

Widerstrebend ließ ich die letzten Reste von Wärme hinter mir und kehrte zu dem umgestürzten Baum zurück. Als ich hineinkroch, sah ich den Fleck, der sich hell von dem dunkleren Boden in der Ecke abhob. Ich legte meine Hand darauf und fühlte nicht meine weichen Ledermokassins, sondern etwas Hartes, Glattes.

Noch bevor mein Gehirn das Wort heraussuchen konnte, hatte mein Instinkt erfaßt, was für ein Gegenstand das war, und ich zog die Hand zurück. Einen Moment lang saß ich mit klopfendem Herzen da. Dann übermannte die Neugier meine atavistische Furcht, und ich begann, den sandigen Lehm wegzuschaufeln, der ihn umgab.

Es war tatsächlich ein Totenschädel, komplett mit Unterkiefer, obwohl die Kinnlade nur noch durch getrocknete Ligamentreste in Position gehalten wurde. Ein Fragment eines gebrochenen Halswirbels klapperte im Foramen magnum.

»›Wie lange liegt wohl einer in der Erde, eh er verfault?‹« murmelte ich, während ich den Schädel in meinen Händen hin und her drehte. Der Knochen war kalt und feucht und leicht angerauht von der Feuchtigkeit, der er ausgesetzt gewesen war. Das Licht war zu schwach, um Details zu sehen, doch ich konnte die großen Wölbungen über den Augenbrauen fühlen und den glatten Schmelz der Schneidezähne. Wahrscheinlich ein Mann, und zwar kein alter; die meisten Zähne waren noch vorhanden und nicht übermäßig abgenutzt – zumindest soweit ich das mit meinem tastenden Daumen feststellen konnte.

Wie lange? Acht bis neun Jahr, sagte der Totengräber zu Hamlet. Ich hatte keine Ahnung, ob Shakespeare irgend etwas von Gerichtsmedizin verstand, doch seine Einschätzung kam mir nicht unwahrscheinlich vor. Also über neun Jahre.

Wie war er hierhergekommen? Gewaltsam, antwortete mein Instinkt, obwohl auch mein Gehirn sich dem kurz darauf anschloß. Ein Kundschafter konnte zwar an einer Krankheit sterben, an Hunger oder Erschöpfung – diesen Gedankengang verdrängte ich entschieden, wobei ich mich bemühte, meinen knurrenden Magen und meine feuchten Kleider zu ignorieren –, doch würde er dann nicht unter einem Baum verscharrt enden.

Die Cherokee und Tuscarora beerdigten ihre Toten, das stimmte, doch nicht so, allein in einem Tal. Und auch nicht in Einzelteilen. Es war der gebrochene Wirbel gewesen, der mir sogleich verraten hatte, was sich zugetragen hatte: Seine Ränder waren zusammengepreßt und der Knochen glatt durchtrennt, nicht zersplittert.

»Da konnte dich wohl jemand überhaupt nicht ausstehen, was?« sagte ich. »Hat sich nicht mit dem Skalp begnügt, sondern gleich den ganzen Kopf genommen.«

Was die Frage aufwarf – war der Rest von ihm ebenfalls hier? Ich rieb mir beim Nachdenken mit der Hand über das Gesicht. Schließlich hatte ich nichts Besseres vor; vor Tagesanbruch würde ich nirgendwo hingehen, und die Wahrscheinlichkeit, daß ich schlafen würde, war mit der Entdeckung meines neuen Kameraden ziemlich geschrumpft. Ich legte den Schädel vorsichtig auf die Seite und begann zu graben.

Es war jetzt völlig dunkel, doch im Freien ist selbst die dunkelste Nacht selten ohne Licht. Der Himmel war immer noch mit Wolken verhangen, die eine beträchtliche Menge Licht abstrahlten, selbst bis in meine flache Grube.

Der sandige Boden war weich und ließ sich leicht umgraben, doch nachdem ich ein paar Minuten gekratzt hatte, waren meine Fingerknöchel und -spitzen wundgescheuert. Ich kroch nach draußen und suchte mir einen Stock zum Graben. Ich stocherte noch ein bißchen herum und stieß auf etwas Hartes; kein Knochen, dachte ich, und auch kein Metall. Ein Stein, entschied ich und befühlte das schwarze Oval. Nur ein Flußkiesel? Ich glaubte es nicht; die Oberfläche war sehr glatt, doch es war etwas hineingeritzt; irgendeine Glyphe, obwohl mein Tastsinn nicht ausgereift genug war, um mich erkennen zu lassen, was es war.

Weiteres Graben förderte nichts mehr zutage. Entweder war der Rest von Yorick nicht hier, oder er war so tief begraben, daß ich keine Chance hatte, ihn zu entdecken. Ich steckte mir den Stein in die Tasche, hockte mich auf meine Fersen und rieb mir die sandigen Hände am Rock ab. Zumindest war mir von der Bewegung wieder warm geworden.

Ich setzte mich wieder hin, hob den Schädel auf und hielt ihn auf dem Schoß. Gruselig, wie er war, bedeutete er doch so etwas wie Gesellschaft, eine Ablenkung von meiner eigenen Misere. Ich war mir wohl bewußt, daß alles, was ich während der letzten Stunde getan hatte, der Ablenkung gedient hatte; es sollte die Panik abwehren, die ich unter der Oberfläche meines Bewußtseins spüren konnte und die nur darauf wartete durchzubrechen wie das spitze Ende eines versunkenen Astes. Es würde eine lange Nacht werden.

»Gut«, sagte ich zu dem Schädel. »Irgendwas Gutes gelesen in letzter Zeit? Nein, ich schätze, du kommst nicht mehr viel herum. Lyrik vielleicht?« Ich räusperte mich und begann mit Keats, wärmte mich auf mit »Aus Abscheu über den vulgären Aberglauben« und fuhr fort mit der »Ode an eine griechische Urne«.

»›...und immer liebst du, immer bleibt sie schön‹«, deklamierte ich. »Es geht noch weiter, aber ich habe vergessen, wie. Ist aber nicht übel, oder? Ein bißchen Shelley vielleicht? Die ›Ode an den Westwind‹ ist gut, ich glaube, sie würde dir gefallen.«

Mir stellte sich die Frage, warum ich das glaubte; ich hatte keinen besonderen Anlaß, Yorick für einen Indianer zu halten statt für einen Europäer, doch mir wurde klar, daß ich das tat – vielleicht lag es an dem Stein, den ich bei ihm gefunden hatte. Achselzuckend fuhr ich fort, ganz im Vertrauen, daß die große englische Dichtung die Bären und Panther genauso effektiv fernhalten würde wie ein Lagerfeuer.

»Mach mich zu deiner Lyra wie den Wald;
Mag auch mein Laub wie seine Blätter fallen,
Dann werden deine Harmonien bald

Durch unser beider dunkle Saiten hallen,
Süß, doch voll Trauer, Geist aus meinem Geist,
Sei du mein Selbst, treib, die wie tot verschallen

Wie Blätter, die du selbst vom Baume reißt,
Meine Gedanken wirbelnd übers Land,
Neu sie zu wecken. Wie mein Vers es weist

Streu aus die Asche aus des Herdes Brand
Mein Wort gleich Funken aus des Feuers Kern,
Posaune sei durch meiner Lippen Band,
Der Erde künde, Wind, der Hoffnung Stern...«

Die letzte Strophe erstarb mir auf den Lippen. Auf dem Hügel schien ein Licht. Ein kleiner Funke, der zu einer Flamme anwuchs. Zuerst dachte ich, es sei der vom Blitz getroffene Baum, ein Stück schwelende Glut, das wieder angefacht worden war – doch dann bewegte es sich. Es glitt langsam den Hügel herab auf mich zu und schwebte dabei knapp über den Büschen.

Ich sprang auf, und erst da fiel mir wieder ein, daß ich keine Schuhe anhatte. Ich tastete verzweifelt auf dem Boden herum und durchkämmte die kleine Höhle wieder und wieder. Doch es war vergeblich. Meine Schuhe waren fort.

Ich hob den Schädel auf und stand barfuß da, das Gesicht dem Licht zugewandt.

Ich beobachtete, wie das Licht näher kam und den Hügel herunterdriftete wie eine Pusteblume. Ein einziger Gedanke ging mir durch den gelähmten Verstand, – Shelleys »Ich trotz dir, Unhold! mit ruhigem festen Sinn«. Irgendwo in den dunkleren Winkeln meines Bewußtseins traf ich die Feststellung, daß Shelley viel bessere Nerven gehabt hatte als ich. Ich umklammerte den Schädel noch fester. Er war keine besonders wirksame Waffe – aber irgendwie hatte ich das Gefühl, daß sich das, was da auf mich zukam, von Messern oder Pistolen ebenfalls nicht vertreiben lassen würde.

Nicht nur, daß es mir aufgrund der Feuchtigkeit extrem unwahrscheinlich erschien, daß jemand mit einer brennenden Fackel durch den Wald spazierte. Das Licht schien nicht wie eine Kiefernfackel oder eine Öllampe. Es flackerte nicht, sondern brannte in einem sanften, beständigen Glühen.

Es schwebte etwas mehr als einen Meter über dem Boden, etwa

dort, wo jemand eine Fackel halten würde, die er vor sich her trug. Es näherte sich langsam mit der Geschwindigkeit eines Wanderers. Ich sah, wie es sich im Rhythmus eines regelmäßigen Schrittes leicht auf und ab bewegte.

Ich kauerte in meiner Grube, halb verborgen hinter dem Erdwall und den freiliegenden Wurzeln. Es war eiskalt, doch mir lief der Schweiß am Körper herunter, und ich konnte die Ausdünstung meiner eigenen Angst riechen. Meine tauben Zehen krallten sich in den Boden, bereit wegzulaufen.

Ich hatte schon einmal Elmsfeuer gesehen, auf See. Das war zwar unheimlich gewesen, doch das flüssige blaue Flackern hatte keine Ähnlichkeit mit dem blassen Licht, daß sich mir jetzt näherte. Es schlug weder Funken, noch besaß es eine Farbe; es glühte nur gespenstisch. Sumpfgas, sagten die Leute in Cross Creek, wenn jemand die Berglichter erwähnte.

Ha, sagte ich zu mir, allerdings lautlos. Sumpfgas, ganz bestimmt!

Das Licht durchquerte ein kleines Erlendickicht und trat dann vor mir auf die Lichtung. Es war kein Sumpfgas.

Er war hochgewachsen, und er war nackt. Außer seinem Lendenschurz trug er nur Farbe. An Armen, Beinen und Köper zogen sich lange rote Streifen entlang, und sein Gesicht war vom Kinn bis zur Stirn völlig schwarz. Sein Haar war eingefettet und zu einem Kamm frisiert, aus dem zwei Truthahnfedern steif herausragten.

Ich war unsichtbar, völlig verborgen in der Dunkelheit meiner Zuflucht, während seine Fackel ihn mit weichem Licht umgab, das auf seiner unbehaarten Brust und seinen Schultern glänzte und seine Augen in Schatten tauchte. Doch er wußte, daß ich da war.

Ich wagte nicht, mich zu bewegen. Mein Atem klang mir furchtbar laut in den Ohren. Er stand einfach nur da, vielleicht vier Meter von mir entfernt, und blickte in die Dunkelheit, geradewegs in meine Richtung, als wäre es hellichter Tag. Und das Licht seiner Fackel brannte beständig und lautlos, bleich wie eine Grabkerze, ohne daß ihr Holz verzehrt wurde.

Ich weiß nicht, wie lange ich so wartete, ehe mir auffiel, daß ich keine Angst mehr hatte. Es war immer noch kalt, doch mein Herzschlag hatte sich auf seine normale Geschwindigkeit verlangsamt, und meine nackten Zehen hatten sich entspannt.

»Was willst du?« fragte ich, und erst da fiel mir auf, daß schon seit einiger Zeit zwischen uns eine Art Kommunikation stattfand. Was auch immer das hier war, es kannte keine Worte. Wir wechselten keine zusammenhängenden Sätze – und doch tauschten wir etwas aus.

Ein leichter Wind hatte die Wolkendecke aufgerissen, und zwischen den dahinrasenden Zirruswolken waren dunkle Streifen sternenklaren Himmels zu sehen. Im Wald war es still, doch es war die übliche Stille eines durchnäßten, nächtlichen Waldes; erfüllt vom Ächzen und Seufzen der hohen Bäume, die sich im Wind wiegten, dem Rascheln der Sträucher, durch die der rastlose, scharfe Wind fuhr, und im Hintergrund vom ständigen Rauschen unsichtbaren Wassers, als wäre es ein Echo der Unruhe hoch oben in der Luft.

Ich atmete tief ein und fühlte mich plötzlich sehr lebendig. Die Luft war schwer und süß vom Dunst der grünen Pflanzen, von herben Kräutern und erdigem Laub, von den Düften des Sturms überlagert und durchzogen – nasser Fels, feuchte Erde, aufsteigender Nebel und ein scharfer Ozonhauch, so unvermittelt wie der Blitz, der den Baum getroffen hatte.

Erde und Luft, dachte ich plötzlich, und dazu Feuer und Wasser. Und hier stand ich mit allen Elementen – in ihrer Mitte und in ihrer Gewalt.

»Was willst du?« fragte ich noch einmal und fühlte mich hilflos. »Ich kann nichts für dich tun. Ich weiß, daß du da bist; ich kann dich sehen. Aber das ist alles.«

Nichts bewegte sich, es fielen keine Worte. Doch der Gedanke formte sich glasklar in meinem Verstand, mit einer Stimme, die nicht die meine war.

Das reicht völlig, lautete er.

Ohne jede Hast drehte er sich um und entfernte sich. Als er zwei Dutzend Schritte gegangen war, verlosch das Licht seiner Fackel, verschwand wie das letzte Glühen, wenn das Zwielicht zur Nacht wird.

»Oh«, sagte ich völlig verständnislos. »Meine Güte.« Meine Beine zitterten, und ich setzte mich hin und wiegte den Totenschädel – den ich fast vergessen hatte – in meinem Schoß.

So saß ich lange da, sah mich um und lauschte, doch es geschah nichts weiter. Die Berge umgaben mich dunkel und undurchdringlich. Vielleicht konnte ich am Morgen zum Pfad zurückfinden, doch ein Versuch im Dunkeln konnte nur in einer Katastrophe enden.

Ich hatte keine Angst mehr; sie war von mir gewichen während meiner Begegnung mit – was auch immer es war. Ich fror immer noch und war sehr, sehr hungrig. Ich legte den Schädel auf den Boden, rollte mich neben ihm zusammen und zog meinen feuchten Umhang um mich. Es dauerte lange, bis ich einschlief. Ich lag in meiner feuchten Grube und beobachtete die Sterne durch Lücken in der Wolkendecke.

Ich versuchte, mir einen Reim auf die vergangene halbe Stunde zu machen, doch eigentlich gab es nichts zu verstehen; eigentlich war überhaupt nichts geschehen. Und doch war er dagewesen. Ich spürte immer noch seine vage, beruhigende Anwesenheit, und schließlich schlief ich ein, die Wange auf ein Kissen aus feuchten Blättern gebettet.

Kälte und Hunger brachten mir unangenehme Träume; eine Folge unzusammenhängender Bilder. Vom Blitz getroffene Bäume, die wie Fackeln brannten. Entwurzelte Bäume, die furchterregend auf ihren Wurzeln herumtorkelten.

Ich träumte, wie ich mit durchgeschnittener Kehle im Regen lag, während mir das warme Blut über die Brust strömte, seltsam angenehm auf meinem ausgekühlten Körper. Meine Finger taub und bewegungsunfähig. Regen, der wie Hagel auf meiner Haut aufschlug, jeder kalte Tropfen ein Hammerschlag, und dann fühlte sich der Regen plötzlich warm und weich auf meinem Gesicht an. Lebendig begraben, und es regnete schwarze Erde in meine offenen Augen.

Ich erwachte mit Herzklopfen. Lag still. Es war jetzt tiefe Nacht; der Himmel wölbte sich klar und endlos über mir, während ich in meiner dunklen Mulde lag. Nach einer Weile schlief ich wieder ein, von Träumen verfolgt.

Wölfe, die in der Ferne heulten. Panische Flucht durch einen weißen Espenwald im Schnee, rote Harztropfen, die wie blutige Juwelen auf papierweißen Baumstämmen schimmerten. Ein Mann, der zwischen den blutenden Bäumen stand, den Kopf kahlgerupft bis auf einen borstigen Kamm aus schwarzem, eingefettetem Haar. Er hatte tiefliegende Augen und ein zersplittertes Lächeln, und das Blut auf seiner Brust war heller als das Harz.

Wölfe, viel näher. Heulend und bellend, Blutgeruch heiß in meiner Nase, mit dem Rudel laufen, vor dem Rudel weglaufen. Laufen, hasenfüßig, weißzahnig, den Geist des Blutes als Geschmack in meinem Mund, als Kitzeln in meiner Nase. Hunger. Jagen und fangen, Tod und Blut. Herzklopfende, blutrauschende, schiere Panik der Gejagten.

Ich spürte meinen Armknochen brechen mit dem Geräusch eines trockenen, knickenden Astes, und schmeckte Mark, warm und salzig und schlüpfrig auf meiner Zunge.

Etwas strich mir über das Gesicht, und ich öffnete die Augen. Große, gelbe Augen starrten mir aus dem dunklem Pelz eines Wolfes mit weißen Fängen entgegen. Ich schrie und schlug auf ihn ein, und die Bestie fuhr mit einem aufgeschreckten *Wuff!* zurück.

Ich quälte mich auf meine Knie hoch und hockte schlotternd da. Der Tag brach gerade an. Das Dämmerlicht war noch jung und sanft und zeigte mir klar und deutlich die riesigen schwarzen Umrisse... Rollos.

»Oh, Gott im Himmel, was zum *Teufel* machst du hier, du verflixtes... Mordsvieh!« Wahrscheinlich hätte ich mich irgendwann selbst wieder in den Griff bekommen, doch Jamie kam mir zuvor.

Seine großen Hände zogen mich aus meinem Versteck, hielten mich fest und klopften mich ängstlich auf der Suche nach Verletzungen ab. Ich spürte die Wolle seines Plaids weich in meinem Gesicht, sie roch nach Nässe und Seife und seinem Männergeruch, und ich atmete sie ein wie Sauerstoff.

»Geht's dir gut? Um Himmels willen, Sassenach, geht es dir gut?«
»Nein«, sagte ich. »Doch«, sagte ich und fing an zu weinen.

Es dauerte nicht lange; es war nur der Schock der Erleichterung. Ich versuchte, ihm das zu sagen, doch Jamie hörte mir nicht zu. Schmutzig, wie ich war, hob er mich auf und ging los, um mich zu dem Flüßchen zu tragen.

»Still jetzt«, sagte er und drückte mich fest an sich. »Still, *mo chridhe*. Jetzt ist alles gut, du bist in Sicherheit.«

Ich war immer noch verwirrt von der Kälte und meinen Träumen. Nachdem ich so lange nur mit meiner Stimme allein gewesen war, hörte sich die seine seltsam und unwirklich an, und sie war schwer zu verstehen. Doch die Wärme seiner festen Umarmung war real.

»Warte«, sagte ich und zupfte schwach an seinem Hemd. »Warte. Ich habe etwas vergessen. Ich muß –«

»Himmel, Onkel Jamie, sieh dir das an!«

Jamie wandte sich um, ohne mich loszulassen. Ian stand im Eingang meines Refugiums, eingerahmt von herunterhängenden Wurzeln, und hielt den Totenschädel hoch.

Ich spürte, wie sich Jamies Muskeln bei dem Anblick anspannten.
»Herr im Himmel, Sassenach, was ist denn das?«
»Wer, meinst du«, sagte ich. »Ich weiß es nicht. Ist aber ein netter Kerl. Laß Rollo nicht in seine Nähe, er würde es nicht mögen.« Rollo beschnüffelte den Schädel mit intensiver Konzentration, und seine feuchten, schwarzen Nüstern blähten sich vor Interesse.

Jamie blickte auf mein Gesicht herab und runzelte leicht die Stirn.
»Bist du sicher, daß mit dir alles stimmt, Sassenach?«
»Nein«, sagte ich, obwohl meine geistigen Fähigkeiten langsam zurückkehrten und ich ganz aufwachte. »Mir ist kalt, und ich verhungere gleich. Du hast nicht zufällig etwas zum Frühstücken mitge-

bracht?« fragte ich sehnsüchtig. »Ich könnte einen ganzen Teller Rührei vernichten.«

»Nein«, sagte er und stellte mich auf den Boden, während er in seinem Sporran kramte. »Ich hatte keine Zeit, mir über etwas Eßbares Gedanken zu machen, aber ich habe ein bißchen Brandy dabei. Hier, Sassenach, der wird dir guttun. Und dann«, sagte er und zog eine Augenbraue hoch, »kannst du mir erzählen, wie zum Teufel du hier mitten in der Wüste gelandet bist, aye?«

Ich ließ mich auf einen Felsen sinken und schlürfte dankbar meinen Brandy. Die Feldflasche zitterte in meinen Händen, doch das Zittern ließ nach, als die dunkle, bernsteinfarbene Flüssigkeit sich ihren Weg direkt durch die Wände meines leeren Magens in meinen Blutkreislauf bahnte.

Jamie stellte sich hinter mich und legte mir eine Hand auf die Schulter.

»Seit wann bist du schon hier, Sassenach?« fragte er mit sanfter Stimme.

»Schon die ganze Nacht«, sagte ich und zitterte wieder. »Ungefähr seit gestern mittag, als das verdammte Pferd – ich glaube, es heißt Judas – mich von diesem Felsen da oben gestürzt hat.«

Ich deutete auf den Felsvorsprung. Mitten in der Wüste war eine gute Beschreibung für die Stelle, fand ich. Es hätte jede andere der tausend anonymen Talmulden in dieser Hügellandschaft sein können. Mir kam ein Gedanke – einer, der mir schon viel eher hätte einfallen sollen, wäre ich nicht so durchgefroren und erschöpft gewesen.

»Wie zum Teufel habt ihr mich gefunden?« fragte ich. »Sag jetzt bloß nicht, das verflixte Pferd hat euch zu mir geführt?«

»Deinem Pferd sind wir nicht begegnet«, sagte Ian. »Nein, Rollo hat uns zu dir geführt.« Er strahlte den Hund stolz an, und dieser brachte es fertig, ein derart unverbindliches, würdevolles Gesicht aufzusetzen, als wären solche Suchaktionen für ihn das Normalste von der Welt.

»Aber wenn ihr mein Pferd nicht gesehen habt«, begann ich verwirrt, »wie konntet ihr dann überhaupt wissen, daß ich von den Muellers aufgebrochen war? Und wie konnte Rollo –« Ich brach ab, als ich die Blicke sah, die die Männer einander zuwarfen.

Ian zuckte leicht mit den Achseln, nickte und ließ Jamie den Vortritt. Jamie kauerte sich neben mir auf den Boden, hob den Saum meines Kleides hoch und nahm meine nackten Füße in seine großen, warmen Hände.

»Deine Füße sind eiskalt, Sassenach«, sagte er leise. »Wo hast du deine Schuhe gelassen?«

»Dahinten«, sagte ich und deutete kopfnickend auf den entwurzelten Baum. »Sie müssen immer noch da sein. Ich habe sie ausgezogen, als ich einen Bach durchqueren wollte, und habe sie dann hingestellt und konnte sie im Dunkeln nicht mehr finden.«

»Da sind sie nicht, Tante Claire«, sagte Ian. Er klang so merkwürdig, daß ich überrascht zu ihm hochsah. Er hielt immer noch den Totenschädel in der Hand und drehte ihn vorsichtig hin und her.

»Nein, das ist wahr.« Jamie hatte den Kopf gesenkt, um meine Füße zu reiben, und ich sah, wie das Morgenlicht sich kupfern in seinem Haar spiegelte, das ihm lose über die Schultern gefallen war, so zerzaust, als wäre er gerade erst aufgestanden.

»Ich war im Bett und habe geschlafen«, sagte er und griff meinen Gedanken auf. »Als das Vieh da plötzlich verrückt gespielt hat.« Er wies mit dem Kinn in Rollos Richtung, ohne aufzublicken. »Hat gebellt und geheult und sich gegen die Tür geschleudert, als stünde der Teufel draußen.«

»Ich habe ihn angebrüllt und versucht, ihn am Genick zu packen und mit Schütteln zum Schweigen zu bringen«, fügte Ian hinzu, »aber er hat einfach nicht aufgehört, egal, was ich machte.«

»Aye, er hat so getobt, daß ihm der Speichel aus dem Maul troff, und ich war mir sicher, daß er wirklich verrückt geworden war. Ich hatte Angst, daß er auf uns losgehen würde, also habe ich Ian gesagt, er solle die Tür aufriegeln, damit er hinauskonnte.« Jamie sank auf die Fersen zurück, betrachtete stirnrunzelnd meinen Fuß und nahm ein welkes Blatt von meinem Fußrücken.

»Ja, und *war* nun der Teufel draußen?« fragte ich im Scherz.

Jamie schüttelte den Kopf.

»Wir haben die Lichtung vom Pferch bis zur Quelle abgesucht und haben nichts gefunden – außer denen hier.« Er griff in seinen Sporran und zog meine Schuhe heraus. Mit völlig ausdruckslosem Gesicht blickte er zu mir auf.

»Die haben nebeneinander auf der Schwelle gestanden.«

Jedes einzelne Haar an meinem Körper stellte sich auf. Ich hob die Feldflasche und trank den Brandy aus.

»Rollo ist losgerast und hat dabei gebellt wie ein Jagdhund«, sagte Ian, der begierig weitererzählte. »Aber dann kam er einen Moment später zurück und hat angefangen, an deinen Schuhen zu schnüffeln und zu winseln und zu jaulen.«

»Mir war selber auch ganz danach zumute, aye?« Jamies Mundwinkel zog sich ein wenig in die Höhe, doch ich sah die Furcht immer noch dunkel in seinen Augen.

Ich schluckte, doch mein Mund war trotz des Brandys zu trocken zum Sprechen.

Jamie zog mir erst den einen Schuh an und dann den anderen. Sie waren feucht, doch sein Körper hatte sie leicht angewärmt.

»Ich habe geglaubt, du wärst vielleicht tot, Cinderella«, sagte er leise und hielt den Kopf gesenkt, um sein Gesicht zu verbergen.

Ian merkte es nicht, so hatte ihn der Eifer des Erzählens gepackt.

»Mein schlauer Hund hier wollte losrasen, als hätte er ein Kaninchen gewittert, also haben wir uns unsere Plaids geschnappt und sind ihm hinterhergerannt, nachdem wir uns nur kurz eine Fackel vom Herd genommen und das Feuer eingedämmt haben. Er hat ein ganz schönes Tempo draufgehabt, nicht wahr, mein Junge?« Er rieb Rollo mit liebevollem Stolz die Ohren. »Und dann haben wir dich hier gefunden!«

Der Brandy ließ meine Ohren summen, und mein Verstand schien wie in eine warme, süße Decke gewickelt, doch sagte mir meine Vernunft noch gerade eben wenn Rollo einer Spur zu mir zurück gefolgt war... müßte jemand die ganze Strecke in meinen Schuhen gegangen sein.

Inzwischen hatte ich die Reste meiner Stimme wiedergefunden und war nur noch ein wenig heiser beim Sprechen.

»Habt ihr – unterwegs – irgend etwas gesehen?« fragte ich.

»Nein, Tante Claire«, sagte Ian, plötzlich nüchtern. »Du denn?«

Jamie hob den Kopf, und ich konnte sehen, wie eingefallen sein Gesicht vor Sorge und Erschöpfung war, wie stark seine breiten Wangenknochen unter der Haut hervortraten. Ich war nicht die einzige, die eine lange, harte Nacht gehabt hatte.

»Ja« sagte ich, »aber das erzähle ich euch später. Ich glaube, ich habe mich gerade in einen Kürbis verwandelt. Laßt uns nach Hause gehen.«

Jamie hatte Pferde mitgebracht, doch es gab keine Möglichkeit, sie in die Talmulde herunterzuholen; wir waren gezwungen, dem Lauf des überfluteten Baches zu folgen, durch die Untiefen zu waten und dann mühsam einen Felshang hinaufzuklettern, bis wir zu dem Felsen gelangten, wo die Pferde angebunden waren. Nach allem, was ich durchgemacht hatte, stand ich auf zittrigen Beinen und war daher keine große Hilfe bei diesem Unterfangen, doch Jamie und Ian kamen ohne großes Aufsehen damit zurecht, schoben mich über Hindernisse und reichten mich hin und her wie ein großes, sperriges Paket.

»Man soll jemandem, der an Unterkühlung leidet, wirklich keinen

Alkohol geben«, sagte ich lahm, als Jamie mir während einer Rast erneut die Feldflasche an die Lippen hielt.

»Ist mir egal, woran du leidest, mit dem Brandy im Bauch merkst du weniger davon«, sagte er. Infolge des Regens war es immer noch kalt, doch sein Gesicht war vom Klettern gerötet. »Außerdem«, fügte er hinzu, während er sich die Stirn mit einer Falte seines Plaids abwischte, »kriegen wir dich leichter hoch, wenn du in Ohnmacht fällst. Himmel, es ist, als würde man ein neugeborenes Kalb aus einem Sumpf ziehen.«

»Entschuldigung«, sagte ich. Ich legte mich flach auf den Boden und schloß die Augen in der Hoffnung, mich nicht zu übergeben. Der Himmel drehte sich in die eine Richtung und mein Magen in die andere.

»Weg da, Rollo!« sagte Ian.

Ich öffnete ein Auge, um nachzuschauen, was los war, und sah, wie Ian Rollo mit Gewalt von dem Totenschädel wegschob – ich hatte darauf bestanden, ihn mitzunehmen.

Bei Tageslicht betrachtet, war er kein sehr einnehmender Gegenstand. Fleckig und verfärbt von der Erde, in der er begraben gewesen war, ähnelte er aus der Ferne einem glatten Stein, der von Wind und Wetter ausgehöhlt und angenagt war. Einige seiner Zähne waren angestoßen oder abgebrochen, obwohl der Schädel sonst keinerlei Beschädigung aufwies.

»Was genau hast du eigentlich mit diesem Traumprinzen vor?« fragte Jamie, der meine Errungenschaft ziemlich kritisch beäugte. Seine Röte war verblaßt, und er atmete wieder regelmäßig. Er sah zu mir herunter, streckte die Hand aus und strich mir lächelnd das Haar aus den Augen.

»Geht's jetzt, Sassenach?«

»Besser«, beruhigte ich ihn und setzte mich hin. Die Landschaft hatte immer noch nicht völlig aufhört, sich um mich zu drehen, doch der Brandy, der durch meine Venen schwappte, verlieh der Bewegung etwas ausgesprochen Angenehmes, wie wenn Bäume beruhigend an einem Zugfenster vorbeirauschen.

»Wir sollten ihn doch wohl mindestens mit heimnehmen und für ein christliches Begräbnis sorgen?« Ian beäugte den Totenschädel skeptisch.

»Ich glaube nicht, daß er das zu schätzen wüßte; ich glaube nicht, daß er ein Christ war.« Ich unterdrückte die lebhafte Erinnerung an den Mann, den ich in der Talsenke gesehen hatte. Es stimmte zwar, daß einige Indianer von Missionaren bekehrt worden waren, doch dieser nackte Herr mit seinem schwarz bemalten Gesicht und seinem federgeschmückten Haar hatte auf mich den Eindruck gemacht, daß es heidnischer kaum ging.

Ich kramte mit tauben, steifen Fingern in meiner Rocktasche herum.

»Das hier war mit ihm zusammen begraben.«

Ich zog den flachen Stein hervor, den ich ausgegraben hatte. Er war schmutzigbraun, ein unregelmäßiges Oval, halb so groß wie meine Handfläche. Er war auf einer Seite abgeflacht, auf der anderen gerundet und so glatt, als stammte er aus einem Flußbett. Ich drehte ihn in meiner Hand um und hielt den Atem an.

In die abgeflachte Oberfläche war tatsächlich etwas eingeritzt, wie ich mir gedacht hatte. Es war eine Glyphe in Form einer Spirale, die sich in sich selbst zurückwand. Doch es war nicht die Gravur, die Jamie und Ian in meine Hand blicken ließ, so daß sich ihre Köpfe fast berührten.

Überall dort, wo die glatte Oberfläche weggemeißelt worden war, glühte der Stein darunter mit einem züngelnden Feuer, als kämpften kleine Flammen aus Grün und Orange und Rot um das Licht.

»Mein Gott, was ist das?« fragte Ian beeindruckt.

»Es ist ein Opal – und zwar ein verdammt großer«, sagte Jamie. Er stieß den Stein mit seinem langen, stumpfen Zeigefinger an, als wollte er sich versichern, daß er tatsächlich existierte. Es gab ihn wirklich.

Er fuhr sich nachdenklich mit der Hand durch das Haar und sah mich dann an.

»Man sagt, Opale bringen Unglück, Sassenach.« Ich dachte, er mache einen Witz, doch er sah beklommen aus. Er war zwar ein weitgereister, gebildeter Mann, doch er war als Highlander zur Welt gekommen, und ich wußte, daß er einen zutiefst abergläubischen Wesenszug hatte, auch wenn er diesen nicht oft zeigte.

Ha, dachte ich bei mir. Du hast die Nacht mit einem Gespenst verbracht und hältst *ihn* für abergläubisch?

»Unsinn«, sagte ich mit weitaus mehr Überzeugung, als ich fühlte. »Es ist nur ein Stein.«

»Oh, es ist nicht so, daß sie wirklich Unglück bringen, Onkel Jamie«, warf Ian ein. »Meine Mutter hat einen kleinen Opalring – obwohl er nicht im entferntesten so ist wie dieser hier!« Ian berührte den Stein respektvoll. »Und sie hat gesagt, ein Opal nimmt etwas von der Persönlichkeit seines Besitzers an – wenn man also einen Opal hätte, der vorher einem guten Menschen gehört hat, wäre alles in Ordnung und er würde einem Glück bringen. Aber wenn nicht –« Er zuckte die Achseln.

»Aye, gut«, sagte Jamie trocken. Er wies mit dem Kinn auf den Totenschädel. »Wenn er dem da gehört hat, scheint er ihm nicht allzuviel Glück gebracht zu haben.«

»Zumindest wissen wir, daß man ihn nicht des Steines wegen umgebracht hat«, wandte ich ein.

»Vielleicht wollten sie ihn nicht haben, weil sie wußten, daß er Unglück bringt«, meinte Ian. Er sah den Stein stirnrunzelnd an, eine Sorgenfalte zwischen den Augen. »Vielleicht sollten wir ihn zurückbringen, Tante Claire.«

Ich rieb mir die Nase und sah Jamie an.

»Er ist wahrscheinlich ziemlich wertvoll«, sagte ich.

»Ah.« Die beiden Männern standen einen Augenblick lang nachdenklich da, hin- und hergerissen zwischen Aberglauben und Pragmatismus.

»Aye, nun gut«, sagte Jamie schließlich, »ich schätze, es kann nicht schaden, wenn wir ihn eine Weile behalten.« Seine Mundwinkel zogen sich zu einem Lächeln hoch. »Ich will ihn tragen, Sassenach; wenn ich auf dem Heimweg vom Blitz getroffen werde, kannst du ihn zurückbringen.«

Ich stand umständlich auf und hielt mich dabei an Jamies Arm fest, um nicht das Gleichgewicht zu verlieren. Ich blinzelte schwankend vor mich hin, doch ich blieb stehen. Jamie nahm mir den Stein aus der Hand und ließ ihn in seinen Sporran gleiten.

»Ich werde ihn Nayawenne zeigen«, sagte ich. »Vielleicht weiß sie zumindest, was die Gravur bedeutet.«

»Eine gute Idee, Sassenach«, pflichtete Jamie mir bei. »Und wenn unser Traumprinz hier ein Verwandter von ihr ist, hat sie meinen Segen, ihn zu behalten.« Er wies mit einem Kopfnicken auf eine kleine Ahorngruppe in hundert Metern Entfernung, deren Blätter einen ersten Hauch von Gelb aufwiesen.

»Die Pferde sind da drüben angebunden. Kannst du laufen, Sassenach?«

Ich blickte abschätzend auf meine Füße. Sie schienen viel weiter weg zu sein, als ich es gewohnt war.

»Ich bin mir nicht sicher«, sagte ich. »Ich glaube, ich bin wirklich ziemlich betrunken.«

»Och, nein, Tante Claire«, versicherte Ian mir liebenswürdig. »Mein Pa sagt, man ist nicht betrunken, solange man noch auf den Füßen steht.«

Jamie lachte und warf sich das Ende seines Plaids über die Schulter.

»*Mein* Pa hat immer gesagt, man ist nicht betrunken, solange man noch mit beiden Händen seinen Arsch finden kann.« Er betrachtete mein Hinterteil mit hochgezogener Augenbraue, überlegte es sich klugerweise aber anders, bevor er aussprach, was auch immer er sonst noch im Sinn gehabt hatte.

Ian verschluckte sich an seinem Kichern und erholte sich hustend.

»Aye, gut. Es ist nicht mehr weit, Tante Claire. Bist du dir sicher, daß du nicht laufen kannst?«

»Also, ich hebe sie nicht mehr hoch, das sage ich dir«, sagte Jamie, ohne meine Antwort abzuwarten. »Ich will mir nicht das Kreuz verrenken.« Er nahm Ian den Schädel ab, hielt ihn zwischen den Fingerspitzen und legte ihn mir vorsichtig in den Schoß. »Warte hier mit deinem Freund, Sassenach«, sagte er. »Ian und ich gehen die Pferde holen.«

Als wir Fraser's Ridge erreichten, war es früher Nachmittag. Ich hatte fast zwei Tage lang gefroren, naß und ohne Nahrung verbracht und fühlte mich deutlich benommen; ein Gefühl, das noch verstärkt wurde durch weitere Brandyinfusionen und durch meine Bemühungen, Ian und Jamie die Ereignisse der vergangenen Nacht zu erklären. Bei Tageslicht kam mir die ganze Nacht unwirklich vor.

Andererseits kommt einem fast alles unwirklich vor, wenn man es durch einen Nebelschleier aus Erschöpfung, Hunger und leichter Trunkenheit betrachtet. Demzufolge hielt ich es zunächst für eine Halluzination, als wir auf die Lichtung einbogen und ich den Rauch aus dem Schornstein kommen sah – bis mir der Geruch brennenden Hickoryholzes in die Nase stieg.

»Ich dachte, ihr habt gesagt, ihr hättet das Feuer eingedämmt«, sagte ich zu Jamie. »Ein Glück, daß ihr das Haus nicht in Brand gesteckt habt.« Solche Unfälle geschahen häufig; ich hatte schon mehr als einmal von Blockhäusern gehört, die aufgrund eines unbeaufsichtigten Herdfeuers abgebrannt waren.

»Das habe ich auch«, sagte er knapp und schwang sich aus dem Sattel. »Es ist jemand hier. Kennst du das Pferd, Ian?«

Ian richtete sich in den Steigbügeln auf, um einen Blick in den Pferch zu werfen.

»Oh, es ist Tante Claires hinterlistiger Gaul!« sagte er überrascht. »Und daneben steht ein großer Apfelschimmel.«

Er hatte recht; der neugetaufte Judas stand ungesattelt Kopf an Schwanz mit einem stämmigen grauen Wallach im Pferch, und sie vertrieben einträchtig Fliegen.

»Weißt du, wem er gehört?« fragte ich. Ich war noch nicht abgestiegen, alle paar Minuten überkamen mich leichte Schwindelanfälle und zwangen mich, mich an den Sattel zu klammern. Der Boden unter dem Pferd schien sich sanft zu heben und zu senken wie Segel auf dem Ozean.

»Nein, aber es muß ein Freund sein«, sagte Jamie. »Er hat für mich die Tiere versorgt und die Ziege gemolken.« Er nickte von der heugefüllten Futterkrippe der Pferde zur Tür, wo ein Milcheimer auf der Bank stand, ordentlich mit einem Stück Stoff zugedeckt, damit keine Fliegen hineinfielen.

»Komm, Sassenach.« Er streckte die Hand aus und faßte mich um die Taille. »Wir stecken dich ins Bett und kochen dir eine Kanne Tee.«

Man hatte uns kommen hören; die Tür der Blockhütte öffnete sich, und Duncan Innes schaute heraus.

»Ah, da bist du ja, Mac Dubh«, sagte er. »Was ist denn passiert? Deine Ziege hat ein gotterbärmliches Theater gemacht, und ihr Euter war kurz vorm Platzen, als ich heute morgen hier angekommen bin.« Dann sah er mich, und sein langes, trauriges Gesicht wurde vor Überraschung ausdruckslos.

»Mrs. Claire!« sagte er, indem er meine schmutzige und angeschlagene Erscheinung überflog. »Dann habt Ihr also einen Unfall gehabt? Ich habe mir Sorgen gemacht, als ich unterwegs das Pferd allein auf dem Berg gefunden habe mit Eurer Kiste auf dem Sattel. Ich habe mich umgesehen und nach Euch gerufen, konnte aber keine Spur von Euch finden, also habe ich das Pferd zum Haus mitgenommen.«

»Ja, ich hatte einen Unfall«, sagte ich, während ich versuchte, allein zu stehen, womit ich keinen großen Erfolg hatte. »Es ist aber nichts passiert.« Ich war mir dessen nicht ganz sicher. Mein Kopf fühlte sich dreimal so groß an wie sonst.

»Sofort ins Bett«, sagte Jamie bestimmt und faßte mich an den Armen, bevor ich umfallen konnte.

»Erst ein Bad«, sagte ich.

Er blickte zum Bach.

»Da erfrierst du, oder du ertrinkst. Oder beides. Um Himmels willen, Sassenach, iß etwas und geh ins Bett; du kannst dich morgen waschen.«

»Jetzt. Heißes Wasser. Kessel.« Ich hatte nicht die Kraft zu einer längeren Diskussion, doch ich war fest entschlossen. Ich würde nicht schmutzig ins Bett gehen, und ich würde auch nicht hinterher verdreckte Laken waschen.

Jamie sah mich verzweifelt an, dann verdrehte er die Augen und gab auf.

»Dann also den Kessel mit heißem Wasser«, sagte er. »Ian, hol Holz und sieh dann mit Duncan nach den Schweinen. Ich schrubbe deine Tante ab.«

»Ich kann mich selber abschrubben!«

»Den Teufel kannst du.«

Er hatte recht; meine Finger waren so steif, daß sie die Haken meines Oberteils nicht aufbekamen. Er zog mich aus, als wäre ich ein kleines Kind, warf den zerrissenen Rock und die verdreckten Unterröcke einfach in die Ecke und zog mir das Hemd und das Mieder aus, das ich so lange getragen hatte, daß die Stoffalten tiefe rote Rillen in meiner Haut hinterlassen hatten. Ich stöhnte in einer wollüstigen Mischung aus Schmerz und Wohlergehen und massierte die roten Stellen, während das Blut in meinen eingeengten Oberkörper zurückströmte.

»Hinsetzen«, sagte er und schob einen Hocker unter mich, als ich mich fallen ließ. Er wickelte mir eine Bettdecke um die Schultern, stellte einen Teller mit anderthalb vertrockneten Haferkeksen vor mich hin und ging dann zum Schrank, um ihn nach Seife, Waschlappen und Leinenhandtüchern zu durchwühlen.

»Bitte such die grüne Flasche«, sagte ich, während ich an dem trockenen Keks knabberte. »Ich muß mir die Haare waschen.«

»Mmpf.« Es klapperte noch mehr, und schließlich tauchte er mit vollen Händen wieder auf. Er brachte mir unter anderem ein Handtuch und die Flasche mit dem Shampoo, das ich – da ich mir die Haare nicht mit Seife waschen wollte – aus Seifenkraut, Lupinenöl, Walnußblättern und Calendulablüten hergestellt hatte. Er stellte es zusammen mit meiner größten Rührschüssel auf den Tisch und füllte sie vorsichtig mit heißem Wasser aus dem Kessel.

Nachdem Jamie es ein wenig hatte abkühlen lassen, tauchte er ein Tuch ins Wasser und kniete sich hin, um mir die Füße zu waschen.

Das warme Tuch an meinen wunden, halberfrorenen Füßen zu spüren, kam der Ekstase so nah, wie ich es mir diesseits des Himmels nur erhoffen konnte. Müde und halb betrunken, wie ich war, fühlte ich mich, als löste ich mich von den Füßen aufwärts auf, während er mich sanft, aber gründlich abwusch.

»Wie ist das denn passiert, Sassenach?« Aus einem Zustand zurückgeholt, der dem Schlaf so nah war wie dem Wachen, blickte ich benommen auf mein linkes Knie herunter. Es war geschwollen, und die Innenseite hatte die tiefe blaulila Farbe von Enzianblüten angenommen.

»Oh... als ich vom Pferd gefallen bin.«

»Das war sehr unvorsichtig«, sagte er scharf. »Habe ich dir nicht wieder und wieder gesagt, du sollst vorsichtig sein, besonders mit einem neuen Pferd? Man kann ihnen nicht trauen, bis man eine Zeitlang mit ihnen zu tun gehabt hat. Und du bist nicht stark genug, um mit einem Pferd zurechtzukommen, das stur oder ängstlich ist.«

»Es hatte nichts mit Vertrauen zu tun«, sagte ich. Ich bewunderte verschwommen seine breiten Schultern, die sich fließend unter dem Leinenhemd anspannten, als er mir das verletzte Knie mit dem Schwamm abtupfte. »Ein Blitz hat es erschreckt, und ich bin von einem zehn Meter hohen Felsvorsprung gefallen.«

»Du hättest dir den Hals brechen können!«

»Einen Moment lang dachte ich, das hätte ich.« Ich schloß die Augen und schwankte leicht.

»Du hättest besser aufpassen sollen, Sassenach, du hättest überhaupt nicht auf diese Seite des Bergkammes gehen sollen, ganz zu schweigen von –«

»Ich konnte nichts dafür«, sagte ich und öffnete die Augen. »Der Pfad war fortgespült; ich mußte ihn umgehen.«

Er sah mich aufgebracht an, die schrägstehenden Augen zu blauen Schlitzen zusammengekniffen.

»Du hättest bei diesem Wolkenbruch gar nicht erst von den Muellers aufbrechen sollen! Hättest du dir nicht denken können, wie der Boden sein würde?«

Ich richtete mich mühsam auf und hielt mir die Bettdecke vor die Brüste. Etwas überrascht stellte ich fest, daß er mehr als nur leicht verärgert war.

»Also... nein«, sagte ich und versuchte, meine Gedanken zu ordnen. »Wie hätte ich das wissen sollen? Außerdem –«

Er unterbrach mich, indem er den Waschlappen in die Schüssel klatschte, daß das Wasser über den ganzen Tisch schwappte.

»Sei still!« sagte er. »Ich habe nicht vor, mich mit dir zu streiten.«

Ich starrte zu ihm hoch.

»Was zum Teufel hast du denn dann vor? Und wie kommst du dazu, mich so anzuschreien? Ich habe doch kein Verbrechen begangen!«

Er holte kräftig durch die Nase Luft. Dann stand er auf, nahm den Lappen aus der Schüssel und wrang ihn sorgfältig aus. Er atmete aus, kniete sich vor mich hin und wischte mir mit sicherer Hand das Gesicht sauber.

»Nein. Das hast du nicht«, pflichtete er mir bei. Ein Winkel seines breiten Mundes verzog sich ironisch. »Aber du hast mir einen Mordsschrecken eingejagt, Sassenach, und ich würde dir am liebsten eine fürchterliche Strafpredigt halten, ob du es nun verdienst oder nicht.«

»Oh«, sagte ich. Ich wollte zuerst lachen, verspürte dann aber Gewissensbisse, als ich sah, wie angespannt sein Gesicht war. Sein Hemdsärmel war dreckverschmiert, und an seinen Strümpfen klebten Kletten und Fuchsschwanzgräser, Überbleibsel einer Nacht, die er auf der Suche nach mir in den dunklen Bergen verbracht hatte, ohne zu wissen, wo ich war; ob ich noch lebte oder tot war. Ich hatte ihm wirklich einen Mordsschreck eingejagt, ob ich wollte oder nicht.

Ich suchte nach einer Möglichkeit, mich zu entschuldigen, doch meine Zunge war genauso schwerfällig wie mein Verstand. Schließlich streckte ich die Hand aus und pflückte ihm ein pelziges, gelbes Weidenkätzchen aus dem Haar.

»Warum schimpft du nicht auf Gälisch?« sagte ich. »Es erleichtert dich genauso, und ich verstehe dann nur die Hälfte von dem, was du sagst.«

Er gab einen schottischen Laut der Verachtung von sich, legte mir die Hand fest in den Nacken und tauchte meinen Kopf in die Schüssel. Doch als ich triefend wieder auftauchte, ließ er mir ein Handtuch auf den Kopf fallen und legte los. Er rieb mir mit seinen großen, festen Händen das Haar trocken, und sprach im förmlichen, drohenden Tonfall eines Priesters, der von der Kanzel aus die Sünde verdammt.

»Einfältiges Frauenzimmer«, sagte er auf Gälisch. »Du hast weniger Hirn als eine Fliege!« Unter den folgenden Bemerkungen fing ich die Worte für »dumm« und »ungeschickt« auf, doch ich hörte ihm bald nicht mehr zu. Statt dessen schloß ich die Augen und verlor mich in dem traumhaften Genuß, mir das Haar trockenreiben und anschließend kämmen zu lassen.

Seine Berührungen waren sicher und sanft; wahrscheinlich hatte er das beim Umgang mit Pferdeschweifen gelernt. Ich hatte gesehen, wie er beim Putzen mit den Pferden fast so sprach, wie er jetzt mit mir sprach, die gälischen Worte eine beruhigende Begleitung zum Rascheln von Striegel oder Bürste. Ich hatte allerdings das Gefühl, daß er mit den Pferden zuvorkommender umging.

Seine Hände berührten meinen Hals, meinen nackten Rücken und meine Schultern, flüchtige Berührungen, die meine gerade erst aufgetauten Glieder zum Leben erweckten. Ich zitterte, ließ die Bettdecke aber dennoch in meinen Schoß fallen. Die Flammen im Herdfeuer schlugen immer noch hoch; sie umtanzten den Kessel, und im Raum war es ganz warm geworden.

Er beschrieb jetzt in freundlichem Gesprächston verschiedene Dinge, die er mir gerne angetan hätte, angefangen damit, mich mit einem Stock grün und blau zu schlagen, und so weiter. Gälisch ist eine wortreiche Sprache, und Jamie war alles andere als phantasielos, was Gewalt oder Sex anging. Ob er es beabsichtigte oder nicht, ich hielt es gar nicht für so schlecht, daß ich nicht alles verstand, was er sagte.

Ich spürte die Hitze des Feuers auf meinen Brüsten und Jamies Wärme in meinem Rücken. Der lose Stoff seines Hemdes streifte meine Haut, als er sich vorbeugte, um nach einer Flasche auf dem Regal zu greifen, und ich erschauerte erneut. Er bemerkte es und unterbrach seine Tirade für einen Moment.

»Kalt?«

»Nein.«

»Gut.« Scharfer Kampfergeruch stach mir in die Nase, und bevor ich mich bewegen konnte, hatte eine große Hand meine Schulter ergriffen, um mich festzuhalten, während die andere mir die Brust fest mit einem glitschigen Öl einrieb.

»Halt! Das kitzelt! Halt, sage ich!«

Er störte sich nicht daran. Ich wand mich wie verrückt und versuchte, ihm zu entkommen, doch er war viel kräftiger als ich.

»Halt still«, sagte er, und seine Finger, vor denen es kein Entkommen gab, rieben mich fest zwischen meinen kitzeligen Rippen, unter meinem Schlüsselbein, um und unter meinen empfindlichen Brüsten ein, fetteten mich so gründlich ein wie ein Spanferkel, das man für den Spieß vorbereitet.

»Du *Schuft!*« sagte ich kichernd und atemlos vor Anstrengung, als er mich losließ. Ich roch nach Pfefferminze und Kampfer, und meine Haut strahlte vom Kinn bis zum Bauch Hitze aus.

Er grinste mich an, befriedigt und ohne eine Spur von Reue.

»Das machst du mit *mir* auch, wenn ich krank bin«, warf er ein und rieb sich die Hände am Handtuch ab. »Wie du mir, so ich dir, aye?«

»Ich bin aber nicht krank. Ich habe noch nicht einmal einen Schnupfen!«

»Das kommt schon noch, nachdem du die ganze Nacht draußen warst und in nassen Kleidern geschlafen hast.« Er schnalzte mißbilligend mit der Zunge wie eine schottische Hausfrau.

»Das hast du natürlich noch nie getan, nicht wahr? Wie oft hast du dich schon vom Schlafen im Freien erkältet?« wollte ich wissen. »Lieber Himmel, du hast sieben Jahre in einer *Höhle* gelebt!«

»Und habe drei davon mit Niesen verbracht. Außerdem bin ich ein

Mann«, fügte er vollkommen unlogisch hinzu. »Willst du nicht lieber dein Nachthemd anziehen, Sassenach? Du hast keinen Faden am Leib.«

»Das habe ich schon bemerkt. Von nassen Kleidern und Kälte wird man nicht krank«, informierte ich ihn und suchte unter dem Tisch nach der heruntergefallenen Decke.

Er zog beide Augenbrauen hoch.

»Ach nein?«

»Nein.« Ich kroch rückwärts unter dem Tisch hervor und hielt dabei die Decke fest. »Ich habe dir schon einmal gesagt, daß es Erreger sind, von denen man krank wird. Wenn ich keinem Erreger ausgesetzt war, werde ich auch nicht krank.«

»Ah, Errrreger«, sagte er. Es klang, als rollte er eine Murmel im Mund herum. »Himmel, hast du einen schönen, fetten Hintern! Warum werden die Leute dann im Winter eher krank als im Frühling? Die Erreger vermehren sich wohl in der Kälte?«

»Nicht ganz.« In absurder Befangenheit breitete ich die Decke aus und wollte sie mir wieder um die Schultern legen. Doch ehe ich mich darin einwickeln konnte, hatte er mich am Arm gepackt und mich an sich gezogen.

»Komm her«, sagte er überflüssigerweise. Bevor ich etwas sagen konnte, hatte er mir kräftig auf den nackten Hintern geklatscht, mich umgedreht und mich heftig geküßt.

Er ließ los, und ich wäre fast hingefallen. Ich warf die Arme um ihn, und er faßte mich um die Taille und stützte mich.

»Ist mir egal, ob es Erreger sind oder die Nachtluft oder weiß der Teufel was«, sagte er und blickte mich streng von oben herab an. »Es kommt nicht in Frage, daß du krank wirst, und damit Schluß. Und jetzt schlüpfst du sofort in dein Nachthemd, und dann ab ins Bett mit dir!«

Er fühlte sich furchtbar gut an in meinen Armen. Das glatte Leinen seiner Hemdbrust lag kühl an meinen glühenden, eingeriebenen Brüsten, und obwohl sich die Wolle seines Kilts an meinen nackten Beinen und meinem Bauch weitaus kratziger anfühlte, war sie doch ebenfalls alles andere als unangenehm. Ich rieb mich langsam an ihm wie eine Katze an einem Pfosten.

»Ab ins Bett«, sagte er noch einmal und klang schon etwas weniger streng.

»Mmmm«, sagte ich und machte es hinreichend klar, daß ich nicht vorhatte, mich allein dorthin zu begeben.

»Nein«, sagte er und wand sich sacht. Ich nahm an, daß er sich befreien wollte, doch da ich nicht losließ, verschärfte die Bewegung nur die Lage zwischen uns.

»Mm-hmm«, sagte ich und hielt ihn fest. Ich war zwar betrunken, doch es war mir dennoch nicht entgangen, daß Duncan zweifellos die Nacht auf dem Teppich vor dem Herd verbringen würde und Ian im Rollbett. Und ich fühlte mich zwar im Augenblick einigermaßen ungehemmt, doch so weit ging dieses Gefühl dann doch nicht.

»Mein Vater hat gesagt, ich soll nie eine Frau übervorteilen, die zuviel getrunken hat«, sagte er. Er hatte aufgehört, sich zu winden, fing jetzt aber wieder damit an, langsamer, als könnte er es nicht verhindern.

»Ich habe nicht zuviel getrunken«, versicherte ich ihm. »Außerdem –« Ich wand mich meinerseits langsam und geschmeidig. »Ich habe gedacht, man ist nicht betrunken, wenn man sich noch mit beiden Händen an den Hintern fassen kann.«

Er sah mich abschätzend an.

»Ich sage es ungern, Sassenach, aber es ist nicht dein Hintern, den du da in den Händen hast – es ist meiner.«

»Das geht schon in Ordnung«, versicherte ich ihm. »Wir sind verheiratet. Was mein ist, soll auch dein sein. Wir sind eins, das hat der Priester gesagt.«

»Vielleicht war es doch ein Fehler, dich mit diesem Fett einzureiben«, murmelte er halb zu sich selbst. »Bei *mir* wirkt es nie so.«

»Na ja, du bist ja auch ein Mann.«

Er unternahm einen letzten tapferen Versuch.

»Solltest du nicht noch einen Bissen essen, Schatz? Du mußt doch Hunger haben.«

»Mm-hm«, sagte ich. Ich vergrub mein Gesicht in seinem Hemd und biß ihn sanft.

»Bärenhunger.«

Vom Grafen von Montrose erzählt man sich, daß ihn eines Tages eine junge Frau halbtot vor Kälte und Hunger nach der Schlacht auf dem Feld fand. Die junge Frau zog ihren Schuh aus, rührte darin Gerste mit kaltem Wasser an, fütterte den am Boden liegenden Grafen mit dem so entstandenen Brei und rettete ihm damit das Leben.

Der Becher, der mir jetzt unter die Nase geschoben wurde, schien eine Portion ebendieser lebensspendenden Substanz zu enthalten, mit dem geringfügigen Unterschied, das diese hier warm war.

»Was ist das?« fragte ich, während ich die blassen Körner betrachtete, die in einer wässrigen Flüssigkeit trieben. Es sah aus wie ein Becher voller ertrunkener Maden.

»Gerstensuppe«, sagte Ian und blickte so stolz auf den Becher, als wäre er sein erstgeborenes Kind. »Ich habe sie selbst gemacht, aus dem Sack, den du von den Muellers mitgebracht hast.«

»Danke«, sagte ich und nahm vorsichtig einen Schluck. Ich glaube nicht, daß er sie in seinem Schuh angerührt hatte, trotz des Schweißaromas. »Sehr gut«, sagte ich. »Wie lieb von dir, Ian.«

Er wurde rot vor Dankbarkeit.

»Och, das ist doch nicht der Rede wert«, sagte er. »Es ist noch genug da. Oder soll ich dir ein bißchen Käse holen? Ich könnte die grünen Stellen für dich herausschneiden.«

»Nein, nein – das reicht mir«, sagte ich hastig. »Ah... warum nimmst du nicht dein Gewehr und siehst zu, ob du draußen ein Eichhörnchen oder ein Kaninchen erwischst? Ich bin sicher, daß es mir so gut geht, daß ich zum Abendessen etwas kochen kann.«

Er strahlte, und das Lächeln verwandelte sein langes, knochiges Gesicht.

»Ich bin froh, das zu hören, Tante Claire«, sagte er. »Du solltest einmal *sehen,* was Onkel Jamie und ich gegessen haben, als du fort warst!«

Er ließ mich auf meinem Kissen zurück, und ich fragte mich, was ich mit dem Becher Suppe anfangen sollte. Ich wollte sie nicht trinken, doch ich fühlte mich wie warme Butter – weich und sahnig, fast flüssig –, und die Vorstellung aufzustehen schien mir mit unglaublichem Energieaufwand verbunden zu sein.

Jamie hatte auf weiteren Widerstand verzichtet und mich ins Bett gebracht, wo er seine Aufgabe, mich aufzutauen, in aller Gründlichkeit und Eile zu Ende geführt hatte. Es war wohl besser, daß er nicht mit Ian auf die Jagd gegangen war. Er roch genauso nach Kampfer wie ich; jedes Tier würde ihn meilenweit riechen.

Er hatte mich zärtlich zugedeckt und mich dem Schlaf überlassen, während er Duncan jetzt offiziell begrüßte und ihm die Gastfreundschaft des Hauses anbot. Ich konnte draußen das Gemurmel ihrer tiefen Stimmen hören; sie saßen auf der Bank neben der Tür und genossen die späte Nachmittagssonne – lange, bleiche Strahlen fielen schräg durch das Fenster und hüllte innen Holz und Zinn in ein warmes Licht.

Auch der Schädel wurde von der Sonne berührt. Er lag auf meinem Schreibtisch am anderen Ende des Zimmers und bildete mit einem Tonkrug voller Blumen und meinem Krankenbuch ein häusliches Stilleben.

Es war der Anblick des Krankenbuches, das mich aus meinem Dämmerzustand holte. Die Geburt, die ich bei den Muellers begleitet hatte, kam mir jetzt vage und unwirklich vor; ich hielt es für besser, die Details festzuhalten, solange ich mich überhaupt noch daran erinnern konnte.

Von den Regungen meines beruflichen Pflichtgefühls aufgerüttelt, räkelte ich mich, stöhnte und setzte mich auf. Ich fühlte mich immer noch etwas benommen, und meine Ohren summten von den Nachwirkungen des Brandys. Außerdem war ich fast am gesamten Körpers etwas wund – an manchen Stellen mehr als an anderen –, doch im großen und ganzen war ich einigermaßen funktionsfähig. Allerdings bekam ich allmählich Hunger.

Ich hoffte, daß Ian mit Fleisch zurückkommen würde, das ich kochen konnte; ich war nicht so dumm, mir meinen zusammengeschrumpften Magen mit Käse und eingelegtem Fisch vollzustopfen, doch eine schöne, kräftigende Eichhörnchensuppe, gewürzt mit Frühlingszwiebeln und getrockneten Pilzen, wäre genau das, was der Arzt verordnen würde.

Was die Suppe anging – ich glitt zögernd aus dem Bett und stolperte zum Herd, wo ich die kalte Gerstensuppe in den Topf zurückschüttete. Ian hatte genug für ein ganzes Regiment gekocht – vorausgesetzt allerdings, daß das Regiment sich aus Schotten zusammensetzte. Da sie in einem Land lebten, in dem kaum Eßbares wuchs, waren sie in der Lage, klebrige Getreidemassen zu sich zu nehmen, ohne daß diese mit dem geringsten erlösenden Hauch von Gewürz oder Geschmack in Berührung gekommen waren. Ich selbst entstammte einer schwächeren Rasse und fühlte mich dem nicht ganz gewachsen.

Der geöffnete Gerstensack stand neben dem Herd, und der Jutesack war immer noch sichtlich feucht. Ich würde das Korn zum Trocknen ausbreiten müssen, sonst würde es verderben. Unter leichtem Protest meines verletzten Knies holte ich ein großes, flaches Korbtablett aus geflochtenem Schilf und kniete mich hin, um das feuchte Getreide in einer dünnen Lage darauf auszubreiten.

»Hat er denn ein weiches Maul, Duncan?« Jamies Stimme kam deutlich durch das Fenster; der Ledervorhang war aufgerollt, um frische Luft hereinzulassen, und ich fing einen schwachen Tabakhauch von Duncans Pfeife auf. »Er ist ein großer, kräftiger Kerl, aber er hat einen freundlichen Blick.«

»Oh, er ist ein Prachtpferd«, sagte Duncan mit einem unüberhörbar stolzen Unterton in der Stimme. »Und hat ein schönes, weiches Maul, aye. Miss Jo hat ihn von ihrem Stallaufseher auf dem Markt in Wilmington aussuchen lassen; hat ihm gesagt, daß er ein Pferd finden muß, das man gut mit einer Hand reiten kann.«

»Mmpf. Aye, ja, er ist ein hübsches Tier.« Die Holzbank ächzte, als einer der Männer sein Gewicht verlagerte. Ich verstand den Hintersinn von Jamies Kompliment und fragte mich, ob Duncan es auch tat.

Zum Teil war es schlichte Herablassung; Jamie war auf dem Pferderücken aufgewachsen, und als geborener Reiter wies er die bloße Vorstellung, überhaupt die Hände zu gebrauchen, weit von sich; ich hatte schon gesehen, wie er ein Pferd nur dadurch lenkte, daß er den Druck seiner Knie und Oberschenkel verlagerte, oder wie er sein Pferd auf einem überfüllten Schlachtfeld in Galopp setzte, die Zügel auf dem Pferdehals zusammengeknotet, so daß er die Hände für Schwert und Pistole frei hatte.

Doch Duncan war weder ein Reiter noch ein Soldat; er hatte in der Nähe von Ardrossan als Fischer gelebt, bevor ihn der Aufstand wie so viele andere von seinen Netzen und seinem Boot fortgeholt hatte, um ihn nach Culloden und ins Verderben zu schicken.

Jamie wäre nicht so taktlos, Duncan auf einen Mangel an Erfahrung hinzuweisen, der diesem selbst schon mehr als bewußt war; doch er würde ihn auf etwas anderes hinweisen wollen. Hatte Duncan es gemerkt?

»Du bist es, dem sie helfen will, Mac Dubh, und das weißt du auch.« Duncans Tonfall war voller Ironie; er hatte Jamie sehr wohl verstanden.

»Ich habe auch nie das Gegenteil behauptet, Duncan.« Jamies Stimme war ruhig.

»Mmpf.«

Ich lächelte trotz des Anflugs von Schärfe zwischen ihnen. Duncan beherrschte die für die Highlands typische Kunst der wortlosen Beredsamkeit genausogut wie Jamie. Dieses spezielle Geräusch beinhaltete sowohl einen leichten Anflug von Beleidigung über Jamies Andeutung, daß es sich für Duncan nicht gehörte, von Jocasta ein Pferd als Geschenk anzunehmen, als auch die Bereitschaft, die ebenfalls nur angedeutete Entschuldigung anzunehmen.

»Also, hast du es dir überlegt?« Die Bank ächzte, als Duncan abrupt das Thema wechselte. »Willst du Sinclair oder Geordie Chisholm?«

Er fuhr fort, ohne Jamie Zeit zum Antworten zu lassen, allerdings in einem Tonfall, der deutlich erkennen ließ, daß er all dies schon einmal gesagt hatte. Ich fragte mich, ob er versuchte, Jamie zu überzeugen, oder sich selbst – oder nur beiden bei ihrer Entscheidung helfen wollte, indem er die Fakten wiederholte.

»Es stimmt, Sinclair ist ein Küfer, aber Geordie ist ein guter Mann;

ein sparsamer Arbeiter, und außerdem hat er zwei kleine Söhne. Sinclair ist nicht verheiratet, also würde er nicht viel brauchen, um hier anfangen zu können, aber –«

»Er würde eine Drehbank brauchen und Werkzeuge, und Eisen und abgelagertes Holz«, fiel Jamie ihm ins Wort. »Er könnte in seiner Werkstatt schlafen, aye, aber dazu müßte er erst einmal eine Werkstatt haben. Und es wird ziemlich teuer, glaube ich, alles zu kaufen, was man für eine Küferwerkstatt braucht. Geordie bräuchte etwas Essen für seine Familie, aber das haben wir hier; darüber hinaus bräuchte er für den Anfang nur ein paar Werkzeuge – er hat doch eine Axt, oder?«

»Aye, die hat er sicher noch aus seiner Zeit als Zwangsarbeiter, aber jetzt ist Pflanzzeit, Mac Dubh. Mit dem Boden –«

»Das weiß ich wohl«, sagte Jamie ein wenig gereizt. »Ich war es schließlich, der vor einem Monat fünf Morgen Mais gesät hat. *Und sie vorher gerodet hat.*« Während Duncan es sich auf River Run hatte gutgehen lassen, in Wirtshäusern seine Schwätzchen gehalten und sein neues Pferd zugeritten hatte. Ich hörte es und Duncan ebenfalls; es folgte ein vielsagendes Schweigen.

Ein Ächzen der Bank, und Duncan sprach ruhig weiter.

»Deine Tante Jo schickt dir ein Geschenk.«

»Oh, tut sie das?« Die Schärfe in seiner Stimme war jetzt noch deutlicher. Ich hoffte, Duncan war klug genug, darauf zu achten.

»Eine Flasche Whisky.« In Duncans Stimme lag ein Lächeln, das Jamie mit einem zurückhaltenden Lachen beantwortete.

»Oh, wirklich?« wiederholte er in völlig anderem Ton. »Das ist sehr liebenswürdig.«

»Das will sie auch sein.« Beträchtliches Ächzen und Geschlurfe, als Duncan aufstand. »Komm mit und hol sie, Mac Dubh. Ein kleiner Schluck kann deiner Laune nicht schaden.«

»Nein, das stimmt.« Jamie klang reumütig. »Ich habe letzte Nacht nicht geschlafen, und ich bin so reizbar wie ein Keiler auf Brautschau. Du mußt mir mein Benehmen verzeihen, Duncan.«

»Och, keine Ursache.« Es erklang ein leises Geräusch, wie wenn eine Hand auf eine Schulter klopft, und ich hörte sie zusammen über den Hof davongehen. Ich trat ans Fenster und sah ihnen nach. Jamies Haar glänzte wie dunkle Bronze in der untergehenden Sonne, als er der Knopf schräglegte, um sich anzuhören, was Duncan ihm erzählte. Der kleinere Mann gestikulierte zur Erläuterung, wobei ihn die Bewegungen seines Armes so aus dem Tritt brachten, daß er sich beim Gehen ruckartig bewegte wie eine große Marionette.

Was wäre wohl aus ihm geworden, fragte ich mich, hätte Jamie ihn nicht gefunden – und einen Platz für ihn? In Schottland war kein Platz für einen einarmigen Fischer. Mit Sicherheit wäre ihm dort nichts anderes übriggeblieben, als zu betteln. Oder zu verhungern, oder das Lebensnotwendige zu stehlen und am Galgen zu enden wie Gavin Hayes.

Doch dies war die Neue Welt, und wenn das Leben hier auch nicht ohne Risiko war, so bedeutete es doch immerhin eine Chance. Kein Wunder, daß sich Jamie darüber den Kopf zerbrach, wer die beste Chance bekommen sollte, Sinclair, der Küfer, oder Chisholm, der Bauer.

Es wäre viel wert, einen Küfer zur Hand zu haben; es würde den Männern auf dem Berg den langen Weg nach Cross Creek oder Averasboro ersparen, um dort die Fässer zu holen, die sie für ihr Pech und Terpentin brauchten, für Pökelfleisch und Cidre. Doch es wäre teuer, eine Küferwerkstatt einzurichten, selbst wenn man nur das Nötigste anschaffte. Und dann mußte man auch an die Frau des unbekannten Chisholm und seine kleinen Kinder denken – wie lebten sie jetzt, und was würde ohne Hilfe aus ihnen werden?

Duncan hatte bis jetzt dreißig der Männer aus Ardsmuir ausfindig gemacht; Gavin Hayes war der erste, und für ihn hatten wir alles getan, was in unserer Macht lag. Wir hatten dafür gesorgt, daß er die Reise in den Himmel sicher antrat. Zwei weitere waren gestorben, der eine an einer Fieberkrankheit, der andere war ertrunken. Drei hatten ihre Zwangsarbeit hinter sich gebracht und – ausgerüstet mit der Axt und den Kleidungsstücken, die der Entlassungslohn eines Zwangsarbeiters waren – selbst Fuß fassen können, indem sie Land im Landesinneren erschlossen und dort kleine Niederlassungen gegründet hatten.

Von den übrigen Männern hatten wir bis jetzt zwanzig unter Jamies Regie und mit seiner finanziellen Unterstützung auf gutem Land am Fluß angesiedelt. Ein weiterer war schwachsinnig, arbeitete aber als Knecht für einen anderen und verdiente so seinen Lebensunterhalt. Damit waren all unsere Rücklagen aufgebraucht. Das Unternehmen hatte unser kleines Barvermögen, Schuldscheine auf den Gegenwert der Zeit noch nicht existenter Ernten und einen haarsträubenden Ausflug nach Cross Creek erfordert.

Dort hatte Jamie all seine Bekannten aufgesucht, von jedem eine kleine Geldsumme geliehen und war mit diesem Geld dann in die Hafenkneipen gegangen, wo er es in drei schlaflosen Nächten geschafft hatte, beim Spiel seinen Einsatz zu vervierfachen – und dabei nur knapp einem Messerattentat entkommen war, wie ich erst später erfuhr.

Ich war sprachlos gewesen beim Anblick des langen, gezackten Risses in der Brust seines Rockes.

»Was –?« hatte ich schließlich gekrächzt.

Er hatte kurz mit den Achseln gezuckt und plötzlich sehr müde ausgesehen.

»Es spielt keine Rolle«, hatte er gesagt. »Es ist vorbei.«

Dann hatte er sich rasiert, sich gewaschen, war ein weiteres Mal zu allen Plantagenbesitzern gegangen und hatte jedem der Männer sein Geld mit einem kleinen Leihzins zurückgezahlt, so daß uns genug blieb für Maissaat, ein zusätzliches Maultier zum Pflügen, eine Ziege und ein paar Schweine.

Ich stellte ihm keine weiteren Fragen, flickte ihm nur den Rock und sah zu, daß er heil ins Bett fand, als er nach der Rückzahlung des geliehenen Geldes heimkam. Doch ich saß lange Zeit neben ihm und sah zu, wie sich die Falten der Erschöpfung in seinem Gesicht im Schlaf ein wenig glätteten.

Nur ein wenig. Ich hatte seine Hand hochgehoben, schlaff und schwer im Schlummer, und hatte die tiefen Linien seiner glatten, schwieligen Handfläche wieder und wieder nachgezeichnet. Wie viele Leben lagen jetzt in diesen Furchen?

Mein eigenes. Das seiner Siedler. Fergus' und Marsalis, die gerade aus Jamaica zurückgekehrt waren und jetzt für Germain aufkommen mußten, einen pausbäckigen, blonden Charmeur, der seinen hingerissenen Vater fest in *seiner* dicken kleinen Hand hatte.

Bei diesem Gedanken blickte ich unwillkürlich aus dem Fenster. Ian und Jamie hatten ihnen geholfen, ein kleines Blockhaus nur eine Meile von unserem entfernt zu bauen, und manchmal kam Marsali uns abends besuchen und brachte das Baby mit. Es wäre schön, sie jetzt zu sehen, dachte ich sehnsüchtig. So sehr ich Brianna manchmal vermißte, der kleine Germain war mein Ersatz für das Enkelkind, das ich niemals im Arm halten würde.

Ich seufzte und vertrieb den Gedanken mit einem Achselzucken.

Jamie und Duncan waren mit dem Whisky zurückgekehrt; ich konnte hören, wie sie sich bei der Pferdekoppel unterhielten.

Ihre Stimmen waren locker, und alle Spannung zwischen ihnen war verflogen – für den Augenblick.

Ich breitete die dünne Lage Gerste fertig aus und stellte sie zum Trocknen an eine Ecke der Feuerstelle. Dann ging ich zum Schreibtisch, schraubte das Tintenfaß auf und öffnete das Krankenbuch. Es dauerte nicht lange, die Details der Geburt des jüngsten Muellersprößlings festzuhalten; die Wehen hatte lange gedauert, waren ansonsten aber ganz normal gewesen. Die Geburt selbst war komplikationslos verlaufen; das einzig Ungewöhnliche war die Glückshaube des Kindes gewesen...

Ich hielt im Schreiben inne und schüttelte den Kopf. Immer noch abgelenkt von meinen Gedanken an Jamie, hatte ich meine Aufmerksamkeit abschweifen lassen. Petronellas Kind war nicht mit einer Glückshaube geboren worden. Ich erinnerte mich deutlich daran, wie sein Scheitel sichtbar wurde, die Vulva ein glänzender roter Ring, der sich eng um einen kleinen, schwarzbehaarten Fleck schloß. Ich hatte ihn berührt, den winzigen Puls gespürt, der dort schlug, genau unter der Haut. Ich erinnerte mich lebhaft daran, wie sich die feuchten Daunenhaare unter meinen Fingern anfühlten: wie die feuchte Haut eines frisch geschlüpften Kükens.

Es war der Traum, dachte ich. Ich hatte in der Erdgrube geträumt und die Ereignisse der beiden Geburten vermischt – dieser und Briannas. Es war Brianna, die mit einer Glückshaube geboren worden war.

Ein glückliches Vorzeichen, so eine Glückshaube – sagten die Schotten –, sie gewährte im späteren Leben Schutz vor dem Ertrinken. Und manche Kinder, die mit einer Glückshaube geboren wurden, waren mit der Gabe des zweiten Gesichts gesegnet – obwohl ich mir nach meinen Begegnungen mit solcherart begabten Menschen die Freiheit herausnahm zu bezweifeln, daß diese Fähigkeit ein reiner Segen war.

Ob es ein Glück war oder nicht, Brianna hatte jedenfalls niemals Anzeichen jenes seltsamen keltischen »Wissens« gezeigt, und das war mir nur recht. Ich wußte genug über meine eigene persönliche Form des zweiten Gesichtes – das sichere Wissen, daß sich Dinge ereignen würden – um niemandem die damit verbundenen Komplikationen zu wünschen.

Ich blickte auf die Seite vor mir. Ohne es richtig zu merken, hatte ich die groben Umrisse eines Mädchenkopfes gezeichnet. Eine gerundete breite Linie wirbelnden Haars, die bloße Andeutung einer langen, geraden Nase. Darüberhinaus war sie gesichtslos.

Ich war keine Künstlerin. Ich hatte gelernt, klare, klinische Zeichnungen anzufertigen, akkurate Bilder von Gliedmaßen und Körpern, doch mir fehlte Briannas Gabe, die Linien zum Leben zu erwecken. So, wie er da stand, war der Entwurf nicht mehr als eine Gedächtnisstütze; ich konnte ihn ansehen und mir ihr Gesicht in Gedanken ausmalen. Mehr zu versuchen – ihr Gesicht auf dem Papier heraufzubeschwören – würde bedeuten, das zu ruinieren, zu riskieren, daß ich das Bild verlor, das ich von ihr im Herzen trug.

Und würde ich sie leibhaftig herbeschwören, wenn ich es könnte? Nein. Das würde ich nicht tun; ich stellte sie mir tausendmal lieber in der Sicherheit und Bequemlichkeit ihrer eigenen Zeit vor, als sie mir herbeizuwünschen in diese rauhe, gefährliche Zeit. Doch das bedeutete nicht, daß sie mir nicht fehlte.

Zum ersten Mal empfand ich etwas Mitgefühl mit Jocasta Cameron und ihrer Sehnsucht nach einem Erben; jemandem, der zurückblieb und ihren Platz einnahm, der davon zeugte, daß ihr Leben nicht umsonst gewesen war.

Draußen vor dem Fenster stieg das Zwielicht aus Feld und Wald und Wasser. Man behauptet, daß die Nacht sich senkt, aber eigentlich stimmt das nicht. Die Dunkelheit stieg auf, füllte erst die Talmulden, überschattete dann die Berghänge und kroch unmerklich an Baumstämmen und Pfosten hoch, während die Nacht den Boden verschlang und dann aufstieg, um sich mit dem tieferen Dunkel des sternenübersäten Himmels zu vereinen.

Ich saß da, starrte aus dem Fenster und sah zu, wie sich das Licht auf den Pferden in der Koppel veränderte: statt zu verblassen, wandelte es sich, so daß alles – die gebogenen Hälse, die runden Hinterteile, selbst einzelne Grashalme – sich nackt und klar abzeichnete und die Wirklichkeit für einen kurzen Augenblick befreit war von den täglichen Illusionen von Sonne und Schatten.

Ohne sie zu sehen, fuhr ich die Linien der Zeichnung mit dem Finger nach, wieder und wieder, während die Dunkelheit aufstieg und die Wirklichkeiten meines Herzens klar vor mir im Dämmerlicht standen. Nein, ich wünschte mir Brianna nicht hierher. Doch das bedeutete nicht, daß sie mir nicht fehlte.

Irgendwann beendete ich meine Notizen und saß dann einen Augenblick lang still da. Ich hätte mich an das Abendessen machen sollen, das wußte ich, doch nach meinem Abenteuer nagte immer noch die Erschöpfung an mir und raubte mir die Willenskraft, mich zu bewegen. All meine Muskeln schmerzten, und der Bluterguß an meinem Knie pochte. Alles, was ich wirklich wollte, war, ins Bett zurückzukriechen.

Statt dessen ergriff ich den Totenschädel, den ich neben meinem Krankenbuch auf den Tisch gelegt hatte. Ich glitt sanft mit dem Finger über das runde Cranium. Es war ein durch und durch makaberer

Tischschmuck, das mußte ich zugeben, doch ich hing dennoch an ihm. Ich hatte Knochen immer schon schön gefunden, egal, ob von Mensch oder Tier: nackte, elegante Überreste des Lebens, das auf seine Grundlagen reduziert wurde.

Plötzlich erinnerte ich mich an etwas, woran ich seit vielen Jahren nicht mehr gedacht hatte; eine kleine, dunkle Kammer in Paris, die hinter dem Laden eines Apothekers verborgen war. Die Wände mit wabenartigen Regalen überzogen, in jedem Fach ein polierter Schädel. Viele verschiedene Tierarten, von Spitzmäusen bis hin zu Wölfen, Mäusen und Bären.

Und während meine Hand auf dem Kopf meines unbekannten Freundes lag, hörte ich Maître Raymonds Stimme so deutlich in meiner Erinnerung, als stünde er neben mir.

»Zuneigung?« hatte er gesagt, als ich die hohe Wölbung eines Elchschädels berührte. »Es ist ungewöhnlich, so etwas für einen Knochen zu empfinden, Madonna.«

Doch er hatte gewußt, was ich meinte. Ich wußte, daß es so war, denn als ich ihn fragte, wozu er all diese Schädel hatte, hatte er gelächelt und gesagt: »Sie leisten mir bei meiner Arbeit Gesellschaft.«

Und ich wußte auch, was er meinte, denn der Herr, dessen Schädel ich hier hatte, hatte mir ebenfalls Gesellschaft geleistet, und zwar an einem sehr dunklen und einsamen Ort. Ich fragte mich nicht zum ersten Mal, ob er vielleicht etwas mit der Erscheinung zu tun hatte, die ich auf dem Berg gesehen hatte, dem Indianer mit dem schwarz bemalten Gesicht.

Der Geist – wenn es ein Geist gewesen war – hatte nicht gelächelt oder gesprochen. Ich hatte seine Zähne nicht gesehen, den einzigen Anhaltspunkt für einen Vergleich mit dem Schädel in meiner Hand – denn ich ertappte mich dabei, wie ich mit dem Daumen über den gezackten Rand seines gesprungenen Schneidezahns fuhr. Ich hob den Schädel ins Licht und untersuchte ihn im weichen Licht des Sonnenuntergangs aus der Nähe.

Auf der einen Seite waren seine Zähne zertrümmert, waren gesprungen und zersplittert, als sei sein Mund mit aller Gewalt getroffen worden, vielleicht von einem Stein oder einem Knüppel – einem Gewehrschaft? Auf der anderen Seite waren sie unversehrt, sogar in sehr gutem Zustand. Ich war keine Expertin, glaubte aber, daß es der Schädel eines erwachsenen Mannes Ende Dreißig oder Anfang Vierzig war. Ein Mann in diesem Alter hätte recht abgenutzte Zähne haben sollen, wenn man in Betracht zog, daß sich die Indianer von Maismehl ernährten, das aufgrund ihrer Art, den Mais zwischen flachen Steinen zu zermalmen eine beträchtliche Menge gemahlenen Steins enthielt.

Doch die Schneide- und Eckzähne auf der guten Seite waren kaum abgenutzt. Ich drehte den Schädel um, um den Zustand der Backenzähne zu begutachten, und hielt jäh inne.

Mir war plötzlich kalt, trotz der Wärme des Feuers in meinem Rücken. So kalt, wie mir gewesen war, als ich mich in der Dunkelheit verirrt hatte, ohne Feuer, allein auf dem Berg mit dem Kopf eines toten Mannes. Denn die Abendsonne ließ jetzt an meinen Händen das silberne Band meines Eherings aufleuchten – und ebenso die Silberfüllungen im Mund meines verstorbenen Freundes.

Einen Moment lang saß ich da und starrte vor mich hin, dann drehte ich den Schädel um und legte ihn so sanft auf den Tisch, als wäre er aus Glas.

»Mein Gott«, sagte ich, und alle Müdigkeit war vergessen. »Mein Gott«, sagte ich zu seinen leeren Augen und seinem schiefen Grinsen. »Wer bist du gewesen?«

»Was meinst du, wer er gewesen sein könnte?« Jamie berührte den Schädel vorsichtig. Uns blieben nur wenige Momente; Duncan war zum Abort gegangen, und Ian fütterte die Schweine. Doch ich konnte es nicht ertragen zu warten – ich hatte es sofort jemandem sagen müssen.

»Ich habe nicht die geringste Ahnung. Außer natürlich, daß er jemand... wie ich gewesen sein muß.« Ich erschauerte heftig. Jamie sah mich an und runzelte die Stirn.

»Du hast dich doch nicht erkältet, oder, Sassenach?«

»Nein.« Ich lächelte schwach zu ihm hoch. »Mich überläuft es nur kalt.«

Er holte mein Schultertuch vom Haken an der Tür und warf es in einem Schwung um mich. Dann legte er die Hände auf meine Schultern, warm und beruhigend.

»Es bedeutet noch etwas, nicht wahr?« fragte er leise. »Es bedeutet, es gibt noch eine... Stelle. Vielleicht in der Nähe.«

Noch ein Steinkreis – oder etwas Ähnliches. Ich hatte auch schon daran gedacht, und der Gedanke ließ mich erneut erschauern. Jamie sah den Schädel nachdenklich an, zog sich dann das Taschentuch aus dem Ärmel und drapierte es sanft über die leeren Augen.

»Ich begrabe ihn nach dem Abendessen«, sagte er.

»Oh, das Abendessen.« Ich schob mir die Haare hinter das Ohr und versuchte, meine zerstreuten Gedanken auf das Abendessen zu konzentrieren. »Ja, mal sehen, ob ich ein paar Eier finden kann. Das geht schnell.«

»Mach dir keine Mühe, Sassenach.« Jamie blickte in den Topf auf dem Herdfeuer. »Wir können das hier essen.«

Diesmal erschauerte ich nur, weil ich wählerisch war.

»Igitt«, sagte ich. Jamie grinste mich an.

»Du hast doch nichts gegen eine gute Gerstensuppe, oder?«

»Falls es so etwas überhaupt gibt«, antwortete ich und blickte angewidert in den Topf. »Das hier riecht eher wie Braumaische.« Die Suppe war mit feuchten Körnern gekocht worden, und zwar nicht lange genug, dann hatte man sie stehenlassen; und nun strömte die kalte, schaumige Suppe bereits den Hefegeruch der Fermentierung aus.

»Apropos«, sagte ich und stieß den feuchten Gerstensack mit den Zehen an, »das hier muß zum Trocknen ausgebreitet werden, bevor es verschimmelt, falls das nicht schon passiert ist.«

Jamie starrte auf die ekelerregende Suppe, die Augenbrauen nachdenklich zusammengezogen.

»Aye?« sagte er dann geistesabwesend. »Oh, aye. Ich mache das.« Er drehte den Sack oben zu und hob ihn auf seine Schulter. Auf dem Weg nach draußen blieb er stehen und warf einen Blick auf den zugedeckten Schädel.

»Du hast gesagt, du glaubst nicht, daß er Christ war,« sagte er und sah mich neugierig an. »Warum denn, Sassenach?«

Ich zögerte, doch die Zeit reichte nicht, um ihm von meinem Traum zu erzählen – wenn es ein Traum gewesen war. Ich konnte hören, wie Duncan und Ian plaudernd auf das Haus zukamen.

»Ohne besonderen Grund«, sagte ich achselzuckend.

»Aye, gut«, sagte er. »Dann behaupten wir es einfach.«

24

Die große Kunst des Liebesbriefs

Oxford, März 1971
Roger nahm an, daß es in Inverness genausooft regnete wie in Oxford, aber irgendwie hatte ihm der Regen im Norden noch nie etwas ausgemacht. Der kalte, schottische Wind, der vom Moray Firth landeinwärts wehte, regte ihn an, und wenn ihn der Regen durchnäßte, wurden seine Lebensgeister geweckt und erfrischt.

Doch das war Schottland mit Brianna an seiner Seite gewesen. Jetzt war sie in Amerika, er in England, und Oxford war kalt und farblos, die Straßen und Gebäude grau wie die Asche eines erloschenen Feuers. Regen prasselte ihm auf die Schultern seines Talars, als er über den Hof des Colleges eilte, einen Arm voller Papiere von den Popelinfalten verdeckt. Als er den Schutz der Portiersloge erreicht hatte, blieb er stehen, um sich zu schütteln wie ein Hund, und versprühte dabei Tropfen auf dem steinernen Durchgang.

»Irgendwelche Post?« fragte er.

»Glaube schon, Mr. Wakefield. Augenblickchen.« Martin verschwand in seinem Allerheiligsten, und Roger las in der Zwischenzeit die Namen der Kriegsgefallenen des Colleges, die in die Steintafel im Eingangsbereich gemeißelt waren.

George Vanlandingham, Esq. The Honorable Phillip Menzies. Joseph William Roscoe. Roger ertappte sich nicht zum ersten Mal dabei, daß er über diese toten Helden nachdachte und darüber, was für Menschen sie wohl gewesen waren. Seit er Brianna und ihre Mutter kennengelernt hatte, stellte er fest, daß die Vergangenheit nur allzuoft ein verstörend menschliches Gesicht trug.

»Hier, Mr. Wakefield.« Martin beugte sich strahlend über die Theke und hielt ihm einen dünnen Briefstapel hin. »Heute einer aus den Staaten«, fügte er augenzwinkernd hinzu.

Roger spürte, wie als Antwort ein Grinsen sein Gesicht überzog, und augenblicklich breitete sich ein Wärmegefühl von seiner Brust in seine Gliedmaßen aus und vertrieb die Kühle des Regentages.

»Werden wir Ihre junge Dame bald hier begrüßen, Mr. Wakefield?« Martin reckte den Hals und schielte unverhohlen auf den Brief mit den amerikanischen Briefmarken. Der Portier hatte Brianna kennengelernt, als sie kurz vor Weihnachten mit Roger heruntergekommen war, und er war ihrem Charme erlegen.

»Ich hoffe es. Vielleicht im Sommer. Danke!«

Er wandte sich seiner Treppe zu und steckte die Briefe sorgfältig in den Ärmel seines Talars, während er nach seinem Schlüssel suchte. Wenn er an den Sommer dachte, fühlte er eine Mischung aus Freude und Frustration. Sie hatte gesagt, sie würde im Juli kommen, doch bis dahin waren es noch vier Monate. Je nach seiner Stimmung glaubte er, daß er keine vier Tage mehr überstehen konnte.

Roger faltete den Brief wieder zusammen und steckte ihn in seine Innentasche, über seinem Herzen. Sie schrieb ihm alle paar Tage, von kurzen Notizen bis hin zu langen Berichten, und jeder ihrer Briefe rief ein sanftes, warmes Glühen in ihm hervor, das meistens bis zur Ankunft des nächsten anhielt.

Doch gleichzeitig waren ihre Briefe zur Zeit etwas unbefriedigend. Immer noch voll warmer Zuneigung, immer mit »In Liebe« unterzeichnet, immer voller Versicherungen, daß er ihr fehlte und sie ihn gern bei sich hätte. Aber nicht mehr die Art von Worten, mit der man Papier in Flammen setzt.

Vielleicht war es natürlich; eine normale Entwicklung, jetzt, da sie sich länger kannten; niemand konnte in alle Ewigkeit täglich einen leidenschaftlichen Brief schreiben, nicht, wenn er ehrlich war.

Er bildete es sich bestimmt nur ein, daß Brianna sich in ihren Briefen zurücknahm. Es mußten ja nicht unbedingt die Exzesse der Freundin eines Bekannten sein, die sich ein paar Schamhaare abgeschnitten und sie in einen Brief gesteckt hatte – obwohl er die Geisteshaltung hinter dieser Geste bewunderte.

Er biß in sein Sandwich und kaute geistesabwesend, während er an den letzten Artikel dachte, den Fiona ihm geschickt hatte. Jetzt, da sie verheiratet war, betrachtete sich Fiona als Expertin in Eheangelegenheiten und entwickelte ein schwesterliches Interesse an dem holperigen Verlauf von Rogers Liebesbeziehung.

Sie schnitt ständig hilfreiche Tips aus Frauenmagazinen aus und schickte sie ihm. Der letzte Ausschnitt war ein Artikel aus *Meine Woche* gewesen, mit dem Titel »Wie umgarne ich einen Mann«. *Wie du mir*, hatte Fiona in aller Deutlichkeit an den Rand geschrieben.

»Teilen Sie seine Interessen«, lautete ein Hinweis. »Wenn Sie Fußball für Zeitverschwendung halten, er aber nicht davon abzubringen ist, setzen Sie sich neben ihn und fragen Sie, wie diese Woche die Chancen für Arsenal stehen. Fußball mag langweilig sein, *er* ist es nicht.«

Roger lächelte etwas grimmig. Er hatte ihre Interessen geteilt, und wie, falls es als Zeitvertreib zählte, die Spur ihrer verdammten Eltern durch deren haarsträubende Geschichte zu verfolgen. Allerdings konnte er nur herzlich wenig davon mit ihr teilen.

»Seien Sie reserviert«, lautete ein anderer Zeitungstip. »Nichts weckt das Interesse eines Mannes mehr als eine Aura der Zurückhaltung. Lassen Sie ihn nicht zu schnell zu nah an sich heran.«

Roger fragte sich plötzlich, ob Brianna wohl ähnliche Ratschläge in amerikanischen Magazinen gelesen hatte, aber dann schob er den Gedanken von sich. Sie war sich zwar nicht zu schade, um Modemagazine zu lesen – er hatte es ein paar Mal gesehen –, doch Brianna war ebensowenig in der Lage, solche dummen Spiele zu spielen, wie er selbst.

Nein, sie würde ihn nicht auf Abstand halten, um sein Interesse an ihr zu schüren; wozu auch? Sie wußte doch wohl, wieviel ihm an ihr lag.

Wußte sie das wirklich? Mit plötzlicher Beklommenheit erinnerte er sich an einen anderen Rat, den *Meine Woche* für Verliebte bereithielt.

»Gehen Sie nicht davon aus, daß er Ihre Gedanken lesen kann«, hieß es in dem Artikel. »Deuten Sie ihm Ihre Gefühle an.«

Roger biß irgendwo in sein Sandwich und kaute, ohne zu bemerken, worauf. Doch, ja, er hatte sie angedeutet. Sich vorgewagt und ihr sein verdammtes Herz ausgeschüttet. Und sie war prompt in ein Flugzeug gesprungen und hatte sich nach Boston verdrückt.

»Seien Sie nicht zu aggressiv«, murmelte er und zitierte schnaubend Tip Nummer vierzehn. Die Professorin neben ihm rückte ein Stück zur Seite.

Roger seufzte und legte das angebissene Sandwich angewidert auf das Plastiktablett. Er hob die Tasse mit dem sogenannten Kaffee des Speisesaals hoch, trank aber nicht, sondern saß nur da, hielt sie zwischen den Händen und absorbierte ihre spärliche Wärme.

Das Problem war, daß er zwar glaubte, Briannas Aufmerksamkeit von der Vergangenheit abgelenkt zu haben, er selbst aber nicht in der Lage gewesen war, sie zu ignorieren. Er war besessen von Claire und ihrem verdammten Highlander; so, wie sie ihn faszinierten, hätten sie gut zu seiner eigenen Familie gehören können.

»Seien Sie immer aufrichtig.« Tip Nummer drei. Wenn er es gewesen wäre, wenn er ihr geholfen hätte, alles herauszufinden, dann würde der Geist Jamie Frasers jetzt vielleicht in Frieden ruhen – und Roger auch.

»Ach, leck mich am Arsch!« brummte er vor sich hin.

Seine Tischnachbarin knallte ihre Kaffeetasse aufs Tablett und stand abrupt auf.

»Leck dich *selbst* am Arsch!« sagte sie scharf und ging davon.

Roger starrte ihr einen Augenblick hinterher.

»Keine Angst«, sagte er. »Ich glaube, das habe ich schon.«

25

Auftritt: Eine Schlange

Oktober 1768
Im Prinzip hatte ich nichts gegen Schlangen. Sie fraßen Ratten, was lobenswert von ihnen war, manchmal waren sie dekorativ, und meistens waren sie so klug, mir aus dem Weg zu gehen. Leben und leben lassen war meine Grundeinstellung.

Andererseits war das nur theoretisch so. Praktisch hatte ich alle möglichen Einwände gegen die große Schlange, die zusammengerollt auf dem Sitz unseres Aborts lag. Abgesehen von der Tatsache, daß sie mir im Augenblick ziemlich im Weg war, machte sie sich auch nicht durch die Vertilgung von Ratten nützlich, und da sie in einem freudlosen, dunklen Grau gescheckt war, bereitete sie mir auch kein ästhetisches Vergnügen.

Mein Haupteinwand war allerdings die Tatsache, daß es sich um eine Klapperschlange handelte. In gewisser Hinsicht war das wahrscheinlich ein Glück; einzig ihr Klappern, bei dem mir fast das Herz stehenblieb, hielt mich davon ab, mich im frühen Dämmerlicht auf sie zu setzen.

Bei ihrem ersten Geräusch erstarrte ich auf der Stelle, sobald ich einen Schritt in das winzige Aborthäuschen gemacht hatte. Ich streckte einen Fuß nach hinten aus und tastete nach der Türschwelle. Das gefiel der Schlange überhaupt nicht; ich erstarrte erneut, als das warnende Rasseln an Lautstärke zunahm. Ich konnte ihre vibrierende Schwanzspitze sehen, aufgerichtet wie ein dicker, gelber Finger, der unverschämt aus dem verschlungenen Haufen aufzeigte.

Mein Mund war so trocken wie Papier geworden; ich biß mir auf die Innenseite meiner Wange, um den Speichelfluß ein wenig anzuregen.

Wie lang war sie? Ich meinte mich daran erinnern zu können, daß Brianna mir vorgelesen hatte – aus ihrem Pfadfinderhandbuch –, daß Klapperschlangen aus einer Entfernung von bis zu einem Drittel ihrer Körperlänge angreifen konnten. Kaum mehr als ein halber Meter trennte meine vom Nachthemd bedeckten Oberschenkel von dem widerwärtigen, flachen Kopf mit seinen lidlosen Augen.

War sie anderthalb Meter lang? Es war unmöglich, es zu sagen, doch das Gewimmel ihrer Windungen sah unangenehm massiv aus, und der runde Körper bestand aus nichts anderem als schuppenbedeckten Muskeln. Es war eine verdammt große Schlange, und die Angst davor, bei der kleinsten Bewegung schändlich in den Schritt gebissen zu werden, reichte aus, um mich auf der Stelle zu halten.

Ich konnte allerdings nicht ewig still stehenbleiben. Von allen anderen Überlegungen einmal abgesehen, hatte der Schreck beim Anblick der Schlange den Drang meiner Körperfunktionen nicht im mindesten verringert.

Ich hegte eine vage Vermutung, daß Schlangen taub waren; vielleicht konnte ich um Hilfe rufen. Doch was, wenn es nicht so war? Da gab es diese Sherlock-Holmes-Geschichte, über die Schlange, die auf Pfeiftöne reagierte. Vielleicht würde die Schlange sich zumindest nicht angegriffen fühlen, wenn ich pfiff? Vorsichtig spitzte ich die Lippen und blies. Es kam nur ein dünner Luftzug heraus.

»Claire?« sagte eine verwunderte Stimme hinter mir. »Was zum Teufel machst du da?«

Ich fuhr bei dem Geräusch auf und die Schlange ebenfalls – oder zumindest machte sie eine plötzliche Bewegung und spannte ihre Körperwindungen an, so daß es aussah, als stünde ihr Angriff unmittelbar bevor.

Ich erstarrte im Türrahmen, und die Schlange hörte auf, sich zu bewegen. Nur das chronische Surren ihrer Rassel erinnerte weiter an das ärgerliche Summen eines Weckers, der einfach keine Ruhe geben wollte.

»Hier drin ist eine verdammte Schlange«, sagte ich mit zusammengebissenen Zähnen und bemühte mich, nicht einmal meine Lippen zu bewegen.

»Schön, warum stehst du dann hier? Geh zur Seite, und ich werfe sie hinaus.« Ich hörte Jamies Schritte näher kommen.

Die Schlange hörte ihn ebenfalls – offensichtlich war sie *nicht* taub – und rasselte noch heftiger.

»Ah«, sagte Jamie in einem anderen Tonfall. Ich hörte ein Rascheln, als er sich bückte. »Beweg dich nicht, Sassenach.«

Ich hatte keine Zeit, auf diesen überflüssigen Ratschlag zu antworten, denn schon schwirrte ein dicker Stein an meiner Hüfte vorbei und traf die Schlange mittschiffs. Sie wickelte sich zu einer Art gordischem Knoten zusammen, wand sich, zuckte – und fiel in den Abort, wo sie mit einem häßlichen, hohlen *Wack!* landete.

Ich wartete nicht auf eine Gelegenheit, dem siegreichen Krieger zu gratulieren, sondern machte statt dessen kehrt und rannte zur nächstgelegenen Baumgruppe. Der Saum meines Nachthemdes schlug mir taufeucht um die Knöchel.

Als ich einige Minuten später in einer gesetzteren Verfassung zurückkehrte, fand ich Jamie und Ian gemeinsam in den Abort gezwängt – was ob ihrer Größe nur gerade eben paßte –, und letzterer hockte mit einer Kiefernfackel auf der Bank, während der Erstgenannte sich über das Loch beugte und in die Tiefe sah.

»Können die schwimmen?« fragte Ian, während er versuchte, an Jamies Kopf vorbeizusehen, ohne das Haar seines Onkels in Brand zu stecken.

»Ich weiß nicht«, sagte Jamie zweifelnd. »Es könnte aber sein. Mich interessiert mehr, ob sie springen können.«

Ian fuhr zurück und lachte dann ein wenig nervös, denn er war sich nicht ganz sicher, ob Jamie nur scherzte.

»Also, ich kann nichts sehen; gib mir das Licht.« Jamie streckte die Hand nach oben, um Ian den Kiefernspan abzunehmen, den er dann vorsichtig in das Loch senkte.

»Wenn der Gestank die Flamme nicht auslöscht, stecken wir wahrscheinlich den Abort an«, brummte er und bückte sich tief. »Also, jetzt, wo zum Teufel –«

»Da ist sie! Ich sehe sie!« rief Ian.

Ihre Köpfe fuhren hoch und knallten mit einem Geräusch wie zerplatzende Melonen zusammen. Jamie ließ die Fackel fallen, die in das Loch fiel und prompt erlosch. Ein dünnes Rauchwölkchen stieg wie Weihrauch vom Rand des Loches auf.

Jamie stolperte aus dem Abort, die Hände gegen seine Stirn gepreßt und die Augen vor Schmerz geschlossen. Ian lehnte sich an die Innenwand, hielt sich den Scheitel und machte abgehackte, atemlose Bemerkungen auf Gälisch.

»Lebt sie noch?« fragte ich mit einem besorgten Blick zum Abort.

Jamie öffnete ein Auge und betrachtete mich zwischen seinen Fingern hindurch.

»Oh, meinem Kopf geht's gut, danke«, sagte er. »Ich nehme an, meine Ohren hören nächste Woche irgendwann wieder auf zu summen.«

»Aber, aber«, sagte ich beschwichtigend. »Man würde einen Vorschlaghammer brauchen, um dir den Schädel zu verbeulen. Aber laß mich mal sehen.« Ich schob seine Finger zur Seite, zog seinen Kopf zu mir herab und tastete mich sanft durch sein dichtes Haar. Ich fand eine kleine Beule genau über seinem Haaransatz, aber kein Blut.

Ich küßte die Stelle routinemäßig und tätschelte ihm den Kopf.

»Du stirbst schon nicht«, sagte ich. »Jedenfalls nicht daran.«

»Oh, gut«, sagte er trocken. »Ich sterbe sowieso viel lieber an einem Schlangenbiß, wenn ich das nächste Mal mein Geschäft mache.«

»Es ist eine Giftschlange, oder?« fragte Ian, der jetzt die Hände von seinem Kopf nahm und aus dem Abort kam. Er holte tief Luft und füllte seine schmale Brust mit frischer Luft.

»Ziemlich giftig«, sagte ich mit leichtem Schaudern. »Was hast du mit ihr vor?« fragte ich, an Jamie gewandt.

Er zog eine Augenbraue hoch.

»Ich? Warum sollte ich etwas mit ihr vorhaben?« fragte er.

»Du kannst sie doch nicht einfach hierlassen!«

»Warum nicht?« sagte er und zog die andere Braue hoch.

Ian kratzte sich geistesabwesend am Kopf, zuckte zusammen, als er die Beule berührte, die von seiner Kollision mit Jamie stammte, und hielt inne.

»Also, ich weiß nicht, Onkel Jamie«, sagte er skeptisch. »Wenn du deine Eier über einer Grube mit einer tödlichen Viper baumeln lassen willst, dann ist das ja deine Sache, aber ich kriege eine Gänsehaut bei dem Gedanken. Wie dick ist das Viech?«

»Ganz anständig, das muß ich zugeben.« Jamie winkelte sein Handgelenk an und zeigte ihm zum Vergleich seinen Unterarm.

»Iih!« sagte Ian.

»Du weißt nicht *mit Bestimmtheit*, ob sie nicht doch springen können«, warf ich hilfreicherweise ein.

»Aye, das stimmt.« Jamie beäugte mich zynisch. »Aber ich muß zugeben, daß der Gedanke ausreicht, um bei mir Verstopfung hervorzurufen. Und wie sollen wir sie deiner Meinung nach herausholen?«

»Ich könnte sie mit deiner Pistole erschießen«, bot Ian an, und sein Gesicht erhellte sich bei der Vorstellung, Jamies wie einen Schatz gehütete Pistolen in die Finger zu bekommen. »Wir brauchen sie nicht herauszuholen, wenn wir sie umbringen können.«

»Kann man sie... äh... sehen?« fragte ich vorsichtig.

Jamie rieb sich skeptisch das Kinn. Er hatte sich noch nicht rasiert, und sein Daumen kratzte über die dunkelroten Stoppeln.

»Nicht sehr gut. Es sind nur ein paar Zentimeter Jauche in der Grube, aber ich glaube nicht, daß man sie so gut sehen kann, daß es zum Zielen reicht, und ich würde ungern den Schuß verschwenden.«

»Wir könnten die gesammelten Hansens zum Abendessen einladen, sie mit Bier abfüllen und die Schlange ertränken«, schlug ich im Scherz vor – die Hansens waren eine vielköpfige Quäkerfamilie, die in der Nähe lebte.

Ian explodierte vor Lachen. Jamie warf mir einen gestrengen Blick zu und wandte sich zum Wald.

»Ich lasse mir schon etwas einfallen«, sagte er. »Wenn ich gefrühstückt habe.«

Das Frühstück war zum Glück kein großes Problem, da die Hennen mich freundlicherweise mit neun Eiern ausgestattet hatten und das Brot zu meiner Zufriedenheit aufgegangen war. Die Butter war immer noch an der Rückseite der Vorratskammer eingekerkert, wo sie von der Sau, die gerade geferkelt hatte, übelgelaunt bewacht wurde. Doch es war Ian gelungen, sich hineinzulehnen und sich ein Töpfchen Marmelade zu schnappen, während ich mit einem Besen danebenstand, den ich der Sau jedesmal zwischen die knirschenden Kiefer stieß, wenn sie einen ihrer kurzen, pfeilschnellen Angriffe auf Ians Beine startete.

»Ich muß einen neuen Besen haben«, merkte ich mit einem Blick auf die zerfetzten Überreste an, während ich die Eier auftischte. »Vielleicht gehe ich heute morgen zu dem Weidenhain am Bach.«

»Mmpfm.« Jamie streckte eine Hand aus und tastete geistesabwesend auf der Suche nach dem Brotteller auf dem Tisch herum. Seine ganze Aufmerksamkeit konzentrierte sich auf das Buch, in dem er las, Bricknells *Naturgeschichte North Carolinas*.

»Hier ist es ja«, sagte er. »Ich wußte doch, daß ich einen Absatz über Klapperschlangen gesehen hatte.« Er fand das Brot, nahm sich ein Stück und schob sich damit einen herzhaften Bissen Rührei in den Mund. Nachdem er sich diesen einverleibt hatte, las er laut vor. Dabei hielt er das Buch in der einen Hand, während er mit der anderen weiter auf dem Tisch herumsuchte.

»›Die Indianer ziehen den Schlangen oft die Zähne, so daß sie hinterher kein Unheil mehr anrichten können, indem sie ein Stück roten Wollstoff an das Ende eines langen, hohlen Stockes binden und damit die Schlange zum Beißen reizen, es dann plötzlich von ihr wegziehen, wobei die Zähne in dem Stoff hängenbleiben und von allen Anwesenden gut gesehen werden können.‹«

»Haben wir roten Stoff, Tante Claire?« fragte Ian, während er seine eigene Portion Ei mit Zichorienkaffee hinunterspülte.

Ich schüttelte den Kopf und spießte das letzte Würstchen auf, bevor Jamies suchende Hand es erreichte.

»Blau, grün, gelb, grau, weiß und braun. Kein Rot.«

»Das ist aber ein praktisches Buch, Onkel Jamie«, sagte Ian anerkennend. »Steht da noch mehr über die Schlangen?« Er blickte hungrig über die Tischoberfläche und suchte nach etwas Eßbarem. Ich griff kommentarlos in den Geschirrschrank und zog einen Teller Muffins hervor, den ich vor ihn hinstellte. Er seufzte glücklich und stürzte sich darauf, während Jamie umblätterte.

»Also, hier steht noch etwas darüber, wie Klapperschlangen Eichhörnchen oder Kaninchen bezirzen.« Jamie faßte seinen Teller an, fand aber nur eine leere Oberfläche. Ich schob die Muffins in seine Richtung.

»›Es ist überraschend zu beobachten, wie diese Schlangen Eichhörnchen, Kaninchen, Rebhühner und viele andere, kleine Tiere und Vögel anlocken, die sie hurtig verschlingen. Die Anziehungskraft ist so stark, daß man sehen kann, wie das Eichhörnchen oder Rebhuhn (sobald es die Schlange erspäht hat) von Ast zu Ast hüpft oder fliegt, bis es ihr schließlich direkt ins Maul rennt oder springt, denn es hat nicht die Kraft, seinem Feind auszuweichen, der sich niemals aus seiner Position oder Spirale regt, bis er seine Beute errungen hat.‹«

Auf ihrer blinden Suche nach Nahrung stieß seine Hand auf die Muffins. Er griff zu und blickte zu mir auf. »Ich will verdammt sein, wenn ich das jemals selbst gesehen habe. Meinst du, es stimmt?«

»Nein«, sagte ich und schob mir die Locken aus der Stirn. »Hat dieses Buch irgendwelche hilfreichen Vorschläge für den Umgang mit gemeingefährlichen Schweinen anzubieten?«

Er schwenkte geistesabwesend die Reste seines Muffins.

»Keine Sorge«, murmelte er. »Mit dem Schwein komme ich schon zurecht.« Er hob die Augen gerade lange genug von seinem Buch, um seinen Blick über den Tisch und das leere Geschirr schweifen zu lassen. »Haben wir keine Eier mehr?«

»Doch, aber die bringe ich unserem Gast in den Maisspeicher.« Ich legte noch zwei Scheiben Brot in den kleinen Korb, den ich gerade packte, und nahm die Flasche mit der Infusion, die ich über Nacht hatte ziehen lassen. Die Brühe aus Goldrute, Melisse und wilder Bergamotte war schwärzlich grün und roch nach verbrannten Feldern, aber vielleicht half sie ja. Sie konnte zumindest nicht schaden. Einem Impuls folgend, ergriff ich das Amulett aus zusammengebundenen Federn, das die alte Nayawenne mir gegeben hatte; vielleicht würde es den Kranken beruhigen. Genau wie die Arznei konnte es zumindest nicht schaden.

Unser unerwarteter Gast war ein Fremder; ein Tuscarora aus einem

Dorf im Norden. Er war vor einigen Tagen mit einer Gruppe von Jägern aus Anna Ooka, die einem Bären folgte, auf den Hof gekommen.

Wir hatten ihnen Essen und Trinken angeboten – einige der Jäger waren Ians Freunde –, doch im Verlauf der Mahlzeit war mir aufgefallen, daß dieser Mann mit glasigen Augen in seine Tasse stierte. Bei näherer Betrachtung hatte sich herausgestellt, daß er an etwas litt, was meiner Überzeugung nach die Masern waren, in dieser Zeit eine besorgniserregende Krankheit.

Er hatte darauf bestanden, gemeinsam mit seinen Begleitern aufzubrechen, doch ein paar Stunden später hatten zwei von ihnen ihn stolpernd und delirierend zurückgebracht.

Er war eindeutig – und alarmierenderweise – ansteckend. Ich hatte ihm ein bequemes Bett in unserem neugebauten und zur Zeit noch leeren Maisspeicher gemacht und seine Begleiter gezwungen, sich im Bach zu waschen, eine Prozedur, die sie offensichtlich unsinnig fanden, der sie sich jedoch mir zuliebe fügten, bevor sie aufbrachen und ihren Kameraden in meiner Obhut zurückließen.

Der Indianer lag auf der Seite, unter seiner Decke zusammengerollt. Er drehte sich nicht um, um mich anzusehen, obwohl er meine Schritte auf dem Weg gehört haben mußte. Ich konnte ihn jedenfalls hören; kein Bedarf für mein improvisiertes Stethoskop – das Rasseln in seiner Lunge war aus sechs Schritten Entfernung deutlich zu hören.

»*Comment ça va?*« fragte ich und kniete mich neben ihn. Er antwortete nicht; doch es war sowieso überflüssig. Ich brauchte nur das rasselnde Keuchen zu hören, um eine Lungenentzündung zu diagnostizieren, und sein Aussehen bestätigte dies nur – seine Augen waren eingesunken und glanzlos, die Gesichtsmuskeln eingefallen, bis auf die Knochen von heftig flammendem Fieber verzehrt.

Ich versuchte, ihn zum Essen zu bewegen – er brauchte unbedingt Nahrung –, doch er machte sich nicht einmal die Mühe, sein Gesicht abzuwenden. Die Wasserflasche neben ihm war leer; ich hatte ihm mehr mitgebracht, gab es ihm aber nicht sofort, weil ich hoffte, er würde vielleicht aus Durst die Infusion trinken.

Er nahm ein paar Schlucke, hörte dann aber auf zu schlucken und ließ sich die grünlich-schwarze Flüssigkeit nur noch aus den Mundwinkeln laufen. Ich versuchte, ihm auf Französisch zuzureden, doch es nützte nichts; er zeigte mir nicht einmal, daß er meine Anwesenheit wahrnahm, sondern starrte nur über meine Schulter hinweg in den Morgenhimmel.

Sein abgemagerter Körper fiel vor Verzweiflung zusammen; es war deutlich, daß er sich im Stich gelassen fühlte, zum Sterben in den

Händen von Fremden zurückgelassen. Ich verspürte eine nagende Angst, daß er recht haben könnte – er *würde* mit Sicherheit sterben, wenn er nichts zu sich nahm.

Immerhin nahm er Wasser. Er trank durstig, leerte die Flasche, und ich ging zum Bach, um sie noch einmal zu füllen. Als ich zurückkehrte, holte ich das Amulett aus meinem Korb und hielt es ihm vor das Gesicht. Ich glaubte, Überraschung hinter seinen halbgeschlossenen Lidern aufflackern zu sehen – nichts, was so stark war, daß ich es Hoffnung nennen würde, doch er nahm immerhin zum ersten Mal bewußt von mir Notiz.

Einer Eingebung folgend sank ich langsam auf meine Knie. Ich hatte keine Ahnung, welche Zeremonie in einem solchen Fall zur Anwendung kam, doch ich war schon lange genug Ärztin, um zu wissen, daß die Kraft der Suggestion zwar kein Antibiotikum ersetzen konnte, daß sie aber mit Sicherheit besser war als gar nichts.

Ich hielt das Amulett aus Rabenfedern hoch, wandte mein Gesicht zum Himmel und intonierte feierlich den sonorsten Text, der mir einfiel – zufällig war es ein von Dr. Rawlings in Latein verfaßtes Rezept zur Behandlung von Syphilis.

Ich goß mir etwas Lavendelöl in die Hand, tauchte die Feder hinein und salbte ihm Hals und Schläfen, während ich mit tiefer, geheimnisvoller Stimme »Rolling Home« sang. Vielleicht half es ja gegen die Kopfschmerzen. Seine Augen folgten den Bewegungen der Feder; ich kam mir vor wie eine Klapperschlange, die zur Spirale gewunden ein Eichhörnchen beschwört und darauf wartet, daß es ihr in den Schlund rennt.

Ich hob seine Hand auf, legte ihm das ölbetropfte Amulett auf die Handfläche und schloß seine Finger darum. Dann nahm ich das mit Menthol versetzte Bärenfett und malte ihm mystische Muster auf die Brust, wobei ich darauf achtete, es mit den Daumenballen fest einzureiben. Der Geruch reinigte *mir* die Stirnhöhlen; ich konnte nur hoffen, daß er die zähe Verschleimung meines Patienten löste.

Ich beendete mein Ritual, indem ich die Flasche mit der Infusion feierlich mit den Worten »*In nomine Patri, et Filii, et Spiritu Sancti, Amen.*« segnete und sie dem Patienten an die Lippen hielt. Mit leicht hypnotisiertem Gesichtsausdruck öffnete er den Mund und trank gehorsam den Rest.

Ich zog ihm die Decke über die Schultern, stellte das mitgebrachte Essen neben ihn und ließ ihn allein. Ich hatte neue Hoffnung geschöpft und kam mir gleichzeitig vor wie eine Hochstaplerin.

Ich ging langsam am Bach entlang und hielt wie immer nach brauchbaren Dingen Ausschau. Es war zu früh im Jahr für die meisten Heilkräuter; eine Pflanze diente um so besser als Arznei, je älter und widerstandsfähiger sie war; mehrere im Kampf gegen Insekten verbrachte Jahreszeiten garantierten eine höhere Konzentration der aktiven Wirkstoffe in ihren Wurzeln und Stengeln.

Außerdem waren es bei den meisten Pflanzen die Blüten, Früchte oder Samen, die eine nützliche Substanz freigaben. Ich hatte zwar an einigen Stellen Schöllkraut und Lobelien im Schlamm am Wegrand erspäht, doch sie hatten schon lange ihre Samen vestreut. Ich merkte mir die Fundstellen sorgfältig für später und setzte meine Jagd fort.

Es gab Brunnenkresse im Überfluß; sie trieb an vielen Stellen zwischen den Felsen am Rand des Baches, und eine ausgedehnte Matte der würzigen, dunkelgrünen Blätter lag verführerisch genau vor mir. Und was für ein schönes Schilfdickicht, dessen Kolben sich da aneinanderrieben! Ich war barfuß hergekommen, weil ich wußte, daß ich über kurz oder lang sowieso im Wasser waten würde; ich raffte meine Röcke hoch und begab mich vorsichtig in den Bach, ein Messer in der Hand und den Korb über dem Arm, den Atem vor Eiseskälte angehalten.

Meine Füße verloren innerhalb von Sekunden jedes Gefühl – doch ich störte mich nicht daran. Ich vergaß die Schlange im Abort, das Schwein in der Vorratskammer und den Indianer im Maisspeicher völlig, so nahmen mich das Wasser, das an meinen Beinen vorbeirauschte, die feuchte, kalte Berührung der Pflanzenstengel und der Duft der aromatischen Blätter gefangen.

Libellen hingen über den von der Sonne beschienenen Untiefen, und Elritzen schossen auf der Jagd nach unsichtbaren Mücken an mir vorbei. Irgendwo weiter flußaufwärts rief ein Eisvogel mit lautem, trockenen Rasseln, doch er war hinter größeren Beutetieren her. Die Elritzen stoben bei meinem Eindringen auseinander, schwärmten dann aber wieder zurück, grau und silbern, grün und golden, schwarz mit weißer Zeichnung, so unwirklich wie die Schatten des Laubes vom vergangenen Jahr. Brown'sche Molekularbewegungen, dachte ich, während ich zusah, wie kleine Lehmwolken aufstiegen, um meine Knöchel wirbelten und die Fische einnebelten.

Alles in ständiger Bewegung, bis hin zum kleinsten Molekül – und inmitten der Bewegung der paradoxe Eindruck des Stillstandes, das Chaos im Kleinen wich der Illusion einer größeren, allgemeinen Ordnung.

Ich bewegte mich ebenfalls, nahm teil am leuchtenden Tanz des

Baches, spürte, wie sich Licht und Schatten auf meinen Schultern abwechselten, während meine Zehen auf den schlüpfrigen, kaum sichtbaren Felsen Halt suchten. Meine Hände und Füße waren taub vom Wasser; ich fühlte mich, als bestünde ein Teil von mir aus Holz und wäre dennoch zutiefst lebendig, wie die Silberbirke, die über mir aufleuchtete, oder die Weiden, deren feuchte Blätter in den Teich hingen.

Vielleicht entstanden so die Legenden von grünen Männern und die Mythen von verwandelten Nymphen, dachte ich; nicht, wenn ein Baum lebendig wurde, und auch nicht, wenn sich eine Frau in Holz verwandelte – sondern wenn ein warmer Menschenkörper in die kälteren Sinneswahrnehmungen der Pflanzen eintauchte und sich so weit abkühlte, daß sich sein Bewußtsein verlangsamte.

Ich spürte mein Herz langsam schlagen, und das Blut pochte halb schmerzhaft in meinen Fingern. Aufsteigende Säfte. Ich bewegte mich mit den Rhythmen von Wasser und Wind, ohne Hast oder bewußte Gedanken, Teil der langsamen und perfekten Ordnung des Universums.

Ich hatte die Sache mit dem Chaos im Kleinen ganz vergessen.

Gerade, als ich die Flußbiegung mit den Weiden erreichte, erscholl jenseits der Bäume ein lautes Kreischen. Ich hatte schon ähnliche Laute von einer Vielzahl von Tieren gehört, von Leoparden bis hin zu jagenden Adlern, doch ich erkannte eine menschliche Stimme, wenn ich sie hörte.

Ich stolperte aus dem Bach und schob mich durch das Gewirr der Zweige. Dann brach ich zu der freien Stelle durch. Ein Junge tanzte am Ufer herum, klatschte wie verrückt auf seine Beine und heulte, während er hin und her hüpfte.

»Was –?« begann ich, und er blickte zu mir auf, die blauen Augen aufgerissen, erschrocken über mein plötzliches Auftauchen.

Er war nicht annähernd so erschrocken wie ich. Er war elf oder zwölf; hochgewachsen und dünn wie ein Kiefernschößling mit einem zerzausten, kastanienbraunen Lockenkopf.

Schräggestellte, blaue Augen starrten mich zu beiden Seiten eines messerscharfen Nasenrückens an; sie waren mir so vertraut wie mein eigener Handrücken, obwohl ich wußte, daß ich dieses Kind noch nie gesehen hatte.

Mein Herz schlug irgendwo in der Gegend meiner Mandeln, und die Kälte war mir von den Zehen in die Magengrube gefahren. Da ich dazu ausgebildet war, auch im Fall eines Schocks zu handeln, brachte ich es fertig, auch den Rest seiner Erscheinung zu betrachten – Hemd und Kniehosen von guter Qualität, wenn auch mit Wasser bespritzt, und lange, bleiche Schienbeine, auf denen schwarze Kleckse wie Schlamm klebten.

»Blutegel«, sagte ich, während sich aus purer Gewohnheit die professionelle Ruhe über meinen persönlichen Tumult senkte. *Es kann doch nicht sein*, sagte ich mir, während ich doch gleichzeitig wußte, daß es verdammt noch mal so *war*. »Es sind nur Blutegel. Sie tun dir nichts.«

»Ich weiß, was das ist!« sagte er. »Nehmt sie weg!« Er wischte über seinen Unterschenkel und schauderte vor Ekel. »Sie sind widerlich.«

»Oh, aber nicht sehr«, sagte ich, während ich die Kontrolle über mich zurückgewann. »Manchmal sind sie sogar nützlich.«

»Das interessiert mich nicht!« bellte er und stampfte frustriert mit dem Fuß auf. »Ich finde sie ekelhaft, nehmt sie weg!«

»Na, dann hör auf, nach ihnen zu schlagen«, sagte ich scharf. »Setz dich hin, und ich kümmere mich darum.«

Er zögerte und starrte mich argwöhnisch an, setzte sich dann aber auf einen Felsen und streckte seine mit Egeln bedeckten Beine vor sich aus.

»Nehmt sie *sofort* weg!« forderte er.

»Immer mit der Ruhe«, sagte ich. »Wo kommst du her?«

Er musterte mich verständnislos.

»Du wohnst nicht hier in der Nähe«, sagte ich, denn ich war mir meiner Sache völlig sicher. »Wo kommst du her?«

Er riß sich mit sichtlicher Anstrengung zusammen.

»Äh... wir haben in einem Ort namens Salem geschlafen, vor drei Tagen. Das ist die letzte Stadt gewesen, die ich gesehen habe.« Er schüttelte heftig die Beine. »Nehmt sie weg, habe ich gesagt.«

Es gab diverse Möglichkeiten, Blutegel zu entfernen, und die meisten verursachten größere Schäden als die Egel selbst. Ich sah es mir an; er hatte vier an einem Bein kleben und drei am anderen. Eins der fetten, kleinen Biester war schon fast bis zum Anschlag vollgesogen, es war rund geworden und so angespannt, daß es glänzte. Ich schob ihm meinen Daumennagel unter den Kopf, und er löste sich und fiel mir in die Hand, rund wie ein Kiesel und schwer vor Blut.

Der Junge starrte ihn an, blaß unter seiner Sonnenbräune, und schauderte.

»Wir wollen ihn nicht verschwenden,« sagte ich beiläufig und machte mich auf, um den Korb zu holen, den ich unter den Zweigen liegengelassen hatte, als ich mich zwischen den Bäumen durchschob.

Nicht weit weg sah ich seinen Rock auf dem Boden liegen und dazu die abgelegten Schuhe und Strümpfe. Schlichte Schnallen an den

Schuhen, aber aus Silber, nicht aus Zinn. Guter Stoff, nicht prahlerisch, aber mit etwas mehr Stil geschnitten, als es nördlich von Charleston an der Tagesordnung war. Ich hatte nicht wirklich der Bestätigung bedurft, doch hier war sie.

Ich schöpfte eine Handvoll Schlamm, drückte den Blutegel sanft hinein und wickelte den klebrigen Klumpen in feuchte Blätter. Erst jetzt bemerkte ich, daß meine Hände zitterten. Der Idiot! Der verlogene, niederträchtige, berechnende... Was zum *Teufel* hatte ihn getrieben, hierher zu kommen? Und, Gott, was würde Jamie tun?

Ich kehrte zu dem Jungen zurück, der sich vornübergebeugt hatte und die verbliebenen Blutegel angewidert anblickte. Der nächste war kurz vor dem Abfallen, und als ich mich vor ihn kniete, fiel der Egel herunter und federte sachte auf dem feuchten Boden nach.

»Au!« sagte der Junge.

»Wo ist dein Stiefvater?« fragte ich abrupt. Es gab nicht viel, das ihn von seinen Beinen hätte ablenken können, doch diese Frage schaffte es. Sein Kopf fuhr hoch, und er starrte mich erstaunt an.

Es war ein kühler Tag, doch in seinem Gesicht glänzten kleine Schweißperlen. Es hatte schmalere Wangen und Schläfen, dachte ich, und einen ganz anderen Mund; vielleicht war die Ähnlichkeit doch nicht so ausgeprägt, wie ich dachte.

»Woher kennt Ihr mich?« fragte er und richtete sich mit einer überlegenen Ausstrahlung auf, die unter anderen Umständen extrem komisch gewirkt hätte.

»Alles, was ich von dir weiß, ist, daß dein Name William ist. Habe ich recht?« Meine Hände ballten sich an meinen Seiten, und ich hoffte, daß ich nicht recht hatte. Wenn er William *war*, dann war das nicht alles, was ich über ihn wußte, aber für den Anfang reichte es.

Seine Wangen liefen dunkelrot an, und sein Blick wanderte suchend über mich. Sein Augenmerk war vorübergehend von den Blutegeln abgelenkt, weil er in so vertrautem Tonfall von einer Frau angesprochen wurde, die ihm – wie ich plötzlich begriff – mit ihren über die Oberschenkel hochgezogenen Röcken wie eine zerzauste Kräuterhexe vorkommen mußte. Entweder hatte er gute Manieren, oder die Tatsache, daß mein Tonfall nicht zu meiner Erscheinung paßte, mahnte ihn zur Vorsicht, denn er schluckte die spontane Erwiderung herunter, die ihm auf den Lippen lag.

»Ja, das stimmt«, sagte er statt dessen kurz angebunden. »William, Vicomte Ashness, neunter Graf von Ellesmere.«

»Das alles?« sagte ich höflich. »Du meine Güte.« Ich ergriff einen der Blutegel mit Daumen und Zeigefinger und zog sanft daran. Er dehnte sich wie ein dickes Gummiband, weigerte sich aber loszulassen. Die blasse Haut des Jungen wurde ebenfalls nach vorn gezogen, und er machte ein leises Würgegeräusch.

»Aufhören!« sagte er. »Er zerreißt, Ihr zerreißt ihn!«

»Könnte passieren«, gab ich zu. Ich stand auf, schüttelte meine Röcke zu Boden und riß mich zusammen.

»Komm mit«, sagte ich und streckte ihm die Hand hin. »Ich nehme dich mit zum Haus. Wenn ich ein bißchen Salz auf sie streue, fallen sie sofort ab.«

Er wies die Hand zurück, erhob sich aber, wenn auch etwas wackelig. Er sah sich um, als suchte er jemanden.

»Papa«, erklärte er, als er mein Gesicht sah. »Wir haben uns verirrt, und er hat mir gesagt, ich sollte am Bach warten, während er herausfindet, wie es weitergeht. Ich hätte nicht gern, daß er einen Schrecken bekommt, wenn ich bei seiner Rückkehr nicht hier bin.«

»Ich würde mir keine Sorgen machen«, sagte ich. »Ich schätze, er hat das Haus inzwischen allein gefunden; es ist nicht weit.« Eine sichere Prognose, da es weit und breit das einzige Haus war und am Ende eines ausgetretenen Pfades lag. Lord John hatte den Jungen eindeutig zurückgelassen, um selbst vorzugehen, Jamie zu suchen – und ihn vorzuwarnen. Sehr umsichtig. Meine Lippen spannten sich unwillkürlich an.

»Wohnen da die Frasers?« fragte der Junge. Er machte einen vorsichtigen Schritt mit gespreizten Beinen, so daß sie nicht aneinanderrieben. »Wir waren gekommen, um einen James Fraser zu besuchen.«

»Ich bin Mrs. Fraser«, sagte ich und lächelte ihn an. *Deine Stiefmutter*, hätte ich hinzufügen können – doch ich unterließ es. »Komm.«

Er folgte mir durch die dicht stehenden Bäume zum Haus und trat mir in seiner Hast fast auf die Fersen. Ich stolperte wieder und wieder über Baumwurzeln und halbvergrabene Steine. Ich achtete nicht darauf, wohin ich trat, denn ich bekämpfte das überwältigende Bedürfnis, mich umzudrehen und ihn anzustarren. Wenn William, Vicomte Ashness, neunter Graf von Ellesmere, auch vielleicht nicht die allerletzte Person war, die ich jemals in den abgelegenen Wäldern North Carolinas erwartet hätte, so war er doch sicherlich die vorletzte – es war wohl noch etwas weniger wahrscheinlich, daß König George vor meiner Haustür auftauchte.

Was hatte er sich nur gedacht, dieser... dieser... ich kramte in meinem Gedächtnis und versuchte, mich für eine von mehreren diskreditierenden Bezeichnungen für Lord John Grey zu entscheiden, gab dann aber meine Anstrengungen auf, um mir statt dessen zu überlegen, was um Himmels willen ich tun sollte. Dann gab ich das ebenfalls auf; es gab nichts, was ich tun *konnte*.

William, Vicomte Ashness, neunter Graf von Ellesmere. Oder jedenfalls dachte er, daß er das war. *Und was genau gedenkt Ihr zu tun*, wandte ich mich still und brutal in Gedanken an Lord John Grey, *wenn er herausfindet, daß er in Wirklichkeit der uneheliche Sohn eines begnadigten schottischen Verbrechers ist? Und was noch viel wichtiger ist – was wird der schottische Verbrecher tun? Oder empfinden?*

Ich blieb stehen und brachte den Jungen zum Stolpern, als er versuchte, den Zusammenstoß mit mir zu vermeiden.

»Entschuldigung«, murmelte ich. »Dachte, ich hätte eine Schlange gesehen.« Ich ging weiter, während der Gedanke, der mich zum Stehen gebracht hatte, mir immer noch die Eingeweide verknotete wie unreife Äpfel. War es möglich, daß Lord John den Jungen mit Absicht hierhergebracht hatte, um seine Abstammung zu enthüllen? Hatte er vor, ihn hierzulassen, bei Jamie – bei uns?

So erschreckend ich diesen Gedanken fand, konnte ich ihn doch nicht mit dem Mann in Verbindung bringen, den ich in Jamaica kennengelernt hatte. Ich mochte gute Gründe haben, John Grey nicht zu mögen – es ist schließlich immer etwas schwierig, gegenüber einem Mann mit einer erklärten homosexuellen Leidenschaft für den eigenen Ehemann wohlmeinende Wärme zu empfinden –, doch ich mußte zugeben, daß ich keine Spur von Rücksichtslosigkeit oder Grausamkeit in seinem Charakter gefunden hatte. Im Gegenteil, ich hatte den Eindruck gehabt, daß er ein einfühlsamer, großherziger und ehrenhafter Mann war – zumindest, bis ich von seinen Gefühlsregungen gegenüber Jamie erfuhr.

Konnte es sein, daß etwas vorgefallen war? Eine Bedrohung für den Jungen, die Lord John um seine Sicherheit bangen ließ? Es konnte doch wohl niemand die Wahrheit über William herausgefunden haben – niemand kannte sie, außer Lord John und Jamie. Und ich natürlich, fügte ich nachträglich hinzu. Ohne die offenkundige Ähnlichkeit – ich unterdrückte erneut den Drang, mich umzudrehen und ihn anzustarren – gab es keinen Grund, warum jemand Lunte riechen sollte.

Doch wenn man sie Seite an Seite sah – nun, ich *würde* sie in Kürze

Seite an Seite sehen. Der Gedanke verursachte mir ein seltsames, hohles Gefühl unter dem Brustbein, halb Furcht und halb Vorfreude. War sie wirklich so stark wie ich dachte, die Ähnlichkeit?

Ich machte absichtlich einen kleinen Umweg durch ein niedriges Hartriegelgebüsch, um eine Ausrede zu haben, mich umzudrehen und auf ihn zu warten. Er kam hinter mir her und bückte sich umständlich, um den Schuh mit der Silberschnalle aufzuheben, der ihm hingefallen war.

Nein, dachte ich und beobachtete ihn unauffällig, als er sich aufrichtete, das Gesicht vom Bücken errötet. Sie war nicht so stark, wie ich zuerst gedacht hatte. Jamies Knochenbau war angedeutet, doch es war noch nicht alles da – er hatte die Umrisse, doch ihm fehlte noch die Substanz. Er würde sehr groß werden – das war eindeutig –, aber zur Zeit hatte er ungefähr meine Größe, schlaksig und dünn, mit sehr langen Gliedmaßen, die so schlank waren, daß sie fast zart erschienen.

Außerdem war er viel dunkler als Jamie; sein Haar schimmerte zwar rot in den Sonnenstrahlen, die durch die Zweige fielen, doch es war von einem dunklen Kastanienrot, ganz und gar nicht wie Jamies helles Rotgold, und seine Haut hatte sich in der Sonne zu einem weichen Goldbraun verfärbt, anders als Jamies halbverbrannter Bronzeton.

Doch er hatte die schrägstehenden Katzenaugen der Frasers, und irgend etwas an der Haltung seines Kopfes, der Neigung seiner schmalen Schultern erinnerte mich an –

Brianna. Es traf mich mit einem leichten Schock, wie ein elektrischer Funke. Er ähnelte Jamie sehr, doch es waren meine Erinnerungen an Brianna gewesen, die den spontanen Wiedererkennungseffekt bewirkt hatten, als ich ihn sah. Er war nur zehn Jahre jünger als sie, und mit seinen kindlichen Konturen ähnelte sein Gesicht dem ihren viel mehr als Jamies.

Er war stehengeblieben, um eine lange Haarsträhne aus einem widerspenstigen Hartriegelzweig zu befreien; jetzt holte er mich ein, eine Augenbraue fragend hochgezogen.

»Ist es noch weit?« fragte er. Durch die Anstrengung beim Gehen war die Farbe in sein Gesicht zurückgekehrt, doch er sah immer noch ein bißchen kränklich aus und hielt den Blick von seinen Beinen abgewandt.

»Nein«, sagte ich. Ich deutete auf den Kastanienhain. »Da drüben. Da; du kannst den Rauch aus dem Schornstein sehen.«

Er wartete nicht darauf, daß ich ihn hinführte, sondern machte sich verbissen auf den Weg, so brannte er darauf, die Blutegel loszuwerden.

Ich folgte ihm rasch, denn ich wollte nicht, daß er vor mir am Blockhaus ankam. Ich war einer Mischung der beunruhigendsten Gefühle ausgesetzt; zuallererst bangte ich um Jamie, etwas danach kam Wut über Lord John Grey. Dann immense Neugier. Und ganz auf dem Grund, so tief, daß ich fast vorgeben konnte, daß er nicht da war, spürte ich einen scharfen Stich der Sehnsucht nach meiner Tochter, deren Gesicht ich nie wiederzusehen erwartet hatte.

Jamie und Lord John saßen auf der Bank neben der Tür; beim Klang unserer Schritte erhob sich Jamie und blickte zum Wald. Er hatte Zeit gehabt, sich vorzubereiten; sein Blick schweifte beiläufig über den Jungen, während er sich an mich wandte.

»Oh, Claire. Du hast also unseren anderen Besucher gefunden. Ich hatte Ian losgeschickt, um dich zu suchen. Ich nehme an, du erinnerst dich an Lord John?«

»Wie könnte ich ihn vergessen?« sagte ich und schenkte Seiner Lordschaft ein besonders strahlendes Lächeln. Sein Mund zuckte leicht, doch er blieb ernst, als er sich tief vor mir verbeugte. Wie schaffte es ein Mann, nach mehreren Tagesritten und Nächten im Wald immer noch so makellos auszusehen?

»Euer Diener, Mrs. Fraser.« Er sah den Jungen an und runzelte leicht die Stirn über dessen halbbekleidete Erscheinung. »Darf ich Euch meinen Stiefsohn vorstellen, Lord Ellesmere? Und William, da ich sehe, daß du die Bekanntschaft unserer liebenswürdigen Gastgeberin bereits gemacht hast, würdest du auch unseren Gastgeber begrüßen, Hauptmann Fraser?«

Der Junge trat von einem Fuß auf den anderen und tanzte fast auf den Zehen. Doch als er so angesprochen wurde, verbeugte er sich ruckartig vor Jamie.

»Euer Diener, Hauptmann«, sagte er und warf mir dann einen schmerzerfüllten Blick zu. Offensichtlich konnte er an nichts anderes denken als daran, daß ihm Sekunde für Sekunde mehr Blut ausgesaugt wurde.

»Bitte entschuldigt uns«, sagte ich höflich, nahm den Jungen beim Arm, führte ihn in die Hütte und schloß unter den erstaunten Gesichtern der Männer fest die Tür. William setzte sich sofort auf den Hocker, auf den ich zeigte, und streckte zitternd die Beine aus.

»Schnell!« sagte er. »Oh, bitte, bitte, schnell!«

Es gab kein gemahlenes Salz; ich ergriff mein Wurzelmesser und spaltete in rücksichtsloser Hast ein Stück vom Block ab, warf es in meinen Mörser und zertrümmerte es mit ein paar schnellen Schlägen des Stößels in Klümpchen. Ich zerbröselte die Körner zwischen meinen Fingern und bestreute die Blutegel dick mit Salz.

»Nicht sehr angenehm für die armen Blutegel«, sagte ich, als ich sah, wie sich das erste Tier langsam zu einer Kugel zusammenrollte. »Aber es funktioniert.« Der Blutegel ließ los und purzelte von Williams Bein, auf ähnliche Weise von seinen Kameraden gefolgt, die sich in Zeitlupe schmerzerfüllt auf dem Boden wanden.

Ich sammelte die Tierchen auf und warf sie in das Feuer. Dann kniete ich mich vor ihn und hielt taktvoll den Kopf gesenkt, während er sein Gesicht unter Kontrolle brachte.

»Komm, ich kümmere mich um die Bißstellen.« Blut lief ihm in kleinen Rinnsalen über die Beine; ich betupfte sie mit einem sauberen Tuch und wusch die Wunden dann mit Essig und Johanniskraut aus, um die Blutung zu stoppen.

Er gab einen tiefen, bebenden Seufzer der Erleichterung von sich, als ich seine Schienbeine abtrocknete. »Eigentlich habe ich keine Angst vor – vor Blut«, sagte er in einem tapferen Tonfall, der es deutlich machte, daß er genau davor Angst hatte. »Aber sie sind so scheußliche Kreaturen.«

»Eklige kleine Biester«, pflichtete ich ihm bei. Ich stand auf, nahm ein sauberes Tuch, tauchte es ins Wasser und wusch ihm ganz selbstverständlich das Gesicht. Ohne ihn zu fragen, ergriff ich dann meine Bürste und kämmte ihm die Knoten aus den Haaren.

Er machte ein völlig verblüfftes Gesicht, als ich so vertraut mit ihm umging, doch eine anfängliche Versteifung seiner Wirbelsäule war sein einziger Einwand, und als ich begann, ihm das Haar zu frisieren, seufzte er erneut leise und ließ seine Schultern ein wenig vornüberfallen.

Seine Haut strahlte eine angenehme, lebendige Wärme aus, und meine Finger, immer noch kühl vom Bach, erwärmten sich behaglich, als ich die weichen Strähnen seines seidigen Kastanienhaars glättete. Es war sehr dicht und leicht gewellt. Er hatte einen Wirbel auf dem Kopf, ein sanfter Strudel, der mir ein leichtes Schwindelgefühl verursachte; Jamie hatte den gleichen Wirbel an der gleichen Stelle.

»Ich habe mein Haarband verloren«, sagte er und blickte sich unbestimmt um, als könnte ein solches aus dem Brotkasten oder dem Tintenfaß auftauchen.

»Das macht nichts; ich leihe dir eins.« Ich flocht sein Haar zu Ende und band es mit einem Stückchen gelbem Band zusammen. Dabei empfand ich einen seltsamen Beschützerinstinkt.

Ich hatte erst vor ein paar Jahren von seiner Existenz erfahren, und wenn ich in der Zwischenzeit überhaupt an ihn gedacht hatte, dann hatte ich höchstens leichte Neugier gespürt, vermischt mit Ablehnung. Doch jetzt hatte etwas – vielleicht seine Ähnlichkeit mit meinem eigenen Kind, seine Ähnlichkeit mit Jamie, oder die schlichte Tatsache, daß ich mich irgendwie um ihn gekümmert hatte – bei mir ein seltsames Gefühl beinahe besitzergreifender Besorgnis für ihn geweckt.

Ich hörte das Gemurmel der Stimmen vor der Tür; das Geräusch unvermittelten Gelächters, und meine Verärgerung über John Grey kehrte mit einem Schlag zurück. Wie konnte er es wagen, Jamie und William so in Gefahr zu bringen – und wozu? Warum war der verdammte Kerl *hier*, in der Wildnis, die für einen Mann wie ihn so unpassend war wie –

Die Tür ging auf und Jamie steckte den Kopf herein.

»Alles in Ordnung hier?« fragte er. Seine Augen ruhten auf dem Jungen, und sein Gesicht trug einen Ausdruck höflicher Besorgnis, doch ich sah seine Hand, die zusammengeballt auf dem Türrahmen ruhte, und die Linie der Anspannung, die sich von seinen Beinen bis zu seinen Schultern zog. Er war gespannt wie ein Flitzebogen; hätte ich ihn berührt, hätte er ein Geräusch wie eine Saite gemacht.

»Völlig in Ordnung«, sagte ich freundlich. »Meinst du, Lord John möchte eine Erfrischung zu sich nehmen?«

Ich setzte den Kessel mit Teewasser auf und holte – mit einem kleinen Seufzer – meinen letzten Brotlaib hervor, den ich eigentlich für die nächste Runde meiner Penizillinexperimente hatte benutzen wollen. Da ich das Gefühl hatte, daß es durch den vorliegenden Notfall gerechtfertigt war, holte ich auch die letzte Flasche Brandy heraus. Dann stellte ich den Marmeladentopf auf den Tisch und erklärte, daß sich die Butter zur Zeit unglücklicherweise unter der Obhut des Schweins befand.

»Schwein?« fragte William und machte ein verwirrtes Gesicht.

»In der Vorratskammer«, sagte ich und wies mit einem Nicken auf die geschlossene Tür.

»Warum haltet Ihr –«, begann er, richtete sich dann abrupt auf und schloß den Mund, da ihn offensichtlich sein Stiefvater, der liebenswürdig über seinen Becher hinweglächelte, unter dem Tisch getreten hatte.

»Es ist sehr freundlich von Euch, uns aufzunehmen, Mrs. Fraser«, lenkte Lord John ab und warf seinem Stiefsohn einen warnenden Blick zu. »Ich muß mich für unsere unerwartete Ankunft entschuldigen; ich hoffe, wir machen Euch keine allzu großen Unannehmlichkeiten.«

»Überhaupt nicht«, sagte ich und fragte mich, wo genau wir sie für die Nacht unterbringen sollten. William konnte wohl mit Ian im Schuppen schlafen; es war auch nicht schlimmer, als im Freien zu übernachten, wie er es in den vergangenen Tagen getan hatte. Doch der Gedanke, ein Bett mit Jamie zu teilen, während Lord John eine Armlänge weiter auf dem Rollbett lag...

An diesem prekären Punkt erschien Ian, der seinem üblichen Instinkt für die Mahlzeiten folgte. Er wurde der Runde vorgestellt, und das Durcheinander der Erklärungen und gegenseitigen Verbeugungen auf engstem Raum war so groß, daß die Teekanne umfiel.

Ich benutzte dieses kleine Unglück als Vorwand und schickte Ian los, um William die Sehenswürdigkeiten von Wald und Bach zu zeigen, und gab ihnen ein kleines Paket mit Marmeladenbroten und eine Flasche Cidre mit. Von ihrer störenden Gegenwart befreit, füllte ich die Becher mit Brandy, setzte mich wieder hin und fixierte Lord John mit zusammengekniffenen Augen.

»Was macht Ihr hier?« sagte ich ohne Umschweife.

Er riß seine hellblauen Augen weit auf, senkte dann seine ausgesprochen langen Wimpern und klimperte mich damit an.

»Ich bin nicht in der Absicht hergekommen, Euren Gatten zu verführen, das versichere ich Euch«, sagte er.

»John!« Jamies Faust schlug mit solcher Wucht auf den Tisch, daß die Teetassen klapperten. Seine Wangen waren dunkelrot angelaufen, und er verzog das Gesicht in verlegener Wut.

»Entschuldigung.« Im Gegensatz zu ihm war Grey blaß geworden, obwohl er ansonsten nicht sichtbar angegriffen war. Zum ersten Mal kam mir der Gedanke, daß ihn dieses Zusammentreffen möglicherweise genauso nervös machte wie Jamie.

»Entschuldigung, Ma'am«, sagte er und nickte mir höflich zu. »Das war unverzeihlich. Ich würde Euch allerdings gern darauf hinweisen, daß Ihr mich seit unserem Zusammentreffen anseht, als hättet ihr mich vor einem berüchtigten Badehaus in der Gosse gefunden.« Jetzt entflammte auch sein Gesicht in schwachem Rot.

»Tut mir leid«, hauchte ich. »Sagt nächstes Mal etwas eher Bescheid, dann bemühe ich mich um einen passenden Gesichtsausdruck.«

Er stand plötzlich auf und ging zum Fenster, wo er mit dem Rücken zum Zimmer stehenblieb, die Hände auf die Fensterbank gestützt. Es gab eine zunehmend peinliche Pause. Ich wollte Jamie nicht ansehen;

statt dessen gab ich großes Interesse an einer Flasche mit Fenchelsamen vor, die auf dem Tisch stand.

»Meine Frau ist gestorben«, sagte er abrupt. »Auf dem Schiff von England nach Jamaica. Sie war unterwegs, um dort zu mir zu stoßen.«

»Es tut mir leid, das zu hören«, sagte Jamie leise. »Und der Junge ist bei ihr gewesen?«

»Ja.« Lord John drehte sich um und lehnte sich an die Fensterbank, so daß die Frühlingssonne seinen ordentlich frisierten Kopf umrahmte und ihn mit einem leuchtenden Strahlenkranz umgab. »Willie hat… Isobel sehr nahegestanden. Sie war die einzige Mutter, die er seit seiner Geburt hatte.«

Willies wirkliche Mutter, Geneva Dunsany, war bei seiner Geburt gestorben; sein angeblicher Vater, der Graf von Ellesmere, war am selben Tag durch einen Unfall ums Leben gekommen. Soviel hatte Jamie mir bereits erzählt. Außerdem, daß Genevas Schwester Isobel sich um den verwaisten Jungen gekümmert hatte und daß Lord John Isobel geheiratet hatte, als Willie ungefähr sechs war – zu der Zeit, als Jamie aus dem Dienst der Dunsanys ausgeschieden war.

»Es tut mir sehr leid«, sagte ich aufrichtig und meinte damit nicht nur den Tod seiner Frau.

Grey blickte mich an, und der Hauch eines Nickens deutete an, daß er mich verstand.

»Meine Anstellung als Gouverneur war fast beendet; ich hatte vorgehabt, mich vielleicht auf der Insel niederzulassen, falls das Klima meiner Familie zusagte. So aber…« Er zuckte mit den Achseln.

»Willie war untröstlich über den Verlust seiner Mutter; es schien ratsam, ihn irgendwie abzulenken. Es bot sich fast augenblicklich die Gelegenheit dazu; der Besitz meiner Frau umfaßt ein großes Anwesen in Virginia, das sie William vermacht hatte. Nach ihrem Tod erreichte mich eine Anfrage des Verwalters der Plantage, der um Instruktionen bat.«

Er entfernte sich vom Fenster und kehrte langsam zum Tisch zurück, wo wir saßen.

»Ich konnte kaum entscheiden, was ich mit dem Anwesen tun sollte, ohne es gesehen zu haben und die Verhältnisse dort einschätzen zu können. Also beschloß ich, mit Willie nach Charleston zu segeln und von dort auf dem Landweg nach Virginia zu reisen. Ich vertraute drauf, daß die ungewohnte Erfahrung William von seinem Schmerz ablenken würde – und ich beobachte mit Freude, daß das gelungen zu sein scheint. Er ist in den letzten Wochen viel fröhlicher gewesen.«

Ich öffnete den Mund, um zu sagen, daß Fraser's Ridge so oder so nicht gerade an seinem Weg lag, überlegte es mir dann aber anders.

Er schien meine Gedanken zu erraten, denn er lächelte mich kurz ironisch an. Ich mußte mir in bezug auf mein Gesicht wirklich etwas einfallen lassen, dachte ich. Daß Jamie meine Gedanken las, war eine Sache und im großen und ganzen gar nicht unangenehm. Daß völlig Fremde in meiner Gedankenwelt ein und aus gingen, war etwas anderes.

»Wo ist die Plantage?« fragte Jamie mit etwas mehr Takt, hinter dem aber dieselbe Andeutung steckte.

»Die nächste irgendwie geartete Stadt heißt Lynchburg – am James River.« Lord John sah mich an, immer noch voll Ironie, doch seine gute Laune war offensichtlich wiederhergestellt. »Es war eigentlich nur ein Umweg von ein paar Tagen, hierherzukommen, trotz der Abgelegenheit Eures Horstes.«

Er wandte seine Aufmerksamkeit Jamie zu, die Stirn leicht gerunzelt.

»Ich habe Willie erzählt, daß du ein alter Bekannter aus meiner Soldatenzeit bist – ich hoffe, du hast keine Einwände gegen diese Lüge?«

Jamie schüttelte den Kopf, und sein Mundwinkel verzog sich etwas nach oben. »Lüge, wie? Ich schätze, unter den gegebenen Umständen kann ich kaum etwas dagegen haben, wie du mich nennst. Und das zumindest stimmt ja schließlich.«

»Meinst du nicht, daß er sich an dich erinnert?« fragte ich Jamie. Er war Reitknecht auf dem Anwesen von Willies Familie gewesen, als Kriegsgefangener nach dem Jakobitenaufstand.

Er zögerte, schüttelte dann aber den Kopf.

»Ich glaube nicht. Er war kaum sechs, als ich Helwater verlassen habe; das ist für so einen Jungen ein halbes Leben – und eine andere Welt. Und es gibt keinen Grund, warum er sich an einen Reitknecht namens MacKenzie erinnern, geschweige denn den Namen mit mir in Verbindung bringen sollte.«

Willie hatte Jamie nicht auf Anhieb erkannt, das war sicher, doch schließlich war er zu sehr mit den Blutegeln beschäftigt gewesen, um irgend jemand anderen zu beachten. Mir kam ein Gedanke, und ich wandte mich an Lord John, der an einer Schnupftabakdose herumnestelte, die er aus der Tasche gezogen hatte.

»Sagt mir«, sagte ich, einer plötzlichen Eingebung folgend. »Ich will Euren Schmerz nicht wieder aufwühlen – aber wißt Ihr, woran Eure Frau gestorben ist?«

»Woran?« Bei dieser Frage machte er ein erschrockenes Gesicht, riß sich aber sofort zusammen. »Sie ist an der roten Ruhr gestorben, hat ihr Dienstmädchen gesagt.« Sein Mund verzog sich etwas. »Es war... kein schöner Tod, glaube ich.« Rote Ruhr, wie? Das war die Standardbezeichnung für alles mögliche von Amöbenruhr bis hin zur Cholera.

»War ein Arzt dabei? War jemand an Bord, der sich um sie gekümmert hat?«

»Ja«, sagte er ein wenig scharf. »Worauf wollt Ihr hinaus, Ma'am?«

»Auf gar nichts«, sagte ich. »Ich habe mich nur gefragt, ob Willie vielleicht dort gesehen hat, wie jemand Blutegel benutzt hat.«

In seinem Gesicht flackerte Verständnis auf.

»Oh, ich verstehe. Ich habe nicht daran gedacht –«

An dieser Stelle bemerkte ich Ian, der sich im Eingang herumdrückte und uns offensichtlich nur ungern unterbrach, in dessen Blick jedoch ein deutliches Drängen lag.

»Wolltest du etwas, Ian?« fragte ich und unterbrach Lord John.

Er schüttelte den Kopf und ließ sein braunes Haar fliegen.

»Nein danke, Tante Claire. Es ist nur –« Er warf Jamie einen hilflosen Blick zu. »Äh, es tut mir leid, Onkel Jamie, ich weiß, daß ich nicht hätte zulassen dürfen, daß er es getan hat, aber –«

»Was?« Alarmiert von Ians Tonfall war Jamie bereits auf den Beinen. »Was hast du gemacht?«

Der Junge verschränkte seine großen Hände ineinander und knackte verlegen mit den Gelenken.

»Na ja, weißt du, Seine Lordschaft hat nach dem Abort gefragt, also habe ich ihm von der Schlange erzählt und daß er besser in den Wald gehen sollte. Das hat er auch getan, aber dann wollte er die Schlange sehen, und... und...«

»Er ist doch nicht gebissen worden?« fragte Jamie ängstlich. Lord John, der offensichtlich im Begriff gewesen war, dasselbe zu fragen, warf ihm einen Blick zu.

»Oh, nein!« Ian machte ein überraschtes Gesicht. »Anfangs konnten wir sie nicht sehen, weil es unten zu dunkel war. Also haben wir die Bank hochgeklappt, um besseres Licht zu haben. Dann konnten wir die Schlange gut sehen und haben ein bißchen mit einem langen Ast nach ihr gestoßen, und sie hat um sich geschlagen, genau wie es in dem Buch steht, aber es hat nicht so ausgesehen, als wollte sie sich selber beißen. Und – und –« Er warf Lord John einen Blick zu und schluckte hörbar.

»Es ist meine Schuld«, sagte er und richtete tapfer die Schultern auf, um die Schuld besser auf sich nehmen zu können. »Ich habe erwähnt, daß ich schon anfangs daran gedacht habe, sie zu erschießen, daß wir aber das Pulver nicht verschwenden wollten. Also hat Seine Lordschaft gesagt, er würde Papas Pistole aus der Satteltasche holen und das Biest sofort erledigen. Und dann –«

»Ian«, sagte Jamie mit zusammengebissenen Zähnen. »Hör sofort auf herumzuquasseln und sag mir geradeheraus, was du mit dem Jungen gemacht hast. Du hast ihn nicht aus Versehen angeschossen, hoffe ich?«

Bei diesem Seitenhieb auf seine Schießkünste machte Ian ein beleidigtes Gesicht.

»Natürlich nicht!« sagte er.

Lord John hustete höflich und unterband damit weitere gegenseitige Anschuldigungen.

»Vielleicht würdest du so gut sein, mir zu sagen, wo sich mein Sohn zur Zeit befindet?«

Ian holte tief Luft und empfahl sichtbar seine Seele dem Herrn.

»Er ist unten im Abort«, sagte er. »Hast du ein Stück Seil, Onkel Jamie?«

Mit einem bewundernswert ökonomischen Aufwand an Worten und Bewegungen gelangte Jamie in zwei Schritten an die Tür und verschwand, dicht gefolgt von Lord John.

»Ist er *mit* der Schlange da drin?« fragte ich und durchwühlte hastig den Wäschekorb nach irgend etwas, das ich im Fall des Falles als Tourniquet benutzen konnte.

»Oh, nein, Tante Claire«, versicherte mir Ian. »Du glaubst doch nicht, daß ich ihn allein gelassen hätte, wenn die Schlange noch da wäre, oder? Vielleicht gehe ich besser helfen«, fügte er hinzu und verschwand ebenfalls.

Ich eilte ihm nach und fand Jamie und Lord John, die Schulter an Schulter im Eingang des Aborts ein Gespräch mit der Tiefe führten. Als ich mich auf die Zehenspitzen stellte, um einen Blick über Lord Johns Schulter zu werfen, sah ich das zerfaserte, stumpfe Ende eines langen, schlanken Hickoryastes ein paar Zentimeter über den Rand des rechteckigen Loches hinausragen. Ich hielt den Atem an; Lord Ellesmeres Anstrengungen hatten den Inhalt des Aborts aufgewühlt, und der Geruch war stark genug, um mir die Nasenhaare wegzuätzen.

»Er sagt, er sei nicht verletzt«, versicherte mir Jamie, indem er sich von dem Loch abwandte und sich eine Seilrolle von seiner Schulter hob.

»Gut«, sagte ich. »Aber wo ist die Schlange?« Ich blickte nervös in das Häuschen, konnte aber nichts sehen außer den silbrigen Zederbohlen und den dunklen Tiefen der Sickergrube.

»Da lang«, sagte Ian mit einer vagen Geste auf den Pfad, den ich entlanggekommen war. »Der Junge bekam sie nicht vors Ziel, also habe ich dem Biest 'nen kleinen Stups mit dem Stock verpaßt, und da ist es doch einfach auf mich losgegangen, geradewegs den Ast hoch! Es hat mir einen solchen Schreck eingejagt, daß ich losgebrüllt hab' und mir der Ast hingefallen ist, und ich bin an den Jungen gestoßen und – na ja, so ist es passiert«, schloß er schwach.

Er schlich näher an die Grube, wobei er darauf achtete, Jamies Blick auszuweichen, beugte sich vor und rief befangen: »Hallo! Ich bin froh, daß ich dir nicht den Hals gebrochen habe!«

Jamie warf ihm einen Blick zu, der ganz deutlich besagte, daß, wenn hier ein Hals gebrochen wurde... enthielt sich dann aber im Interesse einer prompten Befreiung Williams aus seiner Oubliette weiterer Bemerkungen. Diese Prozedur wurde ohne weiteren Zwischenfall durchgeführt und der Möchtegern-Schütze aus der Grube gehoben, wobei er sich an den Strick klammerte wie einen Raupe an ihren Faden.

Glücklicherweise war genug Jauche in der Grube gewesen, um seinen Aufprall zu dämpfen. Seinem Aussehen nach war der neunte Graf von Ellesmere mit dem Gesicht nach unten gelandet. Lord John stand einen Moment lang auf dem Pfad, wischte sich mit den Händen über seine Kniehosen und betrachtete das verkrustete Objekt vor sich. Er rieb sich mit dem Handrücken über den Mund, vielleicht, weil er versuchte, ein Lächeln zu verbergen, oder auch, um seinen Geruchssinn zu dämpfen.

Dann begannen sich seine Schultern zu schütteln.

»Was gibt's Neues in der Unterwelt, Persephone?« sagte er, unfähig, das bebende Gelächter in seiner Stimme zu unterdrücken.

Ein Paar schrägstehender Augen strahlte in blauer Mordlust aus der Schmutzmaske, die die Gesichtszüge Seiner Lordschaft verbarg. Es war ein durch und durch Fraser-typischer Ausdruck, und ich spürte, wie mich bei dem Anblick ein Schauer durchlief. Ian fuhr neben mir plötzlich zusammen. Er blickte schnell vom Grafen zu Jamie und zurück, fing dann meinen Blick auf, und sein Gesicht wurde vollständig und unnatürlich ausdruckslos.

Jamie sagte irgend etwas auf Griechisch, worauf Lord John in derselben Sprache antwortete und beide Männer wie die Verrückten loslachten. Ich richtete meinen Blick auf Jamie und gab mir Mühe, Ian nicht zu beachten. Während seine Schultern noch vor unterdrückter Schadenfreude bebten, war er so freundlich, mich aufzuklären.

»Epicharmus«, erklärte er. »Wer am Orakel von Delphi nach der Wahrheit suchte, der warf eine tote Python in die Grube und verweilte dann und atmete ihre Verwesungsdämpfe ein.«

Lord John deklamierte mit ausladender Gestik. »›Der Geist himmelwärts, der Körper zur Erde.‹«

William atmete heftig durch die Nase aus, exakt auf dieselbe Weise, wie Jamie es tat, wenn man seine Geduld auf eine allzu harte Probe stellte. Ian zuckte neben mir zusammen. Lieber Himmel, dachte ich, erneut aus der Fassung gebracht. Hat der Junge denn nichts von seiner Mutter?

»Und hast du als Ergebnis deiner jüngsten m-mystischen Erfahrung irgendwelche spirituellen Einsichten erlangt, William?« fragte Lord John und machte einen mißlungenen Versuch, seine Selbstkontrolle wiederzuerlangen. Er und Jamie waren rot angelaufen vor Lachen, was meiner Meinung nach ihrer nachlassenden Nervosität nicht minder zuzuschreiben war als dem Brandy oder ihrer Ausgelassenheit.

Seine Lordschaft zog unter vernichtenden Blicken sein Halstuch aus und schleuderte es mit einem Platschen auf den Weg. Jetzt kicherte auch Ian nervös, denn er konnte sich nicht mehr zusammenreißen. Meine Bauchmuskeln zitterten ebenfalls vor Anspannung, doch ich konnte sehen, daß die freiliegenden Hautstellen über Williams Kragen die Farbe der reifen Tomaten neben dem Abort angenommen hatten. Da ich nur zu gut wußte, was passierte, wenn ein Fraser diesen Grad der Weißglut erreichte, hielt ich den Zeitpunkt für gekommen, die Festivität zu beenden.

»He-em«, sagte ich und räusperte mich. »Wenn die Herren erlauben? Wenn ich auch in der griechischen Philosophie nicht bewandert bin, so gibt es doch ein kleines Epigramm, das ich auswendig kenne.«

Ich reichte William das Gefäß mit der Seife, das ich anstatt eines Tourniquets mitgenommen hatte.

»Pindar«, sagte ich. »›Nichts geht über Wasser.‹«

Unter dem Schlamm zeigte sich so etwas wie Dankbarkeit. Seine Lordschaft verbeugte sich mit äußerster Korrektheit vor mir, wandte sich dann um, warf Ian einen kalten Blick zu und stampfte triefend durch das Gras zum Bach. Er schien seine Schuhe verloren zu haben.

»Der arme Teufel«, sagte Ian mitleidig. »Es wird Tage dauern, bis er den Gestank wieder los wird.«

»Zweifelsohne.« Lord Johns Lippen zuckten immer noch, doch der Drang, griechische Lyrik zu deklamieren, schien ihn verlassen zu haben und weniger abgehobenen Sorgen gewichen zu sein.

»Übrigens, weißt du, was aus meiner Pistole geworden ist? Derjenigen, welche Wiliam vor seinem Unglück benutzt hat?«

»Oh.« Ian sah unangenehm berührt aus. Er wies mit dem Kinn auf den Abort. »Ich... äh... also, ich fürchte sehr –«

»Ich verstehe.« Lord John rieb sich das makellos rasierte Kinn.

Jamie fixierte Ian mit einem langen Blick.

»Äh«, sagte Ian und wich ein paar Schritte zurück.

»Hol sie«, sagte Jamie in einem Tonfall, der keinen Widerspruch zuließ.

»Aber –«, sagte Ian.

»Sofort«, sagte sein Onkel, und ließ den schleimigen Strick vor seinen Füßen zu Boden fallen.

Ians Adamsapfel zuckte – ein einziges Mal. Er sah mich mit großen Augen wie ein Kaninchen an.

»Zieh aber vorher deine Kleider aus«, sagte ich hilfsbereit. »Du willst doch nicht, daß wir sie verbrennen müssen, oder?«

26

Pest und Cholera

Kurz vor Sonnenuntergang verließ ich das Haus, um nach meinem Patienten im Maisspeicher zu sehen. Es ging ihm nicht besser, aber auch nicht sichtlich schlechter; dieselbe mühselige Atmung, dasselbe brennende Fieber. Doch diesmal begegneten seine eingesunkenen Augen den meinen, als ich den Schuppen betrat, und sie blieben auf meinem Gesicht haften, während ich ihn untersuchte.

Er umklammerte das Rabenfederamulett nach wie vor mit der Hand. Ich berührte es und lächelte ihm zu, dann gab ich ihm etwas zu trinken. Er nahm immer noch keine Nahrung an, trank aber etwas Milch und schluckte ohne Protest eine weitere Dosis meines fiebersenkenden Tees. Er lag bewegungslos da, während ich ihn untersuchte und fütterte, doch als ich ein heißes Tuch auswrang, um ihm daraus einen Brustwickel zu machen, streckte er plötzlich die Hand aus und ergriff meinen Arm.

Er schlug sich mit der anderen Hand auf die Brust und machte ein seltsames Summgeräusch. Das verwirrte mich für einen Augenblick, bis ich erkannte, daß er tatsächlich summte.

»Wirklich?« sagte ich. Ich griff nach dem Päckchen mit den Kräutern für den Wickel und schlug sie in das Tuch. »Na gut. Laß mich nachdenken.«

Ich entschied mich für »Onward, Christian Soldiers«, was ihm zu gefallen schien – ich mußte es dreimal komplett singen, ehe er zufriedengestellt zu sein schien und mit einem leichten Hustenanfall auf seine Decke zurücksank, eingehüllt in Kampferdämpfe.

Vor dem Haus blieb ich stehen und reinigte mir sorgfältig die Hände mit dem Alkohol aus der Flasche, die ich bei mir trug. Ich war mir sicher, daß ich keine Ansteckung zu befürchten hatte – ich hatte als Kind die Masern gehabt –, doch ich wollte kein Risiko eingehen, einen der anderen zu infizieren.

»Ich habe in Cross Creek von einem Ausbruch der Masern gehört«, merkte Lord John an, als ich Jamie vom Zustand unseres

Gastes berichtete. »Ist es wahr, Mrs. Fraser, daß der Wilde von Geburt an weniger gut in der Lage ist, Infektionen zu widerstehen, als es die Europäer sind, während afrikanische Sklaven noch zäher sind als ihre Herren?«

»Kommt auf die Infektion an«, sagte ich, während ich in den Kessel blickte und dem Eintopfgefäß einen vorsichtigen Stoß versetzte. »Die Indianer sind viel resistenter gegen parasitäre Seuchen – zum Beispiel Malaria –, die von hiesigen Organismen verursacht werden, und die Afrikaner kommen besser mit Krankheiten wie dem Denguefieber zurecht – das schließlich mit ihnen aus Afrika gekommen ist. Aber die Indianer besitzen kaum Widerstandskräfte gegen europäische Seuchen wie Blattern und Syphilis, nein.«

Lord John sah ein wenig überrumpelt aus, was mir ein leichtes Gefühl der Genugtuung gab; offensichtlich hatte er die Frage nur aus Höflichkeit gestellt – er hatte nicht ersthaft damit gerechnet, daß ich etwas davon verstand.

»Wie faszinierend«, sagte er dann aber und klang wirklich fasziniert. »Ihr beziehet Euch auf Organismen. Dann seid Ihr also eine Anhängerin von Mister Evan Hunters Theorie der miasmatischen Kreaturen?«

Jetzt war es an mir, überrumpelt zu sein.

»Äh... nicht exakt, nein«, sagte ich und wechselte das Thema.

Wir verbrachten gemeinsam einen ganz angenehmen Abend; Jamie und Lord John tauschten Jagd- und Angelanekdoten aus und kommentierten den erstaunlichen Reichtum dieser Gegend, während ich Strümpfe stopfte.

Willie und Ian spielten eine Partie Schach, welche letzterer zu seiner sichtlichen Genugtuung gewann. Seine Lordschaft gähnte mit aufgerissenem Mund, den er verspätet zu verdecken versuchte, als er den drohenden Blick seines Vater auffing. Er entspannte sich zu einem schläfrigen Lächeln gesättigter Zufriedenheit; er und Ian hatten nach ihrem reichlichen Abendessen allein einen ganzen Johannisbeerkuchen vernichtet.

Jamie sah es und gab Ian mit hochgezogenen Augenbrauen ein Zeichen. Dieser erhob sich folgsam und zog Seine Lordschaft fort, um mit ihm das Matratzenlager im Kräuterschuppen zu teilen. Zwei weniger, dachte ich, während mein Blick fest entschlossen dem Bett auswich – blieben noch drei.

Schließlich löste sich das knifflige Problem des Zubettgehens dadurch, daß ich mich in Anstand – oder zumindest in ein Nachthemd – gehüllt zurückzog, während Jamie und Lord John das

Schachbrett übernahmen und beim Schein des Feuers den letzten Brandy tranken.

Lord John war ein viel besserer Schachspieler als ich – das schloß ich zumindest aus der Tatsache, daß sie eine gute Stunde für die Partie brauchten. Jamie konnte mich normalerweise in zwanzig Minuten schlagen. Das Spiel verlief größtenteils schweigend, wenn auch mit kurzen Anflügen einer Konversation.

Schließlich führte Lord John einen Zug aus, lehnte sich zurück und streckte sich, als sei er zu einem Entschluß gekommen.

»Ich nehme an, hier in der Abgelegenheit der Berge kommen kaum Störungen politischer Art vor?« fragte er beiläufig. Er blinzelte abschätzend auf das Schachbrett.

»Ich beneide dich wirklich Jamie, so weit weg von den belanglosen Problemen, die die Kaufleute und den Landadel im Tiefland beschäftigen. Wenn dein Leben auch seine Härten hat – was zweifellos der Fall sein muß –, so hast du doch den nicht unbeträchtlichen Trost, daß du weißt, daß deine Anstrengungen bedeutsam und heldenhaft sind.«

Jamie schnaubte kurz.

»Oh, aye. Überaus heldenhaft, ganz bestimmt. Im Augenblick drehen sich wohl meine heldenhaftesten Anstrengungen um das Schwein in meiner Vorratskammer.« Er wies kopfnickend auf das Schachbrett, eine Augenbraue hochgezogen. »Du willst diesen Zug wirklich machen?«

Grey kniff die Augen zusammen und sah Jamie an, dann blickte er nach unten und studierte das Schachbrett mit gespitzten Lippen.

»Ja, das will ich«, antwortete er bestimmt.

»Verdammt«, sagte Jamie, streckte mit einem Grinsen die Hand aus und stieß resignierend seinen König um.

Grey lachte und griff nach der Brandyflasche.

»Verdammt!« sagte er jetzt, denn er stellte fest, daß sie leer war. Jamie lachte, stand auf und ging zum Küchenschrank.

»Versuch mal ein bißchen hiervon«, sagte er, und ich hörte, wie eine Flüssigkeit unter musikalischem Gluckern in einen Becher lief.

Grey hob den Becher an seine Nase, atmete ein und nieste herzhaft, wobei er Tröpfchen über den ganzen Tisch versprühte.

»Das ist doch kein Wein, John«, beobachtete Jamie nachsichtig. »Du sollst es trinken, aye? Nicht das Bouquet genießen.«

»Das habe ich gemerkt. Himmel, was ist das?« Grey roch erneut daran, diesmal vorsichtiger, und wagte einen Probschluck. Er blieb ihm im Hals stecken, doch er schluckte ihn langsam herunter.

»Himmel«, sagte er noch einmal. Seine Stimme war heiser. Er hustete, räusperte sich und stellte den Becher vorsichtig auf den Tisch, wobei er ihn betrachtete, als könnte er explodieren.

»Sag's mir nicht«, meinte er. »Laß mich raten. Es soll schottischer Whisky sein?«

»In zehn Jahren vielleicht«, antwortete Jamie und schenkte sich ebenfalls einen kleinen Becher ein. Er trank einen kleinen Schluck, spülte ihn durch seinen Mund und schluckte kopfschüttelnd. »Im Augenblick ist es Alkohol, und das ist alles, was ich zu seiner Verteidigung vorbringen kann.«

»Ja, das stimmt«, pflichtete Grey ihm bei und trank noch einen ganz kleinen Schluck. »Wo hast du ihn her?«

»Selbst gemacht«, sagte Jamie mit dem bescheidenen Stolz eines Meisterbrauers. »Ich habe zwölf Fässer davon.«

Jetzt schossen Greys helle Augenbrauen in die Höhe.

»Da ich nicht davon ausgehe, daß du dir damit die Stiefel putzen willst, darf ich fragen, was du mit zwölf Fässern von *diesem* Zeug vorhast?«

Jamie lachte.

»Eintauschen«, sagte er. »Verkaufen, wenn ich kann. Schließlich gehören Alkoholsteuer und Braulizenzen zu den belanglosen Problemen, die mich dank unserer Abgelegenheit nicht beschäftigen«, fügte er ironisch hinzu.

Lord John stöhnte, probierte noch einen Schluck und stellte den Becher hin.

»Na ja, es könnte schon sein, daß du dem Zoll entwischst, das muß ich dir lassen – der nächste Beamte sitzt in Cross Creek. Aber ich kann trotzdem nicht sagen, daß es sicher ist. Wem, wenn ich fragen darf, verkaufst du denn dieses bemerkenswerte Gebräu? Doch hoffentlich nicht den Wilden?«

Jamie zuckte die Achseln.

»Nur ganz kleine Mengen – nie mehr als ein oder zwei Flaschen auf einmal, als Geschenk oder im Tausch. Niemals mehr, als einen Mann betrunken machen würde.«

»Sehr umsichtig. Ich nehme an, du hast die Geschichten gehört. Ich habe mich mit einem Mann unterhalten, der das Massaker in Michilimackinack überlebt hat, während des Franzosenkrieges. Es wurde – zumindest teilweise – dadurch verursacht, daß einer großen Ansammlung von Indianern im Fort eine beträchtliche Menge Alkohol in die Hände fiel.«

»Das habe ich auch gehört«, versicherte Jamie ihm trocken. »Aber wir stehen auf gutem Fuß mit den Indianern in der Umgegend, und es sind auch nicht so viele. Und wie ich schon gesagt habe, ich bin vorsichtig.«

»Mm.« Er probierte noch einen Schluck und zog eine Grimasse. »Vielleicht riskierst du mehr, wenn du einen von ihnen vergiftest, als wenn du einen Pöbel betrunken machst.« Er stellte das Glas ab und wechselte das Thema.

»Ich habe in Wilmington von einer Gruppe von Aufrührern gehört, die Regulatoren genannt werden, das Hinterland terrorisieren und durch Krawalle für Unruhe sorgen. Ist dir hier so etwas schon untergekommen?«

Jamie schnaubte kurz.

»Wen terrorisieren sie denn? Die Eichhörnchen? Es gibt das Hinterland, John, und dann gibt es die Wildnis. Dir ist doch sicher auf dem Weg hierher das Fehlen menschlicher Siedlungen aufgefallen?«

»Ich habe so etwas bemerkt«, stimmte Lord John ihm zu. »Und doch habe ich gewisse Gerüchte in bezug auf deine Anwesenheit hier gehört – daß sie zum Teil auch als heilsamer Einfluß auf die wachsende Gesetzlosigkeit gedacht ist.«

Jamie lachte.

»Ich glaube, daß noch einige Zeit verstreichen wird, bevor es hier soviel Gesetzlosigkeit gibt, daß ich mich darum kümmern muß. Obwohl ich bereits einmal so weit gegangen bin, einen alten deutschen Bauern niederzuschlagen, der in der Kornmühle am Fluß eine junge Frau mißhandelt hat. Er hatte sich eingeredet, daß sie ihn beim Wiegen übervorteilt hatte – was nicht stimmte –, und ich konnte ihn nur so vom Gegenteil überzeugen. Doch das war bis jetzt mein einziger Versuch, die öffentliche Ordnung aufrechtzuerhalten.«

Grey lachte und hob den umgestürzten König auf.

»Ich bin froh, das zu hören. Willst du dich bei einer weiteren Partie revanchieren? Ich kann schließlich nicht davon ausgehen, daß derselbe Trick zweimal funktioniert.«

Ich drehte mich auf die Seite, mit dem Gesicht zur Wand, und starrte schlaflos die Balken an. Das Licht des Feuers glomm auf den flügelförmigen Narben der Axt, die der Länge nach über jeden Stamm liefen, so regelmäßig wie Wellen an einem Sandstrand.

Ich versuchte die Unterhaltung zu ignorieren, die hinter mir stattfand, und mich statt dessen in der Erinnerung an Jamie zu verlieren, wie er die Rinde abspaltete und Baumstämme abvierte, wie ich im Schutz einer halberrichteten Wand in seinen Armen schlief und spürte, wie um mich herum das Haus entstand, das mich mit Wärme und Sicherheit umschließen würde, eine dauerhafte Verkörperung seiner Umarmung. Diese Vision gab mir immer das Gefühl der Sicherheit und des Trostes, sogar dann, wenn ich auf dem Berg allein war, denn ich wußte, daß das Haus, das er für mich gebaut hatte, mir Schutz gab. Doch heute nacht funktionierte sie nicht.

Ich lag still da und fragte mich, was mit mir los war. Oder vielmehr, nicht was, sondern *warum*. Ich wußte inzwischen genau, was es war; es war Eifersucht.

Ich war in der Tat eifersüchtig; ein Gefühl, das ich seit einigen Jahren nicht mehr gehabt hatte und das mich jetzt mit Abscheu erfüllte. Ich drehte mich auf den Rücken, schloß die Augen und versuchte, das Gemurmel der Unterhaltung zu überhören.

Lord John war mir gegenüber die Höflichkeit in Person gewesen. Mehr als das, er war intelligent und geistreich gewesen – eigentlich durch und durch charmant. Ihm dabei zuzuhören, wie er intelligente, geistreiche und charmante Konversation mit Jamie betrieb, verknotete mir die Eingeweide und ließ mich unter der Bettdecke die Hände zu Fäusten ballen.

Du bist eine Idiotin, sagte ich heftig zu mir selbst. *Was ist nur mit dir los?* Ich versuchte mich zu entspannen, und atmete mit geschlossenen Augen tief durch die Nase ein und aus.

Zum Teil lag es natürlich an Willie. Jamie nahm sich sehr in acht, doch ich hatte seinen Gesichtsausdruck gesehen, wenn er den Jungen in unbeobachteten Momenten ansah. Sein ganzer Körper war von einer scheuen Freude erfüllt, Stolz vermischt mit Schüchternheit und es traf mich mitten ins Herz, ihn so zu sehen.

Er würde Brianna, seine Erstgeborene, niemals so ansehen. Würde sie überhaupt niemals sehen. Das war kaum seine Schuld – und doch kam es mir so ungerecht vor. Gleichzeitig konnte ich ihm die Freude an seinem Sohn kaum übelnehmen – und das tat ich auch nicht, redete ich mir fest ein. Es war schlicht und ergreifend mein Problem, wenn es mir einen fürchterlichen Stich der Sehnsucht versetzte, den Jungen anzusehen mit seinem kühnen, hübschen Gesicht, in dem sich das Gesicht seiner Schwester spiegelte. Es lag nicht an Jamie oder an Willie. Oder an John Grey, der den Jungen hierhergebracht hatte.

Wozu? Das war es, was ich die ganze Zeit gedacht hatte, seit ich mich vom ersten Schrecken ihres Auftauchens erholt hatte, und das war es, was ich immer noch dachte. Was zum *Teufel* hatte der Mann vor?

Die Geschichte mit dem Anwesen in Virginia konnte wahr sein – oder nur eine Ausrede. Selbst wenn sie stimmte, war es ein beträchtlicher Umweg, nach Fraser's Ridge zu kommen. Warum hatte er sich solche Mühe gemacht, den Jungen hierherzubringen? Und das Risiko: Willie war sich eindeutig der Ähnlichkeit nicht bewußt, die sogar Ian aufgefallen war, doch was, wenn er sie bemerkt hätte? War es Grey so wichtig gewesen, erneut klarzumachen, wie sehr ihm Jamie verpflichtet war?

Ich drehte mich auf die andere Seite, öffnete meine Augen einen Spaltbreit und beobachtete sie am Schachbrett, Rotschopf und Blondschopf, in gemeinsamer Konzentration vornübergebeugt. Grey machte einen Zug mit seinem Läufer und lehnte sich zurück, rieb sich den Nacken und begutachtete lächelnd die Wirkung seines Zuges. Er war ein gutaussehender Mann; schlank mit feinem Knochenbau, doch mit einem starken, klar geschnittenen Gesicht und einem schönen, sinnlichen Mund, um den ihn zweifellos schon so manche Frau beneidet hatte.

Grey hatte sein Gesicht noch besser unter Kontrolle als Jamie; ich hatte noch keinen einzigen verräterischen Blick von ihm gesehen. Doch auf Jamaica hatte ich einmal einen solchen Blick gesehen, und ich hatte keinen Zweifel an der Natur seiner Gefühle für Jamie.

Andererseits hatte ich auch keinerlei Zweifel an Jamies Gefühlen in dieser Hinsicht. Der Knoten unter meinem Herzen lockerte sich ein wenig, und ich konnte tiefer durchatmen. Egal, wie lange sie am Schachbrett wachblieben und redeten und tranken, es würde *mein* Bett sein, in das Jamie kam.

Ich löste meine Fäuste, und da, als ich meine Handflächen unauffällig an meinen Oberschenkeln rieb, erkannte ich erschrocken, warum Lord John mich so aus der Fassung brachte.

Meine Fingernägel hatten kleine Kerben in meine Handflächen gegraben, eine kleine Reihe pochender Halbmonde. Jahrelang hatte ich mir diese Halbmonde nach jeder Abendgesellschaft wegmassiert, jede Nacht, wenn Frank »noch spät im Büro arbeitete«. Jahrelang hatte ich immer wieder allein in unserem Doppelbett gelegen, hellwach in der Dunkelheit, und mir die Nägel in die Hände gegraben, während ich darauf wartete, daß er zurückkam.

Und das hatte er getan. Man mußte es ihm lassen, daß er immer vor der Dämmerung zurückkehrte. Manchmal traf er dann auf meinen Rücken, der ihm in kalter Ablehnung zugewandt war, manchmal preßte sich mein Körper in wütender Herausforderung an ihn und drängte ihn wortlos, es zu leugnen, seine Unschuld mit seinem Körper zu beweisen – stellte ihn mit Gewalt auf die Probe. Meistens hatte er die Herausforderung angenommen. Doch es half nichts.

Dennoch sprach keiner von uns bei Tageslicht von solchen Dingen. Ich konnte es nicht; ich hatte kein Recht dazu. Frank tat es nicht; er hatte seine Rache gehabt.

Manchmal vergingen Monate – sogar ein Jahr oder mehr – zwischen solchen Episoden, und wir lebten friedlich zusammen. Doch dann geschah es wieder; die heimlichen Telefonate, sein allzu penibel entschuldigtes Fernbleiben, die Überstunden. Niemals etwas so Offensichtliches wie das Parfüm einer anderen Frau oder Lippenstift an seinem Kragen – er war diskret. Doch stets spürte ich die andere Frau wie einen Geist, wer sie auch immer war; eine gesichtslose, anonyme Sie.

Ich wußte, daß es keine Rolle spielte, wer es war – es waren mehrere. Das einzige, was zählte, war, daß sie nicht ich war. Und ich lag wach und ballte meine Fäuste, die Spuren meiner Nägel eine kleine Kreuzigung.

Das Murmeln der Unterhaltung am Feuer war weitgehend verebbt; das Klicken bei den Zügen der Schachfiguren das einzige Geräusch.

»Fühlst du dich zufrieden?« fragte Lord John plötzlich.

Jamie hielt einen Moment lang inne.

»Ich habe alles, was ein Mann sich wünschen kann«, sagte er dann. »Einen Platz zum Leben und eine anständige Arbeit. Meine Frau an meiner Seite. Das Wissen, daß mein Sohn in Sicherheit ist und man gut für ihn sorgt.« Dann sah er zu Grey auf. »Und einen guten Freund.« Er ergriff Lord Johns Hand und ließ sie wieder los. »Mehr will ich nicht.«

Ich machte entschlossen die Augen zu und fing an, Schafe zu zählen.

Kurz vor der Dämmerung wurde ich von Ian geweckt, der neben meinem Bett hockte.

»Tante Claire«, sagte er leise, eine Hand auf meiner Schulter. »Komm lieber mit; dem Mann im Maisspeicher geht's sehr schlecht.«

Noch ehe mein Verstand bewußt zu arbeiten begonnen hatte, war ich automatisch auf den Beinen, hatte mich in meinen Umhang gehüllt und folgte Ian auf nackten Füßen. Nicht, daß hier große Diagnosekünste vonnöten waren; ich konnte die tiefen, rasselnden Atemzüge aus drei Metern Entfernung hören.

Der Graf kauerte im Eingang, sein schmales Gesicht bleich und voller Angst im grauen Licht.

»Geh weg«, sagte ich scharf zu ihm. »Du darfst nicht in seine Nähe kommen; du auch nicht, Ian – geht zum Haus, ihr zwei, holt mir heißes Wasser aus dem Kessel, meine Kiste und saubere Tücher.«

Willie setzte sich sofort in Bewegung, denn er konnte es nicht abwarten, die furchterregenden Geräusche hinter sich zu lassen, die aus dem Schuppen drangen. Ian blieb jedoch stehen, und sein Gesicht war sorgenvoll.

»Ich glaube nicht, daß du ihm helfen kannst, Tante Claire«, sagte er. Sein Blick traf den meinen direkt, mit der tiefen Einsicht eines Erwachsenen.

»Sehr wahrscheinlich nicht«, sagte ich und antwortete ihm auf gleicher Ebene. »Aber ich kann nicht einfach nichts tun.«

Er holte tief Luft und nickte.

»Aye. Aber ich glaube...« Er zögerte und spach dann weiter, als ich nickte. »Ich glaube, du solltest ihn nicht mit Arzneien quälen. Er ist fest entschlossen zu sterben, Tante Claire; wir haben in der Nacht eine Eule gehört – er hat sie sicher auch gehört. Das ist für sie ein Vorzeichen des Todes.«

Ich blickte auf das dunkle Rechteck, das die Tür andeutete, und biß mir auf die Lippe. Er atmete flach und keuchend, und zwischen den einzelnen Zügen lagen erschreckend lange Pausen. Ich blickte wieder zu Ian.

»Was tun die Indianer, wenn jemand im Sterben liegt? Weißt du das?«

»Singen«, sagte er prompt. »Ihr *Shaman* bemalt sich das Gesicht und singt die Seele in Sicherheit, damit die Dämonen sie nicht holen.«

Ich zögerte, denn mein instinktives Bedürfnis, wenigstens *etwas* zu tun, stand auf Kriegfuß mit meiner Überzeugung, daß jegliches Handeln zwecklos war. Hatte ich irgendein Recht, diesen Mann um einen friedvollen Tod zu bringen? Schlimmer noch, in ihm die Angst zu wecken, daß meine Einmischung ihn seine Seele kosten würde?

Ian hatte die Ergebnisse meiner unentschlossenen Überlegungen nicht abgewartet. Er bückte sich und kratzte einen kleinen Erdklumpen zusammen, spuckte darauf und verrührte ihn zu Schlamm. Kommentarlos tauchte er den Zeigefinger in die Pfütze und zog von meiner Stirn aus eine Linie an meinem Nasenbein entlang.

»Ian!«

»Psst«, murmelte er und runzelte konzentriert die Stirn. »So, glaube ich.« Er fügte zwei Linien auf jeder Wange hinzu und eine grobe Zickzacklinie auf der rechten Seite meines Unterkiefers. »Das ist alles, woran ich mich erinnern kann. Ich habe es nur einmal gesehen, aus der Entfernung.«

»Ian, das ist nicht –«

»Psst«, sagte er noch einmal und legte mir die Hand auf den Arm, um meinen Protest zu ersticken. »Geh zu ihm, Tante Claire. Er wird keine Angst vor dir haben; er ist ja schließlich an dich gewöhnt.«

Ich rieb mir einen Tropfen von der Nasenspitze und kam mir durch und durch idiotisch vor. Doch ich hatte keine Zeit für Diskussionen. Ian versetzte mir einen leichten Stoß, und ich wandte mich zur Tür. Ich betrat den dunklen Maisspeicher, bückte mich und legte dem Mann die Hand auf. Seine Haut war heiß und trocken, seine Hand so schlaff wie abgewetztes Leder.

»Ian, kannst du mit ihm reden? Seinen Namen rufen, ihm sagen, daß alles gut ist?«

»Du darfst seinen Namen nicht aussprechen, Tante Claire; es lockt die Dämonen an.«

Ian räusperte sich und sprach ein paar Worte in leisen, klickenden Kehllauten. Die Hand, die ich hielt, zuckte schwach. Meine Augen hatten sich jetzt der Dunkelheit angepaßt, ich konnte das Gesicht des Mannes sehen, in dem sich ein Ausdruck schwacher Überraschung zeigte, als er meine Schlammfarbe sah.

»Sing, Tante Claire«, drängte mich Ian leise. »*Tantum ergo* vielleicht; es hat sich ein bißchen ähnlich angehört.«

Es gab schließlich nichts, was ich sonst hätte tun können. Völlig hilflos fing ich an.

»*Tantum ergo, sacramentum...*«

Innerhalb weniger Sekunden wurde meine Stimme kräftiger, und ich hockte mich leise singend auf meine nackten Fersen und hielt seine Hand. Seine schweren Augenbrauen entspannten sich, und ein Blick, der Ruhe hätte sein können, trat in die eingesunkenen Augen.

Ich hatte schon so manchem Sterben beigewohnt, durch Unfälle, Krieg, Krankheit oder natürliche Ursachen, und ich hatte gesehen, wie die Menschen dem Tod auf verschiedene Weisen entgegentraten, von stoischer Akzeptanz bis hin zu heftigem Protest. Doch ich hatte noch nie jemanden so sterben sehen.

Er wartete einfach, die Augen auf die meinen gerichtet, bis ich zum Ende des Liedes gekommen war. Dann drehte er sein Gesicht zur Tür, und als die aufgehende Sonne auf ihn fiel, verließ er seinen Körper, ohne daß er mit einem Muskel gezuckt oder einen letzten Atemzug getan hätte.

Ich saß völlig still und hielt seine schlaffe Hand, bis ich erkannte, daß auch ich meinen Atem anhielt.

Die Luft um mich herum erschien mir merkwürdig still, als wäre die Zeit für einen Augenblick stehengeblieben. Doch natürlich war sie das, dachte ich, und zwang mich zum Einatmen. Sie war für ihn stehengeblieben, für immer.

»Was sollen wir mit ihm machen?«

Es gab nichts mehr, was wir *für* unseren Gast tun konnten; im Augenblick stellte sich nur die Frage, wie wir am besten mit seinen sterblichen Überresten umgingen.

Ich hatte mich unauffällig mit Lord John unterhalten, und er hatte Willie mitgenommen, um die letzten Erdbeeren auf dem Hang zu sammeln. Obwohl der Tod des Indianers nichts auch nur ansatzhaft Unheimliches an sich gehabt hatte, wünschte ich mir dennoch, Willie hätte nichts davon mitbekommen; es war kein Anblick für ein Kind, das erst vor ein paar Monaten seine Mutter hatte sterben sehen. Auch Lord John war mir aufgewühlt vorgekommen – vielleicht würden ein bißchen Sonne und frische Luft den beiden guttun.

Jamie runzelte die Stirn und rieb sich mit der Hand über das Gesicht. Er hatte sich noch nicht rasiert, und seine Stoppeln machten ein kratzendes Geräusch.

»Wir müssen ihn doch sicher anständig beerdigen?«

»Tja, ich schätze nicht, daß wir ihn im Maisspeicher liegenlassen können, aber würde es seine Leute nicht stören, wenn wir ihn hier begraben? Hast du irgendeine Ahnung, wie sie mit ihren Toten umgehen, Ian?«

Ian war immer noch ein wenig blaß, aber überraschend ruhig. Er schüttelte den Kopf und trank von seiner Milch.

»Ich weiß nicht viel darüber, Tante Claire. Aber ich habe dir ja gesagt, daß ich einmal dabei war, als ein Mann gestorben ist. Sie haben ihn in Hirschleder gehüllt und eine Prozession durch das Dorf veranstaltet und dabei gesungen, dann haben sie die Leiche ein Stück weit in den Wald getragen und ihn auf ein Podest gelegt, ein Stück über dem Boden, und ihn zum Trocknen dortgelassen.«

Jamie schien alles andere als angetan von der Vorstellung, mumifizierte Körper auf den Bäumen in der Umgebung der Farm aufzubewahren. »Ich glaube, dann ist es wohl am besten, wenn wir ihn ordentlich einhüllen und ihn zum Dorf tragen, damit sich seine eigenen Leute richtig um ihn kümmern können.«

»Nein, das kannst du nicht.« Ich zog das Blech mit den frischgebackenen Muffins aus dem Steinofen, pflückte einen Ginsterzweig ab und stach in eins der runden, braunen Küchlein. Er kam sauber wieder heraus, also stellte ich das Blech auf den Tisch und setzte mich dann ebenfalls. Ich blickte mit einem abwesenden Stirnrunzeln auf das Honigglas, das golden in der späten Morgensonne leuchtete.

»Das Problem ist, daß die Leiche mit allergrößter Sicherheit immer noch ansteckend ist. Du hast ihn doch nicht angefaßt, oder, Ian?« Ich sah Ian an, der den Kopf schüttelte und ein ernüchtertes Gesicht machte.

»Nein, Tante Claire. Jedenfalls nicht mehr, nachdem er hier krank geworden ist; vorher weiß ich es nicht. Wir waren schließlich alle zusammen auf der Jagd.«

»Und du hast die Masern noch nicht gehabt. Verflixt«. Ich fuhr mir mit der Hand durch das Haar. »Du?« fragte ich Jamie. Zu meiner Erleichterung nickte er.

»Aye, mit fünf oder so. Und du hast gesagt, man bekommt dieselbe Krankheit nicht zweimal. Also passiert mir nichts, wenn ich ihn anfasse?«

»Nein, und mir auch nicht. Ich habe sie auch gehabt. Aber wir können ihn nicht ins Dorf bringen. Ich habe keine Ahnung, wie lange das Masernvirus – das ist eine Art Keim – auf Kleidungsstücken oder einer Leiche überleben kann. Aber wie sollen wir seinen Leuten erklären, daß sie ihn nicht anrühren oder in seine Nähe kommen dürfen? Und wir können es nicht riskieren, daß sie sich anstecken.«

»Was mir Sorgen macht«, meldete sich Ian unerwartet zu Wort, »ist, daß der Mann nicht aus Anna Ooka ist – er ist aus einem Dorf weiter im Norden. Wenn wir ihn hier ganz normal beerdigen, könnten seine Leute es erfahren und glauben, daß wir ihn irgendwie haben zu Tode kommen lassen und ihn dann begraben haben, um es zu verheimlichen.«

Das war ein unangenehmer Gedanke, der mir gar nicht in den Sinn gekommen war, und ich fühlte mich, als hätte sich mir eine kalte Hand in den Nacken gelegt.

»Das glaubst du doch nicht wirklich, oder?«

Ian zuckte mit den Achseln, brach einen heißen Muffin entzwei und träufelte Honig auf die dampfenden Innenseiten.

»Nacognawetos Leute trauen uns, aber Myers hat gesagt, es gibt genug andere, die das nicht tun. Sie haben allen Grund, mißtrauisch zu sein, aye?«

Wenn ich in Betracht zog, daß der Großteil der Tuscarora kaum fünfzig Jahre zuvor in einem blutigen Krieg mit den Siedlern North Carolinas ausgelöscht worden war, konnte ich ihnen das nicht verdenken. Es half uns bei unserem Problem jedoch nicht weiter.

Jamie schluckte den Rest seines Muffins hinunter und lehnte sich seufzend zurück.

»Also gut. Ich denke, wir wickeln den armen Kerl am besten in ein Leichentuch und legen ihn in die kleine Höhle auf dem Hügel hinter dem Haus. Ich habe schon die Pfosten für einen Stall vor der Öffnung aufgerichtet; sie werden die Raubtiere von ihm fernhalten. Dann sollten Ian oder ich nach Anna Ooka gehen und Nacognaweto die Sache erklären. Vielleicht schickt er jemanden mit uns zurück, der sich die Leiche ansehen und den Verwandten des Mannes versichern kann, daß wir ihm keine Gewalt angetan haben – und dann können wir ihn begraben.«

Bevor ich auf diesen Vorschlag antworten konnte, hörte ich jemanden über den Hof rennen. Ich hatte die Tür angelehnt gelassen, damit Licht und Luft hereinkamen. Als ich mich umdrehte, erschien Willies Gesicht in der Öffnung, bleich und aufgeregt.

»Mrs. Fraser. Könnt Ihr bitte kommen? Papa ist krank.«

»Hat er es von dem Indianer?« Jamie sah Lord John stirnrunzelnd an, den wir bis auf sein Hemd ausgezogen und ins Bett gelegt hatten. Sein Gesicht lief abwechselnd rot an und wurde bleich – die Symptome, die ich anfangs aufgewühlten Emotionen zugeschrieben hatte.

»Nein, das kann nicht sein. Die Inkubationszeit beträgt ein bis zwei Wochen. Wo seid ihr gewesen –« Ich wandte mich an Willie, zuckte dann die Achseln und vergaß die Frage. Sie waren unterwegs gewesen; es war unvorstellbar, daß noch jemand sagen konnte, wo oder wann Grey das Virus aufgefangen hatte. In den Gasthäusern schliefen die Reisenden normalerweise zu mehreren in einem Bett, und die Decken wurden selten gewechselt; es war gut möglich, sich dort schlafen zu legen und am Morgen mit den Erregern aller möglichen Seuchen von Masern bis hin zur Gelbsucht aufzuwachen.

»Ihr habt gesagt, es gab eine Masernepidemie in Cross Creek?« Ich legte Lord John eine Hand auf die Stirn. Da ich Fieber nach Gefühl bestimmen konnte, schätzte ich das seine auf etwa 39,5 Grad; hoch genug.

»Ja«, sagte er heiser und hustete. »Habe ich die Masern? Ihr müßt Willie von mir fernhalten.«

»Ian – kannst du bitte mit Willie nach draußen gehen?« Ich wrang ein Tuch aus, das ich mit Holunderwasser befeuchtet hatte, und wischte Grey Gesicht und Hals ab. Er hatte noch keinen Ausschlag im Gesicht, doch als ich ihn bat, den Mund zu öffnen, sah ich ganz deutlich die kleinen, weißlichen Koplik-Flecke auf der Schleimhaut.

»Ja, Ihr habt die Masern«, sagte ich. »Seit wann fühlt Ihr Euch schon krank?«

»Mir war gestern abend beim Schlafengehen ein bißchen schwindelig«, sagte er und hustete erneut. »Beim Aufwachen hatte ich ziemliche Kopfschmerzen, aber ich dachte, es wäre nur die Nachwirkung von Jamies sogenanntem Whisky.« Er lächelte Jamie schwach an. »Aber heute morgen...« Er nieste, und ich suchte hastig nach einem sauberen Taschentuch.

»Ja, sicher. Also, versucht, Euch ein wenig auszuruhen. Ich habe etwas Weidenrinde aufgesetzt; der Tee ist gut gegen die Kopfschmerzen.« Ich stand auf und sah Jamie mit hochgezogener Augenbraue an. Er folgte mir nach draußen.

»Wir dürfen Willie nicht in seine Nähe lassen«, sagte ich so leise, daß es niemand anders hören konnte: Willie und Ian waren beim Pferch und gabelten Heu in die Krippe der Pferde. »Und Ian auch nicht. Es ist sehr ansteckend.«

Jamie runzelte die Stirn.

»Aye. Aber was du über die Inkubation gesagt hast –«

»Ja. Ian könnte sich bei dem Toten angesteckt haben, Willie bei demselben Herd wie Lord John. Jeder der beiden könnte es haben, obwohl noch nichts zu sehen ist.« Ich drehte mich um und sah die beiden Jungen an, die äußerlich genauso gesund waren wie die Pferde, die sie gerade fütterten.

»Ich denke«, sagte ich zögernd, während ich einen vagen Plan faßte, »daß du vielleicht heute nacht besser mit den Jungen im Freien campierst – ihr könntet in der Kräuterkammer schlafen oder unter den Bäumen übernachten. Wartet einen oder zwei Tage; wenn Willie sich angesteckt hat – und er es von demselben Herd hat wie Lord John –, kann man es bis dahin wahrscheinlich sehen. Wenn nicht, dann ist er wahrscheinlich davor sicher. Wenn er sicher *ist*, dann könntest du mit ihm nach Anna Ooka gehen, um Nacognaweto von dem Toten zu erzählen. So würde Willie außer Reichweite der Gefahr bleiben.«

»Und Ian könnte hierbleiben, um sich um dich zu kümmern?« Er runzelte abwägend die Stirn und nickte dann. »Aye, das könnte wohl gehen.«

Er drehte sich um, um einen Blick auf Willie zu werfen. Er konnte zwar völlig teilnahmslos aussehen, wenn er es wollte, doch ich kannte ihn gut genug, um das Aufflackern der Emotion in seinem Gesicht zu sehen.

Es lag Sorge in seinen schräggestellten Augenbrauen – Besorgnis um John Grey und vielleicht auch um mich oder Ian. Doch darunter lag etwas völlig anderes – Interesse, versetzt mit Wachsamkeit, so glaubte ich, ausgelöst von der Vorstellung, mehrere Tage allein mit dem Jungen zu verbringen.

»Wenn er es bis jetzt noch nicht gemerkt hat, dann wird er es auch nicht mehr merken«, sagte ich leise und legte meine Hand auf seinen Arm.

»Nein«, murmelte er und drehte dem Jungen den Rücken zu. »Es dürfte wohl ungefährlich sein.«

»Man sagt, alles hat seine guten Seiten«, sagte ich. »Du kannst dann mit ihm reden, ohne daß es ihm ungewöhnlich vorkommt.« Ich hielt inne. »Ich habe nur noch eine Bitte, bevor du gehst.«

Er legte seine Hand auf die meine, die auf seinem Arm lag, und lächelte zu mir herab.

»Aye, und was ist das?«

»Hol das Schwein aus der Vorratskammer, bitte.«

27

Aus der Mitte entspringt ein Fluß

Die Reise begann nicht besonders vielversprechend. Erstens regnete es. Zweitens ließ er Claire nicht gern allein, schon gar nicht unter so schwierigen Umständen. Drittens machte er sich große Sorgen um John; das Aussehen des Mannes hatte ihm überhaupt nicht gefallen, als er sich von ihm verabschiedete; er war kaum halb bei Bewußtsein und keuchte wie ein Nilpferd, und seine Gesichtszüge waren durch den Ausschlag bis zur Unkenntlichkeit entstellt.

Und viertens hatte ihm der neunte Graf von Ellesmere gerade einen Kinnhaken versetzt. Er packte den Jungen fest am Kragen und schüttelte ihn so kräftig, daß seine Zähne heftig aneinanderklapperten.

»Also, jetzt«, sagte er und ließ los. Der Junge stolperte und landete plötzlich auf dem Hosenboden, weil er das Gleichgewicht verlor. Jamie starrte Willie an, der neben dem Pferch im Schlamm saß. Sie hatten sich während der letzten vierundzwanzig Stunden immer wieder über dieses Thema gestritten, und er hatte genug davon.

»Ich weiß genau, was Ihr gesagt habt. Aber *ich* habe gesagt, daß Ihr mitkommt. Ich habe Euch gesagt, warum, und damit ist die Sache erledigt.«

Der Junge verzog das Gesicht zu einem finsteren Blick. Er ließ sich nicht so leicht einschüchtern, doch Jamie vermutete, daß ein Graf auch nicht daran gewöhnt war, daß es jemand versuchte.

»Ich gehe *nicht* weg!« wiederholte der Junge. »Ihr könnt mich nicht zwingen!« Er stand mit zusammengebissenen Kinnbacken auf und wandte sich wieder zum Blockhaus.

Jamie streckte den Arm aus, ergriff den Jungen am Kragen und zog ihn zurück. Als er sah, daß der Junge mit dem Fuß zu einem Tritt ausholte, ballte er die Faust und versetzte ihm einen gezielten Schlag in die Magengrube. Williams Augen quollen hervor; er fiel vornüber und hielt sich den Bauch.

»Hört auf zu treten«, sagte Jamie gelassen. »Es zeugt von schlechten Manieren. Und was das Zwingen angeht, natürlich kann ich das.«

Das Gesicht des Grafen war leuchtend rot, und sein Mund öffnete und schloß sich wie der eines verblüfften Goldfisches. Der Hut war ihm vom Kopf gefallen, und der Regen klebte ihm dunkle Haarsträhnen an den Kopf.

»Es ist sehr loyal von Euch, daß Ihr bei Eurem Stiefvater bleiben wollt«, fuhr Jamie fort und wischte sich das Wasser aus seinem eigenen Gesicht, »aber Ihr könnt ihm nicht helfen, und Ihr könnt selbst zu Schaden kommen, wenn Ihr hierbleibt. Also tut Ihr es nicht.« Aus dem Augenwinkel fing er eine Bewegung auf, als sich die Ölhaut vor dem Fenster der Hütte zur Seite bewegte und dann wieder herabfiel. Claire, die sich zweifellos wunderte, wieso sie nicht schon lange fort waren.

Jamie ergriff den Grafen, der jetzt keinen Widerstand mehr leistete, am Arm und führte ihn zu einem der gesattelten Pferde.

»Hinauf mit Euch«, sagte er, und zu seiner Genugtuung steckte der Junge zögernd einen Fuß in den Steigbügel und schwang sich in den Sattel. Jamie warf dem Jungen seinen Hut zu, zog seinen eigenen an und stieg ebenfalls auf. Vorsichtshalber behielt er jedoch beim Aufbruch die Zügel beider Pferde in der Hand.

»Ihr, Sir«, sagte eine atemlose, wutentbrannte Stimme hinter ihm, »seid ein Rüpel!«

Er schwankte zwischen Verärgerung und dem Drang zu lachen, gab aber keiner der beiden Regungen nach. Er blickte sich über seine Schulter um und sah, daß William sich ebenfalls umgewandt hatte und sich gefährlich zur Seite geneigt hatte, so daß er halb aus dem Sattel hing.

»Versucht es nicht«, riet er dem Jungen, der sich abrupt aufrichtete und ihn zornig anstarrte. »Ich würde Euch nur ungern die Füße an die Steigbügel binden, aber ich tue es, und das meine ich ernst.«

Die Augen des Jungen zogen sich zu leuchtenden, blauen Dreiecken zusammen, doch offensichtlich nahm er Jamie beim Wort. Er biß weiter die Zähne zusammen, doch seine Schultern fielen zum Zeichen seiner einstweiligen Niederlage ein wenig vornüber.

Den Großteil des Morgens über ritten sie schweigend hintereinander her, während ihnen der Regen an den Hälsen entlanglief und die Schultern ihrer Umhänge flachdrückte. William mochte seine Niederlage akzeptiert haben, doch er hatte es nicht sehr stilvoll getan. Er schmollte immer noch, als sie zum Essen abstiegen, holte aber zumindest ohne Widerrede Wasser und packte die Überreste ihrer Mahlzeit ein, während Jamie die Pferde tränkte.

Jamie beobachtete ihn unauffällig, doch es gab keine Anzeichen für eine Maserninfektion. Das Gesicht des Grafen war zwar verkrampft, aber frei von jedem Ausschlag, und seine Nasenspitze tropfte zwar, doch dies schien einzig dem Wetter zuzuschreiben zu sein.

»Wie weit ist es?« Es wurde Nachmittag, bevor Williams Neugier seine Sturheit besiegte. Jamie hatte ihm längst die Zügel überlassen – jetzt bestand keine Gefahr mehr, daß der Junge versuchen würde, sich allein auf den Rückweg zu machen.

»Vielleicht zwei Tage.« In dem bergigen Terrain, das zwischen Fraser's Ridge und Anna Ooka lag, würden sie zu Pferd kaum schneller vorankommen als zu Fuß. Doch die Tatsache, daß sie Pferde hatten, ermöglichte es ihnen, kleine Annehmlichkeiten mitzunehmen wie einen Wasserkessel, zusätzliche Nahrung und ein Paar selbstgemachter Angelruten. Und eine Anzahl kleiner Geschenke für die Indianer, einschließlich eines Fäßchens mit selbstgebrautem Whisky, das mithelfen sollte, den schlechten Nachrichten, die sie überbrachten, die Spitze zu nehmen.

Es gab keinen Grund zur Eile und einige zur Weile – Claire hatte ihm eindringlich aufgetragen, Willie nicht vor Ablauf von sechs Tagen zurückzubringen. Bis dahin würde von Lord John keine Ansteckungsgefahr mehr ausgehen. Er würde sich auf dem Weg der Besserung befinden – oder tot sein.

Claire war äußerlich zuversichtlich gewesen, als sie Willie versicherte, daß seinem Stiefvater nichts geschehen würde, doch er hatte den Schleier der Sorge in ihren Augen gesehen. Der Gedanke daran verursachte ihm ein hohles Gefühl genau unter den Rippen. Vielleicht war es gar nicht so schlecht, daß er nicht da war; er konnte John doch nicht helfen, und jede Krankheit rief in ihm ein Gefühl der Hilflosigkeit hervor, das ihm zugleich angst machte und ihn zur Weißglut trieb.

»Diese Indianer – sie *sind* uns doch freundlich gesonnen?« Er konnte den Zweifel in Willies Stimme hören.

»Ja.« Er spürte, daß Willie von ihm erwartete, daß er ihn förmlich anredete und »Milord« hinzufügte und zog eine leise, perverse Genugtuung daraus, es nicht zu tun. Er lenkte sein Pferd zur Seite und verlangsamte seinen Schritt, eine Einladung an Willie, zu ihm aufzuschließen. Er lächelte den Jungen an, als dieser es tat.

»Wir kennen sie seit über einem Jahr und sind schon in ihren Langhäusern zu Gast gewesen – aye, die Menschen von Anna Ooka sind zuvorkommender und gastfreundlicher als die meisten Leute, denen ich in England begegnet bin.«

»Ihr habt in England gelebt?« Der Junge warf ihm einen überraschten Blick zu, und er verfluchte seine Unachtsamkeit, doch zum Glück interessierte sich der Junge viel mehr für die Rothäute als für die Vergangenheit des James Fraser und ging nach seiner vagen Antwort zur nächsten Frage über.

Er war froh zu sehen, daß der Junge seine Übellaunigkeit ablegte und anfing, sich für ihre Umgebung zu interessieren. Er tat sein Bestes, ihn darin zu bestärken, indem er ihm im Weiterreiten Indianergeschichten erzählte und ihn auf Tierspuren aufmerksam machte, und es freute ihn zu sehen, wie der Junge auftaute und höflicher wurde, wenn auch nicht mehr.

Die Ablenkung durch das Gespräch war ihm willkommen; sein Verstand war viel zu beschäftigt, als daß ihm die Stille hätte angenehm sein können. Wenn das Schlimmste geschah – wenn John starb –, was wurde dann aus Willie? Er würde zweifellos nach England und zu seiner Großmutter zurückkehren – und Jamie würde nie wieder von ihm hören.

John war der einzige andere Mensch, der neben Claire die ganze Wahrheit über Willies Abstammung kannte. Es war möglich, daß Willies Großmutter die Wahrheit zumindest vermutete, doch sie würde niemals, unter keinen Umständen zugeben, daß ihr Enkel womöglich der uneheliche Sohn eines jakobitischen Verräters und nicht der legitime Nachkomme des Grafen war.

Er bat in einem kurzen Gebet zu St. Bride um das Wohlergehen John Greys und versuchte, die nagende Sorge zu verdrängen. Trotz seiner Befürchtungen begann er, die Reise zu genießen. Der Regen hatte bis auf gelegentliche Spritzer nachgelassen, und der Wald duftete nach feuchten, frischen Blättern und fruchtbarem, dunklem Laubkompost.

»Seht Ihr die Kratzer, die da an dem Baumstamm herunterlaufen?« Er wies mit dem Kinn auf einen hohen Hickorybaum, dessen Rinde in Fetzen herabhing und knapp zwei Meter über dem Boden eine Anzahl langer, parallel verlaufender, weißer Risse aufwies.

»Ja.« Willie zog seinen Hut aus und klatschte sich damit gegen den Oberschenkel, um das Wasser auszuschlagen. Dann beugte er sich vor, um näher hinzusehen. »Ist das ein Tier gewesen?«

»Ein Bär«, sagte Jamie. »Ganz frisch – seht Ihr, das Harz in den Rissen ist noch nicht trocken.«

»Ist er noch in der Nähe?« Willie sah sich um, offenbar eher neugierig als alarmiert.

»Nicht unmittelbar«, sagte Jamie, »oder die Pferde würden nervös werden. Aber auch nicht weit weg, aye. Haltet die Augen offen; bestimmt sehen wir seinen Dung oder seine Spuren.«

Nein, wenn John starb, dann würde seine zarte Verbindung zu Willie abreißen. Er hatte sich seit langem mit der Situation abgefunden und ihre Notwendigkeit klaglos akzeptiert – doch es würde ein herber Verlust für ihn sein, wenn ihm die Masern nicht nur seinen besten Freund, sondern auch jegliche Verbindung mit seinem Sohn raubten.

Der Regen hatte aufgehört. Als sie um die Flanke eines Berges bogen und oberhalb eines Tales herauskamen, machte Willie einen leisen Ausruf überraschter Freude und richtete sich im Sattel auf. Vor dem Hintergrund regenschwarzer Wolken wölbte sich in der Ferne ein Regenbogen vom Abhang eines Berges und fiel in einem perfekten Leuchten auf den Boden des Tales unter ihnen.

»Oh, wie wunderbar!« sagte Willie. Er wandte sich mit einem breiten Lächeln an Jamie, und ihre Differenzen waren vergessen. »Habt Ihr so etwas schon einmal gesehen, Sir?«

»Noch nie«, sagte Jamie und erwiderte das Lächeln. Mit einem kleinen Schreck wurde ihm klar, daß diese wenigen Tage in der Wildnis möglicherweise das letzte waren, das er jemals von Willie sah oder hörte. Er hoffte, den Jungen nicht mehr schlagen zu müssen.

Im Wald war sein Schlaf immer leicht, und das Geräusch weckte ihn sofort. Einen Augenblick lang lag er völlig still, nicht ganz sicher, was es war. Dann hörte er das leise, gedämpfte Geräusch und erkannte den Klang erstickten Weinens.

Er unterdrückte sein spontanes Bedürfnis, sich umzudrehen und dem Jungen tröstend die Hand aufzulegen. Willie gab sich größte Mühe, nicht gehört zu werden; er verdiente es, daß man ihm seinen Stolz ließ. Er lag still, hob den Blick zum weiten Nachthimmel über ihm und lauschte.

Es war keine Angst; Willie hatte keine Angst davor gezeigt, im dunklen Wald zu schlafen, und wäre ein großes Tier in der Nähe gewesen, so hätte der Junge etwas gesagt. Ging es ihm nicht gut? Die Geräusche waren kaum mehr als etwas lauteres Atmen, das ihm in der Kehle steckenblieb – vielleicht hatte der Junge Schmerzen und war zu stolz, es zu sagen. Es war Furcht, die ihn zum Sprechen trieb; wenn die Masern sie eingeholt hatten, durfte er keine Zeit verlieren; er mußte den Jungen sofort zu Claire zurückbringen.

»Milord?« sagte er leise.

Das Schluchzen verstummte abrupt. Er hörte ein Schlucken und das Rascheln von Stoff auf Haut, als sich der Junge mit dem Ärmel über das Gesicht wischte.

»Ja?« sagte der Graf, dessen tapferes Bemühen um Kühle nur durch seine belegte Stimme vereitelt wurde.

»Geht es Euch nicht gut, Milord?« Er konnte bereits erkennen, daß es etwas anderes war, aber es war ein guter Vorwand. »Habt Ihr vielleicht einen Krampf? Getrocknete Äpfel können einen Mann unglücklich erwischen.«

Auf der anderen Seite des Feuers war zu hören, wie jemand tief Luft holte und dann schniefte, während er versuchte, sich unauffällig seine laufende Nase zu putzen. Das Feuer war bis auf die Glut heruntergebrannt; dennoch konnte Jamie die dunkle Gestalt sehen, die sich zum Sitzen hochwand und dann auf der anderen Seite des Feuers hockte.

»Ich – äh – ja, ich glaube, so etwas... könnte es sein.«

Jamie setzte sich ebenfalls hin, und das Plaid glitt ihm von der Schulter.

»Es ist nichts Schlimmes«, sagte er tröstend. »Ich habe einen Trank, der alle möglichen Arten von Magenbeschwerden heilt. Keine Sorge, Milord; ich hole Wasser.«

Er stand auf und entfernte sich, wobei er darauf bedacht war, den Jungen nicht anzusehen. Als er mit dem gefüllten Kessel vom Bach zurückkam, hatte sich Willie die Nase geputzt und sich das Gesicht abgewischt. Er hatte im Sitzen die Knie angewinkelt und den Kopf daraufgelegt.

Er konnte nicht anders, als im Vorübergehen den Kopf des Jungen zu berühren. Zum Teufel mit der Zurückhaltung. Das dunkle Haar fühlte sich weich an, warm und etwas verschwitzt.

»Ein Grimmen im Bauch, ja?« sagte er freundlich, während er sich hinkniete und den Wasserkessel aufsetzte.

»Mm-hm.« Willies Stimme wurde von der Decke gedämpft, die über seinen Knien lag.

»Das geht bald vorbei«, sagte er. Er griff nach seinem Sporran und suchte zwischen der Vielzahl der kleinen Gegenstände herum, die dieser enthielt. Schließlich brachte er den kleinen Stoffbeutel mit der Mischung getrockneter Blätter und Blüten zum Vorschein, die Claire ihm mitgegeben hatte. Ihm war nicht klar, woher sie gewußt hatte, daß er den Tee brauchen würde, doch er stellte schon lange nichts mehr in Frage, was sie als Heilerin tat – ob für den Körper oder für die Seele.

Einen Augenblick lang war er ihr zutiefst dankbar. Es war ihm nicht entgangen, wie sie den Jungen ansah, und er ahnte, was sie fühlen mußte. Sie hatte natürlich von dem Jungen gewußt, aber keine Frau sollte es ertragen müssen, den Fleisch und Blut gewordenen Beweis dafür zu sehen, daß ihr Mann das Bett einer anderen geteilt hatte. Kein Wunder, daß sie John am liebsten mit heißen Nadeln gestochen hätte, hatte er ihr den Jungen doch einfach so vor die Nase gesetzt.

»Es dauert nur einen Moment, bis er durchgezogen ist«, versicherte er dem Jungen, während er die duftende Mischung zwischen seinen Fingern in einen Holzbecher zerrieb, wie er es bei Claire gesehen hatte.

Sie hatte ihm keine Vorwürfe gemacht. Zumindest nicht *in diesem Fall*, dachte er und erinnerte sich plötzlich, wie sie sich aufgeführt hatte, als sie von Laoghaire erfahren hatte. Da hatte sie sich wie eine Besessene auf ihn gestürzt, und doch, als sie später von Geneva Dunsany gehört hatte... vielleicht lag es nur daran, daß die Mutter des Jungen tot war?

Die Erkenntnis durchfuhr ihn wie ein Schwerthieb. Die Mutter des Jungen war tot. Nicht nur seine wirkliche Mutter, die am Tag seiner Geburt gestorben war – sondern auch die Frau, die er sein Leben lang Mutter gerufen hatte. Und jetzt lag sein Vater – oder zumindest der Mann, den er Vater nannte, dachte Jamie mit einem unbewußten Zucken seines Mundes – mit einer Krankheit darnieder, die nur wenige Tage zuvor einen anderen Mann vor den Augen des Jungen das Leben gekostet hatte.

Nein, es war nicht Angst, die den Jungen in der Dunkelheit vor sich hinweinen ließ. Es war Schmerz, und Jamie Fraser, der selbst als Kind seine Mutter verloren hatte, hätte das von Anfang an wissen sollen.

Nicht aus Sturheit, nicht einmal aus Loyalität hatte Willie darauf bestanden, in Fraser's Ridge zu bleiben. Er hatte es aus Liebe zu John Grey getan und aus Angst davor, ihn zu verlieren. Und genau diese Liebe war es, die den Jungen in der Nacht zum Weinen brachte, verzweifelt vor Sorge um seinen Vater.

Ungewohnte Eifersucht sprang wie Unkraut in Jamies Herzen auf, beißend wie Brennesseln. Er zertrat sie entschlossen; was für ein Glück, daß er sicher sein konnte, daß sein Sohn eine liebevolle Beziehung zu seinem Stiefvater hatte. So, das Unkraut war zertreten. Doch die Fußtritte schienen eine kleine, wunde Stelle in seinem Herzen hinterlassen zu haben; er konnte sie beim Atmen spüren.

Das Wasser begann, im Kessel zu rumoren. Er goß es vorsichtig über die Kräutermischung, und mit dem Dampf stieg ein süßer Duft auf. Baldrian, hatte sie gesagt, und Katzenminze. Die Wurzel einer Passionsblume, in Honig getränkt und fein gemahlen. Und schließlich der süße, etwas erdige Geruch des Lavendels.

»Trink ihn nicht selbst«, hatte sie beiläufig gesagt, als sie ihm den Tee gab. »Er enthält Lavendel.«

Eigentlich hatte er damit keine Probleme, wenn er gewarnt war. Nur, wenn ihn dann und wann ein unerwarteter Lavendelhauch traf, dann fuhr ihm eine Welle der Übelkeit durch den Unterleib. Claire hatte diese Wirkung zu oft an ihm erlebt, um sich dessen nicht bewußt zu sein.

»Hier.« Er beugte sich vor, gab dem Jungen den Becher und fragte sich, ob auch ihn der Duft des Lavendels von jetzt an für immer beunruhigen würde oder ob er darin eine tröstende Erinnerung finden würde. Das, so glaubte er, konnte sehr wohl davon abhängen, ob John Grey überlebte oder starb.

Durch die Atempause hatte Willie äußerlich seine Fassung wiedergefunden, doch der Schmerz war ihm immer noch ins Gesicht geschrieben. Jamie lächelte dem Jungen zu und verbarg seine eigene Sorge. So, wie er John und Claire kannte, hatte er weniger Angst als der Junge – doch die Furcht war nach wie vor da, hartnäckig wie ein Dorn in seiner Fußsohle.

»Das wird Euch helfen«, sagte er und wies mit einem Kopfnicken auf den Becher. »Meine Frau hat ihn gemacht, sie ist eine große Heilerin.«

»Ja?« Der Junge atmete den Dampf tief und zitternd ein und berührte die heiße Flüssigkeit vorsichtig mit der Zunge. »Ich habe gesehen, wie sie – etwas gemacht hat. Mit dem Indianer, der gestorben ist.« Die Anklage war deutlich; sie hatte etwas gemacht, und der Mann war dennoch gestorben.

Weder Claire noch Ian hatten viele Worte darüber verloren, und er hatte keine Gelegenheit gehabt, sie zu fragen, was geschehen war – sie hatte die Augenbraue hochgezogen und ihm einen kurzen, goldenen Blick zugeworfen, der ihn beschwor, nicht vor Willie davon zu reden, der blaßgesichtig und kalt mit ihr aus dem Maisspeicher zurückgekehrt war.

»Aye?« sagte er neugierig. »Was hat sie denn gemacht?«

Was zum Teufel hatte sie getan? fragte er sich. Sicher nichts, was den Tod den Mannes herbeigeführt hatte; das hätte er ihr sofort angesehen. Sie fühlte sich auch nicht schuldig oder hilflos – er hatte sie schon oft in den Armen gehalten und sie getröstet, während sie um jene weinte, die sie nicht retten konnte. Diesmal war sie still und niedergeschlagen gewesen – genau wie Ian –, aber nicht sehr verstört. Sie war ihm nur etwas verwirrt vorgekommen.

»Sie hatte Schlamm im Gesicht. Und sie hat ihm etwas vorgesungen. Ich glaube, es war ein Papistenlied; es war auf Lateinisch und es hatte irgend etwas mit Sakramenten zu tun.«

»Wirklich?« Jamie unterdrückte sein eigenes Erstaunen über diese Beschreibung. »Aye, na ja. Vielleicht wollte sie dem Mann nur etwas Trost spenden, weil sie gesehen hat, daß sie ihm nicht helfen konnte. Die Indianer sind viel anfälliger für die Nebenwirkungen der Masern, wißt Ihr; manche Infektionen, die für sie tödlich sind, entlocken einem Weißen nicht einmal ein Stirnrunzeln. Ich habe selbst als kleiner Junge die Masern gehabt, und sie haben mir überhaupt nicht geschadet.« Er lächelte und richtete sich auf, als wollte er seine offenkundige Gesundheit demonstrieren.

Die Linien der Anspannung im Gesicht des Jungen lockerten sich ein wenig, und er trank vorsichtig einen Schluck von dem heißen Tee.

»Das ist es auch, was Mrs. Fraser gesagt hat. Sie hat gesagt, daß Papa nichts passiert. Sie – sie hat mir ihr Wort darauf gegeben.«

»Dann kannst du dich auch darauf verlassen«, sagte Jamie bestimmt. »Mrs. Fraser ist eine Frau von Ehre.« Er hustete und zog sich das Plaid höher über die Schultern; die Nacht war nicht kalt, doch es wehte ein Luftzug vom Hügel herab. »Hilft der Tee denn etwas?«

Willie machte ein verständnisloses Gesicht und blickte dann auf den Becher in seiner Hand.

»Oh! Ja. Ja, danke; er ist sehr gut. Mir geht es schon viel besser. Vielleicht waren es doch nicht die getrockneten Äpfel.«

»Vielleicht nicht«, stimmte Jamie zu und senkte den Kopf, um sein Lächeln zu verbergen. »Aber ich glaube, daß wir morgen etwas Besseres zum Abendessen bekommen; wenn wir Glück haben, gibt es Forelle.«

Der Ablenkungsversuch gelang; Willies Kopf zuckte von seinem Becher hoch, und in seinem Gesicht lag großes Interesse.

»Forelle? Wir können angeln?«

»Habt Ihr in England schon viel geangelt? Ich kann mir nicht vorstellen, daß man die Forellengewässer mit diesen hier vergleichen kann, aber ich weiß, daß man im Lake District gut angeln kann – sagt jedenfalls Euer Vater.«

Er hielt den Atem an. Warum in Gottes Namen hatte er das gefragt? Er selbst hatte mit dem fünfjährigen Willie auf dem See in der Nähe von Ellesmere Rotforellen geangelt, als er dort seine Zwangsarbeit ableistete. *Wollte* er, daß sich der Junge daran erinnerte?

»Oh... ja. Sicher, es ist ganz nett auf den Seen – aber ganz anders als *das*.« Willie schwenkte den Arm in die ungefähre Richtung des Baches. Die Falten im Gesicht des Jungen hatten sich geglättet, und es war wieder ein leichtes, lebendiges Flackern in seine Augen zurückgekehrt. »So etwas habe ich noch nie gesehen. Es ist ganz anders als England.«

»Das stimmt«, pflichtete Jamie ihm belustigt bei. »Aber werdet Ihr England nicht vermissen?«

Willie dachte einen Augenblick lang darüber nach, während er den restlichen Tee schlürfte.

»Ich glaube nicht«, sagte er und schüttelte entschlossen den Kopf. »Manchmal vermisse ich Großmama und meine Pferde, aber das ist alles. Da hatte ich nur Tutoren und Tanzstunden und Latein und Griechisch – igitt!« Er zog die Nase kraus, und Jamie lachte.

»Dann hat Euch das Tanzen also keinen Spaß gemacht?«

»Nein. Das muß man ja mit Mädchen machen.« Er warf Jamie einen Blick unter seinen feinen, dunklen Augenbrauen hervor zu. »Mögt Ihr Musik, Mr. Fraser?«

»Nein«, sagte Jamie lächelnd. »Aber ich mag Mädchen.« Und die Mädchen würden diesen Jungen auch mögen, dachte er, und nahm unauffällig Notiz von dessen breiten Schultern, seinen langen Schenkeln und den langen, dunklen Wimpern, die seine schönen blauen Augen verbargen.

»Ja. Mrs. Fraser ist aber auch sehr hübsch«, sagte der Graf höflich. Sein Mundwinkel krümmte sich plötzlich. »Obwohl sie schon komisch ausgesehen hat mit dem Schlamm im Gesicht.«

»Das glaube ich. Wollt Ihr noch eine Tasse, Milord?«

Claire hatte gesagt, die Mixtur sei beruhigend; sie schien ihre Wirkung zu tun. Während sie eine belanglose Unterhaltung über die Indianer und ihren seltsamen Glauben führten, wurden Williams Augenlider schwerer, und er gähnte mehrfach. Schließlich beugte sich Jamie vor und nahm ihm den Becher aus der erschlafften Hand.

»Die Nacht ist kalt, Milord«, sagte er. »Möchtet Ihr Euch vielleicht neben mich legen und die Decke mit mir teilen?«

Die Nacht war kühl, aber alles andere als kalt. Dennoch hatte er richtig geraten; Willie akzeptierte den Vorwand begierig. Er konnte keinen Adligen in seine Arme nehmen, um ihm Trost zu spenden, und der junge Graf konnte seinerseits nicht zugeben, daß er sich diesen Trost wünschte. Doch zwei Männer konnten ohne Scham nah beieinanderliegen, um sich gegenseitig zu wärmen.

Willie schlief sofort ein, eng an seine Seite geschmiegt. Jamie lag noch lange wach, einen Arm leicht über den Körper seines schlafenden Sohnes gelegt.

»Jetzt die kleine Gefleckte. Nur an der Spitze, und mit dem Finger festhalten, aye?« Er wickelte den Faden fest um die kleine Rolle aus weißer Wolle, gerade eben an Willies Finger vorbei, aber so, daß er das Ende der Spechtdaune mitumwickelte und die flaumigen Härchen der Feder spitz abstanden und in der hellen Luft zitterten.

»Seht Ihr? Es sieht aus wie ein kleines Insekt, das gerade losfliegt.«

Willie nickte, ohne den Blick von der Fliege abzuwenden. Zwei winzige, gelbe Schwanzfedern lagen glatt unter der Daunenfeder und ahmten die gespreizten Deckflügel eines Käfers nach.

»Ich verstehe. Ist es die Farbe, die zählt, oder nur die Form?«

»Beides, aber die Form ist wichtiger, glaube ich.« Jamie lächelte den Jungen an. »Am meisten zählt, wie hungrig die Fische sind. Wenn man den richtigen Zeitpunkt wählt, dann beißen sie auf alles an – sogar auf einen nackten Haken. Wählt man den falschen, dann ist es, als würde man mit Nabelschmalz angeln. Das dürft Ihr aber keinem Fliegenfischer erzählen; er nimmt die ganze Ehre für sich in Anspruch und läßt den Fischen nichts.«

Willie lachte nicht – der Junge lachte nur selten –, doch er lächelte und ergriff die Weidenrute mit der frischgebundenen Fliege.

»Ist der Zeitpunkt jetzt gut, was meint Ihr, Mr. Fraser?« Er beschattete seine Augen und blickte über das Wasser. Sie standen im kühlen Schatten eines Hains aus Schwarzweiden, doch die Sonne stand immer noch über dem Horizont, und das Wasser des Baches glitzerte wie Metall.

»Aye, Forellen fressen bei Sonnenuntergang. Seht Ihr die Pünktchen auf dem Wasser? Der Teich wird gerade lebendig.«

Die Oberfläche des Teiches war unruhig; das Wasser selbst lag still da, doch es breiteten sich Dutzende kleiner Wellenringe aus. Sie überschnitten einander, Ringe aus Licht und Schatten, die sich in endloser Folge ausbreiteten und brachen.

»Die Ringe? Ja. Sind das Fische?«

»Noch nicht. Es sind Mücken und Schnaken, die aus ihren Larven ausschlüpfen und die Wasseroberfläche durchbrechen, um in die Luft zu steigen – die Forellen sehen sie dann und kommen, um sie zu fressen.«

Ohne Vorwarnung schoß ein Silberstreifen in die Luft und fiel platschend zurück. Willie schnappte nach Luft.

»Das war ein Fisch«, sagte Jamie überflüssigerweise. Er fädelte rasch seine Angelschnur durch die geschnitzten Führungen, band eine Fliege an der Schnur fest und trat vor. »Jetzt seht her.«

Er zog den Arm zurück und beugte das Handgelenk, vor und zurück. Mit jedem Kreisen seines Unterarms verlängerte er die Schnur, bis er mit einem Schwung seines Handgelenkes sie in einer weiten, trägen Schlinge fliegen ließ und die Fliege niederschwebte wie eine kreisende Mücke. Er spürte den Blick des Jungen auf sich und war froh, daß es ein guter Wurf gewesen war.

Er ließ die Fliege einen Moment lang treiben und beobachtete sie – in der glitzernden Helle war sie schwer zu sehen –, dann begann er langsam, die Schnur einzuholen. Blitzschnell ging die Fliege unter. Der Ring, der bei ihrem Verschwinden entstand, hatte noch nicht einmal begonnen, sich auszubreiten, als es fest an der Schnur ruckte und er als Antwort ein wütendes Ziehen spürte.

»Da ist einer! Da ist einer!« Er konnte Willie hören, der aufgeregt hinter ihm am Ufer tanzte, aber seine ganze Aufmerksamkeit galt dem Fisch.

Er hatte keine Spule, nur den Zweig mit dem Rest seiner Angelschnur. Er zog die Spitze der Rute weit zurück, ließ sie wieder nach vorn fallen und wickelte die lose Schnur mit einer schwungvollen Handbewegung auf. Noch einmal Schnur aufwickeln, dann ein verzweifelter Ansturm, der ihn die ganze gewonnene Schnur kostete und mehr.

Zwischen den blitzenden Lichtfunken konnte er nichts sehen, doch das Zerren und Ziehen, das seine Arme durchfuhr, war so gut wie Sicht; ein Zittern, so lebendig wie die Forelle selbst, als hielte er das Tier in Händen, das hin und her schlug und sich wand und kämpfte...

Frei. Die Schnur erschlaffte; einen Moment lang stand er da, während die Vibrationen des Kampfes in seinen Armen verebbten, und atmete die Luft ein, an die er im Eifer des Gefechtes nicht gedacht hatte.

»Sie ist entwischt! Oh, so ein Pech, Sir!« Willie stieg am Ufer herunter, die Angel in der Hand, das Gesicht voll offener Sympathie.

»Glück für den Fisch.« Jamie grinste, immer noch von seinem Kampf erregt, und wischte sich mit der feuchten Hand über das Gesicht. »Willst du es versuchen, Junge?« Zu spät fiel ihm ein, wie er den Jungen eigentlich hätte anreden sollen, doch Willie war zu aufgeregt, um den Ausrutscher zu bemerken.

Willie bog seinen Arm zurück, das Gesicht zu einer entschlossenen Grimasse verzogen, blinzelte auf das Wasser und ließ sein Handgelenk mit einem mächtigen Ruck herumschwingen. Die Rute flog ihm aus den Fingern und segelte elegant in den Teich.

Der Junge gaffte ihr nach und wandte sich dann mit einem Ausdruck äußerster Bestürzung an Jamie, der gar nicht erst versuchte, das Lachen zu unterdrücken. Der junge Graf machte ein durch und durch verblüfftes und nicht besonders zufriedenes Gesicht, doch einen Augenblick später kringelten sich die Winkel seines breiten Mundes in die Höhe, und er gestand ironisch sein Mißgeschick ein. Er wies auf die Angel, die in etwa drei Metern Entfernung vom Ufer dahintrieb.

»Verscheuche ich nicht die ganzen Fische, wenn ich sie holen gehe?«

»Doch. Nehmt meine; ich hole die andere später zurück.«

Willie leckte sich die Lippen und biß konzentriert die Zähne zusammen, als er die neue Angel fest in die Hände nahm und sie mit kleinen Peitschenschlägen und Rucken ausprobierte. Er drehte sich zum Teich um, wiegte seinen Arm vor und zurück und ließ dann fest sein Handgelenk zuschnappen. Er erstarrte, und die Spitze der Angel bildete eine perfekte Verlängerung seines Armes. Die lose Schnur wickelte sich um die Angelrute und drapierte sich um Willies Kopf.

»Ein wunderbarer Wurf, Milord«, sagte Jamie und rieb sich fest mit dem Knöchel über den Mund. »Aber ich glaube, wir müssen erst eine neue Fliege daran festmachen aye?«

»Oh.« Langsam entspannte sich Willies starre Haltung, und er sah Jamie verlegen an. »Daran habe ich nicht gedacht.«

Etwas ernüchtert durch seine Fehlversuche gestattete der Graf, daß Jamie eine neue Fliege an der Angel befestigte und ihn dann beim Handgelenk nahm, um ihm zu zeigen, wie man die Angel richtig auswarf.

Er stellte sich hinter Willie und ergriff dessen rechtes Handgelenk, wobei er Willies schlanken Arm und seine vorstehenden Knöchel bewunderte, die zukünftige Größe und Kraft verhießen. Die Haut des Jungen war mit kühlem Schweiß bedeckt, und sein Arm fühlte sich fast genauso an wie das Zittern der Forelle an der Schnur, gespannt und muskulös, lebendig unter seinen Fingern. Dann riß sich Willie los, und für einen Augenblick war er verwirrt und verspürte ein seltsames Verlustgefühl, als ihr kurzer Kontakt abriß.

»Das ist nicht richtig«, sagte Willie und wandte sich um, um ihn anzusehen. »Ihr habt mit der linken Hand geworfen. Ich habe Euch gesehen.«

»Aye, aber ich bin Linkshänder, Milord. Die meisten Männer würden die Angel mit der Rechten auswerfen.«

»Linkshänder?« Willies Mund verzog sich wieder nach oben.

»Ich kann die meisten Tätigkeiten mit der linken Hand besser ausführen als mit der rechten, Milord.«

»Ich habe mir gedacht, daß es das heißt. Ich bin genauso.« Bei dieser Aussage machte Willie ein sehr zufriedenes und leicht verschämtes Gesicht. »Meine – meine Mutter hat gesagt, es gehört sich nicht, und daß ich lernen sollte, die andere zu benutzen wie ein Gentleman. Aber Papa hat nein gesagt und dafür gesorgt, daß ich mit der linken Hand schreiben durfte. Er hat gesagt, es spielt keine große Rolle, wenn ich mit dem Gänsekiel ungeschickt aussehe; wenn es ums Kämpfen mit dem Schwert ginge, wäre ich im Vorteil.«

»Euer Vater ist ein weiser Mann.« Sein Herz verkrampfte sich mit einem Gefühl irgendwo zwischen Eifersucht und Dankbarkeit – doch die Dankbarkeit überwog bei weitem.

»Papa ist Soldat gewesen.« Willie stellte sich ein wenig gerader hin und richtete voll unbewußtem Stolz seine Schultern auf. »Er hat in Schottland gekämpft, beim Auf – oh.« Er hustete, und sein Gesicht errötete leicht, als ein Blick auf Jamies Kilt fiel und ihm klar wurde, daß er sich wahrscheinlich gerade mit einem besiegten Teilnehmer ebendieser Auseinandersetzung unterhielt. Er spielte an der Angelrute herum und wußte nicht, wohin er blicken sollte.

»Aye, ich weiß. Da bin ich ihm zum ersten Mal begegnet.« Jamie achtete darauf, seine Stimme von jeglicher Belustigung freizuhalten. Er fühlte sich versucht, dem Jungen zu erzählen, unter welchen Umständen diese erste Begegnung stattgefunden hatte, doch das wäre eine armselige Belohnung gewesen für das unbezahlbare Geschenk, das John ihm gemacht hatte, diese wenigen, kostbaren Tage mit seinem Sohn.

»Er war wirklich ein sehr tapferer Soldat«, stimmte Jamie mit unbewegtem Gesicht zu. »Und in bezug auf die Hände hatte er auch recht. Habt Ihr denn schon Eure Ausbildung mit dem Schwert begonnen?«

»Nur ein bißchen.« Vor lauter Begeisterung über dieses neue Thema vergaß Willie seine Verlegenheit. »Ich habe einen kleinen Degen, seit ich acht bin, und kann täuschen und parieren. Papa sagt, ich bekomme ein richtiges Schwert, wenn wir nach Virginia kommen, jetzt bin ich groß genug, um Terzen und Ausfallschritte zu lernen.«

»Ah. Na dann, wenn Ihr ein Schwert mit links führen könnt, dann glaube ich auch nicht, daß es Euch Schwierigkeiten macht, auf dieselbe Weise mit einer Angel umzugehen. Hier, wir wollen es noch einmal versuchen, sonst gibt es kein Abendessen.«

Beim dritten Versuch senkte sich die Fliege perfekt herab und war kaum mehr als eine Sekunde auf dem Wasser getrieben, als eine kleine, aber hungrige Forelle an die Oberfläche rauschte und sie verschlang. Willie tat einen aufgeregten Schrei und riß so fest an der Rute, daß die verblüffte Forelle an seinem Kopf vorbei durch die Luft flog und platschend hinter ihm auf dem Ufer landete.

»Ich hab's geschafft! Ich hab's geschafft! Ich habe einen Fisch gefangen!« Willie schwenkte die Angel und rannte unter Freudengeheul in kleinen Kreisen herum, wobei er die seinem Titel angemessene Würde völlig vergaß.

»Das stimmt.« Jamie hob die Forelle auf, die von der Nase bis zum Schwanz vielleicht fünfzehn Zentimeter maß, und klopfte dem herumtanzenden Grafen zur Gratulation auf den Rücken. »Gut gemacht, Junge! Sieht so aus, als ob sie heute abend gut beißen; wir wollen es noch ein-, zweimal versuchen, aye?«

Die Forellen bissen tatsächlich gut. Als die Sonne hinter dem Rand der weit entfernten, schwarzen Berge versunken und das Silberwasser zu blindem Zinn verblichen war, hatte jeder von ihnen eine ansehnliche Reihe von Fischen gefangen. Sie waren beide naß bis auf die Knochen, erschöpft, halb blind vom grellen Sonnenlicht und durch und durch glücklich.

»Ich habe noch nie etwas gegessen, das auch nur halb so köstlich war«, sagte Willie verträumt. »Nie.« Er saß nackt in eine Decke gehüllt, und sein Hemd, seine Kniehosen und Strümpfe hingen zum Trocknen über einem Ast. Er legte sich mit einem zufriedenen Seufzen zurück und rülpste sacht.

Jamie hängte sein feuchtes Plaid über einen Busch und legte noch ein Holzscheit auf das Feuer. Das Wetter war gut, Gott sei Dank, doch es war kühl jetzt, wo die Sonne nicht mehr schien, der Nachtwind sich erhob und er ein feuchtes Hemd anhatte. Er stellte sich nah ans Feuer und ließ die heiße Luft unter seinem Hemd aufsteigen. Die Wärme stieg ihm an den Oberschenkeln hoch und berührte ihn an Brust und Bauch, angenehm wie Claires Hände auf der kühlen Haut zwischen seinen Beinen.

Er stand eine Zeitlang still da und beobachtete den Jungen, scheinbar, ohne ihn anzusehen. Auch wenn er seine Eitelkeit vergaß und gerecht urteilte, hielt er William für ein hübsches Kind. Dünner, als er sein sollte; man konnte jede Rippe sehen – aber mit sehnigen, muskulösen Gliedmaßen und am ganzen Körper wohlgeformt.

Der Junge hatte den Kopf abgewandt und blickte in das Feuer, so konnte er ihn offener ansehen. Ein Harztropfen zerplatzte knisternd im Kiefernholz und überflutete Willies Gesicht einen Moment lang mit goldenem Licht.

Jamie stand völlig still, spürte sein Herz schlagen, sah zu. Es war einer von diesen seltsamen Augenblicken, die er selten erlebte, aber nie wieder vergaß. Ein Augenblick, der sich in Herz und Verstand prägte und den er sich für den Rest seines Lebens jederzeit bis ins kleinste Detail wieder vor Augen rufen konnte.

Unmöglich zu sagen, was einen solchen Augenblick von allen anderen unterschied, doch er erkannte ihn, wenn er kam. Er hatte schon viel grauenhaftere oder auch schönere Anblicke gesehen, und doch waren sie ihm nur flüchtig und verschwommen in Erinnerung geblieben. Doch diese – die Zeitstillstände, wie er sie insgeheim nannte –, sie kamen ohne Vorwarnung, um ihm ein zufälliges Bild von den alltäglichsten Dingen unauslöschlich ins Hirn zu brennen. Sie waren wie die Fotografien, die Claire ihm mitgebracht hatte, nur trugen diese Augenblicke mehr in sich als nur den visuellen Eindruck.

Er hatte einen von seinem Vater, wie er verschmiert und schmutzig auf der Mauer eines Kuhstalls saß und ihm ein kalter, schottischer Wind durchs Haar fuhr. Er konnte diesen Augenblick heraufbeschwören und das trockene Heu und den Dunggeruch riechen, spüren, wie ihm der Wind die Finger kühlte und das Licht in den Augen seines Vaters ihm das Herz wärmte.

Er hatte solche Bilder von Claire, von seiner Schwester, von Ian… kurze Augenblicke, aus der Zeit ausgestanzt und durch eine seltsame Alchemie perfekt konserviert, in seiner Erinnerung erstarrt wie ein Insekt in Bernstein. Und jetzt hatte er noch eins.

Denn er würde sich diesen Augenblick zurückholen können, solange er lebte. Er würde den kalten Wind in seinem Gesicht spüren und das knisternde Gefühl der Haare auf seinen Oberschenkeln, vom Feuer halb versengt. Er würde den kräftigen Duft der in Maismehl gebratenen Forellen riechen und spüren, wie ihn eine verschluckte Gräte haarfein in die Kehle stach.

Er würde die dunkle Stille des Waldes hinter sich hören und das sanfte Rauschen des nahen Baches. Und für immer würde er sich jetzt an den goldenen Feuerschein im geliebten, klaren Gesicht seines Sohnes erinnern.

»*Deo gratias*«, murmelte er, und nur daran, daß der Junge sich aufgeschreckt zu ihm umdrehte, merkte er, daß er es laut gesagt hatte.

»Was?«

»Nichts.« Er wandte sich ab, um den Augenblick zu überbrücken, und nahm sein halbtrockenes Plaid von dem Busch herunter. Selbst völlig durchnäßt isolierte die Highlandwolle noch die Körperwärme und schützte vor Kälte.

»Ihr solltet schlafen, Milord«, sagte er, während er sich hinsetzte und die feuchten Plaidfalten um sich herum arrangierte. »Wir haben morgen einen langen Tag vor uns.«

»Ich bin nicht müde.« Wie zum Beweis setzte Willie sich hin und fuhr sich heftig mit der Hand durch das Haar, so daß die dichte, rostbraune Masse wie eine Mähne um seinen Kopf herumstand.

Jamie spürte einen Stich der Bestürzung; er erkannte die Geste nur zu gut als seine eigene. Mehr noch, er war gerade im Begriff gewesen, exakt dasselbe zu tun, und er konnte seine Hände nur mit Mühe stillhalten.

Er versuchte sein Herz zu beruhigen, das wild in seinem Hals pochte, und griff nach seinem Sporran. Nein. Sicher käme der Junge nie auf den Gedanken – Jungen in seinem Alter achteten herzlich wenig auf das, was die Erwachsenen sagten oder taten, geschweige denn, daß sie sie genau beobachteten. Dennoch war es für sie alle ein höllisches Risiko gewesen; Claires Gesichtsausdruck hatte ausgereicht, um ihm zu zeigen, wie auffallend die Ähnlichkeit war.

Er holte tief Luft und fing an, die kleinen Stoffbündel hervorzuholen, die seine Materialien zur Fliegenherstellung enthielten. Sie hatten all seine fertigen Fliegen aufgebraucht, und wenn er zum Frühstück angeln wollte, dann mußte er noch ein paar vorbereiten.

»Kann ich mithelfen?« Willie wartete keine Erlaubnis ab, sondern sauste um das Feuer herum und setzte sich neben ihn. Wortlos schob er dem Jungen die kleine Holzdose mit den Federn hin und zog einen Angelhaken aus dem Korkstück, in dem diese steckten.

Sie arbeiteten eine Zeitlang still vor sich hin und pausierten nur, um einen fertigen *Silver Doctor* oder *Broom Eye* zu bewundern, oder wenn Jamie dem Jungen einen Ratschlag gab oder ihm beim Festbinden half. Doch Willie wurde der mühsamen Kleinarbeit bald überdrüssig. Er legte seinen halbfertigen *Green Whisker* hin und stellte Jamie zahllose Fragen über das Angeln, die Jagd, den Wald und die Indianer, zu denen sie unterwegs waren.

»Nein«, beantwortete Jamie eine dieser Fragen. »Ich habe noch nie einen Skalp im Dorf gesehen. Meistens sind sie sehr liebenswürdig. Wenn ihnen allerdings Unrecht widerfährt, dann läßt ihre Rache nicht lange auf sich warten.« Er lächelte ironisch. »In dieser Hinsicht erinnern sie mich ein bißchen an die Highlander.«

»Großmama sagt, die Schotten vermehren sich w –« Der beiläufig begonnene Satz erstickte abrupt. Jamie blickte auf und sah, daß Willie sich mit aller Kraft auf die halbfertige Fliege zwischen seinen Fingern konzentrierte, das Gesicht so rot, daß es unmöglich nur vom Feuerschein kommen konnte.

»Wie die Karnickel?« Jamie ließ Ironie und ein Lächeln in seiner Stimme mitklingen. Willie warf einen vorsichtigen Seitenblick in seine Richtung.

»Schottische Familien sind manchmal groß, aye.« Jamie zupfte eine Zaunkönigsdaune aus der kleinen Dose und legte sie vorsichtig an den Schaft des Angelhakens. »Für uns sind Kinder ein Segen.«

Die leuchtende Farbe auf Willies Wangen verblaßte. Er setzte sich etwas gerader hin.

»Ach so. Habt Ihr auch viele Kinder, Mr. Fraser?«

Jamie fiel die Daune aus der Hand.

»Nein, nicht viele«, sagte er und hielt seinen Blick auf das gesprenkelte Laub gerichtet.

»Entschuldigung. Ich habe nicht daran gedacht – das heißt…« Jamie blickte auf und sah, daß Willie erneut rot geworden war und die halbfertige Fliege in seiner Hand zerdrückte.

»Woran gedacht?« sagte er verwundert.

Willie holte tief Luft.

»Also – die… die… Krankheit; die Masern. Ich habe keine Kinder bei Euch gesehen, aber ich habe nicht daran gedacht, als ich sagte… ich meine… daß Ihr vielleicht welche hattet, aber daß sie…«

»Och, nein.« Jamie lächelte ihn beruhigend an. »Meine Tochter ist erwachsen; sie lebt schon lange weit weg in Boston.«

»Oh.« Willie atmete extrem erleichtert auf. »Mehr nicht?«

Ein Lufthauch bewegte die herabgefallene Daune und gab ihre Position im Dunkeln preis. Jamie schnappte mit Daumen und Zeigefinger zu und hob sie sachte auf.

»Doch, ich habe auch einen Sohn«, sagte er und blickte auf den Haken, der sich irgendwie in seinen Daumen gebohrt hatte. Ein kleiner Blutstropfen quoll um das glänzende Metall herum auf. »Ein Prachtjunge, und ich liebe ihn sehr, aber im Augenblick ist er nicht zu Hause.«

28

Erhitzte Gespräche

Als es Abend wurde, hatte Ian glasige Augen bekommen, und er fühlte sich heiß an. Er setzte sich auf seinem Strohlager auf, um mich zu begrüßen, schwankte aber alarmierend, und er konnte nicht geradeaus blicken. Ich hatte nicht den geringsten Zweifel, sah mir aber dennoch zur Bestätigung seinen Mund an; wie erwartet leuchteten die kleinen, symptomatischen Koplik-Flecke weiß auf seiner dunkelroten Mundschleimhaut auf. Obwohl die Haut auf seinem Hals unter seinen Haaren immer noch so hell war wie die eines Kindes, zeigte sich dort ein harmlos aussehender Ausschlag aus kleinen, rosa Pickelchen.

»Gut«, sagte ich resigniert. »Du hast sie. Am besten kommst du mit zum Haus, damit ich mich besser um dich kümmern kann.«

»Ich habe die Masern? Heißt das, daß ich sterben muß?« fragte er. Es schien ihn nur beiläufig zu interessieren, als sei seine ganze Aufmerksamkeit auf ein Bild in seinem Innern konzentriert.

»Nein«, sagte ich nüchtern und hoffte, daß ich recht hatte. »Aber dir geht's ziemlich mies, oder?«

»Ich habe etwas Kopfweh«, sagte er. Das konnte ich sehen; seine Augenbrauen waren zusammengezogen, und selbst das schwache Licht meiner Kerze brachte ihn zum Blinzeln.

Doch er konnte noch laufen, und das war auch gut so, dachte ich, während ich zusah, wie er schwankend die Leiter vom Heuboden herunterstieg. Er sah zwar aus wie ein dürrer Storch, doch er war gut zwanzig Zentimeter größer als ich und mindestens dreißig Pfund schwerer.

Es waren nur zwanzig Meter bis zum Blockhaus, doch bis ich ihn dort hatte, zitterte Ian vor Erschöpfung. Als wir eintraten, setzte sich Lord John auf und machte Anstalten, aus dem Bett zu steigen, doch ich winkte ab.

»Bleibt liegen«, sagte ich und ließ Ian kraftlos auf einen Hocker sinken. »Ich komme schon zurecht.«

Ich hatte auf dem Rollbett geschlafen; es war schon vorbereitet mit

Laken, Bettdecke und Kissen. Ich schälte Ian aus seinen Kniehosen und Strümpfen und steckte ihn unverzüglich unter die Decke. Seine Wangen waren gerötet und klamm, und er sah viel kränker aus als in der gedämpften Beleuchtung des Heubodens.

Der Weidenrindentee, den ich hatte ziehen lassen, war dunkel und aromatisch; gerade richtig zum Trinken. Ich goß ihn vorsichtig in eine Tasse und blickte dabei zu Lord John herüber.

»Der war eigentlich für Euch gedacht«, sagte ich. »Aber wenn Ihr es aushalten könntet zu warten...«

»Gebt ihn auf jeden Fall dem Jungen«, sagte er und winkte ab. »Ich kann gut warten. Aber kann ich Euch vielleicht helfen?«

Mir kam der Gedanke, ihm vorzuschlagen, zum Abort zu gehen, anstatt den Nachttopf zu benutzen – den ich würde entleeren müssen –, wenn er wirklich helfen wollte, doch ich konnte sehen, daß sein Zustand es ihm noch nicht erlaubte, nachts allein umherzuwandern. Ich wollte dem jungen William nicht am Ende erklären müssen, daß ich es hatte geschehen lassen, daß der einzige Elternteil, der ihm geblieben war – oder der Mann, von dem er glaubte, er sei der einzige Elternteil, der ihm geblieben war – sich eine Lungenentzündung geholt hatte oder gar von Bären gefressen worden war.

Also schüttelte ich nur höflich den Kopf und kniete mich neben das Rollbett, um Ian den Aufguß zu verabreichen. Es ging ihm immerhin so gut, daß er Gesichter schnitt und sich über den Geschmack beschwerte, was ich beruhigend fand. Dennoch waren seine Kopfschmerzen offenbar sehr stark; die Falte zwischen seinen Augen wich nicht von der Stelle und war so tief, als wäre sie mit einem Messer dort eingegraben worden.

Ich setzte mich auf das Rollbett, nahm seinen Kopf auf meinen Schoß und rieb ihm sanft die Schläfen. Dann legte ich meine Daumen gerade eben in seine Augenhöhlen und preßte sie fest an der Kante seiner Augenbraue entlang. Er gab einen leisen Laut des Unbehagens von sich, entspannte sich dann aber, und sein Kopf lag schwer auf meinem Oberschenkel.

»Atme einfach nur weiter«, sagte ich. »Mach dir keine Sorgen, wenn es am Anfang etwas unangenehm ist, es heißt, daß ich die richtige Stelle erwischt habe.«

»Schon in Ordnung«, murmelte er in leicht gedehnten Worten. Seine Hand driftete nach oben und schloß sich um mein Handgelenk, groß und sehr warm. »Das hat der Chinamann auch so gemacht, oder?«

»Das stimmt. Er meint Yi Tien Cho – Mr. Willoughby«, erklärte ich Lord John, der die Vorgänge mit einem verwunderten Stirnrunzeln beobachtete. »Es ist eine Methode, mit der man Schmerzen lindern kann, indem man Druck auf bestimmte Punkte des Körpers ausübt. Dieser hier ist gut gegen Kopfschmerzen. Der Chinamann hat es mir beigebracht.«

Ich erwähnte den kleinen Chinesen Lord John gegenüber nur ungern, denn als wir uns das letzte Mal begegnet waren, auf Jamaica, durchkämmten gerade vierhundert Soldaten auf Lord Johns Befehl die Insel auf der Suche nach Mr. Willoughby, den man eines besonders grausamen Mordes verdächtigte.

»Er hat es nicht getan, wißt Ihr?« fühlte ich mich gedrängt hinzuzufügen. Lord John sah mich mit hochgezogener Augenbraue an.

»Das spielt keine Rolle«, sagte er trocken, »da wir ihn nie gefangen haben.«

»Oh, das freut mich.« Ich blickte auf Ian herab, bewegte meine Daumen einen halben Zentimeter weiter nach außen und drückte erneut zu. Sein Gesicht war immer noch vor Schmerz angespannt, doch ich glaubte, daß die Blässe in seinen Mundwinkeln etwas nachließ.

»Ihr... äh... wißt wohl nicht, *wer* Mrs. Alcott umgebracht hat?« Lord Johns Stimme klang beiläufig. Ich sah zu ihm auf, doch in seinem Gesicht waren nur schlichte Neugier und eine große Anzahl Flecken zu sehen.

»Doch, das tue ich«, sagte ich zögernd, »aber –«

»Wirklich? Ein Mord? Wer war es? Was ist passiert, Tante Claire? Autsch!« Ians Augen öffneten sich abrupt unter meinen Fingern, vor Interesse aufgerissen, und schnappten dann schmerzverzerrt zu, als sie der Schein des Feuers traf.

»Halt du den Mund«, sagte ich und grub meine Daumen in die Muskeln vor seinen Ohren. »Du bist krank.«

»Argk!« sagte er, erschlaffte aber gehorsam, wobei die mit Liesch gefüllte Matratze laut unter seinem dünnen Körper raschelte. »Schon gut, Tante Claire, aber wer? Du kannst nicht einfach so Fetzen erzählen und dann erwarten, daß ich schlafe, ohne den Rest zu erfahren. Oder kann sie das?« Er öffnete seine Augen einen Spaltbreit, um an Lord John zu appellieren, der ihm mit einem Lächeln antwortete.

»Ich trage keine Verantwortung mehr in dieser Angelegenheit«, versicherte mir Lord John. »Vielleicht solltest du allerdings in Betracht ziehen«, wandte er sich mit größerer Bestimmtheit an Ian, »daß die Geschichte möglicherweise jemanden belastet, den deine Tante schützen möchte. In diesem Fall wäre es unfein, auf Details zu bestehen.«

»Och, das kann gar nicht sein«, versicherte ihm Ian, die Augen fest geschlossen. »Onkel Jamie würde niemals jemanden umbringen, es sei denn, er hätte guten Grund dazu.«

Aus dem Augenwinkel sah ich, wie Lord John leicht erschrocken zusammenfuhr. Offensichtlich war ihm der Gedanke nie gekommen, daß es Jamie gewesen sein *könnte*.

»Nein«, versicherte ich ihm, als ich sah, daß sich seine hellen Augenbrauen zusammenzogen. »Er war es nicht.«

»Also, ich war es auch nicht«, sagte Ian selbstsicher. »Und wen könnte Tante Claire sonst schützen wollen?«

»Du schmeichelst dir, Ian«, sagte ich trocken. »Aber da du darauf bestehst...«

Mit meiner Zurückhaltung hatte ich in der Tat Ian schonen wollen. Kein anderer konnte durch die Geschichte Schaden nehmen – der Mörder war tot und Mr. Willoughby höchstwahrscheinlich auch, umgekommen im tiefen Dschungel der Hügel Jamaicas, obwohl ich aufrichtig hoffte, daß es nicht so war.

Doch es war noch jemand in die Geschichte verwickelt; die Frau, die ich als Geillis Duncan kennengelernt und später unter dem Namen Geillis Abernathy wiedergetroffen hatte. In ihrem Auftrag war Ian aus Schottland entführt worden, dann in Jamaica gefangengehalten worden und Dinge hatte erlitten, von denen er uns erst in letzter Zeit zu erzählen begonnen hatte.

Doch es sah so aus, als gäbe es jetzt kein Zurück mehr – Ian war so widerspenstig wie ein Kind, das auf seiner Gutenachtgeschichte besteht, und Lord John saß im Bett wie ein Streifenhörnchen, das mit vor Interesse leuchtenden Augen auf Nüsse wartet.

Und so lehnte ich mich mit dem makaberen Drang, mit »Es war einmal« zu beginnen, an die Wand, Ians Kopf immer noch auf dem Schoß, und begann die Geschichte vom Gut Rose Hall und seiner Herrin, der Hexe Geillis Duncan, vom Reverend Archibald Campbell und seiner seltsamen Schwester Margaret, vom Unhold von Edinburgh und der Fraserprophezeiung und von einer Nacht voller Feuer und Krokodilsblut, in der die Sklaven von sechs Plantagen am Ufer des Yallahs River sich erhoben und ihre Herren gemeuchelt hatten, angestachelt von Ishmael, dem *Houngan*.

Von den späteren Ereignissen in der Höhle von Abandawe auf Haiti sagte ich nichts. Ian war sowieso dabeigewesen. Und diese Geschehnisse hatten nichts mit dem Mord an Mina Alcott zu tun.

»Ein Krokodil«, murmelte Ian. Seine Augen waren geschlossen, und sein Gesicht hatte sich unter meinen Fingern weiter entspannt, trotz der grauenvollen Natur meiner Geschichte. »Du hast es wirklich gesehen, Tante Claire?«

»Ich habe es nicht nur gesehen, ich bin daraufgetreten«, bestätigte ich ihm. »Oder vielmehr, ich bin daraufgetreten, und *dann* habe ich es gesehen. Hätte ich es zuerst gesehen, wäre ich in die andere Richtung gelaufen, darauf kannst du Gift nehmen.«

Aus dem Bett erklang ein leises Lachen. Lord John kratzte sich am Arm und lächelte.

»Ihr müßt das Leben hier äußerst langweilig finden, Mrs. Fraser, nach Euren Abenteuern auf den Westindischen Inseln.«

»Ab und zu ein bißchen Langeweile würde mir gar nichts ausmachen«, sagte ich voller Sehnsucht.

Unwillkürlich blickte ich auf die verriegelte Tür. Dort hatte ich Ians Muskete hingestellt, die ich aus dem Maisspeicher mitgebracht hatte, als ich ihn geholt hatte. Jamie hatte sein Gewehr mitgenommen, doch seine Pistolen lagen auf der Anrichte, geladen und schußbereit, wie er sie für mich zurückgelassen hatte, und Munitionskiste und Pulverhorn waren ordentlich daneben arrangiert.

Es war gemütlich in der Blockhütte. Der Feuerschein flackerte golden und rot auf den grobrindigen Wänden, und die Luft war erfüllt vom warmen Nachklang der Düfte von Eichhörncheneintopf und Kürbisbrot, gewürzt mit dem bitteren Aroma des Weidentees. Ich strich mit den Fingern über Ians Kinn. Noch kein Ausschlag, doch die Haut war angespannt und heiß – immer noch sehr heiß, trotz der Weidenrinde.

Von Jamaica zu erzählen hatte mich zumindest ein wenig von meiner Sorge um Ian abgelenkt. Kopfschmerzen waren kein ungewöhnliches Symptom, wenn jemand die Masern hatte; doch schwere und anhaltende Kopfschmerzen schon. Meningitis und Enzephalitis waren gefährliche – und nur allzugut mögliche – Komplikationen dieser Krankheit.

»Was macht der Kopf?« fragte ich.

»Ein bißchen besser«, sagte er. Er hustete und kniff die Augen zu, als die Stöße seinen Kopf schüttelten. Er hielt inne und öffnete sie ein Stückchen; dunkle, fieberglühende Schlitze. »Mir ist furchtbar heiß, Tante Claire.«

Ich glitt vom Rollbett herab und wrang ein Tuch in kühlem Wasser aus. Ian rührte sich leicht, als ich ihm über das Gesicht wischte, und seine Augen waren wieder geschlossen.

»Mrs. Abernathy hat mir gegen die Kopfschmerzen Amethyste zu trinken gegeben«, murmelte er schläfrig.

»Amethyste?« Ich erschrak, ließ meine Stimme aber leise und beruhigend klingen. »Du hast Amethyste getrunken?«

»In Essig zerstampft«, sagte er. »Und Perlen in süßem Wein, aber die waren fürs Bett, hat sie gesagt.« Sein Gesicht sah rot und geschwollen aus, und auf der Suche nach Erleichterung drehte er die Wange auf das kühle Kissen. »Sie hatte eine Menge Ahnung von Steinen, die Frau. Sie hat Smaragdpulver in der Flamme einer schwarzen Kerze verbrannt und mir den Schwanz mit einem Diamanten eingerieben – um ihn steif zu halten, hat sie gesagt.«

Aus dem Bett erklang ein leises Geräusch, und ich blickte auf und sah, daß sich Lord John auf seinen Ellbogen gestützt hatte, die Augen weit aufgerissen.

»Und haben die Amethyste gewirkt?« Ich wischte Ian sanft mit dem Tuch über das Gesicht.

»Der Diamant hat gewirkt.« Er machte den zaghaften Versuch, nach der Art von Heranwachsenden obszön zu lachen, doch es ging in einen heftigen, rasselnden Husten über.

»Keine Amethyste hier, fürchte ich«, sagte ich. »Aber es gibt Wein, wenn du welchen möchtest.« Er wollte, und ich half ihm beim Trinken – stark mit Wasser verdünnt –, dann ließ ich ihn auf das Kissen zurücksinken, rot und mit schweren Augen.

Lord John hatte sich ebenfalls hingelegt und beobachtete uns, das dichte, lose blonde Haar hinter sich auf dem Kissen ausgebreitet.

»Das war es, was sie von den Jungen wollte, weißt du?« sagte Ian. Seine Augen waren fest gegen das Licht geschlossen, doch er konnte eindeutig *irgend etwas* sehen, und wenn es nur in den Nebeln der Erinnerung war. Er leckte sich die Lippen; sie fingen an auszutrocknen und aufzuspringen, und seine Nase begann zu laufen.

»Sie hat gesagt, daß der Stein im Inneren eines Jungen wuchs – der, den sie wollte. Sie hat aber gesagt, daß es ein Junge sein mußte, der noch nie einem Mädchen beigewohnt hatte, das war wichtig. Wenn er das getan hatte, dann würde der Stein irgendwie nicht richtig sein. Wenn er einen h-huh-hatte.« Er hielt inne, um zu husten, und endete atemlos mit triefender Nase. Ich hielt ihm ein Taschentuch hin, damit er sie putzen konnte.

»Was wollte sie mit dem Stein?« Lord Johns Gesicht trug einen Ausdruck des Mitgefühls – er wußte nur zu gut, wie es Ian im Augenblick ging –, doch die Neugier gebot ihm die Frage. Ich protestierte nicht; ich wollte es ebenfalls wissen.

Ian fing an, den Kopf zu schütteln, und hielt dann stöhnend inne.

»Ah! Gott, mein Kopf platzt gleich! Ich weiß es nicht, Mann. Sie hat es uns nicht gesagt. Nur, daß er wichtig war und sie ihn um jeden Preis haben mußte.« Er hatte das letzte Wort kaum hervorgebracht, als er sich in einem Hustenanfall verlor, der bis jetzt der schlimmste war; er klang wie ein bellender Hund.

»Hör besser auf zu red–«, begann ich, wurde aber durch ein leises Plumpsen an der Tür unterbrochen.

Ich erstarrte augenblicklich, das feuchte Tuch immer noch in meiner Hand. Lord John lehnte sich schnell aus dem Bett und zog eine Pistole aus einem seiner Reitstiefel, die auf dem Boden standen. Mit dem Finger auf den Lippen gebot er Stille und deutete kopfnickend auf Jamies Pistolen. Ich begab mich geräuschlos zur Anrichte und ergriff eine davon. Der glatte, solide Schaft in meiner Hand beruhigte mich.

»Wer ist da?« rief Lord John mit erstaunlich kräftiger Stimme.

Es kam keine Antwort außer einer Art Kratzen und einem schwachen Winseln. Ich legte die Pistole mit einem Seufzer hin und schwankte zwischen Verärgerung, Erleichterung und Belustigung.

»Es ist dein verflixter Hund, Ian.«

»Seid Ihr sicher?« Lord John sprach leise und zielte immer noch unbeweglich mit der Pistole auf die Tür. »Es könnte ein Trick der Indianer sein.«

Ian drehte sich angestrengt um, so daß er der Tür zugewandt war.

»Rollo!« rief er, und seine heisere Stimme überschlug sich dabei.

Heiser oder nicht, Rollo kannte die Stimme seines Herrn; draußen erklang ein tiefes, hocherfreutes »WARF!«, gefolgt von wildem Kratzen in etwa einem Meter Höhe.

»Böser Hund«, sagte ich und beeilte mich, die Tür zu öffnen. »Hör auf damit, oder ich mache einen Bettvorleger aus dir oder einen Mantel oder irgend so etwas.«

Indem er dieser Drohung genau die Aufmerksamkeit schenkte, die sie verdiente, sprang Rollo an mir vorbei in das Zimmer. Überschäumend vor Freude hoben seine hundertfünfzig Pfund von der Fußbodenmitte ab und landeten direkt auf dem Rollbett, das gefährlich schwankte und dessen Nahtstellen protestierend quietschten. Er ignorierte den erstickten Schrei des Bettinsassen und leckte Ian wie verrückt über Gesicht und Unterarme – obwohl Ian letztere als völlig inadäquate Verteidigungsmaßnahme gegen den sabbernden Ansturm hochwarf.

»Böser Hund«, sagte Ian, während er völlig wirkungslose Versuche unternahm, Rollo von seiner Brust herunterzuschieben und trotz seines Unwohlseins hilflos kicherte. »Böser Hund, sage ich – Platz, Sir!«

»Platz, Sir!« wiederholte Lord John streng. Rollo, der sich bei der Demonstration seiner Zuneigung unterbrochen sah, drehte sich mit angelegten Ohren zu Lord John um. Er zog die Lippe hoch und erlaubte John, einen klaren Blick auf den Zustand seiner hinteren Zähne zu werfen. Lord John fuhr auf und hob ruckartig die Pistole.

»Runter mit dir, *a dhiobhuil!*« sagte Ian und stieß Rollos Hinterteil an. »Nimm deinen haarigen Hintern aus meinem Gesicht, du verrückter Köter.«

Rollo verbannte Lord John augenblicklich aus seinen Gedanken und tappte auf dem Rollbett herum. Er drehte sich dreimal um sich selbst und knetete das Bettzeug mit den Pfoten, bevor er sich neben den Körper seines Herrn fallen ließ. Er leckte Ian das Ohr und legte mit einem tiefen Seufzer die Schnauze zwischen seinen großen, schmutzigen Pfoten auf das Kissen.

»Möchtest du, daß ich ihn herunterhole, Ian?« bot ich an und betrachtete Rollos Pfoten. Ich hatte keine Ahnung, wie ich einen Hund von Rollos Größe und Temperament bewegen sollte, außer, indem ich ihn mit Jamies Pistole erschoß und seinen Kadaver vom Bett zerrte, daher war ich sehr erleichtert, als Ian den Kopf schüttelte.

»Nein, laß ihn nur, Tante Claire«, sagte er leicht krächzend. »Er ist ein lieber Kerl. Nicht wahr, *a charaid?*« Er legte die Hand auf den Hals des Hundes und drehte seinen Kopf, so daß seine Wange auf Rollos dicken Nacken gebettet war.

»Na gut.« Mit langsamen Bewegungen und einem wachsamen Blick auf die reglosen gelben Augen näherte ich mich dem Bett und strich Ian das Haar glatt. Seine Stirn war immer noch heiß, doch ich glaubte, daß das Fieber ein wenig gesunken war. Wenn es in der Nacht brach, was gut möglich war, dann würde ihm wahrscheinlich heftiges Zittern folgen – und dann konnte es sein, daß Ian Rollos warme Pelzmassen sehr gelegen kamen.

»Schlaf gut.«

»*Oidche mhath.*« Er schlief schon halb, versank in lebhaften Fieberträumen, und sein »Gute Nacht« war kaum mehr als ein Murmeln.

Ich bewegte mich still im Zimmer umher und räumte die Resultate meiner Tagesarbeit auf; einen Korb frisch gesammelter Erdnüsse, die ich waschen, trocknen und einlagern würde; ein Blech, das ich flach mit getrocknetem Ried ausgelegt und mit einer Schicht Schweinefett bedeckt hatte, um daraus Binsenlichter zu machen. Ein Gang in die Vorratskammer, wo ich die Biermaische umrührte, die in einem Bottich fermentierte, den Quark ausdrückte, aus dem ich Frischkäse herstellte, und den Brotteig flachschlug, den ich am Morgen in Laibe teilen und backen würde, wenn der kleine Steinofen, den wir in die Seitenwand der Feuerstelle eingebaut hatten, von der Hitze des schwach brennenden Feuers in der Nacht genügend erwärmt war.

Ian schlief fest, als ich in den zentralen Raum zurückkam; Rollos Augen waren ebenfalls geschlossen, obwohl sich bei meinem Eintreten eine gelbe Spalte auftat. Ich warf Lord John einen Blick zu; er war wach, sah sich aber nicht um.

Ich setzte mich auf die Bank am Feuer und holte den großen Wollkorb mit seinem schwarz-grünen Indianermuster hervor – Sonnenesser hatte Gabrielle diese Flechtart genannt.

Zwei Tage, seit Jamie und Willie aufgebrochen waren. Zwei Tage zum Dorf der Tuscarora. Zwei Tage zurück. Falls nichts geschah, das sie aufhielt.

»Unsinn«, murmelte ich vor mich hin. Nichts würde sie aufhalten. Sie würden bald zu Hause sein.

Der Korb war mit Strängen aus gefärbter Wolle und Leinenfäden gefüllt. Manche hatte Jocasta mir geschenkt, manche hatte ich selbst gesponnen. Der Unterschied war nicht zu übersehen, doch selbst das knotige, wenig elegant aussehende Garn, das ich produzierte, war nicht völlig unbrauchbar. Keine Strümpfe oder Jerseys; vielleicht konnte ich einen Teewärmer stricken – so etwas war wohl hinreichend formlos, um mein Unvermögen zu tarnen.

Jamie war schockiert und belustigt gewesen, als er herausgefunden hatte, daß ich nicht stricken konnte. Die Frage hatte sich in Lallybroch nie gestellt, weil dort Jenny und die Dienstmädchen Stricksachen für alle herstellten. Ich hatte Aufgaben in der Kräuterkammer und im Garten übernommen und war über die einfachsten Flickarbeiten hinaus niemals mit Handarbeiten in Berührung gekommen.

»Du kannst überhaupt nicht stricken?« sagte er ungläubig. »Und wie bist du dann in Boston zu deinen Winterstrümpfen gekommen?«

»Gekauft«, sagte ich.

Er hatte sich ausgiebig auf der Lichtung umgesehen, auf der wir gesessen und das halbfertige Blockhaus bewundert hatten.

»Da ich hier nirgendwo einen Laden sehe, lernst du es wohl besser, aye?«

»Wahrscheinlich.« Ich beäugte mißtrauisch den Strickkorb, den Jocasta mir geschenkt hatte. Er war gut ausgestattet, mit drei langen Rundstricknadeln aus Draht in verschiedenen Größen und einem gefährlich aussehenden Nadelspiel aus Elfenbein, die Nadeln schlank wie Stilette, von dem ich wußte, daß es auf irgendeine geheimnisvolle Weise dazu diente, Sockenfersen zu wenden.

»Ich bitte Jocasta, es mir zu zeigen, wenn wir das nächste Mal nach River Run kommen. Vielleicht nächstes Jahr.«

Jamie schnaubte kurz und nahm sich eine Nadel und ein Wollknäuel.

»Es ist wirklich nicht schwierig, Sassenach. Sieh mal – so schlägt man Maschen auf.« Er zog den Faden aus seiner geschlossenen Faust hervor, legte ihn in einer Schlaufe um seinen Daumen, ließ diese auf die Nadel gleiten und schlug mit raschen, sparsamen Bewegungen in Sekundenschnelle eine lange Maschenreihe auf. Dann gab er mir die andere Nadel und ein Wollknäuel. »Da – versuch's mal.«

Ich sah ihn völlig erstaunt an.

»*Du* kannst stricken?«

»Natürlich kann ich das«, sagte er und starrte mich verwundert an. »Ich kann mit den Nadeln klappern, seit ich sieben war. Bringt man den Kindern in deiner Zeit denn *gar nichts* bei?«

»Hm«, sagte ich und kam mir etwas idiotisch vor, »manchmal lernen kleine Mädchen Handarbeiten, aber keine Jungen.«

»Du hast es nicht gelernt, oder? Außerdem ist es keine komplizierte Handarbeit, Sassenach, es ist einfach nur Stricken. Hier, nimm deinen Daumen und greif so in die Schlaufe…«

Und so hatten er und Ian – der, wie sich herausstellte, ebenfalls stricken konnte und vor Lachen über meine Ignoranz am Boden lag – mir die einfachen Grundlagen des Rechts- und Linksstrickens beigebracht und mir zwischen abfälligen Äußerungen über meine Bemühungen erklärt, daß in den Highlands alle Jungen stricken lernten, da es eine nützliche Beschäftigung beim Schafe- oder Rinderhüten auf der Weide war.

»Wenn ein Mann erst einmal erwachsen ist und eine Frau hat, die es für ihn tut und einen Jungen, der seine Schafe hütet, dann macht er vielleicht seine Strümpfe nicht mehr selbst«, hatte Ian gesagt und geschickt eine Ferse gewendet, bevor er mir den Strumpf zurückgab, »aber sogar die kleinen Jungs können es, Tante Claire.«

Ich warf einen Blick auf mein gegenwärtiges Projekt, etwa dreißig Zentimeter eines wollenen Schultertuches, das in einem kleinen Haufen auf dem Boden des Korbes lag. Ich hatte die Grundlagen gelernt, doch Stricken war für mich immer noch ein regelrechter Kampf mit verknotetem Garn und schlüpfrigen Nadeln, nicht der beruhigende, verträumte Zeitvertreib, den sich Ian und Jamie daraus machten, wenn am Feuer die Nadeln in ihren großen Händen vor sich hin klapperten, beruhigend wie der Gesang der Grillen an der Feuerstelle.

Heute nacht nicht, dachte ich. Mir war nicht danach. Etwas Geistloses, zum Beispiel Wollknäuel aufwickeln. Das konnte ich tun. Ich legte ein Paar halbfertige Socken zur Seite, die Jamie gerade für sich strickte – gestreift, der Angeber –, und zog einen schweren Strang frisch gefärbter, blauer Wolle hervor, der immer noch die schweren Düfte des Färbens verströmte.

Eigentlich mochte ich den Geruch frischen Garns, den leicht öligen Hauch von Schaf, den erdigen Indigogeruch und das scharfe Aroma des Essigs, mit dem die Farbe fixiert wurde. Heute nacht kam er mir erdrückend vor, zusätzlich zu dem Holzrauch und Kerzenwachs, zu den aufdringlichen, beißenden Ausdünstungen der Männerkörper und dem Krankheitsgeruch – zusammengesetzt aus durchgeschwitzten Laken und benutzten Nachttöpfen –, die alle in der verbrauchten Luft des Zimmers hingen.

Ich ließ den Strang auf meinem Schoß liegen und schloß für einen Augenblick die Augen. Ich hätte mich am liebsten ausgezogen und mit kaltem Wasser abgewaschen, um dann nackt zwischen die sauberen Leintücher meines Bettes zu schlüpfen, still dazuliegen und mir die frische Luft vom Fenster her über das Gesicht wehen zu lassen, während ich dem Vergessen entgegentrieb.

Doch in einem meiner Betten lag ein schwitzender Engländer und ein verdreckter Hund in dem anderen, ganz zu schweigen von einem Teenager, der offensichtlich eine harte Nacht vor sich hatte. Die Laken waren seit Tagen nicht gewaschen worden, und es würde eine Mordsarbeit sein, sie zu kochen, aus dem Wasser zu heben und auszuwringen. Heute nacht würde ein Matratzenlager aus einer zusammengelegten Bettdecke mein Bett sein – vorausgesetzt ich kam dazu, darin zu schlafen – und mein Kissen ein Sack gekrempelte Wolle. Ich würde die ganze Nacht Schaf einatmen.

Krankenpflege ist harte Arbeit, und ganz plötzlich war ich sie entsetzlich leid. Einen Augenblick immenser Sehnsucht lang wünschte ich mir, sie würden alle verschwinden. Ich öffnete die Augen und sah Lord John grollend an. Mein kleiner Anfall von Selbstmitleid verebbte jedoch bei seinem Anblick. Er lag auf dem Rücken, einen Arm hinter dem Kopf, und starrte trübsinnig an die Decke. Vielleicht spiegelte mir das Feuer es nur vor, doch sein Gesicht schien von Sorge und Trauer gezeichnet zu sein, die Augen überschattet von dunklem Verlust.

Auf einmal schämte ich mich meiner Griesgrämigkeit. Es stimmt, ich hatte ihn hier nicht gewollt. Es ärgerte mich, daß er sich in mein Leben gedrängt hatte und mir durch seine Krankheit die Bürde der Verpflichtung auferlegt hatte. In seiner Gegenwart fühlte ich mich beklommen – von Williams ganz zu schweigen. Doch sie würden bald wieder gehen. Jamie würde nach Hause kommen, Ian würde genesen, und ich würde meinen Frieden, mein Glück und meine sauberen Laken wiederhaben. Was ihm zugestoßen war, war von Dauer.

John Grey hatte seine Frau verloren – ganz egal, wie er zu ihr gestanden hatte. Es hatte ihn in mehr als nur einer Hinsicht Mut gekostet, William hierherzubringen und ihn mit Jamie fortgehen zu lassen. Und ich nahm nicht an, daß er etwas dafür konnte, daß er sich die Masern geholt hatte.

Ich legte die Wolle für den Augenblick beiseite und stand auf, um den Wasserkessel aufzusetzen. Eine gute Tasse Tee war wohl jetzt das beste. Als ich mich vor der Feuerstelle aufrichtete, sah ich, wie Lord John den Kopf wandte. Durch meine Bewegung riß ich ihn aus seinen Grübeleien.

»Tee?« sagte ich, zu verlegen, um ihm nach meinen unfreundlichen Gedanken in die Augen zu sehen. Ich deutete mit einer kleinen, fragenden Geste auf den Kessel.

Er lächelte schwach und nickte.

»Ich danke Euch, Mrs. Fraser.«

Ich nahm die Teedose aus dem Schrank, stellte zwei Tassen und Löffel zurecht und fügte nachträglich das Zuckerschüsselchen hinzu; keine Melasse heute abend.

Als ich den Tee fertig aufgegossen hatte, setzte ich mich neben das Bett, um ihn zu trinken. Wir nippten ein paar Augenblicke lang schweigend vor uns hin, und eine seltsame Atmosphäre der Schüchternheit hing zwischen uns.

Schließlich stellte ich meine Tasse ab und räusperte mich.

»Tut mir leid; ich hatte vorgehabt, Euch mein Beileid zum Verlust Eurer Frau auszusprechen«, sagte ich sehr förmlich.

Im ersten Moment machte er ein überraschtes Gesicht und neigte dann ebenso förmlich als Antwort den Kopf.

»Was für ein Zufall, daß Ihr das gerade jetzt sagt«, sagte er. »Ich hatte eben an sie gedacht.«

Während ich daran gewöhnt war, daß andere Leute einen Blick auf mein Gesicht warfen und augenblicklich erkennen konnten, was ich gerade dachte, war es seltsam befriedigend, dasselbe mit jemand anderem tun zu können.

»Vermißt Ihr sie sehr – Eure Frau?« Ich stellte diese Frage nur zögernd, doch er schien sie nicht aufdringlich zu finden. Ich konnte mir beinahe vorstellen, daß er sich dasselbe auch gefragt hatte, denn er antwortete zwar nachdenklich, aber bereitwillig.

»Ich weiß es nicht genau«, sagte er. Er sah mich mit hochgezogener Augenbraue an. »Klingt das herzlos?«

»Das kann ich nicht sagen«, sagte ich ein wenig schnippisch. »Ihr müßt doch selber besser wissen als ich, ob Ihr ihr gegenüber Gefühle empfunden habt oder nicht.«

»Ja, das habe ich.« Er ließ seinen Kopf zurück auf das Kissen fallen, und sein dichtes, helles Haar lag ihm lose um die Schultern. »Vielleicht tue ich es immer noch. Das war es, warum ich gekommen bin, versteht Ihr?«

»Nein, das kann ich nicht behaupten.«

Ich hörte Ian husten und erhob mich, um nach ihm zu sehen, doch er hatte sich nur im Schlaf umgedreht; er lag auf dem Bauch, und einer seiner langen Arme baumelte aus dem Rollbett. Ich ergriff seine Hand – sie war immer noch heiß, doch es bestand keine Gefahr – und legte sie neben seinem Gesicht auf das Kissen. Das Haar war ihm in die Augen gefallen; ich strich es behutsam zurück.

»Ihr könnt sehr gut mit ihm umgehen; habt Ihr selbst Kinder?«

Erschrocken sah ich auf. Lord John beobachtete mich, das Kinn auf seine Faust gestützt.

»Ich – wir – haben eine Tochter«, sagte ich.

Er riß die Augen auf.

»Wir?« fragte er scharf. »Das Mädchen ist Jamies Tochter?«

»Nennt sie nicht ›das Mädchen‹«, sagte ich, unsinnigerweise aufgebracht. »Ihr Name ist Brianna, und ja, sie ist Jamies Tochter.«

»Entschuldigung«, sagte er sehr steif.

»Ich wollte Euch nicht beleidigen«, fügte er einen Augenblick später in sanfterem Tonfall hinzu. »Ich war überrascht.«

Ich sah ihn direkt an. Ich war zu müde, um den Takt zu wahren.

»Und vielleicht ein bißchen eifersüchtig?«

Er hatte das Gesicht eines Diplomaten; hinter dieser Fassade gutaussehender Liebenswürdigkeit konnte alles mögliche vor sich gehen. Doch ich starrte ihn weiter an, und er ließ die Maske fallen – ein Blitz der Erkenntnis erleuchtete die hellblauen Augen, versetzt mit widerwilligem Humor.

»Ach so. Noch etwas, das wir gemeinsam haben.« Seine Scharfsinnigkeit erschreckte mich, obwohl ich es hätte kommen sehen sollen. Es ist immer etwas verwirrend, wenn man feststellt, daß man Gefühle, die man sicher verborgen glaubte, in Wirklichkeit auf dem Präsentierteller vor sich herträgt.

»Jetzt erzählt mir nicht, daß Ihr Euch darüber keine Gedanken gemacht habt, als Ihr Euch entschlossen habt hierherzukommen.«

Meine Teetasse war leer; ich stellte sie beiseite und griff wieder nach meinem Wollstrang.

Er studierte mich einen Moment lang mit zusammengekniffenen Augen.

»Doch, ich habe mir darüber Gedanken gemacht«, sagte er schließlich. Er ließ seinen Kopf auf das Kissen fallen, und sein Blick fixierte die niedrige Balkendecke. »Aber wenn ich so menschlich – oder so engstirnig – war, es in Kauf zu nehmen, Euch vor den Kopf zu stoßen, indem ich William herbrachte, so bitte ich Euch auch, mir zu glauben, daß ein solcher Affront nicht der Grund meines Kommens war.«

Ich legte das fertige Wollknäuel in den Korb und nahm mir einen anderen Strang, den ich über der Lehne eines Korbstuhls ausbreitete.

»Ich glaube Euch«, sagte ich, den Blick fest auf den Strang gerichtet. »Wenn auch nur deshalb, weil der Aufwand mir ziemlich groß erscheint. Aber was *war* der Grund?«

Ich spürte an seiner Bewegung, daß er mit den Achseln zuckte; die Laken raschelten.

»Er liegt doch auf der Hand – damit Jamie den Jungen sehen konnte.«

»Und ein anderer liegt auch auf der Hand – damit Ihr Jamie sehen konntet.«

Die Stille im Bett war geladen. Ich hielt meinen Blick auf das Garn gerichtet und drehte das Knäuel, während ich den Strang abwickelte, auf und ab, vor und zurück, ein kompliziertes Gewirr, das am Ende eine perfekte Kugel ergeben würde.

»Ihr seid eine bemerkenswerte Frau«, sagte er schließlich sehr ruhig.

»Ach ja?« sagte ich, ohne aufzublicken. »Inwiefern?«

Er lehnte sich zurück; ich hörte wieder sein Bettzeug rascheln.

»Ihr nehmt weder Rücksicht, noch macht Ihr irgendwelche Umschweife. Ich glaube wirklich nicht, daß ich jemals einem Menschen begegnet bin, dessen Direktheit vernichtender war – Mann oder Frau.«

»Das habe ich mir aber nicht ausgesucht«, sagte ich. Ich erreichte das Ende des Fadens und steckte ihn ordentlich in das Knäuel. »Ich bin so geboren.«

»Ich auch«, sagte er ganz leise.

Ich gab keine Antwort; ich hatte nicht das Gefühl, daß er beabsichtigt hatte, daß ich es hörte.

Ich stand auf und ging zum Schrank. Ich nahm drei Gläser heraus: Katzenminze, Baldrian und wilden Ingwer. Ich holte den Marmormörser herunter und kippte die getrockneten Blätter und Wurzelstückchen hinein. Ein Wassertropfen fiel vom Kessel herab und verdampfte zischend.

»Was macht Ihr da?« fragte Lord John.

»Einen Aufguß für Ian«, sagte ich und wies mit einem Nicken auf das Rollbett. »Den gleichen, den ich Euch vor vier Tagen gegeben habe.«

»Ah. Wir haben auf dem Weg von Wilmington von Euch gehört«, sagte Grey. Seine Stimme war jetzt beiläufig, er machte Konversation. »Es scheint, als wären Eure Fähigkeiten in der Gegend gut bekannt.«

»Mm.« Ich stampfte und mahlte, und der starke, würzige Geruch des wilden Ingwers erfüllte das Zimmer.

»Man sagt, Ihr seid eine Beschwörerin. Wißt Ihr, was das ist?«

»Alles mögliche, von einer Hebamme oder Ärztin bis hin zu einer Zauberin oder Hellseherin«, sagte ich. »Je nachdem, wer es sagt.«

Er machte ein Geräusch, das wie Gelächter klang, und schwieg dann eine Zeitlang.

»Ihr glaubt also, daß ihnen nichts passiert.« Es war eine Aussage, aber eigentlich stellte er eine Frage.

»Ja. Jamie hätte den Jungen nicht mitgenommen, wenn er es für gefährlich gehalten hätte. Das wißt Ihr doch sicher, wenn Ihr ihn auch nur ein bißchen kennt?« fügte ich hinzu und sah ihn an.

»Ich kenne ihn«, sagte er.

»Aha«, sagte ich.

Er schwieg einen Moment, und man hörte nur, wie er sich kratzte.

»Ich kenne ihn so gut – oder glaube es zumindest –, daß ich es riskiere, William allein mit ihm fortgehen zu lassen. Und daß ich mir sicher bin, daß er William nicht die Wahrheit sagt.«

Ich schüttelte das grüngelbe Pulver auf ein kleines Quadrat aus Baumwollgaze und band es ordentlich zu einem kleinen Beutel zusammen.

»Nein, das wird er nicht, da habt Ihr recht.«

»Und Ihr?«

Ich sah ihn aufgeschreckt an.

»Ihr glaubt wirklich, daß ich das tun würde?« Er betrachtete einen Augenblick lang sorgfältig mein Gesicht und lächelte dann.

»Nein«, sagt er. »Danke.«

Ich schnaubte kurz und ließ den Arzneibeutel in die Teekanne fallen. Ich stellte die Kräutergefäße zurück und setzte mich wieder mit der vermaledeiten Wolle hin.

»Es war großzügig von Euch – Willie mit Jamie gehen zu lassen. Sehr tapfer«, fügte ich etwas widerstrebend hinzu. Ich sah auf; er starrte auf das lederverhangene Fenster, das als dunkles Rechteck sichtbar war, als könne er hindurchblicken und dahinter zwei Menschen Seite an Seite im Wald sehen.

»Jamie hält jetzt schon seit vielen Jahren mein Leben in der Hand«, antwortete er leise. »Ich kann ihm Williams anvertrauen.«

»Und was, wenn Willie sich besser an einen Stallknecht namens MacKenzie erinnert, als Ihr glaubt? Oder zufällig einen genauen Blick auf sein eigenes Gesicht und auf Jamies wirft?«

»Zwölfjährige Jungen bestechen nicht unbedingt durch die Schärfe ihrer Wahrnehmung«, sagte Grey trocken. »Und ich glaube nicht, daß ein Junge, der sein ganzes Leben in der sicheren Annahme verbracht hat, der neunte Graf von Ellesmere zu sein, auf den Gedanken käme, daß er in Wirklichkeit der außereheliche Nachkomme eines schottischen Stallknechtes sein könnte – oder daß er sich mit diesem Gedanken lange befassen würde, wenn es doch geschähe.«

Ich wickelte schweigend meine Wolle auf und lauschte dem Knistern des Feuers. Ian hustete wieder, wachte aber nicht auf. Der Hund hatte sich bewegt und lag jetzt zusammengerollt als dunkler Fellberg neben seinen Beinen.

Ich wickelte das zweite Knäuel fertig auf und begann ein neues. Noch eins, und der Aufguß würde durchgezogen sein. Wenn Ian mich noch nicht brauchte, würde ich mich dann hinlegen.

Grey hatte so lange geschwiegen, daß es mich überraschte, als er wieder zu sprechen begann. Als ich zu ihm hinüberschaute, sah er mich nicht an, sondern starrte nach oben und suchte erneut zwischen den rauchgefleckten Balken nach einer Vision.

»Ich habe Euch gesagt, daß ich Gefühle für meine Frau empfunden habe«, sagte er leise. »Das habe ich auch. Zuneigung. Vertrautheit. Loyalität. Wir kannten uns ein Leben lang; unsere Väter waren befreundet; ich kannte ihren Bruder. Sie hätte gut meine Schwester gewesen sein können.«

»Und war sie damit zufrieden – Eure Schwester zu sein?«

Er warf mir einen Blick zu, der irgendwo zwischen Verärgerung und Interesse lag.

»Es muß sehr unbequem sein, mit einer Frau wie Euch zusammenzuleben.« Er schloß den Mund, konnte es aber nicht dabei belassen. Er zuckte ungeduldig mit den Achseln. »Ja, ich glaube sie ist mit ihrem Leben zufrieden gewesen. Sie hat nie gesagt, daß es nicht so war.«

Ich gab darauf keine Antwort, atmete aber ziemlich kräftig durch die Nase aus. Er zuckte unangenehm berührt mit den Achseln und kratzte sich am Schlüsselbein.

»Ich bin ihr ein angemessener Ehemann gewesen«, sagte er defensiv. »Daß wir keine eigenen Kinder hatten – das war nicht meine –«

»Das will ich gar nicht wissen!«

»Ach, wirklich nicht?« Seine Stimme war immer noch leise, um Ian nicht aufzuwecken, doch sie hatte die glatten Modulationen der Diplomatie verloren; seine Wut war jetzt offen zu hören.

»Ihr habt mich gefragt, warum ich hier bin; Ihr habt meine Beweggründe in Frage gstellt; Ihr habt mich der Eifersucht bezichtigt. Vielleicht wollt Ihr es wirklich nicht wissen, denn wenn Ihr es wüßtet, dann könntet Ihr nicht mehr länger so über mich denken, wie es Euch paßt.«

»Und woher wollt Ihr zum Teufel wissen, was ich von Euch denke?«

Sein Mund verzog sich zu einem Ausdruck, der in einem weniger gutaussehenden Gesicht eine Hohngrimasse gewesen wäre.

»Tue ich das nicht?«

Ich sah ihm eine Minute lang voll ins Gesicht, ohne zu versuchen, irgend etwas zu verbergen.

»Ihr habt von Eifersucht gesprochen«, sagte er einen Augenblick später leise.

»Das habe ich. Ihr aber auch.«

Er wandte den Kopf ab, fuhr aber einen Augenblick später fort.

»Als ich erfuhr, daß Isobel gestorben war... da hat es mir nichts bedeutet. Wir hatten jahrelang zusammengelebt, uns aber seit fast zwei Jahren nicht gesehen. Wir hatten unser Bett geteilt; wir hatten unser Leben geteilt, dachte ich. Es hätte mir etwas ausmachen müssen. Aber es war nicht so.«

Er holte tief Luft; ich sah, wie sich das Bettzeug bewegte, als er es sich bequemer machte.

»Ihr habt von Großzügigkeit gesprochen. Das ist es nicht gewesen. Ich bin gekommen, um zu sehen... ob ich noch etwas empfinden kann«, sagte er. Sein Kopf war immer noch von mir abgewandt, und er starrte auf das lederverhangene Fenster, das sich mit der Nacht verdunkelt hatte. »Ob es meine Gefühle waren, die gestorben sind, oder nur Isobel.«

»*Nur* Isobel.«

Er lag einen Moment lang völlig still und hielt sein Gesicht von mir abgewandt.

»Ich kann zumindest immer noch Scham empfinden«, sagte er tonlos.

Ich wußte gefühlsmäßig, daß es sehr spät war; das Feuer war heruntergebrannt, und meine schmerzenden Muskeln sagten mir, daß ich längst ins Bett gehörte.

Ian wurde unruhig; er regte sich stöhnend im Schlaf, und Rollo stand auf und beschnüffelte ihn unter leisem Winseln. Ich ging zu ihm und wischte ihm erneut das Gesicht ab, schüttelte ihm das Kissen auf und zog seine Decke gerade, wobei ich ihm beruhigend zumurmelte. Er war kaum halb wach; ich stützte seinen Kopf und flößte ihm eine Tasse des warmen Aufgusses ein, Schluck für Schluck.

»Morgen geht es dir besser.« In seinem offenen Hemdkragen konnte ich Flecken erkennen – bis jetzt nur ein paar –, doch das Fieber hatte nachgelassen, und die Furche zwischen seinen Augenbrauen hatte sich geglättet.

Ich wischte ihm noch einmal über das Gesicht und ließ ihn auf sein Kissen zurücksinken, wo er seine Wange auf das kühle Leinen drehte und sofort wieder einschlief.

Es war noch viel von dem Tee übrig. Ich goß noch eine Tasse voll und hielt sie Lord John hin. Überrascht setzte er sich hin und nahm sie mir ab.

»Und jetzt, wo Ihr gekommen seid und ihn gesehen habt – empfindet Ihr immer noch Gefühle?«

Er starrte mich an, die Augen reglos im Kerzenlicht.

»Ja, das tue ich.« Mit einer Hand, die so reglos wie ein Felsen war, hob er die Tasse hoch und trank. »Gott steh mir bei«, sagte er so beiläufig, daß es beinahe unbeteiligt klang.

Ian hatte eine schlechte Nacht, fiel aber kurz vor der Dämmerung in einen unruhigen Halbschlaf. Ich nutzte die Gelegenheit, mich selbst ein bißchen auszuruhen, und schaffte es, ein paar erholsame Stunden auf dem Boden zu schlafen, bis mich Clarence, der Maulesel, mit lautem Trompeten weckte.

Clarence liebte Gesellschaft und war grenzenlos entzückt, wenn sich irgend etwas näherte, das er für einen Freund hielt – diese Kategorie umfaßte quasi alles, was vier Beine hatte. Er verlieh seiner Freude mit lauter Stimme Ausdruck, die vom Hang des Berges widerhallte. Rollo, der es als Affront ansah, einfach so an die zweite Stelle der Wachhundabteilung gedrängt zu werden, sprang von Ians Bett und fegte über mich hinweg zum offenen Fenster hinaus, heulend wie ein Werwolf.

Das schreckte mich aus dem Schlaf, und ich kam stolpernd auf die Beine. Lord John, der im Hemd am Tisch saß, sah ebenfalls erschrocken aus, doch ich konnte nicht sagen, ob es an dem Aufruhr oder an meiner Erscheinung lag. Ich ging hinaus und fuhr mir hastig mit den Fingern durch meine verworrenen Locken. Mein Herz schlug schneller, denn ich hoffte, daß Jamie nach Hause gekommen war.

Mein Herz sank, als ich sah, daß es nicht Jamie und Willie waren, doch auf meine Enttäuschung folgte rasch Erstaunen, als ich sah, wer der Besucher war – Pastor Gottfried, das Oberhaupt der Lutherischen Gemeinde in Salem. Ich war dem Pastor schon ein paarmal in den Häusern von Mitgliedern seiner Gemeinde begegnet, denen ich ärztliche Besuche abstattete, doch ich war mehr als überrascht, ihn so weit draußen anzutreffen.

Es waren fast zwei Tagesritte von Salem nach Fraser's Ridge, und der nächste Deutsch-Lutherische Hof war mindestens fünfzehn unwegsame Meilen entfernt.

Der Pastor war kein geborener Reiter – ich konnte den Schmutz und Staub wiederholter Stürze auf dem Rücken seines schwarzen Rocks verteilt sehen – und ich dachte mir, daß der Notfall, der ihn so weit den Berg herauf führte, dringend sein mußte.

»Platz, dummer Hund!« sagte ich scharf zu Rollo, der seine Zähne fletschte und den Neuankömmling zum großen Unbehagen seines Pferdes anknurrte. »Sei still, sage ich!«

Rollo warf mir einen gelbäugigen Blick zu und ergab sich mit einer Aura beleidigter Würde, als wollte er andeuten, daß *er* nicht für die Konsequenzen geradestehen würde, wenn ich offensichtliche Bösewichte auf dem Grundstück willkommen heißen wollte.

Der Pastor war ein kleiner, rundlicher Mann mit einem lockigen, grauen Vollbart, aus dem normalerweise sein Gesicht so fröhlich hervorlugte wie die Sonne aus einer Sturmwolke. Heute morgen strahlte er allerdings nicht; seine runden Wangen hatten die Farbe von Talg, die aufgedunsenen Lippen waren bleich, und seine Augen waren vor Erschöpfung rot gerändert.

Er begrüßte mich auf Deutsch, lüftete den Hut und verneigte sich tief aus der Hüfte.

Ich sprach nur ein paar simple Worte Deutsch, konnte aber leicht erkennen, daß er Jamie suchte. Ich schüttelte den Kopf und wies vage auf den Wald, um Jamies Abwesenheit anzudeuten.

Der Pastor sah noch verstörter aus als zuvor und rang fast die Hände vor Sorge. Er sprach ein paar Sätze, die flehend klangen, und als er sah, daß ich ihn nicht verstand, wiederholte er sich, wobei er langsamer und lauter sprach. Sein untersetzter Körper rang um Ausdruck, und er versuchte, mich durch schiere Willenskraft zum Verstehen zu zwingen.

Ich schüttelte immer noch hilflos den Kopf, als hinter mir eine scharfe Stimme erklang.

In forderndem Tonfall sprach Lord John ein paar deutsche Worte und trat vor die Tür. Wie ich erfreut feststellte, hatte er seine Kniehosen angezogen, obwohl er immer noch barfuß war und ihm das blonde Haar lose über die Schultern strömte.

Der Pastor warf mir einen entsetzten Blick zu und ging eindeutig vom Schlimmsten aus, doch Lord John wischte ihm diesen Ausdruck mit einem weiteren deutschen Wortschwall aus dem Gesicht. Der Pastor verneigte sich entschuldigend vor mir und wandte sich dann eifrig an den Engländer. Er stotterte und gestikulierte in seiner Hast, seine Geschichte zu erzählen.

»Was?« sagte ich, da es mir nicht gelungen war, mehr als ein oder zwei Worte aus der teutonischen Sturmflut aufzufangen. »Was in aller Welt sagt er?«

Grey wandte sich mit grimmigem Gesicht an mich.

»Kennt Ihr eine Familie namens Mueller?«

»Ja«, sagte ich, und bei der Nennung des Namens flackerte sofort Alarm in mir auf. »Ich habe Petronella Mueller vor drei Wochen entbunden.«

»Ah.« Grey leckte sich die trockenen Lippen und sah zu Boden; er wollte es mir nicht sagen. »Das – das Kind ist tot, fürchte ich. Und die Mutter auch.«

»Oh, nein.« Ich sank auf die Bank neben der Tür, und absolute Hilflosigkeit überschwemmte mich. »Nein. Das kann nicht sein.«

Grey rieb sich mit der Hand über den Mund und nickte, während der Pastor weitersprach und dabei aufgeregt seine kleinen, fetten Hände schwenkte.

»Er sagt, es waren die Masern.«

Er fuhr auf Deutsch an den Pastor gewandt fort und deutete auf die Reste des Ausschlags, die immer noch in seinem Gesicht zu sehen waren.

Der Pastor nickte nachdrücklich und wiederholte Lord Johns Worte, wobei er sich auf die eigenen Wangen klopfte.

»Aber wozu braucht er Jamie?« fragte ich, und Verwunderung mischte sich unter meine Besorgnis.

»Offensichtlich glaubt er, daß Jamie in der Lage sein könnte, den Mann zur Vernunft zu bringen – Herrn Mueller. Sind die beiden befreundet?«

»Nicht direkt, nein. Jamie hat Gerhard Mueller letztes Frühjahr vor der Mühle ins Gesicht geboxt und ihn niedergeschlagen.«

In Lord Johns von Krusten überzogener Wange zuckte ein Muskel.

»Ich verstehe. Dann benutzt er also den Begriff ›zur Vernunft bringen‹ im weitesten Sinne, ja?«

»Mueller kann man nur mit Methoden zur Vernunft bringen, die nicht komplexer sind als ein Axtstiel«, sagte ich. »Aber inwiefern ist er denn unvernünftig?«

Grey zögerte, wandte sich dann erneut an den kleinen Priester, fragte ihn noch etwas und lauschte gebannt dem darauffolgenden deutschen Sturzbach.

Stück für Stück, unter ständigen Unterbrechungen und häufigem Gestikulieren, kam die Übersetzung der Geschichte heraus.

Wie Lord John uns schon berichtet hatte, gab es eine Masernepidemie in Cross Creek. Diese hatte offensichtlich auf das Hinterland übergegriffen; mehrere Haushalte in Salem waren betroffen, doch die Muellers hatten dank ihrer Isolation bis vor kurzem keine Ansteckung erlitten.

Doch am Tag, bevor sich die ersten Masernsymptome zeigten, hatte eine kleine Gruppe Indianer auf dem Muellerhof haltgemacht und hatte um etwas zu Essen und zu Trinken gebeten. Mueller, mit dessen Ansichten über Indianer ich bestens vertraut war, hatte sie unter einem Schwall von Beschimpfungen verjagt. Die beleidigten Indianer hatten – so Mueller – mysteriöse Zeichen in Richtung des Hauses gemacht, als sie fortritten.

Als am nächsten Tag die Masern in der Familie ausbrachen, stand für Mueller fest, daß ihnen die Krankheit angehext worden war, daß die Indianer, die er vor den Kopf gestoßen hatte, sie über sein Haus gebracht hatten. Er hatte sogleich Symbole gegen den Zauber auf die Wände gemalt und den Pastor aus Salem herbeigerufen, damit er einen Exorzismus durchführte... »Ich glaube, das hat er gesagt«, fügte Lord John zweifelnd hinzu. »Aber ich bin mir nicht sicher, ob er damit meint...«

»Egal«, sagte ich ungeduldig. »Weiter!«

Keine dieser Vorsichtsmaßnahmen hatte Mueller etwas genützt, und als Petronella und das Neugeborene der Krankheit erlagen, hatte der alte Mann den Rest seines Verstandes verloren. Unter Racheschwüren gegen die Wilden, die diese Katastrophe über seinen Haushalt gebracht hatten, hatte er seine Söhne und Schwiegersöhne gezwungen, ihn zu begleiten, und war in die Wälder davongeritten.

Vor drei Tagen waren sie von dieser Expedition zurückgekehrt, die Söhne bleich und schweigsam, der alte Mann fiebernd vor kalter Genugtuung.

Gottfried sprach weiter, und die Erinnerung trieb ihm den Schweiß ins Gesicht. *Ich war dort,* hatte er gesagt. *Ich habe ihn gesehen.*

Von einer hysterischen Botschaft der Frauen herbeigerufen, war der Pastor in den Stallhof geritten und hatte zwei lange, schwarze Haarzöpfe vorgefunden, die vom Scheunentor herabhingen und sich sanft über einer grob gemalten deutschen Aufschrift im Wind wiegten.

»Das heißt ›Rache‹«, übersetzte Lord John für mich.

»Ich weiß«, sagte ich, und mein Mund war so ausgetrocknet, daß ich kaum sprechen konnte. »Ich habe Sherlock Holmes gelesen. Ihr meint, er...«

»Ganz offensichtlich.«

Der Pastor redete immer noch; er ergriff meinen Arm und schüttelte ihn, um mir die Dringlichkeit seiner Botschaft klarzumachen. Greys Blick verschärfte sich als Reaktion auf die folgenden Worte des Priesters, und er unterbrach ihn mit einer abrupten Frage, die mit wildem Kopfnicken beantwortet wurde.

»Er ist auf dem Weg hierher. Mueller.« Grey schwang mit alarmiertem Gesicht zu mir herum.

Der Pastor, der über die Skalpe fürchterlich erschrocken war, hatte sich auf die Suche nach Herrn Mueller gemacht und mußte feststellen, daß der Patriarch seine grausigen Trophäen an die Scheune genagelt und dann den Hof verlassen hatte, in Richtung Fraser's Ridge – hatte er gesagt –, um mich aufzusuchen.

Wenn ich nicht schon gesessen hätte, wäre ich bei dieser Nachricht vielleicht zusammengebrochen. Ich fühlte, wie mir das Blut aus den Wangen wich, und ich war mir sicher, daß ich mindestens so bleich war wie Pastor Gottfried.

»Warum?« sagte ich. »Ist er – er kann doch nicht! Er kann doch nicht glauben, daß ich Petronella oder dem Baby etwas angetan habe. Oder?« Ich wandte mich flehend an den Pastor, der sich mit seiner aufgedunsenen, zitternden Hand durch sein graumeliertes Haar fuhr und die sorgsam eingefetteten Strähnen durcheinanderbrachte.

»Der Kirchenmann weiß nicht, was in Mueller vorgeht oder in welcher Absicht er kommt«, sagte Lord John. Er ließ den Blick interessiert über die wenig einnehmende Gestalt des Pastors gleiten. »Zu seiner großen Ehre ist er Mueller ganz allein wie der Teufel hinterhergeritten und hat ihn zwei Stunden später gefunden – bewußtlos am Straßenrand.«

Der hünenhafte, alte Bauer hatte offenbar auf seiner Jagd nach

Rache tagelang nichts gegessen. Maßlosigkeit war keine Schwäche, die man bei den Lutheranern fand. Doch so müde und aufgewühlt, wie er war, hatte Mueller nach seiner Rückkehr reichlich getrunken, und die enormen Biermassen, die er konsumiert hatte, waren zuviel für ihn gewesen. Vom Alkohol überwältigt hatte er es noch geschafft, sein Maultier anzubinden, hatte sich dann aber in seinen Rock gehüllt und war unter der Kriechenden Heide am Straßenrand eingeschlafen.

Der Pastor hatte keinen Versuch unternommen, Mueller zu wekken, denn er kannte das Temperament des Mannes gut und hatte nicht das Gefühl, daß Alkohol es verbessern würde. Statt dessen war Gottfried seinerseits aufs Pferd gestiegen und war losgeritten, so schnell er konnte, im Vertrauen darauf, daß ihn die Vorsehung schon rechtzeitig hier eintreffen lassen würde, um uns zu warnen.

Er hatte keinen Zweifel gehabt, daß mein Mann in der Lage sein würde, unabhängig von Muellers Geisteszustand oder Absicht mit diesem fertig zu werden, aber da er nicht da war...

Pastor Gottfried blickte hilflos von mir zu Lord John und wieder zurück.

Auf Deutsch legte er uns nahe wegzugehen, und verdeutlichte uns, was er meinte, in dem er mit einem Ruck seines Kopfes auf die Koppel wies.

»Ich kann nicht fort«, sagte ich. Ich deutete auf das Haus und erklärte ihm in gebrochenem Deutsch, daß mein Neffe krank sei.

Lord John verbesserte meine Bemühungen ungeduldig und stellte dem Pastor eine weitere Frage.

Dieser schüttelte den Kopf, und seine Sorge verwandelte sich in Erschrecken.

»Er hat die Masern noch nicht gehabt«, sagte Lord John an mich gewandt. »Er darf also nicht hierbleiben, sonst läuft er Gefahr, sich anzustecken, nicht wahr?«

»Ja.« Der Schock begann nachzulassen, und ich fing an, mich zusammenzureißen. »Ja, er sollte sofort gehen. Eure Nähe ist nicht gefährlich für ihn, Ihr seid nicht mehr ansteckend. Ian dagegen schon.« Ich unternahm einen vergeblichen Versuch, mein Haar zu glätten, das mir zu Berge stand – kein Wunder, dachte ich. Dann fielen mir die Skalpe an Muellers Scheunentor ein, und mir standen *wirklich* die Haare zu Berge. Über meine eigene Kopfhaut lief vor Schreck eine Gänsehaut.

Lord John sprach im Befehlston mit dem kleinen Pastor und drängte ihn zu seinem Pferd, indem er ihn am Ärmel zog. Gottfried legte Protest ein, doch der wurde schwächer und schwächer. Er blickte zu mir zurück, das runde Gesicht voller Sorge.

Ich versuchte, ihm beruhigend zuzulächeln, doch ich war genauso beunruhigt wie er.

»Danke«, sagte ich. »Sagt ihm, uns wird schon nichts geschehen, ja?« sagte ich zu Lord John. »Sonst geht er nicht.« Er nickte kurz.

»Das habe ich schon. Ich habe ihm gesagt, daß ich Soldat bin; daß ich nicht zulasse, daß Euch etwas zustößt.«

Der Pastor blieb stehen, die Zügel in der Hand, und sprach ernst mit Lord John. Dann ließ er die Zügel fallen, wandte sich entschlossen um und kam über den Hof zu mir. Er streckte die Hand aus und legte sie sanft auf meinen zerzausten Kopf.

Er sprach zwei deutsche Worte und fügte die lateinische Übersetzung an. »*Benedicite*«, sagte er.

»Er hat gesagt –«, begann Lord John.

»Ich verstehe.«

Wir standen schweigend vor der Tür und sahen zu, wie Gottfried durch den Kastanienhain ritt. Der Friede hier draußen kam mir unpassend vor, die sanfte Herbstsonne auf meinen Schultern und die Vögel, die in den Wipfeln der Bäume saßen. Ich hörte in der Ferne einen Specht klopfen, und die Spottdrosseln, die in der großen Blaufichte hausten, sangen ein fließendes Duett. Keine Eulen, aber natürlich gab es jetzt keine Eulen; es war Vormittag.

Wer? frage ich mich, als mir ein anderer Aspekt der Tragödie mit Verspätung in den Sinn kam. Wer war das Ziel von Muellers blinder Rache gewesen? Der Hof der Muellers lag mehrere Tagesritte von der Bergkette entfernt, die das Indianerterritorium von den Siedlungen trennte, doch je nachdem, wohin er sich gewendet hatte, konnte er mehrere Dörfer der Tuscarora oder Cherokee erreicht haben.

War er in ein Dorf eingedrungen? Und wenn, wieviel Blutvergießen hatten er und seine Söhne hinterlassen? Schlimmer noch, wieviel Blutvergießen würde daraus entstehen?

Mich schauderte, und trotz des Sonnenscheins wurde mir kalt. Mueller war nicht der einzige, der an Rache glaubte. Die Familie, der Clan, das Dorf derjenigen, die er ermordet hatte – sie würden ebenfalls Rache für ihre Gefallenen suchen; und sie würden sich vielleicht nicht mit den Muellers begnügen – wenn sie überhaupt wußten, wer die Mörder waren.

Und wenn nicht, wenn sie nur wüßten, daß die Mörder Weiße waren... Mich schauderte erneut. Ich hatte schon genug Geschichten von Massakern gehört, um zu wissen, daß die Opfer nur sehr selten ihr Schicksal selbst provoziert hatten; sie hatten nur das Pech, zur falschen Zeit am falschen Ort zu sein. Fraser's Ridge lag genau zwischen dem Muellerhof und den Indianerdörfern – was im Moment entschieden der falsche Ort zu sein schien.

»Oh, Gott, ich wünschte, Jamie wäre hier.« Mir war nicht bewußt, daß ich laut gesprochen hatte, bis Lord John antwortete.

»Ich auch«, sagte er. »Obwohl ich anfange zu glauben, daß William bei ihm viel sicherer ist als er es hier wäre – und das nicht nur wegen der Krankheit.«

Ich sah ihn an, und plötzlich wurde mir klar, wie schwach er immer noch war; dies war das erste Mal seit einer Woche, daß er das Bett verlassen hatte. Unter den Überresten des Ausschlags war sein Gesicht weiß, und er lehnte sich gegen den Türpfosten, um nicht hinzufallen.

»Ihr solltet überhaupt nicht auf sein!« rief ich aus und faßte ihn am Arm. »Geht ins Haus und legt Euch sofort hin.«

»Ich habe nichts«, sagte er gereizt, zog aber weder den Arm weg noch protestierte er, als ich darauf bestand, daß er sich wieder ins Bett legte.

Ich kniete mich hin, um nach Ian zu sehen, der sich unruhig und fieberglühend auf dem Rollbett herumwarf. Seine Augen waren geschlossen, seine Gesichtszüge geschwollen und durch den ausbrechenden Ausschlag entstellt, und die Lymphdrüsen in seinem Hals waren so rund und hart wie Eier.

Rollo steckte fragend die Nase unter meinem Ellbogen durch, stieß seinen Herrn sanft an und jaulte.

»Er wird schon wieder«, sagte ich bestimmt. »Warum gehst du nicht nach draußen und hältst Ausschau nach unserem Besuch, hm?«

Doch Rollo ignorierte diesen Rat und saß statt dessen da und sah geduldig zu, wie ich ein Tuch in kühlem Wasser auswrang und Ian wusch. Ich rüttelte ihn halb wach, bürstete ihm die Haare, gab ihm den Nachttopf und überredete ihn, etwas Melissensirup zu sich zu nehmen – und lauschte dabei die ganze Zeit auf Hufschläge und Clarences fröhliche Ankündigung, daß wir Gesellschaft bekamen.

Es wurde ein langer Tag. Nachdem ich stundenlang bei jedem Geräusch zusammengefahren war und bei jedem Schritt über meine Schulter geblickt hatte, konzentrierte ich mich schließlich auf meine Tagesarbeit. Ich versorgte Ian, der fieberte und sich elend fühlte, fütterte das Vieh, rupfte Unkraut im Garten, pflückte zarte, junge Gurken zum Einlegen und ließ Lord John, der mir seine Hilfe anbot, Bohnen enthülsen.

Auf dem Weg vom Abort zum Ziegenstall blickte ich sehnsuchtsvoll in den Wald. Ich hätte viel darum gegeben, einfach in diese kühlen, grünen Tiefen davonzuwandern. Es wäre nicht das erste Mal gewesen, daß ich einen solchen Impuls hatte. Doch die Herbstsonne brannte auf unseren Hof herab, und die Stunden verstrichen in friedlicher Stille ohne ein Spur von Gerhard Mueller.

»Erzählt mir von diesem Mueller«, sagte Lord John. Sein Appetit kehrte zurück; er hatte seine Portion gebratene Champignons komplett gegessen, obwohl er den Salat aus Löwenzahnblättern und Kermesbeeren beiseite geschoben hatte.

Ich dagegen pflückte einen zarten Kermesbeerenstiel aus der Schüssel, knabberte daran und genoß den scharfen Geschmack.

»Er ist das Oberhaupt einer großen Familie; Deutsch-Lutheraner, wie Ihr zweifellos mitbekommen habt. Sie wohnen ungefähr fünfzehn Meilen von hier, unten im Flußtal.«

»Ja?«

»Gerhard ist groß, und er ist stur, wie Ihr ebenfalls zweifelsohne mitbekommen habt. Spricht ein paar Worte Englisch, aber nicht viel. Er ist alt, aber, mein Gott, er ist stark!« Ich konnte immer noch vor mir sehen, wie der alte Mann, dessen Schultern von sehnigen Muskeln durchflochten waren, fünfzig Pfund schwere Mehlsäcke in seinen Wagen warf, als enthielten sie Federn.

»Dieser Streit, den er mit Jamie hatte – hat er den Eindruck gemacht, als wäre er von der nachtragenden Sorte?«

»Er ist definitiv von der nachtragenden Sorte, aber nicht deswegen. Es war kein richtiger Streit. Es –« Ich schüttelte den Kopf und suchte nach einer Möglichkeit, es zu beschreiben. »Kennt Ihr Euch mit Maultieren aus?«

Seine hellen Augenbrauen hoben sich, und er lächelte.

»Ein bißchen, ja.«

»Also, Gerhard Mueller ist wie ein Maultier. Er ist nicht grundsätzlich böswillig, und man kann ihn auch nicht als dumm bezeichnen – aber er hat nicht besonders viel Aufmerksamkeit für die Dinge übrig, die sich außerhalb seines Kopfes abspielen, und man kann ihn nur mit viel Kraft dazu bewegen, sie auf irgend etwas anderes zu richten.«

Ich war bei der Auseinandersetzung in der Mühle nicht dabeigewesen, doch Ian hatte sie mir beschrieben. Der Alte hatte es sich fest in den Kopf gesetzt, daß Felicia Woolam, eine der drei Töchter des Mühlenbesitzers, ihn beim Wiegen übervorteilt hatte und ihm noch einen Sack Mehl schuldete.

Felicia hatte vergebens eingewandt, daß er ihr fünf Säcke Weizen gebracht hatte; sie hatte sie gemahlen und vier Säcke mit dem resultierenden Mehl gefüllt. Sie hatte darauf beharrt, daß die von den Körnern getrennte Spreu und die Hülsen den Unterschied ausmachten. Fünf Säcke Weizen ergaben vier Säcke Mehl.

»Fünf!« hatte Mueller gesagt. »Es gibt fünf!« Er war nicht vom Gegenteil zu überzeugen und begann, kräftig auf Deutsch zu fluchen, wobei er das Mädchen wütend anstarrte und sie in eine Ecke drängte.

Ian, der erfolglos versucht hatte, die Aufmerksamkeit des alten Mannes auf sich zu ziehen, war nach draußen gesaust, um Jamie zu holen, der sich gerade mit Mr. Woolam unterhielt. Die beiden Männer waren in die Mühle geeilt, hatten aber nicht mehr Erfolg als Ian dabei, Mueller von der Überzeugung abzubringen, daß man ihn betrogen hatte.

Er hatte ihre Ermahnungen ignoriert und sich Felicia in der klaren Absicht genähert, sich mit Gewalt einen weiteren Mehlsack von dem Haufen hinter ihr zu nehmen.

»An dieser Stelle gab Jamie es auf, mit ihm zu argumentieren, und hat ihn geschlagen«, sagte ich.

Er hatte anfangs gezögert, es zu tun, da Mueller fast siebzig ist, hatte aber seine Meinung rapide geändert als sein erster Schlag von Muellers Kinn abprallte, als bestünde es aus gut abgelagertem Eichenholz.

Der alte Mann war auf ihn losgegangen wie ein in die Enge getriebener Keiler, worauf Jamie ihn so fest wie möglich erst in den Magen und dann auf den Mund geboxt hatte. Damit hatte er Mueller niedergeschlagen und sich die Fingerknöchel an den Zähnen des alten Mannes aufgerissen.

Mit einer an Woolam gerichteten Bemerkung – der Quäker war und daher Gewalt ablehnte – hatte er Mueller dann an den Beinen gepackt und den benommenen Bauern nach draußen gezerrt, wo einer von Muellers Söhnen geduldig im Wagen wartete. Jamie hatte den alten Mann am Kragen hochgehievt, ihn gegen den Wagen gedrückt und ihn dort festgehalten. Er hatte freundlich auf deutsch auf ihn eingeredet, bis Mr. Woolam – der das Mehl hastig umverpackt hatte – herausgekommen war und unter dem bohrenden Blick des alten Mannes *fünf* Säcke in den Wagen geladen hatte.

Mueller hatte sie zweimal sorgfältig durchgezählt, sich dann an Jamie gewandt und sich würdevoll bedankt. Dann war er neben seinem verblüfften Sohn auf den Wagen gestiegen und davongefahren.

Grey kratzte an den Überresten seines Ausschlags herum und lächelte.

»Ich verstehe. Also schien er es nicht übelgenommen zu haben?«
Ich schüttelte kauend den Kopf und schluckte dann.

»Überhaupt nicht. Er war die Liebenswürdigkeit in Person, als ich auf den Hof kam, um bei Petronellas Geburt zu helfen.« Die erneute Erkenntnis, daß sie nicht mehr lebte, schnürte mir die Kehle zu, und ich verschluckte mich am bitteren Geschmack der Löwenzahnblätter, als mir die Galle im Hals aufstieg.

»Hier.« Grey schob mir den Alekrug über den Tisch zu.

Ich trank in vollen Zügen, und die saure Kühle linderte für einen Augenblick die tiefere Bitternis meines Gemüts. Ich stellte den Krug hin und saß einen Augenblick lang mit geschlossenen Augen da. Ein frisch duftender Luftzug wehte vom Fenster herein, doch die Sonne wärmte die Tischplatte unter meinen Händen. All die kleinen Freuden körperlicher Existenz waren immer noch mein, und ich war mir ihrer um so akuter bewußt, als ich wußte, daß sie anderen so abrupt genommen worden waren – anderen, die sie kaum geschmeckt hatten.

»Danke«, sagte ich und öffnete die Augen.

Grey beobachtete mich mit einem Ausdruck tiefen Mitgefühls.

»Man sollte nicht meinen, daß es einen so mitnimmt«, sagte ich in dem plötzlichen Bedürfnis, eine Erklärung zu versuchen. »Sie sterben hier so leicht. Vor allem die Jüngeren. Es ist nicht so, als hätte ich das nicht schon öfter erlebt. Und es gibt so selten etwas, das ich tun kann.«

Ich spürte etwas Warmes auf meiner Wange und stellte überrascht fest, daß es eine Träne war. Er griff in seinen Ärmel, zog ein Taschentuch hervor und reichte es mir. Es war nicht sonderlich sauber, aber das kümmerte mich nicht.

»Ich habe mich manchmal gefragt, was er in Euch sieht«, sagte er in betont harmlosem Tonfall. »Jamie.«

»Oh, wirklich? Wie schmeichelhaft.« Ich schniefte und putzte mir die Nase.

»Als er anfing, von Euch zu sprechen, hielten wir Euch beide für tot«, erläuterte er. »Und Ihr seid zwar zweifellos eine schöne Frau, doch von Eurem Aussehen hat er nie gesprochen.«

Zu meiner Überraschung ergriff er meine Hand und hielt sie sachte in der seinen.

»Ihr habt seinen Mut«, sagte er.

Das brachte mich zum Lachen, wenn auch nur halbherzig.

»Wenn Ihr nur wüßtet«, sagte ich.

Er antwortete nicht darauf, sondern lächelte schwach. Sein Daumen fuhr leicht über die Knöchel meiner Hand, und seine Berührung war leicht und warm.

»Er würde sich niemals vor etwas drücken, nur weil er Angst vor aufgeschürften Knöcheln hat«, sagte er. »Und Ihr auch nicht.«

»Das kann ich gar nicht.« Ich holte tief Luft und wischte mir die Nase ab; die Tränen waren versiegt. »Ich bin Ärztin.«

»Das stimmt«, sagte er und hielt inne. »Ich habe Euch noch nicht für mein Leben gedankt.«

»Das war nicht ich. Es gibt wirklich nicht viel, das ich im Fall einer solchen Krankheit tun kann. Alles, was ich tun kann, ist… dazusein.«

»Ein bißchen mehr als das«, sagte er trocken und ließ meine Hand los. »Wollt Ihr noch Ále?«

Ich begann meinerseits deutlich zu sehen, was Jamie in Lord John sah.

Der Nachmittag verstrich ruhig. Ian warf sich stöhnend hin und her, doch am späten Nachmittag war der Ausschlag voll entwickelt, und sein Fieber schien etwas zu sinken. Er würde sicher noch nichts essen wollen, doch vielleicht konnte ich ihn dazu bewegen, etwas Milchsuppe zu sich zu nehmen. Der Gedanke erinnerte mich daran, daß es fast Zeit zum Melken war, und mit einem geflüsterten Wort zu Lord John stand ich auf und legte meine Stopfarbeit beiseite.

Ich öffnete die Tür des Blockhauses, trat hinaus und prallte direkt auf Gerhard Mueller, der im Eingang stand.

Muellers Augen waren rötlich-braun und schienen stets mit einer inneren Intensität zu brennen. Dank der verletzlichen Durchsichtigkeit der Haut, die sie umgab, brannten sie jetzt noch heller. Seine tiefliegenden Augen fixierten mich, und er nickte, einmal, dann noch einmal.

Mueller war zusammengeschrumpft, seit ich ihn das letzte Mal gesehen hatte. Alles Fleisch war von ihm abgefallen; er war immer noch ein Hüne, doch jetzt bestand er mehr aus Knochen denn aus Muskeln, ausgezehrt und uralt. Seine Augen waren gebannt auf die meinen gerichtet, der einzige Lebensfunke in einem Gesicht, das aussah wie verschrumpeltes Papier.

»Herr Mueller«, sagte ich. In meinen Ohren klang meine Stimme ruhig; ich hoffte, sie hörte sich für ihn genauso an. »Wie geht es Euch?«

Der alte Mann stand schwankend vor mir, als würde ihn der Abendwind jeden Moment umpusten. Ich wußte nicht, ob er sein Reittier verloren oder es unterhalb des Abhangs zurückgelassen hatte, doch ich sah keine Spur von einem Pferd oder Maultier.

Er trat einen Schritt auf mich zu, und ich trat unwillkürlich einen zurück.

»Frau Klara«, sagte er mit einem bittenden Unterton in der Stimme. Ich hielt inne, denn ich wollte Lord John rufen, zögerte aber. Er würde mich nicht mit meinem Vornamen anreden, wenn er mir etwas antun wollte.

»Sie sind tot«, sagte er. »Mein Mädchen. Mein Kind.« Tränen quollen plötzlich in den blutunterlaufenen Augen auf und rollten ihm langsam durch die wettergegerbten Furchen seines Gesichtes. Das Elend in seinen Augen war so unmittelbar, daß ich seine große, von der Arbeit gezeichnete alte Hand in die meine nahm.

»Ich weiß«, sagte ich. »Es tut mir leid.«

Er nickte erneut, und sein alter Mund arbeitete dabei. Er ließ sich von mir zu der Bank neben der Tür führen, wo er sich so plötzlich hinsetzte, als wäre ihm jegliche Kraft aus den Beinen gewichen.

Die Tür ging auf, und John Grey kam heraus. Er hatte seine Pistole in der Hand, ließ sie aber sofort in sein Hemd gleiten, als ich den Kopf schüttelte. Der alte Mann hatte meine Hand nicht losgelassen; er zog daran und zwang mich, mich neben ihn zu setzen.

»Gnädige Frau«, sagte er, drehte sich unvermittelt und umarmte mich. Er drückte mich fest an seinen schmutzigen Rock. Tonloses Weinen schüttelte ihn, und obwohl ich wußte, was er getan hatte, legte ich meine Arme um ihn.

Er roch fürchterlich, sauer, nach Alter und Trauer, dazu Bier und Schweiß und Schmutz, und irgendwo unter all den anderen Gerüchen lag der Gestank getrockneten Blutes. Ich schüttelte mich, gefangen in einem Netz aus Mitleid, Schrecken und Abscheu, doch ich konnte mich nicht zurückziehen.

Schließlich ließ er los und sah auf einmal John Grey, der neben uns stand und sich nicht sicher war, ob er eingreifen sollte oder nicht. Bei seinem Anblick fuhr der alte Mann zusammen.

»Mein Gott!« rief er im Tonfall des Entsetzens aus. »Er hat Masern!« Die Sonne sank schnell und tauchte den Eingang in blutiges Licht. Sie traf Grey voll ins Gesicht, hob die dunklen Flecken in seinem Gesicht hervor und überzog seine Haut mit Rot.

Mueller drehte sich zu mir hin und nahm wie wild mein Gesicht zwischen seine großen, schwieligen Hände. Seine Daumen schabten über meine Wangen, und ein Ausdruck der Erleichterung zeigte sich in seinen eingesunkenen Augen, als er sah, daß meine Haut immer noch glatt war.

»Gott sei Dank«, sagte er, ließ mein Gesicht los und begann, in seinem Rock herumzukramen. Dabei sagte er etwas auf Deutsch, so drängend und so leise, daß ich nur ab und zu ein Wort verstehen konnte.

»Er sagt, er hatte Angst, zu spät zu kommen, und ist froh, daß es nicht so ist«, sagte Grey, als er meine Bestürzung sah. Er betrachtete den alten Bauern mit skeptischer Abneigung. »Er sagt, er hat Euch etwas mitgebracht – irgendeinen Talisman. Er wird den Fluch abwenden und Euch vor der Krankheit schützen.«

Der alte Mann zog einen in Stoff gewickelten Gegenstand aus den Tiefen seines Rockes und legte ihn mir in den Schoß, wobei er weiter auf Deutsch vor sich hin brabbelte.

»Er dankt Euch für die Hilfe, die Ihr seiner Familie geleistet habt – er meint, Ihr seid eine gute Frau, die ihm nicht weniger am Herzen liegt als seine Schwiegertöchter – er sagt, daß...« Mueller faltete den Stoff mit zitternden Händen auseinander, und die Worte erstarben in Greys Kehle.

Ich öffnete meinen Mund, tat aber keinen Laut. Ich muß mich unwillkürlich bewegt haben, denn der Stoff rutschte plötzlich auf den Boden und gab das weißmelierte Haarbüschel frei, an dem immer noch eine kleine Silberverzierung hing. Daneben lag ein Lederbeutel, und die Spechtfedern waren blutbefleckt.

Mueller redete immer noch, und Grey versuchte es zu übersetzen, doch ich nahm diese Worte kaum wahr. In meinen Ohren hallten die Worte wider, die ich vor einem Jahr gehört hatte, unten am Fluß, in Gabrielles sanfter Stimme, als sie für Nayawenne übersetzte.

Ihr Name bedeutete »Es mag sein; es wird geschehen.« Jetzt war es geschehen, und der einzige Trost, der mir blieb, waren ihre Worte. »Sie sagt, Ihr sollt Euch keine Vorwürfe machen; Krankheiten werden von den Göttern gesandt. Es wird nicht Eure Schuld sein.«

29

Die Beinhäuser

Jamie roch den Rauch schon lange, bevor das Dorf in Sicht kam. Willie sah, wie er erstarrte, spannte sich ebenfalls im Sattel an und sah sich argwöhnisch um.

»Was« flüsterte der Junge. »Was ist los?«

»Ich weiß nicht.« Er sprach leise, obwohl es keinerlei Anzeichen dafür gab, daß ihnen jemand nah genug war, um sie zu hören. Er schwang sich vom Pferd und übergab Willie die Zügel, wobei er mit dem Kopf auf einen von Kletterpflanzen überwucherten Felsvorsprung deutete, dessen Fuß hinter einem Gebüsch verborgen war.

»Bringt die Pferde hinter den Felsen«, sagte er. »Dort ist ein Wildwechsel, der zu einem Fichtenhain führt. Versteckt Euch zwischen den Bäumen, und wartet da auf mich.« Er zögerte, denn er wollte dem Jungen keine Angst einjagen, doch es war nicht zu ändern.

»Wenn ich bis Anbruch der Dunkelheit nicht zurück bin«, sagte er, »brecht sofort auf. Wartet nicht bis zum Morgen; reitet zu dem kleinen Fluß zurück, den wir gerade überquert haben, wendet Euch nach links, und folgt dem Fluß, bis Ihr zu einem Wasserfall kommt – Ihr könnt ihn hören, auch wenn es dunkel ist. Hinter den Fällen ist eine kleine Höhle; die Indianer benutzen sie auf der Jagd.«

Ein kleiner weißer Rand umgab die blauen Regenbogenhäute des Jungen. Jamie faßte ihn fest am Bein, knapp über dem Knie, um ihm seine Anweisungen einzuprägen, und er spürte, wie ein Zittern den langen Oberschenkelmuskel durchlief.

»Bleibt dort bis zum Morgen«, sagte er, »und wenn ich bis dahin nicht zu Euch gestoßen bin, geht heim. Seht zu, daß Ihr am Morgen die Sonne auf Eurer linken Seite habt und nachmittags auf Eurer rechten, und gebt Eurem Pferd in zwei Tagen die Zügel; ich denke, dann seid Ihr unserem Zuhause so nah, daß es den Weg findet.«

Er holte tief Luft und überlegte, was er sonst noch sagen sollte, doch es gab nichts.

»Gott sei mit Euch, mein Junge.« Er lächelte Willie so ermutigend zu, wie er konnte, schlug dem Pferd auf die Kruppe, damit es sich in Bewegung setzte, und wandte sich dem Brandgeruch zu.

Er war nicht der normale Geruch von Dorffeuern; nicht einmal der großen, zeremoniellen Feuer, von denen Ian ihm erzählt hatte, bei denen sie ganze Bäume in der Feuergrube mitten im Dorf verbrannten. Diese waren so groß wie Maifeuer, sagte Ian, und er wußte, wie laut und heiß ein solches Feuer war. Das hier war viel größer.

Mit großer Vorsicht schlug er einen weiten Bogen und erreichte schließlich einen Hügel, von dem er, wie er wußte, das Dorf überblicken konnte. Doch er sah es schon, als er aus dem Schutz des Waldes heraustrat. Graue Qualmwolken wälzten sich von den glimmenden Überresten aller Langhäuser des Dorfes in die Höhe.

Ein dichtes, bräunliches Leichentuch aus Rauch hing über dem Wald, soweit das Auge reicht. Er holte schnell Luft, hustete und zog sich hastig eine Falte seines Plaids über Mund und Nase, während er sich mit der freien Hand bekreuzigte. Es war nicht das erste Mal, daß er brennendes Fleisch roch, und bei der Erinnerung an die Scheiterhaufen von Culloden brach ihm der kalte Schweiß aus.

Der trostlose Anblick, der sich unter ihm ausbreitete, ließ ihn Böses ahnen, doch er durchforschte den Nebel, der ihm in den Augen brannte, blinzelnd, aber sorgfältig nach Lebenszeichen. Nur der wabernde Rauch bewegte sich und glitt, geisterhaft vom Wind getrieben, zwischen den geschwärzten Häusern hindurch. Waren es die Cherokee oder die Creek auf einem Raubzug aus dem Süden gewesen? Oder einer von den verbliebenen Algonquinstämmen im Norden, die Nanticoke oder Tuteloe?

Ein Windstoß ließ ihm den Gestank verkohlten Fleisches mit voller Wucht ins Gesicht schlagen. Er beugte sich vor, um sich zu übergeben, und versuchte, die Bilder der verbrannten Katen und ermordeten Familien zu verdrängen, die er nicht vergessen konnte. Als er sich aufrichtete und sich den Mund an seinem Ärmel abwischte, hörte er in der Ferne einen Hund bellen.

Er wandte sich um und stieg schnell den Hügel hinab, immer auf das Geräusch zu. Sein Herz schlug schneller. Wer auf Raubzug ging, nahm keine Hunde mit. Wenn es Überlebende des Massakers gab, dann würden die Hunde ihnen gehören.

Dennoch bewegte er sich so leise wie möglich voran und wagte es nicht, laut zu rufen. Das Feuer brannte noch keinen ganzen Tag; die Hälfte der Wände stand noch. Wer auch immer es angezündet hatte, war zweifellos noch in der Nähe.

Es war ein Hund, der ihn begrüßte; ein großer, gelblicher Mischling, von dem er wußte, daß er Ians Freund Onakara gehörte. Da er sich in seinem vertrauten Revier befand, bellte der Hund nicht und stürzte auch nicht auf ihn zu, sondern blieb mit angelegten Ohren wie angewurzelt im Schatten einer Kiefer stehen und knurrte. Er ging langsam auf das Tier zu und streckte ihm die Faust hin.

»*Balach math*«, murmelte er ihm zu. »Steh. Wo sind denn deine Leute?«

Immer noch knurrend streckte der Hund die Schnauze vor und schnüffelte an der Hand, die ihm hingehalten wurde. Seine Nüstern zuckten, und er entspannte sich ein wenig und kam näher, als er Jamie wiedererkannte.

Er spürte eine menschliche Präsenz mehr als daß er sie sah und blickte beim Aufstehen in das Gesicht des Hundebesitzers. Onakara hatte sich das Gesicht mit weißen Streifen bemalt, die ihm vom Haar bis zum Kinn reichten, und die Augen hinter den weißen Balken waren tot.

»Welcher Feind hat das getan?« fragte Jamie holperig auf Tuscarora. »Lebt dein Onkel noch?«

Onakara gab keine Antwort, sondern wandte sich um und ging in den Wald zurück, gefolgt von seinem Hund. Jamie folgte ihnen, und nach einer halben Stunde erreichten sie eine kleine Lichtung, auf der die Überlebenden ihr vorläufiges Lager aufgeschlagen hatten.

Als er durch das Lager schritt, sah er bekannte Gesichter. Einige ließen erkennen, daß sie seine Gegenwart wahrnahmen; andere starrten blicklos in eine Ferne, die er nur allzugut kannte – die Aussicht auf grenzenloses Leid und Verzweiflung. Viel zu viele fehlten.

Er sah so etwas nicht zum ersten Mal, und die Geister des Krieges und des Mordens zerrten im Vorübergehen an ihm. Er hatte einmal in den Highlands eine junge Frau gesehen, die auf der Schwelle ihres qualmenden Hauses saß, die Leiche ihres Mannes zu ihren Füßen; sie hatte dasselbe betäubte Aussehen gehabt wie die junge Indianerin unter der Platane.

Doch allmählich wurde ihm bewußt, daß hier irgend etwas anders war. Auf der Lichtung standen einzelne Wigwams; an ihrem Rand waren Bündel aufgehäuft, und an den Bäumen waren Pferde und Ponies angebunden. Dies war kein überstürzter Exodus von Menschen, die vor Plünderern um ihr Leben liefen – es war ein geordneter Rückzug, und sie hatten den Großteil ihrer Habe ordentlich zusammengepackt und mitgebracht. Was in Gottes Namen hatte sich heute in Anna Ooka zugetragen?

Nacognaweto befand sich in einem Wigwam auf der anderen Seite der Lichtung. Onakara hob den Vorhang und wies Jamie kopfnikkend an, einzutreten.

Bei seinem Eintreten sprang ein plötzlicher Funke in den Augen des älteren Mannes auf, der aber sofort erstarb, als Nacognaweto sein Gesicht und die Schatten des vergangenen Schmerzes darin sah.

»Du bist nicht auf sie, die heilt, getroffen, oder die Frau, in deren Langhaus ich gelebt habe?«

Da Jamie mit der Sitte der Indianer vertraut war, nach der es sich nicht gehörte, den Namen eines Menschen auszusprechen, wußte er, daß er sich auf Gabrielle und die alte Nayawenne beziehen mußte. Er schüttelte den Kopf und war sich bewußt, daß er mit dieser Geste wohl den letzten Hoffnungsfunken zerstörte, den der andere Mann noch gehegt hatte. Es war kein Trost, doch er zog die Brandyflasche aus seinem Gürtel und bot sie als stumme Entschuldigung dafür an, daß er keine guten Nachrichten überbringen konnte.

Nacognaweto nahm sie an und rief mit einer Geste eine Frau herbei, die in einem der Bündel an der Lederwand herumkramte und einen Kürbisbecher zum Vorschein brachte. Der Indianer schenkte eine Alkoholmenge ein, die ausreichte, um einen Schotten flachzulegen, und trank einen großen Schluck, bevor er Jamie den Becher reichte.

Er nippte aus Höflichkeit daran und gab Nacognaweto den Becher zurück. Es war unhöflich, sofort zum Grund seines Besuches zu kommen, doch er hatte keine Zeit für Palaver, und er konnte sehen, daß dem anderen Mann ebenfalls nicht der Sinn danach stand.

»Was ist geschehen?« fragte er ohne Umschweife.

»Krankheit«, antwortete Nacognaweto leise. Seine Augen glänzten feucht und tränten vom Aroma des Brandys. »Wir sind verflucht.«

Zwischen weiteren Brandyschlucken kam die Geschichte mit Unterbrechungen ans Licht. Im Dorf waren die Masern ausgebrochen und hatten es wie eine Feuersbrunst durchfegt. Innerhalb einer Woche war ein Viertel der Dorfbewohner tot; jetzt war kaum noch ein Viertel am Leben.

Als die Krankheit ausgebrochen war, hatte Nayawenne über den Opfern gesungen. Als immer mehr erkrankten, war sie in den Wald gegangen auf der Suche nach... Jamie beherrschte die Tuscarorasprache nicht genügend, um die Worte zu verstehen. Einem Zauber, dachte er – irgendeiner Pflanze? Oder vielleicht ersuchte sie um eine Vision, die ihnen sagte, was sie tun sollten, wie sie das Böse wiedergutmachen konnten, das die Krankheit über sie gebracht hatte, oder den Namen des Feindes preisgab, der sie verflucht hatte. Gabrielle und Berthe waren mit ihr gegangen, weil sie alt war und nicht allein gehen sollte – und keine der drei Frauen war zurückgekehrt.

Nacognaweto schwankte ganz sacht im Sitzen und umklammerte den Kürbisbecher mit den Händen. Die Frau beugte sich über ihn und versuchte, ihm den Becher wegzunehmen, doch er schüttelte sie achselzuckend ab, und sie ließ ihn in Ruhe.

Sie hatten nach den Frauen gesucht, aber keine Spur von ihnen gefunden. Vielleicht hatten Räuber sie gefangen, vielleicht waren sie auch erkrankt und im Wald gestorben. Doch das Dorf war ohne *Shaman*, ohne Fürsprecher, und die Götter hatten ihnen kein Gehör geschenkt.

»Wir sind verflucht.«

Nacognawetos Worte kamen gedehnt, und der Becher neigte sich gefährlich in seinen Händen. Die Frau kniete sich hinter ihn und legte ihm ihre Hände auf die Schultern, um ihn zu stützen.

»Wir haben die Toten in den Häusern zurückgelassen und sie angezündet«, sagte sie zu Jamie. Auch ihre Augen waren schwarz vor Traurigkeit, doch etwas Leben nistete noch darin. »Jetzt gehen wir nach Norden, nach Oglanethaka.« Ihre Hände spannten sich auf Nacognawetos Schultern an, und sie nickte Jamie zu. »Geh jetzt.«

Er ging, und der Schmerz, den das Lager verströmte, haftete ihm an wie Rauch, der sich durch Kleider und Haare frißt. Und als er das Lager verließ, sprang die Selbstsucht wie ein kleiner, grüner Sprößling in seinem verkohlten Herzen auf, Erleichterung, daß der Schmerz – für dieses Mal – nicht der seine war. Seine Frau lebte noch. Seine Kinder waren in Sicherheit.

Er blickte zum Himmel auf und sah, wie sich der dumpfe Glanz der sinkenden Sonne in dem rauchigen Leichentuch widerspiegelte. Er verlängerte seine Schritte und wechselte in die raumgreifende Gangart des Bergläufers. Er hatte nicht viel Zeit; die Nacht kam schnell.

ACHTER TEIL

Beaucoup

30

Spurlos

Oxford, April 1971
»Nein«, sagte er nachdrücklich. Roger schwang herum, um durch das Fenster auf den verhangenen Himmel zu blicken, während er sich den Hörer ans Ohr hielt. »Auf gar keinen Fall. Ich fahre nächste Woche nach Schottland, das habe ich Ihnen doch gesagt.«

»Oh, aber Roger«, beschwor ihn die Stimme der Dekanin. »Das ist doch wirklich etwas für Sie. Und es würde Ihren Terminplan kaum verzögern; nächsten Monat um diese Zeit könnten Sie in den Highlands Ihren Rehen hinterherjagen – und Sie haben mir doch selbst gesagt, daß Sie Ihrrre Süße nicht vor Juli errrwarrrten.«

Roger knirschte mit den Zähnen, als er hörte, wie die Dekanin sich an einem schottischen Akzent versuchte, und öffnete den Mund, um noch einmal nein zu sagen, doch er war ein bißchen zu langsam.

»Und es sind Amerikaner, Rog«, sagte sie. »Sie können doch so *gut* mit Amerikanern. Wo wir gerade von Frrrauen sprechen«, fügte sie mit einem kurzen Glucksen hinzu.

»Jetzt hören Sie mal, Edwina«, sagte er und rang um Geduld. »Ich muß in diesen Ferien einiges erledigen. Und dazu gehört nicht, daß ich amerikanische Touristen durch die Londoner Museen scheuche.«

»Nein, nein«, versicherte sie ihm. »Wir haben bezahlte Aufpasser für die Touristengeschichten; Sie hätten nur mit der Konferenz selbst zu tun.«

»Ja, aber...«

»Geld, Roger«, schnurrte sie durchs Telefon und zog damit ihre Geheimwaffe. »Es sind Amerikaner, habe ich gesagt. Sie wissen, was *das* bedeutet.« Sie machte eine bedeutungsschwangere Pause, damit er sich in Ruhe das Entgelt für die Ausrichtung einer einwöchigen Konferenz für eine amerikanische Besuchergruppe ausmalen konnte, deren offizieller Aufpasser erkrankt war. Im Vergleich zu seinem normalen Gehalt war es eine astronomische Summe.

»Äh...« Er konnte spüren, wie er schwach wurde.

»Ich habe gehört, Sie wollen demnächst heiraten, Rog. Damit könnten Sie doch eine Extraportion Haggis für die Hochzeit kaufen, oder?«

»Hat Ihnen schon mal jemand gesagt, wie subtil Sie sind, Edwina?« wollte er wissen.

»Noch nie.« Sie gluckste noch einmal kurz und wechselte dann abrupt in den Beamtenmodus. »Also gut, dann sehen wir uns Montag in einer Woche beim Vorbereitungstreffen«, und dann legte sie auf.

Er unterdrückte den zwecklosen Impuls, den Hörer auf den Boden zu knallen und ließ ihn statt dessen auf die Gabel fallen.

Vielleicht war es ja gar keine so schlechte Idee, dachte er dumpf. Ehrlich gesagt war ihm das Geld egal, doch vielleicht würde ihn die Organisation einer Konferenz ablenken. Er hob den mehrfach zerknüllten Brief auf, der neben dem Telefon lag, und strich ihn glatt. Sein Blick wanderte über die entschuldigenden Zeilen, ohne sie wirklich zu lesen.

Tut mir so leid, hatte sie gesagt. Besondere Einladung zu einer Ingenieurstagung in Sri Lanka (Gott, besuchten denn alle Amerikaner im Sommer irgendwelche Konferenzen?), wichtige Kontakte, Bewerbungsgespräche (*Bewerbungs*gespräche? Himmel, er hatte es gewußt, sie würde nicht zurückkommen!) – konnte nicht nein sagen. Tut mir wahnsinnig leid. Bis September dann. Ich schreibe Dir. In Liebe.

»Ja klar«, sagte er. »In Liebe.«

Er knüllte das Blatt wieder zusammen und warf es gegen die Anrichte. Es prallte vom Rand des silbernen Bilderrahmens ab und fiel auf den Teppich.

»Du hättest es mir geradeheraus sagen können«, sagte er laut. »Also hast du einen anderen gefunden; du hattest damals also recht, nicht wahr? Du warst klug und ich der Dumme. Aber konntest du nicht ehrlich sein, du alte Lügnerin?«

Er versuchte, sich so richtig in Wut zu reden; alles, was half, die Leere in seiner Magengrube zu füllen. Doch es funktionierte nicht.

Er ergriff den Silberrahmen mit ihrem Bild und hätte ihn am liebsten in Stücke gebrochen, ihn am liebsten an sein Herz gedrückt. Am Ende stand er einfach nur lange da und sah das Bild an, bevor er es sanft mit dem Gesicht nach unten hinlegte.

»Tut mir so leid«, sagte er. »Ja, mir auch.«

Mai 1971
Die Kisten warteten in der Portiersloge auf ihn, als er am letzten Tag der Konferenz ins College zurückkehrte. Ihm war heiß, er war müde,

und er hatte die Nase gründlich voll von allen Amerikanern. Es waren fünf große Holzkisten, die mit bunten, internationalen Frachtaufklebern zugekleistert waren.

»Was ist das denn?« Roger balancierte die Schreibunterlage, die ihm der Paketbote überreicht hatte, in der einen Hand und durchsuchte mit der anderen seine Tasche nach Trinkgeld.

»Na, das weiß ich doch nicht, oder?« Mißmutig und verschwitzt von seinem Gang über den Hof zur Portiersloge ließ der Mann die letzte Kiste mit einem Knall auf die anderen fallen. »Alles für dich, Kumpel.«

Roger stupste die obere Kiste probehalber an. Wenn das keine Bücher waren, dann war es Blei. Doch beim Schieben hatte er den Rand eines Briefes gesehen, der an der unteren Kiste festgeklebt war. Mit einigen Schwierigkeiten löste er ihn ab und riß ihn auf.

Du hast mir erzählt, dein Vater hätte gesagt, daß jeder eine Geschichte braucht, stand in der Notiz, die er aus dem Umschlag zog. *Dies ist meine. Kannst Du sie zusammen mit Deiner aufbewahren?* Weder Begrüßung noch Schluß; nur der Buchstabe »B« war in fetten, eckigen Linien daruntergeschrieben.

Er starrte einen Moment lang auf die Notiz, dann faltete er sie zusammen und steckte sie in seine Brusttasche. Er ging vorsichtig in die Hocke, packte die obere Kiste und hob sie hoch. Himmel, sie wog mindestens dreißig Kilo!

Schwitzend ließ Roger die Kiste auf den Boden seines Wohnzimmers fallen und ging in das winzige Schlafzimmer, wo er in einer Schublade herumkramte. Mit einem Schraubenzieher und einer Bierflasche bewaffnet, kehrte er zurück, um sich mit der Kiste zu befassen. Er versuchte, seine zunehmende Aufregung im Zaum zu halten, doch es gelang ihm nicht. *Kannst Du sie zusammen mit Deiner aufbewahren?* Schickte ein Mädchen einem Kerl ihren halben Besitz, wenn sie ihn sitzenlassen wollte?

»Geschichte, was?« brummte er. »Museumsreif, so wie du sie eingepackt hast.« Der Inhalt war in zwei Kartons verpackt, die durch eine Lage Holzwolle voneinander getrennt waren. Als er den inneren Karton öffnete, kam eine geheimnisvolle Sammlung von ungleichmäßigen, in Zeitungspapier gewickelten Bündeln und kleineren Kartons zum Vorschein.

Er wählte einen stabilen Schuhkarton und warf einen Blick hinein. Fotografien; alte mit gezahnten Rändern und neuere, hochglänzend und farbig. Der Rand eines großen Studioporträts stand vor, und er zog es heraus.

Es war Claire Randall, fast so, wie er sie das letzte Mal gesehen hatte; warme, ungewöhnliche bernsteinfarbene Augen unter einem Gewirr brauner Seidenlocken, der Hauch eines Lächelns auf dem vollen, sanften Mund. Er schob es in den Karton zurück und kam sich wie ein Mörder vor.

Der Gegenstand, der zwischen den Lagen aus Zeitung zum Vorschein kam, machte der Bezeichnung Flickenpuppe alle Ehre. Ihr aufgemaltes Gesicht war so verblichen, daß nur die Knopfaugen übriggeblieben waren, die leer und herausfordernd vor sich hinstarrten. Ihr Kleid war zerrissen, war aber sorgfältig geflickt worden, der weiche Stoffkörper verfärbt, aber sauber.

Das nächste Bündel förderte einen zerknitterten Mickymaus-Hut zutage, zwischen dessen hochstehenden Ohren immer noch eine winzige rosa Schaumgummischleife befestigt war. Eine billige Spieldose, die »Over the Rainbow« spielte, als er sie öffnete. Ein Stoffhund, dessen Synthetikfell stellenweise durchgescheuert war. Ein ausgeblichenes, rotes Sweatshirt, Männergröße Medium. Es hätte Brianna passen können, doch irgendwie war Roger sich sicher, daß es Franks gewesen war. Ein abgetragener Morgenmantel aus maronenfarbener, gesteppter Seide. Er folgte einer Eingebung und preßte ihn an seine Nase. Claire. Ihr Duft ließ sie lebendig vor ihm erstehen, ein schwacher Geruch nach Moschus und grünen Pflanzen, und er ließ das Kleidungsstück erschüttert fallen.

Unter den Alltagsdingen befand sich ein schwererer Schatz.

Drei große, flache Kästen am Boden der Kiste machten den Großteil ihres Gewichtes aus. Jede enthielt ein silbernes Eßbesteck, sorgfältig eingeschlagen in graues Antibeschlagtuch. In jedem Kasten lag eine maschinengeschriebene Notiz, auf der die Herkunft und Geschichte des Silbers stand.

Ein versilbertes Besteck aus Frankreich mit Bändelwerk an den Rändern, Herstellerinsignien DG. Erworben 1842 von William S. Randall. Ein altenglisches Muster, George III., erworben 1776 von Edward K. Randall. Ein Rocaillemuster, von Charles Boyton, erworben 1903 von Quentin Lambert Beauchamp, Hochzeitsgeschenk für Franklin Randall und Claire Beauchamp. Das Familiensilber.

Mit wachsender Verwunderung fuhr Roger fort und legte die einzelnen Fundstücke vorsichtig neben sich auf den Boden, die Kunst- und Alltagsgegenstände, die Brianna Randalls Geschichte ausmachten. Geschichte. Himmel, warum hatte sie es so genannt?

Beunruhigung gesellte sich zu seiner Verwunderung, als ihm ein neuer Gedanke kam, und er griff nach dem Deckel und überprüfte den

Adreßaufkleber. Oxford. Ja, sie *hatte* sie nach hier geschickt. Warum nach hier, wenn sie doch gewußt hatte – oder davon ausgegangen war –, daß er vorhatte, den ganzen Sommer in Schottland zu verbringen? Das hätte er auch, wenn nicht in letzter Minute diese Konferenz dazwischengekommen wäre – und davon hatte er ihr nichts gesagt.

In der äußersten Ecke steckte ein Schmuckkästchen, ein kleiner, aber schwerer Behälter. Darin befanden sich diverse Ringe. Broschen und Ohrringe. Die Cairngormbrosche, die er ihr zum Geburtstag geschenkt hatte, war da. Halsbänder und -ketten. Zwei Dinge fehlten.

Das Silberarmband, das er ihr geschenkt hatte – und die Perlen ihrer Großmutter.

»Auch du lieber Himmel.« Er sah noch einmal nach, nur um ganz sicher zu gehen, schüttete dann das glitzernde Durcheinander aus und verteilte es auf seiner Tagesdecke. Keine Perlen. Ganz sicher keine Kette aus schottischen Barockperlen, durchsetzt mit antiken Goldkügelchen.

Tragen würde sie sie mit Sicherheit nicht, nicht auf einer Ingenieurstagung in Sri Lanka. Die Perlen waren für sie ein Erbstück, kein Schmuck. Sie trug sie nur selten. Sie waren ihre Verbindung mit...

»Das hast du nicht getan«, sagte er laut. »Gott, sag mir, daß du es nicht getan hast!«

Er ließ das Schmuckkästchen auf das Bett fallen und donnerte die Treppe hinunter zum Telefonzimmer.

Es dauerte ewig, die internationale Vermittlung in die Leitung zu bekommen, und dann folgte noch länger andauerndes elektronisches Knacken und Summen, bis er die Verbindung klicken hörte und ein schwaches Klingeln folgte. Einmal klingeln, zweimal, dann ein Klicken, und sein Herz tat einen Sprung. Sie war zu Hause!

»*Wir bedauern*«, sagte eine freundliche, unpersönliche Frauenstimme, »*dieser Anschluß wurde stillgelegt oder wird nicht mehr benutzt.*«

Gott, das *konnte* sie doch nicht machen! Oder? Klar konnte sie es, die leichtsinnige Närrin! Wo zum *Teufel* war sie?

Er trommelte unruhig mit den Fingern auf seinen Oberschenkel und kochte vor Wut, während es in der transatlantischen Telefonleitung klickte und summte, während seine Verbindung hergestellt wurde, während er sich mit den endlosen Verzögerungen und Mißverständnissen herumschlug, wie sie für Krankenhauszentralen und Sekretärinnen typisch sind. Doch schließlich hörte er eine vertraute Stimme, tief und volltönend.

»Joseph Abernathy?«

»Dr. Abernathy? Hier ist Roger Wakefield. Wissen Sie, wo Brianna ist?« fragte er ohne Umschweife.

Die tiefe Stimme hob sich leicht vor Überraschung.

»Bei Ihnen. Oder nicht?«

Ein kalter Schauer durchlief Roger, und er umfaßte den Hörer fester, als könnte er ihn zwingen, ihm die Antwort zu geben, die er hören wollte.

»Nein«, bemühte er sich zu sagen, so ruhig er konnte. »Sie wollte im Herbst kommen, wenn sie mit ihrem Abschluß fertig ist und eine Tagung in Sri Lanka besucht hat.«

»Nein. Nein, das stimmt nicht. Sie ist Ende April mit ihren Prüfungen fertiggeworden – ich habe sie zur Feier des Tages zum Essen eingeladen –, und sie hat gesagt, daß sie sofort nach Schottland wollte, ohne ihre Promovierung abzuwarten. Warten Sie, lassen Sie mich nachdenken... ja, das stimmt; mein Sohn Lenny hat sie zum Flughafen gefahren... wann? Ja, am Dienstag... dem siebenundzwanzigsten. Wollen Sie damit sagen, daß sie nicht angekommen ist?« Dr. Abernathys aufgeregte Stimme wurde lauter.

»Ich weiß nicht, ob sie hier gelandet ist oder nicht.« Rogers freie Hand war zur Faust geballt. »Sie hat mir nicht gesagt, daß sie kommen wollte.« Er zwang sich, tief durchzuatmen. »Wo ist sie hingeflogen – in welche Stadt, wissen Sie das? London? Edinburgh?« Es *konnte* ja sein, daß sie vorgehabt hatte, ihn mit ihrer plötzlichen, unerwarteten Ankunft zu überraschen. Er war überrascht, das stimmte, aber er bezweifelte, daß das ihre Absicht gewesen war.

Visionen von Entführungen, Überfällen, IRA-Bombenanschlägen trieben ihm durch den Kopf. Einem Mädchen, das allein in einer Großstadt unterwegs war, konnte alles mögliche passiert sein – und fast alles, das ihr hätte geschehen können, war besser als das, was seinem Instinkt zufolge wirklich passiert war.

Verflixtes Frauenzimmer!

»Inverness«, sagte Dr. Abernathys Stimme in sein Ohr. »Von Boston nach Edinburgh, dann mit dem Zug nach Inverness.«

»Oh, Himmel!« Es war Fluch und Gebet zugleich. Wenn sie dienstags in Boston aufgebrochen war, dann war sie wahrscheinlich im Laufe des Donnerstags in Inverness angekommen. Und Freitag war der dreißigste April – der Vorabend von Beltane, dem alten Feuerfest, an dem im alten Schottland die Feuer der Reinigung und der Fruchtbarkeit auf den Gipfeln gebrannt hatten. An dem – vielleicht – das Tor zum Feenhügel von Craigh na Dun am weitesten offenstand.

Abernathys Stimme krächzte drängend in sein Ohr. Er zwang sich, sich darauf zu konzentrieren.

»Nein«, sagte er unter Schwierigkeiten. »Nein, ist sie nicht. Ich bin immer noch in Oxford. Ich hatte keine Ahnung.«

Der luftleere Raum zwischen ihnen vibrierte, die Stille füllte sich mit Angst. Er mußte die Frage stellen. Er holte noch einmal Luft – er schien sich zu jedem Atemzug bewußt aufraffen zu müssen – und nahm den Hörer in die andere Hand. Dann wischte er sich seine verkrampfte, verschwitzte Hand an seinem Hosenbein ab.

»Dr. Abernathy«, sagte er vorsichtig. »Es ist ja möglich, daß Brianna zu ihrer Mutter gegangen ist – zu Claire. Sagen Sie – wissen Sie, wo sie ist?«

Diesmal war die Stille mit Argwohn geladen.

»Äh… nein.« Abernathy sprach langsam und zögerte. »Nein, ich fürchte, das weiß ich nicht. Nicht genau.«

Nicht genau. So konnte man es auch sagen. Roger rieb sich mit der Hand durch das Gesicht und spürte, wie seine Bartstoppeln über seine Handfläche kratzten.

»Dann möchte ich Sie folgendes fragen«, sagte Roger vorsichtig. »Haben Sie den Namen Jamie Fraser schon einmal gehört?«

Die Leitung in seiner Hand war völlig still. Dann seufzte es tief an seinem Ohr.

»Ach, du dickes Ei«, sagte Dr. Abernathy. »Sie hat's getan.«

Sie nicht?

Das hatte Joe Abernathy am Ende ihrer langen Unterhaltung zu ihm gesagt, und die Frage hing ihm nach, während er jetzt nach Norden fuhr und die Straßenschilder kaum bemerkte, die im Regen an ihm vorbeihuschten.

Sie nicht?

»Ich würde es tun«, hatte Abernathy gesagt. »Wenn Sie Ihren Vater nicht kennen würden, ihm noch *nie* begegnet wären – und ganz plötzlich herausbekämen, wo er sich befindet? Würden Sie ihn nicht treffen wollen, herausfinden wollen, was für ein Mensch er wirklich ist? Also, ich wäre da doch ziemlich neugierig.«

»Sie verstehen das nicht«, hatte Roger gesagt und sich frustriert mit der Hand über die Stirn gerieben. »Es ist nicht wie bei einer Adoptivtochter, die den Namen ihres wirklichen Vaters herausfindet und dann einfach so vor seiner Haustür aufkreuzt.«

»Kommt mir aber doch genauso vor.« Die tiefe Stimme war kühl. »Brianna *war* ein Adoptivkind, stimmt's? Ich glaube, sie wäre schon viel früher gegangen, wenn sie es nicht als unloyal Frank gegenüber empfunden hätte.«

Roger schüttelte den Kopf, ohne darüber nachzudenken, daß Abernathy ihn nicht sehen konnte.

»Es ist nicht so, als ob – es ist die Sache mit dem Aufkreuzen vor der Haustür. Das – der Durchgang – den sie genommen hat – hören Sie, hat Claire Ihnen erzählt...?«

»Ja, das hat sie«, unterbrach Abernathy. Sein Ton war nachdenklich. »Ja, sie hat gesagt, daß das nicht ganz so wäre, wie wenn man durch eine Drehtür geht.«

»Um es harmlos auszudrücken.« Der bloße Gedanke an den Steinkreis von Craigh na Dun verursachte Roger das kalte Grausen.

»Um es harmlos auszudrücken – Sie *wissen*, wie es sich anfühlt?« Die Stimme aus der Ferne verschärfte sich voll Interesse.

»Ja, verdammt noch mal!« Er holte langsam und tief Luft. »Entschuldigung. Hören Sie, es ist nicht... ich kann es nicht erklären, ich glaube nicht, daß es irgend jemand könnte. Diese Steine... offensichtlich hört sie nicht jeder. Aber Claire konnte es. Brianna kann es, und – und ich kann es. Und für uns...«

Claire war am Tag des alten Feuerfestes Samhain, am ersten November, durch die Steine von Craigh na Dun gegangen, vor zweieinhalb Jahren. Roger zitterte, und zwar nicht vor Kälte. Seine Nackenhaare sträubten sich jedesmal, wenn er daran dachte.

»Also kann nicht jeder da hindurchgehen – aber Sie können es.« Abernathys Stimme war von Neugier erfüllt – und von etwas, das sich vage wie Neid anhörte.

»Ich weiß es nicht.« Roger fuhr sich mit der Hand durch das Haar. Seine Augen brannten, als hätte er eine ganze Nacht durchwacht. »Vielleicht.«

»Es ist nur...« Er sprach langsam, versuchte seine Stimme zu kontrollieren und damit auch seine Furcht. »Es ist nur – selbst wenn sie hindurchgegangen *ist*, kann niemand sagen, ob oder wo sie wieder herausgekommen ist.«

»Ich verstehe.« Die tiefe, amerikanische Stimme hatte ihre Unbeschwertheit verloren. »Und dann wissen Sie also auch nichts von Claire? Ob sie es geschafft hat?«

Er schüttelte den Kopf – er hatte Abernathy so klar vor Augen, daß er erneut vergaß, daß der Mann ihn nicht sehen konnte. Dr. Abernathy war durchschnittlich groß, ein untersetzter Mann mit Goldbrille, doch mit einer solchen Aura der Autorität, daß man durch seine bloße Präsenz mit Zuversicht erfüllt und zur Ruhe gezwungen wurde.

Roger war überrascht, festzustellen, daß sich diese Präsenz auch durch die Telefonleitung übertrug – doch er war mehr als dankbar dafür.

»Nein«, sagte er laut. Fürs erste wollte er es dabei belassen. Er hatte nicht vor, jetzt alles zu erklären, in einem Telefonat mit einem fast fremden Mann. »Sie ist eine Frau; damals nahm die Öffentlichkeit nicht viel Notiz vom Leben einzelner Frauen – es sei denn, sie stellten etwas Spektakuläres an, zum Beispiel sich als Hexen verbrennen zu lassen oder wegen Mordes gehängt zu werden. Oder ermordet zu *werden*.«

»Ha, ha«, sagte Abernathy, doch er lachte nicht. »Aber sie hat es geschafft, mindestens einmal. Sie ist gegangen – und sie ist zurückgekommen.«

»Aye, das ist sie.« Roger hatte versucht, sich selbst mit dieser Tatsache zu trösten, doch zu viele andere Möglichkeiten drängten sich seinem Bewußtsein auf. »Aber wir wissen nicht, ob Brianna genausoweit zurückgegangen ist – oder weiter. Und selbst, wenn sie die Steine überlebt hat und in der richtigen Zeit herausgekommen ist... haben Sie die geringste Ahnung, wie gefährlich das achtzehnte Jahrhundert *gewesen ist*?«

»Nein«, sagte Abernathy trocken. »Ich habe aber den Eindruck, daß Sie das wissen. Und Claire scheint doch gut dort zurechtgekommen zu sein.«

»Sie hat überlebt«, stimmte Roger zu. »Als Urlaubsort ist es aber kein Erfolgsschlager – ›Mit etwas Glück kommen Sie lebend zurück‹?« Einmal zumindest.

Diesmal lachte Abernathy, allerdings mit einem nervösen Unterton. Dann hustete er und räusperte sich.

»Na ja. Gut. Was zählt, ist – Brianna ist *irgendwohin* verschwunden. Und ich denke, Sie haben wohl recht, was das Wohin angeht. Ich meine, an ihrer Stelle wäre ich auch gegangen. Sie nicht?«

Sie nicht? Er zog den Wagen nach rechts und überholte einen Laster, der sich mit eingeschalteten Scheinwerfern durch den zunehmenden Nebel kämpfte.

Ich schon, klang Abernathys selbstsichere Stimme in seinem Ohr nach.

INVERNESS 30, stand auf einem Schild. Er riß den winzigen Morris abrupt nach links und rutschte über den nassen Asphalt. Der Regen trommelte so fest auf die Fahrbahn, daß er als Nebelschleier über dem Gras am Straßenrand aufstieg.

Sie nicht? Er berührte die Brusttasche seines Hemdes, in der der quadratische Umriß von Briannas Foto steif über seinem Herzen lag. Seine Finger berührten das Medaillon seiner Mutter, klein, rund und hart, das er im letzten Moment ergriffen und als Glücksbringer mitgenommen hatte.

»Ja, vielleicht würde ich das«, brummte er und blinzelte durch den Regen, der über die Windschutzscheibe dampfte. »Aber ich hätte dir gesagt, daß ich es tun würde. In Gottes Namen, Frau – warum hast du es *mir* nicht gesagt?«

31

Rückkehr nach Inverness

Die Dämpfe von Möbelpolitur, Bohnerwachs, frischer Farbe und Raumspray hingen in so dichten Wolken im Flur, daß es einem die Kehle zuschnürte. Doch nicht einmal diese olfaktorischen Beweise für Fionas häuslichen Eifer kamen gegen die himmlischen Aromen an, die aus der Küche strömten.

»Jammere nur, Tom Wolfe«, murmelte Roger und holte tief Luft, als er seine Tasche im Flur abstellte. Sicher, das alte Pfarrhaus befand sich definitiv unter neuer Führung, doch selbst die Umwandlung vom Pfarrhaus in eine Pension hatte es nicht geschafft, seinen Charakter grundlegend zu verändern.

Nachdem ihn Fiona begeistert willkommen geheißen hatte – und Ernie etwas weniger begeistert –, hatte er sich in seinem alten Zimmer am Ende der Treppe niedergelassen und unverzüglich mit seiner Detektivarbeit begonnen. Es war nicht sehr schwierig; abgesehen von der normalen Neugier der Highlander gegenüber Fremden neigten einsachtzig große Frauen mit taillenlangem, rotem Haar einfach dazu, Aufmerksamkeit zu erregen.

Sie war aus Edinburgh nach Inverness gekommen. Soviel wußte er mit Bestimmtheit; man hatte sie im Bahnhof gesehen. Genauso sicher wußte er, daß eine hochgewachsene, rothaarige Frau einen Wagen gemietet und den Fahrer angewiesen hatte, sie aus der Stadt hinauszufahren. Der Fahrer wußte nicht genau, wohin sie gefahren waren; nur, daß die Frau plötzlich gesagt hatte: »Hier, das ist die Stelle, lassen Sie mich hier aussteigen.«

»Hat gesagt, sie wollte sich mit ihren Freunden zu einer Wanderung im Moor treffen«, hatte der Fahrer achselzuckend gesagt. »Und sie hatte wirklich einen Proviantsack dabei und war auch richtig zum Wandern angezogen. Ein verdammt feuchter Tag für eine Wanderung durch das Moor, aber Sie wissen ja, was für Verrückte diese amerikanischen Touristen sind.«

Na ja, zumindest wußte er, was für eine Verrückte *diese* Touristin war. Ihr Dickschädel und ihre verflixte Sturheit sollten verflucht sein; wenn sie meinte, sie müßte es tun, warum zum *Teufel* hatte sie es ihm nicht gesagt? Weil sie nicht wollte, daß du davon weißt, Kumpel, dachte er grimmig. Und über den Grund dafür wollte er gar nicht erst nachdenken.

Soweit war er gekommen. Und es gab nur eine Möglichkeit, ihr weiter zu folgen.

Claire hatte vermutet, daß das – was immer es war – an den Tagen der alten Feuer- und Sommerfeste am weitesten offenstand. Es schien zu stimmen – sie selbst war am Beltane-Tag zum ersten Mal hindurchgegangen, dem ersten Mai, zum zweiten Mal an Samhain, dem ersten November. Und jetzt war Brianna offenbar in ihre Fußstapfen getreten und an Beltane gegangen.

Nun, er hatte nicht vor, bis November zu warten – Gott allein wußte, was ihr in fünf Monaten alles zustoßen konnte! Doch Beltane und Samhain waren Feuerfeste; dazwischen lag ein Sonnenfest.

Mittsommernacht, die Sommersonnenwende; das war das nächste. Am zwanzigsten Juni, in vier Wochen. Er knirschte mit den Zähnen, wenn er an das Warten dachte – sein Impuls war, *sofort* zu gehen und sich einen Dreck um die Gefahr zu scheren –, doch es würde Brianna auch nicht helfen, wenn sein ritterlicher Impuls, ihr nachzueilen, ihn umbrachte. Er machte sich keine Illusionen über die Natur des Steinkreises, nicht nach allem, was er bis jetzt gesehen und gehört hatte.

Klammheimlich begann er, sich so gut wie möglich vorzubereiten. Abends, wenn der Nebel vom Fluß heraufwaberte, suchte er Ablenkung von seinen Gedanken, indem er mit Fiona Dame spielte, mit Ernie in die Kneipe ging und – als letzte Zuflucht – einen weiteren Angriff auf die Dutzende von Kisten startete, die immer noch die alte Garage verstopften.

Dieser Raum verströmte eine Aura wundersamen Grusels; die Kartons schienen sich zu vermehren wie die Brote und die Fische – jedesmal, wenn er die Tür aufmachte, waren es mehr.

Wahrscheinlich würde er erst, kurz bevor man ihn selbst mit den Füßen zuerst aus dem Hause trug, damit fertig werden, die Habe seines verstorbenen Vaters zu sortieren, dachte er. Doch im Augenblick war die langweilige Arbeit ein Geschenk des Himmels, denn sie nebelte seinen Verstand so weit ein, daß er sich nicht beim Warten kaputtsorgte. In manchen Nächten schlief er sogar.

»Du hast da ein Bild auf deinem Schreibtisch.« Fiona sah ihn nicht an, sondern konzentrierte sich weiter auf das Geschirr, das sie gerade abräumte.

»Jede Menge.« Roger trank vorsichtig einen Schluck Tee; heiß und frisch, aber nicht so, daß man sich verbrannte. Wie machte sie das nur? »Willst du eins davon? Ich weiß, daß ein paar Schnappschüsse von deiner Oma dabei sind – du kannst sie gern haben, ich möchte nur gern eins selbst behalten.«

Jetzt blickte sie auf, etwas aus dem Konzept gebracht.

»Oh. Von Oma? Aye, die will Paps bestimmt sehen. Aber ich meine das große.«

»Große?« Roger versuchte zu erraten, welches Foto sie meinen konnte; die meisten waren Schwarzweiß-Schnappschüsse, die der Reverend mit seiner antiken Kleinbildkamera gemacht hatte. Doch es gab auch ein paar größere Kabinettfotografien – eins von seinen Eltern, ein anderes von der Großmutter des Reverends, die aussah wie ein Pterodaktylus in schwarzer Steppseide. Das Foto war am hundertsten Geburtstag der Dame aufgenommen worden. Diese Bilder konnte Fiona unmöglich meinen.

»Das von der, die ihren Mann umgebracht hat und verschwunden ist.« Fionas Mund preßte sich zusammen.

»Der, die – oh.« Roger trank einen großen Schluck Tee. »Du meinst Gillian Edgars.«

»Der«, wiederholte Fiona stur. »Warum hast du ein Foto von der?«

Roger stellte die Tasse ab und griff nach der Morgenzeitung, um Beiläufigkeit vorzutäuschen, während er sich fragte, was er sagen sollte.

»Oh – jemand hat es mir gegeben.«

»Wer?«

Fiona war immer zielstrebig, jedoch selten so direkt. Was hatte sie nur?

»Mrs. Randall – Dr. Randall, meine ich. Warum?«

Fiona antwortete nicht, sondern preßte ihre Lippen fest zusammen.

Roger hatte inzwischen jegliches Interesse an der Zeitung aufgegeben. Er legte sie vorsichtig hin.

»Hast du sie gekannt?« sagte er. »Gillian Edgars?«

Fiona antwortete nicht sofort, sondern drehte sich zur Seite und beschäftigte sich mit dem Teewärmer.

»Du bist bei den Steinen auf dem Craigh na Dun gewesen; Joycie sagt, ihr Albert hat dich herunterkommen sehen, als er am Donnerstag nach Drumnadrochit gefahren ist.«

»Ja, das stimmt. Das ist doch kein Verbrechen, oder?« Er versuchte zu witzeln, doch damit kam er bei Fiona nicht durch.

»Du weißt, daß es da unheimlich ist; in all diesen Kreisen. Und jetzt erzähl mir nicht, daß du wegen der Aussicht da hochgestiegen bist.«

»Das habe ich gar nicht vor.«

Er lehnte sich in seinem Sessel zurück und sah zu ihr auf. Ihr lockiges, dunkles Haar stand zu Berge; sie raufte es sich mit den Händen, wenn sie aufgeregt war, und sie war mit Sicherheit aufgeregt.

»Du *bist* mit ihr bekannt. Stimmt ja; Claire hat mir erzählt, daß du dich mit ihr getroffen hast.« Das leise Flackern der Neugier, das er bei der Erwähnung von Gillian Edgars Namen verspürt hatte, schwoll jetzt zu hell brennender Aufregung an.

»Ich kann ja wohl kaum mit ihr bekannt sein, oder? Sie ist tot.« Fiona hob den leeren Eierbecher hoch und fixierte die übriggebliebenen Schalenfragmente. »Oder?«

Roger unterbrach sie, indem er seine Hand auf ihren Arm legte.

»Wirklich?«

»Jedenfalls glaubt man das hier. Die Polizei hat nicht die geringste Spur von ihr gefunden.«

»Vielleicht sucht sie nicht an der richtigen Stelle.«

Alles Blut wich aus ihrem erröteten, hellhäutigen Gesicht. Roger festigte seinen Griff, obwohl sie nicht versuchte, zurückzuweichen. Sie wußte es, verdammt, sie wußte es! Doch *was* wußte sie?

»Sag mir, Fiona«, sagte er. »Bitte – sag mir. Was weißt du über Gillian Edgars – und die Steine?«

Jetzt zog sie doch ihren Arm zurück, ging aber nicht weg, sondern stand einfach nur da und drehte den Eierbecher wieder und wieder in der Hand herum, als wäre er ein Miniatur-Stundenglas. Roger stand auf, und sie scheute zurück und sah ängstlich zu ihm auf.

»Dann treffen wir eine Abmachung«, sagte er und versuchte, seine Stimme ruhig zu halten, um sie nicht noch mehr zu ängstigen. »Sag mir, was du weißt, und ich sage dir, warum Dr. Randall mir das Bild gegeben hat – und warum ich auf dem Craigh na Dun war.«

»Das muß ich mir überlegen.« Sie bückte sich rasch und ergriff das Tablett mit dem schmutzigen Geschirr. Sie war zur Tür hinaus, bevor er sie mit einem Wort aufhalten konnte.

Langsam setzte er sich wieder hin. Es war ein gutes Frühstück gewesen – wenn Fiona kochte, war es immer köstlich –, doch es lag ihm im Magen wie ein Sack Murmeln, schwer und unverdaulich.

Er sollte nicht zu viel erwarten, sagte er sich. Er beschwor damit nur eine Enttäuschung herauf. Was konnte Fiona schon wissen? Und doch, jede Erwähnung der Frau, die sich Gillian genannt hatte – und später Geillis – reichte aus, um sein Interesse zu wecken.

Er ergriff seine vergessene Teetasse und schluckte, ohne etwas zu schmecken. Was, wenn er sich an die Abmachung hielt und ihr alles erzählte? Nicht nur über Claire Randall und Gillian, sondern auch über sich selbst – und Brianna.

Der Gedanke an Brianna war wie ein Stein, der in das Wasser seines Herzens fiel und Wellen der Furcht in alle Richtungen aussandte. *Sie ist tot.* Hatte Fiona über Gillian gesagt. *Oder?*

Wirklich? hatte er geantwortet und dabei die Frau lebendig vor Augen gehabt, mit weit aufgerissenen, grünen Augen und wehendem Haar, im heißen Wind eines Feuers, als sie sich anschickte, durch die Tore der Zeit zu fliehen. Nein, sie war nicht gestorben.

Jedenfalls nicht damals, denn Claire war ihr begegnet – würde ihr begegnen? Früher? Später? Sie war nicht gestorben, doch war sie tot? Inzwischen mußte sie es sein, oder auch nicht, und doch – es war so furchtbar verzwickt! Wie sollte er das überhaupt in zusammenhängende Gedanken fassen?

Zu aufgewühlt, um auf der Stelle sitzen zu bleiben, stand er auf und ging durch den Flur. An der Küchentür hielt er inne. Fiona stand an der Spüle und starrte aus dem Fenster. Sie hörte ihn und drehte sich um, das unbenutzte Spültuch in der Hand.

Ihr Gesicht war rot, aber entschlossen.

»Ich darf es niemandem erzählen, aber ich tue es trotzdem, ich muß.« Sie holte tief Luft und preßte die Zähne zusammen, was ihr das Aussehen eines Pekinesen gab, der einem Löwen trotzt.

»Briannas Mama – die nette Frau Dr. Randall –, sie hat mich nach meiner Oma gefragt. Sie wußte, daß Oma eine – eine – Tänzerin war.«

»Tänzerin? Was, du meinst im Steinkreis?« Roger schrak ein wenig zusammen. Claire hatte es ihm ganz zu Anfang erzählt, doch er hatte es niemals wirklich geglaubt – nicht, daß die gesetzte Mrs. Graham in der Maidämmerung heidnische Zeremonien auf grünen Hügeln vollführte.

Fiona atmete langsam aus.

»Also weißt du das schon. Das habe ich mir gedacht.«

»Nein, ich weiß es nicht. Ich weiß nur, was Claire – Dr. Randall – mir erzählt hat. Sie und ihr Mann haben einmal in der Dämmerung des Beltane tanzende Frauen in dem Steinkreis gesehen, und deine Oma war eine von ihnen.«

Fiona schüttelte den Kopf.

»Nicht nur eine von ihnen. Oma war die Ruferin.«

Roger trat in die Küche und nahm ihr das Küchentuch aus der widerstandslosen Hand.

»Komm und setz dich«, sagte er und führte sie zum Tisch. »Und erzähl mir, was ist eine Ruferin?«

»Diejenige, die die Sonne herbeiruft.« Sie setzte sich hin. Er sah, daß sie ihren Entschluß gefaßt hatte; sie würde es ihm erzählen.

»Er ist in einer von den alten Sprachen, der Sonnengesang; manche Wörter erinnern ein bißchen an Gälisch, aber nicht alle. Zuerst tanzen wir in dem Kreis, dann bleibt die Ruferin stehen und stellt sich vor den gespaltenen Stein und – es ist eigentlich kein Gesang, aber es ist auch etwas anderes als sprechen; mehr so wie der Priester in der Kirche. Man muß genau im richtigen Moment anfangen, wenn das erste Licht über dem Meer auftaucht, so daß man genau dann fertig wird, wenn die Sonne durch den Stein kommt.«

»Kannst du dich an ein paar von den Wörtern erinnern?« Der Wissenschaftler in Roger erwachte, und trotz seiner Verwirrung meldete sich seine Neugier.

Fiona hatte keine große Ähnlichkeit mit ihrer Großmutter, doch sie warf ihm einen Blick zu, der ihn in seiner Direktheit plötzlich an Mrs. Graham erinnerte.

»Ich kenne sie alle«, sagte sie. »Ich bin jetzt die Ruferin.«

Ihm wurde bewußt, daß sein Mund offenstand, und er schloß ihn. Er griff nach der Keksdose und knallte sie vor sich auf den Tisch.

»Das ist aber nicht das, was du wissen mußt«, sagte sie ruhig, »und deshalb erzähle ich es dir auch nicht. Du willst wissen, was mit Mrs. Edgars ist.«

Fiona war wirklich mit Gillian Edgars bekannt gewesen; Gillian war eine der Tänzerinnen gewesen, wenn auch erst seit kurzer Zeit. Gillian hatte die älteren Frauen ausgefragt, begierig, soviel wie möglich zu erfahren. Sie hatte auch den Sonnengesang lernen wollen, doch er war geheim; nur die Ruferin und ihre Nachfolgerin kannten ihn. Manche ältere Frauen kannten ihn teilweise – diejenigen, die den Gesang jahrelang immer wieder gehört hatten –, doch nicht ganz. Wann man beginnen und wie man den Gesang abstimmen mußte, damit er mit dem Sonnenaufgang zusammenfiel, das war geheim.

Fiona hielt inne und blickte auf ihre gefalteten Hände.

»Es sind Frauen, nur Frauen. Männer haben dabei nichts zu suchen, und wir erzählen ihnen nichts davon. Unter keinen Umständen.«

Er legte seine Hand auf ihre Hände.

»Es ist richtig, daß du es mir erzählst, Fiona«, sagte er leise. »Bitte erzähl mir den Rest. Ich muß es wissen.«

Sie holte tief und zitternd Luft und zog ihre Hand unter der seinen hervor. Sie sah ihn direkt an. »Weißt du, wo sie hingegangen ist? Brianna?«

»Ich glaube schon. Dahin, wo Gillian gegangen ist, nicht wahr?«

Fiona antwortete nicht, sondern sah ihn weiter an. Ganz plötzlich überwältigte ihn die Irrealität der Situation. Es konnte doch nicht wahr sein, daß er hier saß, in der gemütlichen, abgenutzten Küche, die er seit seiner Kindheit kannte, und Tee aus einer Tasse trank, die mit dem Gesicht der Queen bemalt war, und dabei mit Fiona über heilige Steine und Zeitreisen diskutierte. In Gottes Namen, nicht *Fiona*, deren Interessen sich auf Ernie und den Betrieb ihrer Küche beschränkten.

Hatte er jedenfalls gedacht. Er griff nach der Tasse, trank sie aus und stellte sie mit einem leisen Klirren hin.

»Ich muß ihr folgen, Fiona – wenn ich kann. Kann ich?«

Sie schüttelte den Kopf, und es war klar, daß sie Angst hatte.

»Ich weiß es nicht. Ich weiß nur von Frauen; vielleicht können es nur Frauen.«

Roger umklammerte den Salzstreuer. Das hatte er befürchtet – unter anderem.

»Dann gibt es nur eine Möglichkeit, es herauszufinden, nicht wahr?« sagte er, äußerlich ruhig. Vor seinem inneren Auge erhob sich ein großer gespaltener Stein, ungebeten, schwarz, wie eine nackte Drohung vor dem verhangenen Himmel.

»Ich habe ihr Notizbuch«, platzte Fiona heraus.

»Was – wessen? Gillians? Sie hat etwas aufgeschrieben?«

»Aye, das hat sie. Da ist eine Stelle...« Sie warf ihm einen Blick zu und leckte sich die Lippen. »Da bewahren wir unsere Sachen auf, damit wir sie vorher greifbar haben. Sie hatte das Buch da hingelegt, und – und – ich habe es mitgenommen, nachher.« Nachdem man Gillians ermordeten Ehemann in dem Steinkreis gefunden hatte, das meinte sie wohl.

»Ich wußte, daß die Polizei es vielleicht haben sollte«, fuhr Fiona fort, »aber es – na ja, ich hätte es ihnen nicht gern überlassen, und trotzdem habe ich mir gedacht, was, wenn es etwas mit dem Mord zu tun hat? Ich konnte es ihnen doch nicht vorenthalten, und trotzdem...« Sie blickte zu Roger auf, und in ihrem Blick lag die Bitte um Verständnis. »Es war ihr persönliches Buch, verstehst du, ihre Handschrift. Und wenn sie es an diese Stelle gelegt hatte...«

»Dann war es geheim.« Roger nickte.

Fiona nickte ebenfalls und holte tief Luft.

»Also habe ich es gelesen.«

»Und deswegen weißt du auch, wohin sie gegangen ist«, sagte Roger leise.

Fiona seufzte erschauernd und lächelte ihn matt an.

»Also, der Polizei würde es jedenfalls nicht weiterhelfen, das steht fest.«

»Könnte es mir weiterhelfen?«

»Ich hoffe es«, sagte sie schlicht, wandte sich zur Anrichte, zog eine Schublade auf und holte ein kleines, in grünes Tuch gebundenes Buch heraus.

32

Grimoire

Dies ist das Grimoire der Hexe Geillis. Das ist ein Hexenname, und ich nehme ihn als den meinen an; als was ich geboren wurde, spielt keine Rolle, nur, was ich aus mir mache, was aus mir wird. Und was ist das? Ich kann es noch nicht sagen, denn nur, indem ich es mache, werde ich herausfinden, was ich gemacht habe. Mein Weg ist der Weg der Macht.

Absolute Macht korrumpiert absolut, ja – und wie? Nun, durch die Annahme, daß Macht absolut sein kann, denn sie kann es nicht. Denn wir sind sterblich, ihr und ich. Beobachtet, wie die Haut auf euren Knochen schrumpft und dahinwelkt, spürt den Nähten eures Schädels nach, die sich durch eure Haut drängen, eure Zähne hinter den weichen Lippen ein Grinsen grimmigen Einverständnisses.

Und doch, innerhalb der Grenzen des Körpers sind viele Dinge möglich. Ob solche Dinge auch jenseits dieser Grenzen möglich sind – das ist die Sache anderer, nicht meine. Und was ist der Unterschied zwischen ihnen und mir, jenen anderen, die sich aufgemacht haben, das schwarze Reich zu erkunden, jenen, die Macht in der Magie und der Geisterbeschwörung suchen?

Ich gehe in meinem Körper, nicht in meiner Seele. Und indem ich meine Seele verweigere, gebe ich keine Macht an irgendwelche Kräfte ab, außer denen, über die ich die Kontrolle habe. Ich ersuche weder Teufel noch Gott um ihre Gunst; ich verneine sie. Denn wenn es keine Seele, keinen Tod zu berücksichtigen gibt, dann regiert weder Gott noch Teufel – ihr Kampf kümmert jene nicht, die nur für ihren Körper leben.

Wir regieren einen Augenblick lang und doch für alle Zeit. Ein empfindliches Netz, gesponnen, um Erde und Raum zu umgarnen. Uns ist nur ein Leben gegeben – und doch können wir seine Jahre in vielen Zeiten verbringen – wie vielen Zeiten?

Wer Macht ausüben will, der muß seine Zeit und seinen Ort sorgfältig auswählen, denn nur, wenn uns der Schatten des Steins zu Füßen liegt, steht das Tor des Schicksals wirklich offen.

»Bekloppt, das steht fest«, murmelte Roger. »Und was für ein furchtbarer Stil.« Die Küche war leer; er redete sich selbst Mut zu. Es funktionierte nicht.

Er blätterte vorsichtig um und überflog die Zeilen, die in einer klaren, rundlichen Handschrift verfaßt waren.

Auf die Einleitung folgte ein Kapitel mit der Überschrift »Sonnenfeste und Feuerfeste« und dann eine Liste – Imbolc, Alban Eilir, Beltane, Litha, Lughnassadh, Alban Elfed, Samhain, Alban Arthuan. Jedem Namen folgten einige Notizen, und daneben stand eine Reihe von Kreuzen. Was zum Teufel sollte das?

Sein Blick fiel auf *Samhain* und die sechs Kreuze daneben.

Dies ist das erste der Totenfeste. Schon lange vor Christus und seiner Auferstehung entstiegen in der Samhain-Nacht die Seelen der Helden ihren Gräbern. Sie sind selten, solche Helden. Wer kommt schon zur Welt, wenn die Sterne richtig stehen? Und nicht jeder, der so geboren wird, hat den Mut, nach der Macht zu greifen, die ihm zusteht.

Obwohl sie ganz offensichtlich völlig verrückt war, hatte sie Methode und besaß Organisationstalent – eine merkwürdige Vermischung von kühler Beobachtungsgabe und poetischer Raserei. Der Mittelteil des Buches war »Fallstudien« überschrieben, und wenn sich Roger beim ersten Kapitel die Nackenhaare gesträubt hatten, dann war das zweite geeignet, ihm das Blut in den Adern gefrieren zu lassen.

Es war eine sorgfältig nach Daten und Orten sortierte Auflistung von Leichen, die man in der Umgebung von Steinkreisen gefunden hatte. Ihr Aussehen wurde beschrieben, und darunter waren jeweils ein paar Vermutungen notiert.

14. August 1931. Sur-le-Meine, Bretagne. Männliche Leiche, nicht identifiziert. Alter Mitte Vierzig. Gefunden nahe der Nordseite eines Steinkreises. Todesursache nicht ersichtlich, aber Verbrennungen an Armen und Beinen. Kleidung nur als »Lumpen« beschrieben. Kein Foto.

Möglicher Grund für Fehlschlag: (1) männlich, (2) falsches Datum – 23 Tage nach dem letzten Sonnenfest.

2. April 1650. Castlerigg, Schottland. Frauenleiche, nicht identifiziert. Alter ungefähr fünfzehn. Beträchtliche Verstümmelungen, vielleicht von Wölfen vom Steinkreis weggezerrt. Kleidung nicht beschrieben.

Möglicher Grund für Fehlschlag: (1) falsches Datum – 28 Tage vor Sonnenfest, (2) mangelnde Vorbereitung.

5. Februar 1953. Callanish, Insel Lewis. Männliche Leiche, identifiziert als John McLeod, Hummerfischer, Alter 26. Diagnostizierte Todesursache massive Hirnblutungen, pathologische Untersuchung aufgrund des Erscheinungsbildes der Leiche – Verbrennungen zweiten Grades an Gesicht und Gliedmaßen und angesengtes Aussehen der Kleidung. Pathologe vermutet Tod durch Blitzschlag – möglich, aber nicht wahrscheinlich.

Möglicher Grund für Fehlschlag: (1) männlich, (2) sehr nah an Imbolc, aber vielleicht nicht nah genug? (3) unzulängliche Vorbereitung – Zeitungsfoto zeigt das Opfer mit offenem Hemd; verbrannte Stelle auf der Brust scheint die Form eines St.-Bridhe-Kreuzes zu haben, aber zu undeutlich, um es mit Sicherheit zu sagen.

1. Mai 1963. Tomnahurich, Schottland. Frauenleiche, identifiziert als Mary Walker Willis. Pathologische Untersuchung, Körper und Kleidung beträchtlich angesengt, Tod durch Herzversagen – Aortariß. Bericht merkt an, Miß Walkers Kleidung sei »merkwürdig«, keine Details.

Fehlschlag – diese hier hat gewußt, was sie tat, hat es aber nicht geschafft. Fehlschlag wahrscheinlich durch Mangel des richtigen Opfers.

Die Liste ging weiter, und Roger wurde mit jedem Namen eisiger zumute. Insgesamt hatte sie zweiundzwanzig gefunden, gemeldet in einem Zeitraum von der Mitte des siebzehnten bis Mitte des zwanzigsten Jahrhunderts an Fundorten in ganz Schottland, Nordengland und der Bretagne, die sämtlich Spuren prähistorischer Bauten aufwiesen. Manche waren offensichtlich Unfälle gewesen, dachte er – Menschen, die völlig arglos in einen Steinkreis getreten waren und nicht die geringste Ahnung hatten, wie ihnen geschah.

Ein paar – nur zwei oder drei – schienen Bescheid gewußt zu haben; sie hatten sich dementsprechend gekleidet. Vielleicht hatten sie die Passage schon einmal gemacht und es erneut versucht – und diesmal hatte es nicht funktioniert. Sein Magen rollte sich zu einer kleinen, kalten Schnecke zusammen. Claire hatte recht gehabt – es war nicht ganz so, als ob man durch eine Drehtür geht.

Dann waren da Vermißte... diese hatten ihr eigenes Kapitel, ordentlich registriert nach Datum, Geschlecht und Alter und allen Anmerkungen über die Umstände, soweit sie überliefert waren. Ah – das war also die Bedeutung der Kreuze; wie viele Menschen im Umfeld eines jeden Festes verschwunden waren. Es gab mehr Vermißte als Tote, doch gab es dazu zwangsläufig weniger Daten. Die meisten waren mit Fragezeichen versehen – Roger vermutete, daß niemand sagen konnte, ob das Verschwinden eines Menschen in der Nähe eines Steinkreises notwendigerweise mit dem Kreis in Verbindung stand.

Er blätterte um und hielt inne. Er fühlte sich, als hätte man ihm in den Magen geboxt.

1. Mai 1945. Craigh na Dunn, Inverness-shire, Schottland. Claire Randall, Alter 27, Hausfrau. Wurde zuletzt am frühen Morgen gesehen, hatte angekündigt, im Steinkreis nach Exemplaren seltener Pflanzen suchen zu wollen, war bei Anbruch der Dunkelheit nicht zurück. Auto wurde am Fuß des Hügels geparkt gefunden. Keine Spuren im Kreis, kein Anzeichen für ein Verbrechen.

Er blätterte vorsichtig um, als rechnete er damit, daß ihm die Seite um die Ohren flog. Also hatte Claire unfreiwillig einen Teil des Beweismaterials geliefert, das zu Gillian Edgars' eigenem Experiment geführt hatte. Hatte Geillis auch die Berichte von Claires Rückkehr drei Jahre später gefunden?

Nein, offensichtlich nicht, folgerte er nach weiterem Herumblättern in diesem Kapitel – oder wenn, dann hatte sie es hier nicht festgehalten.

Fiona hatte ihm frischen Tee und einen Teller mit Ingwer-Nuß-Plätzchen gebracht, der unberührt dagestanden hatte, seit er angefangen hatte zu lesen. Mehr aus Pflichtgefühl denn Hunger nahm er sich ein Plätzchen und biß hinein, doch die scharf gewürzten Krümel blieben ihm im Hals stecken und brachten ihn zum Husten.

Das letzte Kapitel des Buches trug die Überschrift »Techniken und Vorbereitungen«. Es begann:

Hier liegt etwas, das älter ist als die Menschheit, und die Steine hüten seine Macht. In den alten Zaubersprüchen ist die Rede von den »Linien der Erde« und der Macht, die sie durchströmt. Ich bin mir sicher, daß der Zweck der Steine mit diesen Linien zu tun hat. Doch beeinflussen die Steine die Linien der Macht, oder sind sie nur Wegweiser?

Der Keksbissen schien sich dauerhaft in seinem Hals festgeklemmt zu haben, ganz gleich, wieviel Tee er trank. Er las immer schneller, überflog den Text, ließ ganze Seiten aus und lehnte sich schließlich zurück und schlug das Buch zu. Er würde den Rest später lesen – und das nicht nur einmal. Doch jetzt mußte er hinaus an die frische Luft. Kein Wunder, daß das Buch Fiona verwirrt hatte.

Er ging schnell die Straße entlang zum Fluß und ignorierte den leichten Regen. Es war spät; eine Kirchenglocke schlug zum Abendgebet, und auf den Brücken setzte der allabendliche Fußgängerverkehr zu den Kneipen ein. Doch durch Glockenschlag, Stimmen und Schritte hörte er die letzten Worte, die er gelesen hatte. Sie klangen in seinem Ohr nach, als hätte sie direkt zu ihm gesprochen.

Soll ich dich küssen, Kind, soll ich dich küssen, Mann? Spüre die Zähne hinter meinen Lippen, wenn ich es tue. Ich könnte dich ebenso leicht umbringen, wie ich dich umarme. Der Geschmack der Macht ist der Geschmack des Blutes – Eisen in meinem Mund, Eisen in meiner Hand.

Ein Opfer ist erforderlich.

33

Mittsommernacht

20. Juni 1971
In der Mittsommernacht steht in Schottland die Sonne zusammen mit dem Mond am Himmel. Sommersonnenwende, das Fest der Litha, Alban Eilir. Fast Mitternacht, und das Licht war gedämpft und milchig weiß, doch trotzdem war es Licht.

Er spürte die Steine schon lange, bevor er sie sah. Claire und Geillis hatten recht gehabt, dachte er; das Datum spielte eine Rolle. Bei seinen früheren Besuchen waren sie unheimlich gewesen, aber stumm. Jetzt konnte er sie hören; nicht mit den Ohren, sondern mit der Haut – ein tiefes, dröhnendes Brummen wie die Baßpfeife eines Dudelsacks.

Sie überquerten den Hügelkamm und blieben zehn Meter vor dem Kreis stehen. Unten lag das dunkle Tal, rätselhaft unter dem aufgehenden Mond. Er hörte neben sich ein leises Einatmen, und ihm wurde klar, daß Fiona ernsthaft Angst hatte.

»Hör mal, du brauchst nicht hierzubleiben«, sagte er zu ihr. »Wenn du Angst hast, dann solltest du nach unten gehen; ich komme schon klar.«

»Ich habe doch keine Angst um *mich*, Dummkopf«, murmelte sie und schob ihre geballten Fäuste tiefer in die Taschen. Sie wandte sich ab und senkte den Kopf wie ein kleiner Stier, als sie den Pfad entlangblickte. »Na dann komm.«

Über ihm raschelte es im Erlendickicht, und er erschauerte mit einemmal. Kalte Übelkeit durchlief ihn, obwohl er so warm angezogen war. Seine Kleidung kam ihm plötzlich lächerlich vor; der langschößige Rock und das Wams aus dicker Wolle, die passende Kniehose und die gestrickten Strümpfe. Ein Theaterstück im College, hatte er dem Schneider gesagt, der ihm das Kostüm gefertigt hatte.

»Dummkopf stimmt«, brummte er vor sich hin.

Fiona trat als erste in den Kreis; sie wollte ihn nicht mitkommen oder zusehen lassen. Gehorsam drehte er ihr den Rücken zu und ließ sie tun, was auch immer sie vorhatte.

Sie hatte eine Plastiktüte mitgebracht, die wohl die Zutaten für ihr Zeremoniell enthielt. Er hatte sie gefragt, was sie darin hatte, und sie hatte ihn kurz und knapp angewiesen, sich um seinen eigenen Kram zu kümmern. Sie war fast genauso nervös wie er, dachte er.

Das summende Geräusch machte ihn unruhig. Es war nicht in seinen Ohren, sondern in seinem Körper – unter seiner Haut, in seinem Gebein. Es ließ die langen Knochen seiner Arme und Beine tönen wie angeschlagene Saiten und juckte in seinen Adern, so daß er das ständige Bedürfnis hatte, sich zu kratzen. Fiona konnte es nicht hören; er hatte sie gefragt, denn er wollte sichergehen, daß für sie keine Gefahr bestand, bevor er sich von ihr helfen ließ.

Er hoffte inständig, daß er recht hatte, daß nur diejenigen, die die Steine hörten, sie auch passieren konnten. Er würde es sich nie verzeihen, wenn Fiona irgend etwas zustieß – obwohl sie ihn darauf hingewiesen hatte, daß sie sich schon beliebig oft an den Feuerfesten in diesem Kreis aufgehalten hatte, ohne Schaden zu nehmen. Er warf einen verstohlenen Blick über seine Schulter, sah am Fuß des gespaltenen Steins eine winzige Flamme brennen und riß den Kopf wieder herum.

Sie sang mit leiser, hoher Stimme. Er konnte die Wörter nicht ausmachen. Alle anderen Reisenden, von denen er wußte, waren Frauen; würde es bei ihm wirklich funktionieren?

Konnte schon sein, dachte er. Wenn die Fähigkeit, durch die Steine zu reisen, vererblich war – wie etwa die Fähigkeit, seine Zunge zu einem Zylinder zusammenzurollen, oder Farbenblindheit –, warum dann nicht? Claire hatte die Reise gemacht, Brianna ebenfalls. Brianna war Claires Tochter. Und er war der Nachkomme der einzigen anderen Zeitreisenden, von der er wußte – der Hexe Geillis.

Er stampfte mit beiden Füßen und schüttelte sich wie ein von Fliegen belagertes Pferd, um das Summen abzuschütteln. Gott, es war, als würde man von Ameisen verspeist! Wurde es durch Fionas Gesang schlimmer, oder bildete er sich das nur ein?

Er rieb sich heftig über die Brust und versuchte, die Irritation zu dämpfen. Dabei spürte er ein kleines, rundes Gewicht, das Medaillon seiner Mutter, das er als Glücksbringer mitgenommen hatte, und weil es mit Granaten besetzt war. Er hatte seine Zweifel über Geillis' Spekulationen – er hatte nicht vor, es mit Blut zu versuchen, wenngleich Fiona für Feuer zu sorgen schien –, doch die Edelsteine konnten schließlich nicht schaden, und wenn sie halfen... Himmel, konnte Fiona sich nicht beeilen? Er wand und streckte sich in seinen Kleidern und versuchte, nicht nur aus der Kleidung, sondern auch aus der Haut zu fahren.

Um sich abzulenken, klopfte er erneut auf seine Brusttasche und betastete das Medaillon. Wenn es funktionierte... wenn er es konnte... es war ein Gedanke, der ihm erst in letzter Zeit gekommen war, als die Möglichkeit, die die Steine darstellten, ernsthaft zu einem Plan herangereift war. Doch wenn es möglich *wäre*... er betastete das kleine, runde Schmuckstück und sah Jerry MacKenzies Gesicht auf der dunklen Oberfläche seines inneren Auges vor sich.

Brianna war fortgegangen, um ihren Vater zu finden. Konnte er dasselbe tun? Himmel, Fiona! Sie *machte* es schlimmer; seine Zahnwurzeln schmerzten, und seine Haut brannte. Er schüttelte heftig den Kopf, hielt dann aber inne, weil ihm schwindelig wurde; seine Schädelnähte fühlten sich an, als fingen sie an, sich zu öffnen.

Dann war sie da, eine kleine Gestalt, die seine Hand ergriff und erregt etwas sagte, während sie ihn in den Kreis führte. Er konnte sie nicht hören... der Lärm war innerhalb des Kreises viel schlimmer; jetzt erscholl er in seinen Ohren, in seinem Kopf, schwärzte seine Sicht, trieb Keile aus Schmerz zwischen die Glieder seiner Wirbelsäule.

Zähneknirschend und mit zusammengekniffenen Augen hielt er die summende Schwärze so lange außen vor, daß er seinen Blick fest auf Fionas rundes, angsterfülltes Gesicht richten konnte.

Schnell bückte er sich und küßte sie voll auf den Mund.

»Sag's Ernie nicht«, sagte er. Er wandte sich von ihr ab und schritt durch den Stein.

Der Sommerwind trug einen schwachen Geruch zu ihm; Brandgeruch. Er wandte den Kopf und weitete die Nasenlöcher, um ihn aufzufangen. Da. Eine Flamme glomm und erglühte auf einem nahen Gipfel, die Rose eines Mittsommerfeuers.

Über ihm leuchteten schwach die Sterne, halb im Schatten einer treibenden Wolke. Er verspürte keinen Drang, sich zu bewegen oder zu denken. Er fühlte sich körperlos, vom Himmel umarmt, seine Gedanken befreit, Spiegel sternenerleuchteter Bilder wie die Glaskugel am Treibnetz eines Fischers, die in der Brandung trieb. Ein sanftes, musikalisches Summen umgab ihn – der weit entfernte Gesang sirenenhafter Sterne, und Kaffeegeruch.

Das vage Gefühl, das etwas nicht stimmte, störte seinen inneren Frieden. Seine Sinne zupften an seinem Verstand, entzündeten winzige, qualvolle Funken der Verwirrung. Er kämpfte gegen das Gefühl an, denn er wollte nur noch im Sternenschein dahintreiben, doch der

Akt des Widerstandes weckte ihn auf. Ganz plötzlich hatte er wieder einen Körper, und er schmerzte.

»Roger!« Die Stimme des Sterns trompetete ihm ins Ohr, und er fuhr auf. Ein Brennen durchschoß seine Brust, und er schlug seine Hand auf die Wunde. Etwas ergriff sein Handgelenk und zog es fort, doch er hatte Feuchtigkeit gespürt und das seidigrauhe Gefühl von Asche auf seiner Brust. Blutete er?

»Oh, du wirst wach, Gott sei Dank! Aye, ja, gut so. Ganz ruhig, aye?« Es war die Wolke, die da redete, nicht der Stern. Er blinzelte verwirrt, und die Wolke löste sich in den lockigen Umriß von Fionas Kopf auf, der sich dunkel vor dem Himmel abzeichnete. Er schoß hoch, mehr krampfhaft als aus freiem Willen.

Sein Körper war mit voller Wucht zurückgekehrt. Er fühlte sich todkrank, und ein schrecklicher Geruch nach verbranntem Fleisch hing ihm in der Nase. Er rollte sich auf alle viere, übergab sich und fiel dann ins Gras. Es war feucht, und die Kühle in seinem Gesicht fühlte sich gut an.

Fionas Hände waren auf ihm und wischten ihm beruhigend über Gesicht und Mund.

»Bist du okay?« sagte sie, und er wußte, daß es das hundertste Mal sein mußte. Diesmal brachte er genug Kraft für eine Antwort auf.

»Aye«, flüsterte er. »Okay. Warum...?«

Ihr Kopf bewegte sich hin und her und löschte die Hälfte der Sterne aus.

»Ich weiß es nicht. Du bist gegangen – du warst fort – und dann brach auf einmal Feuer aus, und du lagst plötzlich mit brennendem Rock im Kreis. Ich mußte dich mit der Thermosflasche löschen.«

Daher also der Kaffee und das feuchte Gefühl auf seiner Brust. Er erhob die Hand, um nachzufühlen, und diesmal ließ sie es geschehen. Auf dem feuchten Stoff seines Rockes war eine verbrannte Stelle, vielleicht acht Zentimeter im Durchmesser. Die Haut auf seiner Brust war angesengt; durch das Loch im Stoff spürte er die Blasen als merkwürdig taube, gepolsterte Stellen, und der nagende Schmerz einer Brandwunde breitete sich in seiner Brust aus. Das Medaillon seiner Mutter war vollständig verschwunden.

»Was ist geschehen, Rog?« Fiona kauerte neben ihm, ihr Gesicht verschwommen, aber sichtbar; er sah die glänzenden Spuren von Tränen in ihrem Gesicht. Was er für ein Mittsommernachtsfeuer gehalten hatte, war die Flamme ihrer Kerze, die jetzt bis auf die letzten Zentimeter heruntergebrannt war. Gott, wie lange war er ohnmächtig gewesen?

»Ich...« Er hatte sagen wollen, daß er es nicht wußte, brach dann aber ab. »Laß mich ein bißchen nachdenken, aye?« Er legte den Kopf auf seine Knie und atmete den Geruch von feuchtem Gras und versengtem Stoff ein.

Er konzentrierte sich auf seine Atmung, rief es sich wieder ins Gedächnis. Er brauchte eigentlich nicht nachzudenken – es war alles da, deutlich in seiner Erinnerung. Doch wie beschrieb man so etwas? Er hatte nichts gesehen – und doch war da das Bild seines Vaters. Kein Geräusch, keine Berührung – und doch hatte er gehört und gespürt. Sein Körper schien seinen eigenen Reim darauf zu machen und die unfaßbaren Phänomene der Zeit in meßbare Werte zu übersetzen.

Er hob den Kopf von den Knien, atmete tief durch und fand langsam den Kontakt zu seinem Körper wieder.

»Ich habe an meinen Vater gedacht«, sagte er. »Als ich durch den Felsen trat, hatte ich gerade gedacht, wenn es funktioniert, könnte ich zurückgehen und ihn finden. Und ich... habe es getan.«

»Wirklich? Deinen Vater? War er ein Geist, meinst du das?« Er spürte das Zucken ihrer Hand mehr, als daß er sah, wie sie das Zeichen des Horns gegen das Böse machte.

»Nein. So nicht. Ich – ich kann es nicht erklären, Fiona. Aber ich bin ihm begegnet; ich habe ihn erkannt.« Das Gefühl des Friedens war nicht völlig von ihm gewichen; sanft kribbelnd schwebte es in seinem Unterbewußtsein. »Dann war da – so etwas wie eine Explosion, anders kann ich es nicht beschreiben. Etwas hat mich getroffen, hier.« Seine Finger berührten die Brandstelle auf seiner Brust. »Es hat mich mit Gewalt... hinausgedrückt, und das ist alles, woran ich mich erinnern kann, bis ich aufgewacht bin.« Er berührte sanft ihr Gesicht. »Danke, Fi; du hast mich vor dem Verbrennen gerettet.«

»Och, jetzt mach aber 'nen Punkt.« Sie tat seinen Dank mit einer ungeduldigen Geste ab. Sie hockte sich auf ihre Fersen und rieb sich nachdenklich das Kinn.

»Ich überlege gerade, Rog – was in ihrem Buch stand, daß man vielleicht geschützt ist, wenn man einen Edelstein dabeihat. Das Medaillon von deiner Mutter war doch mit kleinen Juwelen besetzt, oder?« Er konnte hören, wie sie schluckte. »Vielleicht – wenn du es nicht gehabt hättest – hättest du es nicht überlebt. Sie hat doch von den Leuten gesprochen, die es nicht überlebt haben. Sie hatten Verbrennungen – und deine Wunde ist da, wo das Medaillon war.«

»Ja. Das könnte sein.« Roger begann, sich mehr wie er selbst zu fühlen. Er sah Fiona neugierig an.

»Du sprichst immer von ›der‹. Warum sagst du nie ihren Namen?«

Fionas Locken bewegten sich im Morgenwind, als sie sich umwandte, um ihn anzusehen. Es war jetzt so hell, daß er ihr Gesicht mit seinem verwirrend direkten Ausdruck deutlich sehen konnte.

»Man nennt nur etwas beim Namen, wenn man will, daß es auch kommt«, sagte sie. »Das mußt du doch wissen, wo doch dein Vater Priester war.«

Die Haare auf seinen Unterarmen richteten sich auf, obwohl sie von Hemd und Rock bedeckt waren.

»Jetzt, wo du es sagst«, sagte er, um einen scherzhaften Ton bemüht, der ihm gründlich danebengeriet. »Ich habe den Namen meines Vaters nicht direkt ausgerufen, aber vielleicht... Dr. Randall hat gesagt, sie hat bei ihrer Rückkehr an ihren Mann gedacht.«

Fiona nickte stirnrunzelnd. Er konnte ihr Gesicht deutlich erkennen und begriff erschrocken, daß es heller wurde. Die Dämmerung war nahe; der Himmel im Osten hatte die schimmernde Farbe von Lachsschuppen.

»Himmel, es ist fast Morgen. Ich muß los!«

»Los?« Fionas Augen weiteten sich vor Schrecken. »Du willst es doch nicht *noch einmal* versuchen?«

»Doch. Ich muß.« Sein Mund war völlig ausgetrocknet, und er bedauerte, daß Fiona den ganzen Kaffee dazu benutzt hatte, ihn zu löschen. Er kämpfte gegen das hohle Gefühl in seinem Bauch an und kämpfte sich hoch. Seine Knie waren weich, doch er konnte gehen.

»Bist du verrückt, Rog? Es wird dich mit Sicherheit umbringen!«

Er schüttelte den Kopf und heftete den Blick auf den hohen, gespaltenen Stein.

»Nein«, sagte er und hoffte inständig, daß er recht hatte. »Nein, ich weiß, was ich falsch gemacht habe. Es passiert mir nicht wieder.«

»Das kannst du nicht wissen, nicht mit Sicherheit.«

»Aye, doch.« Er nahm ihre Hand von seinem Ärmel und hielt sie zwischen den seinen fest; sie war klein und kalt. Er lächelte sie an, obwohl sich sein Gesicht merkwürdig taub anfühlte. »Ich hoffe, Ernie ist noch nicht zu Hause; er wird dich von der Polizei suchen lassen. Am besten gehst du schnell zurück.«

Sie zuckte ungeduldig die Achseln.

»Er ist angeln mit seinem Vetter Neil; er kommt vor Dienstag nicht zurück. Was meinst du, es passiert dir nicht wieder – warum nicht?«

Das war es, was schwieriger zu erklären war als alles andere. Doch er schuldete ihr den Versuch.

»Als ich gesagt habe, daß ich an meinen Vater dachte, da habe ich ihn mir so vorgestellt, wie ich ihn kannte – die Bilder von ihm in der

Fliegerausrüstung oder mit meiner Mutter. Es ist nur... da war ich schon geboren. Verstehst du?« Er durchforschte ihr kleines, rundes Gesicht und sah, wie sie langsam die Augen schloß, als sie es begriff. Sie atmete mit einem leisen Seufzer aus, in dem sich Angst und Staunen vermischten.

»Dann bist du also nicht nur deinem Pa begegnet, oder?« fragte sie leise.

Er schüttelte wortlos den Kopf. Kein Bild, kein Geräusch, Geruch, Gefühl. Kein Bild der Welt konnte beschreiben, wie es gewesen war, sich selbst zu begegnen.

»Ich muß los«, wiederholte er leise. Er drückte ihre Hand. »Fiona, ich kann gar nicht sagen, wie dankbar ich dir bin.«

Sie starrte ihn einen Moment lang an, die weiche Unterlippe vorgeschoben, und ihre Augen glitzerten. Dann zog sie ihre Hand zurück, schraubte sich ihren Verlobungsring vom Finger und legte ihn in seine Hand.

»Es ist ein kleiner Stein, aber ein echter Diamant«, sagte sie. »Vielleicht hilft er dir.«

»Das kann ich nicht annehmen!« Er streckte die Hand aus, um ihn zurückzugeben, doch sie trat einen Schritt zurück und verschränkte die Hände hinter ihrem Rücken.

»Keine Sorge, er ist versichert«, sagte sie. »Ernie geht gern auf Nummer Sicher.« Sie versuchte, ihn anzulächeln, obwohl ihr jetzt die Tränen über das Gesicht liefen. »Und ich auch.«

Es gab nichts mehr zu sagen. Er steckte den Ring in die Seitentasche seines Rockes und warf einen Blick auf den großen, gespaltenen Stein, dessen schwarze Flanken zu glitzern begannen, als sich das Licht der Dämmerung in den Flecken aus Katzengold und den Quarzfäden fing. Er konnte das Summen immer noch hören, obwohl es sich jetzt eher so anfühlte wie das Pulsieren seines Blutes; etwas in seinem Inneren.

Keine Worte, und kein Bedarf danach. Er berührte zum Abschied sacht ihr Gesicht und schritt leicht stolpernd auf den Stein zu. Er trat in die Spalte.

Fiona hörte nichts, doch das Echo eines Namens schimmerte in der stillen, klaren Luft des Mittsommertages.

Sie wartete lange, bis die Sonne auf der Spitze des Steines ruhte.

»*Slan leat, a charaid chòir*«, sagte sie leise. »Viel Glück, lieber Freund.« Sie ging langsam den Hügel hinunter und blickte nicht zurück.

34

Lallybroch

Schottland, Juni 1769
Der Name des Rotfuchses war Brutus, doch glücklicherweise schien er bisher nicht auf den Charakter des Pferdes hinzuweisen. Es war zu gesetzt, um ein Verschwörer zu sein, stark und zuverlässig – oder wenn nicht zuverlässig, so doch zumindest in sein Schicksal ergeben. Es hatte sie ohne einen Fehltritt durch die sommergrünen Täler und felsigen Schluchten getragen, sie höher und höher hinaufgebracht, auf den guten Straßen, die der englische General Wade fünfzig Jahre zuvor gebaut hatte, und den schlechten Straßen jenseits der Reichweite des Generals. Sie waren durch überwachsene Bachläufe geplanscht und in Höhen gelangt, wo die Straßen zu Rotwildwechseln im Moor dahinschwanden.

Brianna legte die Zügel auf Brutus' Hals, um ihn nach der letzten Steigung ausruhen zu lassen, und saß still da, während sie das kleine Tal zu ihren Füßen überblickte. Das große, weißgetünchte Bauernhaus stand friedlich inmitten blaßgrüner Hafer- und Gerstenfelder, seine Fenster und Schornsteine waren in grauen Stein gefaßt, der ummauerte Gemüsegarten und die zahlreichen Nebengebäude scharten sich um das Haus wie Küken um eine große, weiße Henne.

Sie hatte es noch nie gesehen, doch sie hatte keinen Zweifel. Sie hatte oft genug gehört, wie ihre Mutter Lallybroch beschrieb. Und außerdem war es meilenweit das einzige größere Haus; in den letzten drei Tagen hatte sie nur winzige, steinerne Bauernkaten gesehen, viele verlassen und zusammengefallen, manche nur noch feuergeschwärzte Ruinen.

Aus einem Schornstein unten stieg Rauch auf; es war jemand zu Hause. Es war fast Mittag; vielleicht waren alle drinnen und aßen?

Sie schluckte; ihr Mund war trocken vor Aufregung und Erwartungsfreude. Wen würde sie zuerst sehen? Ian? Jenny? Und wie würden sie ihr Erscheinen und ihre Erklärungen aufnehmen?

Sie hatte sich entschlossen, einfach die Wahrheit zu sagen, zumindest darüber, wer sie war und was sie hier suchte. Ihre Mutter hatte ihr gesagt, wie sehr sie ihrem Vater ähnelte; sie würde auf diese Ähnlichkeit zählen müssen, um sie zu überzeugen. Bei den Highlandern, denen sie bis jetzt begegnet war, hatten ihr Aussehen und ihre fremdartige Aussprache Argwohn erregt; vielleicht würden die Murrays ihr nicht glauben. Dann erinnerte sie sich und berührte ihre Rocktasche; nein, sie würden ihr glauben; schließlich hatte sie einen Beweis.

Ein plötzlicher Gedanke durchzuckte sie. Konnte es sein, daß sie jetzt hier waren? Jamie Fraser und ihre Mutter? Die Idee war ihr noch gar nicht gekommen. Sie war so fest davon überzeugt gewesen, daß sie in Amerika waren – aber das mußte ja nicht so sein. Sie wußte nur, daß sie 1776 in Amerika sein *würden*; wo sie jetzt waren, war nicht zu sagen.

Brutus warf den Kopf hoch und wieherte laut. Hinter ihnen erklang ein antwortendes Wiehern, und Brianna nahm die Zügel auf, als Brutus sich umdrehte. Er hob den Kopf und wieherte erneut, und seine Nüstern weiteten sich interessiert, als ein hübscher Brauner um die Straßenbiegung trabte, der einen hochgewachsenen, in Braun gekleideten Mann trug.

Der Mann hielt sein Pferd einen Augenblick an, gab ihm dann aber sacht die Ferse und kam langsam näher. Sie sah, daß er jung war und trotz seines Hutes tiefgebräunt; er mußte viel Zeit unter freiem Himmel verbringen. Seine Rockschöße waren zerknittert und seine Strümpfe mit Staub und Fuchsschwanzgräsern übersät.

Er näherte sich argwöhnisch und nickte, als er bis auf Sprechweite herangekommen war. Dann sah sie, wie er sich überrascht versteifte, und sie lächelte vor sich hin.

Er hatte gerade gemerkt, daß sie eine Frau war. Die Männerkleider, die sie trug, würden aus der Nähe niemanden täuschen; »jungenhaft« war das letzte Wort, das man benutzen würde, um ihre Figur zu beschreiben. Doch sie erfüllten hinlänglich ihren Zweck – man konnte bequem damit reiten, und aufgrund ihrer Größe sah sie aus der Entfernung wie ein Mann zu Pferd aus.

Der Mann zog seinen Hut und verneigte sich vor ihr; die Überraschung war ihm deutlich ins Gesicht geschrieben. Er war nicht wirklich gutaussehend, doch er hatte ein freundliches, kraftvolles Gesicht mit fedrigen Brauen – die er zur Zeit hochgezogen hatte – und braune Augen unter einer dichten Kappe aus lockigem, schwarzem Haar, das vor Gesundheit glänzte.

»Madame«, sagte er. »Kann ich Euch helfen?«

Sie nahm ebenfalls den Hut ab und lächelte ihn an.

»Das hoffe ich«, sagte sie. »Ist das hier Lallybroch?«

Er nickte, und Argwohn gesellte sich zu seiner Überraschung, als er ihren merkwürdigen Akzent hörte.

»So ist es. Habt Ihr hier zu tun?«

»Ja«, sagte sie fest. »Das habe ich.« Sie richtete sich im Sattel auf und holte tief Luft. »Ich bin Brianna... Fraser.« Es fühlte sich merkwürdig an, es laut zu sagen; sie hatte den Namen noch nie benutzt. Doch es fühlte sich erstaunlich richtig an.

Der Argwohn in seinem Gesicht verblaßte, nicht aber die Verwunderung. Er nickte zurückhaltend.

»Euer Diener, Ma'am. Jamie Fraser Murray«, fügte er formell hinzu und verbeugte sich, »von Broch Tuarach.«

»Der kleine Jamie!« rief sie aus, und ihre Heftigkeit erschreckte ihn. »Du bist der kleine Jamie!«

»So nennt mich meine Familie«, sagte er steif und vermittelte ihr erfolgreich den Eindruck, daß er etwas dagegen hatte, wenn fremde Frauen in unschicklicher Kleidung den Namen leichtfertig in den Mund nahmen.

»Erfreut, dich kennenzulernen«, sagte sie unbeeindruckt. Sie beugte sich im Sattel vor und streckte ihm die Hand hin. »Ich bin deine Cousine.«

Seine Augenbrauen, die sich während der Begrüßung gesenkt hatten, fuhren wieder hoch. Er sah ihre ausgestreckte Hand an, dann, ungläubig, ihr Gesicht.

»Jamie Fraser ist mein Vater«, sagte sie.

Seine Kinnlade fiel herab, und einen Augenblick lang glotzte er sie einfach nur an. Er betrachtete sie eingehend von Kopf bis Fuß, warf einen genauen Blick auf ihr Gesicht, und dann breitete sich langsam ein Lächeln in dem seinen aus.

»Hol mich der Teufel, wenn er es nicht ist!« sagte er. Er ergriff ihre Hand und drückte sie so fest, daß die Knochen knirschten. »Himmel, du siehst genauso aus wie er!«

Er lachte, und die Freude ließ sein Gesicht verwandelt aussehen.

»Himmel!« sagte er. »Meine Mutter bekommt Zustände!«

Die mächtige Kletterrose, die den Eingang überwucherte, hatte gerade ausgeschlagen, und Hunderte von winzigen, grünen Knospen waren in der Entstehung. Brianna blickte nach oben, während sie dem kleinen Jamie folgte, und ihr Blick fiel auf den Türsturz.

Fraser 1716 war in das verwitterte Holz geschnitzt. Der Anblick elektrisierte sie, und sie blieb einen Augenblick stehen, starrte den

Namen an und spürte den sonnengewärmten Balken unter ihrer Hand.

»Alles in Ordnung, Cousine?« Jamie hatte sich umgewandt und sah sie fragend an.

»Bestens.« Sie eilte hinter ihm ins Haus und zog automatisch den Kopf ein, obwohl es nicht nötig war.

»Wir sind fast alle groß, bis auf Mama und die kleine Kitty«, sagte Jamie lächelnd, als er sah, wie sie sich bückte. »Mein Großvater – und deiner – hat das Haus für seine Frau gebaut, die auch eine sehr große Frau war. Es dürfte das einzige Haus in den Highlands sein, bei dem du durch die Tür gehen kannst, ohne den Kopf einzuziehen oder ihn dir zu stoßen.«

...*und deiner*. Bei seinen beiläufigen Worten wurde ihr trotz der Kühle im Flur plötzlich warm ums Herz.

Frank Randall war ein Einzelkind gewesen und ihre Mutter ebenfalls; sie hatte keine nahen Verwandten – nur ein paar ältere Großtanten in England und ein paar in Australien. Als sie sich auf den Weg machte, war sie nur davon ausgegangen, ihren Vater zu finden; daß sie gleichzeitig eine ganze Familie entdecken würde, war ihr nicht klar gewesen.

Eine *Menge* von Familie. Als sie den Flur mit seiner narbigen Wandverkleidung betrat, öffnete sich eine Tür, und vier kleine Kinder kamen herausgerannt, gefolgt von einer hochgewachsenen, jungen Frau mit braunen Locken.

»Ah, weg mit euch, schnell weg, ihr kleinen Fische!« rief sie und lief ihnen mit ausgestreckten Händen hinterher, die wie Zangen auf- und zuschnappten. »Gleich frißt euch der böse Krebs, schnapp, schnapp!«

Die Kinder flohen kichernd und kreischend durch den Flur und blickten mit ängstlichem Entzücken über ihre Schultern zurück. Eins von ihnen, ein kleiner Junge von vielleicht vier Jahren, sah Brianna und Jamie im Eingang stehen. Er änderte sofort seine Richtung, raste durch den Flur wie eine durchgehende Lokomotive und rief, »Papa, Papa, Papa!«

Ohne Rücksicht auf Verluste warf sich der Junge gegen Jamies Taille. Letzterer fing ihn geschickt auf und hob den strahlenden, kleinen Jungen hoch.

»Aber, aber, Matthew«, sagte er streng. »Was für Manieren bringt dir deine Tante Janet bei? Was soll denn deine neue Cousine von dir denken, wenn sie dich hier herumsausen sieht wie ein Huhn, das hinter seinen Körnern her ist?«

Der kleine Junge kicherte noch lauter; die Ermahnung erschreckte ihn nicht im mindesten. Er sah Brianna verstohlen an, fing ihren Blick auf und vergrub sein Gesicht prompt an der Schulter seines Vaters. Langsam hob er den Kopf und riskierte einen weiteren Blick. Er riß die Augen auf.

»Pa!« sagte er. »Ist das eine Dame?«

»Natürlich; ich habe dir doch gesagt, sie ist deine Cousine.«

»Aber sie hat Hosen an!« Matthew starrte sie schockiert an. »Eine Dame trägt keine Hosen!«

Die junge Frau sah ganz danach aus, als teilte sie diese Meinung, doch sie unterbrach ihn entschlossen und setzte sich in Bewegung, um dem Vater den Jungen abzunehmen.

»Ja, und sie hat bestimmt einen guten Grund dafür, aber man sagt den Leuten so etwas nicht ins Gesicht. Geh und wasch dich, aye?« Sie stellte ihn auf den Boden und schob ihn sanft an. Er bewegte sich nicht, sondern machte kehrt, um Brianna anzuglotzen.

»Wo ist Oma, Matt?« fragte sein Vater.

»Im Wohnzimmer mit Opa und einer Dame und einem Mann«, antwortete Matthew prompt. »Sie haben zwei Kannen Kaffee getrunken und ein Tablett mit Scones und einen ganzen Dundee-Kuchen gegessen, aber Mama sagt, sie bleiben noch, weil sie hoffen, daß sie hier auch noch zu Abend essen können, und viel Spaß, weil es heute nur Suppe mit ein bißchen Haxe gibt, und verdammt – oh«, er hielt sich die Hand vor den Mund und sah seinen Vater schuldbewußt an, »und verflixt, wenn sie ihnen etwas von der Stachelbeertorte abgibt, egal, wie lange sie bleiben.«

Jamie sah seinen Sohn scharf an und blickte dann fragend zu seiner Schwester. »Eine Dame und ein Mann?«

Janet zog ein angewidertes Gesicht.

»Die Meckerziege und ihr Bruder«, sagte er.

Jamie grunzte und sah dabei Brianna an.

»Ich schätze, dann freut sich Mama wohl über eine Entschuldigung, von ihnen wegzukommen.« Er nickte Matthew zu. »Geh und hol deine Oma, Junge. Sag ihr, wir haben Besuch, den sie sicher sehen möchte. Und sag's anständig, aye?« Er drehte Matthew zur Rückseite des Hauses um und entließ ihn mit einem sanften Klaps auf den Po.

Der Junge ging los, allerdings langsam und warf Brianna dabei einen Blick voll gebannter Faszination zu.

Jamie wandte sich lächelnd wieder an Brianna.

»Das war mein Ältester«, sagte er. »Und das« – er wies auf die junge Frau –« ist meine Schwester, Janet Murray. Janet – Mistress Brianna Fraser.«

Brianna wußte nicht, ob sie ihr die Hand anbieten sollte oder nicht und benügte sich statt dessen mit einem Kopfnicken und einem Lächeln. »Ich freue mich sehr, dich kennenzulernen«, sagte sie freundlich.

Janet riß die Augen vor Erstaunen weit auf, ob über Briannas Worte oder ihren Akzent, konnte Brianna nicht sagen.

Jamie grinste über die überraschte Reaktion seiner Schwester.

»Du errätst niemals, wer sie ist, Jen«, sagte er. »Nicht in tausend Jahren!«

»Cousine«, murmelte sie und betrachtete ihren Gast unverhohlen von oben bis unten. »Sicher, sie sieht aus wie eine MacKenzie. Aber du sagst, sie heißt Fraser...« Ihre Augen weiteten sich plötzlich.

»Oh, das kann nicht sein«, sagte sie zu Brianna. Ein Lächeln breitete sich über ihr ganzes Gesicht und verstärkte ihre Ähnlichkeit mit ihrem Bruder. »Das *kann* nicht sein!«

Das Glucksen ihres Bruders wurde durch das Geräusch einer zufallenden Tür und den Klang leiser Schritte auf den Flurdielen unterbrochen.

»Aye, Jamie? Mattie sagt, wir haben einen Gast...« Die leise, energische Stimme erstarb auf einmal. Brianna blickte auf, und das Herz steckte ihr plötzlich im Hals.

Jenny Murray war sehr klein – gerade einen Meter sechzig groß – und so feinknochig wie ein Spatz. Sie stand da und starrte Brianna mit leicht geöffnetem Mund an. Ihre Augen waren tiefblau wie Enziane und fielen um so mehr auf, als ihr Gesicht papierweiß geworden war.

»O je«, sagte sie leise. »O je.« Brianna lächelte zögernd und nickte ihrer Tante zu – der Freundin ihrer Mutter, der geliebten, einzigen Schwester ihres Vaters. *Oh bitte!* dachte sie, von einer plötzlichen Sehnsucht erfüllt, die so intensiv war wie sie unerwartet kam. *Bitte hab' mich gern, bitte freu' dich, daß ich hier bin!*

Der kleine Jamie verbeugte sich ausgiebig vor seiner Mutter und strahlte.

»Mama, darf ich dir...«

»Jamie Fraser! Ich wußte, daß er wieder da ist – ich hab's dir doch gesagt, Jenny Murray!«

Vom Ende des Flurs kam eine Stimme in schrillem vorwurfsvollem Tonfall. Brianna blickte erstaunt auf und sah eine Frau aus dem Schatten auftauchen, die vor Empörung knisterte.

»Amyas Kettrik hat mir *gesagt*, daß er deinen Bruder in der Nähe von Balriggan hat vorbeireiten sehen! Aber nein, du wolltest es ja nicht glauben, nicht wahr? Jenny – hast mich Dummkopf genannt, hast gesagt, Amyas ist blind und Jamie in Amerika! Lügner seid ihr, alle beide, du und Ian. Versucht, den verschlagenen Feigling in Schutz zu nehmen! Hobart!« rief sie und wandte sich zur Rückseite des Hauses. »Hobart! Komm sofort her!«

»Sei still!« sagte Jenny ungeduldig. »Du *bist* ein Dummkopf, Laoghaire!« Sie riß die Frau am Ärmel und drängte sie, sich umzudrehen. »Und was das Blindsein angeht, sieh sie dir doch an! Bist du schon so verkalkt, daß du keinen erwachsenen Mann mehr von einem Mädchen in Hosen unterscheiden kannst, zum Kuckuck?« Ihr Blick war immer noch fest auf Brianna gerichtet, ihre Augen von einem spekulativen Leuchten erfüllt.

»Ein *Mädchen*?«

Die andere Frau drehte sich um und sah Brianna stirnrunzelnd an. Dann blinzelte sie kurz, während ihre Wut verschwand und ihr rundes Gesicht Überraschung zeigte. Sie schnappte nach Luft und bekreuzigte sich.

»Jesses, Maria und Josef! Wer in Gottes Namen seid Ihr?«

Brianna holte tief Luft, blickte von der einen Frau zur anderen und antwortete. Sie versuchte, ihre Stimme nicht zittern zu lassen.

»Mein Name ist Brianna. Ich bin Jamie Frasers Tochter.«

Beide Frauen rissen die Augen auf. Die Frau namens Laoghaire wurde langsam rot und schien anzuschwellen. Sie öffnete und schloß den Mund auf der vergeblichen Suche nach Worten.

Jenny dagegen trat einen Schritt vor, ergriff Briannas Hände und sah in ihr Gesicht hoch. Ihre Wangen erblühten schwach rot, und plötzlich wirkte sie jung.

»Jamies? Du bist wirklich Jamies Mädchen?« Sie drückte Briannas Hände zwischen den ihren.

»Sagt meine Mutter.«

Brianna spürte das antwortende Lächeln in ihrem eigenen Gesicht. Jennys Hände waren kühl, doch Brianna fühlte sich trotzdem von einer Wärme durchströmt, die sich von ihren Händen bis in ihre Brust ausbreitete. Sie fing den schwachen, würzigen Duft von Gebäck in den Falten von Jennys Kleid auf und etwas Erdigeres und Durchdringenderes, das wohl der Geruch von Schafwolle sein mußte.

»Ach ja?« Laoghaire hatte ihre Stimme und ihre Selbstkontrolle wiedergefunden. Sie trat einen Schritt vor und kniff die Augen zusammen. »Jamie Fraser ist dein Vater, aye? Und wer genau ist deine Mutter?«

Brianna erstarrte.

»Seine Frau«, sagte sie. »Wer denn sonst?«

Laoghaire warf den Kopf zurück und lachte. Es war kein angenehmes Lachen.

»Wer denn sonst?« äffte sie Brianna nach. »Stimmt, wer denn sonst, Kleine? Und welche Frau meinst du?«

Brianna spürte, wie ihr das Blut aus dem Gesicht wich und ihre Hände sich in Jennys anspannten, als die Flut der Einsicht sie durchspülte. Du Idiotin, dachte sie. Du riesige Idiotin. Es waren zwanzig Jahre gewesen! Natürlich hatte er wieder geheiratet! Natürlich. Egal, wie sehr er Mama geliebt hatte.

Diesem Gedanken folgte ein anderer, viel schrecklicherer, auf dem Fuße. *Hat sie ihn gefunden? Oh, Gott, hat sie ihn mit einer neuen Frau gefunden, und er hat sie fortgeschickt? Oh, Gott, wo ist sie?*

Sie wandte sich blindlings um, ohne zu wissen, wo sie hinsollte, was sie tun sollte, einfach nur sicher, daß sie sofort hier weg, ihre Mutter finden mußte.

»Ich nehme an, du möchtest dich hinsetzen, Cousine. Komm ins Wohnzimmer, aye?« Jamies Stimme erklang fest in ihrem Ohr, und sein Arm war um sie gelegt, drehte sie um und schob sie durch eine der Türen, die vom Flur abgingen.

Sie hörte das Durcheinander der Stimmen um sie herum kaum, die Verwirrung der Erklärungen und Vorwürfe, die um sie herum losgingen wie Schnüre mit Silvesterkrachern. Sie erblickte einen kleinen, gepflegten Mann, dessen Gesicht aussah wie das des Weißen Kaninchens, nämlich völlig überrascht, und einen weiteren, viel größeren Mann, der aufstand, als sie ins Zimmer trat, und auf sie zukam, das verwitterte freundliche Gesicht voller Sorgenfalten.

Es war der hochgewachsene Mann, der den Lärm beendete, die Anwesenden zur Ordnung rief und dann dem Stimmengewirr eine Erklärung für ihre Anwesenheit entrang.

»Jamies Tochter?« Er sah sie interessiert an, sah aber viel weniger überrascht aus als alle anderen bis jetzt. »Wie heißt du, *a leannan*?«

»Brianna.« Sie war zu aufgewühlt, um ihn anzulächeln, doch es schien ihm nichts auszumachen.

»Brianna.« Er ließ sich auf einem Kniehocker nieder, hieß sie sich ihm gegenüber hinsetzen, und sie sah, daß er ein Holzbein hatte, das steif zu einer Seite hin abgewinkelt war. Er ergriff ihre Hand und lächelte sie an, und das warme Leuchten in seinen sanften, braunen Augen gab ihr zumindest für einen Augenblick das Gefühl, etwas sicherer zu sein.

»Ich bin dein Onkel Ian. Herzlich willkommen.« Unwillkürlich drückte ihre Hand die seine fester und klammerte sich an die Zuflucht, die er ihr anzubieten schien. Er zuckte mit keiner Wimper und zog sie auch nicht zurück, sondern betrachtete Brianna nur sorgfältig und schien belustigt über ihre Kleidung zu sein.

»Hast in der Heide geschlafen, was?« sagte er angesichts des Schmutzes und der Pflanzenflecken auf ihren Kleidern. »Du scheinst weit gereist zu sein, um uns zu besuchen, Nichte.«

»Sie *sagt*, sie ist deine Nichte«, sage Laoghaire. Sie hatte sich von ihrem Schock erholt und blickte über Ians Schulter, das runde Gesicht vor Abscheu verzogen. »Bestimmt ist sie nur gekommen, um zu sehen, was es hier zu holen gibt.«

»Ich würde nicht von mir auf andere schließen«, sagte Ian nachsichtig. Er drehte sich um und sah sie an. »Oder haben du und Hobard nicht vor einer halben Stunde noch versucht, fünfhundert Pfund aus mir herauszuquetschen?«

Ihre Lippen preßten sich fest zusammen und die Linien, die ihren Mund einklammerten, vertieften sich.

»Das Geld gehört mir«, schnappte sie, »und das weißt du genau! Es ist so vereinbart worden; du warst Zeuge bei dem Vertrag.«

Ian seufzte; offensichtlich war es nicht das erste Mal, daß er heute davon hörte.

»Das stimmt«, sagte er geduldig. »Und du bekommst dein Geld – sobald Jamie in der Lage ist, es dir zu schicken. Er hat es dir versprochen, und er ist ein Ehrenmann. Aber...«

»Ehrenmann, was?« Laoghaire gab ein undamenhaftes Schnauben von sich. »Dann ist es also ehrenhaft, ein Bigamist zu sein? Seine Frau und seine Kinder im Stich zu lassen? Meine Tochter zu entführen und ihr Leben zu ruinieren? Ehrenhaft!« Sie sah Brianna an, ihre Augen glitzernd und hart wie frisch gewalzter Stahl.

»Ich frage dich noch einmal, Mädchen – wie heißt deine Mutter?«

Brianna starrte sie einfach nur überwältigt an. Ihre Halsbinde würgte sie, und ihre Hände fühlten sich eisig an, obwohl Ian sie festhielt.

»Deine Mutter«, wiederholte Laoghaire ungeduldig. »Wer war sie?«

»Es spielt keine Rolle, wer...«, begann Jenny, doch Laoghaire baute sich mit zornrotem Gesicht vor ihr auf.

»Oh, doch, es spielt eine Rolle. Wenn er sie von irgendeiner Armeehure hat oder von einer Schlampe von Dienstmädchen in England – das ist eine Sache. Aber wenn sie...«

»Laoghaire!«

»Schwester!«

»Du altes Schandmaul!«

Brianna beendete das Geschrei, indem sie einfach aufstand. Sie war genausogroß wie die Männer und überragte die Frauen. Laoghaire trat einen Schritt zurück. Alle Gesichter im Zimmer waren auf sie gerichtet, erfüllt von Feindseligkeit, Mitgefühl oder schlichter Neugier.

Mit einer Kaltblütigkeit, die sie nicht fühlte, tastete Brianna nach der Innenseite ihres Rockes, der Geheimtasche, die sie erst vor einer Woche in den Saum genäht hatte. Es kam ihr wie ein Jahrhundert vor.

»Meine Mutter heißt Claire«, sagte sie und ließ die Halskette auf den Tisch fallen.

Es herrschte völliges Schweigen im Raum, nur das gedämpfte Torffeuer, das im Kamin brannte, zischte leise. Das Perlenhalsband lag glänzend da, und die Frühlingssonne, die durchs Fenster schien, ließ die durchbohrten Goldkügelchen wie Funken aufleuchten.

Es war Jenny, die zuerst sprach. Wie eine Schlafwandlerin streckte sie einen ihrer schlanken Finger aus und berührte eine der Perlen. Süßwasserperlen von der Sorte, die man barock nennt wegen ihrer einzigartigen, unregelmäßigen, unverwechselbaren Form.

»O je«, sagte Jenny leise. Sie hob den Kopf und sah Brianna ins Gesicht, und ihre schrägstehenden, blauen Augen schimmerten, als weinte sie. »Ich freue mich so, dich zu sehen – Nichte.«

»Wo ist meine Mutter? Wißt ihr das?« Brianna blickte von Gesicht zu Gesicht, und das Herz schlug ihr heftig in den Ohren. Laoghaire sah sie nicht an; ihr Blick haftete an den Perlen, ihr Gesicht wirkte wie eingefroren.

Jenny und Ian tauschten einen schnellen Blick aus, dann stand Ian auf. Er bewegte sich umständlich, um das Bein unter sich zu schieben.

»Sie ist bei deinem Pa«, sagte er und berührte Briannas Arm. »Mach dir keine Sorgen, Kleine; sie sind beide in Sicherheit.«

Brianna widerstand dem Impuls, vor Erleichterung zusammenzubrechen. Statt dessen atmete sie ganz vorsichtig aus und spürte, wie sich der Knoten der Anspannung in ihrem Bauch langsam löste.

»Danke«, sagte sie. Sie versuchte, Ian zuzulächeln, doch ihr Gesicht fühlte sich schlaff und gummiartig an. *In Sicherheit. Und zusammen. Oh, danke!* dachte sie in stummer Dankbarkeit.

»Die gehören von Rechts wegen mir.« Laoghaire wies auf die Perlen. Jetzt war sie nicht mehr aufgebracht, sondern voll kalter Selbstkontrolle. Jetzt, wo ihr Gesicht nicht mehr vor Wut verzerrt war, konnte Brianna sehen, daß sie einmal sehr hübsch gewesen und immer noch eine gutaussehende Frau war – hochgewachsen für eine Schottin und von einer gewissen Eleganz der Bewegung. Sie hatte jene Art empfindlicher, heller Hautfarbe, die schnell verwelkt, und sie war um die Hüften dicker geworden, doch ihre Gestalt war immer noch aufrecht und fest, und in ihrem Gesicht war immer noch der Stolz einer Frau zu sehen, die sich der Tatsache bewußt ist, daß sie einmal schön war.

»Nein, das tun sie nicht!« sagte Jenny in einem kurzen Temperamentsausbruch. »Das waren die Juwelen meiner Mutter, die mein Vater Jamie für seine Frau gegeben hat, und...«

»Und seine Frau bin ich«, unterbrach Laoghaire. Dann sah sie Brianna an. Es war ein kalter, abschätzender Blick.

»Ich bin seine Frau«, wiederholte sie. »Ich habe ihn guten Glaubens geheiratet, und er hat mir Bezahlung für das versprochen, was er mir angetan hat.« Sie ließ ihren kalten Blick zu Jenny wandern. »Ich habe seit über einem Jahr keinen Penny mehr gesehen. Soll ich etwa meine Schuhe verkaufen, um meine Tochter zu ernähren – die einzige, die er mir gelassen hat?«

Sie hob das Kinn und sah Brianna an.

»Wenn Ihr seine Tochter seid, dann sind seine Schulden auch die Euren. Sag's ihr, Hobart.«

Hobart sah etwas verlegen aus.

»Also, Schwester«, sagte er und legte ihr als Beschwichtigungsversuch die Hand auf den Arm. »Ich denke nicht...«

»Nein, das tust du nicht, schon seit deiner Geburt!« Irritiert schüttelte sie ihn ab und streckte die Hand nach den Perlen aus. »Sie gehören mir!«

Es war der reine Reflex; die Perlen lagen fest umklammert in Briannas Hand, noch ehe sie überhaupt den Entschluß gefaßt hatte, sie an sich zu nehmen. Die Goldkügelchen fühlten sich kühl an, doch die Perlen waren warm – das Erkennungsmerkmal einer echten Perle, hatte ihre Mutter ihr gesagt.

»Einen Moment mal.« Die Kraft und Kälte ihrer eigenen Stimme überraschte sie. »Ich weiß nicht, wer Ihr seid, und ich weiß nicht, was zwischen Euch und meinem Vater vorgefallen ist, aber...«

»Ich bin Laoghaire MacKenzie, und Euer Schuft von einem Vater hat vor vier Jahren geheiratet – unter Vortäuschung falscher Tatsachen, möchte ich hinzufügen.« Laoghaires Wut war nicht versiegt, sondern schien untergetaucht zu sein; ihr Gesicht hatte ein verklemmtes, angespanntes Aussehen, doch sie wurde nicht laut, und die rote Farbe war aus ihren rundlichen, vollen Wangen gewichen.

Brianna holte tief Luft und rang um Ruhe.

»Ja? Aber wenn meine Mutter jetzt mit meinem Vater zusammen ist...«

»Er hat mich verlassen.«

Sie sprach die Worte ohne Erregung, doch sie fielen mit dem Gewicht von Steinen in stilles Wasser und verbreiteten endlose Wellen des Schmerzes und Verrates um sich. Jamie hatte den Mund geöffnet, um etwas zu sagen; er schloß ihn wieder und beobachtete Laoghaire.

»Er hat gesagt, er könnte es nicht länger ertragen – in einem Haus mit mir zu leben, mein Bett zu teilen.« Sie sprach ruhig, als rezitierte sie einen Text, den sie auswendig gelernt hatte; ihre Augen fixierten immer noch die Stelle, an der die Perlen gelegen waren.

»Also ist er gegangen. Und dann ist er zurückgekommen – mit der Hexe. Hat sie mir vorgesetzt, ist vor meiner Nase mit ihr ins Bett gegangen.« Langsam hob sie den Blick, bis sie Briannas traf, studierte sie mit stiller Intensität, erforschte die Geheimnisse ihres Gesichtes. Langsam nickte sie.

»Sie war es«, sagte sie mit einer Sicherheit, deren Ruhe etwas unheimlich war. »Sie hat ihn verhext von dem Tag an, an dem sie nach Leoch kam – und mich. Sie hat mich unsichtbar gemacht. Seit dem Tag, an dem sie kam, konnte er mich nicht mehr sehen.«

Brianna spürte, wie ihr trotz des zischenden Torffeuers in der Feuerstelle ein kleiner Schauer über den Rücken lief.

»Und dann war sie fort. Tot, sagte man. Während des Aufstandes umgekommen. Und er kam aus England heim, endlich frei.« Sie schüttelte leicht den Kopf; ihre Augen ruhten immer noch auf Briannas Gesicht, doch Brianna wußte, daß Laoghaire sie nicht länger sah.

»Aber sie war gar nicht tot«, sagte Laoghaire leise. »Und er war nicht frei. Ich wußte es; ich habe es immer gewußt. Man kann eine Hexe nicht mit Stahl umbringen – man muß sie verbrennen.« Laoghaires blaßblaue Augen wanderten zu Jenny.

»Du hast sie gesehen – bei meiner Hochzeit. Ihr Schattenbild, das zwischen mir und ihm stand. Du hast sie gesehen, aber du hast nichts gesagt. Ich habe es erst später erfahren, als du es Maisri, der Seherin, gesagt hast. Du hättest es mir damals schon sagen sollen.« Es war weniger ein Vorwurf als die Feststellung einer Tatsache.

Jennys Gesicht war wieder bleich geworden, irgend etwas – vielleicht Angst – verdunkelte ihre schrägstehenden, blauen Augen. Sie leckte sich die Lippen und setzte zu einer Antwort an, doch Laoghaire hatte Ian ihre Aufmerksamkeit zugewandt.

»Nimm dich lieber in acht, Ian Murray,« sagte sie, ihr Tonfall jetzt sachlich. Sie wies kopfnickend auf Brianna. »Sieh sie dir gut an, Mann. Sieht so eine richtige Frau aus? Größer als die meisten Männer, angezogen wie ein Mann, mit Händen so groß wie Teller, mit denen sie eins deiner Kinder erwürgen kann, wenn es ihr einfällt.«

Ian antwortete nicht, aber sein langes, gutmütiges Gesicht war voller Sorge. Doch Jamies Fäuste ballten sich, und er biß die Zähne fest zusammen. Laoghaire sah es, und ein leises Lächeln berührte ihre Mundwinkel.

»Sie ist das Kind einer Hexe«, sagte sie. »Und ihr wißt es alle!« Sie ließ den Blick durch das Zimmer wandern und ihn herausfordernd auf jedem der verlegenen Gesichter ruhen. »Sie hätten ihre Mutter in Cranesmuir verbrennen sollen, allein wegen des Liebeszaubers, mit dem sie Jamie Fraser belegt hat. Aye, ich sage, hütet euch vor dem, was ihr euch ins Haus geholt habt!«

Brianna ließ ihre Handfläche auf den Tisch knallen und schreckte alle auf.

»Blödsinn«, sagte sie laut. Sie spürte, wie ihr das Blut ins Gesicht stieg, und es kümmerte sie nicht. Alle gafften sie mit offenem Mund an, doch ihre ganze Aufmerksamkeit galt Laoghaire MacKenzie.

»Blödsinn«, sagte sie erneut und zeigte mit dem Finger auf die Frau. »Wenn sie sich vor jemandem hüten sollten, dann seid Ihr es, verdammte Mörderin!«

Laoghaires Mund stand weiter offen als der von irgend jemandem sonst, doch es kam kein Ton heraus.

»Ihr habt ihnen nicht *alles* über Cranesmuir erzählt, oder? Meine Mutter hätte es tun sollen, doch sie hat es nicht getan. Sie dachte, Ihr wärt zu jung gewesen, um zu wissen, was Ihr tut. Das wart Ihr aber nicht, stimmt's?«

»Was...?« sagte Jenny mit schwacher Stimme.

Jamie warf seinem Vater wilde Blicke zu, der wie vor den Kopf geschlagen dastand und Brianna anstarrte.

»Sie hat versucht, meine Mutter umzubringen.« Brianna hatte Schwierigkeiten, ihre Stimme zu kontrollieren; sie überschlug sich und bebte, doch sie brachte die Worte heraus. »Nicht wahr? Ihr habt ihr gesagt, Geillis Duncan sei krank und habe sie rufen lassen – Ihr habt gewußt, daß sie gehen würde, sie ist zu jedem Kranken gegangen, sie ist Ärztin! Ihr habt gewußt, daß man Geillis Duncan wegen Hexerei festnehmen würde und meine Mutter gleich mit, wenn man sie bei ihr antraf! Ihr habt gedacht, sie würden sie verbrennen, und dann könntet Ihr ihn haben – Jamie Fraser.«

Laoghaire war bleich bis auf die Lippen, ihr Gesicht reglos wie Stein. Selbst ihre Augen waren ohne Leben; sie waren leer und stumpf wie Murmeln.

»Ich konnte ihre Hand auf ihm spüren«, flüsterte sie. »Im Bett. Sie hat zwischen uns gelegen, ihre Hand auf ihm, so daß er steif wurde und im Schlaf nach ihr rief. Sie *war* eine Hexe. Ich habe es immer gewußt.«

Das Zimmer war still bis auf das Zischen des Feuers und den zarten Gesang eines kleinen Vogels vor dem Fenster. Schließlich rührte sich Hobart MacKenzie und trat vor, um seine Schwester beim Arm zu nehmen.

»Komm mit, *a leannan*«, sagte er ruhig. »Ich bringe dich jetzt nach Hause.« Er nickte Ian zu, der das Nicken erwiderte und eine kleine Geste machte, die Mitgefühl und Bedauern ausdrückte.

Laoghaire ließ sich widerstandslos von ihrem Bruder wegführen, doch an der Tür blieb sie stehen und drehte sich um. Brianna stand still, sie glaubte nicht, daß sie sich bewegen könnte, selbst wenn sie es versuchte.

»Wenn Ihr Jamie Frasers Tochter seid«, sagte Laoghaire mit kalter, klarer Stimme, »und vielleicht seid Ihr das, so wie Ihr aussieht – dann sollt Ihr das hier wissen. Euer Vater ist ein Lügner und ein Zuhälter, ein Betrüger und ein Kuppler. Ich wünsche Euch viel Freude aneinander.« Dann fügte sie sich Hobart, der sie am Ärmel zog, und die Tür fiel hinter ihr zu.

Die Wut, die sie erfüllt hatte, verebbte plötzlich, und Brianna beugte sich vor und stützte sich auf ihre Handflächen. Sie spürte das Halsband hart und uneben unter ihrer Hand. Ihr Haar hatte sich gelöst, und eine dicke Strähne fiel ihr ins Gesicht.

Ihre Augen waren gegen das Schwindelgefühl geschlossen, das sie zu überwältigen drohte, und sie spürte die Hand, die sie berührte und ihr sanft die Locken aus dem Gesicht strich, mehr als daß sie sie sah.

»Er hat sie weiter geliebt«, flüsterte sie sich selbst genauso wie den anderen zu. »Er hat sie nicht vergessen.«

»Natürlich hat er sie nicht vergessen.« Sie öffnete die Augen und sah Ians langes Gesicht mit seinen gütigen braunen Augen fünfzehn Zentimeter von dem ihren entfernt. Eine breite, von der Arbeit gezeichnete Hand ruhte auf der ihren, warm und fest, eine Hand, die noch größer war als ihre eigene.

»Und wir auch nicht«, sagte er.

»Möchtest du nicht noch ein bißchen, Cousine Brianna?« Joan, Jamies Frau, lächelte ihr über den Tisch hinweg zu und hielt den Tortenheber einladend über die krümeligen Reste einer gigantischen Stachelbeertorte.

»Nein, danke. Ich kriege keinen Bissen mehr hinunter«, sagte Brianna, indem sie das Lächeln erwiderte. »Ich platze.«

Das rief bei Matthew und seinem Bruder Henry lautes Kichern hervor, doch ein warnendes Aufblitzen der Augen ihrer Großmutter brachte sie abrupt zum Schweigen. Als sich Brianna allerdings am Tisch umsah, konnte sie sehen, wie in allen Gesichtern unterdrücktes Lachen aufkeimte; von den Erwachsenen bis hin zu den Kleinsten schienen sie alle noch die geringste ihrer Bemerkungen endlos amüsant zu finden.

Es lag weder an ihrer unorthodoxen Bekleidung noch an der bloßen Sensation, einen Fremden zu sehen, dachte sie – selbst wenn sie noch fremder war als die meisten anderen. Da war noch etwas anderes; ein Strom der Freude, der die Familienmitglieder durchlief, unsichtbar, doch so vibrierend wie Elektrizität.

Sie begriff nur langsam, was es war; durch eine Bemerkung, die Ian machte, wurde es deutlich.

»Wir hatten nicht gedacht, daß Jamie jemals Kinder haben würde.« Ians Lächeln von der anderen Seite des Tisches war so warm, daß es Eis zum Schmelzen gebracht hätte. »Aber du hast ihn noch nie gesehen, oder?«

Sie schüttelte den Kopf, schluckte die Reste ihres letzten Bissens hinunter und lächelte mit vollem Mund zurück. Das war es, dachte sie; sie freuten sich nicht so sehr um ihrer selbst willen über sie als vielmehr Jamies wegen. Sie liebten ihn, und sie waren nicht für sich selbst glücklich, sondern für ihn.

Diese Erkenntnis trieb ihr die Tränen in die Augen. Laoghaires Vorwürfe hatten sie erschüttert, wüst wie sie waren, und es war ihr ein großer Trost festzustellen, daß all diese Menschen, die ihn gut kannten, in Jamie Fraser weder einen Lügner, noch einen hinterlistigen Menschen sahen; er war wirklich der Mann, für den ihre Mutter ihn hielt.

Jamie, der angesichts ihres Gefühlsausbruches glaubte, sie hätte sich verschluckt, klopfte ihr hilfsbereit auf den Rücken, und nun verschluckte sie sich wirklich.

»Hast du Onkel Jamie denn geschrieben und ihm gesagt, daß du zu uns kommst?« fragte er und ignorierte ihr Husten und Prusten und ihren roten Kopf.

»Nein«, sagte sie heiser. »Ich weiß nicht, wo er ist.«

Jennys Augenbrauen hoben sich wie Möwenflügel.

»Aye, das hast du schon gesagt; ich hatte es vergessen.«

»Wißt ihr, wo er jetzt ist? Er und meine Mutter?« Brianna beugte sich gespannt vor und strich sich die Krümel aus ihrem Rüschenkragen.

Jenny lächelte und stand vom Tisch auf.

»Aye, das weiß ich – mehr oder weniger. Wenn du genug gegessen hast, komm mit mir, Liebe. Ich hole dir seinen letzten Brief.«

Brianna erhob sich, um Jenny zu folgen, blieb aber an der Tür abrupt stehen. Sie hatte schon vorher vage von ein paar Bildern Notiz genommen, die an der Wohnzimmerwand hingen, sie aber im Trubel der Gefühle und Ereignisse nicht genauer betrachtet. Doch dieses hier sah sie sich an.

Zwei kleine Jungen mit rotgoldenem Haar, steif und ernst in Kilts und Jacken, weiße Rüschenhemden, die sich leuchtend vor dem dunklen Fell eines Hundes abhoben, der neben ihnen saß und die Zunge in geduldiger Langeweile heraushängen ließ.

Der ältere Junge war groß und hatte feine Gesichtszüge; er saß aufrecht und stolz da, eine Hand ruhte auf dem Kopf des Hundes, die andere schützend auf der Schulter des kleinen Bruders, der zwischen seinen Knien stand.

Doch es war der Jüngere, den Brianna anstarrte. Sein Gesicht war rundlich und stupsnasig, die Wangen durchscheinend und rötlich wie Äpfel. Weit geöffnete blaue Augen, leicht schräggestellt, sahen unter einer Glocke aus leuchtendem Haar hervor, das unnatürlich ordentlich gekämmt war. Seine Pose war formell im klassischen Stil des achtzehnten Jahrhunderts, doch die robuste, stämmige kleine Gestalt hatte etwas, das sie lächeln und den Finger ausstrecken ließ, um sein Gesicht zu berühren.

»Na, du bist ja ein Süßer«, sagte sie leise.

»Jamie war ein süßer Kerl, aber auch ein stures kleines Biest.« Jennys Stimme direkt neben ihr erschreckte sie. »Man konnte ihn schlagen oder auf ihn einreden, es war ganz egal; wenn er sich etwas in den Kopf gesetzt hatte, dann blieb es auch dort. Komm mit; da ist noch ein Bild, das dir gefallen wird, glaube ich.«

Das zweite Porträt hing über dem Treppenabsatz und wirkte dort durch und durch deplaziert. Von unten konnte sie den vergoldeten Schmuckrahmen sehen, dessen üppige Schnitzereien überhaupt nicht zu der soliden, ein wenig abgewetzten Gemütlichkeit der restlichen Einrichtung des Hauses paßten. Es erinnerte sie an die Bilder in Museen; in dieser unspektakulären Umgebung schien es nichts verloren zu haben.

Als sie Jenny zum Treppenabsatz folgte, verschwand das gleißende Licht, das durch das Fenster fiel, und die Oberfläche des Bildes lag flach und deutlich vor ihr.

Sie schnappte nach Luft und spürte, wie sich die Haare auf ihren Unterarmen unter dem Leinenhemd sträubten.

»Es ist bemerkenswert, aye?« Jenny blickte von dem Gemälde zu Brianna und wieder zurück, und ihre Gesichtszüge trugen einen Ausdruck irgendwo zwischen Stolz und Ehrfurcht.

»Bemerkenswert!« stimmte Brianna zu und schluckte.

»Du siehst, warum wir dich sofort erkannt haben«, fuhr ihre Tante fort und legte liebevoll die Hand auf den geschnitzten Rahmen.

»Ja. Ja, das sehe ich.«

»Es ist meine Mutter, aye? Deine Großmutter, Ellen MacKenzie.«

»Ja«, sagte Brianna. »Ich weiß.« Staubkörnchen, die sie mit ihren Schritten aufgewühlt hatte, wirbelten träge im Nachmittagslicht umher, das vom Fenster kam. Brianna fühlte sich ganz so, als wirbelte sie mit ihnen herum, nicht länger in der Realität verankert.

In zweihundert Jahren hatte sie – *werde ich?* dachte sie wild – in der Nationalgalerie vor diesem Porträt gestanden und wütend die Wahrheit geleugnet, die es ihr vor Augen hielt.

Jetzt blickte ihr Ellen MacKenzie genau wie damals entgegen; langhalsig und königlich, mit einem Humor in den schräggestellten Augen, der nicht ganz bis an den feinen Mund reichte. Er war zwar nicht unbedingt ein Spiegelbild; Ellens Stirn war hoch, schmaler als Briannas, und ihr Kinn war rundlich, nicht spitz, ihr ganzes Gesicht etwas sanfter und nicht so kühn geschnitten.

Doch die Ähnlichkeit war da, und sie war so stark, daß sie erschreckend war; die breiten Wangenknochen und das dichte, rote Haar waren die gleichen. Und um ihren Hals lag die Halskette, deren Goldkugeln in der Frühlingssonne leuchteten.

»Wer hat es gemalt?« fragte Brianna schließlich, obwohl sie die Antwort nicht wirklich hören mußte. Das Schild neben dem Gemälde im Museum hatte den Künstler als »Unbekannt« angegeben.

Doch nachdem sie unten das Porträt der beiden kleinen Jungen gesehen hatte, wußte Brianna Bescheid. Das Bild war weniger meisterhaft, ein früherer Versuch – doch dieselbe Hand hatte das Haar und die Haut gemalt.

»Meine Mutter«, sagte Jenny, die Stimme von einem sehnsüchtigen Stolz erfüllt. »Sie hatte großes Geschick im Zeichnen und Malen. Ich habe mir oft gewünscht, ich hätte dieses Talent.«

Brianna spürte, wie sich ihre Finger unbewußt krümmten; die Illusion des Pinsels zwischen ihnen war einen Augenblick lang so intensiv, daß sie hätte schwören können, glattes Holz zu spüren.

Daher also, dachte sie mit einem leisen Erschauern und hörte geradezu das »Klick!« der Erkenntnis, als ein winziges Stück ihrer Vergangenheit seinen Platz einnahm. *Daher habe ich es.*

Frank Randall hatte im Scherz gemeint, er könnte keine gerade Linie zeichnen; Claire, es sei das einzige, was sie könnte. Doch Brianna hatte die Gabe der Gestaltung von Linien und Kurven, von Licht und Schatten – und jetzt hatte sie auch den Ursprung dieser Gabe gefunden. *Was sonst noch?* dachte sie plötzlich. Was besaß sie sonst noch, das einst der Frau in dem Bild gehört hatte, dem Jungen mit dem stur geneigten Kopf?

»Ned Gowan hat es mir aus Leoch mitgebracht«, sagte Jenny und berührte den Rahmen mit einer gewissen Ehrfurcht. »Er hat es gerettet, als die Engländer das Schloß geschleift haben, nach dem Aufstand.« Sie lächelte schwach. »Er hat eine Vorliebe für die Familie, unser Ned. Er ist ein Lowlander aus Edinburgh und hat keine eigenen Verwandten, aber er hat die MacKenzies zu seinem Clan gemacht – selbst jetzt, wo es den Clan nicht mehr gibt.«

»Nicht mehr?« platzte Brianna heraus. »Sie sind alle tot?« Der Schrecken in ihrer Stimme brachte Jenny dazu, sie überrascht anzusehen.

»Och, nein. Das habe ich nicht gemeint, Kleine. Aber Leoch steht nicht mehr«, fügte sie in leiserem Ton hinzu. »Und seine letzten Anführer leben nicht mehr – Colum und sein Bruder Dougal… sie sind für die Stuarts gestorben.«

Das hatte sie natürlich gewußt; Claire hatte es ihr erzählt. Was überraschend war, war der plötzliche Anflug unerwarteter Trauer; Bedauern um diese Fremden in ihrer neugefundenen Verwandtschaft. Mühsam schluckte sie den Kloß in ihrem Hals hinunter, wandte sich um und folgte Jenny die Treppe hinauf.

»War Leoch ein großes Schloß?« fragte sie. Ihre Tante blieb stehen, eine Hand auf dem Geländer.

»Ich weiß es nicht«, sagte sie. Jenny blickte zurück auf Ellens Bild, so etwas wie Bedauern im Blick.

»Ich habe es nie gesehen – und jetzt ist es fort.«

Wenn man das Schlafzimmer betrat, so war es, als käme man in eine Unterwasserhöhle. Wie alle Zimmer war auch dieses klein und hatte niedrige, von den jahrelangen Torffeuern rauchgeschwärzte Deckenbalken, doch die Wände waren frisch und weiß, und das Zimmer selbst war von einem grünlichen, wogenden Licht erfüllt, das sich durch zwei große Fenster ergoß, gefiltert von den Blättern des schwankenden Rosenstockes.

Hier und dort blinkte ein glänzender Gegenstand auf oder glitzerte im schummrigen Halbdunkel wie ein Fisch in einem Riff; eine bemalte Puppe, die auf dem Teppich vor der Feuerstelle lag, wo eines der Enkelkinder sie vergessen hatte, ein chinesischer Korb, an dessen Deckel eine durchbohrte Münze als Verzierung festgebunden war. Ein Kerzenständer aus Messing auf dem Tisch, ein kleines Gemälde an der Wand, dessen kräftige Farben sich deutlich von dem weißen Putz abhoben.

Jenny ging unverzüglich zu dem großen Kleiderschrank an der Zimmerwand und stellte sich auf die Zehenspitzen, um ein großes, mit Saffianleder überzogenes Kästchen herunterzuholen, dessen Ecken vom Alter abgestoßen waren. Als sie den Deckel aufklappte, sah Brianna ein metallisches Glitzern und ein kurzes, scharfes Aufblitzen wie von Sonnenlicht auf Edelsteinen.

»Hier ist er.« Jenny brachte ein dickes Bündel aus zusammengefaltetem Papier zum Vorschein, das weitgereist und vielgelesen aussah, und drückte es Brianna in die Hand. Es war versiegelt gewesen; ein fettiger Wachsfleck klebte immer noch am Rand eines Bogens.

»Sie sind in der Kolonie North Carolina, aber sie leben nicht in der Nähe einer Stadt«, erklärte Jenny. »Jamie schreibt abends ein bißchen, wenn er kann, und er behält die Blätter, bis entweder er oder Fergus nach Cross Creek reiten oder ein Reisender vorbeikommt, der den Brief mitnimmt. So ist es angenehm für ihn; das Schreiben fällt ihm nicht leicht – besonders, seit er sich damals die Hand gebrochen hat.«

Bei dieser beiläufigen Bemerkung fuhr Brianna auf, doch das ruhige Gesicht ihrer Tante zeigte keine besondere Regung.

»Setz dich hin, Kleine.« Sie winkte mit der Hand und ließ Brianna die Wahl zwischen Hocker oder Bett.

»Danke«, murmelte Brianna und wählte den Hocker. Also wußte Jenny vielleicht nicht alles über Jamie und Black Jack Randall? Die Vorstellung, daß sie vielleicht Dinge über diesen unbekannten Mann wußte, die nicht einmal seiner geliebten Schwester bekannt waren, hatte etwas Verwirrendes. Um den Gedanken zu verscheuchen, öffnete sie eilig den Brief.

Die hingekritzelten Worte sprangen ihr schwarz und lebhaft ins Gesicht. Sie hatte diese Handschrift schon einmal gesehen – die verkrampften, widerspenstigen Buchstaben mit den großen, geschwungenen Abschlüssen, doch das war auf einem zweihundert Jahre alten Dokument gewesen, dessen Tinte braun und verblichen war, die Handschrift gezähmt durch sorgsame Überlegung und Formalität. Hier hatte er sich frei gefühlt – seine Handschrift rollte in kühnem, sprunghaftem Gekritzel über die Seite, und die Zeilen drehten sich an den Enden betrunken aufwärts. Es war unordentlich, aber trotzdem lesbar.

Fraser's Ridge, Montag, 19. September

Meine liebste Jenny,
hier sind alle bei bester Gesundheit und guter Dinge und hoffen, daß dieser Brief alle Mitglieder Deines Haushaltes ähnlich zufrieden antrifft.

Dein Sohn grüßt Dich aufs herzlichste und bittet mich, seinen Vater, seine Brüder und seine Schwestern an ihn zu erinnern. Er möchte, daß Du Matthew und Henry sagst, daß er ihnen das beigefügte Objekt schickt, welches der präparierte Schädel eines Tieres ist, das man seiner außergewöhnlichen Stacheln wegen Stachelschwein nennt (es hat keine Ähnlichkeit mit unserem kleinen Igel, denn es ist viel größer und lebt in den Wipfeln der Bäume, wo es sich von zarten Schößlingen ernährt). Sag Matthew und Henry, daß ich nicht weiß, warum seine Zähne orange sind. Zweifellos findet das Tier es dekorativ.

Außerdem findest Du hier ein kleines Geschenk für Dich selbst; das Muster wird mit Hilfe der Stacheln des erwähnten Tiers erzielt, welche die Indianer mit den Säften verschiedener Pflanzen einfärben, bevor sie sie auf die einzigartige Weise verweben, die Du vor Dir siehst.

Claire hat in letzter Zeit großes Interesse an der Unterhaltung – wenn man das Wort für eine Kommunikation benutzen kann, die sich zum großen Teil auf Gestikulieren und das Schneiden von Grimassen beschränkt (sie besteht darauf, daß sie keine Grimassen schneidet, worauf ich ihr antworte, daß ich in der besseren Position bin, dies zu beurteilen, da ich das dazugehörige Gesicht sehen kann und sie nicht) – an der Unterhaltung mit einer alten Indianerfrau gezeigt, die in dieser Gegend als Heilerin sehr geschätzt wird und ihr viele solcher Pflanzen gegeben hat. Demzufolge sind ihre Finger im Augenblick lila, was ich höchst dekorativ finde.

Dienstag, 20. Sept.
Heute war ich sehr damit beschäftigt, den Pferch zu reparieren und zu verstärken, in dem wir nachts unsere paar Kühe, Schweine etc. hal-

ten, um sie vor den Raubzügen der Bären zu schützen, die sehr zahlreich sind. Als ich heute morgen zum Abort ging, habe ich einen großen Pfotenabdruck im Schlamm erspäht, der genausolang war wie mein eigener Fuß. Das Vieh kam mir nervös und verstört vor, was ich ihm kaum zum Vorwurf machen kann.

Ich bitte Dich, mach Dir um uns keine Sorgen. Die Schwarzbären in diesem Land nehmen sich vor den Menschen in acht und hassen es, selbst einem einzelnen Mann gegenüberzutreten. Außerdem ist unser Haus stabil gebaut, und ich habe es Ian verboten, nach Anbruch der Dunkelheit noch unterwegs zu sein, es sei denn, er ist gut bewaffnet.

Was unsere Bewaffnung angeht, so hat sich unsere Situation sehr verbessert. Fergus hat aus High Point ein gutes Gewehr von der neuen Sorte und einige exzellente Messer mitgebracht.

Außerdem einen großen Kochkessel, dessen Erwerb wir mit einer Riesenportion leckerem Eintopf gefeiert haben, der aus Hirschfleisch, wilden Zwiebeln aus dem Wald, getrockneten Bohnen und einigen getrockneten Tomatenfrüchten vom letzten Sommer bestand. Keiner von uns ist nach dem Genuß dieses Eintopfes gestorben oder krank geworden, also hat Claire wahrscheinlich recht, Tomaten sind nicht giftig.

Mittwoch, 21. Sept.
Der Bär ist wieder dagewesen. Ich habe heute große Fußspuren und Kratzer in Claires frisch umgegrabenem Garten gefunden. Das Tier mästet sich wohl für seinen Winterschlaf und will sicher in der frischen Erde nach Maden graben.

Ich habe die Sau in unsere Vorratskammer umquartiert, da sie kurz vor dem Ferkeln steht. Weder Claire noch die Sau waren über dieses Arrangement besonders glücklich, doch das Tier ist wertvoll, denn ich habe Mr. Quillan drei Pfund dafür bezahlt.

Heute sind vier Indianer gekommen. Sie gehören zu der Art, die man Tuscarora nennt. Ich bin diesen Männern schon mehrfach begegnet und habe sie sehr freundlich gefunden.

Nachdem die Wilden ihren Entschluß verkündet hatten, unseren Bären zu jagen, habe ich ihnen etwas Tabak und ein Messer geschenkt, worüber sie erfreut schienen.

Sie haben fast den ganzen Morgen unter dem Dachsims des Hauses gesessen, geraucht und sich miteinander unterhalten, doch kurz vor Mittag sind sie zu ihrer Jagd aufgebrochen. Ich erkundigte mich, ob es angesichts der Vorliebe des Bären für unsere Gesellschaft nicht *am besten wäre, wenn sich die Jäger in der Nähe verstecken in der Hoffnung, daß das Tier hierher zurückkehrt.*

Man hat mich informiert – mit der allerfreundlichsten Herablassung, die man in Worten und Zeichen ausdrücken kann – daß das Aussehen des Bärendungs ohne jeden Zweifel anzeigte, daß er die Gegend verlassen habe und zu einem Vorhaben im Westen aufgebrochen sei.

Da ich nicht vorhatte, mich mit solchen Experten anzulegen, wünschte ich ihnen Glück und habe sie freundlich verabschiedet. Ich konnte sie nicht begleiten, da ich hier noch dringend zu tun habe, doch Ian und Rollo sind mit ihnen gegangen, wie schon öfter.

Ich habe mein neues Gewehr geladen und bereitgestellt, falls unsere Freunde sich in ihrer Einschätzung der Absichten des Bären geirrt haben.

Donnerstag, 22. Sept.
Letzte Nacht weckte mich ein fürchterlicher Krach aus dem Schlaf. Es war ein lautes Kratzen, welches in den Holzbalken der Wand widerhallte, begleitet von so lautem Klopfen und Heulen, daß ich in der Überzeugung aus dem Bett fuhr, daß das Haus über unseren Köpfen einstürzen würde.

Die Sau, die die Nähe eines Feindes spürte, schoß durch die Tür der Vorratskammer (ich gebe zu, daß sie nicht sehr stabil gebaut war) und flüchtete sich unter unser Bett, wo sie ohrenbetäubend quiekte. Ich begriff, daß der Bär da war, nahm mein neues Gewehr und rannte nach draußen.

Es war eine mondhelle Nacht, wenn auch bedeckt, und ich konnte meinen Gegner deutlich sehen, eine große, schwarze Gestalt, die, auf den Hinterfüßen stehend, fast so groß zu sein schien wie ich selbst und (in meinen angsterfüllten Augen) etwa dreimal so breit, denn er stand nicht weit von mir entfernt.

Ich feuerte auf ihn, worauf er sich auf alle viere fallen ließ und mit erstaunlicher Geschwindigkeit Schutz im nahen Wald suchte. Er verschwand, bevor ich zu einem weiteren Schuß kam.

Als es Tag wurde, suchte ich den Boden nach Blutspuren ab und fand keine, daher kann ich nicht sagen, ob mein Schuß sein Ziel gefunden hat. Die Seitenwand des Hauses ist mit mehreren langen Kratzern verziert, wie sie von einer scharfen Axt oder einem Meißel stammen können, die sich weiß auf dem Holz abzeichnen.

In der Zwischenzeit haben wir unter großen Schwierigkeiten die Sau (es ist eine hellrosafarbene Sau von beträchtlicher Größe und sturem Temperament, und sie hat keinen Mangel an Zähnen) dazu ge-

bracht, den Platz unter unserem Bett zu verlassen und sich wieder an ihren Zufluchtsort in der Vorratskammer zu begeben. Sie war widerspenstig, konnte schließlich aber dazu bewegt werden, durch eine Kombination aus vor ihr ausgestreuten Maiskörnern und meiner Person in ihrem Rücken, bewaffnet mit einem stabilen Besen.

Montag, 26. Sept.
Ian und seine roten Begleiter sind zurückgekehrt, da ihnen ihre Beute im Wald entwischt ist. Ich zeigte ihnen die Kratzer an der Hauswand, worauf sie aufgeregt wurden und sich so schnell unterhielten, daß ich ihren Worten nicht folgen konnte.

Einer der Männer entfernte dann einen großen Zahn von einer Halskette aus ähnlichen Gegenständen und überreichte ihn mir mit großer Zeremonie. Er sagte, der Zahn diene dazu, daß der Bärengeist mich erkennen könne und ich nicht zu Schaden käme. Ich nahm dies Unterpfand mit dem gebotenen Ernst entgegen und sah mich dann verpflichtet, ihnen im Austausch dafür ein Stück Bienenwachs zu schenken, so daß der Höflichkeit Genüge getan war.

Claire wurde herbeigerufen, um uns das Bienenwachs zu bringen, und mit ihrem üblichen Blick für solche Dinge stellte sie fest, daß es einem unserer Gäste nicht gutging, ihm fielen die Augen zu, er hustete und machte einen unruhigen Eindruck. Claire sagt, daß er außerdem hohes Fieber hat, obwohl man das nicht sofort sieht. Da er zu krank ist, um mit seinen Begleitern weiterzureisen, haben wir ihn auf ein Strohlager im Maisspeicher gelegt.

Die Sau hat rücksichtsloserweise in der Vorratskammer geferkelt. Es sind ein Dutzend Ferkel, alle gesund und von lebhaftem Appetit, wofür ich Gott danke. Unser eigener Appetit dagegen läßt im Augenblick zu wünschen übrig, da die Sau jeden heftig attackiert, der die Tür der Vorratskammer öffnet, und wütend brüllt und ihre Zähne fletscht. Ich habe ein Ei zum Abendessen bekommen und wurde informiert, daß ich nichts mehr bekomme, bis mir eine Lösung für das Problem eingefallen ist.

Samstag, 1. Oktober
Große Überraschung heute. Zwei Gäste sind...

»Es ist wohl eine sehr wilde Gegend.«

Erschrocken sah Brianna auf. Jenny deutete kopfnickend auf den Brief, den Blick fest auf Brianna gerichtet.

»Wilde und Bären und Stachelschweine und das alles. Es ist nur eine kleine Kate, in der sie wohnen, hat Jamie mir gesagt. Und ganz allein, hoch in den Bergen. Es muß ziemlich wild sein.« Sie sah Brianna ein wenig ängstlich an. »Willst du immer noch gehen?«

Brianna wurde plötzlich klar, daß Jenny Angst hatte, sie würde nicht gehen; daß der Gedanke an die lange Reise und die Wildnis an deren Ende ihr angst machen würde. Eine Wildnis, die plötzlich Wirklichkeit wurde durch die hingekritzelten, schwarzen Worte auf dem Blatt, das sie in der Hand hielt – doch nicht annähernd so wirklich wie der Mann, der sie geschrieben hatte.

»Ich gehe«, versicherte sie ihrer Tante. »So schnell ich kann.«

Jennys Gesicht entspannte sich.

»Oh, gut«, sagte sie. Sie streckte die Hand aus und zeigte Brianna eine kleine Lederbörse, die mit einem Quadrat aus Stachelschweinstacheln verziert war, eingefärbt in Rot- und Schwarztönen, während hier und dort zum Kontrast ein paar Stacheln in ihrem natürlichen Grau belassen waren.

»Das ist das Geschenk, das er mir geschickt hat.«

Brianna nahm es in die Hand und bestaunte das komplizierte Muster und das weiche, helle Hirschleder.

»Es ist wunderschön.«

»Aye, das stimmt.« Jenny wandte sich ab und beschäftigte sich überflüssigerweise damit, den Zierat zurechtzurücken, der auf dem Bücherregal stand. Brianna hatte ihre Aufmerksamkeit gerade wieder dem Brief zugewandt, als Jenny abrupt zu sprechen begann.

»Bleibst du noch ein bißchen?«

Erschrocken sah Brianna auf.

»Bleiben?«

»Nur ein oder zwei Tage.« Jenny drehte sich um, und das Licht vom Fenster, das hinter ihr leuchtete wie ein Heiligenschein, tauchte ihr Gesicht in den Schatten.

»Ich weiß, daß du aufbrechen willst«, sagte sie. »Aber ich würde mich so gern ein wenig mit dir unterhalten.«

Brianna sah sie verwundert an, konnte aber nichts an den bleichen, ebenmäßigen Gesichtszügen und den schrägen Augen ablesen, die den ihren so ähnlich waren.

»Ja«, sagte sie langsam. »Natürlich bleibe ich.«

Ein Lächeln berührte Jennys Mundwinkel. Ihr Haar war tiefschwarz mit weißen Streifen wie das Gefieder einer Elster.

»Das ist gut«, sagte sie leise. Das Lächeln breitete sich langsam aus, während sie ihre Nichte ansah.

»Herr im Himmel, du bist wie mein Bruder.«

Als sie allein war, wandte sich Brianna wieder dem Brief zu, las noch einmal langsam den Anfang und ließ den Raum um sie herum verblassen, verschwinden, als Jamie Fraser in ihren Händen lebendig wurde, seine Stimme so lebendig in ihrem inneren Ohr, daß er hätte vor ihr stehen können, das rote Haar glänzend in der Sonne, die durch das Fenster schien.

Samstag, 1. Oktober
Große Überraschung heute. Zwei Gäste sind aus Cross Creek gekommen. Du erinnerst dich vielleicht, daß ich Dir von Lord John Grey erzählt habe, den ich aus Ardsmuir kenne. Ich habe Dir nicht erzählt, daß ich ihn zwischenzeitlich auf Jamaika getroffen hatte, wo er der Gouverneur der Krone war.

Er ist vielleicht der letzte Mensch, den man in dieser entlegenen Gegend erwarten würde. So weit entfernt von allen Spuren der Zivilisation, ganz zu schweigen von den luxuriösen Amtsgebäuden und dem Prunk und Pomp, den er gewohnt ist. Jedenfalls waren wir höchst erstaunt über sein Erscheinen, obwohl wir ihn sofort herzlich empfangen haben.

Leider muß ich sagen, daß es ein trauriges Ereignis ist, welches ihn hergeführt hat. Seine Frau, die mit ihrem Sohn aus England unterwegs war, hat sich unterwegs eine fiebrige Erkrankung zugezogen und ist noch auf See daran gestorben. Aus Angst, daß sich die Miasmen der Tropen für den Jungen genauso tödlich wie für seine Mutter erweisen könnten, beschloß Lord John, daß der Junge nach Virginia gehen sollte, wo Lord Johns Familie beachtlichen Landbesitz hat, und er entschloß sich, ihn selbst dorthin zu begleiten, da er sehen konnte, daß der Junge vom Verlust seiner Mutter schwer getroffen war.

Ich drückte ihm mein Erstaunen wie auch meine Zufriedenheit darüber aus, daß sie sich zu dem Umweg entschlossen haben, der nötig war, um diesen entlegenen Ort aufzusuchen, doch Lord John will nichts davon hören und sagt, es sei sein Wunsch, daß der Junge etwas von den verschiedenen Kolonien sieht, damit er den Reichtum und die Vielfalt dieses Landes schätzen lernt. Der Junge kann es nicht abwarten, den Indianern zu beggnen – und erinnert mich in dieser Beziehung an Ian vor nicht allzulanger Zeit.

Er ist ein hübscher Junge, hochgewachsen und wohlgeformt für sein Alter, welches, so glaube ich, ungefähr zwölf ist. Er trauert immer noch um den Tod seiner Mutter, doch er ist ein angenehmer Gesprächspartner und hat gute Manieren, denn schließlich ist er ein

Graf (Lord John ist sein Stiefvater, glaube ich; sein Vater ist der Graf von Ellesmere gewesen). Sein Name ist William.

Brianna drehte das Blatt um und erwartete eine Fortsetzung, doch die Passage endete abrupt an dieser Stelle. Es gab eine Unterbrechung von mehreren Tagen, bevor der Brief am vierten Oktober weiterging.

Donnerstag, 4. Oktober
Der Indianer im Maisspeicher ist heute morgen gestorben, obwohl Claire alles versucht hat, um ihn zu retten. Sein Gesicht, sein Körper und seine Gliedmaßen waren völlig mit einem schlimmen Ausschlag überzogen, was ihm ein höchst grauenvolles und gesprenkeltes Aussehen gab.

Claire glaubt, daß er die Masern hatte, und ist sehr in Sorge, da dies eine heimtückische Seuche ist, die ansteckend ist und sich schnell ausbreitet. Sie hat niemanden in die Nähe der Leiche gelassen außer sich selbst – sie sagt, sie ist durch irgendeinen Zauber davor sicher –, doch wir haben uns alle gegen Mittag versammelt, woraufhin ich eine passende Bibelstelle gelesen habe und wir ein Gebet für seinen Seelenfrieden gesprochen haben – denn ich vertraue darauf, daß selbst ungetaufte Wilde ihre Ruhe in Gottes Gnade finden können.

Wir sind uns allerdings nicht sicher, wohin wir mit den irdischen Überresten seiner armen Seele sollen. Normalerweise würde ich Ian losschicken, damit er seine Freunde holt und sie ihm das bei den Indianern übliche Begräbnis zuteil werden lassen können.

Doch Claire sagt, das dürfen wir nicht, denn die Leiche könnte die Seuche unter dem Volk des Mannes verbreiten, eine Katastrophe, die er sicher nicht gern über seine Freunde bringen würde. Sie ist dafür, daß wir die Leiche selbst beerdigen oder verbrennen, und doch zögere ich, dies zu tun, da die Begleiter des Mannes es mißverstehen könnten – wenn sie glauben, daß wir so versucht haben, eine Mittäterschaft an seinem Tod zu vertuschen.

Ich habe unseren Gästen nichts von diesem Problem erzählt. Falls Gefahr zu drohen scheint, muß ich sie fortschicken. Dennoch widerstrebt es mir, auf ihre Gesellschaft zu verzichten, so abgeschieden ist unsere Lage. Für den Augenblick haben wir die Leiche in eine kleine, trockene Höhle in dem Abhang über dem Haus gelegt, in der ich vorhatte, einen Stall oder einen Lagerraum zu bauen.

Ich muß Dich um Verzeihung bitten, daß ich meine Seele so erleichtere, auf Kosten Deines eigenen Friedens. Ich glaube, daß am Ende alles gut wird, doch ich gestehe, daß ich mir im Augenblick ein

paar Sorgen mache. Sollte es so aussehen, daß Gefahr droht – entweder von den Indianern oder der Krankheit, dann werde ich diesen Brief unverzüglich unseren Gästen mitgeben, damit er Dich auch sicher erreicht.
   Wenn alles gut ist, schreibe ich schnell und sage es Dir.

In Liebe, Dein Bruder,
Jamie Fraser

Briannas Mund fühlte sich trocken an und sie schluckte, um den Speichel herbeizuzwingen. Der Brief hatte noch zwei Seiten; sie klebten einen Augenblick lang zusammen und widerstanden ihren Bemühungen, sie zu trennen, doch dann gaben sie nach.

Postscriptum. 20. Oktober
Wir sind alle in Sicherheit, obwohl unsere Rettung eine sehr traurige Angelegenheit ist; ich werde Dir später davon erzählen, da mir im Moment der Sinn nicht sehr danach steht.
   Ian hatte die Masern, genau wie Lord John, doch sie sind beide wieder gesund, und Claire bittet mich, Dir zu sagen, daß es Ian ausgezeichnet geht. Du brauchst Dich um ihn nicht zu ängstigen. Er schreibt Dir selbst, damit Du siehst, daß es wahr ist.

– J.

Auf dem letzten Blatt stand eine andere Handschrift, diesmal ordentlich und sorgsam zu einer ebenmäßigen Schräglage ausgebildet, obwohl hier und dort ein Klecks die Seite entstellte, vielleicht, weil der Schreiber krank war, vielleicht auch, weil sein Schreibwerkzeug beschädigt war.

Liebe Mama –
Ich bin krank gewesen, aber es geht mir wieder gut. Ich hatte Fieber mit ganz merkwürdigen Träumen voll seltsamer Dinge. Ein großer Wolf ist gekommen und hat mit einer Männerstimme zu mir gesprochen, doch Tante Claire sagt, das muß Rollo gewesen sein, der die ganze Zeit bei mir war, als ich krank war, er ist ein sehr lieber Hund und beißt nicht sehr oft.
   Die Masern sind in kleinen Pocken unter meiner Haut ausgebrochen und haben fürchterlich gejuckt. Ich hätte glauben können, ich hätte mich in einen Ameisenhaufen gesetzt oder wäre in ein Hornis-

sennest spaziert. Mein Kopf fühlte sich doppelt so groß an wie sonst, und ich habe heftig geniest.

Heute habe ich drei Eier und Porridge zum Frühstück gegessen, und ich bin zweimal allein zum Abort gegangen, also geht es mir ganz gut, obwohl ich zuerst dachte, ich wäre von der Krankheit blind geworden – ich konnte nur gleißendes Licht sehen, als ich hinausgegangen bin, doch Tante Claire hat gesagt, das wird bald besser, und so war es auch.

Ich schreibe später mehr – Fergus wartet darauf, daß er den Brief mitnehmen kann.

Dein sehr gehorsamer und ergebener Sohn,
Ian Murray

P. S. Der Stachelschweinschädel ist für Henry und Matthew, ich hoffe, er gefällt ihnen.

Brianna blieb noch eine Zeitlang auf dem Hocker sitzen, die weißgetünchte Wand kühl in ihrem Rücken. Sie glättete die Seiten des Briefes und starrte abwesend auf das Bücherregal. *Robinson Crusoe* fiel ihr ins Auge, als sich das Licht in dem goldenen Titel auf dem Bücherrücken fing.

Eine wilde Gegend, hatte Jenny gesagt. Und eine gefährliche Gegend, wo das Leben von einem Pulsschlag zum nächsten vom komischen Problem eines Schweins in der Vorratskammer in die unmittelbare Bedrohung durch einen gewaltsamen Tod umschlagen konnte.

»Und ich hatte gedacht, *das hier* wäre primitiv«, murmelte sie mit einem Blick auf das Torffeuer in der Feuerstelle.

Also doch nicht so primitiv, dachte sie, als sie Ian über den Scheunenhof und an den Nebengebäuden vorbei aufs freie Feld folgte. Alles war gut in Schuß und ordentlich, die Trockenmauern und Gebäude in gutem Zustand, wenn auch ein bißchen schäbig. Die Hühner waren sorgsam in ihren eigenen Hof gesperrt, und eine Wolke aus Fliegen, die hinter der Scheune schwebte, zeigte die geziemende Position eines Misthaufens in ausreichender Entfernung vom Haus an.

Der einzige Unterschied, den sie zwischen diesem Bauernhof und einem modernen hatte sehen können, war das Fehlen vor sich hinrostender Geräte; eine Schaufel lehnte an der Scheune, und in einem Verschlag standen zwei oder drei zerbeulte Pflugscharen, doch es gab keinen klapprigen Traktor, kein Kabelgewirr und keine verstreuten Metallteile.

Die Tiere waren gesund, wenn auch etwas zierlicher als ihre modernen Gegenstücke. Ein lautes »Bäääh!« verriet die Anwesenheit einer kleinen Herde gutgenährter Schafe auf einer Koppel am Hang. Die Tiere trabten neugierig an den Zaun, als sie vorbeikamen; ihre Wollrücken wackelten und ihre gelben Augen glänzten erwartungsvoll.

»Verwöhnte Biester«, sagte Ian, lächelte aber dabei. »Ihr glaubt auch, jeder der hier heraufkommt, kommt euch füttern, was? Die gehören meiner Frau«, fügte er, an Brianna gewandt, hinzu. »Sie gibt ihnen die ganzen Abfälle aus dem Gemüsegarten, bis man meint, sie müßten platzen.«

Der Hammel, ein majestätisches Geschöpf mit großen, gewundenen Hörnern, streckte seinen Kopf über den Zaun und gab ein gebieterisches »*Beheheh!*« von sich, das seine getreue Herde unverzüglich aufgriff.

»Verdrück dich, Hughie«, sagte Ian im Tonfall nachsichtiger Verachtung. »Noch bist du keine Hammelkeule, aber der Tag wird kommen, aye?« Er verabschiedete den Hammel mit einer Handbewegung und wandte sich mit schwingendem Kilt hügelwärts.

Brianna fiel einen Schritt zurück und beobachtete ihn fasziniert beim Gehen. Ian trug seinen Kilt mit einer Aura, die für sie völlig neu war; nicht als Kostüm oder Uniform – er war sich des Kleidungsstückes bewußt, doch eher so, als wäre es ein Teil seines Körpers denn ein Bekleidungsgegenstand.

Dennoch wußte sie, daß es alles andere als alltäglich für ihn war, ihn zu tragen; Jenny hatte die Augen weit aufgerissen, als er zum Frühstück heruntergekommen war; dann hatte sie den Kopf gesenkt und ihr Lächeln in ihrer Tasse versteckt. Der kleine Jamie hatte mit einer schwarzen Augenbraue in Richtung seines Vaters gezuckt, sich einen verständnislosen Blick eingefangen und sich mit einem leichten Achselzucken und einem jener leisen, unterirdischen Geräusche, die man bei schottischen Männern so häufig hört, seinem Würstchen gewidmet.

Der Stoff des Plaids war alt – sie konnte sehen, daß er in den Kniffen verblichen und am Saum verschlissen war –, doch er war sorgsam aufbewahrt worden. Nach Culloden hatten sie ihn wahrscheinlich versteckt, zusammen mit ihren Pistolen und Schwertern, den Dudelsäcken und ihren Melodien – all den Symbolen ihres unterworfenen Stolzes.

Nein, nicht ganz unterworfen, dachte sie und spürte ein merkwürdiges, leichtes Ziehen im Herzen. Sie dachte an Roger Wakefield, wie er unter dem grauen Himmel auf dem Schlachtfeld von Culloden neben ihr hockte, sein Gesicht hager und dunkel, die Augen vom Wissen um die Toten ringsum überschattet.

»Schotten haben ein langes Gedächtnis«, hatte er gesagt, »und sie sind kein sehr nachsichtiges Volk. Da draußen steht ein Clanstein, auf dem der Name MacKenzie steht, und darunter liegt eine Menge meiner Verwandten.« Dann hatte er gelächelt, doch es war nicht im Scherz gewesen. »Ich nehme das nicht so persönlich wie manch anderer, aber ich habe es auch nicht vergessen.«

Nein, nicht unterworfen. Nicht in tausend Jahren voll Zwist und Verrat, und nicht jetzt. Besiegt, verstreut, aber immer noch lebendig. Wie Ian, verstümmelt, aber aufrecht. Wie ihr Vater, vertrieben, aber immer noch ein Highlander.

Mit einiger Anstrengung schob sie den Gedanken an Roger von sich und beeilte sich, um mit Ians langen, hinkenden Schritten mitzuhalten.

Sein hageres Gesicht hatte vor Freude aufgeleuchtet, als sie ihn gebeten hatte, ihr Lallybroch zu zeigen. Sie hatten abgesprochen, daß Jamie sie in einer Woche nach Inverness bringen und dafür sorgen würde, daß sie einen Platz auf einem Schiff in die Kolonien fand, und sie hatte vor, diese Zeit auszunutzen.

Sie wanderten – eiligen Schrittes trotz Ians Bein – durch die Felder zu den niedrigen Hügeln, die das Tal im Norden begrenzten und zu dem Paß in den schwarzen Felsen hin anstiegen. Es war wunderschön hier, dachte sie. Die blaßgrünen Hafer- und Gerstenfelder wogten im wechselnden Licht, Wolkenschatten jagten durch die Frühlingssonne, getrieben vom Wind, der die sprießenden Grasstengel niederbeugte.

Ein Feld lag in langen, dunklen Furchen aus nackter, aufgehäufter Erde da. Am Rand des Feldes lag ein großer Haufen grober Steine ordentlich aufgestapelt.

»Ist das ein Grabhügel?« fragte sie Ian und senkte ehrfurchtsvoll die Stimme. Solche Hügel dienten dem Gedenken der Toten, hatte ihre Mutter ihr gesagt – manche seit uralter Zeit –, und jeder Besucher fügte im Vorübergehen einen neuen Stein hinzu.

Er sah sie überrascht an, folgte ihrer Blickrichtung und grinste.

»Ah, nein, Kleine. Das sind die Steine, die im Frühling beim Pflügen zum Vorschein gekommen sind. Jedes Jahr holen wir sie aus dem Boden, und jedes Jahr kommen neue. Hol mich der Teufel, wenn ich weiß, woher sie kommen«, fügte er hinzu und schüttelte resigniert den Kopf. »Ich schätze, die Steinfeen kommen des Nachts und säen sie aus.«

Sie wußte nicht, ob das ein Witz war oder nicht. Unsicher, ob sie lachen sollte, stellte sie statt dessen eine Frage.

»Was werdet ihr hier pflanzen?«

»Oh, es ist schon gepflanzt.« Ian beschattete seine Augen und blinzelte voller Stolz über das langgezogene Feld hinweg. »Das ist unser Erdäpfelfeld. Ende des Monats sind die neuen Ranken da.«

»Erdäpfel – oh, Kartoffeln!« Sie betrachtete das Feld mit neuerwachtem Interesse. »Mama hat mir davon erzählt.«

»Aye, es war Claires Idee – und zwar eine gute. Die Kartoffeln haben uns schon mehr als einmal vor dem Verhungern gerettet.« Er lächelte kurz, sagte aber nichts mehr und schritt weiter auf die wilden Hügel jenseits der Felder zu.

Es war ein langer Weg. Der Tag war windig, aber warm, und Brianna schwitzte, als sie endlich mitten auf dem groben Pfad in der Heide anhielten. Der enge Pfad schien unentschlossen zwischen einem steilen Berghang und einem noch steiler abfallenden Felsvorsprung zu schweben, der in einem plätschernden Bächlein endete.

Ian blieb stehen, wischte sich mit dem Ärmel über die Stirn und bedeutete ihr, sich zwischen die aufgehäuften Granitbrocken zu setzen. Von diesem Aussichtspunkt aus lag das Tal unter ihnen, der Hof sah klein und deplaziert aus, seine Felder eine schwache Einmischung der Zivilisation in die umliegende Wildnis aus Felsgipfeln und Heide.

Er holte eine Steingutflasche aus dem Sack, den er bei sich trug, und entkorkte sie mit den Zähnen.

»Daran ist auch deine Mutter schuld«, sagte er grinsend und gab ihr die Flasche. »Daß ich meine Zähne noch habe, meine ich.« Er fuhr sich nachdenklich mit der Zungenspitze über die Schneidezähne und schüttelte den Kopf.

»Hat es wirklich mit dem Grünzeug, deine Mutter, aber ich kann mich nicht beschweren, was? Die meisten Männer in meinem Alter essen jetzt nur noch Porridge.«

»Sie hat immer gesagt, ich müßte mein Gemüse aufessen, als ich klein war. Und nach jeder Mahlzeit Zähne putzen.« Brianna nahm ihm die Flasche ab und kippte den Inhalt in ihren Mund; das Ale war kräftig und bitter, aber angenehm kühl nach dem langen Weg.

»Als du klein warst, was?« Belustigt musterte Ian sie der Länge nach. »So ein Prachtmädchen habe ich noch nicht oft gesehen. Ich würde sagen, deine Mutter hat ihre Sache gut gemacht, aye?«

Sie lächelte und gab ihm die Flasche zurück.

»Zumindest war sie so klug, einen großen Mann zu heiraten«, sagte sie sarkastisch.

Ian lachte und wischte sich mit dem Handrücken über den Mund. Er sah sie liebevoll an, und Wärme lag in seinen braunen Augen.

»Ah, es ist eine Freude, dich anzusehen, Schätzchen. Du bist ihm sehr ähnlich, das ist wahr. Himmel, was würde ich darum geben, dabeizusein, wenn Jamie dich sieht!«

Sie blickte zu Boden und biß sich auf die Lippen. Der Boden war dicht mit Farnen bestanden und ihr Weg hügelaufwärts war deutlich daran zu verfolgen, daß sie die grünen Farnwedel, die den Pfad überwuchert hatten, zertreten und zur Seite gedrückt hatten.

»Ich weiß nicht, ob er Bescheid weiß oder nicht,« platzte sie heraus. »Über mich.« Sie sah zu ihm auf. »Er hat euch nichts gesagt.«

Ian lehnte sich ein wenig zurück und runzelte die Stirn.

»Nein, das stimmt«, sagte er langsam. »Aber ich denke, er hatte wohl keine Zeit, davon zu sprechen, selbst wenn er es wußte. Er ist nicht lange geblieben, das letzte Mal, als er hier war mit Claire. Und dann war es ein solches Durcheinander, mit allem, was passiert ist...« Er hielt inne, spitzte die Lippen und sah sie an.

»Deine Tante macht sich deswegen große Sorgen«, sagte er. »Sie meint, du machst ihr vielleicht Vorwürfe.«

»Vorwürfe?« Sie starrte ihn verwundert an.

»Wegen Laoghaire.« Seine braunen Augen fixierten die ihren gebannt.

Ein leiser Schauer überkam Brianna bei dem Gedanken an diese blassen Augen, kalt wie Murmeln, und die haßerfüllten Worte der Frau. Sie hatte sie als schlichte Bosheit abgetan, doch der »Zuhälter« und der »Betrüger« klangen ihr noch unangenehm in den Ohren.

»Was hat denn Tante Jenny mit Laoghaire zu tun gehabt?«

Ian seufzte und strich sich eine dichte Strähne seines braunen Haars zurück, die ihm ins Gesicht gefallen war.

»Sie hat dafür gesorgt, daß Jamie die Frau geheiratet hat. Sie hat es wirklich gut gemeint«, sagte er warnend. »Wir haben Claire schließlich die ganzen Jahre lang für tot gehalten.«

Sein Tonfall war fragend, doch Brianna nickte nur, den Blick auf den Boden gerichtet, und zog den Stoff über ihrem Knie glatt. Dies waren gefährliche Gefilde; besser, nichts zu sagen, wenn es möglich war. Einen Moment später fuhr Ian for.

»Das war, als er aus England heimgekommen war – 'er hat dort nach dem Aufstand ein paar Jahre als Gefangener gelebt...«

»Ich weiß.«

Ians Augenbrauen fuhren überrascht in die Höhe, doch er sagte nichts und schüttelte nur den Kopf.

»Aye, gut. Als er zurückkam war er – verändert. Na ja, das ist verständlich, aye?« Er lächelte kurz und senkte dann den Blick, während seine Finger den Stoff seines Kilts in Falten legten.

»Es war, als redete man mit einem Geist«, sagte er leise. »Er sah einen an und lächelte und antwortete – aber eigentlich war er nicht da.« Er holte tief Luft, und sie sah die Falten zwischen seinen Augen, tief eingegraben vor Konzentration.

»Vorher – nach Culloden – da war es anders. Er war schwer verletzt – und er hatte Claire verloren…« Er sah sie kurz an, doch sie schwieg immer noch, und er sprach weiter.

»Das war eine furchtbare Zeit. Viele Menschen sind damals gestorben; im Kampf, durch Krankheiten oder vor Hunger. Die englischen Soldaten sind mordend und brandschatzend durchs Land gezogen. In so einer Zeit kann man ans Sterben nicht einmal denken, weil man viel zu sehr damit beschäftigt ist, zu überleben und seine Familie am Leben zu erhalten.«

Ein schwaches Lächeln umspielte Ians Lippen, und seine persönliche Belustigung tauchte den Kummer der Erinnerung in ein seltsames Licht.

»Jamie hat sich versteckt«, sagte er und wies mit einer abrupten Geste auf den Berghang über ihnen. »Da. Hinter dem großen Ginsterbusch auf halbem Weg zum Gipfel ist eine kleine Höhle. Ich wollte sie dir zeigen, deshalb habe ich dich hergebracht.«

Ihr Blick folgte seinem Finger den mit Heide und Felsbrocken übersäten Hang hinauf, auf dem Unmengen winziger Blumen wuchsen. Sie sah keine Spur von einer Höhle, doch der Ginsterbusch mit seinen flammendgelben Blüten war unübersehbar und leuchtete wie eine Fackel.

»Einmal bin ich heraufgekommen, um ihm etwas zu essen zu bringen, als er Fieber hatte. Ich habe ihm gesagt, er müßte mit mir zum Haus herunterkommen, weil Jenny Angst hatte, er würde hier oben ganz allein sterben. Er hat seine Augen aufgemacht, die vor Fieber glänzten, und seine Stimme war so heiser, daß ich ihn kaum hören konnte. Er sagte, Jenny sollte sich keine Sorgen machen; es sähe zwar so aus, als hätte sich alle Welt vorgenommen, ihn umzubringen, doch er hätte nicht vor, es ihnen leicht zu machen. Dann hat er seine Augen wieder zugemacht und ist eingeschlafen.«

Ian sah sie voll Ironie an. »Ich war mir nicht sicher, ob er wirklich das letzte Wort behalten würde, wenn es darum ging, ob er sterben würde oder nicht. Also bin ich über Nacht bei ihm geblieben. Aber er hatte recht; er ist ziemlich stur, weißt du?« In seinem Tonfall lag der leise Anflug einer Entschuldigung.

Brianna nickte, doch der Kloß in ihrem Hals hinderte sie am Sprechen. Statt dessen stand sie auf und ging den Berg hinauf. Ian protestierte nicht, sondern blieb auf seinem Felsen sitzen und beobachtete sie.

Es war ein steiler Aufstieg, und kleine, dornige Pflanzen verfingen sich in ihren Strümpfen. Als sie sich der Höhle näherte, mußte sie auf allen vieren aufwärts klettern, um auf dem steilen Granithang das Gleichgewicht zu behalten.

Der Höhleneingang war kaum mehr als eine Spalte im Felsen, deren Öffnung sich nach unten hin zu einem kleinen Dreieck verbreiterte. Sie kniete sich hin und steckte Kopf und Schultern hinein.

Die Kühle traf sie unvermittelt; sie spürte, wie die Feuchtigkeit auf ihren Wangen kondensierte. Es dauerte einen Augenblick, bis sich ihre Augen an die Dunkelheit gewöhnt hatten, doch es sickerte genug Licht an ihren Schultern vorbei in die Höhle, daß sie etwas sehen konnte.

Sie war vielleicht zweieinhalb Meter lang und zwei Meter breit, eine halbdunkle Höhlung, deren Boden aus Erde bestand und deren Decke so niedrig war, daß man nur in der Nähe des Eingangs aufrecht stehen konnte. Wenn man sich längere Zeit darin aufhielt, mußte man sich vorkommen, als wäre man eingemauert.

Sie zog schnell den Kopf heraus und atmete die frische Frühlingsluft in tiefen Zügen ein. Ihr Herz klopfte heftig.

Sieben Jahre! Sieben Jahre hier gelebt zu haben, in Schmutz und Kälte und nagendem Hunger. *Ich würde es keine sieben Tage aushalten*, dachte sie.

Wirklich nicht? fragte ein anderer Teil ihres Verstandes. Und da war es wieder, das winzige Klicken des Wiedererkennens, das sie verspürt hatte, als sie Ellens Porträt betrachtet und dabei das Gefühl hatte, daß sich ihre Finger um einen unsichtbaren Pinsel schlossen.

Sie drehte sich langsam um und setzte sich mit dem Rücken zur Höhle hin. Es war sehr still hier auf dem Berghang, doch still in der Art der Berge und Wälder, eine Stille, die alles andere als lautlos war, sondern sich aus permanenten Einzelgeräuschen zusammensetzte.

In dem Ginsterbusch neben ihr erklang das leise Summen der Bienen, die die gelben Blüten abarbeiteten und mit Pollen bestäubt waren. Weit unten rauschte der Bach, ein tiefer Ton, der wie ein Echo das Rauschen des Windes aufgriff, der hier oben an die Blätter rührte, in den Zweigen klapperte und über die schroffen Felsen hinwegseufzte.

Sie saß still und lauschte und glaubte zu wissen, was Jamie Fraser hier gefunden hatte.

Er war hier allein, aber nicht einsam gewesen. Er hatte nicht gelitten, sondern durchgehalten, eine grimmige Verwandtschaft mit den Felsen und dem Himmel entdeckt. Und einen rauhen Frieden gefunden, der stärker war als die körperlichen Unannehmlichkeiten, und statt dessen die Wunden der Seele heilte.

Möglicherweise hatte er die Höhle nicht als Kerker, sondern als Zufluchtsort empfunden; aus ihren Felsen Kraft gezogen wie Antaeus aus der Erde. Dieser Ort war genauso ein Teil von ihm, der hier geboren war, wie er Teil von ihr war, die ihn noch nie zuvor gesehen hatte.

Ian saß immer noch geduldig unten; er hatte die Hände über den Knien gefaltet und blickte über das Tal. Sie streckte die Hand aus und brach vorsichtig einen Ginsterzweig ab, wobei sie sich vor den Stacheln in acht nahm. Sie legte ihn in den Höhleneingang, beschwerte ihn mit einem kleinen Stein und machte sich dann vorsichtig auf den Rückweg nach unten.

Ian mußte gehört haben, wie sie näher kam, doch er wandte sich nicht um. Sie setzte sich neben ihn.

»Ist es jetzt ungefährlich für dich, das anzuziehen?« fragte sie und wies kopfnickend auf seinen Kilt.

»Oh, aye«, sagte er. Er blickte nach unten und rieb mit seinen Fingern über den weichen, abgetragenen Wollstoff. »Es ist schon ein paar Jahre her, seit die Soldaten das letzte Mal hier waren. Was gibt es hier schließlich noch?« Er deutete auf das Tal unter ihnen.

»Sie haben alles mitgenommen, was sie an Wertvollem finden konnten. Was sie nicht tragen konnten, haben sie zerstört. Es ist nicht viel übrig außer dem Land, oder? Und ich glaube nicht, daß sie sich dafür besonders interessiert haben.« Sie konnte sehen, daß ihm irgend etwas Sorgen bereitete; sein Gesicht konnte die Gefühle seines Besitzers nicht verbergen.

Sie beobachtete ihn einen Augenblick lang und sagte dann: »Du bist immer noch hier. Du und Jenny.«

Seine Hand kam zur Ruhe und legte sich auf das Plaid. Er hatte die Augenlider gesenkt und sein gutmütiges, verwittertes Gesicht der Sonne zugewandt.

»Aye, das stimmt«, sagte er schließlich. Er öffnete die Augen wieder und sah sie an. »Und du auch. Wir haben uns letzte Nacht ein bißchen unterhalten, deine Tante und ich. Wenn du Jamie siehst und ihr euch gut versteht – dann frag ihn doch bitte, was wir tun sollen?«

»Tun? In welcher Hinsicht?«

»Mit Lallybroch.« Er schwenkte den Arm und wies auf das Tal und das Haus. Er wandte sich ihr mit einem sorgenvollen Blick zu.

»Du weißt vielleicht – vielleicht auch nicht –, daß dein Vater vor Culloden einen Schenkungsbrief geschrieben hat, um das Gut auf den kleinen Jamie zu überschreiben, falls alles mißlang und er umkam oder als Verräter verurteilt wurde. Aber das war, bevor du geboren wurdest; bevor er wußte, daß er selbst ein Kind haben würde.«

»Ja, das wußte ich.« Plötzlich erkannte sie, worauf er hinauswollte. Sie legte ihm die Hand auf den Arm, und bei ihrer Berührung schrak er auf.

»Ich bin nicht deswegen gekommen, Onkel Ian«, sagte sie leise. »Lallybroch gehört mir nicht – und ich will es nicht. Ich will nur meinen Vater sehen und meine Mutter.«

Ians Gesicht entspannte sich, und er legte die Hand auf seinem Arm über die ihre. Einen Augenblick lang sagte er nichts; dann drückte er sanft ihre Hand und ließ sie los.

»Aye, gut. Aber du sagst es ihm trotzdem; falls er es möchte…«

»Er möchte es nicht«, unterbrach sie ihn bestimmt.

Ein schwaches Lächeln nistete verborgen in Ians Augen.

»Dafür, daß du ihm noch nie begegnet bist, weißt du ja sehr gut, was er möchte.«

Sie lächelte ihn an, die Frühlingssonne warm auf ihren Schultern.

»Vielleicht tue ich das.«

»Aye, deine Mutter hat dir sicher von ihm erzählt. Und sie hat ihn gekannt, Sassenach oder nicht. Aber sie ist auch immer… etwas Besonderes gewesen, deine Mutter.«

»Ja.« Sie zögerte einen Augenblick, denn sie wollte mehr über Laoghaire hören, war sich aber nicht sicher, wie sie ihre Frage formulieren sollte. Ehe sie sich etwas überlegen konnte, stand er auf, strich seinen Kilt glatt, machte sich auf den Weg und zwang sie damit, aufzustehen und ihm zu folgen.

»Was ist ein Schattenbild, Onkel Ian?« fragte sie seinen Hinterkopf. Mit den Schwierigkeiten des Abstiegs beschäftigt, drehte er sich nicht um, doch sie sah, wie er leicht stolperte, als sein Holzbein in den lockeren Boden einsank. Am Fuß des Hügels wartete er auf seinen Stock gestützt auf sie.

»Du denkst an das, was Laoghaire gesagt hat?« fragte er. Ohne ihr

Nicken abzuwarten, wandte er sich um und humpelte am Fuß des Hügels entlang zu dem kleinen Bach, der durch die Felsen herabgeflossen kam.

»Ein Schattenbild ist, wenn man einen Menschen sieht, obwohl dieser weit weg ist«, sagte er. »Manchmal ist es jemand, der in der Ferne gestorben ist. Es bringt Unglück, ein solches Bild zu sehen, aber noch größeres Unglück, seinem eigenen zu begegnen – wenn das passiert, dann stirbt man.«

Es war die absolute Nüchternheit seines Tonfalls, die ihr einen Schauer über den Rücken jagte.

»Ich hoffe, es passiert mir nicht«, sagte sie. »Aber sie hat gesagt, Laoghaire...« Sie stolperte über den Namen.

»L'hiery«, verbesserte Ian. »Aye, stimmt. Es war bei ihrer Hochzeit mit Jamie, als Jenny das Bild deiner Mutter gesehen hat, das ist wahr. Da wußte sie, daß sie kein gutes Paar waren, aber es war zu spät, um es rückgängig zu machen.«

Er kniete sich umständlich auf sein gesundes Knie und spritzte sich Wasser aus dem Bach ins Gesicht. Brianna tat es ihm gleich und trank mehrere Hände voll kaltem, nach Torf schmeckendem Wasser. Da sie kein Handtuch hatte, zog sie sich den Hemdschoß aus dem Hosenbund und wischte sich das Gesicht ab. Sie erhaschte Ians schockierten Blick angesichts ihres nackten Bauches, und ließ abrupt den Hemdschoß fallen, wobei ihre Wangen rot anliefen.

»Du wolltest mir erzählen, warum mein Vater sie geheiratet hat«, sagte sie, um ihre Verlegenheit zu verbergen.

Ians Wangen hatten rote Flecken bekommen, und er wandte sich hastig ab und redete, um seine Verwirrung zu überspielen.

»Aye. Es war so, wie ich gesagt habe – als Jamie aus England kam, war es, als sei sein Lebensfunke verloschen, und es gab hier nichts, womit man ihn hätte wieder anfachen können. Ich weiß nicht genau, was in England geschehen ist, doch irgend etwas Schreckliches hat sich dort zugetragen, so wahr ich lebe.«

Er zuckte mit den Achseln, und seine Wangen nahmen wieder die normale, sonnenverbrannte Bräune an.

»Nach Culloden war er tief verletzt, doch wir hatten hier immer noch unseren eigenen Kampf auszufechten, und das hat ihn am Leben erhalten. Als er aus England zurückkam – da gab es hier nichts mehr für ihn.« Er sprach leise, die Augen zu Boden gerichtet, weil er auf dem felsigen Untergrund darauf achten mußte, wohin er trat.

»Also hat Jenny ihn mit Laoghaire verkuppelt.« Er sah sie mit leuchtenden Augen an.

»Du bist vielleicht alt genug, es zu wissen, auch wenn du noch nicht verheiratet bist. Was eine Frau für einen Mann tun kann – oder er für sie, nehme ich an. Ihn zu heilen, meine ich. Die Leere in ihm zu füllen.« Er berührte geistesabwesend sein verstümmeltes Bein. »Jamie hat Laoghaire aus Mitleid geheiratet, glaube ich – und wenn sie ihn wirklich gebraucht hätte – aye, na ja.« Er zuckte erneut die Achseln und lächelte sie an.

»Es hat keinen Zweck, darüber zu sinnieren, was hätte geschehen können oder sollen, nicht wahr? Aber er war schon einige Zeit vor der Rückkehr deiner Mutter aus Laoghaires Haus ausgezogen, das solltest du wissen.«

Brianna spürte einen schwachen Sog der Erleichterung.

»Oh. Das ist gut zu wissen. Und meine Mutter – als sie zurückkam...«

»Er war sehr glücklich, sie zu sehen«, sagte Ian schlicht. Diesmal erhellte das Lächeln sein ganzes Gesicht wie Sonnenschein. »Und ich auch.«

35

Bon Voyage

Sie fühlte sich unangenehm an das städtische Tierheim von Boston erinnert. Ein großer, dunkler Raum, von dessen Dachsparren es winselnd widerhallte und dessen Luft voller Tiergerüche hing. Das riesige Gebäude auf dem Marktplatz in Inverness beherbergte viele Unternehmen – Essensverkäufer, Viehmakler, Versicherungsagenten, Schiffsausrüster und Rekrutierungsoffiziere der Königlichen Marine, doch es war die in einer Ecke zusammengedrängte Gruppe von Männern, Frauen und Kindern, die der Illusion die größte Kraft verlieh.

Hier und dort standen ein Mann oder eine Frau aufrecht inmitten der Gruppe und drängten sich nach vorn, das Kinn vorgestreckt und die Schultern gerade, um ihre gute Gesundheit und geistige Kraft unter Beweis zu stellen. Doch der größte Teil dieser Menschen, die sich selbst zum Verkauf anboten, betrachtete die Vorbeigehenden argwöhnisch mit pfeilschnellen Blicken, deren Ausdruck zwischen Hoffnung und Angst erstarrt war – und sie allzusehr an die Hunde im Tierheim erinnerte, in das ihr Vater sie mitgenommen hatte, damit sie sich ein Haustier aussuchte.

Es hockten auch mehrere Familien mit Kindern dort, die sich an ihre Mütter klammerten oder ausdruckslos neben ihren Eltern verharrten. Brianna versuchte, den Blick abzuwenden; es waren schon immer die Welpen gewesen, die ihr das Herz gebrochen hatten.

Der kleine Jamie umkreiste die Gruppe langsam und hielt den Hut gegen seine Brust gepreßt, damit er nicht von der Menge zerdrückt wurde. Er hatte die Augen halb geschlossen, während er das Angebot studierte. Ihr Onkel Ian war zum Schiffahrtsbüro gegangen, um ihre Überfahrt nach Amerika zu arrangieren, und hatte es ihrem Vetter überlassen, einen Bediensteten auszusuchen, der sie auf der Reise begleiten sollte. Sie hatte vergeblich eingewandt, daß sie keinen Bediensteten brauchte; schließlich war sie – nach allem, was sie wußten – auch allein von Frankreich nach Schottland gereist und dabei in keinerlei Gefahr gewesen.

Die Männer hatten genickt und gelächelt und alle Zeichen höflicher Aufmerksamkeit an den Tag gelegt – und hier war sie nun und folgte Jamie gehorsam durch die Menschenmenge wie eins von Jennys Schafen. Langsam wurde ihr klar, was genau ihre Mutter gemeint hatte, als sie die Frasers mit »stur wie Felsbrocken« beschrieben hatte.

Trotz des Aufruhrs, der sie umgab, und ihrer Verärgerung über ihre männlichen Verwandten tat ihr Herz bei dem Gedanken an ihre Mutter einen kleinen, aufgeregten Sprung. Erst jetzt, da sie mit Sicherheit wußte, daß es ihrer Mutter gutging, konnte sie sich eingestehen, wie schmerzlich sie sie vermißt hatte. Und ihren Vater – jenen unbekannten Highlander, der für sie so plötzlich und unmittelbar lebendig geworden war, als sie seine Briefe gelesen hatte. Die Tatsache, daß ein Ozean zwischen ihnen lag, schien kaum mehr als eine kleine Unannehmlichkeit zu sein.

Ihr Vetter Jamie unterbrach ihre verträumten Gedanken, indem er ihren Arm ergriff und sich zu ihr hinüberbeugte, um ihr ins Ohr zu rufen.

»Der Kerl da drüben mit der Augenklappe«, sagte er in einem gedämpften Bellton und zeigte mit dem Kinn auf den fraglichen Herrn. »Was hältst du von ihm, Brianna?«

»Ich würde sagen, er sieht aus wie der Würger von Boston«, murmelte sie, dann rief sie lauter in das Ohr ihres Vetters »Er sieht aus wie ein Ochse! Nein!«

»Er ist kräftig, und er sieht ehrlich aus!«

Brianna fand, daß der fragliche Herr zu dumm aussah, um *un*ehrlich zu sein, doch sie sah davon ab, es auszusprechen, und schüttelte nur nachdrücklich den Kopf.

Jamie zuckte stoisch mit den Achseln und nahm seine Betrachtung der potentiellen Leibeigenen wieder auf. Er umkreiste diejenigen, die ihn besonders interessierten, und betrachtete sie eingehend auf eine Weise, die ihr wahrscheinlich extrem unhöflich vorgekommen wäre, hätten sich nicht diverse andere potentielle Arbeitgeber genauso verhalten.

»Pastetchen! Heiße Pastetchen!« Ein schrilles Kreischen durchschnitt den tosenden Lärm in der Halle, und als Brianna sich umdrehte, sah sie eine alte Frau, die sich unerschütterlich mit den Ellbogen ihren Weg bahnte. Ein dampfendes Tablett hing ihr um den Hals, und sie hatte einen Holzschieber in der Hand.

Der himmlische Duft von frischem, heißem Teig und würzigem Fleisch durchschnitt die anderen, beißenden Gerüche in der Halle. Er war genauso auffällig wie die Rufe der Frau. Das Frühstück war schon lange her, und Brianna grub in ihrer Tasche nach, während ihr das Wasser im Mund zusammenlief.

Ian hatte ihren Geldbeutel mitgenommen, um ihre Überfahrt zu bezahlen, doch sie hatte ein paar lose Münzen; sie hielt eine davon hoch und schwenkte sie hin und her. Die Pastetenverkäuferin sah das Silber aufblitzen, wechselte unverzüglich den Kurs und lavierte durch die schnatternde Menge. Vor Brianna drehte sie bei und streckte die Hand in die Höhe, um die Münze zu ergattern.

»Himmel hilf, eine Riesin!« sagte sie und entblößte grinsend ihre kräftigen, gelben Zähne, während sie den Kopf zurücklegte, um Brianna anzusehen. »Am besten nimmste zwei, Kleine. Eine reicht niemals für'n langes Luder wie dich!«

Köpfe wandten sich um, und Gesichter grinsten zu ihr hoch. Sie überragte die meisten Männer in ihrer Nähe um einen halben Kopf. Etwas verlegen über die Aufmerksamkeit, die sie erregte, warf Brianna dem nächstbesten Übeltäter einen kalten Blick zu. Dies schien den jungen Mann extrem zu amüsieren; er stolperte rückwärts gegen seinen Freund, faßte sich an die Brust und tat so, als sei er überwältigt.

»Mein Gott!« sagte er. »Sie hat mich angesehen! Mir bleibt das Herz stehen!«

»Och, tu dich weg«, spottete sein Freund und zog ihn hoch. »Sie hat *mich* angesehen; wer würde denn *dich* ansehen, wenn es auch anders geht?«

»Gar nicht wahr«, protestierte sein Freund. »Ich war's – stimmt's nicht, Süße?« Er schmachtete sie mit Kuhaugen an und sah dabei so lächerlich aus, daß sie gemeinsam mit der umstehenden Menge lachte.

»Und was würd'ste mit ihr anfangen, wenn du sie hättest, häh? Sie würde Kleinholz aus dir machen. Und jetzt ab mit dir, Junge«, sagte die Pastetenverkäuferin und knallte dem jungen Mann beiläufig ihren Holzschieber über den Hintern. »Vielleicht hast du ja nichts zu tun, aber ich schon. Und die junge Frau verhungert noch, wenn du nicht aufhörst, dich zum Narren zu machen, und sie etwas zu essen kaufen läßt, aye?«

»Sie sieht mir ganz wohlgenährt aus, Oma.« Briannas Verehrer ignorierte sowohl die Beleidigung als auch die Ermahnung und begaffte sie schamlos. »Und was den Rest angeht – hol mir 'ne Leiter, Bobby, ich hab' keine Höhenangst.«

Unter tobendem Gelächter wurde der junge Mann von seinen Freunden fortgezerrt. Er machte laute Kußgeräusche über seine Schulter hinweg, während er widerstrebend von dannen zog. Brianna nahm ihr Restgeld in Kupfermünzen entgegen und zog sich in eine Ecke zurück, um ihre beiden heißen Rindfleischpasteten zu essen. Ihr Gesicht war immer noch rot vom Lachen und vor Befangenheit.

Seit sie eine schlaksige Siebtklässlerin gewesen war, die all ihre Klassenkameraden überragte, war sie sich ihrer Größe nicht mehr so bewußt gewesen. Bei ihren hochgewachsenen Vettern hatte sie sich wohlgefühlt, doch es stimmte; hier stach sie hervor wie ein verletzter Daumen, obwohl sie Jennys Drängen nachgegeben und ihr Männergewand gegen ein Kleid ihrer Cousine Janet eingetauscht hatte, das hastig geändert und am Saum ausgelassen worden war.

Ihr Gefühl der Befangenheit wurde dadurch nicht besser, daß es zu dem Kleid keine Unterwäsche gab außer dem langen Hemd. Niemand schien etwas dabei zu finden, doch sie war sich des ungewohnten Gefühls der Luftigkeit in ihren unteren Gefilden genauso bewußt wie des merkwürdigen Gefühls, das ihre nackten Oberschenkel erzeugten, wenn sie beim Gehen aneinanderstreiften, denn ihre Seidenstrümpfe endeten knapp über dem Knie in einem Strumpfband.

Ihre Verlegenheit und das luftige Gefühl waren vergessen, als sie in die erste heiße Pastete biß. Es war ein dickes, halbmondförmiges, heißes Küchlein, gefüllt mit Hacksteak und Talg und mit Zwiebeln gewürzt. Eine Explosion aus heißem, schmackhaftem Saft und lockerem Pastetenteig erfüllte ihren Mund, und sie schloß selig die Augen.

»Das Essen war entweder furchtbar schlecht oder furchtbar gut«, hatte Claire gesagt, als sie ihre Abenteuer in der Vergangenheit beschrieb. »Das liegt daran, daß man nichts frischhalten kann; alles, was man ißt, ist entweder gepökelt oder in Schmalz konserviert, wenn es nicht halb ranzig ist – oder es stammt frisch von der Keule oder aus dem Garten, in welchem Fall es absolut phantastisch sein kann.«

Die Pastete war absolut phantastisch, entschied Brianna, auch wenn ihr pausenlos Krümel in den Ausschnitt fielen. Sie strich sich möglichst unauffällig über den Busen, doch die Menge hatte ihre Aufmerksamkeit verlagert – jetzt sah ihr niemand mehr zu.

Oder fast niemand. Ein schmaler, blonder Mann in einem schäbigen Rock war neben ihr aufgetaucht und machte kleine, nervöse Bewegungen, als wollte er sie am Ärmel zupfen, hätte aber nicht ganz den Mut dazu. Unsicher, ob er ein Bettler oder ein weiterer unverfrorener Freier war, sah sie ihn argwöhnisch von oben herab an.

»Ja?«

»Ihr – Ihr braucht einen Diener, Ma'am?«

Sie gab ihre Zurückhaltung auf, denn ihr wurde klar, daß er aus der Menge der Zwangsarbeiter gekommen sein mußte.

»Oh. Tja, ich würde nicht sagen, daß ich wirklich einen brauche, aber es sieht so aus, als würde ich trotzdem einen bekommen.« Sie blickte zu Jamie herüber, der gerade ein untersetztes Individuum mit Käferbrauen und den Schultern eines Dorfschmiedes befragte. Sie blickte wieder auf den kurzen Mann vor ihr; mit Jamies Maß gemessen machte er nicht viel her, doch mit ihrem...

»Seid Ihr interessiert?« fragte sie.

Der Ausdruck abgehärmter Nervosität wich nicht aus seinem Gesicht, doch in seinen Augen erschien ein flüchtiges Hoffnungsleuchten.

»Es – ich – also – nicht ich, nein. Aber könnt Ihr – vielleicht darüber nachdenken – würdet Ihr meine Tochter nehmen?« sagte er schließlich. »Bitte!«

»Eure Tochter?« Erschrocken blickte Brianna zu ihm herab und vergaß die halbgegessene Pastete.

»Ich bitte Euch, Ma'am!« Zu ihrer Überraschung standen Tränen in den Augen des Mannes. »Ihr könnt Euch nicht vorstellen, wie sehr ich Euch anflehe oder wie dankbar ich Euch wäre!«

»Aber – äh...« Brianna strich sich die Krümel aus dem Mundwinkel und fühlte sich furchtbar verlegen.

»Sie ist ein kräftiges Mädchen trotz ihrer Erscheinung, und sehr willig! Sie wird mit Freuden jeden Dienst für Euch erledigen, Ma'am, wenn Ihr ihren Vertrag übernehmt!«

»Aber warum sollte – also, wo ist das Problem?« sagte sie, und Neugier und Mitleid mit seinem offensichtlichen Unbehagen überwanden ihre Verlegenheit. Sie ergriff seinen Arm und zog ihn in den Schutz einer Ecke, wo der Lärm etwas schwächer war.

»Also, warum seid Ihr so wild darauf, daß ich Eure Tochter einstelle?«

Sie konnte sehen, wie sich seine Halsmuskeln bewegten, als er krampfhaft schluckte.

»Es gibt da einen Mann. Er – er will sie. Nicht als Dienstmädchen. Als seine – als seine – Konkubine.« Die Worte kamen als heiseres Flüstern, und ein tiefes Rot verfärbte sein Gesicht.

»Mmpfm«, sagte Brianna und entdeckte plötzlich, wie praktisch dieser zweideutige Ausdruck war. »Ich verstehe. Aber Ihr müßt Eure Tochter doch nicht zu ihm schicken, oder?«

»Ich habe keine Wahl.« Seine Qualen waren unübersehbar. »Mr. Ransom – der Makler – hat ihren Vertrag gekauft.« Er fuhr mit dem Kopf zurück und wies auf einen zäh aussehenden Herrn mit einer

Zopfperücke, der sich gerade mit Jamie unterhielt. »Er kann ihn überschreiben, auf wen er will – und er wird sie ohne Zögern diesem... diesem...« Die Verzweiflung überwältigte ihn, und die Worte blieben ihm im Hals stecken.

»Hier, nehmt das.« Hastig löste sie das große Halstuch von ihrem Mieder und gab es ihm. So sah sie zwar nicht mehr ganz schicklich aus, doch dies schien ein Notfall zu sein.

Jedenfalls war es für ihn eindeutig einer. Er tupfte sich blindlings über das Gesicht, bevor er das Tuch sinken ließ und ihre freie Hand zwischen die seinen nahm.

»Er ist ein Viehhändler; er ist zum Viehmarkt gegangen, um seine Tiere zu verkaufen. Wenn er damit fertig ist, kommt er mit dem Geld für ihren Vertrag zurück und nimmt sie in sein Haus in Aberdeen mit. Als ich gehört habe, wie er das zu Ransom sagte, wurde ich furchtbar verzweifelt. Ich habe zum Herrn dringend um ihre Erlösung gebetet. Und dann...« Er schluckte.

»Dann habe ich Euch gesehen – und Ihr saht so stolz und edel und freundlich aus – und ich dachte, vielleicht sind meine Gebete erhört worden. Oh, Ma'am, ich bitte Euch, ignoriert das Flehen eines Vaters nicht. Nehmt sie!«

»Aber ich fahre nach Amerika! Ihr würdet sie nie...« Sie biß sich auf die Lippe. »Ich meine, Ihr würdet sie – sehr lange nicht mehr wiedersehen.«

Jetzt wurde der verzweifelte Vater vollständig weiß. Er schloß die Augen und schien leicht zu schwanken und in die Knie zu gehen.

»Die Kolonien?« flüsterte er. Dann öffnete er die Augen wieder und biß die Zähne zusammen.

»Mir ist lieber, sie verläßt mich für immer und geht in die Wildnis, als daß sie vor meinen Augen entehrt wird.«

Brianna hatte keine Ahnung, was sie darauf erwidern sollte. Sie blickte hilflos über den Kopf des Mannes hinweg auf das Meer der auf- und abwippenden Köpfe.

»Äh... Eure Tochter... welche...?«

Das Flackern der Hoffnung in seinen Augen wurde zu einer offenen Flamme von erschreckender Intensität.

»Gott segne Euch, meine Dame! Ich bringe sie sofort zu Euch!«

Er drückte ihr heftig die Hand und schoß dann in die Menge. Sie blieb zurück und starrte ihm nach. Im nächsten Augenblick zuckte sie hilflos mit den Achseln und bückte sich, um ihr am Boden liegendes Halstuch aufzuheben. Wie war *das* nur gekommen? Und was in Gottes Namen würde ihr Onkel und ihr Vetter sagen, wenn sie...

»Das ist Elizabeth«, verkündete eine atemlose Stimme. »Tu, was sich bei einer Dame gehört, Lizzie.«

Brianna sah nach unten und stellte fest, daß ihr die Entscheidung abgenommen war.

»O je«, murmelte sie beim Anblick des ordentlichen Scheitels in der Mitte des kleinen Kopfes, der sich tief vor ihr verneigte. »Eine Welpe.«

Der Kopf kam wieder hoch und sie sah sich einem schmalen, ausgehungert aussehenden Gesicht gegenüber, in dem angstvolle, graue Augen den Großteil des vorhandenen Platzes einnahmen.

»Eure Dienerin, Ma'am«, sagte der kleine, blaßlippige Mund. Oder zumindest sah es so aus, als hätte sie das gesagt; das Mädchen sprach so leise, daß sie bei all dem Lärm nicht zu hören war.

»Sie wird Euch eine gute Dienerin sein, Ma'am, wirklich!« Die eifrige Stimme des Vaters war besser verständlich. Sie sah ihn an; es bestand eine starke Ähnlichkeit zwischen Vater und Tochter, beide hatten das gleiche feine, blonde Haar, die gleichen schmalen, verschreckten Gesichter. Sie waren beinahe gleich groß, doch das Mädchen war so schmal, daß sie wie der Schatten ihres Vaters wirkte.

»Äh...hallo.« Sie lächelte das Mädchen an und versuchte, einen beruhigenden Eindruck zu machen. Das Mädchen legte angstvoll den Kopf zurück und sah zu ihr hinauf. Sie schluckte sichtbar und fuhr sich mit der Zunge über die Lippen.

»Ah...wie alt bist du, Lizzie? Darf ich dich Lizzie nennen?«

Der kleine Kopf nickte auf einem Hals, der aussah wie der Stengel eines Wildpilzes; lang, farblos und grenzenlos zerbrechlich. Das Mädchen flüsterte etwas, das Brianna nicht hörte; sie sah den Vater an, der bereitwillig antwortete.

»Vierzehn, Ma'am. Aber sie kann außerordentlich gut kochen und nähen, ist sehr sauber, und Ihr werdet keine gehorsamere und willigere Seele finden!«

Er stand hinter seiner Tochter, hatte die Hände auf ihre Schultern gelegt, und sein Griff war so fest, daß seine Fingerknöchel weiß durchschienen. Sein Blick traf Briannas. Seine Augen waren blaßblau und flehend. Seine Lippen bewegten sich – tonlos, doch sie hörte ihn deutlich.

»Bitte«, sagte er.

Hinter ihm konnte Brianna ihren Onkel sehen, der in die Halle gekommen war. Er sprach mit Jamie, der glatthaarige und der Lockenkopf in leiser Unterhaltung einander zugeneigt. Eine Sekunde noch, dann würden sie sie suchen.

Sie holte tief Luft und richtete sich zu voller Größe auf. Also gut, und wenn man es bei Licht betrachtete, dachte sie, dann war sie genausosehr eine Fraser wie ihr Vetter. Sollten sie doch herausfinden, wie stur ein Felsbrocken wirklich sein konnte. Sie lächelte das Mädchen an, streckte ihr die Hand hin und bot ihr die zweite, unangetastete Pastete an.

»Abgemacht, Lizzie. Willst du es mit einem Bissen besiegeln?«

»Sie hat mein Essen verspeist«, sagte Brianna mit aller Selbstsicherheit, die sie aufbringen konnte. »Sie gehört zu mir.«

Zu ihrer großen Überraschung setzte diese Feststellung dem Streit endlich ein Ende. Ihr Vetter sah zwar so aus, als wollte er seine Strafpredigt noch fortsetzen, doch ihr Onkel legte seine Hand auf Jamies Arm, um ihn zum Schweigen zu bringen. Ians überraschter Gesichtsausdruck verwandelte sich in eine Art belustigten Respekt.

»Hat sie das?« Er sah Lizzie an, die hinter Brianna kauerte, und seine Lippen zuckten. »Mmpfm. Tja, dann kann man wohl nichts mehr sagen, oder?«

Der kleine Jamie war sich in diesem Punkt mit seinem Vater offensichtlich nicht einig; ihm fiel alles mögliche ein, was er sagen konnte.

»Aber so ein junges Mädchen – sie ist doch völlig unbrauchbar!« Er schwenkte verächtlich die Hand in Lizzies Richtung und runzelte die Stirn. »Sie ist ja nicht einmal groß genug, um das Gepäck zu tragen, ganz zu schweigen von...«

»Ich bin groß genug, um mein Gepäck selbst zu tragen, danke«, warf Brianna ein. Sie runzelte die Augenbrauen und zahlte ihrem Vetter den finsteren Blick mit gleicher Münze zurück. Dabei richtete sie sich auf, um ihre Größe zu betonen.

Er registrierte dies mit einer hochgezogenen Augenbraue, gab aber nicht auf.

»Eine Frau sollte nicht allein reisen...«

»Ich werde nicht allein sein. Ich habe Lizzie.«

»...und schon gar nicht an einen Ort wie Amerika! Also, es ist...«

»Man könnte meinen, es wäre das Ende der Welt, wenn man dich reden hört, und dabei hast du es noch nie selbst gesehen!« sagte Brianna ungeduldig. »Ich bin in Amerika *geboren*, Himmel noch mal!«

Onkel und Vetter starrten sie mit dem gleichen schockierten Gesichtsausdruck an. Sie ergriff die Gelegenheit, um ihren Vorsprung auszubauen.

»Es ist mein Geld, mein Dienstmädchen und meine Reise. Ich habe ihr mein Wort gegeben, und ich halte es auch!«

Ian rieb sich mit dem Knöchel über die Oberlippe und unterdrückte ein Grinsen. Er schüttelte den Kopf.

»Man sagt, nur besonders kluge Kinder wissen, wer ihr Vater ist, aber ich glaube nicht, daß man irgendwelchen Zweifel daran haben kann, wer deiner ist, Kleine. Deine lange Nase und die roten Locken hättest du überall herhaben können, aber deine Sturheit hast du von keinem anderen als Jamie Fraser.«

Verlegene Röte stieg ihr in die Wangen, doch Brianna spürte ein seltsames Aufflackern von etwas, das Vergnügen sein mußte.

Der kleine Jamie hatte zwar in dem Streit Federn gelassen, doch er machte einen letzten Versuch.

»Es gehört sich nicht für eine Frau, ihre Meinung so offen zu sagen, schon gar nicht, wenn sich ihre Begleiter um sie kümmern können«, sagte er steif.

»Du meinst, Frauen sollten keine eigene Meinung haben?« fragte Brianna honigsüß.

»Ja, das meine ich!«

Ian warf seinem Sohn einen langen Blick zu.

»Und du bist, wie lange, acht Jahre verheiratet?« Er schüttelte den Kopf. »Aye, na ja, deine Joan ist sehr taktvoll.« Ohne Jamies tiefschwarzen Blick zu beachten, wandte er sich wieder an Lizzie.

»Also gut. Geh und verabschiede dich von deinem Vater, Kleine. Ich kümmere mich um deine Papiere.« Er sah zu, wie Lizzie davonhuschte, die schmalen Schultern zum Schutz vor der Menge hochgezogen. Er schüttelte ein wenig skeptisch den Kopf und wandte sich wieder an Brianna.

»Na ja, vielleicht ist sie eine angenehmere Begleitung für dich als ein männlicher Bediensteter, Kleine, aber in einer Sache hat dein Vetter recht – sie kann dich nicht beschützen. Es wird eher so sein, daß du auf sie aufpaßt.«

Brianna richtete sich auf und streckte das Kinn vor. Der plötzlichen Leere zum Trotz, die sie befiel, brachte sie soviel Selbstbewußtsein auf, wie sie nur konnte.

»Ich komme schon klar«, sagte sie.

Sie hielt die Finger fest gekrümmt und klammerte sich an den Stein in ihrer Handfläche. Wenigstens etwas, woran sie sich festhalten konnte, als der Moray Firth sich weitete und in die offene See überging und Schottlands schützendes Ufer auf beiden Seiten zurückwich.

Wie kam es nur, daß sie so starke Gefühle für ein Land empfand, das sie kaum kannte? Lizzie, die in Schottland geboren und aufgewachsen war, hatte keinen Blick für das schwindende Land übriggehabt, sondern war sofort unter Deck gegangen, um ihnen einen Platz zu sichern und die wenigen Besitztümer, die sie dabeihatten, zu verstauen.

Brianna hatte sich selbst nie als Schottin betrachtet – hatte bis vor kurzem keine *Ahnung* gehabt, daß sie Schottin war –, und doch hatten der Abschied von ihrer Mutter oder der Tod ihres Vaters sie kaum mehr erschüttert als dieser Abschied von Menschen und einer Gegend, die sie gerade erst kennengelernt hatte.

Vielleicht ließ sie sich auch nur von den Emotionen der anderen Passagiere anstecken. Viele standen genau wie sie an der Reling, und einige weinten ganz offen. Oder die Furcht vor der langen Reise, die ihr bevorstand. Doch sie wußte sehr gut, daß es keins von diesen Dingen war.

»Das war's dann wohl.« Es war Lizzie, die schließlich doch neben ihr auftauchte, um den letzten Anblick des Festlandes verschwinden zu sehen. Ihr schmales, blasses Gesicht war ausdruckslos, doch Brianna verwechselte den fehlenden Ausdruck nicht mit dem Fehlen von Gefühlen.

»Ja, wir sind unterwegs.« Aus einem Impuls heraus streckte Brianna die Hand aus und zog das Mädchen an sich, so daß sie vor ihr an der Reling stand, gleichermaßen vor dem auffrischenden Wind und den Stößen der Passagiere und Seeleute geschützt. Lizzie war einen guten Kopf kürzer als Brianna und so zart gebaut wie die schlanken, rußfarbenen Seeschwalben, die die Masten umkreisten und über ihren Köpfen kreischten.

Um diese Jahreszeit ging die Sonne nicht wirklich unter, sondern sie hing tief über den schwarzen Hügeln, und die Luft über dem Firth war sehr kalt geworden. Das Mädchen war dünn angezogen; sie zitterte und drückte sich ganz unbefangen an Brianna, um sich zu wärmen. Brianna hatte von Jenny ein blaues *Arisaid* bekommen; sie schlang die Arme und die Enden des Schultertuches um das jüngere Mädchen und fand in der Umarmung ebensoviel Trost wie sie spendete.

»Es wird alles gut«, sagte sie zu sich selbst genauso wie zu Lizzie.

Der hellblonde Kopf wackelte kurz unter ihrem Kinn; sie konnte nicht sagen, ob es ein Nicken war oder ob Lizzie nur versuchte, ihre Augen von den vom Wind zerzausten Haarsträhnen zu befreien. Auch aus ihrem eigenen Zopf hatten sich verfilzte Löckchen gelöst und flatterten in der steifen, salzigen Brise wie ein Echo des Sogs der riesigen Segel über ihr. Trotz ihrer Zweifel frischten ihre Lebensgeister mit dem Wind auf. Sie hatte schon so manchen Abschied überstanden; sie würde auch diesen ertragen. Das war es, was diesen Abschied so schwer machte, dachte sie. Sie hatte bereits ihren Vater, ihre Mutter, ihren Liebsten, ihr Zuhause und ihre Freunde verloren. Sie war allein, weil es nicht anders ging und weil sie sich so entschieden hatte. Doch so unerwartet in Lallybroch wieder ein Zuhause und eine Familie zu finden, hatte sie überrumpelt. Sie hätte beinahe alles gegeben, um zu bleiben – nur noch ein bißchen.

Doch sie hatte Versprechungen einzulösen und Verluste wiedergutzumachen. Dann konnte sie heimkehren. Nach Schottland. Und zu Roger.

Sie bewegte ihren Arm und spürte sein schmales Silberband warm auf ihrem Handgelenk unter dem Schultertuch, das Metall von ihrer Haut erwärmt. *Un peu... beaucoup...* Ihre andere Hand, mit der sie das Tuch zusammenhielt, war dem Wind ausgesetzt und feucht von der Gischt. Wenn sie nicht so kalt gewesen wäre, hätte sie vielleicht die plötzliche Wärme des Tropfens nicht bemerkt, der ihr auf den Handrücken fiel.

Lizzie stand stocksteif da und hatte die Arme fest um sich selbst geschlungen. Ihre Ohren waren groß und durchsichtig, ihr feines, dünnes Haar lag glatt an ihrem Schädel. Ihre Ohren standen ab wie die eines Mäuschens, zart und zerbrechlich im sanften, gedämpften Licht der niedrigen Nachtsonne.

Brianna hob die Hand und wischte die Tränen weg, die sie ertasten konnte. Ihre Augen waren trocken und ihre Zähne fest zusammengebissen, als sie über Lizzies Kopf hinweg zum Festland hinübersah, doch das kalte Gesicht und die zitternden Lippen, die sie mit der Hand spürte, hätten genausogut ihre eigenen sein können.

Sie standen noch eine Zeitlang schweigend da, bis das Land vollständig verschwunden war.

36

Es gibt kein Zurück

Inverness, Juli 1769
Roger ging langsam durch die Stadt und sah sich mit einer Mischung aus Faszination und Entzücken um. Inverness hatte sich in den letzten zweihundert Jahren ziemlich verändert, kein Zweifel, und doch war es eindeutig dieselbe Stadt; sicher, es war ein ganzes Stück kleiner, und die Hälfte seiner schlammigen Straßen war ungepflastert, und doch *kannte* er die Straße, die er gerade entlangspazierte, war sie schon hundert Mal entlangspaziert.

Es war die Huntly Street, und während die meisten der kleinen Geschäfte und Gebäude ihm neu waren, stand am anderen Flußufer die Old High Church – zur Zeit noch nicht ganz so alt –, und ihr stämmiger Turm war so kantig wie eh und je. Wenn er jetzt eintreten würde, würde doch bestimmt gerade Mrs. Dunvegan, die Frau des Pfarrers, die Blumen für den Sonntagsgottesdienst auf der Kanzel arrangieren, oder? Nein, das würde sie nicht – Mrs. Dunvegan mit ihren dicken Wollpullovern und den fürchterlichen Napfkuchen, mit denen sie die kranken Gemeindemitglieder traktierte, gab es noch gar nicht. Und doch stand die kleine Steinkirche fest und vertraut da, in der Obhut eines Fremden.

Die Kirche seines Vaters war noch nicht da; sie war – würde? – 1837 gebaut worden. Ebenso hatte man das Pfarrhaus, das ihm immer so alt und gebrechlich vorgekommen war, erst Anfang des zwanzigsten Jahrhunderts gebaut. Er war an dem Grundstück vorbeigekommen; im Augenblick befand sich dort nur ein Dickicht aus Fingerkraut und Ginster, und ein einzelner Ebereschenschößling sproß aus dem Unterholz hervor und ließ sein Laub im sanften Wind flattern.

Dieselbe feuchte Kühle lag in der Luft, frisch und kribbelnd – doch der allgegenwärtige Gestank der Autoabgase fehlte und war einem schwachen Abwassergeruch gewichen. Was ihm am meisten auffiel, war das Fehlen der Kirchen; dort, wo eines Tages beide Ufer von vornehmen Türmen und Spitzdächern nur so wimmeln würden, verteilten sich jetzt nur kleine Häuser.

Es gab nur die eine, steinerne Fußgängerbrücke, doch der River Ness war ganz der alte. Der Fluß war nicht tief, in den Stromschnellen saßen die gleichen Möwen und kreischten sich gegenseitig zu, während sie zwischen den Steinen, die gerade eben unter der Wasseroberfläche lagen, kleine Fische fingen.

»Viel Glück, Kumpel«, sagte er zu einer feisten Möwe, die auf der Brücke saß, und ging über den Fluß in die Stadt.

Hier und dort stand ein elegantes Anwesen, abgeschirmt durch ein großes Grundstück, eine Dame von Welt, die ihre Röcke ausbreitete und die Anwesenheit des umstehenden Pöbels ignorierte. In einiger Entfernung von ihm stand Mountgerald; das große Haus sah exakt so aus, wie er es in Erinnerung hatte, nur daß die großen Rotbuchen, die es später umgeben würden, noch nicht gepflanzt waren; statt dessen lehnte sich eine Reihe spindeldürrer, italienischer Zypressen traurig an die Gartenmauer und machten ganz den Eindruck, als hätten sie Heimweh nach ihrem sonnigen Geburtsland.

Trotz seiner Eleganz sagte man Mountgerald nach, das Haus sei in der denkbar ältesten Tradition gebaut worden – indem man das Fundament über einem Menschenopfer errichtete. Der Sage nach hatte man einen Arbeiter in das Kellerloch gelockt und ihm von der neu gebauten Mauer aus einen Stein auf den Kopf fallen lassen, der ihn erschlug. Er war – so besagte die Lokalgeschichte – dort im Keller begraben worden, sein Blut ein Sühneopfer für die hungrigen Erdgeister, welche somit zufriedengestellt gestattet hatten, daß das Gebäude die Jahre blühend und unbehelligt überstand.

Im Augenblick konnte das Haus nicht älter sein als zwanzig oder dreißig Jahre. Es war gut möglich, daß noch Menschen in der Stadt lebten, die an seiner Errichtung mitgearbeitet hatten; die genau wußten, was in diesem Keller geschehen war, wem und warum.

Doch er hatte anderes zu tun; Mountgerald und sein Geist würden ihr Geheimnis für sich behalten müssen. Mit einem leisen Stich des Bedauerns ließ er das große Haus hinter sich und wandte seine Historikernase der Straße zu, die flußabwärts zu den Docks führte.

Mit einem Gefühl, das man nur als déjà vu bezeichnen konnte, schob er die Tür einer Kneipe auf. Der Fachwerkeingang mit dem Steinfußboden war derselbe, den er noch vor einer Woche gesehen hatte – und in zweihundert Jahren –, und der vertraute Geruch von Hopfen und Gerste in der Luft tröstete seine Lebensgeister. Der Name hatte sich verändert, doch der Biergeruch nicht.

Roger trank einen tiefen Schluck aus seinem Holzbecher und verschluckte sich fast. »Alles in Ordnung, Mann?« Der Wirt blieb stehen, einen Eimer Sand in der Hand, und sah Roger an.

»Klar«, sagte Roger heiser. »Alles klar.«

Der Wirt nickte und streute weiter seinen Sand aus, doch er behielt Roger aus Erfahrung im Blick für den Fall, daß dieser drohte, sich auf den frisch gekehrten und mit Sand bestreuten Boden zu übergeben.

Roger hustete und räusperte sich, dann probierte er vorsichtig noch einen Schluck. Der Geschmack war in Ordnung; er war sogar sehr gut. Es war der Alkoholgehalt, mit dem er nicht gerechnet hatte; dieses Zeug hatte es in sich wie kein modernes Bier, das Roger je untergekommen war. Claire hatte gesagt, Alkoholismus sei typisch für diese Zeit, und Roger konnte gut sehen, warum. Wenn allerdings Alkoholismus das größte Problem gewesen wäre, dem er sich gegenübersah, dann hätte er damit umgehen können.

Er saß still an der Feuerstelle, trank und genoß das dunkle, bittere Gebräu, während er beobachtete und die Ohren spitzte.

Es war eine Hafenkneipe, und sie war gut besucht. Da sie so nah an den Docks am Moray Firth lag, beherbergte sie Schiffskapitäne und Kaufleute ebenso wie Matrosen von den Schiffen, die im Hafen vor Anker lagen, und Hafenarbeiter und Arbeiter aus den umliegenden Lagerhäusern. Auf den bierfleckigen Oberflächen ihrer zahlreichen Tische wurde eine Vielzahl von Geschäften besiegelt.

Mit halbem Ohr konnte Roger hören, wie ein Vertrag für die Verschiffung von dreihundert Ballen billigen Drogettstoffes aus Aberdeen in die Kolonien abgeschlossen wurde, der gegen eine Schiffsladung Reis und Indigo aus Carolina ausgetauscht werden sollte. Hundert Gallowayrinder, sechs Zentner Kupfer, Fässer mit Schwefel, Melasse und Wein. Mengen und Preise, Lieferdaten und -bedingungen trieben durch das Gerede und den Biergeruch der Kneipe wie die dichten, blauen Tabakrauchwolken, die knapp unter den niedrigen Deckenbalken schwebten.

Doch es wurde nicht nur mit Waren gehandelt. In einer Ecke saß ein Schiffskapitän, wie man an seinem langschößigen Rock und dem feinen, schwarzen Dreispitz erkennen konnte, der neben seinem Ellbogen auf dem Tisch lag. Ein Gehilfe assistierte ihm, und Hauptbuch und Geldkassette lagen vor ihm auf dem Tisch, während er einen unablässigen Strom von Menschen anhörte, Emigranten, die für sich und ihre Familien eine Möglichkeit zur Überfahrt in die Kolonien suchten.

Roger beobachtete die Vorgänge unauffällig. Das Schiff sollte nach

Virginia fahren, und nachdem er einige Zeit zugehört hatte, schloß er, daß die Fahrtkosten für einen männlichen Passagier – wenn er wie ein feiner Herr reisen wollte – zehn Pfund und acht Schillinge betrug. Wer willens war, im Zwischendeck zu reisen, zusammengepfercht wie die Fässer und das Vieh unten im Frachtraum, konnte für vier Pfund, zwei Schillinge pro Nase an Bord gehen, wenn er die Verpflegung für die sechswöchige Reise selbst mitbrachte. Trinkwasser, so verstand er, wurde zur Verfügung gestellt.

Für jene, die die Überfahrt begehrten, sie aber nicht finanzieren konnten, gab es andere Möglichkeiten.

»Zwangsarbeit für Euch, Eure Frau und Eure beiden älteren Söhne?« Der Kapitän legte abschätzend den Kopf schräg und betrachtete die Familie, die vor ihm stand. Ein kleiner, sehniger Mann, der vielleicht Anfang Dreißig war, aber viel älter aussah, schäbig und von der Arbeit gebeugt. Seine Frau, vielleicht ein wenig jünger, die hinter ihrem Mann stand, die Augen fest auf den Boden geheftet, und zwei kleine Mädchen fest an den Händen hielt. Die älteren Jungen standen bei ihrem Vater und gaben sich Mühe, männlich zu wirken. Roger hielt sie für vielleicht zehn und zwölf, unter Berücksichtigung der Unterernährung, die für ihre schwächliche Statur verantwortlich war.

»Ihr selbst und die Jungen, aye, das geht«, sagte der Kapitän. Er blickte stirnrunzelnd auf die Frau, die ihren Blick nicht hob. »Niemand wird eine Frau mit so vielen Kindern kaufen – vielleicht kann sie eins behalten. Aber die Mädchen müßt Ihr verkaufen.«

Der Mann sah sich nach seiner Familie um. Seine Frau hielt den Kopf gesenkt, unbeweglich, ohne irgend etwas anzusehen. Eins der Mädchen zuckte und wand sich jedoch und beschwerte sich leise, daß ihre Hand zerquetscht würde. Der Mann wandte sich wieder um.

»Gut«, sagte er mit gedämpfter Stimme. »Können sie – dürfen sie vielleicht – zusammen gehen?«

Der Kapitän rieb sich mit der Hand über den Mund und nickte beiläufig.

»Sehr wahrscheinlich.«

Roger wartete die Details der Transaktion nicht ab. Er stand abrupt auf und verließ die Kneipe; das dunkle Bier schmeckte ihm nicht mehr.

Draußen auf der Straße blieb er stehen und befühlte die Münzen in seiner Tasche. Es war alles, was er in der Zeit, die ihm zur Verfügung stand, an passendem Geld hatte auftreiben können. Allerdings hatte er gedacht, daß es reichen würde; er war kräftig gebaut und hatte einiges Vertrauen in seine Fähigkeiten. Doch die kleine Szene, die er in der Kneipe erlebt hatte, hatte ihn erschüttert.

Er war mit der Geschichte der Highlands aufgewachsen. Er wußte sehr gut, was eine Familie so tief in die Verzweiflung treiben konnte, daß sie dauerhafte Trennung und Quasi-Sklaverei als Preis für das Überleben in Kauf nahm.

Er wußte alles über die Verkäufe von Ländereien, mit denen man die kleinen Pächter von dem Land vertrieb, das ihre Familien seit Hunderten von Jahren bestellt hatten, alles über die fürchterlichen Armuts- und Hungerzustände in den Städten, über die schlichte Unmöglichkeit, in dieser Zeit in Schottland sein Dasein zu fristen. Und doch hatten ihn all die Jahre der Lektüre nicht auf den Blick im Gesicht dieser Frau vorbereitet, die ihre Augen fest auf den frisch mit Sand bestreuten Boden heftete und die Hände ihrer Töchter krampfhaft mit den ihren umklammerte.

Zehn Pfund, acht Schillinge. Oder vier Pfund und zwei. Plus was auch immer die Lebensmittel kosten mochten. Er hatte exakt vierzehn Schillinge und drei Pence in seiner Tasche, außerdem eine Handvoll Kupferkleingeld und ein paar Farthings.

Er ging langsam durch die Straße, die am Meer entlangführte, und blickte auf die Ansammlung von Schiffen, die an den Holzdocks angelegt hatte. Zum Großteil Fischketschen, kleine Galeeren und Briggs, die entlang des Firths ihren Geschäften nachgingen oder im Höchstfall über den Kanal fuhren und Fracht und Passagiere nach Frankreich brachten. Nur drei große Schiffe lagen im Firth vor Anker, von der Größe, die den Winden der Atlantiküberfahrt trotzen konnte.

Er konnte natürlich nach Frankreich übersetzen und von dort ein Schiff nehmen. Oder auf dem Landweg nach Edinburgh reisen, welches einen viel größeren Hafen hatte als Inverness. Doch dann würde es schon sehr spät im Jahr für eine Überfahrt sein. Brianna war ihm bereits sechs Wochen voraus; er durfte keine Zeit mehr verlieren, sie zu finden – weiß Gott, was einer Frau allein hier zustoßen konnte.

Vier Pfund, zwei Schillinge. Nun, er konnte natürlich arbeiten. Da er weder Frau noch Kinder zu versorgen hatte, würde er den Großteil seines Verdienstes sparen können. Aber da ein normaler Bürogehilfe etwa zwölf Pfund im Jahr verdiente und er wahrscheinlich eher Arbeit als Stallknecht als in der Buchhaltung finden würde, waren seine Chancen, das Geld für die Überfahrt in absehbarer Zeit zusammenzusparen, herzlich gering.

»Immer der Reihe nach«, murmelte er. »Finde erst mal heraus, wohin sie gefahren ist, bevor du dir den Kopf zerbrichst, wie du selbst dorthin kommst.«

Er nahm die Hand aus der Tasche und wandte sich, zwischen zwei

Lagerhäusern hindurch, nach rechts in eine enge Gasse. Seine Hochstimmung vom Morgen war zum Großteil verflogen, doch ein wenig davon kehrte zurück, als er sah, daß er richtig geraten hatte; das Büro des Hafenmeisters war genau dort, wo es seines Wissens nach sein mußte – in demselben flachen Steingebäude, in dem es auch in zweihundert Jahren noch sein würde. Roger lächelte mit ironischem Humor; Schotten waren nicht geneigt, Veränderungen nur um ihrer selbst willen durchzuführen.

Innen war es voll und geschäftig, und vier abgehetzte Bürogehilfen saßen hinter einer abgenutzten Holztheke, schrieben und stempelten, trugen Papierbündel hin und her, nahmen Geld entgegen und trugen es sorgsam in ein innenliegendes Büro, aus welchem sie Sekunden später mit Japanlacktabletts wieder herauskamen, auf denen Quittungen lagen.

Ein Gedränge ungeduldiger Männer preßte sich gegen die Theke, und jeder von ihnen bemühte sich, mit Hilfe seiner Stimme und Haltung zu signalisieren, daß sein Anliegen dringender war als das seines Nachbarn. Als es Roger jedoch erst einmal gelungen war, die Aufmerksamkeit eines der Angestellten für sich zu beanspruchen, stellte sich heraus, daß er ohne Probleme die Register der Schiffe einsehen konnte, die in den letzten paar Monaten aus Inverness abgesegelt waren.

»Halt, wartet«, sagte er zu dem jungen Mann, der ihm ein großes, ledergebundenes Buch über die Theke zuschob.

»Aye?« Der Bürogehilfe war rot vor Eile und hatte einen Tintenklecks auf der Nase, hielt aber höflich mitten im Lauf inne.

»Was verdient Ihr hier?« fragte Roger.

Die hellen Augenbrauen des Mannes gingen in die Höhe, doch er hatte es viel zu eilig, um Rückfragen zu stellen oder über die Frage beleidigt zu sein.

»Sechs Schillinge die Woche«, sagte er kurz und verschwand, als jemand aus dem Büro hinter der Theke verärgert »Munro!« rief.

»Mmpfm.« Roger schob sich durch die Menge zurück und trug das Registerbuch zu einem kleinen Tisch am Fenster, fort vom Hauptverkehr.

Da er gesehen hatte, unter welchen Bedingungen die Schreiber arbeiteten, war Roger beeindruckt von der Lesbarkeit der handgeschriebenen Register. Er war an die archaische Schreibweise und Interpunktion gewöhnt, wenn auch die Dokumente, die er gewöhnlich zu sehen bekam, immer vergilbt und empfindlich waren, kurz vor der Auflösung. Als Historiker empfand er einen merkwürdigen, leisen Nervenkitzel dabei, die Seiten frisch und weiß vor sich zu sehen und dahinter den Schreiber, der an einem hohen Tisch saß und seine Einträge machte, so schnell er schreiben konnte, die Schultern gegen den Andrang im Zimmer hochgezogen.

Du schiebst es nur vor dir her, sagte eine kalte, leise Stimme in seinem Kopf. *Entweder ist sie hier, oder sie ist es nicht; daß du Angst hast nachzusehen, wird nichts daran ändern. Mach voran!*

Roger holte tief Luft und schlug das dicke Hauptbuch auf. Die Namen der Schiffe standen in sauberen Buchstaben am Kopf der Seiten, gefolgt von den Namen ihrer Kapitäne und Maate, ihrer Hauptfracht und dem Tag der Abfahrt. *Arianna. Polyphemus. Lustige Witwe. Tiburon.* Trotz seiner Anspannung mußte er die Schiffsnamen bewundern, während er die Seiten durchblätterte.

Eine halbe Stunde später hatte er aufgehört, über Poetisches und Pittoreskes zu staunen; statt dessen nahm er die einzelnen Schiffsnamen kaum noch wahr, während er mit wachsender Verzweiflung mit dem Finger über die Seiten fuhr. Nicht hier, sie war nicht hier!

Doch sie mußte, argumentierte er mit sich selbst. Sie *mußte* ein Schiff in die Kolonien genommen haben, wo zum Teufel konnte sie sonst sein? Es sei denn, sie hatte die Notiz doch nicht gefunden... aber das Übelkeitsgefühl unter seinen Rippen versicherte ihm, daß sie sie gefunden hatte; nichts anderes hätte sie dazu bewegen können, den Weg durch die Steine zu riskieren.

Er holte tief Luft und schloß seine Augen, die die Ermüdung vom Lesen der handgeschriebenen Seiten zu spüren begannen. Dann öffnete er die Augen, wandte sich erneut dem ersten in Frage kommenden Register zu und begann von vorne zu lesen, wobei er die einzelnen Namen verbissen vor sich hin murmelte, um sicherzugehen, daß er keinen überlas.

Mr. Phineas Forbes, Privatmann.
Mrs. Wilhelmina Forbes.
Master Joshua Forbes.
Mrs. Josephine Forbes.
Mrs. Eglatine Forbes.
Mrs. Charlotte Forbes.

Er lächelte vor sich hin bei dem Gedanken an Mr. Phineas Forbes, umgeben von seinen Frauen. Obwohl er wußte, daß »Mrs.« hier manchmal nur die abgekürzte Form von »Mistress« war und demzufolge sowohl für verheiratete als auch für unverheiratete Frauen benutzt wurde – anstelle des »Miss« für kleine Mädchen – sah er im Geiste das unwiderstehliche Bild von Phineas vor sich, der selbstsicher den Zug seiner vier Ehefrauen anführte, während Master Joshua zweifellos die Nachhut bildete.

Mr. William Talbot, Kaufmann.
Mr. Peter Talbot, Kaufmann.
Mr. Jonathan Bicknell, Arzt.
Mr. Robert MacLeod, Bauer.
Mr. Gordon MacLeod, Bauer.
Mr. Martin MacLeod, Bauer...

Auch bei diesem Durchgang keine Randalls. Nicht auf der *Persephone*, der *Rache der Königin* oder der *Phoebe*. Er rieb sich die schmerzenden Augen und begann mit dem Register der *Phillip Alonzo*. Ein spanischer Name, doch es segelte unter schottischer Flagge. Abfahrt von Inverness unter dem Kommando von Kapitän Patrick O'Brian.

Er hatte noch nicht aufgegeben, machte sich aber bereits Gedanken darüber, was er als nächstes tun sollte, wenn er sie nicht in den Registern aufgelistet fand. Lallybroch natürlich. Er war einmal dort gewesen, in seiner eigenen Zeit, und hatte die verlassenen Überreste des Gehöftes aufgesucht; würde er es jetzt finden, ohne Hilfe von Straßen und Schildern?

Seine Gedanken kamen mit einem Ruck zum Stehen, als sein wandernder Finger fast am Boden der Seite anhielt. Nicht Brianna, nicht der Name, den er suchte, aber doch ein Name, bei dem es in seinem Kopf klingelte. *Fraser* stand da in der schrägen, klaren, schwarzen Schrift. *Mr. Brian Fraser*. Nein, nicht Brian. Und auch nicht Mister. Er beugte sich tiefer über das Blatt und blinzelte auf die verkrampften, schwarzen Buchstaben.

Er schloß die Augen und spürte sein Herz heftig in der Brust schlagen. Erleichterung durchlief ihn, so berauschend wie das spezielle Schwarzbier in der Kneipe. *Mrs.*, nicht Mr. – und was zunächst nur wie ein ausladender Schlenker am »n« von Brian ausgesehen hatte, erwies sich beim näheren Hinsehen fast sicher als hingeschludertes »a«.

Sie, sie war es, sie mußte es sein! Es war ein ungewöhnlicher Vorname – er hatte nirgendwo in dem massiven Register eine andere Brianna oder Briana gesehen. Und Fraser paßte ebenfalls; im Lauf der quichotischen Suche nach ihrem Vater hatte sie seinen Namen angenommen, den Namen, der ihr von Geburt an zustand.

Er knallte das Register zu, als wollte er verhindern, daß sie zwischen den Seiten entwischte, und saß einen Augenblick lang nur da und holte Luft. Hab' dich! Er sah, wie der Schreiber ihn von der Theke aus fragend anblickte, lief rot an und öffnete das Buch erneut.

Die *Phillip Alonzo*. Aus Inverness abgesegelt am vierten Juli Anno Domini 1769. Nach Charleston, South Carolina.

Bei der Ortsangabe runzelte er die Stirn, plötzlich unsicher. South Carolina. War das ihr eigentliches Ziel, oder konnte sie nicht näher herankommen? Ein schneller Blick in die anderen Register zeigte im Juli keine Schiffe nach North Carolina. Vielleicht hatte sie einfach das erste Schiff in die südlichen Kolonien genommen und beabsichtigte, auf dem Landweg weiterzureisen.

Oder vielleicht hatte er sich geirrt. Ihn packte eine Kälte, die nicht vom Flußwind herrührte, der neben ihm durch die Fensterritzen drang. Er blickte noch einmal auf die Seite und war beruhigt. Nein, es war kein Beruf angegeben, wie das bei allen Männern der Fall war. Es war ganz sicher »Mrs.«, und daher mußte es auch »Briana« sein. Und wenn es »Briana« war, dann war es auch Brianna, das wußte er.

Er stand auf und reichte seinem blonden Bekannten das Buch über die Theke.

»Danke, Mann«, sagte er und verfiel entspannt in seinen üblichen, weichen Akzent. »Könnt Ihr mir sagen, ob zur Zeit ein Schiff im Hafen liegt, das bald in die amerikanischen Kolonien aufbricht?«

»Oh, aye«, sagte der Bürogehilfe, während er geschickt mit einer Hand den Registerband verstaute und mit der anderen von einem Kunden eine Verladequittung in Empfang nahm. »Zufällig liegt hier die *Gloriana*; sie fährt übermorgen nach Carolina.« Er betrachtete Roger von oben bis unten. »Emigrant oder Seemann?« fragte er.

»Seemann«, sagte Roger prompt. Ohne die hochgezogene Augenbraue des anderen Mannes zu beachten, schwenkte er die Hand über den Wald aus Masten, der durch die verglasten Fenster zu sehen war. »Wo kann ich mich einschreiben?«

Der Schreiber, der jetzt beide Augenbrauen hochgezogen hatte, wies kopfnickend zur Tür.

»Ihr Kapitän schlägt seine Zelte im ›Klosterbruder‹ auf, wenn er im Hafen liegt. Bestimmt ist er jetzt auch da – Kapitän Bonnet.« Er verzichtete darauf, hinzuzufügen, was sein skeptischer Gesichtsausdruck deutlich sagte; wenn Roger ein Seemann war, dann war er, der Schreiber, ein afrikanischer Papagei.

»Gut, *mo ghille*. Danke.« Mit einem angedeuteten Salut wandte sich Roger ab, drehte sich jedoch an der Tür noch einmal um und sah, daß der Schreiber ihn immer noch beobachtete, ohne den Andrang seiner ungeduldigen Kunden zu beachten.

»Wünscht mir Glück«, sagte Roger grinsend.

Das Antwortgrinsen des Schreibers war mit einem Ausdruck versetzt, der Bewunderung oder Sehnsucht hätte sein können.

»Viel Glück, Mann!« rief und winkte zum Abschied. Als die Tür zuschlug, war er schon in ein Gespräch mit dem nächsten Kunden vertieft und hielt den Federkiel bereit.

Wie angekündigt, fand er Kapitän Bonnet in der Kneipe, wo er sich in einer Ecke unter einer dichten, blauen Dunstwolke niedergelassen hatte, zu der die Zigarre des Kapitäns ihren Teil beitrug.

»Euer Name?«

»MacKenzie«, sagte Roger, einem plötzlichen Impuls folgend. Was Brianna konnte, konnte er auch.

»MacKenzie. Irgendwelche Erfahrung, MacKenzie?«

Ein Sonnenstrahl fiel auf das Gesicht des Kapitäns und brachte ihn zum Blinzeln. Bonnet zog sich in den Schatten der Bank zurück, und die Falten um seine Augen entspannten sich. Roger sah sich einem unangenehm durchdringenden Blick ausgesetzt.

»Hab' schon mal Heringe im Minch gefischt.«

Das war nicht gelogen; er hatte als Teenager mehrfach den Sommer als Matrose auf einem Heringsfischerboot verbracht, das einem Bekannten des Reverend gehörte. Von dieser Erfahrung hatte er eine nützliche Muskelschicht zurückbehalten, ein gutes Ohr für den Singsang-Akzent der Inseln und eine hartnäckige Abneigung gegen Heringe. Doch zumindest hatte er schon einmal ein Tau in der Hand gespürt.

»Aye, groß genug seid Ihr ja. Aber ein Fischer ist wohl kaum dasselbe wie ein Seefahrer.« Das sanft schwingende Irisch des Mannes ließ offen, ob dies eine Frage war, eine Feststellung – oder eine Provokation.

»Ich hätte nicht gedacht, daß es ein Beruf ist, der große Erfahrung erfordert.« Aus einem Grund, den er nicht benennen konnte, sträubten sich in Kapitän Bonnets Gegenwart seine Nackenhaare.

Die grünen Augen verschärften sich.

»Vielleicht mehr, als Ihr glaubt – aber es ist sicher keine Sache, die ein williger Mann nicht lernen könnte. Aber was könnte es sein, das einen von Eurer Sorte plötzlich auf See zieht?«

Seine Augen flackerten im Schatten der Wirtschaft, während sie ihn betrachteten. *Von Eurer Sorte.* Was war es? fragte sich Roger. Nicht seine Aussprache – er hatte darauf geachtet, jede Andeutung des Oxforder Gelehrten zu unterdrücken und den singenden »Teuchter«-Dialekt der Inseln zu benutzen. War er für einen Möchtegern-Seemann zu gut gekleidet? Oder war es der versengte Kragen und die Brandstelle auf der Brust seines Rocks?

»Ich denke, das ist nicht Eure Angelegenheit«, antwortete er gelassen. Mit deutlicher Anstrengung hielt er die Hände an seinen Seiten entspannt.

Die grünen Augen studierten ihn ungerührt und reglos. Wie ein Leopard, der ein vorbeiziehendes Gnu beobachtet und sich fragt, ob es wohl die Jagd wert ist, dachte Roger.

Die schweren Lider senkten sich; er war es ihm nicht wert – im Augenblick.

»Bei Sonnenuntergang seid Ihr an Bord«, sagte Bonnet. »Fünf Schillinge im Monat, drei Tage in der Woche Fleisch, sonntags Plumpudding. Ihr bekommt eine Hängematte, aber für Eure Kleider müßt Ihr selbst sorgen. Ihr könnt das Schiff verlassen, wenn die Fracht entladen ist, vorher nicht. Sind wir uns einig, Sir?«

»Abgemacht«, sagte Roger, dessen Mund plötzlich ausgetrocknet war. Er hätte viel um ein Bier gegeben, aber nicht jetzt, nicht hier unter diesem aufmerksamen grünen Blick.

»Fragt nach Mr. Dixon, wenn Ihr an Bord geht. Er ist der Zahlmeister.« Bonnet lehnte sich zurück, zog ein kleines, in Leder gebundenes Buch aus seiner Tasche und schlug es auf. Audienz beendet.

Roger wandte sich um und ging hinaus, ohne zurückzusehen. Er spürte eine kleine, kalte Stelle an seinem Schädelansatz. Wenn er sich umsah, das wußte er, dann würde er die grünen, leuchtenden Augen reglos über den Rand des ungelesenen Buches gerichtet sehen, und sie würden jede Schwäche registrieren.

Die kalte Stelle, dachte er, war dort, wo die Zähne zupacken würden.

37

Gloriana

Vor seiner Einschiffung auf der *Gloriana* hatte Roger seine Kondition für annehmbar gehalten. Im Vergleich mit den sichtlich unterernährten und verschrumpelten Menschenexemplaren, aus denen sich der Rest der Besatzung zusammensetzte, hielt er sich sogar für ziemlich kräftig. Es dauerte exakt vierzehn Stunden – die Länge eines Arbeitstages –, ihn von dieser Überzeugung zu kurieren.

Blasen hatte er einkalkuliert, Muskelkater ebenso; Kisten hochzuheben, Sparren zu stemmen und an Seilen zu ziehen war für ihn keine neue Arbeit, obwohl er so etwas lange nicht mehr gemacht hatte.

Woran er nicht gedacht hatte, das war die durchdringende Müdigkeit, die genauso von der ständigen Kühle der feuchten Kleider herrührte wie von der Arbeit. Er begrüßte die schwere Arbeit im Frachtraum, weil sie ihn zeitweise aufwärmte, auch wenn er wußte, daß der Wärme ein leichtes, konstantes Zittern folgen würde, sobald er an Deck ging, wo der Wind wieder seine eisigen Klauen in seine schweißnassen Kleider krallen konnte.

Daß der nasse Hanf ihm die Hände aufrauhte und zerkratzte, war schmerzhaft, doch damit hatte er gerechnet; am Ende des ersten Tages waren seine Handflächen schwarz vom Teer, und die Haut an seinen Fingern platzte auf und blutete an den aufgeschürften Gelenken. Doch der nagende Hungerschmerz hatte ihn ziemlich überrascht. Er hätte nie geglaubt, daß man so hungrig sein könnte, wie er es jetzt war.

Der knorrige Menschenklotz, der an seiner Seite arbeitete – Duff geheißen – war ähnlich durchnäßt, schien sich aber durch diesen Zustand nicht weiter beeindrucken zu lassen. Seine lange, spitze Nase, die wie eine Wieselschnauze aus dem hochgeschlagenen Kragen seiner zerlumpten Jacke ragte, war an der Spitze blau angelaufen und tropfte mit der Regelmäßigkeit eines Stalaktiten, doch seine hellen Augen waren scharf, und der darunterliegende Mund grinste breit und entblößte ein Gebiß, das die Farbe des Wassers im Firth hatte.

»Kopf hoch, Mann. Futter in zwei Glockenschlägen.« Duff stieß ihm kameradschaftlich den Ellbogen zwischen die Rippen und verschwand flink in einer Luke, aus deren höhlenartigen Tiefen gotteslästerliche Rufe und lautes Scheppern widerhallten.

Roger fuhr damit fort, das Frachtnetz abzuladen, und der Gedanke an das Essen machte ihm tatsächlich Mut.

Das Afterdeck war bereits zur Hälfte gefüllt. Die Wasserfässer waren aufgeladen; Lage um Lage waren die hölzernen Riesenfässer im Dämmerlicht aufgestapelt, jedes über siebenhundert Pfund schwer. Doch im Vordeck herrschte immer noch gähnende Leere, und ein konstanter Zug von Lade- und Kaiarbeitern strömte wie Ameisen über das Dock und türmte Kisten und Fässer, Rollen und Bündel zu einem solchen Riesenhaufen auf, daß es unvorstellbar erschien, diese Masse jemals so zu verstauen, daß sie in das Schiff paßte.

Es dauerte zwei Tage, bis sie mit dem Verladen fertig waren: Salzfässer, Stoffballen, riesige Kisten mit Eisenteilen, die wegen ihres Gewichtes mit Seilschlingen herabgelassen werden mußten. Hier erwies sich Rogers Größe als vorteilhaft. Er lehnte sich an einem Ende eines um die Ankerwinde gewickelten Taues gegen das Gewicht einer Kiste, die am anderen Ende hing, und ließ sie mit vor Anstrengung vorspringenden Muskeln so langsam sinken, daß die beiden Männer unten sie annehmen und an ihren Platz im zunehmend gefüllten Frachtraum lenken konnten.

Die Passagiere kamen am Nachmittag an Bord, eine löcherige Reihe von Emigranten, die mit Taschen, Bündeln, eingesperrten Hühnern und Kindern beladen waren. Sie waren die Fracht für das Zwischendeck – ein Raum, der durch die Errichtung eines Schotts quer über das Vordeck hinweg geschaffen worden war –, und auf ihre Weise waren sie für den Kapitän genauso einträglich wie die festeren Güter im Afterdeck.

»Zwangsarbeiter und Schuldner«, hatte Duff ihm erzählt, während er die Neuankömmlinge mit erfahrenem Blick musterte. »Bringen lebend auf 'ner Plantage pro Stück fünfzehn Pfund, Kinder drei oder vier. Säuglinge gibt's gratis mit der Mutter.«

Der Seemann hustete, ein tiefes, rasselndes Geräusch wie beim Anlassen eines alten Motors, und spuckte einen Schleimklecks aus, der knapp die Reling verfehlte. Er schüttelte den Kopf, während er die dahinschlurfende Menschenreihe betrachtete.

»Ein paar davon können manchmal für die Reise zahlen, aber bei denen da sind es nicht viele. Sie haben bestimmt genug Probleme gehabt, pro Familie die zwei Pfund für den Reiseproviant aufzutreiben.«

»Dann verpflegt der Kapitän sie nicht?«

»Oh, aye.« Duff ließ es erneut in seiner Brust rumpeln, hustete und spuckte aus. »Gegen Bezahlung.« Er grinste Roger an, wischte sich den Mund ab und wies mit einem Ruck seines Kopfes auf das Fallreep. »Geh und hilf ihnen, Junge. Wir wollen doch nicht, daß der Profit des Kapitäns ins Wasser fällt, oder?«

Weil es ihn überraschte, wie dick gepolstert sich das kleine Mädchen anfühlte, das er an Bord schwang, schaute Roger näher hin und sah, daß der stämmige Körperbau bei vielen der Frauen nur ein Trugbild war, das dadurch hervorgerufen wurde, daß sie mehrere Kleiderschichten trugen; anscheinend alles, was sie auf der Welt besaßen, abgesehen von kleinen Bündeln mit ihrer persönlichen Habe, Lebensmittelkisten für die Reise – und den schmächtigen Kindern, für die sie diesen verzweifelten Schritt taten.

Roger hockte sich hin und lächelte ein widerstrebendes Kleinkind an, das am Rock seiner Mutter hing. Es war nicht älter als zwei, trug noch ein Kittelchen, hatte weiche, wilde, blonde Locken, und sein dicker, kleiner Mund war in ängstlicher Ablehnung sämtlicher Vorgänge um ihn herum verzogen.

»Komm schon, Mann«, sagte Roger leise und streckte ihm einladend die Hand hin. Es kostete ihn keine Mühe mehr, seinen Akzent in Schach zu halten; sein übliches, gepflegtes Oxbridge hatte sich zu dem sanfteren Highlanddialekt verschliffen, mit dem er aufgewachsen war und den er jetzt benutzte, ohne bewußt darüber nachzudenken. »Deine Mama kann dich jetzt nicht hochheben; komm mit mir.«

Der Kleine schniefte voller Mißtrauen und sah ihn finster an, gestattete ihm aber, die kleinen Schmutzfinger von den Rockschößen seiner Mutter abzupellen. Roger trug den kleinen Jungen über das Deck, gefolgt von der schweigenden Frau. Sie blickte zu ihm hoch, als er ihr die Leiter herunterhalf, ihre Augen gebannt auf die seinen gerichtet; ihr Gesicht verschwand in der Dunkelheit wie ein weißer Stein, den man in einen Brunnen wirft, und er wandte sich mit dem beklommenen Gefühl ab, als hätte er jemanden dem Ertrinken überlassen.

Als er sich wieder seiner Arbeit zuwandte, sah er eine junge Frau, die gerade über dem Kai auftauchte. Sie war das, was man ein Prachtmädchen nannte – nicht schön, aber lebhaft und hübsch gebaut, und sie hatte etwas an sich, das die Blicke auf sich zog.

Vielleicht war es nur ihre Haltung; aufrecht wie ein Lilienstengel inmitten der gekrümmten und durchhängenden Rücken um sie herum. Oder ihr Gesicht, in dem Anspannung und Unsicherheit zu sehen waren, das aber dennoch vor Neugier leuchtete. Sie war eine Wagemutige, dachte er und sein Herz – das vom Anblick der vielen niedergeschlagenen Gesichter unter den Emigranten bedrückt war – wurde bei ihrem Anblick leichter.

Sie zögerte beim Anblick des Schiffes und der Menschenmenge, die es umgab. Ein hochgewachsener, blonder, junger Mann begleitete sie, ein Baby auf dem Arm. Er berührte beruhigend ihre Schulter und als sie zu ihm aufblickte, erleuchtete ihrerseits ein Lächeln ihr Gesicht, als entzündete sich ein Streichholz. Während er sie beobachtete, spürte Roger einen leichten Stich von etwas, das hätte Neid sein können.

»Hey, MacKenzie!« Der Ruf des Bootsmanns riß ihn aus seinen Gedanken. Der Bootsmann deutete mit seinem Kopf nach hinten. »Da wartet noch Fracht – und die spaziert nicht von alleine an Bord!«

Als sie erst einmal eingeschifft und auf See waren, verlief die Reise einige Wochen lang störungsfrei. Das stürmische Wetter, das ihren Exodus aus Schottland begleitet hatte, flaute zu gutem Wind und rollendem Seegang ab, und als unmittelbare Wirkung wurde zwar die Mehrheit der Passagiere seekrank, doch auch dieses Problem ließ mit der Zeit nach. Der Gestank von Erbrochenem aus dem Zwischendeck legte sich und schwand zu einem Unterton in der Symphonie des Gestanks an Bord der *Gloriana* dahin.

Roger war mit einem ausgeprägten Geruchssinn zur Welt gekommen, ein Attribut, das er auf engem Raum als deutlichen Nachteil empfand. Doch auch die schärfste Nase gewöhnte sich mit der Zeit an alles, und innerhalb eines Tages nahm er nur noch die allerungewohntesten Gerüche wahr.

Glücklicherweise litt er nicht selbst an der Seekrankheit, obwohl seine Erfahrungen unter den Heringsfischern ihn gelehrt hatten, das Wetter ernstzunehmen, ihn das beunruhigende Bewußtsein des Seemannes gelehrt hatte, daß sein Leben davon abhängen konnte, ob heute die Sonne schien.

Seine neuen Schiffskameraden waren nicht freundlich, doch sie waren ihm auch nicht feindlich gesinnt. Ob es sein »Teuchter«-Akzent von den Inseln war – denn die meisten Matrosen auf der *Gloriana* sprachen Englisch und kamen aus Dingwall oder Peterhead –, die seltsamen Ausdrücke, die er manchmal benutzte, oder einfach nur seine Körpergröße, sie betrachteten ihn aus einem gewissen, wachsamen Abstand. Keine offene Abneigung – seine Größe verhinderte das –, aber doch Abstand.

Ihre Kühle beunruhigte Roger nicht. Er war ganz zufrieden damit, seinen Gedanken überlassen zu sein, seinen Verstand weit abschweifen lassen zu können, während sein Körper die tägliche Runde der Dienste an Bord erledigte. Es gab genug, worüber er nachdenken konnte.

Er hatte sich nicht nach dem Ruf der *Gloriana* oder ihres Kapitäns erkundigt, bevor er sich verdingte; er wäre mit Kapitän Ahab gesegelt unter der einen Bedingung, daß der Herr nach North Carolina unterwegs war. Doch aus den Gesprächen der Besatzung schloß er, daß Bonnet als guter Kapitän bekannt war; hart, aber fair, und ein Mann, dessen Reisen immer Gewinn abwarfen. Für die Seeleute, von denen viele gegen eine Gewinnbeteiligung statt eines Lohns mitfuhren, war letzteres ganz klar ein mehr als ausreichender Ausgleich für eventuelle kleine Defekte in seinem Charakter oder Verhalten.

Nicht, daß Roger irgendwelche offenen Beweise für solche Defekte gesehen hätte. Doch ihm fiel auf, daß Bonnet immer dastand, als habe man einen unsichtbaren Kreis um ihn herum gezogen, einen Kreis, den nur wenige zu betreten wagten. Nur der Erste Maat und der Bootsmann sprachen direkt mit dem Kapitän; die Besatzungsmitglieder hielten die Köpfe gesenkt, wenn er vorbeiging. Roger erinnerte sich an die kühlen, grünen Leopardenaugen, die ihn von oben bis unten betrachtet hatten; kein Wunder, daß niemand deren Aufmerksamkeit erregen wollte.

Doch die Passagiere interessierten ihn mehr als die Besatzung oder der Kapitän. Normalerweise war von ihnen nicht viel zu sehen, doch zweimal täglich durften sie kurz an Deck kommen, um ein wenig Luft zu schnappen, ihre Nachttöpfe über die Reling zu entleeren – denn die Schiffslatrinen waren so vielen Benutzern auch nicht annähernd gewachsen – und die kleinen Wasserrationen nach unten zu tragen, die jeder Familie sorgsam zugeteilt wurden. Roger freute sich auf ihr kurzes Auftauchen und versuchte, es so einzurichten, daß er so oft wie möglich an jenem Ende des Decks beschäftigt war, an dem sie ihren kurzen Freigang abhielten.

Sein Interesse war sowohl beruflicher als auch persönlicher Natur; ihre Anwesenheit weckte seinen Historikerinstinkt, und ihre einfachen Gespräche trösteten ihn in seiner Einsamkeit. Hier war die Saat des neuen Landes, das Erbe des alten. Was diese armen Emigranten wußten, was ihnen lieb und teuer war, das war es, was überdauern und überliefert werden würde.

Wenn man das schottische Kulturgut mit der Hand verlas, dachte er, dann würden solche Dinge wie das Rezept gegen Warzen wahrscheinlich nicht darin auftauchen, das eine ältere Frau gerade ihrer geduldigen Schwiegertochter vorpredigte (»Ich hab's dir doch gesagt, Katie Mac, und warum du einfach so meine schöne, getrocknete Kröte dagelassen hast, obwohl du Platz für all den Unfug hattest, auf dem wir Tag und Nacht rumhocken und den wir uns unterm Hintern vorziehen...«), doch auch das würde bleiben, zusammen mit den Folksongs und den Gebeten, mit den gewebten Wollstoffen und den keltischen Mustern ihrer Kunst.

Er sah seine eigene Hand an; er erinnerte sich lebhaft daran, wie Mrs. Graham einmal eine große Warze an seinem Mittelfinger mit einer Substanz eingerieben hatte, von der sie *sagte*, daß es getrocknete Kröte war. Er grinste und rieb sich mit dem Daumen über die Stelle. Mußte funktioniert haben; er hatte nie wieder eine bekommen.

»Sir«, sagte eine leise Stimme neben ihm. »Sir, dürfen wir hingehen und das Eisen anfassen?«

Er blickte herab und lächelte das kleine Mädchen an, das zwei noch kleinere Brüder an den Händen hielt.

»Aye, *a leannan*«, sagte er. »Geht nur; gebt aber auf die Männer acht.«

Sie nickte, und die drei trippelten davon. Sie blickten ängstlich um sich, um sicherzugehen, daß sie niemandem im Weg waren, bevor sie hochkrabbelten, um das Hufeisen zu berühren, das als Glücksbringer an den Mast genagelt war. Eisen bedeutete Schutz und Heilung; die Mütter schickten oft ihre kranken Kinder, damit sie es berührten.

Sie hätten das Eisen innerlich nötiger gehabt, dachte Roger, wenn er den Ausschlag auf den teigigen, weißen Gesichtern sah und ihren schrillen Klagen über juckende Eiterbeulen, wackelnde Zähne und Fieber zuhörte. Er nahm seine Arbeit wieder auf und teilte schöpflöffelweise Wasser in die Eimer und Schüsseln aus, die ihm die Emigranten hinhielten. Sie lebten von Hafermehl, alle miteinander – und ab und zu von ein paar getrockneten Erbsen und etwas Schiffszwieback. Das stellte die ganze »Verpflegung« dar, die man ihnen für die Überfahrt zur Verfügung stellte.

Und doch hatte er noch keine Beschwerden gehört; das Wasser war sauber, der Zwieback nicht verschimmelt, und wenn die Körnerration auch nicht großzügig war, so war sie doch auch nicht knauserig bemessen. Die Besatzung wurde besser verpflegt, aber auch nur mit Fleisch und Stärke, und gelegentlich gab es zur Abwechslung eine Zwiebel. Er fuhr sich versuchsweise mit der Zunge über seine Zähne, wie er es alle paar Tage tat. Er hatte jetzt fast immer einen schwachen Eisengeschmack im Mund; sein Zahnfleisch begann zu bluten, weil es ihm an frischem Gemüse mangelte.

Doch seine Zähne waren fest verwurzelt, und es gab keine Anzeichen für geschwollene Knöchel oder blaue Flecken unter den Nägeln, wie sie einige der anderen Besatzungsmitglieder an den Tag legten. Er hatte es während seiner wochenlangen Wartezeit nachgeschlagen; ein normaler Erwachsener sollte bei guter Gesundheit in der Lage sein, drei bis sechs Monate andauernden Vitaminmangel zu ertragen, bevor er ernsthafte Symptome zeigte. Wenn das gute Wetter anhielt, würden sie in nur zweien drüben sein.

»Morgen wird das Wetter gut, aye?« Die Tatsache, daß da offensichtlich jemand seine Gedanken las, holte ihn zurück. Er blickte herab und sah, daß es die hübsche, braunhaarige Frau war, die er auf dem Kai in Inverness bewundert hatte. Morag nannten ihre Freunde sie.

»Ich hoffe es«, sagte er und lächelte zurück, als er ihren Eimer ergriff. »Warum?«

Sie nickte und wies mit ihrem kleinen, spitzen Kinn über seine Schulter hinweg. »Der neue Mond liegt in den Armen des alten; wenn das an Land schönes Wetter bedeutet, dann ist es doch auf See bestimmt auch so, oder?«

Er blickte sich um und sah die bleiche, klare Rundung des Silbermondes, der einen glühenden Kreis umfaßte. Er schwebte hoch oben und perfekt im endlosen, blaßlila Abendhimmel, und die indigofarbene See verschluckte sein Spiegelbild.

»Vertu deine Zeit nicht mit Quatschen, Mädchen – mach schon und frag ihn!« Er drehte sich gerade rechtzeitig um, um zu hören, wie eine Frau in mittleren Jahren, die hinter Morag stand, dieser ins Ohr zischte. Morag starrte sie wütend an.

»Willst du wohl still sein?« zischte sie zurück. »Nein, ich hab' gesagt, ich tu's nicht!«

»Du bist ein Sturkopf, Morag«, erklärte die ältere Frau und trat unerschrocken vor, »und wenn du ihn nicht fragst, dann tu ich es für dich!«

Die gute Frau legte ihre breite Hand auf Rogers Arm und lächelte ihn charmant an.

»Wie heißt du denn, Junge?«

»MacKenzie, Ma'am«, sagte Roger respektvoll und verkniff sich ein Lächeln.

»Ah, MacKenzie, wirklich? Na siehst du, Morag. Wahrscheinlich ist er auch noch mit deinem Mann verwandt und tut dir deswegen gern den Gefallen!« Die Frau wandte sich triumphierend an das Mädchen und schwang sich dann wieder herum, um Roger eine volle Breitseite ihrer Persönlichkeit zu verpassen.

»Sie stillt ein Baby und stirbt dabei vor Durst. Eine Frau muß viel trinken, wenn sie stillt, oder ihre Milch versiegt; das weiß jeder. Aber das dumme Gör kann sich nicht durchringen, dich um etwas mehr Wasser zu bitten. Das würde ihr hier doch keiner mißgönnen – oder?« fragte sie rhetorisch, indem sie sich umwandte und die anderen Frauen in der Schlange herausfordernd ansah. Wie zu erwarten war, wackelten ihre Köpfe von rechts nach links wie Uhrmacherspielzeuge.

Es wurde schon dunkel, doch Morags Gesicht rötete sich sichtlich. Sie preßte die Lippen fest zusammen und nahm den randvollen Wassereimer mit einem kurzen Kopfnicken in Empfang.

»Ich dank' Euch, Mr. MacKenzie«, murmelte sie. Sie blickte nicht auf, bis sie die Luke erreichte – doch dann hielt sie inne und sah sich nach ihm um, und ihr Lächeln war so voller Dankbarkeit, daß er spürte, wie ihm warm wurde trotz des scharfen Abendwindes, der ihm durch Hemd und Jacke blies.

Mit Bedauern sah er zu, wie die Emigranten nach der Wasserausteilung unter Deck stiegen und die Luke für die Dauer der Nachtwachen über ihnen dichtgemacht wurde. Er wußte, daß sie sich Geschichten erzählten und sangen, um sich die Zeit zu vertreiben, und er hätte viel darum gegeben, ihnen zuzuhören. Nicht nur aus Neugier, sondern auch aus Sehnsucht – es war weder Mitleid mit ihrer Armut, das ihn bewegte, noch der Gedanke an ihre unsichere Zukunft; es war der Neid um das Zusammengehörigkeitsgefühl, das unter ihnen herrschte.

Doch der Kapitän, die Besatzung, die Passagiere, selbst das ach so wichtige Wetter nahmen nur ein Fragment von Rogers Gedanken ein. Seine Gedanken, Tag und Nacht, naß oder trocken, hungrig oder satt, galten Brianna.

Als das Signal zum Abendessen kam, ging er in die Messe hinunter und aß, ohne großartig darauf zu achten, was auf seinem Brettchen lag. Er hatte die zweite Wache; nach dem Essen ging er zu seiner Hängematte und zog es vor, allein zu sein und seine Ruhe zu haben, anstatt auf dem Vordeck Gesellschaft zu suchen.

Natürlich war an Alleinsein nicht zu denken. Während er sanft in seiner Hängematte schaukelte, spürte er jedes Zucken und jede Drehung seines Nebenmannes, spürte die verschwitzte Hitze des schlafenden Körpers neben ihm klamm durch das dichte Baumwollnetz. Jeder Mann nannte einen halben Meter Platz zum Schlafen sein eigen, und Roger war sich der Tatsache unangenehm bewußt, daß seine Schultern dieses Maß auf jeder Seite um gute fünf Zentimeter überschritten, wenn er auf dem Rücken lag.

Nachdem zwei Nächte lang die Stöße und brummigen Beschimpfungen seiner Schiffskameraden seinen Schlaf gestört hatten, hatte er die Plätze getauscht und war neben dem Schott zu liegen gekommen, wo er nur einem Kameraden Unannehmlichkeiten bereiten konnte. Er lernte es, auf einer Seite zu liegen, das Gesicht ein paar Zentimeter von der hölzernen Trennwand entfernt, mit dem Rücken zu seinen Kameraden, lernte es, sich auf die Geräusche des Schiffes zu konzentrieren und den Lärm der Männer um ihn herum zu ignorieren.

Ein Schiff war eine sehr musikalische Angelegenheit – der Gesang der Taue und Trossen im Wind, das Ächzen der hölzernen Winkel bei jedem Heben und Senken, das leise Klopfen und Murmeln auf der anderen Seite des Schotts in den dunklen Tiefen des Passagierraums im Zwischendeck. Er starrte auf das dunkle Holz, das von den Schatten der Laterne erleuchtet wurde, die über ihm hin- und herschwang, und begann, sich Brianna ins Gedächtnis zu rufen, die Linien ihres Gesichtes, ihres Haars und ihres Körpers, alles wurde in der Dunkelheit lebendig. Zu lebendig.

Er konnte sich ihr Gesicht ohne Probleme vorstellen. Was dahinterlag, war schon schwieriger.

Auch an Ruhe war nicht zu denken. Als sie durch die Steine gegangen war, hatte sie all seinen Seelenfrieden mit sich genommen. Sein Dasein war eine Mischung aus Furcht und Wut, gewürzt mit dem Schmerz des Verrats, als riebe man ihm Pfeffer in seine Wunden. Dieselben Fragen gingen ihm wieder und wieder unbeantwortet durch den Kopf wie eine Schlange, die ihrem eigenen Schwanz hinterherjagt.

Warum war sie gegangen?
Was machte sie nur?
Warum hatte sie ihm nichts gesagt?

Es war sein Bemühen, eine Antwort auf die erste Frage zu finden, das ihn wieder und wieder darüber nachdenken ließ, als würde ihm diese Antwort den Schlüssel zu dem gesamten Rätsel namens Brianna liefern.

Ja, er war einsam gewesen. Wußte verdammt gut, wie es sich anfühlte, wenn man niemanden auf der Welt hatte, der zu einem gehörte oder zu dem man gehörte. Aber das war doch wohl einer der Gründe, warum sie einander die Hände entgegengestreckt hatten – er und Brianna.

Claire wußte es auch, dachte er plötzlich. Sie war verwaist gewesen, hatte ihren Onkel verloren – zu diesem Zeitpunkt war sie natürlich schon verheiratet gewesen. Aber sie war während des Krieges von ihrem Mann getrennt gewesen... ja, sie wußte einiges über das Alleinsein. Und deshalb war es ihr wichtig gewesen, Brianna nicht allein zurückzulassen, sicherzugehen, daß jemand ihre Tochter liebte.

Nun, er hatte versucht, sie von ganzem Herzen zu lieben – versuchte es immer noch, dachte er grimmig und drehte sich in seiner Hängematte. Tagsüber unterdrückten die Anforderungen der Arbeit die zunehmenden Bedürfnisse seines Körpers. Nachts aber... war sie viel zu lebendig, die Brianna seiner Erinnerungen.

Er hatte nicht gezögert; von dem Moment an, in dem er es begriffen hatte, hatte er gewußt, daß er ihr folgen mußte. Doch manchmal war er sich nicht sicher, ob er gekommen war, um sie zu retten oder um ihr etwas anzutun – egal, was, solange es die Dinge zwischen ihnen ein- für allemal ins reine brachte. Er hatte gesagt, er würde warten – doch er hatte lange genug gewartet.

Doch das Schlimmste war nicht die Einsamkeit, dachte er und warf sich erneut unruhig herum, sondern der Zweifel. Zweifel an ihren Gefühlen und an den seinen. Panik, daß er sie nicht wirklich kannte.

Zum ersten Mal seit seiner Reise durch die Steine begriff er, was sie gemeint hatte, als sie ihn zurückgewiesen hatte und erkannte die Klugheit hinter ihrem Zögern. Doch *war* es Klugheit und nicht einfach Angst?

Wenn sie nicht durch die Steine gegangen wäre – hätte sie sich ihm schließlich doch mit ganzem Herzen zugewandt? Oder sich abgewandt, weil sie stets auf der Suche nach etwas anderem war?

Es war blindes Vertrauen – sein Herz über einen Abgrund zu werfen und darauf zu bauen, daß jemand anders es auffangen würde. Seines befand sich immer noch im Flug über das Nichts, und die Landung war unsicher. Doch es flog noch.

Die Geräusche auf der anderen Seite des Schotts waren verstummt, doch jetzt begannen sie wieder, auf jene heimliche, rhythmische Art, die ihm durch und durch vertraut war. Sie waren wieder dabei, wer auch immer sie waren.

Sie machten es fast die ganze Nacht, wenn die anderen eingeschlafen waren. Zuerst hatten ihm die Geräusche nur seine Isolation zu Bewußtsein gebracht, allein mit Briannas brennendem Geist. Es schien keine Möglichkeit wirklicher, menschlicher Wärme zu geben, keine

Vereinigung der Herzen oder Gedanken, nur die animalischen Tröstungen eines Körpers, an den man sich in der Dunkelheit klammern konnte. Gab es für einen Menschen wirklich mehr als das?

Doch dann begann er, etwas anderes in den Geräuschen zu hören, halb aufgeschnappte Worte der Zärtlichkeit, leise, flüchtige Geräusche der Bestätigung, die ihn irgendwie nicht zum Voyeur machten, sondern ihn an ihrer Vereinigung teilhaben ließen.

Er konnte es natürlich nicht genau sagen. Es hätte jedes der Paare sein können oder eine zufällige Paarung der Lust – und doch ordnete er ihnen Gesichter zu, diesem unbekannten Paar; vor seinem inneren Auge sah er den hochgewachsenen, blonden jungen Mann, das braunhaarige Mädchen mit dem offenen Gesicht, sah sie sich anblicken, wie sie es auf dem Kai getan hatten, und hätte seine Seele verkauft, um einmal solche Gewißheit zu spüren.

38

Und schütz' uns in der Not auf See

Ein plötzliches, schweres Unwetter hielt die Passagiere drei Tage lang unter Deck fest und zwang die Seemänner, mit wenigen, kurzen Unterbrechungen zum Essen oder Ausruhen auf ihren Posten zu bleiben. Als die *Gloriana* am Ende sicher durch die Wogen und den ersterbenden Sturm glitt und dahinrasende Federwolken den Morgenhimmel erfüllten, stolperte Roger zu seiner Hängematte hinunter, zu erschöpft, um sich auch nur aus seinen feuchten Kleidern zu schälen.

Zerknittert, feucht, salzüberkrustet und reif für ein heißes Bad und eine Woche Schlaf folgte er nach vierstündiger Rast dem Pfeifen des Bootsmanns und tat schwankend seinen Dienst.

Bei Sonnenuntergang war er so müde, daß seine Muskeln zitterten, als er mithalf, ein neues Wasserfaß aus dem Frachtraum herauszuhieven. Er schlug den Deckel mit einem Beil ein und dachte dabei, daß er vielleicht gerade noch in der Lage sein würde, die Anstrengung der Wasserausteilung zu bewältigen, ohne kopfüber in das Faß zu fallen. Vielleicht aber auch nicht. Er spritzte sich eine kühle Handvoll frisches Wasser ins Gesicht, weil er hoffte, so das Brennen in seinen Augen zu lindern, und schluckte eine ganze Kelle voll hinunter, wobei er ausnahmsweise jenen konstanten Widerspruch mißachtete, der der See zu eigen war – stets zuviel und zu wenig Wasser zugleich.

Die Leute, die ihm ihre Krüge und Eimer zum Füllen brachten, sahen so aus, als ginge es ihnen noch schlechter als ihm; grün wie Pilze, voller blauer Flecken, weil es sie wie Billardkugeln im Zwischendeck hin- und hergeworfen hatte, und mit dem Geruch erneuter Seekrankheit und überlaufender Nachttöpfe behaftet.

In deutlichem Kontrast zu der allgemeinen Stimmung bleichgesichtiger Übelkeit sprang eine seiner alten Bekannten im Kreis um ihn herum und sang mit einer monotonen Stimme, die ihm auf die Nerven ging:

»Sieben Heringe machen einen Lachs satt.
Sieben Lachse machen einen Seehund satt.
Sieben Seehunde machen einen Wal satt.
Und sieben Wale einen Cirein Croin!«

Überschäumend vor Erleichterung, dem Zwischendeck endlich entkommen zu sein, hüpfte das kleine Mädchen wie eine übergeschnappte Kohlmeise herum, und Roger mußte trotz seiner Müdigkeit lächeln. Sie sprang zur Reling, stellte sich auf die Zehenspitzen und sah vorsichtig über den Rand.

»Meint Ihr, es war ein Cirein Croin, der den Sturm gemacht hat, Mr. MacKenzie? Opa meint, ganz bestimmt. Sie schlagen mit ihren Riesenschwänzen um sich, wußtet Ihr das?« informierte sie ihn. »Davon werden die Wellen so hoch.«

»Das glaube ich aber nicht. Wo sind denn deine Brüder, *a leannan?*«

»Haben Fieber«, sagte das Mädchen ungerührt. Das war nichts Ungewöhnliches; die Hälfte der Emigranten in der Warteschlange hustete und nieste, denn es hatte ihrem empfindlichen Gesundheitszustand nicht gerade gutgetan, drei Tage in feuchten Kleidern in der Dunkelheit zu verbringen.

»Habt Ihr denn schon einmal einen Cirein Croin gesehen?« fragte sie, während sie sich weit über die Reling beugte und mit der Hand ihre Augen überschattete. »Sind sie wirklich so groß, daß sie das Schiff verschlucken können?«

»Hab' noch keinen gesehen.« Roger ließ die Kelle sinken und faßte sie am Schürzenband, um sie von der Reling wegzuziehen. »Vorsicht, aye? Um *dich* zu verschlucken, reicht schon 'ne Makrele, Kleine!«

»Da!« kreischte sie und beugte sich trotz seines Griffes weiter über die Reling. »Da, es ist einer, es *ist* einer!«

Von dem Schrecken in ihrer Stimme wie auch durch ihre eigentlichen Worte getrieben, beugte sich Roger unwillkürlich über die Reling. Ein dunkler Schatten hing knapp unter der Wasseroberfläche, glatt und schwarz, elegant wie ein Geschoß – und halb so lang wie das Schiff. Einige Augenblicke lang hielt er mit dem dahinrasenden Schiff mit, dann überholte es ihn, und er fiel zurück.

»Hai«, sagte Roger, unerwartet erschüttert. Er schüttelte das Mädchen leicht, um ihr Dampfpfeifengekreische zu beenden. »Es ist nur ein Hai, hörst du? Du weißt doch, was ein Hai ist, oder? Wir haben erst letzte Woche einen gegessen!«

Sie hatte aufgehört zu schreien, doch ihr Gesicht war immer noch kreidebleich, ihre Augen weit aufgerissen, und ihr schmaler Mund zuckte.

»Seid Ihr sicher?« sagte sie. »Es – es war kein Cirein Croin?«

»Nein«, sagte Roger sanft und gab ihr eine Kelle Wasser, die sie ganz allein trinken durfte. »Nur ein Hai.« Der größte Hai, den er je gesehen hatte, und er strahlte eine blindwütige Heftigkeit aus, bei deren Anblick sich die Haare auf seinen Unterarmen sträubten – aber dennoch nur ein Hai. Sie umlagerten das Schiff, wann immer seine Geschwindigkeit nachließ, und gierten nach den Abfällen und Essensresten, die über Bord geworfen wurden.

»Isobeáil!« Ein ungeduldiger Ruf orderte seine Gefährtin zurück, um der Familie bei ihren Arbeiten zu helfen. Zögernden Schrittes und mit vorgeschobener Lippe schlich Isobeáil davon, um ihre Mutter bei den Wassereimern zu unterstützen, und Roger konnte seine Aufgabe ohne weitere Ablenkung beenden.

Zumindest keine weitere Ablenkung als seine Gedanken. Es gelang ihm zumeist zu vergessen, daß die *Gloriana* nichts unter sich hatte als meilenweise Wasser; daß das Schiff ganz und gar nicht die kleine, stabile Insel war, die es zu sein schien, sondern nur eine zerbrechliche Hülle in der Gewalt von Kräften, die es von einem Augenblick zum nächsten zerschmettern konnten – und mit ihm alle an Bord.

Hatte die *Phillip Alonzo* den Hafen sicher erreicht? fragte er sich. Es kam durchaus vor, daß Schiffe sanken, und zwar recht häufig; er hatte genug Berichte darüber gelesen. Nach den vergangenen drei Tagen konnte er sich nur noch wundern, daß die Mehrzahl *nicht* sank. Nun, und er konnte in dieser Hinsicht exakt gar nichts tun außer zu beten.

Und schütz' uns in der Not auf See, o Herr, hab' Erbarmen.

Plötzlich verstand er hautnah, was der Autor dieser Zeile aus einem Kirchenlied gemeint hatte.

Als er fertig war, ließ er die Kelle in das Faß fallen und ergriff ein Brett, um es damit zuzudecken; sonst bestand die Gefahr, daß eine Ratte hineinfiel und ertrank. Eine der Frauen ergriff ihn beim Arm, als er sich umdrehte. Sie deutete auf den kleinen Jungen, den sie auf dem Arm hatte und der sich an ihren Hals drückte.

»Mr. MacKenzie, ob der Kapitän uns mit seinem Ring abreibt? Unser Gibbie hat wunde Augen, weil er so lange im Dunkeln war.«

Roger zögerte, kam sich dann aber selbst lächerlich vor. Genau wie der Rest der Besatzung versuchte er, Bonnet aus dem Weg zu gehen, doch es gab keinen Grund, der Frau ihre Bitte zu versagen; der Kapitän hatte seinen Goldring, der ein begehrtes Heilmittel bei Augenschmerzen und Entzündungen war, schon öfter dafür hergegeben.

»Na klar«, sagte er und vergaß sich selbst für einen Augenblick. »Kommt nur.« Die Frau blinzelte überrascht, folgte ihm aber gehorsam. Der Kapitän war auf seinem Achterdeck in eine Unterhaltung mit dem Maat vertieft; Roger signalisierte der Frau, einen Augenblick zu warten, und sie nickte und zog sich bescheiden hinter ihn zurück.

Der Kapitän sah genauso müde aus wie sie alle, und die Übernächtigung grub ihm die Falten tiefer ins Gesicht. Luzifer, nachdem er eine Woche lang die Hölle regiert und festgestellt hatte, daß es kein Zuckerschlecken war, dachte Roger mit säuerlicher Belustigung.

»...beschädigte Teekisten?« sagte Bonnet gerade an den Maat gerichtet.

»Nur zwei, und sie sind nicht durch und durch naß«, erwiderte Dixon. »Wir können einen Teil retten und ihn vielleicht flußaufwärts in Cross Creek loswerden.«

»Aye, in Edenton oder New Bern nehmen sie's genauer. Da bekommen wir aber auch die besten Preise; wir verkaufen, was wir können, bevor wir nach Wilmington weiterfahren.«

Bonnet drehte sich etwas zur Seite und erblickte Roger. Sein Gesichtsausdruck verhärtete sich, entspannte sich aber wieder, als er die Bitte hörte. Kommentarlos langte er herab und rieb dem kleinen Gilbert sanft mit dem goldenen Ring, den er am kleinen Finger trug, über die geschlossenen Augen. Roger sah einen einfachen, breiten Ring; er sah fast aus wie ein Ehering, nur kleiner – vielleicht der Ring einer Frau. Der ehrfurchtgebietende Bonnet mit einem Liebespfand? Konnte sein, schätzte Roger; es mochte Frauen geben, die sich von der unterschwelligen Gewalt in der Ausstrahlung des Kapitäns angezogen fühlten.

»Das Kind ist krank«, bemerkte Dixon. Er zeigte mit dem Finger auf den Jungen, der einen roten Ausschlag hinter den Ohren hatte und auf dessen blassen Wangen das Fieber erblühte.

»Nur Milchfieber«, sagte die Frau und zog das Kind defensiv an ihre Brust. »Kommt wohl ein neuer Zahn.«

Der Kapitän nickte unbeteiligt und wandte sich ab. Roger begleitete die Frau zur Kombüse, wo er um ein Stück Schiffszwieback bat, auf dem das Kind herumkauen konnte, dann schickte er sie zurück zu den anderen aufs Vorderdeck.

Gilberts Zahnfleisch interessierte ihn jedoch nicht besonders; als er die Leiter zum Deck hochkletterte, beschäftigte ihn die Unterhaltung, die er zufällig gehört hatte.

Zwischenlandungen in New Bern und Edenton, dann erst Wilmington. Und Bonnet hatte sichtlich keine Eile; er würde nach guten Preisen für seine Fracht Ausschau halten und in aller Ruhe über die Arbeitsverträge seiner Passagiere verhandeln – Himmel, es konnte Wochen dauern, bevor sie Wilmington erreichten.

Das ging nicht, dachte Roger. Der Himmel wußte, wohin es Brianna verschlug – oder was ihr zustoßen konnte. Die *Gloriana* war trotz des Unwetters gut vorangekommen – so Gott wollte, würden sie nur acht Wochen bis North Carolina brauchen, wenn der Wind anhielt. Er wollte die wertvolle Zeit, die er so gewann, nicht in den nördlichen Häfen Carolinas vertun, um dann im Schneckentempo nach Süden zu dümpeln.

Er beschloß, im ersten Hafen, den sie erreichten, von Bord der *Gloriana* zu gehen und sich, so gut er konnte, nach Süden durchzuschlagen. Es stimmte, er hatte sein Wort gegeben, auf dem Schiff zu bleiben, bis die Fracht gelöscht war, doch andererseits würde er auch seinen Lohn nicht bekommen, daher erschien ihm der Tausch einigermaßen fair.

Die frische, kalte Luft an Deck weckte ihn ein wenig auf. Doch sein Kopf fühlte sich immer noch an, als wäre er mit feuchter Baumwolle gefüllt, und seine Kehle war vom Salz aufgerauht. Seine Wache dauerte noch drei Stunden; er machte sich auf, um sich noch eine Kelle Wasser zu holen, denn er hoffte, daß es ihm helfen würde, auf den Beinen zu bleiben.

Dixon hatte den Kapitän stehengelassen und wanderte zwischen den Grüppchen der Passagiere hindurch, nickte den Männern zu und blieb stehen, um ein paar Worte mit einer Frau mit Kindern zu wechseln. Merkwürdig, dachte Roger. Der Maat suchte kaum die Gesellschaft der Besatzung, ganz zu schweigen von den Passagieren, die er nur als eine ungewöhnlich sperrige Sorte Fracht betrachtete.

Es regte sich etwas in seinen Gedanken, etwas Unangenehmes, doch er konnte es nicht an die Oberfläche des Begreifens holen. Es hing im Schatten seiner Erschöpfung, gerade eben außer Sichtweite, fast so nah, daß er es riechen konnte. Ja, das war es, es hatte etwas mit einem Geruch zu tun. Aber was –

»MacKenzie!« Einer der Seeleute rief ihn vom Afterdeck und winkte ihn herbei, damit er beim Flicken der vom Sturm zerrissenen Segel half; riesige Stapel gefalteter Leinwand lagen wie schmutzige Schneewehen auf den Planken, und die oberen Lagen blähten sich im Wind.

Roger stöhnte und reckte seine schmerzenden Muskeln. Was auch immer in North Carolina geschah, er würde sehr froh sein, von diesem Schiff herunterzukommen.

Zwei Nächte darauf lag Roger tief im Traum, als ihn Geschrei weckte. Noch bevor sein Verstand die Tatsache registrierte, daß er wach war, waren seine Füße auf dem Deck gelandet und er war rasenden Herzens zum Fallreep unterwegs. Er machte einen Satz auf die Leiter zu, wo ihn ein Hieb gegen seine Brust zu Boden schleuderte.

»Bleib, wo du bist, Dummkopf!« knurrte Dixons Stimme von den obereren Sprossen. Der Kopf des Maates hob sich als Silhouette vor dem sternenbesäten Quadrat der Luke ab.

»Was ist los? Was ist passiert?« Er schüttelte die Verwirrung seines Traumes ab, stellte aber fest, daß das Wachsein nicht weniger verwirrend war.

Es waren noch andere Männer bei ihm im Dunkeln, er spürte, wie jemand über ihn stolperte, als er sich auf die Beine kämpfte. Doch der Lärm kam von oben; Füße donnerten über das Deck, und es erscholl ein Geschrei und Gekreische, wie er es noch nie gehört hatte.

»Mörder!« Eine Frauenstimme durchschnitt das Getöse, schrill wie eine Pfeife. »Hinterlistige *Mör* –« Die Stimme brach abrupt ab, und oben auf dem Deck ertönte ein schwerer Schlag.

»Was ist los?« Wieder auf den Beinen, schob sich Roger zwischen den Männern an der Leiter durch und schrie Dixon an. »Was? Werden wir gekapert?« Seine Worte ertranken in dem Geschrei von oben; dem Dampfpfeifengetöse der Frauen und Kinder, das das Gebell und Gefluche der Männer übertönte.

Irgendwo an Deck flackerte rotes Licht auf. Brannte das Schiff? Er schob sich durch das Gedränge der Männer, ergriff die Leiter, langte nach oben und packte Dixons Fuß.

»Weg!« Der Fuß riß sich los und trat nach seinem Kopf. »Bleibt da unten! Himmel, Mann, wollt Ihr Euch die Pocken einfangen?«

»Pocken? Was zum *Teufel* ist da oben los?« Rogers Augen hatten sich inzwischen an die Dunkelheit gewöhnt, und er packte den tretenden Fuß und verdrehte ihn heftig mit einem Ruck nach unten. Dixon, der auf diesen Angriff nicht vorbereitet war, verlor seinen Halt auf der Leiter und fiel schwer zu Boden, wobei er über Rogers Kopf hinweg nach unten zwischen die Männer rutschte.

Roger ignorierte die Aufschreie der Wut und Überraschung hinter ihm und kletterte auf das Deck. Eine Gruppe von Männern drängte sich dicht um die vordere Luke. Laternen hingen oben im Tauwerk und verbreiteten rote, weiße und gelbe Lichtblitze, die sich im Glanz vieler Klingen fingen.

Er sah sich schnell nach einem anderen Schiff um, doch der Ozean war noch allen Seiten schwarz und leer. Keine Kaperer, keine Piraten;

einen Kampf gab es nur bei der Luke, wo sich die halbe Besatzung mit Messern und Knüppeln bewaffnet zu einem Knäuel zusammengedrängt hatte.

Meuterei? dachte er und verwarf den Gedanken wieder, noch während er sich vorwärtsschob; Bonnets Kopf war über der Menge zu sehen; er trug keinen Hut, und sein blondes Haar glänzte im Laternenschein. Roger mengte sich zwischen den Pöbel, wobei er ohne Rücksicht kleinere Seeleute zur Seite boxte.

Kreischen und Schreien hallte aus dem Frachtraum wider, und ein flackerndes Licht wies nach unten. Ein Lumpenbündel wurde heraufgereicht, schnell von Hand zu Hand gegeben und verschwand hinter der beweglichen Masse aus Gliedmaßen und Knüppeln. An Backbord ertönte ein lautes Klatschen, und dann noch einmal.

»Was ist los, was geht hier vor?« Er bellte in das Ohr des Bootsmanns, der mit einer Laterne neben der Luke stand. Der Mann fuhr herum und starrte ihn an.

»Ihr habt noch keine Pocken gehabt, oder? Hinunter mit Euch!« Hutchinson hatte seine Aufmerksamkeit bereits wieder der offenen Luke zugewandt.

»Doch, habe ich! Was hat das mit...«

Der Bootsmann fuhr überrascht herum.

»Ihr habt Pocken gehabt? Ihr habt keine Narben. Ach, was soll's – dann hinunter mit Euch, wir brauchen jede Hand!«

»Wozu?« Roger beugte sich vor, um trotz des Lärms von unten gehört zu werden.

»Blattern!« brüllte der Bootsmann zurück. Er wies auf die offene Luke, als einer der Seeleute an der Spitze der Leiter erschien. Unter dem einen Arm trug er ein Kind, das schwach um sich trat. Hände zerrten und schlugen auf den gebückten Rücken des Mannes ein, und die Stimme einer Frau erhob sich schrill vor Entsetzen über die anderen Geräusche.

Sie fand Halt am Hemd des Seemanns und Roger sah zu, wie sie begann, am Körper des Mannes hochzuklettern und ihn zurückzuziehen, während sie darum kämpfte, an ihr Kind zu gelangen. Kreischend krallte sie sich an den Rücken des Mannes und grub sich mit ihren Händen in Stoff und Haut.

Der Mann schrie und schlug nach ihr, um sie loszuwerden. Die Leiter war fixiert, doch der Seemann, der nur eine Hand benutzen konnte und das Gleichgewicht verlor, schwankte wild, und die Wut in seinem Blick verwandelte sich in Erschrecken, als seine Füße auf der Sprosse ausrutschten.

Aus purem Reflex warf sich Roger nach vorn, und er fing das Kind wie einen Rugbyball, als der Seemann in einem letzten Versuch, sich zu retten, die Arme hochwarf. Ineinander verschlungen wie Liebende fielen Mann und Frau gemeinsam rückwärts in den offenen Schlund der Luke. Ein Aufprall und weitere Schreie erklangen von unten, dann folgte die plötzliche, vorübergehende Stille des Schreckens. Darauf begannen die Aufschreie von neuem, und um ihn herum setzte ein gemurmelter Wortwechsel ein.

Roger hob das Kind hoch und versuchte, sein Wimmern mit einem ungeschickten Tätscheln zu beenden. Es schien merkwürdig schlaff in seinen Armen zu liegen, und es fühlte sich noch durch die Lagen seiner Kleidung hindurch heiß an. Licht blitzte über Roger hinweg, als der Bootsmann seine Laterne hochhielt und das Kind mit dem Ausdruck des Abscheus ansah.

»Hoffe, Ihr *habt* die Pocken gehabt, MacKenzie«, sagte er.

Es war der kleine Gilbert, der Junge mit den wunden Augen – doch die zwei Tage hatten ihn so verändert, daß Roger ihn kaum wiedererkannte. Der Junge war so dünn wie ein Faden, sein rundes Gesicht so eingefallen, daß seine Schädelknochen durchschienen. Auch seine helle, schmutzfleckige Haut war verschwunden, verdrängt von einer Masse eiternder Pusteln, die so dick waren, daß die Augen in dem herunterhängenden Kopf nur noch Schlitze waren.

Es hatte kaum Zeit, den Anblick zu registrieren, bevor andere Hände ihm den kleinen, fiebernden Körper entrissen. Ehe er die plötzliche Leere in seinen Armen begriff, klatschte es an Backbord ein weiteres Mal.

Er drehte sich in einem vergeblichen Reflex zur Reling, die Hände erschrocken zu Fäusten geballt, wandte sich dann aber wieder um, als ein erneuter Aufschrei von der Luke erklang.

Die Passagiere hatten sich von der Überraschung der Attacke erholt. Ein Ansturm von Männern brodelte die Leiter hoch, bewaffnet mit allem, was zu finden war, und stürzte sich auf die Seemänner an Deck, die von der geballten Wut überwältigt wurden.

Jemand prallte donnernd mit Roger zusammen; er stürzte und rollte sich zur Seite, als neben seinem Kopf ein Stuhlbein auf das Deck knallte. Er kam auf Hände und Knie hoch, wurde in die Rippen getreten, scheute zurück und wurde herumgeschubst, rückwärts gegen ein Hindernis gedrückt und stürzte sich in einem günstigen Augenblick auf ein Paar Beine, ohne zu wissen, ob er mit der Besatzung oder einem Passagier kämpfte, denn ihm ging es nur um Platz zum Aufstehen und zum Atmen.

Der Gestank der Krankheit waberte aus dem Frachtraum heraus, ein süßer Verwesungsgeruch, der stärker war als der übliche, scharfe Geruch nach ungewaschenen Körpern und Gülle. Die Laternen schwangen im Wind, und Licht und Schatten schnitten die Szene in Stücke, so daß hier ein schreiendes Gesicht mit wildem Blick auftauchte, dort ein Arm aufragte und hier ein nackter Fuß, um gleich wieder in der Dunkelheit zu verschwinden und sogleich durch Ellbogen und Messer und zuckende Knie ersetzt zu werden, so daß das Deck von knochenlosen Körpern überflutet zu sein schien.

Es herrschte ein solches Durcheinander, daß Roger sich seiner eigenen Glieder beraubt fühlte; er blickte an sich herab, weil sein linker Arm sich taub anfühlte, und erwartete fast, das Glied abgehackt zu sehen. Doch es war an Ort und Stelle, und er hob es instinktiv, um einen vernichtenden Schlag abzuwehren.

Jemand griff ihm in die Haare; er riß sich los und wirbelte herum, stieß einem anderen fest die Ellbogen in die Rippen, wirbelte erneut herum und traf auf Luft. Einen Augenblick lang stand er außer Reichweite des Handgemenges und rang nach Atem. Zwei Gestalten kauerten vor ihm im Schatten der Reling; als er den Kopf schüttelte, um ihn frei zu bekommen, erhob sich die größere und stürzte sich auf ihn.

Die Wucht des Aufpralls ließ ihn zurücktaumeln, und er klammerte sich an den Angreifer. Sie stießen gegen den Vormast und stürzten zusammen hin, dann wälzten sie sich gemeinsam am Boden und hämmerten in blindwütiger Wut aufeinander los. Gefangen in einem Netz aus Lärm und Schlägen achtete er nicht auf die zusammenhanglosen Worte, die ihm ins Ohr gekeucht wurden.

Dann traf ihn ein Stiefel, und noch einer, und als er seinen Gegner losließ, traten zwei Besatzungsmitglieder sie auseinander. Jemand ergriff den anderen Mann und zog ihn hoch, und Roger sah die erhobene Laterne des Bootsmanns aufblitzen, die das Gesicht des hochgewachsenen, blonden Passagiers preisgab – Morag MacKenzies Mann, dessen grüne Augen sie dunkel und wutentbrannt anstarrten.

MacKenzie sah mitgenommen aus – Roger ebenfalls, wie er feststellte, als er sich mit der Hand über das Gesicht fuhr und seine aufgeplatzte Lippe spürte –, doch seine Haut war frei von Eiterbeulen.

»In Ordnung«, sagte Hutchinson kurz, und der Mann wurde ohne Umschweife auf die Luke zu geschubst.

Rogers Kameraden halfen ihm rauh auf die Beine und ließen ihn dann schwankend, benommen und unbeachtet stehen, während sie ihre Arbeit beendeten. Der Widerstand war nur von kurzer Dauer gewesen; die Passagiere waren zwar mit der Wut der Verzweiflung bewaffnet, doch sechs Wochen unter Deck, Krankheit und Unterernährung hatten sie geschwächt. Die Stärkeren waren in die Unterwerfung geprügelt, die Schwächeren zurückgedrängt worden, und diejenigen, die an den Pocken erkrankt waren...

Roger blickte auf die Reling und den Korridor aus Mondlicht, der friedlich auf dem Wasser lag. Er ergriff die Reling und übergab sich. Er würgte so lange, bis nur noch Galle hochkam, die ihm in Nase und Kehle brannte. Das Wasser unten war schwarz und leer.

Erschöpft und zitternd vor Erschöpfung ging er langsam über das Deck. Die Seeleute, an denen er vorbeikam, schwiegen, doch aus der verschlossenen Vorderluke erhob sich eine einzelne, klagende Stimme, höher und höher, ein endloses Heulen, das kein Atemholen und keine Ruhe kannte.

Er fiel fast das Fallreep zum Mannschaftsquartier hinunter, ging zu seiner Hängematte, ohne irgendwelche Fragen zu beachten, und wickelte sich seine Decke um den Kopf, um den Klageton auszusperren – um alles auszusperren.

Doch er fand kein Vergessen in den erstickenden Wollfalten, und riß sich die Decke weg. Sein Herz klopfte, und seine Brust war so von dem Gefühl des Ertrinkens erfüllt, daß er die Luft geradezu hinunterschluckte, wieder und wieder, bis ihm schwindelig wurde, und immer noch atmete er tief ein, als müßte er für jene mitatmen, die es nicht mehr konnten.

»Es ist besser so, Junge«, hatte Hutchinson in schroffem Mitgefühl zu ihm gesagt, als er vorbeiging, während Roger sich über die Reling auskotzte. »Die Pocken verbreiten sich wie ein Waldbrand; keiner in dem Frachtraum würde lebend das Ziel erreichen, wenn wir die Kranken nicht herausholen würden.«

Und war das besser, als langsam an den Wunden und am Fieber zu sterben? Nicht für die, die zurückblieben; das Jammern ging weiter; es zerschnitt die Stille und durchbohrte Holz wie Herz.

Verstümmelte Bilder blitzten in seiner Erinnerung auf, gestutzte Szenen, eingefangen von unsichtbaren Blitzlichtern; das verzerrte Gesicht des Matrosen, als er in die Luke stürzte; der halboffene Mund des kleinen Jungen, dessen Inneres von Eiterbeulen übersät war. Bonnet, der über der Schlägerei stand und mit seinem Gesicht eines gefallenen Engels zusah. Und das dunkle, hungrige Wasser, leer unter dem Mond.

Irgend etwas glitt mit einem dumpfen Rumpeln an der Schiffshülle vorbei, und er rollte sich zitternd zusammen, nahm weder die erstickende Hitze unter Deck wahr noch die schläfrige Beschwerde seines Nebenmannes. Nein, nicht leer. Er hatte die Seeleute sagen hören, daß Haie niemals schlafen.

»O Gott«, sagte er laut. »O Gott!« Er hätte für die Toten beten sollen, doch er konnte es nicht.

Er rollte sich erneut zusammen, wand sich und versuchte zu vergessen, und im Echo des vergeblichen Gebetes fand er seine Erinnerung wieder – jene wenigen, verzweifelten Worte, die er gehört hatte, ohne sie zu verstehen, als sie ihm in jenen Momenten blinder Wut ins Ohr gekeucht wurden.

Um Gottes willen, Mann, hatte der blonde Mann gesagt. *Um Gottes willen, laßt sie!*

Er rollte sich auseinander und lag in kalten Schweiß gebadet steif da.

Zwei Gestalten im Schatten. Und die offene Luke zum Lagerraum, vielleicht sechs Meter weiter.

»O Gott«, sagte er noch einmal, doch diesmal *war* es ein Gebet.

Erst in der Mitte der Hundewache bot sich Roger am nächsten Tag die Gelegenheit, in den Lagerraum hinunterzusteigen. Er versuchte erst gar nicht zu verhindern, daß man ihn sah; die Beobachtung seiner Schiffskameraden hatte ihn schnell gelehrt, daß in beengten Verhältnissen nichts so schnell Aufmerksamkeit erregte wie Heimlichtuerei.

Falls ihn jemand fragte, dann hatte er ein rumpelndes Geräusch gehört und sich gedacht, daß sich vielleicht die Fracht verlagert hatte. Das war ja auch nah genug an der Wahrheit.

Er ließ sich mit den Händen vom Rand der Luke schwingen; wenn er die Leiter nicht herunterließ, war es weniger wahrscheinlich, daß man ihm folgte. Er ließ sich in die Dunkelheit fallen und landete hart und mit einem krachenden Geräusch. Wenn hier unten jemand war, dann mußte er das gehört haben – und falls ihm jemand folgte, würde er selbst gleichermaßen gewarnt sein.

Er ließ sich einen Augenblick Zeit, um sich von seinem Aufprall zu erholen, und begann dann, sich vorsichtig zwischen den hohen, schwach erleuchteten Massen der aufgestapelten Fracht vorwärtszubewegen. Alles schien an den Rändern verschwommen zu sein. Es war nicht nur das schwache Licht; sämtliche Gegenstände im Frachtraum vibrierten leicht und trommelten im Rhythmus der zitternden Bordwand. Er konnte es wahrnehmen, wenn er genau hinhörte; es war der leiseste Ton im Gesang des Schiffes.

Durch die engen Gänge zwischen den Reihen der Kisten hindurch, vorbei an den massiven Bäuchen der dicht an dicht gereihten Wasserfässer. Er holte Atem, die Luft war vom Geruch feuchten Holzes erfüllt, den das schwache Parfüm des Tees überlagerte. Es raschelte und ächzte, viele seltsame Geräusche – doch keine Spur von der Anwesenheit eines Menschen. Dennoch war er sich sicher, daß jemand hier war.

Und warum bist du hier, Kumpel? dachte er. Was, wenn einer der Passagiere aus dem Zwischendeck hier Zuflucht gesucht *hatte*? Wenn jemand hier versteckt lag, hatte er wahrscheinlich die Pocken; Roger konnte nichts für ihn tun – warum sich also die Mühe machen und nachsehen?

Weil er es nicht lassen konnte, lautete die Antwort. Er machte sich keine Vorwürfe darüber, daß er es nicht geschafft hatte, die pockenkranken Passagiere zu retten; ihnen hätte sowieso nichts helfen können, und vielleicht war der schnelle Tod durch Ertrinken ja wirklich nicht schlimmer als die langsame Agonie der Krankheit. Das hätte er jedenfalls gern geglaubt.

Doch er hatte nicht geschlafen; die Ereignisse der Nacht hatten ihn mit einem solchen Gefühl des Entsetzens und der angewiderten Hilflosigkeit erfüllt, daß er keine Ruhe finden konnte. Ob er jetzt etwas tun konnte oder nicht, er mußte *irgend etwas* tun. Er mußte nachsehen.

Etwas Kleines bewegte sich im tiefen Schatten des Frachtraums. *Ratte*, dachte er und drehte sich automatisch um, um nach dem Tier zu treten. Diese Bewegung war seine Rettung; ein schwerer Gegenstand sauste an seinem Kopf vorbei und landete platschend unten im Kielraum.

Er senkte den Kopf und machte einen Satz in die Richtung, aus der die Bewegung gekommen war, die Schultern hochgezogen, um den Schlag abzuwehren, mit dem er rechnete. Es gab keine Fluchtmöglichkeit und nicht viel Platz zum Verstecken. Er sah es wieder, stürzte sich darauf und bekam Stoff zu fassen. Riß fest daran und stieß auf Haut. Ein schnelles Handgemenge im Dunkeln, ein erschrockener Aufschrei, und am Ende hielt er einen Körper fest gegen ein Schott gepreßt und umklammerte das magere Handgelenk von Morag MacKenzie.

»Was zum *Teufel*?« Sie trat nach ihm und versuchte zu beißen, doch er ignorierte es. Er packte sie fest am Kragen und zerrte sie aus dem Schatten in das gedämpfte, bräunliche Licht des Frachtraums. »Was macht Ihr hier?«

»Nichts! Laßt los! Laßt mich los, bitte! Bitte, ich flehe Euch an, Sir…« Da ihre Kraft nicht ausreichte, um sich zu befreien – sie wog vielleicht halb soviel wie er –, verlegte sie sich aufs Bitten, und ihre Worte sprudelten in einem halb geflüsterten Strom der Verzweiflung hervor. »Um Eurer eigenen Mutter willen, Sir! Ihr könnt es nicht tun, bitte, ihr könnt nicht zulassen, daß sie ihn umbringen, *bitte!*«

»Ich werde niemanden umbringen. Um Himmels willen, leiser!« sagte er und rüttelte sie leicht.

Aus dem finstersten Schatten hinter der Ankerkette erklang das hohe, dünne Jammern eines quengeligen Säuglings.

Sie schnappte leise nach Luft und blickte gehetzt zu ihm auf. »Sie werden ihn hören! Gott, Mann, laßt mich zu ihm gehen!« Sie war so verzweifelt, daß es ihr gelang, sich von ihm loszureißen. Sie flüchtete dem Geräusch entgegen und kletterte über die großen, rostigen Glieder der Ankerkette, ohne sich am Schmutz zu stören.

Er folgte ihr, langsamer; sie konnte ja nirgendwo hin. Er fand sie an der dunkelsten Stelle, wo sie an einer der Rippen des Schiffes kauerten, jener riesigen, winkelförmigen Balken, die das Gerüst der Schiffshülle bildeten. Zwischen dem rauhen Holz der Bordwand und den aufgehäuften Massen der Ankerkette war kaum ein halber Meter Platz; sie war nur ein dunkler Fleck in der stygischen Schwärze.

»Ich tue Euch nichts«, sagte er leise. Der Schatten schien vor ihm zurückzuweichen, doch sie antwortete nicht.

Seine Augen gewöhnten sich langsam an die Dunkelheit; ein schwacher Lichtschein von der Luke drang sogar bis hier hinten. Ein weißer Fleck – ihre Brust war entblößt, sie stillte das Kind. Er hörte die kleinen, feuchten Geräusche, die es beim Trinken machte.

»Was zum Teufel macht Ihr hier?« fragte er, obwohl er es genau wußte. Sein Magen krampfte sich zusammen, und das nicht nur wegen des fauligen Geruchs aus dem Kielraum. Er hockte sich neben sie und paßte gerade eben in den winzigen Freiraum.

»Ich verstecke mich!« sagte sie heftig. »Das könnt Ihr doch wohl sehen, oder?«

»Ist das Kind krank?«

»Nein!« Sie beugte sich über das Kind und wandte sich von ihm ab.

»Dann...«

»Es ist nur ein harmloser Ausschlag! Den kriegen alle Kinder, das sagt meine Mutter auch!« Unter den wütenden Leugnungen hörte er die Angst in ihrer Stimme.

»Seid Ihr sicher?« sagte er, so sanft er konnte. Er streckte zögernd die Hand nach dem dunklen Flecken aus, den sie im Arm hielt.

Sie hieb nach ihm, ungeschickt, da sie nur eine Hand benutzen konnte, und er zischte vor Schmerz auf und zuckte zurück.

»Himmel! Ihr habt auf mich eingestochen!«

»Bleibt mir vom Leib! Ich hab' den Dolch von meinem Mann«, sagte sie warnend. »Ich lasse nicht zu, daß Ihr ihn nehmt, vorher bring' ich Euch um, das schwör' ich!«

Er glaubte ihr. Er nahm die Hand in den Mund und konnte sein Blut schmecken, süß und salzig auf der Zunge. Es war nur ein Kratzer, doch er glaubte ihr. Sie würde ihn umbringen – oder selbst sterben, was sehr viel wahrscheinlicher war, wenn ein Mitglied der Besatzung sie fand.

Aber nein, dachte er. Sie war bares Geld wert. Bonnet würde sie nicht umbringen – würde sie nur an Deck zerren lassen und sie zwingen zuzusehen, während man ihr das Kind aus den Armen riß und es ins Meer warf. Er erinnerte sich an die dunklen Schatten, die das Schiff umlagerten, und erschauerte vor Kälte, die nicht von seiner feuchtkalten Umgebung herrührte.

»Ich nehme ihn nicht. Aber wenn es die Pocken sind…«

»Sie sind es nicht! Ich schwöre zu St. Bride, sie sind es nicht!« Eine kleine Hand schoß aus dem Schatten hervor und packte ihn am Ärmel. »Es ist so, wie ich es Euch sage, es ist nur von der Milch, ich habe so etwas schon öfter gesehen, Mann – schon hundert Mal! Ich bin das älteste von neun Kindern, ich weiß genau, wann ein Kind krank ist und wann es nur zahnt!«

Er zögerte und faßte dann abrupt seinen Entschluß. Wenn sie sich irrte und das Kind die Blattern hatte, dann hatte sie sich wahrscheinlich schon angesteckt; sie zum Zwischendeck zurückzubringen, würde nur bedeuten, die Krankheit weiterzuverbreiten. Und wenn sie recht hatte – dann wußte er genausogut wie sie, daß es keine Rolle spielte; jede Art von Ausschlag würde das Kind auf den ersten Blick zum Tod verurteilen.

Er konnte spüren, wie sie zitterte, am Rande der Hysterie. Er hätte sie gern zur Beruhigung berührt, überlegte es sich aber anders. Sie würde ihm nicht vertrauen, und das war ja auch kein Wunder.

»Ich verrate Euch nicht«, flüsterte er.

Die Antwort war argwöhnisches Schweigen.

»Ihr braucht etwas zu essen, nicht wahr? Und frisches Wasser. Ohne das habt Ihr bald keine Milch mehr, und was ist dann mit dem Kind?«

Er hörte ihren Atem, abgehackt und zugeschleimt. Sie war krank, doch es waren nicht die Pocken; alle Passagiere im Zwischendeck husteten und keuchten – die Feuchtigkeit war ihnen von Anfang an auf die Lungen geschlagen.

»Zeigt ihn mir.«

»Nein!« Ihre Augen blitzten im Dunkeln auf wie die Augen einer in die Enge getriebenen Ratte, und der Rand ihrer Lippen hob sich von den kleinen, weißen Zähnen.

»Ich schwöre, ich nehme ihn Euch nicht weg. Aber ich muß ihn sehen.«

»Worauf schwört Ihr?«

Er suchte in seinem Gedächtnis nach einem passenden keltischen Eid, doch dann gab er auf und sagte einfach, was ihm auf der Zunge lag.

»Auf das Leben meiner eigenen Frau«, sagte er, »und auf meine ungeborenen Söhne.«

Er spürte ihre Zweifel, und dann ließ ihre Anspannung ein wenig nach; das runde Knie, das gegen sein Bein gepreßt war, machte eine kleine Bewegung, als sie sich entspannte. Neben ihnen raschelte es leise zwischen den Ketten. Diesmal waren es echte Ratten.

»Ich kann ihn hier nicht allein lassen, um Essen stehlen zu gehen.« Er sah, wie sie den Kopf schwach dem Geräusch zuneigte. »Sie fressen ihn bei lebendigem Leib; sie haben mich schon im Schlaf gebissen, die dreckigen Biester.«

Er streckte die Hände aus, denn er war sich ständig der Geräusche auf dem Deck bewußt. Es war nicht sehr wahrscheinlich, daß jemand hier herunterkommen würde, doch wie lange würde es dauern, bis man ihn oben vermißte?

Sie zögerte immer noch, griff aber schließlich mit einem Finger nach ihrer Brust und löste den Mund des Kindes mit einem leisen *Plop!* Es machte ein leises Protestgeräusch und strampelte ein bißchen, als er es nahm.

Er hatte noch nicht viele Babys gehalten; das schmutzige, kleine Bündel fühlte sich überraschend an – träge und trotzdem lebendig, weich und dennoch robust.

»Vorsicht mit seinem Kopf!«

»Ich hab' ihn.« Er umschloß den warmen, runden Schädel behutsam mit einer Hand, ging gebückt ein paar Schritte rückwärts und hielt das Gesicht des Kindes in das Dämmerlicht.

Seine Wangen waren mit rötlichen Pusteln übersät, die weiße Stippchen hatten – für Roger sahen sie genau wie Pocken aus, und er spürte, wie ein Zittern des Abscheus seine Handflächen durchlief. Auch, wenn man immun war, brauchte man Mut, um die Seuche zu berühren und nicht zurückzuschrecken.

Er sah das Kind mit zusammengekniffenen Augen an und löste

dann vorsichtig seine Windeltücher, ohne den gezischten Protest der Mutter zu beachten. Er ließ seine Hand unter die Kleidung des Babys gleiten und spürte zuerst das durchnäßte Tuch, das ihm zwischen den stämmigen Beinchen hing, und dann die glatte, seidige Haut von Brust und Bauch.

Das Kind kam ihm wirklich nicht sehr krank vor; seine Augen waren klar, nicht trübe. Und der winzige Junge schien zwar zu fiebern, doch es war nicht die sengende Hitze, die er in der vergangenen Nacht gespürt hatte. Das Baby jammerte und wand sich, das stimmte, doch es trat mit der ganzen, wütenden Kraft seiner winzigen Glieder um sich, nicht in den schwachen Krämpfen eines sterbenen Kindes.

Die Jüngsten sterben schnell, hatte Claire gesagt. *Ihr könnt euch nicht vorstellen, wie schnell sich eine Seuche ausbreitet, wenn es nichts gibt, womit man sie bekämpfen kann.* Die letzte Nacht hatte ihm eine Vorstellung davon vermittelt.

»Gut«, flüsterte er schließlich. »Wahrscheinlich habt Ihr recht.« Er spürte mehr, als daß er es sah, wie sie den Arm sinken ließ – sie hatte den Dolch bereitgehalten.

Vorsichtig gab er ihr das Kind zurück und fühlte dabei eine Mischung aus Erleichterung und Bedauern. Und die erschreckende Erkenntnis der Verantwortung, die er auf sich genommen hatte.

Morag gurrte dem Jungen etwas zu und kuschelte ihn an ihre Brust, während sie ihn hastig wieder einwickelte.

»Süßer Jemmy, aye, bist ein lieber Junge. Psst, Schätzchen, psst, ist ja schon gut, Mami ist ja hier.«

»Wie lange?« flüsterte Roger und legte ihr die Hand auf den Arm. »Wie lange hält sich der Ausschlag, wenn er von der Milch kommt?«

»Vielleicht vier Tage, vielleicht fünf«, flüsterte sie zurück. »Aber es dürfte nur noch zwei dauern, bis sich der Ausschlag verändert – bis er nachläßt. Dann kann jeder sehen, daß es nicht die Pocken sind. Dann kann ich herauskommen.«

Zwei Tage. Wenn es die Pocken waren, würde das Kind bis dahin tot sein. Aber wenn nicht – dann könnte er es vielleicht ganz knapp schaffen. Und sie ebenfalls.

»Könnt Ihr so lange wach bleiben? Die Ratten...«

»Aye, das kann ich«, sagte sie heftig. »Ich kann tun, was ich muß. Dann helft Ihr mir also?«

Er holte tief Luft, ohne den Gestank zu beachten.

»Aye, das tue ich.« Er stand auf und gab ihr die Hand. Sie zögerte einen Augenblick, dann ergriff sie sie und stellte sich ebenfalls hin. Sie war klein; sie reichte ihm kaum bis zur Schulter, und die Hand, die er in der seinen hielt, war so groß wie eine Kinderhand – im Schatten sah sie aus wie ein kleines Mädchen, das seine Puppe wiegt.

»Wie alt seid Ihr?« fragte er plötzlich.

Er sah ihre Augen vor Überraschung aufleuchten, dann blitzten ihre Zähne auf.

»Gestern war ich noch zweiundzwanzig«, sagte sie trocken. »Heute bin ich wohl eher hundert.«

Ihre kleine, feuchte Hand befreite sich aus der seinen, und sie verschmolz wieder mit der Dunkelheit.

39

Der Spieler

In der Nacht verstärkte sich der Nebel. In der Morgendämmerung glitt das Schiff in einer Wolke dahin, die so dicht war, daß man von der Reling aus die See nicht sehen konnte, und nur das Rauschen an der Bordwand zeugte davon, daß die *Gloriana* immer noch im Wasser trieb und nicht in der Luft.

Die Sonne war nicht zu sehen, und es wehte kaum Wind; die Segel hingen schlaff herunter und erzitterten dann und wann in einem vorübergehenden Luftzug. Niedergeschlagen gingen die Männer im Dämmerlicht wie Geister über das Deck und tauchten mit einer Plötzlichkeit aus dem Dunst auf, daß sie sich gegenseitig einen Schrecken einjagten.

Diese Sichtbehinderung kam Roger sehr gelegen; er konnte sich fast ungesehen auf dem Schiff bewegen und unbeobachtet in den Lagerraum schlüpfen, wobei er den kleinen Lebensmittelvorrat, den er von seinen eigenen Mahlzeiten zurückbehalten hatte, in seinem Hemd verbarg.

Der Nebel war auch in den Frachtraum gedrungen; feuchtkalte, weiße Schlieren, die zwischen den Bergen von Wasserfässern hervordrifteten, benetzten sein Gesicht und umschwebten seine Füße. Hier unten war es dunkler als je zuvor, das staubiggoldene Zwielicht hatte das Schwarzbraun kalten, feuchten Holzes angenommen.

Das Kind schlief; Roger sah nur die Rundung seiner Wangen, die immer noch mit roten Pusteln übersät war. Sie sahen aggressiv und entzündet aus. Morag sah seinen zweifelnden Blick, sagte aber nichts, sondern ergriff seine Hand und preßte sie gegen den Hals des Säuglings.

Der winzige Pulsschlag machte klopf-klopf-klopf unter seinem Finger, und die weiche, faltige Haut war warm, aber feucht. Beruhigt lächelte er Morag an, und sie antwortete mit einem kurzen Aufleuchten.

Ein Monat im Zwischendeck hatte sie abmagern lassen und sie mit

Schmutz überzogen; die letzten beiden Tage hatten ihr bleibende Falten der Furcht ins Gesicht geprägt. Das Haar hing ihr in langen Zotteln um das Gesicht; es stand vor Fett und wimmelte vor Läusen. Ihre Augen waren wund vor Müdigkeit, und sie roch nach Fäkalien und Urin, saurer Milch und abgestandenem Schweiß. Ihre Lippen waren verkrampft und bleich wie der Rest ihres Gesichtes. Roger ergriff ganz sanft ihre Schultern, bückte sich und küßte sie auf den Mund.

Oben auf der Leiter sah er sich um. Sie stand immer noch da, das Kind in den Armen, und sah zu ihm hoch.

Das Deck war völlig still bis auf das Gemurmel von Steuermann und Bootsmann, unsichtbar am Steuerrad. Roger ließ den Lukendeckel wieder an seinen Platz gleiten. Sein Herzschlag begann sich zu verlangsamen, ihre Berührung wärmte ihm immer noch die Hände. Zwei Tage. Möglicherweise drei. Vielleicht würden sie es schaffen; zumindest war Roger überzeugt, daß sie recht hatte; das Kind hatte keine Pocken.

In der nächsten Zeit würde wohl niemand einen Grund haben, in den Frachtraum zu gehen – erst gestern war ein frisches Wasserfaß hochgebracht worden. Er konnte Wege finden, ihr Essen zu bringen – wenn sie nur lange genug wach bleiben konnte. Das scharfe *Ting* der Schiffsglocke durchbohrte den Nebel, eine Erinnerung an die Zeit, die nicht länger zu existieren schien, da kein Wechsel zwischen Licht und Dunkelheit ihr Verstreichen anzeigte.

Roger hörte es, als er zum Heck hinüberging; ein plötzliches, lautes *Wusch* im Nebel unter der Reling, ganz dicht bei ihnen. Im nächsten Augenblick erzitterte das Schiff leicht unter ihm, als etwas Riesiges an seinen Planken vorbeistrich.

»Wal!« kam ein Ausruf von oben. Er sah die schwachen Umrisse zweier Männer neben dem Hauptmast im Nebel stehen. Sie erstarrten bei dem Ausruf, und er stellte fest, daß er ebenfalls stockstenif dastand und lauschte.

In der Nähe erklang ein weiteres *Wusch* und noch einmal weiter weg. Die Besatzung der *Gloriana* stand schweigend da, und jeder der Männer legte für sich im Geiste ein Verzeichnis der gewaltigen Atemzüge an, erstellte eine unsichtbare Landkarte, auf der das Schiff zwischen beweglichen Sandbänken dahintrieb, schweigenden, intelligenten Fleischbergen.

Wie groß waren sie? fragte sich Roger. Groß genug, um das Schiff zu beschädigen? Er strengte seine Augen an und versuchte vergebens, im Nebel irgend etwas zu erkennen.

Da war es wieder, ein Rumpeln, so stark, daß es an der Reling unter seinen Händen zerrte, gefolgt von einem langen, mahlenden Schaben, das die Planken erzittern ließ. Von unten erklangen unterdrückte Angstschreie; die Menschen im Zwischendeck mußten es genau neben sich spüren, und nur die Planken der Bordwand trennten sie vom Schiffbruch – einem plötzlichen Stoß und dem schreckenerregenden Eindringen der See. Im Vergleich zu den gewaltigen Tieren, die neben ihnen umherschwammen und unsichtbar im Nebel atmeten, schienen die zehn Zentimeter dicken Eichenplanken etwa die Haltbarkeit von Toilettenpapier zu haben.

»Entenmuscheln«, sagte eine leise, irische Stimme hinter ihm im Nebel. Roger fuhr verblüfft zusammen, dann erklang ein amüsiertes, leises Lachen und nahm Bonnets schattigen Umriß an. Der Kapitän hielt eine Cherootzigarre zwischen den Zähnen, und ein plötzlicher Lichtstrahl aus der Kombüse illuminierte die Falten und Flächen seines Gesichtes, die in dem roten Licht verschwommen wirkten. Das kratzende Zittern durchlief erneut die Planken.

»Sie kratzen sich, um ihre Haut von den Parasiten zu befreien«, erklärte Bonnet beiläufig. »Wir sind für sie nur ein schwimmender Stein.« Er zog kräftig an seiner Zigarre, um sie anzufachen, blies den duftenden Rauch aus und warf ein Stück brennendes Papier über Bord. Es verschwand im Nebel wie eine Sternschnuppe.

Roger atmete aus, und es klang kaum leiser als die Wale. Wie nah war ihm Bonnet gewesen? Hatte der Kapitän ihn aus dem Frachtraum kommen sehen?

»Dann können sie das Schiff also nicht beschädigen?« fragte er in nicht minder beiläufigem Ton als der Kapitän.

Bonnet rauchte einen Augenblick lang schweigend und konzentrierte sich auf die Züge an seiner Zigarre. Ohne die Beleuchtung durch die offene Flamme war er wieder ein Schatten, dessen Position allein die Glut seiner Zigarrenspitze verriet.

»Wer weiß?« sagte er schließlich, und kleine Rauchwölkchen pufften beim Sprechen zwischen seinen Zähnen hervor. »Jedes einzelne dieser Tiere könnte uns versenken, wenn es sich ärgert. Ich habe einmal ein Schiff gesehen – oder was davon übrig war –, das ein wütender Wal in Stücke geschmettert hatte. Eine meterlange Planke und ein paar treibende Latten – versenkt mit Mann und Maus, zweihundert Seelen.«

»Die Möglichkeit scheint Euch keine großen Sorgen zu bereiten.«

Er hörte Bonnet langsam ausatmen, ein schwaches Echo der Walseufzer, als er mit gespitzten Lippen den Rauch hervorblies.

»Ich würde nur meine Kraft vergeuden, wenn ich mir Sorgen

machen würde. Ein kluger Mann überläßt die Dinge, die nicht in seiner Macht liegen, den Göttern – und betet, daß Danu ihm beisteht.« Die Hutkrempe des Kapitäns wandte sich ihm zu. »Ihr wißt doch, wer Danu ist, oder, MacKenzie?«

»Danu?« sagte Roger geplättet, und dann fiel der Groschen, und die Erinnerung an ein altes Lied kehrte aus den Nebeln der Kindheit zu ihm zurück. »Komm zu mir, Danu, bring mir Glück. Mach mich kühn. Gib mir Gold – und laß mir Liebe blühn.«

Hinter dem Glimmen erklang ein belustigtes Grunzen.

»Ah, und dabei seid Ihr noch nicht einmal Ire. Aber ich hab' ja gleich gewußt, daß Ihr ein Gelehrter seid, MacKenzie.«

»Ich kenne Danu, die Glücksbringerin«, sagte Roger und hoffte wider jede Wahrscheinlichkeit, daß besagte keltische Göttin eine gute Seefahrerin war und auf seiner Seite stand. Er trat einen Schritt zurück und wollte gehen, doch eine Hand senkte sich auf sein Handgelenk und hielt ihn fest.

»Ein gelehrter Mann«, wiederholte Bonnet leise, und jede Leichtigkeit war aus seiner Stimme gewichen, »aber kein weiser. Seid Ihr denn wenigstens ein Mann des Gebets, MacKenzie?«

Er spannte sich an, spürte aber die Kraft in Bonnets Griff und zog sich nicht zurück. Seine Gliedmaßen sammelten ihre Kräfte, denn sein Körper wußte schneller als er, daß der Kampf gekommen war.

»Ich habe gesagt, ein weiser Mann sorgt sich nicht um Dinge, die nicht in seiner Macht liegen, doch auf diesem Schiff, MacKenzie, liegt alles in meiner Macht.« Der Griff um sein Handgelenk verhärtete sich. »Alles und jeder.«

Roger riß sein Handgelenk zur Seite und entwand sich dem Griff. Er stand allein da, wohl wissend, daß es keine Hilfe und auch kein Entkommen gab. Es gab keine Welt jenseits des Schiffes, und auf ihm, da hatte Bonnet recht, befanden sich alle in der Gewalt des Kapitäns. Wenn er starb, würde das Morag nicht helfen – doch diese Entscheidung war bereits gefallen.

»Warum?« fragte Bonnet, der sich nur schwach interessiert anhörte. »Die Frau ist doch keine Schönheit. Und noch dazu so ein gebildeter Mann; würdet Ihr mein Schiff und mein Geschäft nur um eines warmen Körpers willen aufs Spiel setzen?«

»Ich setze nichts aufs Spiel.« Die Worte kamen heiser heraus, denn er zwang sie durch seine zugeschnürte Kehle hindurch. *Geh schon auf mich los*, dachte er, und seine Fäuste ballten sich an seinen Seiten. *Geh auf mich los und laß mir eine Chance, dich mit mir zu nehmen.*

»Das Kind hat keine Pocken – es ist ein harmloser Ausschlag.«

»Ihr werdet mir vergeben, wenn ich meine unwissende Meinung über die Eure stelle, Mr. MacKenzie, aber ich bin hier der Kapitän.« Die Stimme war immer noch leise, doch das Gift war deutlich zu hören.

»Es ist ein Kind, in Gottes Namen!«

»Das ist es – und völlig wertlos.«

»Für Euch vielleicht.«

Es folgte ein Moment der Stille, der nur von einem entfernten *Wusch* in der weißen Leere unterbrochen wurde.

»Und welchen Wert hat es für Euch?« fragte die Stimme unnachgiebig. »Warum?«

Nur um eines warmen Körpers willen. Ja, deswegen. Für einen Hauch von Menschlichkeit, um sich wieder an die Zärtlichkeit zu erinnern, um die Hartnäckigkeit des Lebens im Angesicht des Todes zu spüren.

»Aus Mitleid«, sagte er. »Sie ist arm, es gab niemanden, der ihr helfen konnte.«

Das starke Tabakaroma erreichte ihn, narkotisch, verzaubernd. Er atmete es ein und stärkte sich daran.

Bonnet bewegte sich, und er bewegte sich ebenfalls und hielt sich bereit. Doch der Schlag blieb aus; der Schatten vergrub die Hand in einer Tasche und hielt ihm eine Geisterhand entgegen, in der sich das Glitzern des diffusen Laternenlichtes wie in einem Elsternest fing – Münzen und Kleinkram und etwas, das er für das rasche Aufblitzen eines Edelsteins hielt. Dann wählte der Kapitän einen Silberschilling und schob den Rest in seine Tasche zurück.

»Ah, Mitleid«, sagte er. »Und wie war das, hattet Ihr nicht gesagt, daß Ihr manchmal spielt, MacKenzie?«

Er hielt ihm den Schilling hin und ließ ihn fallen. Roger fing ihn aus purem Reflex auf.

»Um das Leben des Säuglings also«, sagte Bonnet und der leicht belustigte Tonfall war wieder da. »Eine Wette unter Ehrenmännern, wollen wir es so nennen? Kopf, und er lebt, Zahl, und er stirbt.«

Die Münze lag warm und fest in seiner Handfläche, ein Fremdkörper in dieser Welt der Unterkühlung. Seine Hände waren schlüpfrig vor Schweiß, und doch war sein Verstand eiskalt und hellwach geworden, scharf wie die Spitze eines Eispickels.

Kopf, und er lebt, Zahl, und er stirbt, dachte er ganz ruhig und meinte damit nicht das Kind unter Deck. Er machte Hals und Schritt des anderen Mannes aus; zupacken und losstürzen, ein Schlag und dann hoch mit ihm – die Reling war keinen halben Meter entfernt, und dahinter lag das endlose Reich der Wale.

Jenseits dieser Überlegungen gab es keinen Platz für irgendwelche Angstgefühle. Er sah die Münze hochwirbeln, als hätte eine andere Hand sie geworfen, dann fiel sie auf das Deck. Seine Muskeln spannten sich langsam an.

»Sieht so aus, als wäre Danu heute nacht auf Eurer Seite.« Bonnets leise, irische Stimme schien aus großer Entfernung zu kommen, als der Kapitän sich bückte und die Münze aufhob.

Er begann es gerade erst zu begreifen, als der Kapitän ihn an der Schulter packte und ihn zum Deck herumdrehte.

»Ihr werdet jetzt ein Weilchen mit mir spazierengehen, MacKenzie.«

Irgend etwas war mit seinen Knien passiert; er fühlte sich, als sänke er bei jedem Schritt zusammen, hielt sich aber dennoch irgendwie aufrecht, um mit dem Schatten Schritt zu halten. Das Schiff war still, das Deck unter seinen Füßen meilenweit entfernt; doch die See darunter war ein lebendes, atmendes Wesen. Er spürte, wie sich auch in seinen Lungen der Atem im Rhythmus des Decks hob und senkte, und sein Körper kam ihm grenzenlos vor. Seinem Gefühl nach hätte unter seinen Füßen genausogut Wasser wie Holz sein können.

Es dauerte eine Weile, bevor er Bonnets Worte zu hören begann und mit einem vagen Gefühl des Erstaunens feststellte, daß der Mann dabei zu sein schien, ihm auf stille, teilnahmslose Weise seine Lebensgeschichte zu erzählen.

Er war in Sligo jung zur Waise geworden und hatte schnell gelernt, für sich selbst zu sorgen, sagte er, indem er als Kajütenjunge auf Handelsschiffen arbeitete. Doch eines Winters, als kaum Schiffe fuhren, hatte er sich in Inverness Arbeit an Land gesucht und am Fundament eines großen Hauses mitgegraben, das in der Nähe der Stadtmitte gebaut wurde.

»Ich war gerade siebzehn«, sagte er. »Der jüngste in der Mannschaft der Bauarbeiter. Ich kann nicht sagen, warum sie mich gehaßt haben. Vielleicht war es mein Benehmen, denn ich war ziemlich grob – oder Eifersucht auf meine Größe und Kraft; sie waren ein glückloser, kränklicher Haufen. Oder vielleicht, weil die Mädchen mir hold waren. Oder vielleicht war es nur, weil ich ein Fremder war.

Wie auch immer, jedenfalls wußte ich genau, daß ich unbeliebt war – ich hatte allerdings keine Ahnung, *wie* unbeliebt, bis zu dem Tag, an dem die Kellergrube fertig wurde und mit dem Fundament begonnen werden konnte.«

Bonnet hielt inne, um an seiner Zigarre zu ziehen, damit sie nicht ausging. Er blies Rauchwölkchen aus den Mundwinkeln, weiße

Schlieren, die sich an seinem Kopf vorbei auf das allgegenwärtige Weiß des Nebels zuschlängelten.

»Die Gräben waren fertig«, fuhr er fort, die Zigarre zwischen die Zähne geklemmt, »und die Wände begonnen; ein großer Felsblock stand für den Grundstein bereit. Ich war essen gewesen und war unterwegs zu meinem Schlafplatz, als mich zu meiner Überraschung zwei der Jungs einholten, mit denen ich zusammenarbeitete.

Sie hatten eine Flasche dabei; sie setzten sich auf eine Mauer und drängten mich, mit ihnen zu trinken. Ich hätte es ahnen sollen, denn sie waren freundlich zu mir, und das war noch nie vorgekommen. Aber ich trank und trank, und innerhalb kürzester Zeit war ich völlig betrunken, denn ich war nicht an Schnaps gewöhnt, weil ich nie genug Geld hatte, um mir Hochprozentiges zu kaufen. Als es dunkel wurde, war ich gut abgefüllt und dachte gar nicht daran, mich loszureißen, als sie mich bei den Armen packten und mich die Gasse herunterdrängten. Dann hoben sie mich hoch, warfen mich über eine halbfertige Mauer, und zu meiner Überraschung fand ich mich auf dem feuchten Erdboden der Kellergrube wieder, die ich selbst mitgegraben hatte.

Und sie waren alle da, die Arbeiter. Und es war noch jemand bei ihnen; einer von ihnen hatte eine Laterne, und als er sie hochhielt, konnte ich sehen, daß es der dumme Joey war. Der dumme Joey war ein Bettler, der unter der Brücke lebte – er hatte keine Zähne, und er aß verwesende Fische und Dung, der im Fluß trieb, und er stank schlimmer als der Frachtraum eines Sklavenschiffes.

Ich war so benommen vom Whisky und meinem Sturz, daß ich liegenblieb, wo ich war und ihre Unterhaltung nur halb mitbekam – oder besser ihren Streit, denn der Anführer der Bande war wütend, weil die zwei mich mitgebracht hatten. Der Idiot würde reichen, sagte er; man würde ihm sogar einen Gefallen tun. Aber die zwei, die mich mitgebracht hatten, sagten nein, besser ich. Jemand könnte den Bettler vermissen, sagten sie. Dann lachte jemand und sagte aye, und sie bräuchten mir den Lohn der letzten Woche nicht zu bezahlen, und da begriff ich, daß sie vorhatten, mich umzubringen.

Sie hatten sich schon vorher bei der Arbeit darüber unterhalten. Ein Opfer, sagten sie, für das Fundament, damit die Erde nicht bebte und die Wände nicht einstürzten. Aber ich hatte nicht darauf geachtet – und selbst wenn, dann wäre ich nie darauf gekommen, daß sie nicht einfach vorhatten, einem Hahn den Kopf abzuschlagen, wie sonst auch.«

Er hatte Roger während seiner Rezitation nicht angesehen, sondern blickte statt dessen gebannt in den Nebel, als ereigneten sich die

Geschehnisse, die er beschrieb, erneut, irgendwo hinter dem weißen Nebelvorhang.

Roger hing die Kleidung am Körper, klebrig und zum Auswringen naß vom Nebel und von kaltem Schweiß. Sein Magen verkrampfte sich, und der Jauchegestank des Zwischendecks hätte genausogut die Ausdünstung des dummen Joey in jenem Keller sein können.

»Also machten sie ein bißchen Palaver«, fuhr Bonnet fort, »und der Bettler fing an, laut zu werden, weil er noch etwas zu trinken wollte. Und am Ende sagte der Anführer, es wäre Wortverschwendung, er würde mit einer Münze entscheiden. Dann nahm er eine Münze aus der Tasche und fragte mich lachend, ›Also, Mann, willst du Kopf oder Zahl?‹

Mir war zu übel, als daß ich ein Wort hätte sagen können; der Himmel war schwarz und drehte sich, und in meinen Augenwinkeln flackerten pausenlos Lichtblitze auf wie Sternschnuppen. Also sagte er es für mich; Geordies Kopf, und ich würde leben, Geordies Hintern, und ich würde sterben, und damit warf er den Schilling in die Luft. Er landete neben meinem Kopf im Dreck, aber ich hatte nicht die Kraft, mich umzudrehen und nachzusehen.

Er bückte sich, sah nach und grunzte, dann stand er auf und beachtete mich nicht mehr.«

Ihre ruhigen Schritte hatten sie zum Heck geführt. Dort blieb Bonnet stehen, legte die Hände auf die Reling und rauchte schweigend. Dann nahm er die Zigarre aus dem Mund.

»Sie zogen den Idioten zu der Wand, die im Bau war, und setzten ihn an ihren Fuß. Ich erinnere mich noch an sein dummes Gesicht«, sagte er leise. »Er trank, und er lachte mit ihnen, und sein Mund stand offen – schlaff und feucht wie die Fotze einer alten Hure. Im nächsten Moment kam der Stein von der Mauerkrone geflogen und zerschmetterte ihm den Kopf.«

Feuchte Tropfen hatten sich an den Haarstoppeln in Rogers Nacken gesammelt; er spürte, wie sie einzeln herunterrannen und ihm kalt die Wirbelsäule hinunterliefen.

»Sie haben mich aufs Gesicht gedreht und mir einen Schlag verpaßt«, fuhr Bonnet ungerührt fort. »Als ich wieder zu mir kam, lag ich auf dem Boden eines Fischerbootes. Der Fischer hat mich in der Nähe von Peterhead ans Ufer gesetzt und gesagt, er würde mir raten, mir wieder ein Schiff zu suchen – er könnte mir ansehen, hat er gesagt, daß ich nicht fürs Land gemacht war.«

Er hielt die Zigarre hoch und klopfte sanft mit dem Finger darauf, um die Asche zu lösen.

»Übrigens«, sagte er, »haben sie mir meinen Lohn gegeben; als ich nachsah, war der Schilling in meiner Tasche. Ah, sie waren schon ehrliche Männer.«

Roger lehnte sich an die Reling und umklammerte das Holz, das einzig Stabile in einer Welt, die weich und nebulös geworden war.

«Und seid Ihr wieder an Land gegangen?« fragte er, und seine eigene Stimme klang übernatürlich ruhig, als gehörte sie jemand anderem.

»Ihr meint, habe ich sie gefunden?« Bonnet drehte sich um und lehnte sich an die Reling, so daß er Roger halb zugewandt war. »Oh, ja. Jahre später. Einen nach dem anderen. Aber ich habe sie alle gefunden.« Er öffnete die Hand, in der er die Münze hielt, hielt sie nachdenklich vor sich und drehte sie hin und her, so daß das Silber im Licht der Laterne schimmerte.

»Kopf, und man lebt, Zahl, und man stirbt. Eine gerechte Chance, meint Ihr nicht, MacKenzie?«

»Für sie?«

»Für Euch.«

Die leise, irische Stimme war so teilnahmslos, als stellte sie Beobachtungen über das Wetter an.

Wie im Traum spürte Roger, wie sich das Gewicht des Schillings erneut in seine Hände senkte. Er hörte, wie das Wasser an der Bordwand saugte und zischte, hörte die Wale blasen – und hörte die Saug- und Zischgeräusche, wenn Bonnet an seiner Zigarre zog. *Sieben Wale einen Cirein Croin.*

»Eine gerechte Chance«, sagte Bonnet. »Einmal habt Ihr Glück gehabt, MacKenzie. Mal sehen, ob Danu Euch noch einmal beisteht – oder ob es diesmal der Seelenfresser ist?«

Der Nebel hatte sich auf das Deck gesenkt. Es war nichts zu sehen außer Bonnets Zigarre, ein brennender Zyklop im Dunst. Der Mann hätte wirklich ein Teufel sein können, ein Auge vor dem Elend der Menschen verschlossen, ein Auge offen für die Dunkelheit. Und Roger stand ihm ausgeliefert da, und sein Schicksal leuchtete silbern in seiner Hand.

»Es ist mein Leben; ich darf es mir aussuchen«, sagte er und war überrascht, wie ruhig und stetig seine Stimme klang. »Zahl – Zahl ist für mich.« Er warf die Münze, fing sie auf, schlug die eine Hand fest auf den Rücken der anderen und umschloß die Münze und ihr unbekanntes Urteil.

Er schloß die Augen und dachte ganz kurz an Brianna. *Tut mir leid,* sagte er schweigend zu ihr und hob die Hand.

Ein warmer Atemhauch lief über seine Haut, und dann spürte er eine kühle Stelle auf seinem Handrücken, als die Münze entfernt wurde, doch er bewegte sich nicht, öffnete die Augen nicht.

Es dauerte eine ganze Zeit, bis er begriff, daß er allein war.

NEUNTER TEIL

Passionnément

40

Das Jungfrauenopfer

Wilmington, in der Kolonie North Carolina, 1. September 1769
Dies war der dritte Anfall von Lizzies mysteriöser Krankheit. Nach dem ersten schlimmen Fieberanfall hatte es so ausgesehen, als erholte sie sich, und nachdem sie einen Tag lang Kräfte gesammelt hatte, hatte sie darauf bestanden, reisefähig zu sein. Doch sie waren von Charleston nur einen Tagesritt weit nach Norden gelangt, als das Fieber erneut zuschlug.

Brianna hatte den Pferden die Vorderbeine gefesselt und hastig ein Lager an einem kleinen Bach aufgeschlagen, dann war sie während der ganzen Nacht ein ums andere Mal zum Wasser gegangen und im Dunkeln ein schlammiges Ufer hinauf- und hinuntergeklettert, um in einem kleinen Topf Wasser zu holen, das sie Lizzie in die Kehle und über den dampfenden Körper tropfen ließ. Sie hatte keine Angst vor dem dunklen Wald oder vor wilden Tieren, doch der Gedanke, daß Lizzie in der Wildnis sterben könnte, meilenweit von jeder Hilfe entfernt, entsetzte sie so sehr, daß sie sich vornahm, nach Charleston zurückzukehren, sobald Lizzie wieder auf einem Pferd sitzen konnte.

Doch am Morgen war das Fieber gesunken, und obwohl Lizzie schwach und bleich war, hatte sie reiten können. Brianna hatte gezögert, sich aber schließlich dafür entschieden, weiter nach Wilmington zu drängen, anstatt zurückzukehren. Zu dem Drang, der sie bis hier getrieben hatte, gesellte sich jetzt ein weiterer Ansporn; sie *mußte* ihre Mutter finden, um Lizzies willen genauso wie um ihrer selbst willen.

Brianna, die meistens in der letzten Reihe ihrer Klassenfotos gestanden hatte, hatte ihre Körpergröße nie besonders geschätzt, doch als sie älter wurde, hatte sie die Vorteile ihrer Größe und Kraft zu spüren begonnen. Und je mehr Zeit sie in dieser elenden Gegend verbrachte, desto größer kamen ihr diese Vorteile vor.

Sie stützte eine Hand auf den Bettrahmen, während sie mit der anderen den Nachttopf unter Lizzies zerbrechlichen, weißen Pobacken hervorzog. Lizzie war dürr, aber überraschend schwer und kaum halb bei Bewußtsein; sie stöhnte und zuckte unablässig, und immer wieder verstärkte sich das Zucken plötzlich zu einem ausgewachsenen Schüttelkrampf.

Jetzt begann das Zittern ein wenig nachzulassen, obwohl Lizzie die Zähne immer noch so fest zusammengebissen hatte, daß ihre scharfen Kieferknochen wie Stützpfeiler unter ihrer Haut vorstanden.

Malaria, dachte Brianna zum dutzendsten Mal. Das mußte es sein, so, wie es immer wiederkam. Auf Lizzies Hals war eine Anzahl kleiner, roter Pusteln zu sehen, die Hinterlassenschaft der Moskitos, die sie pausenlos geplagt hatten, seit Land in Sichtweite der *Phillip Alonzo* gekommen war. Sie waren zu weit im Süden gelandet und hatten drei Wochen damit vertan, sich durch die flachen Ufergewässer nach Charleston zu schlängeln, wobei sie ständig von blutsaugenden Insekten gebissen worden waren.

»Prima. Geht's dir etwas besser?«

Lizzie nickte schwach und versuchte zu lächeln, was zur Folge hatte, daß sie aussah wie eine weiße Maus, die einen vergifteten Köder gefressen hatte.

»Wasser, Schätzchen. Versuch mal ein bißchen, nur einen Schluck.« Brianna hielt Lizzie einladend den Becher an die Lippen. Sie hatte ein starkes Déjà-vu-Gefühl und stellte fest, daß ihre Stimme das Echo ihrer Mutter war, in den Worten genauso wie im Tonfall. Diese Erkenntnis war seltsam tröstend, als stünde ihre Mutter irgendwo hinter ihr und spräche durch sie.

Doch wenn hier ihre Mutter gesprochen hätte, dann wäre als nächstes das St.-Josephs-Aspirin mit Orangengeschmack gekommen, eine kleine, wohlschmeckende Lutschtablette, gleichermaßen Belohnung wie Medizin, die Schmerzen und Fieber genauso schnell zu vertreiben schien, wie sich die kleine, saure Tablette auf ihrer Zunge auflöste. Brianna warf einen trostlosen Blick auf ihre Satteltaschen, die an einer Ecke ausgebeult waren. Da war kein Aspirin; Jenny hatte ihr ein kleines Bündel mit Kräutervorräten mitgegeben, doch von dem Kamillen- und Pfefferminztee hatte Lizzie sich nur übergeben.

Chinin, das war es, was man Menschen mit Malaria gab; das war es, was sie brauchte. Doch sie hatte keine Ahnung, ob man es hier überhaupt Chinin nannte oder wie man es verabreichte. Doch Malaria war eine alte Krankheit, und Chinin wurde aus Pflanzen gewonnen – ein Arzt würde doch sicher welches haben, wie es auch immer genannt wurde?

Nur die Hoffnung auf ärztliche Hilfe hatte sie Lizzies zweiten Anfall durchstehen lassen. Aus Angst, noch einmal auf offener Straße pausieren zu müssen, hatte sie Lizzie vor sich mit auf das Pferd genommen, den Körper des Mädchens beim Reiten an sich gedrückt und Lizzies Pferd geführt. Lizzie war abwechselnd vor Hitze aufgeflammt oder hatte sich vor Kälte geschüttelt, und sie waren beide schlaff vor Erschöpfung in Wilmington angekommen.

Doch hier waren sie nun, mitten in Wilmington und doch so weit von wirklicher Hilfe entfernt wie eh und je. Mit angespannten Lippen blickte Brianna zum Nachttisch. Dort lag ein zusammengeballter Lappen mit Blutspritzern.

Die Wirtin hatte einen Blick auf Lizzie geworfen und nach einem Apotheker geschickt. Trotz allem, was ihre Mutter ihr über den primitiven Stand der hiesigen Medizin und ihrer Vertreter gesagt hatte, hatte Brianna beim Anblick des Mannes einen plötzlichen, intensiven Sog der Erleichterung verspürt.

Der Apotheker war ein anständig gekleideter, junger Mann mit freundlicher Ausstrahlung und einigermaßen sauberen Händen gewesen. Wie es auch immer um seine medizinischen Kenntnisse stand, wahrscheinlich wußte er mindestens so viel über Fieberkrankheiten wie sie. Und was wichtiger war, sie konnte sich dem Gefühl hingeben, mit der Verantwortung für Lizzie nicht mehr allein zu sein.

Der Anstand gebot ihr, aus dem Zimmer zu gehen, als der Apotheker das Leinentuch wegzog, um seine Untersuchung durchzuführen, und erst als sie einen leisen Schmerzensschrei hörte, riß sie die Tür auf. Sie fand den jungen Apotheker mit einem Skalpell in der Hand vor, und Lizzie war kreidebleich, während Blut aus einem Schnitt in ihrer Ellenbeuge lief.

»Aber das ist gut für die Temperamente, Miss!« hatte sich der Apotheker verteidigt. »Versteht Ihr denn nicht? Man muß ihr die Temperamente entziehen! Wenn man es nicht tut, wird sich heißer Gallensaft in ihren Organen in Gift verwandeln und ihren ganzen Körper anfüllen, und es wird ihr sicheres Verderben sein!«

»Es wird *Euer* sicheres Verderben sein, wenn Ihr nicht geht«, hatte Brianna ihn mit zusammengebissenen Zähnen informiert. »Fort mit Euch, sofort!«

Sein medizinischer Eifer war seinem Selbsterhaltungstrieb gewichen, und der junge Mann hatte seinen Koffer ergriffen und sich mit größtmöglicher Würde zurückgezogen. Am Fuß der Treppe hatte er angehalten, um ihr finstere Warnungen zuzurufen.

Diese Warnungen hallten ihr noch in den Ohren wider, wenn sie nicht gerade nach unten unterwegs war, um die Schüssel aus dem Kupferkessel in der Küche zu füllen. Die Worte des Apothekers zeugten zum Großteil schlicht von Ignoranz – Gefasel über Temperamente und schlechtes Blut –, doch einige riefen sich immer wieder mit unangenehmer Intensität in Erinnerung.

»Wenn Ihr meinen gutgemeinten Rat nicht annehmt, Miß, dann könnt Ihr Euer Mädchen gleich zum Tode verurteilen!« hatte er gerufen, das indignierte Gesicht im Dunkel des Treppenhauses nach oben gewandt. »Ihr wißt ja selbst nicht, was Ihr für sie tun sollt!«

Das stimmte. Sie wußte ja nicht einmal genau, was für eine Krankheit Lizzie hatte; der Apotheker hatte es als »Wechselfieber« bezeichnet, und die Wirtin hatte von der »Eingewöhnung« gesprochen. Es war ganz normal, daß neu angekommene Immigranten wiederholt krank wurden, denn sie waren ja einem ganzen Regiment von neuen Erregern ausgesetzt. Den unverhüllten Bemerkungen der Wirtin zufolge war es außerdem ganz normal, daß solche Immigranten diesen Eingewöhnungsprozeß nicht überlebten.

Die Schüssel neigte sich, und heißes Wasser schwappte ihr über die Handgelenke. Gott allein wußte, ob der Brunnen hinter dem Wirtshaus hygienisch einwandfrei war oder nicht; besser, das kochende Wasser aus dem Kupferkessel zu benutzen und es abkühlen zu lassen, auch wenn es länger dauerte. Im Krug war kühles Wasser; sie ließ ein wenig davon zwischen Lizzies trockene, aufgesprungene Lippen tropfen und das Mädchen dann auf das Bett zurücksinken. Sie wusch Lizzie Gesicht und Hals, zog die Bettdecke zurück und befeuchtete erneut das leinene Nachthemd, unter dem die winzigen Brustwarzen als dunkelrote Punkte zu sehen waren.

Mit schweren Augenlidern brachte Lizzie ein kurzes Lächeln zustande, dann sank sie mit einem leisen Seufzer zurück und schlief ein. Ihre schlaffen Gliedmaßen entspannten sich wie die Arme und Beine einer Stoffpuppe.

Auch Brianna fühlte sich, als hätte man bei ihr das Füllmaterial entfernt. Sie zog den einzigen Hocker zum Fenster herüber und ließ sich darauf fallen. In dem vergeblichen Bemühen, etwas frische Luft zu schnappen, stützte sie sich auf die Fensterbank. Auf dem ganzen Weg von Charleston hierher hatte die Luft wie eine bleierne Decke über ihnen gelegen – kein Wunder, daß die arme Lizzie unter ihrem Gewicht zusammengebrochen war.

Sie kratzte sich beklommen an einem Stich auf ihrem Oberschenkel; die Insekten waren nicht annähernd so scharf auf sie wie auf Lizzie, doch ein paarmal war sie auch gestochen worden. Malaria war für sie nicht gefährlich; sie war dagegen geimpft, genauso wie gegen Typhus, Cholera und alles, was sie sich sonst noch vorstellen konnte.

Aber es gab keinen Impfstoff gegen Krankheiten wie das Denguefieber oder die Dutzenden von anderen Seuchen, die die dicke Luft wie böswillige Geister heimsuchten. Wie viele davon wurden von blutsaugenden Insekten verbreitet?

Sie schloß die Augen, lehnte den Kopf an den Holzrahmen und tupfte sich mit den Falten ihres Hemdes die Schweißtropfen vom Brustbein. Sie konnte sich riechen; wie lange trug sie diese Kleider schon? Es spielte keine Rolle; sie war zwei Tage und Nächte lang fast pausenlos wach gewesen und war zu müde, um sich umzuziehen, ganz zu schweigen von der Anstrengung, sich zu waschen.

Lizzies Fieber schien vorbei zu sein – doch für wie lange? Wenn es weiterhin immer so wiederkam, würde es das kleine Dienstmädchen mit Sicherheit umbringen; sie hatte bereits das ganze Gewicht wieder verloren, das sie auf der Reise zugenommen hatte und ihre helle Haut begann, im Sonnenlicht gelblich auszusehen.

In Wilmington war keine Hilfe zu finden. Brianna setzte sich gerade hin, reckte sich und spürte, wie ihre Rückenwirbel wieder in Position sprangen. Müde oder nicht, es gab nur eins, was sie tun konnte. Sie mußte ihre Mutter finden, und zwar so schnell wie möglich.

Sie würde die Pferde verkaufen und ein Schiff finden, das sie flußaufwärts brachte. Falls das Fieber zurückkam, konnte sie sich auf einem Schiff genausogut um Lizzie kümmern wie in diesem heißen, übelriechenden, kleinen Zimmer – und sie würden dabei immerhin ihrem Ziel näherkommen.

Sie stand auf, spritzte sich etwas Wasser ins Gesicht und drehte dabei ihr schweißnasses Haar nach oben und aus dem Nacken. Sie schnürte ihre zerknitterte Kniehose auf, zog sie aus und machte dabei verträumte, zusammenhanglose Pläne.

Ein Schiff auf dem Fluß. Sicherlich würde es auf dem Fluß kühler sein. Sie müßten nicht mehr reiten; nach vier Tagen im Sattel schmerzten ihre Oberschenkelmuskeln. Sie würden nach Cross Creek fahren und Jocasta MacKenzie suchen.

»Meine Tante«, murmelte sie und schwankte leicht, als sie nach der Dochtlampe griff. »Großtante Jocasta.« Sie stellte sich eine freundliche, weißhaarige, alte Dame vor, die sie mit derselben Freude begrüßen würde, die sie in Lallybroch angetroffen hatte. Familie. Es würde so guttun, wieder eine Familie zu haben. Wie so oft driftete Roger in ihre Gedanken. Sie schob ihn resolut wieder fort; Zeit genug, an ihn zu denken, wenn ihre Mission erledigt war.

Eine kleine Insektenwolke schwebte über der Flamme, und die

Wand neben ihr war übersät mit den pfeilförmigen Schatten der Motten und Florfliegen, die sich von ihrem Tagewerk ausruhten. Sie kniff die Flamme aus, die kaum heißer war als die Luft im Zimmer, und zog sich im Dunkeln das Hemd über den Kopf.

Jocasta würde wissen, wo genau sich Jamie Fraser und ihre Mutter befanden – würde ihr helfen, zu ihnen zu gelangen. Zum ersten Mal, seit sie durch die Steine geschritten war, erfüllte der Gedanke an Jamie Fraser sie weder mit Neugier noch mit Beklommenheit. Das einzige, was zählte, war, daß sie ihre Mutter fand. Ihre Mutter würde wissen, was man für Lizzie tun mußte; ihre Mutter würde wissen, wie man alles richtete.

Sie breitete eine zusammengefaltete Bettdecke auf dem Boden aus und legte sich nackt darauf. In Sekundenschnelle war sie eingeschlafen und träumte von den Bergen und von reinem, weißem Schnee.

Am nächsten Abend sah die Lage besser aus. Das Fieber *war* vorbei, genau wie beim ersten Mal, und Lizzie war ausgelaugt und schwach, aber bei klarem Verstand und so weit abgekühlt, wie es das Klima zuließ. Erfrischt hatte sich Brianna nach der durchschlafenen Nacht die Haare gewaschen, sich mit Hilfe eines Schwammes und der Schüssel gereinigt und dann der Wirtin Geld gegeben, damit sie ein Auge auf Lizzie hatte, während sie selbst sich in Joppe und Kniehose gekleidet ans Werk machte.

Es hatte fast den ganzen Tag gedauert – und sie hatte Unmengen von aufgerissenen Augen und Mündern ertragen müssen, wenn die Männer ihr Geschlecht erkannten –, die Pferde zu einem Preis zu verkaufen, von dem sie hoffte, daß er redlich war. Sie hatte von einem Mann namens Viorst gehört, der in seinem Kanu gegen Bezahlung Passagiere zwischen Wilmington und Cross Creek hin- und heberförderte. Bei Anbruch der Dunkelheit hatte sie Viorst allerdings noch nicht gefunden – und sie hatte nicht vor, sich abends bei den Docks herumzutreiben, weder in Hosen noch anderswie. Morgen würde früh genug sein.

Noch ermutigender war, daß Lizzie nach unten gekommen war, als sie kurz vor Sonnenuntergang zum Wirtshaus zurückkehrte, und sich von der Wirtin mit kleinen Portionen Maispudding und Hühnerfrikassee hatte verwöhnen lassen.

»Dir geht's besser!« rief Brianna aus. Lizzie nickte strahlend und schluckte ihren Bissen hinunter.

»Stimmt«, sagte sie. »Ich fühle mich wieder wie ich selber, und Mrs. Smoots ist so freundlich gewesen und hat mich all unsere Sachen waschen lassen. Oh, es tut so gut, sich wieder sauber zu fühlen!« sagte sie begeistert und legte ihre blasse Hand auf ihr Halstuch, das frisch gebügelt aussah.

»Du solltest aber nicht waschen und bügeln«, rügte Brianna ihre Magd, während sie neben ihr auf die Bank glitt. »Du wirst dich noch überarbeiten und wieder krank werden.«

Lizzie warf ihr einen neunmalklugen Blick zu, und in ihren Mundwinkeln hing ein überlegenes Lächeln.

»Na ja, ich dachte, Ihr wollt Eurem Pa vielleicht nicht in Kleidern gegenübertreten, die ganz dreckig sind. Nicht, daß nicht sogar ein schmutziges Kleid besser wäre als das, was Ihr jetzt anhabt.« Die Augen des kleinen Dienstmädchens glitten tadelnd über Briannas Hose; sie hielt überhaupt nichts von der Vorliebe ihrer Herrin für Männerkleidung.

»Meinem Pa? Was soll das – Lizzie, hast du etwas gehört?« Eine Flamme der Hoffnung schoß in ihr hoch, eine plötzliche, helle Verpuffung wie beim Anzünden eines Gasherdes.

Lizzie machte ein selbstzufriedenes Gesicht.

»Jawohl, das habe ich. Und nur, weil ich gewaschen habe – mein Pa hat immer schon gesagt, daß Tüchtigkeit sich auszahlt.«

»Ja, ganz bestimmt«, sagte Brianna trocken. »Was hast du denn herausbekommen, und wie?«

»Also, ich war gerade dabei, Euren Unterrock aufzuhängen – den hübschen, aye, mit dem Spitzensaum...«

Brianna ergriff einen kleinen Milchkrug und hielt ihn drohend über den Kopf des zierlichen Mädchens. Lizzie kreischte und duckte sich kichernd.

»Schon gut. Ich sag's!«

Während sie mit der Wäsche beschäftigt war, war einer der Gäste des Wirtshauses in den Hof hinausgekommen, um eine Pfeife zu rauchen, weil das Wetter so schön war. Er hatte Lizzies Hausfrauenkünste bewundert und eine freundliche Unterhaltung mit ihr angefangen, in deren Verlauf sich herausstellte, daß dieser Herr – ein gewisser Andrew MacNeill – nicht nur von James Fraser gehört hatte, sondern gut mit ihm bekannt war.

»Wirklich? Was hat er gesagt? Ist dieser MacNeill noch hier?«

Lizzie streckte beschwichtigend die Hand aus und brachte sie zum Schweigen.

»Ich erzähl's ja schon, so schnell ich kann. Nein, er ist nicht mehr hier; ich habe versucht, ihn zum Bleiben zu bewegen, aber er mußte mit dem Paketboot nach New Bern und konnte nicht hierbleiben.«

Sie war fast so aufgeregt wie Brianna; ihre Wangen waren immer noch fahl, doch ihre Nasenspitze war rot geworden.

»Mr. MacNeill kennt Euren Pa, und Eure Großtante Cameron auch – sie ist eine richtige Dame, sagt er, sehr reich, mit einem prächtigen, riesigen Haus und vielen Sklaven, und –«

»Das ist jetzt nicht so wichtig, was hat er über meinen Vater gesagt? Hat er meine Mutter erwähnt?«

»Claire«, sagte Lizzie triumphierend. »Das war doch der Name Eurer Mama, oder? Ich habe ihn danach gefragt, und er hat gesagt, ja, Mrs. Frasers Vorname sei Claire. Und er hat gesagt, daß sie eine ganz erstaunliche Heilerin ist – habt Ihr nicht gesagt, Eure Mutter ist eine gute Ärztin? Er hat gesagt, er ist einmal dabeigewesen, wie sie eine gefährliche Operation an einem Mann durchgeführt hat. Den hat sie mitten auf den Eßtisch gelegt und ihm die Eier abgeschnitten und sie dann vor den Augen der ganzen Abendgesellschaft wieder angenäht!«

»Das ist meine Mutter, Verwechslung ausgeschlossen.« Die Tränen in ihren Augenwinkeln hätten vom Lachen herrühren können. »Geht es ihnen gut? Hatte er sie in letzter Zeit gesehen?«

»Och, das ist ja das Beste daran!« Lizzie beugte sich vor, und die Bedeutung ihrer Nachricht weitete ihr die Augen. »Er ist in Cross Creek – Euer Pa, Mr. Fraser! Ein Bekannter von ihm steht dort wegen Körperverletzung vor Gericht, und Euer Pa ist heruntergekommen, um für ihn auszusagen.« Sie betupfte sich die Schläfe mit ihrem Taschentuch und wischte sich die winzigen Schweißperlen weg.

»Mr. MacNeill sagt, das Gericht tritt vor Montag in einer Woche nicht mehr zusammen, weil der Richter krank geworden und ein neuer aus Edenton unterwegs ist, und der Prozeß nicht weitergehen kann, bevor er nicht eingetroffen ist.«

Brianna strich sich eine Haarlocke zurück und atmete aus. Sie konnte ihr Glück kaum fassen.

»Montag in einer Woche... und heute ist Samstag. Gott, ich frage mich, wie lange man wohl braucht, um stromaufwärts zu kommen?«

Lizzie bekreuzigte sich hastig, um die gedankenlose Blasphemie ihrer Herrin wiedergutzumachen, doch sie teilte ihre Aufregung.

»Ich weiß es nicht, aber Mrs. Smoots sagt, ihr Sohn hat die Reise schon einmal gemacht – wir könnten ihn fragen.«

Brianna schwang herum und ließ den Blick durch den Raum schweifen. Als es dunkel wurde, waren mehr und mehr Männer und Jungen hereingekommen, um auf dem Weg von der Arbeit zu ihren Schlafquartieren etwas zu trinken oder zu essen, und jetzt waren fünfzehn oder zwanzig Menschen auf engstem Raum zusammengedrängt.

»Welcher ist Smoots junior?« fragte Brianna und reckte den Hals, um durch das Gedränge zu blicken.

»Da – der Junge mit den hübschen, braunen Augen. Ich hole ihn Euch her, ja?« Die Aufregung machte sie mutig, und Lizzie schlüpfte von ihrem Sitz und schob sich in die Menge.

Brianna hatte den Milchkrug immer noch in der Hand, machte aber keine Anstalten, sich etwas in ihren Becher zu gießen. Etwas mehr als eine Woche!

Wilmington ist eine Kleinstadt, dachte Roger. An wie vielen Stellen konnte sie sich aufhalten? Wenn sie überhaupt hier war. Er glaubte, daß es sehr wahrscheinlich war; seine Nachfragen in den Hafenkneipen in New Bern hatten ergeben, daß die *Phillip Alonzo* sicher in Charleston gelandet war – und zwar nur zehn Tage, bevor die *Gloriana* in Edenton angedockt hatte.

Brianna konnte zwei Tage oder zwei Wochen gebraucht haben, um von Charleston nach Wilmington zu gelangen – vorausgesetzt, sie war wirklich dorthin unterwegs.

»Sie ist hier«, murmelte er. »Verdammt noch mal, ich *weiß*, daß sie hier ist!« Ob diese Überzeugung nun das Resultat seiner Überlegungen war oder seiner Intuition, seiner Hoffnung oder schlichter Sturheit, er klammerte sich jedenfalls daran wie ein ertrinkender Matrose an ein Brett.

Er selbst war erstaunlich leicht von Edenton nach Wilmington gelangt. Man hatte ihn dazu eingeteilt, die Fracht aus dem Lagerraum der *Gloriana* abzuladen. Er hatte eine Kiste Tee in ein Lagerhaus getragen, sie abgestellt, war zum Tor zurückgegangen und hatte sich damit beschäftigt, sich das schweißdurchtränkte Halstuch wieder um den Kopf zu binden. Sobald der nächste Mann an ihm vorbei war, trat er auf das Dock hinaus, wandte sich nach rechts anstatt nach links und war innerhalb von Sekunden auf der engen, gepflasterten Gasse unterwegs, die von den Docks in die Stadt führte. Am nächsten Morgen hatte er eine Stelle als Träger auf einem kleinen Frachtschiff gefunden, das Vorräte für die Marine aus Edenton zum zentraleren Hafen von Wilmington beförderte, wo sie zum Transport nach England auf ein größeres Schiff verladen werden sollten.

Ohne einen Moment der Reue hatte er in Wilmington auch dieses Schiff im Stich gelassen. Er hatte keine Zeit zu verlieren; Brianna mußte gefunden werden.

Er wußte, daß sie hier war. Fraser's Ridge lag in den Bergen; sie würde einen Führer brauchen, und Wilmington war der Hafen, in dem die Wahrscheinlichkeit, einen solchen zu finden, am größten war. Und wenn sie hier war, dann würde jemand sie bemerkt haben; darauf würde er Geld wetten. Er konnte nur hoffen, daß sie nicht bereits den falschen Leuten aufgefallen war.

Ein schneller Erkundungsgang auf der Hauptstraße ergab die Anzahl von dreiundzwanzig Wirtshäusern. Himmel, diese Leute tranken wie die Flußpferde! Es bestand natürlich die Möglichkeit, daß sie sich ein Zimmer in einem Privathaus genommen hatte, doch die Wirtshäuser waren der beste Ausgangspunkt.

Bis zum Abend hatte er zehn der Wirtschaften geprüft, ein wenig durch die Notwendigkeit gebremst, seinen ehemaligen Schiffskameraden aus dem Weg zu gehen. Es hatte ihn mit rasendem Durst erfüllt, sich von so viel Alkohol umgeben zu sehen und keinen Penny übrig zu haben. Außerdem hatte er den ganzen Tag noch nichts gegessen, was die Sache auch nicht angenehmer machte.

Dennoch bemerkte er diese körperliche Unannehmlichkeit kaum. Ein Mann in der fünften Kneipe hatte sie gesehen, eine Frau in der siebten ebenfalls. »Ein großer *Mann* mit rotem Haar«, hatte der Mann gesagt, doch »ein riesiges Mädchen in Kniehosen« waren die Worte der Frau gewesen, und sie hatte schockiert mit der Zunge geschnalzt. »Ist am hellichten Tag über die Straße gegangen mit dem Rock überm Arm und dem Hintern vor aller Augen!«

Dieser Hintern sollte *ihm* nur erst unter die Augen kommen, dachte Roger mit einigem Grimm, und er wußte, was er damit tun würde. Er erbettelte sich einen Becher Wasser von einer gutherzigen Frau und brach mit frischer Entschlossenheit wieder auf.

Bis es völlig dunkel geworden war, hatte er fünf weitere Kneipen durchkämmt. Die Schankräume waren jetzt voll, und er stellte fest, daß das große, rothaarige Mädchen seit fast einer Woche öffentliche Kommentare provoziert hatte. Die Natur eines Teils dieser Kommentare ließ ihm vor Entrüstung das Blut in den Wangen kochen, und nur die Angst, festgenommen zu werden, hielt ihn von tätlichen Angriffen ab.

So aber verließ er nach einem häßlichen Wortwechsel mit zwei Betrunkenen wutentbrannt die fünfzehnte Wirtschaft. Himmel, hatte die Frau denn überhaupt keinen Verstand? Hatte sie denn keine Ahnung, wozu Männer fähig sind?

Er blieb auf der Straße stehen und wischte sich mit dem Ärmel über sein verschwitztes Gesicht. Er atmete schwer und fragte sich, was er als nächstes tun sollte. Weitermachen, schätzte er, obwohl er sich mitten auf der Straße flach auf die Nase legen würde, wenn er nicht bald etwas zu essen fand.

Der Blaue Bulle, entschied er. Er war schon vorher dort vorbeigekommen, hatte einen Blick in den Schuppen geworfen und einen großen Berg frisches Stroh darin gesehen. Er würde einen Penny oder zwei für ein Abendessen ausgeben, und vielleicht ließ ihn der Besitzer ja aus christlicher Nächstenliebe im Stall schlafen.

Als er sich umwandte, fiel ihm ein Schild an dem Haus auf der anderen Straßenseite auf.

WILMINGTON GAZETTE, JNO. GILLETTE, INH., stand darauf. Die Wilmingtoner Zeitung, eine der wenigen in der Kolonie North Carolina. Eine zuviel, wenn man Roger fragte. Er unterdrückte das Bedürfnis, einen Stein aufzuheben und ihn Jno. Gillette ins Fenster zu werfen. Statt dessen riß er sich das nasse Tuch von der Stirn, bemühte sich, sich ein einigermaßen anständiges Aussehen zu geben, und wandte sich dem Fluß und dem Blauen Bullen zu.

Sie war dort.

Sie saß neben der Feuerstelle, und ihr Haarzopf sprühte Funken im Feuerschein, während sie sich mit einem jungen Mann unterhielt, dem Roger am liebsten mit Gewalt das Lächeln aus dem Gesicht gewischt hätte. Doch er schlug lediglich mit einem Knall die Tür hinter sich zu und ging auf sie zu. Sie drehte sich erschrocken um und starrte den bärtigen Fremden verständnislos an. Ihre Augen blitzten auf, als sie ihn erkannte, dann leuchtete Freude darin auf, und ein immenses Lächeln breitete sich in ihrem Gesicht aus.

»Oh«, sagte sie. »Du bist es.« Dann veränderte sich ihr Blick, und die Erkenntnis flammte wie Buschfeuer darin hoch. Sie schrie auf. Es war ein lauter, kraftvoller Schrei, und jeder einzelne Kopf in der Kneipe fuhr bei seinem Klang herum.

»Verdammt noch mal!« Er machte einen Satz um den Tisch herum und packte sie beim Arm. »Was zum Teufel machst du hier eigentlich?«

Ihr Gesicht war totenblaß geworden, ihre Augen weit und dunkel vor Schrecken. Sie riß den Arm zurück und versuchte, sich zu befreien.

»Laß los!«

»Tue ich nicht! Du kommst mit mir, und zwar sofort!«

Er umkreiste den Tisch, erwischte ihren anderen Arm, riß sie hoch, wirbelte sie herum und schob sie vor sich her zur Tür.

»MacKenzie!« Verdammt, es war einer der Seemänner vom Frachtschiff. Roger sah den Mann drohend an und beschwor ihn, sich herauszuhalten. Glücklicherweise war der Mann nicht nur kleiner, sondern auch älter als Roger; er zögerte, ließ sich dann aber davon ermutigen, daß er nicht allein war, und hob kampflustig das Kinn.

»Was macht Ihr mit dem Mädchen, MacKenzie? Laßt sie in Ruhe!« Es kam Bewegung in die Menge, und die Männer blickten von ihren Getränken auf, weil der Aufruhr sie neugierig machte.

»Sag ihnen, daß alles in Ordnung ist, sag ihnen, daß du mich kennst!« flüsterte er Brianna ins Ohr.

»Es ist alles in Ordnung.« Briannas Stimme war heiser vor Schock, doch sie war laut genug, um in dem zunehmenden Stimmengewirr gehört zu werden. »Es ist alles in Ordnung. Ich – ich kenne ihn.« Der Seemann fiel ein wenig zurück, immer noch skeptisch. In der Kaminecke war ein schmales, junges Mädchen aufgestanden, sie sah aus, als hätte sie Todesangst, umklammerte aber tapfer mit der Faust eine Bierflasche aus Steingut, mit der sie offensichtlich auf Roger einzuschlagen plante, falls es nötig wurde. Ihre schrille Stimme übertönte das argwöhnische Stimmengemurmel.

»Miß Brianna! Ihr werdet doch sicher nicht mit diesem schwarzen Schurken gehen, oder?«

Brianna machte ein Geräusch, das von Hysterie ersticktes Gelächter hätte sein können. Sie griff nach oben und grub ihm die Fingernägel fest in den Handrücken. Verblüfft über den Schmerz lockerte er seinen Griff, und sie riß ihren Arm aus seiner Umklammerung.

»Es ist alles in Ordnung«, wiederholte sie noch einmal fester, an den ganzen Raum gewandt. »Ich kenne ihn.« Sie winkte dem Mädchen zu. »Lizzie, geh schon nach oben ins Bett. Ich – ich komme später wieder.« Sie fuhr auf dem Absatz herum und ging mit schnellen Schritten zur Tür. Roger warf einen drohenden Blick in den Schankraum, um diejenigen zu entmutigen, die vielleicht mit dem Gedanken spielten, sich einzumischen, und folgte ihr.

Sie wartete draußen direkt an der Tür; ihre Finger sanken mit einer Heftigkeit in seinen Arm, die er vielleicht befriedigend gefunden hätte, wenn sie nur von der Wiedersehensfreude verursacht worden wäre. Doch das bezweifelte er.

»Was machst *du* denn hier?« fragte sie.

Er löste ihre Finger und umfaßte sie fest.

»Nicht hier«, schnappte er. Er nahm ihren Arm und zog sie ein kleines Stück die Straße entlang in den Schutz einer großen Roßkastanie. Am Himmel glommen immer noch die Reste des Zwielichts, doch die herabhängenden Äste reichten fast bis auf den Boden, und darunter war es dunkel genug, um sich vor neugierigen Seelen zu verbergen, die auf die Idee kommen mochten, ihnen zu folgen.

In dem Moment, in dem sie den Schatten erreichten, ging sie auf ihn los.

»Was machst du hier, um Himmels willen?«

»Dich suchen, Dummkopf. Und was in drei Teufels Namen machst *du* hier? Noch dazu in *dieser* Aufmachung, zum Kuckuck!« Er hatte sie nur kurz in Hemd und Hosen zu Gesicht bekommen, doch es hatte gereicht.

In ihrer eigenen Zeit wären die Kleidungsstücke so weit gewesen, daß sie ihm geschlechtslos vorgekommen wären. Doch jetzt, nachdem er monatelang nur Frauen in langen Röcken und *Arisaids* gesehen hatte, kamen ihm die offen zur Schau gestellte Teilung ihrer Beine, die schiere, verdammte Länge ihrer Oberschenkel und die Rundungen ihrer Waden so empörend vor, daß er am liebsten ein Laken um sie geschlungen hätte.

»Verflixtes Weibsbild. Du könntest genausogut nackt über die Straße gehen!«

»Sei kein Idiot! Was machst du hier?«

»Das sage ich doch – ich suche dich.«

Dann packte er sie bei den Schultern und küßte sie hart. Angst, Wut, und die pure Erleichterung, sie gefunden zu haben, verschmolzen augenblicklich zu einem soliden Stoß des Verlangens, und er stellte fest, daß er zitterte. Sie auch. Sie klammerte sich an ihn und lag bebend in seinen Armen.

»Ist ja gut«, flüsterte er. Er vergrub seinen Mund in ihrem Haar. »Ist ja gut, ich bin hier. Ich kümmere mich um dich.«

Sie fuhr aus seiner Umarmung auf.

»*Gut?*« rief sie. »Wie kannst du das sagen? Um Himmels willen, du bist *hier*!«

Der Schrecken in ihrer Stimme war nicht zu überhören. Er packte sie beim Arm.

»Und wo zum Teufel sollte ich sonst sein, wenn du dich einfach so in das verdammte Nichts verkrümelst und deinen verdammten Hals riskierst und – warum zum Teufel hast du das getan?«

»Ich suche meine Eltern. Was sollte ich wohl *sonst* hier machen?«

»Das weiß ich, Himmel noch mal! Ich meine, warum zum *Teufel* hast du mir nicht gesagt, was du vorhattest?«

Sie riß ihren Arm aus seiner Umklammerung und verpaßte ihm einen kräftigen Stoß vor die Brust, der ihn um ein Haar stolpern ließ.

»Weil du mich nicht gelassen hättest. Du hättest versucht, mich aufzuhalten, und...«

»Das hätte ich, allerdings! Gott, ich hätte dich irgendwo eingesperrt oder dich an Händen und Füßen festgebunden! Das ist ja wohl die bescheuertste Idee...«

Sie schlug ihn, eine schallende Ohrfeige, die ihn hart an der Wange traf.

»Schnauze!«

»Verdammtes Weibsbild! Erwartest du etwa von mir, daß ich dich ins – ins *Nichts* verschwinden lasse und zu Hause Däumchen drehe, während man dich auf dem Marktplatz zur Schau stellt? Wofür hältst du mich?«

Er spürte ihre Bewegung mehr, als daß er sie sah, und ergriff ihr Handgelenk, bevor sie ihn noch einmal ohrfeigen konnte.

»Dazu bin ich jetzt nicht in der Stimmung, hörst du? Schlag mich noch einmal, und beim Allmächtigen, ich tue dir etwas an!«

Sie ballte die andere Hand zur Faust und boxte ihn in den Bauch, blitzschnell wie eine zupackende Schlange.

Er hätte gern zurückgeschlagen. Statt dessen ergriff er sie, wickelte sich eine Handvoll ihrer Haare um die Faust und küßte sie hart.

Sie wand sich und kämpfte mit erstickten Geräuschen gegen ihn an, doch er ließ nicht von ihr ab. Dann erwiderte sie den Kuß, und sie sanken gemeinsam auf die Knie. Ihre Arme schlangen sich um seinen Hals, als er sie auf den laubbedeckten Boden unter dem Baum bettete. Dann lag sie weinend in seinen Armen, hustete und japste, und die Tränen liefen ihr über das Gesicht, während sie sich an ihn klammerte.

»Warum?« schluchzte sie. »Warum mußtest du mir folgen? War dir das denn nicht klar? Was sollen wir jetzt nur tun?«

»Inwiefern tun?« Er konnte nicht sagen, ob sie vor Wut weinte oder aus Angst – beides, dachte er.

Sie starrte durch ihre verworrenen Haarsträhnen zu ihm hoch.

»Wie kommen wir zurück? Man muß jemanden haben, zu dem man geht – jemanden, an dem einem etwas liegt. Du bist der einzige Mensch auf der anderen Seite, den ich liebe – oder du warst es! Wie soll ich denn zurückkommen, wenn du *hier* bist? Und wie kommst du zurück, wenn *ich* hier bin?«

Er erstarrte. Vergessen waren Angst und Wut, und seine Hände krampften sich fest um ihre Handgelenke, damit sie ihn nicht wieder schlagen konnte.

»Deswegen? Deswegen wolltest du es mir nicht sagen? Weil du mich *liebst*? Lieber Himmel!«

Er ließ ihre Handgelenke los und legte sich auf sie. Er tastete mit beiden Händen nach ihrem Gesicht und versuchte, sie erneut zu küssen. Ihre Hüften kreisten plötzlich herum, und sie schwang zu beiden Seiten die Beine hoch, nahm ihn fest in die Schere und quetschte ihm die Rippen.

Er drehte sich um, brach ihre Umklammerung auf und rollte sich mit ihr herum. Er kam auf dem Rücken zu liegen, und sie saß auf ihm. Er fuhr ihr mit der Hand in die Haare und zog keuchend ihr Gesicht zu sich herunter.

»Aufhören«, sagte er. »Himmel, was ist das hier, ein Ringkampf?«

»Laß meine Haare los.« Sie pendelte mit dem Kopf hin und her und versuchte, ihn abzuschütteln. »Ich *hasse* es, wenn mich jemand an den Haaren zieht.«

Er ließ ihre Haare los und wanderte mit seiner Hand der Länge nach an ihrem Hals hinauf, die Finger um ihren schlanken Nacken gelegt, einen Daumen auf dem Puls in ihrer Kehle. Er klopfte wie ein Hammer, genau wie sein eigener.

»Na gut, wie ist's denn mit Würgen?«

»Mag ich auch nicht.«

»Ich auch nicht. Nimm deinen Arm von meinem Hals, aye?«

Ganz langsam sank ihr Gewicht nach hinten. Er war immer noch kurzatmig, aber nicht, weil sie ihm die Luft abgeschnitten hatte. Er hätte ihren Hals am liebsten nicht losgelassen. Nicht, weil er Angst hatte, daß sie wieder auf ihn losgehen würde, sondern weil er es nicht ertragen konnte, den Kontakt mit ihr zu verlieren. Es hatte zu lange gedauert.

Sie hob die Hand und ergriff sein Handgelenk, zog es aber nicht fort. Er spürte, wie sie schluckte.

»Na gut«, flüsterte er. »Sag es. Ich will es hören.«

»Ich... liebe... dich«, sagte sie mit zusammengebissenen Zähnen. »Kapiert?«

»Aye, ich hab's kapiert.« Er nahm ihr Gesicht zwischen seine Hände, ganz sanft, und zog sie herunter. Sie gab nach; ihre Arme zitterten, und sie ließ ihn unter sich los.

»Sicher?« sagte er.

»Ja. Was *machen* wir bloß?« sagte sie und fing an zu weinen.

»*Wir*.« Sie hatte *wir* gesagt. Sie hatte gesagt, sie war sich sicher.

Roger lag im Staub der Straße, verkratzt, schmutzig und halbverhungert, neben einer Frau, die sich zitternd an seiner Brust ausweinte und ihm ab und zu einen kleinen Fausthieb versetzte. Er war noch nie in seinem Leben so glücklich gewesen.

»Psst«, flüsterte er, während er sie sanft wiegte. »Ist ja gut; es gibt noch einen Weg. Wir kommen schon zurück; ich weiß, wie. Mach dir keine Sorgen, ich paß auf dich auf.«

Schließlich war sie erschöpft und lag still in seiner Armbeuge, schniefend und hicksend. Auf der Vorderseite seines Hemdes war ein großer, feuchter Fleck. Die Grillen im Baum, die bei dem Aufruhr erschrocken verstummt waren, nahmen nach und nach ihren Gesang wieder auf.

Sie befreite sich, setzte sich auf und tastete in der Dunkelheit herum.

»Ich buß bir die Dase putzen«, sagte sie belegt. »Hast du ein Taschentuch?«

Er gab ihr den feuchten Stoffetzen, den er dazu benutzte, sich das Haar zurückzubinden. Sie machte Schniefgeräusche, und er lächelte im Dunkeln.

»Du hörst dich an wie eine Dose Rasierschaum.«

»Und wann hast du zum letzten Mal eine gesehen?« Sie legte sich wieder auf ihn, legte ihren Kopf in die Rundung seiner Schulter und langte herauf, um sein Kinn zu berühren. Er hatte sich vor zwei Tagen rasiert; seitdem hatte er weder Zeit noch Gelegenheit dazu gehabt.

Ihr Haar roch immer noch schwach nach Gras, aber nicht mehr nach künstlichen Blumen. Es mußte ihr natürlicher Geruch sein.

Sie seufzte tief und legte ihren Arm fester um ihn.

»Es tut mir leid«, sagte sie. »Ich wollte nicht, daß du mir hinterherkommst. Aber... Roger, ich bin schrecklich froh, daß du hier bist.«

Er küßte sie auf die Stirn; sie war feucht und salzig vom Schweiß und von den Tränen.

»Ich auch«, sagte er, und für den Augenblick kamen ihm alle Strapazen und Gefahren der letzten beiden Monate unbedeutend vor. Alle, außer einer.

»Wie lange hattest du es geplant?« fragte er. Wahrscheinlich hätte er es ihr auf den Tag genau sagen können. Seit ihre Briefe angefangen hatten, sich zu verändern.

»Oh... ungefähr sechs Monate«, sagte sie und bestätigte seine Schätzung. »Es war, als ich in den letzten Osterferien nach Jamaika gefahren bin.«

»Aye?« Nach Jamaika anstatt nach Schottland. Sie hatte ihn gebeten mitzufahren, und er hatte abgelehnt, dummerweise gekränkt, weil sie nicht automatisch vorgehabt hatte, zu ihm zu kommen.

Sie holte tief Luft, atmete wieder aus und tupfte sich mit dem Hemdkragen über ihre Haut.

»Ich hatte diese Träume«, sagte sie. »Von meinem Vater. Meinen Vätern. Allen beiden.«

Die Träume waren kaum mehr als Fragmente gewesen; plastische Bilder von Frank Randalls Gesicht, dann und wann auch längere Szenen, in denen sie ihre Mutter sah. Und dann und wann einen hochgewachsenen, rothaarigen Fremden, von dem sie wußte, daß er der Vater war, dem sie noch nie begegnet war.

»Besonders den einen Traum...« In dem Traum war es Nacht gewesen, irgendwo in den Tropen, mit Feldern aus hohen, grünen Pflanzen, die wohl Zuckerrohr waren, und Feuern, die in der Ferne brannten.

»Es schlugen Trommeln, und ich wußte, daß sich etwas verbarg, im Zuckerrohr lauerte; etwas Furchtbares«, sagte sie. »Meine Mutter war da und trank Tee mit einem Krokodil.« Roger grunzte, und ihre Stimme verhärtete sich. »Es war ein Traum, klar?

Dann trat er aus dem Zuckerrohr heraus. Ich konnte sein Gesicht nicht besonders gut sehen, aber ich konnte sehen, daß er rote Haare hatte; wenn er den Kopf drehte, glänzte es auf wie Kupfer.«

»War er das schreckliche Wesen zwischen den Zuckerpflanzen?« fragte Roger.

»Nein.« Er konnte ihre Haare hören, als sie den Kopf schüttelte. Es war inzwischen völlig dunkel geworden, und sie war kaum mehr als ein beruhigendes Gewicht auf seiner Brust, eine leise Stimme, die neben ihm aus dem Schatten kam.

»Er stand zwischen meiner Mutter und dem schrecklichen Wesen. Ich konnte es nicht sehen, aber ich wußte, daß es da war und wartete.« Unwillkürlich zitterte sie leicht, und Roger umfaßte sie fester.

»Dann wußte ich, daß meine Mutter aufstehen und direkt darauf zugehen würde. Ich habe versucht, sie aufzuhalten, doch ich konnte sie nicht dazu bringen, mich zu sehen oder zu hören. Also habe ich mich an ihn gewandt und ihm zugerufen, daß er mit ihr gehen sollte – sie davor retten sollte, was es auch immer war. Und er hat mich gesehen!« Die Hand auf seinem Oberschenkel drückte fest zu. »Wirklich, er hat mich gesehen, und er hat mich gehört. Und dann bin ich aufgewacht.«

»Aye?« sagte Roger skeptisch. »Und deswegen bist du nach Jamaika gefahren, und...«

»Es hat mich nachdenklich gemacht«, sagte sie scharf. »Du hattest ja nachgesucht; nach 1766 konntest du sie in Schottland nirgends mehr finden, und auf den Listen der Emigranten in die Kolonien hast du sie auch nicht gefunden. Und dann hast du gesagt, du meintest, wir sollten aufhören; daß wir nicht mehr herausfinden würden.«

Roger war dankbar für die Dunkelheit, die seine Schuld verbarg. Er küßte sie schnell auf den Scheitel.

»Aber ich war mir nicht so sicher; der Ort, an dem ich sie im Traum gesehen hatte, war in den Tropen. Was, wenn sie auf den Westindischen Inseln waren?«

»Ich habe nachgesehen«, sagte Roger. »Ich habe die Passagierlisten aller Schiffe überprüft, die in den späten 1760ern und den 1770ern aus Edinburgh oder London abgefahren sind – egal, wohin. Das habe ich dir schon gesagt«, fügte er hinzu, Verärgerung in der Stimme.

»Das weiß ich«, sagte sie nicht minder verärgert. »Aber was, wenn sie nicht als Passagiere gefahren sind? Warum sind die Leute denn damals – heute, meine ich – in die Karibik *gefahren*?« Sie fing sich wieder, und ihre Stimme überschlug sich ein wenig, als ihr einfiel, wo sie war.

»Handel, zum Großteil.«

»Genau. Was also, wenn sie mit einem Frachtschiff gefahren waren? Dann würden sie auf keiner Passagierliste auftauchen.«

»Okay«, sagte er langsam. »Stimmt, das würden sie nicht. Aber wie sollte man sie dann suchen?«

»Lagerhausregister, Geschäftsbücher von Plantagen, Hafenunterlagen. Ich habe die ganzen Ferien in Museen und Bibliotheken verbracht. Und – und ich habe sie gefunden«, sagte sie mit leicht verhaltener Stimme.

Himmel, sie hatte die Notiz gefunden.

»Aye?« sagte er, um Ruhe bemüht.

Sie lachte ein wenig zittrig.

»Ein James Fraser, Kapitän eines Schiffes namens *Artemis*, hat einem Pflanzer in Montego Bay am zweiten April 1767 fünf Tonnen Fledermausguano verkauft.«

Roger konnte ein belustigtes Grunzen nicht unterdrücken, doch genausowenig konnte er sich den Widerspruch verkneifen.

»Aye, aber ein Schiffskapitän? Nach allem, was uns deine Mutter über seine Seekrankheit erzählt hat? Und ich will dich ja nicht entmutigen, aber es muß buchstäblich Hunderte von James Frasers geben; woher willst du da wissen...«

»Vielleicht; aber am ersten April hat eine Frau namens Claire Fraser auf dem Sklavenmarkt in Kingston einen Sklaven gekauft.«

»Sie hat *was*?«

»Ich weiß nicht, wozu«, sagte Brianna bestimmt, »aber ich bin mir sicher, daß sie es mit gutem Grund getan hat.«

»Na ja, sicher, aber...«

»In den Papieren war der Name des Sklaven mit ›Temeraire‹ angegeben, und er wurde als einarmig beschrieben. Damit fällt er auf, nicht wahr? Wie auch immer, ich habe angefangen, alte Zeitungen nach diesem Namen zu durchsuchen, nicht nur von den Westindischen Inseln, sondern aus allen südlichen Kolonien – meine Mutter würde niemals einen Sklaven halten; wenn sie ihn gekauft hatte, dann mußte sie ihn irgendwie freigelassen haben, und manchmal wurden die Bekanntmachungen solcher Freilassungen in den örtlichen Zeitungen abgedruckt. Ich dachte, ich könnte vielleicht herausfinden, wann der Sklave freigesetzt wurde.«

»Und, hast du?«

»Nein.« Sie schwieg einen Augenblick. »Ich – ich habe etwas anderes gefunden. Eine... Todesanzeige. Die meiner Eltern.«

Er wußte zwar, daß sie sie gefunden haben mußte, doch es erschreckte ihn dennoch, es aus ihrem Mund zu hören. Er zog sie fest an sich und legte seine Arme um sie.

»Wo?« fragte er leise. »Wie?«

Er hätte es besser wissen sollen. Er hörte ihrer halberstickten Erklärung gar nicht zu; er war zu sehr damit beschäftigt, sich selbst zu verfluchen. Er hätte wissen müssen, daß sie zu stur war, um sich davon abbringen zu lassen. Das einzige, was er mit seiner dickköpfigen Unterschlagung erreicht hatte, war, sie zur Heimlichtuerei zu treiben. Und er hatte dafür bezahlt – mit sorgenvollen Monaten.

»Aber wir sind rechtzeitig gekommen«, sagte sie. »In der Anzeige stand 1776; wir haben noch Zeit, sie zu finden.« Sie seufzte tief. »Ich bin so froh, daß du da bist. Ich hatte solche Angst, daß du es herausfinden würdest, bevor ich zurückkommen konnte, und ich wußte nicht, was du tun würdest.«

»Genau das, was ich getan *habe*... Weißt du«, sagte er in harmlosem Tonfall, »ich habe einen Freund mit einem zweijährigen Kind. Er sagt, er würde nie im Leben Kindesmißbrauch gutheißen – doch bei Gott, er weiß, was die Leute dazu bringt. Im Augenblick denke ich genau dasselbe über Leute, die ihre Ehefrauen schlagen.«

Das schwere Gewicht auf seiner Brust erzitterte kurz vor Lachen.

»Was meinst du damit?«

Er fuhr ihr mit der Hand den Rücken entlang und umfaßte ihre runde Pobacke. Sie trug keine Unterwäsche unter den weiten Kniehosen.

»Ich meine, daß mir, wäre ich ein Mann dieser Zeit und nicht meiner eigenen, nichts mehr Freude machen würde, als dir meinen Gürtel ungefähr ein dutzendmal über den Hintern zu ziehen.«

Sie schien das nicht für eine ernstzunehmende Drohung zu halten. Er glaubte sogar, daß sie lachte.

»Da du aber kein Mann dieser Zeit bist, würdest du es nicht tun? Oder würdest du es tun, aber es würde dir keine Freude machen?«

»Oh, ich würde es genießen«, versicherte er ihr. »Es gibt nichts, was ich lieber täte, als dich mit einem Stock zu versohlen.«

Sie lachte tatsächlich.

In plötzlicher Wut schob er sie von sich und setzte sich auf.

»Was ist denn mit dir los?«

»Ich dachte, du hättest einen anderen gefunden! Deine Briefe während der letzten paar Monate... und dann der letzte. Ich war mir ganz sicher. Deswegen würde ich dich am liebsten schlagen – nicht, weil du mich angelogen hast oder fortgegangen bist, ohne es mir zu sagen –, sondern weil du mich hast glauben lassen, ich hätte dich verloren.«

Sie schwieg einen Moment lang. Ihre Hand kam aus der Dunkelheit und berührte ganz sanft sein Gesicht.

»Es tut mir leid«, sagte sie leise. »Es war nie meine Absicht, daß du das denkst. Ich wollte nur verhindern, daß du es herausfindest – bis es zu spät war.« Sie wandte ihm den Kopf zu, eine Silhouette im schwachen Licht der Straße außen vor ihrem Versteck. »Wie *hast* du es herausgefunden?«

»Deine Kisten. Sie sind im College angekommen.«

»Was? Aber ich habe ihnen doch gesagt, sie sollten sie nicht vor Ende Mai abschicken, wenn du in Schottland sein würdest!«

»Da wäre ich auch gewesen, wenn mich nicht in letzter Minute diese Tagung in Oxford festgehalten hätte. Sie sind einen Tag vor meiner Abreise angekommen.«

Licht überflutete sie plötzlich, und es wurde laut, als sich die Tür der Wirtschaft öffnete und ein Knäuel von Gästen auf die Straße spie. Stimmen und Schritte kamen erschreckend nah an ihrem Versteck vorbei. Keiner von ihnen sagte ein Wort, bevor die Geräusche nicht verstummt waren. Als die Stille wieder eingekehrt war, hörte er, wie eine Kastanie durch die Blätter fiel und neben ihm im Laub aufprallte.

Briannas Stimme war seltsam heiser.

»Du hast geglaubt, ich hätte einen anderen... und du bist mir trotzdem gefolgt?«

Er seufzte und wischte sich das feuchte Haar aus dem Gesicht. Seine Wut war genausoschnell verflogen, wie sie gekommen war.

»Ich wäre auch gekommen, wenn du mit dem König von Siam verheiratet wärst. Mensch, Frau!«

Sie war kaum mehr als ein bleicher, verschwommener Fleck in der Dunkelheit; er sah die schnelle Bewegung, mit der sie sich vorbeugte, um die heruntergefallene Kastanie aufzuheben, und sich dann hinsetzte und damit spielte. Schließlich holte sie ganz tief Luft und atmete langsam wieder aus.

»Du hast von Leuten gesprochen, die ihre Ehefrauen schlagen.«
Er hielt inne. Die Grillen waren wieder verstummt.
»Du hast gesagt, du bist dir sicher. Hast du das ernst gemeint?«
»Ja«, sagte sie leise.
»Damals in Inverness habe ich gesagt...«
»Du hast gesagt, du willst mich ganz – oder gar nicht. Und ich habe gesagt, ich verstehe. Ich bin mir sicher.«

Während ihres Ringkampfes war ihr das Hemd aus der Hose gerutscht, und es umwehte sie locker in der schwachen, heißen Brise. Er griff unter den flatternden Saum und traf auf ihre nackte Haut, die bei seiner Berührung mit Gänsehaut überzog. Er zog sie an sich, ließ seine Hände über ihren nackten Rücken und ihre Schultern gleiten, vergrub sein Gesicht in ihrem Haar, an ihrem Hals, erkundete sie, fragte sie mit seinen Händen – meinte sie es ernst?

Sie legte die Hände auf seine Schultern und legte sich zurück, drängte ihn. Ja, sie meinte es ernst. Er erwiderte wortlos, indem er die Vorderseite ihres Hemdes öffnete und sie auseinanderbreitete. Ihre Brüste waren weiß und nachgiebig.

»Bitte«, sagte sie. Ihre Hand lag auf seinem Hinterkopf und zog ihn an sich. »Bitte!«

»Wenn ich dich jetzt nehme, dann ist es für immer«, flüsterte er.

Sie atmete kaum, sondern verhielt sich völlig reglos und ließ seine Hände wandern, wohin sie wollten.

»Ja«, sagte sie.

Die Kneipentür öffnete sich erneut, und sie schraken auseinander. Er ließ sie los, stand auf und gab ihr die Hand, um ihr aufzuhelfen. Dann stand er da, ihre Hand in der seinen, und wartete, bis die Stimmen in der Ferne verklangen.

»Komm mit«, sagte er und bückte sich unter den herabhängenden Zweigen hindurch.

Der Schuppen stand dunkel und still in einiger Entfernung von der Wirtschaft. Sie blieben in der Nähe des Baumes stehen und warteten, doch es kam kein Geräusch von der Rückseite des Gasthauses; alle Fenster in der oberen Etage waren dunkel.

»Ich hoffe, Lizzie ist ins Bett gegangen.«

Er fragte sich dumpf, wer Lizzie war, doch es kümmerte ihn nicht. Auf diese Entfernung konnte er sie deutlich sehen, obwohl ihr die

Nacht jegliche Farbe aus dem Gesicht wusch. Sie sah aus wie ein Harlekin, dachte er; die weißen Wangenflächen von Blätterschatten zerteilt und vom Dunkel ihrer Haare umrahmt, die Augen schwarze Dreiecke über einem ausdrucksvollen Strichmund.

Er nahm ihre Hand in die seine, Handfläche an Handfläche.

»Weißt du, was *Handfasting* ist?«

»Nicht genau. So etwas wie eine vorläufige Heirat?«

»In etwa. Auf den Inseln und in den entlegeneren Teilen der Highlands, da heiratete man in dieser Zeit per Handschlag und war dann einander für ein Jahr und einen Tag versprochen. Nach Ablauf dieser Frist suchen sie sich einen Priester und heiraten für immer – oder sie gehen ihrer Wege.«

Ihre Hand spannte sich in der seinen an.

»Ich will nichts Kurzfristiges.«

»Ich auch nicht. Aber ich glaube nicht, daß wir so leicht einen Priester finden. Hier gibt es noch keine Kirchen; der nächste Priester ist wahrscheinlich in New Bern.« Er hob ihre ineinander verschränkten Hände hoch. »Ich habe gesagt, ich will dich ganz, und wenn dir nicht genug an mir liegt, um mich zu heiraten...«

Ihre Hand drückte fest zu.

»Doch.«

»Gut.«

Er holte tief Luft und begann.

»Ich, Roger Jeremiah, nehme dich, Brianna Ellen, zu meiner rechtmäßigen Ehefrau. Was mein ist, soll auch dein sein, mit meinem Körper diene ich dir...«

Ihre Hand zuckte in der seinen, und seine Hoden zogen sich zusammen. Wer auch immer diesen Schwur verfaßt hatte, hatte genau gewußt, wovon er redete.

»...in Krankheit und in Gesundheit, in Reichtum und in Armut, solange wir leben.«

Wenn ich so etwas schwöre, dann halte ich es auch – koste es, was es wolle. Bedachte sie das gerade?

Sie ließ ihrer beider Hände gemeinsam sinken und sprach mit großer Bedachtsamkeit.

»Ich, Brianna Ellen, nehme dich, Roger Jeremiah...« Ihre Stimme war kaum lauter als das Klopfen seines eigenen Herzens, doch er hörte jedes Wort. Ein Lufthauch durchwehte den Baum, schüttelte die Blätter und spielte mit ihrem Haar.

»...solange wir beide leben.«

Diese Formulierung bedeutete jedem von ihnen jetzt eine ganze

Menge mehr, als sie es noch vor ein paar Monaten vermocht hätte. Die Passage durch die Steine war bestens geeignet, einem die Zerbrechlichkeit des Lebens vor Augen zu führen.

Es folgte ein Moment der Stille, der nur vom Rascheln der Blätter über ihnen und einem schwachen Stimmengemurmel aus dem Schankraum der Kneipe unterbrochen wurde. Er hob ihre Hand an seinen Mund und küßte sie auf den Knöchel des vierten Fingers, wo eines Tages – so Gott wollte – ihr Ring sein würde.

Es war eher ein großer Schuppen als eine Scheune, obwohl sich an der einen Seite ein Tier – ein Pferd oder Maultier – in seiner Box regte. Ein starker, klarer Hopfenduft lag in der Luft, ausreichend stark, um die milderen Gerüche nach Heu und Dung zu übertönen; der Blaue Bulle braute sein eigenes Ale. Roger fühlte sich betrunken, allerdings nicht vom Alkohol.

Der Schuppen war sehr dunkel, und sie zu entkleiden war ihm Frustration und Freude zugleich.

»Und ich dachte immer, Blinde bräuchten Jahre, bis sie einen guten Tastsinn entwickeln«, murmelte er. Der warme Atem ihres Lachens streifte seinen Hals und ließ ihm seine Nackenhärchen prickelnd zu Berge stehen.

»Bist du sicher, daß es nicht wie in dem Gedicht mit den fünf Blinden und dem Elefanten ist?« sagte sie. Sie tastete sich ebenfalls mit der Hand vor, fand die Öffnung seines Hemdes und glitt hinein.

»›Nein, das Tier ist wie 'ne Wand‹«, zitierte sie. Ihre Finger krümmten sich und streckten sich wieder, während sie neugierig die empfindliche Haut rund um seine Brustwarze erkundeten. »Eine Wand mit Haaren. Himmel, sogar eine Wand mit Gänsehaut.«

Sie lachte erneut, und er senkte den Kopf und fand auf Anhieb ihren Mund, blind und zielsicher wie eine Fledermaus, die sich im Flug eine Motte fängt.

»Amphora«, murmelte er gegen die breite, süße Rundung ihrer Lippen. Seine Hände fuhren über den köstlichen Schwung ihrer Hüften, umfaßten Glätte, kühl und fest, zeitlos und elegant wie die Auswölbung einer antiken Keramik, die Überfluß verhieß. »Wie eine griechische Vase. Gott, du hast den schönsten Hintern!«

»Bratarsch, was?«

Er spürte, wie sie vibrierte, und ein zitterndes Lachen ging von ihren Lippen auf die seinen und von dort in seinen Blutkreislauf über wie eine Infusion. Ihre Hand glitt an seiner Hüfte herab, und wieder hoch, die langen Finger knoteten den Hosenlatz seiner Kniehose auf, tasteten zuerst zögernd, dann zielstrebiger und zogen allmählich sein Hemd hoch.

»»Nein, das Tier ist wie ein Seil«... huch...«

»Hör auf zu lachen, verflixt.«

»...wie eine Schlange... nein... na ja, vielleicht eine Kobra... Mann, wie würdest du *das* hier nennen?«

»Ich hatte mal einen Freund, der nannte es ›Mr. Happy‹«, sagte Roger, dem schwindelig geworden war, »aber das ist mir nicht ernsthaft genug.« Er faßte sie bei den Armen und küßte sie erneut, lange genug, um weitere Vergleiche zu unterbinden.

Sie zitterte immer noch, doch er *glaubte* nicht, daß es vom Lachen kam. Er legte die Arme um sie und zog sie fest an sich, wie immer einfach nur erstaunt über ihre Größe – noch erstaunter jetzt, wo sie nackt war und diese komplexen Flächen aus Knochen und Muskeln sich in seinen Armen ganz unmittelbar in Gefühle verwandelten.

Er hielt inne, um Luft zu holen. Er war sich nicht sicher, ob das Gefühl dem Ertrinken oder dem Bergsteigen näherkam, doch was es auch immer war, ihnen stand nicht viel Sauerstoff zur Verfügung.

»Du bist das erste Mädchen, das ich küssen kann, ohne mich zu bücken«, sagte er, und verlegte sich auf Konversation, weil er hoffte, so wieder zu Atem zu kommen.

»Oh, gut; wir wollen ja nicht, daß du einen steifen *Hals* bekommst.« Das Zittern war in ihre Stimme zurückgekehrt, und es war definitiv Gelächter, obwohl er glaubte, daß es genauso durch ihre Nervosität wie durch ihre Belustigung ausgelöst wurde.

»Ha ha«, sagte er und packte sie wieder, zum Teufel mit dem Sauerstoff. Ihre Brüste waren hoch und rund und preßten sich mit jener Mischung aus Weichheit und Festigkeit an seine Brust, die ihn jedesmal so faszinierte, wenn er sie berührte. Eine ihrer Hände glitt zögernd zwischen sie beide, vorsichtig, dann zog sie sich wieder zurück.

Er konnte sich nicht dazu durchringen, ihren Kuß auch nur so lange zu unterbrechen, daß er sich fertig ausziehen konnte, doch er wölbte seinen Rücken, so daß sie ihm die Kniehose über die Hüften schieben konnte. Sie war so weit, daß sie ihm in einem Stoffhaufen um die Füße fiel, und er trat aus ihr heraus, ohne Brianna loszulassen, und machte nur ein lciscs, kchliges Geräusch, als ihre Hand wieder zwischen seine Beine wanderte.

Sie hatte Zwiebeln zu Abend gegessen. Die Blindheit schärfte nicht nur den Tastsinn, sondern auch Geschmack und Geruch. Er schmeckte gebratenes Fleisch, saures Ale und Brot. Und einen schwachen, süßen Geschmack, den er nicht identifizieren konnte, der ihn aber irgendwie an grüne Wiesen mit wogendem Gras erinnerte. Schmeckte er ihn, oder roch er ihn in ihrem Haar? Er konnte es nicht sagen; er schien nicht mehr zwischen seinen Sinnen unterscheiden zu können, während sich die Grenzen zwischen ihnen auflösten, er ihren Atem atmete, ihr Herz schlagen fühlte, als läge es in seiner eigenen Brust.

Sie hielt ihn etwas fester, als es ihm angenehm war, und schließlich brach er den Kuß schwer atmend ab.

»Könntest du vielleicht einen Augenblick loslassen? Du hast recht, es ist ein guter Haltegriff, aber es gibt bessere Verwendungsmöglichkeiten dafür.«

Sie fiel auf die Knie, anstatt loszulassen.

Erschrocken wich Roger ein wenig zurück.

»Himmel, bist du sicher, daß du das machen willst?« Er war sich nicht sicher, ob er hoffte, daß sie es wollte, oder nicht. Ihr Haar kitzelte ihn an den Oberschenkeln, und sein Schwanz bebte und sehnte sich danach, umfaßt zu werden. Gleichzeitig wollte er sie aber auch nicht erschrecken oder anwidern.

»Möchtest du, daß ich es mache?« Ihre Hände liefen an den Rückseiten seiner Oberschenkel hoch, zögerlich und kitzelnd. Er konnte spüren, wie sich jedes Haar an seinem Körper aufrichtete, von den Knien bis zur Taille. Er kam sich vor wie ein Satyr mit den Beinen und der Ausdünstung eines Ziegenbocks.

»Na... ja. Aber ich habe seit Tagen nicht gebadet«, sagte er und versuchte ziemlich verlegen zurückzuweichen. Er war mit Gänsehaut überzogen, und es lag nicht an der Raumtemperatur, daß er erschauerte.

»Du riechst gut«, flüsterte sie. »Wie ein großes Tiermännchen.«

Er ergriff ihren Kopf heftig und vergrub seine Finger in ihrem dicken, seidigen Haar.

»Stimmt nur zu genau«, flüsterte er. Ihre Hand ruhte auf seinem Handgelenk, leicht und warm – Gott, war sie warm!

Sein Griff lockerte sich, ohne daß er es beabsichtigte; er spürte, wie ihr Haar im Herabfallen seine Oberschenkel streifte, und dann dachte er nichts Zusammenhängendes mehr, während ihm das gesamte Blut aus dem Gehirn wich und mit Hochgeschwindigkeit gen Süden raste.

»Ach i ich?«

»Was?« Als sie sich ein paar Augenblicke später zurückzog, tauchte er aus seinem Rausch auf und strich ihr das Haar aus dem Gesicht.

»Ich habe gesagt, mach' ich's richtig?«

»Oh. Äh... ich glaube, schon.«

»Du *glaubst* es? Du bist dir nicht sicher?« Brianna schien ihre Fassung mit derselben Geschwindigkeit wiedergefunden zu haben, mit der Roger die seine verlor; er konnte das unterdrückte Lachen in ihrer Stimme hören.

»Also... nein«, sagte er. »Ich meine, ich habe noch nie... das heißt, es hat noch niemand... ja, ich glaube schon.« Er hatte ihren Kopf wiedergefunden und drängte sie sanft nach vorn.

Er glaubte, daß sie ein tiefes Summgeräusch machte, irgendwo tief in ihrer Kehle. Doch vielleicht war es auch sein eigenes Blut, das durch seine geweiteten Venen brauste und in den Staubecken heftig sprudelte, so wie das gefangene Wasser eines Ozeans gegen die Felsen anstürmt. Noch eine Minute, und er würde wie ein Springbrunnen losschießen.

Er wich zurück und zog sie hoch, bevor sie protestieren konnte, dann drängte er sie zu Boden und auf den Strohhaufen, auf den er ihre Kleider geworfen hatte.

Seine Augen hatten sich an die Dunkelheit gewöhnt, doch der Sternenschein, der durch das Fenster kam, war immer noch so schwach, daß er nur ihre Formen und Umrisse sehen konnte, weiß wie Marmor. Allerdings nicht kalt, überhaupt nicht kalt.

Mit einer Mischung aus Aufregung und Vorsicht machte er sich seinerseits ans Werk; er hatte dies genau einmal zuvor ausprobiert und hatte dabei die volle Dosis eines Intimhygieneproduktes abbekommen, das wie die Blumen in der Kirche seines Vaters am Sonntag roch – der beste Grund zum Abgewöhnen, den er sich vorstellen konnte.

Brianna war nicht hygienisch. Ihr Geruch allein reichte aus, um ihn so weit zu bringen, daß er am liebsten jedes Vorgeplänkel vergessen und sich mit überschäumender Lust auf sie gestürzt hätte.

Statt dessen holte er tief Luft und küßte sie knapp über dem dunklen Lockenklecks.

»Verdammt«, sagte er.

»Was ist?« Sie klang etwas erschrocken. »Rieche ich schrecklich?«

Er schloß die Augen und holte Luft. Ihm war ein wenig schwindelig und er fühlte sich euphorisch vor Lust und Lachen.

»Nein. Es ist nur so, daß ich mich seit über einem Jahr frage, was für eine Farbe dein Haar hier hat.« Er zupfte sanft an den Locken. »Und jetzt habe ich es genau vor der Nase und kann es immer noch nicht sagen.«

Sie kicherte, und eine Vibration schüttelte ihren Bauch leicht unter seiner Hand.

»Soll ich es dir sagen?«

»Nein, ich hebe mir die Überraschung für morgen auf.« Er senkte den Kopf und machte sich ans Werk, diesmal erstaunt über die Vielfalt der Gewebearten, die sich auf so engem Raum fanden – glatt wie Glas, rauh und kitzelnd, nachgiebig wie Gummi und dann die plötzliche, glitschige Schlüpfrigkeit, Moschus und Tang und Salz zugleich.

Ein paar Sekunden später spürte er, wie sich ihre Hände sanft auf seinen Kopf senkten, als wollte sie ihn segnen. Er hoffte, daß seine Bartstoppeln ihr nicht wehtaten, doch es schien ihr nichts auszumachen. Ein Zittern durchlief die warme Haut auf ihren Oberschenkeln, und sie machte ein leises Geräusch, bei dem ihm ein ähnliches Zittern pfeilschnell durch den Bauch fuhr.

»Mach ich's richtig?« erkundigte er sich halb scherzhaft und hob den Kopf.

»Oh, ja«, flüsterte sie. »Das tust du.« Ihre Hände klammerten sich fester in sein Haar.

Er hatte den Kopf schon wieder halb gesenkt gehabt, doch jetzt riß er ihn hoch und starrte über die dämmrigweißen Flächen ihres Körpers zu dem bleichen Oval ihres Gesichtes hoch.

»Und woher zum Teufel willst du *das* wissen?« fragte er. Er bekam nur ein tiefes, gurgelndes Lachen zur Antwort. Dann war er an ihrer Seite, ohne genau zu wissen, wie er dorthin gekommen war, sein Mund auf ihrem Mund, sein Körper der Länge nach an den ihren gepreßt, sich einzig ihrer Hitze bewußt, die wie Fieber brannte.

Sie schmeckte nach ihm und er nach ihr, und Gott steh ihm bei, er würde sich keine Zeit lassen können.

Und dann tat er es doch. Sie war begierig, aber ungeschickt, versuchte, ihm ihre Hüften entgegenzuheben, berührte ihn zu schnell, zu zaghaft. Er ergriff ihre Hände, eine nach der anderen, und legte sie flach auf seine Brust. Ihre Handflächen waren heiß, und seine Brustwarzen zogen sich zusammen.

»Spür' mein Herz«, sagte er. Seine Stimme klang belegt in seinen Ohren. »Sag mir, wenn es stehenbleibt.«

Er hatte es eigentlich nicht als Scherz gemeint und war etwas erstaunt, als sie nervös lachte. Das Lachen verstummte, als er sie berührte. Ihre Hände verkrampften sich auf seiner Brust; dann spürte er, wie sie sich anspannte und ihre Beine für ihn öffnete.

»Ich liebe dich«, murmelte er. »Oh, Brianna, ich liebe dich so.«

Sie antwortete nicht, doch aus dem Dunkel trieb eine Hand an die Oberfläche und legte sich sanft wie eine Alge auf seine Wange. Sie ließ sie dort liegen, als er sie nahm, offen im Vertrauen, während ihre andere Hand sein klopfendes Herz hielt.

Er fühlte sich betrunkener als zuvor. Allerdings nicht erschöpft oder schläfrig; nur wach und aufmerksam. Er konnte seinen Schweiß riechen; er konnte ihren riechen, den leichten Hauch von Furcht riechen, mit dem ihr Verlangen versetzt war.

Er schloß die Augen und holte Luft. Faßte sie fester an den Schultern. Drückte sich langsam an sie. Glitt hinein. Spürte, wie sie aufriß, und biß sich auf die Lippe, so fest, daß er blutete.

Ihre Fingernägel gruben sich in seine Brust.

»Mach weiter!« flüsterte sie.

Ein scharfer, harter Stoß, und sie gehörte ihm.

Er verweilte so, Augen geschlossen, atmend. Balancierte am Rand des Vergnügens, der so scharf war, daß es schmerzte. Er fragte sich dumpf, ob es ihr Schmerz war, den er spürte.

»Roger?«

»Äh?«

»Bist du... sehr groß, was meinst du?« Ihre Stimme war etwas zittrig.

»Äh...« Er rang um seine letzten zusammenhängenden Gedanken. »Ungefähr normal.« Ein Blitz der Besorgnis schoß durch seine Trunkenheit. »Tue ich dir sehr weh?«

»N-nein, eigentlich nicht. Nur... kannst du vielleicht eine Minute stillhalten?«

»Eine Minute, eine Stunde. Mein Leben lang, wenn du willst.« Er war überzeugt, daß ihn das Stillhalten umbringen würde, und er wäre mit Freuden gestorben.

Ihre Hände fuhren ihm langsam den Rücken hinunter und berührten seine Pobacken. Er erschauerte und senkte den Kopf, die Augen geschlossen, und bemalte ihr Gesicht vor seinem inneren Auge mit einem Dutzend sanfter, haltloser Küsse.

»Okay.« Sie flüsterte ihm ins Ohr, und wie ein Automat begann er, sich zu bewegen, so langsam er konnte, und wurde dabei vom Druck ihrer Hand auf seinem Rücken zurückgehalten.

Sie versteifte sich ein ganz kleines bißchen und entspannte sich, versteifte und entspannte sich, er wußte, daß er ihr wehtat, tat es wieder, er sollte besser aufhören, sie hob sich ihm entgegen, nahm ihn, und da war ein tiefes, tierisches Geräusch, das er gemacht haben mußte, jetzt, jetzt mußte es sein, er mußte...

Zitternd und japsend wie ein gestrandeter Fisch riß er sich von ihrem Körper los und lag auf ihr, spürte ihre Brüste an ihn gedrückt, während er zuckte und stöhnte.

Dann lag er still, nicht länger betrunken, sondern in einen schuldigen Frieden gehüllt, und spürte ihre Arme um sich und den warmen Atem des Flüsterns in seinem Ohr.

»Ich liebe dich«, sagte sie, und ihre Stimme klang heiser in der hopfengeschwängerten Luft. »Bleib bei mir.«

»Mein Leben lang«, sagte er und legte seine Arme um sie.

Sie lagen friedlich beieinander, vom Schweiß ihrer Anstrengung zusammengeschmiedet, und lauschten dem Atem des anderen. Schließlich regte Roger sich und erhob sein Gesicht aus ihrem Haar. Seine Gliedmaßen waren gleichzeitig gewichtslos und bleischwer.

»Alles in Ordnung, Schatz?« flüsterte er. »Habe ich dir weh getan?«

»Ja, aber es hat mir nichts ausgemacht.« Ihre Hand fuhr ihm sacht der Länge nach über den Rücken und ließ ihn trotz der Hitze erschauern. »War es schön? Habe ich es richtig gemacht?« Sie klang ein bißchen ängstlich.

»O Gott!« Er senkte den Kopf und küßte sie langsam und ausgiebig. Sie verkrampfte sich ein wenig, doch dann gab ihr Mund unter dem seinen nach.

»Dann war es also schön?«

»Oh, Himmel!«

»Du fluchst ja wirklich eine Menge für einen Pastorensohn«, sagte sie mit einem schwachen Unterton der Anklage. »Vielleicht hatten die alten Damen in Inverness ja recht und du *bist* dem Teufel verfallen.«

»Das war keine Blasphemie«, sagte er. Er legte die Stirn auf ihre Schulter und atmete ihren tiefen, satten Geruch ein, ihrer beider Geruch. »Es war ein Dankgebet.«

Jetzt mußte sie lachen.

»Oh, also *war* es schön«, sagte sie, und die Erleichterung in ihrem Ton war nicht zu überhören.

Er hob den Kopf.

»Himmel, ja«, sagte er und brachte sie erneut zum Lachen. »Wie kannst du nur glauben, daß es nicht so war?«

»Na ja, du hast nichts gesagt. Du hast nur dagelegen, als hätte dir jemand eins über den Schädel gebraten; ich dachte, du wärst vielleicht enttäuscht.«

Jetzt war es an ihm zu lachen, das Gesicht halb an ihrem feuchten, glatten Hals vergraben.

»Nein«, sagte er schließlich, als er zum Luftholen auftauchte. »Wenn ein Mann sich so verhält, als wäre ihm die Wirbelsäule entfernt worden, ist das ein gutes Zeichen für seine Befriedigung. Vielleicht nicht das feinste Benehmen, aber ehrlich.«

»Oh, okay.« Das schien sie zufriedenzustellen. »In dem Buch hat nichts davon gestanden, aber das ist auch kein Wunder; es hat sich nicht damit befaßt, was hinterher passiert.«

»Was denn für ein Buch?« Er bewegte sich vorsichtig, und ihre Haut trennte sich mit einem Geräusch, als ob man zwei Fliegenfänger auseinanderzieht. »Entschuldige die Sauerei.« Er tastete nach seinem zusammengeballten Hemd und reichte es ihr.

»*Der sinnliche Mann.*« Sie ergriff das Hemd und betupfte sich kritisch. »Da stand eine Menge Zeug über Eiswürfel und Schlagsahne drin, das ich ziemlich extrem fand, aber es war gut zu wissen, wie man zum Beispiel Fellatio macht, und…«

»Das hast du aus einem *Buch* gelernt?« Roger fühlte sich so empört wie die Damen aus der Pfarre seines Vaters.

»Du glaubst doch wohl nicht, daß ich das mit den Leuten mache, mit denen ich ausgehe!« Jetzt war es an ihr, zutiefst schockiert zu klingen.

»Die Leute schreiben Bücher, in denen sie jungen Frauen sagen, wie man – das ist ja furchtbar!«

»Was ist denn daran furchtbar?« sagte sie ziemlich eingeschnappt. »Woher hätte ich sonst wissen sollen, was ich tun soll?«

Roger rieb sich mit der Hand über das Gesicht und wußte nicht, was er sagen sollte. Wenn man ihn vor einer Stunde gefragt hätte, hätte er felsenfest behauptet, für die sexuelle Gleichberechtigung zu sein. Doch unter dem Furnier der Moderne war offensichtlich genug vom Sohn des Presbyterianerpfarrers übrig geblieben, daß er glaubte, eine nette, junge Frau sollte in ihrer Hochzeitsnacht wirklich ahnungslos sein.

Roger unterdrückte diese viktorianischen Gedanken tapfer, während er seine Hand über die glatten, weißen Rundungen ihrer Hüfte und Seite gleiten ließ und dann ihre weiche, volle Brust umfaßte.

»Nicht das geringste«, sagte er. »Allerdings«, fuhr er fort und senkte den Kopf, um seine Lippen auf die ihren zu legen, »ist noch ein bißchen mehr an der Sache«, und er knabberte an ihrer Unterlippe, »als man in Büchern nachlesen kann, aye?«

Sie bewegte sich plötzlich, drehte sich um, und damit lag sie, weiß und glühend, der Länge nach an seiner nackten Haut. Er erschauerte vom Schock der Berührung.

»Zeig's mir«, flüsterte sie und biß ihn ins Ohrläppchen.

Irgendwo in der Nähe krähte ein Hahn. Brianna erwachte aus ihrem leichtem Halbschlaf und haderte mit sich selbst, weil sie eingeschlafen war. Sie fühlte sich orientierungslos, so müde vor Emotion und Anstrengung, daß ihr zumute war, als schwebte sie einen halben Meter über dem Boden.

Roger regte sich an ihrer Seite, als er ihre Bewegung spürte. Er tastete nach ihr, legte einen Arm um sie, drehte sie um und krümmte sich, um hinter sie zu passen; Knie an Knie, Bauch an Po. Mit kleinen *Pfft!*-Geräuschen, die sie sehr zum Lachen fand, strich er sich ihre Locken aus dem Gesicht.

Er hatte dreimal mit ihr geschlafen. Sie war sehr wund und sehr glücklich. Sie hatte es sich tausendmal vorgestellt und sich jedesmal geirrt. Es war schier unmöglich, sich vorzustellen, wie schreckenerregend unmittelbar es war, so genommen zu werden – plötzlich über die Grenzen des eigenen Körpers hinweg ausgedehnt zu werden, durchdrungen, zerrissen, *eingenommen*. Und es war genauso unmöglich, sich das Gefühl der Stärke vorzustellen, das man dabei empfand.

Sie hatte damit gerechnet, hilflos zu sein, ein Objekt der Begierde. Statt dessen hatte sie ihn festgehalten, gespürt, wie er vor Sehnsucht erzitterte, während er seine ganze Kraft zurücknahm aus Angst, ihr wehzutun – und es ihr überließ, sie zu entfesseln, wie es ihr gefiel. Es ihr überließ, ihn zu berühren, zu erregen, ihn zu sich zu rufen, zu befehligen.

Auch hätte sie niemals geglaubt, daß eine solche Zärtlichkeit möglich war, mit der er in ihren Armen aufschrie und erzitterte, seine Stirn fest an die ihre preßte, ihr jenen Moment anvertraute, in dem sich seine Stärke so plötzlich in Hilflosigkeit verwandelte.

»Es tut mir leid«, sagte er leise in ihr Ohr.

»Was?« Sie langte hinter sich, streichelte seinen Oberschenkel. Das konnte sie jetzt. Sie konnte ihn überall berühren, sich daran erfreuen, wie sich sein Körper anfühlte, wie er schmeckte. Sie konnte es kaum erwarten, daß es Tag wurde und sie ihn nackt sehen konnte.

»Das hier.« Er machte eine kleine Geste mit der Hand, die die Dunkelheit erfaßte, die sie umgab, und das harte Stroh, auf dem sie lagen. »Ich hätte warten sollen. Ich hätte gern gehabt, daß es für dich... gut ist.«

»Es war sehr gut für mich«, sagte sie leise. Eine flache Furche lief an der Seite seines Oberschenkels entlang, dort wo sein Muskel eingekerbt war.

Er lachte ein wenig reuevoll.

»Ich wollte, daß du eine richtige Hochzeitsnacht hast. Weiches Bett, saubere Laken... es hätte besser sein sollen, dein erstes Mal.«

»Weiche Betten und saubere Laken habe ich schon gehabt«, sagte sie. »Aber nicht das hier.« Sie drehte sich in seinen Armen um, griff nach unten und umfaßte ihn, die faszinierend veränderliche Masse zwischen seinen Beinen. Er versteifte sich eine Sekunde lang überrascht, dann entspannte er sich und ließ sie machen, was sie wollte. »Es hätte nicht besser sein können«, sagte sie leise und küßte ihn.

Er erwiderte den Kuß, langsam und lässig erkundete er die Tiefen und Höhlungen ihres Mundes, während er ihr den seinen überließ. Er stöhne leise, tief in seiner Kehle, und griff nach unten, um ihre Hand wegzunehmen.

»O Gott, du bringst mich um, Brianna.«

»Tut mir leid«, sagte sie ängstlich. »Habe ich zu fest zugedrückt? Ich wollte dir nicht wehtun.«

Darüber lachte er.

»Das doch nicht. Aber laß das arme Ding doch einen Augenblick in Ruhe, hm?« Mit fester Hand drehte er sie wieder auf die andere Seite und schmiegte seinen Kopf an ihre Schulter.

»Roger?«

»Mm?«

»Ich glaube, ich bin noch nie so glücklich gewesen.«

»Aye? Na, das ist doch schön.« Er hörte sich schläfrig an.

»Selbst wenn – wenn wir nicht zurückkommen, solange wir zusammen sind, macht es mir nichts aus.«

»Wir kommen schon zurück.« Seine Hand legte sich um ihre Brust, sanft wie eine Alge, die um einen Felsen geschmiegt zur Ruhe kommt. »Ich habe dir doch gesagt, es gibt einen anderen Weg.«

»Ja?«

»Ich glaube, schon.« Er erzählte ihr von dem Grimoire, jener Mixtur aus sorgfältigen Notizen und verrücktem Geschwafel – und von seiner eigenen Passage durch die Steine von Craigh na Dun.

»Beim zweiten Mal habe ich an dich gedacht«, sagte er leise, und spürte im Dunkeln mit dem Finger ihren Gesichtszügen nach. »Ich hab's überlebt. Und ich bin in der richtigen Zeit rausgekommen. Aber der Diamant, den Fiona mir gegeben hat, war nur noch eine Spur von Lampenruß in meiner Tasche.«

»Also könnte es möglich sein, irgendwie zu – zu navigieren?« Brianna konnte den Hoffnungsschimmer in ihrer Stimme nicht unterdrücken.

»Es könnte sein.« Er zögerte. »Da war ein – ich nehme an, es muß ein Gedicht gewesen sein, oder vielleicht sollte es ein Zauberspruch sein – in dem Buch.« Seine Hand fiel herab, als er es aufsagte.

»Ich erhebe meine Klinge gen Norden,
  Wo meine Macht daheim ist,
Gen Westen,
  wo die Feuerstelle meiner Seele ist,
Gen Süden,
  Wo Freundschaft und Zuflucht leben,
Gen Osten,
  Von wo sich die Sonne erhebt.

Dann lege ich meine Klinge auf meinen Altar.
Zwischen drei Flammen setze ich mich nieder.

Drei Punkte definieren eine Ebene, und ich bin gebannt,
Vier Punkte umschließen die Erde, und mein ist ihre Fülle.
Fünf ist die schützende Zahl; auf daß kein Dämon mich aufhält.
  Meine linke Hand ist mit Gold bekränzt
Und hält die Kraft der Sonne.
  Meine rechte Hand ist in Silber gehüllt
Und der Mond regiert friedvoll.

Ich beginne.
Granatsteine ruhen in Liebe um meinen Hals.
Ich werde die Treue bewahren.«

Brianna setzte sich hin und legte die Arme um ihre Knie. Sie schwieg einen Augenblick.

»Das ist *bekloppt*«, sagte sie schließlich.

»Eine staatlich geprüfte Irre zu sein, heißt unglücklicherweise nicht, daß man automatisch unrecht hat«, sagte Roger trocken. Er räkelte sich stöhnend und setzte sich im Schneidersitz ins Stroh.

»Ein Teil davon ist ein traditionelles Ritual, denke ich – da es eine Tradition der alten Kelten ist. Die Stellen mit den Himmelsrichtungen; das sind die ›vier Winde‹, die sich schon lange durch die keltischen Legenden ziehen. Was die Klinge, den Altar und die Flammen angeht, das ist schlicht und ergreifend Hexenkult.«

»Sie hat ihren Mann ins Herz gestochen und ihn angezündet.« Brianna erinnerte sich immer noch genausogut wie er an den Gestank nach Benzin und verbranntem Fleisch im Steinkreis von Craigh na Dun, und sie erschauerte, obwohl es in dem Schuppen warm war.

»Ich hoffe, wir werden nicht gezwungen sein, uns auch ein Menschenopfer zu suchen«, sagte Roger, doch sein Versuch zu scherzen schlug fehl. »Aber das Metall und die Edelsteine... hattest du irgendwelchen Schmuck an, als du durchgekommen bist, Brianna?«

Sie nickte als Antwort.

»Dein Armband«, sagte sie leise. »Und ich hatte die Perlenkette von meiner Großmutter in der Tasche. Aber den Perlen ist nichts passiert; sie sind heil mit durchgekommen.«

»Perlen sind keine Edelsteine«, sagte er. »Sie sind organisch – wie Menschen.« Er rieb sich mit der Hand über das Gesicht; es war ein langer Tag gewesen, und sein Kopf begann zu brummen. »Silber und Gold dagegen; du hattest das Silberarmband, und an der Perlenkette sind nicht nur die Perlen, sondern da ist auch Gold. Ah – und deine Mutter; sie hat auch Silber und Gold getragen, oder? Ihre Eheringe.«

»Ah-hah. Aber ›drei Punkte definieren eine Ebene, vier Punkte umschließen die Erde, fünf ist die schützende Zahl...‹« murmelte Brianna vor sich hin. »Hat sie vielleicht gemeint, daß man Edelsteine braucht, um – um das zu tun, was sie vorhatte? Sind das die ›Punkte‹?«

»Könnte sein. Sie hatte Zeichnungen von Dreiecken und Pentagrammen und Listen von verschiedenen Edelsteinen und deren vermutlichen Zauberkräften. Sie hat sich nicht sehr detailliert über ihre Theorien ausgebreitet – das brauchte sie ja auch nicht, weil sie ein Selbstgespräch führte –, aber die Grundidee schien zu sein, daß es Energielinien gibt – sie nannte sie Flurlinien –, die in der Erdkruste verlaufen. Hier und dort verlaufen diese Linien nah aneinander und verknoten sich sozusagen, und überall, wo ein solcher Knoten ist, da ist eine Stelle, wo die Zeit im wesentlichen nicht existiert.«

»Und wenn man in einen hineintritt, dann könnte man... jederzeit wieder heraustreten.«

»Gleiche Stelle, andere Zeit. Und wenn man daran glaubt, daß Edelsteine ihre eigenen Kraftfelder besitzen, die vielleicht die Zeitlinien ein wenig verbiegen können...«

»Funktioniert das mit jedem Edelstein?«

»Weiß der Himmel«, sagte Roger. »Aber es ist unsere einzige Chance, aye?«

»Ja«, pflichtete ihm Brianna nach einer Pause bei. »Aber wo finden wir sie?« Sie schwenkte den Arm über die Stadt und ihren Hafen. »Ich habe nirgendwo derartige Steine gesehen – weder in Inverness noch hier. Ich glaube, man müßte in eine große Stadt gehen – London oder vielleicht Boston oder Philadelphia. Und dann – wieviel Geld hast du, Roger? Ich habe zwanzig Pfund zusammengekratzt, und das meiste davon habe ich noch, aber es würde auch nicht annähernd reichen für...«

»Genau«, unterbrach er. »Ich habe darüber nachgedacht, als du geschlafen hast. Ich weiß – ich glaube, ich weiß –, wo ich zumindest einen Stein herbekomme. Es ist nur...« Er zögerte. »Ich muß sofort aufbrechen, wenn ich ihn finden will. Der Mann, der ihn hat, ist im Moment in New Bern, aber da wird er nicht lange bleiben. Wenn ich etwas von deinem Geld nehme, kann ich morgen früh ein Boot nehmen und einen Tag später in New Bern sein. Aber ich halte es für das Beste, wenn du hierbleibst. Dann...«

»Ich kann nicht hierbleiben!«

»Warum nicht?« Er tastete im Dunkeln nach ihr. »Ich will nicht, daß du mitgehst. Oder vielmehr, natürlich will ich das«, verbesserte er sich, »aber ich glaube, hier ist es viel sicherer für dich.«

»Ich meine ja gar nicht, daß ich mit dir kommen will; ich meine, ich kann nicht hierbleiben«, wiederholte sie, während sie seine tastende Hand ergriff. Sie hatte es fast vergessen, doch jetzt kehrte die Aufregung über ihre Entdeckung wieder zurück. »Roger, ich habe ihn gefunden – ich habe Jamie Fraser gefunden.«

»Fraser? Wo? Hier?« Er drehte sich erschrocken zur Tür.

»Nein, er ist in Cross Creek, und ich weiß, wo er am Montag sein wird. Ich muß da hin, Roger. Verstehst du das denn nicht? Er ist so nah – und ich bin so weit gekommen.« Bei dem Gedanken an ein Wiedersehen mit ihrer Mutter war ihr ganz plötzlich unbegründet zum Weinen zumute.

»Aye, ich verstehe.« Roger klang nur schwach begeistert. »Aber könntest du nicht ein paar Tage warten? Auf dem Flußweg dauert es nur ungefähr einen Tag bis New Bern, und zurück genauso – und ich glaube, ich schaffe das, was ich tun muß, innerhalb von ein oder zwei Tagen.«

»Nein«, sagte sie. »Ich kann nicht. Lizzie ist schließlich auch noch da.«

»Wer ist Lizzie?«

»Mein Dienstmädchen – du hast sie gesehen. Sie hat Anstalten gemacht, mit einer Flasche auf dich loszugehen.« Brianna grinste bei der Erinnerung. »Lizzie ist sehr tapfer.«

»Aye, das kann man wohl sagen«, sagte Roger trocken. »Wie auch immer...«

»Aber sie ist krank«, unterbrach ihn Brianna. »Hast du denn nicht gesehen, wie blaß sie ist? Ich glaube, es ist Malaria; sie hat schreckliche Fieberanfälle mit Schüttelfrost, und es dauert ungefähr einen Tag, dann hört es auf – und ein paar Tage danach kommt es dann wieder. Ich muß so schnell wie möglich meine Mutter finden. Ich *muß*.«

Sie konnte spüren, wie er mit sich rang und seine Argumente hinunterschluckte. Sie streckte in der Dunkelheit die Hand aus und streichelte sein Gesicht.

»Ich muß«, sagte sie leise und spürte, wie er sich ergab.

»In Ordnung«, sagte er. »In Ordnung! Dann stoße ich so schnell wie möglich zu euch. Aber tu mir den einen Gefallen, aye? Zieh ein verdammtes Kleid an!«

»Gefallen dir etwa meine Hosen nicht?« Ihr Gelächter sprudelte hoch wie die Bläschen im Mineralwasser – und verstummte dann abrupt, als ihr ein Gedanke kam.

»Roger«, sagte sie. »Was du vorhast – wirst du den Stein stehlen?«

»Ja«, sagte er schlicht.

Sie schwieg eine Minute lang, während sie mit ihrem langen Daumen langsam über seine Handfläche rieb.

»Tu's nicht«, sagte sie schließlich ganz leise. »Tu's nicht, Roger.«

»Mach dir keine Gedanken über den Mann, der ihn hat.« Roger griff nach ihr, versuchte, sie zu beruhigen. »Es ist ziemlich wahrscheinlich, daß er ihn selbst gestohlen hat.«

»Ich mache mir doch keine Gedanken über ihn – sondern über dich!«

»Oh, ich schaff' das schon«, versicherte er ihr beiläufig mit gespielter Tapferkeit.

»Roger, in dieser Zeit werden Diebe *gehängt*!«

»Mich kriegt keiner.« Seine Hand suchte im Dunkeln nach der ihren, fand sie und drückte zu. »Ich bin wieder bei dir, bevor du weißt, wie dir geschieht.«

»Aber es ist nicht…«

»Es klappt schon«, sagte er bestimmt. »Ich habe doch gesagt, ich kümmere mich um dich, aye? Das tue ich auch.«

»Aber…«

Er erhob sich auf seinen Ellbogen und brachte sie mit seinem Mund zum Schweigen. Ganz langsam führte er ihre Hand zu sich heran und preßte sie zwischen seine Beine.

Sie schluckte, und die Haare auf ihren Armen sträubten sich plötzlich vor Vorfreude.

»Mm?« murmelte er gegen ihren Mund, und ohne eine Antwort abzuwarten, zog er sie ins Stroh hinab, wälzte sich auf sie und drängte mit dem Knie ihre Beine auseinander.

Sie schnappte nach Luft und biß ihn in die Schulter, als er sie nahm, doch er machte kein Geräusch.

»Weißt du«, sagte Roger einige Zeit später schläfrig, »ich glaube, ich habe gerade meine Ur-ur-ur-ur-ur-Urgroßtante geheiratet. Ist mir nur gerade eingefallen.«

»Du hast *was*?«

»Keine Sorge, es ist auch nicht ansatzhaft nah genug, um Inzest zu sein«, versicherte er ihr.

»Oh, gut«, sagte sie mit einem gewissen Maß an Sarkasmus. »Ich hatte mir wirklich schon Sorgen gemacht. Wie kann ich denn um Himmels willen deine Großtante sein?«

»Na ja, wie ich gesagt habe; es war mir vorher nicht aufgefallen. Aber der Onkel deines Vaters war Dougal MacKenzie – und er ist es doch gewesen, der diesen ganzen Ärger verursacht hat, weil er Geillis Duncan geschwängert hat, aye?«

Eigentlich hatte ihn die unbefriedigende Verhütungsmethode, die er gezwungenermaßen benutzen mußte, auf diesen Gedanken gebracht, aber er hielt es für taktvoller, das nicht zu erwähnen. Inzwischen konnte man ihre Hemden beide nicht mehr anziehen. Bei Licht gesehen war es ihm ganz recht, daß Dougal MacKenzie nicht so gewissenhaft gewesen war, denn damit hätte er Rogers Existenz erfolgreich verhindert.

»Na ja, ich glaube nicht, daß es ganz allein *seine* Schuld gewesen ist.« Auch Brianna hörte sich angenehm schläfrig an. Bis zur Dämmerung konnte es nicht mehr lange dauern; draußen regten sich bereits die ersten Vögel, und die Luft hatte sich verändert, war frischer geworden, weil der Wind vom Hafen hereinkam.

»Wenn also Dougal mein Großonkel ist und dein sechsfacher Urgroßvater ... nein, du hast dich geirrt. Ich bin irgendwie deine Ur-Cousine, nicht deine Tante.«

»Nein, das würde stimmen, wenn wir Nachkommen in derselben Generation wären, aber das sind wir nicht; bei dir sind es ungefähr fünf weniger – zumindest väterlicherseits.«

Brianna schwieg und versuchte, es für sich selbst auszutüfteln. Dann gab sie es auf, rollte sich leise stöhnend auf die andere Seite und schmiegte ihren Hintern gemütlich in die Höhlung seiner Oberschenkel.

»Zum Teufel damit«, sagte sie. »Solange du sicher bist, daß es kein Inzest ist.«

Er drückte sie an seine Brust, doch sein schläfriges Gehirn hatte verstanden, worum es ging, und der Gedanke ließ ihn nicht los.

»Ich hatte wirklich nicht darüber nachgedacht«, staunte er, »aber verstehst du, was es bedeutet? Ich bin auch mit deinem Vater verwandt – ich glaube sogar, er ist mein einziger lebender Verwandter außer dir!« Diese Entdeckung verblüffte Roger durch und durch, und sie bewegte ihn. Er hatte sich schon lange damit abgefunden, überhaupt keine nahen Verwandten zu haben – nicht daß ein Großonkel der siebten Generation ein besonders naher Verwandter war, aber…

»Nein, das ist er nicht«, murmelte Brianna.

»Was?«

»Nicht der einzige. Jenny auch. Und ihre Kinder. Und Enkelkinder. Meine Tante Jenny ist deine – hm, vielleicht hast du doch recht. Weil, wenn sie meine Tante ist, dann ist sie deine Großtante um soundso viele Ecken, also bin *ich* vielleicht deine… gahh.« Sie ließ ihren Kopf an Rogers Schulter zurückfallen, und ihr Haar ergoß sich weich über seine Brust. »Was hast du ihnen gesagt, wer du bist?«

»Wem?«

»Jenny und Ian.« Sie bewegte sich räkelnd. »Als du in Lallybroch warst.«

»War nie da.« Er bewegte sich ebenfalls und paßte seinen Körper dem ihren an. Seine Hand ließ sich in der Senke ihrer Hüfte nieder, er schwebte in die Schläfrigkeit zurück, und er gab die abstrakten Komplexitäten ahnenkundlicher Berechnungen zugunsten direkterer Empfindungen auf.

»Nein? Aber…« Ihre Stimme erstarb. Benebelt vom Schlaf und der Ermüdung der Lust achtete Roger nicht darauf, sondern kuschelte sich nur mit einem genießerischen Stöhnen fester an sie. Einen Augenblick später schnitt ihre Stimme durch seinen persönlichen Nebel wie ein Messer durch Butter.

»Woher hast du gewußt, wo ich bin?« sagte sie.

»Hm?«

Sie wand sich plötzlich, und er lag mit leeren Armen da, während ein Paar dunkler Augen nur ein paar Zentimeter von den seinen entfernt auftauchte, vor Argwohn zu Schlitzen zusammengekniffen.

»Woher hast du gewußt, wo ich bin?« wiederholte sie langsam, jedes Wort ein Eissplitter. »Woher hast du gewußt, daß ich in die Kolonien gefahren war?«

»Äh… ich… warum…« Viel zu spät wurde ihm klar, in welcher Gefahr er sich befand.

»Du konntest nicht wissen, daß ich Schottland verlassen hatte«, sagte sie, »es sei denn, du bist nach Lallybroch gegangen, und sie haben dir gesagt, wohin ich unterwegs war. Aber du bist nie in Lallybroch gewesen.«

»Ich…« Er rang verzweifelt um eine Erklärung – irgendeine Erklärung –, doch es gab keine außer der Wahrheit. Und so, wie sich ihr Körper versteifte, hatte sie das ebenfalls gefolgert.

»Du hast es gewußt«, sagte sie. Ihre Stimme war kaum mehr als ein Flüstern, doch der Effekt war derselbe, als hätte sie ihm ins Ohr gebrüllt. »Du hast es *gewußt*, nicht wahr?«

Sie saß jetzt und ragte wie eine der Erinnyen über ihm auf.

»Du hast die Notiz über ihren Tod *gesehen*! Du hast es schon gewußt, du hast es die ganze Zeit gewußt, nicht wahr?«

»Nein«, sagte er und versuchte, seine zerstreuten Gedanken zu sammeln. »Ich meine, ja, aber...«

»Seit wann hast du es gewußt? Warum hast du es mir nicht *gesagt*?« rief sie. Sie stand auf und griff nach dem Kleiderhaufen unter ihnen.

»Warte«, bat er. »Brianna – laß es mich erklären...«

»Ja, erklär's mir! Das möchte ich hören, wie du das erklärst!« Ihre Stimme war wutverzerrt, doch sie hielt einen Moment in ihrer Suche inne und wartete ab, was er sagte.

»Hör mal.« Inzwischen hatte er sich gefangen. »Ich habe die Notiz gefunden. Letztes Frühjahr. Aber ich...« Er holte tief Luft, während er verzweifelt nach Worten suchte, die sie vielleicht verstehen würde.

»Ich wußte, daß es dir wehtun würde. Ich wollte sie dir nicht zeigen, weil ich wußte, daß es nichts gab, was du tun konntest – es hätte keinen Sinn gehabt, dir das Herz zu brechen, nur damit...«

»Was soll das heißen, nichts, was ich tun konnte?« Sie zog sich ruckartig ein Hemd über den Kopf und sah ihn zornig an, die Fäuste geballt.

»Du kannst die Dinge nicht ändern, Brianna! Weißt du das denn nicht? Deine Eltern haben es versucht – sie wußten von Culloden, und sie haben alles Menschenmögliche getan, um Charles Stuart aufzuhalten – aber sie konnten es nicht, ist es nicht so? Sie haben es nicht geschafft! Geillis Duncan hat versucht, Stuart zum König zu machen. Sie hat es nicht geschafft! Sie haben es alle nicht geschafft!« Er riskierte es, eine Hand auf ihren Arm zu legen; sie war so steif wie eine Statue.

»Du kannst ihnen nicht helfen, Brianna«, sagte er ruhiger. »Es ist ein Teil der Geschichte, es ist ein Teil der Vergangenheit – du gehörst nicht zu dieser Zeit; du kannst das, was sich ereignen wird, nicht ändern.«

»Das kannst du nicht wissen.« Sie war immer noch unbeweglich, doch er glaubte, einen Anflug von Zweifel in ihrer Stimme zu hören.

»O doch!« Er wischte sich eine Schweißperle vom Kinn. »Hör'

doch – wenn ich geglaubt hätte, daß es auch nur die geringste Chance gab – aber das habe ich nicht. Ich – Gott, Brianna, ich konnte den Gedanken nicht ertragen, dir wehzutun!«

Sie stand still da und atmete schwer durch die Nase. Wenn es nach ihr gegangen wäre, dann wäre es sicher Feuer und Schwefel statt Luft gewesen.

»Es war nicht deine Sache, für mich zu entscheiden«, preßte sie zwischen den Zähnen heraus. »Egal, was du gedacht hast. Noch dazu über etwas so Wichtiges – Roger, wie konntest du so etwas *tun*?«

Der enttäuschte Tonfall in ihrer Stimme war zuviel für ihn.

»Verdammt, ich hatte Angst, du würdest genau das tun, was du getan hast, wenn ich es dir sagen würde!« platzte er heraus. »Daß du mich verlassen würdest! Daß du versuchen würdest, allein durch die Steine zu gehen. Und jetzt sieh mal, was du angerichtet hast – jetzt sind wir beide an diesem gottverdammten...«

»Du versuchst, *mir* die Schuld dafür zu geben, daß du hier bist? Wo ich doch alles getan habe, zu verhindern, daß du so ein Idiot bist und mir folgst?«

Monate der Qual und des Schreckens, Tage der Sorge und der fruchtlosen Suche fielen mit einem brennenden Schlag über Roger her.

»Ein Idiot? Das ist der Dank dafür, daß ich mich abschufte, um dich zu finden? Daß ich mein verdammtes Leben aufs Spiel setze, um zu versuchen, dich zu beschützen?« Er erhob sich aus dem Stroh, um nach ihr zu greifen, obwohl er nicht wußte, ob er sie lieber durchrütteln oder erneut mit ihr schlafen sollte. Er bekam keine Gelegenheit, auch nur irgend etwas zu tun; ein harter Stoß traf ihn unerwartet mitten vor die Brust, und er fiel der Länge nach ins Heu.

Sie hüpfte auf einem Fuß herum und fluchte unzusammenhängend, während sie sich in ihre Kniehose kämpfte.

»Du – verdammt – arroganter – verdammt, Roger –, *verdammt*!« Sie zerrte die Kniehose hoch, bückte sich und schnappte sich ihre Schuhe und Strümpfe.

»Geh!« sagte sie. »Verdammt noch mal, geh! Geh und laß dich aufhängen, wenn es dir Spaß macht! Ich finde meine Eltern! Und ich rette sie auch!«

Sie rannte davon, erreichte das Tor und riß es auf, bevor er sie einholen konnte. Einen Moment lang blieb sie stehen, ein Umriß im bleicheren Rechteck des Tors, und ihre dunklen Haarsträhnen wehten im Wind, so lebendig wie die Strähnen der Mähne Medusas.

»Ich gehe. Komm mit, oder komm nicht mit, es ist mir egal. Geh zurück nach Schottland – geh von mir aus allein durch die Steine zurück! Aber bei Gott, du kannst mich nicht aufhalten.«

Und dann war sie fort.

Lizzies Augenlider flogen weit auf, als die Tür aufflog und gegen die Wand donnerte. Sie hatte nicht geschlafen – wie hätte sie schlafen sollen? – und mit geschlossenen Augen dagelegen. Sie kämpfte sich aus der Bettwäsche hoch und suchte nach der Zunderschachtel.

»Alles in Ordnung, Miss Brianna?«

Es hörte sich nicht so an; Brianna stampfte hin und her, zischte durch die Zähne wie eine Schlange, blieb stehen, um dem Kleiderschrank einen mächtigen Tritt zu versetzen. Es knallte noch zweimal in schneller Folge; im flackernden Licht der frisch entzündeten Kerze konnte Lizzie sehen, daß Briannas Schuhe an der Wand gelandet und zu Boden gefallen waren.

»Ist alles in Ordnung?« wiederholte sie unsicher.

»Bestens!« sagte Brianna.

Aus der schwarzen Luft jenseits des Fensters dröhnte eine Stimme: »Brianna! Ich komme und hole dich! Hörst du mich? Ich *werde kommen*!«

Ihre Herrin gab keine Antwort, sondern rannte zum Fenster, ergriff die Fensterläden und warf sie mit einem Krach zu, der im Zimmer widerhallte. Dann drehte sie sich um wie ein angreifender Panther und schleuderte den Kerzenständer zu Boden, womit sie den Raum in erstickendes Dunkel tauchte.

Lizzie sank auf das Bett zurück und blieb erstarrt liegen. Sie hatte Angst, sich zu bewegen oder etwas zu sagen. Sie konnte hören, wie sich Brianna in stummer Hektik die Kleider vom Leib riß und ihr zischendes Einatmen das Rascheln der Kleider und das Stampfen ihrer nackten Füße auf dem Boden unterbrach. Durch die Fensterläden hörte sie draußen unterdrückte Fluchgeräusche, dann nichts mehr.

Einen Augenblick lang hatte sie Briannas Gesicht im Licht gesehen; papierweiß und hart, die Augen schwarze Löcher. Ihre sanfte, freundliche Herrin hatte sich in Luft aufgelöst, war von einer *deamhan*, einer Teufelin, besessen. Lizzie war ein Stadtmädchen, lange nach Culloden geboren. Sie hatte die wilden Clansmänner der Täler nie gesehen, nie einen Highlander, der von blinder Wut ergriffen war – doch sie hatte die alten Geschichten gehört, und jetzt wußte sie, daß sie wahr waren. Ein Mensch, der so aussah, war zu allem fähig.

Sie versuchte, so zu atmen, als schliefe sie, doch die Luft entwich ihrem Mund in erstickten Stößen. Brianna schien es nicht zu bemerken; sie ging mit schnellen, festen Schritten im Zimmer umher, goß Wasser in die Schüssel und spritzte es sich ins Gesicht, glitt dann unter die Bettdecke und lag flach da, steif wie ein Brett.

Sie nahm all ihren Mut zusammen und wandte ihrer Herrin den Kopf zu.

»Ist mit Euch... alles in Ordnung, *a bann-sielbheadair*?« fragte sie so leise, daß ihre Herrin vorgeben konnte, es nicht gehört zu haben, wenn sie wollte.

Einen Moment lang glaubte sie, daß Brianna vorhatte, sie zu ignorieren. Dann kam die Antwort, »Ja«, mit so flacher und ausdrucksloser Stimme, daß es sich überhaupt nicht wie Brianna anhörte. »Schlaf jetzt.«

Natürlich tat sie das nicht. Niemand konnte schlafen, wenn er neben jemandem lag, der sich jeden Augenblick in einen *ursiq* verwandeln konnte. Ihre Augen hatten sich wieder an die Dunkelheit gewöhnt, doch sie fürchtete sich hinzusehen, falls das rote Haar, das neben ihr auf dem Kissen lag, plötzlich zu einer Mähne wurde und sich die schlanke, gerade Nase in eine runde, schwarze Schnauze verwandelte, voller Zähne, die sie reißen und verschlingen würden.

Es dauerte einige Augenblicke, bis Lizzie begriff, daß ihre Herrin zitterte. Sie weinte nicht; sie machte kein Geräusch – doch sie schüttelte sich so heftig, daß die Bettwäsche raschelte.

Dummkopf, schalt sie sich selbst. *Es ist nur deine Freundin und Herrin, und ihr ist etwas Schreckliches zugestoßen – und du liegst hier und machst dir etwas vor!*

Impulsiv drehte sie sich zu Brianna um und ergriff die Hand des anderen Mädchens.

»Brianna«, sagte sie leise. »Kann ich irgendwie helfen?«

Briannas Hand schloß sich um die ihre und drückte zu, schnell und fest, dann ließ sie los.

»Nein«, sagte Brianna leise. »Schlaf jetzt, Lizzie; es wird alles gut.«

Lizzie erlaubte sich, das zu bezweifeln, sagte aber nichts mehr, sondern legte sich wieder auf den Rücken und atmete ruhig durch. Es dauerte sehr lange, doch schließlich lief ein sanfter Schauer durch Briannas langen Körper, und sie entspannte sich und schlief ein. Lizzie konnte nicht schlafen – jetzt, wo das Fieber vorbei war, war sie hellwach und unruhig. Die Bettdecke lag schwer und feucht auf ihr, und da die Fensterläden geschlossen waren, fühlte sich die Luft in dem Zimmer an, als atmete man heiße Melasse ein.

Schließlich konnte sie es nicht mehr aushalten und schlüpfte vorsichtig aus dem Bett. Während sie auf Geräusche hinter ihr lauschte, schlich sie zum Fenster und öffnete die Läden.

Die Luft vor dem Fenster war immer noch heiß und drückend, doch sie hatte angefangen, sich ein wenig zu bewegen; der Morgenwind kam, als sich der Luftzug von der See zum Land drehte. Es war immer noch dunkel, doch der Himmel fing ebenfalls an, heller zu werden; sie konnte die Straße unter sich als Linie ausmachen. Gott sei Dank war sie leer.

Da sie nicht wußte, was sie sonst tun sollte, machte sie das, was sie immer tat, wenn sie sich sorgte oder verwirrt war; sie begann, Ordnung zu machen. Sie bewegte sich still durch das Zimmer, hob die Kleider auf, die Brianna so stürmisch abgelegt hatte, und schlug sie aus.

Sie waren schmutzig; mit Laubflecken und Schmutzstreifen übersät und voller Strohhälmchen; das konnte sie sogar im gedämpften Licht des beginnenden Morgens sehen. Was hatte Brianna getan, daß sie sich so auf dem Boden gewälzt hatte? Im selben Moment, als ihr der Gedanke kam, sah sie es vor sich, so deutlich, daß sie vor Schrecken erstarrte – Brianna, zu Boden gedrückt, im Kampf mit dem schwarzen Teufel, der sie mitgenommen hatte.

Ihre Herrin war eine kräftige, hochgewachsene Frau, aber dieser MacKenzie war ein Kerl wie ein Baum; er konnte – sie bremste sich abrupt, denn sie wollte es sich nicht ausmalen. Doch sie konnte es nicht verhindern; ihre Gedanken waren bereits zu weit gegangen.

Sehr widerstrebend hob sie das Hemd an ihre Nase und roch daran. Ja, da war er, der Geruch des Mannes, kräftig und säuerlich wie die Ausdünstung eines brünstigen Ziegenbockes. Die Vorstellung, daß dieses hinterlistige Ungetüm seinen Körper an Briannas preßte, sich an ihr rieb, seinen Geruch auf ihr hinterließ wie ein Hund, der sein Revier markiert – sie erschauerte vor Abscheu.

Zitternd ergriff sie die Kniehose und die Strümpfe und trug sämtliche Kleidungsstücke zur Waschschüssel. Sie würde sie waschen, MacKenzies Spuren zusammen mit dem Schmutz und den Grasflecken wegspülen. Und wenn die Kleider später so feucht waren, daß ihre Herrin sie nicht anziehen konnte... nun, um so besser.

Sie hatte immer noch das Töpfchen mit der weichen, gelben Seife, das die Wirtin ihr für die Wäsche gegeben hatte; damit würde es gehen. Sie tauchte die Kniehose ins Wasser, fügte eine Fingerspitze voll Seife hinzu und fing an, sie kräftig einzuschäumen, indem sie die Seife fest in den Stoff knetete.

Das Fensterquadrat erhellte sich. Sie warf einen verstohlenen Blick über die Schulter auf ihre Herrin, doch Brianna atmete langsam und gleichmäßig; gut, sie würde noch eine Zeitlang schlafen.

Sie blickte wieder auf ihre Arbeit und erstarrte. Sie spürte einen Schauer, der kälter war als diejenigen, die mit dem Fieber kamen. Die kleinen Schaumbläschen, die ihre Hände bedeckten, waren dunkel, und kleine, schwarze Strudel breiteten sich im Wasser aus wie die Tintenspritzer eines Kuttelfischs.

Sie hätte lieber nicht hingesehen, doch es war zu spät, um so zu tun, als hätte sie nichts gesehen. Sie drehte den feuchten Stoff vorsichtig um, und da war es; ein großer, dunkler Fleck, der den Stoff genau an der Stelle verfärbte, an der sich die Nähte im Schritt der Hose trafen.

Die aufgehende Sonne ließ ein dumpfes Rot durch den bedeckten Himmel sickern und tauchte das Wasser in der Schüssel, die Luft im Zimmer, die ganze kreisende Welt, in die Farbe frischen Blutes.

41

Der Reise End'

Brianna hätte schreien können. Statt dessen klopfte sie Lizzie auf den Rücken und redete ihr leise zu.

»Keine Sorge, es wird alles gut. Mr. Viorst sagt, er wartet auf uns. Sobald es dir besser geht, fahren wir ab. Und jetzt mach dir keine Sorgen, ruh dich einfach nur aus.«

Lizzie nickte, sie konnte nicht antworten; ihre Zähne klapperten zu heftig, trotz der drei Decken, unter denen sie lag, und des heißen Ziegelsteins zu ihren Füßen.

»Ich gehe und hole dir deinen Tee, Liebes. Ruh dich nur aus«, wiederholte Brianna, liebkoste Lizzie ein letztes Mal, stand auf und ging aus dem Zimmer.

Natürlich war es nicht Lizzies Schuld, dachte Brianna, doch sie hätte sich kaum einen ungünstigeren Zeitpunkt für eine erneute Fieberattacke aussuchen können. Brianna hatte nach der fürchterlichen Szene mit Roger lange und unruhig geschlafen, beim Aufwachen ihre Kleider gewaschen und zum Trocknen aufgehängt vorgefunden, ihre Schuhe geputzt, ihre Strümpfe zusammengefaltet, das Zimmer penibel gewischt und aufgeräumt – und Lizzie war zu einem zitternden Bündel vor der erloschenen Feuerstelle zusammengebrochen.

Zum tausendsten Mal zählte sie die Tage. Acht Tage bis Montag. Wenn Lizzies Attacke ihrem normalen Verlaufsmuster folgte, dann war sie vielleicht übermorgen reisefähig. Sechs Tage. Und laut Smoots junior und Hans Viorst dauerte die Reise flußaufwärts um diese Jahreszeit fünf bis sechs Tage.

Sie durfte Jamie Fraser nicht verfehlen, sie durfte es nicht! Sie mußte am Montag in Cross Creek sein, was auch geschah. Wer konnte wissen, wie lange der Prozeß dauerte oder ob er sofort abreisen würde, wenn er vorbei war? Sie hätte alles darum gegeben, sofort aufbrechen zu können.

Der glühende Wunsch, sich in Bewegung zu setzen, aufzubrechen, war so stark, daß er die anderen Schmerzen und brennenden Wunden ihres Körpers überdeckte – sogar ihren tiefen Herzenskummer über Rogers Verrat –, doch sie konnte nichts tun. Sie konnte nirgendwo hingehen, bis es Lizzie besser ging.

Der Schankraum war voll; im Lauf des Tages waren zwei neue Schiffe in den Hafen eingelaufen; jetzt am Abend waren die Bänke voll besetzt mit Seeleuten, und am Ecktisch fand ein lautes, heftiges Kartenspiel statt. Brianna schob sich durch die blauen Wolken aus Tabakrauch, ohne die Pfeiftöne und anzüglichen Bemerkungen zu beachten. Roger hatte doch gewollt, daß sie ein Kleid trug, nicht wahr? Der verdammte Kerl. Ihre Kniehose hielt die Männer normalerweise auf Abstand, doch Lizzie hatte sie gewaschen, und sie war immer noch zu feucht zum Tragen.

Sie warf einem Mann, der ihr an den Hintern langte, einen wütenden Blick zu, der geeignet war, ihm die Augenbrauen zu versengen. Erschrocken hielt er mitten in der Bewegung inne, und sie schlüpfte an ihm vorbei durch die Küchentür.

Auf dem Rückweg hielt sie die Tasse mit dampfender Katzenminze in der Hand, in ein Tuch gewickelt, um sich nicht zu verbrennen, und machte einen Umweg am Rand des Raums entlang, um dem Möchtegern-Grabscher aus dem Weg zu gehen. Wenn er sie anfaßte, würde sie ihm kochendes Wasser in den Schoß gießen. Das würde zwar genau das sein, was er verdiente, und es würde ihre brodelnden Gefühle abkühlen, doch damit würde sie den Tee vergeuden, den Lizzie dringend benötigte.

Sie ging vorsichtig seitwärts und quetschte sich zwischen den grölenden Kartenspielern und der Wand hindurch. Der Tisch war mit Münzen und anderen kleinen Wertgegenständen übersät: Knöpfen aus Silber, Gold und Zinn, einer Schnupftabakdose, einem silbernen Taschenmesser und vollgekritzelten Papierschnipseln – Schuldscheine, dachte sie, oder das, was man im achtzehnten Jahrhundert statt dessen benutzte. Dann bewegte sich einer der Männer, und über seine Schulter hinweg sah sie etwas Goldenes aufglitzern.

Sie blickte zu Boden, wandte den Blick ab und sah dann erschrocken wieder hin. Es war ein Ring, ein einfaches Goldband, nur breiter als üblich. Doch es war nicht das Gold allein, das ihr aufgefallen war. Der Ring lag keinen halben Meter von ihr entfernt, und das Licht im Schankraum war zwar schummrig, doch auf dem Tisch stand ein Kerzenhalter, der die Innenseite des Goldreifs beleuchtete.

Sie konnte die Buchstaben, die dort eingraviert waren, nicht wirklich lesen, doch sie kannte ihr Muster so gut, daß die Inschrift ihr ganz von selbst zu Bewußtsein kam.

Sie legte eine Hand auf die Schulter des Mannes, dem der Ring gehörte, und unterbrach ihn mitten in seinem Witz. Er drehte sich mit einem halben Stirnrunzeln um, doch seine Stirn glättete sich, als er sah, wer ihn angefaßt hatte.

»Aye, Süße, bist du vielleicht gekommen, um mir Glück zu bringen?« Er war ein hochgewachsener Mann mit einem grobknochigen, gutaussehenden Gesicht, einem breiten Mund, einer gebrochenen Nase und einem Paar hellgrüner Augen, die sie rasch und abschätzend überflogen.

Sie zwang ihre Lippen, ihn anzulächeln.

»Ich hoffe doch«, sagte sie. »Soll ich Euren Ring ein bißchen blankreiben, damit er Glück bringt?« Ohne auf seine Erlaubnis zu warten, schnappte sie sich den Ring vom Tisch und rieb ihn rasch an ihrem Ärmel ab. Dann hielt sie ihn hoch, um seinen Glanz zu bewundern, und konnte die Worte auf der Innenseite deutlich sehen.

Von F. für C. in Liebe. Immer.

Ihre Hand zitterte, als sie ihn zurückgab.

»Er ist sehr hübsch«, sagte sie. »Woher habt Ihr ihn?«

Er sah erschrocken aus, dann argwöhnisch, und sie beeilte sich hinzuzufügen: »Er ist zu klein für Euch – wird sich Eure Frau nicht ärgern, wenn Ihr ihren Ring verliert?« *Woher?* dachte sie wild. *Woher hat er ihn? Und was ist meiner Mutter zugestoßen?*

Seine vollen Lippen verzogen sich zu einem charmanten Lächeln.

»Wenn ich eine Frau hätte, Süße, dann würde ich sie für dich jederzeit verlassen.« Er betrachtete sie genauer, und seine langen Wimpern senkten sich, um seinen Blick zu verbergen. Er berührte ihre Taille beiläufig mit einer kleinen, einladenden Geste.

»Ich bin gerade beschäftigt, Schätzchen, aber später... was?«

Die Tasse brannte jetzt durch das Tuch, doch ihre Finger fühlten sich kalt an. Ihr Herz hatte sich zu einem kleinen Klumpen aus Entsetzen zusammengeballt.

»Morgen«, sagte sie. »Bei Tageslicht.«

Er sah sie überrascht an, dann warf er den Kopf zurück und lachte.

»Also, ich habe ja schon gehört, daß die Männer sagen, daß man mir besser nicht im Dunkeln über den Weg läuft, Püppchen, aber den Frauen scheint es lieber zu sein.« Er fuhr spielerisch mit seinem kräftigen Finger über ihren Unterarm; die rotgoldenen Haare sträubten sich bei seiner Berührung.

»Dann also bei Tageslicht, wenn du willst. Komm zu meinem Schiff – *Gloriana*, neben dem Marinehafen.«

»Du liebe Güte, seit wann hattet Ihr denn schon nichts mehr gegessen?« Miß Viorst blickte voll gutmütigem Unglauben auf Briannas leere Schüssel. Sie war ungefähr in ihrem Alter, eine breit gebaute, ruhige Holländerin, die wegen ihrer mütterlichen Art viel älter erschien, als sie war.

»Vorgestern, glaube ich.« Brianna nahm dankbar eine zweite Portion Klößchensuppe entgegen und noch eine dicke Brotscheibe, die mit Röllchen frischer, weißer Butter bestrichen war. »Oh, danke!« Das Essen half, das Loch zu füllen, das in ihrem Inneren gähnte, ein schwacher, warmer Trost, der ihr wieder eine Mitte gab.

Lizzies Fieber hatte erneut zugeschlagen, als sie zwei Tage auf dem Fluß unterwegs waren. Diesmal war der Anfall länger und schwerer gewesen und Brianna hatte ernstlich befürchtet, daß Lizzie mitten auf dem Cape Fear River sterben würde.

Sie hatte einen ganzen Tag und eine Nacht lang in der Mitte des Kanus gesessen, während Viorst und sein Partner wie die Verrückten gepaddelt waren. Abwechselnd hatte sie Lizzie mit Wasser übergossen oder sie in sämtliche zur Verfügung stehenden Mäntel und Decken gehüllt und pausenlos darum gebetet, zu sehen, wie sich die schmale Brust des Mädchens mit dem nächsten Atemzug hob.

»Wenn ich sterbe, sagt Ihr es meinem Vater?« hatte Lizzie ihr zugeflüstert, während sie in der Dunkelheit dahinhetzten.

»Das tue ich, aber du tust es nicht, also keine Sorrrge«, sagte Brianna bestimmt. Es funktionierte; Lizzies zerbrechlicher Rücken zitterte vor Lachen über Briannas Versuch, schottisch zu sprechen, und eine kleine, knochige Hand griff nach der ihren und hielt sie fest, bis der Schlaf ihren Griff lockerte und die fleischlosen Finger von ihr abglitten.

Alarmiert über Lizzies Zustand, hatte Viorst sie zu dem Haus gebracht, das er ein Stück vor Cross Creek mit seiner Schwester teilte, und Lizzies in Decken gepackten Körper über einen staubigen Pfad vom Fluß zu einer kleinen Holzhütte getragen. Dank ihrer Sturheit war das Mädchen ein weiteres Mal durchgekommen, doch Brianna glaubte nicht, daß ihr zerbrechlicher Körper noch vielen derartigen Attacken gewachsen sein würde.

Sie zerschnitt ein Klößchen in zwei Hälften, aß es langsam und genoß die wohlschmeckende, warme Soße aus Hühnchen und Zwiebeln. Sie war schmutzig, geschafft von der Reise, ausgehungert und erschöpft, und jeder Knochen im Leibe tat ihr weh. Doch sie hatten es geschafft. Sie waren in Cross Creek, und morgen war Montag. Irgendwo in der Nähe war Jamie Fraser – und, so Gott wollte, auch Claire.

Sie berührte ihr Hosenbein und die Geheimtasche, die sie in den Saum genäht hatte. Sie war immer noch da, die kleine, runde, harte Stelle, wo der Talisman lag. Ihre Mutter lebte noch. Das war alles, was zählte.

Nach dem Essen sah sie ein weiteres Mal nach Lizzie. Hanneke Viorst saß am Bett und stopfte Socken. Sie nickte Brianna zu und lächelte.

»Es geht ihr gut.«

Angesichts des ausgezehrten, schlafenden Gesichtes wäre Brianna nicht ganz so weit gegangen. Doch das Fieber war vorbei; ihre Hand hob sich kühl und feucht wieder von Lizzies Stirn, und eine halbleere Schüssel auf dem Tisch zeigte, daß sie ein bißchen hatte essen können.

»Wollt Ihr Euch auch ausruhen?« Hanneke erhob sich halb und deutete auf das Rollbett, das fertig bezogen war.

Brianna warf einen sehnsüchtigen Blick auf die saubere Bettwäsche und die gutgepolsterte Unterlage, doch sie schüttelte den Kopf.

»Noch nicht, danke. Was ich wirklich gern möchte, ist, euer Maultier leihen, wenn ich darf.«

Unmöglich zu sagen, wo Jamie Fraser jetzt war. Viorst hatte ihr gesagt, daß River Run ein gutes Stück außerhalb der Stadt lag; er konnte dort sein, oder vielleicht hielt er sich auch bequemlichkeitshalber irgendwo in Cross Creek auf. Sie konnte Lizzie nicht so lange allein lassen, wie es gedauert hätte, den ganzen Weg nach River Run zu reiten, doch sie wollte in die Stadt, um das Gerichtsgebäude zu suchen, in dem morgen der Prozeß abgehalten werden würde. Sie wollte nicht das Risiko eingehen, ihn zu verpassen, nur weil sie nicht wußte, wohin sie gehen mußte.

Das Maultier war groß und schon älter, aber einem gemütlichen Ritt entlang der Uferstraße nicht abgeneigt. Es ging etwas langsamer, als sie es selbst zustande gebracht hätte, doch das spielte keine Rolle; sie hatte es jetzt nicht mehr eilig.

Trotz ihrer Müdigkeit fing sie an, sich im Verlauf ihres Rittes besser zu fühlen, und ihr wunder, steifer Körper fügte sich in den sanften Rhythmus des langsam dahinschreitenden Maultieres. Es war ein heißer, feuchter Tag, doch der Himmel war klar und blau. Gewaltige Ulmen und Hickorybäume überwuchsen die Straße, und ihre kühlen Blätter filterten das Sonnenlicht.

Hin- und hergerissen zwischen Lizzies Krankheit und ihren eigenen, schmerzvollen Erinnerungen, hatte sie nichts von der zweiten Hälfte ihrer Reise wahrgenommen, die Veränderungen der Landschaft nicht bemerkt, durch die sie fuhren. Jetzt war es ihr, als sei sie durch Zauberhand im Schlaf transportiert worden und in einer anderen Gegend aufgewacht. Sie verdrängte alle anderen Gedanken und war fest entschlossen, die letzten paar Tage und deren Ereignisse zu vergessen. Sie würde Jamie Fraser finden.

Fort waren die sandigen Straßen, die Krüppelkiefern und die marschigen Sümpfe der Küste, ersetzt durch kühles, grünes Gebüsch, riesige dickstämmige, bewipfelte Bäume und einen weichen, orangefarbenen Boden, der sich überall dort, wo sich totes Laub am Straßenrand gesammelt hatte, zu schwarzem Kompost verdunkelte.

Fort war das Gekreische der Möwen und Seeschwalben. Statt dessen erklang das gedämpfte Plappern eines Eichelhähers, und der weiche, flüssige Gesang eines Schreienden Ziegenmelkers ertönte weit weg im Wald.

Wie würde es sein? fragte sie sich. Das hatte sie sich schon hundertmal gefragt und sich hundert verschiedene Szenen ausgemalt: Was sie sagen würde, was er sagen würde – würde er sich freuen, sie zu sehen? Sie hoffte es, und doch würde er ein Fremder sein. Wahrscheinlich hätte er keinerlei Ähnlichkeit mit dem Mann in ihrer Phantasie. Unter Schwierigkeiten kämpfte sie die Erinnerung an Laoghaires Stimme nieder: *Ein Lügner und Betrüger...* Ihre Mutter hatte das nicht geglaubt.

»Ein jeder Tag hat seine eigene Plage«, murmelte sie vor sich hin. Sie hatte den Ortskern von Cross Creek erreicht; die verstreuten Häuser verdichteten sich, und der Feldweg verbreiterte sich zu einer gepflasterten Straße, die von Läden und größeren Häusern gesäumt war. Es waren Leute unterwegs, doch es war die heißeste Zeit des Nachmittags, in der die Luft still und schwer auf der Stadt lag. Wer konnte, hielt sich im Schatten geschlossener Räume auf.

Die Straße machte eine Biegung und folgte dem Ufer. Eine kleine Sägemühle stand etwas abgelegen auf einer Landzunge, und daneben war ein Wirtshaus. Dort würde sie fragen, beschloß sie. Es war so heiß, daß sie etwas zu trinken gebrauchen konnte.

Sie klopfte sich auf die Rocktasche, um sich zu versichern, daß sie Geld dabei hatte. Statt dessen spürte sie das stachelige Äußere einer Roßkastanienhülle und zog ihre Hand fort, als hätte sie sich verbrannt.

Sie fühlte sich wieder leer, obwohl sie etwas gegessen hatte. Mit zusammengepreßten Lippen band sie das Maultier fest und tauchte in die dunkle Zuflucht des Wirtshauses ein.

Der Raum war leer bis auf den Wirt, der schlaftrunken auf seinem

Hocker saß. Beim Klang ihrer Schritte wurde er lebendig, und nach den üblichen, überraschten Glubschaugen über ihre Erscheinung servierte er ihr ein Bier und erklärte ihr höflich den Weg zum Gerichtshaus.

»Danke.« Sie wischte sich mit dem Rockärmel den Schweiß von der Stirn – selbst drinnen war die Hitze erdrückend.

»Also seid Ihr wegen des Prozesses hier?« fragte der Wirt, der sie nach wie vor neugierig betrachtete.

«Ja – na ja, nicht direkt. Wem wird da eigentlich der Prozeß gemacht?« fragte sie, denn erst jetzt wurde ihr klar, daß sie keine Ahnung hatte.

»Oh, Fergus Fraser natürlich«, sagte der Mann, als setzte er voraus, daß jedermann wußte, wer Fergus Fraser war. »Die Anklage lautet Überfall auf einen Offizier der Krone. Aber er wird sowieso freigesprochen«, fuhr der Wirt gelassen fort. »Jamie Fraser ist seinetwegen vom Berg gekommen.«

Brianna verschluckte sich an ihrem Bier.

»Ihr *kennt* Jamie Fraser?« fragte sie atemlos, während sie an dem Schaum herumtupfte, den sie sich auf den Rockärmel gespritzt hatte.

Die Augenbrauen des Wirtes fuhren hoch.

»Wartet nur einen Moment, dann lernt Ihr ihn auch kennen.« Er wies kopfnickend auf einen Zinnkrug, der auf dem Nebentisch stand. Er war ihr beim Hereinkommen nicht aufgefallen. »Er ist hinten hinausgegangen, gerade, als Ihr hereinkamt. He – hey!« Er schrak mit einem Überraschungsschrei zurück, als sie ihren Krug zu Boden fallen ließ und blitzschnell zur Hintertür hinausschoß.

Nach dem Halbdunkel des Schankraums blendete das Tageslicht. Brianna blinzelte, und ihre Augen überflogen hastig die Bahnen aus Sonnenlicht, die aus dem grünen Laub einer schwankenden Ahornreihe hervorstachen. Dann fing ihr Blick unter den tanzenden Blättern eine Bewegung auf.

Er stand im Schatten der Ahornbäume, halb von ihr abgewandt, den Kopf voll Konzentration gesenkt. Ein hochgewachsener Mann, langbeinig und elegant, mit breiten Schultern unter einem weißen Hemd. Er trug einen verblichenen Kilt in blassen Grün- und Brauntönen, den er vorn lässig hochhielt, während er gegen einen Baum urinierte.

Er beendete sein Geschäft, ließ den Kilt herabfallen und wandte sich der Poststation zu. Er sah sie dastehen und ihn anstarren, und er verspannte sich ein wenig, die Hände halb zusammengeballt. Dann durchschaute er ihre Männerkleidung, und sein argwöhnischer Blick verwandelte sich augenblicklich in Verblüffung, als er begriff, daß sie eine Frau war.

Vom ersten Blick an hatte sie keinen Zweifel. Sie war gleichzeitig überrascht und nicht im mindesten überrascht; er war nicht ganz das, was sie sich vorgestellt hatte – er kam ihr kleiner vor, nur ein bißchen größer als sie selbst –, doch sein Gesicht trug dieselben Züge wie das ihre; die lange, gerade Nase, das trotzige Kinn und die schrägstehenden Katzenaugen in ihrem Rahmen aus elegant geformten Knochen.

Er kam aus dem Schatten der Ahornbäume auf sie zu, und die Sonne traf sein Haar in einem Regen aus Kupferfunken. Fast unbewußt hob sie die Hand und schob sich eine Haarsträhne aus dem Gesicht. Aus dem Augenwinkel sah sie bei ihm dasselbe glänzenddichte Rotgold.

»Was willst du hier, Kleine?« fragte er. Scharf, aber nicht unfreundlich. Seine Stimme war tiefer, als sie es sich vorgestellt hatte; der rollende Highlandakzent war schwach, aber deutlich.

»Dich«, platzte sie heraus. Ihr Herz schien ihr in der Kehle zu klemmen; sie hatte Schwierigkeiten, ihre Worte daran vorbeizuzwängen.

Er war ihr so nah, daß sie den schwachen Hauch seines Schweißes auffing und den frischen Geruch zersägten Holzes; eine Spur von Sägemehl hatte sich in den aufgerollten Ärmeln seines Leinenhemdes verfangen. Seine Augen verengten sich belustigt, als er sie von oben bis unten ansah und ihre Verkleidung begutachtete. Eine seiner rötlichen Augenbrauen hob sich, und er schüttelte den Kopf.

»Tut mir leid, Kleine«, sagte er und lächelte flüchtig. »Ich bin verheiratet.«

Er schickte sich an, weiterzugehen, und sie machte ein leises Geräusch und streckte die Hand aus, um ihn aufzuhalten, traute sich aber doch nicht, seinen Ärmel zu berühren. Er blieb stehen und betrachtete sie genauer.

»Nein, ich habe es ernst gemeint; ich habe eine Frau zu Hause, und mein Zuhause ist nicht weit von hier«, sagte er, denn er wollte offensichtlich höflich sein. »Aber...« Er hielt inne, denn jetzt war er ihr so nah, daß er ihre schmutzigen Kleider, das Loch in ihrem Rockärmel und die schäbigen Enden ihrer Halsbinde sehen konnte.

»Och«, sagte er in verändertem Tonfall und griff nach der kleinen Lederbörse, die er an der Taille festgeknotet hatte. »Hast du vielleicht Hunger, Kleine? Ich habe Geld, wenn du etwas zu essen brauchst.«

Sie konnte kaum atmen. Seine Augen waren dunkelblau und voll sanfter Freundlichkeit. Sie heftete den Blick auf seinen offenen Hemdkragen, wo sein lockiges Haar zum Vorschein kam, golden gebleicht auf seiner sonnengebräunten Haut.

»Seid Ihr – du bist Jamie Fraser, nicht wahr?«

Er sah ihr scharf ins Gesicht.

»Das bin ich«, sagte er. Der Argwohn war in sein Gesicht zurückgekehrt; er kniff die Augen gegen die Sonne zusammen. Er sah sich schnell zum Wirtshaus um, doch nichts regte sich in der offenen Tür. Er trat einen Schritt auf sie zu.

»Wer will das wissen?« sagte er leise. »Hast du eine Nachricht für mich, Kleine?«

Sie fühlte, wie ein absurdes Bedürfnis zu lachen in ihrer Kehle aufstieg. Hatte sie eine Nachricht?

»Mein Name ist Brianna«, sagte sie. Er runzelte die Stirn, unsicher, und in seinen Augen regte sich etwas. Er wußte es! Er kannte den Namen, und er hatte eine Bedeutung für ihn. Sie schluckte fest und spürte, wie ihre Wangen aufflammten, als hätte eine Kerze sie versengt.

»Ich bin deine Tochter«, sagte sie, und ihre eigene Stimme klang ihr erstickt in den Ohren. »Brianna.«

Er stand völlig still da, und sein Ausdruck veränderte sich nicht im geringsten. Doch er hatte sie gehört; er wurde blaß, und dann schoß ein tiefes, quälendes Rot an seinem Hals hinauf in sein Gesicht, so plötzlich wie ein Buschfeuer, das Spiegelbild ihrer eigenen, lebhaften Gesichtsfarbe.

Sie verspürte ein tiefes Aufblitzen der Freude bei diesem Anblick, ein Echo dieses Aufflammens rauschte durch ihre Mitte und bestätigte die Verwandtschaft seiner hellen Haut mit der ihren. Störte es ihn, so heftig zu erröten? fragte sie sich auf einmal. Hatte er sein Gesicht zur Unbeweglichkeit trainiert, so wie sie es getan hatte, um diesen verräterischen Ansturm zu tarnen?

Was ihr eigenes Gesicht anging, so fühlte es sich steif an, doch sie lächelte ihm zögernd zu.

Er blinzelte, und schließlich wandten sich seine Augen von ihrem Gesicht ab, betrachteten langsam ihre Erscheinung und realisierten – mit einem Ausdruck, der ihr wie erneutes Erschrecken vorkam – ihre Größe.

»Mein Gott«, krächzte er. »Du bist ja *riesig*.«

Ihre Röte hatte nachgelassen, doch jetzt kehrte sie um so heftiger zurück.

»Und was meinst du wohl, wessen Schuld *das* ist?« schnappte sie. Sie richtete sich kerzengerade auf und sah ihn erbost an. Aus dieser Nähe und zu voller Größe aufgerichtet konnte sie ihm direkt ins Auge sehen, und das tat sie auch.

Er fuhr zurück, und jetzt veränderte sich sein Gesicht; die Maske löste sich in Verblüffung auf. Ohne sie sah er jünger aus; darunter lagen Erschrecken, Überraschung, und ein aufkeimender Ausdruck halb qualvoller Sehnsucht.

»Och nein, Schätzchen!« rief er aus. »So habe ich es doch gar nicht gemeint! Es ist nur...« Er brach ab und hielt seinen Blick voll Faszination auf sie gerichtet. Seine Hand erhob sich wie von selbst und zeichnete in der Luft die Umrisse ihrer Wange, ihres Kinns, ihres Halses und ihrer Schulter nach, voller Scheu, sie direkt zu berühren.

»Ist es wahr?« flüsterte er. »Du bist es, Brianna?« Er sprach ihren Namen mit einem seltsamen Akzent aus – *Brie*anah – und sie erschauerte bei seinem Klang.

»Ich bin's«, sagte sie ein bißchen heiser. Sie versuchte ein weiteres Lächeln. »Kannst du das nicht sehen?«

Sein Mund war breit, die Lippen voll, doch er war anders als der ihre; breiter, kühner geschnitten, und in seinen Winkeln schien sich noch im Zustand der Entspannung ein Lächeln zu verbergen. Im Augenblick zuckte er, unsicher, was er tun sollte.

»Aye«, sagte er. »Aye, das kann ich.«

Dann berührte er sie doch, zog leise mit den Fingern über ihr Gesicht, strich ihr die roten Locken von Schläfe und Ohr zurück und fuhr die feine Kante ihres Kinns nach. Wieder erschauerte sie, obwohl seine Berührung spürbar warm war; sie spürte die Hitze seiner Handfläche auf ihrer Wange.

»Ich hatte mir dich nicht als Erwachsene vorgestellt«, sagte er und ließ widerstrebend die Hand sinken. »Ich habe die Bilder gesehen, aber trotzdem – in meinen Gedanken bist du immer ein kleines Mädchen gewesen – mein Baby. Ich hätte nie erwartet...« Seine Stimme verstummte, als er sie anstarrte, mit Augen, die den ihren glichen, tiefblau mit dichten Wimpern, vor Faszination aufgerissen.

»Bilder«, sagte sie, atemlos vor Glück. »Du hast Bilder von mir gesehen? Also hat Mama dich gefunden? Als du gesagt hast, du hättest eine Frau zu Hause...«

»Claire«, unterbrach er sie. Der breite Mund hatte seinen Entschluß gefaßt; er brach in ein strahlendes Lächeln aus, das seine Augen erleuchtete wie die Sonne zwischen den tanzenden Blättern. Er packte sie an den Armen, so fest, daß sie erschrak.

»Dann hast du sie noch gar nicht gesehen? Himmel, sie wird außer sich sein vor Freude!«

Der Gedanke an ihre Mutter überwältigte sie. Ihre Gesichtszüge entgleisten, und die Tränen, die sie seit Tagen zurückgehalten hatte, ergossen sich in einer Flut der Erleichterung über ihre Wangen, die ihr fast den Atem verschlug, während sie gleichzeitig lachte und weinte.

»Aber, Kleine, weine doch nicht!« rief er alarmiert aus. Er ließ ihren Arm los und zog ein großes, zerknittertes Taschentuch aus seinem Ärmel. Er drückte es zögernd gegen ihre Wangen und machte ein besorgtes Gesicht.

»Nicht weinen, *a leannan*, mach dir keine Sorgen«, murmelte er. »Ist ja gut, *m'annsachd*; ist ja schon gut.«

»Ist schon gut; alles ist in Ordnung. Ich bin nur – glücklich«, sagte sie. Sie nahm das Taschentuch, wischte sich über die Augen und putzte sich die Nase. »Was bedeutet das – *a leannan*? Und das andere, was du gesagt hast?«

»Oh, du kannst kein Gälisch?« fragte er und schüttelte den Kopf. »Nein, natürlich hat's ihr keiner beigebracht«, murmelte er, als spräche er mit sich selbst.

»Das lerne ich schon«, sagte sie bestimmt und wischte sich ein letztes Mal über die Nase. »*A leannan?*«

Die Spur eines Lächelns erschien in seinem Gesicht, als er sie ansah.

»Es bedeutet ›Schatz‹«, sagte er leise. »*M'annsachd* – mein Segen.«

Die Worte hingen zwischen ihnen in der Luft und schimmerten wie das Laub. Sie standen beide still, plötzlich befangen nach dieser Liebkosung, unfähig, den Blick voneinander abzuwenden, unfähig, die nächsten Worte zu finden.

»Va...« Brianna fing an zu sprechen und hielt dann von Zweifel ergriffen inne. Wie sollte sie ihn nennen? Nicht Papa. Frank Randall war ihr Leben lang Papa für sie gewesen; es wäre Verrat, wenn sie einen anderen Mann so nannte – egal, welchen. Jamie? Nein, das konnte sie unmöglich; so sehr ihn ihr Auftauchen aus der Fassung gebracht hatte, er strahlte eine beachtliche Würde aus, die es ihr verbot, ihn einfach so beim Vornamen zu nennen. »Vater« erschien ihr distanziert und streng – und was Jamie Fraser auch immer sein mochte, das war er nicht; nicht für sie.

»Du kannst... mich Pa nennen«, sagte er. Seine Stimme war heiser; er hielt inne und räusperte sich. »Wenn – wenn du willst, meine ich«, fügte er scheu hinzu.

»Pa«, sagte sie, und diesmal spürte sie das Lächeln mit Leichtigkeit aufblühen, von keiner Träne gebremst. »Pa. Ist das Gälisch?«

Er erwiderte das Lächeln, und sein Mundwinkel zitterte leicht.

»Nein. Es ist nur... einfach.«

Und mit einemmal war alles einfach. Er streckte seine Arme aus.

Sie trat auf ihn zu und stellte fest, daß sie unrecht gehabt hatte; er *war* so groß, wie sie ihn sich vorgestellt hatte – und er umarmte sie mit der ganzen Kraft, auf die sie gehofft hatte.

Danach schien sich alles in einem Zustand der Benommenheit abzuspielen. Von ihren Gefühlen und der Müdigkeit überwältigt, nahm Brianna die Ereignisse eher wie eine Bilderserie wahr, scharf wie Standfotografien, und nicht als lebendige Bewegung.

Lizzie, die grauen Augen blinzelnd im plötzlichen Licht, winzig und bleich in den Armen eines stämmigen, schwarzen Knechtes, der skurrilerweise einen schottischen Akzent hatte. Ein Wagen, auf dem sich Glas und duftendes Holz türmten. Glänzende Pferdekruppen und das Rucken und Ächzen von Holzrädern. Die Stimme ihres Vaters, tief und warm in ihrem Ohr, während er ein im Bau befindliches Haus beschrieb, hoch auf einem Bergrücken, und ihr erklärte, daß die Fenster eine Überraschung für ihre Mutter waren.

»Aber nicht so eine Überraschung wie du, Liebes!« Und ein Lachen voll tiefer Freude, das in ihrem Innersten widerzuhallen schien.

Eine lange Fahrt über staubige Straßen, und sie schlief mit dem Kopf an der Schulter ihres Vaters, der seinen freien Arm beim Fahren um sie legte, atmete den unvertrauten Geruch seiner Haut ein, und sein seltsames, langes Haar streifte ihr Gesicht, wenn er den Kopf drehte.

Dann der kühle Luxus des großen, luftigen Hauses, das erfüllt war von Bienenwachs- und Blumenduft. Eine hochgewachsene Frau mit weißem Haar und Briannas Gesicht und einem blauäugigen Blick, der sie verunsicherte, weil er durch sie hindurchzusehen schien. Lange, kühle Hände, die ihr Gesicht berührten und mit abwesender Neugier ihr Haar streichelten.

»Lizzie«, sagte sie, und eine hübsche Frau beugte sich über Lizzie und murmelte »Chinarinde«, ihre schwarzen Hände wunderschön vor dem Hintergrund von Lizzies gelbem Porzellangesicht.

Hände – so viele Hände. Alles geschah wie von Zauberhand unter sanftem Murmeln, während sie von Hand zu Hand gereicht wurde. Sie wurde ausgezogen und gebadet, bevor sie etwas dagegen einwenden konnte, mit duftendem Wasser übergossen, feste, sanfte Finger massierten ihr die Kopfhaut, während man ihr Lavendelseife aus dem Haar spülte. Leinenhandtücher und ein kleines, schwarzes Mädchen, das ihr die Füße abtrocknete und sie mit Reispuder einstäubte.

Ein frisches Baumwollkleid, dann barfuß über blankgewichste Fußböden schweben, und dann die Augen ihres Vaters, die bei ihrem

Anblick aufleuchteten. Essen – Kuchen und Obstspeisen und Gelees und Teegebäck – und heißer, süßer Tee, der ihr das Blut in den Adern zu ersetzen schien.

Ein hübsches, blondes Mädchen mit einem Stirnrunzeln, das ihr seltsam bekannt vorkam; ihr Vater nannte sie Marsali. Lizzie, gewaschen und in eine Decke gehüllt, die zerbrechlichen Hände um einen Becher mit einer stark riechenden Flüssigkeit geschlossen. Sie sah aus wie eine Blume, die frisches Wasser bekommen hatte, nachdem jemand auf sie getreten war.

Gespräche und Neuankömmlinge und noch mehr Gespräche, von denen nur gelegentlich eine Phrase den zunehmenden Nebel in ihrem Kopf durchdrang.

»...Farquard Campbell ist nicht so dumm...«

»Fergus, Pa, hast du ihn gesehen? Geht's ihm gut?«

Pa? dachte sie, halb verwundert und vage verärgert, daß ihn jemand anders so nannte, weil... weil...

Die Stimme ihrer Tante, die aus weiter Ferne kam und sagte: »Das arme Kind schläft im Sitzen; ich kann sie schnarchen hören. Ulysses, bring sie hoch ins Bett.«

Und dann starke Arme, die sie ohne spürbare Anstrengung hochhoben, doch nicht der Bienenwachsgeruch des schwarzen Butlers; der Sägemehl- und Leinengeruch ihres Vaters. Sie gab die Anstrengung auf und schlief ein, den Kopf an seine Brust gelehnt.

Fergus Fraser mochte sich zwar nach einem schottischen Clansmann anhören, doch er sah aus wie ein französischer Adliger. Ein französischer Adliger auf dem Weg zur Guillotine, korrigierte Brianna im stillen ihren ersten Eindruck.

Dunkel und gutaussehend, leicht gebaut und nicht sehr groß, so schlenderte er zur Anklagebank, wandte sich dem Raum zu und trug seine lange Nase noch ein paar Zentimeter höher als sonst. Die schäbigen Kleider, das unrasierte Kinn und der große, rote Bluterguß über seinem Auge nahmen ihm nichts von seiner Aura aristokratischer Verachtung. Selbst der geschwungene Metallhaken, den er anstelle seiner fehlenden Hand trug, steuerte nur zum Eindruck glamouröser Verruchtheit bei.

Marsali gab einen leisen Seufzer von sich und ihre Lippen spannten sich an. Sie beugte sich über Brianna, um Jamie etwas zuzuflüstern.

»Was haben sie mit ihm gemacht, die Schweine?«

»Nichts, was wichtig wäre.« Er machte eine kleine Handbewegung und wies sie auf ihren Platz zurück. Sie fügte sich in ihren Sitz und sah abwechselnd den Gerichtsdiener und den Sheriff finster an.

Sie hatten Glück gehabt, Sitzplätze zu bekommen; jeder Winkel des kleinen Gebäudes war besetzt, und im hinteren Teil des Raumes schubsten und murrten die Leute herum. Nur die Anwesenheit der rotberockten Soldaten, die die Tür bewachten, hielt sie in Schach. Zwei weitere Soldaten standen in Habachtstellung im vorderen Teil des Raumes neben der Richterbank, und irgendein Offizier lauerte hinter ihnen in der Ecke.

Brianna sah, wie der Offizier Jamie Frasers Blick begegnete, und sich ein Ausdruck böswilliger Genugtuung über die breitflächigen Gesichtszüge des Mannes zog, fast ein Blick der Schadenfreude. Er ließ ihr die Nackenhaare zu Berge stehen, doch ihr Vater erwiderte den Blick des Mannes geradeheraus und wandte sich dann ungerührt ab.

Der Richter kam und nahm seinen Platz ein, und nach ordentlich vollzogenem Gerichtszeremoniell begann der Prozeß. Offensichtlich war kein Verfahren mit Geschworenen vorgesehen, da keine anwesend waren; nur der Richter und seine Gehilfen.

Brianna hatte am Abend zuvor nur wenig von der Unterhaltung mitbekommen, doch während des Frühstücks war es ihr gelungen, das Durcheinander der Personen zu entwirren. Der Name der jungen Schwarzen war Phaedre, eine von Jocastas Sklavinnen, und der lange, freundliche Junge mit dem bezaubernden Lächeln war Jamies Neffe Ian – ihr Vetter, dachte sie mit genau demselben Gefühl der Aufregung über die neuentdeckte Verwandtschaft, das sie in Lallybroch verspürt hatte. Die hübsche blonde Marsali war mit Fergus verheiratet, und Fergus war natürlich der französische Waisenjunge, den Jamie vor dem Stuartaufstand in Paris inoffiziell adoptiert hatte.

Richter Conant, ein penibler Gentleman mittleren Alters, rückte sich die Perücke zurecht, ordnete seinen Rock und befahl lautstark das Verlesen der Anklage. Diese lautete, daß ein gewisser Fergus Claudel Fraser, Einwohner von Rowan County, am vierten August dieses Jahres des Herrn 1769 sträflicherweise die Person eines gewissen Hugh Berowne tätlich angegriffen hatte, einen Hilfssheriff des nämlichen Bezirkes, und ihm Eigentum der Krone gestohlen hatte, das sich zu diesem Zeitpunkt im rechtmäßigen Gewahrsam des Hilfssheriffs befand.

Als man besagten Hugh in den Zeugenstand rief, erwies er sich als langer Lulatsch von etwas über dreißig Jahren und nervöser Veranlagung. Er zuckte und stammelte sich durch seine Aussage und bestätigte, daß er dem Angeklagten auf der Buffalo Trail Road begegnet sei, während er, Berowne, sich in Ausübung seiner gesetzlichen Pflichten befand. Er sei von dem Angeklagten heftig in französischer Sprache beschimpft worden, und als er sich angeschickt habe zu gehen, sei er von dem Angeklagten verfolgt worden. Dieser habe sich ihm genähert, ihn ins Gesicht geschlagen und Berowne das in seinem Gewahrsam befindliche Eigentum der Krone abgenommen, nämlich ein Pferd mit Zaumzeug und Sattel.

Auf Bitten des Gerichtes zog der anwesende Zeuge seine rechte Mundhälfte in einer Grimasse zurück und enthüllte einen abgebrochenen Zahn, den er sich bei dem Angriff zugezogen hatte.

Richter Conant betrachtete die zersplitterten Überreste des Zahns interessiert und wandte sich an den Gefangenen.

»So, so. Und nun, Mr. Fraser, könnten wir bitte Eure Schilderung des unglücklichen Ereignisses hören?«

Fergus senkte seine Nase um anderthalb Zentimeter und zollte dem Richter denselben Respekt, den er etwa einer Küchenschabe hätte zukommen lassen.

»Dieser widerliche Dunghaufen«, begann er in gemessenem Tonfall, »ist...«

»Der Gefangene wird sich weiterer Beleidigungen enthalten«, sagte Richter Conant kalt.

»Der Hilfssheriff«, begann Fergus erneut, ohne mit der Wimper zu zucken, »ist meiner Frau begegnet, als sie gerade von der Mühle zurückkehrte. Sie hatte meinen kleinen Sohn vor sich auf dem Sattel. Dieser – Hilfssheriff – hielt sie an und zog sie ohne Umschweife aus dem Sattel, wobei er sie informierte, daß er ihr Pferd und seine Ausstattung anstelle einer Steuerzahlung an sich nehmen würde, dann ließ er sie und das Kind stehen, fünf Meilen von meinem Haus entfernt und in glühender Sonnenhitze!« Er warf Berowne einen aggressiven Blick zu, und dieser zog als Antwort die Augenbrauen zusammen. Marsali atmete an Briannas Seite heftig durch die Nase aus.

»Welche Steuer wart Ihr nach Meinung des Hilfssheriffs denn schuldig?«

Fergus' Wangen waren dunkelrot angelaufen.

»Ich bin überhaupt nichts schuldig! Er hat behauptet, für mein Land müßten jährlich drei Schillinge Pacht bezahlt werden, doch das ist nicht wahr! Mein Land ist von dieser Steuer befreit durch die Klauseln einer Landanleihe, die Gouverneur Tryon James Fraser gewährt hat. Das habe ich dem verdammten *salaud* auch gesagt, als er mein Haus aufsuchte und versuchte, das Geld einzutreiben.«

»Von einer solchen Anleihe ist mir nichts bekannt«, schmollte

Berowne. »Diese Leute erzählen einem alles mögliche, um die Zahlung hinauszuzögern. Faulpelze und Betrüger, alle miteinander.«

»*Oreilles en feuille de chou!*«

Leises Gelächter durchlief den Raum und übertönte fast den Tadel des Richters. Briannas Schulfranzösisch reichte gerade aus, um dies mit »Kohlblattohr!« zu übersetzen, und sie fiel in das allgemeine Lächeln ein.

Der Richter hob den Kopf und blickte in den Gerichtssaal.

»Ist James Fraser anwesend?«

Jamie erhob sich und verbeugte sich respektvoll.

»Hier, Mylord.«

»Stellt den Zeugen unter Eid, Gerichtsdiener.«

Nachdem Jamie pflichtgemäß vereidigt worden war, bestätigte er, daß er in der Tat Nutznießer einer Landanleihe war, daß besagte Anleihe und ihre Klauseln von Gouverneur Tryon gewährt worden waren, daß besagte Klauseln eine zehnjährige Befreiung von der Grundsteuer beinhalteten, einen Zeitraum, der in neun Jahren verstrichen sein würde, und schließlich, daß Fergus Fraser auf dem Gebiet, das die Anleihe umfaßte, ein Haus unterhielt und Land bestellte, und zwar lizensiert durch ihn selbst, James Alexander Malcolm MacKenzie Fraser.

Briannas Aufmerksamkeit war zunächst vollständig auf ihren Vater gerichtet gewesen; sie konnte von seinem Anblick kaum genug bekommen. Er war der größte Mann im Gerichtssaal und auch bei weitem der auffälligste in seinem schneeweißen Leinenhemd und dem dunkelblauen Rock, der seine schrägstehenden Augen und sein flammendes Haar betonte.

Doch jetzt zog eine Bewegung in der Ecke ihren Blick auf sich, und bei genauem Hinsehen sah sie den Offizier, der ihr schon zuvor aufgefallen war. Er hatte den Blick nicht länger auf ihren Vater gerichtet, sondern starrte Hugh Berowne durchdringend an. Berowne nickte fast unmerklich und lehnte sich zurück, um das Ende von Frasers Aussage abzuwarten.

»Es hat wohl den Anschein, als hätte Mr. Fraser recht, wenn er auf Freistellung besteht, Mr. Berowne«, sagte der Richter nachsichtig. »Ich muß ihn daher freisprechen von der Anklage der...«

»Er kann es nicht beweisen!« platzte Berowne heraus. Er warf dem Offizier einen Blick zu, als erbitte er moralische Unterstützung, und schob dann sein langes Kinn vor. »Es gibt keinen schriftlichen Beweis; nur James Frasers Wort.«

Wieder ging ein Raunen durch den Gerichtssaal, doch diesmal

hatte es einen unfreundlicheren Tonfall. Brianna hörte ohne Schwierigkeiten die Empörung und Entrüstung darüber, daß man das Wort ihres Vaters angezweifelt hatte, und empfand einen unerwarteten Stolz.

Doch ihr Vater zeigte keine Verärgerung; er erhob sich erneut und verbeugte sich vor dem Richter.

»Eure Lordschaft werden erlauben.« Er griff in seinen Rock und zog einen zusammengefalteten Pergamentbogen hervor, auf dem ein Klecks aus rotem Siegelwachs haftete.

»Eure Lordschaft wird mit dem Siegel des Gouverneurs vertraut sein, denke ich«, sagte er und legte es vor Mr. Conant auf den Tisch. Der Richter zog eine Augenbraue hoch, betrachtete aber sorgfältig das Siegel, dann brach er es auf, untersuchte das innenliegende Dokument und legte es nieder.

»Dies ist eine ordentlich bezeugte Kopie der ursprünglichen Landanleihe«, verkündete er, »gezeichnet von Seiner Exzellenz, William Tryon.«

»Woher habt Ihr das?« entfuhr es Berowne. »Es war nicht genug Zeit, um nach New Bern hin- und zurückzureiten!« Dann wich ihm alles Blut aus dem Gesicht. Brianna sah den Offizier an; in seinem aufgeschwemmten Gesicht schien sich das Blut gesammelt zu haben, das Berowne verloren hatte.

Der Richter warf ihm einen scharfen Blick zu, sagte aber nur: »Da jetzt der schriftliche Beweis *erbracht* wurde, befinden wir den Angeklagten eindeutig des Diebstahls für unschuldig, da die fraglichen Güter sein Eigentum waren. Was allerdings den tätlichen Angriff angeht...« An diesem Punkt bemerkte er, daß Jamie sich nicht hingesetzt hatte, sondern immer noch vor dem Richtertisch stand.

»Ja, Mr. Fraser? Wolltet Ihr dem Gericht noch etwas mitteilen?« Richter Conant betupfte ein Schweißrinnsal, das ihm unter der Perücke hervorlief; mit so vielen Menschen vollgestopft, ähnelte der kleine Raum einem Schwitzbad.

»Ich bitte das Gericht, meine Neugier zu verzeihen, Eure Lordschaft. Beschreibt Mr. Berownes ursprüngliche Anklage die Tätlichkeiten gegen ihn auch genauer?«

Der Richter zog beide Augenbrauen hoch, blätterte aber schnell die vor ihm auf dem Tisch liegenden Papiere durch und reichte dann eines davon dem Gerichtsdiener, wobei er auf eine Stelle auf der Seite wies.

»Der Kläger behauptet, daß ein gewisser Fergus Fraser ihn mit der Faust ins Gesicht geschlagen hat, worauf der Kläger betäubt zu Boden fiel, wohingegen der Angeklagte das Zaumzeug des Pferdes ergriff, hinaufsprang und forttritt, wobei er Bemerkungen beleidigender Natur in französischer Sprache ausrief...«

Ein lautes Husten von der Anklagebank zog alle Augen auf den Angeklagten, der Richter Conant freundlich anlächelte, ein Taschentuch aus seiner Tasche zog und sich damit ausgiebig das Gesicht abwischte – wozu er den Haken am Ende seines linken Arms benutzte.

»Oh!« sagte der Richter und ließ seinen kalten Blick zum Zeugenstand schweifen, wo Berowne sich in puterroter Agonie wand.

»Und würdet Ihr mir bitte erklären, Sir, wie Ihr an Eurer rechten Gesichtshälfte durch einen Schlag der linken Faust eines Mannes verletzt wurde, der keine hat?«

»Ja, *Crottin*«, sagte Fergus fröhlich. »Erklärt das mal.«

Vielleicht hielt Richter Conant es für besser, sich Berownes Erklärungsversuche unter Ausschluß der Öffentlichkeit anzuhören – jedenfalls wischte er sich den Hals ab und zog einen Schlußstrich unter das Verfahren, indem er Fergus Fraser unbefleckten Charakters entließ.

»Ich war es«, sagte Marsali stolz und klammerte sich bei der Siegesfeier, die dem Prozeß folgte, an den Arm ihres Mannes.

»Du?« Jamie warf ihr einen belustigten Blick zu. »Die unseren guten Hilfssheriff ins Gesicht geboxt hat, meinst du?«

»Nicht geboxt, getreten«, verbesserte sie. »Als der hinterlistige *salaud* versucht hat, mich vom Pferd zu ziehen, habe ich ihn vors Kinn getreten. Er hätte mich niemals heruntergebommen«, fügte sie hinzu und machte bei dem Gedanken ein wütendes Gesicht, »aber er hat mir Germain weggerissen, also mußte ich ihn natürlich holen.«

Sie streichelte den glatten, blonden Kopf des Kleinkindes, das sich an ihre Röcke klammerte und ein Keksstück in der schmutzigen Hand hielt.

»Das verstehe ich nicht ganz«, sagte Brianna. »Wollte Mr. Berowne nicht zugeben, daß ihn eine Frau verletzt hat?«

»Ah, nein«, sagte Jamie, goß noch einen Becher Ale ein und reichte ihn ihr. »Es war nur Sergeant Murchison, der versucht hat, mir lästig zu werden.«

»Sergeant Murchison. Ist das der Armeeoffizier, der beim Prozeß dabei war?« fragte sie. Der Höflichkeit halber trank sie einen kleinen Schluck von dem Ale. »Der aussieht wie ein halb durchgebratenes Schwein?«

Ihr Vater grinste bei dieser Charakterisierung.

»Aye, das ist der Mann. Er kann mich nicht leiden«, erklärte er. »Das ist nicht das erste Mal – und auch nicht das letzte –, daß er mit einem solchen Kniff versucht hat, mir zu schaden.«

»Er konnte doch nicht wirklich glauben, daß er mit so einer lächerlichen Anklage durchkommen würde«, fiel Jocasta ein, während sie sich vorbeugte und die Hand ausstreckte. Ulysses stand bereit und verschob den Plätzchenteller um die notwendigen Zentimeter. Zielsicher griff sie zu und richtete ihren verstörenden, blinden Blick auf Jamie.

»War es wirklich notwendig, Farquart Campbell zu korrumpieren?« fragte sie tadelnd.

»Aye, das war es«, antwortete Jamie. Als er Briannas Verwirrung sah, erklärte er es ihr.

»Eigentlich ist Farquart Campbell der Friedensrichter in diesem Bezirk. Wenn er nicht zu diesem passenden Zeitpunkt krank geworden wäre«, und hier grinste er wieder, und der Schalk tanzte in seinen Augen, »hätte der Prozeß letzte Woche schon stattgefunden. Das war ihr Plan, aye? Murchison und Berowne. Sie hatten vor zu klagen, Fergus festzunehmen und mich mitten in der Ernte vom Berg herunterzuholen – das zumindest ist ihnen ja gelungen, den Mistkerlen«, fügte er reuevoll hinzu.

»Aber sie haben darauf gebaut, daß ich nicht in der Lage sein würde, noch vor dem Prozeß eine Kopie der Anleihe zu beschaffen – was mir auch nicht gelungen wäre, wenn er letzte Woche stattgefunden hätte.« Er lächelte Ian zu, und der Junge, der im Höllentempo nach New Bern geritten war, um das Dokument zu beschaffen, lief rot an und vergrub sein Gesicht in einer Schale mit Punsch.

»Farquart Campbell ist unser Freund, Tante Jocasta«, sagte Jamie, »aber du weißt genausogut wie ich, daß er ein Mann des Gesetzes ist; es würde nicht den geringsten Unterschied machen, daß er die Klauseln meiner Anleihe so gut kennt wie ich selbst; wenn ich vor Gericht nicht den Beweis erbringen könnte, würde er sich gezwungen fühlen, zu meinen Ungunsten zu entscheiden. Und wenn er das getan hätte«, fuhr er, an Brianna gewandt, fort, »wäre ich gezwungen gewesen, Berufung gegen das Urteil einzulegen, was bedeutet hätte, daß man Fergus nach New Bern ins Gefängnis gebracht und dort einen neuen Prozeß anberaumt hätte. Der Ausgang wäre derselbe gewesen – aber Fergus und ich wären für den Großteil der Erntesaison nicht auf unserem Land gewesen, und das hätte mich mehr an Löhnen gekostet, als die Ernte einbringen wird.«

Er blickte Brianna über den Becherrand hinweg an, und seine blauen Augen waren plötzlich ernst.

»Du glaubst doch hoffentlich nicht, daß ich reich bin?« fragte er.

»Darüber hatte ich überhaupt noch nicht nachgedacht«, antwortete sie verblüfft, und er lächelte.

»Das ist auch gut so«, sagte er, »denn ich habe zwar ein anständiges Grundstück, aber bis jetzt ist erst ein kleiner Teil davon kultiviert; wir haben gerade genug, um die Felder einzusäen und uns selbst zu ernähren und ein bißchen extra fürs Vieh. Und deine Mutter ist zwar tüchtig« – das Lächeln wurde breiter –, »aber dreißig Hektar Mais und Gerste kann auch sie nicht allein einbringen.« Er stellte seinen leeren Becher ab und stand auf.

»Ian, kannst du dich um die Vorräte kümmern und mit Fergus und Marsali im Wagen hochfahren? Die Kleine und ich gehen vor, denke ich.« Er sah fragend zu Brianna herab.

»Jocasta wird sich hier um dein Dienstmädchen kümmern. Es macht dir doch nichts aus, so bald aufzubrechen?«

»Nein«, sagte sie, stellte ihren Becher hin und stand auf. »Können wir heute schon gehen?«

Ich nahm die Flaschen nacheinander aus dem Küchenschrank und entkorkte die eine oder andere, um an ihrem Inhalt zu riechen. Kräuter mit fleischigen Blättern verdarben in der Flasche, wenn sie vor dem Lagern nicht gründlich getrocknet waren; auf Samen bildeten sich exotische Schimmelpilze.

Bei den Gedanken an Schimmel dachte ich erneut an meine Penizillinplantage. Oder das, wovon ich hoffte, daß es eines Tages eine werden würde, wenn ich Glück hatte und aufmerksam genug war, um mein Glück zu erkennen. *Penicillium* war nur einer von den Hunderten von Schimmelpilzen, die auf altem, feuchtem Brot wuchsen. Wie groß war meine Chance, daß eine verirrte Spore dieses einen kostbaren Pilzes sich auf den Brotscheiben festsetzte, die ich allwöchentlich auslegte? Wie groß war die Chance, daß eine freiliegende Brotscheibe überhaupt so lange überlebte, daß *irgendwelche* Sporen sie fanden? Und schließlich, wie groß war die Chance, daß ich es erkannte, wenn ich es sah?

Ich versuchte es seit über einem Jahr und hatte bis jetzt keinen Erfolg gehabt.

Trotz der Ringelblumen und der Schafgarbe, die ich zur Abwehr gepflanzt hatte, war es unmöglich, das Ungeziefer fernzuhalten. Mäuse und Ratten, Ameisen und Küchenschaben; eines Tages hatte ich sogar ein Eichhörnchenpaar in der Vorratskammer auf frischer Tat ertappt, das zwischen dem verstreuten Mais und den angenagten Überresten der Hälfte meiner Saatkartoffeln herumtobte.

Die einzige Möglichkeit war, alles Eßbare in den großen Schrank zu schließen, den Jamie gebaut hatte – das, oder es in dicken Holzkisten oder fest verschlossenen Gläsern zu verwahren, die Zähnen und Klauen trotzen konnten. Aber indem ich die Lebensmittel vor den vierbeinigen Dieben wegschloß, schloß ich sie auch vor der Luft weg – und die Luft war der einzige Bote, der mir eines Tages eine wirkliche Waffe gegen Krankheiten bringen konnte.

Jede der Pflanzen trägt ein Gegenmittel gegen eine Krankheit in sich – wenn wir nur wüßten, welche. Jedesmal, wenn ich an Nayawenne dachte, wurde mir ihr Verlust wieder schmerzlich bewußt. Sie hatte mich nur einen Bruchteil ihres Wissens gelehrt, und das bedauerte ich aufs Tiefste – allerdings nicht so sehr wie den Verlust meiner Freundin.

Doch ich wußte etwas, das sie nicht gewußt hatte – ich kannte die vielfältigen Tugenden jener kleinsten aller Pflanzen, des gemeinen Brotschimmels. Ihn zu finden würde schwierig sein, ihn zu erkennen und zu benutzen noch schwieriger. Doch ich zweifelte nie daran, daß es die Suche wert war.

Wenn ich Brot offen im Haus liegenließ, dann lockte ich die Mäuse und Ratten nach innen. Ich hatte versucht, es auf die Anrichte zu legen – Ian hatte geistesabwesend die Hälfte meines aufkeimenden Antibiotikum-Inkubators verkonsumiert, und die Mäuse und Ameisen hatten kurzen Prozeß mit dem Rest gemacht, während ich nicht zu Hause war.

Es war schlicht unmöglich, im Sommer, Frühling oder Herbst Brot offen und unbeobachtet liegenzulassen oder im Haus zu bleiben, um es im Auge zu behalten. Im Freien waren zu viele dringende Aufgaben zu erledigen, zu oft wurde ich zu Gebärenden oder Kranken gerufen, es gab zu viele Gelegenheiten, Vorräte zu sammeln.

Natürlich verzog sich das Ungeziefer im Winter, um seine Eier für das Frühjahr zu legen und unter einer Decke aus totem Laub sicher vor der Kälte zu überwintern. Doch auch die Luft war kalt; zu kalt, um mir lebende Sporen zu bringen.

Das Brot, das ich auslegte, rollte sich entweder zusammen und vertrocknete, oder es weichte auf, je nach Abstand vom Feuer; doch in jedem Fall brachte es nichts hervor außer gelegentlichen orange- oder rosafarbenen Krusten: die Pilze, die in den Höhlungen des menschlichen Körpers leben.

Ich würde es im Frühjahr wieder versuchen, dachte ich, und roch an einer Flasche mit getrocknetem Majoran. Er war noch gut; moschusartig wie Weihrauch, und er duftete nach Träumen. Das neue

Haus auf dem Bergrücken war bereits im Entstehen, das Fundament gelegt und die Räume umrissen. Ich konnte das Balkenskelett von der Tür des Blockhauses aus sehen, schwarz vor dem klaren Septemberhimmel über dem Bergkamm.

Im Frühling würde es fertig sein. Ich würde verputzte Wände und Eichenfußböden haben, Glasfenster mit stabilen Rahmen, die Mäuse und Ameisen fernhalten würden – und ein schönes, gemütliches, sonniges Sprechzimmer, in dem ich meine medizinische Praxis einrichten konnte.

Meine glühenden Visionen wurden durch lautstarkes Gegröle aus dem Pferch unterbrochen; Clarence, der einen Neuankömmling ankündigte. Zwischen Clarences ekstatischen Schreien konnte ich entfernte Stimmen hören, und ich begann hastig, das Durcheinander der Flaschen und Korken aufzuräumen. Es mußte Jamie sein, der mit Fergus und Marsali zurückkehrte – oder zumindest hoffte ich das.

Jamie war zuversichtlich über den Ausgang des Prozesses gewesen, doch ich machte mir trotzdem Sorgen. Ich war zwar in dem Glauben aufgewachsen, daß das britische Gesetz in der Theorie eine der großartigen Leistungen der Zivilisation war, doch ich hatte es viel zu oft konkret angewandt gesehen, um großes Vertrauen in seine Vertreter zu haben. Andererseits war mein Vertrauen in Jamie beträchtlich.

Clarence hatte seine Stimmakrobatik zu dem keuchenden Gurgeln gedämpft, das er für Unterhaltungen aus nächster Nähe benutzte, doch die Stimmen waren verstummt. Das war merkwürdig. Vielleicht war es doch schiefgegangen?

Ich schob die letzte Flasche zurück in den Schrank und ging zur Tür. Der Hof war leer. Clarence ih-ahte begeistert bei meinem Erscheinen, sonst regte sich nichts. Doch es war jemand gekommen – die Hühner hatten sich verstreut und waren ins Gebüsch geflohen.

Ein kalter Schauer lief mir über den Rücken; ich wirbelte herum, um gleichzeitig nach vorn und hinter mich zu blicken. Nichts. Die Kastanienbäume hinter dem Haus seufzten im Wind und filterten den Sonnenschein durch ihre Blätter.

Ich wußte ohne jeden Zweifel, daß ich nicht allein war. Verdammt, und ich hatte mein Messer innen auf dem Tisch gelassen.

»Sassenach.« Mir blieb fast das Herz stehen beim Klang von Jamies Stimme. Ich zuckte zu ihm herum, während meine Erleichterung rapide der Verärgerung wich. Was dachte er sich dabei...

Für den Bruchteil einer Sekunde hatte ich das Gefühl, doppelt zu sehen. Sie saßen auf der Bank neben der Tür, Seite an Seite, und die Nachmittagssonne entflammte ihr Haar wie Streichholzköpfe.

Mein Blick konzentrierte sich auf Jamies Gesicht, das vor Freude leuchtete – und wanderte dann nach rechts.

»Mama.« Es war derselbe Ausdruck; Ungeduld und Freude und Sehnsucht zugleich. Ich hatte keine Zeit, auch nur einen einzigen Gedanken zu fassen, als sie mir schon in den Armen lag, und ich war außer mir. Es haute mich buchstäblich und bildlich um.

»Mama!«

Ich bekam keine Luft; was der Schrecken mir nicht genommen hatte, das wurde jetzt durch ihre rippenquetschende Umarmung aus mir herausgepreßt.

»Brianna!« Ich schaffte es, nach Luft zu schnappen, und sie setzte mich ab, ohne mich jedoch loszulassen. Ich sah ungläubig zu ihr hoch, doch sie war es wirklich. Ich sah mich nach Jamie um und fand ihn an ihrer Seite. Er sagte nichts, sondern grinste mich breit an, seine Ohren knallrot vor Entzücken.

»Ich, äh, ich hatte nicht damit gerechnet –«, sagte ich wie eine Idiotin.

Brianna grinste mich genauso wie ihr Vater an, ihre Augen leuchtend wie Sterne und feucht vor Glück.

»Niemand rechnet mit der Spanischen Inquisition!«

»Was?« sagte Jamie verständnislos.

ZEHNTER TEIL

Strapazierte Beziehungen

42

Mondschein

September 1769
Sie erwachte aus ihrem traumlosen Schlaf, weil sich eine Hand auf ihre Schulter legte. Sie fuhr erschrocken auf, stützte sich auf ihren Ellbogen und blinzelte. Jamies Gesicht war über ihr im Halbdunkel kaum auszumachen; das Feuer war so weit heruntergebrannt, daß es nur noch glomm, und es war fast stockfinster in der Blockhütte.

»Ich gehe auf den Berg zur Jagd, Kleine; willst du mitkommen?«

Sie rieb sich die Augen, versuchte, ihre schlaftrunkenen Gedanken zu sortieren und nickte.

»Gut. Zieh deine Hose an.« Er erhob sich schweigend und ging aus dem Haus. Als er die Tür öffnete, ließ er einen durchdringend süßen, kalten Luftzug herein.

Bis sie ihre Kniehose und Strümpfe angezogen hatte, war er zurück, und obwohl er eine Ladung Brennholz auf dem Arm trug, bewegte er sich immer noch so lautlos wie zuvor. Er nickte ihr zu und kniete sich hin, um das Feuer wieder anzufachen; sie fuhr in ihre Rockärmel und ging ihrerseits hinaus, um den Abort aufzusuchen.

Die Welt hier draußen war schwarz und traumhaft; wäre es nicht so frisch gewesen, hätte sie glauben können, daß sie immer noch schlief. Die Sterne brannten kalt und hell, schienen aber so tief zu hängen, als könnten sie jeden Moment vom Himmel fallen und zischend in den nebelfeuchten Bäumen auf den umliegenden Bergkämmen verlöschen.

Wie spät ist es? fragte sie sich und erschauerte, als sie das feuchte Holz an ihren Oberschenkeln spürte, die noch warm waren vom Schlaf. Ziemlich früh; es war sicher noch lange bis zur Dämmerung. Alles war verstummt, im Garten ihrer Mutter summten noch keine Insekten, und nichts regte sich, nicht einmal die trockenen Maisgarben, die im Feld standen.

Als sie die Tür des Blockhauses aufschob, kam ihr die Luft im Innenraum beinahe zum Schneiden vor; ein Block aus abgestandenem Rauch, Gebratenem und dem Geruch der Schläfer. Im Gegensatz dazu war die Luft draußen süß, aber dünn – sie atmete sie in tiefen Zügen ein, um genug davon zu bekommen.

Er war fertig; eine Ledertasche war neben Axt und Pulverhorn an seinen Gürtel gebunden, ein größerer Segeltuchsack über seine Schulter geschlungen. Sie trat nicht ein, sondern blieb im Eingang stehen und beobachtete, wie er sich rasch bückte und ihre Mutter im Bett küßte.

Natürlich wußte er, daß sie da war – und es war nur ein leichter Kuß auf die Stirn –, doch sie kam sich wie ein Eindringling, ein Voyeur vor. Und das noch mehr, als Claires feingliedrige, blasse Hand aus dem Bettzeug auftauchte und sein Gesicht mit einer Zärtlichkeit berührte, die ihr das Herz zusammenkrampfte. Claire murmelte etwas, doch Brianna verstand es nicht.

Sie wandte sich schnell ab, das Gesicht heiß trotz der kühlen Luft, und als er herauskam, stand sie am Rand der Lichtung. Er schloß die Tür hinter sich und wartete das *Klank* ab, mit dem sie von innen verriegelt wurde. Er trug ein Gewehr, das mit seinem langen Lauf fast so groß zu sein schien wie sie selbst.

Er sagte nichts, sondern lächelte sie an und wies mit dem Kopf auf den Wald. Sie folgte ihm und hielt problemlos mit, als er einen kaum sichtbaren Pfad einschlug, der durch Fichten- und Kastanienhaine führte. Seine Füße stießen den Tau von den Gräsern und hinterließen eine dunkle Spur in den Büscheln aus schimmerndem Silber.

Der Pfad bog sich hin und her, lange Zeit fast ebenerdig, doch dann begann er, sich bergauf zu wenden. Sie spürte die Veränderung mehr, als daß sie sie sah. Es war immer noch sehr dunkel, doch plötzlich war die Stille vorbei. Von einem Atemzug zum nächsten begann ein Vogel im nahen Wald zu rufen.

Dann hallte der ganze Berghang mit Vogelgesängen wider, krächzend, trillernd und surrend. Hinter den Rufen war Bewegung zu spüren, ein Flattern und Kratzen knapp unterhalb der Hörgrenze. Er blieb stehen und lauschte.

Sie blieb ebenfalls stehen und blickte ihn an. Das Licht hatte so langsam gewechselt, daß sie es kaum gemerkt hatte; einmal an die Dunkelheit gewöhnt, konnte sie beim Licht der Sterne problemlos sehen und erkannte den Übergang zum Tageslicht erst, als sie vom Boden aufblickte und die lebhafte Haarfarbe ihres Vaters sah.

Er hatte etwas zu essen in seiner Tasche; sie setzten sich auf einen

Baumstamm und teilten sich Äpfel und Brot. Dann trank sie aus einem Rinnsal, das von einem Vorsprung herabsickerte und ihre Hände mit kaltem Kristall füllte. Als sie sich umblickte, konnte sie keine Spur von der kleinen Siedlung mehr sehen; Häuser und Felder waren verschwunden, als hätte der Berg schweigend seine Wälder zusammengezogen und sie verschluckt.

Sie wischte sich die Hände an den Rockschößen ab und spürte den stacheligen Umriß der Kastanienschale in ihrer Tasche. Es gab keine Roßkastanien auf diesen bewaldeten Hängen; das war ein englischer Baum, den irgendein Auswanderer in der Hoffnung gepflanzt hatte, eine Erinnerung an Zuhause zu schaffen; eine lebende Verbindung mit einem anderen Leben. Sie umschloß sie kurz mit der Hand und fragte sich, ob auch ihre Verbindungen wohl für immer durchtrennt worden waren, dann ließ sie sie los und folgte ihrem Vater hügelaufwärts.

Zuerst hatte sie Herzklopfen bekommen, und ihre Oberschenkelmuskeln hatten von der ungewohnten Anstrengung des Kletterns geschmerzt, doch dann hatte ihr Körper den Rhythmus des Untergrundes gefunden. Jetzt, wo das Licht kam, hörte sie auf zu stolpern. Als sie auf dem Gipfel eines steilen Hanges herauskamen, schritten ihre Füße so leicht auf den schwammigen Blättern dahin, daß sie glaubte, sie könnte in den Himmel davonschweben, der hier so nah zu sein schien – die Erde hinter sich lassen.

Einen kurzen Augenblick wünschte sie, sie könnte es. Doch die Bindeglieder der Kette, die sie an die Erde band, hielten weiterhin – ihre Mutter, ihr Vater, Lizzie... und Roger. Die Morgensonne stieg auf, ein riesiger Feuerball über den Bergen. Sie mußte einen Augenblick lang die Augen schließen, um nicht geblendet zu werden.

Hier war es; die Stelle, zu der er sie bringen wollte. Am Fuß eines gewaltigen Steilhanges war ein Teil der Felsen zu losem Geröll zusammengestürzt, das von Moos und Flechten überwachsen war, und kleine Schößlinge ragten wie betrunken aus den Felsspalten. Mit einem Kopfnicken wies er sie an, ihm zu folgen. Ein Weg führte zwischen den riesigen Felsbrocken hindurch, schwer zu erkennen, aber dennoch da. Er spürte, wie sie hinter ihm zögerte, und sah sich um.

Sie lächelte und wies mit einer Handbewegung auf einen Felsen. Ein riesiger Kalksteinbrocken war herabgestürzt und in zwei Teile gespalten worden; er stand genau zwischen den Teilen.

»Ist schon gut«, sagte sie leise. »Es hat mich nur daran erinnert.«

Das erinnerte *ihn* daran, und die Haare auf seinen Unterarmen sträubten sich. Er mußte stehenbleiben und zusehen, wie sie hindurchtrat, nur um sicherzugehen; er streckte ihr die Hand entgegen, und der feste Griff, mit dem seine Finger die ihren umschlossen, beruhigte ihn.

Er hatte es richtig eingeschätzt; die Sonne stieg gerade über dem entferntesten Berggrat auf, als sie an der Spitze des Hanges ins Freie traten. Unter ihnen breiteten sich Bergrücken und Täler aus, die so voller Nebel waren, daß es aussah, als brodelte Rauch durch die Tiefe. Von dem Berg, der ihnen gegenüberlag, ergoß sich der Wasserfall in einer dünnen, weißen Wolke, die in den Nebel fiel.

»Hier«, sagte er und blieb an einer Stelle stehen, an der verstreute Felsen im dichten Gras umherlagen. »Wir wollen uns ein bißchen ausruhen.« Obwohl es frühmorgens kühl war, hatte ihn der Anstieg erhitzt; er setzte sich auf einen flachen Felsen, streckte die Beine aus, damit Luft unter seinen Kilt gelangte, und schob sich das Plaid von den Schultern.

»Hier fühlt sich alles so anders an«, sagte sie und strich sich eine Strähne des weichen, roten Haars zurück, dessen Flammen ihn mehr erwärmten als die Sonne. Sie erwiderte seinen Blick und lächelte. »Weißt du, was ich meine? Ich bin von Inverness durch den Great Glen nach Lallybroch geritten, und das war schon wild« – sie erschauerte leicht bei der Erinnerung –, »aber es war gar nichts im Vergleich hiermit.«

»Nein«, sagte er. Er wußte genau, was sie meinte; die Wildnis der Glens und der Moore war bewohnt auf eine Weise, wie es dieses Land der Wälder und rauschenden Wasser nicht war.

»Ich glaube –«, begann er, dann hielt er inne. Würde sie ihn für töricht halten? Doch sie sah zu ihm auf und erwartete, daß er es sagte. »Die Geister, die dort leben«, sagte er ein wenig befangen. »Sie sind alt, und sie sind den Anblick von Menschen seit Tausenden von Jahren gewohnt; sie kennen uns gut und scheuen sich nicht, sich zu zeigen. Was hier lebt« – er legte eine Hand auf den Stamm eines Kastanienbaums, der sich dreißig Meter über sie erhob und einen Umfang von mehr als zehn Metern hatte –, »hat so etwas wie uns noch nie gesehen.«

Sie nickte und schien nicht im mindesten überrascht zu sein.

»Aber sie sind neugierig, nicht wahr?« sagte sie. »Manche von ihnen?« Und sie legte den Kopf zurück und blickte zu der schwindelerregenden Spirale der Äste über ihnen hoch. »Spürst du nicht dann und wann, wie sie dich beobachten?«

»Dann und wann.«

Er saß neben ihr auf dem Felsen und sah zu, wie sich das Licht ausbreitete, sich über den Rand des Berges ergoß, in der Ferne die Fälle entzündete wie Zunder, der sich an einem Funken entflammt, wie es den Nebel mit einem Perlmuttleuchten erfüllte und ihn dann wegbrannte. Gemeinsam sahen sie zu, wie sich das Tageslicht auf den Berghang senkte, und er richtete ein stilles Wort des Dankes an den Geist, der hier lebte. Selbst wenn er kein Gälisch verstand, würde er sicher trotzdem verstehen, was gemeint war.

Sie streckte ihre langen Beine aus und atmete den Morgenduft ein.

»Es hat dir eigentlich nichts ausgemacht, oder?« Ihre Stimme war leise, und sie blickte hinunter ins Tal und wich seinem Blick sorgfältig aus. »In der Höhle zu leben, bei Broch Mordha.«

»Nein«, sagte er. Die Sonne schien ihm warm auf Brust und Gesicht und erfüllte ihn mit einem Gefühl des Friedens. »Nein, es hat mir nichts ausgemacht.«

»Solange ich es nur vom Hörensagen wußte – dachte ich, es müßte furchtbar gewesen sein. Kalt und schmutzig und einsam, meine ich.« Dann sah sie ihn doch an, und der Morgenhimmel war in ihren Augen lebendig.

»Das war es auch«, sagte er mit einem kleinen Lächeln.

»Ian – Onkel Ian – hat mich hingeführt, um es mir zu zeigen.«

»Hat er das? Im Sommer sieht es gar nicht so trostlos aus, wenn der Ginster gelb ist.«

»Nein. Aber auch dann, wenn es trostlos war –« Sie zögerte.

»Nein, es hat mir nichts ausgemacht.« Er schloß die Augen und ließ sich von der Sonne die Augenlider wärmen.

Anfangs hatte er geglaubt, das Verlassensein würde ihn umbringen, doch als ihm klargeworden war, daß sie das nicht tun würde, war ihm die Einsamkeit auf dem Berg ans Herz gewachsen. Er konnte die Sonne deutlich sehen, obwohl seine Augen geschlossen waren; ein großer, roter Ball, der von Flammen umrandet war. Sah Jocasta sie so hinter ihren blinden Augen?

Sie schwiegen lange Zeit, zufrieden damit, einfach nur zu lauschen. In der Fichte neben ihnen waren ein paar kleine Vögel zugange, die kopfüber von den Zweigen hingen, die Insekten jagten, die ihre Nahrung waren, und über ihre Funde plauderten.

»Roger –«, sagte sie plötzlich, und sein Herz wurde von einem Pfeil der Eifersucht getroffen, die um so schmerzhafter war, weil sie so unerwartet kam. War es ihm nicht einmal vergönnt, sie so kurz für sich allein zu haben? Er öffnete die Augen und gab sich alle Mühe, interessiert auszusehen.

»Ich habe einmal versucht, ihm vom Alleinsein zu erzählen. Daß ich dachte, daß es vielleicht gar nicht so schlimm ist.« Sie seufzte und hatte die schweren Augenbrauen zusammengezogen. »Ich glaube nicht, daß er mich verstanden hat.«

Er machte ein unverbindliches Geräusch.

»Ich habe mir gedacht...« Sie zögerte, blickte ihn an und sah dann wieder fort. »Ich habe mir gedacht, vielleicht ist es das – warum du und Mama...« Ihre Haut war so klar, daß er das Blut darunter aufblühen sehen konnte. Sie holte tief Luft und stützte sich mit den Händen auf den Felsen.

»Sie ist auch so. Es macht ihr nichts aus, allein zu sein.«

Er sah sie an und hätte furchtbar gern gewußt, warum sie das sagte. Wie hatte Claires Leben in den Jahren ihrer Trennung ausgesehen, daß Brianna das wissen konnte? Es war wirklich so; Claire kannte den Geschmack des Alleinseins. Es war kalt wie Quellwasser, und nicht jeder konnte es trinken; manchem brachte es keine Erfrischung, sondern tödliche Kälte. Doch sie hatte tagein, tagaus mit einem Ehemann zusammengelebt; wie konnte sie da soviel Einsamkeit trinken, daß sie darüber Bescheid wußte?

Vielleicht konnte Brianna es ihm sagen, doch er würde sie nicht fragen; der letzte Name, den er hier hören wollte, war Frank Randalls.

Statt dessen hustete er.

»Na ja, vielleicht ist es ja wahr«, stimmte er vorsichtig zu. »Ich kenne Frauen – und auch ein paar Männer –, die den Klang ihrer eigenen Gedanken nicht ertragen können und vielleicht passen sie einfach nicht so gut zu denen, die es können.«

»Nein«, sagte sie nachdenklich. »Vielleicht nicht.«

Das leise Stechen der Eifersucht ließ nach. Also hatte sie ihre Zweifel über diesen Wakefield, oder? Sie hatte ihm und Claire alles erzählt über ihre Suche, die Todesanzeige, ihre Überfahrt aus Schottland, ihren Besuch auf Lallybroch – verfluchte Laoghaire! – und über Wakefield, den Mann, der ihr gefolgt war. Hier hatte sie nicht alles gesagt, dachte er, aber das war ihm auch recht; er wollte es nicht hören. Die Aussicht eines fernen Feuertodes beunruhigte ihn weniger als die drohende Unterbrechung seiner Idylle mit seiner verlorengeglaubten Tochter.

Er zog die Knie hoch und saß still da. So gern er seine Ruhe wiedergefunden hätte, er konnte Randall nicht mehr aus seinen Gedanken verbannen.

Er hatte gewonnen. Claire gehörte ihm, genau wie dieses wunderbare Kind – diese junge Frau, verbesserte er sich, als er sie ansah.

Doch Randall hatte sie zwanzig Jahre lang in seiner Obhut gehabt; es gab keinen Zweifel daran, daß er sie geprägt hatte. Aber wie?

»Sieh mal.« Briannas Hand drückte seinen Arm, als sie die Worte hinhauchte.

Er folgte ihrer Blickrichtung und sah sie; zwei Ricken, die kaum mehr als fünf Meter von ihnen entfernt gerade eben im Schatten der Bäume standen. Er bewegte sich nicht, sondern atmete still. Er konnte Brianna neben sich spüren, ebenfalls still und verzaubert.

Die Tiere sahen sie; die zarten Köpfe erhoben, die dunklen, feuchten Nüstern witternd gebläht. Doch einen Augenblick später trat die erste Ricke zaghaft vor, und ihre nervösen Schritte hinterließen Streifen im taufeuchten Gras. Die andere folgte ihr vorsichtig, und sie ästen an den Grasstreifen zwischen den Felsen entlang und hoben nur dann und wann die Köpfe, um seelenruhig einen Blick auf die fremden, aber harmlosen Geschöpfe auf dem Felsvorsprung zu werfen.

In Schottland wäre er niemals auch nur bis auf eine Meile an einen Rothirsch herangekommen, der ihn gewittert hatte. Die Hirsche wußten genau, was ein Mensch war.

Er sah zu, wie die Tiere mit der Unschuld vollkommener Wildheit grasten, und spürte den Segen der Sonne auf seinem Kopf. Dies war neues Land, und er war es zufrieden, mit seiner Tochter hier allein zu sein.

»Was jagen wir denn, Pa?« Er war stehengeblieben und ließ seine zusammengekniffenen Augen über den Horizont schweifen, doch sie war sich einigermaßen sicher, daß er kein Tier beobachtete; sie konnte sprechen, ohne das Wild zu verscheuchen.

Im Laufe des Tages hatten sie eine ganze Anzahl von Tieren gesehen; die beiden Ricken in der Dämmerung, einen roten Fuchs, der wachsam auf einem Felsen saß, sich die zierlichen, schwarzen Pfoten leckte, bis sie ihm zu nah kamen, und dann verschwand wie eine ausgepustete Flamme. Eichhörnchen, die – zu Dutzenden – schwatzend durch die Wipfel turnten und hinter den Baumstämmen Verstecken spielten. Sogar eine Schar wilder Puter mit zwei Hähnen, die zur Erbauung ihres knabbernden Harems mit aufgeplusterter Brust und gespreizten Schwanzfedern umherstolzierten.

Keines davon war die auserwählte Beute gewesen, und sie war froh darüber. Sie hatte nichts dagegen, Tiere zu töten, um sie zu essen, doch es hätte ihr leidgetan, die Schönheit des Tages durch Blut verdorben zu sehen.

»Bienen«, sagte er.

»*Bienen*? Wie jagt man denn Bienen?«

Er hob sein Gewehr und lächelte sie an, während er kopfnickend auf einen leuchtendgelben Fleck wies.

»Indem man sich Blumen sucht.«

Es waren in der Tat Bienen in den Blumen; ganz in der Nähe, und sie konnte ihr Summen hören. Es gab verschiedene Sorten: riesige, schwarze Hummeln, eine kleinere Sorte mit schwarzgelb gestreiftem Flaum, und die glatten, tödlichen Gestalten der Wespen mit ihren dolchförmigen Bäuchen.

»Wie man es anstellt«, sagte ihr Vater zu ihr, während er die Pflanzen langsam umkreiste, »ist, sie zu beobachten und festzustellen, in welche Richtung die Honigbienen fliegen. Und sich nicht stechen zu lassen.«

Sie verloren die kleinen Boten bei der Verfolgung ein dutzendmal aus den Augen, weil sie ihnen im gebrochenen Licht über einem Bach abhanden kamen oder in einem Gebüsch verschwanden, das zu dicht war, um ihnen zu folgen. Jedesmal suchte Jamie kreuz und quer, bis er eine neue Stelle mit Blumen fand.

»Da sind welche!« rief sie und zeigte auf einen leuchtendroten Blitz in einiger Entfernung.

Er blinzelte in die angegebene Richtung und lächelte kopfschüttelnd.

»Nein, keine roten«, sagte er. »Kolibris mögen die roten, aber die Bienen mögen gelb und weiß – gelb ist am besten.« Er pflückte ein kleines, weißes Gänseblümchen aus dem Gras zu ihren Füßen und reichte es ihr – die Blütenblätter waren mit Pollen gestreift, die von den zierlichen Blütenständen in der runden, gelben Blütenmitte gefallen waren. Bei näherem Hinsehen sah sie einen winzigen Käfer von der Größe eines Stecknadelkopfes aus der Mitte krabbeln. Sein glänzender schwarzer Panzer war mit Gold bestäubt.

»Kolibris trinken aus den langkelchigen Blumen«, erklärte er. »Aber die Bienen kommen nicht ganz hinein. Sie haben lieber breite, flache Blumen wie diese hier, und solche, die in dichten Büscheln wachsen. Da landen sie dann und schwelgen herum, bis sie über und über mit dem Gelb bedeckt sind.«

Sie suchten auf dem Berghang auf und ab, lachten, während sie den Bombenangriffen wütender Hummeln auswichen, und suchten nach verräterischen weißen oder gelben Stellen. Bienen mochten Berglorbeer, doch viele dieser Gebüsche waren zu hoch zum Darüberschauen, zu dicht, um sie zu durchdringen.

Es wurde später Nachmittag, bevor sie fanden, was sie suchten:

einen Baumstumpf, die Überreste eines kräftigen Baumes, von dessen Ästen nur Stümpfe übriggeblieben waren und dessen Rinde dem darunterliegenden, verwitterten Silberholz gewichen war – und dessen Holz von einem breiten Riß durchzogen war, durch den sich die Bienen drängten, die in einem Schleier davorhingen.

»Oh, gut«, sagte Jamie zufrieden. »Manchmal bauen sie ihre Stöcke in den Felsen, und dann kann man nicht viel machen.« Er schlang sich das Beil von seinem Gürtel, band die Taschen los und bedeutete Brianna, sich auf einen Felsen zu setzen.

»Am besten wartet man bis zur Dunkelheit«, erklärte er. »Dann ist der ganze Schwarm im Stock. Willst du in der Zwischenzeit etwas essen?«

Sie teilten sich das restliche Essen und unterhielten sich sporadisch, während sie zusahen, wie das Licht auf den umliegenden Bergen verblich. Auf ihre Bitte hin ließ er sie die lange Muskete abfeuern und zeigte ihr, wie man sie wieder lud: den Lauf säuberte, die Kugel positionierte, Kugel und Ladepfropfen mit einer Ladung aus dem Pulverhorn in den Lauf rammte, das restliche Pulver auf das Zündpfännchen des Steinschlosses schüttete.

»Du bist gar keine üble Schützin, Kleine«, sagte er überrascht. Er bückte sich und hob ein kleines Holzstück auf, das er als Ziel auf einen großen Felsen legte. »Versuch's noch mal.«

Das tat sie, dann noch einmal und noch einmal, während sie sich an das umständliche Gewicht der Waffe gewöhnte, ihren langen Lauf perfekt ausbalancierte und ihre natürliche Position in ihrer Schulterbeuge herausfand.

Der Rückstoß war schwächer, als sie erwartet hatte; Schwarzpulver hatte nicht die Kraft moderner Patronen. Zweimal platzten Splitter von dem Felsen ab; beim dritten Mal löste sich das Holzstück in einen Splitterregen auf.

»Nicht übel«, sagte er und zog eine Augenbraue hoch. »Und wo in Gottes Namen hast du schießen gelernt?«

»Mein Vater war Sportschütze.« Sie senkte das Gewehr, und ihre Wangen waren vor Vergnügen gerötet. »Er hat mir beigebracht, mit einer Pistole oder einem Gewehr zu schießen. Und mit einer Schrotflinte.« Dann wurden ihre Wangen einen Ton röter, denn ihr fiel etwas ein. »Oh. Du kennst wohl keine Schrotflinte?«

»Nein, ich denke nicht«, war alles was er sagte, und sein Gesicht blieb bewußt ausdruckslos.

»Wie willst du den Bienenstock transportieren?« fragte sie, um den peinlichen Moment zu überspielen. Er zuckte mit den Achseln.

»Oh, wenn die Bienen erst einmal schlafen, blase ich ein bißchen Rauch in ihren Stock, um sie zu betäuben. Dann hacke ich den Teil des Baumes los, der die Waben enthält, schiebe ein flaches Holzstück darunter und wickle das Ganze in mein Plaid. Wenn wir zu Hause sind, nagle ich oben und unten ein Stück Holz daran fest und baue einen Bienenstock.« Er lächelte sie an. »Morgen früh kommen die Bienen heraus, sehen sich um und machen sich auf den Weg zur nächsten Blume.«

»Werden sie nicht merken, daß sie nicht da sind, wo sie hingehören?«

Er zuckte erneut mit den Achseln.

»Und wenn, was wollen sie dagegen tun? Sie haben keine Möglichkeit zurückzufinden, und sie fänden hier ja sowieso keinen Bau mehr vor. Nein, sie werden mit ihrer neuen Heimat schon zufrieden sein.« Er griff nach dem Gewehr. »Komm, ich will es saubermachen; es ist zu dunkel zum Schießen.«

Die Unterhaltung erstarb, und sie saßen etwa eine halbe Stunde lang schweigend nebeneinander und sahen zu, wie Dunkelheit die tieferliegenden Täler füllte, eine unsichtbare Flut, die jede Minute höher kroch und die Baumstämme umspülte, so daß die grünen Wipfel auf einem dunklen See dahinzutreiben schienen.

Schließlich räusperte sie sich, weil sie das Gefühl hatte, *etwas* sagen zu müssen.

»Wird sich Mama keine Sorgen machen, wenn wir so spät zurückkommen?«

Er schüttelte den Kopf, antwortete aber nicht; saß nur da, und ein Grashalm hing träge in seiner Hand. Der Mond schob sich über den Bäumen entlang, groß und golden, schief wie eine verschmierte Träne.

»Deine Mutter hat mir einmal erzählt, daß die Menschen planen, auf den Mond zu fliegen«, sagte er plötzlich. »Sie hatten es wohl noch nicht getan, aber sie hatten es vor. Weißt du etwas davon?«

Sie nickte und blickte gebannt auf den aufgehenden Mond.

»Sie haben es getan. Ich meine, sie werden es tun.« Sie lächelte schwach. »*Apollo* haben sie es genannt – das Raketenschiff, mit dem sie geflogen sind.«

Sie konnte das Lächeln sehen, mit dem er antwortete; der Mond stand hoch genug, um seine Strahlen auf die Lichtung zu werfen. Er drehte das Gesicht nach oben und überlegte.

»Aye? Und was haben sie darüber gesagt, die Männer, die hingeflogen sind?«

»Sie brauchten nichts zu sagen – sie haben Bilder zurückgeschickt. Ich habe dir doch vom Fernsehen erzählt?«

Er sah etwas erschrocken aus, und sie wußte, daß er wie bei den meisten Dingen, die sie ihm über ihre Zeit erzählte, die Realität bewegter, vertonter Bilder nicht wirklich fassen konnte, ganz zu schweigen von der Vorstellung, daß man sie durch den luftleeren Raum schicken konnte.

»Aye?« sagte er etwas unsicher. »Dann hast du diese Bilder also gesehen?«

»Ja.« Sie lehnte sich leicht zurück, die Hände vor den Knien verschränkt, und blickte zu der unförmigen Kugel über ihnen auf. Sie war von einem schwachen Lichtkranz umgeben, und weiter draußen am sternklaren Himmel umrahmte sie ein perfekter Dunstring, als wäre sie ein großer, gelber Stein, der in einen schwarzen Teich geworfen worden und in dem Moment an der Oberfläche erstarrt war, als sich der erste Wellenring bildete.

»Schönes Wetter morgen«, sagte er mit einem Blick zum Mond.

»Ja?« Sie konnte die Dinge in ihrer Umgebung fast genauso deutlich wie bei Tageslicht sehen, nur daß sie jetzt farblos waren; alles war schwarz und grau – wie die Bilder, die sie jetzt beschrieb.

»Wir haben stundenlang gewartet. Niemand konnte genau sagen, wie lange sie brauchen würden, um zu landen und in ihren Raumanzügen auszusteigen – du weißt, daß es auf dem Mond keine Luft gibt?« Sie hob fragend die Augenbraue hoch, und er nickte so aufmerksam wie ein Schuljunge.

»Claire hat es mir erzählt«, murmelte er.

»Die Kamera – die Maschine, die die Bilder gemacht hat – blickte an der Seite des Schiffes heraus, so daß wir den Fuß des Schiffes sehen konnten, der sich in den Staub gegraben hatte und mit Staub bedeckt war, als ob ein Pferd mit dem Huf auftritt. Das Schiff war an einer flachen Stelle gelandet, die mit einem weichen, pudrigen Staub bedeckt war, in dem hier und dort kleine Steine verstreut waren. Dann hat sich die Kamera bewegt – oder vielleicht hat eine andere angefangen, Bilder zu senden –, und man konnte sehen, daß weiter weg Felsenriffs waren. Es ist kahl – keine Pflanzen, kein Wasser, keine Luft –, aber auf eine unheimliche Art irgendwie schön.«

»Das hört sich wie Schottland an«, sagte er. Sie lachte über seinen Witz, glaubte aber, unter dem Humor seine Sehnsucht nach diesen kahlen Bergen zu hören.

Um ihn abzulenken, wies sie mit einer Handbewegung zu den Sternen hoch, die inzwischen heller am Samthimmel leuchteten.

»Die Sterne sind in Wirklichkeit Sonnen, so wie unsere. Sie sehen nur so klein aus, weil sie so weit von uns weg sind. Sie sind so weit weg, daß es viele Jahre dauern kann, bis uns ihr Licht erreicht; manchmal ist ein Stern sogar schon tot, und wir sehen sein Licht immer noch.«

»Das hat mir Claire vor langer Zeit erzählt«, sagte er leise. Er blieb noch einen Augenblick sitzen, dann stand er auf. Er machte einen entschlossenen Eindruck.

»Na, dann komm«, sagte er. »Wir wollen uns den Bienenstock holen und nach Hause gehen.«

Die Nacht war so warm, daß wir die lederne Fensterabdeckung nicht festgesteckt, sondern zur Seite gerollt hatten. Gelegentlich taumelte eine Motte oder ein Junikäfer herein, um sich im Wasserkessel zu ertränken oder flammenden Selbstmord in der Feuerstelle zu begehen, doch die kühle, laubduftende Luft, die über uns hinwegspülte, war es wert.

In der ersten Nacht hatte Ian Brianna höflich das Rollbett überlassen und sich mit Rollo auf einem Strohlager im Kräuterschuppen schlafen gelegt, nachdem er ihr versichert hatte, daß er diese Zurückgezogenheit mochte. Mit der Bettdecke überm Arm hatte er Jamie im Hinausgehen fest auf den Rücken geklopft und ihm in einer erstaunlich erwachsenen Geste der Gratulation, über die ich lächeln mußte, die Schulter gedrückt.

Jamie hatte ebenfalls gelächelt; eigentlich lächelte er schon seit Tagen ununterbrochen. Im Augenblick lächelte er nicht, sondern sein Gesicht trug einen sanften, nach innen gerichteten Ausdruck. Ein Halbmond schwebte am Himmel, und es kam soviel Licht durch das Fenster, daß ich deutlich sehen konnte, wie er neben mir auf dem Rücken lag.

Ich war überrascht, daß er noch nicht schlief. Er war weit vor der Morgendämmerung aufgestanden, hatte den Tag mit Brianna auf dem Berg verbracht und war erst lange nach Anbruch der Dunkelheit mit einem Plaid voller rauchbetäubter Bienen zurückgekehrt, die wahrscheinlich sehr verärgert sein würden, wenn sie am Morgen aufwachten und entdeckten, was für einen Streich man ihnen gespielt hatte. Ich nahm mir im Geiste vor, mich von dem Ende des Gartens fernzuhalten, an dem die Reihe der Bienenstöcke stand; frisch umgesiedelte Bienen neigten dazu, zuerst zu stechen und dann erst ihre Fragen zu stellen.

Jamie gab einen tiefen Seufzer von sich, und ich drehte mich zu ihm um und schmiegte mich an seinen Körper. Die Nacht war nicht kalt, doch aus Rücksicht auf Briannas Schamgefühl trug er ein Hemd im Bett.

»Kannst du nicht schlafen?« fragte ich leise. »Stört dich das Mondlicht?«

»Nein.« Doch er blickte zum Mond hinaus; er schwebte hoch über dem Bergkamm, noch nicht voll, aber dennoch von einem leuchtenden Weiß, das den Himmel überflutete.

»Wenn es nicht der Mond ist, ist es etwas anderes.« Ich rieb ihm sanft über den Bauch und legte meine Finger um seinen breiten Rippenbogen.

Er seufzte erneut und drückte meine Hand.

»Oh, es ist nur törichtes Bedauern, Sassenach.« Er wandte seinen Kopf zum Rollbett, wo sich Briannas dunkles Haar in einer mondglänzenden Masse über das Kissen ergoß. »Ich bin nur traurig, daß wir sie verlieren müssen.«

»Mm.« Ich ließ meine Hand flach auf seiner Brust ruhen. Ich hatte gewußt, daß es kommen würde – nicht nur die Erkenntnis, sondern auch der Abschied selbst –, doch ich hatte nicht davon sprechen und den vorübergehenden Zauber brechen wollen, der uns drei so eng aneinanderband.

»Man kann ein Kind nicht wirklich verlieren«, sagte ich leise und zeichnete mit meinem Finger die kleine, glatte Einbuchtung auf seiner Brust nach.

»Sie muß zurückgehen, Sassenach – das weißt du genausogut wie ich.« Er machte eine ungeduldige Bewegung, zog sich aber nicht zurück. »Sieh sie dir an. Hier wirkt sie doch wie Louis' Kamel, oder nicht?«

Trotz meines eigenen Bedauerns lächelte ich bei dem Gedanken. Louis von Frankreich unterhielt eine umfangreiche Menagerie in Versailles, und bei schönem Wetter bewegten die Wärter bestimmte Tiere und führten sie zur Erbauung der verblüfften Spaziergänger in den weitläufigen Gärten herum.

Eines Tages waren wir in den Gärten spazierengegangen, und als wir um eine Ecke bogen, war das zweihöckerige Kamel auf dem Weg auf uns zugekommen, prachtvoll und stattlich, mit einem Zaumzeug aus Gold und Silber, und es hatte in stiller Verachtung über der Menge der gaffenden Zuschauer gethront – auffallend, exotisch, und völlig deplaziert zwischen den stilisierten, weißen Statuen.

»Ja«, sagte ich so widerstrebend, daß es mir in der Seele wehtat. »Ja, natürlich muß sie zurückgehen. Sie gehört dorthin.«

»Das weiß ich wohl.« Er legte seine Hand über die meine, hielt aber das Gesicht abgewandt und sah Brianna an. »Es sollte mich nicht schmerzen – aber es tut es trotzdem.«

»Mich auch.« Ich legte meine Stirn an seine Schulter und atmete seinen sauberen Männergeruch ein. »Aber es stimmt – was ich gesagt habe. Man kann ein Kind nicht wirklich verlieren. Erinnerst du – erinnerst du dich noch an Faith?«

Meine Stimme zitterte leicht; wir hatten jahrelang nicht von unserer ersten Tochter gesprochen, die in Frankreich tot geboren worden war.

Sein Arm legte sich um mich und zog mich zu ihm.

»Natürlich«, sagte er leise. »Glaubst du, ich würde das jemals vergessen?«

»Nein.« Tränen liefen mir über das Gesicht, doch ich weinte nicht wirklich; es waren nur meine Gefühle, die überströmten. »Das ist es, was ich meine. Ich habe es dir nie erzählt – als wir Jared in Paris besucht haben –, da bin ich zum Hôpital des Anges gegangen; ich habe dort ihr Grab besucht. Ich – ich habe ihr eine rosa Tulpe gebracht.«

Er schwieg einen Moment lang.

»Ich habe Veilchen für sie mitgenommen«, sagte er so leise, daß ich ihn fast nicht gehört hätte.

Ich war einen Augenblick lang völlig still und vergaß die Tränen.

»Davon hast du mir nichts gesagt.«

»Du mir auch nicht.« Er fuhr mit den Fingern an meinen Rückenwirbeln entlang und strich sanft auf und ab über meinen Rücken.

»Ich hatte Angst, du würdest...« Meine Stimme verstummte. Ich hatte Angst gehabt, daß er sich schuldig fühlen, sich sorgen würde, daß ich ihm ihren Verlust vorwerfen könnte – wie schon einmal. Damals waren wir gerade erst wieder vereint; ich wollte unsere zarte Verbindung nicht gefährden.

»Ich auch.«

»Es tut mir leid, daß du sie nie gesehen hast«, sagte ich schließlich und spürte seinen Seufzer. Er drehte sich zu mir um und legte die Arme um mich. Seine Lippen streiften meine Stirn.

»Es spielt keine Rolle, oder? Aye, es stimmt, was du sagst, Sassenach. Es hat sie gegeben – und wir werden sie immer haben. Und Brianna. Auch wenn – wenn sie geht – wird sie trotzdem noch bei uns sein.«

»Ja. Es spielt keine Rolle, was geschieht; keine Rolle, wohin ein Kind geht – wie weit weg oder für wie lange. Selbst wenn es für immer ist. Man verliert es nicht. Das ist unmöglich.«

Er antwortete nicht, sondern legte seine Arme fester um mich und seufzte noch einmal. Der Wind regte sich mit dem Geräusch von Engelsflügeln über uns in der Luft, und wir schliefen langsam zusammen ein, während uns das Mondlicht in seinen zeitlosen Frieden tauchte.

43

Whisky in the Jar

Ich konnte Ronnie Sinclair nicht leiden. Ich hatte ihn noch nie leiden *können*. Mir paßte weder sein einigermaßen gutaussehendes Gesicht noch sein verschlagenes Lächeln noch die Art, wie sein Blick den meinen traf: so direkt, so offen und ehrlich, daß man *wußte*, daß er etwas verbergen mußte, selbst wenn es gar nicht stimmte. Vor allem paßte es mir nicht, wie er meine Tochter ansah.

Ich räusperte mich laut, und er fuhr zusammen. Er bedachte mich mit einem scharfzahnigen Lächeln und drehte müßig einen Faßreifen zwischen seinen Fingern hin und her.

»Jamie sagt, er braucht bis Ende des Monats noch ein Dutzend von den kleinen Whiskyfässern, und ich brauche so schnell wie möglich ein großes Faß aus Hickoryholz für das Räucherfleisch.«

Er nickte und malte eine Anzahl von Hieroglyphen auf ein Kiefernbrett, das an der Wand hing. Seltsamerweise – für einen Schotten – konnte Sinclair nicht schreiben, beherrschte aber eine Art persönlicher Kurzschrift, die ihn befähigte, den Überblick über die Bestellungen und seine Bücher zu behalten.

»In Ordnung, Misses Fraser. Sonst noch was?«

Ich hielt inne und versuchte zu überlegen, was wir vor dem Schneefall noch vom Küfer brauchen könnten. Wir mußten Fische und Fleisch in Salz einlegen, aber das ging besser in Tonkrügen; in Holzfässern nahmen sie einen Terpentingeschmack an. Ich hatte schon ein schönes, altes Faß für Äpfel und ein anderes für Kürbisse; die Kartoffeln würden wir auf Regalen lagern, um sie vor dem Verfaulen zu bewahren.

»Nein«, entschied ich. »Das ist alles.«

»Aye, Misses.« Er zögerte und ließ den Reifen schneller kreisen. »Kommt Euer Mann noch einmal herunter, bevor die Fässer fertig sind?«

»Nein; er muß noch die Gerste einbringen und sich um die Schlachtungen und die Destille kümmern. Durch den Prozeß sind wir spät dran.« Ich zog eine Augenbraue hoch und sah ihn an. »Wieso? Habt Ihr eine Nachricht für ihn?«

Die Küferwerkstatt lag am Fuß des Berges ganz nah an der Wagenstraße. Sie war das Gebäude, auf das die meisten Besucher zuerst stießen, und daher die Anlaufstelle für die meisten Gerüchte, die von außerhalb nach Fraser's Ridge drangen.

Sinclair legte seinen gelblichbraun behaarten Kopf schief und überlegte.

»Och, wahrscheinlich ist es nicht wichtig. Ich habe nur von einem Fremden im Bezirk gehört, der die Leute über Jamie Fraser ausfragt.«

Aus dem Augenwinkel sah ich, wie Briannas Kopf herumfuhr; sie wurde augenblicklich aus ihrer Betrachtung der Sprossenhobel, Holzhämmer, Sägen und Beile an der Wand gerissen. Sie drehte sich um, und ihre Röcke raschelten dabei über die Sägespäne, die knöcheltief auf dem Boden des Ladens verstreut lagen.

»Wißt Ihr, wie der Fremde heißt?« fragte sie aufgeregt. »Oder wie er aussieht?«

Sinclair warf ihr einen überraschten Blick zu. Sein Körper war seltsam proportioniert; er hatte schlanke Schultern, aber muskulöse Arme und Hände, die so riesig waren, daß sie zu einem Mann gepaßt hätten, der doppelt so groß war wie er. Er sah sie an, und sein breiter Daumen strich langsam über das Metallband, wieder und wieder.

»Also, über seine Erscheinung kann ich nichts sagen, Mistress«, sagte er durchaus höflich, jedoch mit einem hungrigen Blick in seinen Augen, bei dem ich ihm am liebsten den Reifen abgenommen und ihn ihm um den Hals gelegt hätte. »Aber er hat gesagt, daß er Hodgepile heißt.«

Briannas Gesicht verlor seinen hoffnungsvollen Ausdruck, obwohl sich der Muskel in ihrem Mundwinkel beim Klang des Namens leicht hochzog.

»Ich schätze nicht, daß *das* Roger sein könnte«, murmelte sie mir zu.

»Wahrscheinlich nicht«, stimmte ich zu. »Er hätte ja auch keinen Grund, einen falschen Namen zu benutzen.« Ich wandte mich wieder an Sinclair.

»Ihr habt nicht zufällig von einem Mann namens Wakefield gehört, oder? Roger Wakefield?«

Sinclair schüttelte entschieden den Kopf.

»Nein, Misses. Euer Mann hat angeordnet, daß man den sofort auf den Berg bringt, wenn er kommt. Falls dieser Wakefield den Bezirk betritt, dann hört Ihr davon, sobald ich es erfahre.«

Brianna seufzte, und ich hörte, wie sie ihre Enttäuschung hinunterschluckte. Es war Mitte Oktober, und obwohl sie nichts sagte, wurde sie doch täglich nervöser. Und da war sie nicht die einzige; sie hatte uns gesagt, was Roger vorhatte, und der Gedanke an die Vielzahl von Katastrophen, die ihn bei dem Versuch hatten ereilen können, reichte aus, um mich nachts wach zu halten.

»...nach dem Whisky«, sagte Sinclair und riß mich aus meinen Gedanken.

»Dem Whisky? Hodgepile hat sich nach Jamie und Whisky erkundigt?«

Sinclair nickte und legte seinen Reifen hin.

»In Cross Creek. Natürlich hat ihm keiner ein Wort gesagt. Aber der Mann, der es mir erzählt hat, hat gesagt, der Mann, der mit ihm gesprochen hat, hat den Fremden für einen Soldaten gehalten.« Er zog kurz eine Grimasse. »Schwierig für einen Rotrock, sich den Puder ganz aus den Haaren zu waschen.«

»Aber er war doch wohl nicht wie ein Soldat gekleidet?« Fußsoldaten trugen ihr Haar in einem festen Zopf, der um einen Kern aus Schafwolle geflochten und mit Reismehl gepudert wurde – welches sich in diesem Klima schnell in Kleister verwandelte, wenn sich das Mehl mit Schweiß vermischte. Dennoch glaubte ich, daß Sinclair eher das Auftreten des Mannes gemeint hatte als seine Erscheinung.

»Och, nein; er hat behauptet, er wäre Pelzhändler – aber er hatte einen Gang, als hätte er einen Ladestock im Kreuz, und man konnte das Leder knacken hören, wenn er den Mund aufmachte. Hat Geordie MacClintock jedenfalls gesagt.«

»Wahrscheinlich einer von Murchisons Männern. Ich sag's Jamie – danke.«

Ich verließ mit Brianna die Küferwerkstatt und fragte mich, wieviel Ärger dieser Hodgepile wohl machen konnte. Wahrscheinlich nicht viel; schon die Entfernung der Ansiedlung von der Zivilisation und ihre Unzugänglichkeit schützte uns vor den meisten Störungen; das war einer der Gründe gewesen, warum Jamie die Stelle ausgewählt hatte. Wenn es zum Krieg kam, würden die Vorteile der Abgelegenheit gegenüber ihren vielfachen Nachteilen überwiegen. Auf Fraser's Ridge würde keine Schlacht ausgefochten werden, dessen war ich mir sicher.

Und egal, wie langlebig Murchisons Mißgunst auch sein mochte, egal, wie tüchtig seine Spione waren, ich konnte mir nicht vorstellen, daß seine Vorgesetzten ihm gestatten würden, eine bewaffnete Expedition über hundert Meilen weit in die Berge zu schicken, nur um eine illegale Destille auszuheben, deren gesamter Jahresertrag keine vierhundert Liter betrug.

Lizzie und Ian erwarteten uns vor dem Haus, wo sie damit beschäftigt waren, Zunder aus Sinclairs Abfallhaufen zu sammeln. Das Handwerk eines Küfers brachte immense Mengen von Hobelspänen, Splittern und nicht mehr benötigten Holz- und Rindenstückchen mit sich, und es lohnte die Mühe, sie aufzusammeln und sich so die Arbeit zu sparen, den Zunder zu Hause von Hand zu spalten.

»Kannst du mit Ian die Fässer aufladen, Schatz?« fragte ich Brianna. »Ich will mir einmal Lizzie bei Sonnenlicht ansehen.«

Brianna nickte immer noch geistesabwesend und ging dann zu Ian, um ihm dabei zu helfen, das halbe Dutzend kleiner Fässer vor dem Geschäft auf den Wagen zu laden. Sie waren klein, aber schwer.

Es war seine Kunstfertigkeit bei der Herstellung dieser Fässer, der Ronnie Sinclair sein Land und seine Werkstatt verdankte, trotz seiner alles andere als einnehmenden Persönlichkeit; nicht jeder Küfer konnte die Innenseite eines Eichenfasses so ankohlen, daß der Whisky, der sanft darin alterte, eine wunderschöne Bernsteinfarbe und einen tiefen Rauchgeschmack annahm.

»Komm her, Liebes. Ich will mir deine Augen ansehen.« Lizzie weitete gehorsam ihre Augen und ließ mich ihr Unterlid herunterziehen, so daß ich die weiße Sklera ihres Augapfels sehen konnte.

Das Mädchen war immer noch erschreckend dünn, doch der böse Farbton der Gelbsucht wich langsam aus ihrer Haut, und ihre Augen waren fast wieder weiß. Ich legte ihr sanft meine Finger unter das Kinn; Lymphdrüsen nur leicht geschwollen – auch das war besser.

»Geht's dir gut?« fragte ich. Sie lächelte schüchtern und nickte. Es war das erste Mal, daß sie sich außerhalb des Blockhauses befand, seit sie vor drei Wochen in Ians Begleitung angekommen war; sie war immer noch so wackelig auf den Beinen wie ein neugeborenes Kalb. Doch die regelmäßigen Gaben von Chinarindentee hatten geholfen, und ich hoffte, ihr Leberproblem bald in den Griff zu bekommen.

»Mrs. Fraser?« sagte sie, und ich fuhr beim Klang ihrer Stimme erschrocken zusammen. Sie war so schüchtern, daß sie sich nur selten dazu durchringen konnte, mich oder Jamie direkt anzusprechen; sie murmelte Brianna ihre Wünsche zu, die sie mir dann übermittelte.

»Ja, Liebes?«

»Ich – ich habe zufällig gehört, was der Küfer gesagt hat – daß Mr. Fraser um Nachricht von Briannas Freund gebeten hat. Ich frage mich...« Ihre Worte verstummten in einem Anfall von Schüchternheit, und ein schwaches Rosarot erschien auf ihren durchsichtigen Wangen.

»Ja?«

»Meint Ihr, daß er nach meinem Vater fragen könnte?« Die Worte kamen in einem Rutsch heraus, und sie errötete noch tiefer.

»Oh, Lizzie! Es tut mir leid.« Brianna war mit den Fässern fertig. Sie kam herbei und nahm ihre kleine Dienstmagd in den Arm. »Ich habe es nicht vergessen, aber ich habe auch nicht daran gedacht. Einen Augenblick, ich gehe und sag's Mr. Sinclair.« Mit wehenden Röcken verschwand sie im kühlen Halbdunkel der Küferwerkstatt.

»Deinem Vater?« fragte ich. »Hast du ihn verloren?«

Das Mädchen nickte und preßte die Lippen zusammen, damit sie nicht zitterten.

»Er muß wohl als Zwangsarbeiter hierhergekommen sein, aber ich weiß nicht, wohin; nur, daß es die Kolonien im Süden sein müssen.«

Na ja, das begrenzt die Suche ja nur auf ein paar hunderttausend Quadratmeilen, dachte ich. Dennoch, es konnte nicht schaden, wenn man Ronnie Sinclair bat, die Nachricht zu verbreiten. Es gab im Süden kaum Zeitungen oder andere Drucksachen; die meisten echten Neuigkeiten verbreiteten sich immer noch von Mund zu Mund, wurden in den Läden oder Wirtshäusern weitererzählt oder von den Sklaven oder Dienstboten von einer abgelegenen Plantage zur nächsten getragen.

Der Gedanke an Zeitungen weckte schlagartig eine unangenehme Erinnerung. Dennoch, sieben Jahre schienen noch in beruhigend weiter Ferne zu liegen – und Brianna hatte sicher recht; ob das Haus dazu verdammt war, am 21. Januar abzubrennen oder nicht, es würde sich doch sicher einrichten lassen, daß wir an diesem Datum nicht dort waren.

Brianna erschien mit hochrotem Gesicht, schwang sich auf den Wagen, nahm die Zügel auf und wartete ungeduldig auf den Rest.

Als Ian ihr rotes Gesicht sah, runzelte er die Stirn und blickte zur Küferwerkstatt.

»Was ist los, Kusinchen? Hat der Kerl da drin was Falsches zu dir gesagt?« Er ballte seine Fäuste, die fast so groß wie Sinclairs waren.

»Nein«, sagte sie schroff. »Kein einziges Wort. Können wir jetzt gehen?«

Ian hob Lizzie hoch und schwang sie auf die Ladefläche, dann streckte er die Hand aus und half mir neben Brianna auf den Sitz. Er warf einen Blick auf die Zügel in Briannas Händen; er hatte ihr beigebracht, die Maultiere zu lenken, und ihre Geschicklichkeit erfüllte ihn mit berufsmäßigem Stolz.

»Paß auf den Gaul auf der linken Seite auf«, wies er sie an. »Er zieht seinen Teil der Ladung nur, wenn du ihm ab und zu eins aufs Hinterteil gibst.«

Er verschwand mit Lizzie auf der Ladefläche, als wir uns auf den Weg machten. Ich konnte hören, wie er ihr groteske Geschichten erzählte und sie darauf mit schwachem Kichern antwortete. Da er selbst das Nesthäkchen seiner Familie war, war Ian von Lizzie verzaubert und behandelte sie wie eine jüngere Schwester, abwechselnd Nervensäge und Lieblingshaustier.

Ich warf einen Blick zurück auf die Küferwerkstatt, die hinter uns kleiner wurde, dann auf Brianna.

»Was hat er getan?« fragte ich still.

»Nichts. Ich bin ihm dazwischengekommen.« Ihre breiten Wangenknochen erröteten tiefer.

»Was in aller Welt hat er denn getan?«

»Bilder auf ein Holzstück gezeichnet«, sagte sie und biß sich von innen auf die Wange. »Von nackten Frauen.«

Ich lachte, gleichermaßen schockiert und belustigt.

»Na ja, er hat keine Frau, und wahrscheinlich bekommt er so schnell auch keine; Frauen sind sowieso Mangelware in der Kolonie, und hier oben erst recht. Ich schätze, man kann es ihm nicht übelnehmen.«

Ich verspürte einen unerwarteten Stich des Mitgefühls für Ronnie Sinclair. Er war schließlich schon sehr lange allein. Seine Frau war in den schrecklichen Tagen nach der Schlacht von Culloden umgekommen, und er selbst hatte über zehn Jahre im Gefängnis gesessen, bevor er in die Kolonien deportiert wurde. Wenn er hier Freundschaften geknüpft hatte, dann waren sie nicht von Dauer gewesen; er war ein Einzelgänger, und plötzlich sah ich seine eifrige Suche nach Gerüchten, seine heimlichen Beobachtungen – ja, sogar die Tatsache, daß er Brianna als Quelle künstlerischer Inspiration benutzte – in einem anderen Licht. Ich wußte, was es bedeutete, einsam zu sein.

Briannas Verlegenheit war verflogen, und sie pfiff leise vor sich hin, während sie lässig über die Zügel gebeugt saß – eine Melodie der Beatles, dachte ich, obwohl ich diese ganzen Popgruppen noch nie auseinanderhalten konnte.

Der Gedanke schlich sich träge und hinterhältig in mein Bewußtsein: Falls Roger nicht kam, würde sie nicht lange allein bleiben, weder hier, noch wenn sie in die Zukunft zurückkehrte. Doch das war lächerlich. Er *würde* kommen. Und wenn nicht...

Ein Gedanke, den ich unter Kontrolle zu halten versucht hatte, schlich sich an meinen Verdrängungsmechanismen vorbei und erschien in voller Größe vor meinem inneren Auge. *Was, wenn er absichtlich nicht kommt?* Ich wußte, daß sie sich über irgend etwas gestritten hatten, obwohl Brianna sich darüber ausgeschwiegen hatte. Hatte sie ihn so wütend gemacht, daß er ohne sie zurückkehren würde?

Ich hielt es für sehr wahrscheinlich, daß ihr dieser Gedanke ebenfalls gekommen war; sie sprach kaum noch von Roger, doch ich sah das aufgeregte Licht in ihren Augen, wenn Clarence Besuch ankündigte, und ich sah es jedesmal ersterben, wenn sich zeigte, daß der Besucher einer von Jamies Pächtern oder Ians Tuscarorafreunden war.

»Beeil dich, Mensch«, brummte ich vor mich hin. Brianna hörte es und ließ die Zügel fest auf den Rücken des linken Maultiers knallen.

»Heh-hopp!« rief sie, und der klappernde Wagen legte an Tempo zu und schwankte über den engen Pfad nach Hause.

»Es hat keine besondere Ähnlichkeit mit dem Braukeller in Leoch«, sagte Jamie, während er reuevoll auf den improvisierten Destillierkessel am Rand der kleinen Lichtung zeigte. »Aber es produziert so etwas wie Whisky.«

Trotz seiner Bescheidenheit konnte Brianna sehen, daß er auf seine aufstrebende Destillerie stolz war. Sie lag fast zwei Meilen von der Blockhütte entfernt, und zwar in der Nähe von Fergus' Haus – so erklärte er –, so daß Marsali mehrmals am Tag heraufkommen konnte, um einen Blick auf das Unterfangen zu werfen. Als Belohnung für diese Dienstleistung erhielten sie und Fergus einen etwas größeren Anteil an dem resultierenden Whisky als die anderen Bauern der Niederlassung, die die Rohgerste lieferten und beim Verkauf des Schnapses halfen.

»Nein, Schätzchen, das fiese Ding willst du nicht essen«, sagte Marsali bestimmt. Sie ergriff ihren Sohn beim Handgelenk und fing an, seine Finger nacheinander aufzubiegen, um das große, heftig strampelnde Insekt freizubekommen, das er – in offenem Widerspruch mit den Ermahnungen seiner Mutter – ganz offensichtlich doch essen wollte.

»Pfui!« Marsali ließ die Küchenschabe auf den Boden fallen und trat darauf.

Germain, ein unerschütterliches, stämmiges Kind, weinte nicht über den Verlust des Leckerbissens, sondern blickte haßerfüllt unter seinem blonden Fransenhaar hervor. Die Küchenschabe erhob sich unbeeindruckt von der schlechten Behandlung aus dem Laub und spazierte davon, wobei sie nur ganz leicht stolperte.

»Oh, ich glaube nicht, daß es ihm schaden würde«, sagte Ian belustigt. »Ich habe schon Küchenschaben gegessen, bei den Indianern. Heuschrecken schmecken aber besser – vor allem geräuchert.«

Marsali und Brianna machten Würgegeräusche, worauf sich Ians Grinsen noch verbreitete. Er nahm sich den nächsten Gerstensack und schüttete eine dicke Lage Körner in einen flachen Weidenkorb. Zwei weitere Schaben, die sich plötzlich dem Tageslicht ausgesetzt sahen, schlitterten wie verrückt über den Korbrand, fielen zu Boden und schossen davon. Sie verschwanden unter dem Rand des grob gezimmerten Bodens in der Mälzerei.

»Nein, habe ich gesagt!« Marsali hielt Germain am Kragen fest und unterband seine entschlossenen Verfolgungsversuche. »Bleib hier, du kleiner Frechdachs, oder willst du auch geräuchert werden?« Kleine, durchsichtige Rauchwölkchen stiegen zwischen den Ritzen des Holzpodestes auf und überzogen die kleine Lichtung mit dem Frühstücksduft gerösteter Körner. Brianna spürte ihren Magen rumoren; es war fast Essenszeit.

»Vielleicht solltest du sie drinlassen«, schlug sie scherzhaft vor. »Geräucherte Küchenschaben könnten dem Whisky eine nette Geschmacksnote geben.«

»Ich glaube jedenfalls nicht, daß sie ihn verderben würden«, stimmte ihr Vater zu, während er an ihre Seite trat. Er wischte sich mit dem Taschentuch über das Gesicht, sah sich das Tuch an und zog eine Grimasse beim Anblick der Rußflecken, bevor er es wieder in seinen Ärmel steckte. »Alles klar, Ian?«

»Aye, alles klar. Nur der eine Sack ist durch und durch verdorben, Onkel Jamie.« Ian stand mit seinem Tablett voller Gerstenkörner auf und trat gleichgültig gegen einen aufgeplatzten Sack, auf dem sanftes Schimmelgrün und fauliges Schwarz von den üblen Nachwirkungen eindringender Feuchtigkeit zeugten. Zwei weitere Säcke standen am Rand des Mälzereibodens; sie waren geöffnet worden, die verdorbene, obere Schicht abgeschöpft.

»Dann laß uns zusehen, daß wir fertig werden«, sagte Jamie. »Ich verhungere.« Er und Ian ergriffen jeweils seinen Jutesack und streuten frische Gerste in einer dicken Schicht auf die freie Stelle auf dem Podestboden und benutzten einen flachen Holzspaten, um die Körner flachzudrücken und zu wenden.

»Wie lange dauert das Ganze?« Brianna steckte ihre Nase über den Rand des Maischebottichs, in dem Marsali das fermentierende Korn des letzten Räuchervorgangs umrührte. Die Maische fing gerade erst an zu gären; es lag nur ein schwacher Hauch von Alkohol in der Luft.

»Oh, das hängt etwas vom Wetter ab.« Marsali blickte mit geschultem Auge zum Himmel. Es war später Nachmittag, der Himmel hatte begonnen, sich zu einem klaren, tiefen Blau zu verdunkeln, und es trieben nur ein paar Andeutungen weißer Wolken über den Horizont. »So klar, wie es ist, würde ich sagen – Germain!« Germains Hintern war das einzige, was von ihm zu sehen war; sein Oberkörper war unter einem am Boden liegenden Baumstamm verschwunden.

»Ich hole ihn.« Brianna ging mit drei schnellen Schritten über die Lichtung und hob ihn hoch. Germain kommentierte die unerwünschte Unterbrechung mit einem kräftigen Protestgeräusch und fing an, um sich zu treten und mit seinen kräftigen Fersen gegen ihr Bein zu hämmern.

»Au!« Brianna stellte ihn auf den Boden und rieb sich mit einer Hand den Oberschenkel.

Marsali machte ein entnervtes Geräusch und ließ ihre Kelle fallen. »Was hast du denn *jetzt* schon wieder, du hinterlistiges Biest?« Germain, der aus Erfahrung klug geworden war, steckte seinen jüngsten Fund in den Mund und schluckte heftig. Er wurde auf der Stelle rot und fing an, nach Luft zu schnappen.

Mit einem Schreckenslaut fiel Marsali auf die Knie und versuchte, ihm mit Gewalt den Mund aufzumachen. Germain würgte, keuchte und stolperte kopfschüttelnd rückwärts. Seine blauen Augen quollen vor, und ein dünner Speichelfaden kroch ihm über das Kinn.

»Komm her!« Brianna packte den kleinen Jungen am Arm, zog seinen Rücken an sich, preßte ihm die geballten Fäuste in den Magen und riß sie scharf zurück.

Germain machte ein lautes Keuchgeräusch, und ein kleiner, runder Gegenstand schoß ihm aus dem Mund. Er gurgelte, schnappte nach Luft, sog sich die Lungen voll und fing an zu brüllen, wobei seine Gesichtsfarbe in Sekundenschnelle von dunklem Lila in gesundes Rot überging.

»Geht's ihm gut?« Jamie warf einen ängstlichen Blick auf den kleinen Jungen, der sich in den Armen seiner Mutter ausweinte, und als er sich davon überzeugt hatte, wandte er sich an Brianna. »Das ging aber schnell, Kleine. Gut gemacht.«

»Danke. Ich – danke. Ich bin froh, daß es funktioniert hat.«

Brianna fühlte sich etwas zittrig. Sekunden. Es hatte nur ein paar Sekunden gedauert. Vom Leben zum Tod und wieder zurück in Nullkommanichts. Jamie berührte sie am Arm und drückte kurz zu, und sie fühlte sich etwas besser.

»Am besten bringst du den Kleinen hinunter ins Haus«, sagte er zu Marsali. »Gib ihm sein Abendessen und leg ihn ins Bett. Wir machen hier den Rest.«

Marsali nickte. Sie sah ebenfalls verstört aus. Sie strich sich eine

Strähne ihres hellen Haars aus den Augen und versuchte ziemlich erfolglos, Brianna anzulächeln.

»Danke, Schwester.«

Brianna spürte, wie sie vor Freude stolz strahlte, als man sie so bezeichnete. Sie erwiderte Marsalis Lächeln.

»Ich bin froh, daß es ihm gut geht.«

Marsali hob ihre Tasche vom Boden auf, nickte Jamie zu, machte kehrt und schritt vorsichtig den steilen Pfad hinab. Sie hielt das Kind in den Armen, und Germains Knubbelfäuste waren fest in ihr Haar gekrallt.

»Das war gute Arbeit, Kusinchen.« Ian hatte die Gerste fertig ausgebreitet und sprang vom Podest, um ihr zu gratulieren. »Wo hast du denn so etwas gelernt?«

»Von meiner Mutter.«

Ian nickte und machte ein beeindrucktes Gesicht. Jamie bückte sich und suchte ringsum den Boden ab.

»Was war es wohl, was der Junge verschluckt hat, frage ich mich.«

»Das hier.« Brianna sah den Gegenstand, der halb unter dem Laub vergraben war, und pulte ihn heraus. »Sieht aus wie ein Knopf.« Der Gegenstand war ein eingebeulter, grob aus Holz geschnitzter Kreis, aber unzweifelhaft ein Knopf mit einem langen Schaft und Löchern für das Nähgarn.

»Laß mal sehen.« Jamie hielt ihr die Hand hin, und sie ließ den Knopf hineinfallen.

»Du vermißt doch keine Knöpfe, oder, Ian?« fragte er und sah den kleinen Gegenstand in seiner Handfläche stirnrunzelnd an.

Ian linste über Jamies Schulter und schüttelte den Kopf. »Vielleicht Fergus?« schlug er vor.

»Vielleicht, aber ich glaube nicht. Unser Fergus ist viel zu sehr Dandy, als daß er so etwas tragen würde. Die Knöpfe an seinem Rock sind aus poliertem Horn.« Er schüttelte langsam und immer noch stirnrunzelnd den Kopf, dann zuckte er mit den Achseln. Er hob seinen Sporran auf und steckte den Knopf hinein, bevor er ihn um seine Hüften schnallte.

»Ah, na ja. Ich werde mich umhören. Machst du hier fertig, Ian? Es ist nicht mehr viel zu tun.« Er lächelte Brianna an und deutete kopfnickend auf den Weg. »Dann komm, Kleine, wir können auf dem Heimweg noch bei Lindseys fragen.«

Es stellte sich heraus, daß Kenny Lindsey nicht zu Hause war.

»Duncan Innes hat ihn vor nicht einmal einer Stunde abgeholt«, sagte Mrs. Lindsey, die in der Haustür stand und ihre Augen gegen die späte Nachmittagssonne überschattete. »Sie sind jetzt bestimmt bei Euch zu Hause. Wollt Ihr nicht mit Eurer Tochter hereinkommen, Mac Dubh, und einen Bissen essen?«

»Äh, nein, danke, Mrs. Kenny. Meine Frau wartet mit dem Abendessen auf uns. Aber vielleicht könnt Ihr mir sagen, ob das hier von Kennys Rock stammt?«

Mrs. Lindsey blinzelte den Knopf in seiner Hand an und schüttelte dann den Kopf.

»Nein, bestimmt nicht. Bin schließlich gerade damit fertig, ihm einen ganzen neuen Satz Knöpfe anzunähen, die er aus Hirschbein geschnitzt hat. Die schönsten Knöpfe, die Ihr je gesehen habt«, erklärte sie voll Stolz auf die handwerklichen Fähigkeiten ihres Mannes. »Jeder von ihnen ist mit einem kleinen Gesicht verziert, das grinst wie ein Kobold, und jedes ist anders!«

Sie ließ den Blick abschätzend über Brianna wandern.

»Kenny hat einen Bruder«, sagte sie. »Hat ein schönes, kleines Anwesen in der Nähe von Cross Creek – zwanzig Hektar Tabak und ein schöner Bach. Er kommt zum *Gathering* am Mount Helicon; geht Ihr vielleicht dorthin, Mac Dubh?«

Jamie schüttelte den Kopf und lächelte über den Wink mit dem Zaunpfahl. Es gab nur wenige heiratsfähige Frauen in der Kolonie, und obwohl Jamie hatte verlauten lassen, daß Brianna schon anderweitig vergeben sei, hatte dies den Verkupplungsversuchen keinerlei Abbruch getan.

»Dieses Jahr nicht, fürchte ich, Mrs. Kenny. Vielleicht nächstes Mal, aber im Augenblick habe ich keine Zeit dafür.«

Sie verabschiedeten sich höflich und wandten sich heimwärts. Die sinkende Sonne in ihrem Rücken warf lange Schatten auf den Weg vor ihnen.

»Meinst du, der Knopf hat eine Bedeutung?« fragte Brianna neugierig.

Jamie zuckte leicht mit den Achseln. Ein schwacher Luftzug hob das Haar auf seinem Scheitel an und zerrte an dem Lederriemen, der es zusammenhielt.

»Ich kann es nicht sagen. Es könnte unbedeutend sein – aber es könnte genausogut von Belang sein. Deine Mutter hat mir gesagt, was Ronnie Sinclair von dem Mann in Cross Creek erzählt hat, der sich nach dem Whisky erkundigt hat.«

»Hodgepile?« Brianna konnte ein Lächeln über den Namen nicht unterdrücken. Jamie lächelte kurz zurück und wurde dann wieder ernst.

»Aye. Wenn der Knopf jemandem aus der Siedlung gehört – sie wissen alle genau, wo die Destillerie ist, und es könnte ohne weiteres sein, daß jemand kurz dort vorbeischaut. Aber falls es ein Fremder sein sollte...« Er sah sie an und zuckte erneut mit den Achseln.

»Es ist nicht so einfach für einen Mann, hier unbemerkt zu bleiben – es sei denn, er versteckt sich absichtlich. Wenn ein Mann, der aus einem harmlosen Grund hier ist, in einem Haus rasten und um etwas zu essen und zu trinken bitten würde, würde ich es noch am selben Tag erfahren. Aber es ist nichts dergleichen vorgefallen. Es ist wahrscheinlich auch kein Indianer; die benutzen so etwas nicht für ihre Kleidung.«

Ein Windstoß fuhr über den Weg und wirbelte braune und gelbe Blätter auf, und sie wandten sich hügelaufwärts dem Blockhaus zu. Angesteckt von der zunehmenden Stille des Waldes wanderten sie fast wortlos weiter; die Vögel sangen noch im Zwielicht, doch die Schatten unter den Bäumen wurden länger. Der Nordhang des Berges auf der anderen Talseite war schon dunkel, als die Sonne sich hinter ihn schob.

Doch die Lichtung mit dem Blockhaus war immer noch mit Sonnenlicht erfüllt, das durch ein Flammenmeer gelber Kastanienbäume gefiltert wurde. Claire stand im eingezäunten Teil des Gartens, eine Schüssel auf der Hüfte, und pflückte Bohnen von strebengestützten Ranken. Ihre schlanke Gestalt war im Gegenlicht dunkel umrissen, ihr Haar ein breiter Strahlenkranz aus gelocktem Gold.

»Innisfree«, sagte Brianna unwillkürlich, während sie bei dem Anblick erstarrte.

»Innisfree?« Jamie sah sie verblüfft an.

Sie zögerte, doch es führte kein Weg an einer Erklärung vorbei.

»Es ist ein Gedicht, oder ein Teil davon. Papa hat es immer aufgesagt, wenn er nach Hause kam und Mama in ihrem Garten werkeln sah – er meinte immer, wenn sie könnte, würde sie dort draußen wohnen. Er hat oft gescherzt, daß sie – daß sie uns eines Tages verlassen und sich einen Ort suchen würde, wo sie ganz allein mit ihren Pflanzen leben könnte.«

»Ah.« Jamies Gesicht war ruhig, die breiten Wangen vom ersterbenden Licht gerötet. »Und wie geht das Gedicht?«

»Ich mach' mich auf und geh' nach Innisfree,
Dort bau' ich eine Hütte aus Ruten und Lehm:
Dann pflanze ich dort Bohnen, und Bienen ich dort zieh',
Und leb' im Tal der Bienen allein und ganz bequem.«

Seine dichten, roten Brauen zogen sich sacht zusammen und glänzten in der Sonne.

»Ein Gedicht, wie? Und wo ist Innisfree?«

»Irland vielleicht. Er war Ire«, erklärte Brianna. »Der Dichter.« Die Bienenstöcke standen ordentlich in Reih und Glied auf ihren Steinen am Waldrand.

»Oh.«

Winzige Fusseln aus Gold und Schwarz schwebten an ihnen vorbei durch die honigduftende Luft – Bienen auf dem Heimweg von den Feldern. Ihr Vater machte keine Anstalten, weiterzugehen, sondern blieb still an ihrer Seite stehen und sah ihrer Mutter beim Bohnenpflücken zu, schwarz und golden zwischen den Pflanzen.

Also am Ende doch nicht allein, dachte sie. Doch es blieb ein Engegefühl in ihrer Brust, das fast ein Schmerz war.

Kenny Lindsey trank einen Schluck Whisky, schloß die Augen und ließ sich den Schnaps durch den Mund laufen wie ein professioneller Weintester. Er hielt inne, runzelte konzentriert die Stirn und schluckte dann krampfhaft.

»Huuh!« Er holte Luft und erschauerte von oben bis unten.

»Himmel«, sagte er heiser. »Der zieht einem ja die Schuhe aus.«

Jamie grinste über das Kompliment und goß noch ein kleines Glas ein, das er Duncan hinüberschob.

»Aye, er ist besser als der letzte«, pflichtete er bei und schnüffelte vorsichtig, bevor er von seinem eigenen Becher probierte. »Diesmal gerbt er einem die Zunge nicht so.«

Lindsey wischte sich mit dem Handrücken über den Mund und nickte zustimmend.

»Tja, wir bringen ihn gut unter. Woolam möchte ein Faß – damit kommt er ein ganzes Jahr aus, so sparsam wie diese Quäker damit umgehen.«

»Habt Ihr einen Preis vereinbart?«

Lindsey nickte und roch anerkennend an dem Teller mit Haferkeksen und Häppchen, den Lizzie vor ihn hingestellt hatte.

»Einen Zentner Gerste pro Faß; noch einen, wenn er die Hälfte des daraus resultierenden Whiskys bekommt.«

»Das ist fair.« Jamie nahm sich einen Haferkeks und kaute einen Augenblick lang geistesabwesend darauf herum. Dann zog er eine Augenbraue hoch und sah Duncan an, der ihm gegenübersaß.

»Kannst du MacLeod am Naylors Creek fragen, ob er damit einverstanden ist? Du kommst doch auf dem Heimweg dort vorbei, aye?«

Duncan nickte kauend, und Jamie prostete mir mit erhobenem Becher einen stummen Glückwunsch zu – mit Woolams Angebot hatten wir insgesamt achthundert Pfund Gerste durch Tauschhandel und Versprechungen zusammengekratzt. Das war mehr als der Reingewinn der gesamten Felder unserer Niederlassung; der Rohstoff für den Whisky des kommenden Jahres.

»Ein Faß für jedes Haus in der Siedlung, zwei für Fergus...« Jamie zog geistesabwesend an seinem Ohrläppchen, während er nachrechnete. »Vielleicht zwei für Nacognaweto, eins, das wir zum Reifen liegen lassen – aye, wir haben vielleicht ein Dutzend Fässer für das *Gathering* übrig, Duncan.«

Duncans Ankunft kam uns sehr gelegen. Jamie hatte es zwar geschafft, den Rohwhisky des ersten Jahres bei der Herrnhuter Brüdergemeinde gegen die Werkzeuge, das Tuch und andere Dinge einzutauschen, die wir so dringend brauchten, doch es bestand kein Zweifel, daß die reichen schottischen Pflanzer vom Cape Fear einen besseren Markt abgeben würden.

Wir konnten es uns auf keinen Fall erlauben, uns für die einwöchige Reise zum Mount Helicon von der Siedlung zu entfernen, doch wenn Duncan den Whisky mitnehmen und verkaufen konnte... Ich stellte im Kopf bereits Listen zusammen. Zu den volksfestähnlichen *Gatherings* brachte jeder Dinge mit, die er verkaufen wollte. Wolle, Tuch, Werkzeuge, Lebensmittel, Tiere... Ich brauchte dringend einen kleinen Kupferkessel und sechs Ellen neuen Musselin für Hemden und...

»Meinst du wirklich, du solltest den Indianern Alkohol geben?« Briannas Frage riß mich aus meinen raffgierigen Überlegungen.

»Warum nicht?« fragte Lindsey, der es mißbilligte, daß sie sich einmischte. »Schließlich werden wir ihn ihnen ja nicht *schenken*, Kleine. Sie haben nicht viel Bargeld, aber sie zahlen in Fellen – und sie zahlen gut.«

Brianna sah erst mich, dann Jamie hilfesuchend an.

»Aber die Indianer sind nicht – ich meine, ich habe gehört, daß sie nicht mit Alkohol umgehen können.«

Die drei Männer sahen sie verständnislos an, und Duncan starrte auf seinen Becher, den er in der Hand hin- und herdrehte.

»Ich meine, sie werden schnell betrunken.«

Lindsey blinzelte in seinen Becher, dann sah er sie an und rieb sich mit der Hand über seinen Scheitel, der langsam kahl wurde.

»Worauf willst du denn hinaus, Mädchen?«

Briannas Mund preßte sich zusammen und entspannte sich dann.

»Ich *meine*«, sagte sie, »daß ich es falsch finde, Menschen zum Trinken zu ermutigen, die nicht mehr damit aufhören können, wenn sie einmal angefangen haben.« Sie sah mich ein wenig hilflos an. Ich schüttelte den Kopf.

»Das Wort ›Alkoholiker‹ existiert noch nicht«, sagte ich. »Hier ist es keine Krankheit – nur eine Charakterschwäche.«

Jamie sah sie fragend an.

»Na ja, eins kann ich dir sagen, Kleine«, sagte er, »ich habe schon viele Betrunkene gesehen, aber noch keine Flasche, die von selbst vom Tisch springt und sich einem in die Kehle stürzt.«

Es erklang allgemeines Beifallsgrunzen, und bei einer weiteren Runde wechselten sie das Thema.

»Hodgepile? Nein, den habe ich noch nie gesehen, obwohl ich meine, daß ich den Namen schon einmal gehört habe.« Duncan kippte den Rest seines Whiskys hinunter und stellte leise keuchend seinen Becher hin. »Soll ich beim *Gathering* fragen?«

Jamie nickte und nahm sich noch einen Haferkeks. »Aye, wenn's geht, Duncan.«

Lizzie stand über das Feuer gebeugt und rührte den Eintopf für das Abendessen um. Ich sah, wie sich ihre Schultern anspannten, doch sie war zu schüchtern, um in Gegenwart so vieler Männer den Mund aufzutun. Brianna war solche Zurückhaltung fremd.

»Ich habe auch jemanden, nach dem Ihr fragen könntet, Mr. Innes.« Sie beugte sich über den Tisch zu ihm hin und sah ihn ernst und flehend an. »Würdet Ihr Euch nach einem Mann namens Roger Wakefield erkundigen? Bitte?«

»Och, natürlich. Natürlich tue ich das.« Duncan errötete über die unmittelbare Nähe von Briannas Ausschnitt und trank in seiner Verwirrung Kennys Whisky aus. »Kann ich sonst noch irgend etwas tun?«

»Ja«, sagte ich und stellte dem verärgerten Lindsey einen frischen Becher hin. »Wenn du dich nach Hodgepile und Brees jungem Freund erkundigst, könntest du da auch nach einem Mann namens Joseph Wemyss fragen? Er dürfte ein Zwangsarbeiter sein.« Aus dem Augenwinkel sah ich, wie Lizzies schmale Schultern erleichtert zusammensackten.

Duncan nickte und gewann die Fassung wieder, als Brianna in der Vorratskammer verschwand, um Butter zu holen. Kenny Lindsey sah ihr interessiert nach.

»Bree? So nennt Ihr Eure Tochter?« fragte er.

»Ja, manchmal«, sagte ich. »Warum?«

Ein kurzes Lächeln erschien in Lindseys Gesicht. Dann sah er Jamie an, hustete und vergrub sein Lächeln in seinem Becher.

»Es ist ein schottisches Wort, Sassenach«, sagte Jamie, und auch in seinem Gesicht zeigte sich jetzt ein ziemlich ironisches Lächeln. »Ein *bree* ist ein großes Ärgernis.«

44

Unterhaltung um drei Ecken

Oktober 1769
Der Schock des Aufpralls vibrierte in seinen Armen. Mit dem Rhythmusgefühl, das langjähriger Übung entstammte, riß Jamie die Beilklinge frei, schwang sie zurück und ließ sie wieder herabsausen. Mit einem *Tschunk!* flogen Rindensplitter und gelbe Holzspäne umher. Er schob seinen Fuß auf dem Baumstamm ein Stück zur Seite und schlug erneut zu, ein genau gezielter Axthieb, der das scharfe Metall knappe fünf Zentimeter neben seinen Zehen im Holz versenkte.

Er hätte Ian das Holzhacken auftragen und selbst das Mehl in der kleinen Mühle am Woolams Point abholen können, doch der Woolam-Junge verdiente den Besuch bei den drei unverheirateten Töchtern, die zusammen mit ihrem Vater in der Mühle arbeiteten. Sie waren Quäkermädchen, grau gekleidet wie Kirchenmäuse, jedoch intelligent und hübsch, und sie verwöhnten Ian und übertrafen sich gegenseitig darin, ihm bei seinen Besuchen Bier und Fleischpasteten anzubieten.

Besser, der Junge flirtete mit tugendsamen Quäkerinnen als mit den aufdringlichen Indianermädchen auf der anderen Seite des Berges, dachte er etwas grimmig. Er hatte nicht vergessen, was Myers über die Indianerfrauen erzählt hatte, die sich die Männer ins Bett holten, wie es ihnen gefiel.

Er hatte das kleine Dienstmädchen mit Ian losgeschickt, weil er hoffte, daß die kühle Herbstluft vielleicht ein wenig Farbe in das Gesicht des Mädchens bringen würde. Die Haut des Mädchens war so hell wie Claires, hatte aber den kränklichen, blauweißen Schimmer entrahmter Milch, nicht Claires blasses Leuchten, so satt und fehlerlos wie das seidenweiße Kernholz einer Pappel.

Das Holzstück war fast gespalten; noch ein Hieb und ein kräftiger Ruck an der Axt, und zwei ordentliche Scheite, die einen klaren, scharfen Harzgeruch ausströmten, lagen für die Feuerstelle bereit. Er legte sie sorgfältig auf den wachsenden Holzstapel neben der Vorratskammer und rollte sich das nächste Holzstück unter den Fuß.

Eigentlich hackte er gerne Holz. Es war etwas ganz anderes als die feuchte, mörderische, fußerfrierende Arbeit des Torfstechens, brachte aber dieselbe tiefe Genugtuung über einen anständigen Brennstoffvorrat mit sich, die nur derjenige kennt, der einmal einen Winter in dünnen Kleidern durchgezittert hat. Der Holzstapel reichte jetzt fast bis an die Traufen des Hauses, trockene Scheite aus Kiefernholz und Eiche, Hickory und Ahorn, deren Anblick ihm die Seele genauso erwärmte, wie ihm später das Holz den Körper wärmen würde.

Apropos Wärme; dafür, daß es später Oktober war, war es ein warmer Tag, und sein Hemd klebte ihm schon an den Schultern. Er wischte sich mit dem Ärmel über das Gesicht und betrachtete den feuchten Fleck kritisch.

Wenn es so naß wurde, daß man es auswringen konnte, würde Brianna darauf bestehen, es wieder zu waschen, auch wenn er noch so sehr einwandte, daß der Schweiß ganz sauber war. »Puh«, würde sie mit tadelnd geblähten Nasenlöchern sagen und wie ein Opossum ihre lange Nase kräuseln. Er hatte laut gelacht, als er das zum ersten Mal gesehen hatte; vor Überraschung genauso wie aus Belustigung.

Seine Mutter war vor langer Zeit gestorben, als er noch ein Kind war, und obwohl er sich manchmal in seinen Träumen an sie erinnerte, hatte er ihre Gegenwart zum Großteil durch statische Bilder, Augenblicke ersetzt, die in seinem Gedächtnis erstarrt waren. Aber sie hatte auch immer »Puh!« zu ihm gesagt, wenn er schmutzig nach Hause kam, und ihre lange Nase ganz genauso gekräuselt – er hatte sich blitzartig daran erinnert, als er es bei Brianna sah.

Was für ein Rätsel doch die Blutsverwandtschaft war – wie konnte eine winzige Geste, ein Tonfall die Generationen genauso überdauern wie die handfesteren körperlichen Wahrheiten? Er hatte es schon oft beobachtet, während er seine Nichten und Neffen aufwachsen sah, und hatte ohne großes Nachdenken die Echos der Eltern und Großeltern hingenommen, die sich für kurze Augenblicke zeigten, den Schatten eines Gesichtes, das durch die Jahre hindurch zurückblickte – und wieder im Gesicht der Gegenwart verschwand.

Und doch, jetzt wo er es bei Brianna sah... er konnte ihr stundenlang zusehen, dachte er, und fühlte sich dabei daran erinnert, wie sich seine Schwester jedesmal voller Faszination dicht über ihre Neugeborenen beugte. Vielleicht war das der Grund, warum Eltern ihre Kinder mit solcher Verzauberung beobachteten, dachte er; weil sie all die kleinen Bindeglieder entdeckten, die die Kette des Lebens zwischen ihnen knüpften, von einer Generation zur nächsten.

Er zuckte mit den Achseln und zog das Hemd aus. Er war hier

schließlich zu Hause; es war niemand da, der die Narben auf seinem Rücken sehen konnte, und niemand, den sie etwas angingen, wenn es doch geschah. Die Luft traf kühl und unvermittelt auf seine feuchte Haut, doch ein paar Axthiebe brachten sein Blut wieder zum Pulsieren.

Er liebte Jennys Kinder sehr – vor allem Ian, den kleinen Trottel, dessen Mischung aus Unvernunft und dickköpfiger Courage ihn so sehr an sich selbst in diesem Alter erinnerte. Sie alle waren schließlich mit ihm verwandt. Doch Brianna...

Brianna war sein eigen Fleisch und Blut. Ein unausgesprochenes Versprechen an seine Eltern, das er eingelöst hatte; sein Geschenk an Claire und ihres an ihn.

Nicht zum ersten Mal ertappte er sich dabei, daß er sich Gedanken über Frank Randall machte. Was hatte sich Randall gedacht, wenn er das Kind eines anderen Mannes im Arm hielt – eines Mannes, den zu lieben er keinen Grund hatte.

Was das anging, war Randall ja vielleicht doch der bessere Mensch gewesen – weil er ein Kind um seiner Mutter willen angenommen hatte, nicht um seiner selbst willen; weil er sich an ihrem Gesicht nur um seiner Schönheit willen erfreut hatte und nicht, weil er sich selbst darin wiederfand. Er schämte sich vage und schlug heftiger zu, um das Gefühl zu vertreiben.

Sein Verstand war vollständig mit seinen Gedanken beschäftigt, nicht mit seiner Arbeit. Doch wenn er die Axt benutzte, war sie ebenso ein Teil seines Körpers wie die Arme, die sie schwangen. Genauso wie ein Ziehen in seinem Arm oder Ellbogen ihn auf der Stelle vor einer Verletzung gewarnt hätte, bremste ihn jetzt eine schwache Vibration, eine unmerkliche Gewichtsverlagerung mitten im Schwung, so daß die gelockerte Klinge über die Lichtung flog, ohne Schaden anzurichten, anstatt sich in seinen verletzlichen Fuß zu rammen.

»*Deo gratias*«, murmelte er mit sehr viel weniger Dankbarkeit, als die Worte suggerierten. Er bekreuzigte sich mechanisch und ging, um das Metallstück aufzuheben. Verdammte Trockenheit; es hatte seit fast einem Monat nicht mehr geregnet. Das geschrumpfte Heft seiner Axt machte ihm weniger Sorgen als die herabhängenden Köpfe der Pflanzen in Claires Garten am Haus.

Er warf einen Blick auf den halbfertigen Brunnen und zuckte verärgert mit den Achseln. Noch eine Arbeit, die getan werden mußte, für die er aber keine Zeit hatte. Doch sie würde einfach warten müssen; sie konnten immer Wasser vom Bach hochschleppen oder Schnee schmelzen, aber ohne Brennholz würden sie verhungern oder erfrieren – oder beides.

Die Tür ging auf und Claire kam heraus, durch ihren Umhang vor der Kühle der herbstlichen Schatten geschützt, ihren Korb über dem Arm. Brianna war hinter ihr, und bei ihrem Anblick vergaß er seine Verärgerung.

»Was hast du gemacht?« fragte Claire sogleich, als sie ihn mit der Axtklinge in der Hand sah. Ihr Blick überflog ihn schnell und suchte nach Blut.

»Nein, ich bin nicht verletzt«, beruhigte er sie. »Ich muß nur den Griff reparieren. Geht ihr Kräuter suchen?« Er wies kopfnickend auf Claires Korb.

»Ich dachte, wir könnten flußaufwärts Holunderpilze suchen.«

»Ah? Geht nicht zu weit weg, aye? Es sind Indianer weiter hinten auf dem Berg auf der Jagd. Ich habe sie heute morgen auf dem Grat gerochen.«

»Du hast sie gerochen?« fragte Brianna.

Sie zog fragend ihre rote Augenbraue hoch. Er sah, wie Claire von Brianna zu ihm blickte und schwach lächelte; also war es eine seiner eigenen Gesten. Er zog die Augenbrauen hoch, sah Claire an, und ihr Lächeln wurde breiter.

»Es ist Herbst, und sie räuchern Wild«, erklärte er Brianna. »Man kann die Räucherfeuer weit riechen, wenn der Wind richtig steht.«

»Wir gehen nicht weit weg«, versicherte ihm Claire. »Nur am Forellenteich vorbei.«

»Aye, gut. Ich schätze, das ist wohl sicher.« Es widerstrebte ihm etwas, die Frauen gehen zu lassen, doch er konnte sie kaum im Haus einsperren, nur weil Wilde in der Nähe waren – die Indianer waren zweifelsohne friedlich mit ihren Wintervorbereitungen beschäftigt, genau wie er.

Wenn er nur sicher wüßte, ob es Nacognawetos Leute waren, dann würde er sich keine Sorgen machen, doch es war so, daß die Jäger oft weit ins Land zogen und es genausogut Cherokee sein konnten oder jener seltsame kleine Stamm, der sich das Hundevolk nannte. Nur eins ihrer Dörfer war übriggeblieben, und sie waren weißen Fremden gegenüber zutiefst mißtrauisch – und das nicht ohne Grund.

Briannas Augen ruhten einen Augenblick lang auf seiner entblößten Brust und dem kleinen Knoten aus vorspringendem Narbengewebe, doch sie zeigte keinerlei Abscheu oder Neugier – auch dann nicht, als sie ihm kurz die Hand auf die Schulter legte und ihn zum Abschied auf die Wange küßte, obwohl er wußte, daß sie die verheilten Schwielen unter ihren Fingern spüren mußte.

Claire hatte es ihr wohl erzählt, dachte er – alles über Jack Randall und die Zeit vor dem Aufstand. Oder vielleicht doch nicht alles. Ein kleiner Schauer, der nicht von der Kühle herrührte, lief ihm an der Wirbelsäule hoch, und er trat zurück, aus ihrer Reichweite heraus, obwohl er sie weiter anlächelte.

»Es ist Brot im Schrank und ein bißchen Eintopf im Kessel für dich und Ian und Lizzie.« Claire streckte die Hand aus und schnippte ihm einen verirrten Holzsplitter aus dem Haar. »Bitte nicht den Pudding in der Vorratskammer essen; der ist fürs Abendessen.«

Er fing ihre Finger in den seinen auf und küßte sacht ihre Knöchel. Sie machte ein überraschtes Gesicht, dann erschien ein schwaches, warmes Glühen unter ihrer Haut. Sie stellte sich auf die Zehenspitzen und küßte ihn auf den Mund, dann eilte sie Brianna nach, die schon am Rand der Lichtung war.

»Seid vorsichtig!« rief er ihnen nach. Sie winkten und verschwanden im Wald, und er blieb zurück, ihre Küsse sanft in seinem Gesicht.

»*Deo gratias*«, murmelte er noch einmal, während er ihnen nachsah, und diesmal sagte er es aus aufrichtiger Dankbarkeit. Dann machte er sich wieder an die Arbeit.

Er saß auf dem Hackklotz, neben sich auf dem Boden eine Handvoll Nägel mit eckigen Köpfen, die er nacheinander vorsichtig mit dem Hammer in das Ende des Axtstiels trieb. Das trockene Holz spaltete sich und ging auseinander, konnte aber nicht zersplittern, da die Eisenklammer der Axtklinge es zusammenhielt.

Er drehte an der Klinge, und da sie ihm fest vorkam, stand er auf und ließ sie probehalber mit einem mächtigen Hieb auf den Hackklotz sausen. Sie hielt.

Vom Sitzen war ihm jetzt kalt geworden, und er zog sich das Hemd wieder an. Hunger hatte er auch, doch er würde auf die jungen Leute warten. Nicht, daß die sich nicht schon selber vollgestopft hätten, dachte er zynisch. Er konnte die Fleischpasteten, die Sarah Woolam machte, beinahe riechen, und ihr würziger Geruch verwob sich in seinen Gedanken mit den realen Herbstgerüchen nach toten Blättern und feuchter Erde.

Der Gedanke an Fleischpasteten blieb ihm weiter im Hinterkopf, als er mit seiner Arbeit fortfuhr, zusammen mit dem Gedanken an den Winter. Die Indianer sagten, er würde hart werden, der Winter, nicht so wie der letzte. Wie würde es sein, im tiefen Schnee zu jagen? Natürlich gab es in Schottland Schnee, doch oft lag er nur ganz dünn auf dem Boden, und die ausgetretenen Wildwechsel waren schwarz auf den steilen, kahlen Berghängen zu sehen.

Der letzte Winter war so gewesen. Doch diese Wildnis neigte zu Extremen. Er hatte Geschichten von Schneedecken gehört, die fast zwei Meter dick waren, von Tälern, wo man bis zu den Achseln einsinken konnte, davon, daß das Eis auf den Flüssen so dick gefror, daß ein Bär hinüberspazieren konnte. Er lächelte leicht grimmig bei dem Gedanken an Bären. Tja, sie würden einen ganzen Winter davon essen können, wenn er noch einen erlegen könnte, und das Fell könnte er auch brauchen.

Sein Bewußtsein driftete langsam in den Rhythmus seiner Arbeit ab, und ein Teil seiner Gedanken war dumpf von dem Text von »Daddy's Gone A-Hunting« eingenommen, während sich der andere mit einem verlockend lebendigen Bild von Claires Haut beschäftigte, so blaß und berauschend wie Rheinwein auf dem glänzenden Schwarz eines Bärenfells.

»Daddy's gone to fetch a skin / To wrap his baby bunting in«, murmelte er tonlos vor sich hin.

Er fragte sich, wieviel Claire Brianna wirklich erzählt hatte. Sie war merkwürdig, wenn auch nicht unangenehm, diese Art, sich um drei Ecken zu unterhalten; er und das Mädchen waren noch ein wenig schüchtern im Umgang miteinander – sie neigten dazu, persönliche Dinge statt dessen lieber Claire zu sagen und darauf zu bauen, daß diese die Essenz ihrer Worte schon weitersagen würde; daß sie in dieser neuen und umständlichen Herzenssprache ihre Dolmetscherin sein würde.

So dankbar er auch für das Wunder seiner Tochter war, er würde gern wieder in seinem Bett mit seiner Frau schlafen. Es wurde zu kühl, um es im Kräuterschuppen oder im Wald zu tun – obwohl er zugeben mußte, daß es einen gewissen Charme hatte, nackt in einem riesigen Haufen aus gelbem Kastanienlaub herumzustrampeln, wenn es auch an Würde zu wünschen übrigließ.

»Aye, ach was«, brummte er und lächelte schwach vor sich hin. »Und wann hat sich ein Mann jemals *dabei* Sorgen um seine Würde gemacht?«

Er blickte nachdenklich auf einen Stapel langer, gerader Kiefernstämme, die am Rand der Lichtung lagen, dann auf die Sonne. Wenn Ian schnell genug zurückkam, konnten sie vielleicht noch vor Sonnenuntergang ein gutes Dutzend davon abvieren und einkerben.

Er stellte die Axt fürs erste ab und ging zum Haus hinüber. Dort schritt er die Maße des neuen Zimmers ab, das er plante, damit sie zurechtkamen, solange das große Haus noch im Bau war. Sie war eine erwachsene Frau, Brianna – sie sollte ihr eigenes Zimmer haben, in das sie sich zurückziehen konnte, sie und ihre Magd. Und wenn er dann außerdem wieder mit Claire ungestört sein konnte, nun, um so besser, aye?

Er hörte die leisen Knistergeräusche im trockenen Laub auf dem Hof, drehte sich aber nicht um. Hinter ihm ertönte leises Husten wie von einem niesenden Eichhörnchen.

»Mrs. Lizzie«, sagte er, die Augen immer noch am Boden. »Hat dir die Fahrt gefallen? Ich hoffe, bei Woolams war alles bestens.« Wo war Ian mit dem Wagen? fragte er sich. Er hatte ihn unten auf der Straße nicht gehört.

Sie sagte nichts, sondern machte ein unartikuliertes Geräusch, daß ihn überrascht herumfahren ließ, um sie anzusehen.

Sie war bleich, ihr Gesicht verkrampft, und sie sah aus wie eine verschreckte weiße Maus. Das war nichts Ungewöhnliches; er wußte, daß er ihr mit seiner Größe und seiner tiefen Stimme Angst einjagte, daher sprach er sie so sanft und langsam an, wie er es mit einem mißhandelten Hund getan hätte.

»Hast du einen Unfall gehabt, Kleine? Ist etwas mit dem Wagen oder den Pferden geschehen?«

Sie schüttelte den Kopf, immer noch wortlos. Ihre Augen waren fast rund und so grau wie der Saum ihres verwaschenen Kleides, und ihre Nasenspitze war leuchtend rot geworden.

»Ist mit Ian alles in Ordnung?« Er wollte sie nicht noch weiter in Aufregung versetzen, doch sie begann, ihn zu beunruhigen. *Irgend etwas* war geschehen, soviel war sicher.

»Mir geht's gut, Onkel Jamie. Den Pferden auch.« Lautlos wie ein Indianer bog Ian um die Ecke des Blockhauses. Er trat an Lizzies Seite, bot ihr seine schützende Gegenwart an, und sie ergriff automatisch seinen Arm.

Er blickte von ihm zu ihr; Ian war äußerlich ruhig, doch seine innere Aufregung war deutlich zu sehen.

»Was ist geschehen?« fragte er schärfer als beabsichtigt. Das Mädchen zuckte zusammen.

»Sag's ihm lieber«, sagte Ian. »Möglicherweise haben wir nicht viel Zeit.« Er berührte zur Ermutigung ihre Schulter, und sie schien Kraft aus seiner Hand zu ziehen; sie stellte sich gerader hin und nickte.

»Ich – da war – ich habe einen Mann gesehen. Bei der Mühle, Sir.«

Sie versuchte, weiterzureden, doch ihr war der Mut ausgegangen; ihre Zungenspitze lugte bemüht zwischen ihren Zähnen hervor, doch es kamen keine Worte.

»Sie kannte ihn, Onkel Jamie«, sagte Ian. Er sah verstört aus, aber nicht angstvoll; eher aufgeregt auf eine völlig neue Art und Weise. »Sie hatte ihn schon einmal gesehen – mit Brianna.«

»Aye?« Er versuchte, ermutigend zu klingen, doch seine Nackenhaare sträubten sich ahnungsvoll.

»In Wilmington«, brachte Lizzie hervor. »MacKenzie war sein Name; ich habe gehört, wie ein Seemann ihn so genannt hat.«

Jamie warf Ian einen schnellen Blick zu, doch dieser schüttelte den Kopf.

»Er hat nicht gesagt, wo er herkam, doch ich kenne niemanden aus Leoch, der so aussieht wie er. Ich habe ihn gesehen und ihn sprechen gehört; vielleicht ist er ein Highlander, aber im Süden erzogen, würde ich sagen – ein gebildeter Mann.«

»Und es hat so ausgesehen, als würde dieser MacKenzie meine Tochter kennen?« fragte er. Lizzie nickte und runzelte konzentriert die Stirn.

»Oh, aye, Sir! Und sie kannte ihn auch – sie hatte Angst vor ihm.«

»Angst? Warum?« Er sprach scharf, und sie erbleichte, doch inzwischen hatte sie sich warmgeredet, und ihre Worte kamen zwar stotternd und stolpernd, aber sie kamen.

»Ich weiß es nicht, Sir. Aber sie ist bei seinem Anblick bleich geworden, Sir, und hat leise aufgeschrien. Dann ist sie rot geworden, dann weiß, dann wieder rot – oh, sie war ziemlich aufgeregt, das konnte jeder sehen!«

»Was hat er getan?«

»Also – also – nichts, zunächst. Er ist zu ihr gekommen und hat sie bei den Armen gepackt und ihr gesagt, sie müßte mit ihm kommen. Alle Augen im Schankraum waren auf sie gerichtet. Dann hat sie sich losgerissen, leichenblaß, aber sie hat zu mir gesagt, es wäre alles in Ordnung, und ich sollte warten, und sie würde zurückkommen. Und – und dann ist sie mit ihm hinausgegangen.«

Lizzie holte kurz und tief Luft und wischte sich ihre Nasenspitze ab, die angefangen hatte zu tropfen.

»Und du hast sie gehen lassen?«

Die kleine Magd schrak zurück und zog den Kopf ein.

»Ooh, ich hätte ihr folgen sollen, ich weiß, daß ich das gesollt hätte, Sir!« rief sie, das Gesicht vor lauter Elend verzogen. »Aber ich hatte Angst, Sir, und möge Gott mir vergeben!«

Mühsam glättete Jamie seine gerunzelte Stirn und sprach so geduldig weiter, wie er konnte.

»Aye, nun gut. Und was ist dann passiert?«

»Oh, ich bin nach oben gegangen, wie sie mir gesagt hatte, und ich habe im Bett gelegen, Sir, und aus Leibeskräften gebetet!«

»Oh, ja, das war bestimmt sehr hilfreich!«

»Onkel Jamie...« Ians Stimme war leise, aber nicht im mindesten zurückhaltend, und seine braunen Augen ruhten fest auf Jamie. »Sie ist doch nur ein kleines Mädchen, Onkel Jamie; sie hat ihr Bestes getan.«

Jamie rieb sich fest mit der Hand über die Kopfhaut.

»Aye«, sagte er. »Aye, tut mir leid, Kleine; ich hatte nicht vor, dir den Kopf abzureißen. Aber kannst du nicht auf den Punkt kommen?«

Ein heißer, roter Fleck hatte auf jeder ihrer Wangen zu brennen begonnen.

»Sie – sie ist erst kurz vor der Dämmerung zurückgekommen. Und – und...«

Jamie war mit seiner Geduld fast am Ende, und zweifellos konnte man seinem Gesicht das ansehen.

»Ich konnte ihn an ihr riechen«, flüsterte sie und senkte die Stimme so weit, daß sie fast unhörbar wurde. »Seinen... Samen.«

Die Wut überrannte ihn unvorbereitet, wie ein weißglühender Blitz, der ihm durch Brust und Bauch fuhr. Sie erstickte ihn fast, doch er unterdrückte sie fest und hielt sie unter Kontrolle wie die Kohlen in einer Feuerstelle.

»Also hat er sie in sein Bett geholt; bist du dir sicher?«

Durch und durch verlegen über seine Direktheit, konnte die kleine Magd nur nicken.

Lizzie vergrub ihre Hände im Stoff ihres Kleides; ihr Rock war völlig zerbeult und zerknittert. Ihre Blässe war tiefem Erröten gewichen; sie sah aus wie eine von Claires Tomaten. Sie konnte ihm nicht ins Gesicht sehen, sondern ließ den Kopf hängen und starrte zu Boden.

»Oh, Sir. Sie bekommt ein Kind, könnt Ihr das nicht sehen? Es muß von ihm sein – sie war eine Jungfrau, als er sie genommen hat. Er ist ihr gefolgt – und sie hat Angst vor ihm.«

Ganz plötzlich *konnte* er es sehen und spürte, wie ihm die Haare auf den Armen und Schultern zu Berge standen. Der Herbstwind blies ihm eisig durchs Hemd, und seine Wut verwandelte sich in Übelkeit. All die kleinen Dinge, die er halb gesehen und halb gedacht hatte, ohne ihnen zu erlauben, an die Oberfläche seines Bewußtseins zu steigen, ergaben auf einmal ein logisches Muster.

Ihr Aussehen und die Art, wie sie sich verhielt; im einen Augenblick lebendig und im nächsten in sorgenvollen Gedanken verloren. Und das Leuchten in ihrem Gesicht, auch wenn die Sonne nicht schien. Er wußte genau, wie eine Frau in anderen Umständen aussah; wenn er sie vorher schon gekannt hätte, hätte er die Veränderung gesehen; aber so...

Claire. Claire wußte es. Der Gedanke überkam ihn mit kalter Gewißheit. Sie kannte ihre Tochter, und sie war Ärztin. Sie mußte es wissen – und hatte es ihm nicht gesagt.

»Bist du dir da sicher?« Die Kälte ließ seine Wut gefrieren. Er konnte spüren, wie sie in seiner Brust steckte – ein gefährliches, gezacktes Objekt, das in alle Richtungen zu zeigen schien.

Lizzie nickte wortlos, und errötete noch stärker, sofern das überhaupt noch möglich war.

»Ich bin ihr Dienstmädchen, Sir«, flüsterte sie, die Augen zu Boden gerichtet.

»Sie meint, Brianna hat seit zwei Monaten ihre Regel nicht mehr gehabt«, sprang Ian nüchtern ein. Er war das jüngste Kind in einer Familie mit mehreren Schwestern, und ihn hemmte kein Feingefühl, wie es Lizzie hatte. »Sie ist sich sicher.«

»Ich – ich hätte nie etwas gesagt, Sir«, fuhr das Mädchen am Boden zerstört fort. »Nur, als ich den Mann gesehen habe...«

»Meinst du, er ist gekommen, um Anspruch auf Brianna zu erheben, Onkel Jamie?« unterbrach Ian. »Wir müssen ihn aufhalten, aye?« Der Junge sah jetzt deutlich wütend und aufgeregt aus, und seine Wangen wurden davon rot.

Jamie holte tief Luft und merkte jetzt erst, daß er sie angehalten hatte.

»Ich weiß es nicht«, sagte er, überrascht über die Ruhe in seinem Tonfall. Er hatte kaum Zeit gehabt, um die Neuigkeit zu verdauen, geschweige denn, irgendwelche Schlüsse daraus zu ziehen, doch der Junge hatte recht, es war eine Gefahr, um die man sich kümmern mußte.

Wenn dieser MacKenzie es wollte, dann konnte er nach gültigem Gesetz Anspruch darauf erheben, Brianna zur Frau zu nehmen. Ein Gerichtshof würde eine Frau nicht notwendigerweise dazu zwingen, einen Vergewaltiger zu heiraten, doch jeder Magistrat würde das Recht eines Mannes auf seine Frau und sein Kind schützen – egal, was die Frau darüber dachte.

Seine eigenen Eltern hatten so geheiratet: sie waren geflohen und hatten sich so lange in den Hügeln der Highlands versteckt, bis seine Mutter hochschwanger war, so daß ihre Brüder gezwungen waren, die unerwünschte Heirat zuzulassen. Ein Kind war ein dauerhaftes, unleugbares Band zwischen Mann und Frau, und er hatte allen Grund, das zu wissen.

Er blickte auf den Pfad, der von unten aus dem Wald heraufkam.

»Ist er euch denn nicht direkt auf den Fersen? Die Woolams werden ihm doch den Weg erklärt haben.«

»Nein«, sagte Ian nachdenklich. »Das glaube ich nicht. Wir haben sein Pferd gestohlen, aye?« Er grinste Lizzie plötzlich an, und diese erwiderte es mit einem leisen Kichern.

»Aye? Und was hindert ihn daran, den Wagen oder eins der Maultiere zu nehmen?«

Das Grinsen in Ians Gesicht verbreiterte sich beträchtlich.

»Ich habe Rollo auf der Ladefläche gelassen«, sagte er. »Ich glaube, er wird laufen, Onkel Jamie.«

Jamie sah sich ebenfalls zu einem grimmigen Grinsen gezwungen.

»Gut mitgedacht, Ian.«

Ian zuckte bescheiden mit den Achseln.

»Na ja, ich wollte nicht, daß der Mistkerl uns überrascht. Und obwohl ich Kusine Brianna lange nicht mehr von ihrem Freund habe reden hören – von diesem Wakefield, aye?« Er hielt vorsichtig inne. »Ich konnte mir nicht vorstellen, daß sie diesen MacKenzie sehen will. Vor allem, wenn...«

»Ich würde sagen, Mr. Wakefield hat sich etwas viel Zeit mit seiner Ankunft gelassen«, sagte Jamie. »Vor allem, wenn.« Kein Wunder, daß sie sich nicht länger auf Wakefields Ankunft freute – nachdem sie es erst einmal gemerkt hatte. Wie sollte eine Frau schließlich einem Mann, der sie zuletzt als Jungfrau gesehen hatte, ihren schwangeren Bauch erklären?

Er öffnete langsam und bedächtig seine Fäuste. Für all das würde später genug Zeit sein. Im Augenblick mußte er sich nur um eines kümmern.

»Hol meine Pistolen aus dem Haus«, sagte er an Ian gewandt. »Und du, Kleine...« Er lächelte Lizzie angestrengt zu und griff nach dem Rock, den er an die Kante des Holzstapels gehängt hatte.

»Bleib hier und warte auf deine Herrin. Sag meiner Frau – sag ihr, ich bin weggegangen, um Fergus bei seinem Schornstein zu helfen. Und sag kein Wort hiervon zu meiner Frau oder meiner Tochter – oder es passiert etwas.« Er hatte die abschließende Drohung halb im Scherz ausgesprochen, doch das Mädchen erbleichte, als hätte er es ernst gemeint.

Lizzie sank auf den Hackklotz, denn ihre Knie gaben unter ihr nach. Sie griff nach dem winzigen Medaillon um ihren Hals und suchte Trost bei dem kalten Metall. Sie sah zu, wie Mr. Fraser den Pfad hinterging, bedrohlich wie ein großer, roter Wolf. Sein Schatten streckte sich schwarz vor ihm aus, und die späte Herbstsonne tauchte ihn in Feuer.

Das Medaillon in ihrer Hand war so kalt wie Eis.

»Oh, liebste Mutter«, murmelte sie wieder und wieder. »Oh, heilige Mutter, was habe ich getan?«

45

Fifty-Fifty

Das Eichenlaub war trocken und knisterte unter unseren Füßen. Es fielen ständig Blätter von den Kastanienbäumen, die über uns aufragten, ein langsamer, gelber Regen, der sich über die Trockenheit des Bodens lustig machte.

»Stimmt es, daß sich die Indianer geräuschlos durch den Wald bewegen können, oder bringen sie einem das nur bei den Pfadfindern bei?« Brianna trat gegen eine kleine Laubverwehung und verteilte die Blätter in alle Richtungen. Mit unseren zweiten Röcken und Unterröcken, in denen sich Blätter und Zweige verfingen, hörten *wir* uns wie eine Elefantenherde an.

»Na ja, nicht bei so trockenem Wetter, es sei denn, sie schwingen sich durch die Bäume wie Schimpansen. Wenn es im Frühjahr feucht ist, ist es etwas anderes – sogar *ich* könnte dann lautlos hier herumlaufen; der Boden ist wie ein Schwamm.«

Ich hob meine Röcke an, um sie von einem großen Holunderbusch fernzuhalten, und bückte mich, um mir die Beeren anzusehen. Sie waren dunkelrot, zeigten aber noch nicht die schwarze Färbung wirklicher Reife.

»Noch zwei Tage«, sagte ich. »Wenn wir sie für Arznei benutzen würden, würden wir sie jetzt pflücken. Ich will aber Wein daraus machen und sie trocknen wie Rosinen – und dazu müssen sie viel Zucker haben, also wartet man, bis sie von den Stengeln fallen.«

»Gut. Welches Landschaftsmerkmal benutzen wir?« Brianna blickte sich um und lächelte. »Nein, sag's mir nicht – es ist dieser große Felsen, der aussieht wie ein Kopf von den Osterinseln.«

»Sehr gut«, sagte ich anerkennend. »Richtig, weil er sich im Lauf der Jahreszeiten nicht verändert.«

Wir erreichten den Rand eines kleinen Baches und trennten uns, um uns langsam am Ufer entlangzuarbeiten. Ich hatte Brianna Kresse sammeln geschickt, während ich auf der Suche nach Holunderpilzen und anderen eßbaren Pilzen an den Bäumen herumstocherte.

Ich beobachtete sie unauffällig, während ich Pilze suchte, ein Auge auf den Boden geheftet, das andere auf sie. Sie stand knietief im Bach, die Röcke hochgerafft, und entblößte ihren erstaunlich langen, muskulösen Oberschenkel, während sie langsam vorwärtswatete, den Blick auf das rauschende Wasser gerichtet.

Irgend etwas stimmte nicht, schon seit Tagen. Anfangs hatte ich angenommen, die offensichtlichen Anstrengungen der neuen Situation, in der sie sich befand, wären schuld an ihrer angespannten Ausstrahlung. Doch im Lauf der letzten drei Wochen hatten sie und Jamie zu einer Beziehung gefunden, die zwar auf beiden Seiten immer noch von Schüchternheit gezeichnet war, aber ständig an Wärme zunahm. Sie erfreuten sich aneinander – und es war mir eine Freude, sie zusammen zu sehen.

Dennoch irgend etwas machte ihr Sorgen. Es war drei Jahre her, daß ich sie verlassen hatte – vier, seit sie mich verlassen hatte und in ihre eigene Wohnung gezogen war, und sie hatte sich verändert; war jetzt ganz zur Frau herangewachsen. Ich konnte sie nicht mehr so leicht durchschauen wie früher. Sie beherrschte Jamies Kunstgriff, starke Gefühle hinter einer Maske der Ruhe zu verbergen – ich erkannte ihn bei beiden.

Ich hatte unsere Sammelexpedition auch deswegen arrangiert, um allein mit ihr reden zu können; da Jamie, Ian und Lizzie im Haus waren und auch der Strom der Pächter und Besucher, die Jamie sprechen wollten, nicht abriß, war es unmöglich, sich dort ungestört zu unterhalten. Und wenn es stimmte, was ich vermutete, dann war dies eine Unterhaltung, bei der ich niemanden in Hörweite haben wollte.

Als ich meinen Korb halb mit dicken, fleischigen Holunderpilzen gefüllt hatte, war Brianna triefend aus dem Bach gestiegen, und ihr eigener Korb quoll über mit grünen Kressebüscheln und Schachtelhalmen zur Kerzenherstellung.

Sie wischte sich ihre Füße am Rocksaum ab und gesellte sich dann zu mir unter eine der großen Kastanien. Ich gab ihr die Flasche mit Apfelwein und wartete, bis sie etwas getrunken hatte.

»Ist es Roger?« sagte ich ohne Einleitung.

Sie sah mich an, und in ihren Augen blitzte es erschrocken auf, doch dann sah ich, wie sich die Anspannung im Umriß ihrer Schultern löste.

»Ich habe mich schon gefragt, ob du es immer noch kannst«, sagte sie.

»Was?«

»Meine Gedanken lesen. Irgendwie habe ich mir gewünscht, daß du es noch kannst.« Ihr breiter Mund zuckte befangen, und sie versuchte zu lächeln.

»Ich schätze, ich bin ein bißchen aus der Übung«, sagte ich. »Aber laß mir einen Augenblick Zeit.« Ich streckte die Hand aus und strich ihr das Haar aus dem Gesicht. Sie sah mich an, blickte aber an mir vorbei, zu schüchtern, um meinem Blick zu begegnen. Ein Ziegenmelker rief tief in den grünen Schatten.

»Schon gut, Baby«, sagte ich. »Wie weit bist du denn?«

Der Atem entfuhr ihr in einem tiefen Seufzer. Ihr Gesicht erschlaffte erleichtert.

»Zwei Monate.«

Jetzt sah sie mich direkt an, und wie schon so oft seit ihrer Ankunft spürte ich ein leises Erschrecken darüber, wie anders sie war. Früher wäre ihre Erleichterung die eines Kindes gewesen; sie hätte mir ihre Angst eingestanden, und damit wäre sie schon halb überstanden gewesen, weil sie wußte, daß ich mich schon irgendwie darum kümmern würde. Doch jetzt war es nur noch die Erleichterung darüber, ein unerträgliches Geheimnis mit mir zu teilen; sie erwartete nicht, daß ich die Dinge in Ordnung bringen würde. Das Wissen, daß ich gar nichts tun *konnte*, verhinderte in keiner Weise, daß ich ein irrationales Verlustgefühl empfand.

Sie drückte mir die Hand, wie um *mich* zu beruhigen, und setzte sich dann hin, den Rücken an einen Baumstamm gelehnt, die Beine vor ihr ausgestreckt, die langen Füße nackt.

»Hast du es schon gewußt?«

Ich setzte mich neben sie, weniger elegant.

»Ich schätze schon; aber ich wußte nicht, daß ich es wußte, falls das einen Sinn ergibt.« Als ich sie jetzt ansah, war es offensichtlich; ihre leichte Blässe und die winzigen Veränderungen ihrer Hautfarbe, ihr flüchtig nach innen gewandter Blick. Ich hatte es bemerkt, doch die Veränderungen ihrer ungewohnten Lage und der Anstrengung zugeschrieben – dem Ansturm der Gefühle über das Wiedersehen mit mir, der Begegnung mit Jamie, ihrer Sorge über Lizzies Krankheit, ihrer Sorge um Roger.

Ausgerechnet diese Sorge nahm plötzlich eine neue Dimension an.

»Oh, Gott. Roger!«

Sie nickte, bleich im gefilterten, gelben Schatten der Kastanienblätter über uns. Sie sah kränklich aus, und das war ja auch kein Wunder.

»Es sind schon fast zwei Monate. Er hätte längst hiersein müssen – es sei denn, es ist etwas passiert.«

Mein Verstand war mit Berechnungen beschäftigt.

»Zwei Monate, und jetzt ist es fast November.« Die Blätter lagen dick und weich unter uns, gelb und braun, frisch von den Hickorybäumen und Kastanien gefallen. Mir sank plötzlich das Herz. »Brianna – du mußt zurück.«

»Was?« Ihr Kopf fuhr auf. »Zurück wohin?«

»Zu den Steinen.« Ich gestikulierte aufgeregt mit der Hand. »Nach Schottland, und zwar sofort.«

Sie starrte mich an, die dichten Brauen zusammengezogen.

»*Jetzt?* Wozu?«

Ich holte tief Luft und spürte, wie in mir ein Dutzend Emotionen kollidierten. Sorge um Brianna, Angst um Roger, schreckliche Traurigkeit um Jamies willen, der sie so schnell wieder würde aufgeben müssen. Und um meinetwillen.

»Du kannst schwanger durchkommen. Soviel wissen wir, weil ich es mit dir auch geschafft habe. Aber, Schätzchen – du kannst kein Baby mitnehmen durch dieses… dieses… es geht nicht«, schloß ich hilflos. »Du weißt, wie es ist.« Es war drei Jahre her, seit ich durch die Steine gekommen war, doch ich erinnerte mich lebhaft daran.

Ihre Augen wurden schwarz, als das wenige restliche Blut ihr aus dem Gesicht wich.

»Du kannst kein Kind mitnehmen«, wiederholte ich, während ich versuchte, mich wieder unter Kontrolle zu bekommen, logisch zu denken. »Es wäre so, als würdest du mit dem Baby in den Armen von den Niagarafällen springen. Du mußt zurück, bevor es geboren ist, oder…« Ich brach ab und rechnete nach.

»Es ist fast November. Von Ende November bis März fährt kein Schiff. Und du kannst nicht bis März warten – das würde bedeuten, daß du im sechsten oder siebten Monat eine zweimonatige Atlantiküberfahrt machst. Und wenn du nicht auf dem Schiff entbinden würdest – was dich oder das Baby oder euch beide wahrscheinlich umbringen würde –, müßtest du immer noch die dreißig Meilen bis zu dem Kreis reiten, die Passage schaffen und dir auf der anderen Seite Hilfe suchen… Brianna, das geht nicht! Du mußt jetzt gehen, so schnell wir es arrangieren können.«

»Und wenn ich jetzt gehe – wie kann ich sichergehen, daß ich in der richtigen Zeit herauskomme?«

Sie sprach ruhig, doch ihre Finger kneteten den Stoff ihres Rockes.

»Du – meinst – na ja, *ich* habe es doch auch getan«, sagte ich, während meine ursprüngliche Panik langsam rationalen Gedanken wich.

»Du hattest Papa am anderen Ende.« Sie sah mich scharf an. »Ob du zu ihm gehen wolltest oder nicht, du hattest starke Empfindungen für ihn – er hätte dich angezogen. Oder mich. Aber er ist nicht mehr da.« Ihr Gesicht verkrampfte sich und entspannte sich dann wieder.

»Roger wußte – weiß –, wie«, verbesserte sie sich. »In Geillis Duncans Buch stand, daß man Edelsteine für die Passage benutzen kann – als Schutz und zur Navigation.«

»Aber das sind doch nur Vermutungen von Roger und von dir!« wandte ich ein. »Und von der verflixten Geillis Duncan! Vielleicht braucht man weder Edelsteine *noch* eine starke Bindung. In den alten Märchen sind es immer zweihundert Jahre, wenn jemand einen Feenhügel betritt und dann zurückkehrt. Wenn das das normale Muster ist, dann...«

»Würdest du das Risiko eingehen, herauszufinden, daß es das nicht ist? Und es stimmt nicht – Geillis Duncan ist *mehr* als zweihundert Jahre zurückgegangen.«

Erst jetzt kam mir der Gedanke, daß sie selbst schon über all dies nachgedacht hatte. Nichts von dem, was ich sagte, überraschte sie. Und das bedeutete, daß sie auch schon zu ihrem eigenen Schluß gekommen war – und dieser beinhaltete keine Schiffsreise zurück nach Schottland.

Ich rieb mir die Stelle zwischen den Augenbrauen und bemühte mich um dieselbe Ruhe, die sie selbst ausstrahlte. Die Erwähnung von Geillis' Namen hatte mir eine andere Erinnerung ins Gedächtnis gerufen – allerdings eine, die ich versucht hatte zu vergessen.

»Es gibt noch einen Weg«, sagte ich und rang um Ruhe. »Noch eine Passage, meine ich. Sie ist auf Haiti – jetzt nennt man es Hispaniola. Dort ist ein Steinkreis auf einem Hügel im Dschungel, doch der Spalt, die Passage, ist darunter in einer Höhle.«

Die Waldluft war kühl, doch es war nicht der Schatten, der mir eine Gänsehaut verursachte. Ich rieb mir die Unterarme und versuchte, die Kälte zu vertreiben. Ich hätte gern auch alle Erinnerungen an die Höhle von Abandawe vertrieben – ich hatte es versucht –, doch sie war kein Ort, den man einfach so vergaß.

»Du bist dagewesen?« Sie beugte sich gebannt vor.

»Ja. Es ist schrecklich dort. Aber die Westindischen Inseln sind viel näher als Schottland, und es fahren fast das ganze Jahr über Schiffe von Charleston nach Jamaika.« Ich holte tief Luft und fühlte mich schon etwas besser. »Der Weg durch den Dschungel wäre nicht einfach – aber dir bliebe etwas mehr Zeit – genug, damit wir Roger suchen können.« Wenn er noch zu finden war, dachte ich, sprach es aber nicht aus. Mit dieser Befürchtung konnten wir uns später befassen.

Eins der Kastanienblätter fiel Brianna kreiselnd in den Schoß, ein lebhafter Gelbton auf dem sanften Braun des handgesponnenen Stoffes. Sie nahm es in die Hand und strich die wachsartige Oberfläche geistesabwesend mit dem Daumen glatt. Sie sah mich mit gebannten, blauen Augen an.

»Funktioniert die Stelle genauso wie die andere?«

»Ich habe keine Ahnung, wie sie funktionieren! Es hat sich anders angehört, ein Glockenklang anstelle des Summens. Doch es war eindeutig eine Passage.«

»Du bist dagewesen«, sagte sie und sah mich unter gesenkten Lidern an. »Warum? Wolltest du zurückgehen? Nachdem du – ihn gefunden hattest?« Es lag immer noch ein leichtes Zögern in ihrer Stimme, sie konnte sich noch nicht ganz dazu durchringen, Jamie als »mein Vater« zu bezeichnen.

»Nein. Es hing mit Geillis Duncan zusammen. Sie hat die Stelle entdeckt.«

Briannas Augenlider flogen hoch.

»Sie ist *hier*?«

»Nein. Sie ist tot.«

Ich holte tief Luft und spürte in Gedanken den Aufprall eines Axthiebs, und ein Kribbeln durchlief meinen Arm. Manchmal dachte ich an sie, an Geillis, wenn ich allein im Wald war. Manchmal glaubte ich, ihre Stimme hinter mir zu hören, und drehte mich rasch um, sah aber nur Hemlockzweige, die im Wind rauschten. Doch dann und wann spürte ich ihren Blick auf mir, grün und leuchtend wie der Wald im Frühling.

»Wirklich tot«, sagte ich nachdrücklich und wechselte das Thema. »Wie ist es überhaupt passiert?«

Sie versuchte gar nicht erst, so zu tun, als wüßte sie nicht, wovon ich sprach. Sie sah mich geradeheraus an, eine Augenbraue hochgezogen.

»Du bist die Ärztin. Wieviele Möglichkeiten *gibt* es denn?«

Ich zahlte ihr den Blick mit Zinsen heim.

»Hast du denn nicht einmal daran gedacht, irgendwelche Vorsichtsmaßnahmen zu ergreifen?«

Sie sah mich wütend an, die dichten Augenbrauen zusammengezogen.

»Ich hatte nicht *vor*, hier Sex zu haben.«

Ich griff mir an den Kopf und vergrub entnervt die Finger in meiner Kopfhaut.

»Du meinst, so etwas *plant* man im voraus? Großer Gott, wie oft war ich bei dir in der Schule und habe euch darüber...«

»Dauernd! Jedes Jahr! Meine Mutter, das Sex-Lexikon! Hast du eigentlich eine Ahnung, wie peinlich es ist, wenn deine eigene Mutter vor aller Welt dasteht und *Penisse* zeichnet?«

Bei dieser Erinnerung nahm ihr Gesicht dieselbe Farbe an wie die scharlachroten Ahornbäume.

»Offensichtlich habe ich es nicht allzugut gemacht«, sagte ich schroff, »da du anscheinend nicht in der Lage warst, einen Penis zu erkennen, als du ihn vor der Nase hattest.«

Ihr Gesicht fuhr zu mir herum, blutunterlaufenen Auges, entspannte sich aber wieder, als sie sah, daß ich einen Witz machte – oder es versuchte.

»Stimmt«, sagte sie. »Na ja, in 3-D sehen sie anders aus.«

Ich lachte überrumpelt. Nach einem Augenblick des Zögerns fiel sie mit einem verhaltenen Kichern ein.

»Du weißt, was ich meine. Ich habe dir doch das Rezept dagelassen, bevor ich gegangen bin.«

Sie sah mich herablassend an.

»Ja, und ich war noch nie in meinem Leben so schockiert! Hast du wirklich geglaubt, ich würde loslaufen und es mit jedem hergelaufenen Kerl treiben, sobald du fort warst?«

»Willst du damit sagen, es war nur meine Anwesenheit, die dich daran gehindert hat?« Der Winkel ihres breiten Mundes zuckte.

»Na ja, nicht *nur*«, gab sie zu. »Aber es hat schon an dir gelegen, dir und Papa. Ich meine, ich – ich hätte euch nur ungern enttäuscht.«

Das Zucken war blitzschnell in Zittern übergegangen, und ich nahm sie fest in den Arm. Ihr glattes, leuchtendes Haar lag an meiner Wange.

»Das kannst du gar nicht, Baby«, murmelte ich und wiegte sie sanft. »Wir wären niemals von dir enttäuscht gewesen, niemals.«

Ich spürte die Spannung und Sorge verebben, während ich sie festhielt. Schließlich holte sie tief Luft und ließ mich los.

»Vielleicht nicht du oder oder Papa«, sagte sie. »Aber was ist mit –?« Sie senkte den Kopf in Richtung des Hauses, das für uns unsichtbar war.

»Er wird nicht –«, begann ich, doch dann hielt ich inne. Die Wahrheit war, daß ich nicht wußte, *was* Jamie tun würde. Einerseits neigte er sehr dazu, Brianna unübertrefflich zu finden. Andererseits hatte er Ansichten über Sexualität und Ehre, die man – aus naheliegenden Gründen – nur als altmodisch bezeichnen konnte, und er hatte keine Hemmungen, sie auszudrücken.

Er war weltgewandt, gebildet, tolerant und mitfühlend. Dies bedeutete in keinster Art und Weise, daß er moderne Denkweisen teilte oder verstand; ich wußte genau, daß er das nicht tat. Und ich konnte mir nicht vorstellen, daß er Roger gegenüber auch nur die geringste Toleranz an den Tag legen würde.

»Tja«, sagte ich skeptisch, »ich würde mich nicht wundern, wenn er Roger am liebsten eins auf die Nase geben würde oder so etwas. Aber mach dir keine Sorgen«, fügte ich hinzu, als ich ihren alarmierten Blick sah. »Er liebt dich«, sagte ich und strich ihr das zerzauste Haar aus dem Gesicht. »Und nichts kann ihn davon abbringen.«

Ich stand auf und streifte mir die gelben Blätter von meinem Rock.

»Also haben wir noch etwas Zeit, wenn wir auch keine verlieren dürfen. Jamie kann flußabwärts die Nachricht verbreiten, daß man nach Roger Ausschau hält. Wo wir von Roger reden...« Ich zögerte und zupfte mir ein Stückchen vertrockneten Farn vom Ärmel. »Ich nehme nicht an, daß er davon weiß, oder?«

Brianna holte tief Luft, und ihre Faust schloß sich fest um das Blatt in ihrer Hand und zerdrückte es.

»Na ja, weißt du, es gibt da ein Problem«, sagte sie. Sie blickte zu mir auf, und plötzlich war sie wieder mein kleines Mädchen. »Es ist nicht von Roger.«

»Was?« sagte ich wie vor den Kopf geschlagen.

»Es. Ist. Nicht. Rogers. Baby«, sagte sie mit zusammengebissenen Zähnen.

Ich sank wieder neben ihr zu Boden. Ihre Sorge um Roger nahm plötzlich neue Dimensionen an.

»Wer?« sagte ich. »Hier oder dort?« Ich rechnete es augenblicklich nach – es mußte jemand hier in der Vergangenheit sein. Wäre es ein Mann in ihrer eigenen Zeit gewesen, dann wäre sie schon weiter als zwei Monate. Also nicht nur in der Vergangenheit, sondern auch hier in den Kolonien.

Ich hatte nicht vor, Sex zu haben, hatte sie gesagt. Nein, natürlich nicht. Sie hatte Roger nichts gesagt, aus Angst, daß er ihr folgen würde – er war ihr Anker, ihr Schlüssel zur Zukunft. Aber wenn das so war...

»Hier«, sagte sie und bestätigte meine Überlegungen. Sie wühlte in ihrer Rocktasche und brachte etwas zum Vorschein. Sie streckte mir die Hand hin und ich hielt ihr automatisch die meine hin.

»Himmelherrgottsakrament.« Der abgetragene, goldene Ehering glitzerte in der Sonne, und meine Hand umschloß ihn automatisch. Er war warm, weil sie ihn an ihrem Körper getragen hatte, doch ich spürte, wie mir Eiseskälte in die Finger sickerte.

»Bonnet?« sagte ich. »Stephen *Bonnet*?«

Ihre Kehle bewegte sich krampfhaft. Sie schluckte, und ihr Kopf ruckte in einem kurzen Nicken.

»Ich hatte nicht vor, es dir zu erzählen – ich konnte es nicht; nicht, nachdem Ian mir erzählt hat, was auf dem Fluß passiert ist. Zuerst wußte ich nicht, was Pa tun würde; ich hatte Angst, er würde mir Vorwürfe machen. Und dann, als ich ihn etwas besser kannte – da wußte ich, daß er versuchen würde, Bonnet zu finden – das ist es jedenfalls, was Papa getan hätte. Das konnte ich nicht zulassen. Du bist dem Mann doch begegnet, du weißt, wie er ist.« Sie saß in der Sonne, doch ein Schauer überlief sie, und sie rieb sich die Arme, als wäre ihr kalt.

»Das stimmt«, sagte ich. Meine Lippen waren steif. Ihre Worte hallten in meinen Ohren wider.

Ich hatte nicht vor, Sex zu haben. Ich konnte es nicht sagen... Ich hatte Angst, er würde mir Vorwürfe machen.

»Was hat er mit dir gemacht?« fragte ich und war überrascht über den ruhigen Klang meiner Stimme. »Hat er dir weh getan, Baby?«

Sie zog eine Grimasse, winkelte die Knie an und preßte sie mit den Armen an sich.

»Nenn mich nicht so, okay? Nicht jetzt.«

Ich streckte die Hand aus, um sie zu berühren, doch sie kuschelte sich noch fester in sich selbst, und ich ließ meine Hand sinken.

»Willst du es mir erzählen?« Ich wollte es nicht hören; auch ich hätte gern so getan, als wäre es nicht geschehen.

Sie sah mich an, die Lippen zu einer geraden, weißen Linie zusammengepreßt.

»Nein«, sagte sie. »Nein, das will ich nicht. Aber ich denke, ich tue es besser.«

Sie war am hellichten Tag an Bord der *Gloriana* gekommen, vorsichtig, aber ohne sich bedroht zu fühlen, weil so viele Leute da waren; Hafenarbeiter, Matrosen, Kaufleute, Bedienstete – die Docks wimmelten vor Leben. An Deck hatte sie einem Seemann gesagt, was sie wollte; er war in den Tiefen des Schiffes verschwunden, und einen Augenblick später war Stephen Bonnet erschienen.

Er trug dieselben Kleider wie in der vorigen Nacht; bei Tageslicht konnte sie sehen, daß sie von guter Qualität waren, aber fleckig und furchtbar zerknittert. Ihm war fettiges Kerzenwachs auf die Seidenmanschette seines Rockes getropft, und in seinem Spitzenkragen hingen Krümel.

Bonnet selbst sah weniger heruntergekommen aus als seine Kleider; er war frisch rasiert, und seine grünen Augen waren hell und wachsam. Sie überflogen sie rasch und leuchteten interessiert auf.

»Ich fand dich ja bei Kerzenlicht schon ganz hübsch«, sagte er, indem er ihre Hand ergriff und sie an seine Lippen hob. »Aber wenn der Alkohol fließt, kommt es einem oft so vor. Es ist sehr viel seltener, daß man eine Frau in der Sonne hübscher findet als sie im Mondschein war.«

Brianna versuchte, ihre Hand aus seinem Griff zu ziehen, und lächelte ihn höflich an.

»Danke. Habt Ihr den Ring noch?« Das Herz schlug ihr schnell im Hals. Selbst wenn er ihn beim Glücksspiel verloren hatte, konnte er ihr immer noch von dem Ring erzählen – von ihrer Mutter. Aber sie hätte ihn furchtbar gern in ihren Händen gehalten. Sie unterdrückte die Furcht, die sie die ganze Nacht über heimgesucht hatte; daß der Ring alles sein könnte, was von ihrer Mutter geblieben war. Es konnte nicht sein, nicht, wenn der Zeitungsausschnitt stimmte, aber...

»Oh, in der Tat. Danu, die Glücksbringerin, hat mir in jener Nacht zur Seite gestanden – und wie es aussieht, tut sie das immer noch.« Er lächelte sie charmant an und hielt nach wie vor ihre Hand fest.

»Ich – äh, ich frage mich, ob Ihr ihn mir verkaufen würdet.« Sie hatte fast ihr ganzes Geld dabei, doch sie hatte keine Ahnung, was so ein Goldring kosten konnte.

»Warum?« Die direkte Frage überrumpelte sie, und sie suchte angestrengt nach einer Antwort.

»Er – er sieht aus wie ein Ring, den meine Mutter hatte«, antwortete sie, denn sie war nicht in der Lage, eine bessere Antwort als die Wahrheit zu erfinden. »Woher habt Ihr ihn?«

Irgend etwas regte sich in seinen Augen, obwohl er sie immer noch anlächelte. Er wies auf die dunkle Kajütentreppe und steckte ihre Hand in seine Ellenbeuge. Er war größer als sie, ein kräftiger Mann. Sie zog vorsichtig, doch er hielt ihre Hand fest.

»Du willst also den Ring? Komm in meine Kajüte, Schätzchen, und dann sehen wir, ob wir uns einig werden können.«

Unten goß er ihr Brandy ein; sie nahm nur ein winziges Schlückchen, doch er trank in vollen Zügen, leerte das erste Glas und goß sich ein neues ein.

»Woher?« sagte er sorglos als Antwort auf ihr hartnäckiges Fragen. »Ah, nun, ein Herr sollte keine Geschichten über seine Eroberungen erzählen, oder?« Er blinzelte ihr zu. »Ein Liebespfand«, flüsterte er.

Das Lächeln in ihrem eigenen Gesicht fühlte sich steif an, und der Brandy, den sie getrunken hatte, brannte ihr im Magen.

»Die Frau, die – ihn Euch gegeben hat«, sagte sie. »Ist sie bei guter Gesundheit?«

Er gaffte sie mit leicht geöffnetem Mund an.

»Glück«, sagte sie hastig. »Es bringt Unglück, wenn man Schmuck trägt, der jemandem gehört, der – der tot ist.«

»Ist das so?« Das Lächeln kehrte zurück. »Ich kann nicht behaupten, daß mir diese Wirkung schon aufgefallen wäre.« Er stellte das Glas hin und rülpste entspannt.

»Trotzdem kann ich Euch versichern, daß die Dame, von der ich diesen Ring habe, lebendig und gesund war, als ich sie verlassen habe.«

Das Brandgefühl in ihrem Magen ließ etwas nach.

»Oh. Ich bin froh, das zu hören. Verkauft Ihr ihn mir also?«

Er schaukelte mit seinem Stuhl rückwärts und betrachtete sie, ein leises Lächeln auf den Lippen.

»Verkaufen. Und was bietest du mir dafür, Schätzchen?«

»Fünfzehn Pfund Sterling.« Ihr Herz begann wieder schneller zu schlagen, als er aufstand. Er würde darauf eingehen! Wo hatte er ihn aufbewahrt?

Er stand auf, nahm ihre Hand und zog sie von ihrem Stuhl hoch.

»Ich habe genug Geld, Schätzchen«, sagte er. »Welche Farbe hat das Haar zwischen deinen Beinen?«

Sie entriß ihm ihre Hand und wich so schnell wie möglich zurück, prallte aber nach ein paar Schritten gegen die Kajütenwand.

»Ihr habt mich mißverstanden«, sagte sie. »Ich hatte nicht vor...«

»Du vielleicht nicht«, sagte er, und sie sah seine Zahnspitzen, als er lächelte. »Aber ich. Und ich glaube, du hast *mich* vielleicht mißverstanden, Schätzchen.«

Er trat einen Schritt auf sie zu. Sie schnappte sich die Brandyflasche vom Tisch und schwang sie gegen seinen Kopf. Er duckte sich geschickt, nahm ihr die Flasche weg und schlug sie fest ins Gesicht.

Sie stolperte, halb geblendet durch den plötzlichen Schmerz. Er packte sie bei den Schultern und zwang sie auf die Knie. Seine Finger gruben sich in ihr Haar, bis auf die Kopfhaut, und rissen fest an ihrem Kopf. Er hielt ihren Kopf schräg, in einem unangenehmen Winkel, während er mit der anderen Hand an der Vorderseite seiner Kniehose herumfummelte. Er grunzte vor Genugtuung, kam einen halben Schritt näher und streckte seine Hüften vor.

»Darf ich vorstellen: Leroi«, sagte er.

Leroi war sowohl unbeschnitten als auch ungewaschen und roch kräftig nach abgestandenem Urin. Sie spürte einen Brechreiz in ihrer Kehle hochsteigen und versuchte, den Kopf abzuwenden. Die Antwort darauf war ein brutaler Ruck an ihrem Haar, der sie zurückstieß. Sie unterdrückte einen Schmerzensschrei.

»Streck deine kleine rote Zunge heraus und gib uns einen Kuß, Schätzchen.« Bonnet klang fröhlich und ungerührt und hatte ihr Haar nach wie vor fest gepackt. Sie streckte ihm in wortlosem Protest die Hände entgegen; er sah es und zog noch fester, womit er ihr die Tränen in die Augen trieb. Sie streckte die Zunge heraus.

»Nicht schlecht, nicht schlecht«, sagte er gemächlich. »In Ordnung, mach den Mund auf.« Er ließ ganz plötzlich ihr Haar los und ihr Kopf knickte nach hinten. Bevor sie zurückfahren konnte, hatte er sie am Ohr gepackt und verdrehte es leicht.

»Beiß mich, Schätzchen, und ich schlag dir die Nase zu Brei. Häh?« Er strich mit der geballten Faust leicht unter ihrer Nase vorbei und stieß mit seinem dicken Knöchel an ihre Spitze. Dann ergriff er ihr anderes Ohr fest und hielt ihren Kopf unbeweglich zwischen seinen großen Händen.

Sie konzentrierte sich auf den Blutgeschmack auf ihrer aufgeplatzten Lippe; den Geschmack und den Schmerz. Wenn sie die Augen schloß, konnte sie den Geschmack sehen, Salz und Metall, poliertes Kupfer, das rein in der Dunkelheit vor ihren Augen glänzte.

Wenn sie sich übergab, würde sie sich verschlucken. Sie würde sich verschlucken, und er würde es nicht bemerken. Sie würde ersticken und sterben, ohne daß er innehielt. Sie legte ihre Hände auf seine Oberschenkel, um sich abzustützen, und grub ihre Finger in seine festen Muskeln. Sie wich mit aller Kraft zurück, um seinem Ansturm zu widerstehen. Er summte tief in seiner Kehle. *From Ushant to Scilly is thirty-five leagues.* Drahtige Haare streiften ihre Lippen.

Dann war Leroi fort. Er ließ ihre Ohren los und trat zurück; sie geriet aus dem Gleichgewicht und fiel nach vorn. Blutrote Speichelfäden liefen ihr aus dem Mund. Sie hustete und spuckte, und spuckte erneut, um ihren Mund von der Fäulnis zu befreien. Ihre Lippen waren geschwollen und pochten im Takt mit ihrem Herzschlag.

Er zog sie mühelos hoch, die Hände unter ihren Armen, und küßte sie. Seine Zunge stieß vor, während eine Hand ihren Hinterkopf umfaßt hielt, um sie am Zurückweichen zu hindern. Er schmeckte überwältigend nach Brandy mit einem ekelhaften Beigeschmack nach verrottenden Zähnen. Die andere Hand an ihrer Taille tastete sich langsam abwärts und knetete ihre Pobacken.

»Mmm«, sagte er und seufzte erfreut. »Zeit fürs Bett, was, Schätzchen?«

Sie senkte ihren Kopf und rammte ihn in sein Gesicht. Ihre Stirn prallte auf einen harten Knochen, und er gab einen scharfen Überraschungsruf von sich und lockerte seinen Griff. Sie wand sich los und rannte weg. Ihr wehender Rock verfing sich im Türschloß und riß, doch sie achtete nicht darauf, während sie auf die dunkle Kajütentreppe zustürzte.

Die Matrosen waren beim Essen; zwanzig Männer saßen an einem langen Tisch am Ende der Kajütstreppe, zwanzig Gesichter wandten sich ihr mit Ausdrücken zu, die von Erschrecken bis hin zu laszivem Interesse reichten. Es war der Koch, der sie zu Fall brachte, indem er ihr ein Bein stellte, als sie an der Kombüse vorbeischoß. Ihre Knie trafen mit betäubender Gewalt auf das Deck.

»Du magst wohl Spiele, was, Schätzchen?« Es war Bonnets Stimme in ihrem Ohr, jovial wie eh und je, während ein Paar Hände sie mit verstörender Leichtigkeit hochzog. Er wirbelte sie zu sich herum und lächelte. Sie hatte seine Nase getroffen; ein dickes Blutrinnsal lief ihm aus dem einen Nasenloch. Es lief ihm über die Oberlippe und folgte den Kerben seines Lächelns. Dünne rote Linien bildeten sich zwischen seinen Zähnen, und dunkle Tropfen liefen ihm langsam vom Kinn.

Er umklammerte ihre Arme fester, doch das fröhliche Glitzern in seinen hellgrünen Augen war nicht erloschen.

»Das ist schon in Ordnung, Schätzchen«, sagte er. »Leroi mag Spiele. Nicht wahr, Leroi?« Er blickte nach unten, und sie folgte seiner Blickrichtung. Er hatte seine Hosen in der Kajüte ausgezogen und stand halbnackt da, während Leroi ihre Röcke streifte und angeregt zitterte.

Er nahm sie beim Ellbogen, verbeugte sich ritterlich und wies auf die Kajüte. Betäubt trat sie auf ihn zu, und er nahm seinen Platz an ihrer Seite ein, Arm in Arm, und entblößte völlig ungerührt seine weißen Pobacken vor den Blicken seiner gaffenden Mannschaft.

»Danach... war es nicht mehr so schlimm.« Der Klang ihrer eigenen Stimme war unnatürlich ruhig, als gehörte sie jemand anderem. »Ich habe – habe mich nicht mehr gewehrt.«

Er hatte sich nicht die Mühe gemacht, sie sich ausziehen zu lassen, sondern ihr nur das Halstuch abgenommen. Ihr Kleid war nach dem üblichen Schnitt mit einem tiefen, quadratischen Ausschnitt gemacht, und ihre Brüste waren hoch und rund; es bedurfte nur eines beiläufigen Rucks nach unten, um sie zu entblößen, sie wie ein Paar Äpfel über den Rand des Mieders springen zu lassen.

Er traktierte sie einen Moment lang und klemmte ihre Brustwarzen zwischen seinen großen Daumen und den Zeigefinger, damit sie sich aufrichteten, dann schob er sie zu seinem zerwühlten Bett.

Die Laken waren mit vergossenem Alkohol befleckt und stanken nach Parfüm und Wein sowie überwältigend nach Bonnets eigenem widerlichen, schweren Geruch. Er schob ihren Rock hoch, lagerte ihre Beine so, wie es ihm paßte, und summte dabei ununterbrochen vor sich hin. *Farewell to you all, ye fine Spanish ladies...*

Vor ihrem inneren Auge konnte sie sehen, wie sie ihn wegstieß, sich vom Bett warf, zur Tür rannte, leicht wie eine Möwe die dunkle Kajütstreppe entlanghuschte und durch das Gitter im Deck hinauf in die Freiheit durchbrach. Sie konnte die hölzernen Planken unter ihren nackten Füßen spüren und das Brennen der heißen Sommersonne in ihren vom Dunkel geblendeten Augen. Beinahe. Sie lag in der halbdunklen Kajüte, hölzern wie eine Galionsfigur, den Blutgeschmack im Mund.

Zwischen ihren Oberschenkeln bohrte sich etwas blind und unnachgiebig voran, und sie verkrampfte sich in Panik und schlug die Beine übereinander. Immer noch summend, stieß er sein muskulöses Bein zwischen die ihren und drückte ihr brutal die Oberschenkel auseinander. Von der Taille an abwärts war er nackt, doch er trug sein Hemd und seine Halsbinde. Die langen Hemdschöße baumelten um Lerois blassen Stiel, als er sich über ihr auf die Knie herabließ.

Er hörte lange genug mit dem Summen auf, um sich ausgiebig in die Hand zu spucken. Dann ebnete er sich unter grobem, gründlichem Reiben den Weg und machte sich ans Werk. Eine Hand fest um ihre Brust geklammert, verhalf er sich mit der anderen in eine Nische, aus der es kein Entrinnen gab, machte eine joviale Bemerkung über die Behaglichkeit seiner Unterkunft und entließ Leroi dann zu seinem blinden – und glücklicherweise kurzen – Freudengalopp.

Zwei Minuten, vielleicht drei. Dann war es vorbei, und Bonnet lag schwer zusammengesunken über ihr, seine leinene Halsbinde vom Schweiß zerknittert, während seine Hand ihr immer noch die Brust zerquetschte. Sein glattes Haar fiel ihr weich auf die Wange, und beim Ausatmen pustete er ihr heiß und feucht gegen den Hals. Immerhin hatte er aufgehört zu summen.

Sie lag endlose, lange Minuten stocksteif da und starrte zur Decke hinauf, wo Spiegelungen des Wassers über die glatten Balken tanzten. Schließlich seufzte er und rollte sich langsam von ihr herunter auf die Seite. Er lächelte sie an und kratzte sich verträumt an der entblößten, haarigen Hüfte.

»Nicht schlecht, Schätzchen, obwohl ich's schon lebhafter getrieben habe. Beweg beim nächsten Mal mehr deinen Arsch, hm?« Er setzte sich hin, gähnte und begann, seine Kleider glattzuziehen. In der Gewißheit, daß er nicht vorhatte, sie aufzuhalten, rutschte sie jetzt zur Bettkante und rollte sich auf ihre Füße. Sie fühlte sich schwindelig und furchtbar kurzatmig, als ob sein massiger Körper immer noch auf sie drückte.

Benommen ging sie zur Tür. Sie war verriegelt. Während sie mit zitternden Händen mit dem Riegel kämpfte, hörte sie ihn hinter sich etwas sagen und fuhr erstaunt herum.

»*Was* habt Ihr gesagt?«

»Ich habe gesagt, der Ring liegt auf dem Tisch«, sagte er und richtete sich auf, nachdem er seine Strümpfe wiedergefunden hatte. Er setzte sich auf das Bett, fing an, sie anzuziehen, und wies mit einer beiläufigen Handbewegung auf den Tisch, der an der Wand stand. »Da liegt auch Geld. Nimm dir, was du willst.«

Die Oberfläche seines Schreibtisches glich einem Elsternnest, übersät mit Tintenfäßchen, Kleinkram, Schmuckstücken, Verladequittungen, zerzausten Gänsekielen, Silberknöpfen, Papierfetzen, zerknitterten Kleidungsstücken und einem Häufchen Münzen aus Silber und Bronze, Kupfer und Gold, Währungen aus mehreren Kolonien, mehreren Ländern.

»Ihr bietet mir *Geld* an?«

Er blickte verwundert auf, die hellen Brauen gewölbt.

»Ich bezahle für mein Vergnügen«, sagte er. »Hast du gedacht, das würde ich nicht?«

Alles in der Kajüte kam ihr unnatürlich lebhaft vor, detailliert und ausgeprägt wie Gegenstände in einem Traum, die beim Aufwachen verschwinden würden.

»Ich habe gar nichts gedacht«, sagte sie, und ihre Stimme klang sehr klar, aber auch sehr weit weg, als spräche jemand aus weiter Ferne. Ihr Halstuch lag noch dort auf dem Boden, wo er es hingelegt hatte, neben dem Tisch. Sie ging dorthin, vorsichtig, und versuchte, nicht an die warme Schlüpfrigkeit zu denken, die ihr in Schlieren an den Oberschenkeln herunterlief.

»Ich bin ein ehrlicher Mann – für einen Piraten«, sagte er hinter ihr und lachte. Er stampfte einmal auf dem Deck auf, um seinen Fuß richtig in den Schuh zu bekommen, dann strich er an ihr vorbei und hob den Riegel ganz leicht mit einer Hand.

»Bediene dich, Schätzchen«, sagte er im Hinausgehen mit einer weiteren beiläufigen Handbewegung in Richtung des Tisches. »Es war's wert.«

Sie hörte, wie sich seine Schritte auf der Kajütstreppe entfernten, hörte eine Lachsalve und eine gedämpfte Bemerkung, als ihm jemand entgegenkam, dann eine Veränderung in seiner Stimme, plötzlich klar und harsch, während sie oben Befehle erteilte, und das Trampeln und Trappeln der Füße über ihr, die sich beeilten, ihnen Folge zu leisten. Wieder ans Werk.

Er lag in einer Schale aus Rinderhorn zusammen mit einer Sammlung von Beinknöpfen, Fäden und anderem Kleinkram. Das paßte zu ihm, dachte sie mit kalter Klarheit. Die reine Raffgier, eine rücksichtslose und brutale Freude am Nehmen, ohne daß er die geringste Ahnung vom Wert des Gestohlenen hatte.

Ihre Hand zitterte; sie sah es mit einem vagen Gefühl der Überraschung. Sie versuchte, sich den Ring zu nehmen, schaffte es nicht und gab auf. Sie hob die Schale hoch und entleerte ihren Inhalt in ihre Tasche. Sie ging die dunkle Kajüttreppe entlang, die Faust fest um die Tasche geballt, die sie wie einen Talisman festhielt. Überall um sie herum waren Seeleute, die zu sehr mit ihrer Arbeit beschäftigt waren, um mehr als einen Blick voll anzüglicher Spekulation für sie übrig zu haben. Ihre Schuhe standen am Ende des Tisches in der Messe, die Schleifen standen ab, durch einen Lichtstrahl von der Decke erleuchtet.

Sie zog sie an und ging ebenmäßigen Schrittes die Leiter hinauf, über Deck und Fallreep und auf das Dock. Den Blutgeschmack im Mund.

»Anfangs habe ich gedacht, ich könnte einfach so tun, als wäre es nie geschehen.« Sie holte tief Luft und sah mich an. Sie hatte die Hände über ihrem Bauch gefaltet, als wollte sie ihn verstecken. »Aber ich schätze, das wird nicht funktionieren, oder?«

Ich schwieg einen Augenblick und dachte nach. Dies war nicht der Zeitpunkt für falsche Zurückhaltung.

»Wann?« sagte ich. »Wie lange nach... äh, nach Roger?«

»Zwei Tage.«

Meine Augenbrauen hoben sich.

»Warum bist du dir dann so sicher, daß es nicht von Roger ist? Du hast offensichtlich nicht die Pille genommen, und ich verwette mein Leben, daß Roger nicht das benutzt hat, was heutzutage als Kondom durchgeht.«

Sie lächelte schwach darüber, und ihre Wangen erröteten leicht.

»Nein. Er... hm... er... äh...«

»Oh. Koitus interruptus?«

Sie nickte.

Ich holte tief Luft und atmete durch gespitzte Lippen wieder aus.

»Es gibt ein Wort«, sagte ich, »für Leute, die sich auf diese Methode der Verhütung verlassen.«

»Und zwar?« fragte sie mit argwöhnischem Gesicht.

»Eltern«, sagte ich.

46

Kommt ein Fremder

Roger beugte den Kopf vor und trank aus seinen Händen. Glückssache, dieses grüne Aufblitzen, auf das das Sonnenlicht, das durch die Bäume fiel, ihn mit der Nase gestoßen hatte. Sonst hätte er die Quelle nie gesehen, dazu war sie zu weit vom Weg entfernt.

Aus einer Felsspalte rieselte ein klares Rinnsal, das ihm Hände und Gesicht kühlte. Der Fels selbst war glatt und schwärzlichgrün, der Boden ringsum sumpfig, von Baumwurzeln zerwühlt und mit einem Pelz aus Moos überzogen, das smaragdgrün leuchtend auf dem flüchtigen Sonnenflecken wuchs.

Das Bewußtsein, daß er Brianna bald sehen würde – womöglich innerhalb der nächsten Stunde – dämpfte seinen Ärger genauso wirksam, wie das kühle Wasser der Trockenheit in seiner Kehle abhalf. Wenn er sich schon das Pferd stehlen lassen mußte, so war es doch ein Trost, daß er seinem Ziel nah genug gewesen war, um es zu Fuß zu erreichen.

Das Pferd selbst war ein uralter Klepper gewesen, den zu stehlen sich kaum lohnte. Immerhin hatte er soviel Verstand gehabt, seine Wertgegenstände bei sich zu tragen und sie nicht in den Satteltaschen aufzubewahren. Er schlug sich mit der Hand an die Seitennaht seiner Kniehosen, beruhigt, die kleine, harte Verdickung an seinen Oberschenkel geschmiegt zu fühlen.

Außer dem Pferd selbst hatte er nur eine Pistole verloren – fast genauso alt wie das Pferd und nicht halb so verläßlich –, etwas zu essen und eine lederne Wasserflasche. Der Verlust der Flasche hatte ihm während der letzten paar Meilen seines heißen, staubigen Weges Kummer bereitet, doch jetzt war auch diese kleine Unannehmlichkeit ausgebügelt.

Seine Füße sanken in den feuchten Boden ein, als er aufstand, und hinterließen dunkle Streifen im smaragdfarbenen Moos. Er trat zurück und wischte sich auf dem Teppich aus trockenen Blättern und verkrusteten Nadeln den Schmutz von den Schuhen. Dann entstaubte er seine Rockschöße, so gut er konnte, und rückte sich die schmutzige Halsbinde zurecht. Seine Knöchel kratzten über die Stoppeln auf seinem Kinn; seine Rasierklinge war in der Satteltasche gewesen.

Er sah wie ein rechter Schurke aus, dachte er reuevoll. Nicht die feine Art, seinen Schwiegereltern gegenüberzutreten. Doch in Wahrheit kümmerte es ihn nicht besonders, was Claire und Jamie Fraser von ihm halten würden. Seine Gedanken galten nur Brianna.

Jetzt hatte sie ihre Eltern gefunden; er konnte nur hoffen, daß das Wiedersehen so zu ihrer Zufriedenheit ausgefallen war, daß sie geneigt war, ihm seinen Verrat zu verzeihen. Himmel, war er dumm gewesen!

Er ging zum Weg zurück, und seine Füße sanken in der weichen Laubschicht ein. Dumm, ihre Sturheit zu unterschätzen, dumm, nicht ehrlich gewesen zu sein, verbesserte er. Dumm, sie zur Geheimniskrämerei getrieben zu haben. Zu versuchen, sie in der Zukunft in Sicherheit zu behalten – nein, das war überhaupt nicht dumm gewesen, dachte er und zog eine Grimasse angesichts der Dinge, die er in den letzten Monaten gesehen und gehört hatte.

Er schob den herabhängenden Ast einer Weihrauchkiefer zur Seite und duckte sich dann mit einem Ausruf des Erschreckens, als etwas Schwarzes an seinem Kopf vorbeischoß.

Ein heiseres *Kraak!* verkündete, daß der Angreifer ein Rabe war. Ähnliche Rufe teilten ihm mit, daß sich auf den umliegenden Bäumen Verstärkung eingefunden hatte, und Sekunden später sauste das nächste schwarze Geschoß nur ein paar Zentimeter an seinem Ohr vorbei.

»Hey, verpiß dich!« rief er aus, während er sich vor der nächsten Fliegerbombe duckte. Er befand sich offensichtlich in der Nähe eines Nestes, und das gefiel den Raben überhaupt nicht.

Der erste Rabe schwebte zum nächsten Versuch heran. Diesmal hieb er ihm den Hut zu Boden. Dieser Gruppenangriff machte ihn nervös, da der spürbare Haß in keinerlei Verhältnis zu der Größe seiner Gegner stand. Der nächste kam angeflogen, näherte sich im Tiefflug und verpaßte Roger einen kräftigen Schlag, indem er mit seinen Krallen an seiner Rockschulter riß. Roger hob seinen Hut auf und ergriff die Flucht.

Hundert Meter weiter verlangsamte er zum Schritttempo und sah sich um. Die Vögel waren nicht zu sehen; also hatte er ihren Nistplatz hinter sich gelassen.

»Und wo ist Alfred Hitchcock, wenn man ihn braucht?« brummte er vor sich hin und versuchte, das Gefühl der Gefahr abzuschütteln.

Seine Stimme wurde augenblicklich durch die dichte Vegetation gedämpft; es war, als spräche man in ein Kissen. Er atmete schwer, und sein Gesicht fühlte sich erhitzt an. Auf einmal schien es im Wald ganz still zu sein. Mit dem Ende des Rabengeschreis schienen auch alle anderen Vögel verstummt zu sein. Es war kein Wunder, daß die alten Schotten Raben für Unglücksbringer hielten; wenn er noch sehr lange hierblieb, dann würden all die alten Bräuche, die bislang nicht mehr als Merkwürdigkeiten für ihn gewesen waren, in seinen Gedanken fröhliche Urständ feiern.

So gefährlich, schmutzig und unbequem es auch war, er mußte sich eingestehen, daß es ihn faszinierte, hier zu sein – Dinge am eigenen Leib zu erfahren, von denen er gelesen hatte, zu sehen, wie Gegenstände, die er aus dem Museum kannte, beiläufig im Alltag benutzt wurden. Wäre Brianna nicht gewesen, würde er das Abenteuer möglicherweise nicht bedauern, trotz Stephen Bonnet und der Dinge, deren Zeuge er an Bord der *Gloriana* geworden war.

Seine Hand fuhr erneut an seinen Oberschenkel. Er hatte mehr Glück gehabt, als er zu hoffen gewagt hatte; Bonnet hatte nicht nur einen Edelstein gehabt, sondern zwei. Würden sie wirklich funktionieren? Er duckte sich erneut und mußte mehrere Schritte in gebückter Haltung gehen, bevor die Äste wieder zurückwichen. Kaum zu glauben, daß Menschen hier oben wohnten, doch irgend jemand hatte diesen Pfad angelegt, und er mußte irgendwo hinführen.

»Ihr könnt es nicht verfehlen«, hatte das Mädchen in der Mühle ihm versichert, und er konnte sehen, warum. Man konnte nirgendwo anders hin.

Er beschattete seine Augen und blickte den Weg hinauf, doch die herabhängenden Äste der Kiefern und Ahornbäume verbargen alles und bildeten nur einen schattigen, mysteriösen Tunnel, der durch die Bäume führte. Unmöglich zu sagen, wie weit es bis zur Spitze des Bergkammes war.

»Das schafft Ihr leicht bis Sonnenuntergang«, hatte das Mädchen gesagt, und jetzt war es weit nach Mittag. Doch da hatte er noch ein Pferd gehabt. Da er nicht im Dunkeln auf dem Berg festsitzen wollte, legte er an Tempo zu und suchte vor sich nach dem Sonnenlicht, das ihm den offenen Bergkamm am Ende des Pfades anzeigen würde.

Beim Gehen wanderten ihm seine Gedanken unaufhaltsam voraus, von Spekulationen beflügelt.

Wie war es verlaufen, Briannas Zusammentreffen mit ihren Eltern? Welchen Eindruck hatte Jamie Fraser auf sie gemacht? War er der Mann, den sie sich während des vergangenen Jahres vorgestellt hatte, oder nur ein blasses Spiegelbild der Vorstellung, die sie sich anhand der Geschichten ihrer Mutter gemacht hatte?

Immerhin hatte sie einen Vater, den sie kennenlernen konnte, dachte er mit einem merkwürdigen kleinen Stich bei dem Gedanken an die Mittsommernacht und den Lichtblitz in der Passage durch die Steine.

Da war es! Der dichte, grüne Schatten vor ihm lichtete sich; hellte sich auf, als züngelndes Sonnenlicht das Herbstlaub orange und gelb aufflammen ließ.

Die Sonne blendete ihn einen Augenblick lang, als er aus dem grünen Tunnel trat. Er blinzelte einmal und sah, daß er sich nicht auf dem Kamm befand, wie er erwartet hatte, sondern auf einer kleinen, natürlichen Lichtung, die mit scharlachroten Ahornbäumen und gelben Krüppeleichen umstanden war. Sie war mit Sonnenlicht gefüllt wie eine Schale, und dahinter dehnte sich der dunkle Wald in alle Richtungen aus.

Als er sich umdrehte, um herauszufinden, wo sich der Weg fortsetzte, hörte er ein Pferd wiehern und wirbelte herum – um sein eigenes, betagtes Reittier zu erblicken, das mit dem Kopf schlug, um gegen den Zug des Zügels anzukämpfen, der am Rand der Lichtung an einen Baum gebunden war.

»Also, ich faß' es nicht!« rief er erstaunt aus. »Wie zum Teufel bist du denn hier heraufgekommen?«

»Genauso wie Ihr«, antwortete ihm eine Stimme. Ein hochgewachsener, junger Mann trat neben dem Pferd aus dem Wald, blieb stehen und zielte mit einer Pistole auf Roger; seiner eigenen, wie er ebenso entrüstet wie besorgt feststellte. Er holte tief Luft und würgte seine Angst hinunter.

»Ihr habt mein Pferd und mein Schießeisen«, sagte Roger kühl. »Was wollt Ihr sonst noch? Meinen Hut?« Er hielt ihm den abgetragenen Dreispitz einladend entgegen. Der Räuber konnte unmöglich wissen, was er sonst noch bei sich trug; er hatte sie niemandem gezeigt.

Der junge Mann – er mußte unter zwanzig sein, trotz seiner Größe, dachte Roger – lächelte nicht.

»Ein bißchen mehr als das, schätze ich.« Zum ersten Mal wandte der junge Mann den Blick von Roger ab und ließ ihn zur Seite schweifen. Roger folgte seiner Blickrichtung und spürte einen Stoß wie von einem Elektroschock.

Er hatte den Mann am Rand der Lichtung nicht gesehen, obwohl er die ganze Zeit reglos dagestanden haben mußte. Er trug einen verblichenen Jagdkilt, dessen Braun- und Grüntöne mit dem Gras und Gebüsch verschmolzen, genau wie sein flammendes Haar mit dem leuchtenden Laub verschmolz. Er sah aus, als sei er aus dem Wald hervorgewachsen.

Neben der Plötzlichkeit seines Auftauchens war es vor allem sein Aussehen, das Roger die Sprache verschlug. Es war eine Sache, wenn einem erzählt worden war, daß Jamie Fraser seiner Tochter ähnelte. Es war eine andere, Briannas kühne Gesichtszüge durch den Stempel der Jahre in Stärke verwandelt zu sehen und einer Persönlichkeit gegenüberzustehen, die nicht nur durch und durch maskulin war, sondern auch noch grimmig aussah.

Es war, als erhöbe man seine Hand vom Pelz einer hübschen, roten Katze und sähe sich statt dessen unvermittelt Auge in Auge mit dem reglosen Blick eines Tigers. Roger konnte es sich nur knapp verkneifen, unwillkürlich einen Schritt zurückzutreten, und er dachte dabei, daß Claire nicht im geringsten übertrieben hatte, als sie Jamie Fraser beschrieb.

»Ihr seid wohl Mr. MacKenzie«, sagte der Mann. Es war keine Frage. Die Stimme war tief, aber nicht laut; sie übertönte das Geräusch der raschelnden Blätter kaum, doch Roger hatte keine Schwierigkeiten, ihn zu hören.

»Der bin ich«, sagte er und trat einen Schritt vor. »Und ihr seid... äh... Jamie Fraser?« Er streckte seine Hand aus, ließ sie aber schnell wieder sinken. Zwei Augenpaare ruhten kalt auf ihm.

»Der bin ich«, sagte der rothaarige Mann. »Ihr kennt mich?« Der Ton der Frage war spürbar unfreundlich.

Roger holte tief Luft und verfluchte sein heruntergekommenes Aussehen. Er wußte nicht, wie ihn Brianna ihrem Vater beschrieben haben mochte, doch Fraser hatte offensichtlich etwas sehr viel Einnehmenderes erwartet.

»Na ja, Ihr – seht Eurer Tochter ziemlich ähnlich.«

Der junge Mann schnaubte laut, doch Fraser würdigte ihn keines Blickes.

»Und was habt Ihr mit meiner Tochter zu tun?« Fraser bewegte sich zum ersten Mal und trat aus dem Schatten der Bäume heraus. Nein, Claire hatte nicht übertrieben. Er *war* groß, sogar noch ein paar Zentimeter größer als Roger.

Roger fühlte, wie sich ein Stich der Besorgnis unter seine Verwirrung mischte. Was zum Teufel hatte Brianna ihm erzählt? Sie konnte doch sicher nicht so wütend gewesen sein, daß – nun, das würde er in Ordnung bringen, wenn er sie sah.

»Ich bin gekommen, um Anspruch auf meine Frau zu erheben«, sagte er kühn.

In Frasers Augen veränderte sich etwas. Roger wußte nicht, was es war, doch es veranlaßte ihn, seinen Hut fallenzulassen und seine Hände instinktiv ein Stück zu heben.

»Oh, nein, das seid Ihr nicht.« Es war der Junge, der gesprochen hatte, in einem seltsamen Tonfall der Genugtuung.

Roger warf ihm einen Blick zu, und es alarmierte ihn noch mehr, die vorstehenden Fingerknöchel des Jungen weiß am Griff der Pistole zu sehen.

»Hallo, Vorsicht! Ihr wollt doch nicht, daß das Ding zufällig losgeht«, sagte er.

Der junge Mann zog verächtlich die Lippe hoch.

»Wenn es losgeht, dann wird es kein Zufall sein.«

»Ian.« Frasers Stimme blieb gleichmütig, doch die Pistole senkte sich zögernd. Der große Mann trat noch einen Schritt vor. Er blickte Roger gebannt an; seine Augen waren dunkelblau und schräg, und sie sahen Briannas verstörend ähnlich.

»Ich frage das nur einmal, und ich will die Wahrheit hören«, sagte er ganz milde. »Habt Ihr meine Tochter entjungfert?«

Roger spürte, wie sein Gesicht heiß wurde, als eine warme Flut von seiner Brust bis zum Haaransatz hochspülte. Himmel, was hatte sie ihrem Vater erzählt? Und um Himmels willen, *warum*? Das letzte, was er vorzufinden erwartet hatte, war ein wutentbrannter Vater, der sich vorgenommen hatte, die Ehre seiner Tochter zu rächen.

»Es ist... äh... also, es ist nicht so, wie Ihr denkt«, platzte er heraus. »Ich meine, wir... also... wir hatten vor...«

»Ja oder nein?« Frasers Gesicht war keinen halben Meter von ihm entfernt und völlig ausdruckslos, nur tief in seinen Augen brannte etwas Undefinierbares.

»Hört mir zu – ich – verdammt, ja! Sie wollte –«

Fraser boxte ihn knapp unter die Rippen.

Roger knickte in der Hüfte ein, stolperte rückwärts und schnappte nach Luft. Es schmerzte nicht – noch nicht –, doch er hatte die Kraft des Hiebes bis in seine Wirbelsäule gespürt. In der Hauptsache empfand er Erstaunen, versetzt mit Wut.

»Halt«, sagte er und versuchte, genug Luft zum Reden einzuatmen. »Halt! In Gottes Namen, ich habe doch gesagt, ich –«

Fraser schlug erneut zu, seitlich gegen seinen Kiefer. Diesmal tat es weh, ein gewaltiger Schlag, der ihm die Haut aufschürfte und seinen Kiefer pochen ließ. Roger fuhr zurück, und seine Angst verwandelte sich rapide in blinde Wut. Der verdammte Mistkerl versuchte ihn umzubringen.

Fraser holte erneut aus, verfehlte ihn aber, weil Roger sich duckte und herumfuhr. Na dann, zum Teufel mit dem Familienfrieden!

Er trat einen Riesenschritt zurück und fuhr schulterzuckend aus seinem Rock. Zu seiner Überraschung verfolgte Fraser ihn nicht, sondern stand nur da, die Fäuste an den Seiten, und wartete.

Das Blut trommelte in Rogers Ohren, und er hatte nur noch Augen für Fraser. Wenn der Kerl einen Kampf wollte, dann sollte er eben einen bekommen.

Roger ging etwas in die Knie, Hände erhoben und bereit. Er hatte sich überrumpeln lassen, doch so würde man ihn nicht noch einmal erwischen. Er war kein Schlägertyp, doch er hatte schon so manche Kneipenrauferei hinter sich. Von ihrer Größe und Reichweite her paßten sie gut zusammen, und er war über fünfzehn Jahre jünger als der Mann.

Er sah Frasers Rechte, duckte sich und holte zum Gegenschlag aus, spürte, wie seine Faust Leinen streifte, als sie an Frasers Seite vorbeifuhr, und dann erwischte ihn die Linke, die er nicht gesehen hatte, im Auge. Blutige Sterne und Lichtstreifen explodierten an der Seite seines Kopfes, und ihm liefen Tränen über die Wange, als er sich brüllend auf Fraser stürzte.

Er traf den Mann; er konnte spüren, wie seine Fäuste auf Knochen prallten, doch es schien keinen Unterschied zu bewirken. Mit seinem unverletzten Auge konnte er das breitflächige Gesicht sehen, unheimlich ruhig und konzentriert wie ein Berserker von einem Wikingerschiff. Er holte aus, und es verschwand, dann kam es wieder hoch; er holte aus und streifte ein Ohr. Ein Schlag traf ihn an der Schulter; er wurde halb herumgeschleudert, erholte sich wieder und stürzte kopfüber auf Fraser los.

»Sie gehört... mir«, knirschte er mit zusammengebissenen Zähnen. Er hatte die Arme um Frasers Körper geschlungen und spürte, wie dessen federnde Rippen unter dem Druck nachgaben. Er würde den Mistkerl wie eine Nuß knacken. »Mir... klar?«

Fraser hieb ihm ins Genick wie einem Kaninchen, der Schlag streifte ihn nur, war aber fest genug, um seinen linken Arm und eine Schulter zu betäuben. Er ließ los, zog seine Schultern hoch und rammte seine rechte Schulter fest gegen Frasers Brust, um den älteren Mann aus dem Gleichgewicht zu bringen.

Fraser trat einen kleinen Schritt zurück und verpaßte ihm einen kräftigen Haken, doch der Schlag traf seine Rippen, nicht das empfindliche Gewebe darunter. Dennoch war er so fest, daß Roger grunzend zurückfuhr und sich duckte, um sich zu schützen.

Fraser senkte den Kopf und prallte direkt gegen ihn, er flog rückwärts und landete hart. Blut lief ihm aus der Nase über Mund und Kinn; wie aus der Ferne beobachtete er, wie die verstreuten, dunkelroten Tropfen sich auf seinem Hemd ausbreiteten und zu einem Flecken zusammenwuchsen.

Er wälzte sich auf die Seite, um dem Tritt auszuweichen, den er kommen sah, doch nicht weit genug. Während er sich panisch in die andere Richtung rollte, kam ihm fast beiläufig der Gedanke, daß er zwar fünfzehn Jahre jünger sein mochte als sein Gegner, Jamie Fraser aber sehr wahrscheinlich jedes einzelne dieser fünfzehn Jahre im Kampf von Mann zu Mann verbracht hatte.

Er war für den Augenblick außer Reichweite. Er rollte sich japsend auf Hände und Knie hoch. Blut gurgelte bei jedem Atemzug zwischen seinen zertrümmerten Knorpeln hindurch; er konnte es in seiner Kehle schmecken, ein Geschmack wie geschliffenes Metall.

»Reicht«, keuchte er. »Nein. Reicht!«

Eine Hand ergriff sein Haar und riß ihm den Kopf nach hinten. Blaue Augen glitzerten in fünfzehn Zentimetern Entfernung, und er spürte den Atem des Mannes heiß in seinem Gesicht.

»Reicht noch lange nicht«, sagte Fraser und stieß ihm das Knie in den Mund. Er fiel um und drehte sich einmal um sich selbst, dann kämpfte er sich hoch. Die Lichtung verschwamm in einem gelben und orangen Pulsieren; nur der Instinkt trieb ihn hoch und setzte ihn in Bewegung.

Er kämpfte um sein Leben, das war ihm klar. Er warf sich blindlings auf die schwankende Gestalt, bekam Frasers Hemd zu fassen und rammte dem Mann einen Boxhieb in den Bauch, so fest er konnte. Stoff riß, und seine Faust traf auf Knochen. Fraser wich ihm aus wie eine Schlange und ließ seine Hand zwischen ihnen nach unten fahren. Er ergriff Rogers Hoden und drückte mit aller Kraft zu.

Roger stand stockstreif da, dann stürzte er zu Boden, als wäre seine Wirbelsäule durchtrennt worden. Für den Bruchteil einer Sekunde, bevor der Schmerz einsetzte, war sich Roger eines letzten Gedankens bewußt, so kalt und klar wie ein Eissplitter. *Mein Gott*, dachte er, *ich werde sterben, noch bevor ich geboren bin.*

47

Eines Vaters Wiegenlied

Es war weit nach Anbruch der Dunkelheit, als Jamie heimkam, und meine Nerven waren von der Warterei durch und durch gereizt; über Briannas konnte ich nur spekulieren. Wir hatten zu Abend gegessen – oder sollte ich sagen, das Abendessen war aufgetragen worden. Keine von uns hatte Appetit gehabt; selbst Lizzies üblicher Heißhunger war merklich gebremst. Ich hoffte, daß das Mädchen nicht krank war; bleich und still hatte sie sich mit Kopfschmerzen entschuldigt und war im Kräuterschuppen zu Bett gegangen. Dennoch, unter den Umständen war es von Vorteil; so brauchte ich mir keine Entschuldigung einfallen zu lassen, um sie loszuwerden, wenn Jamie kam.

Die Kerzen brannten schon seit über einer Stunde, als ich endlich hörte, wie die Ziegen beim Klang seiner Schritte auf dem Weg zur Begrüßung meckerten. Brianna blickte bei dem Geräusch augenblicklich auf, das Gesicht blaß im gelben Licht.

»Es wird schon werden«, sagte ich. Sie hörte die Zuversicht in meiner Stimme und nickte ein wenig beruhigter. Meine Zuversicht war echt, aber nicht ungetrübt. Ich glaubte, daß am Ende alles gut werden *würde* – doch es würde weiß Gott kein gemütlicher Familienabend werden. Ich kannte Jamie zwar gut, doch es gab immer noch genügend Situationen, bei denen ich keine Ahnung hatte, wie er reagieren würde – und zu erfahren, daß seine Tochter von einem Vergewaltiger schwanger war, war definitiv eine davon.

In den Stunden, seit Brianna meinen Verdacht zur Gewißheit gemacht hatte, hatte ich mir buchstäblich all seine *möglichen* Reaktionen ausgemalt, und einige davon beinhalteten Geschrei und Fausthiebe gegen feste Gegenstände, Verhaltensweisen, die mich immer wieder aus der Fassung brachten. Möglicherweise hatten sie ja auf Brianna dieselbe Wirkung, und ich wußte sehr viel besser, wie *sie* sich verhalten konnte, wenn sie aus der Fassung geriet.

Im Augenblick hatte sie sich fest unter Kontrolle, doch ich wußte, auf welch tönernen Füßen ihr ruhiges Auftreten stand. Wenn er auch nur ein verletzendes Wort zu ihr sagte, würde sie aufflammen wie ein angerissenes Streichholz. Neben dem roten Haar und der atemberaubenden Körpergröße hatte sie von Jamie auch ihre leidenschaftliche Art und die absolute Bereitschaft, ihre Meinung zu sagen.

Da sie noch so wenig miteinander vertraut waren und so begierig, einander Freude zu machen, waren sie beide bis jetzt vorsichtig vorgegangen – doch es schien keine Möglichkeit zu geben, das hier mit Vorsicht abzuhandeln. Da ich mir nicht sicher war, ob ich mich besser darauf vorbereitete, als Anwältin, Dolmetscherin oder Schiedsrichterin zu fungieren, verspürte ich ein ziemlich hohles Gefühl, als ich den Riegel anhob, um ihn hereinzulassen.

Er hatte sich am Bach gewaschen; sein Haar war an den Schläfen feucht, und den feuchten Stellen an seinem Hemdschoß zufolge hatte er sich das Gesicht damit abgetrocknet.

»Du bist ziemlich spät; wo bist du gewesen?« fragte ich, während ich mich auf die Zehenspitzen stellte, um ihm einen Kuß zu geben. »Und wo ist Ian?«

»Fergus ist gekommen und hat gefragt, ob wir ihm mit den Steinen für den Kamin helfen könnten – das konnte er ja wohl kaum alleine. Ian ist drüben geblieben und hilft ihm, die Arbeit zu beenden.« Er küßte mich abwesend auf den Scheitel und strich mir über den Hintern. Er hatte schwer gearbeitet, dachte ich; er fühlte sich warm an und roch durchdringend nach Schweiß, obwohl die Haut in seinem Gesicht kühl und frisch vom Waschen war.

»Hast du bei Marsali etwas zu essen bekommen?« Ich betrachtete ihn im gedämpften Licht. Irgend etwas an ihm schien anders zu sein, obwohl ich nicht darauf kam, was es war.

»Nein. Ich habe einen Stein fallengelassen, und vielleicht habe ich mir wieder den verflixten Finger gebrochen; ich dachte mir, ich gehe besser nach Hause, damit du dich darum kümmern kannst.« Das war es, dachte ich; er hatte mich mit der linken Hand liebkost, anstatt mit der rechten.

»Komm ans Licht, damit ich es mir ansehen kann.« Ich zog ihn zum Feuer und ließ ihn auf eine der Holzbänke setzen. Brianna saß auf der anderen, ihr Nähzeug ringsum verteilt. Sie stand auf und kam herüber, um mir über die Schulter zu blicken.

»Deine armen Hände, Pa!« sagte sie beim Anblick der geschwollenen Knöchel und der aufgeschürften Haut.

»Och, es ist nichts weiter«, sagte er mit einem abwinkenden Blick auf seine Hände. »Bis auf den verdammten Finger. Au!«

Ich tastete mich sanft am Ringfinger seiner linken Hand entlang, vom Ansatz bis zum Nagel, und ignorierte seinen leisen Schmerzensseufzer. Der Finger war gerötet und leicht geschwollen, doch nicht sichtbar verrenkt.

Es machte mich jedesmal leicht nervös, diese Hand zu untersuchen. Ich hatte vor langer Zeit eine Anzahl gebrochener Knochen darin gerichtet, bevor ich irgend etwas über richtige Chirurgie wußte und unter Bedingungen, die alles andere als ideal waren. Ich hatte es geschafft; ich hatte die Hand vor der Amputation gerettet, und er konnte sie gut benutzen, doch es gab leichte Probleme; kleine Knoten und Verdickungen, die mir jedesmal zu Bewußtsein kamen, wenn ich die Hand genau befühlte. Dennoch, im Augenblick war ich dankbar für den Aufschub.

Ich schloß die Augen und spürte das warme Flackern des Feuers auf meinen Lidern, während ich mich konzentrierte. Der Ringfinger war permanent erstarrt; das mittlere Gelenk war zertrümmert worden und steif verheilt. Vor meinem inneren Auge konnte ich den Knochen sehen; nicht die polierte, glatte Oberfläche eines Exemplars aus dem Labor, sondern das schwach leuchtende, steinerne Glänzen des lebendigen Knochens, die winzigen Osteoblasten, die emsig an ihrer Kristallmatrix bauten, und den verborgenen Puls des Blutes, der sie nährte.

Ich zog meinen Finger erneut der Länge nach über den seinen und nahm ihn dann sanft zwischen Daumen und Zeigefinger, genau unter dem letzten Gelenk. Ich konnte den Riß in Gedanken spüren, eine dünne, schwarze Linie aus Schmerz.

»Da?« sagte ich und öffnete die Augen.

Er nickte und hatte ein schwaches Lächeln auf den Lippen, als er mich ansah.

»Ganz genau. Ich liebe es, wie du aussiehst, wenn du das machst, Sassenach.«

»Und wie sehe ich aus?« fragte ich, etwas erschrocken zu hören, daß ich nicht aussah wie sonst.

»Ich kann es nicht genau beschreiben«, sagte er, den Kopf auf die Seite gelegt, während er mich prüfend ansah. »Es ist vielleicht wie –«

»Madame Lazonga und ihre Kristallkugel«, sagte Brianna. Sie klang belustigt.

Ich blickte auf und sah zu meiner Verblüffung, daß Brianna zu mir herabsah, den Kopf im selben Winkel geneigt, denselben abschätzenden Blick im Gesicht. Sie verlagerte ihren Blick auf Jamie. »Eine Hellseherin.«

Er lachte.

»Aye, ich glaube, du hast wohl recht, *a nighean*. Obwohl ich an einen Priester gedacht hatte; wie er aussieht, wenn er die Messe liest und durch das Brot hindurchblickt und statt dessen den Leib Christi sieht. Nicht, daß ich vorhätte, meinen mickrigen Finger mit dem Leib unseres Herrn zu vergleichen«, fügte er hinzu und sah den Finger an, der ihm solchen Ärger machte.

Brianna lachte, und als er zu ihr aufblickte, zog ein Lächeln seinen Mundwinkel hoch. Sein Blick war sanft trotz der Falten, mit denen die Müdigkeit seine Augen umgab. Er hatte einen langen Tag gehabt, dachte ich. Und er würde wahrscheinlich noch sehr viel länger werden. Ich hätte alles gegeben, um diesen flüchtigen Augenblick der Verbindung zwischen ihnen festzuhalten, doch er war schon vorbei.

»*Ich* finde euch beide zum Lachen«, sagte ich. Ich berührte seinen Finger sanft an der Stelle, die ich festgehalten hatte. »Der Knochen hat einen Sprung, genau hier unter dem Gelenk. Es ist aber nicht schlimm, nur ein Haarriß. Ich werd's dir vorsichtshalber schienen.«

Ich stand auf und ging zu meiner Medizintruhe, um sie nach einer Leinenbandage und einem der langen, flachen Holzsplitter zu durchsuchen, die ich zum Niederdrücken der Zunge benutzte. Ich blickte unauffällig über den aufgeklappten Deckel hinweg und beobachtete ihn. Irgend etwas an ihm war heute abend definitiv seltsam, obwohl ich immer noch nicht mit dem Finger darauf zeigen konnte.

Ich hatte es sofort gespürt, sogar durch meine eigene Aufregung hindurch, und spürte es noch stärker, als ich seine Hand hielt, um sie zu untersuchen; er wurde von einer Art Energie durchströmt, als wäre er aufgeregt oder durcheinandergebracht, obwohl er sich äußerlich nichts anmerken ließ. Er war verdammt gut darin, Dinge geheimzuhalten, wenn er es wollte; was zum Teufel war in Fergus' Haus wohl vorgefallen?

Brianna sagte etwas zu Jamie, so leise, daß ich es nicht verstehen konnte, dann wandte sie sich ab, ohne eine Antwort abzuwarten, und kam zu mir an die geöffnete Truhe.

»Hast du eine Salbe für seine Hände?« fragte sie. Dann beugte sie sich unter dem Vorwand, in die Truhe zu blicken, zu mir herüber und sagte leise: »Soll ich's ihm heute abend sagen? Er ist müde und hat Schmerzen. Soll ich ihn nicht lieber schlafen lassen?«

Ich sah Jamie an. Er saß an die Bank gelehnt, beobachtete mit weit geöffneten Augen die Flammen und hatte die Hände flach auf den Oberschenkeln liegen. Doch er war nicht entspannt, der seltsame Strom, der ihn durchlief, spannte ihn an wie einen Telegraphendraht.

»Vielleicht schläft er besser, wenn er's nicht weiß, aber du nicht«, sagte ich genauso leise. »Sag's ihm schon. Laß ihn vielleicht nur zuerst essen«, fügte ich eine praktische Überlegung an. Ich glaubte fest daran, daß man schlechten Nachrichten am besten mit vollem Magen gegenübertrat.

Ich schiente Jamies Finger, während sich Brianna neben ihn setzte und ihm Enziansalbe auf die aufgeschürften Knöchel seiner anderen Hand tupfte. Ihr Gesicht war völlig reglos; niemand hätte je erraten, was sich dahinter abspielte.

»Du hast dir das Hemd zerrissen«, sagte ich und befestigte die letzte Bandage mit einem kleinen, ordentlichen Knoten. »Gib es mir nach dem Essen, dann flicke ich es. So, wie ist das?«

»Sehr gut, Madame Lazonga«, sagte er und wackelte vorsichtig mit seinem frisch geschienten Finger. »Ich werde noch völlig verwöhnt, wenn ihr euch so um mich kümmert.«

»Sobald ich anfange, dir dein Essen vorzukauen, kannst du dir Sorgen machen«, sagte ich schroff.

Er lachte und hielt Brianna die geschiente Hand zum Einreiben hin.

Ich ging zum Schrank, um ihm einen Teller zu holen. Als ich mich wieder zur Feuerstelle umdrehte, sah ich, wie er sie intensiv beobachtete. Sie hielt den Kopf gesenkt und hatte den Blick auf die große, schwielige Hand gerichtet, die sie zwischen ihren eigenen Händen hielt. Ich konnte mir vorstellen, wie sie nach den Worten suchte, mit denen sie am besten begann, und es tat mir in der Seele weh. Vielleicht hätte ich es ihm doch selbst unter vier Augen sagen sollen, dachte ich; ihn nicht in ihre Nähe lassen sollen, bis der erste Ansturm seiner Gefühle sicher überstanden war und er sich wieder in der Hand hatte.

»*Ciamar a tha thu, mo chridhe?*« sagte er plötzlich. Es war sein üblicher Gruß an sie, der Beginn ihrer allabendlichen Gälischlektion, doch heute abend war seine Stimme anders; leise und sehr sanft. *Wie geht es dir, mein Herz?* Er drehte seine Hand um, legte sie über ihre und umschloß ihre langen Finger.

»*Tha mi gle mhath, athair*«, antwortete sie und machte ein etwas überraschtes Gesicht. *Mir geht es gut, Vater.* Normalerweise begann er die Stunde nach dem Abendessen.

Langsam streckte er die andere Hand aus und legte sie sanft auf ihren Bauch.

»*An e'n fhirinn a th'agad?*« fragte er. *Sagst du mir die Wahrheit?* Ich schloß meine Augen und atmete aus. Ich hatte gar nicht gemerkt, daß ich die Luft angehalten hatte. Schließlich mußte sie ja nicht mit der *ganzen* Wahrheit auf einmal herausrücken. Und jetzt kannte ich auch den Grund für seine angespannte Fremdheit; er wußte es, und egal, wieviel Beherrschung ihm dieses Wissen abverlangte, er würde sich beherrschen und sanft zu ihr sein.

Sie konnte noch nicht genug Gälisch, um zu verstehen, was er gefragt hatte, doch sie wußte genau, was er meinte. Sie sah ihn einen Moment lang erstarrt an, dann hob sie seine gesunde Hand an ihre Wange, beugte sich mit dem Kopf darüber, und das lose Haar verbarg ihr Gesicht.

»Oh, Pa«, sagte sie ganz ruhig. »Es tut mir leid.«

Sie saß völlig still und hielt seine Hand fest, als wäre sie ein Rettungsring.

»Aber, aber, *m'annsachd*«, sagte er leise, »es wird alles gut.«

»Nein, das wird es nicht«, sagte sie, und ihre Stimme war leise, aber klar. »Es wird nie wieder gut. Das weißt du.«

Er sah mich aus purer Gewohnheit an, aber nur kurz. Ich konnte ihm jetzt nicht sagen, was er tun sollte. Er holte tief Luft, faßte sie an den Schultern und schüttelte sie sacht.

»Ich weiß nur«, sagte er leise, »daß ich hier bei dir bin, und deine Mutter auch. Wir lassen nicht zu, daß man dich beleidigt oder verletzt. Niemals. Hörst du mich?«

Sie antwortete nicht und blickte auch nicht auf, sondern hielt die Augen auf ihren Schoß gerichtet, ihr Gesicht hinter dem dichten Vorhang ihres Haars verborgen. Das Haar einer Jungfrau, dicht und offen getragen. Seine Hand folgte der glänzenden Rundung ihres Kopfes, dann wanderten seine Finger an ihrem Kiefer entlang und hoben ihr Kinn, so daß sie ihn ansah.

»Lizzie hat also recht?« fragte er sanft. »Es war Vergewaltigung?«

Sie entzog ihm ihr Kinn und blickte auf ihre verknoteten Hände hinab, ihre Geste eine genauso eindeutige Bejahung wie ihr Nicken.

»Ich hätte nicht gedacht, daß sie es wußte. Ich habe es ihr nicht erzählt.«

»Sie hat es erraten. Aber es ist nicht deine Schuld, das darfst du niemals denken«, sagte er eindringlich. »Komm her zu mir, *a leannan.*« Er streckte die Hände nach ihr aus und setzte sie umständlich auf sein Knie.

Das Eichenholz ächzte alarmierend unter ihrem vereinten Gewicht, doch Jamie hatte die Bank in seiner üblichen stabilen Weise gebaut; sie hätte sechs von seiner Sorte aushalten können. Trotz ihrer Größe sah Brianna in seinen Armen beinahe klein aus, und sie lehnte den Kopf an seine Schulterbeuge. Er strich ihr sanft über das Haar und murmelte ihr Liebkosungen zu, zur Hälfte auf Gälisch.

»Ich sorge dafür, daß du sicher verheiratet wirst und dein Kind einen guten Vater bekommt«, murmelte er ihr zu. »Das schwöre ich dir, *a nighean*.«

»Ich kann niemanden heiraten«, sagte sie, und es klang erstickt. »Das wäre unrecht. Ich kann doch keinen anderen nehmen, wenn ich eigentlich Roger liebe. Und Roger wird mich jetzt nicht mehr wollen. Wenn er herausfindet…«

»Dann macht es für ihn keinen Unterschied«, sagte Jamie und hielt sie fester, beinahe heftig, als könnte er die Dinge durch bloße Willenskraft richten. »Wenn er ein anständiger Mann ist, dann spielt es für ihn keine Rolle. Und wenn doch – na, dann verdient er dich nicht, und ich schlage ihn zu Brei und zerstampfe die Überreste, und dann suche ich dir einen besseren Mann.«

Ihr kurzes Lachen verwandelte sich in Schluchzen, und sie vergrub ihren Kopf im Stoff an seiner Schulter. Er liebkoste sie, wiegte sie und murmelte ihr zu, als wäre sie ein kleines Mädchen mit einem aufgeschlagenen Knie, und sein Blick traf über ihren Kopf hinweg den meinen.

Ich hatte nicht geweint, als sie es mir gesagt hatte; Mütter sind stark. Doch jetzt konnte sie mich nicht sehen, und Jamie hatte mir für den Augenblick die Bürde der Stärke von den Schultern genommen.

Auch sie hatte nicht geweint, als sie es mir gesagt hatte. Doch jetzt klammerte sie sich an ihn und weinte, mindestens so sehr aus Erleichterung, dachte ich, wie vor Kummer. Er hielt sie einfach nur und ließ sie weinen, strich ihr wieder und wieder über das Haar, seinen Blick auf mein Gesicht gerichtet.

Ich trocknete mir die Augen an meinem Ärmel, und er lächelte mich schwach an. Briannas Weinen war in lange, seufzende Atemzüge übergegangen, und er klopfte ihr sanft auf den Rücken.

»Ich habe Hunger, Sassenach«, sagte er. »Und ich glaube, ein kleiner Tropfen könnte keinem von uns schaden, aye?«

»Gut«, sagte ich und räusperte mich. »Ich gehe in den Schuppen und hole etwas Milch.«

»Das war aber nicht die Art Getränk, die ich gemeint habe!« rief er mir in gespielter Entrüstung nach.

Ohne diese Bemerkung oder Briannas ersticktes Lachen zu beachten, schob ich die Tür auf.

Die Nacht draußen war kalt und klar, die herbstlichen Sterne funkelten hell über uns. Ich war nicht für draußen angezogen – mein Gesicht und meine Hände fingen bereits an zu kribbeln –, doch ich stand trotzdem völlig still und ließ den kalten Wind an mir vorbeiwehen und die Anspannung der letzten Viertelstunde mit sich nehmen.

Alles war still; die Grillen und Zikaden waren schon lange tot oder mit den raschelnden Mäusen hatten sich vergraben, mit den Skunks und Opossums, die ihre endlose Nahrungssuche aufgegeben hatten und verschwunden waren, um ihre Winterträume zu träumen, eine wärmende Fettschicht um die Knochen gehüllt. Nur Wölfe jagten in den kalten Sternennächten des Spätherbstes, lautlos und pelzpfotig auf dem gefrorenen Boden.

»Was machen wir nur?« sagte ich leise an die überwältigenden Tiefen des weiten, dunklen Himmels gewandt.

Ich hörte kein Geräusch außer dem Rauschen des Windes in den Kiefern; keine Antwort, außer der Formulierung meiner eigenen Frage – das schwache Echo des »wir«, das mir in den Ohren klang. Soviel stand zumindest fest; was auch immer geschah, keiner von uns mußte den Dingen allein gegenübertreten. Und ich dachte mir, daß das eigentlich alles war, was ich im Augenblick als Antwort brauchte.

Als ich hereinkam, saßen sie noch auf der Bank, die rothaarigen Köpfe dicht beieinander und vom Feuer angeleuchtet. Der Geruch der Enziansalbe vermischte sich mit dem durchdringenden Duft brennender Kiefer und dem Aroma des Wildeintopfes, das mir das Wasser im Mund zusammenlaufen ließ – ganz plötzlich hatte ich Hunger.

Ich ließ die Tür leise hinter mir zufallen und schob den schweren Riegel vor. Ich schürte das Feuer und deckte den Tisch noch einmal zum Abendessen. Ich holte einen frischen Brotlaib vom Regal und ging in die Vorratskammer, um frische Butter aus dem Steinguttopf zu holen. Dort verweilte ich einen Augenblick und ließ meinen Blick über die vollbeladenen Regalbretter schweifen.

»Vertraut auf Gott und betet um seinen Beistand. Und im Zweifelsfall, eßt.« Ein Franziskanermönch hatte mir einst diesen Rat gegeben, und im großen und ganzen hatte ich ihn nützlich gefunden. Ich suchte ein Glas schwarze Johannisbeermarmelade, einen kleinen, runden Ziegenkäse und eine Flasche Holunderwein als Beilagen zum Abendessen aus.

Jamie erzählte leise, als ich zurückkam. Ich beendete meine Vorbereitungen und ließ mich genau wie Brianna vom tiefen Rollen seiner Stimme beruhigen.

»Ich habe immer an dich gedacht, als du klein warst«, sagte Jamie gerade zu Brianna. »Als ich in der Höhle gelebt habe; da habe ich mir immer vorgestellt, dich in meinen Armen zu halten, ein kleines Baby.

Ich habe dich so gehalten, an meinem Herzen, und dann habe ich dir etwas vorgesungen und oben die Sterne vorbeiziehen gesehen.«

»Was hast du gesungen?« Auch Briannas Stimme war leise, kaum zu hören im Knistern des Feuers. Ich konnte ihre Hand sehen, die auf seiner Schulter ruhte. Ihr Zeigefinger berührte eine lange, leuchtende Strähne seines weichen Haars und streichelte sie zurückhaltend.

»Alte Lieder. Wiegenlieder, an die ich mich erinnern konnte, die meine Mutter mir vorgesungen hat, dieselben, die meine Schwester Jenny ihren Kindern vorgesungen hat.«

Sie seufzte, ein langer, langsamer Ton.

»Bitte sing mir jetzt auch etwas vor, Pa.«

Er zögerte, neigte ihr jedoch dann seinen Kopf zu und begann zu singen, ein seltsames, melodieloses Lied auf Gälisch. Jamie konnte keine Töne auseinanderhalten; das Lied schwankte seltsam aufwärts und abwärts, ohne die geringste Ähnlichkeit mit Musik zu haben, doch der Rhythmus der Worte tröstete das Ohr.

Ich verstand die meisten Worte; das Lied eines Fischers, der von den Fischen in *Loch* und Meer sang und seiner Tochter erzählte, was er ihr zum Essen heimbringen würde. Das Lied eines Jägers, der von den Vögeln und Raubtieren sang, der Schönheit ihrer Federn, der Wärme ihres Fells, dem Fleisch, das für den Winter reichen würde. Es war das Wiegenlied eines Vaters – eine leise Litanei des Schutzes und der Fürsorge.

Ich bewegte mich lautlos durch das Zimmer, stellte die Zinnteller und Holzschüsseln für das Abendessen hin, ging zurück, um Brot abzuschneiden und es mit Butter zu bestreichen.

»Weißt du was, Pa?« fragte Brianna leise.

»Was denn?« sagte er und unterbrach sein Lied für einen Augenblick.

»Du kannst nicht singen.«

Ich hörte kurzes Gelächter und Stoffraschen, als er seine Position veränderte, um es ihnen beiden bequemer zu machen.

»Aye, das stimmt. Soll ich denn aufhören?«

»Nein.« Sie schmiegte sich fester an ihn und lehnte ihren Kopf an seine Schulter.

Er nahm sein tonloses Summen wieder auf, um sich ein paar Sekunden später selbst zu unterbrechen.

»Und weißt *du* was, *a leannan*?«

Sie hatte die Augen geschlossen, und ihre Wimpern warfen lange Schatten auf ihre Wangen, doch ich sah, wie sich ihre Lippen zu einem Lächeln kräuselten.

»Was denn, Pa?«

»Du bist so schwer wie ein ausgewachsener Hirsch.«
»Soll ich denn aufstehen?« fragte sie, ohne sich zu bewegen.
»Natürlich nicht.«
Sie streckte die Hand aus und berührte seine Wange.
»*Mi gradhaich a thu, athair*«, flüsterte sie. *All meine Liebe für dich, Vater.*
Er umarmte sie fest, senkte den Kopf und küßte sie auf die Stirn. Das Feuer erfaßte einen Harzklumpen. Es flammte plötzlich hinter der Bank auf und bemalte ihre Gesichter mit Gold und Schwarz. Seine Gesichtszüge waren schroff geschnitten und kühn; ihre ein zarteres Echo seiner schweren, scharfkantigen Knochen. Beide sturköpfig, beide stark. Und beide, Gott sei Dank, mein.

Durch ihren Gefühlsausbruch ermüdet, schlief Brianna nach dem Abendessen ein. Ich fühlte mich ebenfalls ziemlich abgeschlafft, war aber noch nicht in der Stimmung zum Schlafen. Ich war erschöpft und aufgekratzt zugleich und hatte dasselbe entsetzliche Gefühl, wie wenn ich auf dem Schlachtfeld mitten im Geschehen war, über das ich keinerlei Kontrolle hatte, mit dem ich mich aber dennoch befassen mußte.

Ich wollte mich mit gar nichts abgeben. Was ich wollte, war jeden Gedanken an die Gegenwart und die Zukunft von mir zu schieben und zum Frieden der letzten Nacht zurückzukehren.

Ich wollte mit Jamie ins Bett kriechen und mich warm an ihn kuscheln, zu zweit unter der Bettdecke sicher gegen die zunehmende Kälte des Zimmers abgeriegelt. Zusehen, wie die Glut verlosch, während wir uns leise unterhielten und unser Gespräch langsam von den Neuigkeiten und kleinen Scherzen des Tages in die Sprache der Nacht überging. Die Zwiesprache von Worten in Berührung, vom Atmen in die kleinen Körperbewegungen übergehen lassen, die in sich selbst Frage und Antwort waren; unsere vollendete Unterredung schließlich in der Eintracht des Schlafes zum Schweigen bringen.

Doch heute nacht lasteten Sorgen auf dem Haus, und es gab keinen Frieden zwischen uns.

Er strich durch das Haus wie ein eingesperrter Wolf, hob Gegenstände auf und legte sie wieder hin. Ich räumte den Eßtisch ab und beobachtete ihn aus den Augenwinkeln. Ich hätte nichts lieber getan als mit ihm zu reden – und fürchtete es zur gleichen Zeit. Ich hatte Brianna versprochen, ihm nichts von Bonnet zu sagen. Doch ich war eine ziemlich schlechte Lügnerin – und er kannte mein Gesicht so gut.

Ich füllte einen Eimer mit heißem Wasser aus dem großen Kessel und nahm die Zinnteller mit vor die Tür, um sie abzuspülen.

Als ich zurückkam, fand ich Jamie vor dem kleinen Regal, in dem er sein Tintenfaß, seine Schreibfedern und sein Papier aufbewahrte. Er hatte sich noch nicht fürs Bett ausgezogen, doch er machte auch keine Anstalten, die Utensilien herunterzunehmen und sich an seine allabendliche Arbeit zu begeben. Aber natürlich – mit seiner verletzten Hand konnte er nicht schreiben.

»Möchtest du, daß ich etwas für dich schreibe?« fragte ich, als ich sah, wie er sich eine Feder nahm und sie wieder hinlegte.

Er wandte sich mit einer unruhigen Geste ab.

»Nein. Ich muß natürlich an Jenny schreiben – und es müssen noch andere Arbeiten erledigt werden –, aber ich kann es im Augenblick nicht ertragen, mich hinzusetzen und nachzudenken.«

»Ich weiß, wie du dich fühlst«, sagte ich mitfühlend. Er sah mich leicht erschrocken an.

»Ich kann dir ja selbst nicht genau sagen, wie ich mich fühle, Sassenach«, sagte er mit einem seltsamen Lachen. »Wenn du meinst, du weißt es, sag's mir.«

»Müde«, sagte ich und legte eine Hand auf seinen Arm. »Wütend. Voller Sorgen.« Ich sah zu Brianna hinüber, die auf dem Rollbett schlief. »Am Boden zerstört vielleicht«, fügte ich leise hinzu.

»All das«, sagte er. »Und noch einiges mehr.« Er trug keine Halsbinde, zupfte aber an seinem Hemdkragen, als erwürge ihn dieser.

»Ich kann nicht hier drinnen bleiben«, sagte er. Er sah mich an; ich war immer noch vollständig angezogen; Rock, Hemd und Mieder. »Kommst du mit hinaus und gehst ein bißchen mit mir spazieren?«

Ich ging auf der Stelle meinen Umhang holen. Es war dunkel draußen; er würde mein Gesicht nicht sehen können.

Wir schritten langsam nebeneinander her, über den Hof und an den Schuppen vorbei, hinunter zum Pferch und zu den Feldern, die dahinter lagen. Ich hielt ihn am Arm und spürte ihn verspannt und starr unter meinen Fingern.

Ich hatte keine Ahnung, wie ich anfangen, was ich sagen sollte. Vielleicht sollte ich einfach schweigen, dachte ich. Wir waren beide immer noch aufgeregt, obwohl wir unser Bestes getan hatten, vor Brianna die Ruhe zu bewahren.

Ich konnte spüren, wie die Wut knapp unter seiner Haut brodelte. Völlig verständlich, doch Wut ist so flüchtig wie Kerosin – das man unter Druck in Flaschen gefüllt hat, ohne ein Ziel, auf das man es loslassen könnte. Ein unvorsichtiges Wort meinerseits konnte schon ausreichen, um eine Explosion auszulösen. Und wenn sie mir um die Ohren flog, würde ich entweder in Tränen ausbrechen oder ihm an die Kehle gehen – meine eigene Stimmung war alles andere als stabil.

Wir wanderten ziemlich lange, zwischen den Bäumen hindurch bis zu dem toten Maisfeld, an dessen Rand entlang und zurück, und bewegten uns die ganze Zeit auf leisen Sohlen durch ein Minenfeld des Schweigens.

»Jamie«, sagte ich schließlich, als wir am Rand des Feldes ankamen, »was hast du mit deinen Händen gemacht?«

»Was?« Er fuhr erschrocken zu mir herum.

»Deine Hände.« Ich fing eine von ihnen auf und nahm sie zwischen meine eigenen. »So verletzt man sich nicht beim Schornsteinmauern.«

»Ah.« Er blieb still stehen und ließ mich die geschwollenen Knöchel seiner Hand berühren.

»Brianna«, sagte er. »Sie – sie hat dir nichts von dem Mann erzählt? Hat sie dir seinen Namen gesagt?«

Ich zögerte – und war verloren. Er kannte mich sehr gut.

»Sie hat ihn dir gesagt, oder?« In seiner Stimme drohte Gefahr.

»Ich mußte ihr versprechen, ihn dir nicht zu sagen«, platzte ich heraus. »Ich habe ihr gesagt, daß du merken würdest, daß ich etwas vor dir verberge; aber Jamie, ich hab's versprochen – zwing mich bitte nicht, ihn dir zu sagen!«

Er schnaubte wieder, von halb belustigtem Abscheu erfüllt.

»Aye, ich kenne dich gut, Sassenach; du könntest nichts vor irgend jemandem geheimhalten, der dich auch nur im geringsten kennt. Sogar unser kleiner Ian kann dich lesen wie ein Buch.«

Er winkte ab.

»Belaste dein Gewissen nicht. Sie soll es mir selbst sagen, wenn sie will.« Seine verletzte Hand krümmte sich langsam auf seinem Kilt, und ein kleiner Schauer lief mir über den Rücken.

»Deine Hände«, sagte ich noch einmal.

Er holte tief Luft und hielt sie mit dem Handrücken nach oben vor sich. Er spannte sie langsam an.

»Erinnerst du dich, Sassenach, als wir uns anfangs kennengelernt haben? Dougal hat mich so gereizt, daß ich dachte, ich müßte auf ihn loshämmern, doch zu dem Zeitpunkt konnte ich es nicht. Du hast mir gesagt ›Schlag auf irgend etwas ein, dann geht's dir besser‹.« Er lächelte mich schief und ironisch an. »Und ich habe gegen einen Baum geschlagen. Es hat wehgetan, aber du hattest recht, nicht wahr? Es ging mir besser, zumindest fürs erste.«

»Oh.« Ich atmete auf, erleichtert, daß er nicht vorhatte, weiter in mich zu dringen. Sollte er doch warten; ich bezweifelte, daß ihm schon aufgegangen war, daß seine Tochter genauso stur sein konnte wie er selbst war.

»Hat sie – hat sie dir erzählt, was passiert ist?« Ich konnte sein Gesicht nicht sehen, doch das Zögern in seiner Stimme war unüberhörbar. »Ich meine –« Er holte mit einem kräftigen Zischen Luft. »Hat der Mann ihr weh getan?«

»Nein, nicht körperlich.«

Ich zögerte meinerseits und bildete mir ein, ich könnte das Gewicht des Ringes in meiner Tasche spüren, obwohl das natürlich nicht stimmte. Brianna hatte mich nur gebeten, Bonnets Namen für mich zu behalten, doch ich würde Jamie auch die Details nicht weitersagen, die sie mir erzählt hatte, es sei denn, er fragte danach. Und ich glaubte nicht, daß er fragen würde; es war das letzte, was er hören wollte.

Er fragte nicht; murmelte nur auf Gälisch vor sich hin und ging mit gesenktem Kopf weiter.

Nachdem die Stille einmal gebrochen war, stellte ich fest, daß ich sie nicht mehr ertragen konnte. Besser zu explodieren als zu ersticken. Ich nahm meine Hand von seinem Arm.

»Was denkst du gerade?«

»Ich frage mich – ob es genauso schlimm ist – vergewaltigt zu werden... wenn es – wenn es nicht... wenn man nicht... verletzt wird.« Er zuckte unruhig mit den Schultern, als wäre ihm sein Rock zu eng.

Ich wußte genau, woran er dachte. Das Gefängnis von Wentworth und die verblichenen Narben, die seinen Rücken überzogen, ein Netz aus furchtbaren Erinnerungen.

»Schlimm genug, schätze ich«, sagte ich. »Obwohl ich denke, daß du recht hast, es ist vielleicht einfacher zu ertragen, wenn man keine körperlichen Spuren davonträgt. Andererseits *trägt* sie eine«, fühlte ich mich verpflichtet hinzuzufügen. »Und zwar eine ziemlich unübersehbare, was das angeht!« Seine rechte Hand rollte sich an seiner Seite ein und ballte sich unwillkürlich.

»Aye, das stimmt«, brummte er. Er sah mich unsicher an, und das Licht des Halbmondes vergoldete die Flächen seines Gesichtes. »Aber trotzdem – er hat ihr nicht weh getan, das ist immerhin etwas. Wenn er es getan hätte... dann wäre der Tod viel zu gut für ihn«, schloß er abrupt.

»Du mußt das nicht ganz unwesentliche Detail bedenken, daß man sich von einer Schwangerschaft nicht wieder ›erholt‹«, sagte ich mit einem hörbar gereizten Unterton in der Stimme. »Wenn er ihr die Knochen gebrochen oder ihr Blut vergossen hätte, dann würde das wieder heilen. So aber – wird sie es niemals mehr vergessen, weißt du?«

»Ich weiß!«

Ich zuckte leicht zusammen, und er sah es. Er machte eine angedeutete Geste der Entschuldigung.

»Ich wollte dich nicht anschreien.«

Ich nahm die Entschuldigung mit einem kurzen Kopfnicken an, und wir gingen weiter, Seite an Seite, doch ohne uns zu berühren.

»Es –«, begann er und brach dann ab und sah mich an. Er zog eine Grimasse, unzufrieden mit sich selbst.

»Ich weiß es«, sagte er, diesmal ruhiger. »Du mußt entschuldigen, Sassenach, ich weiß eine verdammte Menge mehr darüber als du.«

»Ich wollte mich nicht mit dir streiten. Aber du hast noch nie ein Kind bekommen; du kannst nicht wissen, wie das ist. Es ist –«

»Du streitest dich *wohl* mit mir, Sassenach. Tu's nicht.« Er drückte fest meinen Arm, dann ließ er los. Es lag eine Spur von Humor in seiner Stimme, doch eigentlich war er todernst.

»Ich versuche, dir zu sagen, was *ich* weiß.« Er blieb eine Minute lang still stehen und sammelte seine Gedanken.

»Ich habe schon sehr lange nicht mehr an Jack Randall gedacht«, sagte er schließlich. »Ich will es auch jetzt nicht. Aber so ist es nun einmal.« Er zuckte erneut mit den Schultern und rieb sich fest mit der Hand über die Wange.

»Es gibt den Körper und es gibt die Seele, Sassenach«, sagte er. Er redete langsam, legte sich seine Gedanken zusammen mit seinen Worten zurecht. »Du bist Ärztin; du kennst das eine gut. Aber das andere ist wichtiger.«

Ich öffnete den Mund, um zu sagen, daß ich das genausogut wußte wie er – schloß ihn dann aber wieder, ohne etwas zu sagen. Er bemerkte es nicht; er sah weder das dunkle Maisfeld noch den Ahornwald, dessen Blätter im Mondlicht zu Silber geworden waren. Sein Blick war auf einen kleinen Raum mit dicken Steinwänden gerichtet, der mit einem Tisch und Hockern und einer Lampe ausgestattet war. Und mit einem Bett.

»Randall«, sagte er, und seine Stimme klang gedankenverloren. »Das meiste von dem, was er mir angetan hat – ich hätte es aushalten können.« Er spreizte die Finger seiner rechten Hand; der Verband an seinem angebrochenen Finger leuchtete weiß.

»Ich hätte Angst und Schmerzen gehabt; ich hätte den Wunsch verspürt, ihn dafür umzubringen. Aber ich hätte danach weiterleben können, ohne ständig seine Berührung auf mir zu spüren, ohne mich vor mir selbst zu ekeln – wäre es nicht so gewesen, daß er sich nicht mit meinem Körper zufriedengegeben hat. Er wollte meine Seele – und er hat sie bekommen.« Der weiße Verband verschwand, als sich seine Faust schloß.

»Aye, nun gut – das weißt du alles schon.« Er wandte sich abrupt ab und ging weiter. Ich mußte mich beeilen, um ihn einzuholen.

»Was ich sagen will, ist, glaube ich – war dieser Mann ein Fremder, der sie nur für einen Augenblick der Lust genommen hat? Wenn es nur ihr Körper war, den er wollte... dann glaube ich, daß sie bald darüber hinwegkommen wird.«

Er holte tief Luft und atmete wieder aus; ich sah, wie der schwache, weiße Nebel seinen Kopf einen Augenblick lang umschwebte, das sichtbar gewordene Dampfen seiner Wut.

»Aber wenn er sie kannte – er ihr nah genug war, um *sie* zu wollen und nicht nur irgendeine Frau – dann könnte es sein, daß er an ihre Seele gerührt und sie wirklich verletzt hat –«

»Du glaubst nicht, daß er sie wirklich verletzt hat?« Ich hob unwillkürlich die Stimme. »Ob er sie kannte oder nicht –«

»Es ist ein Unterschied, ich sage es dir!«

»Nein, das ist es nicht. Ich weiß, was du meinst –«

»Nein!«

»Doch! Aber warum –«

»Weil es nicht dein Körper ist, der zählt, wenn ich dich nehme«, sagte er. »Und das weißt du ganz genau, Sassenach!«

Er drehte sich um und küßte mich heftig. Es kam völlig überraschend. Er preßte meine Lippen gegen meine Zähne und nahm dann meinen ganzen Mund mit dem seinen, beinahe ein fordernder Biß.

Ich wußte, was er von mir wollte; dasselbe, was ich so verzweifelt von ihm brauchte – Rückhalt. Doch keiner von uns konnte ihn dem anderen in dieser Nacht geben.

Seine Finger gruben sich in meine Schultern, glitten höher und ergriffen meinen Hals. Die Haare auf meinen Armen sträubten sich, als er mich an sich drückte – und dann hielt er inne.

»Ich kann's nicht«, sagte er. Er drückte meinen Nacken fest und ließ dann los. Sein Atem kam stoßweise. »Ich kann's nicht.«

Er trat zurück, wandte sich von mir ab und tastete wie blind nach dem Zaun vor ihm. Er packte das Holz fest mit beiden Händen und stand mit geschlossenen Augen da.

Ich zitterte, und meine Beine gaben unter mir nach. Ich schlug die Arme unter dem Umhang um mich und setzte mich zu seinen Füßen nieder. Und wartete, während mir das Herz schmerzhaft laut in den Ohren schlug. Der Nachtwind wehte durch die Bäume auf dem Kamm und murmelte in den Kiefern. Irgendwo weit weg in den dunklen Hügeln schrie ein Berglöwe. Es klang wie eine Frau.

»Es ist nicht so, daß ich dich nicht will«, sagte er schließlich, und ich hörte leise seinen Rock rascheln, als er sich mir zuwandte. Er stand einen Augenblick still, den Kopf gesenkt, das zusammengebundene Haar glänzend im Mondschein, das Gesicht im Dunkeln verborgen, denn der Mond war hinter ihm. Schließlich bückte er sich, nahm meine Hand in seine verletzte Hand und zog mich hoch.

»Ich will dich vielleicht mehr als je zuvor«, sagte er leise. »Und Himmel! Ich brauche dich, Claire. Doch ich kann es im Augenblick nicht ertragen, mich als Mann zu betrachten. Ich kann dich nicht berühren, ohne daran zu denken, was er – ich kann's nicht.«

Ich berührte seinen Arm.

»Ich verstehe«, sagte ich, und so war es auch. Ich war froh, daß er nicht nach den Details gefragt hatte; ich wünschte mir, ich würde sie auch nicht kennen. Wie würde es sein, mit ihm zu schlafen und gleichzeitig einen Akt vor Augen zu haben, der in seinen Bewegungen identisch war, aber von einer absolut anderen Essenz?

»Ich verstehe, Jamie«, sagte ich noch einmal.

Er öffnete die Augen und sah mich an.

»Aye, das tust du, nicht wahr? Und das ist es, was ich meine.« Er nahm meinen Arm und zog mich an sich.

»Du könntest mich in Stücke reißen, Claire, ohne mich zu berühren«, flüsterte er, »denn du kennst mich.« Seine Finger berührten meine Wange. Sie waren kalt und steif. »Und ich könnte das gleiche mit dir tun.«

»Das könntest du«, sagte ich, und mir war ein wenig schwindelig. »Aber mir wäre wirklich lieber, du tätest es nicht.«

Er lächelte kurz, neigte den Kopf und küßte mich ganz sanft. Wir standen zusammen da, berührten uns nur mit den Lippen und atmeten den Atem des anderen.

Ja, sagten wir schweigend zueinander. *Ja, ich bin immer noch da.* Es war keine Rettung, aber immerhin ein dünnes Seil, das sich über den Abgrund spannte, der zwischen uns lag. Ich wußte in der Tat, was er mit dem Unterschied zwischen Verletzungen an Körper und Seele meinte; was ich ihm nicht erklären konnte war die Verbindung, die beide in der Gebärmutter eingingen. Schließlich trat ich zurück und sah zu ihm auf.

»Brianna ist sehr stark«, sagte ich ruhig. »Genau wie du.«

»Wie ich?« Er schnaubte leise. »Dann steh' Gott ihr bei.«

Er seufzte, dann wandte er sich um und begann langsam am Zaun entlangzugehen. Ich folgte ihm und mußte mich ein wenig beeilen, um mitzuhalten.

»Dieser Mann, dieser Roger, von dem sie spricht. Wird er zu ihr stehen?« fragte er abrupt.

Ich holte tief Luft und atmete langsam wieder aus. Ich wußte nicht, wie ich antworten sollte. Ich hatte Roger nur ein paar Monate lang erlebt. Ich mochte ihn; hatte ihn sogar sehr gern. Nach allem, was ich von ihm wußte, war er ein durch und durch anständiger, ehrenhafter junger Mann – doch wie konnte ich auch nur so tun, als wüßte ich, was er denken, tun oder fühlen würde, wenn er erfuhr, daß Brianna vergewaltigt worden war? Schlimmer noch, daß sie möglicherweise ein Kind von dem Vergewaltiger bekam?

Der beste aller Männer war unter Umständen nicht in der Lage, mit so einer Situation fertigzuwerden; in den Jahren, die ich als Ärztin gearbeitet hatte, hatte ich selbst eingefahrene Ehen unter viel geringerem Druck zerbrechen sehen. Und solche, die nicht zerbrachen, sondern durch Mißtrauen verkrüppelt wurden... Ich preßte unwillkürlich die Hand gegen mein Bein und spürte den Goldring winzig und hart in meiner Tasche. *Von F. für C. in Liebe. Immer.*

»Würdest du es tun?« sagte ich schließlich. »Wenn ich es wäre?«

Er sah mich scharf an und öffnete den Mund, als wollte er etwas sagen. Dann schloß er ihn und sah suchend in mein Gesicht, die Augenbrauen sorgenvoll verzerrt.

»Ich hätte beinahe ›Aye, natürlich!‹ gesagt«, sagte er schließlich langsam. »Aber ich habe dir einmal Ehrlichkeit versprochen, nicht wahr?«

»Das ist wahr«, sagte ich und spürte mein Herz unter der Last meiner Schuld sinken. Wie konnte ich ihn zur Ehrlichkeit zwingen, wenn ich sie nicht erwidern konnte? Und doch hatte er gefragt.

Er versetzte dem Zaunpfahl einen leichten Faustschlag.

»*Ifrinn!* Ja, verdammt – das würde ich. Du wärst die Meine, auch wenn das Kind es nicht wäre. Und wenn du – ja. Das würde ich«, wiederholte er fest. »Ich würde dich nehmen, und das Kind zusammen mit dir, und der Rest der Welt wäre mir egal!«

»Und später nie mehr darüber nachdenken?« fragte ich. »Es nie im Kopf haben, wenn du in mein Bett kämst? Niemals den Vater sehen, wenn du das Kind ansiehst? Es mir nie vorwerfen, es nie zwischen uns kommen lassen?«

Er öffnete den Mund, um zu antworten, schloß ihn dann aber wieder, ohne etwas zu sagen. Dann sah ich, wie eine Veränderung seine Gesichtszüge trat, ein plötzlicher Schock erschrockenen Begreifens.

»Oh, Himmel«, sagte er. »Frank. Nicht ich. Es ist Frank, von dem du sprichst.«

Ich nickte, und er packte meine Schultern.

»Was hat er dir angetan?« fragte er fordernd. »Was? Sag es mir, Claire!«

»Er hat zu mir gestanden«, sagte ich, und es hörte sich sogar in meinen Ohren erstickt an. »Ich habe versucht, ihn fortzuschicken, doch er wollte es nicht. Und als das Baby – als Brianna kam – er hat sie geliebt, Jamie. Er war sich nicht sicher, er glaubte nicht, daß er es könnte – und ich auch nicht –, doch er hat sie wirklich geliebt. Es tut mir leid«, fügte ich hinzu.

Er holte tief Luft und ließ meine Schultern los.

»Das darf dir nicht leid tun«, sagte er schroff. »Niemals.« Er rieb sich mit der Hand über das Gesicht, und ich konnte hören, wie er leise über seine Bartstoppeln kratzte.

»Und was ist mit dir, Sassenach?« sagte er. »Was du gesagt hast – wenn er zu dir ins Bett gekommen ist. Hat er gedacht...« Er brach abrupt ab und ließ all seine Fragen zwischen uns in der Luft hängen, unausgesprochen, aber dennoch gestellt.

»Es könnte an mir gelegen haben – meine Schuld, meine ich«, sagte ich schließlich in die Stille. »Ich konnte nicht vergessen, verstehst du? Wenn ich es gekonnt hätte... wäre es vielleicht anders gewesen.« Ich hätte es dabei belassen sollen, doch ich konnte es nicht; die Worte, die sich den ganzen Abend über aufgestaut hatten, brachen in einer Flut hervor.

»Es wäre vielleicht einfacher – besser – für ihn gewesen, wenn es eine Vergewaltigung *gewesen* wäre. Das ist es, was sie ihm gesagt haben, weißt du – die Ärzte; daß ich vergewaltigt und mißbraucht worden war und daß ich Wahnvorstellungen hatte. Das ist es, was alle geglaubt haben, aber ich habe ihm immer wieder gesagt, nein, so war es nicht, habe darauf bestanden, ihm die Wahrheit zu sagen. Und nach einiger Zeit – hat er mir geglaubt, zumindest ein Stück weit. Und das war das Problem; nicht, daß ich ein Kind von einem anderen hatte – sondern daß ich dich liebte. Und nicht aufhörte, dich zu lieben. Ich konnte es nicht«, fügte ich leiser hinzu. »Er war besser als ich, Frank. Er konnte die Vergangenheit von sich schieben, zumindest um Briannas willen. Aber für mich...« Die Worte blieben mir im Hals stecken, und ich hielt inne.

Da wandte er sich um und sah mich lange an, sein Gesicht völlig ausdruckslos, die Augen unter den Schatten seiner Brauen verborgen.

»Und so hast du zwanzig Jahre mit einem Mann zusammengelebt, der dir etwas nicht verzeihen konnte, woran du gar nicht schuld warst? Ich habe dir das angetan, nicht wahr?« sagte er. »Mir tut es auch leid, Sassenach.«

Mir entfuhr ein kurzer Atemzug, der ein halber Seufzer war.

»Du hast gesagt, du könntest mich in Stücke reißen, ohne mich zu berühren«, sagte ich. »Du hattest ja so verdammt recht.«

»Es tut mir leid«, flüsterte er noch einmal, doch diesmal streckte er die Hände nach mir aus und hielt mich fest.

»Daß ich dich geliebt habe? Das darf dir nicht leid tun«, sagte ich mit halberstickter Stimme in sein Hemd. »Niemals.«

Er antwortete nicht, sondern senkte den Kopf und drückte seine Wange gegen mein Haar. Es war still; ich konnte sein Herz schlagen hören, lauter und leiser als der Wind in den Bäumen. Meine Haut war kalt; die Tränen auf meinen Wangen kühlten sich sofort ab.

Schließlich löste ich meine Arme von ihm, ließ sie sinken und trat zurück.

»Wir sollten besser zum Haus zurückgehen«, sagte ich um einen normalen Tonfall bemüht. »Es wird furchtbar spät.«

»Aye, das denke ich auch.« Er bot mir seinen Arm an, und ich ergriff ihn. In erleichtertem Schweigen folgten wir dem Pfad bis zum Rand der Felsenschlucht am Oberlauf des Baches. Es war zwar so kalt, daß winzige Eiskristalle auf den Felsen aufglitzerten, wenn das Sternenlicht sie traf, doch der Bach war noch lange nicht gefroren. Sein Gurgeln und Rauschen erfüllte die Luft und ließ nicht zu, daß wir allzu leise waren.

»Aye, gut«, sagte er, als wir dem Pfad weiter folgten, am Schweinestall vorbei. »Ich hoffe, daß Roger Wakefield ein besserer Mann ist als wir beide – Frank und ich.« Er sah mich an. »Versteh mich nicht falsch; wenn er es nicht ist, dann schlage ich ihn zu Brei.«

Ich lachte unwillkürlich.

»Das wird die Situation natürlich *bestens* klären, da bin ich mir sicher.«

Er schnaubte kurz und ging weiter. Am Fuß des Hügels drehten wir schweigend ab und schlugen wieder die Richtung zum Haus ein. Kurz vor dem Pfad, der zur Haustür führte, hielt ich ihn an.

»Jamie«, sagte ich zögernd. »Glaubst du mir, daß ich dich liebe?«

Er wandte den Kopf und sah einen langen Augenblick zu mir herab, bevor er antwortete. Der Mond schien ihm ins Gesicht und betonte seine Gesichtszüge, als wären sie in Marmor gemeißelt.

»Also, wenn du es nicht tust, Sassenach«, sagte er schließlich,

»dann hast du dir einen sehr ungünstigen Zeitpunkt ausgesucht, um es mir zu sagen.«

Ich atmete mit der Andeutung eines Lachens aus.

»Nein, das ist es nicht«, versicherte ich ihm. »Aber –« Es schnürte mir die Kehle zu, und ich schluckte hastig, denn ich mußte die Worte herausbringen.

»Ich – ich sage es nicht oft. Vielleicht liegt es nur daran, daß man mir nicht beigebracht hat, solche Dinge zu sagen; ich habe ja bei meinem Onkel gelebt, und er war sehr gefühlvoll, aber nicht – na ja, ich wußte nicht, wie Verheiratete –«

Er legte seine Hand leicht über meinen Mund, und der Hauch eines Lächelns umspielte seine Lippen. Einen Moment später entfernte er sie.

Ich holte tief Luft und kräftigte meine Stimme.

»Hör mal, was ich sagen will, ist – wenn ich es nicht sage, woher *weißt* du dann, daß ich dich liebe?«

Er stand regungslos da und sah mich an, dann nickte er zustimmend.

»Ich weiß es, weil du hier bist, Sassenach«, sagte er. »Und das ist es, was du meinst, aye? Daß er ihr gefolgt ist – dieser Roger. Und daß seine Liebe also vielleicht groß genug ist?«

»Es ist keine Sache, die man nur freundschaftshalber macht.«

Er nickte erneut, doch ich zögerte, denn ich wollte ihm mehr sagen, wollte ihm die Bedeutung dieses Schrittes eindringlich klarmachen.

»Ich habe dir nie viel davon erzählt, weil – es keine Worte dafür gibt. Aber eines könnte ich dir darüber sagen, Jamie –« Ich erschauerte unwillkürlich, und es lag nicht an der Kälte. »Nicht jeder, der durch die Steine geht, kommt auch wieder heraus.«

Sein Blick wurde schärfer.

»Woher weißt du das, Sassenach?«

»Ich kann – konnte – sie hören. Ihre Schreie.«

Jetzt zitterte ich hemmungslos, von einer Mischung aus Kälte und Erinnerungen geschüttelt, und er fing meine Hände zwischen den seinen ein und zog mich an sich. Der Herbstwind klapperte in den Ästen der Weiden am Bach, ein Geräusch wie von trockenen, nackten Knochen. Er hielt mich fest, bis das Zittern aufhörte, dann ließ er mich los.

»Es ist kalt, Sassenach. Komm nach drinnen.« Er wandte sich dem Haus zu, doch ich legte meine Hand auf seine Schulter, um ihn noch einmal anzuhalten.

»Jamie?«

»Aye?«

»Soll ich – hättest du – muß ich es sagen?«

Er drehte sich um und sah zu mir herab. Das Mondlicht, das ihn von hinten erleuchtete, verlieh ihm einen Heiligenschein, doch seine Gesichtszüge waren jetzt wieder dunkel.

»Nein, das mußt du nicht.« Seine Stimme war sanft. »Aber es würde mir nichts ausmachen, wenn du es gern sagen würdest. Ab und zu. Nicht zu oft, versteh mich nicht falsch; es wäre schade, wenn es aufhören würde, etwas Besonderes zu sein.« Ich konnte das Lächeln in seiner Stimme hören und mußte einfach ebenfalls lächeln, egal, ob er es sehen konnte oder nicht.

»Aber ab und zu wäre es nicht schlimm?«

»Nein.«

Ich trat dicht an ihn heran und legte meine Hände auf seine Schultern.

»Ich liebe dich.«

Er sah einen langen Moment zu mir herunter.

»Das freut mich, Claire«, sagte er und berührte mein Gesicht. »Sehr. Komm jetzt ins Bett; ich wärme dich.«

48

Fern in einer Krippe

Der kleine Stall befand sich in einer niedrigen Höhle unter einem felsigen Überhang und war an der Vorderseite mit ungeschälten Zedernstämmen verschlossen, die einen halben Meter tief in der festgestampften Erde versenkt waren, stabil genug, um auch dem entschlossensten Bären Widerstand zu leisten. Licht strömte durch die obere Hälfte der Stalltür, und rötlicher, lichterfüllter Rauch waberte schimmernd an den darüberliegenden Felsen hoch und lief so hell wie Wasser über den Stein.

»Wozu die unterteilte Tür?« hatte sie gefragt. Sie sah nach viel Mühe aus, ein unangemessener Luxus für ein so roh zusammengezimmertes Bauwerk.

»Man muß den Viechern doch eine Aussicht bieten«, hatte ihr Vater gesagt, während er ihr zeigte, wie man die Türangeln aus Lederbändern fest und glatt um das gerundete Holz zog. Er kniete über dem halbfertigen Tor, griff nach dem Hammer, um das Leder festzunageln, und lächelte sie an. »Dann sind sie glücklich, verstehst du?«

Sie wußte nicht, ob die Tiere in dem Stall glücklich waren, doch sie war es. Es war dort kühl und schattig, roch durchdringend nach Stroh und dem Dung von Grasfressern, und am Tag, wenn seine Bewohner draußen weideten, war er ein friedlicher Zufluchtsort. Bei schlechtem Wetter oder in der Nacht bildete der kleine Holzverschlag ein warmes Nest; einmal war sie nach Einbruch der Dunkelheit so nah daran vorbeigegangen, daß sie den sanften, nebligen Atem der Tiere durch die Lücke zwischen Fels und Holz aufsteigen sah, als atmete die Erde selbst durch halbgeöffnete Lippen, warm und schläfrig in der herbstlichen Kälte.

Heute nacht war es kalt. Die Sterne glänzten wie Nadelspitzen in der harten, klaren Luft.

Vom Haus aus hatte sie nur fünf Minuten zu gehen, doch als Brianna die Stalltür erreichte, zitterte sie unter ihrem Umhang vor Kälte. Das Licht, das nach außen drang, kam nicht nur von einer Hängelaterne, sondern auch von einem kleinen, provisorischen Ofen, der Licht und Wärme für die Nachtwache spendete.

Ihr Vater lag zusammengerollt auf einem Strohbett, das Plaid über sich gezogen, eine Armlänge von der kleinen, gescheckten Kuh entfernt. Die Färse hatte sich hingelegt und die Hufe seitlich angezogen. Ab und zu grunzte sie, und ein Ausdruck ruhiger Konzentration lief über ihr breites, weißes Gesicht.

Sein Kopf hob sich abrupt, als er ihre Schritte auf dem Kies hörte, und seine Hand fuhr automatisch an den Gürtel unter seinem Plaid.

»Ich bin's«, sagte sie und sah, wie die Anspannung von ihm wich, als sie ins Licht trat. Er schwang seine Füße zur Seite, setzte sich hin und rieb sich das Gesicht, während sie eintrat und die untere Hälfte der Tür sorgfältig hinter sich schloß.

»Deine Mutter noch nicht wieder da?« Es war offensichtlich, daß sie allein war, aber er sah kurz über ihre Schulter hinweg, als hoffte er, daß Claire plötzlich aus dem Dunkel auftauchen würde.

Brianna schüttelte den Kopf. Claire war in Begleitung von Lizzie fortgegangen, um auf einem der Höfe auf der anderen Seite des Tals bei einer Geburt zu helfen; wenn das Kind bei Sonnenuntergang noch nicht da war, würden sie die Nacht bei den Lachlans verbringen.

»Nein. Sie hat aber gesagt, ich soll dir etwas zu essen bringen, wenn sie nicht zeitig zurück ist.« Sie kniete sich hin, begann, den kleinen Korb auszupacken, den sie mitgebracht hatte, und brachte kleine, mit Käse und eingelegten Tomaten gefüllte Brotlaibe, einen Kuchen mit Trockenäpfeln und zwei Steingutflaschen zum Vorschein, eine mit heißer Gemüsesuppe, die andere mit Apfelwein.

»Das ist lieb von dir, Kleine.« Er lächelte sie an und griff nach einer der Flaschen. »Hast du denn schon gegessen?«

»Oh, ja«, versicherte sie ihm. »Reichlich.« Sie hatte gegessen, konnte sich aber einen kurzen, verlangenden Blick auf die frischen Brötchen nicht verkneifen; ihre anfängliche, leichte Übelkeit war vorbei, und sie war einem Appetit gewichen, dessen Intensität schon fast beunruhigend war.

Er bemerkte ihren Blick, zog lächelnd seinen Dolch, schnitt eins der Brötchen halb durch und gab ihr das größere Stück.

Sie saßen nebeneinander auf dem Stroh und kauten eine Zeitlang einträchtig vor sich hin. Die Stille wurde nur durch das leise Schnauben und Grunzen der anderen Stallbewohner unterbrochen. An der gegenüberliegenden Seite des Stalls war ein Verschlag für die riesige Sau und ihren jüngsten Wurf abgetrennt; Brianna konnte sie gerade eben im Stroh ausmachen, eine Reihe eng aneinanderliegender, rundlicher Körper, die jetzt schon in weiser Voraussicht wie Würste geformt waren.

Der Rest des kleinen Innenraums war in drei grob gezimmerte Boxen unterteilt. Eine gehörte Magdalen, der roten Kuh, die friedlich wiederkäuend im Stroh lag, und ihrem neugeborenen Kalb, das sich im Schlaf an ihre massive Brust gekuschelt hatte.

Die zweite Box war leer und mit frischem Stroh ausgelegt; sie stand für die gescheckte Kuh und ihr überfälliges Kalb bereit. In der dritten Box stand Ians Stute mit glänzenden, vom Gewicht eines Fohlens ausgewölbten Flanken.

»Hier sieht es aus wie in einer Entbindungsstation«, sagte Brianna und wies kopfnickend auf Magdalen, während sie sich die Krümel von ihrem Rock strich.

Jamie lächelte und zog eine Augenbraue hoch wie immer, wenn sie etwas sagte, das er nicht verstand.

»Ach ja?«

»Das ist ein besonderer Teil des Krankenhauses, in dem sie die frischgebackenen Mütter mit ihren Neugeborenen unterbringen«, erklärte sie. »Mama hat mich manchmal zur Arbeit mitgenommen, und ich durfte mir das Säuglingszimmer ansehen, während sie ihre Runde machte.«

Eine plötzliche Erinnerung an den leicht ätzenden Desinfektionsmittelgeruch des Krankenhausflurs überkam sie. Die Babys waren zu Bündeln gewickelt und lagen plump wie Ferkel in ihren Bettchen, ihre Decken rosa und blau codiert. Sie verbrachte viel Zeit damit, an der Bettenreihe auf- und abzugehen, während sie versuchte, sich zu entscheiden, welches sie mit nach Hause nehmen würde, wenn sie eins behalten dürfte.

Rosa oder blau? Zum ersten Mal fragte sie sich, was wohl das Baby tragen würde, das sie jetzt behalten *würde*. Es war seltsam beunruhigend, »es« sich als Junge oder Mädchen vorzustellen, und sie schob den Gedanken mit Worten von sich.

»Sie haben die Babys hinter eine Glaswand gelegt, so daß man sie ansehen konnte, ohne Keime auf sie zu atmen«, sagte sie mit einem Seitenblick auf Magdalen, die selbstvergessen die grünen Speichelfäden ignorierte, die von ihrem seelenruhig kauenden Kiefer auf den Kopf ihres Kalbes tropften.

»Keime«, sagte er nachdenklich. »Aye, von den Keimen habe ich schon gehört. Gefährliche kleine Biester, nicht wahr?«

»Manchmal.« Sie erinnerte sich lebhaft daran, wie ihre Mutter ihre Medizinkiste für den Besuch bei den Lachlans fertiggemacht und sorgfältig die große Glasflasche mit destilliertem Alkohol aus dem Faß in der Vorratskammer nachgefüllt hatte. Und, länger her, aber nicht weniger lebhaft, wie ihre Mutter Roger von der Vergangenheit erzählt hatte.

»Eine Geburt war das Gefährlichste, auf das eine Frau sich einlassen konnte«, hatte Claire gesagt und bei den Erinnerungen an die Dinge, die sie gesehen hatte, die Stirn gerunzelt. »Infektionen, Plazentarisse, abnorme Lagen, Fehlgeburten, Blutungen, Kindbettfieber – in den meisten Gegenden waren die Aussichten, eine Geburt zu überleben, ungefähr fifty-fifty.«

Briannas Finger fühlten sich kalt an trotz der zischenden Kiefernscheite im Ofen, und ihr Heißhunger schien plötzlich verschwunden zu sein. Sie legte den Rest ihres Brötchens ins Stroh, schluckte und fühlte sich, als sei ihr ein Bissen im Hals steckengeblieben.

Die breite Hand ihres Vaters berührte ihr Knie. Sie spürte seine Wärme noch durch den Wollstoff ihres Rockes.

»Deine Mutter wird nicht zulassen, daß dir etwas zustößt«, sagte er barsch. »Sie hat schon öfter mit diesen Keimen gekämpft; ich habe es gesehen. Sie hat nicht zugelassen, daß sie mich kriegten, und sie wird auch nicht dulden, daß sie dir Schwierigkeiten machen. Sie ist ziemlich stur, weißt du?«

Sie lachte, und das Erstickungsgefühl ließ nach.

»Sie würde sagen, nur ein Sturkopf weiß, was ein Sturkopf ist.«

»Da hat sie wohl recht.« Er erhob sich und ging um die gescheckte Kuh herum, hockte sich hin und betrachtete blinzelnd ihren Schwanz. Er stand kopfschüttelnd auf, kam zurück und setzte sich wieder. Er lehnte sich bequem zurück und nahm den Rest des Brötchens, den Brianna verschmäht hatte.

»Geht es ihr gut?« Brianna bückte sich und griff nach einem Strohbüschel, das sie der Färse einladend unter die Nase hielt. Die Kuh atmete schwer auf ihre Handgelenke, ignorierte die Zuwendung aber ansonsten. Ihre braunen Augen bewegten sich unter den langen Wimpern hin und her. Ab und zu kräuselten sich ihre vorstehenden Flanken. Ihr dickes Winterfell war struppig, glänzte aber trotzdem im Licht der Hängelaterne.

Jamie runzelte leicht die Stirn.

»Aye, vielleicht wird sie es schaffen. Aber es ist ihr erstes Kalb, und es ist zu groß für sie. Sie ist selbst noch ein Jährling; sie hätte nicht so früh trächtig werden dürfen, aber...« Er zuckte mit den Schultern und biß wieder in sein Brötchen.

Brianna wischte sich mit ihrem Rock die klebrige Feuchtigkeit von der Stirn. In plötzlicher Unruhe stand sie auf und ging zum Schweineverschlag hinüber.

Der lange, gewölbte Schweinebauch ragte wie ein aufgeblasener Ballon aus dem Heu. Unter den schütteren weißen Haaren war rosafarbene Haut zu sehen. Die Sau lag in benommener Würde da. Sie atmete langsam und tief und ignorierte das Winden und Quieken der hungrigen Brut, die an ihrer Unterseite herumwühlte. Eines der Ferkel steckte einen harten Stoß von seinem Nachbarn ein und verlor kurz seinen Halt; ein schriller Protestschrei ertönte, und ein Milchstrahl schoß aus der unvermittelt losgelassenen Zitze und zischte leise ins Heu.

Brianna spürte selbst ein leichtes Prickeln in den Brüsten; auf ihre Unterarme gestützt, kamen sie ihr auf einmal schwerer vor als sonst, während sie am Gatter lehnte.

Es war kein sonderlich ästhetisches Bild der Mutterschaft – nicht gerade die Madonna mit dem Kinde –, doch die lässige, mütterliche Trägheit der Sau hatte trotzdem etwas Beruhigendes an sich – eine Art sorgloser Zuversicht, ein blindes Vertrauen in natürliche Vorgänge.

Jamie warf noch einen Blick auf die gescheckte Kuh und stellte sich dann neben Brianna an den Schweinestall.

»Braves Mädchen«, sagte er und nickte der Sau anerkennend zu. Wie zur Antwort ließ die Sau einen langen, geräuschvollen Furz fahren, rutschte ein Stück herum und streckte sich dann mit einem wollüstigen Seufzer im Stroh aus.

»Na ja, auf jeden Fall macht sie den Eindruck, als wüßte sie, was sie tut«, stimmte Brianna zu und biß sich auf die Lippen.

»Das stimmt. Sie ist ein launisches Biest, aber eine fähige Mutter. Das ist ihr vierter Wurf, und bis jetzt hat sie noch keins verloren oder im Stich gelassen.« Er warf der gescheckten Färse einen Blick zu. »Ich hoffe, die hier macht's nur halb so gut.«

Sie holte tief Atem.

»Und wenn nicht?«

Er antwortete nicht sofort, sondern stand über das Gatter gebeugt und sah dem Gewimmel der Ferkel zu. Dann hoben sich seine Schultern sacht.

»Wenn sie das Kalb nicht allein gebären kann und ich es nicht für sie herausziehen kann, dann werde ich sie schlachten müssen«, sagte er nüchtern. »Wenn ich das Kalb retten kann, kann ich Magdalen vielleicht dazu bringen, daß sie es annimmt.«

Ihr Inneres verkrampfte sich, und das Brot, das sie gegessen hatte, verwandelte sich in Klumpen und Knoten. Natürlich war ihr der

Dolch an seinem Gürtel aufgefallen, doch er war so sehr Teil seiner Kleidung, daß sie nicht auf die Idee gekommen war, zu fragen, wozu er in dieser ländlichen Idylle diente. Das kleine runde Wesen in ihrem Bauch war ruhig und schwer wie eine tickende Zeitbombe.

Er kauerte sich neben die Färse und fuhr leicht mit der Hand über ihre gewölbte Flanke. Offensichtlich war er fürs erste zufrieden. Er kraulte die Kuh zwischen den Ohren und brummte auf Gälisch vor sich hin.

Wie konnte er ihr Liebkosungen zuflüstern, dachte sie, wenn er wußte, daß er ihr in den nächsten Stunden vielleicht ins lebendige Fleisch schneiden mußte? Es kam ihr kaltblütig vor; flüsterte ein Metzger seinen Opfern »mein lieber Schatz« ins Ohr? Ein winziger, eisiger Zweifel sank ihr in den Magen und stieß zu den anderen kalten Gewichten, die dort schon lagen wie eine Sammlung von Kugellagern.

Er stand auf und räkelte sich. Seine Wirbelsäule knackte, und er stöhnte. Er streckte seine Schultern, entspannte sich wieder, zwinkerte mit den Augen und lächelte sie an.

»Soll ich mit dir zum Haus gehen, Kleine? Es wird noch eine Weile dauern, bis sich hier etwas tut.«

Zögernd sah sie zu ihm hoch, doch dann faßte sie einen Entschluß.

»Nein. Ich werde noch etwas mit dir warten. Wenn du nichts dagegen hast?«

Jetzt, beschloß sie impulsiv. Sie würde jetzt fragen. Tagelang hatte sie auf den richtigen Zeitpunkt gewartet, doch welcher Zeitpunkt konnte schon richtig sein für eine Frage wie diese? Zumindest würden sie jetzt allein sein und ungestört bleiben.

»Wie du willst. Ich freue mich über deine Gesellschaft.«

Nicht mehr lange, dachte sie, als er sich umdrehte, um in dem Korb herumzukramen, den sie mitgebracht hatte. Sie hätte die Dunkelheit bevorzugt. Es wäre sehr viel leichter gewesen, das, was sie wissen mußte, auf dem dunklen Pfad zum Haus zu fragen. Aber Worte würden nicht genügen; sie mußte sein Gesicht sehen.

Ihr Mund war trocken; dankbar nahm sie den Becher mit Apfelwein an, den er ihr anbot. Er war stark und vollmundig, und der leichte Alkohol schien den Druck in ihrem Bauch ein wenig zu lindern.

Sie gab ihm den Becher, wartete aber nicht, bis er trank, denn sie befürchtete, daß die ermutigende Wirkung des Alkohols nachlassen würde, bevor sie die Worte herausbringen konnte.

»Pa…«

»Aye, Kleine?« Er schenkte sich Apfelwein nach, und seine Augen blickten gebannt auf den trüben, goldenen Strahl.

»Ich muß dich etwas fragen.«

»Mm?«

Sie holte tief Luft und brachte es hastig hervor.

»Hast du Jack Randall umgebracht?«

Er erstarrte zunächst, den Krug immer noch über den Becher geneigt. Dann richtete er den Krug sorgsam auf und stellte ihn auf den Boden.

»Und woher kennst du diesen Namen?« fragte er. Er sah sie direkt an; seine Stimme war so ruhig wie sein Blick. »Vielleicht von deinem Vater? Von Frank Randall?«

»Mama hat mir von ihm erzählt.«

Neben seinem Mundwinkel zuckte ein Muskel, das einzige äußere Anzeichen seiner Erschütterung.

»Hat sie das.«

Es war keine Frage, doch sie beantwortete sie trotzdem.

»Sie hat mir erzählt, was – was passiert ist. Was er d-dir angetan hat. In Wentworth.«

Ihr kurzer Anflug von Mut war erschöpft, doch es war egal; sie war jetzt zu weit gegangen, um noch einen Rückzieher zu machen. Er saß einfach da und sah sie an, den Kürbisbecher vergessen in seiner Hand. Sie hätte ihn gern selbst genommen und ausgetrunken, doch sie traute sich nicht.

Erst jetzt kam ihr der Gedanke, daß er es als Vertrauensbruch ansehen könnte, daß Claire es jemandem erzählt hatte – vor allem ihr. Sie redete schnell weiter und stammelte nervös.

»Nicht jetzt – es war, bevor – ich kannte dich noch nicht – sie dachte, ich würde dir nie begegnen. Ich meine – ich glaube nicht – ich weiß, daß sie nicht vorhatte...« Er sah sie an und zog seine Augenbraue hoch.

»Kannst du bitte still sein?«

Sie war erleichtert, nichts mehr sagen zu müssen. Sie konnte ihn nicht ansehen, sondern saß da und starrte in ihren Schoß, während sie mit den Fingern das rostrote Tuch ihres Rockes in Falten legte. Das Schweigen dauerte an, nur unterbrochen vom Gezappel und gedämpften Quieken der Ferkel und von Magdalens gelegentlichen Verdauungsgeräuschen.

Warum hatte sie keinen anderen Weg gefunden? Die Verlegenheit machte sie wahnsinnig. *Du sollst die Nacktheit deines Vaters nicht preisgeben.* Jack Randalls Namen heraufzubeschwören bedeutete, die Bilder von dem heraufzubeschwören, was er getan hatte – wo sie doch nicht einmal den bloßen Gedanken daran ertragen konnte. Sie hätte ihre Mutter fragen sollen, Claire bitten sollen, ihn zu fragen... doch nein. Sie hatte keine Wahl gehabt, nicht wirklich. *Er* mußte es sein, sie mußte es von ihm hören...

Seine ruhig gesprochenen Worte unterbrachen den Fluß ihrer Gedanken.

»Warum fragst du das, Kleine?«

Sie riß den Kopf hoch und sah, daß er sie über den unberührten Weinbecher hinweg anblickte. Er sah nicht erbost aus, und der Pudding in ihrer Wirbelsäule festigte sich etwas. Sie legte die geballten Fäuste auf ihre Knie, um sich Mut zu machen, und sah ihn direkt an.

»Ich muß wissen, ob es hilft. Ich will... ihn umbringen. Den Mann, der –« Sie zeigte mit einer unbestimmten Geste auf ihren Bauch und schluckte mühsam. »Aber wenn ich es tue, und es hilft nicht –« Sie konnte nicht mehr weiterreden.

Er schien nicht schockiert zu sein; eher geistesabwesend. Er hob den Becher an seinen Mund und trank langsam einen Schluck.

»Mmphm. Und hast du schon einmal einen Mann umgebracht?« Er formulierte es als Frage, doch sie wußte, daß es keine war. Der Muskel neben seinem Mund zuckte wieder – belustigt, dachte sie, überhaupt nicht schockiert –, und sie spürte einen Anflug von Ärger.

»Du denkst, ich kann das nicht, stimmt's? Kann ich wohl. Glaub' es mir besser, ich kann's!« Sie spreizte ihre Hände, breit und stark, und umfaßte ihre Knie. Sie glaubte, sie könnte es tun, obwohl sich ihre Vorstellung davon, wie es geschehen könnte, ständig veränderte. Wenn sie es kaltblütig betrachtete, schien ein Schuß das beste zu sein – vielleicht der einzig sichere Weg. Aber als sie versuchte, es sich auszumalen, hatte sie die Wahrheit hinter dem alten Sprichwort »Er ist keinen Schuß Pulver wert« erkannt.

Vielleicht war er keinen Schuß Pulver wert; vielleicht würde sich auch der Schuß für *sie* nicht bezahlt machen. Wenn sie nachts ihre Decken von sich schleuderte, unfähig, auch nur dieses leichte Gewicht und die Erinnerung an den Zwang zu ertragen, dann wünschte sie sich nicht nur, ihn tot zu sehen – sie wollte ihn *umbringen*, schlicht, ergreifend und mit ganzer Leidenschaft. Sich mit bloßen Händen zurückholen, was man ihr auf dieselbe Weise genommen hatte.

Und dennoch... was würde es nützen, ihn zu ermorden, wenn er sie dann immer noch heimsuchte? Es gab keine Möglichkeit, das herauszufinden, außer, wenn ihr Vater es ihr sagen konnte.

»Wirst du es mir sagen?« platzte sie heraus. »Hast du ihn am Ende umgebracht – und hat es geholfen?«

Er schien darüber nachzudenken. Seine Augen wanderten langsam über sie hinweg, abschätzend zusammengekniffen.

»Und was würde es nützen, wenn du einen Mord begehst?« fragte er. »Es wird das Kind nicht aus deinem Bauch holen – oder dir deine Unschuld zurückgeben.«

»Das weiß ich!« Sie fühlte, wie ihr Gesicht heiß und rot wurde und wandte sich ab, über ihn genauso verärgert wie über sich selbst. Sie sprachen von Vergewaltigung und Mord, und sie wurde verlegen, weil er ihre verlorene Unschuld erwähnte? Sie zwang sich, ihn wieder anzusehen.

»Mama hat gesagt, du hast versucht, Jack Randall umzubringen – bei einem Duell in Paris. Was hast du dir davon erhofft?«

Er rieb sich das Kinn, dann atmete er durch die Nase ein und langsam wieder aus und starrte dabei auf die fleckige Felsendecke.

»Ich wollte mir meine Männlichkeit zurückholen«, sagte er leise. »Meine Ehre.«

»Und du denkst, meine Ehre ist es nicht wert, zurückgewonnen zu werden? Oder denkst du, sie ist ein und dasselbe wie meine *Unschuld*?« Gehässig imitierte sie seinen Tonfall.

Seine scharfen blauen Augen fuhren zurück zu den ihren.

»Ist es für *dich* dasselbe?«

»Nein«, zischte sie durch zusammengebissene Zähne.

»Gut«, sagte er kurz.

»Dann antworte mir, verdammt noch mal!« Sie hieb mit der Faust auf das Stroh, doch der lautlose Schlag brachte ihr keine Genugtuung. »Hat dir sein Tod deine Ehre wiedergegeben? Hat es geholfen? Sag mir die Wahrheit!«

Schweratmend hielt sie inne. Sie sah ihn wütend an, und seine Augen starrten kalt in die ihren. Dann hob er den Becher abrupt an seinen Mund, kippte den Apfelwein in einem Zug hinunter und stellte den Becher neben sich ins Heu.

»Die Wahrheit? Die Wahrheit ist, ich hab' keine Ahnung, ob ich ihn umgebracht habe oder nicht.«

Vor Überraschung klappte ihr der Mund auf.

»Du *weißt* nicht, ob du ihn umgebracht hast?«

»Das habe ich gesagt.« Ein leichtes Zucken seiner Schultern verriet seine Ungeduld. Er stand plötzlich auf, als könnte er nicht länger stillsitzen.

»Er ist in Culloden gestorben, und ich war dabei. Nach der

Schlacht bin ich auf dem Moor aufgewacht, und Randalls Leiche hat auf mir gelegen. Soviel weiß ich – aber nicht viel mehr.« Wie in Gedanken hielt er inne, kam zu einem Entschluß und schob das eine Knie vor. Er zog seinen Kilt hoch und wies mit einem Nicken nach unten. »Da.«

Es war eine alte Narbe, aber ihr Alter machte sie nicht weniger eindrucksvoll. Sie verlief an der Innenseite seines Oberschenkels und war gut dreißig Zentimeter lang. Ihr unteres Ende war so knotig wie das Kopfende einer Keule, der Rest eine geradere, wenn auch wulstige und gewundene Linie.

»Ein Bajonett, schätze ich«, sagte er und sah die Narbe leidenschaftslos an. Dann bedeckte er sie wieder mit seinem Kilt.

»Ich kann mich erinnern, wie es sich anfühlte, als die Klinge den Knochen traf, sonst nichts. Weder vorher noch nachher.«

Er holte tief und hörbar Luft, und erst jetzt erkannte sie, daß es ihn beträchtliche Mühe kostete, seine äußere Ruhe zu bewahren.

»Ich hielt es für einen Segen – daß ich mich nicht erinnern konnte«, sagte er schließlich. Er sah nicht sie an, sondern die Schatten am anderen Ende des Stalls. »Damals sind großartige Männer gestorben. Männer, die ich sehr geliebt habe. Solange ich nichts über ihren Tod wußte – mich nicht daran erinnern oder es vor meinem inneren Auge sehen konnte –, solange mußte ich sie mir auch nicht als Tote vorstellen. Vielleicht war das feige, vielleicht auch nicht. Vielleicht habe ich mich bewußt entschlossen, mich nicht an diesen Tag zu erinnern – vielleicht könnte ich es nicht einmal, wenn ich es wollte.« Er sah zu ihr hinunter; sein Blick war weicher geworden. Doch dann wandte er sich mit einem Schwung seines Plaids ab, ohne eine Antwort abzuwarten.

»Danach – aye, gut. Rache kam mir damals nicht wichtig vor. Es lagen tausend Tote auf diesem Feld, und ich dachte, ich würde in wenigen Stunden dazugehören. Jack Randall...« Mit einer seltsamen, ungeduldigen Geste schob er den Gedanken an Jack Randall wie eine lästige Pferdebremse von sich. »Er war einer davon. Ich dachte, ich könnte ihn Gott überlassen. Damals.«

Sie holte tief Luft und versuchte, die Kontrolle über ihre Gefühle zu behalten. Neugier und Mitgefühl rangen mit einem überwältigenden Gefühl der Ohnmacht.

»Du bist aber... geheilt. Ich meine – trotz allem – was er dir angetan hat?«

Er sah sie an, als triebe sie ihn zur Verzweiflung, und das Verständnis in seinem Blick mischte sich mit halb verärgerter Belustigung.

»Nicht viele sterben daran, Kleine. Ich nicht. Und du auch nicht.«

»Noch nicht.« Unwillkürlich legte sie eine Hand auf ihren Bauch. Sie starrte zu ihm hoch. »Wir werden ja in sechs Monaten sehen, ob ich daran sterbe.«

Das saß; sie konnte es sehen. Er atmete aus und fuhr sie an.

»Du machst das schon«, sagte er barsch. »Du hast breitere Hüften als unsere Färse da.«

»Aha. So wie deine Mutter? Jeder sagt mir, wie ähnlich ich ihr bin. Ich schätze, sie hatte auch breite Hüften, aber es hat ihr nicht geholfen, oder?«

Er fuhr zusammen. Kurz und heftig, als hätte sie ihm eine Brennnessel ins Gesicht geschlagen. Perverserweise erfüllte sie der Anblick mit Panik anstelle der Genugtuung, mit der sie gerechnet hatte.

In diesem Moment wurde ihr klar, daß sein Versprechen, sie zu beschützen, größtenteils Wunschdenken war. Er würde für sie töten, ja. Bereitwillig selbst sterben, daran gab es keinen Zweifel. Wenn sie ihn ließ, würde er ihre Ehre rächen und ihre Feinde vernichten. Aber er konnte sie nicht vor ihrem eigenen Kind schützen; gegenüber dieser Bedrohung war er so machtlos, als hätte sie ihn gar nicht erst gefunden.

»Ich werde sterben«, sagte sie, und kalte Gewißheit erfüllte ihren Bauch wie gefrorenes Quecksilber. »Ich weiß es.«

»Wirst du nicht!« Er fuhr sie heftig an, und sie spürte, wie sich seine Hände in ihre Oberarme krallten. »Ich werde es nicht zulassen!«

Sie hätte alles darum gegeben, ihm zu glauben. Ihre Lippen waren taub und steif; ihre Wut wich kalter Verzweiflung.

»Du kannst mir nicht helfen«, sagte sie. »Du kannst nichts tun!«

»Aber deine Mutter«, sagte er, doch es klang nur halb überzeugt. Seine Umklammerung wurde schwächer, und sie riß sich los.

»Nein, das kann sie nicht – nicht ohne Krankenhaus, Medikamente und so. Wenn es – wenn es schiefgeht, kann sie nur versuchen, das B-Baby zu retten.« Unwillkürlich huschte ihr Blick zu seinem Dolch, dessen Klinge kalt im Stroh glänzte, wo er ihn liegengelassen hatte.

Sie hatte weiche Knie und setzte sich abrupt hin. Er griff nach dem Krug und goß Apfelwein in einen Becher, den er ihr dann unter die Nase hielt.

»Trink«, sagte er. »Trink aus, Kleine. Du bist ja so bleich wie mein Hemd.« Er legte seine Hand hinter ihren Kopf und drängte sie. Sie nahm einen Schluck, verschluckte sich aber und wich hustend zurück.

Sie fuhr sich mit dem Ärmel über das feuchte Kinn und wischte den verschütteten Apfelwein weg.

»Weißt du, was das Schlimmste ist? Du sagst, es ist nicht meine Schuld, aber das ist es doch.«

»Ist es nicht!«

Mit einer Handbewegung bat sie ihn, still zu sein.

»Du hast von Feigheit gesprochen; du weißt, was das ist. Nun, ich war ein Feigling. Ich hätte kämpfen sollen, ich hätte es nicht zulassen dürfen... aber ich hatte Angst. Wenn ich mutig genug gewesen wäre, wäre das alles nicht passiert, aber ich hatte Angst. Und jetzt habe ich noch mehr Angst«, sagte sie, und ihre Stimme brach. Sie holte tief Luft, um wieder ins Gleichgewicht zu kommen, und stützte sich mit den Händen im Stroh auf.

»Du kannst mir nicht helfen, und Mama auch nicht, und ich kann auch nichts tun. Und Roger...« Ihr versagte die Stimme, und sie biß sich fest auf die Lippen, um die Tränen zurückzudrängen.

»Brianna – *a leannan*...« Er machte Anstalten, sie zu trösten, doch sie wich zurück, die Arme fest vor dem Bauch verschränkt.

»Ich muß immerzu denken – wenn ich ihn umbringe, kann ich wenigstens etwas tun. Es ist das *einzige*, was ich tun kann. Wenn – wenn ich schon sterben muß, dann kann ich ihn wenigstens mitnehmen, und wenn nicht – dann kann ich es vielleicht vergessen, wenn er tot ist.«

»Du wirst es nicht vergessen.« Die Worte kamen so direkt und kompromißlos wie ein Schlag in die Magengrube. Er hielt immer noch den Weinbecher in der Hand. Jetzt neigte er den Kopf zurück und trank ihn seelenruhig aus.

»Spielt aber keine Rolle«, sagte er und stellte den Becher ab, als käme er jetzt zum Abschluß eines Geschäftes. »Wir werden dir einen Mann suchen, und wenn das Baby einmal da ist, wirst du nicht mehr viel Zeit zum Grübeln haben.«

»Was?« Sie starrte ihn an. »Was meinst du damit, mir einen Mann suchen?«

»Du wirst einen brauchen, oder?« sagte er und hörte sich geradezu überrascht an. »Das Kind braucht einen Vater. Und wenn du den Namen des Mannes nicht verraten willst, der dir zu deinem dicken Bauch verholfen hat, so daß ich ihn zwingen kann, seiner Pflicht nachzukommen...«

»Du glaubst, ich würde den Mann *heiraten*, der das getan hat?« Wieder überschlug sich ihre Stimme, diesmal vor Erstaunen.

Seine Stimme wurde etwas härter.

»Tja, ich denk mir – vielleicht spielst du nur 'n bißchen mit der Wahrheit rum, mein Schatz? Vielleicht war's gar keine Vergewaltigung; vielleicht hat dir nur der Mann nicht gepaßt, und du hast dich davongemacht – und die Geschichte hinterher erfunden. Man konnte dir schließlich nichts ansehen. Kaum zu glauben, daß ein Mann so eine kräftige Frau zwingen kann, wenn sie sich völlig verweigert.«

»Du meinst, ich lüge?«

Zynisch zog er eine Augenbraue hoch. Sie erhob wütend die Hand gegen ihn, doch er packte ihr Handgelenk.

»Aber, aber«, sagte er tadelnd. »Du wärst nicht die erste, die einen Ausrutscher macht und dann versucht, ihn zu vertuschen, aber...« Sie schlug nach ihm, und er ergriff auch ihr anderes Handgelenk und riß beide scharf nach oben.

»Brauchst gar nicht so ein Theater zu machen«, sagte er. »Oder wolltest du den Mann etwa, und er hat dich sitzenlassen? Ist es das?«

Sie wand sich in seinem Griff, schwang sich mit ihrem ganzen Gewicht seitwärts und stieß fest mit dem Knie nach oben. Er wich ihr nur ganz leicht aus, und ihr Knie kollidierte mit seinem Oberschenkel, nicht mit den empfindlichen Teilen zwischen seinen Beinen, nach denen sie gezielt hatte.

Er würde sicher einen blauen Flecken von dem Tritt davontragen, aber sein Klammergriff um ihre Handgelenke ließ nicht nach. Sie wand sich weiter, trat um sich und verfluchte ihre Röcke. Sie traf ihn zweimal am Schienbein, doch er kicherte nur, als fände er es komisch, wie sie sich abmühte.

»Ist das alles, was du kannst, Schätzchen?« Er löste seinen Griff, aber nur, um beide Handgelenke in eine Hand zu nehmen. Mit der anderen stieß er sie spielerisch zwischen die Rippen.

*»Es war ein Mann
in Muir of Skene
hatt' nen Dolch
und ich hatt keen'.
Stürzt' mich auf ihn
mit dem Daumen,
und sieh an,
ich stach ihn tot,
stach ihn tot,
stach ihn tot?«*

Bei jeder Wiederholung stieß er ihr den Daumen fest zwischen die Rippen.

»Du verdammtes Schwein!« schrie sie. Sie suchte nach einem Halt für ihre Füße und riß seinen Arm herunter, so fest sie konnte, um ihn zu beißen. Sie schnappte nach seinem Handgelenk, doch bevor sich ihre Zähne in seine Haut senken konnten, riß es sie von den Füßen, und sie flog durch die Luft.

Sie landete hart auf den Knien, und ein Arm war so fest hinter ihrem Rücken verdreht, daß ihr Schultergelenk knackte. Der Druck auf ihrem Ellbogen schmerzte; sie wand sich und versuchte, sich zu ihm umzudrehen, konnte sich aber nicht von der Stelle rühren. Wie ein Eisenriegel klammerte sich sein Arm um ihre Schulter und drückte ihr den Kopf nach unten. Und weiter nach unten.

Ihr Kinn preßte sich auf ihre Brust; ihr stockte der Atem. Und immer noch drückte er weiter auf ihren Kopf. Ihre Knie glitten auseinander; ihre Oberschenkel spreizten sich unter dem Druck.

»Hör auf!« stöhnte sie. Es tat weh, durch ihre zusammengequetschte Luftröhre Töne herauszubringen. »Gtt's wll'n, f'hrn!«

Der unnachgiebige Druck hielt inne, ließ aber nicht nach. Sie konnte ihn hinter sich spüren, eine unerschöpfliche, rätselhafte Kraft. Sie griff mit der freien Hand hinter sich und tastete nach etwas, das sie kratzen, etwas, das sie schlagen oder verdrehen konnte, doch da war nichts.

»Ich könnte dir das Genick brechen«, sagte er ganz ruhig. Das Gewicht seines Arms ließ von ihren Schultern ab, doch ihr verdrehter Arm zwang sie, weiter vornübergebeugt zu verharren; ihr Haar, aufgelöst und zerzaust, berührte fast den Boden. Eine Hand legte sich auf ihren Hals. Rechts und links spürte sie Daumen und Zeigefinger, die sich leicht auf ihre Arterien preßten. Er drückte zu, und schwarze Punkte tanzten vor ihren Augen.

»Ich könnte dich umbringen, so.«

Die Hand verließ ihren Hals und berührte sie mit Bedacht, Knie und Schulter, Wange und Kinn, und betonte ihre Hilflosigkeit. Sie riß den Kopf weg, damit er die Feuchtigkeit nicht berührte und ihre Tränen der Wut nicht spürte. Dann drückte seine Hand plötzlich und brutal auf ihr Kreuz. Sie gab ein leises, ersticktes Geräusch von sich, machte ein Hohlkreuz, damit ihr Arm nicht brach, und stieß die Hüften nach hinten, die Beine gespreizt, um die Balance zu halten.

»Ich könnte dich benutzen, wie es mir gefällt«, sagte er, und Kälte lag in seiner Stimme. »Könntest du mich daran hindern, Brianna?«

Sie fühlte sich, als müßte sie vor Wut und Scham ersticken.

»Antworte mir.« Die Hand griff ihr wieder an den Hals und drückte zu.

»Nein!«

Sie war frei. Weil es so unerwartet kam, fiel sie nach vorn auf ihr Gesicht und konnte sich gerade noch rechtzeitig mit der Hand abstützen.

Sie lag japsend im Stroh und schluchzte. Neben ihrem Kopf schnaubte es laut – Magdalen war durch den Lärm aufgestört worden und lehnte sich neugierig aus ihrer Box. Langsam und unter Schmerzen erhob sich Brianna in eine sitzende Position.

Er stand mit verschränkten Armen über ihr.

»Verdammt!« schnappte sie. Sie hieb mit der Hand auf das Heu. »Gott, ich würde dich am liebsten umbringen!«

Er stand ganz still da und sah zu ihr herunter.

»Aye«, sagte er ruhig. »Aber du kannst es nicht, oder?«

Sie starrte ihn an und verstand ihn nicht. Er sah sie durchdringend an, ohne Wut, ohne Spott. Abwartend.

»Du *kannst* es nicht«, wiederholte er betont.

Und dann begriff sie.

»Oh, Gott«, sagte sie. »Nein. Ich kann es nicht. Ich konnte es nicht. Selbst wenn ich mich gewehrt hätte – ich hätte es nicht gekonnt.«

Plötzlich begann sie zu weinen. Die Knoten in ihrem Inneren lösten sich, der Druck verlagerte sich und ließ von ihr ab, als sich eine wunderbare Erleichterung in ihrem Körper ausbreitete. Es war nicht ihre Schuld gewesen. Wenn sie sich mit aller Kraft gewehrt hätte – so wie jetzt gerade...

»Nicht gekonnt«, sagte sie, schluckte mühsam und rang nach Luft. »Ich hätte ihn nicht daran hindern können. Ich habe immer gedacht, wenn ich mich mehr gewehrt hätte... aber es hätte keine Rolle gespielt. Ich hätte ihn nicht daran hindern können.«

Eine Hand berührte ihr Gesicht, groß und ganz sanft.

»Du bist eine wunderbare, tapfere Frau«, flüsterte er. »Aber trotzdem eine Frau. Willst du dich zu Tode grübeln und dir vormachen, daß du ein Feigling bist, weil du nicht mit bloßen Händen einen Löwen vertreiben konntest? Es ist genau dasselbe. Jetzt sei kein Dummkopf.«

Sie wischte sich mit dem Handrücken die Nase ab und schniefte kräftig.

Er legte eine Hand unter ihren Ellbogen und half ihr auf. Seine Kraft bedeutete nicht länger Bedrohung oder Spott, sondern unaussprechlichen Trost. Ihre Knie brannten an den Stellen, an denen sie über den Boden geschrammt war. Ihre Beine gaben nach, doch sie schaffte es bis zu dem Heuhaufen, wo sie sich hinsetzen konnte.

»Weißt du, du hättest es mir einfach sagen können«, sagte sie. »Daß es nicht meine Schuld war.«

Er lächelte schwach.

»Das habe ich doch. Du hättest es aber nicht geglaubt, ohne es am eigenen Leib zu spüren.«

»Nein. Wahrscheinlich nicht.« Tiefe, aber friedvolle Müdigkeit hatte sich wie eine Decke über sie gelegt. Diesmal verspürte sie nicht das Bedürfnis, sie wegzureißen.

Zu ermattet, um sich zu rühren, sah sie ihm zu, wie er in der Tränke einen Lappen anfeuchtete und ihr das Gesicht abwischte, ihr die verrutschten Röcke geradezog und ihr etwas zu trinken eingoß.

Doch als er ihr den frischgefüllten Weinbecher gab, legte sie eine Hand auf seinen Arm. Sie spürte seine Knochen und Muskeln fest und warm unter ihrer Hand.

»Du hättest dich wehren können. Aber du hast es nicht getan.«

Er legte seine große Hand auf die ihre, drückte und ließ los.

»Nein, das habe ich nicht«, sagte er ruhig. »Ich gab mein Wort – für das Leben deiner Mutter.« Er sah sie direkt an. In seinen Augen spiegelten sich jetzt weder Eis noch Saphir, sondern klares Wasser. »Ich bereue es nicht.«

Er nahm sie bei den Schultern und legte sie in den Heuhaufen zurück.

»Ruh dich ein bißchen aus, *a leannan*.«

Sie legte sich hin, streckte aber die Hand nach ihm aus, als er sich neben sie kniete.

»Stimmt es – daß ich es nicht vergessen werde?«

Er hielt einen Moment inne, seine Hand auf ihrem Haar.

»Aye, das stimmt«, sagte er leise. »Aber es stimmt auch, daß es nach einer Weile keine Rolle mehr spielt.«

»Nicht?« Sie war zu müde, um sich zu fragen, was er damit meinte. Sie fühlte sich fast schwerelos; seltsam abwesend, als bewohnte sie ihren lästigen Körper nicht länger. »Selbst wenn ich nicht stark genug bin, um ihn umzubringen?«

Ein klarer, kalter Luftzug von der offenen Tür schnitt durch die warme Rauchschicht und versetzte die Tiere in Bewegung. Die gescheckte Kuh verlagerte in plötzlicher Nervosität das Gewicht und gab ein tiefes »Muäh« von sich, weniger aus Not als aus Protest.

Ihr Vater sah nach der Kuh, bevor er sich wieder zu ihr umdrehte.

»Du bist eine sehr starke Frau, *a bheanachd*«, sagte er schließlich ganz leise.

»Ich bin nicht stark. Du hast mir gerade bewiesen, daß ich nicht...«
Seine Hand auf ihrer Schulter ließ sie innehalten.

»Das meine ich nicht.« Er hielt inne und dachte nach. Seine Hand strich über ihr Haar, wieder und wieder.

»Sie war zehn, als unsere Mutter starb. Jenny«, sagte er schließlich. »Am Tag nach der Beerdigung kam ich in die Küche und sah sie auf einem Hocker knien, damit sie groß genug war, um in der Schüssel auf dem Tisch zu rühren. Sie hatte Mutters Schürze an«, sagte er leise, »unter den Armen zusammengerafft und die Bänder zweimal um ihre Taille geschlungen. Ich konnte sehen, daß sie geweint hatte, genau wie ich, weil ihr Gesicht ganz scheckig war und sie rote Augen hatte. Aber sie rührte nur immer weiter und starrte in die Schüssel, und sie sagte zu mir ›Geh und wasch dich, Jamie; das Essen für dich und Pa ist sofort fertig.‹«

Seine Augen schlossen sich ganz, und er schluckte. Dann öffnete er sie und sah Brianna wieder an.

»Aye, ich weiß genau, wie stark Frauen sind«, sagte er ruhig. »Und du bist stark genug, um zu tun, was getan werden muß, *m'annsachd* – glaub's mir.«

Dann stand er auf und ging zu der Kuh hinüber. Sie hatte sich erhoben und drehte sich unruhig im Kreis, riß und schüttelte an ihrem Halfter. Er hielt sie am Haltestrick fest, beruhigte sie mit seinen Händen und mit Worten, trat hinter sie und runzelte konzentriert die Stirn. Brianna sah, wie er den Kopf wandte, nach seinem Dolch sah, und sich murmelnd zurückwandte.

Also doch kein liebevoller Metzger. Ein Chirurg, auf seine Art, wie ihre Mutter. Aus ihrer seltsam entrückten Perspektive fiel ihr auf, wie sehr sich ihre Eltern – so extrem verschieden sie an Temperament und Charakter waren – in diesem einen Punkt glichen; dieser merkwürdigen Fähigkeit, Mitleid mit äußerster Schonungslosigkeit zu verbinden.

Und doch waren sie selbst da noch verschieden, dachte sie; Claire konnte Leben und Tod in ihrer Hand halten und sich dabei selbst im Blick behalten, den Abstand wahren; ein Arzt mußte weiterleben, zum Wohl seiner Patienten, wenn nicht zu seinem eigenen. Jamie würde auf sich selbst keine Rücksicht nehmen, genausowenig – oder weniger – wie auf irgend jemand anderen.

Er hatte das Plaid abgelegt; jetzt öffnete er sein Hemd, ohne Hast, aber auch ohne jede überflüssige Bewegung. Er zog sich das helle Leinen über den Kopf und legte es ordentlich zur Seite. Dann kehrte er zu seinem Wachtposten beim Schwanz der Färse zurück, bereit, ihr zu helfen.

Eine Welle lief langsam über die runde Flanke der Kuh, und das Licht der Lampe schimmerte weiß auf dem kleinen Narbenknoten über Jamies Herz. Seine Nacktheit preisgeben? Wenn er es für nötig hielt, würde er sich bis auf die Knochen ausziehen. Und – ein weniger angenehmer Gedanke – wenn er es für nötig hielt, würde er mit ihr dasselbe tun, ohne eine Sekunde zu zögern.

Seine Hand lag auf der Schwanzwurzel der Kuh, und er redete ihr auf Gälisch zu, tröstend, ermutigend. Brianna glaubte fast, den Sinn seiner Worte erfassen zu können – und doch nicht ganz.

Alles würde gut werden, oder auch nicht. Doch was auch geschah, Jamie Fraser würde da sein und für sie kämpfen. Es war ein tröstlicher Gedanke.

Jamie blieb auf dem Hang über dem Haus am oberen Zaun der Kuhweide stehen. Es war spät, und er war mehr als nur müde, doch seine Gedanken hielten ihn wach. Nach der Geburt des Kalbes hatte er Brianna zum Blockhaus hinuntergetragen – sie hatte fest wie ein Baby in seinen Armen geschlafen – und war dann wieder hinausgegangen, um in der Einsamkeit der Nacht Erleichterung zu suchen.

Seine Schienbeine schmerzten von ihren Tritten, und er hatte schwere Prellungen an den Oberschenkeln; für eine Frau hatte sie erstaunlich viel Kraft. Doch all das kümmerte ihn nicht im mindesten; eigentlich verspürte er sogar einen seltsamen und unerwarteten Stolz über diese Beweise ihrer Kraft. *Ihr geschieht schon nichts*, dachte er. Mit Sicherheit nicht.

Hinter diesen Gedanken lag mehr Hoffnung als Zuversicht. Dennoch war er um seiner selbst willen schlaflos, und er fühlte sich deswegen besorgt und verlegen zugleich. Er hatte geglaubt, er wäre völlig geheilt und hätte die alten Verletzungen soweit hinter sich gelassen, daß er sie unbesorgt vergessen konnte. Doch damit hatte er unrecht gehabt, und es verunsicherte ihn, festzustellen, wie dicht die begrabenen Erinnerungen unter der Oberfläche lauerten.

Wenn er heute nacht Ruhe finden wollte, dann mußte er sie hervorholen; die Geister wecken, um sie zur Ruhe zu legen. Nun, er hatte Brianna gesagt, daß es Kraft kostete. Er blieb stehen und griff an den Zaun.

Das Rascheln der Nachtgeräusche trat langsam in den Hintergrund seines Bewußtseins, während er wartete und auf die Stimme lauschte. Er hatte sie seit Jahren nicht mehr gehört, hatte nicht damit gerechnet, sie jemals wieder zu hören – doch er hatte ihr Echo heute nacht bereits einmal gehört; das Phantom der Wut in den Augen seiner

Tochter aufflammen sehen und gespürt, wie dessen Flammen auch ihm das Herz versengten.

Besser, es herauszufordern und ihm offen gegenüberzutreten als es auf der Lauer liegen zu lassen. Wenn er sich seinen eigenen Dämonen nicht stellen konnte, dann konnte er auch die ihren nicht überwinden. Er berührte eine Prellung an seinem Oberschenkel und fand einen seltsamen Trost in dem Schmerz.

Niemand stirbt daran, hatte er gesagt. *Du nicht und ich auch nicht.*

Zuerst blieb die Stimme aus; für einen Augenblick hoffte er, daß sie gar nicht kommen würde – vielleicht *war* es lange genug her... doch dann war sie wieder da und flüsterte ihm ins Ohr, als wäre sie niemals fortgewesen, ihre Anzüglichkeiten eine Liebkosung, die ihm das Gedächtnis verbrannte, so wie sie ihm einst die Haut verbrannt hatte.

»Zuerst sanft«, hauchte sie. »Sachte. Vorsichtig, als wärst du mein neugeborener Sohn. Sanft, aber so lange, daß du vergessen wirst, daß es einmal eine Zeit gab, in der ich deinen Körper nicht besaß.«

Ringsum stand die Nacht still, hielt inne, so wie die Zeit damals innegehalten hatte, als er am Rand eines schreckenerregenden Abgrundes schwebte, abwartete. Die nächsten Worte abwartete, die er schon kannte und mit denen er rechnete, aber dennoch...

»Und dann«, sagte die Stimme liebevoll, »dann werde ich dir große Schmerzen zufügen. Und du wirst mir danken und nach mehr verlangen.«

Er stand völlig still, das Gesicht den Sternen zugewandt. Kämpfte gegen den Sog der Wut an, die ihm ins Ohr murmelte, den Puls der Erinnerung in seinem Blut. Dann ergab er sich, ließ sie kommen. Er zitterte bei der Erinnerung an seine Hilflosigkeit und biß vor Wut die Zähne zusammen – und starrte dennoch reglos zum leuchtenden Himmel empor und beschwor die Namen der Sterne wie die Worte eines Gebetes herauf, gab sich der Leere über ihm hin, während er versuchte, sich hier am Boden zu verlieren.

Beteigeuze. Sirius. Orion. Antares. Der Himmel ist sehr groß, und du bist sehr klein. Ließ sich von den Worten durchfluten, ließ die Stimme und die Erinnerungen über ihn hinweggleiten, auf seiner Haut wie die Berührung eines Geistes erzittern, in der Dunkelheit verschwinden.

Die Pleiaden. Cassiopeia. Das Sternbild des Stiers. Der Himmel ist weit, und du bist sehr klein. Tot, aber deshalb nicht weniger stark. Er spreizte seine Hände, die sich am Zaun festhielten – auch diese waren stark. Genug, um einen Mann totzuschlagen, ihn zu erwürgen. Doch selbst der Tod reichte nicht aus, um die Fesseln der Wut zu lösen.

Mit großer Anstrengung ließ er los. Drehte seine Handflächen himmelwärts, eine Geste der Unterwerfung. Griff suchend über die Sterne hinaus. Die Worte formten sich still in seinem Bewußtsein, gewohnheitsmäßig, so still, daß er sie gar nicht bemerkte, bis er sie als Flüstern von seinen Lippen widerhallen hörte.

»›...*Vergib uns unsere Schuld, wie auch wir vergeben unseren Schuldigern.*‹«

Er atmete langsam und tief. Suchte, rang; kämpfte darum, loslassen zu können. »›*Führe uns nicht in Versuchung, sondern erlöse uns von dem Bösen.*‹«

Wartete in Leere, in Zuversicht. Und dann kam die Gnade; die Vision, die er brauchte; die Erinnerung an Jack Randalls Gesicht in Edinburgh, bis ins Innerste erschüttert angesichts der Gewißheit, daß sein Bruder tot war. Und er spürte erneut die Gabe des Mitleids, das ihn so sacht überkam wie die Landung einer Taube.

Er schloß die Augen und spürte, wie sich seine blutenden Wunden wieder reinigten, während der Sukkubus seine Klauen von seinem Herzen nahm.

Er seufzte und spürte das rauhe Holz des Zaunes tröstend und fest unter seinen Handflächen, als er jetzt die Hände wieder umdrehte. Der Dämon war fort. Er war ein Mensch gewesen, Jack Randall; mehr nicht. Und mit der Erkenntnis seiner gemeinen, zerbrechlichen Menschlichkeit löste sich alle Macht vergangener Furcht und vergangenen Schmerzes in Rauch auf.

Seine Schultern fielen herab, von ihrer Bürde befreit.

»Geh in Frieden«, flüsterte er dem Toten und sich selber zu. »Dir ist vergeben.«

Die Nachtgeräusche waren zurückgekehrt; der Ruf einer jagenden Katze stieg abrupt in die Luft, und verrottende Blätter knisterten sanft unter seinen Füßen, als er zum Haus zurückging. Die Ölhaut, die das Fenster bedeckte, glühte golden in der Dunkelheit – die Flamme der Kerzen, die er in der Hoffnung auf Claires Rückkehr hatte brennen lassen. Seine Zuflucht.

Vielleicht hätte er Brianna all das auch sagen sollen, dachte er – doch nein. Sie hatte schon nicht verstehen können, was er ihr gesagt *hatte*; er hatte es ihr zeigen müssen. Wie sollte er ihr also mit Worten erklären, was er durch Schmerzen und Gnade gelernt hatte? Daß sie nur vergessen konnte, wenn sie vergab – und daß das Vergeben kein einmaliger Akt war, sondern eine Sache ständiger Übung.

Vielleicht konnte sie selbst diese Gnade finden; vielleicht konnte dieser unbekannte Roger Wakefield ihre Zuflucht sein, so wie Claire die seine gewesen war. Er stellte fest, daß sich seine instinktive Eifersucht auf den Mann in dem leidenschaftlichen Wunsch auflöste, daß Wakefield ihr wirklich das geben konnte, was er selbst nicht konnte. Gebe Gott, daß er bald kam; gebe Gott, daß er sich als anständiger Kerl erwies.

In der Zwischenzeit mußte er sich um andere Dinge kümmern. Er ging langsam den Hügel hinab, ohne sich am Wind zu stören, der ihm den Kilt um die Knie wehte und ihm Hemd und Plaid aufblähte. Hier war viel zu tun; der Winter stand vor der Tür, und er konnte seine Frauen hier nicht allein lassen, wenn nur Ian für sie jagen und sie verteidigen konnte. Er konnte nicht fortgehen, um nach Wakefield zu suchen.

Doch wenn Wakefield nicht kam? Nun, es gab andere Möglichkeiten; er würde dafür sorgen, daß Brianna und das Kind Schutz fanden, so oder so. Und immerhin war seine Tochter sicher vor dem Mann, der ihr Schaden zugefügt hatte. Für immer sicher. Er rieb sich mit der Hand über das Gesicht. Er roch immer noch das Blut vom Kalben auf seiner Haut.

Vergib uns unsere Schuld, wie auch wir vergeben unseren Schuldigern. Ja, aber was war mit denen, die sich an jenen versündigten, die wir lieben? Er konnte nicht für jemand anderen Vergebung üben – und hätte es selbst dann nicht getan. Aber wenn nicht... wie sollte ihm dann vergeben werden?

Er war an den Universitäten von Paris erzogen worden, war mit Königen vertraut und mit Philosophen befreundet gewesen und war doch immer noch ein Highlander, geboren für seine Sippe, seine Ehre. Hatte den Körper eines Kriegers, den Verstand eines gebildeten Mannes – und die Seele eines Barbaren, dachte er voll Ironie, dem weder Gott noch Menschengesetz heiliger waren als seine Familienbande.

Ja, Vergebung war möglich; sie mußte einen Weg finden, dem Mann zu vergeben, um ihrer selbst willen. Doch bei ihm lagen die Dinge anders.

»*Die Rache ist mein; ich will vergelten, spricht der Herr.*« Er flüsterte die Worte vor sich hin.

Dann blickte er auf, fort von dem sicheren, kleinen Leuchten von Heim und Herd zu der flammenden Glorie der Sterne über ihm.

»Das ist gar nicht wahr«, sagte er laut, beschämt, aber trotzig. Es war undankbar, das wußte er. Und falsch natürlich. Doch so war es nun einmal, und es war sinnlos, sich selbst oder Gott etwas vorzulügen.

»Das ist gar nicht wahr«, wiederholte er, lauter. »Und wenn ich zur

Hölle fahre für das, was ich getan habe – dann soll es eben so sein! Sie ist meine Tochter.«

Er stand einen Augenblick still und blickte empor, doch die Sterne gaben keine Antwort. Er nickte einmal, wie zur Erwiderung, und ging dann den Hügel hinab, den Wind kalt im Rücken.

49

Wer die Wahl hat...

November 1769
Ich öffnete Daniel Rawlings' Kiste und starrte auf die Reihen der Flaschen, gefüllt mit dem sanften Grün und Braun zerstampfter Wurzeln und Blätter, dem klaren Gold der Destillate. Es war nichts dabei, was helfen konnte. Ganz langsam hob ich die Abdeckung an, die über dem oberen Fach lag, über den Klingen.

Ich hob das Skalpell mit der gebogenen Klinge und spürte einen kalten Metallgeschmack im Hals. Es war ein wunderschönes Instrument, scharf und stabil, gut ausgewogen, ein Teil meiner Hand, wenn ich es wollte. Ich balancierte es auf meiner Fingerspitze und ließ es vor- und zurückschwanken.

Ich legte es hin und ergriff die lange, dicke Wurzel, die auf dem Tisch lag. Ein Teil des Stiels hing noch daran, und die Überreste der Blätter waren schlaff und gelb. Nur eine. Ich hatte den Wald fast zwei Wochen lang abgesucht, doch es war schon so spät im Jahr, daß die Blätter der kleineren Kräuter verwelkt und abgefallen waren; es war unmöglich, Pflanzen zu erkennen, die nur noch aus braunen Stengeln bestanden. Diese hier hatte ich an einer geschützten Stelle gefunden, und ein paar der auffälligen Früchte hatten noch an ihrem Stiel gehangen. Frauenwurzel, dessen war ich mir sicher. Aber nur eine. Es war nicht genug.

Ich hatte keine europäischen Kräuter, keinen Nieswurz, keinen Wermut. Wermut konnte ich vielleicht bekommen, wenn auch unter Schwierigkeiten; man benutzte ihn als Geschmacksbestandteil bei der Herstellung von Absinth.

»Und wer stellt in den entlegensten Ecken von North Carolina Absinth her?« sagte ich laut und griff erneut nach dem Skalpell.

»Niemand, von dem ich wüßte.«

Ich fuhr zusammen, und die Klinge stieß tief von der Seite in meinen Daumen. Blut spritzte über die Tischplatte, und ich schnappte nach dem Saum meiner Schürze und drückte den Stoff reflexartig fest gegen die Wunde.

»Himmel, Sassenach! Alles in Ordnung? Ich wollte dich nicht erschrecken.«

Es tat noch nicht besonders weh, doch ich biß mir vor Schreck über die plötzliche Verletzung auf die Lippe. Mit besorgtem Gesicht ergriff Jamie mein Handgelenk und hob den Rand des zusammengeballten Stoffes an. Blut quoll aus dem Schnitt hoch, lief mir an der Hand herunter, und er klappte den Stoff wieder zurück und drückte ihn fest an.

»Ist schon gut; nur ein Schnitt. Wo kommst du denn her? Ich dachte, du wärst oben bei der Destillerie.« Ich fühlte mich überraschend wackelig, vielleicht durch den Schock.

»Das war ich auch. Die Maische ist noch nicht so weit, daß wir mit der Destillation anfangen können. Du blutest wie ein angestochenes Schwein, Sassenach. Bist du sicher, daß alles in Ordnung ist?« Ich blutete wirklich stark; abgesehen von den Blutspritzern auf dem Tisch war der Rand meiner Schürze dunkelrot durchtränkt.

»Ja. Wahrscheinlich habe ich eine kleine Vene durchtrennt. Aber es ist keine Arterie; es hört gleich auf. Halt meine Hand hoch, ja?« Ich kämpfte einhändig mit meinen Schürzenbändern und versuchte, sie aufzuziehen. Jamie löste sie mit einem schnellen Ruck, wickelte mir die Schürze um die Hand und hielt mir das ganze, klobige Bündel über den Kopf.

»Was hattest du denn mit dem Messer vor?« fragte er und betrachtete das fallengelassene Skalpell, das neben der gewundenen Frauenwurzel lag.

»Äh... ich wollte die Wurzel da kleinschneiden«, sagte ich mit einer schwachen Handbewegung in Richtung der Wurzel.

Er warf mir einen scharfen Blick zu, schaute zur Anrichte, wo mein Küchenmesser deutlich sichtbar lag, und sah mich dann erneut mit hochgezogenen Augenbrauen an.

»Aye? Ich habe noch nie gesehen, daß du eins von denen da« – er wies kopfnickend auf das offene Fach mit den Skalpellen und chirurgischen Klingen – »für etwas anderes als Menschen benutzt.«

Meine Hand zuckte leicht in der seinen, und er verstärkte seinen Griff um meinen Daumen und drückte so fest zu, daß ich vor Schmerzen die Luft anhielt. Er lockerte seinen Griff und sah mir konzentriert und stirnrunzelnd ins Gesicht.

»Was in Gottes Namen hast du vor, Sassenach? Du siehst aus, als hätte ich dich bei den Vorbereitungen zu einem Mord ertappt.«

Meine Lippen fühlten sich steif und blutleer an. Ich zog meine Daumen aus seiner Umklammerung, setzte mich hin und hielt mir den verletzten Finger mit der anderen Hand an die Brust.

»Ich war dabei... einen Entschluß zu fassen«, sagte ich sehr zurückhaltend. Es hatte keinen Zweck zu lügen; früher oder später würde er es erfahren müssen, wenn Brianna –

»Was für einen Entschluß?«

»Wegen Brianna. Wie wir es am besten machen.«

»Machen?« Seine Augenbrauen schossen in die Höhe. Er blickte auf die offene Medizintruhe, dann auf das Skalpell, und ein Ausdruck plötzlichen, schockierten Begreifens überlief sein Gesicht.

»Du willst –«

»Wenn sie es möchte.« Ich berührte das Messer, dessen kurze Klinge mit meinem eigenen Blut befleckt war. »Man kann Kräuter benutzen – oder das hier. Kräuter sind furchtbar riskant – Krämpfe, Hirnschädigungen, Blutungen –, aber es spielt keine Rolle; ich habe nicht genug von der richtigen Sorte.«

»Claire – hast du das schon einmal gemacht?«

Ich blickte auf und stellte fest, daß er mit einem Ausdruck auf mich herabsah, den ich noch nie zuvor in seinem Blick gesehen hatte – Grauen. Ich preßte meine Hände flach auf den Tisch und unterdrückte das Zittern in meinen Fingern. Mit meiner Stimme gelang es mir nicht ganz so gut.

»Würde es für dich etwas ändern, wenn es so wäre?«

Er starrte mich einen Moment lang an und ließ sich dann auf die gegenüberliegende Bank sinken, langsam, als hätte er Angst, etwas kaputtzumachen.

»Du hast es noch nie getan«, sagte er leise. »Ich weiß es.«

»Nein«, sagte ich. Ich starrte auf seine Hand hinunter, die auf der meinen lag. »Nein, habe ich nicht.«

Ich konnte spüren, wie der Druck seiner Hand nachließ; sie entspannte sich und schloß sich um die meine, umfaßte sie. Doch meine eigene Hand lag schlaff in seinem Griff.

»Ich wußte, daß du zu keinem Mord fähig bist«, sagte er.

»Das bin ich wohl. Ich habe schon einen begangen.« Ich sah nicht zu ihm auf, sondern redete mit der Tischplatte. »Ich habe einmal einen Mann umgebracht, einen Patienten in meiner Obhut. Ich habe dir doch von Graham Menzies erzählt.«

Er schwieg einen Augenblick, hielt aber weiter meine Hand fest und drückte sie leicht.

»Ich glaube nicht, daß es dasselbe ist«, sagte er schließlich. »Einem todgeweihten Mann zu dem Tod zu verhelfen, den er sich wünscht... das halte ich für Erbarmen, nicht für Mord. Und vielleicht auch für Pflichterfüllung.«

»Pflichterfüllung?« Jetzt sah ich ihn erschrocken an. Der schockierte Blick war aus seinen Augen gewichen, auch wenn er immer noch ernst war.

»Erinnerst du dich nicht an den Hügel von Falkirk und die Nacht, als Rupert dort in der Kapelle gestorben ist?«

Ich nickte. So etwas vergaß man nicht so leicht – das kalte Dunkel der winzigen Kirche, die gespenstischen Geräusche der Dudelsäcke und der Schlacht weit draußen. Im Inneren die schwarze Luft schwer vom Schweiß angsterfüllter Männer, und Rupert, der langsam zu meinen Füßen auf dem Boden starb, weil er an seinem eigenen Blut erstickte. Er hatte Dougal MacKenzie als seinen Freund und sein Clansoberhaupt gebeten, nachzuhelfen... und Dougal hatte es getan.

»Es muß doch auch die Pflicht eines Arztes sein, denke ich«, sagte Jamie sanft. »Wenn du durch einen Eid verpflichtet bist zu heilen – es aber nicht kannst –, und den Menschen Schmerzen zu ersparen – und es kannst?«

»Ja.« Ich holte tief Luft und krümmte meine Finger um das Skalpell. »Ich *bin* verpflichtet – und nicht nur durch meinen Eid als Ärztin. Jamie, sie ist meine Tochter. Ich würde alles auf der Welt lieber tun als dies – alles.« Ich sah zu ihm auf und blinzelte, denn ich kämpfte mit den Tränen.

»Glaubst du, ich habe es mir nicht überlegt? Daß ich die Risiken nicht kenne? Jamie, ich könnte sie umbringen!« Ich zog mir den Stoff von meinem verletzten Daumen; der Schnitt blutete immer noch.

»Sieh mal – es dürfte nicht so bluten, es ist ein tiefer Schnitt, aber kein schlimmer. Doch es blutet! Ich habe eine Vene getroffen. Mir könnte dasselbe mit Brianna passieren, ohne daß ich es merke – und wenn... Jamie, ich könnte es nicht stillen! Sie würde mir unter den Händen verbluten, und ich könnte nichts dagegen tun, nicht das geringste!«

Er sah mich an, die Augen dunkel vor Schrecken.

»Wie kannst du dann so etwas überhaupt erwägen, wenn du das weißt?« Seine Stimme klang leise und ungläubig.

Ich holte tief und zitternd Luft und spürte, wie mich die Verzweiflung überrollte. Ich konnte es ihm nicht verständlich machen, es ging nicht.

»Weil ich auch noch andere Dinge weiß«, sagte ich schließlich ganz leise, ohne ihn anzusehen. »Ich weiß, wie es ist, ein Kind zu gebären. Ich weiß, wie es ist, wenn einem Körper und Verstand und Seele genommen werden, wenn sie verändert werden, ohne daß man es will. Ich weiß, wie es ist, wenn man von dem Platz gerissen wird, an den man zu gehören glaubte, wenn einem keine Wahl gelassen wird. *Ich weiß, wie es ist*, hörst du mich? Und es ist keine Sache, die man gegen seinen Willen unternehmen sollte.« Ich sah zu ihm hoch, und meine Faust ballte sich um meinen verletzten Daumen.

»Und du – Himmel noch mal – *du* weißt, was ich nicht weiß; wie es ist, mit dem Bewußtsein der Vergewaltigung zu leben. Willst du mir sagen, wenn ich dir das nach Wentworth hätte wegschneiden können, daß du es nicht gewollt hättest, egal, wie riskant es gewesen wäre? Jamie, es könnte das Kind eines Vergewaltigers sein!«

»Aye, ich weiß«, begann er und mußte innehalten, zu überwältigt, um den Satz zu beenden. »Ich *weiß*«, begann er erneut, und seine Kinnmuskeln traten vor, als er die Worte bezwang. »Aber ich weiß auch noch etwas anderes – ich kenne zwar seinen Vater nicht, aber ich kenne seinen Großvater um so besser. Claire, das ist ein Kind von meinem Blut!«

»*Dein* Blut?« äffte ich ihn nach. Ich starrte ihn an, während mir die Wahrheit dämmerte. »Du sehnst dich so sehr nach einem Enkelkind, daß du dafür deine Tochter opfern würdest?«

»Opfern? Ich bin doch nicht derjenige, der einen kaltblütigen Mord begehen will!«

»Über die Engelmacherinnen im Hôpital des Anges hast du dich nie so aufgeregt; du hattest Mitleid mit den Frauen, denen sie geholfen haben, das hast du selbst gesagt.«

»Diese Frauen hatten keine andere Wahl!« Zu aufgeregt zum Stillsitzen stand er auf und lief unruhig vor mir hin und her. »Sie hatten niemanden, der sie beschützt hätte, keine Möglichkeit, ein Kind zu ernähren – was hätten sie sonst machen sollen, die armen Dinger? Aber bei Brianna ist es etwas anderes! Ich werde nicht zulassen, daß sie hungert oder friert, daß ihr oder dem Kind etwas zustößt, niemals!«

»Es ist aber nicht nur das!«

Er starrte mich an, die Augenbrauen in sturem Unverständnis zusammengezogen.

»Wenn sie hier ein Kind bekommt, dann wird sie nicht gehen«, sagte ich schwankend. »Das kann sie nicht – nicht ohne sich selbst zu zerreißen.«

»Also willst *du* sie zerreißen?« Ich zuckte zusammen, als hätte er mich geschlagen.

»Du willst, daß sie hierbleibt«, sagte ich in blanker Gegenwehr. »Es kümmert dich nicht, daß ihr Platz anderswo ist, daß sie zurückgehen *will*. Wenn sie hierbleibt – und noch besser, wenn sie dir ein Enkelchen beschert –, dann ist es dir verdammt noch mal egal, was dabei aus ihr wird, oder?«

Jetzt war es an ihm, zusammenzuzucken, doch er wandte sich mir ganz zu.

»Aye, natürlich kümmert es mich! Das heißt aber nicht, daß ich es richtig finde, wenn du sie zwingst…«

»Was soll das heißen, wenn ich sie zwinge?« Das Blut brannte heiß in meinen Wangen. »Um Himmels willen, meinst du, ich tue das gern? Nein! Aber bei Gott, wenn sie es will, dann soll sie die Wahl haben.«

Ich mußte meine Hände aneinanderpressen, damit sie nicht zitterten. Die Schürze war zu Boden gefallen, blutbefleckt, eine viel zu lebhafte Erinnerung an Operationssäle und Schlachtfelder – und an die furchtbare Begrenztheit meiner eigenen Fähigkeiten.

Ich konnte seinen Blick auf mir spüren, finster und brennend. Ich wußte, daß er genauso von seinen Gefühlen hin- und hergerissen war wie ich. Brianna bedeutete ihm wirklich alles – doch jetzt, wo ich die Wahrheit ausgesprochen hatte, erkannten wir sie beide; seiner leiblichen Kinder beraubt und nach einem so langen Leben im Exil gab es nichts, was er sich mehr wünschte als ein Kind von seinem Fleisch und Blut.

Doch er konnte mich nicht aufhalten, und das wußte er. Er war nicht daran gewöhnt, sich hilflos zu fühlen, und es ging ihm gegen den Strich. Er wandte sich abrupt ab und ging zur Anrichte, wo er stehenblieb, die Fäuste auf der Platte.

Ich hatte mich noch nie so verzweifelt gefühlt, sein Verständnis noch nie so sehr gebraucht. Begriff er denn nicht, was für eine furchtbare Vorstellung es für mich war, genau wie für ihn? Schlimmer noch, weil es meine Hand war, die das Unheil anrichten mußte?

Ich trat hinter ihn und legte ihm eine Hand auf den Rücken. Er stand unbeweglich da, und ich streichelte ihn sacht und tröstete mich ein wenig an der schlichten Tatsache seiner Gegenwart, seiner greifbaren Stärke.

»Jamie.« Mein Daumen hinterließ eine kleine Blutspur auf seinem Leinenhemd. »Es wird alles gut. Da bin ich mir ganz sicher.« Ich sagte das mindestens so sehr, um mich selbst zu überzeugen wie ihn. Er bewegte sich nicht, und ich wagte mich so weit vor, ihm den Arm um die Hüfte zu legen und meine Wange in die Kerbe seines Rückens. Ich wünschte mir, daß er sich umdrehte und mich in die Arme nahm, mir versicherte, daß irgendwie wirklich alles gut werden würde – oder daß er mir zumindest keine Vorwürfe über das machen würde, was passieren würde.

Er machte eine abrupte Bewegung und schüttelte meine Hand ab.

»Du hast 'ne ziemlich hohe Meinung von deiner Macht, was?« Er sprach kalt und drehte sich um, um mir ins Gesicht zu sehen.

»Was meinst du damit?«

Er ergriff mein Handgelenk mit einer Hand und preßte es über meinem Kopf gegen die Wand. Ich spürte, wie das Blut aus meiner Daumenwunde lief und an meinem Handgelenk herunterrann. Seine Finger schlossen sich um meine Hand und drückten fest zu.

»Du glaubst, du allein kannst das entscheiden? Daß Leben und Tod in deiner Hand liegen?« Ich konnte hören, wie die kleinen Knochen in meiner Hand knackten, und ich machte mich steif und versuchte, mich loszureißen.

»Es liegt nicht in meiner Hand. Aber wenn *sie* es sagt – ja, dann liegt es in meiner Macht. Und ich werde sie benutzen. Genauso wie du es tun würdest – wie du es immer getan *hast*, wenn du es mußtest.« Ich schloß meine Augen und schluckte die Angst hinunter. Er würde mir doch wohl nichts tun? Mir kam der Gedanke, daß er mich doch aufhalten konnte. Wenn er mir die Hand brach...

Ganz langsam senkte er den Kopf und lehnte seine Stirn gegen meine.

»Sieh mich an, Claire«, sagte er ganz leise.

Langsam öffnete ich die Augen und blickte ihn an. Seine Augen waren nur Zentimeter von den meinen entfernt; ich sah die kleinen, goldenen Flecken fast in der Mitte seiner Iris, den schwarzen Ring, der sie umgab. Meine Finger lagen schlüpfrig vom Blut in den seinen.

Er ließ meine Hand los und berührte sacht meine Brust, die er einen Augenblick lang umfaßte.

»Bitte«, flüsterte er, und dann war er fort.

Ich lehnte leblos an der Wand und glitt dann langsam zu Boden, und meine Röcke umgaben mich wie eine Blüte. Der Schnitt an meinem Daumen pochte im Rhythmus meines Herzschlags.

Der Streit mit Jamie hatte mich so erschüttert, daß ich mich zu nichts aufraffen konnte. Schließlich legte ich meinen Umhang um und stieg den Berg hinauf. Ich vermied den Weg, der zu Fergus' Blockhaus und dann hinunter zur Straße führte. Ich wollte nicht das Risiko eingehen, irgend jemandem zu begegnen.

Es war kalt und bewölkt, und ein leichter Regen sprühte in Abständen durch das nackte Geäst. Die Luft war mit kalter Feuchtigkeit vollgesogen; wenn die Temperaturen noch ein paar Grad fielen, würde es schneien. Wenn nicht heute nacht, dann morgen – oder nächste Woche. Innerhalb von höchstens einem Monat würde unsere Bergsiedlung vom Tiefland abgeschnitten sein.

Sollte ich Brianna nicht besser nach Cross Creek bringen? Egal, ob sie sich nun entschloß, das Kind auszutragen oder nicht, würde sie dort sicherer sein?

Ich schob meine Füße durch feuchte, gelbe Laubschichten. Nein. Impulsiv dachte ich zwar, daß ihr die Zivilisation irgendwelche Vorteile bieten müßte, doch nicht in diesem Fall. Cross Creek hatte nichts zu bieten, was im Fall eines gynäkologischen Notfalls wirklich hilfreich sein konnte; vielmehr war es gut möglich, daß die Mediziner jener Zeit sie aktiv in Gefahr brachten.

Nein, wie auch immer sie sich entschied, hier bei mir war sie besser dran. Ich umarmte mich selbst unter dem Umhang und ballte meine Finger zusammen, um sie wieder warm und geschmeidig zu kneten, um mich durch die Berührung wieder sicherer zu fühlen.

Bitte, hatte er gesagt. Bitte was? Bitte frag sie nicht, bitte tu's nicht, wenn sie fragt? Doch ich mußte es. *Ich schwöre bei Apollo, dem Arzt... nie den Blasenstein zu operieren... niemals einer Frau ein Abtreibungsmittel zu geben...* Tja, und Hippokrates war weder ein Chirurg, noch eine Frau... noch eine Mutter gewesen. Wie ich Jamie schon gesagt hatte, hatte ich einen Eid auf etwas geleistet, das viel älter war als Apollo, der Arzt – und dieser Eid war in Blut geschrieben.

Ich hatte noch nie eine Abtreibung vorgenommen, obwohl ich als Assistenzärztin einige Erfahrung in der Nachsorge von Fehlgeburten gesammelt hatte. Bei den seltenen Gelegenheiten, wenn mich Patientinnen darum gebeten hatten, hatte ich sie an Kollegen verwiesen. Ich hatte keine grundsätzlichen Einwände dagegen; ich hatte zu oft gesehen, wie Frauen durch die unpassende Ankunft von Kindern körperlich oder seelisch umgebracht wurden. Wenn es Tötung war – und das war es –, dann war es für mich kein Mord, sondern rechtmäßige Tötung, die aus verzweifeltem Selbstschutz begangen wurde.

Gleichzeitig konnte ich mich aber nicht dazu durchringen, es zu tun. Das Gespür des Chirurgen, das mir das Wissen über das Gewebe unter meinen Händen verlieh, brachte mir auch den lebenden Inhalt der Gebärmutter deutlich zu Bewußtsein. Ich konnte den Bauch einer Schwangeren berühren und in meinen Fingerspitzen das zweite Herz schlagen spüren; konnte blind die Rundungen der Glieder und des Köpfchens nachfahren, die schlangengleiche Nabelschnur mit ihrem Blutstrom in rot und blau.

Ich konnte mich nicht dazu durchringen, es zu zerstören. Nicht bis jetzt, wo es mein eigenes Fleisch und Blut war.

Wie? Es würde ein chirurgischer Eingriff sein müssen. Dr. Rawlings hatte solche Prozeduren offenbar nicht durchgeführt; er hatte keinen Uterus»löffel« zum Auschaben der Gebärmutter und auch keine der dünnen Rundeisen für die Zervixerweiterung. Doch ich würde schon klarkommen. Eine meiner Elfenbeinstricknadeln, die Spitze abgestumpft; das Skalpell, zu einer leichten Rundung umgebogen, seine tödliche Schneide abgeschliffen für die präzise – aber nicht weniger tödliche – Arbeit der Ausschabung.

Wann? Sofort. Sie war schon fast im vierten Monat; wenn es geschehen sollte, dann mußte es so bald wie möglich sein. Außerdem konnte ich es nicht ertragen, mit Jamie im selben Zimmer zu sein, solange die Angelegenheit nicht geklärt war, und seine Ängste noch zusätzlich zu meinen eigenen zu spüren.

Brianna hatte Lizzie zu Fergus' Haus gebracht. Lizzie sollte dort bleiben und Marsali helfen, die alle Hände voll zu tun hatte mit der Destillerie, dem kleinen Germain und der Arbeit auf dem Hof, die Fergus nun einmal nicht mit links erledigen konnte. Es war eine immense Belastung für ein achtzehnjähriges Mädchen, doch sie bewältigte sie mit Hartnäckigkeit und Stil. Lizzie konnte ihr zumindest bei der Hausarbeit helfen und ab und zu so lange auf das kleine Biest aufpassen, daß Marsali sich ausruhen konnte.

Brianna würde vor dem Essen zurückkommen. Ian war unterwegs, auf der Jagd mit Rollo. Jamie... ohne, daß er etwas gesagt hatte, wußte ich, daß Jamie nicht vor Ablauf einiger Zeit wiederkommen würde. Wir würden etwas Zeit allein zusammen haben.

Doch würde es der passende Moment für eine solche Frage sein – wenn sie gerade von Germains Engelsgesicht zurückkam? Andererseits, wenn ich es mir überlegte, war der Kontakt mit einem Zweijährigen vielleicht die beste praktische Lektion über die Gefahren der Mutterschaft, dachte ich voller Ironie.

Von meinem schwachen Anflug von Humor vage erleichtert, wandte ich mich um und zog den Umhang zum Schutz vor dem Wind fest um mich. Als ich den Hügel hinunterkam, sah ich Briannas Pferd im Pferch; sie war zu Hause. Während sich mein Magen vor Angst zusammenballte, schickte ich mich an, sie vor die Wahl zu stellen.

»Ich hatte darüber nachgedacht«, sagte sie und holte tief Luft. »Als ich es gemerkt habe. Ich habe mich gefragt, ob du – so etwas hier tun kannst.«

»Es würde nicht einfach sein. Es würde gefährlich sein – und es wäre schmerzhaft. Ich habe nicht einmal Laudanum; nur Whisky.

Jedenfalls, ja, ich kann es tun – wenn du es willst.« Ich zwang mich stillzusitzen und sah zu, wie sie langsam vor der Feuerstelle hin- und herging, die Hände in Gedanken hinter dem Rücken verschränkt.

»Wir müßten es chirurgisch machen«, sagte ich, weil ich nicht schweigen konnte. »Ich habe nicht die richtigen Kräuter – und sie sind sowieso nicht immer zuverlässig. Chirurgie ist zumindest... sicher.« Ich legte das Skalpell auf den Tisch; sie sollte sich keine Illusionen über das machen, was ich da vorschlug. Sie nickte bei meinen Worten, unterbrach aber ihre Schritte nicht. Genau wie Jamie konnte auch sie besser nachdenken, wenn sie in Bewegung war.

Ein Schweißrinnsal lief mir den Rücken herunter, und ich erschauerte. Das Feuer war ziemlich warm, doch meine Finger waren so kalt wie Eis. Himmel, wenn sie es wollte, würde ich überhaupt in der Lage sein, es zu tun? Von der Anstrengung des Wartens hatten meine Finger zu zittern begonnen.

Schließlich drehte sie sich um und sah mich an; ihr Blick war klar und abschätzend unter den dichten, roten Brauen.

»Hättest du es getan? Wenn du gekonnt hättest?«

»Wenn ich gekonnt hätte...?«

»Du hast einmal gesagt, daß du mich gehaßt hast, als du schwanger warst. Wenn du es nicht hättest sein können...«

»Gott, dich doch nicht!« platzte ich vom Schreck getroffen heraus. »Dich doch nicht, niemals. Es...« Ich verknotete meine Hände, um das Zittern zu stoppen. »Nein«, sagte ich so fest wie ich konnte. »Niemals.«

»Du hast es gesagt«, sagte sie und sah mich eindringlich an. »Als du mir von Pa erzählt hast.«

Ich rieb mir mit der Hand über das Gesicht und versuchte, mich zu konzentrieren. Ja, ich *hatte* es ihr gesagt. Ich Idiotin.

»Es war eine schreckliche Zeit. Furchtbar. Wir waren dem Hungertod nah, es war Krieg – die Welt ging aus den Fugen.« Tat ihre das nicht auch? »Damals sah es so aus, als gäbe es keine Hoffnung; ich mußte Jamie verlassen, und dieser Gedanke vertrieb alles andere aus meinem Bewußtsein. Doch da war noch etwas anderes«, sagte ich.

»Und was?«

»Es war keine Vergewaltigung«, sagte ich leise und traf ihren Blick. »Und ich habe deinen Vater geliebt.«

Sie nickte, und ihr Gesicht war ein wenig bleich.

»Ja. Aber es *könnte* Rogers sein. Das hast du doch gesagt, oder?«

»Ja. Es könnte sein. Reicht dir diese vage Möglichkeit?«

Sie legte sich die Hand auf den Bauch, die langen Finger sanft gekrümmt.

»Na ja. Für mich ist es kein es. Ich weiß nicht, wer es ist, aber...« Sie hielt plötzlich inne und sah mich an. Plötzlich sah sie verlegen aus.

»Ich weiß nicht, vielleicht klingt das – na ja...« Sie zuckte mit den Achseln und verscheuchte ihre Zweifel. »Ich habe diesen scharfen Schmerz gespürt, der mich mitten in der Nacht geweckt hat, ein paar Tage... danach. Kurz, als hätte mich jemand mit einer Hutnadel gestochen, aber tief.« Ihre Finger krümmten sich einwärts, und ihre Faust preßte gegen die Stelle genau rechts über ihrem Schambein.

»Einnistung«, sagte ich leise. »Wenn sich die Zygote in der Gebärmutter verwurzelt.« Wenn dieses erste, ewige Bindeglied zwischen Mutter und Kind geknüpft wird. Wenn das kleine, blinde Wesen, einzigartige Vereinigung von Ei und Sperma, nach der gefährlichen Reise des Beginns vor Anker geht, von seiner kurzen, schwebenden Existenz im Inneren des Körpers heimkehrt und sich geschäftig ans Werk der Teilung macht, seine Nahrung aus dem Gewebe zieht, in das es sich einbettet in einer Verbindung, die es zu keiner der beiden Seiten gehören läßt und doch zu beiden. Diese Verbindung, die nicht durchtrennt werden kann, weder durch Geburt noch Tod.

Sie nickte. »Es war ein sehr merkwürdiges Gefühl. Ich war immer noch im Halbschlaf, aber ich... na, ich wußte ganz plötzlich, daß ich nicht allein war.« Ihre Lippen kräuselten sich schwach lächelnd bei der Erinnerung an ein Wunder. »Und ich habe zu... ihm... gesagt...« Ihre Augen ruhten in den meinen, immer noch von dem Lächeln erleuchtet. »Ich habe gesagt, ›Oh, du bist es‹. Und dann bin ich wieder eingeschlafen.«

Ihre andere Hand legte sich über Kreuz auf die erste, eine Barrikade vor ihrem Bauch.

»Ich dachte, es wäre ein Traum gewesen. Das war lange bevor ich es wußte. Aber ich erinnere mich daran. Es *war* kein Traum. Ich erinnere mich daran.«

Auch ich erinnerte mich.

Ich blickte nach unten und sah unter meinen Händen nicht die hölzerne Tischplatte und die blitzende Klinge, sondern die opalisierende Haut und das perfekte, schlafende Gesicht meines ersten Kindes. Faith, mit ihren Katzenaugen, die niemals das Tageslicht erblickten.

Blickte auf in dieselben Augen, diesmal geöffnet und voller Wissen. Ich sah auch dieses Baby, meine zweite Tochter, voller Blut und Leben, rot und verschrumpelt, wutrot über das Ärgernis der Geburt, so ganz anders als die Stille der ersten – und genauso großartig in ihrer Perfektion.

Zwei Wunder waren mir geschenkt worden, ich hatte sie unter dem Herzen getragen, sie geboren und in den Armen gehalten, von mir getrennt und für immer ein Teil von mir. Ich wußte nur zu gut, daß weder der Tod noch die Zeit noch der Abstand ein solches Band jemals veränderten – weil ich davon verändert worden war, für immer verändert durch diese rätselhafte Verbindung.

»Ja, ich verstehe«, sagte ich. Und dann sagte ich, »Oh, aber Brianna!«, als mir erneut schlagartig zu Bewußtsein kam, was ihre Entscheidung für sie bedeuten würde.

Sie beobachtete mich, die Augenbrauen zusammengezogen, Sorgenfalten im Gesicht, und verspätet kam mir der Gedanke, daß sie vielleicht meine Ermahnungen für Äußerungen meiner eigenen Reue hielt.

Entsetzt über den Gedanken, sie könnte glauben, ich hätte sie nicht gewollt oder mir jemals gewünscht, es gäbe sie nicht, ließ ich die Klinge fallen und griff über den Tisch nach ihrer Hand.

»Brianna«, sagte ich, und Panik ergriff mich bei dem Gedanken. »Brianna. Ich liebe dich. Glaubst du mir, daß ich dich liebe?«

Sie nickte wortlos und streckte ihre Hand nach mir aus. Ich ergriff sie wie ein Rettungsseil, wie die Schnur, die uns einst verbunden hatte.

Sie schloß die Augen, und zum ersten Mal sah ich das Glitzern der Tränen, die an ihren sanft geschwungenen, dichten Wimpern hingen.

»Das habe ich immer gewußt, Mama«, flüsterte sie. Ihre Finger legten sich fester um meine Hand; ich sah ihre andere Hand flach gegen ihren Bauch gedrückt. »Von Anfang an.«

50

In welchem Kapitel alles ans Licht kommt

Ende November wurden die Tage ebenso kalt wie die Nächte, und die Regenwolken begannen, sich tiefer auf die Hänge zu legen. Unglücklicherweise hatte das Wetter keine dämpfende Wirkung auf die Laune meiner Lieben; alle waren zunehmend gereizt, und zwar aus offensichtlichem Grund: immer noch kein Wort von Roger Wakefield.

Brianna schwieg sich weiter über den Grund ihrer Auseinandersetzung aus; eigentlich erwähnte sie Roger kaum noch. Sie hatte ihren Entschluß gefaßt; jetzt konnte sie nur noch warten und Roger zu dem seinen kommen lassen – wenn er das nicht bereits getan hatte. Dennoch konnte ich sehen, wie Furcht und Wut in ihrem Gesicht miteinander kämpften, wenn sie sich gehenließ – und Zweifel hingen über uns allen wie die Wolken über den Bergen.

Wo war er? Und was würde geschehen, wenn – oder falls – er schließlich auftauchte?

Ich suchte Zuflucht vor der allgemeinen Gereiztheit bei einer Bestandsaufnahme in der Vorratskammer. Der Winter war fast da; die Sammelexkursionen waren vorüber, der Garten abgeerntet, das Einkochen abgeschlossen. Die Wandborde in der Vorratskammer bogen sich unter Säcken mit Nüssen, haufenweise Kürbissen, aufgereihten Kartoffeln, Gläsern mit getrockneten Tomaten, Pfirsichen und Aprikosen, Schalen mit Trockenpilzen, Käserädern und Körben voller Äpfel. Zwiebel- und Knoblauchzöpfe und auf Schnüren aufgereihte Fische hingen von der Decke herab, auf dem Boden standen Fässer mit Pökelfleisch und gesalzenen Fischen und Steingutfässer mit Sauerkraut.

Ich zählte meine Schätze wie ein Eichhörnchen, das seine Nüsse betrachtet, und unser Überfluß beruhigte mich. Egal, was sonst noch geschah, wir würden weder verhungern noch Mangel leiden.

Als ich aus der Vorratskammer kam, ein Stück Käse in der einen Hand und eine Schale getrocknete Bohnen in der anderen, hörte ich ein Klopfen an der Tür. Bevor ich rufen konnte, öffnete sie sich, und Ian steckte den Kopf herein und sah sich vorsichtig im Zimmer um.

»Brianna nicht hier?« fragte er. Da das offensichtlich nicht der Fall war, wartete er nicht auf eine Antwort, sondern trat ein und versuchte, sich das Haar zu glätten.

»Hast du 'nen Spiegel für mich, Tante Claire?« fragte er. »Und vielleicht einen Kamm?«

»Ja, natürlich«, sagte ich. Ich stellte die Lebensmittel ab, holte meinen kleinen Spiegel und den Schildpattkamm aus der Anrichte und gab sie ihm, während ich an seinem schlaksigen Körper emporblinzelte.

Sein Gesicht schien abnorm zu glänzen, seine hageren Wangen waren rotfleckig, als hätte er sich nicht nur rasiert, sondern sich seine Haut geradezu wundgeschrubbt. Sein Haar, normalerweise ein dichtes, widerspenstiges, hellbraunes Strahlenbündel, war jetzt mit einer Art Schmiere glatt an die Seiten seines Kopfes geklebt. Auch an der Stirn war es großzügig mit derselben Pomade bearbeitet worden und formte dort eine unordentliche Tolle, die ihm das Aussehen eines schwachsinnigen Stachelschweins gab.

»Was hast du dir in die Haare geschmiert, Ian?« fragte ich. Ich roch an ihm und fuhr daraufhin leicht zurück.

»Bärenfett«, sagte er. »Aber es hat ein bißchen gestunken, also habe ich ein Löffelchen Duftseife mit hineingetan, damit es besser roch.« Er blinzelte sich kritisch im Spiegel an und stieß hier und dort mit dem Kamm in seine Frisurkreation, doch dieser schien der Aufgabe herzlich wenig gewachsen zu sein.

Er trug seinen guten Rock mit einem sauberen Hemd und – das war an einem Werktag noch nie dagewesen – eine saubere, gestärkte Halsbinde um den Hals gewickelt, die hinreichend fest aussah, um ihn zu erwürgen.

»Du hast dich ja wirklich feingemacht, Ian«, sagte ich und biß mir von innen auf die Wange. »Äh... gehst du zu einem besonderen Anlaß?«

»Aye, tja«, sagte er verlegen. »Es ist einfach so, ich dachte, wenn ich jemandem einen Antrag machen soll, dann sehe ich besser anständig aus.«

Antrag? Ich wunderte mich über seine Hast. Gewiß hatte er Interesse an Mädchen – und es gab diverse Mädchen in der Gegend, die kein Geheimnis daraus machten, daß sie sein Interesse erwiderten –, doch er war gerade siebzehn. Natürlich heiratete man so jung, und Ian besaß sowohl eigenes Land als auch einen Anteil an der Whiskyproduktion, doch ich hatte nicht gedacht, daß er sich gefühlsmäßig schon so fest gebunden hatte.

»Ich verstehe«, sagte ich. »Äh... ist die junge Dame jemand, den ich kenne?« Er rieb sich das Kinn, das sich entlang des Knochens rötete.

»Aye, nun ja. Es ist – ist Brianna.« Er wich meinem Blick aus, doch die Röte kroch ihm langsam über das ganze Gesicht.

»Was?« sagte ich ungläubig. Ich legte die Brotscheibe hin, die ich in der Hand hatte, und starrte ihn an. »Sagtest du *Brianna*?«

Sein Blick haftete am Boden, doch sein Kinn trug einen widerspenstigen Ausdruck.

»Brianna«, widerholte er. »Ich bin hier, um ihr einen Heiratsantrag zu machen.«

»Ian, das kannst du doch nicht ernst meinen.«

»Doch«, sagte er und schob entschlossen sein langes, eckiges Kinn vor. Er blickte zum Fenster und trat von einem Fuß auf den anderen. »Wird sie – meinst du, sie kommt bald?«

Der scharfe Geruch nervöser Transpiration traf mich, vermischt mit Seife und Bärenfett, und ich sah, daß er die Hände so fest zu Fäusten geballt hatte, daß sich seine vorstehenden Knöchel weiß von seiner gebräunten Haut abhoben.

»Ian«, sagte ich, hin- und hergerissen zwischen Ungeduld und Zärtlichkeit, »machst du das wegen Briannas Baby?«

Das Weiße in seinen Augen blitzte auf, als er mich erschrocken ansah. Er nickte und schob seine Schultern unbehaglich in dem steifen Rock hin und her.

»Aye, natürlich«, sagte er, als wäre er überrascht, daß ich überhaupt fragte.

»Also liebst du sie nicht?« Ich kannte die Antwort ganz genau, hielt es aber für besser, wirklich reinen Tisch zu machen.

»Also... nein«, sagte er, und die gequälte Röte erneuerte sich. »Aber ich bin auch nicht anderweitig vergeben«, fügte er hastig hinzu. »Also ist es schon in Ordnung.«

»Es ist nicht in Ordnung«, sagte ich nachdrücklich. »Ian, das ist ein sehr, sehr lieber Gedanke von dir, aber –«

»Oh, der Gedanke stammt nicht von mir«, unterbrach er mit überraschtem Gesicht. »Onkel Jamie hat es sich ausgedacht.«

»Er hat *was*?« Eine laute, ungläubige Stimme erklang hinter mir. Ich wirbelte herum und sah, daß Brianna in der Tür stand und Ian anstarrte. Sie trat langsam weiter ins Zimmer, die Hände an den Seiten zu Fäusten geballt. Genauso langsam zog sich Ian zurück, bis er mit einem Plumps gegen den Tisch stieß.

»Liebe Kusine«, sagte er mit einem Kopfnicken, bei dem sich einer seiner fettigen Haarstacheln löste. Er strich mit der Hand darüber, doch die Strähne stand weiterhin unanständig ab und hing ihm ins Auge. »Ich... äh... ich...« Er sah Briannas Blick und schloß prompt die Augen.

»Ich-bin-gekommen, um-den-Wunsch-auszudrücken, dich-um-deine-Hand-für-den-heiligen-Ehestand-zu-bitten«, sagte er in einem Atemzug. Dann schnappte er hörbar nach Luft. »Ich –«

»Halt den Mund!«

Ian schloß augenblicklich den Mund, den er schon zum Weiterreden geöffnet hatte. Er öffnete ein Auge vorsichtig einen Spaltbreit wie ein Mann, der eine Bombe betrachtet, mit deren Explosion jeden Augenblick zu rechnen ist.

Brianna starrte wütend erst Ian an, dann mich. Selbst in dem halbdunklen Zimmer konnte ich ihren zusammengekniffenen Mund sehen – und das Scharlachrot, das ihr in die Wangen stieg. Ihre Nasenspitze war rot, ob von der frischen Luft draußen oder vor Ärger, konnte ich nicht sagen.

»Hast du davon gewußt?« fragte sie mich fordernd.

»Natürlich nicht!« sagte ich. »Um Himmels willen, Brianna –« Bevor ich zu Ende sprechen konnte, hatte sie auf dem Absatz kehrtgemacht und war zur Tür hinausgestürmt. Ich konnte das rostrote Aufblitzen ihrer Röcke sehen, als sie den Hang hinauf zum Stall lief.

Ich zog meine Schürze aus und warf sie hastig über den Stuhl. »Ich gehe ihr besser hinterher.«

»Ich komme mit«, bot Ian an, und ich hinderte ihn nicht daran. Vielleicht würde ich Verstärkung brauchen.

»Was glaubst du, was sie tun wird?« fragte er und keuchte mir hinterher, während ich den steilen Hang hinaufhastete.

»Weiß der Himmel«, sagte ich. »Aber ich fürchte, wir werden es bald herausfinden.« Ich wußte viel zu gut, wie ein wutentbrannter Fraser aussah. Weder Jamie noch Brianna drehten schnell durch, doch wenn sie es taten, dann gründlich.

»Ich bin froh, daß sie mich nicht geohrfeigt hat«, sagte Ian dankbar. »Einen Moment lang dachte ich, sie würde es tun.« Er holte mich ein und ließ mich mit seinen langen Beinen hinter sich, obwohl ich mich beeilte. Aus der offenen Halbtür des Stalles konnte ich erhobene Stimmen hören.

»Warum um alles in der Welt hast du dem armen kleinen Ian so etwas eingeredet?« sagte Brianna mit hoher, indignierter Stimme. »So etwas Anmaßendes, Arrogantes habe ich noch nie gehört –«

»Dem armen kleinen Ian?« sagte Ian total beleidigt. »Was meint sie –«

»Oh, ich bin also anmaßend, ja?« unterbrach Jamies Stimme. Er klang ungeduldig und verärgert, aber noch nicht sehr wütend. Vielleicht kam ich noch rechtzeitig, um Feindseligkeiten größeren Ausmaßes zu verhindern. Ich lugte durch die Stalltür und sah, daß sie sich gegenüberstanden und sich über einen halbgetrockneten Dunghaufen hinweg wütend ansahen.

»Und was hätte ich für eine bessere Wahl treffen können, kannst du mir das sagen?« wollte er wissen. »Laß es dir gesagt sein, Kleine, ich habe mir jeden Junggesellen im Umkreis von fünfzig Meilen durch den Kopf gehen lassen, bevor ich mich für Ian entschieden habe. Ich wollte dich nicht mit einem grausamen Mann oder einem Trunkenbold verheiraten, oder einem Habenichts – oder einem, der alt genug ist, um dein Großvater zu sein.«

Er schob sich die Hand durch sein Haar, ein sicheres Zeichen seiner inneren Aufregung, unternahm aber eine meisterhafte Anstrengung, sich zu beruhigen. Er senkte seine Stimme ein wenig und versuchte, versöhnlich zu klingen.

»Also, ich habe sogar Tammas McDonald verworfen, denn er hat zwar ein schönes Stück Land und ist gutmütig und in deinem Alter, aber er ist so ein kleiner Kerl, und ich habe mir gedacht, daß du vielleicht nicht so gern neben ihm am Altar stehen möchtest. Glaube mir, Brianna, ich habe mein Bestes getan, um dich gut zu verheiraten.«

Brianna ignorierte das; ihr Haar hatte sich gelöst, während sie den Hügel hinaufgesprintet war, und es umwehte ihr Gesicht wie die Flammen eines rächenden Erzengels.

»Und wie kommst du darauf, daß ich überhaupt mit irgend jemandem verheiratet werden möchte?«

Ihm fiel die Kinnlade herunter.

»Möchte?« sagte er ungläubig. »Und was hat das, was du *möchtest*, damit zu tun?«

»Alles!« Sie stampfte mit dem Fuß auf.

»Da irrst du dich aber, Kleine«, wies er sie zurecht und drehte sich um, um seine Forke aufzuheben. Er betrachtete kopfnickend ihren Bauch. »Du bekommst ein Kind, das einen Namen braucht. Zu spät, um wählerisch zu sein, aye?«

Er stach mit der Forke in den Misthaufen, hievte die Ladung in die bereitstehende Schubkarre und stieß dann mit seiner fließenden, in jahrelanger Arbeit eingeübten Ökonomie der Bewegungen erneut zu.

»Also, Ian ist ein lieber Junge und ein harter Arbeiter«, sagte er, den Blick auf seine Arbeit gerichtet. »Er hat eigenes Land; wenn die Zeit kommt, wird meins noch dazukommen, und das –«

»Ich heirate überhaupt niemanden!« Brianna richtete sich zu ihrer vollen Größe auf, die Fäuste an den Seiten geballt, und sie sprach so laut, daß sie die Fledermäuse in den Winkeln der Decke aufstörte. Eine kleine, dunkle Gestalt löste sich aus dem Schatten und flatterte in die zunehmende Dämmerung hinaus, ohne daß die Streithähne am Boden sie beachteten.

»Also dann, such dir selber einen«, sagte Jamie kurz. »Und viel Spaß dabei!«

»Du... hörst... mir... nicht... zu!« sagte Brianna und zermahlte jedes Wort einzeln zwischen den Zähnen. »Meine Entscheidung ist gefallen. Ich habe gesagt, ich... heirate... *niemanden*!« Sie unterstrich ihre Worte, indem sie erneut mit dem Fuß aufstampfte.

Jamie stieß die Forke mit einem dumpfen Geräusch in den Haufen. Er richtete sich auf und sah Brianna an, während er sich mit der Faust über das Kinn rieb.

»Aye, schön. Ich glaube, mich daran zu erinnern, daß deine Mutter etwas ganz Ähnliches gesagt hat – in der Nacht vor unserer Hochzeit. Ich habe sie in letzter Zeit nicht gefragt, ob es ihr leid tut, daß man sie gezwungen hat, mich zu heiraten, aber ich rede mir ein, daß es ihr im großen und ganzen doch nicht so miserabel geht. Vielleicht solltest du dich mal mit ihr unterhalten?«

»Das ist ganz und gar nicht dasselbe!« schnappte Brianna.

»Nein, das ist es nicht«, pflichtete Jamie ihr bei und hielt sein Temperament fest unter Kontrolle. Die Sonne stand hinter den Hügeln und überflutete den Stall mit einem goldenen Licht, in dem die ansteigende, rote Flut auf seiner Haut dennoch gut zu sehen war. Dessen ungeachtet, gab er sich alle Mühe, vernünftig zu sein.

»Deine Mutter hat mich geheiratet, um ihr Leben zu retten – und meins. Es war sehr tapfer von ihr, und großzügig. Ich gebe ja zu, daß es hier nicht um Leben und Tod geht, aber – hast du denn gar keine Ahnung, was es bedeutet, als leichtes Mädchen gebrandmarkt zu sein – oder als vaterloser Bastard, was das angeht?«

Als er sah, daß ihr Gesichtsausdruck bei diesen Worten etwas weicher wurde, nutzte er die Gelegenheit, streckte ihr die Hand hin und sprach freundlich weiter.

»Komm schon, Kleine. Kannst du dich nicht um des Kindes willen dazu aufraffen?«

Ihr Gesicht spannte sich wieder an, und sie trat zurück.

»Nein«, sagte sie mit erstickter Stimme. »Nein. Das kann ich nicht.«

Er ließ die Hand sinken. Ich konnte sie beide sehen, trotz des nachlassenden Lichtes, und sah die Gefahrensignale nur zu deutlich, seine zusammengezogenen Augen und die kampfbereite Haltung seiner Schultern. »Hat dich Frank Randall so erzogen, Kleine, daß du überhaupt keinen Sinn für Gut und Böse hast?«

Brianna zitterte am ganzen Körper wie ein Pferd, das zu weit gelaufen ist.

»Mein Vater hat immer das Richtige für mich getan! Und er hätte niemals versucht, so etwas einzufädeln!« sagte sie. »Nie! *Ihm* habe ich etwas bedeutet!«

Bei diesen Worten ging schließlich die Wut mit Jamie durch, und zwar mit Pauken und Trompeten.

»Und mir etwa nicht?« sagte er. »Versuche ich etwa nicht mein Bestes, um das Richtige für dich zu tun? Obwohl du so –«

»Jamie –« Ich wandte mich ihm zu und sah, daß seine Augen vor Wut schwarz geworden waren. »Brianna – ich weiß, er hat es nicht – du mußt verstehen –«

»Noch rücksichtsloser und selbstsüchtiger kann man sich gar nicht verhalten!«

»Du selbstgerechter, unsensibler Bastard!«

»Bastard! Du nennst *mich* einen Bastard, wo doch dein Bauch gerade rund wird wie ein Kürbis von einem Kind, das du dazu verdammen willst, daß man bis ans Ende seiner Tage mit dem Finger auf es zeigt und es verleumdet, und –«

»Wenn irgend jemand auf mein Kind zeigt, dann breche ich ihm den Finger und stopfe ihn ihm in den Hals!«

»Du dummes kleines Weibsbild! Hast du denn nicht die geringste Vorstellung davon, wie die Dinge sind? Du machst dich zum Skandal! Die Leute werden dir ins Gesicht sagen, daß du eine Hure bist!«

»Sollen sie es doch versuchen!«

»Oh, sollen sie es doch versuchen? Und dann hättest du wohl gern, daß ich danebenstehe und mir das anhöre?«

»Es ist nicht deine Aufgabe, mich in Schutz zu nehmen!«

Er war so wütend, daß sein Gesicht so weiß wurde wie frisch gebleichter Musselin.

»Nicht meine Aufgabe, dich in Schutz zu nehmen? In Gottes Namen, Frau, wer soll es denn *sonst* tun?«

Ian zupfte mich sanft am Arm und zog mich zurück.

»Jetzt gibt es nur zwei Möglichkeiten, Tante Claire«, murmelte er mir ins Ohr. »Gieß ihnen einen Topf kaltes Wasser über den Kopf, oder komm mit mir und laß sie es ausfechten. Ich habe ein paarmal gesehen, wie Onkel Jamie und meine Mama sich gestritten haben.

Glaub mir, du solltest zwei aufgebrachten Frasers lieber nicht im Weg stehen. Papa sagt, er hat es ein- oder zweimal versucht, und er trägt heute noch die Narben zum Beweis.«

Ich warf einen letzten Blick auf die Situation und gab auf. Er hatte recht; sie standen Nase an Nase, das rote Haar gesträubt, die Augen geschlitzt wie ein Paar Rotluchse, die sich spuckend und fauchend umkreisten. Ich hätte das Heu in Brand setzen können, ohne daß es einer von ihnen auch nur einen Augenblick lang beachtet hätte.

Draußen kam es mir bemerkenswert still und friedlich vor. Ein Ziegenmelker sang im Espenhain, und der Wind kam von Osten und trug das schwache Rauschen des Wasserfalls zu uns. Als wir an der Haustür anlangten, konnten wir nicht mehr hören, wie sie sich anbrüllten.

»Mach dir keine Sorgen, Tante Claire«, sagte Ian tröstend. »Früher oder später bekommen sie Hunger.«

Letztendlich war es doch nicht nötig, sie auszuhungern; Jamie kam ein paar Minuten später den Hügel heruntergestampft, holte ohne ein Wort sein Pferd von der Koppel, zäumte es auf, sprang auf und ritt ungesattelt im Galopp in die Richtung von Fergus' Haus. Während ich seine Gestalt verschwinden sah, trat Brianna schnaufend wie eine Dampfmaschine aus dem Stall und kam auf das Haus zu.

»Was heißt *nighean ma galladh*?« wollte sie wissen, als sie mich an der Tür sah.

»Ich weiß es nicht«, sagte ich. Ich wußte es wohl, hielt es aber für sehr viel klüger, es nicht zu übersetzen. »Ich bin sicher, er hat es nicht so gemeint«, fügte ich hinzu. »Äh... was auch immer es heißt.«

»Ha«, sagte sie, stürmte wutschnaubend ins Haus und erschien einige Augenblicke später wieder mit dem Eierkorb über dem Arm. Wortlos verschwand sie im Gebüsch und rauschte dabei wie ein Hurrikan.

Ich holte ein paarmal tief Luft und ging nach innen, um mit dem Kochen anzufangen. Dabei verfluchte ich Roger Wakefield.

Die körperliche Erschöpfung schien zumindest einen Teil der negativen Energie im Haushalt zerstreut zu haben. Brianna verbrachte eine Stunde im Gebüsch und kehrte mit sechzehn Eiern und einem ruhigeren Gesicht zurück. In ihrem Haar hingen Blätter und Kletten, und dem Aussehen ihrer Schuhe nach hatte sie auf den einen oder anderen Baum eingetreten.

Was Jamie getrieben hatte, wußte ich nicht, doch er kehrte zur Essenszeit zurück, verschwitzt und vom Wind zerzaust, aber äußerlich ruhig. Sie ignorierten sich gegenseitig bewußt, ein einigermaßen schwieriges Unterfangen für zwei große Menschen, wenn sie auf fünfzig Quadratmetern zusammen eingesperrt sind. Ich warf Ian einen Blick zu, und er verdrehte die Augen und half mir, die große Servierschüssel zum Tisch zu tragen.

Während des Abendessens beschränkte sich die Konversation auf Bitten um das Salz, danach räumte Brianna den Tisch ab, setzte sich ans Spinnrad und bearbeitete das Fußpedal mit unnötigem Nachdruck.

Jamie erwiderte ihren zornigen Blick, ruckte dann mit dem Kopf in meine Richtung und ging hinaus. Er wartete auf dem Pfad zum Abort, als ich ihm einen Augenblick später folgte.

»Was soll ich tun?« fragte er ohne Umschweife.

»Dich entschuldigen«, sagte ich.

»Mich entschuldigen?« Ihm schienen die Haare zu Berge zu stehen, obwohl es wahrscheinlich nur vom Wind kam. »Aber ich habe doch nichts Falsches getan.«

»Was macht das denn für einen Unterschied?« sagte ich entnervt. »Du hast mich gefragt, was du tun sollst, und ich habe es dir gesagt.«

Er atmete kräftig durch die Nase aus, zögerte einen Augenblick, drehte sich dann um und stapfte zum Haus zurück, die Schultern zum Märtyrertum oder zum Kampf hochgezogen.

»Ich entschuldige mich«, sagte er, nachdem er sich vor ihr aufgebaut hatte.

Vor Überraschung ließ sie fast das Garn fallen, fing es aber geschickt auf.

»Oh«, sagte sie und errötete. Sie nahm den Fuß vom Pedal, und das große Rad verlangsamte sich ächzend.

»Ich hatte unrecht«, sagte er mit einem schnellen Blick auf mich. Ich nickte ihm ermutigend zu, und er räusperte sich. »Ich hätte nicht –«

»Ist schon gut.« Sie redete schnell, denn sie war darauf versessen, ihm entgegenzukommen. »Du hast nichts – ich meine, du wolltest mir ja nur helfen.« Sie blickte auf den Faden herab, der ihr immer langsamer durch die Finger lief. »Mir tut es auch leid – ich hätte nicht wütend auf dich werden dürfen.«

Er schloß kurz die Augen und seufzte, dann öffnete er sie wieder und sah mich mit hochgezogener Augenbraue an. Ich lächelte schwach, wandte mich wieder meiner Arbeit zu und zerstampfte weiter Fenchelsamen in meinem Mörser.

Er zog einen Hocker heran, setzte sich neben sie, und sie wandte sich ihm zu, wobei sie eine Hand auf das Rad legte, um es anzuhalten.

»Ich weiß, daß du es gut gemeint hast«, sagte sie. »Du und Ian auch. Aber verstehst du es nicht, Pa? Ich muß auf Roger warten.«

»Aber wenn dem Mann irgend etwas zugestoßen ist – wenn ihm ein Unfall passiert ist...«

»Er ist nicht tot. Ich *weiß*, daß er nicht tot ist.« Sie sprach mit der Leidenschaft eines Menschen, der sich die Realität zurechtbiegen will. »Er wird zurückkommen. Und was wäre wohl, wenn er käme und mich mit Ian verheiratet vorfände?«

Beim Klang seines Namens sah Ian auf. Er saß am Feuer auf dem Boden; Rollo hatte ihm seinen riesigen Kopf auf das Knie gelegt und seine gelben Wolfsaugen zu wollüstigen Schlitzen zusammengezogen, während ihm Ian systematisch den dichten Pelz kämmte und alle Zecken und Kletten herauszog, die er fand.

Jamie fuhr sich frustriert mit den Fingern durchs Haar.

»Ich lasse nach ihm Ausschau halten, seit du mir von ihm erzählt hast, *a nighean*. Ich habe Ian nach Cross Creek geschickt, damit er auf River Run Bescheid sagt und Captain Freeman bittet, es den anderen Flußschiffern weiterzusagen. Ich habe Duncan mit der Nachricht losgeschickt, der sie durch das ganze Tal des Cape Fear, bis weit in den Norden nach Edenton und New Bern und auf den Paketschiffen von Virginia nach Charleston verbreiten soll.«

Er sah mich um Verständnis flehend an. »Was kann ich denn sonst noch tun? Der Mann ist nicht zu finden. Wenn ich glauben würde, daß es die geringste Chance gibt...« Er hielt inne, die Zähne in seine Lippen gebohrt.

Brianna senkte den Blick auf den Faden in ihrer Hand und riß ihn mit einer schnellen, abgehackten Handbewegung durch. Sie ließ das lose Ende von der Spindel herabhängen, stand auf und durchquerte das Zimmer, um sich mit dem Rücken zu uns an den Tisch zu setzen.

»Es tut mir leid, Kleines«, sagte Jamie etwas ruhiger. Er streckte die Hand aus und legte sie ihr auf die Schulter, vorsichtig, als könnte sie ihn beißen.

Sie verspannte sich ein wenig, wich aber nicht vor ihm zurück. Einen Augenblick später langte sie herauf und nahm seine Hand, drückte sie leicht und legte sie dann zur Seite.

»Ich verstehe«, sagte sie. »Danke, Pa.« Sie saß da, den Blick auf die Flammen gerichtet, Gesicht und Körper völlig reglos, und brachte es dennoch fertig, absolute Trostlosigkeit auszustrahlen. Ich legte ihr die Hand auf die Schultern und rieb sie sanft, doch sie fühlte sich wie eine Wachspuppe unter meinen Fingern an – sie widersetzte sich der Berührung nicht, reagierte aber auch nicht darauf.

Jamie betrachtete sie einen Moment stirnrunzelnd und sah mich an. Dann stand er auf, als hätte er einen Entschluß gefaßt, griff in das Regal, holte sein Tintenhorn und den Krug mit den Federkielen heraus und stellte sie scheppernd auf den Tisch.

»Ich habe eine Idee«, sagte er bestimmt. »Wir sollten ein Flugblatt entwerfen, und ich bringe es zu Gilette nach Wilmington. Er kann es drucken, und Ian und die Lindsey-Jungs können die Kopien an der Küste verteilen, von Charleston bis Jamestown. Es kann ja sein, daß jemand sich nicht an Wakefield erinnert, weil er seinen Namen nie gehört hat, aber daß er ihn vielleicht am Aussehen erkennt.«

Er schüttelte ein wenig von dem Tintenpulver aus Eisen und Eichengalle in die fleckige Kürbisschale, die er als Tintenbehälter benutzte, goß etwas Wasser aus dem Waschkrug dazu und rührte es mit dem Stiel einer Feder um. Er lächelte Brianna an und holte ein Blatt Papier aus der Schublade.

»Also, Kleine, wie sieht dein Mann denn aus?«

Der Vorschlag, die Initiative zu ergreifen, hatte wieder einen Lebensfunken in Brianna geweckt. Sie setzte sich gerader hin und ein Energiestrom floß an ihrer Wirbelsäule herauf bis in meine Finger.

»Groß«, sagte sie. »Fast so groß wie du, Pa. Er *muß* den Leuten auffallen, nach dir sehen sie sich auch immer um. Er hat schwarze Haare und grüne Augen – leuchtend grün; es ist eine der ersten Dinge, die einem an ihm auffallen, nicht wahr, Mama?«

Ian fuhr leicht zusammen und blickte von der Hundepflege auf.

»Ja«, sagte ich und setzte mich neben Brianna auf die Bank. »Aber du kannst vielleicht noch etwas Besseres tun als ihn schriftlich zu beschreiben. Brianna kann gut Gesichter zeichnen«, erklärte ich Jamie.

»Meinst du, du kannst Roger aus dem Gedächtnis zeichnen, Brianna?«

»Ja!« Sie griff voller Eifer nach dem Kiel. »Ja, ich bin sicher, daß ich das kann – ich habe ihn schon öfter gezeichnet.«

Jamie händigte ihr Kiel und Papier aus, und die senkrechten Falten zwischen seinen Augenbrauen waren leicht gerunzelt.

»Kann der Drucker mit einer Tintezeichnung arbeiten?« fragte ich, als ich das sah.

»Oh – aye, ich schätze, schon. Es ist kein großes Problem, daraus eine Holzplatte zu machen, wenn die Linien deutlich sind.« Er redete geistesabwesend, den Blick auf das Papier vor Brianna gerichtet.

Ian schob Rollos Kopf von seinem Knie, stellte sich neben den Tisch und blickte Brianna mit einem Ausdruck an, der mir nach ziemlich übertriebener Neugier aussah.

Die Unterlippe zwischen ihre Zähne geklemmt, zeichnete sie sauber und schnell. Die hohe Stirn mit einer dichten, schwarzen Haarlocke, die sich von einem unsichtbaren Wirbel erhob und sich dann fast bis auf die stark betonten, schwarzen Augenbrauen senkte. Sie zeichnete ihn im Profil; eine kühne Nase, nicht ganz wie ein Schnabel, ein klar geführter, sinnlicher Mund und ein breites, schräges Kinn. Dichte Augenbrauen, tiefliegende Augen und Falten, die dem kräftigen, sympathischen Gesicht einen gutmütigen Ausdruck verliehen. Sie fügte ein gut getroffenes, anliegendes Ohr hinzu, wandte ihre Aufmerksamkeit dann der eleganten Rundung des Schädels zu und zeichnete das dichte, lockige schwarze Haar zu einem kurzen Pferdeschwanz gebunden.

Ian gab einen leisen, erstickten Kehllaut von sich.

»Ist dir nicht gut, Ian?« Ich sah zu ihm hoch, doch er blickte nicht auf die Zeichnung, sondern über den Tisch hinweg zu Jamie. Seine Augen waren glasig wie die eines Schweins am Spieß.

Ich drehte mich um und entdeckte exakt denselben Ausdruck in Jamies Gesicht.

»Was in aller Welt ist los?« fragte ich.

»Oh... nichts.« Seine Halsmuskeln bewegten sich krampfhaft schluckend. Sein Mundwinkel zuckte und zuckte noch einmal, als könnte er ihn nicht kontrollieren.

»Das ist nicht wahr!« Alarmiert beugte ich mich über den Tisch, ergriff sein Handgelenk und tastete nach seinem Puls. »Jamie, was ist los? Hast du Schmerzen in der Brust? Ist dir schlecht?«

»*Mir* ist schlecht.« Ian stand über den Tisch gebeugt und sah aus, als würde er sich jeden Moment übergeben. »Kusinchen – willst du mir allen Ernstes sagen, daß... *das*« – er wies mit einer schwachen Geste auf die Zeichnung – »Roger Wakefield ist?«

»Ja«, sagte sie und sah verwundert zu ihm hoch. »Ian, ist alles in Ordnung? Hast du etwas Verkehrtes gegessen?«

Er antwortete nicht, sondern ließ sich schwer neben ihr auf die Bank fallen, legte den Kopf in seine Hände und stöhnte.

Jamie zog sanft seine Hand aus meinem Griff. Selbst im roten Licht des Feuers konnte ich sehen, daß er käsebleich und angestrengt aussah. Die Hand auf dem Tisch krümmte sich um das Tintengefäß, als suchte sie Unterstützung.

»Mr. Wakefield«, sagte er vorsichtig zu Brianna. »Hat er zufällig auch... noch einen anderen Namen?«

»Ja«, sagten Brianna und ich wie aus einem Munde. Ich hielt inne und überließ ihr die Erklärungen, während ich aufstand und schnell eine Flasche Brandy aus der Vorratskammer holte. Ich hatte keine

Ahnung, was hier vorging, doch ich hatte das dumpfe Gefühl, daß wir ihn brauchen würden.

»– adoptiert. MacKenzie war sein eigentlicher Familienname«, sagte sie gerade, als ich mit der Flasche in der Hand zurückkam. Sie blickte stirnrunzelnd von ihrem Vater zu ihrem Vetter. »Wieso? Ihr habt doch nicht von einem Roger MacKenzie gehört, oder?«

Jamie und Ian wechselten entsetzte Blicke. Ian räusperte sich. Jamie tat es ihm nach.

»Was?« wollte Brianna wissen. Sie beugte sich vor und blickte ängstlich von einem zum anderen. »Was ist los? Habt ihr ihn gesehen? Wo?«

Ich sah, wie sich Jamies Kiefer anspannte, um die Worte zuwege zu bringen.

»Aye«, sagte er vorsichtig. »Das haben wir. Auf dem Berg.«

»Was – hier? Auf *diesem* Berg?« Sie stand auf und schob die Bank zurück. Besorgnis und Aufregung huschten wie Flammen über ihr Gesicht. »Wo ist er? Was ist passiert?«

»Na ja«, sagte Ian defensiv, »er *hat* schließlich gesagt, daß er dich entjungfert hat.«

»Er hat WAS?« Briannas Augen flogen so weit auf, daß um die ganze Iris herum ein weißer Rand zu sehen war.

»Na ja, dein Pa hat ihn gefragt, nur um ganz sicher zu sein, und er hat zugegeben, daß er –«

»Du hast *was*?« Brianna baute sich vor Jamie auf und legte ihre geballten Fäuste auf den Tisch.

»Aye, schön. Es – es war ein Fehler«, sagte Jamie. Er sah völlig am Boden zerstört aus.

»Darauf kannst du Gift nehmen! Was im Namen des – was hast du getan?« Ihre Wangen waren ebenfalls bleich geworden, und blaue Funken glitzerten in ihren Augen auf, so heiß wie das Herz einer Flamme.

Jamie holte tief Luft. Er blickte auf, sah ihr direkt ins Gesicht, und biß die Zähne zusammen.

»Die Kleine«, sagte er. »Lizzie. Sie hat mir gesagt, daß du ein Kind bekommst und daß der Mann, der daran schuld ist, ein gemeiner Kerl namens MacKenzie ist.«

Briannas Mund öffnete und schloß sich, doch es kam kein Wort heraus. Jamie sah sie gerade an.

»Du hast doch gesagt, daß du vergewaltigt worden bist, nicht wahr?«

Sie nickte ruckartig wie eine schlecht geführte Marionette.

»Also. Ian und das Mädchen waren bei der Mühle, als MacKenzie dort ankam und nach dir gefragt hat. Sie sind hierhergeritten, um mich zu holen, und Ian und ich haben MacKenzie auf der Lichtung oberhalb der grünen Quelle abgefangen.«

Brianna hatte ihre Stimme wieder in Gang bekommen, wenn auch nur mit knapper Not.

»Was habt ihr mit ihm gemacht?« fragte sie heiser. »Was?«

»Es ist ein fairer Kampf gewesen«, sagte Ian immer noch defensiv. »Ich wollte ihn sofort erschießen, aber Onkel Jamie hat gesagt, nein, er wollte den – den Mann erst in die Finger kriegen.«

»Du hast dich mit ihm *geschlagen*?«

»Aye, das habe ich!« sagte Jamie, der jetzt doch getroffen war. »Um Himmels willen, Mädchen, was erwartest du denn, was ich mit dem Mann tun soll, der dich so mißbraucht hat? Du bist diejenige, die einen Mord begehen wollte, aye?«

»Außerdem hat er Onkel Jamie auch geschlagen«, meldete sich Ian hilfreich zu Wort. »Es war ein fairer Kampf. Habe ich doch gesagt.«

»Sei still Ian, sei so gut«, sagte ich. Ich goß genau zwei Finger breit ein und schob Jamie den Becher hin.

»Aber es war – er *hat* gar nicht –« Brianna zischte wie ein Chinakracher, dessen kurze Zündschnur schon brannte. Dann fing sie Feuer und knallte die Faust auf den Tisch. Sie ging ab wie eine Rakete.

»WAS HABT IHR MIT IHM GEMACHT?« schrie sie.

Jamie blinzelte mit den Augen, und Ian zuckte zusammen. Sie wechselten gehetzte Blicke.

Ich legte eine Hand auf Jamies Arm und drückte fest zu. Auch ich konnte nicht verhindern, daß meine Stimme zitterte, als ich die unvermeidliche Frage stellte.

»Jamie – hast du ihn umgebracht?«

Er sah mich an, und die Spannung in seinem Gesicht ließ nach, wenn auch nur minimal.

»Äh... nein«, sagte er. »Ich habe ihn den Irokesen überlassen.«

»Aber, aber, Kusinchen, es hätte schlimmer sein können.« Ian tätschelte Brianna zögernd den Rücken. »Schließlich haben wir ihn nicht umgebracht.«

Brianna gab ein leises Würgegeräusch von sich und zog ihren Kopf von den Knien hoch. Ihr Gesicht war so weiß und feucht wie eine Austernschale, und ihr Haar umringte es wirr. Sie hatte sich nicht übergeben und war nicht in Ohnmacht gefallen, sah aber so aus, als könnte sie beides immer noch tun.

»Wir hatten es vor«, fuhr Ian fort und sah sie leicht nervös an. »Ich hatte ihm schon meine Pistole hinter das Ohr gedrückt, aber dann habe ich mir gedacht, daß eigentlich Onkel Jamie das Recht hätte, ihm das Hirn wegzupusten, aber dann hat er –«

Brianna würgte erneut, und ich stellte vorsichtshalber rasch einen Servierteller vor ihr auf den Tisch.

»Ian, ich glaube nicht, daß sie das jetzt wirklich hören muß«, sagte ich und warf ihm einen warnenden Blick zu.

»Oh, doch, das muß ich.« Brianna schob sich hoch, und ihre Hände klammerten sich an die Tischkante. »Ich muß alles hören, ich muß.« Langsam, als hätte sie einen steifen Hals, wandte sie Jamie den Kopf zu.

»Warum«, sagte sie. »WARUM?«

Er sah genauso bleich und krank aus wie sie. Er hatte sich vom Tisch zurückgezogen und war in die Kaminecke gegangen, als versuchte er, so weit wie möglich vor der Zeichnung mit dem Porträt Roger MacKenzies und seiner Beweislast zu entfliehen.

Er sah aus, als hätte er alles mögliche lieber getan als zu antworten, aber er antwortete dennoch, seine Augen fest auf die ihren gerichtet.

»Ich wollte ihn umbringen. Ich habe Ian daran gehindert, weil eine Kugel mir ein zu leichter Tod für den Schuft zu sein schien – zu schnell für das, was er getan hatte.« Er holte tief Luft, und ich konnte sehen, daß die Hand, mit der er sich an seinem Schreibregal festhielt, so fest angespannt war, daß die Knöchel sich weiß auf seiner Haut abzeichneten.

»Ich habe eine Pause gemacht, um nachzudenken, wie es sein sollte; was zu tun war. Ich habe Ian bei ihm gelassen und bin fortgegangen.« Er schluckte; ich konnte sehen, wie sich seine Halsmuskeln bewegten, doch er wandte seinen Blick nicht ab.

»Ich bin ein kleines Stück in den Wald gegangen und habe mich mit dem Rücken an einen Baum gelehnt, damit mein Herz sich beruhigen konnte. Ich dachte mir, daß er besser wach sein sollte, daß er es wissen sollte – aber ich hatte nicht das Gefühl, daß ich es hätte ertragen können, ihn noch einmal sprechen zu hören. Er hatte schon zu viel gesagt. Doch dann fing ich an, wieder zu hören, was er gesagt hatte.«

»Was? Was hat er gesagt?« Sogar ihre Lippen waren weiß. Jamies ebenfalls.

»Er hat gesagt... daß du ihn gebeten hast, mit dir ins Bett zu gehen. Daß du –« Er hielt inne und biß sich brutal auf die Lippe.

»Er hat gesagt, du wolltest ihn; du hättest ihn darum gebeten, dich zu entjungfern«, sagte Ian. Sein Tonfall war kühl, sein Blick auf Brianna gerichtet.

Sie atmete mit einem rauhen Geräusch ein, so als ob man Papier zerreißt.

»Das habe ich auch.«

Ich sah unwillkürlich zu Jamie hinüber. Seine Augen waren geschlossen, seine Zähne in seiner Lippe versenkt.

Ian machte ein schockiertes Geräusch, und Brianna ließ wie der Blitz ihre Hand zurückfahren und schlug ihn ins Gesicht.

Er fuhr zurück, verlor das Gleichgewicht und fiel fast von der Bank. Er ergriff die Tischkante und stolperte auf seine Füße.

»Wie?« schrie er, das Gesicht in plötzlicher Wut verzerrt. »Wie konntest du so etwas tun? Ich habe Onkel Jamie gesagt, du würdest niemals herumhuren, nie! Aber es stimmt, nicht wahr?«

Sie war auf den Beinen wie ein Leopard, und die Farbe ihrer Wangen war von einer Sekunde auf die nächste von Weiß in brennendes Rot umgeschlagen.

»Schön, was für ein selbstgerechter Heiliger du doch bist, Ian! Wer hat dir das Recht gegeben, mich eine Hure zu nennen?«

»Recht?« Er stotterte einen Augenblick vor sich hin, denn ihm fehlten die Worte. »Ich – du – er –«

Bevor ich eingreifen konnte, holte sie mit der Faust aus und boxte ihn fest in den Magen. Mit völlig überraschtem Gesicht setzte er sich hart auf den Boden, den Mund geöffnet wie ein saugendes Ferkel.

Ich setzte mich in Bewegung, doch Jamie war schneller. In weniger als einer Sekunde war er an ihrer Seite und packte sie am Arm. Sie wirbelte herum in der Absicht, ihn ebenfalls zu schlagen, glaube ich, doch dann erstarrte sie. Ihr Mund arbeitete tonlos, und Tränen des Schocks und der Wut liefen ihr über die Wangen.

»Sei still«, sagte er, und seine Stimme war sehr kalt. Ich sah, wie sich seine Finger in ihre Haut gruben, und machte ein leises Protestgeräusch. Er beachtete es nicht, denn er war zu sehr auf Brianna konzentriert.

»Ich wollte es nicht glauben«, sagte er mit einer Stimme wie Eis. »Ich habe mir eingeredet, er hätte es nur gesagt, um sein Leben zu retten, daß es nicht wahr war. Aber wenn es –« Ihm schien endlich bewußt zu werden, daß er ihr weh tat. Er ließ ihren Arm los.

»Ich konnte den Mann nicht ums Leben bringen, ohne sicher zu sein«, sagte er und hielt dann inne, während seine Augen ihr Gesicht durchforschten. Nach Reue? fragte ich mich. Oder Gewissensbissen? Was auch immer er suchte, alles, was er fand, war schmorende Wut.

Ihr Gesicht war ein Spiegelbild des seinen, ihre blauen Augen so heiß wie die seinen.

Sein Gesicht veränderte sich, und er wandte den Blick ab.

»Ich habe es bedauert«, sagte er leise. »Als ich in dieser Nacht nach Hause kam und dich gesehen habe, da hat es mir leid getan, daß ich ihn nicht umgebracht habe. Ich habe dich in den Armen gehalten – und ich spürte mein Herz vor Scham zusammenschrumpfen, weil ich an der Tugend meiner Tochter gezweifelt hatte.« Er sah zu Boden, und ich konnte die Stelle sehen, wo er sich auf die Lippe gebissen hatte.

»Jetzt ist mein Herz völlig zerrissen. Nicht nur, weil du dich versündigt hast, sondern auch, weil du mich angelogen hast.«

»Dich angelogen?« Ihre Stimme war nicht mehr als ein Flüstern. »Dich *angelogen*?«

»Aye, mich angelogen!« Mit plötzlicher Heftigkeit drehte er sich wieder zu ihr um. »Daß du aus Lust mit einem Mann geschlafen und dann Vergewaltigung geschrien hast, als du gemerkt hast, daß du schwanger bist! Begreifst du nicht, daß es purer Zufall ist, daß ich mir die Hände nicht mit einem Mord befleckt habe, und alles deinetwegen?«

Sie war zu wütend zum Sprechen; ich sah, wie ihr Hals anschwoll und wußte, daß ich etwas tun mußte, sofort, bevor einer von ihnen die Gelegenheit hatte, noch etwas zu sagen.

Ich konnte ebenfalls nicht sprechen. Blind tastete ich in meiner Rocktasche nach dem Ring. Ich fand ihn, zog ihn heraus und ließ ihn auf den Tisch fallen. Er fiel klingelnd auf das Holz, drehte sich und kam scheppernd zum Halten. Das Gold des kleinen Kreises glänzte rot im Schein des Feuers.

Von F. für C. in Liebe. Immer.

Jamie sah ihn an. Sein Gesicht hatte jeden Ausdruck verloren. Brianna holte schluchzend Luft.

»Das ist doch dein Ring, Tante Claire«, sagte Ian. Er klang verblüfft und beugte sich über den Tisch, um genau hinzusehen, als traute er seinen Augen nicht. »Dein Goldring. Den Bonnet dir auf dem Fluß gestohlen hat.«

»Ja«, sagte ich. Meine Knie fühlten sich weich an. Ich setzte mich an den Tisch und legte meine Hand über den verräterischen Ring, als könnte ich ihn wieder zurücknehmen, sein Vorhandensein leugnen.

Jamie ergriff mein Handgelenk und hob es hoch. Wie ein Mann, der es mit einem gefährlichen Insekt zu tun hat, ergriff er den Ring vorsichtig zwischen Daumen und Zeigefinger.

»Wo hast du den her?« fragte er, und seine Stimme klang fast beiläufig. Er sah mich an, und Schrecken durchfuhr mich bei seinem Blick.

»Ich habe ihn ihr mitgebracht.« Briannas Tränen waren getrocknet, verdunstet in der Hitze ihrer Wut. Sie stand hinter mir und umklammerte meine Schultern. »Sieh sie nicht so an, untersteh dich!«

Er hob den Blick zu ihr, doch sie zuckte nicht mit der Wimper; klammerte sich nur fester an mich, und ihre Finger gruben sich in meine Schultern.

»Wo hast du den her?« fragte er noch einmal, seine Stimme nicht mehr als ein Flüstern. »Wo?«

»Von ihm. Von Stephen Bonnet.« Ihre Stimme zitterte, doch es war vor Wut, nicht aus Angst. »Als... er... mich... vergewaltigt... hat.«

Jamies Gesicht brach plötzlich, als hätte eine Explosion ihn von innen heraus aufgesprengt. Ich machte ein zusammenhangloses Angstgeräusch und griff nach ihm, doch er zuckte herum, drehte uns den Rücken zu und stand erstarrt mitten im Zimmer.

Ich spürte, wie Brianna sich aufrichtete, hörte Ian wie einen Idioten »*Bonnet?*« sagen. Ich hörte das Ticken der Uhr auf der Anrichte, spürte den Luftzug von der Tür. Ich war mir all dieser Dinge vage bewußt, hatte aber nur Augen für Jamie.

Ich schob die Bank zurück und kam stolpernd auf die Beine. Er stand wie angewurzelt da, die Fäuste vor dem Bauch geballt wie ein Mann mit einer Schußwunde, der versucht, das unausweichliche, tödliche Herausquellen seiner Eingeweide zu verhindern.

Ich hätte in der Lage sein sollen, etwas zu tun, etwas zu sagen. Ich hätte in der Lage sein sollen, ihnen zu helfen, mich um sie zu kümmern. Doch ich konnte nichts tun. Ich konnte keinem von ihnen helfen, ohne den anderen zu verraten – und hatte sie schon beide verraten. Ich hatte Jamies Ehre verkauft, um ihn vor dem Unheil zu bewahren, und damit hatte ich Roger vernichtet und Briannas Glück zerstört.

Jetzt konnte ich zu keinem von ihnen mehr gehen. Ich konnte nur dastehen und spüren, wie mein Herz in kleine, gezackte Stücke zerbrach.

Brianna ließ mich stehen und umkreiste lautlos den Tisch, durchquerte das Zimmer, umkreiste Jamie. Sie blieb vor ihm stehen und sah ihm ins Gesicht, das ihre starr wie Marmor und kalt wie das einer Heiligen.

»Verdammt«, sagte sie kaum hörbar. »Du verdammtes Schwein. Es tut mir leid, daß ich dir je begegnet bin.«

ELFTER TEIL

Pas du tout

51

Verraten

Oktober 1769
Roger öffnete die Augen und übergab sich. Oder vielmehr, er untergab sich. Wie auch immer; der brennende Gallestrom in seiner Nase und das Rinnsal von Erbrochenem, das ihm in die Haare lief, waren unwichtig im Vergleich mit der Agonie in seinem Kopf und Schritt.

Eine rumpelnde Schwankbewegung versetzte ihm einen Stoß und ließ ein Kaleidoskop aus Farben von seinen Geschlechtsteilen bis ins Hirn schießen. Der Geruch von feuchtem Segeltuch erfüllte ihm die Nase. Dann erklang eine Stimme in der Nähe, und seine formlose Panik nahm inmitten der Farben plötzlich und stückweise Gestalt an.

Gloriana! Sie hatten ihn! Er fuhr automatisch auf, wurde aber von einem krachenden Stoß in seinen Schläfen gebremst – der dem Ruck an seinen Handgelenken nur um den Bruchteil einer Sekunde folgte. Gefesselt, er war im Zwischendeck gefesselt.

Die Panik blies sich in seinen Gedanken weiter zu einer kantigen, schwarzen Gestalt auf. Bonnet. Sie hatten ihn gefangen, sich die Steine zurückgeholt. Und jetzt würden sie ihn umbringen.

Er wand sich krampfhaft, riß an seinen Handgelenken, die Zähne vor Schmerz zusammengebissen. Das Deck kam schnaubend unter ihm zum Halten, und er wurde fest zu Boden gedrückt.

Er übergab sich erneut, doch sein Magen war leer. Er würgte, und mit jedem Krampf scheuerten sich seine Rippen an den in Segeltuch gehüllten Bündeln, auf denen er lag. Keine Segel; kein Zwischendeck. Nicht die *Gloriana*, überhaupt kein Schiff. Ein Pferd. Er war an Händen und Füßen gefesselt und lag auf dem Bauch quer über einem verdammten Pferd!

Das Pferd ging noch ein paar stoßende Schritte weiter und kam dann zum Halten. Es erklang Stimmengemurmel, Hände fummelten an ihm herum, dann wurde er unsanft heruntergezogen und auf seine Füße geworfen. Er fiel sofort zu Boden, denn er konnte weder stehen, noch seinen Fall bremsen.

Er lag halb zusammengekauert auf dem Boden und konzentrierte sich auf seine Atmung. Ohne das Geschüttel war es einfacher. Niemand störte sich an ihm, und nach und nach wurde er sich seiner Umgebung bewußt.

Dieses Bewußtsein war nicht besonders hilfreich. Unter seiner Wange waren feuchte Blätter, kühl und nach süßlicher Fäule duftend. Vorsichtig öffnete er das Auge einen Spaltbreit. Himmel über ihm, eine unmögliche, tiefe Farbe irgendwo zwischen blau und lila. Das Geräusch von Bäumen, Wasserrauschen in der Nähe.

Alles schien sich langsam, mit schmerzender Intensität um ihn zu drehen. Er schloß die Augen und preßte seine Hände flach auf den Boden.

Himmel, wo bin ich? Die Stimmen unterhielten sich in aller Ruhe, die Worte halb verschluckt vom Stampfen und Wiehern der Pferde. Er verspürte einen Augenblick der Panik über sein Unvermögen; er konnte der Sprache noch nicht einmal einen Namen zuordnen.

Er hatte eine große, empfindliche Beule hinter dem einen Ohr, eine weitere am Hinterkopf, und er verspürte einen Schmerz, der seine Schläfen pochen ließ; ein harter Schlag hatte ihn getroffen – doch wann? Hatten die Schläge irgendwelche Blutgefäße in seinem Gehirn verletzt, ihm die Sprache geraubt? Er öffnete seine Augen ganz und wälzte sich – mit unendlicher Vorsicht – auf den Rücken.

Ein quadratisches, braunes Gesicht blickte auf ihn herab, ohne einen besonderen Ausdruck des Interesses zu zeigen, und wandte sich dann wieder dem Pferd zu, um das sich der Mann gerade kümmerte.

Indianer. Der Schock war so groß, daß er seinen Schmerz vorübergehend vergaß und sich hinsetzte. Er schnappte nach Luft und legte das Gesicht auf seine Knie, die Augen geschlossen, während er dagegen ankämpfte, erneut das Bewußtsein zu verlieren, und ihm das Blut durch den sich spaltenden Schädel hämmerte.

Wo war er? Er biß sich ins Knie und zermahlte brutal den Stoff zwischen seinen Zähnen, während er um sein Gedächtnis rang. Bildfragmente kehrten zurück, kleine Stückchen, die ihn an der Nase herumführten und sich hartnäckig weigerten, sich zu einem Sinn zusammenzufügen.

Das Ächzen von Planken und der Geruch des Kielraumes. Blendendes Sonnenlicht durch Glasscheiben. Bonnets Gesicht und Walatem im Nebel und ein kleiner Junge namens... namens...

Im Dunkeln verschränkte Hände und Hopfengeruch. *Ich nehme dich zur Frau, mit meinem Körper diene ich dir.*

Brianna. Kalter Schweiß lief ihm über die Wangen, und seine Kiefermuskeln waren so angespannt, daß es schmerzte. Die Bilder hüpften in seinem Kopf herum wie Flöhe. Ihr Gesicht, ihr Gesicht, er durfte es nicht loslassen!

Nicht sanft, kein sanftes Gesicht. Eine tödlich gerade Nase und kalte, blaue Augen... nein, nicht kalt...

Eine Hand auf seiner Schulter riß ihn aus seiner gequälten Suche nach seinen Erinnerungen in die viel zu unmittelbare Gegenwart zurück. Es war ein Indianer mit einem Messer in der Hand. Betäubt vor Verwirrung starrte Roger den Mann einfach nur an.

Der Indianer, ein Mann mittleren Alters mit einem Knochen in seinem hochgekämmten Haar und einer ernsten Ausstrahlung, ergriff Roger beim Haar und neigte seinen Kopf kritisch vor und zurück. Rogers Verwirrung verdampfte, als ihm der Gedanke kam, daß er im Begriff war, so, wie er dasaß, skalpiert zu werden.

Er warf sich rückwärts, holte mit den Füßen aus und erwischte den Indianer an den Knien. Der Mann ging mit einem Aufschrei der Überraschung zu Boden, und Roger drehte sich um, sprang stolpernd auf und lief um sein Leben.

Er rannte mit gespreizten Beinen wie eine betrunkene Spinne und stolperte auf die Bäume zu. Schatten, Zuflucht. Hinter ihm erschollen Rufe und das Geräusch schneller Füße, die tote Blätter um sich streuten. Dann riß ihm etwas die Füße weg, und er fiel mit einem markerschütternden Knall kopfüber zu Boden.

Sie hatten ihn auf den Beinen, noch ehe er wieder Luft bekam. Sinnlos, sich zu wehren; sie waren zu viert einschließlich des Mannes, den Roger umgeworfen hatte. Dieser trat jetzt auf sie zu, humpelnd, das Messer immer noch in der Hand.

»Dir nichts tun!« sagte er barsch. Er verpaßte Roger eine schallende Ohrfeige, dann beugte er sich vor und sägte das Lederband durch, das Rogers Handgelenke festhielt. Mit einem lauten Schnauben machte er auf dem Absatz kehrt und ging wieder zu den Pferden.

Die beiden Männer, die Roger festhielten, ließen ihn prompt los und gingen ebenfalls fort. Sie ließen ihn wie einen im Wind schwankenden Schößling stehen.

Toll, dachte er leer, *ich bin nicht tot. Und was jetzt, zum Teufel?*

Da sich keine Antwort auf diese Frage präsentierte, rieb er sich vorsichtig mit der Hand über das Gesicht, wobei er diverse Prellungen entdeckte, die ihm zuvor entgangen waren, und sah sich um.

Er stand auf einer kleinen Lichtung, die von riesigen Eichen und halb entlaubten Hickorybäumen umstanden war; der Boden war mit gelben und braunen Blättern übersät, und die Eichhörnchen hatten haufenweise Eichelhütchen und Nußhüllen auf dem Boden zurückgelassen. Er stand auf einem Berg, das verriet ihm das Gefälle des Bodens, so wie ihm die kühle Luft und der edelsteinklare Himmel verrieten, daß es kurz vor Sonnenuntergang war.

Die Indianer – sie waren zu viert, nur Männer – ignorierten ihn vollständig und beschäftigten sich damit, ihr Lager aufzuschlagen, ohne auch nur einen Blick in Rogers Richtung zu werfen. Er leckte sich die trockenen Lippen und unternahm einen vorsichtigen Schritt auf den kleinen Bach zu, der ein paar Meter weiter über algenbepelzte Felsen gluckste.

Er trank sich satt, obwohl ihm das kalte Wasser an den Zähnen wehtat; auf der einen Seite seines Mundes saßen fast all seine Zähne locker, und seine Mundschleimhaut war aufgeplatzt. Er wusch sich vorsichtig das Gesicht und hatte ein Déjà-vu-Gefühl. Noch vor kurzem hatte er sich so gewaschen und kaltes Wasser getrunken, das über Smaragdfelsen lief.

Fraser's Ridge. Er hockte sich auf die Fersen, und in großen, häßlichen Brocken nahmen seine Erinnerungen wieder ihre Plätze ein.

Brianna und Claire... und Jamie Fraser. Plötzlich kehrte das verwirrende Bild, nach dem er so verzweifelt gesucht hatte, ungefragt zurück; Briannas Gesicht mit seinen breiten, kühnen Knochen, blaue Augen schräg über einer langen, geraden Nase. Doch Briannas Gesicht war gealtert, zu Bronze verwittert, grob geschnitten und durch Männlichkeit und Erfahrung verhärtet, die blauen Augen von mörderischer Wut geschwärzt. Jamie Fraser.

»Du verdammtes Schwein«, sagte Roger leise. »Du gottverdammtes *Schwein*. Du hast versucht, mich umzubringen.«

Sein erstes Gefühl war Erstaunen – doch die Wut ließ nicht lange auf sich warten.

Er erinnerte sich jetzt an alles; die Begegnung auf der Lichtung, das Herbstlaub wie Feuer und Honig und dazwischen der flammende Mann; der braunhaarige Junge – und wer zum Teufel war *das*? Der Kampf – mit einer Grimasse berührte er eine wunde Stelle unter seinen Rippen – und sein Ende, an dem er flach im Laub gelegen hatte und sich sicher gewesen war, daß er jetzt umgebracht würde.

Na ja, es war nicht so gewesen. Er erinnerte sich dumpf daran, den Mann und den Jungen diskutieren zu hören, irgendwo über sich – einer von ihnen war dafür gewesen, ihn auf der Stelle umzubringen, der andere hatte nein gesagt –, doch er konnte partout nicht sagen, welcher. Dann hatte einer von ihnen ihm noch einen Schlag versetzt, und weiter konnte er sich bis jetzt an nichts erinnern.

Und jetzt – er sah sich um. Die Indianer hatten Feuer gemacht, und daneben stand ein Tongefäß. Keiner von ihnen schenkte ihm auch nur die geringste Beachtung, obwohl er sich sicher war, daß sie alle sich seiner bewußt waren.

Vielleicht hatten sie ihn Fraser und dem Jungen weggenommen – aber warum? Es war wahrscheinlicher, daß Fraser ihn den Indianern überlassen hatte. Der Mann mit dem Messer hatte gesagt, sie würden ihm nichts tun. Was *hatten* sie mit ihm vor?

Er sah sich um. Es würde bald Nacht sein; die fernen Schatten unter den Eichen hatten schon zugenommen.

Na und, Kumpel? Wenn du nach Einbruch der Dunkelheit abhaust, wo willst du dann hin? Die einzige Richtung, über die du dir sicher bist, ist abwärts. Offensichtlich ignorierten ihn die Indianer, weil sie sich sicher waren, daß er nirgendwo hingehen würde.

Er schüttelte die unbequeme Wahrheit dieser Beobachtung ab und stand auf. Eins nach dem anderen. Es war das letzte, was er im Augenblick wollte, doch seine Blase war dem Platzen nahe. Seine Finger waren langsam und ungeschickt und blutverklebt, doch er schaffte es, seine Kniehose aufzuschnüren.

Sein erstes Gefühl war das der Erleichterung; es war nicht so schlimm, wie es sich anfühlte. Ziemlich wund, doch vorsichtiges Weitertasten schien ihm anzuzeigen, daß er im großen und ganzen unverletzt war.

Erst, als er sich wieder dem Feuer zuwandte, folgte der schlichten Erleichterung ein Ausbruch so purer und blinder Wut, daß sie sowohl seinen Schmerz als auch seine Furcht wegbrannte. Auf seinem rechten Handgelenk war ein schwarzer, ovaler Fleck – ein Daumenabdruck, so deutlich und spottend wie eine Signatur.

»Himmel«, sagte er ganz leise. Die Wut brannte ihm heiß und schwer in der Magengrube. Er konnte ihren säuerlichen Geschmack in seinem Mund schmecken. Er blickte hinter sich den Abhang hinab, ohne zu wissen, ob er in die Richtung von Fraser's Ridge sah oder nicht.

»Warte auf mich, du Schuft«, sagte er vor sich hin. »Alle *beide* – wartet auf mich. Ich komme wieder.«

Allerdings nicht sofort. Die Indianer gestatteten ihm mitzuessen – eine Art Eintopf, den sie trotz seiner fast kochenden Temperatur mit den Fingern aßen –, schenkten ihm aber ansonsten keine Beachtung. Er versuchte es auf Englisch, Französisch – sogar mit den paar Brocken Deutsch, die er kannte, bekam aber keine Antwort.

Sie fesselten ihn, als sie sich zum Schlafen niederlegten; sie banden ihm die Knöchel zusammen und legten ihm eine Schlinge um den Hals, deren anderes Ende sich einer seiner Bewacher um das Handgelenk band. Ob aus Gleichgültigkeit oder weil es keine gab, jedenfalls gaben sie ihm keine Decke, und er verbrachte die Nacht zitternd, so nah an das schwindende Feuer gedrängt, wie es möglich war, ohne daß er sich strangulierte.

Er hatte nicht geglaubt, daß er in der Lage sein würde zu schlafen, doch er tat es dennoch, vom Schmerz erschöpft. Aber es war ein unruhiger Schlaf, der mit gewalttätigen, bruchstückhaften Träumen angefüllt war und ständig unterbrochen wurde, weil er die Illusion hatte, erwürgt zu werden.

Am Morgen brachen sie wieder auf. Von Reiten war diesmal keine Rede; er lief, und zwar so schnell er konnte; man ließ ihm die Schlinge lose um den Hals hängen, doch ein kurzes Seil verband seine Hände mit dem Zaumzeug eines der Pferde. Er stolperte und fiel mehrmals hin, schaffte es aber, trotz seiner Prellungen und Muskelschmerzen immer wieder, auf die Beine zu krabbeln. Er hatte ganz klar den Eindruck, daß sie ihn ohne weiteres hinter sich her schleifen würden.

Sie hielten sich in etwa in Richtung Norden, das konnte er an der Sonne ablesen. Nicht, daß es ihm großartig weiterhalf, denn er hatte keine Ahnung, von wo sie aufgebrochen waren. Doch sie konnten noch nicht weit von Fraser's Ridge entfernt sein; er konnte nicht mehr als ein paar Stunden bewußtlos gewesen sein. Er blickte auf die mahlenden Hufe des Pferdes neben ihm und versuchte, seine Geschwindigkeit zu schätzen. Nicht mehr als zwei oder drei Meilen pro Stunde; er konnte ohne große Anstrengung mithalten.

Landschaftsmerkmale. Es war nicht zu sagen, wohin sie ihn bringen wollten – oder warum –, doch wenn er jemals zurückkehren wollte, dann mußte er sich das Aussehen des Terrains einprägen, durch das sie kamen.

Ein Felsenkliff, vielleicht fünfzehn Meter hoch und mit struppigen Pflanzen bewachsen, ein verkrümmter Dattelpflaumenbaum, der aus einer Felsspalte herausragte wie eine vorspringende Matratzenfeder, mit leuchtendorangen Troddeln übersät.

Sie gelangten auf einen Bergkamm mit einem atemberaubenden Blick auf die fernen Berge; drei steile Gipfel, vor dem flammenden Himmel zusammengedrängt, der linke höher als die beiden anderen. Das konnte er sich merken. Ein Bach – ein Fluß? –, der durch eine kleine Schlucht stürzte; sie trieben die Pferde durch eine flache Furt, und Roger wurde bis zur Taille mit Eiswasser durchnäßt.

Ihre Reiseroutine blieb tagelang unverändert, immer weiter nordwärts. Seine Bewacher sprachen nicht mit ihm, und am vierten Tag erkannte er, daß er dabei war, den Überblick über die Zeit zu verlieren, und in eine traumähnliche Trance fiel, von seiner Müdigkeit und der Stille der Berge überwältigt. Er zog sich einen langen Faden aus dem Rocksaum und begann, ihn zu verknoten, einen Knoten für jeden Tag, sowohl als schwachen Kontakt mit der Wirklichkeit als auch als grobe Methode, die zurückgelegte Entfernung abzuschätzen.

Er würde zurückgehen. Wie auch immer, er würde nach Fraser's Ridge zurückgehen.

Am achten Tag bekam er seine Gelegenheit. Jetzt waren sie tief im Gebirge. Tags zuvor hatten sie einen Paß überquert und waren einen steilen Hang hinabgestiegen. Die Ponys hatten ängstlich gewiehert und das Tempo verlangsamt, um jeden Schritt vorsichtig abzufangen, während sich die Ladung auf ihren Sätteln ächzend verschob.

Jetzt ging es wieder bergauf, und die Ponys verlangsamten ihre Schritte noch weiter, als der Weg steil in die Höhe ging. Roger konnte etwas an Boden gewinnen und das Pony einholen. Er klammerte sich an das Sattelzeug und ließ sich von dem zähen, kleinen Tier mitziehen.

Die Indianer waren abgestiegen. Sie liefen und führten ihre Ponys. Er warf einen genauen Blick auf den langhaarigen, schwarzen Skalp am Rücken des Kriegers, der das Pony führte, an das sich Roger klammerte. Mit einer Hand hielt er sich fest; die andere war damit beschäftigt, unter einer herabhängenden Segelleinenfalte den Knoten aufzuzupfen, der ihn an das Sattelzeug band.

Strähne um Strähne löste sich das Hanfseil, bis ihn nur noch ein einzelner Faden mit dem Pony verband. Er wartete, während ihm vor Angst und von der Anstrengung des Kletterns der Schweiß die Rippen heruntertropfte, verwarf eine Gelegenheit nach der anderen, sorgte sich von Augenblick zu Augenblick mehr, daß es zu spät war, daß sie anhalten würden, um das Nachtlager aufzuschlagen, daß der Krieger, der sein Pony führte, sich umdrehen und ihn sehen würde, auf die Idee kommen würde, seine Fesseln zu überprüfen.

Doch sie hielten nicht an, und der Krieger drehte sich nicht um. *Da,* dachte er, und sein Herz schlug schnell, als er sah, wie das erste Pony aus der Reihe trat und auf einen schmalen Wildwechsel einschwenkte, der den Abhang durchschnitt. Unterhalb des Pfades fiel der Boden steil ab und begradigte sich zwei Meter tiefer wieder. Darunter lag ein dichtbewaldeter Abhang, der ideal zum Verstecken war.

Ein Pony, dann das nächste, überwand das enge Wegstück und setzte dabei die Hufe mit geradezu übertriebener Vorsicht auf. Ein drittes, und jetzt war Roger an der Reihe. Er preßte sich nah an die Flanke des Ponys und atmete dessen süßen, durchdringenden Schweißgeruch ein. Ein Schritt, dann noch einer, und sie waren auf dem engen Pfad.

Er riß das Seil durch und sprang. Er landete mit einem Ruck und ging halb in die Knie, sprang auf und rannte bergab. Er verlor seine Schuhe und ließ sie liegen. Er überquerte spritzend einen kleinen Bach, krabbelte auf Händen und Knien am Ufer hoch, arbeitete sich auf seine Beine hoch und lief weiter, noch bevor er richtig stand.

Er hörte Rufe hinter sich, dann Stille, wußte aber, daß er verfolgt wurde. Er war außer Atem; ihnen würde es genauso gehen.

Die Landschaft glitt in verschwommenen Flecken aus Laub und Felsen an ihm vorbei, als er den Kopf hin- und herdrehte, auf der Suche nach einem Ausweg, einem Versteck. Er entschied sich für einen Birkenhain, schoß hindurch, hinaus auf eine abfallende Wiese, taumelte abwärts über das schlüpfrige Gras und stieß sich die nackten Füße an Wurzeln und Steinen. Auf der anderen Seite nahm er sich eine Sekunde Zeit, um sich umzublicken. Zwei von ihnen; er sah ihre runden, dunklen Köpfe zwischen den Blättern.

Weiter in den nächsten Hain, wieder hinaus, im verrückten Zickzack durch ein Geröllfeld, schweratmend. Eines hatte die verdammte Vergangenheit für ihn getan, dachte er grimmig, seine Atemkapazität verbessert. Dann hatte er keinen Raum mehr zum Denken – nur noch für die blinden Instinkte der Flucht.

Und weiter abwärts, ein krabbelnder Abstieg über die feuchte, rissige Oberfläche eines sieben Meter hohen Felsens, wobei er sich an den Pflanzen festhielt, an denen er halb vorbeifiel, Wurzeln, die sich lösten, Hände, die in Schlammlöchern versanken, Finger, die sich an unsichtbaren Steinen stießen. Er landete hart am Boden und bückte sich keuchend.

Einer von ihnen war direkt hinter ihm und kam rückwärts den Felsen heruntergeklettert. Er riß sich die Schlinge ab, die er immer noch um den Hals trug, und peitschte damit über die Hände des Indianers. Der Mann verlor den Halt; er ließ los, rutschte abwärts und landete schief. Roger warf ihm die Schlinge über den Kopf, versetzte ihr einen heftigen Ruck und floh. Der Mann blieb auf den Knien zurück, würgend, die Hände an dem Seil um seinen Hals.

Bäume. Er brauchte Deckung. Er sprang über einen umgestürzten Baumstamm, stolperte und überschlug sich, war wieder auf den Beinen und rannte. Bergauf, ein Fichtendickicht ein kleines Stück weiter droben. Hämmernden Herzens trat er fest mit den Füßen auf und erklomm den Abhang in großen Sätzen.

Er stürzte sich zwischen die Fichten, kämpfte sich durch eine Million Nadelstiche hindurch, blind, die Augen zum Schutz gegen die zuschlagenden Zweige geschlossen. Dann gab der Boden unter ihm nach, und er stürzte, während Himmel und Äste um ihn verschwammen.

Er blieb hängen, halb zusammengerollt, und es verschlug ihm den Atem; er hatte gerade soviel Verstand, um sich fester zusammenzurollen und weiterzukollern, prallte an Felsen und Baumschößlingen ab, löste einen Schauer aus Schmutz und Nadeln aus, polterte und purzelte abwärts.

Er kam donnernd in einem Gewirr von Holzstämmen zum Halten, blieb einen Augenblick hängen, glitt dann ganz hinab und landete mit einem dumpfen Aufprall. Schwindelig und blutend lag er einen Moment still, wälzte sich dann schmerzerfüllt auf die Seite und wischte sich den Schmutz und das Blut aus dem Gesicht.

Er blickte suchend auf. Da waren sie. Alle beide, an der Spitze des Abhangs. Sie kamen vorsichtig neben dem Felsvorsprung herunter, von dem er gefallen war.

Auf Händen und Knien tauchte er zwischen die holzigen Stämme und kroch um sein Leben. Zweige bogen sich, spitze Enden stachen auf ihn ein, und Kaskaden aus Staub, toten Blättern und Insekten fielen von den höheren Zweigen herunter, während er sich vorwärtsschob und sich einen Durchgang durch die dichtgewachsenen Stämmchen bahnte, sich wand und drehte und den Lücken folgte, die er fand.

Hölle war sein erster zusammenhängender Gedanke. Er war in einem höllischen Rhododendrondickicht gelandet. Bei dieser verspäteten Erkenntnis verlangsamte er seine Flucht – falls man es denn »Flucht« nennen konnte, wenn man sich etwa drei Meter in der Stunde vorwärtsbewegte.

Die tunnelähnliche Lücke, in der er sich befand, war zu eng, als daß er sich hätte umdrehen können, doch er schaffte es, hinter sich zu sehen, indem er den Kopf zur Seite schob und den Hals reckte. Da war nichts; nichts als feuchte, muffige Dunkelheit, von schwachem Streulicht erhellt und von aufgewirbeltem Staub erfüllt. Es war nichts zu sehen außer den Stämmchen und biegsamen Zweigen des Rhododendrondickichts.

Seine zitternden Gliedmaßen gaben nach, und er brach zusammen.

Einen Augenblick lag er zwischen den Stämmchen zusammengerollt und atmete den Moschusgeruch verrottender Blätter und feuchter Erde ein.

»Du wolltest doch Deckung, Kumpel«, murmelte er vor sich hin. Sein Körper begann zu schmerzen. Er hatte an einem Dutzend Stellen blutende Schürfwunden. Selbst in dem gedämpften Licht sahen seine Fingerspitzen wie rohes Fleisch aus.

Er führte eine langsame Inventur seiner Verletzungen durch und lauschte dabei ständig auf Verfolgungsgeräusche. Es überraschte ihn kaum, daß es keine gab. Er hatte in den Wirtshäusern von Cross Creek von solchen »Rhododendronhöllen« gehört; halb prahlerische Geschichten von Jagdhunden, die ein Eichhörnchen in eins dieser weitverzweigten Dickichte gejagt, sich hoffnungslos verlaufen hatten und nie wieder aufgetaucht waren.

Roger hoffte, daß diese Geschichten mit einem guten Schuß Übertreibung gewürzt waren, obwohl er sich nicht beruhigt fühlte, als er sich gründlich umsah. Das wenige Licht hatte keine Richtung. Wohin er blickte, sah alles gleich aus. Herabhängende Büschel kühler, lediger Blätter, dicke Stämme und schlanke Zweige, die sich fast undurchdringlich verknäult hatten.

Mit einem leichten Panikgefühl erkannte er, daß er keine Ahnung hatte, aus welcher Richtung er gekommen war.

Er legte den Kopf auf seine Knie, atmete tief durch und versuchte zu denken. Na gut, eins nach dem anderen. Sein rechter Fuß blutete stark aus einem tiefen Riß am Rand der Sohle. Er zog seine zerfetzten Strümpfe aus und benutzte einen davon, um seinen Fuß zu verbinden. Sonst schien nichts so schlimm zu sein, daß ein Verband nötig war, außer der flachen Schramme in seiner Kopfhaut; aus dieser sickerte immer noch Blut, feucht und klebrig.

Seine Hände zitterten; es war schwierig, sich den Strumpf um den Kopf zu binden. Dennoch fühlte er sich nach dieser winzigen Handlung besser. Also dann. Er hatte in Schottland unzählige Munros bestiegen, jene endlosen Felsengipfel, und hatte mehr als einmal bei der Suche nach Ausflüglern geholfen, die sich zwischen den Felsen und in der Heide verlaufen hatten.

Wenn man sich in der Wildnis verlaufen hatte, dann war die übliche Vorsichtsmaßnahme, sich nicht vom Fleck zu bewegen und darauf zu warten, daß man gefunden wurde. Doch das traf nicht zu, wenn die einzigen Menschen, die nach einem suchten, diejenigen waren, von denen man nicht gefunden werden wollte.

Er blickte durch das verknäulte Geäst nach oben. Er konnte an ein paar Fleckchen den Himmel sehen, doch die Rhododendren erhoben sich fast vier Meter hoch. Es gab keine Möglichkeit, aufzustehen; er konnte unter den verwobenen Zweigen kaum aufrecht sitzen.

Es war unmöglich zu sagen, wie groß dieses Dickicht war; auf ihrem Weg durchs Gebirge hatte er ganze Hänge mit Heidegestrüpp bewachsen gesehen, Täler, die mit dem tiefen Grün der Rhododendren angefüllt waren. Nur wenige, ehrgeizige Bäume hatten aus dem wogenden Blättermeer aufgeragt. Dann wieder hatten sie kleinere Gebüsche umritten, die nicht mehr als zehn Quadratmeter groß waren. Er wußte, daß er sich ziemlich nah am Rand des Dickichts befand, doch dieses Wissen war nutzlos, da er keine Ahnung hatte, in welcher Richtung sich der Rand befand.

Ihm wurde bewußt, daß ihm sehr kalt war und daß seine Hände immer noch zitterten. *Schock*, dachte er dumpf. Was tat man dagegen? Heiße Flüssigkeiten. Decken. Brandy. Na wunderbar. Die Füße hochlegen. Das konnte er immerhin tun.

Er schaufelte sich eine kleine, unbequeme Grube, ließ sich hineingleiten und kratzte die feuchtkalten, halb verrotteten Blätter über Brust und Schultern zusammen. Er stützte seine Füße in einer Astgabel auf und schloß zitternd die Augen.

Sie würden ihm nicht folgen. Warum sollten sie auch? Es war viel einfacher zu warten, sofern sie keine Eile hatten. Er mußte irgendwann herauskommen – wenn er es noch konnte.

Jede Bewegung hier unten würde oben das Laub schütteln und den Beobachtern seine Bewegungen punktgenau anzeigen. Das war ein grausiger Gedanke; zweifellos wußten sie, wo er sich jetzt befand, und warteten einfach nur seine nächste Bewegung ab. Die Himmelsflecken hatten die tiefblaue Farbe von Saphiren; es war immer noch Nachmittag. Also würde er die Dunkelheit abwarten, bevor er sich wieder in Bewegung setzte.

Mit auf der Brust verschränkten Händen zwang er sich dazu, sich auszuruhen, an irgend etwas jenseits seiner gegenwärtigen Lage zu denken. Brianna. An sie wollte er denken. Diesmal ohne die Wut und Verwirrung; dazu war jetzt nicht die Zeit.

Er wollte so tun, als wäre alles friedlich zwischen ihnen, so wie es in jener Nacht, ihrer Nacht gewesen war. Warm neben ihm in der Dunkelheit. Ihre Hände, so ungehemmt und neugierig, begierig auf seinem Körper. Die Großzügigkeit ihrer Nacktheit, die sie ihm freigiebig schenkte. Und seine vorübergehende, irrtümliche Überzeugung, daß mit der Welt alles für immer in Ordnung war. Nach und nach verebbte das Zittern, und er schlief ein.

Er erwachte irgendwann nach Mondaufgang; er konnte sehen, daß der Himmel von Helligkeit überflutet war, wenn auch nicht den Mond selbst. Er war steif und fror und hatte große Schmerzen. Und Hunger noch dazu, begleitet von fürchterlichem Durst. Na ja, wenn er sich nur aus diesem verfluchten Durcheinander befreien konnte, dann konnte er zumindest Wasser finden; Bäche waren überall in diesen Bergen. Er kam sich so ungeschickt vor wie eine Schildkröte, die auf dem Rücken lag, und drehte sich um.

Eine Richtung war so gut wie die andere. Auf Händen und Knien machte er sich auf, schob sich durch Höhlungen, brach Äste ab, versuchte, so gut er konnte, sich geradeaus zu bewegen. Eine Möglichkeit ängstigte ihn mehr als der Gedanke an die Indianer; er konnte so leicht die Orientierung verlieren, während er sich blind durch dieses Labyrinth bewegte. Es konnte damit enden, daß er sich endlos im Kreis bewegte und für immer in der Falle saß. Die Geschichten über die Jagdhunde hatten jedes Element der Übertreibung verloren.

Irgendein kleines Tier rannte ihm über die Hand, und er fuhr auf und stieß sich den Kopf an den Zweigen über ihm. Er biß die Zähne zusammen und machte weiter, immer ein paar Zentimeter auf einmal. Grillen zirpten überall um ihn herum, und unzählige, leise Raschelgeräusche ließen ihn wissen, daß die Bewohner dieses Dickichts sein Eindringen nicht besonders schätzten. Er konnte nicht das Geringste sehen; es war fast pechschwarz hier unten. Doch ein Gutes hatte das Ganze: Die ständige Anstrengung erwärmte ihn; Schweiß biß in seine Kopfwunde und tropfte ihm vom Kinn.

Immer wenn er anhalten mußte, um wieder zu Atem zu kommen, lauschte er auf einen Anhaltspunkt – entweder über seine eigene Position oder die seiner Verfolger –, doch er hörte nur gelegentlich einen Nachtvogel rufen, und um ihn herum raschelte das Laub. Er wischte sich mit dem Ärmel über das verschwitzte Gesicht und schob sich vorwärts.

Er wußte nicht, wie lange er schon unterwegs war, als er den Felsen fand. Oder ihn weniger fand, als daß er vielmehr kopfüber in ihn hineinprallte. Er taumelte rückwärts, hielt sich den Kopf und biß die Zähne zusammen, um nicht aufzuschreien.

Blinzelnd vor Schmerz, streckte er die Hand vor und fand das, woran er sich gestoßen hatte. Keinen Felsbrocken, einen Felsen mit flacher Oberfläche. Und zwar einen hohen; die harte Oberfläche erstreckte sich so hoch, wie er greifen konnte.

Er tastete seitwärts um den Felsen herum. Daneben wuchs ein dicker Stamm; seine Schultern klemmten in dem engen Zwischenraum. Er drehte sich und schob, wand sich und schoß schließlich vorwärts, wobei er das Gleichgewicht verlor und auf dem Gesicht landete.

Benommen erhob er sich erneut auf seine Hände – und stellte fest, daß er sie *sehen* konnte. Er blickte auf und sah sich total verdutzt um.

Sein Kopf und seine Schultern ragten ins Freie. Nicht nur frei, sondern auch *leer*. Begierig wand er sich weiter vorwärts, fort von der klaustrophobischen Umklammerung der Rhododendren.

Er stand an einer freien Stelle, einer Felsenwand gegenüber, die sich auf der anderen Seite einer kleinen Lichtung erhob. Und es war wirklich eine Lichtung; es wuchs nicht das Geringste in dem weichen Boden zu seinen Füßen. Erstaunt wandte er sich langsam um und atmete die kalte, scharfe Luft in tiefen Zügen.

»Lieber Gott im Himmel«, sagte er leise. Die Lichtung bildete ein grobes Oval, war von aufrechtstehenden Steinen umringt, und das eine Ende des Ovals wurde von der Felswand geschlossen. Die Steine waren in gleichmäßigen Abständen um den Kreis herum positioniert, ein paar von ihnen umgestürzt, ein paar andere durch den Druck der Wurzeln und Stämme hinter ihnen verschoben. Er konnte die dichte, schwarze Masse der Rhododendren sehen, die zwischen und über den Steinen aufragten, doch im Innenraum des Kreises wuchs keine einzige Pflanze.

Während er spürte, wie eine Gänsehaut seinen Körper überzog, ging er behutsam in die Mitte des Kreises. Es konnte nicht sein – doch es war so. Und warum auch nicht? Wenn Geillis Duncan recht gehabt hatte... er drehte sich um und sah im Mondlicht die Gravierungen auf der Felswand.

Er ging näher heran, um sie sich anzusehen. Es waren diverse Petroglyphen, einige von der Größe seiner Hand, andere fast so groß wie er selbst; Spiralformen und etwas, das ein Mann sein mochte, tanzend – oder sterbend? Ein fast geschlossener Kreis, der aussah wie eine Schlange, die ihrem Schwanz nachjagte. Warnsignale.

Er erschauerte erneut, und seine Hand fuhr an seine Hosennaht. Sie waren noch da: die beiden Edelsteine, für die er sein Leben riskiert hatte, winzige Sicherheitsgarantien – so hoffte er – für ihn und Brianna.

Er konnte nichts hören; kein Summen, kein Dröhnen. Die Herbstluft war kalt, und ein leichter Wind regte sich in den Rhododendronblättern. Verdammt, was für ein Datum war es? Er wußte es nicht, er hatte es schon lange nicht mehr nachgerechnet. Doch er glaubte, daß es Anfang September gewesen war, als er Brianna in Wilmington verlassen hatte. Bonnet aufzuspüren und eine Gelegenheit zu finden, die Steine zu stehlen, hatte viel länger gedauert als gedacht. Es mußte jetzt fast Ende Oktober sein – das Fest des Samhain, die Nacht vor Allerheiligen, war fast da oder erst kurz vorbei.

Doch würde dieser Ring denselben Daten folgen? Er nahm an, daß es so war; wenn die Energielinien der Erde sich mit ihrer Drehung um die Sonne verschoben, dann sollten alle Passagen im Einklang mit dieser Verschiebung offenstehen.

Er trat näher an die Felswand heran und sah es; eine Öffnung fast am Fuß des Kliffs, eine Felsspalte, vielleicht eine Höhle. Ihn überlief ein Schauer, der nicht das geringste mit dem kalten Nachtwind zu tun hatte. Seine Finger schlossen sich fest um die kleinen, harten Edelsteine. Er hörte nichts, war es offen? Wenn ja...

Entkommen. Das würde es sein. Doch ein Entkommen in welche Zeit? Und wie? Die Worte von Geillis' Spruch erklangen in seinem Kopf. *Granatsteine ruhen in Liebe um meinen Hals; ich werde die Treue bewahren.*

Treue. Diesen Fluchtweg zu versuchen bedeutete, Brianna im Stich zu lassen. *Hat sie dich nicht auch im Stich gelassen?*

»Nein, das ist verdammt noch mal nicht wahr!« flüsterte er vor sich hin. Es gab einen Grund für das, was sie getan hatte, dessen war er sich sicher.

Sie hat ihre Eltern gefunden, sie hat genügend Sicherheit! »Darum wird ein Weib Vater und Mutter verlassen und an ihrem Manne hängen.« Es war nicht Sicherheit, die zählte; es war Liebe. Wenn es ihm um Sicherheit gegangen wäre, hätte er diese fürchterliche Leere gar nicht erst durchquert.

Seine Hände schwitzten; er konnte die feuchte Struktur des groben Stoffes unter seinen Fingern spüren, und seine aufgeschürften Fingerspitzen brannten und pochten. Er trat einen weiteren Schritt auf die Spalte in der Felswand zu, den Blick auf die Schwärze in ihrem Inneren geheftet. Wenn er sie nicht betrat... dann konnte er nur zwei Dinge tun. In die erstickende Umklammerung der Rhododendren zurückkehren oder versuchen, das Kliff vor ihm zu erklimmen.

Er blickte hinauf, um dessen Höhe zu taxieren. Ein Kopf sah auf ihn herab, gesichtslos in der Dunkelheit, vor dem mondhellen Himmel nur als Umriß zu erkennen. Er hatte keine Zeit sich zu bewegen oder nachzudenken, bevor sich die Seilschlinge sanft über seinen Kopf senkte und ihm die Arme an den Körper fesselte.

52

Allein gelassen

River Run, Dezember 1769
Es hatte geregnet und würde auch bald wieder anfangen. Wassertropfen hingen zitternd unter den Blütenblättern der marmornen Jakobiterrosen auf Hector Camerons Grabmal, und der gepflasterte Weg war dunkel vor Feuchtigkeit.

Semper Fidelis stand darauf, unter seinem Namen und den Daten. Semper Fi. Sie war einmal mit einem Marinekadetten gegangen; er hatte es in den Ring eingravieren lassen, den er versucht hatte, ihr zu geben. Für immer treu. Und wem war Hector Cameron treu gewesen? Seiner Frau? Seinem Prinzen?

Sie hatte seit jener Nacht nicht mehr mit Jamie Fraser gesprochen. Er hatte nicht mit ihr gesprochen. Nicht seit jenem letzten Moment, in dem sie ihn im Aufruhr der Angst und Empörung angeschrien hatte: »Mein Vater hätte so etwas niemals gesagt!«

Sie konnte immer noch vor sich sehen, wie sein Gesicht ausgesehen hatte, als sie ihre letzten Worte ausspuckte; sie wünschte, sie könnte es vergessen. Er hatte sich ohne ein Wort abgewandt und das Blockhaus verlassen. Ian war aufgestanden und ihm still gefolgt; keiner von ihnen war in dieser Nacht mehr zurückgekehrt.

Ihre Mutter war bei ihr geblieben und hatte sie getröstet, sie liebkost, ihr den Kopf gestreichelt und ihr tröstende Kleinigkeiten zugemurmelt, während sie abwechselnd tobte und schluchzte. Doch noch während ihre Mutter ihren Kopf im Schoß hielt und ihr das Gesicht mit kühlen Tüchern abwischte, konnte Brianna spüren, daß sich ein Teil von ihr nach diesem Mann sehnte, ihm folgen wollte, *ihn* trösten wollte. Und auch das machte sie ihm zum Vorwurf.

Ihr Kopf brummte von der Anstrengung, ein steinernes Gesicht zu bewahren. Sie wagte es nicht, ihre Augen- und Kinnmuskeln zu entspannen, solange sie nicht sicher war, daß sie ganz bestimmt aufgebrochen waren; es konnte zu einfach passieren, daß sie zusammenbrach.

Und das war ihr seit jener Nacht nicht mehr passiert. Als sie sich erst einmal zusammengerissen hatte, hatte sie ihrer Mutter versichert, daß alles in Ordnung war, darauf bestanden, daß Claire schlafen ging. Sie selbst hatte bis zur Dämmerung dagesessen, Rogers Porträt vor sich auf dem Tisch, und ihre Augen hatten vor Wut und vom Holzrauch gebrannt.

Er war in der Dämmerung gekommen und hatte ihre Mutter zu sich gerufen, ohne Brianna anzusehen. In der Tür ein paar Sätze gemurmelt und ihre Mutter zurückgeschickt, um ihre Sachen zu packen, das Gesicht hohläugig vor Sorge.

Er hatte sie hierher gebracht, vom Berg herunter nach River Run. Sie hatte mit ihnen gehen wollen, hatte sofort aufbrechen und Roger suchen wollen, ohne einen Augenblick zu verlieren. Doch er war hart geblieben und ihre Mutter ebenfalls.

Es war Ende Dezember, und der Berg war tief eingeschneit. Der vierte Monat war fast vorbei; die angespannte Kurve ihres Bauches war jetzt fest und rund. Niemand konnte sagen, wie lange die Reise dauern würde, und sie sah sich widerstrebend zu dem Eingeständnis gezwungen, daß sie nicht auf einem nackten Berghang entbinden wollte. Sie hätte ihre Mutter vielleicht umstimmen können, aber nicht, wenn *seine* Hartnäckigkeit ihr den Rücken stärkte.

Sie lehnte sich mit der Stirn an den kühlen Marmor des Mausoleums; es war ein kalter, verregneter Tag, doch ihr Gesicht fühlte sich heiß und geschwollen an, als bekäme sie Fieber.

Sie konnte nicht aufhören, ihn zu hören, ihn zu sehen. Sein Gesicht, wutverzerrt, scharfkantig wie eine Teufelsmaske. Seine Stimme, heiser vor Wut und Verachtung, als er sie tadelte – *sie* tadelte –, weil er seine verdammte Ehre verloren hatte.

»*Deine* Ehre?« hatte sie ungläubig gesagt. »Deine *Ehre*? Deine verwichste Vorstellung von Ehre ist es doch, die uns diesen ganzen Ärger eingebrockt hat!«

»So redest du nicht mit mir! Obwohl, wenn wir von Wichsen reden...«

»Ich sage, verdammt noch mal, alles, was ich will!« brüllte sie und knallte die Faust auf den Tisch, daß die Teller klapperten.

Und das hatte sie getan. Und er ebenfalls. Ihre Mutter hatte ein- oder zweimal versucht, sie zu bremsen – bei der Erinnerung an den verstörten Blick in Claires tiefgoldenen Augen zuckte Brianna jetzt noch zusammen –, doch keiner von ihnen hatte es auch nur einen Moment beachtet, denn sie waren zu sehr auf das Gemetzel ihres gegenseitigen Verrats konzentriert.

Ihre Mutter hatte ihr einmal gesagt, sie hätte ein schottisches Temperament – schwer entzündlich, aber von langer Brenndauer. Jetzt wußte sie, wo es herkam, doch dieses Wissen half ihr nicht.

Sie lehnte ihre verschränkten Arme gegen das Grabmal, stützte ihr Gesicht darauf und roch den schwachen Schafsgeruch der Wolle. Es erinnerte sie an die handgestrickten Pullover, die ihr Vater – ihr *richtiger* Vater, dachte sie in einem erneuten Anfall von Trostlosigkeit – gern getragen hatte.

»Warum mußtest du nur sterben?« flüsterte sie in die Höhle aus feuchter Wolle. »Oh, warum?« Wenn Frank Randall nicht gestorben wäre, dann wäre all das nicht passiert. Er und Claire wären immer noch da, in ihrem Haus in Boston, und ihre Familie und ihr Leben wären intakt.

Doch ihr Vater war fort, und ein brutaler Fremder war an seine Stelle getreten; ein Mann, der ihr Gesicht hatte, doch ihr Herz nicht verstehen konnte, ein Mann, der ihr ihre Familie und ihr Heim genommen hatte, und ihr, als wäre das nicht genug, auch ihre Liebe und ihre Sicherheit geraubt und sie in diesem fremden, rauhen Land allein gelassen hatte.

Sie zog das Schultertuch fester und erschauerte, als der Wind durch das locker gewebte Tuch schnitt. Sie hätte einen Umhang mitbringen sollen. Sie hatte ihrer Mutter einen Abschiedskuß auf die weißen Lippen gedrückt und sich dann davongemacht, im Laufschritt durch den abgestorbenen Garten, ohne ihn anzusehen. Sie würde hier warten, bis sie sicher war, daß sie fort waren, egal, ob sie fror.

Sie hörte Schritte hinter sich auf dem gepflasterten Weg und erstarrte, obwohl sie sich nicht umdrehte. Vielleicht war es ein Dienstbote oder Jocasta, die gekommen war, um sie zum Hineingehen zu überreden.

Doch die Schritte waren so lang und kraftvoll, daß sie nur von einem Mann stammen konnten. Sie blinzelte krampfhaft und biß die Zähne zusammen. Sie würde sich nicht umdrehen, nein, das würde sie nicht.

»Brianna«, sagte er ruhig hinter ihr. Sie antwortete nicht, bewegte sich nicht.

Er machte ein leises, schnaubendes Geräusch – Verärgerung, Ungeduld?

»Ich muß dir etwas sagen.«

»Sag's«, sagte sie, und die Worte schmerzten in ihrer Kehle, als hätte sie einen scharfkantigen Gegenstand verschluckt.

Es begann wieder zu regnen; neue Spritzer ließen den Marmor vor ihr erglänzen, und sie konnte das eisige Aufklatschen der Tropfen spüren, die ihr Haar durchdrangen.

»Ich werde ihn dir heimbringen«, sagte Jamie Fraser immer noch ruhig, »oder ich komme selbst nicht zurück.«

Sie konnte sich nicht dazu durchringen, sich umzudrehen. Sie hörte ein leises Geräusch, ein Klicken auf dem Pflaster hinter ihr und dann das Geräusch seiner Schritte, die sich entfernten. Vor ihrem tränenverschwommenen Blick gewannen die Tropfen auf den Marmorrosen an Gewicht und begannen zu fallen.

Als sie sich schließlich umdrehte, war der gepflasterte Gartenweg leer. Zu ihren Füßen lag ein zusammengefaltetes Stück Papier, regenfeucht, mit einem Stein beschwert. Sie hob es auf, hielt es zerknittert in der Hand und fürchtete sich davor, es zu öffnen.

Februar 1770
Trotz ihrer Sorge und Verärgerung stellte Brianna fest, daß der Fluß des täglichen Lebens auf River Run sie problemlos vereinnahmte. Entzückt über ihre Gesellschaft ermunterte ihre Großtante sie dazu, sich Ablenkung zu suchen; als sie herausfand, daß Brianna Talent zum Zeichnen hatte, hatte Jocasta ihre eigenen Malutensilien hervorholen lassen und Brianna gedrängt, davon Gebrauch zu machen.

Im Vergleich mit dem Blockhaus auf dem Berg war das Leben auf River Run so luxuriös, daß es schon fast dekadent war. Dennoch erwachte Brianna gewohnheitsmäßig in der Dämmerung. Sie räkelte sich wollüstig und schwelgte in der körperlichen Freude einer Daunenmatratze, die sich jeder ihrer Bewegungen anpaßte und sich an sie schmiegte – definitiv ein Kontrast zu groben Flickendecken auf einem kalten Strohinlett.

Ein Feuer brannte im Kamin, und auf dem Waschtisch stand eine große Kupferkanne, deren polierte Wände glänzten. Heißes Wasser zum Waschen; sie konnte die kleinen Hitzewellen über das Metall huschen sehen. Es war immer noch kühl im Zimmer, und das Licht draußen war winterblau vor Kälte; der Dienstbote, der unhörbar gekommen und wieder gegangen war, mußte in der Schwärze vor der Dämmerung aufgestanden sein und Eis gehackt haben, um an das Wasser zu kommen.

Sie sollte Gewissensbisse darüber empfinden, sich von Sklaven bedienen zu lassen, dachte sie schläfrig. Sie mußte sich später daran erinnern. Es gab eine Menge Dinge, über die sie erst später nachdenken wollte; eins mehr würde auch nicht schaden.

Für den Augenblick war ihr warm. Weit weg konnte sie leise Geräusche im Haus hören; ein beruhigendes Getrippel der Häuslichkeit. Das Zimmer selbst war in Stille getaucht, gelegentliches Knacken des Brennholzes im Feuer das einzige Geräusch.

Sie rollte sich auf den Rücken, und während ihre Gedanken noch halb im Schlaf dahintrieben, begann sie, sich wieder mit ihrem Körper vertraut zu machen. Es war ein Morgenritual; etwas, das sie sich nur halbbewußt als Teenager angewöhnt hatte und das sie jetzt notwendig fand – den Frieden mit den kleinen Veränderungen der Nacht zu suchen und zu schließen, um nicht im Lauf des Tages irgendwann plötzlich hinzusehen und festzustellen, daß sie in ihrem eigenen Körper eine Fremde war.

Ein Fremder in ihrem Körper reichte, dachte sie. Sie schob das Bettzeug fort und fuhr mit den Händen über die schlafende Schwellung ihres Bauches. Eine kleine Welle durchlief ihre Haut, als sich ihr Mitbewohner räkelte und sich langsam umdrehte, so wie sie sich ein paar Minuten zuvor im Bett umgedreht hatte, eingehüllt und umschlossen.

»Hallo, du da«, sagte sie leise. Die Wölbung spannte sich kurz gegen ihre Hand und kam dann zur Ruhe, während der Bewohner zu seinen rätselhaften Träumen zurückkehrte.

Langsam raffte sie das Nachthemd hoch – es gehörte Jocasta, warmer, weicher Flanellstoff –, und erspürte die glatten, langen Muskeln auf der Oberseite ihrer Oberschenkel, die sich oben sanft nach innen wölbten. Dann auf und ab und wieder von vorn, nackte Haut auf nackter Haut, mit den Handflächen über Beine, Bauch und Brüste. Glatt und weich, rund und fest; Muskeln und Knochen... aber jetzt nicht länger nur *ihre* Muskeln und Knochen.

Ihre Haut fühlte sich morgens anders an, wie die Haut einer frisch gehäuteten Schlange, empfindlich und durchsichtig. Später, wenn sie aufstand, wenn die Luft sie berührte, würde sie härter sein, eine stumpfere, aber praktischere Hülle.

Sie lehnte sich in das Kissen zurück und sah zu, wie das Licht den Raum anfüllte. Das Haus um sie herum war wach. Sie konnte die Myriaden von Geräuschen der Menschen bei der Arbeit hören und fühlte sich getröstet. Als sie klein war, wurde sie oft im Sommer morgens wach und hörte ihren Vater mit dem Rasenmäher unter ihrem Fenster herumrattern; seine Stimme, die einen Nachbarn grüßte. Sie hatte sich sicher gefühlt, behütet, weil sie wußte, daß er da war.

In jüngerer Vergangenheit war sie dann in der Dämmerung erwacht und hatte Jamie Frasers Stimme gehört, die leise auf Gälisch draußen mit den Pferden sprach, und hatte dasselbe Gefühl zurückströmen gespürt. Doch das war nicht länger so.

Es hatte gestimmt, was ihre Mutter gesagt hatte. Sie war ohne ihre Zustimmung oder ihr Wissen fortgeholt und verändert, verwandelt worden und hatte erst nach vollendeter Tatsache davon erfahren. Sie warf die Bettdecke zur Seite und stand auf. Sie konnte nicht im Bett liegen und betrauern, was verloren war; niemand hatte mehr die Aufgabe, sie zu beschützen. Die Aufgabe der Beschützerin fiel ihr jetzt zu.

Das Baby war eine ständige Präsenz – und seltsamerweise eine ständige Beruhigung. Zum ersten Mal empfand sie es als Segen und fühlte sich seltsam versöhnt; ihr Körper hatte dies lange vor ihrem Verstand gewußt. Also stimmte auch das – ihre Mutter hatte es oft gesagt – »Hör auf deinen Körper«.

Sie lehnte sich an den Fensterrahmen und blickte hinaus auf die zerrissene Schneedecke im Gemüsegarten. Ein Sklave kniete, in Umhang und Schal vermummt, auf dem Pfad und grub Winterkarotten aus einem der Beete aus. Riesige Ulmen begrenzten den ummauerten Garten; irgendwo hinter ihrem starren, kahlen Geäst lagen die Berge.

Sie stand still und lauschte den Rhythmen ihres Körpers. Der Eindringling in ihrem Bauch regte sich ein wenig, und die Wellen seiner Bewegungen verschmolzen mit dem Pulsieren ihres Blutes – ihrer beider Blutes. In ihrem Herzschlag glaubte sie das Echo jenes anderen, kleineren Herzens zu hören, und in diesem Klang fand sie endlich den Mut, klar zu denken und die Gewißheit, daß sie, wenn es zum Schlimmsten kam – sie drückte sich fest gegen den Fensterrahmen und spürte ihn unter der Stärke ihrer Not ächzen –, daß sie, selbst wenn es zum Schlimmsten kam, dennoch nicht völlig allein sein würde.

53

Vorwurfsvoll

Von unserer Abreise von Fraser's Ridge bis zu unserer Ankunft in dem Tuscaroradorf Tennago wechselte Jamie kaum ein Wort mit irgend jemandem. Ich ritt in einem elenden Zustand vor mich hin, hin- und hergerissen zwischen meinen Schuldgefühlen, weil ich Brianna verlassen hatte, Angst um Roger und Schmerz über Jamies Schweigen. Ian gegenüber war er kurz angebunden, und mit Jocasta hatte er in Cross Creek nur das absolut Notwendigste besprochen. Zu mir hatte er nichts gesagt.

Er machte mir eindeutig Vorwürfe, weil ich ihm nicht sofort von Stephen Bonnet erzählt hatte. Jetzt, wo ich sah, was dabei herausgekommen war, machte ich mir selbst rückblickend bittere Vorwürfe. Er hatte den Goldring behalten, den ich vor ihn hingeworfen hatte; ich hatte keine Ahnung, was er damit gemacht hatte.

Das Wetter war fast ununterbrochen schlecht. Die Wolken hingen so dicht über den Bergen, daß wir auf den höheren Abhängen tagelang durch dichten, kalten Nebel ritten. Wassertropfen kondensierten auf den Fellen der Pferde, so daß ein konstanter Regen von ihren Mähnen tropfte und ihre Flanken vor Feuchtigkeit glänzten. Wir schliefen nachts an Stellen, die sich als Unterschlupf anboten, hüllten uns einzeln in unsere feuchten Kokons aus Decken und lagen getrennt um ein schwelendes Feuer herum.

Einige der Indianer, mit denen wir von Anna Ooka her bekannt waren, begrüßten uns, als wir Tennago erreichten. Ich sah, wie mehrere Männer die Whiskyfässer beäugten, als wir unsere Packmaultiere abluden, doch niemand machte Anstalten, sie zu behelligen. Wir hatten zwei Maultiere mit Whisky beladen; ein Dutzend kleine Fässer, der gesamte Anteil der Frasers am diesjährigen Ertrag der Destillerie – ein Großteil unseres Jahreseinkommens. Ein königliches Lösegeld, nach handelsüblichen Bedingungen. Genug Lösegeld für einen jungen Schotten, so hoffte ich.

Er war unsere beste – und einzige – Tauschware, doch er war auch eine gefährliche Tauschware. Jamie schenkte dem *Sachem* des Dorfes ein Faß, dann verschwand er mit Ian zu Beratungen in einem der Langhäuser. Ian hatte Roger einigen seiner Tuscarorafreunde überlassen, wußte aber nicht, wo sie ihn hingebracht hatten. Obwohl es außerhalb jeder Wahrscheinlichkeit lag, hoffte ich, daß es Tennago war. Wenn es so war, konnten wir innerhalb eines Monats nach River Run zurückkehren.

Doch das war eine schwache Hoffnung. Während des bitteren Streits mit Brianna hatte Jamie gestanden, daß er Ian aufgetragen hatte, dafür zu sorgen, daß Roger nicht zurückkehrte. Tennago war ungefähr zehn Tagesreisen von uns entfernt; viel zu nah für die Zwecke eines aufgebrachten Vaters.

Ich hätte gern die Frauen, die mich gastlich aufnahmen, nach Roger gefragt, doch niemand in dem Haus sprach Französisch oder Englisch, und mein Tuscarora reichte gerade aus, um grundlegende Höflichkeiten auszutauschen. Besser, ich überließ Ian und Jamie die diplomatischen Verhandlungen. Dank seines Sprachtalents konnte sich Jamie in der Tuscarorasprache verständigen; Ian, der die Hälfte seiner Zeit auf der Jagd mit den Indianern verbrachte, beherrschte sie fließend.

Eine der Frauen bot mir einen Teller an, auf dem dampfende Körnerhäufchen lagen, die mit Fisch gekocht waren. Ich beugte mich vor, um mir mit dem flachen Holzstück, das sie mir zu diesem Zweck gegeben hatten, einen Bissen herunterzunehmen, und spürte dabei, wie das Amulett unter meinem Hemd nach vorn baumelte. Das kleine Gewicht erinnerte mich an meinen Schmerz und tröstete mich zugleich darüber hinweg.

Ich hatte sowohl Nayawennes Amulett als auch den gravierten Opal mitgebracht, den ich unter dem Lebensbaum gefunden hatte. Ersteres hatte ich mitgebracht, um es zurückzugeben – nur wem, das wußte ich nicht. Letzterer konnte vielleicht dem Whisky nachhelfen, falls wir zusätzliche Verhandlungsargumente brauchten. Aus demselben Grund hatte Jamie alles mitgenommen, was er an kleinen Wertgegenständen besaß – nicht viel –, mit Ausnahme des Rubinrings seines Vaters, den Brianna ihm aus Schottland mitgebracht hatte.

Wir hatten Brianna den Rubin für den Fall dagelassen, daß wir nicht zurückkehrten – man mußte diese Möglichkeit einkalkulieren. Niemand konnte sagen, ob Geillis Duncan mit ihren Theorien über den Nutzen von Edelsteinen recht gehabt hatte oder nicht, doch zumindest würde Brianna einen haben.

Sie hatte mich fest umarmt und geküßt, als wir River Run verließen. Ich hatte nicht gehen wollen. Doch ich hatte auch nicht bleiben wollen. Ich war erneut zwischen ihnen hin- und hergerissen; zwischen der Notwendigkeit, zu bleiben und mich um Brianna zu kümmern, und der nicht minder großen Notwendigkeit, Jamie zu begleiten.

»Du mußt gehen«, hatte Brianna nachdrücklich gesagt. »Mir passiert schon nichts; du hast selbst gesagt, ich bin gesund wie ein Pferd. Du wirst lange zurück sein, wenn ich dich brauche.«

Sie hatte einen Blick auf den Rücken ihres Vaters geworfen; er stand im Stallhof und beaufsichtigte das Beladen der Pferde und Maultiere. Sie wandte sich wieder an mich, ausdruckslos.

»Du mußt gehen, Mama. Ich baue darauf, daß du Roger findest.« Es lag eine unangenehme Betonung auf dem *du*, und ich hoffte sehr, daß Jamie sie nicht hören konnte.

»Du glaubst doch nicht etwa, daß Jamie –«

»Ich weiß es nicht«, unterbrach sie. »Ich weiß nicht, was er tun würde.« Sie hatte die Zähne auf eine Art zusammengebissen, die ich nur zu gut kannte. Widerspruch war zwecklos, doch ich versuchte es trotzdem.

»Schön, aber *ich* weiß es«, sagte ich bestimmt. »Er würde alles für dich tun, Brianna. Alles. Und selbst, wenn es nicht um dich ginge, würde er alles Menschenmögliche tun, um Roger zurückzubekommen. Sein Ehrgefühl –« Ihr Gesicht verschloß sich wie eine Falle, und ich erkannte meinen Fehler.

»Seine Ehre«, sagte sie tonlos. »Darum geht es hier. Das ist schon in Ordnung; solange er nur Roger zurückholt.« Sie wandte sich ab und senkte den Kopf zum Schutz gegen den Wind.

»Brianna!« sagte ich, doch sie schob nur die Schultern nach vorn und zog ihr Tuch fest.

»Tante Claire? Wir sind jetzt fertig.« Ian war neben mir aufgetaucht und sah erst mich an, dann Brianna, das Gesicht voller Sorge. Ich ließ meinen Blick von ihm zu Brianna wandern und zögerte, denn ich wollte sie nicht so stehenlassen.

»Brianna?« sagte ich noch einmal.

Schon hatte sie sich in einem Wirbel aus Wolle umgedreht und mich umarmt, ihre Wange kalt an der meinen.

»Komm zurück!« flüsterte sie. »Oh, Mama – komm heil zurück!«

»Ich kann dich nicht allein lassen, Brianna, ich kann's nicht!« Ich hielt sie fest, starke Knochen und sanfte Haut, das Kind, das ich verlassen hatte, das Kind, das ich zurückbekommen hatte – und die Frau, die jetzt meine Arme von sich schob und aufrecht dastand, allein.

»Du mußt gehen«, flüsterte sie. Die Maske der Gleichgültigkeit war von ihr abgefallen, und ihre Wangen waren feucht. Sie blickte über meine Schulter hinweg auf den Torbogen zum Stallhof. »Bring ihn mir wieder. Du bist die einzige, die ihn wiederbringen kann.«

Sie gab mir einen schallenden Kuß, wandte sich um und lief davon. Der Klang ihrer Schritte hallte auf dem gepflasterten Pfad wider.

Jamie kam durch den Torbogen und sah sie wie eine Todesfee durch das flackernde Licht huschen. Er blieb stehen und blickte ihr mit ausdruckslosem Gesicht nach.

»Du kannst sie nicht so zurücklassen«, sagte ich. Ich wischte mir meinerseits die feuchten Wangen mit einer Ecke meines Schultertuches ab. »Jamie, geh ihr hinterher. Bitte geh und sag ihr wenigstens auf Wiedersehen.«

Er blieb einen Augenblick still stehen, und ich glaubte schon, er würde so tun, als hätte er mich nicht gehört. Doch dann drehte er sich um und ging langsam den Pfad entlang. Die ersten Regentropfen begannen zu fallen. Sie prallten auf das staubige Pflaster, und der Wind blähte beim Gehen seinen Umhang.

»Tante Claire?« Ians Hand lag sanft drängend unter meinem Arm. Ich ging mit ihm und ließ ihn beim Aufsteigen seine Hand unter meinen Fuß halten. Jamie war innerhalb von ein paar Minuten zurück. Er war aufgestiegen, ohne mich anzusehen, hatte Ian einen Wink gegeben und war aus dem Stallhof geritten, ohne sich umzublicken. *Ich* hatte mich umgeblickt, doch von Brianna war nichts zu sehen.

Die Nacht war schon lange hereingebrochen, und Jamie war immer noch mit Nacognaweto und dem *Sachem* des Dorfes in dem Langhaus. Jedesmal, wenn jemand in das Haus trat, blickte ich auf, doch nie war es Jamie. Schließlich hob sich jedoch der Ledervorhang über der Eingangstür, und Ian kam herein, gefolgt von einer kleinen, runden Gestalt.

»Ich hab' 'ne Überraschung für dich, Tante Claire«, sagte er strahlend und trat beiseite, damit ich das lächelnde, runde Gesicht der Sklavin Pollyanne sehen konnte.

Oder besser, der Ex-Sklavin. Denn hier war sie natürlich frei. Grinsend wie eine Kürbislaterne setzte sie sich neben mich und schlug ihren hirschledernen Mantel zurück, um mir den kleinen Jungen in ihrer Armbeuge zu zeigen, dessen rundes Gesicht genauso strahlte wie das ihre.

Mit Ian als Dolmetscher, ihren eigenen Englisch- und Gälischbrocken und dem gelegentlichen Gebrauch weiblicher Zeichensprache hatten wir uns bald ins Gespräch vertieft. Wie Myers es vorausgesehen hatte, hatten die Tuscarora sie herzlich aufgenommen und sie in ihren Stamm adoptiert, wo man ihre Fähigkeiten als Heilerin sehr schätzte. Sie hatte einen Mann geheiratet, der durch die Masernepidemie seine Frau verloren hatte, und hatte ihm vor ein paar Monaten dieses neue Familienmitglied geschenkt.

Ich war begeistert, daß sie Freiheit und Glück gefunden hatte, und gratulierte ihr herzlich. Außerdem war ich beruhigt; wenn die Tuscarora sie so gut behandelt hatten, dann war es vielleicht ja auch Roger nicht so schlecht ergangen wie befürchtet.

Mir kam ein Gedanke, und ich zog Nayawennes Amulett aus dem Ausschnitt meines Wildlederhemds.

»Ian – kannst du sie fragen, ob sie weiß, wem ich das hier geben soll?«

Er sprach sie in der Tuscarorasprache an, und sie beugte sich vor und befühlte das Amulett neugierig, während sie sprach. Schließlich schüttelte sie den Kopf, lehnte sich zurück und antwortete ihm mit ihrer seltsam tiefen Stimme.

»Sie sagt, sie werden es nicht wollen, Tante Claire«, übersetzte Ian. »Es ist das Medizinbündel einer *Shaman*, und es ist gefährlich. Man hätte es zusammen mit seiner Besitzerin bestatten sollen; niemand hier wird es anrühren aus Angst, den Geist der *Shaman* herbeizulocken.«

Ich zögerte und hielt das Ledertäschchen in der Hand. Das seltsame Gefühl, etwas Lebendiges zu berühren, war seit Nayawennes Tod nicht mehr da. Es war bestimmt nur meine Phantasie gewesen, die sich in meiner Hand zu bewegen schien.

»Frag sie – was, wenn die *Shaman* nicht beerdigt worden ist? Wenn man ihre Leiche nicht finden konnte?«

Pollyanne hörte mit ernstem Gesicht zu. Als Ian fertig war, schüttelte sie den Kopf und antwortete.

»Sie sagt, daß in diesem Fall der Geist immer bei dir ist, Tante Claire. Sie sagt, du solltest es hier niemandem zeigen – es wird ihnen angst machen.«

»Aber sie hat keine Angst, oder?« Das verstand Pollyanne selbst; sie schüttelte den Kopf und berührte ihre massive Brust.

»Indianerin jetzt«, sagte sie einfach. »Nicht immer.« Sie wandte sich an Ian und erklärte durch ihn, daß ihr eigenes Volk die Geister der Toten ehrte; daß es sogar keinesfalls ungewöhnlich war, wenn ein Mann den Kopf oder einen anderen Körperteil seines Großvaters oder eines anderen Vorfahren aufbewahrte, um sich dort Schutz und

Rat zu holen. Nein, der Gedanke, daß mich ein Geist begleitete, beunruhigte sie nicht.

Und auch mich beunruhigte die Vorstellung nicht. Ganz im Gegenteil, unter den gegenwärtigen Umständen fand ich den Gedanken, daß Nayawenne bei mir war, außerordentlich tröstlich. Ich steckte das Amulett in mein Hemd zurück. Es strich sanft und warm über meine Haut, wie die Berührung einer Freundin.

Wir unterhielten uns noch, als die anderen in dem Langhaus schon lange in ihre abgeteilten Räume gegangen waren und Schnarchgeräusche die verräucherte Luft erfüllten. Schließlich überraschte uns Jamies Ankunft, die von einem kalten Luftzug begleitet wurde.

Als Pollyanne sich verabschiedete, zögerte sie. Offensichtlich versuchte sie, sich zu entscheiden, ob sie mir etwas sagen sollte. Sie warf Jamie einen Blick zu, dann zuckte sie mit ihren massigen Schultern und faßte ihren Entschluß. Sie beugte sich ganz dicht zu Ian hinüber und murmelte etwas, das sich anhörte, wie wenn Honig über einen Felsen sickert, wobei sie beide Hände vor ihr Gesicht hielt und mit den Fingerspitzen ihre Haut berührte. Dann umarmte sie mich rasch und ging.

Ian starrte ihr verblüfft hinterher.

»Was hat sie gesagt, Ian?«

Er wandte sich wieder zu mir, seine schwach sichtbaren Augenbrauen sorgenvoll zusammengezogen.

»Sie sagt, ich soll Onkel Jamie erzählen, daß sie in der Nacht, als die Frau in der Sägemühle gestorben ist, einen Mann gesehen hat.«

»Was für einen Mann?«

Er schüttelte immer noch stirnrunzelnd den Kopf.

»Sie kannte ihn nicht. Nur, daß es ein Weißer war, schwer und untersetzt, nicht so groß wie Onkel Jamie oder ich. Sie hat gesehen, wie er aus der Mühle gekommen und in den Wald gegangen ist. Sie hat im Dunkeln in ihrem Hütteneingang gesessen, also glaubt sie nicht, daß er sie gesehen hat – aber er ist so nah am Feuer vorbeigekommen, daß sie sein Gesicht gesehen hat. Sie sagt, er hatte Pockennarben« – an dieser Stelle hielt er die Fingerspitzen an sein Gesicht, so wie sie es getan hatte – »und ein Gesicht wie ein Schwein.«

»Murchison?« Mein Herzschlag setzte einmal aus.

»Hatte der Mann eine Uniform an?« fragte Jamie stirnrunzelnd.

»Nein. Aber sie wollte wissen, was er da gemacht hatte; er war keiner der Plantagenbesitzer und auch keiner der Arbeiter oder Aufseher. Also hat sie sich zur Mühle geschlichen, um nachzusehen, aber als sie den Kopf hineinsteckte, hat sie gewußt, daß etwas Schlimmes passiert war. Sie hat gesagt, sie hat Blut gerochen, und dann hat sie Stimmen gehört, also ist sie nicht hineingegangen.«

Also war es Mord gewesen, und Jamie und ich waren nur um Sekunden zu spät gekommen, um ihn zu verhindern. In dem Langhaus war es warm, doch mir wurde kalt bei der Erinnerung an die dicke, blutige Luft in der Sägemühle und einen harten Küchenspieß in meiner Hand.

Jamies Hand senkte sich auf meine Schulter. Ohne zu überlegen langte ich hoch und ergriff sie. Sie fühlte sich gut in der meinen an, und mir wurde bewußt, daß wir einander seit fast einem Monat nicht mehr freiwillig berührt hatten.

»Das tote Mädchen hat als Wäscherin bei der Armee gearbeitet«, sagte er. »Murchison hat in England eine Frau; ich schätze, eine schwangere Geliebte wäre ihm ziemlich ungelegen gekommen.«

»Kein Wunder, daß er so ein Theater um die Jagd nach dem Verantwortlichen gemacht hat – und sich dann auf die arme Frau da gestürzt hat, die nicht für sich selbst sprechen konnte.« Ians Gesicht war vor Empörung gerötet. »Wenn er sie dafür hätte hängen lassen können, dann hätte er sich in Sicherheit wiegen können, der hinterlistige Mistkerl.«

»Vielleicht statte ich dem Sergeant nach unserer Rückkehr einen Besuch ab«, sagte Jamie. »Unter vier Augen.«

Der Gedanke ließ mir das Blut in den Adern gefrieren. Seine Stimme war leise und gleichmütig, und sein Gesicht war ruhig, als ich mich umdrehte, um es anzusehen. Doch mir kam es vor, als sähe ich das Spiegelbild eines dunklen, schottischen Gewässers in seinen Augen, dessen Oberfläche sich kräuselte, als sei gerade etwas Schweres darin versunken.

»Meinst du nicht, daß du im Augenblick schon genug Rache am Hals hast?«

Es klang schärfer als beabsichtigt, und seine Hand glitt abrupt aus der meinen.

»Kann schon sein«, sagte er, Gesicht und Stimme ausdruckslos. Er wandte sich an Ian.

»Wakefield – oder MacKenzie oder wie der Mann auch immer heißt – ist ein ganzes Stück weiter im Norden. Sie haben ihn an die Mohawk verkauft; ein kleines Dorf unten am Fluß. Dein Freund Onakara hat sich bereiterklärt, uns zu begleiten; wir brechen bei Tagesanbruch auf.«

Er erhob sich und ging fort, zum anderen Ende des Hauses. Alle anderen hatten sich bereits für die Nacht zurückgezogen. Fünf Feuerstellen brannten über die Länge des Hauses verteilt, jede mit ihrem eigenen Rauchabzug, und die andere Wand war in Verschläge unterteilt, einen für jedes Paar oder jede Familie, mit einem niedrigen, breiten Wandbord zum Schlafen, unter dem sich Lagerraum befand.

Jamie blieb vor dem Verschlag stehen, den man uns zur Verfügung gestellt hatte und in dem ich unsere Mäntel und Bündel liegengelassen hatte. Er zog seine Schnürstiefel aus, gürtete das Plaid auf, das er über Hemd und Kniehose trug, und verschwand in der Dunkelheit des Schlafraums, ohne sich umzublicken.

Ich stand umständlich auf und wollte ihm folgen, doch Ian bremste mich mit einer Hand auf meinem Arm.

»Tante Claire«, sagte er zurückhaltend. »Kannst du ihm nicht verzeihen?«

»*Ihm* verzeihen?« Ich starrte ihn an. »Was denn? Wegen Roger?«

Er zog eine Grimasse.

»Nein. Das war ein tragischer Fehler, aber er würde es jederzeit wieder genauso machen, unter denselben Voraussetzungen. Nein – wegen Bonnet.«

»Stephen Bonnet? Wie kann er nur glauben, daß ich ihm deswegen Vorwürfe mache? So etwas habe ich nie zu ihm gesagt!« Und ich war viel zu sehr mit dem Gedanken beschäftigt gewesen, daß er *mir* Vorwürfe machte, um es auch nur in Betracht zu ziehen.

Ian kratzte sich in den Haaren.

»Na ja... verstehst du denn nicht, Tante Claire? Er macht es sich selbst zum Vorwurf. Schon seit der Mann uns auf dem Fluß überfallen hat; und was er jetzt meiner Kusine angetan hat...« Er zuckte mit den Achseln und sah leicht verlegen aus. »Es frißt ihn auf, und der Gedanke, daß du wütend auf ihn bist –«

»Aber ich bin doch gar nicht wütend auf ihn! Ich habe gedacht, er wäre wütend auf mich, weil ich ihm Bonnets Namen nicht sofort gesagt habe.«

»Och.« Ian sah aus, als wüßte er nicht, ob er lachen oder verstört aussehen sollte. »Na ja, man kann wohl sagen, daß es uns eine Menge Ärger erspart hätte, wenn du das getan hättest, aber nein, ich bin mir sicher, daß es nichts damit zu tun hat, Tante Claire. Als Brianna es dir erzählt hat, hatten wir diesen MacKenzie schließlich schon auf dem Berg gefunden und ihm nicht besonders freundlich mitgespielt.«

Ich holte tief Luft und atmete wieder aus.

»Aber du glaubst, er glaubt, ich bin wütend auf ihn?«

»Oh, jeder kann sehen, daß du das bist, Tante Claire«, versicherte er mir ernsthaft. »Du siehst ihn nicht an und sprichst nur mit ihm, wenn du mußt – und«, sagte er und räusperte sich verlegen, »ich habe dich im vergangenen Monat nicht zu ihm ins Bett gehen sehen.«

»Na ja, er ist auch nicht in meins gekommen!« sagte ich aufgebracht, bevor mir der Gedanke kam, daß dies wohl kaum eine Unterhaltung war, die dazu geeignet war, sie mit einem Siebzehnjährigen zu führen.

Ian zog die Schultern hoch und machte ein Gesicht wie eine Eule.

»Na ja, er hat seinen Stolz, nicht wahr?«

»Weiß Gott, den hat er«, sagte ich und rieb mir mit der Hand durch das Gesicht. »Ich – hör mal, Ian, danke, daß du mir das gesagt hast.«

Ein so frohes Lächeln wie jetzt war nur selten in seinem langen, gutmütigen Gesicht zu sehen.

»Na ja, ich hasse es, ihn leiden zu sehen. Ich hab' Onkel Jamie lieb, aye?«

»Ich auch«, sagte ich und schluckte den kleinen Kloß in meinem Hals herunter. »Gute Nacht, Ian.«

Ich durchschritt das Haus leise der Länge nach, vorbei an den Verschlägen, in denen ganze Familien schliefen. Ihre gemeinsamen Atemgeräusche waren ein friedlicher Gegensatz zum ängstlichen Schlagen meines Herzens. Draußen regnete es; Wasser tropfte durch die Rauchabzüge und verdunstete zischend in der Glut.

Warum hatte ich nicht gesehen, was Ian aufgefallen war? Das war leicht zu beantworten; es war nicht Wut gewesen, sondern mein eigenes Schuldgefühl, das mich geblendet hatte. Ich hatte mein Wissen über die Rolle, die Bonnet gespielt hatte, nicht nur verheimlicht, weil Brianna mich darum gebeten hatte, sondern auch wegen des goldenen Eherings; ich hätte sie überreden können, es Jamie zu erzählen, wenn ich es nur versucht hätte.

Sie hatte recht; früher oder später würde er sich auf die Jagd nach Bonnet begeben. Doch mein Glaube an seine Erfolgsaussichten war etwas stärker als der ihre. Nein, es war der Ring gewesen, der mich hatte schweigen lassen.

Warum sollte ich mich deswegen schuldig fühlen? Es gab keine vernünftige Antwort; den Ring zu verstecken, war Instinkt gewesen, keine bewußte Entscheidung. Ich hatte ihn Jamie nicht zeigen, ihn nicht vor seinen Augen wieder anstecken wollen. Und dennoch hatte ich ihn behalten wollen – ihn behalten müssen.

Es brach mir das Herz, wenn ich an die letzten paar Wochen dachte, daran, wie Jamie sich grimmig voller Einsamkeit und Schuld an die notwendige Wiedergutmachung begab. Das war es schließlich, warum ich mitgekommen war – weil ich Angst hatte, daß er nicht zurückkehren würde, wenn er allein ginge. Angestachelt von Schuld und Mut war es möglich, daß er sich zum Leichtsinn hinreißen ließ; ich wußte, daß er vorsichtig sein würde, wenn er auf mich Rücksicht nehmen mußte. Und die ganze Zeit über hatte er sich nicht nur allein geglaubt, sondern auch gedacht, der einzige Mensch, der ihm Trost hätte bieten können – und sollen –, würde ihm bittere Vorwürfe machen.

Oh, ja, es fraß ihn auf.

Bei dem Verschlag blieb ich stehen. Das Bord war vielleicht zweieinhalb Meter breit, und er lag ganz hinten; ich konnte kaum mehr von ihm sehen als eine Auswölbung unter einer Kaninchenfelldecke. Er lag ganz still, doch ich wußte, daß er nicht schlief.

Ich kletterte auf das Podest, und als ich mich sicher in der Dunkelheit des Verschlages befand, schlüpfte ich aus meinen Kleidern. In dem Langhaus war es einigermaßen warm, doch meine nackte Haut zog sich zusammen und meine Brustwarzen verhärteten sich. Meine Augen hatten sich an das gedämpfte Licht gewöhnt; ich konnte sehen, daß er mir zugewandt auf der Seite lag. Ich erspähte den Glanz seiner Augen in der Dunkelheit, sie waren offen und beobachteten mich.

Ich kniete mich hin und glitt unter die Decke, das weiche Fell auf meiner Haut. Ohne großartig darüber nachzudenken, drehte ich mich zu ihm um, preßte meinen nackten Körper an ihn und vergrub mein Gesicht an seiner Schulter.

»Jamie«, flüsterte ich ihm zu. »Mir ist kalt. Komm und wärme mich. Bitte.«

Er drehte sich zu mir um, wortlos, mit einer stummen Heftigkeit, die ich sonst vielleicht für den Hunger lange unterdrückter Sehnsucht gehalten hätte – doch die ich jetzt als schlichte Verzweiflung erkannte. Ich suchte keine Lust für mich selbst; ich wollte ihm nur Trost spenden. Doch als ich mich ihm öffnete, ihn drängte, öffnete sich auch in mir eine tiefe Quelle, und ich klammerte mich mit einer plötzlichen Not an ihn, die genauso blind und verzweifelt war wie seine eigene.

Erschauernd hingen wir fest aneinander, die Köpfe im Haar des anderen vergraben, unfähig, einander anzusehen, unfähig, loszulassen. Als das Zucken erstarb, wurde ich mir langsam der Welt bewußt, die uns in unserer Sorge umgab, und begriff, daß wir nackt und hilflos unter Fremden lagen, nur durch die Dunkelheit abgeschirmt.

Und doch waren wir völlig allein. Wir genossen die Isolation von Babel; am anderen Ende des Langhauses unterhielt sich jemand, doch die Worte ergaben keinen Sinn. Es hätte genausogut das Summen von Bienen sein können.

Der Rauch des eingedämmten Feuers wehte außen an der Zuflucht unseres Bettes vorbei, duftend und substanzlos wie Weihrauch. Innerhalb des Verschlages war es so dunkel wie in einem Beichtstuhl; alles, was ich von Jamie sehen konnte, war die schwache Lichtkurve, die seine Schulter umrandete, ein vorübergehendes Leuchten in seinen Locken.

»Jamie, es tut mir leid«, sagte ich. »Du bist nicht schuld gewesen.«

»Wer denn sonst?« sagte er ziemlich trostlos.

»Wir alle. Niemand. Stephen Bonnet selbst. Aber nicht du.«

»Bonnet?« Seine Stimme war vor Überraschung ausdruckslos. »Was hat er damit zu tun?«

»Na ja... alles«, sagte ich verblüfft. »Äh... etwa nicht?«

Er rollte sich halb von mir herunter und strich sich das Haar aus dem Gesicht.

»Stephen Bonnet ist ein hinterhältiges Geschöpf«, sagte er sorgfältig, »und ich werde ihn bei der nächsten Gelegenheit umbringen. Aber mir ist nicht klar, wie ich ihm mein eigenes menschliches Versagen vorwerfen könnte.«

»Wovon in aller Welt redest du? Welches Versagen?«

Er antwortete nicht sofort, sondern senkte den Kopf, ein gebeugter Schatten in der Dunkelheit. Seine Beine waren immer noch mit den meinen verschlungen; ich konnte spüren, wie angespannt sein Körper war, die Gelenke knotig, die Furchen in seinen Oberschenkeln starr.

»Ich hätte nie geglaubt, daß ich einmal so eifersüchtig auf einen Toten sein würde«, flüsterte er schließlich. »Ich hätte es nicht für möglich gehalten.«

»Auf einen Toten?« Meine Stimme hob sich leicht vor Erstaunen, als es mir schließlich dämmerte. »Auf *Frank*?«

Er lag still auf mir. Seine Hand berührte zögernd die Konturen meines Gesichts.

»Auf wen denn sonst? Ich habe mich während des ganzen Rittes vor Eifersucht verzehrt. Ich sehe sein Gesicht vor mir, im Wachen und im Schlaf. Du hast doch gesagt, er hat wie Jack Randall ausgesehen, nicht wahr?«

Ich zog ihn fest an mich und drückte seinen Kopf nach unten, so daß sein Ohr neben meinem Mund lag. Gott sei Dank hatte ich den Ring nicht erwähnt – aber hatte mein Gesicht, mein verräterisches, transparentes Gesicht irgendwie erkennen lassen, daß ich daran gedacht hatte?

»Wie?« fragte ich und drückte ihn fest. »Wie konntest du nur so etwas denken?«

Er löste sich von mir und stützte sich auf seinen Ellbogen. Sein Haar fiel als Masse flammender Schatten über mein Gesicht, und der Feuerschein schlug darin goldene und purpurne Funken.

»Wie hätte ich es verhindern können?« wollte er wissen. »Du hast sie doch gehört, Claire; du weißt genau, was sie zu mir gesagt hat.«

»Brianna?«

»Sie hat gesagt, sie sähe mich gern in der Hölle schmoren, und sie würde ihre eigene Seele verkaufen, um ihren Vater wiederzubekommen – ihren richtigen Vater.« Er schluckte; ich hörte das Geräusch durch das Gemurmel der entfernten Stimmen.

»Ich denke immerzu, ihm wäre ein solcher Fehler nicht passiert. Er hätte ihr vertraut; er hätte gewußt, daß sie... Ich denke immerzu, daß Frank Randall ein besserer Mensch gewesen ist als ich. Sie glaubt das auch.« Seine Hand zögerte, dann senkte sie sich auf meine Schulter und drückte fest zu. »Ich dachte... vielleicht glaubst du es auch, Sassenach.«

»Dummkopf«, flüsterte ich und meinte nicht ihn damit. Ich ließ meine Hand über den langen Bogen seines Rückens gleiten und grub meine Finger in seine festen Pobacken. »Alter Idiot. Komm her.«

Er senkte den Kopf und machte ein leises Geräusch an meiner Schulter, das ein Lachen hätte sein können.

»Aye, das bin ich. Aber es stört dich nicht so sehr?«

»Nein.« Sein Haar roch nach Rauch und Kiefernharz. Es hingen immer noch Nadelstückchen darin, eins davon stach mich in die Lippen, glatt und spitz.

»Sie hat es nicht so gemeint«, sagte ich.

»Doch, das hat sie«, sagte er, und ich spürte, wie er den Kloß in seinem Hals hinunterschluckte. »Ich habe es doch gehört.«

»Ich habe euch beide gehört.« Ich massierte ihn langsam zwischen den Schulterblättern und spürte die schwachen Spuren der alten Narben und die dicken, frischeren Wülste, die die Bärenklauen hinterlassen hatten. »Sie ist genau wie du; wenn sie aufgebracht ist, sagt sie Dinge, die sie bei klarem Verstand niemals sagen würde. Du hast doch auch nicht alles ernst gemeint, was du gesagt hast, oder?«

»Nein.« Ich konnte spüren, wie seine Anspannung nachließ und sich seine Gelenke lockerten und sich langsam der Beschwörung meiner Finger fügten. »Nein. Ich habe es nicht so gemeint. Nicht alles.«

»Sie auch nicht.«

Ich wartete einen Augenblick, während ich ihn streichelte wie ich Brianna gestreichelt hatte, wenn sie als kleines Mädchen voller Angst gewesen war.

»Du kannst mir glauben«, flüsterte ich. »Ich liebe euch beide.«

Er seufzte tief und schwieg einen Augenblick.

»Wenn ich den Mann finden und ihn ihr wiederbringen kann, wenn ich es tue – meinst du, sie wird mir eines Tages verzeihen?«

»Ja«, sagte ich. »Ich weiß es.«

Ich hörte, wie auf der anderen Seite der Abtrennung die leisen Geräusche eines liebenden Paares einsetzten, das Schieben und Seufzen, die gemurmelten Worte, die keine Sprache haben.

»*Du mußt gehen.*« Das hatte Brianna zu mir gesagt. »*Du bist die einzige, die ihn wiederbringen kann.*«

Zum ersten Mal kam mir der Gedanke, daß sie damit vielleicht nicht Roger gemeint hatte.

Es war ein langer Weg durch die Berge, und das Winterwetter verlängerte ihn noch. Es gab Tage, an denen es unmöglich war zu reisen; an denen wir den ganzen Tag unter felsigen Überhängen oder in der Obhut einer Baumgruppe hockten, zum Schutz gegen den Wind zusammengekauert.

Als wir das Gebirge überquert hatten, wurde die Reise etwas einfacher, obwohl die Temperaturen niedriger wurden, je weiter wir nach Norden kamen. Manchmal aßen wir kalt, weil wir in Schnee und Wind kein Feuer unterhalten konnten. Doch jede Nacht lag ich mit Jamie zusammen, in einem Kokon aus Fell und Decken aneinandergekuschelt, und wir teilten unsere Wärme.

Ich zählte penibel die Tage, die ich mit einem verknoteten Zwirnsfaden markierte. Wir waren Anfang Januar von River Run aufgebrochen; es wurde Mitte Februar, bevor Onakara auf eine Rauchsäule in der Ferne deutete, die das Mohawkdorf anzeigte, in das er und seine Freunde Roger Wakefield gebracht hatten. »Schlangendorf«, so sagte er, wurde es genannt.

Sechs Wochen, und Brianna war fast im siebten Monat. Wenn wir Roger schnell zurücktransportieren konnten – und wenn er reisefähig war, fügte ich grimmig in Gedanken hinzu –, dann würden wir lange vor der Geburt des Kindes zurück sein. Doch wenn Roger nicht hier war – wenn die Mohawk ihn weiterverkauft hatten... oder wenn er tot war – sagte eine leise, kalte Stimme in meinem Kopf, dann würden wir ohne Aufschub zurückkehren.

Onakara lehnte es ab, uns in das Dorf zu begleiten, was meine Zuversicht in unsere Erfolgsaussichten nicht im geringsten stärkte. Jamie dankte ihm und verabschiedete ihn, nachdem er ihn mit einem Pferd, einem guten Messer und einer Flasche Whisky für seine Dienste entlohnt hatte.

Wir vergruben den restlichen Whisky in einiger Entfernung, um ihn vorsichtshalber vor dem Dorf zu verbergen.

»Werden sie verstehen, was wir wollen?« fragte ich, als wir wieder auf die Pferde stiegen. »Ist Tuscarora der Mohawksprache so ähnlich, daß wir uns mit ihnen unterhalten können?«

»Es ist nicht ganz dasselbe, Tante Claire, aber nah dran«, sagte Ian. Es schneite ein wenig, und die schmelzenden Flocken blieben an seinen Wimpern hängen. »Vielleicht so wie der Unterschied zwischen Italienisch und Spanisch. Aber Onakara sagt, der *Sachem* und ein paar von den anderen können ein bißchen Englisch, auch wenn sie es meistens mit Absicht nicht benutzen. Aber die Mohawk haben auf seiten der Engländer gegen die Franzosen gekämpft; ein paar werden es verstehen.«

»Also dann.« Jamie lächelte uns zu und legte seine Muskete quer vor sich über den Sattel. »Dann wollen wir mal unser Glück versuchen.«

54

Gefangen I

Februar 1770
Seinen Berechnungen mit dem verknoteten Faden zufolge war er seit fast drei Monaten in dem Mohawkdorf. Zuerst hatte er nicht gewußt, wer sie waren; nur, daß sie einer anderen Sorte von Indianern angehörten als seine Bewacher – und daß seine Bewacher Angst vor ihnen hatten.

Er hatte taub vor Erschöpfung dagestanden, während die Männer, die ihn hergebracht hatten, geredet und mit den Fingern auf ihn gezeigt hatten. Die neuen Indianer waren anders; sie waren gegen die Kälte in Felle und Leder gekleidet, und viele der Männer hatten Tätowierungen im Gesicht.

Einer von ihnen stupste ihn mit der Messerspitze an und wies ihn an, sich auszuziehen. Sie zwangen ihn, sich nackt in die Mitte eines langen Holzhauses zu stellen, während mehrere Männer – und Frauen – ihn herumstießen und sich über ihn lustig machten. Sein rechter Fuß war stark geschwollen; die tiefe Wunde hatte sich entzündet. Er konnte zwar noch laufen, doch bei jedem Schritt fuhr ihm ein schmerzhafter Stich durch das ganze Bein, und er hatte immer wieder Fieberanfälle.

Sie schubsten ihn herum und schoben ihn zur Tür des Hauses. Draußen erscholl großer Lärm. Er erkannte, daß ihm ein Spießrutenlauf bevorstand; die Wilden standen schreiend in einer Zweierreihe, bewaffnet mit Stöcken und Knüppeln. Hinter ihm stach ihm jemand eine Messerspitze in die Pobacke, und er spürte, wie ihm ein warmes Blutrinnsal am Bein hinunterlief. »*Cours!*« sagten sie. Lauf.

Der Boden war flachgetreten, der Schnee hatte sich zu schmutzigem Eis verfestigt. Es verbrannte ihm die Füße, als ein Stoß in seinem Rücken ihn jetzt in das Pandämonium stolpern ließ.

Den Großteil des Weges über blieb er aufrecht, machte einen Satz hierhin, dann einen dorthin, während ihn die Knüppel hin- und herstießen und Stöcke ihm auf Beine und Rücken hieben. Es gab keine

Möglichkeit, den Schlägen auszuweichen. Alles, was er tun konnte, war weiterlaufen, und zwar so schnell wie möglich.

Kurz vor dem Ende schwang ein Knüppel geradewegs auf ihn zu und erwischte ihn quer vor dem Bauch; er klappte zusammen, und der nächste traf ihn hinter dem Ohr. Er rollte wie gelähmt in den Schnee und spürte die Kälte kaum noch auf seiner aufgeplatzten Haut.

Eine Rute stach ihm in die Beine, dann peitschte sie ihn fest, knapp unter den Hoden. Er riß automatisch seine Beine hoch, rollte sich weiter und fand sich dann auf Händen und Knien wieder, immer noch irgendwie in Bewegung. Das Blut aus seiner Nase und seinem Mund vermischte sich mit dem gefrorenen Schlamm.

Er erreichte das Ende, und während die letzten Hiebe ihm immer noch in den Rücken bissen, ergriff er die Pfähle eines Lagerhauses und zog sich langsam hoch. Er wandte sich ihnen zu, immer noch an die Pfähle geklammert, um nicht zu fallen. Das gefiel ihnen; sie lachten mit schrillen Jaulgeräuschen, die sie wie ein Hunderudel klingen ließen. Er verbeugte sich tief und richtete sich wieder auf, und alles drehte sich. Sie lachten noch lauter. Er hatte immer schon gewußt, wie man sein Publikum unterhielt.

Dann führten sie ihn nach drinnen, gaben ihm Wasser zum Waschen, etwas zu essen. Sie gaben ihm sein zerlumptes Hemd und seine schmutzige Kniehose wieder, nicht aber seinen Rock. In dem Haus war es warm; mehrere Feuer brannten in Abständen an der Wand des langgezogenen Gebäudes, ein jedes mit seinem eigenen Rauchabzug. Er kroch in eine Ecke und schlief ein, eine Hand auf der unebenen Stelle in seiner Hosennaht.

Nach diesem Empfang behandelten ihn die Mohawk mit allgemeiner Gleichgültigkeit, jedoch ohne große Grausamkeit. Er war der Sklave des Langhauses und stand all seinen Bewohnern zur Verfügung. Wenn er eine Anordnung nicht verstand, so zeigten sie es ihm – einmal. Wenn er sich weigerte oder so tat, als verstünde er nicht, schlugen sie ihn, und er weigerte sich nicht länger. Immerhin bekam er einen gerechten Anteil von ihrem Essen, und man wies ihm einen anständigen Schlafplatz am Ende des Hauses zu.

Da es Winter war, bestand die Hauptarbeit darin, Holz zu sammeln und Wasser zu holen, obwohl ihn auch dann und wann ein Trupp von Jägern mitnahm, damit er beim Zerlegen der Beute und beim Transport des Fleisches half. Die Indianer bemühten sich nicht sonderlich, mit ihm zu kommunizieren, doch durch aufmerksames Zuhören eignete er sich ein wenig von ihrer Sprache an.

Er begann mit großer Vorsicht, ein paar Wörter auszuprobieren. Für den Anfang suchte er sich ein kleines Mädchen aus, da von ihr weniger Gefahr auszugehen schien. Sie starrte ihn an und lachte dann, als hätte sie eine Krähe sprechen gehört. Sie rief eine Freundin herbei, damit sie sich das anhörte, dann noch eine, und die drei hockten sich vor ihn hin, lachten leise hinter vorgehaltener Hand und warfen ihm Seitenblicke aus den Augenwinkeln zu. Er sagte alle Wörter auf, die er kannte, und deutete auf die entsprechenden Gegenstände – Feuer, Topf, Decke, Mais – dann zeigte er über sich auf einen Strang mit Fischen und zog die Augenbrauen hoch.

»Yona'kensyonk«, sagte seine neue Freundin prompt und kicherte, als er es wiederholte. Im Lauf der nächsten Tage und Wochen brachten die Mädchen ihm eine Menge bei; und sie waren es, von denen er schließlich erfuhr, wo er sich befand. Oder nicht exakt, wo, aber doch in wessen Händen.

Sie waren *Kahnyen'kehaka*, erklärten sie ihm stolz und machten überraschte Gesichter, weil er es nicht wußte. Mohawk. Hüter des Östlichen Tors des Irokesenbundes. Er dagegen war *Kakonhoaerhas*. Es bedurfte einer gewissen Zeit der Diskussion, um die genaue Bedeutung dieses Ausdrucks herauszufinden; als eines der Mädchen zur Illustration eine Promenadenmischung herbeischleifte, entdeckte er schließlich, daß es »Hundegesicht« bedeutet.

»Danke«, sagte er und befühlte seinen dichten Bartwuchs. Er zeigte ihnen seine gefletschten Zähne und knurrte, und sie kreischten vor Lachen.

Die Mutter eines der Mädchen wurde auf ihn aufmerksam; als sie sah, daß sein Fuß immer noch geschwollen war, brachte sie ihm Salbe, badete ihn und verband ihn dann mit Flechten und Maisblättern. Die Frauen begannen, sich mit ihm zu unterhalten, wenn er ihnen Essen oder Wasser brachte.

Er unternahm keinen Fluchtversuch; noch nicht. Der Winter hielt das Dorf in seinem Griff; es schneite oft, und der Wind war bitterkalt. Er würde nicht weit kommen, unbewaffnet, lahm und ohne Schutz vor dem Wetter. Er wartete ab. Und er träumte nachts von verlorenen Welten, um in der Dämmerung mit dem Geruch frischen Grases in der Nase zu erwachen, das Drängen seiner Sehnsucht warm über seinen Bauch ergossen.

Die Ränder des Baches waren immer noch zugefroren, als der Jesuit kam.

Roger konnte sich im Dorf frei bewegen; er war draußen, als die

Hunde zu bellen begannen und das Jaulen der Wachtposten die Ankunft von Besuchern signalisierte. Die Menschen begannen zusammenzulaufen, und er ging neugierig mit.

Die Neuankömmlinge waren eine große Gruppe von Mohawk, sowohl Männer als auch Frauen, alle zu Fuß, mit den üblichen Bündeln der Reiseausrüstung bepackt. Das kam ihm merkwürdig vor; alle Besucher, die bis jetzt ins Dorf gekommen waren, waren auf der Jagd gewesen. Noch merkwürdiger war, daß die Besucher einen Weißen dabei hatten – die blasse Wintersonne glänzte auf dem hellen Haar des Mannes.

Begierig, etwas zu sehen, kam Roger näher, aber er wurde von einigen der Dorfbewohner zurückgedrängt. Doch da hatte er schon gesehen, daß der Mann ein Priester war; unter seinem Bärenfellumhang waren die verschlissenen Überreste einer schwarzen Robe zu sehen, die er über ledernen Leggings und Mokassins trug.

Der Priester verhielt sich nicht wie ein Gefangener, und er war auch nicht gefesselt. Und doch hatte Roger den Eindruck, daß er unter Zwang mitreiste; Sorgenfalten durchzogen sein ansonsten junges Gesicht. Der Priester und mehrere seiner Begleiter verschwanden in dem Lagerhaus, in dem der *Sachem* hofhielt; Roger hatte es noch nie betreten, doch er hatte die Gespräche der Frauen mitgehört.

Eine der älteren Frauen sah ihn in der Menge verweilen und befahl ihm scharf, noch mehr Holz zu holen. Er ging und sah den Priester nicht wieder, obwohl sich die Gesichter der Neuankömmlinge im Dorf zeigten, die sich auf die Langhäuser verteilten, um an der Gastlichkeit ihrer Feuerstellen teilzuhaben.

Irgend etwas ging im Dorf vor sich; er konnte spüren, wie die Strömungen des Ereignisses ihn umwirbelten, doch er verstand sie nicht. Die Männer blieben abends länger am Feuer sitzen und redeten, und die Frauen unterhielten sich bei der Arbeit im Flüsterton, doch die Diskussion entzog sich Rogers rudimentärem Verständnis der Sprache. Er fragte eines der kleinen Mädchen nach den Neuankömmlingen; sie konnte ihm nur sagen, daß sie aus einem Dorf im Norden kamen – warum sie gekommen waren, wußte sie nicht, außer, daß es mit dem Schwarzrock zu tun hatte, dem *Kahontsi'yatawi*.

Über eine Woche später war es wieder soweit, daß Roger mit auf die Jagd ging. Das Wetter war kalt, aber klar, und sie wanderten weit, bis sie schließlich einen Elch fanden und erlegten. Roger war verblüfft, nicht nur über die Größe des Tiers, sondern auch über seine Dummheit. Er konnte die Einstellung der Jäger verstehen: Es war nichts Ehrenhaftes dabei, ein solches Tier zu erlegen; es war einfach nur Fleisch.

Es war eine *Menge* Fleisch. Er war beladen wie ein Packesel, und das zusätzliche Gewicht belastete seinen lahmen Fuß sehr; als sie zum Dorf zurückkehrten, humpelte er so stark, daß er nicht mehr mit den Jägern mithalten konnte, sondern weit hinterherhing und dabei verzweifelt versuchte, sie nicht aus dem Auge zu verlieren, um sich nicht im Wald zu verlaufen.

Zu seiner Überraschung warteten mehrere Männer auf ihn, als er schließlich in Sichtweite der Dorfpalisaden humpelte. Sie ergriffen ihn, nahmen ihm seine Fleischladung ab und schoben ihn ins Dorf. Sie brachten ihn nicht in sein eigenes Lagerhaus, sondern in eine kleine Hütte, die am anderen Ende der zentralen Lichtung stand.

Er sprach nicht genug Mohawk, um Fragen zu stellen, und er glaubte sowieso nicht, daß man sie beantworten würde. Sie schoben ihn in die Hütte und ließen ihn allein.

Es brannte ein kleines Feuer, doch der Innenraum war nach der Helligkeit des Tageslichtes so dunkel, daß er zunächst geblendet war.

»Wer seid Ihr?« sagte eine erschrockene Stimme auf Französisch.

Roger blinzelte mehrfach und machte eine schmächtige Gestalt aus, die sich von ihrem Sitzplatz am Feuer erhob. Der Priester.

»Roger MacKenzie«, sagte er. »*Et vous?*« Es erfüllte ihn mit plötzlicher und unerwarteter Freude, einfach nur seinen Namen auszusprechen. Den Indianern war es egal, wie er hieß; sie nannten ihn Hundegesicht, wenn sie etwas von ihm wollten.

»Alexandre.« Der Priester trat vor und sah gleichzeitig erfreut und ungläubig aus. »Père Alexandre Ferigault. *Vous êtes anglais?*«

»Schotte«, sagte Roger und setzte sich plötzlich hin, weil sein lahmes Bein nachgab.

»Schotte? Wie kommt Ihr hierher? Seid Ihr Soldat?«

»Gefangener.«

Der Priester hockte sich neben ihn und betrachtete ihn neugierig. Er *war* ziemlich jung – Ende Zwanzig oder Anfang Dreißig, obwohl seine helle Haut von der Kälte aufgerissen und verwittert war.

»Wollt Ihr mit mir essen?« Er deutete auf eine kleine Ansammlung von Tontöpfen und Körben, die Essen und Wasser enthielten.

Seine eigene Sprache zu benutzen, schien für den Priester eine ebenso große Erleichterung zu bedeuten wie es das ungehinderte Sprechen für Roger war. Am Ende ihrer Mahlzeit hatten sie beide ein ansatzhaftes Wissen über die grundlegende Vergangenheit des anderen erworben – wenn auch noch keine Erklärung für ihre gegenwärtige Lage.

»Warum haben sie mich mit Euch hier hineingesteckt?« fragte Roger, während er sich das Fett vom Mund wischte. Er glaubte nicht, daß es darum ging, daß er dem Priester Gesellschaft leisten sollte. Rücksichtnahme gehörte nicht zu den herausragenden Charaktereigenschaften der Mohawk, soweit er das beurteilen konnte.

»Ich kann es nicht sagen. Eigentlich war ich sehr erstaunt, einen anderen Weißen zu sehen.«

Roger warf einen Blick auf die Tür der Hütte. Sie bewegte sich sacht; es war jemand draußen.

»Seid Ihr ein Gefangener?« fragte er einigermaßen überrascht. Der Priester zögerte, dann zuckte er mit einem kleinen Lächeln die Achseln.

»Auch das kann ich nicht sagen. Für die Mohawk ist man *Kahnyen'kehaka*, oder man ist – anders. Und wenn man anders ist, dann kann sich die Linie zwischen Gast und Gefangenem von einem Moment zum nächsten verschieben. Lassen wir es dabei, daß ich mehrere Jahre unter ihnen gelebt habe – doch ich bin nicht in den Stamm aufgenommen worden. Ich bin immer noch ›anders‹.« Er hustete und wechselte das Thema. »Wie ist es dazu gekommen, daß Ihr gefangengenommen wurdet?«

Roger zögerte, da er nicht wirklich wußte, wie er antworten sollte.

»Man hat mich verraten«, sagte er schließlich. »Verkauft.«

Der Priester nickte mitfühlend.

»Gibt es jemanden, der Euch auslösen würde? Sie werden sich Mühe geben, Euch am Leben zu erhalten, wenn sie auf ein Lösegeld hoffen.«

Roger schüttelte den Kopf und fühlte sich hohl wie eine Trommel.

»Niemand.«

Das Gespräch verstummte, als das Licht, das durch den Rauchabzug fiel, zu dämmern begann und sie am Boden in Dunkelheit getaucht wurden. Es gab eine Feuerstelle, aber kein Holz; das Feuer war erloschen. Die Hütte schien verlassen zu sein; es stand ein aus Pfählen gezimmertes Bettgestell darin, sonst jedoch war sie leer bis auf ein paar zerfetzte Hirschfelle und ein Häufchen Haushaltsabfälle in einer Ecke.

»Seid Ihr schon – lange – in dieser Hütte?« fragte Roger schließlich, um das Schweigen zu brechen. Er konnte den anderen Mann kaum sehen, obwohl die letzten Überreste des Zwielichts noch durch den Rauchabzug sichtbar waren.

»Nein. Sie haben mich heute hergebracht – kurz, bevor Ihr gekommen seid.« Der Priester hustete und rutschte gequält auf dem Boden aus festgetrampelter Erde hin und her.

Das kam ihm unheimlich vor, doch Roger hielt es für taktvoller – und weniger beängstigend –, es nicht zu erwähnen. Der Priester begriff zweifellos genausogut wie er, daß die Linie zwischen »Gast« und »Gefangenem« überschritten worden war. Was hatte der Mann getan?

»Ihr seid ein Christ?« Alexandre brach das Schweigen.

»Ja. Mein Vater ist Pastor gewesen.«

»Ah. Darf ich um etwas bitten – wenn sie mich holen, werdet Ihr für mich beten?«

Roger spürte plötzlich einen kalten Schauer, der nicht das geringste mit seiner freudlosen Umgebung zu tun hatte.

»Ja«, sagte er verlegen. »Natürlich. Wenn Ihr wollt.«

Der Priester erhob sich und begann, ruhelos den begrenzten Raum der Hütte abzuschreiten, unfähig stillzuhalten.

»Vielleicht geht es ja gut«, sagte er, doch es war die Stimme eines Mannes, der versuchte, sich selbst etwas einzureden. »Sie überlegen immer noch.«

»Überlegen was?«

Er spürte das Achselzucken des Priesters mehr, als daß er es sah.

»Ob sie mich leben lassen.«

Darauf schien keine passende Antwort möglich zu sein, und sie verstummten erneut. Roger saß zusammengekauert an der erkalteten Feuerstelle, während der Priester auf- und abschritt, um sich schließlich neben ihm niederzulassen. Kommentarlos rückten sie beide näher zusammen und teilten ihre Wärme; es würde eine kalte Nacht werden.

Roger war eingedöst, eins der Hirschfelle über sich gezogen, als plötzlich ein Geräusch an der Tür erscholl. Er setzte sich und blinzelte in ein Flammenmeer.

Vier Mohawkkrieger standen in der Hütte; einer ließ eine Ladung Holz in die Feuerstelle fallen und steckte seine Fackel in den Haufen. Ohne Roger zu beachten, zogen die anderen Père Ferigault hoch und entledigten ihn grob seiner Kleider.

Roger setzte sich automatisch in Bewegung und erhob sich halb, doch da wurde er zu Boden geschlagen. Der Priester warf ihm aus weit geöffneten Augen einen schnellen Blick zu, der ihn anflehte, sich nicht einzumischen.

Einer der Krieger hielt seine Fackel dicht vor Père Ferigaults Gesicht. Er sagte etwas, das wie eine Frage klang, und als er keine Antwort erhielt, ließ er seine Fackel tiefer wandern, so nah am Körper des Priesters vorbei, daß dessen weiße Haut rot aufglühte.

In Alexandres Gesicht brach der Schweiß aus, als das Feuer neben seinen Genitalien schwebte, doch sein Gesicht blieb sorgsam ausdruckslos. Der Krieger stieß den Priester plötzlich mit der Fackel an, und dieser fuhr automatisch zurück. Die Indianer lachten und wiederholten es. Diesmal war er vorbereitet; Roger roch angesengte Haare, doch der Priester bewegte sich nicht.

Dann wurde ihnen diese Freizeitbeschäftigung langweilig, und zwei der Krieger packten den Priester bei den Armen und zerrten ihn aus der Hütte.

Wenn sie mich holen, betet für mich. Roger setzte sich langsam auf, und an seinem ganzen Körper prickelten die Haare vor Entsetzen. Er konnte die Stimmen der Indianer hören, die sich unterhielten und in der Ferne verschwanden; kein Ton von dem Priester.

Alexandres abgelegte Kleider waren in der Hütte verstreut; Roger hob sie auf, entstaubte sie sorgfältig und faltete sie zusammen. Seine Hände zitterten.

Er versuchte zu beten, stellte aber fest, daß es ihm schwerfiel, sich mit der nötigen Hingabe zu konzentrieren. Zwischen und unter den Worten des Gebetes konnte er eine leise, kalte Stimme hören, die sagte: *Und wenn sie mich holen – wer betet dann für mich?*

Sie hatten ihm ein Feuer angelassen; er versuchte zu glauben, daß dies bedeutete, daß sie nicht vorhatten, ihn sofort umzubringen. Es war ebenfalls nicht die Art der Mohawk, einem abgeurteilten Gefangenen Annehmlichkeiten zu gewähren. Nach einer Weile legte er sich unter die Hirschfelle, rollte sich auf der Seite zusammen und sah den Flammen zu, bis er einschlief, vom Schrecken erschöpft.

Er wurde durch das Geräusch vieler Stimmen und das Schlurfen von Füßen aus seinem unruhigen Schlaf gerissen. Er wurde wach, rollte sich vom Feuer weg und hockte sich hin, während er sich verzweifelt nach einem Mittel zur Verteidigung umsah.

Der Türvorhang hob sich, und der nackte Körper des Priesters stürzte in die Hütte. Die Geräusche auf der Außenseite entfernten sich.

Alexandre regte sich und stöhnte. Roger kam schnell und kniete sich neben ihn. Er konnte frisches Blut riechen, einen scharfen Kupfergeruch, den er vom Zerlegen des Elches wiedererkannte.

»Seid Ihr verletzt? Was haben sie gemacht?«

Die Antwort darauf kam schnell. Er drehte den halb bewußtlosen Priester um und sah, daß Blut dessen Gesicht und Hals mit einem leuchtend roten Glanz überzog. Er griff nach der abgelegten Robe des

Priesters, um das Blut zu stillen, schob das verklebte, blonde Haar zurück und stellte fest, daß das rechte Ohr des Priesters fehlte. Ein scharfer Gegenstand hatte ihm genau hinter dem Kiefer ein Stück Haut von etwa acht Zentimetern Kantenlänge entfernt und das Ohr und ein Stück Kopfhaut abgeschnitten.

Rogers Magenwände verkrampften sich, und er preßte den Stoff fest gegen die rohe Wunde. Dort hielt er ihn fest, zog den reglosen Körper zum Feuer und türmte die Überreste der Kleider und beide Hirschfelle über Père Ferigault auf.

Der Mann stöhnte jetzt. Roger wusch ihm das Gesicht, ließ ihn ein wenig Wasser trinken.

»Ist ja gut«, murmelte er wieder und wieder, obwohl er sich nicht sicher war, ob der andere ihn hören konnte. »Ist ja gut, sie haben Euch nicht umgebracht.« Er fragte sich allerdings unwillkürlich, ob es nicht besser gewesen wäre, wenn sie es getan hätten; war dies nur als Warnung für den Priester gedacht, oder nur das Vorspiel zu größeren Torturen?

Das Feuer war bis auf die Glut heruntergebrannt; in dem rötlichen Licht war das durchsickernde Blut schwarz.

Père Alexandre bewegte sich in ständigen, kleinen Zuckungen, und der Schmerz seiner Wunde war zugleich der Grund für die Ruhelosigkeit seines Körpers als auch ein ständiger Hemmschuh. Er hatte überhaupt keine Möglichkeit, sich dem Schlaf zu überlassen, und demzufolge ging es Roger genauso. Er war sich jeder unaufhaltsam verstreichenden Minute fast genauso schmerzhaft wie der Priester bewußt.

Roger verfluchte sich für seine Hilflosigkeit; er hätte alles gegeben, um den Schmerz des anderen Mannes zu lindern, und sei es nur für einen Augenblick. Es war nicht nur Mitgefühl, und er wußte es; Père Alexandres kurze, atemlose Geräusche hielten das Bewußtsein seiner Verstümmelung in Roger wach und den Schrecken in seinen Adern lebendig. Wenn der Priester nur schlafen könnte, dann würden die Geräusche aufhören – und vielleicht würde im Dunkeln das Grauen ein wenig zurückweichen.

Zum ersten Mal glaubte er zu verstehen, was Claire Randall antrieb; was sie bewegte, auf Schlachtfelder zu gehen und Verwundeten ihre Hände aufzulegen. Anderen die Schmerzen und den Tod zu erleichtern bedeutete, die eigene Angst zu lindern – und er würde beinahe alles tun, um seine Angst zu mindern.

»Psst«, sagte er, die Lippen nah an Père Alexandres Kopf. Er hoffte, daß er die Seite mit dem Ohr hatte. »Beruhigt Euch. *Reposez-vous.*«

Der magere Körper des Priesters erzitterte neben dem seinen, die Muskeln vor Kälte und Agonie verkrampft. Roger massierte dem Mann fest den Rücken, scheuerte mit den Handflächen über seine unterkühlten Gliedmaßen und zog die beiden zerlumpten Hirschfelle über sie beide.

»Euch geschieht nichts.« Roger sprach Englisch, denn ihm war klar, daß es keine Rolle spielte, was er sagte, nur daß er überhaupt etwas sagte. »Aber, aber, es ist alles in Ordnung. Ja, macht ruhig weiter.« Seine Worte dienten mindestens so sehr seiner eigenen Ablenkung wie der des anderen Mannes; Alexandres nackten Körper zu spüren, war vage schockierend – weil es sich nicht unnatürlich anfühlte und es gleichzeitig doch tat.

Der Priester klammerte sich an ihn, den Kopf an seine Schulter gepreßt. Er sagte nichts, doch Roger konnte die Feuchtigkeit von Tränen auf seiner Haut spüren. Er überwand sich dazu, den Priester fest in den Arm zu nehmen, massierte ihn entlang der Wirbelsäule mit ihren kleinen, knochigen Vorsprüngen und zwang sich dazu, nur daran zu denken, wie er das fürchterliche Zittern stoppen konnte.

»Ihr könntet ein Hund sein«, sagte Roger. »Irgendein mißhandelter Streuner. Ich würde es tun, wenn Ihr ein Hund wärt, natürlich würde ich das. Nein, würde ich nicht«, murmelte er vor sich hin. »Sondern den verdammten Tierschutzverein anrufen, schätze ich.«

Er streichelte Alexandres Kopf, achtete sorgsam darauf, wohin seine Finger wanderten, zitternd vor Gänsehaut bei der Vorstellung, zufällig jene rohe, blutige Stelle zu berühren. Das Haar im Nacken des Priesters war schweißverklebt, obwohl sich die Haut an seinem Hals und seinen Schultern wie Eis anfühlte. Sein Unterkörper war wärmer, aber nicht viel.

»Niemand würde einen Hund so behandeln«, brummte er. »Verdammte Wilde. Man sollte ihnen die Polizei auf den Hals schicken. Ihre verdammten Bilder in der *Times* bringen. Sich beim Petitionsausschuß beschweren.«

Etwas, das viel zu verängstigt war, um sich Lachen zu nennen, durchlief ihn in einer Welle. Er packte den Priester heftig und wiegte ihn im Dunkeln vor und zurück.

»*Reposez-vous, mon ami. C'est bien, là, c'est bien.*«

55

Gefangen II

River Run, März 1770
Brianna drehte den feuchten Pinsel am Rand der Palette entlang und drückte das überschüssige Terpentin aus, um eine brauchbare Spitze zu formen. Sie tauchte die Spitze kurz in die Mischung aus Chromgrün und Kobaltblau und fügte dem Flußufer eine feine Schattenlinie hinzu.

Hinter ihr auf dem Pfad erklangen Schritte, die aus der Richtung des Hauses kamen. Sie erkannte den ungleichmäßigen Zweierschritt; es waren die Fürchterlichen Zwei. Sie verspannte sich ein wenig und unterdrückte den Drang, sich ihre feuchte Leinwand zu schnappen und sie hinter Hector Camerons Mausoleum außer Sichtweite zu befördern. Jocasta störte sie nicht; sie kam oft und setzte sich zu ihr, wenn sie morgens malte, um mit ihr über Maltechniken, die Herstellung von Pigmenten und ähnliches zu diskutieren. Eigentlich freute sie sich sogar über die Gesellschaft ihrer Tante und hütete die Geschichten der älteren Frau über ihre Kindheit in Schottland, über Briannas Großmutter und über die anderen MacKenzies aus Leoch wie einen Schatz. Doch wenn Jocasta ihren getreuen Blindenhund mitbrachte, standen die Dinge anders.

»Guten Morgen, liebe Nichte! Ist es heute früh nicht zu kalt für dich?«

Jocasta blieb stehen, ihren Umhang um sich gezogen, und lächelte Brianna an. Wenn sie es nicht gewußt hätte, wäre sie nie darauf gekommen, daß ihre Tante blind war.

»Nein, es ist wunderbar hier; das... äh... Grab hält den Wind ab. Aber ich bin fürs erste fertig.« Das stimmte nicht, doch sie steckte ihren Pinsel in das Terpentinglas und begann, ihre Palette sauberzuschaben. Sie würde um keinen Preis malen, während Ulysses jeden einzelnen ihrer Pinselstriche laut beschrieb.

»Ja? Na, dann laß deine Sachen stehen; Ulysses bringt sie dir mit.«

Brianna ließ widerstrebend ihre Staffelei stehen, hob ihr persönliches Skizzenbuch auf und klemmte es sich unter den Arm, während sie Jocasta den anderen hinhielt. Sie hatte nicht vor, *das* liegenzulassen, damit Mr. Sieht-alles-und-Erzählt-alles es durchblätterte.

»Wir bekommen heute Gesellschaft«, sagte Jocasta, indem sie sich zum Haus zurückwandte. »Richter Alderdyce aus Cross Creek und seine Mutter. Ich dachte, vielleicht möchtest du dich vor dem Essen umziehen.« Brianna biß sich von innen auf die Wange, um sich jeglicher Erwiderung auf diesen alles andere als subtilen Hinweis zu enthalten. Noch mehr Besucher.

Unter den gegebenen Umständen konnte sie es kaum ablehnen, die Gäste ihrer Tante kennenzulernen – oder ihre Kleider für sie zu wechseln –, doch sie hätte sich gewünscht, daß Jocasta die Gesellschaft etwas weniger liebte. Der Strom der Besucher riß nicht ab; zum Mittagessen, zum Tee, zum Abendessen, über Nacht, zum Frühstück kamen sie, um Pferde zu kaufen, Kühe zu verkaufen, mit Holz zu handeln, Bücher auszuleihen, Geschenke zu bringen oder zu musizieren. Sie kamen von den benachbarten Plantagen, aus Cross Creek und sogar aus Edenton oder New Bern.

Jocasta hatte einen verblüffenden Bekanntenkreis. Allerdings war Brianna in letzter Zeit aufgefallen, daß die Besucher mit steigender Tendenz Männer waren. Unverheiratete Männer.

Phaedre bestätigte den Verdacht, den Brianna äußerte, während das Dienstmädchen im Kleiderschrank nach einem frischen Vormittagskleid suchte.

»Es gibt nicht viele unverheiratete Frauen in der Kolonie«, observierte Phaedre, als Brianna den merkwürdigen Zufall erwähnte, daß die meisten Besucher der letzten Zeit Junggesellen waren. Phaedre warf einen Seitenblick auf Briannas Taille, die sich merklich unter dem losen Hemd vorwölbte. »Schon gar keine jungen. Ganz zu schweigen von Frauen, die Erbinnen von River Run sind.«

»Die *was*?« sagte Brianna. Sie hielt inne, das Haar erst zur Hälfte hochgesteckt, und starrte das Dienstmädchen an.

Phaedre legte ihre zierliche Hand über ihren Mund und blickte mit weitaufgerissenen Augen darüber hinweg.

»Eure Tante hat's Euch noch nicht gesagt? Dachte, Ihr wüßtet's schon, sonst hätt' ich nichts gesagt.«

»Na schön, wo du jetzt schon so viel gesagt hast, sprich weiter. Was meinst du damit?« Phaedre, die ein geborenes Klatschmaul war, brauchte man nicht lange zu überreden.

»Euer Papa und die anderen waren noch keine Woche weg, da hat Miss Jo nach dem Anwalt Forbes geschickt und ihr Testament geändert. Wenn Miss Jo stirbt, dann bekommt Euer Papa ein bißchen Geld, und Mr. Farquard und ein paar andere Freunde bekommen ein paar persönliche Gegenstände – aber alles andere gehört Euch. Die Plantage, das Holz, die Sägemühle...«

»Aber ich will es nicht!«

Phaedres elegant hochgezogene Augenbraue drückte profunden Zweifel aus und senkte sich dann unbeeindruckt.

»Tja, schätze, was Ihr wollt, zählt hier nicht. Miss Jo hat die Angewohnheit, zu bekommen, was *sie* will.«

Brianna legte langsam die Haarbürste hin.

»Und was genau *will* sie?« fragte sie. »Weißt du das zufällig auch?«

»Ist kein großes Geheimnis. Sie will, daß River Run sie überdauert – und einem Blutsverwandten gehört. Kommt mir logisch vor; sie hat keine Kinder, keine Enkel. Wer sollte sonst nach ihr weitermachen?«

»Na ja... mein Vater?«

Phaedre legte das frische Kleid über das Bett und sah es mit einem abschätzenden Stirnrunzeln an. Dann blickte sie wieder auf Briannas Mitte.

»Das paßt keine zwei Wochen mehr, so wie der Bauch da wächst. Oh, ja, Euer Papa. Sie hat versucht, ihn zu ihrem Erben zu machen, aber nach dem, was mir zu Ohren gekommen ist, wollte er nichts davon hören.« Sie spitzte belustigt die Lippen.

»Das ist noch mal ein sturer Kerl. Verzieht sich in die Berge und lebt wie eine Rothaut, nur damit er nicht tun muß, was Miss Jo von ihm will. Aber Mr. Ulysses meint, er hat es richtig gemacht. Er und Miss Jo würden Tag und Nacht aneinandergeraten, wenn er geblieben wär'.«

Brianna steckte langsam die andere Hälfte ihres Haars hoch, doch die Haarnadel rutschte heraus und ließ es wieder herabfallen.

»Kommt, laßt mich das mal machen, Miss Brianna.« Phaedre trat hinter sie, zog die schlampig befestigten Haarnadeln heraus und fing an, ihr das Haar an den Seiten geschickt zu flechten.

»Und all diese Besucher – diese Männer...«

»Miss Jo sucht schon einen guten für Euch aus«, versicherte ihr Phaedre. »Ihr könntet die Plantage auch nicht besser allein betreiben als Miss Jo. Dieser Mr. Duncan, den schickt der Himmel; weiß nicht, was sie ohne ihn tun würde.«

»Sie versucht, einen Mann für mich zu finden? Sie präsentiert mich wie – wie eine preisgekrönte Färse?«

»Hm-mm.« Phaedre schien nichts Schlimmes daran zu finden. Sie runzelte die Stirn und zog geschickt eine einzelne Locke in den Hauptzopf.

»Aber sie weiß doch von Roger – von Mr. Wakefield! Wie kann sie da versuchen, mich mit jemand anderem –«

Phaedre seufzte, nicht ohne Mitgefühl.

»Schätze nicht, daß sie glaubt, daß sie den Mann finden, um's ehrlich zu sagen. Miss Jo, sie weiß einiges über die Indianer; wir haben alle Mr. Myers' Geschichten über die Irokesen gehört.«

Es war frisch im Zimmer, doch Brianna brach an Haaransatz und Kinn der Schweiß aus.

»Außerdem«, fuhr Phaedre fort, während sie ein blaues Seidenband mit dem Zopf verwob, »kennt Miss Jo diesen Wakefield nicht. Vielleicht ist er ja kein guter Geschäftsmann. Besser – glaubt sie –, Euch mit einem Mann zu verheiraten, von dem sie weiß, daß er sich gut um ihre Plantage kümmert; sie vielleicht mit seiner eigenen zusammenschließt und ein wirklich großes Anwesen für Euch erschafft.«

»Ich *will* kein großes Anwesen! Und *dieses* Anwesen will ich auch nicht!« Panik folgte jetzt der Empörung.

Phaedre befestigte das Ende des Bandes in einer kleinen Schleife.

»Na ja, wie gesagt – es geht nicht so sehr darum, was Ihr wollt. Es geht darum, was Miss Jo will. Und jetzt wollen wir mal das Kleid anprobieren.«

Im Flur erklang ein Geräusch, und Brianna schlug hastig das Blatt ihres Skizzenblocks zu einer halbfertigen Kohlezeichnung des Flusses mit seinen Bäumen um. Doch die Schritte gingen vorbei, und sie entspannte sich und blätterte wieder zurück.

Sie arbeitete nicht daran; die Zeichnung war fertig. Sie wollte sie nur ansehen.

Sie hatte ihn im Dreiviertelprofil gezeichnet, den Kopf zum Zuhören umgewandt, während er seine Gitarrensaiten stimmte. Es war nicht mehr als eine Skizze, doch sie erfaßte die Linien von Kopf und Körper mit einer Treffsicherheit, die von ihrer Erinnerung bestätigt wurde. Sie konnte sie ansehen und ihn dabei heraufbeschwören, ihn so nah heranholen, daß sie ihn fast berühren konnte.

Es gab andere; manche nur ein Durcheinander aus Klecksen, manche, die der Sache nahekamen. Ein paar, die für sich betrachtet gute Zeichnungen waren, denen es aber nicht gelang, den Mann hinter den Strichen einzufangen. Eine oder zwei wie diese hier, die sie benutzen konnte, um sich selbst an den langen, grauen Nachmittagen zu trösten, wenn das Licht zu verlöschen begann und die Feuer schwach brannten.

Das Licht verblaßte gerade über dem Fluß, und das Wasser stumpfte von leuchtendem Silber zu einem sanfteren Zinnglänzen ab.

Es gab noch andere, Skizzen von Jamie Fraser, von ihrer Mutter, von Ian. Sie hatte aus Einsamkeit angefangen, sie zu zeichnen, und sah sie jetzt angstvoll an. Sie hoffte verzweifelt, daß diese Papierfragmente nicht die einzigen Überbleibsel der Familie waren, die sie nur so kurz gekannt hatte.

Um's ehrlich zu sagen, schätze nicht, daß Miss Jo glaubt, daß sie den Mann finden... Miss Jo weiß einiges über Indianer.

Ihre Hände waren feucht; am Rand des Papiers verschmierte die Holzkohle. Sie hörte einen leisen Schritt genau vor der Tür des Salons und schloß augenblicklich ihr Buch.

Ulysses kam herein, eine brennende Wachskerze in der Hand, und begann, die Arme des großen Kandelabers zu entzünden.

»Du brauchst sie meinetwegen nicht alle anzuzünden.« Brianna sprach genauso aus dem Wunsch heraus, die stille Melancholie des Zimmers nicht zu stören, wie aus Bescheidenheit. »Die Dunkelheit stört mich nicht.«

Der Butler lächelte sacht und fuhr mit seiner Arbeit fort. Er berührte präzise jeden Docht, und sofort sprangen kleine Flammen auf, von Zauberhand herbeigerufene Flaschengeister.

»Miss Jo kommt bald herunter«, sagte er. »Sie kann die Flammen sehen – und das Feuer – und erkennt daran, wo sie sich im Zimmer befindet.«

Als er fertig war, blies er die Kerze aus, dann bewegte er sich auf den üblichen leisen Sohlen durch das Zimmer, während er die leichte Unordnung richtete, die die Gäste des Nachmittags hinterlassen hatten, und Holz auf das Feuer legte, dem er mit einem Blasebalg knisterndes Leben einhauchte.

Sie beobachtete ihn; die kleinen, präzisen Bewegungen seiner gepflegten Hände, seine vollständige Hingabe an die korrekte Plazierung der Whiskykaraffe und ihrer Gläser. Wie oft hatte er dieses Zimmer schon aufgeräumt? Jedes Möbelstück, jeden winzigen Dekorationsgegenstand wieder präzise an seinen Platz geschoben, so daß sich die Hand seiner Herrin ohne Umhertasten darauf senken konnte?

Ein ganzes Leben, das den Bedürfnissen eines anderen Menschen gewidmet war. Ulysses konnte sowohl Französisch als auch Englisch schreiben; konnte rechnen, konnte singen und Cembalo spielen. All diese Fähigkeiten, all dieses Wissen – allein zur Unterhaltung einer autokratischen, alten Dame eingesetzt.

»Komm« zu einem Mann zu sagen, und er kam, »Geh« zu einem anderen, und er ging. Ja, so ging es bei Jocasta.

Und wenn es nach Jocasta ging... würde dieser Mann Brianna gehören.

Diese Vorstellung war unverantwortlich. Schlimmer noch, sie war lächerlich! Brianna rutschte ungeduldig auf ihrem Stuhl hin und her und versuchte, sie zu verdrängen. Er bemerkte die leichte Bewegung und wandte sich fragend um, um nachzusehen, ob es an etwas fehlte.

»Ulysses«, platzte sie heraus. »Wärst du gern frei?«

Im selben Moment, als die Worte heraus waren, biß sie sich auf die Zunge und spürte, wie ihre Wangen schamrot wurden.

»Es tut mir leid«, sagte sie sofort und sah auf ihre in ihrem Schoß verknoteten Hände herab. »Das war eine furchtbar unhöfliche Frage. Bitte entschuldige.«

Der hochgewachsene Butler sagte nichts, sondern betrachtete sie einen Augenblick nachdenklich. Dann berührte er sacht seine Perücke, als wollte er sie geraderücken, und wandte sich wieder seiner Arbeit zu. Er hob die auf dem Tisch verstreuten Skizzen auf und stieß sie ordentlich zu einem Haufen zusammen.

»Ich wurde frei geboren«, sagte er schließlich so leise, daß sie sich nicht sicher war, ob sie ihn gehört hatte. Sein Kopf war gesenkt, sein Blick auf seine langen, schwarzen Finger gerichtet, die die elfenbeinernen Jetons vom Spieltisch aufhoben und jeden ordentlich in seiner Schachtel verstauten.

»Mein Vater hatte einen kleinen Hof, nicht sehr weit von hier. Aber er ist an einem Schlangenbiß gestorben, als ich ungefähr sechs war. Meine Mutter konnte uns nicht ernähren – sie war nicht stark genug für eine Bäuerin –, also hat sie sich verkauft und das Geld bei einem Zimmermann für meine Lehre hinterlegt, damit ich etwas Nützliches lernen konnte.«

Er schob die Elfenbeinkiste an ihren Platz im Spieltisch und wischte einen Kuchenkrümel fort, der auf das Cribbagebrett gefallen war.

»Aber dann ist sie gestorben«, fuhr er unbewegt fort. »Und anstatt mich in die Lehre zu nehmen, behauptete der Zimmermann, ich sei das Kind einer Sklavin und damit dem Gesetz nach selbst ein Sklave. Und so hat er mich verkauft.«

»Aber das ist Unrecht!«

Er sah sie mit geduldiger Belustigung an, sagte aber nichts. Und was hat das jemals mit Recht zu tun gehabt? sagten seine dunklen Augen.

»Ich habe Glück gehabt«, sagte er. »Ich wurde – sehr billig, weil ich klein und gebrechlich war – an einen Schulmeister verkauft, den mehrere Plantagenbesitzer am Cape Fear angeheuert hatten, damit er ihre Kinder unterrichtete. Er ritt von einem Haus zum nächsten, blieb in jedem eine Woche oder einen Monat, und ich begleitete ihn, hinter ihm auf die Pferdekruppe gezwängt, versorgte das Pferd, wenn wir haltmachten und erledigte auf Wunsch kleine Arbeiten für ihn. Und weil die Wege so lang und eintönig waren, sprach er unterwegs mit mir. Er sang – der Mann liebte es zu singen, und er hatte eine ganz wunderbare Stimme –« Zu Briannas Überraschung sah Ulysses ein wenig nostalgisch aus, doch dann schüttelte er den Kopf, besann sich wieder auf sich selbst und zog einen Lappen aus der Tasche, mit dem er über die Anrichte wischte.

»Es war der Schulmeister, der mir den Namen Ulysses gegeben hat«, sagte er mit dem Rücken zu ihr. »Er konnte etwas Griechisch und auch ein bißchen Latein und brachte mir zu seinem eigenen Vergnügen das Lesen bei, wenn wir nachts von der Dunkelheit überrascht wurden und unterwegs Lager machen mußten.«

Seine aufrechten, mageren Schultern hoben sich in einem angedeuteten Achselzucken.

»Als der Schulmeister ebenfalls starb, war ich ein junger Mann von ungefähr zwanzig. Hector Cameron kaufte mich und entdeckte meine Talente. Nicht alle Herren würden solche Fähigkeiten bei einem Sklaven schätzen, doch Mr. Cameron war kein gewöhnlicher Mann.« Ulysses lächelte schwach.

»Er hat mir das Schachspielen beigebracht und auf mich gesetzt, wenn ich gegen seine Freunde spielte. Er hat mir das Singen und das Cembalospiel beigebracht, so daß ich seine Gäste unterhalten konnte. Und als Miss Jo ihr Augenlicht zu verlieren begann, hat er mich ihr gegeben, um für sie zu sehen.«

»Wie ist dein Name gewesen? Dein richtiger Name?«

Er hielt inne und dachte nach. Dann lächelte er sie an, doch das Lächeln reichte nicht bis zu seinen Augen.

»Ich glaube nicht, daß ich mich daran erinnern kann«, sagte er höflich und ging hinaus.

56

Bekenntnisse des Leibes

Er erwachte kurz vor der Morgendämmerung. Die Nacht war immer noch schwarz, doch die Luft hatte sich verändert; die Glut war ausgebrannt und der Atem des Waldes wehte über sein Gesicht.

Alexandre war fort. Er lag allein unter dem zerlumpten Hirschfell, ganz kalt.

»Alexandre?« flüsterte er heiser. »Père Ferigault?«

»Ich bin hier.« Die Stimme des jungen Priesters war leise, irgendwie fern, obwohl er nicht mehr als einen Meter von ihm weg saß.

Roger erhob sich blinzelnd auf seinen Ellbogen. Als ihm der Schlaf erst einmal aus den Augen gewichen war, konnte er schwach sehen. Alexandre saß mit sehr geradem Rücken im Schneidersitz, das Gesicht dem quadratischen Loch des Rauchabzuges über ihnen zugewandt.

»Alles in Ordnung?« Eine Halsseite des Priesters war schwarz vor Blut, obwohl sein Gesicht – das, was Roger davon erkennen konnte – friedlich aussah.

»Sie werden mich bald umbringen. Vielleicht heute.«

Roger setzte sich hin und hielt das Hirschfell an seine Brust gedrückt. Ihm war sowieso schon kalt; der ruhige Ton dieser Worte ließ ihm das Blut in den Adern gefrieren.

»Nein«, sagte er und mußte husten, um seinen Hals vom Ruß zu befreien. »Nein, das werden sie nicht.«

Alexandre machte sich nicht die Mühe, ihm zu widersprechen. Bewegte sich nicht. Er saß nackt da, ohne die Kälte der Morgenluft zu beachten, und blickte empor. Schließlich senkte er seinen Blick und wandte Roger den Kopf zu.

»Könntet Ihr mir die Beichte abnehmen?«

»Ich bin doch kein Priester.« Roger kämpfte sich auf die Knie hoch und rutschte über den Boden, wobei er das Fell umständlich vor sich hielt. »Hier, Ihr erfriert noch. Deckt Euch damit zu.«

»Es spielt keine Rolle.«

Roger war sich nicht sicher, ob er meinte, es spielte keine Rolle, daß er fror, oder es spielte keine Rolle, daß Roger kein Priester war. Er legte eine Hand auf Alexandres nackte Schulter. Ob es eine Rolle spielte oder nicht, der Mann war eiskalt.

Roger setzte sich so dicht wie möglich neben Alexandre und breitete das Fell über sie beide. Er fühlte, wie ihm eine Gänsehaut an den Stellen ausbrach, wo ihn die eisige Haut des anderen Mannes berührte, doch es störte ihn nicht; er rückte näher, denn es drängte ihn, Alexandre etwas von seiner eigenen Wärme abzugeben.

»Euer Vater«, sagte Alexandre. Er hatte den Kopf gedreht; sein Atem streifte Rogers Gesicht, und seine Augen waren schwarze Löcher in seinem Gesicht. »Ihr habt mir erzählt, er sei Priester gewesen.«

»Pastor. Ja, aber ich nicht.«

Er spürte die abwinkende Geste des anderen Mannes mehr, als daß er sie sah.

»In Notlagen kann jeder Mensch das Amt eines Priesters erfüllen«, sagte Alexandre. Seine kalten Finger berührten kurz Rogers Oberschenkel. »Werdet Ihr mir die Beichte abnehmen?«

»Wenn es – ja, wenn Ihr es wünscht.« Es war ihm unangenehm, doch es konnte nicht schaden, und wenn es dem anderen Mann irgendwie half... Die Hütte und das Dorf vor der Tür lagen still um sie herum. Es erklang kein Geräusch bis auf den Wind in den Kiefern.

Er räusperte sich. Würde Alexandre anfangen, oder mußte er zuerst etwas sagen?

Als wäre das Geräusch ein Signal gewesen, drehte sich der Franzose zu ihm um und senkte den Kopf, so daß das goldene Haar auf seinem Scheitel in sanftes Licht getaucht wurde.

»Segne mich, Bruder, denn ich habe gesündigt«, begann Alexandre leise. Und mit gesenktem Kopf, die Hände in seinem Schoß gefaltet, legte er seine Beichte ab.

Mit einer Huroneneskorte von Detroit ausgesandt, war er flußabwärts bis zur Siedlung Ste. Berthe de Ronvalle gereist, wo er den betagten Priester der Missionsstation ablösen sollte, dessen Gesundheit versagt hatte.

»Ich war dort glücklich«, sagte Alexandre in dem halb verträumten Tonfall, mit dem die Menschen von Ereignissen erzählen, die Jahrzehnte zurückliegen. »Es war mitten in der Wildnis, aber ich war jung und voll unverbrüchlicher Zuversicht. Strapazen waren mir willkommen.«

Jung? Der Priester konnte nicht viel älter sein als er selbst.

Alexandre zuckte mit den Achseln und schüttelte die Vergangenheit ab.

»Ich habe zwei Jahre bei den Huronen verbracht und viele von ihnen bekehrt. Dann habe ich eine Gruppe von ihnen nach Fort Stanwix begleitet, wo eine große Versammlung der Stämme der Region stattfand. Dort traf ich Kennyanisi-t'ago, einen Kriegshäuptling der Mohawk. Er hörte mich predigen, und da ihn der Heilige Geist anrührte, lud er mich ein, mit ihm in sein Dorf zurückzukehren.«

Die Mohawk waren berüchtigt für ihren Argwohn gegenüber der Bekehrung; es war ihm wie eine vom Himmel gesandte Gelegenheit vorgekommen. Also war Père Alexandre in Begleitung von Kennyanisi-t'ago und seinen Kriegern per Kanu den Fluß hinabgefahren.

»Das war meine erste Sünde«, sagte er. »Stolz.« Er hob einen Finger in Rogers Richtung, als wollte er vorschlagen, daß dieser mitzählte. »Doch Gott war mit mir.« Die Mohawk hatten während des letzten französischen Indianerkrieges auf seiten der Engländer gestanden und waren dem jungen, französischen Priester gegenüber mehr als mißtrauisch gewesen. Er hatte sich nicht entmutigen lassen und die Mohawksprache gelernt, um in ihrer eigenen Sprache zu ihnen predigen zu können.

Es war ihm gelungen, eine Anzahl der Dorfbewohner zu bekehren, aber längst nicht alle. Allerdings hatte sich der Kriegshäuptling unter den Bekehrten befunden, so daß er vor Übergriffen geschützt war. Unglücklicherweise nahm der *Sachem* des Dorfes Anstoß an seinem Einfluß, und es herrschte eine fortgesetzte Spannung zwischen den Christen und den Nichtchristen im Dorf.

Der Priester leckte sich die trockenen Lippen, dann hob er den Wasserkrug hoch und trank.

»Und dann«, sagte er und holte tief Luft. »Dann habe ich meine zweite Sünde begangen.«

Er hatte sich in eine der von ihm Bekehrten verliebt.

»Hattet Ihr schon einmal mit einer Frau –?« Roger würgte die Frage ab, doch Alexandre antwortete schlicht und ohne Zögern.

»Nein, noch nie.« Es lag ein Hauch, beinahe ein Lachen, von bitterer Selbstironie darin. »Ich hatte geglaubt, ich wäre *dieser* Versuchung gegenüber immun. Doch der Mensch ist schwach im Angesicht von Satans fleischlichen Verlockungen.«

Er hatte einige Monate lang im Langhaus des Mädchens gelebt. Dann war er eines Morgens früh aufgestanden und war zum Fluß gegangen, um sich zu waschen. Dabei hatte er sein Spiegelbild im Wasser gesehen.

»Plötzlich geriet das Wasser in Aufruhr und etwas durchbrach die Oberfläche. Ein riesiges, aufgesperrtes Maul erhob sich durch die Oberfläche und zerstörte mein Spiegelbild.«

Es war nur eine Forelle gewesen, die einer Libelle nachjagte, doch der erschütterte Priester hatte es als ein Zeichen Gottes angesehen, daß seine Seele in Gefahr war, vom Schlund der Hölle verschluckt zu werden. Er war unverzüglich in das Langhaus gegangen und hatte seine Sachen gepackt, um von jetzt an in einem kleinen Unterschlupf außerhalb des Dorfes zu leben. Doch seine Geliebte war schwanger, als er sie verließ.

»Ist das die Ursache der Probleme gewesen, die Euch hierher verschlagen haben?« fragte Roger.

»Nein, nicht direkt. Sie denken anders über Moral und Ehe als wir«, erklärte Alexandre. »Die Frauen nehmen sich Männer, wie es ihnen gefällt, und Ehe ist eine Vereinbarung, die so lange gültig bleibt, wie sich die Partner verstehen; wenn sie sich uneins werden, dann darf die Frau den Mann aus dem Haus schicken – oder er darf sie verlassen. Wenn es Kinder gibt, bleiben sie bei der Mutter.«

»Aber dann –«

»Das Problem war, daß ich mich als Priester stets geweigert hatte, Säuglinge zu taufen, wenn nicht beide Eltern Christen und im Zustand der Gnade waren. Das ist notwendig, versteht Ihr, wenn das Kind im Glauben erzogen werden soll – ansonsten neigen die Indianer dazu, das Sakrament der Taufe nur als eins ihrer heidnischen Rituale zu betrachten.«

Alexandre holte tief Luft.

»Und natürlich konnte ich dieses Kind nicht taufen. Das beleidigte und entsetzte Kennyanisi-t'ago, der darauf bestand, daß ich es tun sollte. Als ich mich weigerte, befahl er, daß ich gefoltert werden sollte. Meine – das Mädchen – hat sich für mich verwendet und wurde darin von ihrer Mutter und verschiedenen anderen, einflußreichen Dorfbewohnern bestärkt.«

In der Folge war ein Riß der Kontroverse und der Spaltung durch das Dorf gegangen, und schließlich hatte der *Sachem* angeordnet, daß sie Père Alexandre zu Onyarekenata brachten, wo ein unparteiischer Rat entscheiden sollte, was zu tun war, um die Harmonie unter ihnen wiederherzustellen.

Roger kratzte sich den Bart; vielleicht war die Assoziation mit Läusen der Grund für die Abneigung, die die Indianer gegenüber den behaarten Europäern empfanden.

»Ich fürchte, ich verstehe das nicht ganz«, sagte er vorsichtig. »Ihr habt Euch geweigert, Euer eigenes Kind zu taufen, weil seine Mutter keine gute Christin war?«

Alexandre machte ein überraschtes Gesicht.

»Ah, *non*! Sie steht zu ihrem Glauben – obwohl es mehr als verständlich wäre, wenn sie es nicht täte«, fügte er reuevoll hinzu. Er seufzte. »Nein. Ich kann das Kind nicht taufen, nicht wegen seiner Mutter – sondern weil der Vater im Zustand der Sünde ist.«

Roger rieb sich die Stirn und hoffte, daß sein Gesicht sein Erstaunen nicht verriet.

»Ah. Und wolltet Ihr mir deshalb beichten? Um wieder in der Gnade zu stehen und damit –«

Der Priester brachte ihn mit einer kleinen Geste zum Schweigen. Er saß einen Augenblick still, und seine schmalen Schultern waren zusammengesunken. Er mußte zufällig an seine Wunde gekommen sein; die geronnene Masse war aufgesprungen, und Blut lief ihm wieder langsam über den Hals.

»Verzeiht mir«, sagte Alexandre. »Ich hätte Euch nicht fragen sollen; es war nur, daß ich so dankbar dafür war, meine Muttersprache sprechen zu können; ich konnte der Versuchung nicht widerstehen, meine Seele zu erleichtern, indem ich es Euch erzählte. Aber es hat keinen Sinn; es kann keine Absolution für mich geben.«

Die Verzweiflung des Mannes war so deutlich, daß Roger ihm eine Hand auf den Unterarm legte, so sehr wünschte er sich, sie zu lindern.

»Seid Ihr sicher? Ihr habt gesagt, in Notlagen –«

»Das ist es nicht.« Er legte seine Hand auf Rogers und drückte sie fest, als könnte er Kraft aus dem Griff des anderen ziehen.

Roger sagte nichts. Einen Augenblick später erhob sich Alexandres Kopf, und der Priester sah ihm ins Gesicht. Das Licht draußen hatte sich verändert; es lag ein schwaches Leuchten, ein Glanz in der Luft, der schon beinahe Licht war. Sein eigener Atem pufftte weiß vor seinem Mund auf wie Rauch, der zu dem Loch über ihnen aufstieg.

»Auch wenn ich beichte, wird mir nicht vergeben werden. Echte Reue ist die Voraussetzung dafür, die Absolution zu erlangen; ich muß meiner Sünde widersagen. Und das kann ich nicht.«

Er verstummte. Roger wußte nicht, ob er etwas sagen sollte, und was. Ein Priester, nahm er an, hätte etwas wie »Ja, mein Sohn?« gesagt, doch das konnte er nicht. Statt dessen ergriff er auch Alexandres andere Hand und hielt sie fest.

»Meine Sünde war, sie zu lieben«, sagte Alexandre ganz leise, »und daß ich es nicht lassen kann.«

57

Das zersplitterte Lächeln

»Zwei Speere ist uns wohlgesonnen. Die Angelegenheit muß vor den Rat gebracht und dort genehmigt werden, aber ich glaube, das wird sie auch.« Jamie ließ sich gegen eine Kiefer fallen und sackte vor Erschöpfung ein wenig zusammen. Wir waren eine Woche im Dorf gewesen; er hatte die letzten drei Tage fast vollständig mit dem *Sachem* des Dorfes verbracht. Ich hatte ihn oder Ian kaum zu Gesicht bekommen, war aber von den Frauen gastlich aufgenommen worden, die höflich waren, aber auf Distanz blieben. Ich hielt mein Amulett sorgfältig außer Reichweite.

»Dann haben sie ihn also?« fragte ich und spürte, wie sich der Knoten der Angst zu lösen begann, den ich so lange mit mir herumgetragen hatte. »Roger ist wirklich hier?« Bis jetzt waren die Mohawk nicht bereit gewesen, sich dazu zu äußern, ob Roger noch unter den Lebenden war – oder zur Alternative.

»Aye, tja, was das angeht, der alte Schurke gibt es nicht zu – weil er Angst hat, ich könnte versuchen, ihn zu stehlen, schätze ich –, aber entweder ist er hier, oder er ist nicht weit weg. Wenn der Rat dem Handel zustimmt, dann tauschen wir ihn in drei Tagen gegen den Whisky ein – und dann nichts wie weg.« Er blickte auf die schwerbeladenen Wolken, die die fernen Berge verhüllten. »Gott, ich hoffe, was da kommt, ist Regen und kein Schnee.«

»Meinst du, es könnte sein, daß der Rat nicht zustimmt?«

Er seufzte tief und fuhr sich mit der Hand durch das Haar. Es war nicht zusammengebunden und fiel ihm wirr über die Schultern; offensichtlich waren die Verhandlungen schwierig gewesen.

»Aye, könnte sein. Sie hätten den Whisky gern, aber sie fürchten sich auch davor. Einige der älteren Männer werden gegen den Tausch sein, weil sie Angst haben vor dem Schaden, den der Alkohol bei einigen der Leute anrichten könnte; die jüngeren sind Feuer und Flamme. Ein paar Gemäßigte sagen, aye, nehmt ihn; sie können den Alkohol zum Tauschhandel benutzen, wenn sie sich davor fürchten, ihn zu trinken.«

»Das hat dir alles Wakatihsnore erzählt?« Ich war überrascht. Der *Sachem*, Handelt Rasch, schien mir ein viel zu besonnener und gerissener Patron für solche Offenheit zu sein.

»Nicht er: unser Ian.« Jamie lächelte kurz. »Der Junge zeigt vielversprechende Ansätze als Spion, das muß ich sagen. Er hat an jeder Feuerstelle im Dorf gesessen, und er hat ein Mädchen gefunden, das ihn sehr mag. Sie erzählt Ian, was der Rat der Mütter denkt.«

Ich zog die Schultern hoch und wickelte mich fest in meinen Umhang; unser Aussichtspunkt auf den Felsen außerhalb des Dorfes bewahrte uns zwar vor Unterbrechungen, doch als Preis für die ungehinderte Sicht waren wir dem bitteren Wind ausgesetzt.

»Und was sagt der Rat der Mütter?« Eine Woche in einem Langhaus hatte mir einen Eindruck davon vermittelt, wie wichtig die Meinung der Frauen in der Gesellschaftsordnung des Dorfes war; obwohl sie keine direkten Entscheidungen trafen, geschah kaum etwas ohne ihre Zustimmung.

»Sie wünschten, ich würde ihnen ein anderes Lösegeld als Whisky anbieten, und sie sind sich nicht ganz sicher, ob sie den Mann hergeben sollen; mehr als nur eine der Damen hat ein wenig ihr Auge auf ihn geworfen. Sie hätten nichts dagegen, ihn in den Stamm aufzunehmen.« Jamies Mund verzog sich bei diesen Worten, und ich lachte trotz meiner Besorgnis.

»Roger sieht nicht übel aus«, sagte ich.

»Ich hab' ihn gesehen«, sagte Jamie kurz. »Die meisten der Männer finden, er ist ein häßlicher, haariger Kerl. Natürlich denken sie dasselbe auch über mich.« Sein Mundwinkel hob sich widerstrebend, als er sich mit der Hand über das Kinn strich; da er die Abneigung der Indianer gegenüber jeder Form von Gesichtsbehaarung kannte, achtete er darauf, sich jeden Morgen zu rasieren.

»Das könnte in diesem Fall aber entscheidend sein.«

»Was, Rogers Aussehen? Oder deins?«

»Die Tatsache, daß mehr als eine der Damen den Kerl will. Ian sagt, sein Mädchen sagt, ihre Tante glaubt, daß es Ärger bringen wird, ihn zu behalten; sie hält es für besser, ihn uns zurückzugeben, als daß es seinetwegen Spannungen unter den Frauen gibt.«

Ich rieb mir meine von der Kälte geröteten Knöchel über die Lippen und versuchte, nicht loszulachen.

»Weiß der Rat der Männer, daß einige der Frauen an Roger interessiert sind?«

»Weiß nicht. Warum?«

»Weil, wenn sie es wüßten, würden sie dir Roger umsonst geben.«

Jamie schnaubte darüber, zog aber eine Augenbraue hoch.

»Aye, vielleicht. Ich werd' Ian sagen, er soll es bei den jungen Männern erwähnen. Es kann nicht schaden.«

»Du hast gesagt, die Frauen wünschten, du würdest ihnen etwas anderes als Whisky anbieten. Hast du Handelt Rasch gegenüber den Opal erwähnt?«

Jetzt setzte er sich gerade hin, interessiert.

»Aye, das habe ich. Sie hätten nicht erschrockener sein können, wenn ich eine Schlange aus meinem Sporran gezogen hätte. Sie wurden sehr aufgeregt – wütend und angstvoll, und ich halte es für möglich, daß sie mir etwas angetan hätten, wenn ich nicht bereits den Whisky erwähnt gehabt hätte.«

Er griff in die Brusttasche seines Rockes, zog den Opal heraus und ließ ihn in meine Hand fallen.

»Am besten nimmst du ihn, Sassenach. Aber ich denke, du solltest ihn niemandem zeigen.«

»Wie merkwürdig.« Ich sah auf den Stein herunter, dessen spiralförmiger Petroglyph farbig schimmerte. »Also hatte er eine Bedeutung für sie.«

»Oh ja«, versicherte er mir. »Ich könnte nicht sagen, welche, aber was auch immer es gewesen ist, sie waren nicht besonders glücklich darüber. Der Kriegshäuptling wollte wissen, wo ich ihn herhatte, und ich habe ihnen gesagt, du hättest ihn gefunden. Daraufhin haben sie sich etwas zurückgenommen, aber sie waren wie ein Kessel kurz vor dem Überkochen.«

»Warum willst du, daß ich ihn nehme?« Der Stein war warm von seinem Körper und fühlte sich in meiner Hand glatt und angenehm an. Mein Daumen fuhr automatisch wieder und wieder an der spiralförmigen Gravur entlang.

»Wie gesagt, sie sind erschrocken, als sie ihn gesehen haben – und dann wurden sie wütend. Ein oder zwei sahen aus, als wollten sie auf mich einschlagen, aber sie haben sich zurückgehalten. Ich habe sie eine Zeitlang beobachtet, den Stein in der Hand, und dabei ist mir klar geworden, daß sie Angst davor hatten; daß sie mich nicht anrühren würden, solange ich ihn hatte.«

Er streckte die Hand aus und schloß meine Faust um den Stein.

»Halt ihn bei dir. Sollte sich eine Gefahr ergeben, hol ihn hervor.«

»Es ist doch viel wahrscheinlicher, daß du in Gefahr gerätst«, protestierte ich und versuchte, ihm den Stein zurückzugeben.

Doch er schüttelte den Kopf, und seine Haarspitzen hoben sich im Wind.

»Nein, nicht mehr jetzt, wo sie von dem Whisky wissen. Sie würden mir niemals etwas antun, solange sie nicht gehört haben, wo er ist.«

»Aber warum sollte mir Gefahr drohen?« Diese Vorstellung war beunruhigend; die Frauen waren zurückhaltend, aber nicht feindselig gewesen, und die Männer des Dorfes hatten mich mehr oder weniger ignoriert.

Er runzelte die Stirn und sah zum Dorf herunter. Von hier aus war kaum etwas zu sehen außer den äußeren Palisaden und den Rauchsäulen aus den unsichtbaren Langhäusern, die über ihnen aufschwebten.

»Ich kann es nicht sagen, Sassenach. Nur, daß ich schon lange Jäger bin – und schon gejagt worden bin. Du weißt, wie die Vögel aufhören zu singen und Stille im Wald herrscht, wenn etwas Ungewohntes in der Nähe ist?«

Er nickte zum Dorf hinüber, den Blick gebannt auf den Rauchwirbel gerichtet, als könnte eine Gestalt daraus hervorkommen.

»Hier herrscht eine solche Stille. Es geht etwas vor, das ich nicht sehen kann. Ich glaube nicht, daß es etwas mit uns zu tun hat – und doch... ist mir unwohl«, schloß er abrupt. »Und ich lebe schon zu lange, um ein solches Gefühl einfach so abzutun.«

Ian, der nach kurzer Zeit am Treffpunkt zu uns stieß, schloß sich dieser Meinung an.

»Aye, es ist, als ob man den Rand eines Fischernetzes festhält, das unter Wasser ist«, sagte er stirnrunzelnd. »Man kann das Gezappel in den Fingern spüren, und man weiß, daß da Fische sind – aber man kann nicht sehen, wo.« Der Wind zerzauste sein dichtes, braunes Haar; wie üblich war es halb geflochten und einzelne Strähnen lösten sich. Er strich sich eine davon geistesabwesend hinter sein Ohr.

»Irgend etwas geht bei den Leuten vor sich; irgendeine Zwistigkeit, glaube ich. Und *irgend etwas* ist letzte Nacht im Haus des Rates passiert. Emily weigert sich, mir zu antworten, wenn ich sie danach frage; sie wendet nur den Blick ab und sagt, daß es nichts mit uns zu tun hat. Ich glaube aber schon, irgendwie.«

»Emily?« Jamie zog eine Augenbraue hoch, und Ian grinste.

»So nenne ich sie kurz«, sagte er. »Eigentlich heißt sie Wakyo'teyehsnonhsa; das heißt Die-mit-den-Händen-arbeitet. Sie kann ausgezeichnet schnitzen, unsere Emily. Wollt ihr sehen, was sie für mich gemacht hat?« Er griff in seinen Beutel und brachte stolz einen winzigen Otter zum Vorschein, der aus weißem Speckstein geschnitten war.

Das Tier stand hellwach da, den Kopf erhoben und zu jedem Streich bereit; ich mußte einfach lächeln, als ich es ansah.

»Sehr hübsch.« Jamie begutachtete die Schnitzerei anerkennend und strich über den geschwungenen Körper. »Das Mädchen scheint dich zu mögen, Ian.«

»Aye, tja, ich mag sie auch, Onkel Jamie.« Ian klang ganz beiläufig, doch seine mageren Wangen waren etwas röter, als man es dem kalten Wind zuschreiben konnte. Er hustete und lenkte leicht vom Thema ab.

»Sie hat zu mir gesagt, sie glaubt, daß es den Rat zu unseren Gunsten beeinflussen könnte, wenn du einige von ihnen den Whisky kosten lassen würdest, Onkel Jamie. Wenn du nichts dagegen hast, hole ich ein Faß, und heute abend gibt es ein kleines *Ceilidh*. Emily sorgt für alles Nötige.«

Jetzt zog Jamie beide Augenbrauen hoch, nickte aber einen Augenblick später.

»Ich vertraue auf dein Urteilsvermögen, Ian«, sagte er. »Im Haus des Rates?«

Ian schüttelte den Kopf.

»Nein. Emily sagt, es ist besser, wenn wir es im Langhaus ihrer Tante machen – die alte Tewaktenyonh ist die Schöne Frau.«

»Ist was?« fragte ich aufgeschreckt.

»Die Schöne Frau«, erklärte er und wischte sich die laufende Nase an seinem Ärmel ab. »Eine einflußreiche Frau im Dorf hat die Macht zu entscheiden, was mit Gefangenen geschehen soll; sie nennen sie die Schöne Frau, egal, wie sie aussieht. Du verstehst also, es ist zu unserem Vorteil, wenn wir Tewaktenyonh zu der Überzeugung bringen können, daß der Tausch, den wir anbieten, ein guter ist.«

»Ich schätze, einem freigelassenen Gefangenen kommt die Frau in jedem Fall schön vor«, sagte Jamie spöttisch. »Aye, ich verstehe. Mach nur; kannst du den Whisky allein holen?«

Ian nickte und wandte sich zum Gehen.

»Einen Moment, Ian«, sagte ich und zeigte ihm den Opal, als er sich zu mir zurückdrehte. »Könntest du Emily fragen, ob sie irgendwas über dies hier weiß?«

»Aye, Tante Claire, ich werd's erwähnen. Rollo!« Er pfiff scharf durch die Zähne, und Rollo, der argwöhnisch unter einem Felsvorsprung herumgeschnüffelt hatte, ließ davon ab und sprang seinem Herrn hinterher. Jamie sah zu, wie sie gingen, ein leichtes Stirnrunzeln zwischen den Augenbrauen.

»Weißt du, wo Ian seine Nächte verbringt, Sassenach?«

»Wenn du meinst, in welchem Langhaus, ja. Wenn du meinst, in wessen Bett, nein. Ich könnte es mir aber denken.«

»Mmpfm.« Er streckte sich und schüttelte sein Haar zurück. »Komm, Sassenach, ich bringe dich ins Dorf zurück.«

Ians *Ceilidh* begann kurz nach Einbruch der Dunkelheit; unter den geladenen Gästen waren die prominentesten Mitglieder des Rates, die einzeln in Tewaktenyonhs Langhaus kamen und dem *Sachem*, Zwei Speere, ihren Respekt erwiesen, der von Jamie und Ian flankiert an der Hauptfeuerstelle saß. Ein schmales, hübsches Mädchen, von dem ich annahm, daß es Ians Emily sein mußte, saß still hinter ihm auf dem Whiskyfaß.

Außer Emily nahm keine Frau an der Whiskyprobe teil. Ich war allerdings mitgekommen, um zuzusehen, und saß an einer der kleineren Feuerstellen und hatte ein Auge auf die Vorgänge, während ich zweien der Frauen half, Zwiebelzöpfe zu flechten, und in einer stockenden Mischung aus Tuscarora, Englisch und Französisch gelegentliche Höflichkeiten mit ihnen austauschte.

Die Frau, an deren Feuerstelle ich saß, bot mir einen Kürbisbecher mit Sprossenbier und eine Art Maismehlbrei als Erfrischung an. Ich tat mein Bestes, es freundlich entgegenzunehmen, doch mein Magen war so verkrampft, daß ich nur anstandshalber den Versuch machte zu essen.

Zu viel hing von dieser spontanen Feierlichkeit ab. Roger war hier; irgendwo im Dorf, das wußte ich. Er lebte; ich konnte nur hoffen, daß es ihm gut ging – zumindest gut genug zum Reisen. Ich blickte zum anderen Ende des Lagerhauses, zur größten Feuerstelle. Ich konnte nicht mehr von Tewaktenyonh sehen als die Rundung ihres weiß gesträhnten Kopfes; ein seltsamer Stoß durchfuhr mich bei dem Anblick, und ich berührte Nayawennes Amulett, das als kleine Verdickung unter meinem Hemd hing.

Sobald die Gäste versammelt waren, wurde ein grober Kreis um die Feuerstelle herum gebildet und das geöffnete Whiskyfaß in dessen Mitte gestellt. Zu meiner Überraschung kam auch das Mädchen in den Kreis und nahm neben dem Faß Platz, einen Schöpfbecher in der Hand.

Nach ein paar Worten von Zwei Speere nahmen die Festivitäten ihren Lauf, wobei das Mädchen die Whiskyportionen abmaß. Dies tat sie nicht etwa, indem sie den Whisky in die Becher goß, sondern indem sie ihn schluckweise aus dem Kürbisbecher in den Mund nahm und sorgfältig drei Schlucke in jeden Becher spuckte, bevor sie ihn einem der Männer aus dem Kreis gab. Ich blickte zu Jamie, der zunächst ein verblüfftes Gesicht machte, seinen Becher aber höflich entgegennahm und ohne Zögern trank.

Ich fragte mich, wieviel Whisky das Mädchen wohl durch ihre Mundschleimhaut absorbierte. Nicht annähernd so viel wie die Männer, wobei ich glaubte, daß es einer Menge bedurfte, um Zwei Speere aufzuheitern, der ein verschwiegener alter Schurke war und dessen Gesicht wie eine mißmutige Pflaume aussah. Doch bevor die Feier richtig in Gang gekommen war, wurde ich durch die Ankunft eines kleinen Jungen abgelenkt, Sprößling einer meiner Begleiterinnen. Er kam schweigend herein, setzte sich neben seine Mutter und lehnte sich schwer an sie. Sie sah ihn scharf an, legte dann ihre Zwiebeln hin und erhob sich mit einem Ausruf der Besorgnis.

Der Schein des Feuers fiel auf den Jungen, und ich konnte sofort sehen, daß er auf merkwürdig zusammengekauerte Weise dasaß. Ich erhob mich hastig auf die Knie und schob den Zwiebelkorb beiseite. Ich beugte mich vor, ergriff seinen andern Arm und drehte ihn zu mir hin. Seine linke Schulter war leicht ausgerenkt; er schwitzte, die Lippen vor Schmerzen fest zusammengepreßt.

Ich wandte mich gestikulierend an seine Mutter, die zögerte und mich stirnrunzelnd ansah. Der Junge machte ein leises Wimmergeräusch, und sie zog ihn fort und hielt ihn fest. Einer plötzlichen Eingabe folgend zog ich Nayawennes Amulett aus meinem Hemd; sie würde nicht wissen, wem es gehörte, würde aber vielleicht erkennen, was es war. So war es dann auch; ihre Augen weiteten sich beim Anblick des kleinen Lederbeutels.

Der Junge gab keinen Ton mehr von sich, doch ich konnte im Feuerschein sehen, wie ihm der klare Schweiß über die unbehaarte Brust lief. Ich nestelte an dem Band herum, das den Beutel verschlossen hielt, und grub im Inneren nach dem groben, blauen Stein. *Pierre sans peur*, hatte Gabrielle ihn genannt. Der furchtlose Stein. Ich ergriff die gesunde Hand des Jungen, drückte ihm den Stein fest in die Handfläche und schloß seine Finger darum.

»*Je suis une sorcière*«, sagte ich leise. »*C'est médecine, là.*« Vertrau mir, dachte ich. Hab' keine Angst. Ich lächelte ihn an.

Der Junge starrte mich mit runden Augen an; die beiden Frauen am Feuer wechselten Blicke und sahen dann wie eine Person zu der weiter entfernten Feuerstelle hinüber, an der die alte Frau saß.

Beim *Ceilidh* wurde geredet; jemand erzählte eine alte Geschichte – ich erkannte das Auf und Ab der formellen Rhythmen. Ich hatte schon öfter gehört, wie Highlander auf ähnliche Weise ihre Geschichten und Legenden auf Gälisch erzählten; es hörte sich fast genauso an.

Die Mutter nickte; ihre Schwester schritt schnell der Länge nach durch das Haus. Ich drehte mich nicht um, hörte aber, wie hinter mir das Interesse erwachte, als sie an den anderen Feuerstellen vorbeikam; Köpfe wandten sich und sahen zu uns herüber. Ich hielt meinen Blick auf das Gesicht des Jungen gerichtet, lächelte und hielt seine Hand fest in der meinen.

Die Schritte der Schwester traten leise hinter mich. Die Mutter des Jungen ließ ihn zögernd los und überließ ihn mir. Die Erlaubnis war erteilt.

Es war ein leichtes, das Gelenk wieder einzurenken; er war ein kleiner Junge, die Verletzung unwesentlich. Seine Knochen waren leicht unter meiner Hand. Ich lächelte ihn an, während ich das Gelenk abtastete und den Schaden einschätzte. Dann schnell den Arm gedreht, mit dem Ellbogen gekreist, den Arm hochgeschwungen – und es war geschehen.

Der Junge sah zutiefst überrascht aus. Es war eine höchst zufriedenstellende Operation, da der Schmerz fast augenblicklich nachließ. Er befühlte seine Schulter und lächelte dann schüchtern zurück. Ganz langsam öffnete er die Hand und hielt mir den Stein hin.

Die kleine Sensation, die ich damit hervorgerufen hatte, nahm meine Aufmerksamkeit eine Zeitlang in Anspruch, während die Frauen näherrückten, den Jungen berührten und inspizierten und ihre Freundinnen herbeizitierten, damit sie einen Blick auf den matten Saphir warfen. Als ich meine Aufmerksamkeit wieder auf das Whiskygelage an der entfernteren Feuerstelle lenken konnte, waren die Festivitäten schon fortgeschritten. Ian sang auf Gälisch, ziemlich schräg und aufs Geratewohl von einem oder zwei der anderen Männer begleitet, die mit dem verrückten, schrillen *Haihai!* einfielen, das ich dann und wann auch bei Nayawennes Leuten gehört hatte.

Als hätte mein Gedanke sie heraufbeschworen, spürte ich einen Blick in meinem Rücken, und als ich mich umdrehte, sah ich, wie mich Tewaktenyonh beständig von ihrer eigenen Feuerstelle am Ende des Langhauses beobachtete. Ich erwiderte ihren Blick und nickte ihr zu. Sie beugte sich zur Seite, um etwas zu einer der jungen Frauen an der Feuerstelle zu sagen, die sich daraufhin erhob und auf mich zukam, wobei sie vorsichtig ein paar Kleinkindern auswich, die unter dem Schlafverschlag ihrer Familie spielten.

»Meine Großmutter fragt, ob Ihr zu ihr kommt.« Die junge Frau hockte sich neben mich und sprach ruhig auf Englisch. Ich war überrascht, wenn auch nicht erstaunt, es zu hören. Onakara hatte recht gehabt, einige der Mohawk konnten etwas Englisch. Sie benutzten es allerdings nur, wenn es unumgänglich war, und bevorzugten sonst ihre eigene Sprache.

Ich erhob mich und begleitete sie zu Tewaktenyonhs Feuerstelle und fragte mich, was wohl hinter der Einladung der Schönen Frau stecken mochte. Ich hatte meine eigenen Beweggründe; den Gedanken an Roger und an Brianna.

Die alte Frau lud mich mit einem Kopfnicken ein, mich zu setzen, und redete mit dem Mädchen, ohne den Blick von mir abzuwenden.

»Meine Großmutter fragt, ob sie Eure Medizin sehen darf.«

»Natürlich.« Ich konnte den Blick der alten Frau auf meinem Amulett sehen. Neugierig sah sie zu, wie ich den Saphir herausholte. Ich selbst hatte Nayawennes Spechtfeder noch zwei weitere Federn hinzugefügt, die steifen, schwarzen Flügelfedern eines Raben.

»Ihr seid die Frau von Bärentöter?«

»Ja. Die Tuscarora nennen mich Weißer Rabe«, sagte ich, und das Mädchen fuhr erschrocken zusammen. Sie übersetzte es schnell für ihre Großmutter. Die Alte riß die Augen weit auf, und sie sah mich konsterniert an. Offenbar war dies nicht der vielversprechendste Name. Ich lächelte sie an, wobei ich den Mund geschlossen hielt; die Indianer entblößten normalerweise ihre Zähne nur beim Lachen.

Die Alte gab mir den Stein zurück. Sie studierte mich genau und sprach dann mit ihrer Enkeltochter, ohne mich aus den Augen zu lassen.

»Meine Großmutter hat gehört, daß auch Euer Mann einen Glitzerstein bei sich trägt«, dolmetschte das Mädchen.»Sie würde gern mehr darüber hören; was es für einer ist und wie Ihr daran gekommen seid.«

»Sie kann ihn sich gern ansehen.« Die Augen des Mädchens weiteten sich vor Überraschung, als ich in den Beutel an meiner Taille griff und den Stein hervorzog. Ich hielt der alten Frau den Stein hin; sie beugte sich vor und sah ihn sich genau an, machte aber keinerlei Anstalten, ihn mir abzunehmen.

Tewaktenyonhs Arme waren braun und unbehaart und hatten das Aussehen von glattem, von Falten durchzogenem Satinholz. Doch als ich jetzt hinsah, sah ich, wie sie von einer Gänsehaut überzogen wurden, als sich Haare, die es nicht mehr gab, in vergeblicher Abwehr sträubten. *Sie hat ihn schon einmal gesehen*, dachte ich. *Oder sie weiß zumindest, was er bedeutet.*

Ich hatte die Worte der Dolmetscherin nicht nötig; ihr Blick traf den meinen direkt und ich hörte die Frage deutlich, auch wenn die Worte noch so fremd waren.

»Wie ist dies zu Euch gelangt?« sagte sie, und das Mädchen wiederholte es wörtlich.

Ich ließ die Hand offen liegen; der Opal schmiegte sich eng in meine Handfläche; seine Farben straften sein Gewicht Lügen, denn sie schillerten wie eine Seifenblase in meiner Hand.

»Er ist in einem Traum gekommen«, sagte ich schließlich, denn ich wußte nicht, wie ich es sonst erklären sollte.

Die alte Frau atmete in einem Seufzer aus. Die Furcht verschwand nicht ganz aus ihren Augen, wurde aber von etwas anderem überlagert – Neugier vielleicht? Sie sagte etwas, und eine der Frauen erhob sich von der Feuerstelle und kramte in einem Korb herum. Sie kam zurück, bückte sich neben der Alten und reichte ihr etwas.

Die Alte begann zu singen, leise, mit einer vom Alter gebrochenen Stimme, die dennoch immer noch kraftvoll war. Sie rieb die Hände über dem Feuer aneinander, und ein Schauer kleiner, brauner Partikel regnete auf das Feuer herab, um sogleich als Rauch wieder aufzusteigen, schwer vom Tabakduft.

Es war eine ruhige Nacht; von der Feuerstelle, wo die Männer tranken, konnte ich das Auf und Ab von Stimmen und lautem Gelächter hören. Ab und zu konnte ich ein Wort in Jamies Stimme ausmachen – er sprach Französisch. War Roger vielleicht so nah, daß er es auch hören konnte?

Ich holte tief Luft. Der Rauch stieg in einer dünnen, weißen Säule senkrecht vom Feuer auf, und der starke, süße Tabakduft vermischte sich mit dem Geruch der kalten Luft. Ich erinnerte mich plötzlich an Briannas Highschool-Fußballspiele; an anheimelnde Gerüche nach Wolldecken und Thermoskannen voll Kakao, Zigarettenrauchwölkchen, die aus der Menge hochschwebten. Weiter zurück lagen andere, schroffere Erinnerungen, an junge Männer in Uniform, die im gebrochenen Licht der Landeplätze ihre Glimmstengel ausdrückten und ihrer Schlacht entgegenrannten, und der Rauchgeruch in der Winterluft war das einzige, was von ihnen übrigblieb.

Tewaktenyonh sprach, den Blick immer noch auf mich gerichtet, und die leise Stimme des Mädchens fiel ein.

»Erzählt mir diesen Traum.«

War es wirklich ein Traum, den ich ihr erzählen würde, oder eine Erinnerung wie diese, herbeigetragen auf den rauchenden Flügeln eines brennenden Baumes? Es spielte keine Rolle; hier waren all meine Erinnerungen Träume.

Ich erzählte es ihr, soweit ich konnte. Die Erinnerung – an den Sturm und meinen Unterschlupf unter den Wurzeln des Lebensbaumes, den Schädel, der zusammen mit dem Stein vergraben war – und den Traum; das Licht auf dem Berg und den Mann mit dem schwarz bemalten Gesicht – und ich verschmolz beides ohne Unterschiede.

Die Alte beugte sich vor, und das Erstaunen in ihren Gesichtszügen war ein Spiegelbild des Erstaunens ihrer Enkeltochter.

»Ihr habt den Feuerträger gesehen?« platzte das Mädchen heraus. »Ihr habt sein *Gesicht* gesehen?« Sie wich vor mir zurück, als könnte ich ihr gefährlich werden.

Die Alte ergriff gebieterisch das Wort; ihr Erschrecken war einem durchdringenden Blick des Interesses gewichen. Sie stieß das Mädchen an und wiederholte ungeduldig ihre Frage.

»Meine Großmutter fragt, könnt Ihr sagen, wie er ausgesehen hat; was er anhatte?«

»Nichts. Einen Lendenschurz, meine ich. Und er war angemalt.«

»Angemalt? Wie?« fragte das Mädchen auf die scharfe Frage ihrer Großmutter hin.

So sorgfältig, wie ich konnte, beschrieb ich die Körperbemalung des Mannes, den ich gesehen hatte. Das war nicht schwierig; wenn ich die Augen schloß, konnte ich ihn noch genauso deutlich sehen, wie er mir auf dem Berghang erschienen war.

»Und sein Gesicht war schwarz von der Stirn bis zum Kinn«, schloß ich und öffnete die Augen.

Die Dolmetscherin wurde sichtlich nervös, während ich den Mann beschrieb; ihre Lippen zitterten, und sie blickte angstvoll von mir zu ihrer Großmutter. Doch die alte Frau hörte aufmerksam zu, mit suchendem Blick, denn sie versuchte, den Sinn in meinem Gesicht abzulesen, bevor die Worte verzögert ihre Ohren erreichen konnten.

Als ich fertig war, blieb sie still sitzen, den dunklen Blick in meine Augen versenkt. Schließlich nickte sie, hob ihre faltige Hand und berührte die Wampumstränge, die ihr über die Schulter hingen. Myers hatte mir davon erzählt, so daß ich die Geste erkannte. Das Wampum war ihre Familiengeschichte, ihr Amtszeichen; wenn sie es beim Sprechen festhielt, dann war das wie ein Zeugnis, das auf die Bibel abgelegt wurde.

»Am Grünen Maisfest vor so vielen Jahren« – die Dolmetscherin zeigte mir viermal alle zehn Finger – »kam ein Mann aus dem Norden zu uns. Seine Sprache war seltsam, aber wir konnten ihn verstehen, er sprach wie ein Canienga oder vielleicht Onondaga; wollte uns aber seinen Stamm oder sein Dorf nicht nennen – nur seinen Clan, den der Schildkröte. Er war ein wilder Mann, aber auch ein tapferer. Er war ein guter Jäger und ein Krieger. Oh, ein schöner Mann; alle Frauen haben ihn gern angesehen, aber wir hatten Angst, ihm zu nahe zu kommen.« Tewaktenyonh hielt einen Augenblick inne, und der entfernte Blick in ihrem Gesicht ließ mich zurückrechnen; sie mußte damals eine erwachsene Frau gewesen sein, aber immer noch jung genug, um sich von dem furchterregenden, faszinierenden Fremden beeindrucken zu lassen.

»Die Männer waren nicht so vorsichtig; Männer sind nicht so.« Sie warf einen kurzen, sardonischen Blick auf das *Ceilidh*, das von Minute zu Minute lauter wurde. »Also setzten sie sich mit ihm zusammen und rauchten mit ihm, tranken Sprossenbier und hörten ihm zu. Er redete vom Mittag bis zur Dämmerung und weiter in der Nacht am Feuer. Sein Gesicht war immer wild, weil er vom Krieg sprach.«

Sie seufzte, und ihre Finger schlossen sich um die purpurfarbenen Muschelstränge.

»Immer Krieg. Nicht gegen die Froschesser aus dem Nachbardorf oder die, die Elchdung essen. Nein, wir sollten unsere Tomahawks gegen die *O'seronni* erheben. Bringt sie alle um, sagte er, von den Ältesten bis zu den Jüngsten, von der Vertragsgrenze bis zum großen Wasser. Geht zu den Cayuga, schickt Boten zu den Seneca, laßt den Irokesenbund vereint ausziehen. Geht, bevor es zu spät ist, sagte er.«

Eine ihrer zerbrechlichen Schultern hob und senkte sich.

»›Zu spät wozu?‹, fragten die Männer. ›Und warum sollen wir ohne Grund einen Krieg beginnen? Wir brauchen nichts in diesem Jahr; wir haben keinen Vertrag‹ – dies war vor der Zeit der Franzosen, versteht Ihr? ›Es ist eure letzte Chance‹, sagte er zu ihnen. ›Vielleicht ist es schon zu spät. Sie verführen uns mit ihrem Metall, locken uns mit der Hoffnung auf Messer und Gewehre in ihre Nähe und zerstören uns im Tausch für ein paar Kochtöpfe. Kehrt um, Brüder! Ihr habt Bräuche aufgegeben, die so alt sind, daß man die Jahre nicht zählen kann. Kehrt um, sage ich – oder es wird euer Ende sein. Eure Geschichten werden in Vergessenheit geraten. Tötet sie jetzt, oder sie werden euch fressen.‹

Und mein Bruder – er war damals *Sachem*, und mein anderer Bruder war der Häuptling – sagte, das sei dummes Zeug. Uns mit Werkzeugen zerstören? Uns fressen? Die Weißen verspeisen nicht einmal in der Schlacht die Herzen ihrer Feinde.

Die jungen Männer hörten ihm zu; sie hören auf jeden, der eine laute Stimme hat. Aber die Alten sahen den Fremden skeptisch an und sagten nichts.

Er wußte es«, sagte sie, und die Alte nickte zustimmend. Sie sprach beinahe schneller, als ihre Enkeltochter übersetzen konnte. »Er wußte, was geschehen würde – daß die Briten und die Franzosen einander bekriegen würden und uns um unsere Hilfe ersuchen würden, jeder gegen den anderen. Er sagte, das würde der Zeitpunkt sein; wenn sie einander bekämpften, dann müßten wir uns gegen sie beide erheben und sie auslöschen.

Tawineonawira – Otterzahn – das war sein Name – sagte zu mir: ›Ihr lebt für den Augenblick. Ihr kennt die Vergangenheit, doch ihr seht nicht in die Zukunft. Eure Männer sagen, wir brauchen nichts in diesem Jahr, also rühren sie sich nicht. Eure Frauen finden es leichter, in einem Eisenkessel zu kochen als Tontöpfe herzustellen. Ihr seht nicht, was wegen eurer Faulheit, eurer Gier geschehen wird.‹

›Das ist nicht wahr‹, sagte ich zu ihm. ›Wir sind nicht faul. Wir gerben Felle, wir trocknen Fleisch und Mais, wir pressen das Öl aus den Sonnenblumen und füllen es in Gefäße; wir sorgen für das kommende Jahr – immer. Wenn wir es nicht täten, würden wir sterben. Und was haben Töpfe und Kessel damit zu tun?‹

Da lachte er, aber sein Blick war traurig. Wenn er mit mir zusammen war, war er nicht immer wild, versteht Ihr.« Bei diesen Worten glitt der Blick der jungen Frau zu ihrer Großmutter hinüber, dann wandte sie ihn ab und hielt ihn wieder auf ihren Schoß gerichtet.

»›Frauensorgen‹, sagte er und schüttelte den Kopf. ›Ihr denkt darüber nach, was ihr essen, was ihr anziehen sollt. Das spielt alles keine Rolle. Männer können darüber nicht nachdenken.‹

›Du kannst ein *Hodeenosaunee* sein und so denken?‹ sagte ich. ›Woher kommst du, daß es dir egal ist, was die Frauen denken?‹

Er schüttelte wieder den Kopf und sagte: ›Euer Blick reicht nicht weit genug.‹ Ich fragte ihn, wie weit *er* denn sehen konnte, aber er wollte nicht antworten.«

Ich kannte die Antwort darauf, und trotz des Feuers überzog sich meine Haut ebenfalls mit einer Gänsehaut. Ich wußte viel zu gut, wie weit er gesehen hatte – und wie gefährlich der Blick von dieser Klippe war.

»Aber nichts von dem, was ich sagte, hat etwas genutzt«, fuhr die Alte fort, »und die Worte meiner Brüder ebenfalls nicht. Otterzahn wurde noch wütender. Eines Tages kam er heraus und tanzte den Kriegstanz. Er war bemalt – seine Arme und Beine waren rot gestreift –, und er sang und brüllte durch das Dorf. Alle kamen heraus, um ihm zuzusehen, zu sehen, wer sich ihm anschließen würde, und als er seinen Tomahawk in den Kriegsbaum gerammt und gerufen hatte, er würde bei den Shawnee Pferde stehlen und plündern gehen, folgte ihm eine Anzahl der jungen Männer.

Sie blieben die Dauer eines Mondlaufes fort und kamen mit Pferden und mit Skalps zurück. Weißen Skalps, und meine Brüder wurden wütend. Es würde Soldaten aus dem Fort zu uns führen, sagten sie – oder Rachefeldzüge von den Siedlungen an der Vertragsgrenze, wo sie die Skalps erbeutet hatten.

Otterzahn antwortete geradeheraus, er hoffte, daß dies geschähe; dann würden wir zum Kampf gezwungen werden. Und er sagte offen, daß er solche Raubzüge wiederholen würde – wieder und wieder, bis das ganze Land in Aufruhr war und wir endlich einsähen, daß es so war, wie er sagte; daß wir die *O'seronni* töten oder selber sterben müßten.

Niemand konnte ihn daran hindern, seine Worte in Taten umzusetzen, und ein paar von den jungen Männern waren Hitzköpfe; sie folgten ihm, egal, was die anderen sagten. Mein Bruder, der *Sachem*, errichtete sein Medizinzelt und rief die Große Schildkröte um Rat an. Er blieb einen Tag und eine Nacht in dem Zelt. Das Zelt schüttelte sich und schwankte, und es erklangen Stimmen darin, und die Menschen hatten Angst.

Als mein Bruder aus dem Zelt kam, sagte er, Otterzahn müßte das Dorf verlassen. Er würde tun, was er tun würde, aber wir würden nicht zulassen, daß er die Vernichtung über uns brachte. Er stürzte die Menschen in Uneinigkeit; er müßte gehen.

Otterzahn wurde wütender, als wir ihn je gesehen hatten. Er stellte sich in die Mitte des Dorfes und brüllte, bis die Adern an seinem Hals vorsprangen und seine Augen rot vor Raserei waren.« Das Mädchen senkte die Stimme. »Er brüllte schreckliche Dinge. Dann wurde er ganz still und wir hatten Angst. Er sagte Dinge, die uns jeden Mut nahmen. Selbst diejenigen, die sich ihm angeschlossen hatten, hatten jetzt Angst vor ihm.

Er schlief nicht, und er aß nicht. Einen ganzen Tag und eine ganze Nacht und den ganzen nächsten Tag redete er weiter. Er ging wieder und wieder durch das Dorf, blieb an den Türen der Häuser stehen und redete, bis die Bewohner des Hauses ihn vertrieben. Und dann ist er fortgegangen.

Aber er kam wieder zurück. Und wieder. Er ging fort und versteckte sich im Wald, doch dann war er wieder da, nachts an den Feuern, dünn und hungrig, mit glühenden Augen wie ein Fuchs und er redete ohne Unterlaß. Seine Stimme erfüllte nachts das Dorf, und niemand konnte schlafen.

Uns dämmerte, daß er von einem bösen Geist besessen war; vielleicht war es Atatarho, aus dessen Kopf Hiawatha die Schlangen gekämmt hatte, vielleicht waren die Schlangen auf der Suche nach einem Zuhause zu diesem Mann gekommen. Schließlich sagte mein Bruder, der Kriegshäuptling, dies müsse ein Ende haben; er müßte gehen, sonst würden wir ihn umbringen.«

Tewaktenyonh hielt inne. Ihre Finger, die unablässig über das Wampum gestrichen hatten, als zöge sie die Kraft für ihre Erzählung daraus, standen jetzt still.

»Er war ein Fremder«, sagte sie leise. »Aber ihm war nicht klar, daß er ein Fremder war. Ich glaube, das hat er nie verstanden.«

Am anderen Ende wurde das Trinkgelage langsam laut; alle Männer lachten jetzt und schwankten vor Belustigung hin und her. Ich konnte die Stimme des Mädchens Emily hören, höher, ebenfalls lachend. Tewaktenyonh blickte mit einem leichten Stirnrunzeln in diese Richtung.

Mir lief es eiskalt über den Rücken. Ein Fremder. Ein Indianer, seinem Gesicht nach zu urteilen, seiner Sprache nach; seiner etwas seltsamen Aussprache. Ein Indianer – mit Silberfüllungen in den Zähnen. Nein, er hatte es nicht verstanden. Er hatte gedacht, sie wären trotz allem sein Volk. Da er ihre Zukunft kannte, war er gekommen, um sie zu retten. Wie hätte er ernstlich glauben können, daß sie ihm etwas tun würden?

Doch sie *hatten* es ernst gemeint. Sie hatten ihn entkleidet, sagte Tewaktenyonh, und ihr Gesichtsausdruck war abwesend. Sie hatten ihn an einen Pfahl in der Dorfmitte gebunden und sein Gesicht mit einer Tinte bemalt, die aus Ruß und Eichengalle bestand.

»Schwarz bedeutet Tod; alle Gefangenen, die getötet werden sollen, werden so angemalt«, sagte das Mädchen. Sie zog die Augenbraue ein wenig in die Höhe. »Habt Ihr das gewußt, als Ihr dem Mann auf dem Berg begegnet seid?«

Ich schüttelte stumm den Kopf. Der Opal war in meiner Hand warm geworden, schlüpfrig vom Schweiß.

Sie hatten ihn eine Zeitlang gefoltert; mit angespitzten Stöcken auf seinen nackten Körper eingestochen, dann mit glühenden Kohlen, so daß Blasen entstanden, die dann aufplatzten, so daß ihm die Haut in Fetzen herabhing. Er hatte es gefaßt ertragen, ohne aufzuschreien, und das hatte ihnen gefallen. Er machte immer noch einen kräftigen Eindruck, daher ließen sie ihn über Nacht stehen, immer noch an den Pfahl gefesselt.

»Am Morgen war er fort.« Das glatte Gesicht der Frau war voller

Geheimnisse. Niemand würde je erfahren, ob sie erfreut, erleichtert oder besorgt über sein Entkommen gewesen war.

»Ich sagte, sie sollten ihm nicht folgen, aber mein Bruder hielt es für falsch; er würde nur zurückkommen, wenn wir es nicht zu Ende brächten.«

Also war eine Gruppe von Kriegern aus dem Dorf aufgebrochen und hatte sich auf Otterzahns Spur begeben. Da sie so blutig war, war sie nicht schwierig zu verfolgen gewesen.

»Sie sind ihm gen Süden hinterhergejagt. Wieder und wieder dachten sie, sie hätten ihn, doch er war stark. Er rannte weiter. Vier Tage lang sind sie ihm gefolgt, und schließlich spürten sie ihn in einem Espenhain auf, blattlose Bäume im Schnee mit Ästen so weiß wie Fingerknochen.«

Sie sah die Frage, die bei diesen Worten in meinen Augen aufleuchtete, und nickte.

»Mein Bruder, der Kriegshäuptling, ist dabeigewesen. Er hat es mir hinterher erzählt.

Er war allein und unbewaffnet. Er hatte keine Chance, und er wußte es. Aber er stellte sich ihnen dennoch entgegen – und er redete. Selbst nachdem einer der Männer seinen Mund mit einem Keulenhieb getroffen hatte, sprach er trotz des Blutes, spuckte die Worte mit seinen zertrümmerten Zähnen aus.

Er war ein tapferer Mann«, sagte sie sinnierend. »Er hat nicht gebettelt. Er hat dieselben Dinge wie zuvor zu ihnen gesagt, aber mein Bruder hat gesagt, diesmal war es anders. Vorher war er so heiß wie Feuer gewesen; im Sterben war er so kalt wie Schnee – und weil sie so kalt waren, jagten seine Worte den Kriegern Angst und Schrecken ein.

Auch, als der Fremde schon tot im Schnee lag, schienen seine Worte den Kriegern weiter in den Ohren zu klingen. Sie legten sich schlafen, doch seine Stimme sprach in ihren Träumen zu ihnen und hielt sie wach. *Ihr werdet in Vergessenheit geraten. Es wird die Nationen der Irokesen nicht mehr geben. Niemand wird mehr eure Geschichten erzählen. Alles, was ihr seid und gewesen seid, wird verlorengehen.*

Sie wandten sich heimwärts, doch seine Stimme folgte ihnen. Nachts konnten sie nicht schlafen, weil sie seine bösen Worte im Ohr hatten. Tagsüber hörten sie Schreie und Flüstern aus den Bäumen an ihrem Weg. Manche von ihnen sagten, es seien nur die Rufe der Raben, aber andere sagten, nein, sie hörten ihn deutlich.

Schließlich, so sagte mein Bruder, war klar, daß dieser Mann ein Zauberer war.«

Die Alte sah mich scharf an. *Je suis une sorcière*, hatte ich gesagt. Ich schluckte, und meine Hand fuhr zu dem Amulett an meinem Hals.

»Was sie tun mußten, sagte mein Bruder, war, ihm den Kopf abzutrennen, dann würde er nicht mehr reden. Also kehrten sie zurück und schnitten ihm den Kopf ab und banden ihn an die Zweige einer Fichte. Aber auch in dieser Nacht hörten sie im Schlaf seine Stimme, und sie erwachten mit ausgelaugten Herzen. Die Raben hatten ihm die Augen ausgepickt, doch der Kopf redete immer noch.

Ein Mann, der sehr tapfer war, sagte, er würde den Kopf nehmen und ihn weit weg begraben.« Sie lächelte kurz. »Dieser tapfere Mann war mein Mann. Er wickelte den Kopf in ein Stück Hirschleder und lief damit weit nach Süden, und der Kopf redete immer noch unablässig unter seinem Arm, so daß er sich die Ohren mit Bienenwachs verstopfen mußte. Schließlich sah er einen sehr großen Lebensbaum, und er wußte, daß dies die Stelle war, denn der Lebensbaum hat einen starken, heilenden Geist.

Also hat er den Kopf unter den Wurzeln des Baumes vergraben, und als er das Bienenwachs aus seinen Ohren nahm, konnte er nur den Wind und das Wasser hören. Dann ging er heim, und niemand in diesem Dorf hat Otterzahns Namen jemals wieder erwähnt, von jenem Tag an bis zu diesem.«

Das Mädchen sprach zu Ende, den Blick auf ihre Großmutter gerichtet. Es stimmte offenbar; sie hörte diese Geschichte zum ersten Mal.

Ich schluckte und versuchte, ungehindert Luft zu holen. Der Rauch war während ihrer Erzählung versiegt und hatte sich in einer tiefhängenden Wolke über unseren Köpfen gesammelt, sein narkotisches Parfüm lag schwer in der Luft.

Die Heiterkeit im Kreis der Trinker hatte nachgelassen. Einer der Männer stand auf und ging stolpernd aus dem Haus. Zwei weitere lagen im Halbschlaf auf der Seite am Feuer.

»Und dies?« sagte ich und hielt ihr den Opal hin. »Habt ihr den Stein schon einmal gesehen? Hat er ihm gehört?«

Tewaktenyonh streckte die Hand aus, als wollte sie den Stein berühren, zog sie dann aber zurück.

»Es gibt eine Legende«, sagte das Mädchen, ohne den Blick von dem Opal abzuwenden. »Magische Schlangen tragen Steine in ihren Köpfen. Wer eine solche Schlange tötet und den Stein an sich nimmt, dem verleiht er große Kraft.« Sie rutschte beklommen hin und her, und genau wie sie konnte ich mir ohne Probleme vorstellen, wie groß eine Schlange sein mußte, die einen solchen Stein in sich trug.

Die Alte sprach plötzlich und wies kopfnickend auf den Stein. Das Mädchen fuhr auf, wiederholte aber gehorsam die Worte.

»Es war seiner«, sagte sie. »Er nannte ihn seine *Far-ka*.«

Ich sah die Dolmetscherin an, doch sie schüttelte den Kopf. *Farka*«, sagte sie ganz deutlich. »Ist das kein Wort aus Eurer Sprache?«

Ich schüttelte den Kopf.

Nach dem Ende ihrer Erzählung lehnte sich die alte Frau in ihre Felle zurück und beobachtete mich voller Spekulation. Ihr Blick ruhte auf dem Amulett um meinen Hals.

»Warum hat er zu Euch gesprochen? Warum hat er Euch das gegeben?« Sie wies kopfnickend auf meine Hand, und meine Finger schlossen sich instinktiv um den gerundeten Opal.

»Ich weiß es nicht«, sagte ich, aber sie hatte mich überrumpelt; ich hatte keine Zeit gehabt, mein Gesicht vorzubereiten.

Sie fixierte mich mit einem durchdringenden Blick. Sie wußte genau, daß ich log – und doch, wie hätte ich ihr die Wahrheit sagen sollen? Ihr sagen sollen, was Otterzahn – wie auch immer er wirklich hieß – gewesen war? Ganz zu schweigen davon, daß seine Prophezeiungen wahr waren?

»Ich glaube, er gehörte vielleicht zu meiner ...Familie«, sagte ich schließlich und erinnerte mich daran, was mir Pollyanne über die Geister der Vorfahren erzählt hatte. Es war nicht zu sagen, woher – oder aus welcher Zeit – er gekommen war; ich nahm an, daß er ein Vorfahr oder ein Nachkomme sein mußte. Wenn nicht von mir, dann von jemandem wie mir.

Bei diesen Worten setzte sich Tewaktenyonh kerzengerade auf und sah mich erstaunt an. Langsam verblaßte der Ausdruck, und sie nickte.

»Er hat Euch zu mir geschickt, damit ihr dies hört. Er hatte unrecht«, erklärte sie selbstsicher. »Mein Bruder hat gesagt, wir sollten nicht von ihm sprechen; wir sollten ihn dem Vergessen anheimfallen lassen. Aber niemand ist vergessen, solange es noch zwei Menschen unter dem Himmel gibt. Einen, um seine Geschichte zu erzählen, den anderen, um sie zu hören. Also.«

Sie streckte die Hand aus und berührte die meine, achtete aber darauf, nicht an den Stein zu kommen. Das feuchte Glitzern in ihren Augen hätte vom Tabakrauch stammen können.

»Ich bin der eine. Ihr der andere. Er ist unvergessen.«

Sie winkte dem Mädchen, das sich schweigend erhob und uns Speisen und Getränke brachte.

Als ich schließlich aufstand, warf ich einen Blick auf das Trinkgelage. Der Boden war mit schnarchenden Gestalten übersät, und das Faß lag leer auf der Seite. Zwei Speere lag friedlich auf dem Rücken, und ein seliges Lächeln vertiefte die Falten in seinem Gesicht. Das Mädchen, Ian und Jamie waren fort.

Jamie stand vor dem Haus und wartete auf mich. Sein Atem stieg weiß in der Nachtluft auf, und aus seinem Plaid wehten mir Tabak- und Whiskygerüche entgegen.

»Ihr scheint euch amüsiert zu haben«, sagte ich und ergriff seinen Arm. »Irgendwelche Fortschritte, was meinst du?«

»Ich glaube schon.« Wir gingen Seite an Seite an der großen zentralen Lichtung entlang zu dem Langhaus, in dem unser Quartier war. »Es hat gut funktioniert. Ian hatte recht, Gott sei Dank; jetzt, wo sie gesehen haben, daß dieses kleine *Ceilidh* keinen Schaden angerichtet hat, werden sie, glaube ich, geneigt sein, sich auf den Handel einzulassen.«

Ich blickte auf die Reihe der Langhäuser, die dahintreibenden Rauchwolken und den Feuerschein, der aus Rauchabzügen und Türeingängen drang. War Roger jetzt in einem davon? Ich zählte mechanisch, wie ich es jeden Tag tat – sieben Monate. Der Boden taute jetzt; wenn wir einen Teil des Weges auf dem Fluß zurücklegten, konnten wir es vielleicht in einem Monat schaffen – höchstens sechs Wochen. Ja, wenn wir bald aufbrachen, würden wir rechtzeitig kommen.

»Und du, Sassenach? Du scheinst eine sehr ernste Unterhaltung mit der alten Dame gehabt zu haben. Hat sie etwas von dem Stein gewußt?«

»Ja. Komm herein, und ich erzähl's dir.«

Er hob das Fell an, das vor der Tür hing, und ich trat ein. Der Opal lag als solides Gewicht in meiner Hand. Sie hatten nicht verstanden, wie er ihn genannt hatte, aber ich wußte es. Der Mann namens Otterzahn, der gekommen war, um einen Krieg zu beginnen, eine Nation zu retten – mit Silberfüllungen in seinen Zähnen. Ja, ich wußte, was sie war, die *Far-ka*.

Seine unbenutzte Rückfahrkarte. Mein Erbe.

58

Lord John kehrt zurück

River Run, März 1770
Phaedre hatte ihr ein Kleid gebracht, eins von Jocastas Gewändern, gelbe Seide, sehr weiter Rock.

»Heute abend haben wir bessere Gesellschaft als nur den alten Mr. Cooper oder den Anwalt Forbes«, sagte Phaedre voller Genugtuung. »Wir kriegen 'nen echten, lebendigen *Lord*, was sagt Ihr dazu?«

Sie ließ eine gigantische Stoffladung auf das Bett sinken und begann, an den rauschenden Wogen herumzuzupfen, wobei sie Anweisungen erteilte wie ein Ausbildungsoffizier.

»Also, ausziehen und das Korsett hier anziehen. Ihr braucht was Kräftigeres, um den Bauch flachzudrücken. Nur 'ne Hinterwäldlerin läßt sich ohne Korsett sehen. Wär' Eure Tante nicht blind wie 'n Maulwurf, sie hätt' Euch schon lange anständig ausstaffiert – schon *lange*. Dann die Strümpfe und Strumpfbänder anziehen – sind die nicht hübsch? Das Paar mit den kleinen Blättchen drauf hat mir schon immer gefallen – dann binden wir die Unterröcke um, und dann...«

»Was für ein Lord?« Brianna ergriff das Korsett, das ihr entgegengehalten wurde, und sah es stirnrunzelnd an. »Mein Gott, was ist das, Walfischbein?«

»Hm-mm. Bei Miss Jo gibt's kein billiges Blech oder Eisen, ganz bestimmt nicht.« Phaedre wühlte wie ein Terrier in den Kleidungsstücken herum und brummte stirnrunzelnd vor sich hin. »Wo ist denn das Strumpfband hin?«

»Ich brauche das nicht. Und was ist das für ein Lord, der da kommt?«

Phaedre richtete sich auf und starrte Brianna über die Falten aus gelber Seide hinweg an.

»Braucht das nicht?« sagte sie mißbilligend. »Mit einem Sechsmonatsbauch? Wie stellt Ihr Euch das vor, Mädchen, ganz aufgequollen zum Abendessen gehen, und ein Lord sitzt bei der Suppe und glotzt Euch durch sein Monokel an?«

Bei dieser Beschreibung mußte Brianna einfach lächeln, doch sie antwortete trotzdem mit beträchtlicher Trockenheit.

»Was macht das schon für einen Unterschied? Der ganze Distrikt weiß doch inzwischen, daß ich ein Baby bekomme. Es würde mich nicht wundern, wenn dieser Wanderprediger – Mr. Urmstone, nicht wahr? – schon eine Predigt im Hinterland über mich gehalten hätte.«

Phaedre lachte kurz auf.

»Hat er«, sagte sie. »Vorletzten Sonntag. Mickey und Drusus sind dagewesen – sie fanden es sehr komisch, aber Eure Tante nicht. Sie hat ihm den Anwalt Forbes auf den Hals geschickt, um ihn wegen Verleumdung anzuklagen, aber der alte Reverend Urmstone, er hat gesagt, wenn's stimmt, ist's keine Verleumdung.«

Brianna starrte das Dienstmädchen an.

»Und was genau hat er über mich gesagt?«

Phaedre schüttelte den Kopf und kramte weiter in dem Kleid herum.

»Das wollt Ihr gar nicht wissen«, sagte sie finster. »Aber wie auch immer, ob es der Distrikt weiß, ist nicht dasselbe, wie wenn Ihr Euren Bauch im Speisesaal spazierentragt und Seiner Lordschaft jeden Zweifel nehmt, also zieht Ihr das Korsett an.«

Ihr autoritärer Ton ließ keine Diskussion zu. Brianna kämpfte sich widerwillig in das steife Kleidungsstück und ließ es sich von Phaedre fest zuschnüren. Ihre Taille war immer noch schlank, und die verbleibende Wölbung würde problemlos von dem weiten Rock und den Unterröcken verhüllt werden.

Sie starrte ihr Spiegelbild an, und Phaedres dunkler Kopf nickte neben ihren Oberschenkeln auf und ab, während das Dienstmädchen die grünen Seidenstrümpfe zu ihrer Zufriedenheit befestigte. Sie konnte nicht atmen, und es *konnte* nicht gut für das Baby sein, wenn es so eingequetscht wurde. Das Korsett wurde vorn geschnürt; sobald Phaedre sie alleinließ, würde sie es öffnen. Zum Teufel mit Seiner Lordschaft, wer auch immer er war.

»Und wer *ist* dieser Lord, der zum Abendessen kommt?« fragte sie zum dritten Mal, während sie gehorsam in den Bausch aus gestärktem, weißem Leinen hineintrat, den Phaedre ihr hinhielt.

»Das ist Lord John William Grey von der Mount-Josiah-Plantage in Virginia.« Phaedre rollte die Silben mit großem Pomp, obwohl die unglückliche Kürze und Schlichtheit der Namen des Lords sie sehr zu enttäuschen schien. Brianna wußte, daß sie einen Lord FitzGerald Vanlandingham Walthamstead bevorzugt hätte, wenn sie ihn hätte haben können.

»Ein Freund von Eurem Papa, sagt jedenfalls Miss Jo«, fügte das

Dienstmädchen etwas prosaischer hinzu. »Da, so ist's gut. Ein Glück, daß Ihr hübsche Brüste habt, das Kleid ist dafür wie geschaffen.«

Brianna hoffte, dies würde nicht bedeuten, daß das Kleid ihre Brüste nicht bedecken würde; die Korsettstangen endeten kurz darunter und schoben sie nach oben, so daß sie erschreckend hoch aufragten wie etwas, das über den Rand eines Topfes quillt. Ihre Brustwarzen starrten sie im Spiegel an, tiefdunkel verfärbt wie Himbeerwein.

Doch es war nicht die Sorge darüber, welche Rundungen sie entblößte, die sie dazu brachte, Phaedres letzte schwungvolle Handgriffe zu ignorieren; es war das beiläufige *Ein Freund von Eurem Papa*.

Es war keine große Gesellschaft; bei Jocasta gab es selten große Gesellschaften. Da sie sich in bezug auf gesellschaftliche Untertöne nur auf ihre Ohren verlassen konnte, riskierte sie keine Menschenmengen. Dennoch befanden sich mehr Leute als üblich im Empfangszimmer; Anwalt Forbes natürlich mit seiner unverheirateten Schwester; Mr. MacNeill und sein Sohn, Richter Alderdyce und seine Mutter, ein paar von Farquard Campbells unverheirateten Söhnen. Aber niemand, der nach Phaedres Lordschaft ausgesehen hätte.

Brianna lächelte säuerlich vor sich hin. »Sollen sie doch schauen«, murmelte sie und richtete sich gerade auf, so daß ihr Bauch sich stolz vorwölbte und unter der Seide glänzte. Sie klopfte ihn ermutigend. »Na komm, Osbert, dann wollen wir uns mal in Gesellschaft begeben.«

Ihr Eintreten wurde von einem allgemeinen Ausruf der Herzlichkeit begrüßt, bei dem sie sich ein wenig für ihren Zynismus schämte. Diese Männer und Frauen meinten es gut, Jocasta eingeschlossen; und schließlich waren nicht *sie* an der Situation schuld.

Trotzdem genoß sie den leicht schockierten Ausdruck, den der Richter zu verbergen suchte, und das allzusüße Lächeln im Gesicht seiner Mutter, als ihre kleinen Papageienknopfaugen Osberts unübersehbare, ungehemmte Anwesenheit registrierten. Jocasta würde sie vielleicht anbieten, doch die Mutter des Richters würde dankend ablehnen, kein Zweifel. Brianna begegnete ihrerseits Mrs. Alderdyces Blick mit einem betont vergnügten Lächeln.

Mr. MacNeills wettergegerbtes Gesicht zuckte sacht vor Belustigung, doch er verbeugte sich ernst und erkundigte sich ohne die geringste Spur von Verlegenheit nach ihrem Wohlbefinden. Was Anwalt Forbes anging – falls ihm irgendein Mangel an ihrer Erscheinung auffiel, so zog er den Schleier seiner professionellen Diskretion darüber und begrüßte sie auf seine übliche, liebreizende Weise.

»Ah, Miss Fraser!« sagte er. »Auf Euch haben wir gewartet. Mrs. Alderdyce und ich waren gerade in eine freundschaftliche Auseinandersetzung über eine Frage der Ästhetik vertieft. Bei Eurem Instinkt für alles Schöne wäre mir Eure Meinung besonders wertvoll, falls Ihr geneigt wärt, sie mir mitzuteilen.« Er ergriff ihren Arm und zog sie glattweg an seine Seite – fort von MacNeill, dessen buschige Augenbraue in ihre Richtung zuckte, der aber keine Anstalten machte, einzuschreiten.

Er führte sie zum Kamin, wo vier kleine Kästchen auf dem Tisch standen. Indem er feierlich deren Deckel abnahm, enthüllte der Anwalt nacheinander vier Edelsteine, jeder von der Größe einer frischen Erbse, jeder auf ein dunkelblaues Samtkissen gebettet, um seine Leuchtkraft besser zu betonen.

»Ich habe vor, einen dieser Steine zu erwerben«, erklärte Forbes. »Um ihn in einen Ring zu fassen. Ich habe sie aus Boston kommen lassen.« Er grinste Brianna breit an, denn er stand offensichtlich unter dem Eindruck, daß er die Konkurrenz hinter sich gelassen hatte – und dem schwachen Funkeln in MacNeills Gesicht nach hatte er das wirklich.

»Sagt mir, meine Teuerste – welchen bevozugt Ihr? Den Saphir, den Smaragd, den Topas oder den Diamanten?« Mit stolzgeschwellter Brust über seine eigene Gewitztheit sank er auf seine Absätze zurück.

Zum ersten Mal in ihrer Schwangerschaft spürte Brianna einen kurzen Anflug von Übelkeit. Ihr Kopf fühlte sich leicht und schwindelig an, und ihre Fingerspitzen waren taub und kribbelten.

Saphir, Smaragd, Topas, Diamant. Und der Ring ihres Vaters enthielt einen Rubin. Fünf Steine der Macht, die Spitzen des Pentagramms der Reisenden, die eine sichere Passage garantierten. Für wie viele? Unbewußt breitete sie schützend eine Hand über ihren Bauch.

Sie erkannte die Falle, in die Forbes sie zu locken gedachte. Wenn sie eine Entscheidung traf, würde er ihr auf der Stelle den ungefaßten Stein schenken, ein öffentlicher Antrag, der – so dachte er – sie entweder dazu zwingen würde, augenblicklich einzuwilligen, oder dazu, durch ihre direkte Ablehnung eine unangenehme Szene zu verursachen. Gerald Forbes verstand wirklich nichts von Frauen, dachte sie.

»Ich – äh – ich möchte nicht gern meine eigene Meinung kundtun, ohne nicht zuerst Mrs. Alderdyces Entscheidung zu hören«, sagte sie und drängte der Mutter des Richters ein freundliches Lächeln und ein Kopfnicken auf. Diese sah zugleich überrascht und dankbar aus, daß man so auf sie zählte.

Briannas Magen ballte sich zusammen, und sie wischte sich unauffällig die verschwitzten Hände an ihrem Rock ab. Da waren sie, alle am selben Ort – die vier Steine, von denen sie gedacht hatte, es würde ein Leben lang dauern, sie zu finden.

Mrs. Alderdyce stieß gerade ihren arthritischen Finger in Richtung des Smaragds und erklärte die Vorzüge ihrer Wahl, doch Brianna achtete nicht darauf, was die Frau sagte. Sie sah Anwalt Forbes an, dessen rundes Gesicht immer noch Selbstzufriedenheit widerspiegelte. Ein plötzlicher, wilder Impuls stieg in ihr auf.

Wenn sie ja sagte, jetzt, heute nacht, solange er noch alle vier Steine hatte ...würde sie sich dazu durchringen können? Ihn zu umgarnen, ihn zu küssen, ihn in Sicherheit zu wiegen – und dann die Steine zu stehlen?

Ja, das würde sie. Und was dann? Mit ihnen in die Berge flüchten? Jocasta blamiert und den Distrikt in Aufruhr zurücklassen, weglaufen und sich verstecken wie eine gemeine Diebin? Und wie sollte sie zu den Westindischen Inseln gelangen, bevor das Baby kam? Sie rechnete im Kopf nach und wußte genau, daß es Wahnsinn war, und dennoch – es war zu schaffen.

Die Steine glitzerten und funkelten, Versuchung und Erlösung. Alle waren nähergetreten, um einen Blick auf sie zu werfen, die Köpfe unter bewunderndem Gemurmel über den Tisch gebeugt, und sie selbst fand sich für den Augenblick unbeachtet.

Sie konnte sich verstecken, dachte sie, während sich die Schritte des Plans unausweichlich vor ihrem inneren Auge entfalteten, ohne daß sie es wirklich wollte. Ein Pferd stehlen, sich durch das Yadkintal ins Hinterland durchschlagen. Trotz der Nähe des Feuers zitterte und fror sie bei dem Gedanken an eine Flucht durch den winterlichen Schnee. Doch ihr Verstand arbeitete weiter.

Sie konnte sich in den Bergen verstecken, im Blockhaus ihrer Eltern, und warten, bis sie mit Roger zurückkehrten. Falls sie zurückkehrten. Falls sie Roger mitbrachten. Ja, und was, wenn das Baby vorher kam und sie dort auf dem Berg war, ganz allein, ohne irgend jemanden oder irgend etwas, das ihr helfen konnte, außer einer Handvoll gestohlenem Glitter?

Oder sollte sie unverzüglich nach Wilmington reiten und sich ein Schiff zu den Westindischen Inseln suchen? Wenn Jocasta recht hatte, dann würde Roger nie mehr zurückkehren. Opferte sie gerade ihre einzige Chance zur Rückkehr, um auf einen Mann zu warten, der tot war – oder der, wenn er nicht tot war, sie und das Kind vielleicht abweisen würde?

»Miss Fraser?«

Anwalt Forbes wartete, vor Erwartung aufgeblasen.

Sie holte tief Luft und spürte, wie ihr unter den gelösten Korsettstangen der Schweiß zwischen den Brüsten hinunterlief.

»Sie sind alle wunderschön«, sagte sie, überrascht darüber, wie kühl sie das sagen konnte. »Ich finde es unmöglich, zwischen ihnen zu wählen – aber ich habe auch keine besondere Vorliebe für Edelsteine. Ich habe einen sehr schlichten Geschmack, fürchte ich.«

Sie sah, wie ein Lächeln in Mr. MacNeills Gesicht aufflackerte und Forbes' runde Wangen tiefrot anliefen, doch sie kehrte den Steinen mit einem höflichen Wort den Rücken.

»Ich denke, wir werden nicht mit dem Essen warten«, murmelte Jocasta ihr ins Ohr. »Falls Seine Lordschaft aufgehalten wurde ...«

Wie auf ein Stichwort erschien Ulysses in der Tür, elegant in voller Livree, wohl um das Abendessen anzukündigen. Doch statt dessen sagte er in seiner wohlklingenden Stimme, die problemlos das Geplapper übertönte, »Lord John Grey, Ma'am«, und trat beiseite.

Jocasta stieß einen Seufzer der Genugtuung aus und drängte Brianna vorwärts auf die schlanke Gestalt zu, die in der Tür stand.

»Gut. Du wirst seine Tischgenossin sein, Liebe.«

Brianna warf noch einen Blick auf den Tisch am Kamin, doch die Steine waren fort.

Lord John überraschte sie. Sie hatte ihre Mutter von Lord John Grey erzählen hören – dem Soldaten, dem Diplomaten, dem Edelmann – und eine hochgewachsene und imposante Persönlichkeit erwartet. Statt dessen war er fast einen Kopf kleiner als sie, feinknochig und schmal, mit großen, schönen Augen und von einer hellhäutigen Attraktivität, die nur durch den bestimmten Ausdruck von Mund und Kinn vor der Mädchenhaftigkeit bewahrt wurde.

Er hatte bei ihrem Anblick erschrocken ausgesehen – das taten viele Menschen, die über ihre Größe verblüfft waren –, hatte sich dann aber daran gemacht, seinen beträchtlichen Charme einzusetzen, ihr amüsante Reiseanekdoten erzählt, die beiden Gemälde bewundert, die Jocasta an die Wand gehängt hatte, und den gesamten Tisch mit Neuigkeiten über die politische Lage in Virginia für sich gewonnen.

Was er nicht erwähnte, war ihr Vater, und dafür war sie ihm dankbar.

Brianna lauschte Miss Forbes' Beschreibungen der Bedeutung ihres Bruders mit einem abwesenden Lächeln. Sie kam sich mehr und mehr so vor, als ertränke sie in einem Meer von guten Absichten. Konnten sie sie nicht in Ruhe lassen? Konnte Jocasta nicht einmal soviel Anstand haben, ein paar Monate zu warten?

»…und dann ist da noch diese kleine Sägemühle, die er gerade gekauft hat, oben in Averasboro. Liebe Güte, wie der Mann das alles schafft, ich kann es gar nicht sagen!«

Nein, sie konnten es nicht, dachte sie ein wenig verzweifelt. Sie konnten sie nicht in Ruhe lassen. Sie waren Schotten, freundlich, aber praktisch veranlagt und von der eisernen Überzeugung, daß sie im Recht waren – genau dieselbe Überzeugung, die die Hälfte von ihnen bei der Schlacht von Culloden in den Tod oder ins Exil getrieben hatte.

Jocasta hatte sie gern, doch sie hatte offensichtlich beschlossen, daß es töricht wäre zu warten. Warum die Gelegenheit zu einer guten, soliden, respektablen Ehe einem winzigen Hoffnungsfünkchen der Liebe opfern?

Das Schreckliche war, sie wußte selbst, daß das Warten töricht war. Von all den Dingen, an die sie wochenlang nicht zu denken versucht hatte, war dies das Schlimmste – und da war es wieder und erhob sich in ihren Gedanken wie der Schatten eines abgestorbenen Baumes, kahl im Schnee.

Falls. Falls sie zurückkamen falls, falls, FALLS. Wenn ihre Eltern überhaupt zurückkehrten, würde Roger nicht bei ihnen sein. Sie wußte es. Sie würden die Indianer nicht finden, die ihn geraubt hatten – wie sollten sie auch, in einer weglosen Wildnis aus Schnee und Schlamm? Oder sie würden die Indianer finden, nur um dann zu erfahren, daß Roger tot war – seinen Verletzungen, einer Krankheit, der Folter erlegen.

Oder sie würden ihn lebend finden, und er würde sich weigern zurückzukehren, weil er sie niemals wiedersehen wollte. Oder er würde zurückkehren aus jenem schottischen Ehrgefühl heraus, das einen zum Wahnsinn trieb, entschlossen, sie zu nehmen, obwohl er sie dafür haßte. Oder er würde zurückkehren, das Baby sehen, und …

Oder es würde überhaupt keiner von ihnen zurückkehren. *Ich werde ihn dir heimbringen – oder ich komme selbst nicht zurück.* Und sie würde hier für immer allein leben, in den Wellen ihrer eigenen Schuld ertrunken, während ihr Körper auf einem Strudel guter Absichten auf- und abtrieb, verankert durch die Nabelschnur eines Kindes, dessen Gewicht sie unter die Oberfläche gezogen hatte.

»Miss Fraser! Miss Fraser, geht es Euch nicht gut?«

»Nicht besonders, nein«, sagte sie. »Ich glaube, ich falle in Ohnmacht.« Was sie auch tat und krachend den Tisch erschütterte, als sie vornüber in ein wirbelndes Meer aus Porzellan und Leinen kippte.

Die Gezeiten hatten sich wieder gewendet, dachte sie. Sie wurde auf einer Flut der Anteilnahme nach oben getrieben, während Leute hin- und herhuschten, warme Getränke und einen Ziegelstein für ihre Füße holten, dafür sorgten, daß sie warm zugedeckt auf dem Sofa in dem kleinen Salon zu liegen kam, ein Kissen unter dem Kopf, Riechsalz unter der Nase, ein dickes Schultertuch um die Knie gewickelt.

Schließlich waren sie fort. Sie konnte allein sein. Und jetzt, da sie sich selbst die Wahrheit eingestanden hatte, konnte sie um alles weinen, was sie verloren hatte – ihren Vater und ihren Geliebten, ihre Familie und ihre Mutter, ihre Zeit und ihren Platz und alles, was sie hätte sein sollen und niemals sein würde.

Nur, daß sie es nicht konnte.

Sie versuchte es. Sie versuchte, das Gefühl des Schreckens wieder heraufzubeschwören, das sie im Empfangszimmer verspürt hatte, allein in der Menge. Doch jetzt, wo sie wirklich allein *war*, hatte sie paradoxerweise keine Angst mehr. Eine der Hausklavinnen steckte den Kopf zur Tür herein, doch sie winkte mit der Hand und schickte das Mädchen wieder fort.

Na schön, sie war auch Schottin – »Na ja, zur Hälfte«, murmelte sie und legte eine Hand auf ihren Bauch – und hatte das Recht auf ihre eigene Sturheit. Sie *würden* zurückkommen. Alle: ihre Mutter, ihr Vater, Roger. Auch, wenn sich diese Überzeugung eher so anfühlte, als bestünde sie aus Federn denn aus Eisen … so hegte sie sie dennoch. Und sie würde sich daran klammern wie an ein Floß, bis man ihre Finger mit Gewalt ablöste und sie versinken ließ.

Die Tür des kleinen Salons öffnete sich, und Jocastas hochgewachsene, schlanke Gestalt erschien als Silhouette vor dem beleuchteten Flur.

»Brianna?« Das blasse ovale Gesicht wandte sich zielsicher dem Sofa zu; erriet sie nur, wo sie sie hingelegt hatten, oder konnte sie Brianna atmen hören?

»Ich bin hier, Tante Jocasta.«

Jocasta kam ins Zimmer, gefolgt von Lord John, und Ulysses bildete mit einem Teetablett die Nachhut.

»Wie geht es dir, Kind? Sollte ich besser Dr. Fentiman rufen lassen?« Sie runzelte die Stirn und legte Brianna ihre feingliedrige Hand auf die Stirn.

»Nein!« Brianna hatte Dr. Fentiman bereits kennengelernt, eine kleine, feuchtfingrige, groteske Gestalt von einem Mann, der ein starkes Vertrauen in Laugenkuren und Blutegel hegte; sein Anblick ließ sie erschauern. »Äh … nein. Danke, aber mir geht es wirklich wieder gut; mir ist nur einen Moment lang übel geworden.«

»Ah, gut.« Jocasta richtete ihre blinden Augen auf Lord John. »Seine Lordschaft reist morgen früh nach Wilmington; er würde dich gern sehen, wenn du dich wohl genug fühlst.«

»Ja, natürlich.« Sie setzte sich auf und ließ ihre Füße zu Boden schwingen. Also würde der Lord nicht bleiben; das würde Jocasta enttäuschen, sie selbst aber nicht. Dennoch, sie konnte noch ein Weilchen höflich sein.

Ulysses stellte das Tablett ab, schlich auf leisen Sohlen hinter ihrer Tante zur Tür hinaus und ließ sie allein.

Er zog einen bestickten Hocker herbei und setzte sich darauf, ohne auf eine Einladung zu warten.

»Geht es Euch wirklich gut, Miss Fraser? Ich hege nicht den Wunsch, Euch zwischen die Teetassen hingestreckt zu sehen.« Ein Lächeln zog an seinem Mundwinkel, und sie errötete.

»Wunderbar«, sagte sie kurz. »Wollt Ihr mir etwas mitteilen?«

Ihre Abruptheit störte ihn nicht.

»Ja, aber ich dachte, Ihr würdet es vielleicht vorziehen, wenn ich es nicht vor den Leuten erwähne. Ich habe gehört, Ihr interessiert Euch für den Aufenthaltsort eines Mannes namens Roger Wakefield?«

Sie hatte sich stark gefühlt; bei diesen Worten drohte der Anflug von Schwäche zurückzukehren.

»Ja. Woher wißt Ihr – wißt Ihr, wo er ist?«

»Nein.« Er sah die Veränderung in ihrem Gesicht und nahm ihre Hand zwischen die seinen. »Nein, es tut mir leid. Euer Vater hat mir geschrieben, vor etwa drei Monaten, und mich gebeten, ihm bei der Suche nach diesem Mann behilflich zu sein. Ihm war der Gedanke gekommen, daß Mr. Wakefield vielleicht zwangsrekrutiert worden war, als er sich in irgendeinem Hafen aufhielt, und daß er jetzt vielleicht auf einem der Schiffe Seiner Majestät auf See sein könnte. Er fragte, ob ich vielleicht meine Kontakte in Marinekreisen nutzen könnte, um herauszufinden, ob Mr. Wakefield in der Tat ein solches Schicksal zugestoßen ist.«

Eine erneute Welle der Schwäche durchlief sie, diesmal mit Bedauern versetzt, als sie begriff, welche Mühe sich ihr Vater gegeben hatte, um Roger für sie zu finden.

»Er ist auf keinem Schiff.«

Er sah überrascht aus, als er die Sicherheit in ihrem Tonfall hörte.

»Ich habe keinerlei Hinweise dafür gefunden, daß er irgendwo zwischen Jamestown und Charleston zwangsweise rekrutiert worden wäre. Doch es besteht die Möglichkeit, daß man ihn am Vorabend der Abreise ergriffen hat, in welchem Fall seine Anwesenheit in der Mannschaft erst registriert würde, wenn das Schiff einen Hafen anläuft. Das ist der Grund, weshalb ich morgen nach Wilmington reise, um Nachforschungen anzustellen –«

»Das braucht Ihr nicht. Ich weiß, wo er ist.« Mit so wenigen Worten wie möglich machte sie ihn mit den grundsätzlichen Fakten vertraut.

»Jamie – Euer Vater – das heißt, Eure Eltern – sind fortgegangen, um diesen Mann aus den Händen der Irokesen zu retten?« Mit erschüttertem Gesichtsausdruck drehte er sich um, goß zwei Tassen Tee ein und reichte ihr eine davon, ohne sie zu fragen, ob sie sie haben wollte.

Sie hielt die Tasse zwischen ihren Händen und fand schwachen Trost in der Wärme; doch noch mehr tröstete es sie, daß sie offen mit Lord John sprechen konnte.

»Ja. Ich wollte mit ihnen gehen, aber –«

»Ja, ich verstehe.« Er blickte auf ihren Bauch und hustete. »Ich nehme an, es besteht eine gewisse Dringlichkeit, Mr. Wakefield zu finden?«

Sie lachte unglücklich.

»Ich kann warten. Könnt Ihr mir etwas sagen, Lord John? Habt Ihr schon einmal von *Handfasting* gehört?«

Seine hellen Augenbrauen zogen sich kurz zusammen.

»Ja«, sagte er langsam. »Eine schottische Sitte der vorläufigen Eheschließung, nicht wahr?«

»Ja. Was ich wissen will ist, hat es hier gesetzliche Gültigkeit?«

Er rieb sich das Kinn und dachte nach. Entweder hatte er sich noch vor kurzem rasiert oder einen spärlichen Bartwuchs; obwohl es schon spät war, sah man keine Spur von Bartstoppeln.

»Ich weiß es nicht«, sagte er schließlich. »Ich habe noch nie erlebt, daß diese Frage vom Gesetz aufgegriffen wurde. Allerdings sieht man einen Mann und eine Frau, die zusammen wohnen, im allgemeinen sowieso als verheiratet an. Ich möchte meinen, daß *Handfasting* in diese Kategorie fällt, oder?«

»Könnte sein, abgesehen davon, daß wir ganz offensichtlich nicht zusammen wohnen«, sagte Brianna. Sie seufzte. »*Ich* betrachte mich als verheiratet – aber meine Tante nicht. Sie beharrt weiter darauf, daß Roger nicht zurückkehrt, oder falls doch, daß ich dann trotzdem nicht gesetzmäßig an ihn gebunden bin. Selbst nach der schottischen Sitte bin ich nicht länger als ein Jahr und einen Tag an ihn gebunden. Sie will einen Ehemann für mich aussuchen – und bei Gott, sie gibt sich alle Mühe! Ich dachte bei Eurem Auftauchen, Ihr wärt der neueste Kandidat.«

Lord John sah aus, als amüsierte ihn diese Idee.

»Oh. Das würde natürlich die merkwürdige Versammlung beim Abendessen erklären. Mir ist aufgefallen, daß dieser ausgesprochen rüstige Herr Alderdyce – Ein Richter? – Euch seine Aufmerksamkeit weit über die normalen Grenzen der Höflichkeit hinweg zu widmen schien.«

»Das wird ihm auch viel nützen.« Brianna schnaubte kurz. »Ihr hättet die Blicke sehen sollen, die Mrs. Alderdyce mir während des ganzen Abendessens zugeworfen hat. Sie wird nicht zulassen, daß ihr erstgeborenes Lamm – Gott, er muß vierzig sein, wenn nicht älter – die örtliche Hure von Babylon heiratet. Ich wäre überrascht, wenn sie ihn jemals wieder über diese Schwelle treten läßt.« Sie klopfte auf ihren leicht gewölbten Bauch. »Ich glaube, dafür habe ich gesorgt.«

Eine Augenbraue hob sich, und Grey lächelte sie ironisch an. Er stellte seine Teetasse hin und griff nach der Sherrykaraffe und einem Glas.

»Ach ja? Nun, ich bewundere zwar die Kühnheit Eurer Strategie, Miss Fraser – darf ich Euch ›meine Liebe‹ nennen? –, aber ich bedauere, Euch davon in Kenntnis setzen zu müssen, daß Eure Taktik für das Terrain, auf dem Ihr sie einzusetzen versucht, nicht geeignet ist.«

»Was meint Ihr damit?«

Er lehnte sich auf seinem Sitz zurück, das Glas in der Hand, und betrachtete sie mitfühlend.

»Mrs. Alderdyce. Da ich nicht blind bin – wenn auch nicht annähernd so scharfsinnig wie Eure Tante –, ist mir in der Tat aufgefallen, wie sie Euch beobachtete. Doch ich fürchte, Ihr verkennt die Natur ihrer Beobachtungen.« Er schüttelte den Kopf und sah sie über den Rand seines Glases hinweg an, während er daran nippte.

»Auf keinen Fall der Blick empörter Respektabilität. Es ist Omilust.«

»Es ist *was*?«

»Omilust«, wiederholte er. Er setzte sich ebenfalls gerade hin und goß sein Glas vorsichtig mit der goldenen Flüssigkeit voll. »Ihr wißt schon, das dringende Bedürfnis einer älteren Frau, Enkelkinder auf ihrem Knie zu schaukeln, sie mit Süßigkeiten zu verwöhnen und sie ganz allgemein zu verderben.« Er hob das Glas an seine Nase und atmete ehrfurchtsvoll die Dämpfe ein. »Oh, Ambrosia. Ich habe schon mindestens zwei Jahre keinen anständigen Sherry mehr getrunken.«

»Was – Ihr meint, Mrs. Alderdyce glaubt, daß ich – ich meine, weil ich bewiesen habe, daß ich – daß ich Kinder bekommen kann, daß sie sicher sein kann, später Enkelkinder von mir zu bekommen? Das ist doch lächerlich! Der Richter könnte sich doch jedes beliebige gesunde Mädchen aussuchen – von gutem Charakter«, fügte sie bitter hinzu, »und sich einigermaßen sicher sein, daß er von ihr Kinder bekommt.«

Er nahm einen Schluck, ließ ihn über seine Zunge gleiten, schluckte und genoß den letzten Hauch des Geschmackes, bevor er antwortete. »Tja. Nein. Ich glaube vielmehr, daß ihr klar ist, daß er das nicht könnte. Oder nicht möchte; es läuft auf dasselbe hinaus.« Er sah sie unbeweglich an.

»Ihr habt es selbst gesagt – er ist vierzig und unverheiratet.«

»Ihr meint, er – aber er ist doch Richter!« Noch im selben Moment, als sie ihren entsetzten Ausruf tat, begriff sie dessen Idiotie und schlug sich eine Hand vor den Mund, während sie heftig errötete. Lord John lachte, wenn auch nicht ohne ironischen Unterton.

»Um so eindeutiger«, sagte er. »Ihr habt völlig recht; er könnte sich jedes Mädchen im Distrikt aussuchen. Wenn er sich dagegen entschieden hat ...« Er hielt bedächtig inne und hob dann das Glas zu einem ironischen Toast in ihre Richtung. »Ich glaube, daß Mrs. Alderdyce völlig klar ist, daß eine Ehe ihres Sohnes mit Euch der beste – vielleicht sogar der einzige – Weg ist, auf dem sie mit dem Enkelkind rechnen kann, das sie so heftig begehrt.«

»Verdammt!« Sie konnte nicht einen richtigen Schachzug machen, dachte sie verzweifelt. »Es spielt keine Rolle, was ich tue. Ich bin verdammt. Sie werden mich mit *irgend jemandem* verheiraten, egal, was ich tue!«

»Ihr müßt mir gestatten, das zu bezweifeln«, sagte er. Sein Lächeln zog sich ein wenig verlegen zur Seite. »Nach dem, was ich von Euch gesehen habe, habt Ihr die Offenheit Eurer Mutter und das Ehrgefühl Eures Vaters. Jede einzelne dieser Eigenschaften würde schon ausreichen, um Euch davor zu bewahren, in eine solche Falle zu gehen.«

»Redet bloß nicht von der Ehre meines Vaters«, sagte sie scharf. »Er hat mich in diesen Schlamassel hineingebracht!«

Sein Blick senkte sich mit unverhüllter Ironie auf ihre Taille.

»Ihr schockiert mich«, sagte er höflich, ohne auch nur im geringsten einen schockierten Eindruck zu machen.

Sie spürte, wie ihr erneut das Blut ins Gesicht schoß, heißer als zuvor.

»Ihr wißt ganz genau, daß es nicht das ist, was ich meine!«

Er verbarg sein Lächeln in seinem Sherryglas und sah sie mit gekräuselten Augenwinkeln an.

»Ich bitte um Verzeihung, Miss Fraser. Was habt Ihr dann gemeint?«

Sie trank einen großen Schluck Tee, um ihre Verwirrung zu überspielen, und spürte, wie ihr die beruhigende Wärme durch den Hals in die Brust rann.

»Ich meine«, sagte sie mit zusammengebissenen Zähnen, »*diesen* Schlamassel hier; daß ich wie ein Stück Zuchtvieh mit einem fragwürdigen Stammbaum aufs Podest gestellt werde. Daß man mich im Genick packt und hochhält wie ein verwaistes Kätzchen in der Hoffnung, daß mich jemand aufnimmt. Daß ich – daß ich überhaupt hier allein bin«, schloß sie, und ihre Stimme zitterte unerwartet.

»Warum seid Ihr hier allein?« fragte Lord John ganz sanft. »Ich hätte gedacht, Eure Mutter wäre –«

»Das wollte sie auch. Ich habe sie nicht gelassen. Weil sie – also er – oh, es ist alles so ein verfluchter *Schlamassel*!« Sie ließ den Kopf in ihre Hände sinken und starrte am Boden zerstört auf die Tischplatte. Sie weinte nicht, war aber auch nicht weit davon entfernt.

»Das sehe ich wohl.« Lord John beugte sich vor und stellte sein leeres Glas auf das Tablett zurück. »Es ist sehr spät, meine Liebe, und wenn Ihr mir die Beobachtung verzeiht, Ihr braucht dringend Ruhe.« Er stand auf und legte ihr sacht die Hand auf die Schulter; seltsamerweise kam sie ihr einfach nur freundlich vor, nicht herablassend, wie es vielleicht die Hand eines anderen Mannes gewesen wäre.

»Da es so aussieht, als sei meine Reise nach Wilmington überflüssig, werde ich wohl die freundliche Einladung Eurer Tante annehmen und ein Weilchen hierbleiben. Wir werden uns noch öfter unterhalten und dann sehen, ob sich Eure Situation nicht zumindest lindern läßt.«

59

Erpressung

Der Nachtstuhl war großartig, ein wunderbares, aus glattem Walnußholz geschnitztes Stück, das das Schöne mit dem Praktischen verband. Besonders praktisch in einer regnerischen, kalten Nacht wie dieser hier. Schläfrig fingerte sie im Dunkeln an seinem Deckel herum, von den Blitzen beleuchtet, deren Licht durchs Fenster fiel, dann setzte sie sich hin und seufzte vor Erleichterung, als der Druck in ihrer Blase nachließ.

Offenbar erfreut über den zusätzlichen Platz, der dadurch entstand, vollführte Osbert eine Reihe von trägen Purzelbäumen und ließ ihren Bauch unter dem weißen Flanellnachthemd geisterhafte Wellen schlagen. Sie stand langsam auf – sie tat jetzt fast alles langsam – und fühlte sich angenehm vom Schlaf betäubt.

Sie blieb neben ihrem zerwühlten Bett stehen und blickte hinaus auf die kahle Schönheit der Hügel und der regengepeitschten Bäume. Das Fensterglas fühlte sich eisig an, und die Wolken wälzten sich schwarzbäuchig und donnergrollend von den Bergen herab. Es schneite nicht, doch die Nacht war auch so scheußlich genug.

Und wie war es jetzt im Hochgebirge? Hatten sie ein Dorf erreicht, das ihnen Schutz bot? Hatten sie Roger gefunden? Sie erschauerte unwillkürlich, obwohl die Glut immer noch rot im Kamin glühte und es warm im Zimmer war. Sie spürte die unwiderstehliche Anziehungskraft ihres Bettes, das ihr Wärme versprach, und stärker noch den Lockruf der Träume, in denen sie vielleicht dem chronischen Nagen von Furcht und Schuld entkommen konnte.

Doch sie wandte sich zur Tür und zog ihren Umhang vom Haken an ihrer Rückseite. Der Drang der Schwangerschaft mochte es ja nötig machen, daß sie den Nachtstuhl in ihrem Zimmer benutzte, doch sie war fest entschlossen, daß kein Sklave jemals einen Nachttopf für sie tragen würde – nicht, solange sie noch laufen konnte. Sie hüllte sich fest in den Umhang, nahm die zugedeckte Zinnschale aus ihrem Fach und schritt leise durch den Korridor.

Es war sehr spät; alle Kerzen waren gelöscht, und der abgestandene Geruch heruntergebrannter Feuer hing im Treppenhaus, doch im Geflacker der Blitze konnte sie deutlich genug sehen, als sie die Treppe hinunterging. Die Küchentür war entriegelt, eine Unvorsichtigkeit, für die sie dem Koch inständig dankte; so brauchte sie keinen Lärm zu machen, indem sie einhändig mit dem schweren Riegel kämpfte.

Eiskalter Regen schlug ihr ins Gesicht und spritzte unter dem Saum ihres Nachthemdes hoch, so daß sie nach Luft schnappte. Doch als sie den ersten Kälteschock überwunden hatte, genoß sie es; die Gewalt des Wetters war aufregend, der Wind so stark, daß er ihren Umhang in Wogen aufblähte und sie sich zum ersten Mal seit Monaten leichtfüßig fühlte.

Sie wirbelte in einen Schwung bis zum Abort, spülte den Topf in dem Regenguß aus, der von dessen Traufen herabströmte, und blieb dann auf dem gepflasterten Hof stehen und ließ sich den frischen Wind in ihr Gesicht wehen, ließ ihre Wangen vom Regen peitschen. Sie war sich nicht sicher, ob es Buße oder Lobpreis war – ein Bedürfnis, die Unannehmlichkeiten zu teilen, mit denen es ihre Eltern wahrscheinlich zu tun hatten, oder mehr ein heidnischer Ritus –, das Bedürfnis, sich selbst zu verlieren, indem sie mit der wilden Macht der Elemente verschmolz. So oder so, es spielte keine Rolle; sie stellte sich mit Absicht unter den Wasserstrahl der Dachrinne und ließ das Wasser gegen ihre Kopfhaut hämmern, ihr Haar und ihre Schultern durchnässen.

Sie schnappte nach Luft, schüttelte sich das Wasser aus dem Haar wie ein Hund und trat zurück – und hielt inne, weil ein plötzlich aufblitzendes Licht ihre Aufmerksamkeit erregte. Kein Blitz; ein beständiger Strahl, der einen Moment lang leuchtete und dann verschwand.

Die Tür eines der Sklavenquartiere öffnete sich für einen Moment und schloß sich dann wieder. Kam da jemand? Ja; sie konnte Schritte auf dem Kies hören und trat noch einen Schritt zurück in den Schatten – das letzte, was sie wollte, war zu erklären, was sie hier draußen trieb.

Ein Blitz zeigte ihn ihr deutlich im Vorübergehen, und sie erkannte ihn schlagartig. Lord John Grey, der in Hemdsärmeln und ohne Kopfbedeckung vorbeieilte; sein blondes Haar, das nicht zusammengebunden war, wehte im Wind, und offensichtlich bemerkte er weder die Kälte noch den Regen. Er ging vorbei, ohne sie zu entdecken, und verschwand unter dem Überhang der Küchenveranda.

Sie erkannte, daß sie in Gefahr war, ausgesperrt zu werden, und rannte hinter ihm her. Er war gerade dabei, die Tür zu schließen, als sie mit der Schulter dagegenprallte. Sie platzte in die Küche und stand triefend da, während Lord John sie ungläubig anglotzte.

»Schöne Nacht für einen Spaziergang«, sagte sie, halb außer Atem. »Nicht wahr?« Sie strich sich das feuchte Haar zurück, glitt mit einem höflichen Nicken an ihm vorbei, hinaus und die Treppe hinauf. Ihre nackten Füße hinterließen feuchte, halbmondförmige Abdrücke auf dem dunklen, polierten Holz. Sie lauschte, doch sie hörte keine Schritte hinter sich, als sie an ihrem Zimmer angelangte.

Sie ließ Umhang und Nachthemd vor dem Feuer zum Trocknen liegen und stieg nackt ins Bett, nachdem sie sich Haare und Gesicht abgetrocknet hatte. Sie zitterte, doch das Gefühl der Baumwollaken auf ihrer nackten Haut war wundervoll. Sie räkelte sich und wackelte mit den Zehen, dann drehte sie sich auf die Seite, rollte sich fest um ihren Schwerpunkt zusammen und ließ die beständige Wärme aus ihrem Inneren nach außen weichen, wo sie nach und nach ihre Haut erreichte und einen kleinen Kokon der Wärme um sie bildete.

Sie ließ die Szene auf dem Gartenweg noch einmal vor ihrem inneren Auge ablaufen, und ganz allmählich nahmen die verschwommenen Gedanken, die ihr im Kopf herumgerattert waren, eine rationale Gestalt an.

Lord John begegnete ihr stets aufmerksam und respektvoll – oft belustigt oder bewundernd –, doch irgend etwas fehlte. Sie war nicht in der Lage gewesen, es zu identifizieren – lange Zeit war es ihr nicht einmal aufgefallen –, doch jetzt wußte sie, was es war, ohne jeden Zweifel.

Wie die meisten auffallend schönen Frauen war auch sie an die offene Bewunderung der Männer gewöhnt, und auch Lord John brachte ihr diese entgegen. Doch unter der Bewunderung lag für gewöhnlich eine tiefere Aufmerksamkeit, subtiler als Blick oder Geste, eine Vibration wie der entfernte Klang einer Glocke, eine instinktive Bestätigung, daß man sie als Frau wahrnahm. Bei ihrer ersten Begegnung hatte sie geglaubt, dies bei Lord John zu spüren, doch bei den darauffolgenden Begegnungen war es fortgewesen, und sie war zu dem Schluß gekommen, daß sie es anfangs irrtümlich angenommen hatte.

Sie hätte es schon eher erraten können, dachte sie; sie hatte diese innere Gleichgültigkeit schon einmal erlebt, beim Zimmergenossen eines beiläufigen Freundes. Andererseits verbarg Lord John es sehr gut; sie wäre nie darauf gekommen, wäre sie ihm nicht zufällig im Hof begegnet. Nein, sie brachte ihn nicht zum Klingen. Doch als er aus dem Dienstbotenquartier gekommen war, da hatte er gedröhnt wie eine Alarmglocke.

Sie fragte sich kurz, ob ihr Vater es wußte, verwarf die Möglichkeit dann aber wieder. Nach seinen Erfahrungen im Gefängnis von Wentworth konnte er unmöglich solch liebevolle Hochachtung, wie er sie für Lord John empfand, für einen Mann mit dessen Vorlieben hegen.

Sie drehte sich auf den Rücken. Die glänzende Baumwolle des Lakens glitt liebkosend über die nackte Haut ihrer Brüste und Oberschenkel. Sie bemerkte das Gefühl unbewußt, und als sich ihre Brustwarze versteifte, hob sie automatisch die Hand, um ihre Brust zu umfassen, spürte in der Erinnerung Rogers große, warme Hand – und eine unvermittelte Welle des Verlangens. Dann fühlte sie in der Erinnerung den plötzlichen Griff groberer Hände, die sie kniffen und rieben, und das Verlangen verwandelte sich augenblicklich in ohnmächtige Wut. Sie warf sich auf den Bauch, die Arme unter den Brüsten gekreuzt und das Gesicht in ihrem Kissen vergraben, die Beine zusammengeklemmt und die Zähne in sinnloser Selbstverteidigung zusammengebissen.

Das Baby war ein großer, unbequemer Kloß; inzwischen war es unmöglich geworden, so zu liegen. Mit einem leisen, halb ausgesprochenen Fluch drehte sie sich um und wälzte sich aus dem Bett, fort von den verräterischen, verführerischen Laken.

Sie ging nackt durch das halbdunkle Zimmer, stellte sich erneut ans Fenster und blickte hinaus auf den niederprasselnden Regen. Ihr Haar hing ihr feucht über den Rücken, und Kälte kam durch das Glas und überzog die weiße Haut auf ihren Armen, Beinen und ihrem Bauch mit einer Gänsehaut. Sie machte weder Anstalten, sich zu bedecken, noch zurück ins Bett zu gehen, sondern stand einfach nur da und blickte hinaus, eine Hand auf ihrem Kugelbauch, in dem es sanft zappelte.

Bald würde es zu spät sein. Schon als sie aufbrachen, hatte sie gewußt, daß es zu spät war – und ihre Mutter auch. Doch keine von ihnen hatte es der anderen eingestehen wollen; sie hatten beide so getan, als würde Roger rechtzeitig zurückkehren, als würde er mit ihr nach Hispaniola segeln, als würden sie den Rückweg durch die Steine finden – zusammen.

Sie legte ihre andere Hand auf das Glas; sogleich bildete sich ein Nebel aus Kondenswasser entlang der Umrisse ihrer Finger. Es war Anfang März; vielleicht blieben ihr noch drei Monate, vielleicht weniger. Die Reise zur Küste würde eine Woche dauern, vielleicht zwei. Doch kein Schiff würde im März die verräterischen Outer Banks riskieren. Anfang April, frühestens, bevor die Reise unternommen werden konnte. Wie lange bis zu den Westindischen Inseln? Zwei Wochen, drei?

Also Ende April. Und ein paar Tage, um ins Landesinnere zu gelangen, die Höhle zu finden; es würde langsam vorangehen, sich im achten Monat durch den Dschungel zu kämpfen. Und gefährlich sein, obwohl das eine relativ geringe Rolle spielte.

So könnte es geschehen, wenn Roger jetzt hier wäre. Doch das war er nicht. Vielleicht würde er auch nicht kommen, doch sie focht hart dagegen an, sich diese Möglichkeit auszumalen. Wenn sie nicht darüber nachdachte, auf wie viele Arten er sterben konnte, dann würde er auch nicht sterben; das war einer der Grundsätze ihres hartnäckigen Glaubens; die anderen lauteten, daß er noch nicht tot war und daß ihre Mutter zurückkommen würde, bevor das Kind geboren war. Was ihren Vater anging – wieder kochte ihre Wut hoch, wie immer, wenn sie an ihn dachte – ihn oder Bonnet – also gab sie sich Mühe, so wenig wie möglich an sie zu denken.

Sie betete natürlich, so fest sie konnte, doch Beten und Warten war nicht ihre Sache; sie war zum Handeln geboren. Hätte sie doch nur mit ihnen gehen können, um Roger zu suchen!

Doch in dieser Hinsicht hatte sie keine Wahl gehabt. Sie biß die Zähne zusammen und breitete ihre Hand flach über ihren Bauch. Sie hatte in vielen Dingen keine Wahl gehabt. Doch sie hatte die eine Wahl getroffen – ihr Kind zu behalten –, und jetzt würde sie mit den Konsequenzen leben müssen.

Sie fing an zu zittern. Abrupt wandte sie sich vom Anblick des Sturms ab und ging zum Feuer. Eine kleine Flammenzunge spielte über die geschwärzte Rückseite eines rotknisternden Scheites, und das Herz der Holzkohlen glühte rot und weiß.

Sie sank auf den Teppich vor dem Kamin und schloß die Augen, als die Hitze des Feuers wohlige Wellen über ihre kalte Haut aussandte, liebkosend wie das Streicheln einer Hand. Diesmal unterdrückte sie jeden Gedanken an Bonnet, verweigerte ihm den Einlaß in ihren Kopf und konzentrierte sich statt dessen mit aller Gewalt auf die wenigen kostbaren Erinnerungen, die sie an Roger hatte.

... leg deine Hand auf mein Herz. Sag mir, ob es stehenbleibt... Sie konnte ihn hören, halb atemlos, halb erstickt zwischen Lachen und Leidenschaft.

Woher zum Teufel weißt du das? Das rauhe Gefühl lockiger Haare unter ihren Handflächen, die glatten, harten Rundungen seiner Schultern, sein Pulsschlag an der Seite seines Halses, als sie ihn zu sich herunterzog und ihren Mund auf ihn legte, weil sie ihn am liebsten vor Verlangen gebissen hätte, ihn schmecken wollte, das Salz und den Staub seiner Haut atmen wollte.

Seine dunklen und geheimen Stellen, die sie nur vom Gefühl her kannte, an die sie sich als ein sanftes Gewicht erinnerte, das verletzlich in ihrer Handfläche herumrollte, komplexe Kurven und Vertiefungen, die sich zögernd ihren tastenden Fingerspitzen hingaben *(Oh, Gott, hör nicht auf, aber vorsichtig, aye? Oh!)*, jene seltsame, faltige Seide, die sich spannte und glättete, aufsteigend ihre Hand füllte, still und wunderbar wie der Stengel einer nachtblühenden Pflanze, deren Blüte sich beim Zusehen öffnet.

Seine Sanftheit, als er sie berührte *(Himmel, ich wünschte, ich könnte dein Gesicht sehen, damit ich weiß, wie es für dich ist, ob ich es richtig mache. Ist das gut, hier? Sag's mir, Brianna, sprich mit mir...)*; als sie ihn erkundete, und dann der Moment, an dem sie ihn zu weit gedrängt hatte, ihr Mund auf seiner Brustwarze. Sie spürte noch einmal den erstaunlichen Sog der Kraft in ihm, als er jegliche Beherrschung aufgab und sie packte, sie hochhob, als wöge sie nichts, sie gegen das Stroh zurückrollte und sie nahm. Halb zögerte er, als er sich auf ihr frisch zerrissenes Häutchen besann, dann erfüllte er die Forderung ihrer Fingernägel in seinem Rücken, mit aller Kraft zu ihr zu kommen, drängte sie über die Furcht vor seinem Eindringen hinaus dazu, ihn aufzunehmen, ihn willkommen zu heißen, und schließlich zu einem Rausch, der genauso stark war wie der seine, während er die letzte Membran der Zurückhaltung zwischen ihnen zerriß und sie für immer in einer Flut aus Schweiß und Moschus und Blut und Samen verband.

Sie stöhnte laut auf, erschauerte und lag dann still, zu schwach, um auch nur ihre Hand wegzunehmen. Ihr Herz schlug ganz langsam. Ihr Bauch war gespannt wie eine Trommel, während die letzte der Zuckungen ihren geschwollenen Unterleib langsam wieder freigab. Eine Hälfte ihres Körpers glühte vor Hitze, die andere war kühl und dunkel.

Nach einer Weile rollte sie sich auf Hände und Knie und kroch vom Feuer fort. Sie hievte sich auf das Bett wie ein verwundetes Tier, lag halb betäubt da und ignorierte die kalten und heißen Luftströmungen, die über sie hinwegspielten.

Schließlich regte sie sich, zog eine Decke über sich und drehte sich zur Wand, die Hände schützend über ihrem Baby gekreuzt. Ja, es war zu spät. Sie mußte Empfindung und Sehnsucht beiseite schieben, zusammen mit Liebe und Wut. Sie mußte dem blinden Drängen ihres Körpers und ihrer Emotionen widerstehen. Es galt, Entscheidungen zu treffen.

Sie brauchte drei Tage, um sich von den Erfolgsaussichten ihres Plans zu überzeugen, ihre Skrupel zu überwinden und schließlich einen geeigneten Zeitpunkt und Ort ausfindig zu machen, an dem sie ihn allein antreffen konnte.

Am Dienstag kam schließlich ihre Gelegenheit. Jocasta hatte sich mit Duncan Innes und den Büchern ins Studierzimmer zurückgezogen, Ulysses war – nach einem kurzen, unergründlichen Blick auf die geschlossene Tür des Studierzimmers – in die Küche gegangen, um die Vorbereitungen für ein weiteres, üppiges Abendessen zu Ehren Seiner Lordschaft zu beaufsichtigen, und sie war Phaedre losgeworden, indem sie sie per Pferd nach Barra Meadows geschickt hatte, um ein Buch abzuholen, daß Jenny Ban Campbell ihr versprochen hatte.

Angetan mit einem frischen, blauen Kamelottkleid, das zu ihrer Augenfarbe paßte, und hämmernden Herzens hatte sie sich aufgemacht, um ihrem Opfer aufzulauern. Sie fand ihn in der Bibliothek, wo er an einer der Glastüren die *Selbstbetrachtungen* des Marc Aurel las, während die Morgensonne, die über seiner Schulter hereinströmte, sein glattes, helles Haar glänzen ließ wie Buttertoffee.

Er sah von seinem Buch auf, als sie hereinkam – ein Nilpferd hätte einen eleganteren Auftritt zustande gebracht, dachte sie aufgebracht, als sich ihr Rock durch ihre Nervosität an der Ecke eines Nippestischchens verfing –, dann legte er es graziös beiseite und sprang auf, um sich über ihre Hand zu beugen.

»Nein, ich möchte mich nicht hinsetzen, danke.« Sie schüttelte den Kopf, als er ihr einen Platz anbot. »Ich habe mich gefragt – also, ich habe mir gedacht, ich gehe spazieren. Möchtet Ihr mich begleiten?«

Die unteren Scheiben der Glastür waren von Frost überzogen, eine steife Brise heulte um das Haus, und innen gab es weiche Sessel, Brandy und ein loderndes Feuer. Doch Lord John war ein Gentleman.

»Nichts, was ich lieber täte«, versicherte er ihr galant und ließ Marc Aurel im Stich, ohne ihm auch nur einen weiteren Blick zu schenken.

Es war ein heller Tag, wenn auch sehr kalt. In dicken Umhängen vermummt wandten sie sich zum Gemüsegarten, dessen hohe Mauern ihnen ein wenig Schutz vor dem Wind gewährten. Sie tauschten kurze, atemlose Bemerkungen über die Helligkeit des Tages aus, versicherten sich gegenseitig, daß sie nicht im mindesten froren, und gelangten so durch einen kleinen Torbogen in den ummauerten Kräutergarten. Brianna sah sich um; sie waren völlig allein, und sie würde jeden sehen können, der den Weg entlangkam. Am besten also keine Zeit verlieren.

»Ich habe Euch einen Vorschlag zu machen«, sagte sie.

»Ich bin mir sicher, daß jede Idee, die von Euch kommt, nur erfreulich sein kann, meine Liebe«, sagte er mit dem Hauch eines Lächelns.

»Na, ich weiß nicht«, sagte sie und holte tief Luft. »Aber hier ist sie. Ich will, daß Ihr mich heiratet.«

Er lächelte weiter und wartete offensichtlich auf die Pointe.

»Ich meine es ernst«, sagte sie.

Das Lächeln verschwand nicht ganz, doch es veränderte sich. Sie war sich nicht sicher, ob er über ihre Taktlosigkeit bestürzt war oder nur versuchte, nicht zu lachen, doch sie vermutete letzteres.

»Ich will nichts von Eurem Geld«, versicherte sie ihm. »Ich werde es Euch schriftlich geben. Und Ihr braucht auch nicht mit mir zusammenzuleben, obwohl es wahrscheinlich nicht dumm wäre, wenn ich mit Euch nach Virginia gehen würde, zumindest eine Zeitlang. Was ich für Euch tun könnte...« Sie zögerte, denn sie wußte daß ihr Beitrag zu diesem Handel der weniger zugkräftige war. »Ich bin kräftig, aber das spielt für Euch keine Rolle, da Ihr Dienstboten habt. Aber ich bin eine gute Verwalterin – ich kann Bücher führen, und ich glaube, ich weiß, wie man eine Plantage betreibt. Ich *weiß*, wie man Dinge baut. Ich könnte Euer Anwesen in Virginia verwalten, wenn Ihr in England seid. Und... Ihr habt einen kleinen Sohn, nicht wahr? Ich kümmere mich um ihn; ich würde ihm eine gute Mutter sein.«

Lord John war während dieses Vortrags abrupt auf dem Weg stehengeblieben. Jetzt lehnte er sich langsam mit dem Rücken an die Steinmauer und drehte die Augen mit einem stummen Gebet um Verständnis zum Himmel.

»Lieber Gott im Himmel«, sagte er. »Daß ich es noch erleben darf, ein solches Angebot zu hören!« Dann senkte er den Kopf und sah sie direkt und durchdringend an.

»Habt Ihr den Verstand verloren?«

»Nein«, sagte sie, während sie sich bemühte, die Fassung zu behalten. »Es ist doch ein absolut vernünftiger Vorschlag.«

»Ich habe ja schon davon gehört«, sagte er mit großer Vorsicht, wobei er ihren Bauch ins Auge faßte, »daß Frauen in anderen Umständen leicht... erregbar sind, als Folge ihres Zustandes. Ich gestehe jedoch, daß meine Erfahrungen furchtbar begrenzt sind, was... das heißt – vielleicht sollte ich Dr. Fentiman rufen lassen?«

Sie richtete sich zu voller Größe auf, legte eine Hand auf die Mauer und beugte sich zu ihm hinüber. Sie sah ganz bewußt auf ihn hinunter und setzte ihre Größe ein, um ihm zu drohen.

»Nein, das solltet Ihr nicht«, sagte sie in gemäßigtem Tonfall.

»Hört mir zu, Lord John. Ich bin nicht verrückt, ich treibe keine Spielchen, und ich möchte Euch auch in keiner Weise zur Last fallen – aber ich meine es völlig ernst.«

Die Kälte hatte seine blasse Haut gerötet, und ein feuchter Tropfen glitzerte an seiner Nasenspitze. Er wischte ihn mit einer Falte seines Umhangs ab und betrachtete sie mit einem Ausdruck zwischen Interesse und Grauen. Immerhin hatte er aufgehört zu lachen.

Ihr war ein bißchen übel, doch sie würde es tun müssen. Sie hatte gehofft, daß es vermeidbar sein würde, doch es schien keine andere Möglichkeit zu geben.

»Wenn Ihr Euch nicht einverstanden erklärt, mich zu heiraten«, sagte sie, »dann stelle ich Euch bloß.«

»Dann tut Ihr was?« Seine übliche Maske der Weltläufigkeit war verschwunden, und Verwunderung und aufkeimender Argwohn waren an ihrer Stelle zurückgeblieben.

Sie trug Wollhandschuhe, doch ihre Finger fühlten sich gefroren an – genau wie alles andere, außer dem warmen Gewicht ihres schlafenden Kindes.

»Ich weiß, was Ihr gemacht habt – neulich nachts, in der Dienstbotenunterkunft. Ich sage es allen; meiner Tante, Mr. Campbell, dem Sheriff. Ich werde Briefe schreiben«, sagte sie, und ihre Lippen fühlten sich taub an, während sie ihre lächerliche Drohung aussprach. »An den Gouverneur, und den Gouverneur von Virginia. Man stellt Päderasten hier an den Pranger; Mr. Campbell hat es mir erzählt.«

Ein Stirnrunzeln zog seine Brauen zusammen; sie waren so hell, daß sie sich kaum von seiner Haut abhoben, wenn er in kräftigem Licht stand. Sie erinnerten sie an Lizzies.

»Hört bitte auf, so auf mich herabzusehen.«

Er ergriff ihr Handgelenk und setzte sie in Bewegung, fort vom Haus. Ihr kam der Gedanke, daß er sie vielleicht zum Fluß hinunterbringen wollte, außer Sichtweite, und versuchen wollte, sie zu ertränken. Sie hielt es für unwahrscheinlich, wehrte sich aber dennoch gegen die Richtung, in die er sie drängte, und wandte sich zu den rechtwinklig angelegten Pfaden des Gemüsegartens zurück.

Er erhob keinen Widerspruch, sondern ging mit ihr, auch wenn das bedeutete, geradewegs gegen den Wind zu marschieren. Er sagte nichts, bis sie eine weitere Wendung gemacht und eine windgeschützte Ecke neben dem Zwiebelbeet erreicht hatten.

»Ich bin fast versucht, Eurem empörenden Vorschlag zuzustimmen«, sagte er schließlich, und sein Mundwinkel zuckte – ob aus Wut oder vor Belustigung, das konnte sie nicht sagen.

»Eure Tante würde es mit Sicherheit freuen. Eure Mutter würde es empören. Und es würde *Euch* lehren, mit dem Feuer zu spielen, das versichere ich Euch.« Sie entdeckte einen Glanz in seinem Blick, der sie ruckartig an ihren Schlußfolgerungen über seine Vorlieben zweifeln ließ. Sie wich ein wenig vor ihm zurück.

»Oh. Ich hatte nicht bedacht – daß Ihr vielleicht... Männer *und* Frauen, meine ich.«

»Ich *bin* verheiratet gewesen«, erinnerte er sie mit triefendem Sarkasmus.

»Ja, aber ich dachte, das wäre vielleicht etwas Ähnliches gewesen wie das, was ich Euch vorschlage – nur eine Formsache, meine ich. Das hat mich überhaupt auf den Gedanken gebracht, als ich erst einmal erkannt hatte, daß Ihr –« Sie brach mit einer ungeduldigen Geste ab. »Wollt Ihr mir sagen, daß Ihr wirklich mit Männern und mit Frauen ins Bett geht?«

Er zog eine Augenbraue hoch.

»Würde das einen großen Unterschied für Eure Pläne bedeuten?«

»Tja...«, sagte sie unsicher. »Ja. Ja, das würde es. Wenn ich das gewußt hätte, hätte ich den Vorschlag nicht gemacht.«

»›Vorschlag‹, sagt sie«, brummte er. »Öffentliche Denunziation? Der Pranger? *Vorschlag?*«

Das Blut brannte so heiß in ihren Wangen, daß es sie überraschte, die Luft um ihr Gesicht herum nicht verdampfen zu sehen.

»Es tut mir leid«, sagte sie. »Ich hätte es nicht getan. Ihr müßt mir glauben, ich hätte wirklich zu niemandem ein Wort gesagt. Es ist nur, als Ihr gelacht habt, da dachte ich – egal, es spielt keine Rolle. Wenn Ihr mit mir schlafen wolltet, dann könnte ich Euch nicht heiraten – es wäre nicht richtig.«

Er schloß die Augen ganz fest und hielt sie einen Augenblick lang zugekniffen. Dann öffnete er eines seiner hellblauen Augen und sah sie an.

»Warum nicht?« fragte er.

»Wegen Roger«, sagte sie und war erbost zu hören, wie ihre Stimme sich bei dem Namen überschlug. Und noch wütender darüber, daß sie spürte, wie ihr eine heiße Träne entwischte und über die Wange lief.

»Verdammt!« sagte sie. »Gottverdammt! Ich wollte nicht einmal an ihn *denken!*«

Sie wischte die Träne wütend fort und biß die Zähne zusammen.

»Vielleicht habt Ihr recht«, sagte sie. »Vielleicht liegt es an der Schwangerschaft. Ich weine andauernd ohne Grund.«

»Ich bezweifle sehr, daß es keinen Grund gibt«, sagte er trocken.

Sie holte tief Luft, und die kalte Luft höhlte ihr die Brust aus. Sie hatte also noch eine letzte Karte zu verspielen.

»Wenn Ihr Frauen begehrt... könnte ich nicht – ich meine, ich will nicht regelmäßig mit Euch schlafen. Und es würde mir nichts ausmachen, wenn Ihr mit jemand anderem schlaft – Mann oder Frau –«

»Oh, vielen Dank«, brummte er, doch sie ignorierte ihn und konzentrierte sich nur auf den Drang, alles herauszubringen.

»Aber ich verstehe, daß Ihr Euch vielleicht ein eigenes Kind wünscht. Es wäre nicht recht, wenn ich Euch davon abhalten würde, eins zu bekommen. Das kann ich Euch geben, glaube ich.« Sie sah an sich herunter, die Arme über ihrem Kugelbauch verschränkt.

»Alle sagen, ich bin zum Gebären gemacht«, fuhr sie unbeirrt fort, den Blick auf ihre Füße gerichtet. »Ich würde – aber nur, bis ich wieder schwanger würde. Das müßtet Ihr auch in den Vertrag setzen – Mr. Campbell könnte ihn aufsetzen.«

Lord John massierte sich die Stirn. Offensichtlich litt er an einer massiven Kopfschmerzattacke. Dann ließ er seine Hand sinken und faßte sie am Arm.

»Kommt und setzt Euch, Kind«, sagte er ruhig. »Am besten erzählt Ihr mir, was zum Teufel Ihr vorhabt.«

Sie holte tief und heftig Luft, um ihre Stimme zu kräftigen.

»Ich bin kein Kind«, sagte sie. Er blickte zu ihr hoch und schien seine Meinung über irgend etwas zu ändern.

»Nein, das seid Ihr nicht – Gott steh uns beiden bei. Aber bevor Ihr Farquard Campbell mit Eurer Vorstellung von einem passenden Ehevertrag den Schreck seines Lebens einjagt, bitte ich Euch, Euch einen Augenblick zu mir zu setzen und die Gedankengänge Eures überaus bemerkenswerten Gehirns mit mir zu teilen.« Er schob sie durch den Torbogen in den Ziergarten, wo sie vom Haus aus nicht zu sehen sein würden.

Der Garten war kahl, aber gepflegt; die toten Stengel des vergangenen Jahres waren herausgezogen, die trockenen Stiele kleingehackt und als Mulch auf den Beeten verstreut worden. Nur das Rundbeet, das den trockenen Springbrunnen umgab, zeigte Lebenszeichen; grüne Krokusspitzen lugten wie winzige Rammböcke aus dem Boden hervor, leuchtend und unnachgiebig.

Sie setzten sich hin, doch sie konnte nicht stillsitzen. Nicht stillsitzen und ihn dabei ansehen. Er stand gemeinsam mit ihr auf und ging neben ihr her. Er berührte sie nicht, hielt aber mit ihr Schritt, während der Wind ihm die hellen Haarsträhnen ins Gesicht wehte, sagte kein Wort, hörte aber zu, hörte zu, während sie ihm fast alles erzählte.

»Also habe ich nachgedacht und nachgedacht«, endete sie verzweifelt. »Und es führt nirgendwohin. Versteht Ihr? Mutter und – und Pa, sie sind irgendwo da draußen –« Sie schwenkte den Arm in Richtung der fernen Berge. »Ihnen könnte alles mögliche zugestoßen sein. Und ich sitze hier, werde dicker und dicker, und es gibt nichts, was ich *tun* kann!«

Sie blickte zu ihm herunter und fuhr sich mit dem Rücken ihres Handschuhs unter der tropfenden Nase entlang.

»Ich weine nicht«, versicherte sie ihm, obwohl sie es doch tat.

»Natürlich nicht«, sagte er. Er ergriff ihre Hand und legte sie über seinen Arm.

»Ringel, Ringel, Rose«, murmelte er, den Blick auf das bunte Pflaster des Weges gerichtet, während sie den Brunnen umkreisten.

»Ja, Ringel, Ringel, Rose, Butter in die Dose«, pflichtete sie ihm bei. »Und in drei Monaten macht die Dose Peng! Ich muß irgend etwas tun«, schloß sie elend.

»Glaubt es oder nicht, in Eurem Fall *tut* Ihr etwas, wenn Ihr wartet, auch wenn ich zugebe, daß es nicht danach aussehen mag«, antwortete er trocken. »Warum wollt Ihr nicht abwarten, ob die Suche Eures Vaters erfolgreich ist? Liegt es daran, daß Euer Ehrgefühl es Euch nicht gestattet? Oder –«

»Nicht meine Ehre«, sagte sie. »Seine. Rogers. Er ist – er ist mir gefolgt. Er hat – alles aufgegeben – und er ist mir hinterhergereist, als ich hierherkam, um meinen Vater zu suchen. Ich wußte, daß er es tun würde, und so war es auch.«

»Wenn er das hier herausfindet«, sie zog eine Grimasse und legte eine Hand um ihren Kugelbauch, »dann wird er mich heiraten; er wird glauben, daß er das muß. Und das kann ich nicht zulassen.«

»Warum nicht?«

»Weil ich ihn liebe. Ich will nicht, daß er mich aus Pflichtgefühl heiratet. Und ich –« Sie preßte ihre Lippen über dem Rest zusammen. »Es geht nicht«, schloß sie bestimmt. »Ich habe mich entschieden, und es geht nicht.«

Lord John zog seinen Umhang fester, als ein frischer Windstoß wie eine Rakete vom Fluß herangestoßen kam. Es roch nach Eis und totem Laub, doch es lag ein Hauch von Frische darin; der Frühling war im Anmarsch.

»Ich verstehe«, sagte er. »Tja, ich stimme völlig mit Eurer Tante überein, daß Ihr einen Ehemann braucht. Aber warum ich?« Er zog seine bleiche Augenbraue hoch. »Liegt es an meinem Titel oder meinem Reichtum?«

»Keins von beidem. Es war, weil ich mir sicher war, daß Ihr keine Frauen mögt«, sagte sie und warf ihm einen dieser unverhüllten, blauen Blicke zu.

»Ich *mag* Frauen«, sagte er entnervt. »Ich bewundere und ehre sie, und ich hege beträchtliche Zuneigung für diverse Mitglieder des weiblichen Geschlechts – darunter auch Eure Mutter, auch wenn ich bezweifle, daß dieses Gefühl auf Gegenseitigkeit beruht. Doch ich suche kein Vergnügen in ihren Betten. Drücke ich mich deutlich genug aus?«

»Ja«, sagte sie, und die kleinen Linien zwischen ihren Augen verschwanden wie durch Zauberei. »Das dachte ich auch. Versteht Ihr, es wäre nicht recht von mir, Mr. MacNeill oder Barton McLachlan oder einen anderen dieser Männer zu heiraten, weil ich damit etwas versprechen würde, was ich ihnen nicht geben könnte. Aber ich will sie sowieso nicht, also gibt es keinen Grund, warum ich Euch nicht heiraten könnte.«

Er unterdrückte ein starkes Bedürfnis, seinen Kopf gegen die Mauer zu donnern.

»Aber sicher gibt es den.«

»Was denn?«

»Um nur den offensichtlichsten zu nennen, würde mir Euer Vater zweifellos den Hals brechen!«

»Warum denn das?« wollte sie stirnrunzelnd wissen. »Er hat Euch gern; er sagt, Ihr seid einer seiner besten Freunde.«

»Ich habe die Ehre, in seiner Hochachtung zu stehen«, sagte er kurz. »Allerdings würde diese Hochachtung sehr schnell aufhören zu existieren, wenn Jamie Fraser entdecken würde, daß seine Tochter einem abartigen Sodomiten als Gespielin und Zuchtstute dient.«

»Und wie sollte er das herausbekommen?« wollte sie wissen. »*Ich* würde es ihm nicht sagen.« Dann errötete sie, und als sie jetzt seinem empörten Blick begegnete, brach sie in Gelächter aus, in das er hilflos einfiel.

»Also, es tut mir leid, aber das habt *Ihr* gesagt«, japste sie schließlich, während sie sich hinsetzte und sich die tränenden Augen mit dem Saum ihres Umhangs trocknete.

»Oh, Himmel. Ja, das habe ich.« Abwesend strich er sich eine Haarsträhne aus dem Mund und wischte sich erneut die laufende Nase an seinem Ärmel ab. »Verdammt, warum habe ich kein Taschentuch? Ich habe es gesagt, weil es stimmt. Und was Euren Vater angeht, so ist er sich der Tatsache sehr wohl bewußt.«

»Ja?« Sie schien unverhältnismäßig überrascht zu sein. »Aber ich dachte, er würde niemals –«

Das Aufleuchten einer gelben Schürze unterbrach sie; eine der Küchenmägde befand sich in einem angrenzenden Garten. Kommentarlos stand Lord John auf und reichte ihr die Hand; sie erhob sich schwerfällig, und sie liefen auf die trockene, braune Kruste der Rasenfläche hinaus, von ihren aufgeblähten Umhängen wie von Segeln umweht.

Die Steinbank unter der Weide war um diese Jahreszeit ihres üblichen Charmes beraubt, doch immerhin war sie vor den eisigen Windstößen geschützt, die vom Fluß herauftobten. Lord John wartete, bis sie saß, setzte sich dann ebenfalls und nieste heftig. Sie öffnete ihren Umhang, nestelte im Ausschnitt ihres Kleides herum und brachte schließlich ein zerknittertes Taschentuch zum Vorschein, das sie ihm unter Entschuldigungen reichte.

Es war warm und roch nach ihr – ein verwirrender Geruch nach Mädchenhaut, mit Nelken und Lavendel gewürzt.

»Was Ihr gesagt habt, daß Ihr mich lehren wolltet, mit dem Feuer zu spielen«, sagte sie. »Was genau habt Ihr damit gemeint?«

»Nichts«, sagte er, doch jetzt war es an ihm zu erröten.

»Nichts, hm?« sagte sie und schenkte ihm den Hauch eines ironischen Lächelns. »Das war eine Drohung, wenn ich je eine gehört habe.«

Er seufzte und wischte sich noch einmal mit dem Taschentuch über das Gesicht.

»Ihr seid offen zu mir gewesen«, sagte er. »Bis zur Schmerzgrenze und weit darüber hinaus. Gut, ja, ich schätze, ich – nein, es *war* eine Drohung.« Er ergab sich mit einer kleinen Geste. »Ihr seht aus wie Euer Vater, versteht Ihr das nicht?«

Sie sah ihn stirnrunzelnd an; offensichtlich sagten seine Worte ihr nichts. Dann flackerte die Erkenntnis auf und erwachte zu vollem Leben. Sie saß kerzengerade da und starrte zu ihm hinunter.

»Nicht Ihr – nicht Pa! Das würde er nicht tun!«

»Nein«, sagte Lord John sehr trocken. »Das würde er nicht tun. Obwohl Euer Erschrecken kaum ein Kompliment für mich ist. Und was diese Aussage auch immer wert ist, ich würde Eure Ähnlichkeit mit ihm unter keinen Umständen ausnutzen – das war eine ebenso leere Drohung wie die Eure, mich bloßzustellen.«

»Wo habt Ihr... meinen Vater kennengelernt?« fragte sie vorsichtig, und ihre eigenen Sorgen traten für einen Moment hinter ihre Neugier zurück.

»Im Gefängnis. Ihr wißt, daß er nach dem Aufstand eine Zeit im Gefängnis verbracht hat?«

Sie nickte mit einem leichten Stirnrunzeln.

»Ja. Gut. Lassen wir es einfach dabei, daß ich Gefühle besonderer Zuneigung für Jamie Fraser hege, und zwar schon seit Jahren.« Er schüttelte den Kopf und seufzte.

»Und jetzt kommt Ihr und bietet mir Euren unschuldigen Körper an, mit all seinen Anklängen an *seinen* Körper – und versprecht mir noch dazu ein Kind, das mein Blut mit dem seinen vermischen würde – und das alles, weil Eure Ehre nicht zuläßt, daß Ihr den Mann heiratet, den Ihr liebt, oder den Mann liebt, den Ihr heiratet.« Er brach ab und ließ den Kopf in seine Hände sinken.

»Kind, Ihr würdet einen Engel zum Weinen bringen, und ich bin weiß Gott kein Engel!«

»Meine Mutter findet aber, daß Ihr einer seid.«

Er blickte aufgeschreckt zu ihr hoch.

»Sie findet *was*?«

»Vielleicht würde sie nicht *ganz* soweit gehen«, verbesserte sie sich immer noch stirnrunzelnd. »Aber sie sagt, Ihr seid ein guter Mensch. Ich glaube, sie mag Euch, wenn auch etwas widerstrebend. Natürlich verstehe ich das jetzt; sie muß ja wissen – was Ihr... äh... empfindet...« Sie hustete und verbarg ihr Erröten in einer Falte ihres Umhangs.

»Teufel noch mal«, brummte er. »Oh, Tod und Teufel. Ich hätte niemals mit Euch ins Freie kommen sollen. Ja, das weiß sie. Obwohl ich mir ehrlich gesagt nicht sicher bin, warum sie mich mit Argwohn betrachtet. Es kann ja wohl nicht aus Eifersucht sein.«

Brianna schüttelte den Kopf und kaute nachdenklich auf ihrer Unterlippe herum.

»Ich glaube, sie befürchtet, daß Ihr ihn irgendwie verletzen werdet. Sie hat Angst um ihn, versteht Ihr?«

Er blickte aufgeschreckt zu ihr hoch.

»Ihn verletzen? Wie? Glaubt sie, daß ich über ihn herfallen und entwürdigende Verwerflichkeiten an seiner Person begehen werde?«

Er sagte es scherzhaft, doch ein Flackern in ihren Augen ließ die Worte in seiner Kehle ersticken. Er umklammerte ihren Arm fester. Sie biß sich auf die Lippe, dann entfernte sie sanft seine Hand und legte sie auf sein Knie.

»Habt Ihr meinen Vater jemals ohne Hemd gesehen?«

»Meint Ihr die Narben auf seinem Rücken?«

Sie nickte.

Er trommelte unruhig mit den Fingern auf seine Knie, geräuschlos auf dem guten Wollstoff.

»Ja, das habe ich gesehen. Das war ich.«

Ihr Kopf fuhr zurück, die Augen weit aufgerissen. Ihre Nasenspitze war kirschrot, doch ansonsten war ihre Haut so bleich, daß ihr Haar und ihre Augenbrauen ihr das ganze Leben ausgesaugt zu haben schienen.

»Nicht alles«, sagte er und starrte auf ein Beet mit abgestorbenen Stockrosen. »Es war nicht das erste Mal, daß er ausgepeitscht wurde, was es um so schlimmer machte – daß er wußte, was er tat, als er es getan hat.«

»Was... tat?« fragte sie. Langsam änderte sie ihre Position auf der Bank, doch es sah nicht so aus, als ob sie sich ihm zuwandte, sondern vielmehr so, als ob sie in ihren Kleidern dahintrieb wie eine Wolke, die im Wind die Form ändert.

»Ich war der Befehlshaber im Gefängnis vom Ardsmuir; hat er Euch das erzählt? Nein, das habe ich mir gedacht.« Er machte eine ungeduldige Handbewegung, um sich das helle Haar zurückzustreichen, das ihm ins Gesicht peitschte.

»Er war ein Offizier, ein Gentleman. Der einzige Offizier dort. Er war der Sprecher der gefangenen Jakobiten. Wir haben in meinem Quartier zusammen zu Abend gegessen. Wir haben Schach gespielt, uns über Bücher unterhalten. Wir... sind Freunde geworden. Und... auch wieder nicht.«

Er verstummte.

Sie wich vor ihm zurück, und Abscheu lag in ihrem Blick.

»Ihr meint – Ihr habt ihn auspeitschen lassen, weil er nicht –«

»Nein, verdammt, das habe ich nicht!« Er schnappte nach dem Taschentuch und schrubbte wütend über seine Nase. Er schleuderte es zwischen ihnen auf die Sitzbank und funkelte sie an. »Wie könnt Ihr es wagen, eine solche Vermutung zu äußern!«

»Aber Ihr habt doch selbst gesagt, daß Ihr es getan habt!«

»*Er* hat es getan.«

»Man kann sich nicht selber auspeitschen.«

Er setzte zu einer Antwort an und prustete dann. Immer noch wütend zog er eine Augenbraue hoch, bekam seine Gefühle jedoch wieder unter Kontrolle.

»Was man nicht alles kann. Nach allem, was Ihr mir erzählt habt, tut Ihr genau das seit Monaten.«

»Wir sprechen aber nicht über mich.«

»Natürlich tun wir das!«

»Nein, tun wir nicht!« Sie beugte sich zu ihm herüber, die dichten Brauen zusammengezogen. »Was zum Teufel meint Ihr damit, er hat es getan?«

Der Wind blies ihm ins Gesicht. Seine Augen brannten und tränten davon, und er wandte den Blick ab.

»Was mache ich hier eigentlich?« murmelte er vor sich hin. »Ich muß wahnsinnig sein, mit Euch eine solche Unterredung zu führen!«

»Es ist mir egal, ob Ihr wahnsinnig seid oder nicht«, sagte sie und packte ihn beim Ärmel. »Ihr sagt mir jetzt, was geschehen ist!«

Er preßte die Lippen fest zusammen, und für einen Augenblick dachte sie, er würde es nicht tun. Doch er hatte schon zu viel gesagt, um jetzt noch aufzuhören, und er wußte es. Seine Schultern hoben und senkten sich unter seinem Umhang und fielen zusammen, als er sich in sein Schicksal ergab.

»Wir waren Freunde. Dann… hat er meine Gefühle für ihn entdeckt. Er beschloß, unsere Freundschaft zu beenden. Doch das reichte ihm nicht; er wünschte eine endgültige Trennung. Also führte er absichtlich eine Gelegenheit herbei, die so drastisch war, daß sie unsere Beziehung unwiderruflich verändern und jede Chance einer Freundschaft zwischen uns unterbinden mußte. Also hat er gelogen. Während einer Durchsuchung der Gefangenenquartiere behauptete er in aller Öffentlichkeit, ein Stück Tartanstoff, das man gefunden hatte, gehöre ihm. Der Besitz derartiger Dinge war damals gegen das Gesetz – in Schottland ist es immer noch so.«

Er holte tief Luft und atmete wieder aus. Er vermied es, sie anzusehen, sondern konzentrierte seinen Blick auf den Fransenrand der kahlen Bäume am anderen Flußufer, die sich nackt vor dem blassen Frühlingshimmel abzeichneten.

»Ich war der Gouverneur, und es war meine Aufgabe, dieses Gesetz durchzusetzen. Ich war gezwungen, ihn auspeitschen zu lassen. Und er wußte verdammt genau, daß ich das sein würde.«

Er legte den Kopf zurück und lehnte ihn an die gemeißelte Steinlehne der Bank. Seine Augen waren zum Schutz vor dem Wind geschlossen.

»Ich konnte ihm verzeihen, daß er mich nicht begehrte«, sagte er voll stiller Bitterkeit. »Aber ich konnte ihm nicht verzeihen, daß er mich zwang, ihn so zu mißbrauchen. Mich nicht nur zwang, ihm Schmerzen zuzufügen, sondern auch, ihn zu degradieren. Er konnte sich einfach nicht einfach nur weigern, mein Gefühl anzuerkennen; er mußte es vernichten. Es war zu viel.«

Auf der Oberfläche der Flut kochte Treibgut an ihnen vorbei; vom Sturm geknickte Zweige und Äste, eine zerbrochene Planke von der Außenhülle eines Bootes, das irgendwo flußaufwärts Schiffbruch erlitten hatte. Sie bedeckte seine Hand, die auf seinem Knie ruhte, mit der ihren. Sie war etwas größer als seine und warm, weil sie in ihrem schützenden Umhang gesteckt hatte.

»Er hat einen Grund gehabt. Es hat nicht an Euch gelegen. Doch das muß er Euch selbst erzählen, wenn er es will. Doch Ihr habt ihm verziehen«, sagte sie leise. »Warum?«

Jetzt richtete er sich auf und zuckte mit den Achseln, schob ihre Hand aber nicht fort.

»Ich mußte es.« Er sah sie an, sein Blick direkt und ruhig. »Ich habe ihn gehaßt, solange ich konnte. Aber dann wurde mir klar, daß, ihn zu lieben... daß das ein Teil von mir war, und zwar einer der besten Teile. Es spielte keine Rolle, daß er mich nicht lieben konnte, das hatte nichts damit zu tun. Aber wenn ich ihm nicht verzeihen konnte, dann konnte ich ihn auch nicht lieben und hatte diesen Teil von mir verloren. Und irgendwann habe ich festgestellt, daß ich ihn wiederhaben wollte.« Er lächelte schwach. »Ihr seht also, eigentlich war es pure Selbstsucht.«

Dann drückte er ihre Hand, stand auf und zog sie hoch.

»Kommt, meine Liebe. Wir werden beide hier festfrieren, wenn wir noch länger sitzenbleiben.«

Sie gingen zum Haus zurück, sprachen nicht, gingen aber dicht nebeneinander her, Arm in Arm. Als sie wieder die Gärten durchquerten, ergriff er abrupt das Wort.

»Ich glaube, daß Ihr recht habt. Mit jemandem zusammenzuleben, den man liebt, obwohl man weiß, daß er die Beziehung nur aus Pflichtgefühl duldet – nein, das würde ich auch nicht tun. Wenn es auf beiden Seiten nur mit praktischen Gründen und Respekt zu tun hat, dann ja; eine solche Ehe ist ehrenvoll. Solange beide Partner völlig aufrichtig sind«, sein Mund zuckte kurz, während er zum Dienstbotenquartier hinüberblickte, »braucht sich keiner zu schämen.«

Sie sah auf ihn herab und strich sich mit der freien Hand eine zerzauste, kupferne Haarsträhne aus den Augen.

»Dann nehmt Ihr meinen Antrag an?« Das hohle Gefühl in ihrer Brust fühlte sich gar nicht wie die Erleichterung an, mit der sie gerechnet hatte.

»Nein«, sagte er geradeheraus. »Ich mag Jamie Fraser verziehen haben, was er in der Vergangenheit getan hat – doch er würde *mir* niemals verzeihen, wenn ich Euch heiraten würde.« Er lächelte sie an und tätschelte die Hand, die in seiner Armbeuge steckte.

»Aber ich kann Euch zu einer Atempause von Euren Freiern und Eurer Tante verhelfen.« Er blickte auf das Haus, dessen Vorhänge reglos hinter den Scheiben hingen.

»Würdet Ihr annehmen, daß uns jemand beobachtet?«

»Ich würde sagen, Ihr könnt darauf wetten«, sagte sie ein wenig grimmig.

»Gut.« Er zog sich den Saphirring vom Finger, wandte sich ihr zu und ergriff ihre Hand. Er zog ihr den Handschuh aus und ließ ihr den Ring feierlich auf den kleinen Finger gleiten – den einzigen, auf den er paßte. Dann stellte er sich elegant auf die Zehenspitzen und küßte sie auf die Lippen. Ohne ihr Zeit zu lassen, sich von ihrer Überraschung zu erholen, umfaßte er ihre Hand und wandte sich erneut zum Haus. Sein Gesicht war ausdruckslos.

»Kommt, meine Liebe«, sagte er. »Wir wollen unsere Verlobung bekanntgeben.«

60

Die Feuerprobe

Man überließ sie den ganzen Tag sich selbst. Das Feuer war erloschen, und es gab nichts zu essen. Es spielte keine Rolle; keiner der beiden Männer hätte etwas essen können, und kein Feuer hätte jemals die Kälte in Rogers Seele erreicht.

Am späten Nachmittag kehrten die Indianer zurück. Mehrere Krieger eskortierten einen Greis, der in ein wallendes Spitzenhemd und einen gewebten Mantel gekleidet war, das Gesicht mit Rot und Ocker bemalt – der *Sachem*, der einen kleinen, mit einer schwarzen Flüssigkeit gefüllten Keramiktopf in der Hand trug.

Alexandre hatte seine Kleider angezogen; als der *Sachem* auf ihn zutrat, stand er auf, doch keiner von ihnen sprach oder bewegte sich. Der *Sachem* begann, mit seiner gebrochenen, alten Stimme zu singen, tauchte dabei eine Kaninchenpfote in das Töpfchen und malte das Gesicht des Priesters von der Stirn bis zum Kinn schwarz an.

Die Indianer verließen die Hütte wieder, und der Priester setzte sich mit geschlossenen Augen auf den Boden. Roger versuchte, ihn anzusprechen, ihm Wasser anzubieten oder zumindest das Bewußtsein, daß er nicht allein war, doch Alexandre reagierte nicht und saß da, als sei er aus Stein gemeißelt.

Als das Zwielicht dahinschwand, begann er schließlich zu sprechen.

»Mir bleibt nicht mehr viel Zeit«, sagte er leise. »Ich habe Euch schon einmal darum gebeten, für mich zu beten. Damals wußte ich nicht, worum Ihr beten sollt – darum, daß mein Leben verschont wird, oder meine Seele. Jetzt weiß ich, daß keins von beiden möglich ist.«

Roger setzte zum Reden an, doch der Priester zuckte mit der Hand und hielt ihn auf.

»Es gibt nur eines, worum ich bitten kann. Betet für mich, Bruder – daß ich gut sterbe. Betet, daß ich stumm sterbe.« Jetzt sah er Roger zum ersten Mal an, und seine Augen glitzerten feucht. »Ich will ihr keine Schande machen, indem ich schreie.«

Die Dunkelheit war schon seit einiger Zeit hereingebrochen, als das Trommeln begann. Roger hatte während seines ganzen Aufenthaltes im Dorf noch keine Trommeln gehört. Unmöglich zu sagen, wie viele es waren; das Geräusch schien von überall zu kommen. Er spürte es in seinen Knochen und den Sohlen seiner Füße.

Die Mohawk kehrten zurück. Als sie hereinkamen, stand der Priester augenblicklich auf. Er zog sich aus und ging hinaus, nackt, ohne einen Blick zurückzuwerfen.

Roger saß da und starrte den mit Leder verhängten Eingang an. Er betete – und lauschte. Er wußte, was eine Trommel bewirken konnte; hatte es selbst schon bewirkt – Ehrfurcht und Wut geweckt, indem er auf ein gespanntes Lederstück schlug und damit an die dunklen und verborgenen Instinkte des Zuhörers appellierte. Doch sich darüber im klaren zu sein, was vor sich ging, machte es nicht weniger furchterregend.

Er hätte nicht sagen können, wie lange er dasaß und den Trommeln lauschte. Er hörte auch andere Geräusche – Stimmen, Schritte, den Lärm einer großen Menschenansammlung –, und versuchte bewußt, nicht auf Alexandres Stimme zu horchen.

Plötzlich verstummten die Trommeln. Sie begannen erneut, nicht mehr als ein paar zögerliche Schläge, dann endeten sie vollständig. Es erklangen Rufe und dann eine Kakophonie von Schreien. Roger schreckte hoch und humpelte zur Tür. Doch der Wächter war immer noch da; er steckte seinen Kopf durch den Vorhang und gestikulierte drohend, eine Hand an seiner Keule.

Roger blieb stehen, konnte aber nicht zum Feuer zurückkehren. Er stand im Halbdunkel da. Schweiß lief ihm über die Rippen, und er lauschte auf die Geräusche im Freien.

Es hörte sich an, als wären alle Teufel der Hölle losgelassen worden. Was in Gottes Namen ging da draußen vor sich? Ein heftiger Kampf offensichtlich. Aber wer und warum?

Nach der ersten Salve von Schreien hatte das Stimmengewirr nachgelassen, doch es erklangen immer noch einzelne, schrille Heuler und Wehlaute von allen Seiten der zentralen Lichtung. Und er hörte Schläge; Stöhnen und andere Geräusche, die auf einen brutalen Kampf hindeuteten. Etwas knallte gegen die Wand des Langhauses; die Wand erzitterte, und ein Rindenpaneel brach in der Mitte durch.

Roger blickte zur Türklappe; nein, der Wächter beobachtete ihn nicht. Er schoß zu dem Paneel hinüber und riß mit den Fingern daran. Es nützte nichts, die Holzfasern zerbröckelten unter seinen Nägeln, und er fand keinen Halt. Verzweifelt preßte er sein Auge an das Loch, das er gemacht hatte, und versuchte zu sehen, was draußen vor sich ging.

Von der zentralen Lichtung war nur ein schmaler Streifen zu sehen. Er konnte das Langhaus gegenüber erblicken, dazwischen einen Streifen aufgewühlter Erde und über allem den flackernden Schein eines enormen Feuers. Rote und gelbe Schatten kämpften mit schwarzen und bevölkerten die Luft mit feurigen Dämonen.

Einige der Dämonen war echt; zwei dunkle Gestalten torkelten vorbei und wieder aus dem Blickfeld, in brutaler Umarmung verkeilt. Weitere Gestalten bewegten sich durch sein Blickfeld und rannten zum Feuer.

Dann erstarrte er und preßte sein Gesicht gegen das Holz. Er hätte schwören können, unter den unverständlichen Mohawkschreien jemanden auf *Gälisch* brüllen gehört zu haben.

Es stimmte.

»*Caisteal Dhuni!*« rief jemand ganz in der Nähe, und es folgte ein haarsträubender Schrei. Schotten – Weiße! Er mußte zu ihnen! Roger bearbeitete das zersplitterte Holz verzweifelt mit den Fäusten und versuchte, sich mit roher Gewalt durch das Paneel zu arbeiten. Die gälische Stimme dröhnte erneut los.

»*Caisteal Dhuni!*« Nein, halt – Gott, es war eine *andere* Stimme! Und die erste antwortete. »*Do mi! Do mi!*« Zu mir! Zu mir! Und dann erhob sich eine erneute Flut von Mohawkschreien und ertränkte die Stimmen – Frauen, es waren Frauen, die jetzt kreischten, und ihre Stimmen waren noch lauter als die der Männer.

Roger warf sich mit der Schulter voran gegen das Paneel; es riß und zersplitterte weiter, gab aber nicht nach. Er versuchte es wieder und ein drittes Mal, aber ohne Ergebnis. Es gab nichts in dem Lagerhaus, das er als Waffe hätte benutzen können, nichts. Verzweifelt packte er die Verschnürung eines Bettverschlages und riß mit Händen und Zähnen daran. Er zog so lange, bis er einen Teil des Gestells gelöst hatte.

Er ergriff das Holz, hievte es hoch; rüttelte daran und hievte erneut, bis er es mit einem berstenden Krachen in der Hand hatte. Keuchend stand er da und umfaßte einen zwei Meter langen Pfahl, dessen eines Ende zersplittert und angespitzt war. Er schob sich das stumpfe Ende unter den Arm und stürmte auf den Eingang los, das spitze Ende wie einen Speer auf die Lederklappe gerichtet.

Er schoß hinaus in Dunkelheit und Flammenmeer, kalte Luft und Rauch, in den Lärm, der ihm das Blut versengte. Er sah eine Gestalt vor sich und stürzte sich darauf. Der Mann tänzelte zur Seite und hob eine Keule. Roger konnte nicht bremsen, konnte nicht wenden, sondern warf sich flach hin, und die Keule landete wenige Zentimeter neben seinem Kopf.

Er wälzte sich auf die Seite und schwenkte wild seinen Pfosten. Er knallte gegen den Kopf des Indianers, und der Mann stolperte, ging zu Boden und brach über Roger zusammen.

Whisky. Der Mann roch nach Whisky. Ohne sich weitere Gedanken darüber zu machen, wand sich Roger unter dem zuckenden Körper hervor und stolperte auf seine Füße, den Pfosten immer noch in der Hand.

Ein Schrei erscholl hinter ihm. Er wirbelte herum und stieß mit aller Kraft zu, während er noch auf seinem Fußballen herumschwenkte. Der Schock des Aufpralls erschütterte seine Arme und seine Brust. Der Mann, den er getroffen hatte, klammerte sich an den Pfosten; er zuckte und vibrierte, und als der Mann umkippte, entwand er Roger die Waffe.

Er stolperte, fing sich wieder und wirbelte zum Feuer. Es war ein immenser Scheiterhaufen; Flammen blähten sich zu einer Wand von purem, heftigem Scharlachrot, ein lebhafter Kontrast in der Nacht. Durch die wogenden Köpfe der Zuschauer hindurch sah er die schwarze Gestalt im Herzen der Flamme, die Arme in einer segnenden Geste ausgebreitet, an den Balken gefesselt, von dem er herabhing. Langes Haar flatterte auf, Strähnen fingen Feuer in kleinen Eruptionen und umringten den Kopf mit einem goldenen Heiligenschein wie Christus beim Meßopfer. Dann krachte etwas auf Rogers Kopf herab, und er fiel zu Boden wie ein Stein.

Er verlor das Bewußtsein nicht vollständig. Er konnte nichts sehen, sich nicht bewegen, doch er konnte immer noch dumpf hören. Es waren Stimmen in seiner Nähe. Das Kreischen erscholl immer noch, aber schwächer, beinahe ein Hintergrundgeräusch wie das Rauschen des Ozeans.

Er spürte, wie er sich in die Luft erhob, und das Knistern der Flammen wurde lauter, fast so laut wie das Rauschen in seinen Ohren... Sie würden ihn in das Feuer werfen! Ihm wurde schwindelig vor Anstrengung, und Licht flammte hinter seinen geschlossenen Augenlidern auf, doch sein sturer Körper weigerte sich, sich zu bewegen.

Das Rauschen ließ nach, doch paradoxerweise spürte er, wie warme Luft über sein Gesicht strich. Er schlug auf dem Boden auf, prallte ab, drehte sich um sich selbst und landete mit dem Gesicht nach unten, die Arme seitwärts gestreckt. Unter seinen Fingern war kühle Erde.

Er atmete. Mechanisch, einen Atemzug nach dem anderen. Ganz langsam begann das Schwindelgefühl zu verebben.

Weit weg erscholl Lärm, doch in seiner Nähe konnte er nichts hören außer seinem eigenen, lauten Atem. Ganz langsam öffnete er ein Auge. Feuerschein flackerte auf Pfosten und Paneelen, ein dumpfes Echo des Gleißens vor der Hütte. Langhaus. Er war wieder drinnen.

Sein Atem klang laut und abgehackt in seinen Ohren. Er versuchte, ihn anzuhalten, konnte es aber nicht. Dann wurde ihm klar, daß er die Luft bereits *anhielt*; die japsenden Geräusche kamen von jemand anderem.

Es war hinter ihm. Mit immenser Anstrengung schob er seine Hände unter sich, kam schwankend auf Hände und Knie hoch, die Augen zum Schutz gegen die Kopfschmerzen zusammengekniffen.

»Gott im Himmel«, murmelte er vor sich hin. Er rieb sich fest mit der Hand über die Augen und blinzelte, doch der Mann war immer noch da, zwei Meter entfernt.

Jamie Fraser. Er lag auf der Seite in einem Gewirr aus Gliedmaßen, ein rotes Plaid um seinen Körper gewickelt. Sein Gesicht war zur Hälfte mit Blut bedeckt, doch eine Verwechslung war ausgeschlossen.

Im ersten Augenblick sah Roger ihn nur verständnislos an. Monatelang hatte er den Großteil seiner wachen Momente damit verbracht, sich eine Begegnung mit diesem Mann auszumalen. Jetzt war sie da, und es kam ihm schlicht unmöglich vor. Er hatte keinen Platz für irgendein Gefühl außer einer Art dumpfen Erstaunens.

Er rieb sich noch einmal das Gesicht und drängte den Nebel aus Furcht und Adrenalin zurück. Was... *was* machte Fraser hier?

Als sich seine Gedanken wieder mit seinen Gefühlen verbanden, war sein erstes erkennbares Gefühl weder Wut noch Besorgnis, sondern ein absurder Ausbruch glücklicher Erleichterung.

»Sie war's nicht«, murmelte er, und die Worte klangen ihm seltsam und heiser in den Ohren, nachdem er so lange kein Englisch mehr gesprochen oder gehört hatte. »Oh, Gott, sie war's nicht!«

Jamie Fraser konnte nur aus einem Grund hier sein – um ihn zu retten. Und wenn es so war, dann deshalb, weil Brianna ihren Vater geschickt hatte. Ob es ein Mißverständnis oder Böswilligkeit gewesen war, die ihn durch die Hölle der letzten paar Monate hatte gehen lassen, es hatte nicht an ihr gelegen.

»War's nicht«, sagte er noch einmal. »Sie war's nicht.« Er erschauerte vor Übelkeit nach dem Schlag und vor Erleichterung.

Er hatte geglaubt, er würde für immer hohl sein, doch plötzlich war etwas da; etwas Kleines, aber sehr Solides. Etwas, das er in seinem Herzen halten konnte. *Brianna.* Er hatte sie wieder.

Draußen erscholl erneut eine Reihe schriller Rufe; Klagelaute, die sich endlos hinzogen und ihn wie tausend Nadeln in die Haut stachen. Er fuhr zusammen und erschauerte wieder, als sich alle übrigen Gefühle seiner erneuten Erkenntnis unterordneten.

In dem sicheren Bewußtsein zu sterben, daß Brianna ihn liebte, war besser als ohne das zu sterben – doch er hatte eigentlich nicht vorgehabt zu sterben. Er erinnerte sich an das, was er draußen gesehen hatte, fühlte, wie ihm die Galle hochkam, und würgte sie herunter.

Mit zitternder Hand begann er das unvertraute Kreuzzeichen. »Im Namen des Vaters«, flüsterte er, und dann verließen ihn die Worte. »Bitte«, flüsterte er statt dessen. »Bitte gib, daß er nicht recht gehabt hat.«

Er kroch zittrig zu Frasers Körper hinüber und hoffte, daß der Mann noch lebte. Er lebte noch; Blut floß aus einer Wunde an Frasers Schläfe, und als er seine Finger unter das Kinn des Mannes schob, konnte er einen regelmäßigen Pulsschlag spüren.

In einem der Gefäße unter dem zertrümmerten Bettgestell war Wasser; glücklicherweise hatte er es nicht verschüttet. Er tauchte ein Ende des Plaids hinein und benutzte es, um Fraser das Gesicht abzuwischen. Nach ein paar Minuten dieser Behandlung begannen die Augenlider des Mannes zu flattern.

Fraser hustete, würgte heftig, drehte den Kopf zur Seite und übergab sich. Dann riß er die Augen weit auf, und bevor Roger etwas sagen oder sich bewegen konnte, hatte Fraser sich auf ein Knie hochgerollt, die Hand an dem *Sgian Dhu* in seinem Strumpf.

Blaue Augen funkelten ihn an, und Roger hob in instinktiver Abwehr den Arm. Dann blinzelte Fraser, schüttelte den Kopf, stöhnte und setzte sich schwer auf den Erdboden.

»Oh, Ihr seid es«, sagte er. Er schloß die Augen und stöhnte noch einmal. Dann fuhr sein Kopf hoch, die Augen blau und durchdringend, doch diesmal voll Sorge, nicht voll Wut.

»Claire!« rief er aus. »Meine Frau, wo ist sie?«

Roger spürte, wie ihm der Kinnladen herunterfiel.

»Claire? Ihr habt sie *hierher* mitgebracht? Ihr habt eine Frau *hier* mit hineingezogen?«

Fraser warf ihm einen Blick extremer Abneigung zu, verschwendete aber keine Worte an ihn. Er nahm das Messer aus dem Strumpf in die Hand und blickte zur Tür. Der Vorhang war heruntergelassen; es war niemand zu sehen. Der Lärm draußen war erstorben, obwohl das

Raunen der Stimmen immer noch zu hören war. Dann und wann stach eine von ihnen heraus, rufend oder mahnend erhoben.

»Da steht ein Wächter«, sagte Roger.

Fraser sah ihn an und erhob sich so geschmeidig wie ein Panther. Ihm lief immer noch Blut über die eine Gesichtshälfte, doch das schien ihn nicht zu stören. Geräuschlos preßte er sich flach an der Wand entlang, glitt zum Rand des Türvorhangs und drückte ihn mit der Spitze des winzigen Dolches zur Seite.

Was auch immer er sah, es ließ ihn eine Grimasse schneiden. Er ließ die Tür zurückfallen, kam zurück und setzte sich hin, während er das Messer wieder in den Strumpf steckte.

»Ein gutes Dutzend von ihnen direkt vor der Tür. Ist das Wasser?« Er streckte die Hand aus, und Roger schöpfte schweigend ein Kürbisschälchen voll davon und reichte es ihm. Er trank in tiefen Zügen, spritzte sich Wasser ins Gesicht und goß sich dann den Rest über den Kopf.

Fraser wischte sich mit der Hand über sein zerschlagenes Gesicht, öffnete dann die blutunterlaufenen Augen und sah Roger an.

»Wakefield, ja?«

»Im Augenblick benutze ich meinen eigenen Namen, MacKenzie.«

Fraser schnaubte kurz und humorlos.

»Das ist mir zu Ohren gekommen.« Er hatte einen breiten, ausdrucksvollen Mund – wie Brianna. Seine Lippen preßten sich kurz zusammen und entspannten sich dann.

»Ich habe Euch Schlimmes zugefügt, MacKenzie, wie Ihr wißt. Ich bin gekommen, um es wiedergutzumachen, soweit es geht, doch es kann passieren, daß ich keine Gelegenheit dazu bekomme.« Er wies mit einer kurzen Geste zur Tür. »Fürs erste habt Ihr meine Entschuldigung. Falls Ihr später Genugtuung von mir verlangt – werde ich mich Eurem Willen fügen. Doch ich würde Euch bitten, damit zu warten, bis wir das hier sicher hinter uns haben.«

Roger starrte ihn einen Moment an. Genugtuung für die letzten Monate der Qual und Unsicherheit schien ein nicht minder abwegiger Gedanke zu sein als Sicherheit. Er nickte.

»Abgemacht«, sagte er.

Sie saßen einige Augenblicke schweigend da. Das Feuer in der Hütte wurde kleiner, doch das Brennholz war draußen; die Wächter behielten alles im Auge, was möglicherweise als Waffe benutzt werden konnte.

»Was ist passiert?« fragte Roger schließlich. Er wies mit dem Kopf auf die Tür. »Da draußen?«

Fraser holte tief Luft und atmete seufzend aus. Zum ersten Mal bemerkte Roger, daß er den Ellbogen seines rechten Arms auf die linke Handfläche stützte und den Arm eng an seinen Körper gedrückt hielt.

»Ich habe nicht die geringste Ahnung«, sagte er.

»Sie haben den Priester verbrannt? Er ist tot?« Nach allem, was er gesehen hatte, konnte es keinen Zweifel daran geben, doch Roger fühlte das Bedürfnis, trotzdem zu fragen.

»Er war Priester?« Die dichten, rötlichen Brauen hoben sich überrascht und senkten sich dann wieder. »Aye, er ist tot. Und nicht nur er.« Ein unwillkürlicher Schauer durchlief den hünenhaften Körperbau des Highlanders.

Fraser hatte nicht gewußt, was sie vorhatten, als die Trommeln zu dröhnen begannen und jedermann hinausging und sie sich um das große Feuer versammelten. Es wurde viel geredet, doch seine Kenntnisse der Mohawksprache reichten nicht aus, und sein Neffe, der sie sprach, war nicht aufzufinden.

Die Weißen war nicht eingeladen worden, doch niemand machte irgendwelche Anstalten, sie fernzuhalten. Und so war es gekommen, daß Claire und er als neugierige Beobachter am Rand der Menge gestanden hatten, als der *Sachem* und der Rat herauskamen und der alte Mann zu sprechen begann. Es hatte noch ein Mann gesprochen, der sehr wütend war.

»Dann haben sie den Mann herausgebracht, so nackt wie eine Kaulquappe, ihn an einen Pfahl gebunden und sich über ihn hergemacht.« Er hielt inne, Schatten in den Augen, und sah Roger an.

»Ich sag' Euch, Mann, ich habe schon gesehen, wie französische Henker einen Mann am Leben erhalten, der wünschte, er wäre tot. Es war nicht schlimmer als das hier – aber auch nicht viel besser.« Fraser trank noch einmal, durstig, und senkte den Becher.

»Ich habe versucht, Claire wegzuziehen – nach allem, was ich wußte, konnten sie uns doch nur als nächste angreifen.« Doch die Menge drängte sich so dicht um sie herum, daß jede Bewegung unmöglich war; sie hatten keine andere Wahl, als weiter zuzusehen.

Rogers Mund fühlte sich trocken an, und er griff nach dem Becher. Er wollte nicht danach fragen, doch er spürte ein perverses Bedürfnis, es zu wissen – sei es um Alexandres oder um seiner selbst willen.

»Hat er – irgendwann geschrien?«

Fraser warf ihm erneut einen überraschten Blick zu, dann überlief so etwas wie Begreifen sein Gesicht.

»Nein«, sagte er langsam. »Er ist sehr anständig gestorben – in ihrem Licht betrachtet. Dann habt Ihr den Mann gekannt?«

Roger nickte wortlos. Es war schwer zu glauben, daß Alexandre fort war, selbst als er das hörte. Und *wo* war er jetzt? Er konnte doch wohl nicht recht gehabt haben. *Mir wird nicht vergeben.* Gewiß nicht. Kein gerechter Gott –

Roger schüttelte heftig den Kopf und verdrängte den Gedanken. Es war offensichtlich, daß Fraser nur mit halber Aufmerksamkeit bei seiner Geschichte war, so furchtbar sie auch sein mochte. Er blickte fortwährend zur Tür, einen Ausdruck ängstlicher Erwartung im Gesicht. Erwartete er Rettung?

»Wie viele Männer habt Ihr mitgebracht?«

Die blauen Augen blitzten überrascht auf.

»Meinen Neffen Ian.«

»Das ist alles?« Roger versuchte, sich seinen verblüfften Unglauben nicht anhören zu lassen, doch es gelang ihm eindeutig nicht.

»Hattet Ihr das 78ste Highlandregiment erwartet?« fragte Fraser sarkastisch. Er stand auf und schwankte leicht, den Arm an seine Seite gepreßt. »Ich habe Whisky mitgebracht.«

»Whisky? Hatte der etwas mit dem Kampf zu tun?« Roger erinnerte sich an den Geruch des Mannes, der über ihn hergefallen war, und wies kopfnickend zur Wand des Langhauses.

»Schon möglich.«

Fraser ging zu der Wand mit dem zersplitterten Paneel, preßte ein Auge gegen die Öffnung und starrte eine Zeitlang auf die Lichtung hinaus, bevor er an das dahinschwindende Feuer zurückkehrte. Draußen war es still geworden.

Der kräftige Highlander sah mehr als schlecht aus. Sein Gesicht war weiß und unter den getrockneten Blutstreifen mit einem Schweißfilm überzogen. Roger goß ihm schweigend noch mehr Wasser ein; es wurde schweigend entgegengenommen. Er wußte nur zu gut, was mit Fraser nicht stimmte, und es waren nicht die Nachwirkungen der Wunde.

»Wann habt Ihr sie zuletzt gesehen?«

»Als der Kampf ausbrach.« Fraser konnte nicht stillsitzen; er stellte den Becher ab und stand wieder auf. Er durchstreifte das Innere des Langhauses wie ein ruheloser Bär, dann blieb er stehen und sah Roger an.

»Wißt Ihr irgend etwas über das, was da geschehen ist?«

»Ich könnte es erraten.« Er machte Fraser mit der Geschichte des Priesters vertraut und fand einen kleinen Trost darin, sie zu erzählen.

»Sie würden ihr nichts antun«, sagte er und versuchte damit genauso sich selbst zu beruhigen wie Fraser. »Sie hatte doch nichts damit zu tun.«

Fraser schnaubte verächtlich.

»Aye, das hatte sie wohl.« Ohne Vorwarnung schlug er mit einem dumpfen Pochen der Wut seine Faust auf den Boden. »Verdammtes Weibsbild.«

»Ihr geschieht schon nichts«, wiederholte Roger hartnäckig. Er konnte es nicht ertragen, etwas anderes zu glauben, doch er wußte, was Fraser genausogut wußte – wenn Claire Fraser lebte, unverletzt und frei war, dann hätte nichts sie von ihrem Mann fernhalten können. Und was den unbekannten Neffen anging...

»Ich habe Euren Neffen gehört – im Kampf. Ich habe gehört, wie er Euch gerufen hat. Er hörte sich an, als fehlte ihm nichts.« Schon als er diese Information lieferte, wußte er, was für eine schwache Beruhigung sie war. Doch Fraser nickte, den Kopf auf die Knie gebeugt.

»Er ist ein guter Junge, Ian«, murmelte er. »Und er hat Freunde unter den Mohawk. Gebe Gott, daß sie ihn beschützen.«

Rogers Neugier kehrte zurück, als der Schock des Abends nachzulassen begann.

»Eure Frau«, sagte er. »Was hat sie getan? Wie konnte sie denn in all das verwickelt werden?«

Fraser seufzte. Er rubbelte sich mit der unverletzten Hand über sein Gesicht, dann durch sein Haar und rieb, bis die losen, roten Locken in Knoten und Schlingen abstanden.

»Ich hätte es nicht so ausdrücken sollen«, sagte er. »Es war nicht ihre Schuld. Es ist nur – sie werden sie nicht umbringen, aber Gott, wenn sie ihr etwas getan haben...«

»Das tun sie nicht«, sagte Roger fest. »Was ist passiert?«

Fraser zuckte mit den Achseln und schloß die Augen. Er lehnte den Kopf zurück und beschrieb die Szene, als könnte er sie immer noch sehen, eingraviert in die Innenseite seiner Augenlider. Vielleicht war es auch so.

»Ich habe nicht auf das Mädchen geachtet, nicht in einer solchen Menschenmenge. Ich könnte nicht einmal sagen, wie sie ausgesehen hat. Ich habe sie erst im letzten Moment gesehen.«

Claire hatte an seiner Seite gestanden, blaß und angespannt im Gedränge der schreienden, schwankenden Körper. Als die Indianer mit dem Priester fast fertig waren, hatten sie ihn von dem Pfahl losgebunden und ihn statt dessen an einen langen Balken gebunden, der über seinen Kopf gehalten wurde und von dem sie ihn in die Flammen herablassen wollten.

Fraser sah ihn an und wischte sich mit dem Handrücken über die Lippen.

»Es war nicht das erste Mal, daß ich gesehen habe, wie einem Mann das Herz bei lebendigem Leib aus der Brust gerissen wird«, sagte er. »Aber ich habe noch nie gesehen, wie es vor seinen Augen gegessen wird.« Er klang fast verlegen, als entschuldigte er sich für seine Zimperlichkeit. Erschrocken hatte er Claire angeblickt. Erst da hatte er das Indianermädchen erblickt, das mit einer Babytrage im Arm an Claires anderer Seite stand.

Mit großer Ruhe hatte das Mädchen Claire das Baby überreicht, sich dann abgewandt und war durch die Menge geschlüpft.

»Sie hat nicht nach links oder rechts gesehen, sondern ist geradewegs in das Feuer gegangen.«

»Was?« Der Schreck schnürte Roger die Kehle zu, und sein Ausruf kam als ersticktes Krächzen heraus.

Die Flammen hatten das Mädchen in Sekunden umarmt. Da er einen Kopf größer war als die Leute um ihn herum, hatte Jamie alles deutlich gesehen.

»Ihre Kleider haben Feuer gefangen und dann ihre Haare. Als sie bei ihm ankam, hat sie gebrannt wie eine Fackel.« Dennoch hatte er die dunkle Silhouette ihrer Arme gesehen, die sie erhoben hatte, um den entseelten Körper des Priesters zu umarmen. Innerhalb von Sekunden war es nicht mehr möglich, Mann oder Frau zu unterscheiden; es gab nur noch eine Gestalt, schwarz inmitten der hochschießenden Flammen.

»Und in diesem Moment brach die Hölle los.« Frasers breite Schultern sackten ein wenig zusammen, und er berührte den Riß an seiner Schläfe. »Alles, was ich weiß, ist, eine Frau fing an zu heulen, und dann gab es ein höllisches Gekreische, und ganz plötzlich waren alle entweder auf der Flucht oder prügelten aufeinander los.«

Er selbst hatte beides versucht, indem er Claire und ihre Bürde abschirmte, während er sich aus dem wilden Gedränge herausboxte. Da es unmöglich war zu entkommen, hatte er Claire gegen die Wand eines Langhauses gedrückt, einen Holzstock zur Verteidigung ergriffen und nach Ian gerufen, während er seine improvisierte Keule gegen jeden schwang, der so gedankenlos war, in seine Nähe zu kommen.

»Dann ist einer von den kleinen Teufeln aus dem Rauch hervorgehüpft und hat mit seiner Keule auf mich eingeschlagen.« Er zuckte mit einer Schulter. »Ich habe mich umgedreht, um ihn abzuschütteln, und dann hatte ich drei von ihnen am Hals.« Irgend etwas hatte ihn an der Schläfe erwischt, und er hatte nichts mehr mitbekommen, bis er neben Roger in dem Langhaus aufwachte.

»Seitdem habe ich Claire nicht mehr gesehen. Und Ian auch nicht.«

Das Feuer war bis auf die Holzkohle heruntergebrannt, und es wurde kalt in dem Langhaus. Jamie öffnete seine Brosche, zog sich das Plaid um die Schultern, so gut er es mit einer Hand konnte, und lehnte sich vorsichtig an die Wand zurück.

Es war möglich, daß sein rechter Arm gebrochen war; er hatte einen Keulenhieb knapp unter der Schulter abbekommen, und die getroffene Stelle ging ohne Vorwarnung von Taubheit in beißenden Schmerz über. Das spielte aber keine große Rolle, verglichen mit seiner Sorge um Claire und Ian.

Es war sehr spät. Wenn Claire bei dem Handgemenge nicht verletzt worden war, dann war sie wohl einigermaßen in Sicherheit, redete er sich ein. Die alte Frau würde nicht dulden, daß sie zu Schaden kam. Doch was Ian anging – einen Augenblick lang verspürte er trotz seiner Furcht Stolz auf den Jungen. Ian war ein prächtiger Kämpfer, und er machte seinem Onkel, der es ihm beigebracht hatte, alle Ehre.

Doch falls Ian überwältigt worden war… es waren so viele Wilde gewesen, und es war bei dem Kampf so heiß hergegangen…

Er schob sich unruhig hin und her und versuchte, nicht darüber nachzudenken, wie er seiner Schwester mit schlechten Nachrichten über ihren jüngsten Sohn gegenübertreten sollte. Himmel, es wäre ihm lieber, wenn man ihm selbst das Herz aus der Brust riß und vor seinen Augen aufaß; es würde sich in etwa genauso anfühlen.

Auf der Suche nach Ablenkung – welcher Art auch immer – von seinen Ängsten rutschte er wieder hin und her und führte eine Inventur des schattigen Innenraums des Langhauses durch. Mehr oder weniger kahl wie der Küchenschrank eines Inselbewohners von Skye. Ein Wasserkrug, ein zerbrochenes Bettgestell und ein paar zerzauste Felle, die zerwühlt auf dem Erdboden lagen.

MacKenzie saß vornübergebeugt am Feuer, ohne sich um die zunehmende Kälte zu kümmern. Er hatte die Arme um die Knie geschlungen und den Kopf in Gedanken gesenkt. Er war so hochgewachsen wie die MacKenzies aus Leoch – und warum auch nicht? dachte er plötzlich. Der Mann stammte von Dougal ab, wenn auch ein paar Generationen dazwischenlagen.

Er fand diesen Gedanken verstörend und seltsam beruhigend zugleich. Er hatte schon öfter Männer getötet, wenn es sein mußte, und im allgemeinen ließen ihre Geister ihn nachts ohne großes Knochengeklapper schlafen. Doch Dougals Tod hatte er mehr als einmal durchlebt, um dann schweißnaß aufzuwachen, den Klang jener letzten, stummen Worte von ihm in den Ohren; Worte, die aus Blut geformt waren.

Er hatte nicht die geringste Wahl gehabt; es galt zu töten oder getötet zu werden, und es war so oder so knapp genug gewesen. Und doch... Dougal MacKenzie war sein Ziehvater gewesen, und wenn er ehrlich war, hatte ein Teil von ihm den Mann geliebt.

Ja, es war ein Trost zu wissen, daß ein kleines Stück von Dougal geblieben war. Der andere Erbteil dieses MacKenzie war ein bißchen beunruhigender. Die Augen des Mannes waren das erste gewesen, was er beim Aufwachen gesehen hatte, leuchtendgrün und gebannt, und einen Augenblick lang hatte sich sein Inneres zusammengeballt, weil er an Geillis Duncan dachte.

Wollte er wirklich seine Tochter mit dem Sprößling einer Hexe verbunden sehen? Er betrachtete den Mann unauffällig. Vielleicht war es gar nicht so schlimm, wenn Briannas Kind nicht von diesem Mann abstammte.

»Brianna«, sagte MacKenzie und hob plötzlich den Kopf von seinen Knien. »Wo ist sie?«

Jamie fuhr zusammen, und eine glühende Messerklinge versengte ihm den Arm und ließ ihm den Schweiß ausbrechen.

»Wo?« sagte er. »Auf River Run, bei ihrer Tante. Sie ist in Sicherheit.« Sein Herzschlag donnerte ihm in den Ohren. Himmel, konnte der Mann Gedanken lesen? Oder hatte er das zweite Gesicht?

Die grünen Augen waren ruhig, dunkel im gedämpften Licht.

»Warum habt Ihr Claire mitgebracht und nicht Brianna? Warum ist sie nicht mit Euch gekommen?«

Jamie erwiderte den kühlen Blick des Mannes. Sie würden ja sehen, ob hier jemand Gedanken las oder nicht. Wenn nicht, dann war die Wahrheit das allerletzte, was er MacKenzie jetzt zu erzählen gedachte; Zeit genug war dafür, wenn – falls – sie gefahrlos unterwegs waren.

»Ich hätte Claire auch dagelassen, wenn ich geglaubt hätte, daß das ging. Sie ist ein hartnäckiges, kleines Biest. Ich hätte sie nur am Mitkommen hindern können, wenn ich sie an Händen und Füßen gefesselt hätte.«

Etwas Dunkles flackerte in MacKenzies Augen auf – Zweifel, oder Schmerz?

»Ich hätte nicht gedacht, daß Brianna die Sorte Mädchen ist, die allzuviel auf die Worte ihres Vaters gibt«, sagte er. Seine Stimme hatte einen Unterton – ja, Schmerz, und eine Art Eifersucht.

Jamie entspannte sich etwas. Keine Gedankenleserei.

»Ach ja? Tja, vielleicht kennt Ihr sie ja doch nicht so gut«, sagte er. Freundlich genug, doch mit einem höhnischen Unterton, der eine gewisse Sorte Mann dazu bringen würde, ihm an die Kehle zu gehen.

MacKenzie war nicht von dieser Sorte. Er setzte sich gerade hin und holte tief Luft.

»Ich kenne sie gut«, sagte er. »Sie ist meine Frau.«

Jamie setzte sich ebenfalls gerade hin und biß die Zähne mit einem schmerzerfüllten Zischen zusammen.

»Das ist nicht wahr.«

Jetzt zogen sich MacKenzies schwarze Brauen zusammen.

»Wir sind durch *Handfasting* getraut, sie und ich. Hat sie Euch das nicht erzählt?«

Das hatte sie nicht – doch er hatte ihr auch kaum eine Gelegenheit gegeben, es ihm zu erzählen. Zu wütend über die Vorstellung, daß sie bereit war, mit einem Mann ins Bett zu gehen, zu tief getroffen, weil er glaubte, sie hätte ihn zum Narren gemacht, stolz wie Luzifer und mit Höllenqualen dafür gestraft, daß er sie sich perfekt wünschte und feststellte, daß sie nur genauso menschlich war wie er selbst.

»Wann?« fragte Jamie.

»Anfang September, in Wilmington. Als ich – kurz bevor ich mich von ihr getrennt habe.« Das Eingeständnis kam unfreiwillig, und durch den schwarzen Schleier seiner eigenen Schuld hindurch sah er, wie sich auch in MacKenzies Gesicht die Schuld widerspiegelte. Genauso verdient wie seine eigene, dachte er wütend. Wenn der Feigling sie nicht alleingelassen hätte...

»Das hat sie mir nicht erzählt.«

Jetzt sah er den Zweifel und den Schmerz in MacKenzies Augen ganz deutlich. Der Mann hatte Angst, daß Brianna ihn nicht wollte – oder daß sie mitgekommen wäre, wenn sie ihn wollte. Er wußte sehr gut, daß keine Macht auf der Erde oder unter ihr Claire von *ihm* fernhalten konnte, wenn sie glaubte, daß er in Gefahr war – und er spürte, wie ihn bei diesem Gedanken erneut die Furcht durchfuhr; wo war sie nur?

»Ich nehme an, sie hat wohl nicht geglaubt, daß Ihr *Handfasting* als eine legale Form der Eheschließung anseht«, sagte MacKenzie ruhig.

»Oder vielleicht hat sie es selbst nicht so gesehen«, spekulierte Jamie grausam. Er hätte dem Mann Erleichterung verschaffen können, indem er ihm einen Teil der Wahrheit erzählte – daß Brianna nicht mitgekommen war, weil sie ein Kind bekam – doch er war nicht in Gönnerlaune.

Es wurde jetzt ziemlich dunkel, doch er konnte trotzdem sehen, wie MacKenzies Gesicht bei diesen Worten rot wurde und wie seine Hände sich um das zerlumpte Hirschfell ballten.

»Ich habe es so gesehen«, war alles, was er sagte.

Jamie schloß die Augen und sagte nichts mehr. Die letzten Kohlen erloschen langsam im Feuer und ließen sie in der Dunkelheit zurück.

61

Das Amt eines Priesters

Brandgeruch lag in der Luft. Wir kamen dicht an der Feuergrube vorbei, und ich konnte es nicht vermeiden, aus dem Augenwinkel den Haufen verkohlter Fragmente anzublicken, deren zersplitterte Enden mit Asche überzogen waren. Ich hoffte, daß es Holz war. Ich hatte Angst, direkt hinzusehen.

Ich stolperte auf dem gefrorenen Boden, und meine Eskorte fing mich am Arm auf. Zog mich kommentarlos hoch und schob mich auf ein Langhaus zu, vor dem zwei Männer Wache standen, vermummt zum Schutz gegen den kalten Wind, der die Luft mit dahintreibender Asche erfüllte.

Ich hatte nicht geschlafen und nicht gegessen, obwohl man mir etwas angeboten hatte. Meine Füße und meine Finger waren kalt. In einem Langhaus am anderen Ende des Dorfes erklangen Klagelaute, und darüber der laute, rituelle Gesang eines Totenliedes. War es das Mädchen, für das sie sangen, oder jemand anders? Ich zitterte.

Die Wachen warfen mir einen Blick zu und traten beiseite. Ich hob die Lederklappe vor der Tür und trat ein.

Es war dunkel, das Feuer im Innenraum genauso tot wie das im Freien. Doch durch den Rauchabzug fiel graues Licht, das den Boden ausreichend erleuchtete, daß ich einen unordentlichen Haufen aus Fellen und Stoff sehen konnte. Ein roter Tartanfleck leuchtete in dem Durcheinander auf, und Erleichterung durchfuhr mich.

»Jamie!«

Der Haufen regte sich und zerfiel. Jamies zerzauster Kopf fuhr hoch, hellwach, aber ziemlich mitgenommen. Neben ihm war ein dunkler, bärtiger Mann, der mir merkwürdig bekannt vorkam. Dann bewegte er sich ins Licht, und ich sah ein Paar grüne Augen im Gestrüpp aufblitzen.

»Roger!« rief ich aus.

Er erhob sich wortlos aus den Decken und nahm mich in die Arme. Er hielt mich so fest, daß ich kaum atmen konnte.

Er war furchtbar dünn; ich konnte seine Rippen einzeln spüren. Doch nicht unterernährt; er stank, doch es waren die normalen Gerüche nach Schmutz und abgestandenem Schweiß, nicht die hefeartige Ausdünstung eines Verhungernden.

»Roger, geht's dir gut?« Er ließ mich los, und ich betrachtete ihn von oben bis unten auf der Suche nach Anzeichen einer Verletzung.

»Ja«, sagte er. Seine Stimme war heiser vom Schlaf und seinen Emotionen. »Brianna? Geht's ihr gut?«

»Bestens«, versicherte ich ihm. »Was ist mit deinem Fuß passiert?« Er trug nur ein zerlumptes Hemd und einen fleckigen Lappen, den er um den einen Fuß gewickelt hatte.

»Ein Riß. Nichts. Wo ist sie?« Er klammerte sich ungeduldig an meinen Arm.

»An einem Ort namens River Run, bei ihrer Großtante. Hat Jamie es dir nicht gesagt? Sie ist –«

Ich wurde unterbrochen, weil Jamie meinen anderen Arm ergriff.

»Alles in Ordnung, Sassenach?«

»Ja, natürlich ist – mein Gott, was ist denn mit dir passiert?« Jamies Anblick lenkte meine Aufmerksamkeit für den Augenblick von Roger ab. Es war nicht die häßliche Quetschung an seiner Schläfe oder das getrocknete Blut auf seinem Hemd, das mir auffiel, sondern die unnatürliche Weise, wie er seinen rechten Arm hielt.

»Möglicherweise ist mein Arm gebrochen«, sagte er. »Tut ziemlich weh. Kannst du dich darum kümmern?«

Er drehte sich um und schritt davon, ohne eine Antwort abzuwarten. Er setzte sich schwerfällig neben das zerbrochene Bettgestell. Ich drückte Roger kurz und ging hinter ihm her, während ich mich fragte, was zum Teufel... Jamie würde nicht einmal dann vor Roger Wakefield zugeben, daß er Schmerzen hatte, wenn ihm der nackte Knochen zersplittert aus der Haut ragte.

»Was hast du denn vor?« brummte ich und kniete mich neben ihn. Ich befühlte den Arm vorsichtig durch das Hemd – keine komplizierten Brüche. Ich rollte es sorgsam auf, um es mir genauer anzusehen.

»Ich habe ihm das mit Brianna nicht gesagt«, flüsterte er. »Und ich glaube, es ist besser, wenn du es auch nicht tust.«

Ich starrte ihn an.

»Das können wir nicht tun! Er muß es wissen.«

»Leise. Aye, vielleicht sollte er von dem Baby erfahren – aber nicht das andere, nicht Bonnet.«

Ich biß mir auf die Lippe und betastete vorsichtig die Schwellung seines Bizeps. Er hatte eine der schlimmsten Prellungen, die ich je gesehen hatte; einen großen, lila-blau-melierten Fleck – doch ich war mir ziemlich sicher, daß der Arm nicht gebrochen war.

Was seinen Vorschlag anging, war ich mir nicht so sicher.

Er konnte den Zweifel in meinem Gesicht sehen; er drückte mir fest die Hand.

»Nicht jetzt; nicht hier. Laß uns warten, wenigstens bis wir in Sicherheit sind.«

Ich überlegte einen Augenblick, während ich seinen Hemdsärmel aufriß und ihn zur Herstellung einer groben Schlinge benutzte. Zu erfahren, daß Brianna schwanger war, würde ihn genug schockieren. Vielleicht hatte Jamie recht; es war nicht zu sagen, wie Roger auf die Nachricht von der Vergewaltigung reagieren würde, und wir waren noch lange nicht aus dem Schlimmsten heraus. Besser, wenn er den Kopf klar hatte. Schließlich zuckte ich zögernd mit den Achseln.

»Na gut«, sagte ich laut und stand auf. »Ich glaube nicht, daß er gebrochen ist, aber die Schlinge wird helfen.«

Ich ließ Jamie auf dem Boden sitzen und ging zu Roger. Ich kam mir vor wie ein Pingpongball.

»Wie geht's dem Fuß?« Ich kniete mich hin, um ihn aus dem unhygienisch aussehenden Lappen auszuwickeln, doch er bremste mich mit einer Hand auf meiner Schulter.

»Brianna. Ich weiß, daß etwas nicht stimmt. Ist sie –«

»Sie ist schwanger.«

Was für Möglichkeiten er auch immer in seinem Gehirn gewälzt hatte, diese war nicht darunter gewesen. Es ist nicht möglich, pures Erstaunen zu verkennen. Er blinzelte und machte ein Gesicht, als hätte ich ihn mit einer Axt am Kopf getroffen.

»Sicher?«

»Sie ist jetzt im siebten Monat; man kann es ganz gut sehen.« Jamie war so still herangekommen, daß keiner von uns ihn gehört hatte. Seine Worte waren kalt und sein Blick noch kälter, doch Roger war längst über den Punkt hinaus, an dem er solche Subtilitäten bemerkt hätte.

Aufregung erleuchtete seine Augen, und sein erschrockenes Gesicht erwachte unter dem schwarzen Backenbart.

»Schwanger. Mein Gott, wie denn?«

Jamie gab einen verächtlichen Kehllaut von sich. Roger blickte ihn an und wandte dann schnell den Blick ab.

»Also, ich habe nicht gedacht –«

»*Wie?* Aye, Ihr habt nicht gedacht, und es bleibt meiner Tochter überlassen, den Preis für Euer Vergnügen zu zahlen!«

Rogers Kopf fuhr bei diesen Worten herum, und er funkelte Jamie an.

»Nichts bleibt ihr überlassen. Ich habe Euch doch gesagt, sie ist meine Frau.«

»Was?« sagte ich, beim Abwickeln aufgeschreckt.

»Sie haben per Handschlag geheiratet«, sagte Jamie sehr widerstrebend. »Warum konnte sie uns das nur nicht erzählen?«

Ich glaubte, das beantworten zu können – auf mehr als eine Weise. Allerdings konnte ich die zweite Antwort nicht in Rogers Gegenwart erwähnen.

Sie hatte es nicht gesagt, weil sie schwanger war und gedacht hatte, daß es von Bonnet war. Demzufolge hatte sie es wohl für besser gehalten, nichts von ihrem *Handfasting* zu sagen, um Roger einen Ausweg zu lassen – wenn er ihn wollte.

»Wahrscheinlich, weil sie gedacht hat, du würdest das nicht als echte Heirat ansehen«, sagte ich. »Ich habe ihr von unserer Hochzeit erzählt, von dem Vertrag und davon, wie du darauf bestanden hast, mich in der Kirche vor einem Priester zu heiraten. Sie würde dir nur ungern etwas erzählen, von dem sie glaubte, daß du es nicht gutheißen würdest – sie hat sich so sehr gewünscht, dir Freude zu machen.«

Jamie besaß immerhin soviel Anstand, bei diesen Worten beschämt auszusehen, doch Roger ignorierte unseren Wortwechsel.

»Geht es ihr gut?« fragte er, indem er sich vorbeugte und meinen Arm ergriff.

»Ja, alles bestens«, versicherte ich ihm und hoffte, daß es immer noch stimmte. »Sie wollte mit uns kommen, aber natürlich konnten wir das nicht zulassen.«

»Sie wollte mitkommen?« Sein Gesicht erhellte sich, Glück und Erleichterung waren deutlich sichtbar, auch unter all den Haaren und dem Schmutz. »Dann hat sie also nicht –« Er hielt abrupt inne und blickte von mir zu Jamie und zurück. »Als ich...Mr. Fraser auf dem Berg begegnet bin, schien er zu glauben, daß sie – äh – gesagt hatte –«

»Ein schreckliches Mißverständnis«, warf ich hastig ein. »Sie hatte uns nichts von eurem *Handfasting* erzählt, und als sie dann schwanger bei uns auftauchte, haben wir... äh... angenommen...« Jamie brütete vor sich hin und sah Roger ohne besondere Sympathie an, fuhr aber auf, als ich ihn hart anstieß.

»Oh, aye«, sagte er etwas widerstrebend. »Ein Fehler. Ich habe mich bei Mr. Wakefield entschuldigt und ihm gesagt, daß ich mein Bestes tun werde, um es wieder zu richten. Aber jetzt müssen wir über andere Dinge nachdenken. Hast du Ian gesehen, Sassenach?«

»Nein.« Erst jetzt wurde mir bewußt, daß Ian nicht bei ihnen war, und ich spürte einen Ruck der Furcht in der Magengrube. Jamie machte ein grimmiges Gesicht.

»Wo bist du die ganze Nacht gewesen, Sassenach?«

»Ich war bei – ach du lieber Himmel!«

Ich ignorierte seine Frage für den Moment, weil der Anblick von Rogers Fuß mich ganz in Anspruch nahm. An seinem halben Fuß war das Gewebe geschwollen und rot angelaufen und am äußeren Rand der Sohle schlimm vereitert. Ich drückte mit meinem Finger fest ein Stückchen nach innen und fühlte das widerliche Nachgeben kleiner Eiterbeulen unter der Haut.

»Was hast du da gemacht?«

»Ich habe ihn mir aufgerissen, als ich versuchte zu fliehen. Sie haben es verbunden und irgend etwas draufgetan, aber es hat sich immer wieder entzündet. Mal wird es besser, und dann wird es wieder schlimmer.« Er zuckte mit den Achseln; seine Gedanken waren nicht bei seinem Fuß, so schlimm er auch sein mochte. Er blickte zu Jamie auf. Offensichtlich war er zu einem Entschluß gekommen.

»Also hat Euch Brianna mir nicht entgegengeschickt? Sie hat Euch nicht gebeten, mich – mich loszuwerden?«

»Nein«, sagte Jamie völlig überrascht. Er lächelte kurz, und ein Anflug von Charme überflutete plötzlich sein Gesicht. »Das war meine eigene Idee.«

Roger holte tief Luft und schloß kurz die Augen.

»Gott sei Dank«, sagte er und öffnete sie wieder. »Ich dachte, sie hätte vielleicht – wir hatten uns furchtbar gestritten, kurz bevor ich sie verlassen habe, und ich dachte, vielleicht hat sie Euch deshalb nichts von unserem *Handfasting* erzählt; vielleicht hat sie beschlossen, daß sie nicht mit mir verheiratet sein will.« Er hatte Schweiß auf der Stirn, vielleicht wegen der Nachricht, vielleicht auch, weil ich an seinem Fuß herumhantierte. Er lächelte ein wenig verlegen. »Mich zu Tode prügeln oder in die Sklaverei verkaufen zu lassen, kam mir allerdings etwas extrem vor, selbst für eine Frau mit ihrem Temperament.«

»Mmpfm.« Jamie war leicht rot angelaufen. »Ich habe doch gesagt, daß es mir leid tut.«

»Ich weiß.« Roger blickte ihn lange an, während er sich anscheinend dazu durchrang, ihm etwas zu erzählen. Er holte tief Luft, dann bückte er sich und nahm meine Hand sanft von seinem Fuß. Er richtete sich wieder auf und sah Jamie direkt an.

»Ich muß Euch was sagen. Worüber wir uns gestritten haben. Hat sie Euch erzählt, was sie hierhergeführt hat – um Euch zu finden?«

»Die Todesnachricht? Aye, das hat sie uns erzählt. Ihr glaubt doch nicht, daß ich Claire sonst erlaubt hätte, mitzukommen?«

»Was?« Verwunderter Argwohn zeigte sich in Rogers Augen.

»Es geht nur eins von beiden. Wenn sie und ich in sechs Jahren in Fraser's Ridge sterben sollen, dann können uns wohl kaum vorher die Irokesen umbringen, oder?«

Ich starrte ihn an; auf diese Implikation war ich nicht gekommen. Außerordentlich beeindruckend; praktische Unsterblichkeit – für eine Weile. Das hieß, wenn man davon ausging...

»Das heißt, daß man davon ausgeht, daß die Vergangenheit nicht zu ändern ist – daß *wir* es nicht können, meine ich. Glaubst du das?« Gebannt beugte sich Roger ein wenig vor.

»Ich habe nicht die geringste Ahnung. Glaubst *du* es?«

»Ja«, sagte Roger geradeheraus. »Ich glaube, daß man die Vergangenheit nicht ändern kann. Das ist der Grund, warum ich es getan habe.«

»Was getan?«

Er leckte sich über die Lippen, fuhr aber hartnäckig fort.

»Ich habe diese Todesnachricht viel früher als Brianna gefunden. Aber ich dachte, daß es keinen Zweck haben würde, wenn man versuchte, die Dinge zu ändern. Also habe ich – habe ich sie ihr vorenthalten.« Er blickte von mir zu Jamie. »So, jetzt wißt ihr es. Ich wollte nicht, daß sie kommt; ich habe alles getan, was ich konnte, um sie von Euch fernzuhalten. Ich hielt es für zu gefährlich. Und – ich hatte Angst, sie zu verlieren«, schloß er einfach.

Zu meiner Überraschung sah Jamie Roger mit plötzlicher Anerkennung an.

»Also habt Ihr versucht, sie zu beschützen?«

Roger nickte, und eine gewisse Erleichterung verringerte die Anspannung in seinen Schultern.

»Dann versteht Ihr mich?«

»Aye, das tue ich. Das ist das erste Mal, daß ich etwas höre, was mir eine gute Meinung von Euch gibt, Sir.«

Es war eine Meinung, die ich im Moment nicht teilte.

»Du hast *das* gefunden – und es ihr nicht gesagt?« Ich konnte spüren, wie mir das Blut in die Wangen stieg.

Roger sah meinen Gesichtsausdruck und wandte den Blick ab.

»Nein. Sie... sie hat es so gesehen wie du, fürchte ich. Sie hat gedacht – na ja, sie hat gesagt, ich hätte sie verraten, und...«

»Das hast du auch. Sie und uns! Von allen – Roger, wie konntest du so etwas *tun*.«

»Er hat das Richtige getan«, sagte Jamie. »Schließlich –« Ich unterbrach ihn und fuhr ihn heftig an.

»Das hat er *nicht*! Er hat es ihr wissentlich vorenthalten und versucht, sie davon abzubringen – begreifst du denn nicht, daß du sie niemals zu Gesicht bekommen hättest, wenn es ihm gelungen wäre?«

»Aye, doch. Und was ihr zugestoßen ist, wäre niemals geschehen.« Seine Augen waren tiefblau und reglos auf die meinen gerichtet. »Ich wünschte, es wäre so gewesen.«

Ich schluckte meinen Schmerz und meine Wut hinunter, bis ich glaubte, wieder sprechen zu können, ohne dabei zu ersticken.

»Ich glaube nicht, daß *sie* wünschte, es wäre so gewesen«, sagte ich leise. »Und es war ihre Entscheidung.«

Roger fiel ein, bevor Jamie antworten konnte.

»Ihr sagt, was ihr zugestoßen ist, wäre niemals – ihre Schwangerschaft?« Er wartete nicht auf eine Antwort; er hatte sich offenbar so weit von dem Schock der Nachricht erholt, daß er wieder denken konnte, und er kam rapide zu denselben unangenehmen Schlußfolgerungen, die Brianna ein paar Monate zuvor gezogen hatte. Er fuhr mit dem Kopf zu mir herum, die Augen vor Schreck geweitet.

»Sie ist im siebten Monat. Himmel! Sie kann nicht zurück!«

»Jetzt nicht mehr«, sagte ich mit bitterer Betonung. »Sie hätte es gekonnt, als sie es herausfand. Ich habe versucht, sie zur Rückkehr nach Schottland zu bewegen, oder zumindest zu den Westindischen Inseln – da gibt es noch eine... Öffnung. Aber sie wollte nicht. Sie wollte nicht gehen, ohne herauszufinden, was aus dir geworden war.«

»Was aus mir geworden war«, wiederholte er und sah Jamie an. Jamies Schultern spannten sich an, und er biß die Zähne zusammen.

»Aye«, sagte er. »Es ist meine Schuld, daran ist nichts zu machen. Sie sitzt hier in der Falle. Und ich kann nichts für sie tun – außer, Euch wieder zu ihr zu bringen.« Und das, so begriff ich, war der Grund, warum er Roger nichts hatte sagen wollen; aus Angst, daß Roger sich weigern würde, mit uns zurückzukehren, wenn er begriff, daß Brianna in der Vergangenheit festsaß. Ihr in die Vergangenheit zu folgen, war eine Sache; für immer mit ihr hierzubleiben, war etwas ganz anderes. Es waren auch nicht allein seine Schuldgefühle in bezug auf Bonnet gewesen, die Jamie auf dem Weg hierher verzehrt hatten; jener Spartanerjunge, an dessen Eingeweiden ein Fuchs nagte, hätte in ihm sofort einen Seelenverwandten erkannt, dachte ich, während ich ihn zärtlich ansah und gleichzeitig dem Verzweifeln nah war.

Roger sah ihn an. Ihm fehlten die Worte.

Bevor ihm welche einfallen konnten, näherte sich das Geräusch raschelnder Schritte der Hüttentür. Die Klappe hob sich, und eine große Anzahl Mohawk trat nacheinander ein.

Wir sahen sie erstaunt an; es waren ungefähr fünfzehn, Männer, Frauen und Kinder, alle reisefertig mit Leggings und Pelzen bekleidet. Eine der älteren Frauen hielt eine Babytrage. Sie ging ohne Zögern auf Roger zu und drückte sie ihm in die Arme, während sie etwas auf Mohawk sagte.

Er sah sie stirnrunzelnd an, denn er verstand sie nicht. Jamie war plötzlich hellwach. Er beugte sich zu ihr hinüber und sprach ein paar stockende Worte. Sie wiederholte ungeduldig, was sie gesagt hatte, blickte dann hinter sich und winkte einem jungen Mann.

»Du bist... Priester«, sagte er stockend zu Roger. Er deutete auf die Babytrage. »Wasser.«

»Ich bin kein Priester.« Roger versuchte, der Frau das Tragebrett zurückzugeben, doch sie weigerte sich, es zu nehmen.

»Pries«, sagte sie entschlossen. »Tauf.« Sie winkte einer der jungen Frauen, die jetzt vortrat, eine kleine, mit Wasser gefüllte Hornschale in der Hand.

»Vater Alexandre – er gesagt, du Priester, Priestersohn«, sagte der junge Mann. Ich sah Rogers Gesicht unter dem Bart erbleichen.

Jamie war zur Seite getreten und hatte sich murmelnd in französischem Patois mit einem Mann unterhalten, den er kannte. Jetzt bahnte er sich seinen Weg zu uns zurück.

»Sie sind der Rest der Gemeinde des Priesters«, sagte er leise. »Der Rat hat sie angewiesen zu gehen. Sie haben vor, zur Huronenmission in Ste. Berthe zu reisen, aber sie hätten gern, daß das Kind getauft wird, falls es unterwegs stirbt.« Er blickte Roger an. »Sie halten Euch für einen Priester.«

»Offensichtlich.« Roger blickte auf das Kind in seinen Armen hinab.

Jamie zögerte und blickte auf die wartenden Indianer. Sie standen geduldig mit ruhigen Gesichtern da. Ich konnte nur vermuten, was hinter ihnen lag. Feuer und Tod, Exil – was noch? Das Gesicht der alten Frau, die das Baby getragen hatte, war von Trauer gezeichnet; sie war wohl seine Großmutter, dachte ich.

»Im Notfall«, sagte Jamie leise zu Roger, »kann jeder Mensch das Amt eines Priesters ausüben.«

Ich hätte nicht geglaubt, daß Roger noch weißer werden konnte, doch er tat es. Er schwankte kurz, und die Alte streckte alarmiert die Hand aus, um die Babytrage abzustützen.

Doch er fing sich wieder und nickte der jungen Frau mit dem Wasser zu, damit sie näherkam.

»*Parlez-vous français?*« fragte er, und die Köpfe nickten.

»*C'est bien*«, sagte er, holte tief Luft und hob die Babytrage in die Höhe, um der Kongregation das Kind zu zeigen. Das Baby, ein pausbäckiger Charmeur mit hellbraunen Locken und goldener Haut, blinzelte schläfrig bei diesem Perspektivenwechsel.

»Hört die Worte unseres Herrn Jesus Christus«, sagte er in klarem Französisch. »Getreu dem Wort unseres Herrn Jesus und in der Gewißheit, daß er unter uns zugegen ist, taufen wir jene, die er eingeladen hat, die Seinen zu sein.«

Natürlich, dachte ich, während ich ihn beobachtete. Er *war* der Sohn eines Priesters, sozusagen jedenfalls; er mußte oft genug gesehen haben, wie der Reverend das Sakrament der Taufe erteilte. Vielleicht erinnerte er sich nicht an die gesamte Meßfeier, doch ihre allgemeine Form schien er zu kennen.

Er ließ das Baby innerhalb der Kongregation – denn dazu hatte sein Einverständnis sie gemacht – von Hand zu Hand gehen, während er folgte und die einzelnen Anwesenden leise befragte.

»*Qui est votre Seigneur, votre Sauveur?*« Wer ist Euer Herr und Retter?

»*Voulez-vous placer votre foi en Lui?*« Setzt Ihr Euer Vertrauen in Ihn?

»Gelobt Ihr, diesem Kind die frohe Botschaft des Evangeliums zu erzählen und alle Gebote Christi und durch Eure Gemeinschaft seine Verbundenheit mit dem Haus Gottes zu stärken?«

Kopf um Kopf nickte als Antwort.

»*Oui, certainement. Je le promets. Nous le ferons.*« Ja, natürlich. Ich verspreche es. Das werden wir.

Schließlich drehte sich Roger um und gab Jamie das Kind.

»Wer ist Euer Herr und Retter?«

»Jesus Christus«, antwortete er ohne Zögern, und das Baby wurde zu mir weitergereicht.

»Setzt Ihr Euer Vertrauen in Ihn?«

Ich blickte in das Gesicht der Unschuld und antwortete an seiner Stelle. »Ja.«

Er nahm die Babytrage, gab sie der Großmutter, tauchte dann einen Lärchenzweig in die Wasserschale und träufelte Wasser über den Kopf des Babys.

»Ich taufe dich –«, begann er und hielt dann mit einem plötzlichen, panischen Blick zu mir inne.

»Es ist ein Mädchen«, murmelte ich, und er nickte, während er erneut den Lärchenzweig hob.

»Ich taufe dich, Alexandra, im Namen des Vaters und des Sohnes und des Heiligen Geistes, Amen.«

Nachdem der kleine Indianertrupp aufgebrochen war, kamen keine Besucher mehr. Ein Krieger brachte uns Brennholz und etwas zu essen, doch er ignorierte Jamies Fragen und ging ohne ein Wort.

»Glaubst du, daß sie uns umbringen werden?« fragte Roger nach einer Zeit des Schweigens. Sein Mund zuckte, als er zu lächeln versuchte. »Mich umbringen, meine ich wohl. Ihr beide seid wahrscheinlich sicher.«

Er klang nicht besorgt. Mit einem Blick auf die tiefen Schatten und Falten in seinem Gesicht dachte ich, daß er einfach zu erschöpft war, um noch Angst zu haben.

»Sie werden uns nicht umbringen«, sagte ich und schob eine Hand durch mein verwirrtes Haar. Ich begriff dumpf, daß ich ebenfalls erschöpft war; ich hatte seit über sechsunddreißig Stunden nicht geschlafen.

»Ich hatte angefangen, es Euch zu erzählen. Ich habe die letzte Nacht in Tewaktenyonhs Haus verbracht. Der Rat der Mütter ist dort zusammengetreten.«

Sie hatten mir nicht alles erzählt; das taten sie nie. Doch am Ende der langen Stunden voller Zeremonien und Diskussionen hatte das Mädchen, das Englisch sprach, mir alles berichtet, was sie mich wissen lassen wollten, bevor sie mich zu Jamie zurückschickten.

»Ein paar der jungen Männer haben das Whiskyversteck gefunden«, sagte ich. »Sie haben ihn gestern ins Dorf gebracht und angefangen zu trinken. Die Frauen waren in dem Glauben, sie hätten nichts Unredliches vor, sie hielten den Handel für abgeschlossen. Doch dann entstand unter ihnen ein Streit, kurz bevor sie das Feuer anzündeten, um – um den Priester zu exekutieren. Ein Kampf brach aus, einige der Männer rannten in die Menge und – eins hat das andere ergeben.« Ich rieb mir fest mit der Hand über das Gesicht und versuchte, meinen Kopf so klar zu halten, daß ich sprechen konnte.

»Ein Mann ist bei dem Kampf umgekommen.« Ich sah Roger an. »Sie glauben, du hast ihn umgebracht; ist das so?«

Er schüttelte den Kopf und ließ müde die Schultern hängen.

»Ich weiß nicht. Was wollen sie deswegen unternehmen?«

»Tja, sie haben lange gebraucht, um zu einem Entschluß zu kommen, und es ist noch nicht endgültig geregelt; sie haben den Hauptrat informiert, aber der *Sachem* hat sich noch nicht entschieden.« Ich holte tief Luft.

»Sie werden dich nicht umbringen, weil der Whisky gestohlen wurde und er als Preis für dein Leben angeboten war. Aber da sie sich entschlossen haben, uns nicht umzubringen, um ihre Toten zu rächen, adoptiert der Stamm statt dessen normalerweise einen Feind als Ersatz für den Toten.«

Das schüttelte Roger aus seiner Dumpfheit.

»Mich adoptieren? Sie wollen mich behalten?«

»Einen von uns. Einen von euch. Ich denke nicht, daß ich ein passender Ersatz wäre, da ich kein Mann bin.« Ich versuchte zu lächeln, scheiterte aber kläglich. Sämtliche Muskeln in meinem Gesicht waren taub geworden.

»Dann muß ich es sein«, sagte Jamie ruhig.

Rogers Kopf fuhr erschrocken auf.

»Ihr habt es selbst gesagt; wenn die Vergangenheit nicht zu ändern ist, dann wird mir nichts geschehen. Laßt mich hier, und ich werde fliehen und nach Hause kommen, sobald es geht.«

Er legte mir die Hand auf den Arm, bevor ich protestieren konnte.

»Du und Ian, ihr bringt MacKenzie zu Brianna zurück.« Er sah Roger an, sein Gesicht war unergründlich. »Schließlich«, sagte er leise, »seid ihr zwei diejenigen, die sie braucht.«

Roger öffnete sofort den Mund, um zu widersprechen, doch ich platzte ihm dazwischen.

»Möge der Herr mich vor sturen Schotten bewahren!« sagte ich. Ich funkelte sie beide an. »Sie haben sich noch nicht entschieden. Das ist nur das, was der Rat der Frauen sagt. Also hat es keinen Sinn, darüber zu diskutieren, bevor wir es nicht mit Sicherheit wissen. Und was Dinge angeht, die wir nicht mit Sicherheit wissen«, sagte ich in der Hoffnung, sie abzulenken, »wo ist Ian?«

Jamie starrte mich an.

»Ich weiß es nicht«, sagte er und ich sah, wie eine Welle seinen Hals durchlief, als er schluckte. »Aber ich bete zu Gott, daß er unbehelligt bei diesem Mädchen im Bett ist.«

Niemand kam. Die Nacht verstrich ruhig, obwohl keiner von uns gut schlief. Aus purer Erschöpfung döste ich immer wieder ein und erwachte jedesmal, wenn draußen ein Geräusch erklang. Meine Träume waren ein lebhaftes, verrücktes Flickwerk aus Blut und Feuer und Wasser.

Es wurde Mittag, bevor wir Stimmen näherkommen hörten. Mein

Herz tat einen Satz, als ich eine davon erkannte, und Jamie war auf den Beinen, bevor sich die Türklappe hob.

»Ian? Bist du's?«

»Aye, Onkel Jamie. Ich bin's.«

Seine Stimme klang seltsam; atemlos und unsicher. Er trat in das Licht, das durch den Rauchabzug fiel, und ich schnappte nach Luft, denn ich fühlte mich, als hätte mich jemand in den Magen geboxt.

Man hatte ihm das Haar von den Seiten seines Schädels gezupft; der Rest stand in einem dichten Kamm von seiner Kopfhaut ab, und ein langer Schwanz hing ihm über den Rücken. Ein Ohr war frisch durchstochen worden und trug einen silbernen Ohrring.

Sein Gesicht hatte man tätowiert. Doppelte Halbmondlinien aus schwarzen Pünktchen, die meisten immer noch blutverkrustet, liefen ihm über beide Wangenknochen und trafen sich auf seinem Nasenbein.

»Ich – kann nicht lange bleiben, Onkel Jamie«, sagte Ian. Unter den tätowierten Linien sah er blaß aus, doch er stand aufrecht. »Ich habe gesagt, sie müssen mich herkommen lassen, damit ich mich verabschiede.«

Jamies Lippen waren weiß geworden.

»Himmel, Ian«, flüsterte er.

»Heute abend ist die Zeremonie der Namensgebung«, sagte Ian und versuchte, uns nicht anzusehen. »Sie sagen, danach bin ich ein Indianer und darf nur noch die Sprache der *Kahnyen'kehaka* sprechen; ich darf kein Englisch oder Gälisch mehr sprechen.« Er lächelte verlegen. »Und ich wußte, daß du nicht viel Mohawk sprichst.«

»Ian, das kannst du nicht tun!«

»Ich habe es schon getan, Onkel Jamie«, sagte Ian leise. Dann sah er mich an.

»Tante Claire. Kannst du meiner Mutter sagen, daß ich sie nicht vergessen werde? Mein Pa weiß es auch so, glaube ich.«

»Oh, Ian!« Ich drückte ihn fest, und er legte sanft die Arme um mich.

»Ihr könnt morgen aufbrechen«, sagte er zu Jamie. »Sie werden euch nicht aufhalten.«

Ich ließ ihn los, und er ging zu der Stelle, wo Roger stand und ein verblüfftes Gesicht machte. Ian bot ihm die Hand an.

»Es tut mir leid, was wir Euch angetan haben«, sagte er leise. »Paßt Ihr gut auf meine Cousine und das Kleine auf?«

Roger ergriff seine Hand und schüttelte sie. Er räusperte sich und fand seine Stimme wieder.

»Ja«, sagte er. »Das verspreche ich.«
Dann wandte sich Ian Jamie zu.
»Nein, Ian«, sagte er. »Gott, nein, Junge. Laß es doch mich sein!«
Ian lächelte, obwohl seine Augen voller Tränen waren. »Du hast einmal zu mir gesagt, mein Leben sei nicht dazu da, verschwendet zu werden«, sagte er. »Und das wird es auch nicht.« Er streckte die Arme aus. »Dich vergesse ich auch nicht, Onkel Jamie.«

Kurz vor Sonnenuntergang brachten sie Ian zum Flußufer. Er zog sich aus und trat in das eiskalte Wasser, begleitet von drei Frauen, die ihn untertauchten, ihn knufften und ihn lachend mit Sand abschrubbten. Rollo lief am Ufer auf und ab und bellte wie wahnsinnig, dann sprang er in den Fluß und schloß sich dem an, was er offenbar für Spaß und Spiel hielt, wobei er Ian fast ertränkte.

Sämtliche Zuschauer, die das Ufer säumten, fanden es urkomisch – bis auf die drei Weißen.

Als das weiße Blut symbolisch aus Ians Körper gewaschen worden war, trockneten ihn ein paar Frauen ab, zogen ihm frische Kleider an und brachten ihn zur Zeremonie der Namensgebung in das Langhaus des Rates.

Alles drängte sich im Innenraum; das ganze Dorf war anwesend. Jamie, Roger und ich standen schweigend in der Ecke und sahen zu, wie der *Sachem* über ihm sprach und sang, wie Trommeln schlugen, wie die Pfeife angezündet wurde und von Hand zu Hand ging. Das Mädchen, das er Emily nannte, stand neben ihm, und ihre Augen leuchteten, als sie ihn ansah. Ich sah, wie er ihren Blick erwiderte, und das Leuchten, das dabei auch seine Augen erfüllte, trug etwas dazu bei, die Trauer in meinem Herzen zu lindern.

Sie nannten ihn Wolfsbruder. Sein Bruder, der Wolf, saß hechelnd zu Jamies Füßen und beobachtete die Vorgänge interessiert.

Am Ende der Zeremonie fiel ein kurzes Schweigen über die Menge, und in diesem Moment trat Jamie aus der Ecke. Alle Köpfe drehten sich, als er zu Ian hinüberging, und ich sah, wie sich mehr als ein Krieger mißbilligend anspannte.

Er löste die Brosche von seinem Plaid, gürtete es auf und legte seinem Neffen den blutbefleckten, leuchtend roten Tartan über die Schulter.

»*Cuimhnich*«, sagte er leise und trat zurück. *Erinnere dich.*

Wir waren alle drei sehr still, als wir am nächsten Morgen dem schmalen Pfad folgten, der vom Dorf fortführte. Mit weißem Gesicht hatte sich Ian formell von uns verabschiedet, während er bei seiner neuen Familie stand. Doch ich war nicht so tapfer gewesen, und als Ian meine Tränen sah, biß er sich auf die Lippe, um seine eigenen Gefühle in Schach zu halten. Jamie hatte ihn umarmt, ihn auf den Mund geküßt und sich ohne ein Wort abgewandt.

Jamie schlug in dieser Nacht das Lager mit seiner üblichen Effizienz auf, doch es war zu spüren, daß seine Gedanken anderswo weilten. Kein Wunder; meine eigenen waren zerrissen zwischen der Sorge um Ian hinter uns und der Sorge um Brianna vor uns, und für unsere gegenwärtigen Umstände hatte ich nur sehr wenig Aufmerksamkeit übrig.

Roger lud eine Ladung Holz neben dem Feuer ab und setzte sich neben mich.

»Ich habe nachgedacht«, sagte er leise. »Über Brianna.«

»Ja? Ich auch.« Ich war so müde, daß ich dachte, ich würde kopfüber in die Flammen purzeln, bevor ich das Wasser zum Kochen gebracht hatte.

»Du hast gesagt, es gibt noch einen Kreis – eine Öffnung, was auch immer es ist – auf den Westindischen Inseln.«

»Ja.« Ich dachte kurz daran, ihm von Geillis Duncan und der Höhle Abandawe zu erzählen, verwarf es dann aber. Ich hatte nicht die Energie dazu. Ein andermal. Dann fuhr ich aus dem Nebel meiner Gedanken auf und erfaßte, was er gerade gesagt hatte.

»Noch einer? Hier?« Ich sah mich wild um, als erwartete ich, einen Menhir zu erblicken, der drohend hinter mir stand.

»Nicht *hier*«, sagte er. »Aber irgendwo zwischen hier und Fraser's Ridge.«

»Oh.« Ich versuchte, meine zerstreuten Gedanken zu sammeln. »Ja, ich weiß, daß es einen gibt, aber –« Dann fiel der Groschen, und ich packte ihn am Arm. »Du meinst, du *weißt*, wo es ist?«

»Du hast davon gewußt?« Er starrte mich erstaunt an.

»Ja, ich – hier, sieh mal...« Ich wühlte in meinem Beutel und brachte den Opal zum Vorschein. Er ergriff ihn hastig, bevor ich eine Erklärung loswerden konnte.

»Oh! Es ist dasselbe; genau dieses Symbol – ist in den Felsen in dem Kreis gemeißelt. Wo zum Teufel hast du den her?«

»Das ist eine lange Geschichte«, sagte ich. »Ich erzähle sie dir später. Aber jetzt – weißt du, wo der Kreis ist? Du hast ihn tatsächlich gesehen?«

Unsere Aufregung hatte Jamie herbeigelockt, der sich zu uns gesellte, um zu sehen, was los war.

»Ein Kreis?«

»Ein Zeitkreis, eine Öffnung, ein – ein –«

»Ich bin dagewesen,« unterbrach Roger meine gestotterten Erklärungen. »Ich habe ihn zufällig gefunden, während ich versucht habe zu fliehen.«

»Könntest du ihn wiederfinden? Wie weit ist er von River Run entfernt?« Mein Gehirn stellte hektische Berechnungen an. Etwas mehr als sieben Monate. Wenn der Rückweg sechs Wochen dauerte, würde Brianna mitten im neunten Monat sein. War es möglich, sie dann noch rechtzeitig in die Berge zu bringen? Und wenn – was würde riskanter sein, durch die Zeitpassage zu reisen, während sie im Begriff stand, ein Kind zu bekommen, oder für immer in der Vergangenheit zu bleiben?

Roger fingerte in seinem Hosenbund herum und brachte ein Stück Garn zum Vorschein, schmutzig und verknotet. »Hier«, sagte er und ergriff einen Doppelknoten. »Es war acht Tage nachdem sie mich mitgenommen haben. Acht Tage von Fraser's Ridge entfernt.«

»Und mindestens eine Woche von River Run nach Fraser's Ridge.« Ich gestattete mir wieder zu atmen, unsicher, ob ich Enttäuschung oder Erleichterung fühlte. »Wir würden es niemals schaffen.«

»Aber das Wetter schlägt um«, sagte Jamie. Er wies kopfnickend auf eine große Blaufichte mit nassen, tropfenden Nadeln. »Als wir gekommen sind, war dieser Baum völlig vereist.« Er sah mich an. »Vielleicht kommen wir leichter voran; vielleicht sind wir schneller – oder auch nicht.«

»Oder auch nicht.« Ich schüttelte knapp den Kopf. »Du weißt genausogut wie ich, daß der Frühling Schlamm bedeutet. Und man kann sich im Schlamm viel schlechter fortbewegen als im Schnee.« Ich spürte, wie mein Herz sich zu verlangsamen begann und sich fügte. »Nein, es ist zu spät, zu riskant. Sie muß hierbleiben.«

Jamie sah Roger über das Feuer hinweg an.

»Er nicht«, sagte er.

Roger sah ihn aufgeschreckt an.

»Oh –«, begann er, dann biß er die Zähne zusammen und fing von vorne an. »Oh, doch. Ihr glaubt doch nicht, daß ich sie alleinlassen würde? Und mein Kind?«

Ich öffnete den Mund und spürte, wie sich Jamie neben mir warnend versteifte.

»Nein«, sagte ich scharf. »Nein. Wir müssen es ihm sagen. Brianna tut es sowieso. Besser, wenn er es jetzt erfährt. Wenn es für ihn einen Unterschied macht, dann ist es besser, wenn er es weiß, bevor er sie sieht.«

Jamie preßte die Lippen fest zusammen, doch er nickte.

»Aye«, sagte er. »Dann sag's ihm.«

»Was denn?« Rogers dunkles Haar war lose und hob sich im Abendwind. Seit wir ihn gefunden hatten, hatte er noch nicht so lebendig ausgesehen, alarmiert und aufgeregt zugleich. Ich biß in den sauren Apfel.

»Es könnte sein, daß es nicht dein Kind ist«, sagte ich.

Im ersten Augenblick veränderte sich sein Ausdruck nicht; dann erreichten ihn die Worte. Er packte mich an den Armen, so plötzlich, daß ich erschreckt aufheulte.

»Was meist du damit? Was ist passiert?«

Jamie bewegte sich wie eine Schlange beim Angriff. Er gab Roger einen kurzen, harten Kinnhaken, so daß er mich losließ und rückwärts auf dem Boden landete, alle viere von sich gestreckt.

»Sie meint, daß meine Tochter vergewaltigt worden ist, als Ihr sie sich selbst überlassen habt«, sagte er grob. »Zwei Tage nachdem Ihr ihr beigewohnt habt. Also ist das Kind vielleicht von Eurem Besuch, vielleicht auch nicht.«

Er funkelte zu Roger herunter.

»Also. Wollt Ihr ihr beistehen oder nicht?«

Roger schüttelte den Kopf, um ihn wieder klarzubekommen, und stand langsam wieder auf.

»Vergewaltigt? Wer? Wo?«

»In Wilmington. Ein Mann namens Stephen Bonnet. Er –«

»*Bonnet?*« Rogers Ausdruck machte es überdeutlich, daß ihm der Name vertraut war. Er starrte wild von mir zu Jamie und zurück. »Brianna ist von Stephen Bonnet vergewaltigt worden?«

»Das habe ich gesagt.« Plötzlich brach die ganze Wut hervor, die Jamie seit unserem Aufbruch aus dem Dorf unterdrückt hatte. Er packte Roger an der Kehle und donnerte ihn gegen einen Baumstamm.

»Und wo wart Ihr, als es geschehen ist, Feigling? Sie war wütend über Euch, also seid Ihr weggelaufen und habt sie alleingelassen! Wenn Ihr schon der Meinung wart, Ihr müßtet gehen, warum habt Ihr sie dann nicht erst in Sicherheit gebracht?«

Ich ergriff Jamies Arm und riß daran.

»Laß ihn los!«

Er gehorchte und machte schweratmend einen Satz rückwärts. Erschüttert und fast genauso wütend wie Jamie schüttelte Roger seine zerwühlten Kleider aus.

»Ich bin nicht gegangen, weil wir uns gestritten hatten! Ich bin gegangen, um das hier zu suchen!« Er ergriff eine Handvoll Stoff von seiner weiten Kniehose und riß daran. Ein hellgrüner Funke leuchtete auf seiner Handfläche auf.

»Ich habe mein Leben aufs Spiel gesetzt, um an das hier zu kommen, damit ihr Rückweg durch die Steine gesichert war! Wißt Ihr, wohin ich gegangen bin, um sie zu besorgen, von wem ich sie habe? Stephen Bonnet! Deshalb habe ich so lange gebraucht, um nach Fraser's Ridge zu kommen; er war nicht da, wo ich es erwartet hatte; ich mußte an der Küste auf und ab reiten, um ihn zu finden.«

Jamie war erstarrt und sah die Edelsteine unverwandt an. Ich auch.

»Ich bin auf Stephen Bonnets Schiff aus Schottland gekommen!« Roger wurde etwas ruhiger. »Er ist ein – ein –«

»Ich weiß, was er ist.« Jamie regte sich und brach seine Trance. »Aber was er außerdem vielleicht ist, ist der Vater des Kindes meiner Tochter.« Er warf Roger einen langen, kalten Blick zu. »Also frage ich Euch, MacKenzie; könnt Ihr zu ihr zurückgehen und mit ihr zusammenleben, auch wenn Ihr wißt, daß es wahrscheinlich Bonnets Kind ist, das sie bekommt? Denn wenn Ihr es nicht tut – dann sagt es jetzt, denn ich schwöre, wenn Ihr zu ihr geht und sie schlecht behandelt... dann töte ich Euch, ohne noch einmal darüber nachzudenken.«

»Du meine Güte!« platzte ich heraus. »Laß ihn doch einen Augenblick überlegen, Jamie! Kannst du nicht sehen, daß er noch nicht die geringste Chance gehabt hat, es zu verdauen?«

Rogers Faust schloß sich fest um die Juwelen und öffnete sich dann wieder. Ich konnte ihn atmen hören, schwer und abgehackt.

»Ich weiß es nicht«, sagte er. »Ich weiß es nicht!«

Jamie bückte sich und hob einen der Steine auf, der Roger aus der Hand gefallen war. Er schleuderte ihn Roger vor die Füße.

»Dann geht!« sagte er. »Nehmt Eure verfluchten Steine und sucht Euren verflixten Kreis. Fort mit Euch – denn meine Tochter braucht keinen Feigling.«

Er hatte die Pferde noch nicht abgesattelt; er ergriff seine Satteltaschen und hievte sie über den Rücken des Pferdes. Er band sein und mein Pferd los und stieg in einer fließenden Bewegung auf.

»Komm«, sagte er zu mir. Ich sah Roger hilflos an. Er starrte zu Jamie hinauf; seine grünen Augen glitzerten im Feuerschein und leuchteten wie der Smaragd in seiner Hand.

»Geht«, sagte er leise zu mir, ohne den Blick von Jamie abzuwenden. »Wenn ich kann – dann komme ich.«

Meine Hände und Füße schienen nicht mir zu gehören; sie bewegten sich problemlos, ohne daß ich sie steuerte. Ich ging zu meinem Pferd, steckte meinen Fuß in den Steigbügel, dann war ich oben.

Als ich mich umsah, war selbst der Schein des Feuers schon verschwunden. Hinter uns war nichts als Dunkelheit.

62

Der Dreidrittelgeist

River Run, April 1770
»Sie haben Stephen Bonnet festgenommen.«

Brianna ließ die Kiste mit dem Spiel auf den Boden fallen. Spielsteine aus Elfenbein explodierten in alle Richtungen und rollten unter die Möbelstücke. Sprachlos stand sie da und starrte Lord John an, der sein Brandyglas abstellte und hastig an ihre Seite kam.

»Geht es dir gut? Mußt du dich hinsetzen? Ich entschuldige mich vielmals. Ich hätte es nicht –«

»Doch, das hättest du. Nein, nicht das Sofa, dann komme ich nie wieder hoch.« Sie winkte ab, als er ihr die Hand anbot, und ging langsam zu einem einfachen Holzstuhl an der Fensterseite. Als sie sicher saß, blickte sie ihn lange und ruhig an.

»Wo?« sagte sie. »Wie?«

Er vertat keine Zeit mit der Frage, ob er Wein oder angebrannte Federn kommen lassen sollte; offenbar würde sie nicht in Ohnmacht fallen.

Er zog einen Stuhl zu ihr herüber, überlegte es sich dann aber anders und ging zur Tür des Salons. Er blickte in den dunklen Flur hinaus; tatsächlich, eins der Dienstmädchen döste in der Biegung der Treppe auf einem Hocker vor sich hin für den Fall, daß sie irgendwelche Wünsche hatten. Bei seinem Schritt fuhr der Kopf der Frau hoch, und ihre Augen leuchteten weiß im Halbdunkel.

»Geh zu Bett«, sagte er. »Wir werden heute abend nichts mehr brauchen.«

Die Sklavin nickte und schlurfte davon. Ihre zusammengesackten Schultern verrieten ihre Erleichterung, sie mußte seit der Dämmerung wach sein, und jetzt war es beinahe Mitternacht. Auch er war nach dem langen Ritt von Edenton furchtbar müde, doch seine Nachrichten konnten nicht warten. Er war am frühen Abend angekommen, hatte aber erst jetzt eine Gelegenheit gefunden, sich zu entschuldigen und Brianna allein zu sehen.

Er schloß die Türflügel und stellte eine Fußstütze davor, um jeder Unterbrechung vorzubeugen.

»Er ist hier in Cross Creek gefangengenommen worden«, sagte er ohne Umschweife, während er sich neben sie setzte. »Ich kann nicht sagen, wie. Die Anklage lautete auf Schmuggel. Doch natürlich kamen noch andere hinzu, nachdem erst einmal seine Identität feststand.«

»Was für Schmuggel?«

»Tee und Brandy. Zumindest diesmal.« Er rieb sich seinen steifen Nacken und versuchte die Folgen der vielen Stunden im Sattel zu lindern. »Ich habe in Edenton davon gehört; offenbar ist der Mann berüchtigt. Seine Reputation reicht von Charleston bis Jamestown.«

Er sah sie genau an; sie war bleich, aber nicht leichenblaß.

»Er ist schon abgeurteilt«, sagte er ruhig. »Er wird nächste Woche in Wilmington hängen. Ich dachte, du würdest das vielleicht gerne wissen.«

Sie holte tief Luft und atmete langsam aus, sagte aber nichts. Verstohlen betrachtete er sie noch genauer. Er wollte sie nicht anstarren, doch ihr Umfang erstaunte sie. Bei Gott, sie war immens! In den zwei Monaten seit ihrer Verlobung war sie mindestens doppelt so dick geworden.

Eine Seite ihres enormen Abdomens beulte sich plötzlich aus, und er erschrak. Er zweifelte mit einemmal daran, ob es klug war, es ihr zu erzählen; wenn der Schreck über die Nachricht ihre Niederkunft vorzeitig auslöste, würde er sich das niemals verzeihen. Jamie würde ihm auch nicht verzeihen.

Sie starrte ins Leere und zog konzentriert die Stirn kraus. Trächtige Stuten sahen manchmal bei der Geburt so aus; völlig absorbiert von ihrem Innenleben. Es war ein Fehler gewesen, die Sklavin gehen zu lassen. Er zog seine Füße an, um sich zu erheben und Beistand zu holen, doch seine Bewegung holte sie aus ihrer Trance.

»Danke«, sagte sie. Das Stirnrunzeln war immer noch da, doch ihre Augen hatten den abwesenden Blick verloren; sie waren mit einer enervierenden, blauen Direktheit auf ihn gerichtet – um so enervierender, weil sie ihm so vertraut war.

»Wann hängen sie ihn?« Sie beugte sich ein wenig vor, eine Hand gegen ihre Seite gepreßt. Wie als Reaktion auf den Druck überlief eine erneute Welle ihren Bauch.

Er lehnte sich zurück und betrachtete beklommen ihren Bauch.

»Freitag in einer Woche.«

»Ist er jetzt in Wilmington?«

Ein wenig beruhigt durch ihr besonnenes Verhalten, griff er nach seinem Glas. Er trank einen Schluck und schüttelte den Kopf, während er spürte, wie sich die Wärme des Alkohols wohltuend in seiner Brust ausbreitete.

»Nein. Er ist immer noch hier; es war kein Prozeß nötig, da er schon verurteilt war.«

»Also bringen sie ihn zur Exekution nach Wilmington? Wann?«

»Ich habe keine Ahnung.« Der abwesende Blick war zurückgekehrt; diesmal nahm er ihn mit bösen Vorahnungen zur Kenntnis – es war nicht mütterliche Konzentration, sondern Kalkulation.

»Ich will ihn sehen.«

Mit großem Bedacht schluckte er seinen restlichen Brandy hinunter.

»Nein«, sagte er entschlossen und stellte das Glas hin. »Selbst wenn dein Zustand es dir erlauben würde, nach Wilmington zu reisen – was er gewiß nicht tut«, fügte er mit einem Seitenblick auf das gefährliche Aussehen ihres Bauches hinzu, »könnte es die schlimmste Wirkung auf dein Kind haben, wenn du einer Exekution beiwohnst. Ich kann es dir vollständig nachfühlen, meine Liebe, aber –«

»Nein, das kannst du nicht. Du weißt ja gar nicht, was ich fühle.« Sie sprach ohne Erregung, aber mit völliger Überzeugung. Er starrte sie einen Moment lang an, dann stand er auf und ging die Karaffe holen.

Sie sah zu, wie die bernsteinfarbene Flüssigkeit in seinem Glas aufwirbelte, und wartete, bis er es ergriff, bevor sie fortfuhr.

»Ich will ihm nicht beim Sterben zusehen«, sagte sie.

»Gott sei's gedankt«, murmelte er und nahm einen Schluck Brandy.

»Ich will mit ihm sprechen.«

Die Flüssigkeit nahm den falschen Weg, und er verschluckte sich und spuckte den Brandy über die Rüschen seines Hemdes.

»Vielleicht solltest du dich hinsetzen«, sagte sie und blinzelte ihn an. »Du siehst nicht besonders gut aus.«

»Ich kann mir gar nicht vorstellen, wieso nicht.« Doch er setzte sich und griff nach einem Tuch, um sich das Gesicht abzuwischen.

»Nein, ich weiß, was du sagen willst«, sagte sie fest, »also gib dir keine Mühe. Kannst du es arrangieren, daß ich ihn sehen kann, bevor sie ihn nach Wilmington bringen? Und bevor du sagst, nein, mit Sicherheit nicht, frag dich, was ich tun werde, *wenn* du das sagst.«

Lord John schloß den Mund, den er schon geöffnet hatte, um »Nein, mit Sicherheit nicht« zu sagen, und betrachtete sie einen Augenblick schweigend.

»Ich nehme nicht an, daß du vorhast, mir erneut zu drohen, oder?« fragte er im Konversationston. »Denn wenn es so ist...«

»Natürlich nicht.« Sie besaß so viel Anstand, bei diesen Worten leicht zu erröten.

»Also, dann muß ich gestehen, daß mir nicht ganz klar ist, wie du –«

»Ich werde meiner Tante erzählen, daß Stephen Bonnet der Vater meines Babys ist. Und ich erzähle es Farquard Campbell. Und Gerald Forbes. Und Richter Alderdyce. Und dann gehe ich zum Hauptquartier der Garnison – da muß er ja wohl sein – und erzähle es Sergeant Murchison. Wenn er mich nicht hineinläßt, bitte ich Mr. Campbell um eine schriftliche Verfügung, damit er mir Zutritt verschafft. Ich habe ein Recht darauf, ihn zu sehen.«

Er sah sie scharf an, doch er konnte sehen, daß es keine leere Drohung war. Sie saß so solide und unbeweglich wie eine Marmorstatue da – und genauso empfänglich für seine Überredungskünste.

»Du schreckst nicht davor zurück, einen monströsen Skandal heraufzubeschwören?« Es war eine rhetorische Frage; er versuchte nur, einen Augenblick zum Nachdenken zu gewinnen.

»Nein«, sagte sie ruhig. »Was habe ich zu verlieren?« Sie zog die Augenbrauen in einem halb humorvollen Zucken hoch.

»Ich nehme an, du müßtest unsere Verlobung auflösen. Aber wenn der ganze Bezirk weiß, wer der Vater ist, dann hätte das wohl denselben abschreckenden Effekt auf Männer, die mich heiraten wollen, wie unsere Verlobung.«

»Dein Ruf –«, begann er, obwohl er wußte, daß es hoffnungslos war.

»Ist sowieso nicht besonders. Obwohl, was das angeht, warum sollte es eigentlich schlimmer sein, wenn ich schwanger bin, weil mich ein Pirat vergewaltigt hat, als weil ich liederlich gewesen bin, wie mein Vater das so charmant formuliert hat?« Es lag ein leichter Unterton von Bitterkeit in ihrer Stimme, der ihn davon abhielt, noch mehr zu sagen.

»Wie auch immer, Tante Jocasta wird mich wohl nicht hinauswerfen, nur weil ich einen Skandal auslöse. Ich werde nicht verhungern und das Baby auch nicht. Und ich kann nicht sagen, daß es mich kümmert, ob die Damen MacNeill mich besuchen oder nicht.«

Er hob sein Glas und trank noch einen Schluck, diesmal vorsichtig, während er ein Auge auf sie hatte, um weiteren Schreckmomenten vorzubeugen. Er hätte gern gewußt, was zwischen ihr und ihrem Vater vorgefallen war – war aber nicht mutig genug, um sie zu fragen. Statt dessen stellte er das Glas hin und fragte: »Warum?«

»Warum?«

»Warum glaubst du, daß du mit Bonnet sprechen mußt? Du sagst, ich weiß nicht, was du fühlst, was unleugbar wahr ist.« Er ließ einen Hauch von Ironie in seiner Stimme mitklingen. »Doch was es auch immer ist, es muß sehr dringlich sein, wenn es dich dazu bringt, solch drastische Schritte in Erwägung zu ziehen.«

Ein Lächeln keimte langsam auf ihren Lippen auf und breitete sich bis zu ihren Augen aus.

»Ich mag es wirklich, wie du dich ausdrückst«, sagte sie.

»Ich bin außerordentlich geschmeichelt. Wenn du es allerdings erwägen könntest, meine Frage zu beantworten...«

Sie seufzte so tief, daß die Kerzenflamme flackerte. Sie stand schwerfällig auf und fingerte an ihrem Rocksaum herum. Offensichtlich hatte sie eine Tasche hineingenäht, denn sie zog ein kleines Blatt Papier heraus, das zusammengefaltet und vom vielen Anfassen zerfleddert war.

»Lies das«, sagte sie und gab es ihm. Sie wandte sich ab und ging zum anderen Ende des Zimmers, wo ihre Farben und ihre Staffelei in einer Ecke am Kamin standen.

Beim Anblick der schwarzen Lettern durchfuhr ihn ein kleiner, vertrauter Ruck. Er hatte Jamie Frasers Handschrift erst einmal gesehen, doch einmal war genug; es war eine einmalige Schrift.

Tochter –
Ich kann nicht sagen, ob ich Dich wiedersehen werde. Ich hoffe von ganzem Herzen, daß es so sein wird und daß alles zwischen uns wieder in Ordnung kommt, doch dies muß in Gottes Hand ruhen. Ich schreibe jetzt für den Fall, daß Er es anders will.
Du hast mich einmal gefragt, ob es recht ist, aus Rache für das große Unrecht zu töten, das Dir angetan wurde. Ich sage Dir, Du darfst es nicht. Um Deiner Seele willen, um Deines Lebens willen mußt Du die Gnade der Vergebung finden. Die Freiheit ist schwer zu erringen, doch sie ist niemals die Frucht eines Mordes.
Hab' keine Angst, daß er der Vergeltung entkommt. Ein solcher Mann trägt die Saat seiner eigenen Zerstörung in sich. Wenn er nicht von meiner Hand stirbt, dann durch die eines anderen. Doch es darf nicht Deine Hand sein, die ihn fällt.
Hör auf mich, um der Liebe willen, die ich für Dich empfinde.

Unter den Text des Briefes hatte er geschrieben *Dein Dir höchst zugeneigter und Dich liebender Vater, James Fraser.* Das war durchgestrichen, und darunter stand einfach nur *Pa.*

»Ich habe ihm nicht einmal auf Wiedersehen gesagt.«

Lord John blickte erschrocken auf. Sie hatte ihm den Rücken zugekehrt und starrte auf die halbfertige Landschaft auf der Staffelei, als wäre sie ein Fenster.

Er überquerte den Teppich und stellte sich neben sie. Das Feuer im Kamin war heruntergebrannt, und es wurde jetzt kalt im Zimmer. Sie wandte sich ihm zu und umklammerte ihre Ellbogen zum Schutz gegen die Kälte.

»Ich will frei sein«, sagte sie leise. »Ob Roger zurückkommt oder nicht. Egal, was geschieht.«

Das Kind war unruhig; er konnte sehen, wie es unter ihren verschränkten Armen trat und zappelte wie eine Katze im Sack. Er holte tief Luft und fühlte sich kalt und sorgenvoll.

»Du bist sicher, daß du Bonnet sehen willst?«

Sie warf ihm einen weiteren dieser langen, blauen Blicke zu.

»Ich muß eine Möglichkeit finden, ihm zu vergeben, sagt Pa. Seit ihrer Abreise habe ich es dauernd versucht, aber ich kann es nicht. Vielleicht kann ich es, wenn ich ihn sehe. Ich muß es versuchen.«

»Gut.« Er atmete in einem langen Seufzer aus und ließ kapitulierend die Schultern hängen.

Ein kleines Licht – Erleichterung? – erschien in ihren Augen, und er versuchte, das Lächeln zu erwidern.

»Du wirst es tun?«

»Ja. Weiß Gott, wie, aber ich werde es tun.«

Er löschte alle Kerzen bis auf eine, die er behielt, damit sie ihnen den Weg zum Bett beleuchtete. Er reichte ihr den Arm, und sie gingen schweigend durch den leeren Flur, und die menschenleere Stille umhüllte sie mit ihrem Frieden. Am Fuß der Treppe blieb er stehen und ließ sie vorgehen.

»Brianna.«

Sie drehte sich fragend auf der Treppe über ihm um. Er stand zögernd da und wußte nicht, wie er sie um das bitten sollte, was er sich plötzlich so sehr wünschte. Er streckte die Hand aus und hielt sie leicht in der Schwebe.

»Darf ich...?«

Wortlos nahm sie seine Hand und preßte sie gegen ihren Bauch. Er war warm und sehr fest. Einen Augenblick standen sie bewegungslos, während sie seine Hand mit der ihren umschloß. Dann kam es, ein kleiner Stoß gegen seine Hand, bei dem ihn Aufregung durchfuhr.

»Mein Gott«, sagte er mit leisem Entzücken. »Da ist wirklich jemand.«

Ihr Blick traf den seinen voll reuiger Belustigung.

»Ja«, sagte sie. »Ich weiß.«

Es war längst dunkel, als sie neben dem Hauptquartier der Garnison vorfuhren. Es war ein kleines, wenig einnehmendes Gebäude, das im Vergleich mit dem Lagerhaus, das dahinter aufragte, zwergenhaft wirkte, und Brianna sah es schräg an.

»Sie haben ihn da drin?« Ihre Hände fühlten sich kalt an, obwohl sie unter ihrem Umhang eingemummt waren.

»Nein.« Lord John sah sich um, als er abstieg, um die Pferde anzubinden. In dem Fenster brannte ein Licht, doch der kleine, ungepflasterte Hof war leer und verlassen. Es waren keine Häuser oder Läden in der Nähe, und die Arbeiter aus dem Lagerhaus waren schon lange zu ihren Abendmahlzeiten und ihren Betten heimgegangen.

Er streckte ihr beide Hände entgegen, um ihr herunterzuhelfen; von einem Wagen abzusteigen war leichter, als aus einer Kutsche herauszukommen, aber immer noch alles andere als einfach.

»Er ist im Keller unter dem Lagerhaus«, erklärte er ihr mit gedämpfter Stimme. »Ich habe den wachhabenden Soldaten bestochen, damit er uns hineinläßt.«

»Nicht *uns*«, sagte sie mit ebenso gedämpfter, aber deshalb nicht weniger fester Stimme als er. »Mich. Ich gehe allein zu ihm.«

Sie sah, wie sich seine Lippen einen Moment fest zusammenpreßten und sich dann entspannten, als er nickte.

»Der Privatgefreite Hodgepile versichert mir, daß er in Ketten liegt, oder ich würde einen solchen Vorschlag nicht gutheißen. So aber...« Er zuckte etwas gereizt mit den Achseln und ergriff ihren Arm, um sie über den zerfurchten Boden zu führen.

»Hodgepile?«

»Privatgefreiter Arvin Hodgepile. Warum? Ein Bekannter?«

Sie schüttelte den Kopf und hielt mit der freien Hand ihre Röcke zur Seite.

»Nein. Ich habe den Namen schon einmal gehört, aber –«

Die Tür des Gebäudes öffnete sich, und Licht ergoß sich auf den Hof.

»Ihr seid es, nicht wahr, Mylord?« Ein Soldat blickte argwöhnisch hinaus. Hodgepile war schlank, hatte ein schmales Gesicht, und seine Glieder waren so steif wie die einer Marionette. Er fuhr erschrocken auf, als er sie sah.

»Oh! Ich wußte nicht –«

»Das braucht Ihr auch nicht.« Lord Johns Stimme war kühl. »Zeigt uns bitte den Weg.«

Mit einem nervösen Blick auf Briannas vorgewölbten Kugelbauch holte der Privatgefreite eine Laterne heraus und führte sie zu einem kleinen Seiteneingang des Lagerhauses.

Hodgepile war nicht nur schlank, sondern auch klein, hielt sich aber zum Ausgleich gerader, als es üblich war. *Er geht, als hätte man ihm einen Ladestock in den Hintern geschoben.* Ja, dachte sie, und beobachtete ihn interessiert, während er vor ihnen her marschierte. Er mußte der Mann sein, den Ronnie Sinclair ihrer Mutter beschrieben hatte. Wie viele Hodgepiles konnte es schließlich geben? Vielleicht konnte sie mit ihm reden, wenn sie fertig war mit – ihre Gedanken kamen abrupt zum Halten, als Hodgepile die Lagerhaustür aufschloß.

Die Aprilnacht war kühl und frisch, doch die Luft im Inneren roch durchdringend nach Pech und Terpentin. Brianna fand sie zum Ersticken. Sie konnte geradezu spüren, wie die kleinen Harzmoleküle in der Luft schwebten und sich an ihre Haut klebten. Die plötzliche Illusion, in einem Block aus sich verhärtendem Bernstein gefangen zu sein, war so erdrückend, daß sie sich abrupt in Bewegung setzte und Lord John fast hinter sich herzog.

Das Lagerhaus war fast komplett gefüllt, eine Unmenge an Raum, die mit klobigen Umrissen bestückt war. In den entferntesten Ecken schwitzten Pechfässer klebriges Schwarz aus, während die Holzregale neben den riesigen Flügeltüren des Fronteingangs mit Fässerbergen beladen waren; Brandy und Rum, der bald die Rampen hinunter und zum Dock gerollt werden würde, zu den Schiffen, die unten im Fluß warteten.

Der Schatten des Privatgefreiten Hodgepile wurde abwechselnd länger und schrumpfte dann wieder zusammen, während er die Reihen der aufgetürmten Fässer und Kisten passierte, seine Schritte durch die Sägemehlschicht auf dem Boden gedämpft.

»... müssen mit Feuer vorsichtig sein...« Seine hohe, dünne Stimme schwebte zu ihr zurück, und sie sah, wie sein Marionettenschatten eine verkümmerte Hand schwenkte. »Ihr paßt doch auf, wo Ihr die Laterne hinstellt, nicht wahr? Obwohl es unten nicht gefährlich sein dürfte, überhaupt nicht gefährlich...«

Das Lagerhaus setzte sich über dem Fluß fort, um die Ladearbeiten zu erleichtern, und der vordere Teil des Fußbodens bestand aus Holz; die hintere Hälfte des Gebäudes hatte einen Boden aus Backsteinen. Brianna hörte, wie sich der Widerhall ihrer Schritte veränderte, als sie die Grenze überschritten. Hodgepile blieb bei einer Falltür stehen, die in die Ziegel eingelassen war.

»Ihr werdet nicht lange bleiben, Mylord?«

»Nicht länger als nötig«, gab Lord John kurz angebunden zurück. Er nahm die Laterne und wartete schweigend, während Hodgepile die Tür hochhievte und sie anlehnte. Briannas Herz klopfte heftig, sie konnte jeden einzelnen Schlag wie einen Hieb gegen ihre Brust spüren.

Eine rote Ziegeltreppe führte hinunter in die Dunkelheit. Hodgepile holte den Ring mit seinen Schlüsseln hervor und zählte sie in der Insel aus Laternenlicht durch, um sicherzugehen, daß er den richtigen hatte, bevor er hinabstieg. Er blinzelte Brianna skeptisch an, dann winkte er ihnen, ihm zu folgen.

»Gut, daß sie die Treppe breit genug für Rumfässer gemacht haben«, murmelte sie Lord John zu und hielt seinen Arm fest, während sie sich Schritt für Schritt hinabließ.

Ihr war sofort klar, wieso Hodgepile sich hier unten keine Sorgen um ein Feuer machte; die Luft war so feucht, daß sie nicht überrascht gewesen wäre, Pilze aus den Wänden sprießen zu sehen. Irgendwo hörte man Wasser tropfen, und das Licht der Laterne wurde von feuchten Ziegeln zurückgeworfen. Küchenschaben zerstoben in Panik vor dem Licht, und die Luft roch nach Moder und Schimmel.

Sie erinnerte sich kurz an die Penizillinzucht ihrer Mutter, weniger kurz an ihre Mutter, und es schnürte ihr die Kehle zu. Dann war sie da, und sie konnte nicht länger verhindern, daß ihr zu Bewußtsein kam, was sie hier eigentlich machte.

Hodgepile kämpfte mit dem Schlüssel, und die Panik, die sie den ganzen Tag unterdrückt hatte, überflutete sie. Sie hatte keine Ahnung, was sie sagen sollte, was sie tun sollte. Was *wollte* sie hier eigentlich?

Lord John drückte ihr zur Ermutigung den Arm. Sie atmete die feuchtkalte Luft in einem tiefen Zug ein, duckte sich und trat ein.

Er saß auf einer Bank am anderen Ende der Zelle, den Blick auf die Tür gerichtet. Er hatte eindeutig jemanden erwartet – er hatte die Schritte vor der Tür gehört –, doch *sie* war es nicht. Er fuhr erschrocken zusammen, und seine grünen Augen blitzten kurz auf, als das Licht über ihn hinwegstrich.

Sie lehnte sich an die Holztür und studierte ihn schweigend.

Er kam ihr kleiner vor, als sie ihn in Erinnerung hatte. Vielleicht lag es nur daran, daß sie jetzt so viel umfangreicher war?

»Wißt Ihr, wer ich bin?« Es war eine winzige Zelle mit einer niedrigen Decke ohne Hall. Ihre Stimme klang leise, aber klar.

Er legte den Kopf zur Seite und überlegte.

»Ich hatte nicht das Gefühl, daß du besonders wild darauf warst, mir deinen Namen zu sagen, Schätzchen.«

»Nennt mich nicht so!« Ihr Wutausbruch überraschte sie, und sie würgte ihn herunter und ballte hinter ihrem Rücken die Hände zu Fäusten. Wenn sie hierher gekommen war, um Vergebung zu üben, dann war das kein guter Anfang.

Er zuckte mit den Achseln, freundlich, aber kühl.

»Wie Ihr wünscht. Nein, ich weiß nicht, wer Ihr seid. Ich kenne Euer Gesicht – und ein paar andere Stellen« – seine Zähne glänzten kurz zwischen den blonden Bartstoppeln hervor –, »aber nicht Euren Namen. Ich schätze aber, daß Ihr ihn mir sagen wollt?«

»Ihr erkennt mich also?«

Er atmete durch gespitzte Lippen ein und aus und betrachtete sie sorgfältig. Er sah ziemlich mitgenommen aus, doch das hatte seiner Selbstsicherheit nicht geschadet.

»Oh, das tue ich in der Tat.« Er machte einen belustigten Eindruck, und sie hätte am liebsten den Raum durchquert und ihn fest geohrfeigt. Statt dessen holte sie tief Luft. Das war ein Fehler – sie konnte ihn riechen.

Ohne Vorwarnung kam ihr plötzlich und heftig die Galle hoch. Ihr war bis jetzt nicht schlecht gewesen, doch sein Gestank kehrte ihr Inneres nach außen. Sie hatte kaum genug Zeit, um sich abzuwenden, bevor die Flut aus Galle und halbverdautem Essen hochgeschossen kam und auf den feuchten Ziegelboden klatschte.

Sie lehnte sich mit der Stirn an die Wand, während kalte und heiße Wellen sie überliefen. Schließlich wischte sie sich den Mund ab und drehte sich um.

Er saß immer noch da und beobachtete sie. Sie hatte die Laterne auf den Boden gestellt. Sie warf ein gelbes Flackern an die Decke und meißelte sein Gesicht aus den Schatten in seinem Rücken. Er hätte eine Bestie sein können, angekettet in ihrer Höhle; in seinen blaßgrünen Augen war nur Argwohn zu sehen.

»Mein Name ist Brianna Fraser.«

Er nickte und wiederholte ihn.

»Brianna Fraser. Sicher, ein hübscher Name.« Er lächelte kurz mit zusammengepreßten Lippen. »Und?«

»Meine Eltern sind James und Claire Fraser. Sie haben Euch das Leben gerettet, und Ihr habt sie ausgeraubt.«

»Ja.«

Er sagte es vollkommen beiläufig, und sie starrte ihn an. Er starrte zurück.

Sie fühlte einen wilden Drang zu lachen, so unerwartet, wie der Übelkeitsanfall gewesen war. Was hatte sie erwartet? Reue? Entschuldigungen? Von einem Mann, der sich Dinge nahm, weil er sie haben wollte?

»Wenn Ihr in der Hoffnung gekommen seid, die Juwelen zurückzubekommen, so fürchte ich, daß ihr zu lange gewartet habt«, sagte er freundlich. »Ich habe den ersten verkauft, um mir ein Schiff zu kaufen, und die anderen beiden sind mir gestohlen worden. Vielleicht findet Ihr das gerecht; für mich selbst wäre es ein schwacher Trost.«

Sie schluckte und schmeckte Galle.

»Gestohlen? Wann denn?«

Mach dir keine Gedanken um den Mann, der ihn hat, hatte Roger gesagt. *Wahrscheinlich hat er ihn selbst gestohlen.*

Bonnet rutschte auf der Holzbank herum und zuckte mit den Achseln.

»Vor ungefähr vier Monaten. Wieso?«

»Nur so.« Also hatte Roger es geschafft; er hatte sie – die Steine, die für sie beide die sichere Rückreise hätten bedeuten können. Ironie des Schicksals.

»Ich erinnere mich, daß da auch noch ein Schmuckstück war – ein Ring, nicht wahr? Aber den habt Ihr ja wieder.« Er lächelte, und diesmal zeigte er seine Zähne.

»Ich habe dafür bezahlt.« Eine Hand wanderte automatisch zu ihrem Bauch, der unter dem Umhang rund und hart geworden war wie ein Basketball.

Sein Blick verweilte mit einem Anflug von Neugier auf ihrem Gesicht.

»Haben wir denn noch etwas auszuhandeln, Süße?«

Sie holte tief Luft – diesmal durch den Mund.

»Man hat mir gesagt, daß Ihr hängen werdet.«

»Das hat man mir auch gesagt.« Er rutschte wieder auf der harten Holzbank hin und her. Er reckte seinen Kopf zur Seite, um seine Halsmuskeln zu entspannen, und warf einen Blick zu ihr hinauf. »Ihr seid aber nicht aus Mitleid hier, schätze ich.«

»Nein«, sagte sie nachdenklich. »Um ehrlich zu sein, werde ich sehr viel besser schlafen, wenn Ihr erst tot seid.«

Er starte sie einen Moment lang an und brach dann in Gelächter aus. Er lachte so heftig, daß es ihm die Tränen in die Augen trieb; er wischte sie achtlos weg, indem er den Kopf verdrehte, um sein Gesicht an seiner hochgezogenen Schulter abzuwischen, dann richtete er sich auf, die Spuren des Lachens immer noch im Gesicht.

»Was wollt Ihr dann von mir?«

Sie öffnete den Mund, um zu antworten, und ganz plötzlich löste sich die Verbindung zwischen ihnen auf. Sie hatte sich nicht bewegt, fühlte sich aber, als hätte sie mit einem Schritt einen unüberwindlichen Abgrund überquert. Jetzt stand sie sicher auf der anderen Seite, allein. Herrlich allein. Er konnte sie nicht mehr berühren.

»Nichts«, sagte sie, ihre Stimme klar in ihren Ohren. »Ich will nicht das Geringste von Euch. Ich bin gekommen, um Euch etwas zu geben.«

Sie öffnete ihren Umhang und fuhr mit den Händen über die Rundung ihres Bauches. Der kleine Bewohner räkelte und wälzte sich, seine Berührung eine blinde Liebkosung von Hand und Bauch, intim und fern zugleich.

»Von Euch«, sagte sie.

Er blickte auf ihren Kugelbauch und dann zu ihr.

»Es haben schon ganz andere Huren versucht, mir ihre Brut aufzuhalsen«, sagte er. Doch er sprach ohne Heftigkeit, und sie meinte, eine neue Ruhe hinter dem Argwohn in seinen Augen zu sehen.

»Haltet Ihr mich für eine Hure?« Es war ihr egal, ob er es tat oder nicht, obwohl sie es bezweifelte. »Ich habe keinen Grund zu lügen. Ich habe Euch schon gesagt, daß ich nichts von Euch will.«

Sie zog den Umhang wieder zusammen und bedeckte sich. Dann richtete sie sich auf und spürte, wie bei der Bewegung der Schmerz in ihrem Rücken nachließ. Es war geschehen. Sie konnte gehen.

»Ihr werdet sterben«, sagte sie zu ihm, und obwohl sie nicht aus Mitleid gekommen war, stellte sie überrascht fest, daß sie es empfand. »Wenn es Euch das Sterben erleichtert zu wissen, daß etwas von Euch auf der Erde zurückbleibt – dann sollt Ihr dieses Wissen gerne haben. Aber ich bin jetzt mit Euch fertig.«

Sie drehte sich um, um die Laterne aufzuheben, und sah zu ihrer Überraschung die Tür einen Spaltbreit offenstehen. Ihr blieb keine Zeit, auf Lord John wütend zu sein, weil er gelauscht hatte, weil die Tür jetzt vollständig aufschwang.

»Tja, war ja 'ne elegante Rede, Ma'am«, sagte Sergeant Murchison besonnen. Dann lächelte er breit und brachte den Kolben seiner Muskete auf eine Höhe mit ihrem Bauch. »Aber ich kann nicht sagen, daß ich schon ganz mit Euch fertig bin.«

Sie trat schnell einen Schritt zurück und schwang ihm aus reinem Abwehrmechanismus heraus die Laterne an den Kopf. Er duckte sich mit einem Aufschrei, und ein eiserner Griff umklammerte ihr Handgelenk, bevor sie die Laterne erneut gegen ihn schleudern konnte.

»Himmel, das war knapp! Du bist schnell, Mädchen, wenn auch nicht ganz so schnell wie der gute Sergeant.« Bonnet nahm ihr die Laterne ab und ließ ihr Handgelenk los.

»Ihr seid überhaupt nicht angekettet«, sagte sie überflüssigerweise und starrte ihn an. Dann holte ihr Verstand auf, und sie wirbelte herum und stürzte zur Tür. Murchison schob seine Muskete vor sie und versperrte ihr den Weg, doch nicht, bevor sie den dunklen Korridor vor der Tür gesehen hatte – und die schwach erleuchtete Gestalt, die draußen mit dem Gesicht nach unten auf den Ziegeln ausgebreitet lag.

»Ihr habt ihn umgebracht«, flüsterte sie. Ihre Lippen waren taub vor Schreck, und eine Furcht, die tiefer ging als die Übelkeit, fuhr ihr in die Knochen. »Oh, Gott. Ihr habt ihn umgebracht.«

»Wen umgebracht?« Bonnet hielt die Laterne hoch und blickte auf das buttergelbe, hingegossene Haar, das mit Blut befleckt war. »Wer zum Teufel ist das?«

»Eine Vorwitznase«, schnappte Murchison. »Beeilung, Mann! Wir haben keine Zeit zu verlieren. Ich hab' mich um Hodgepile gekümmert, und die Lunten brennen.«

»Wartet!« Bonnet blickte stirnrunzelnd von Murchison zu Brianna.

»Wir haben keine Zeit, habe ich gesagt.« Der Sergeant hob seine Muskete und überprüfte die Zündung. »Keine Sorge, niemand wird sie finden.«

Brianna konnte den Schwefelgeruch des Schießpulvers in der Zündung riechen. Der Sergeant hob den Gewehrschaft an seine Schulter und wandte sich ihr zu, doch es war zu eng; ihr Bauch war im Weg, und er hatte keinen Platz, um den langen Lauf zu heben.

Der Sergeant grunzte verärgert, drehte das Gewehr um und erhob es, um sie mit dem Kolben niederzuknüppeln.

Ihre Hand umklammerte den Lauf, bevor ihr klar war, daß sie danach gegriffen hatte. Alles schien sich sehr langsam zu bewegen, während Murchison und Bonnet erstarrt dastanden. Sie selbst fühlte sich völlig abwesend, so als stünde sie als Zuschauerin daneben.

Sie pflückte Murchison die Muskete aus der Hand, als wäre sie ein Strohhalm, ließ sie hochschwingen und dann herabsausen. Die Vibration des Rückstoßes übertrug sich durch ihre Arme in ihren Körper, und ihr ganzer Körper war plötzlich geladen, als hätte jemand einen Schalter herumgeworfen und einen weißglühenden Stromstoß durch sie pulsieren lassen.

Sie sah ganz deutlich das Gesicht des Mannes mit herunterhängender Kinnlade vor sich in der Luft hängen, sah, wie sein Blick vor

Erstaunen über Grauen in bewußtlose Stumpfheit überging, so langsam, daß sie die Veränderung verfolgen konnte. Hatte Zeit, um die kräftigen Farben in seinem Gesicht zu sehen. Eine dunkelrote Lippe verfing sich in einem gelben Zahn, halb zu einem verächtlichen Grinsen hochgezogen. Winzige Blüten in leuchtendem Rot, die sich in einem eleganten Bogen auf seiner Schläfe entfalteten, japanische Wasserblumen, die auf dem Feld einer frischen, blauen Prellung erblühten.

Sie war völlig ruhig, nicht mehr als ein Kanal für jene Urenergie, die die Männer Mütterlichkeit nennen, weil sie ihre zärtliche Seite mit Schwäche verwechseln. Sie sah ihre eigenen Hände, ihre nackten Knöchel, ihre vorstehenden Sehnen, spürte, wie die Kraft an ihren Beinen hoch- und zurücklief, durch Handgelenke und Arme und Schultern, holte wieder Schwung, so langsam, es kam ihr so langsam vor, und doch fiel der Mann immer noch, hatte den Boden immer noch nicht ganz erreicht, als der Gewehrkolben erneut zuschlug.

Eine Stimme rief ihren Namen. Dumpf durchdrang sie das kristallene Summen, das sie umgab.

»Aufhören, in Gottes Namen! Mensch – Brianna – aufhören!«

Es waren Hände auf ihren Schultern, zerrten an ihr, schüttelten sie. Sie entwand sich ihrem Griff und drehte sich um, das Gewehr immer noch in der Hand.

»Rührt mich nicht an«, sagte sie, und er trat schnell einen Schritt zurück, die Augen voller Überraschung und Argwohn – und vielleicht einem Hauch von Furcht? Angst vor ihr? Warum sollte jemand Angst vor ihr haben? dachte sie dumpf. Er sagte etwas; sie sah, wie sich sein Mund bewegte, doch sie konnte den Sinn der Worte nicht erfassen, sie waren nur Lärm. Der Strom in ihr ließ nach, und ihr wurde schwindelig.

Dann paßte die Zeit sich der Wirklichkeit wieder an und begann, normal weiterzulaufen. Ihre Muskeln zitterten, denn ihre Fasern hatten sich in Wackelpudding verwandelt. Sie stellte den fleckigen Gewehrkolben auf den Boden, um sich darauf zu stützen.

»Was habt Ihr gesagt?«

Ungeduld flackerte über sein Gesicht.

»Ich habe gesagt, wir haben keine Zeit zu verlieren. Habt Ihr nicht gehört, wie der Mann gesagt hat, daß die Lunten brennen?«

»Was für Lunten? Wieso?« Sie sah seinen Blick zu der Tür in ihrem Rücken schnellen. Bevor er sich bewegen konnte, trat sie zurück in den Türdurchgang und hob den Gewehrlauf. Er wich instinktiv vor ihr zurück und stieß mit den Rückseiten seiner Beine an die Bank. Er fiel nach hinten und stieß an die Ketten, die an der Wand befestigt waren; leere Handeisen klirrten gegen den Backstein.

Der Schock begann, sich über sie zu stehlen, doch die Erinnerung an den weißglühenden Strom brannte immer noch in ihrem Rückgrat und hielt sie aufrecht.

»Ihr habt doch wohl nicht vor, mich umzubringen?« Er versuchte zu lächeln, doch es gelang ihm nicht; er konnte die Panik nicht ganz aus seinem Blick verbannen. Sie *hatte* gesagt, daß sie besser schlafen würde, wenn er tot war.

Die Freiheit ist schwer zu erringen, doch sie ist niemals die Frucht eines Mordes. Jetzt hatte sie ihre schwer erkämpfte Freiheit, und sie würde sie ihm nicht zurückgeben.

»Nein«, sagte sie und umfaßte das Gewehr fester, den Kolben fest in ihre Schulter geschmiegt. »Aber bei Gott, ich werde Euch in die Knie schießen und Euch hierlassen, wenn Ihr mir nicht auf der Stelle sagt, was zum *Teufel* hier vor sich geht!«

Er verlagerte sein Gewicht; sein kräftiger Körper schwebte in der Hocke, die blassen Augen auf sie gerichtet, abschätzend. Sie blockierte den kompletten Durchgang, ihre massige Gestalt füllte ihn von einer Wand bis zur anderen aus. Sie sah den Zweifel in seiner Haltung, die Anspannung seiner Schultern, als er daran dachte, sie zu überrennen, und spannte den Gewehrhahn mit einem einzigen, lauten *Klick*!

Er stand zwei Meter von der Mündung entfernt; zu weit weg, um es ihr mit einem Satz zu entreißen. Eine Bewegung, ein Zug ihres Fingers am Abzug. Sie konnte ihn nicht verfehlen, und er wußte es.

Seine Schultern sackten zusammen.

»Das Lagerhaus da oben ist mit Schießpulver und Lunten präpariert«, sagte er, seine Stimme schnell und scharf, begierig, es hinter sich zu bringen. »Ich kann nicht sagen, wie lange noch, aber es geht gleich mit einem allmächtigen Knall hoch. Um Himmels willen, laßt mich hier heraus!«

»Warum?« Ihre Hände hielten das Gewehr, verschwitzt, aber ruhig. Das Baby bewegte sich und erinnerte sie daran, daß auch sie keine Zeit zu verlieren hatte. Doch sie würde eine Minute riskieren, um es zu erfahren. Sie mußte es um John Greys willen wissen, dessen Körper leblos hinter ihr auf dem Boden lag. »Ihr habt gerade einen wunderbaren Mann umgebracht, und ich will wissen, *warum*!«

Er machte eine frustrierte Geste.

»Die Schmuggelei!« sagte er. »Wir waren Partner, der Sergeant und ich. Ich habe ihm billige Schmuggelware besorgt, er hat sie mit dem

Siegel der Krone versehen. Er stahl lizensierte Ware, ich habe sie für einen guten Preis verkauft und den Erlös mit ihm geteilt.«

»Weiter.«

Er tänzelte fast vor Ungeduld.

»Ein Soldat – Hodgepile – war uns auf der Spur und hat herumgefragt. Murchison konnte nicht sagen, ob er es weitererzählt hatte, aber es war nicht klug, es darauf ankommen zu lassen, nicht, nachdem man mich festgenommen hatte. Der Sergeant hat den letzten Alkohol aus dem Lagerhaus geholt, ihn durch Terpentinfässer ersetzt und die Lunten gelegt. Alles fliegt in die Luft, niemand kann sagen, daß da etwas anderes als Brandy gebrannt hat – keine Spur von einem Diebstahl. Das ist es, das ist alles. Jetzt laßt mich gehen!«

»Gut.« Sie senkte die Muskete ein paar Zentimeter, entspannte sie aber noch nicht. »Was ist mit ihm?« Sie wies kopfnickend auf den am Boden liegenden Sergeant, der zu prusten und zu murmeln begann.

Er sah sie verständnislos an.

»Was ist mit ihm?«

»Nehmt Ihr ihn nicht mit?«

»Nein.« Er stahl sich auf die eine Seite, hielt Ausschau nach einem Weg an ihr vorbei. »Um des lieben Himmels willen, Frau, laßt mich und rettet Euch selbst! Da oben sind zwölf Zentner Pech und Terpentin. Es wird hochgehen wie eine Bombe!«

»Aber er lebt noch! Wir können ihn doch nicht hierlassen!«

Bonnet warf ihr einen völlig entnervten Blick zu und durchquerte dann mit zwei Schritten den Raum. Er bückte sich, riß dem Sergeant den Dolch aus dem Gürtel und zog ihn fest über seine fette Kehle, genau über der ledernen Halsbinde. Blut spritzte wie Gischt auf Bonnets Hemd und sprühte gegen die Wand.

»So«, sagte er und richtete sich auf. »Jetzt lebt er nicht mehr. Laßt ihn.«

Er ließ den Dolch fallen, schob sie zur Seite und sprang mit einem Satz hinaus in den Korridor. Sie konnte hören, wie sich seine Schritte entfernten, schnell und schallend auf dem Backstein.

Der Schock der Aktion und Reaktion ließ sie am ganzen Leib erzittern, und sie stand eine Sekunde lang still, während sie auf John Greys Körper hinabstarrte. Trauer erfaßte sie, und ihr Bauch ballte sich fest zusammen. Sie fühlte keinen Schmerz, doch jede Faser in ihr hatte sich zusammengezogen; ihr Bauch wölbte sich vor, als hätte sie einen Basketball verschluckt. Sie fühlte sich atemlos, zu keiner Bewegung fähig.

Nein, dachte sie eindeutig an das Kind in ihr gerichtet. *Ich habe* keine *Wehen, absolut, ganz bestimmt nicht. Ich lasse es nicht zu. Bleib, wo du bist. Ich habe jetzt keine Zeit.*

Sie trat zwei Schritte in den Korridor hinaus, dann blieb sie stehen. Nein, sie mußte zumindest nachsehen, sichergehen. Sie drehte sich zurück und kniete sich neben John Greys Körper. Er hatte tot ausgesehen, als sie ihn anfangs dort liegen gesehen hatte, und das war immer noch so; er hatte sich weder bewegt noch auch nur gezuckt, seit sie seinen Körper entdeckt hatte.

Sie beugte sich vor, konnte aber kaum über ihren Kugelbauch hinüberreichen. Sie ergriff seinen Arm und zog an ihm, versuchte, ihn umzudrehen. Er war zwar ein kleiner, feinknochiger Mann, doch er war trotzdem schwer. Sein Körper kippte nach oben, rollte schlaff mit baumelndem Kopf auf sie zu, und ihr sank erneut das Herz, als sie seine halb geschlossenen Augen und seinen offenstehenden Mund sah. Doch sie griff unter seine Kinnlade und suchte hektisch nach einer Pulsstelle.

Wo zum Teufel war es? Sie hatte schon öfter gesehen, wie ihre Mutter das in Notfällen machte; schneller zu finden als ein Puls im Handgelenk, hatte sie gesagt. Sie konnte keinen finden. Wie lange noch, wie lange würden die Lunten brennen?

Sie wischte sich mit einer Falte ihres Umhangs über ihr klammes Gesicht und versuchte nachzudenken. Sie blickte hinter sich und schätzte die Entfernung zur Treppe ab. Himmel, konnte sie es riskieren, selbst wenn sie es allein tat? Die Vorstellung, in dem Moment oben im Lagerhaus aufzutauchen, wenn dort alles in die Luft ging – Sie warf einen Blick nach oben, bückte sich dann über ihre Aufgabe und versuchte es noch einmal. Sie drückte seinen Kopf weit nach hinten. Sie konnte die verdammte Vene unter seiner Haut sehen – da mußte der Puls doch sein, oder?

Einen Augenblick lang war sie sich nicht sicher, ob sie ihn spürte; es hätte einfach nur das Hämmern ihres eigenen Herzens sein können, das in ihren Fingerspitzen schlug. Doch nein, es war – ein anderer Rhythmus, schwach und flatternd. Er mochte fast tot sein, aber nicht ganz.

»Knapp vorbei«, murmelte sie, »ist auch daneben.« Sie hatte zu viel Angst, um übermäßig erleichtert zu sein; jetzt mußte sie ihn hinausschaffen. Sie kämpfte sich hoch und langte hinunter, um seine Arme zu ergreifen und ihn hinter sich herzuziehen. Doch dann hielt sie inne, denn die Erinnerung an etwas, das sie kurz zuvor gesehen hatte, durchdrang ihre Panik.

Sie wandte sich um und schleppte sich hastig in die Zelle zurück. Ohne das rot durchtränkte Bündel auf dem Boden anzusehen, schnappte sie nach der Laterne und trug sie in den Korridor zurück. Sie hielt sie hoch und erleuchtete die niedrige Backsteindecke. Ja, sie hatte recht gehabt!

Die Ziegel schwangen sich in gewölbten Buhnen empor und formten Arkaden auf beiden Seiten der Korridore. Alkoven und Zellen, Lagerraum. Über diesen Buhnen verliefen solide, zwanzig Zentimeter dicke Kiefernbalken. Darüber dicke Planken – und über den Planken eine Lage aus Ziegeln, die den Boden des Lagerhauses bildete.

Hochgehen wie eine Bombe, hatte Bonnet gesagt, aber hatte er recht? Terpentin war brennbar, Pech ebenfalls; ja, es würde wahrscheinlich explodieren, wenn es unter Druck in Brand geriet, aber nicht wie eine Bombe, nein. Lunten. Lunten im Plural. Lange Lunten offenbar, und wahrscheinlich führten sie zu kleinen Schießpulverdepots, das war der einzige Sprengstoff, den Murchison haben konnte; es gab noch keine hochexplosiven Stoffe.

Also würde das Schießpulver an mehreren Stellen explodieren und die umstehenden Fässer in Brand setzen. Doch die Fässer würden langsam brennen; sie hatte Sinclair einmal dabei zugesehen, wie er solche Fässer herstellte; die Dauben waren anderthalb Zentimeter dick und wasserdicht. Ihr fiel der Geruch beim Durchschreiten des Lagerhauses ein; ja, wahrscheinlich hatte Murchison bei ein paar Fässern die Stöpsel gezogen und das Terpentin auslaufen lassen, um dem Feuer nachzuhelfen.

Also würden die Fässer zwar brennen, doch sie würden wahrscheinlich nicht explodieren – oder wenn, dann nicht alle gleichzeitig. Das Atmen fiel ihr etwas leichter, während sie diese Überlegungen anstellte. Keine Bombe; vielleicht eine Serie von Feuerwerkskörpern.

Also. Sie holte tief Luft – so tief sie es mit Osbert im Weg konnte. Sie legte die Hand auf ihren Bauch und spürte, wie ihr dahinrasender Herzschlag sich zu verlangsamen begann.

Selbst wenn einige Fässer explodierten, würde sich der Druck der Explosion nach außen und nach oben richten, durch die dünnen Holzwände und das Dach. Nur ein kleiner Teil des Druckes würde nach unten abgeleitet werden. Und dieser – sie langte hinauf und drückte mit der Hand gegen einen Balken, um sich seiner Haltbarkeit zu versichern.

Sie setzte sich ganz plötzlich auf den Boden, und ihre Röcke blähten sich um sie herum.

»Ich glaube, es wird gutgehen«, flüsterte sie, ohne zu wissen, ob sie John, das Baby oder sich selbst meinte.

Vor Erleichterung zitternd saß sie einen Augenblick zusammengesunken da, wälzte sich dann umständlich auf die Knie und begann, mit zittrigen Fingern Erste Hilfe zu leisten.

Sie mühte sich immer noch damit ab, einen Streifen vom Saum ihres Unterrockes abzureißen, als sie die Schritte hörte. Sie näherten sich schnell, rannten fast. Sie drehte sich abrupt zur Treppe, doch nein – die Schritte kamen aus der anderen Richtung, hinter ihr.

Sie wirbelte herum und sah Stephen Bonnets Gestalt aus der Dunkelheit aufragen.

»Lauft weg!« schrie er sie an. »Um des lieben Himmels willen, warum seid Ihr noch nicht fort?«

»Weil es hier sicher ist«, sagte sie. Sie hatte die Muskete neben Greys Körper auf den Boden gelegt; sie bückte sich und ergriff sie, hob sie an ihre Schulter. »Geht.«

Er starrte sie mit halbgeöffnetem Mund aus dem Dämmerlicht an.

»Sicher? Was für eine Idiotin! Habt Ihr nicht gehört –«

»Ich habe es gehört, aber Ihr irrt Euch. Es wird nicht explodieren. Und selbst wenn, wäre es hier unten noch sicher.«

»Unsinn! Lieber Himmel! Selbst wenn der Keller nicht in die Luft fliegt, was geschieht, wenn das Feuer durch den Boden kommt?«

»Das geht nicht, er ist aus Stein.« Sie ruckte mit dem Kinn nach oben, ohne ihn aus den Augen zu lassen.

»Hier hinten ja – vorne am Fluß ist er aus Holz, genau wie oben am Kai. Er wird abbrennen und einstürzen. Und was geschieht dann hier hinten, häh? Wird Euch nicht viel nützen, daß die Decke hält, wenn der Rauch angewälzt kommt, um Euch zu ersticken!«

Sie spürte, wie sich eine Welle der Übelkeit in ihrem Inneren regte.

»Er ist offen? Der Keller ist nicht versiegelt? Das andere Ende des Korridors ist offen?« Noch bevor sie den Satz beendete, war ihr klar, daß er natürlich offen war – er war in diese Richtung gerannt, zum Fluß, nicht zur Treppe.

»Ja! Jetzt kommt!« Er machte einen Satz nach vorn und griff nach ihrem Arm, doch sie fuhr zurück bis an die Wand, die Gewehrmündung auf ihn gerichtet.

»Ich gehe nicht ohne ihn.« Sie leckte sich die trockenen Lippen und wies kopfnickend auf den Boden.

»Der Mann ist tot!«

»Das ist er nicht! Hebt ihn auf!«

Eine außergewöhnliche Mischung von Gefühlen überzog Bonnets Gesicht; Wut und Erstaunen waren die stärksten unter ihnen.

»Hebt ihn auf!« wiederholte sie laut. Er stand bewegungslos da und starrte sie an. Dann hockte er sich ganz langsam hin, nahm John Greys schlaffe Gestalt in die Arme, schob seine Schulter unter Greys Bauch und hievte ihn hoch.

»Dann kommt jetzt«, sagte er und verschwand in der Dunkelheit, ohne sie noch einmal anzusehen. Sie zögerte eine Sekunde lang, ergriff dann die Laterne und folgte ihm.

Nach zwanzig Metern roch sie Rauch. Der gemauerte Korridor verlief nicht gerade, er verzweigte und wand sich, damit man in die unzähligen Kellerräume gelangen konnte. Doch er führte beständig abwärts auf das Flußufer zu. Während sie den vielen Windungen hinunter folgten, verdichtete sich der Rauchgeruch; eine übelriechende Dunstschicht trieb träge um sie herum, unübersehbar im Licht der Laterne.

Brianna hielt die Luft an und versuchte, nicht zu atmen. Trotz Greys Gewicht bewegte sich Bonnet schnell. Sie konnte kaum mithalten, da sie mit dem Gewehr und der Laterne bepackt war, doch sie hatte im Augenblick nicht vor, einen dieser Gegenstände zurückzulassen. Ihr Bauch zog sich wieder zusammen, noch einer dieser atemlosen Momente.

»Noch *nicht*, habe ich gesagt!« knurrte sie mit zusammengebissenen Zähnen.

Sie hatte einen Augenblick stehenbleiben müssen; Bonnet war vor ihr ihm Dunst verschwunden. Offenbar hatte er aber das Nachlassen des Laternenlichts bemerkt – sie hörte ihn irgendwo vor sich rufen.

»Mensch! Brianna!«

»Ich komme!« rief sie und beeilte sich, so gut es ging. Sie watschelte und gab es auf, den Anschein von Eleganz erwecken zu wollen. Der Rauch war viel dichter und irgendwo konnte sie ein leises Knistern hören – über ihr? Vor ihnen?

Sie atmete tief durch, obwohl es so qualmte. Sie holte stoßweise Luft und roch Wasser. Feuchtigkeit und Schlamm, totes Laub und frische Luft schnitten wie ein Messer durch den rauchigen Dunst.

Ein schwaches Glühen leuchtete durch den Rauch. Es nahm zu, als sie darauf zueilten, und ließ das Licht ihrer Laterne verblassen. Dann ragte ein dunkles Rechteck vor ihnen auf. Bonnet machte eine Wendung, ergriff ihren Arm und zog sie an die Luft hinaus.

Sie begriff, daß sie unter dem Kai waren; dunkles Wasser plätscherte vor ihnen und Licht tanzte darauf. Spiegelungen, das Licht kam von oben und das Knistern der Flammen ebenfalls. Bonnet blieb weder stehen, noch ließ er ihren Arm los; er zog sie zur Seite in das hohe, naßkalte Gras und auf das schlammige Ufer. Nach ein paar

Schritten ließ er sie los, doch sie folgte ihm. Sie holte japsend Luft, glitt rutschend aus und stolperte über ihre durchnäßten Rocksäume.

Schließlich blieb er im Schatten der Bäume stehen. Er bückte sich und ließ Greys Körper zu Boden gleiten. Er blieb einen Augenblick vornübergebeugt stehen, und seine Brust hob und senkte sich, während er versuchte, wieder zu Atem zu kommen.

Brianna stellte fest, daß sie beide Männer deutlich sehen konnte, jede Knospe an den Zweigen des Baumes sehen konnte. Sie drehte sich um, blickte zurück und sah, daß das Lagerhaus erleuchtet war wie eine Kürbislaterne und die Flammen durch Risse in den Holzwänden schlugen. Die riesigen Türflügel waren offengelassen worden; während sie hinsah, schob der heiße Luftzug einen davon auf, und kleine Feuerzungen begannen, über das Dock zu kriechen, täuschend klein und verspielt.

Sie spürte eine Hand auf ihrer Schulter, wirbelte herum und sah in Bonnets Gesicht.

»Ein Schiff wartet auf mich«, sagte er. »Ein kleines Stück flußaufwärts. Wollt Ihr vielleicht mitkommen?«

Sie schüttelte den Kopf. Sie hielt nach wie vor das Gewehr im Arm, doch sie brauchte es nicht länger. Er stellte keine Bedrohung mehr für sie dar.

Er ging immer noch nicht, sondern verharrte und starrte sie an, die Stirn leicht gerunzelt. Sein Gesicht war verhärmt, und das Feuer höhlte es aus und füllte es mit Schatten. Die Wasseroberfläche stand jetzt in Flammen, und kleine Feuerzungen flackerten auf dem dunklen Wasser auf, als sich ein Terpentinfilm darauf ausbreitete.

»Ist es wahr?« sagte er abrupt. Er bat nicht um Erlaubnis, sondern legte ihr beide Hände auf den Bauch. Bei Bonnets Berührung zog er sich erneut zusammen, rundete sich erneut in einem atemberaubenden, schmerzlosen Ziehen, und ein erstaunter Ausdruck überzog das Gesicht des Mannes.

Sie fuhr vor seiner Berührung zurück, zog ihren Umhang zusammen und nickte, unfähig zu sprechen.

Er ergriff sie am Kinn und sah ihr ins Gesicht – versuchte er vielleicht abzuschätzen, ob sie die Wahrheit sprach? Dann ließ er sie los, steckte sich einen Finger in den Mund und tastete in seiner Wangenhöhle herum.

Er nahm ihre Hand und legte ihr etwas Hartes, Festes in die Handfläche.

»Dann ist das für seinen Unterhalt«, sagte er und grinste sie an. »Paß gut auf ihn auf, Schätzchen!«

Und dann war er fort, schritt langbeinig das Ufer hinauf, vom flakkernden Licht wie ein Dämon umrissen. Das ins Wasser strömende Terpentin hatte Feuer gefangen, und aufgewühlte Schwaden aus scharlachrotem Licht schossen himmelwärts, schwimmende Feuersäulen, die das Ufer taghell erleuchteten.

Sie erhob die Muskete halb, den Finger am Abzug. Er war nicht mehr als zwanzig Meter von ihr entfernt, ein perfekter Schuß. *Nicht von deiner Hand.* Sie senkte das Gewehr und ließ ihn ziehen.

Das Lagerhaus stand jetzt völlig in Flammen; die Hitze schlug ihr gegen die Wangen und blies ihr das Haar aus dem Gesicht.

»Ich habe ein Schiff flußaufwärts«, hatte er gesagt. Sie blinzelte in die Feuersbrunst. Das Feuer füllte fast den ganzen Fluß aus, ein riesiger, schwimmender Film, der von Ufer zu Ufer in einem feurigen Garten voller Flammenknospen erblühte. Nichts konnte diese blendende Mauer aus Licht durchdringen.

Ihre andere Faust umschloß immer noch den Gegenstand, den er ihr gegeben hatte. Sie öffnete die Hand und sah auf den feuchten, schwarzen Diamanten hinab, der in ihrer Handfläche glitzerte. Das Feuer glühte rot und blutig in seinen Facetten auf.

ZWÖLFTER TEIL

Je t'aime

63

Vergebung

River Run, Mai 1770

»Das ist die sturste Frau, der ich je begegnet bin!« Brianna rauschte durch das Zimmer wie ein Schiff unter vollen Segeln und ließ sich mit wehenden Röcken in den Sessel neben dem Bett sinken.

Lord John Grey öffnete ein Auge, das blutunterlaufen unter seinem Bandagenturban hervorlugte.

»Deine Tante?«

»Wer denn sonst?«

»Du hast doch einen Spiegel in deinem Zimmer, oder?« Sein Mund verzog sich, und nach einem Moment des Zögerns folgte auch der ihre.

»Es ist ihr verdammtes Testament. Ich habe ihr *gesagt*, daß ich River Run nicht haben will, daß ich keine Sklaven halten kann – aber sie weigert sich, es zu ändern! Sie lächelt einfach nur, als wäre ich eine Sechsjährige, die einen Wutanfall hat, und sagt, wenn es soweit ist, werde ich noch froh darüber sein. Froh!« Sie schnaubte und warf sich in eine bequemere Position herum. »Was mache ich nur?«

»Nichts.«

»Nichts?« Sie richtete die ganze Energie ihrer Verärgerung auf ihn. »Wie kann ich denn nichts tun?«

»Erstens wäre ich extrem überrascht, wenn Eure Tante nicht unsterblich wäre; so manches Mitglied dieser Schottensippe scheint es zu sein. Sollte sich dies allerdings« – winkte er ab – »als unwahr herausstellen, und sollte sie weiter die Wahnvorstellung hegen, daß du dich als gute Herrin für River Run erweisen könntest –«

»Warum meinst du, daß ich das nicht könnte?« fragte sie voll verletztem Stolz.

»Du kannst eine Plantage von dieser Größe nicht ohne Sklaven betreiben, und du lehnst es aus Gewissensgründen ab, Sklaven zu besitzen, das hat man mir zumindest zu verstehen gegeben. Obwohl ich noch nie eine Frau gesehen habe, die eine schlechtere Quäkerin abgeben würde.« Er verengte sein geöffnetes Auge und spielte auf das immense Zelt aus lila gestreiftem Musselin an, in das sie gehüllt war. »Um auf unser Thema zurückzukommen – oder eins davon –, solltest du dich als unfreiwillige Erbin einer Anzahl von Sklaven wiederfinden, so läßt sich ihre Befreiung zweifellos arrangieren.«

»Nicht in North Carolina. Die Versammlung –«

»Nein, nicht in North Carolina«, pflichtete er ihr geduldig bei. »Sollte es dazu kommen, daß du in den Besitz von Sklaven gerätst, wirst du sie mir einfach verkaufen.«

»Aber das ist –«

»Und ich bringe sie nach Virginia, wo ihre Freilassung weniger strengen Kontrollen unterliegt. Sobald sie frei sind, zahlst du mir das Geld zurück. An diesem Punkt wirst du völlig heruntergewirtschaftet und mittellos sein, was ja dein sehnlichster Wunsch zu sein scheint, gleich nach deiner kategorischen Ablehnung deines persönlichen Glücks, indem du dafür sorgst, daß du den Mann, den du liebst, nicht heiraten kannst.«

Sie legte eine Handvoll Musselinstoff mit den Fingern in Falten und sah den großen Saphir, der an ihrer Hand glitzerte, stirnrunzelnd an.

»Ich habe versprochen, daß ich ihn zumindest anhören werde.« Sie sah Lord John scharf an. »Obwohl ich immer noch finde, daß es emotionale Erpressung ist.«

»Um so wirksamer als jede andere Art«, pflichtete er bei. »Fast einen angeknacksten Schädel wert, endlich einmal die Oberhand über einen Fraser zu haben.«

Sie ignorierte das.

»Ich habe nur gesagt, daß ich ihn anhöre. Ich bin immer noch der Überzeugung, wenn er alles weiß, dann – er kann es nicht.« Sie legte eine Hand auf ihren gewaltigen Bauch. »Du könntest es doch auch nicht, oder? Ein Kind lieben – wirklich lieben, meine ich –, das nicht von dir ist?«

Er schob sich höher in das Kissen und zog eine leichte Grimasse.

»Um seiner Mutter oder seines Vaters willen? Ich denke, das könnte ich.« Er öffnete beide Augen und sah sie lächelnd an. »Eigentlich hatte ich den Eindruck, daß ich genau das seit einiger Zeit tue.«

Einen Augenblick lang machte sie ein verständnisloses Gesicht, bevor eine hellrote Flut aus dem runden Halsausschnitt ihres Mieders aufstieg. Sie war bezaubernd, wenn sie rot wurde.

»Du meinst mich? Na ja, gut, aber – ich meine – ich bin kein Baby, und du mußt mich nicht an Kindes statt annehmen.« Sie warf ihm einen direkten, blauen Blick zu, der im Kontrast zu der noch nicht ganz abgeflauten Röte ihrer Wangen stand. »Und ich hatte gehofft, daß es nicht *alles* nur wegen meines Vaters war.«

Er schwieg einen Augenblick, dann streckte er die Hand aus und drückte die ihre.

»Nein, das war es nicht«, sagte er schroff. Er ließ sie los und lehnte sich leise stöhnend zurück.

»Geht es dir wieder schlechter?« fragte sie besorgt. »Soll ich dir etwas holen? Tee? Einen Umschlag?

»Nein, es sind nur die verdammten Kopfschmerzen«, sagte er. »Im Licht fangen sie an zu pochen.« Er schloß die Augen wieder.

»Sag mir«, sagte er, ohne sie zu öffnen, »warum du so fest davon überzeugt zu sein scheinst, daß einem Mann nur dann etwas an einem Kind liegen kann, wenn es die Frucht seiner Lenden ist. Zufällig hatte ich nämlich *nicht* dich gemeint, als ich sagte, daß ich selbst so etwas getan habe. Mein Sohn – mein Stiefsohn – ist in Wirklichkeit der Sohn der Schwester meiner verstorbenen Frau. Durch einen tragischen Zufall starben seine Eltern beide innerhalb eines Tages, und meine Frau Isobel und ihre Eltern haben ihn von klein an aufgezogen. Ich habe Isobel geheiratet, als Willie ungefähr sechs war. Du siehst also, wir sind nicht blutsverwandt – und doch würde ich jeden auf der Stelle herausfordern, der meine Zuneigung zu ihm anzweifeln oder behaupten würde, daß er nicht mein Sohn ist.«

»Ich verstehe«, sagte sie kurz darauf. »Das wußte ich nicht.« Er öffnete ein Auge einen Spaltbreit; sie drehte immer noch an seinem Ring und machte ein nachdenkliches Gesicht.

»Ich glaube…«, begann sie und sah ihn an. »Ich glaube, ich mache mir weniger wegen des Babys Gedanken um Roger. Wenn ich ehrlich bin –«

»Der Himmel möge verhüten, daß du etwas anderes bist«, murmelte er.

»Wenn ich ehrlich bin«, sagte sie und funkelte ihn an, »sorge ich mich, glaube ich, mehr darum, wie es zwischen *uns* wäre – zwischen Roger und mir.« Sie zögerte, dann gab sie sich einen Stoß.

»Ich wußte nicht, daß Jamie Fraser mein Vater ist«, sagte sie. »Während meiner ganzen Kindheit nicht. Nach dem Aufstand wurden meine Eltern getrennt; jeder von ihnen dachte, der andere wäre tot. Also hat meine Mutter wieder geheiratet. Ich habe gedacht, Frank Randall wäre mein Vater. Ich habe erst nach seinem Tod vom Gegenteil erfahren.«

»Ah.« Er betrachtete sie mit verstärktem Interesse. »Und ist dieser Randall grausam zu dir gewesen?«

»Nein! Er war... wunderbar.« Ihre Stimme überschlug sich leicht, und sie räusperte sich verlegen. »Nein. Er war der beste Vater, den ich hätte haben können. Es ist nur, daß ich dachte, meine Eltern würden eine gute Ehe führen. Sie haben sich geliebt, sie haben sich respektiert, sie – na ja, ich dachte, alles wäre in bester Ordnung.«

Lord John kratzte an seinem Verband. Der Arzt hatte ihm den Kopf rasiert, ein Zustand, der nicht nur ein Affront gegen seine Eitelkeit war, sondern auch teuflisch juckte.

»Ich kann das Problem nicht erkennen, was deine gegenwärtige Situation angeht.«

Sie seufzte ausgiebig.

»Dann ist mein Vater gestorben und... wir haben herausgefunden, daß Jamie Fraser noch lebte. Meine Mutter ist zu ihm gegangen, und dann bin ich nachgekommen. Und... es war anders. Ich habe gesehen, wie sie sich angesehen haben. Ich habe nicht ein einziges Mal gesehen, daß sie Frank Randall so angeblickt hätte... oder er sie.«

»Ah, ja.« Ein kurzer Anflug von Trostlosigkeit durchfuhr ihn. Auch er hatte diesen Blick ein paarmal gesehen; beim ersten Mal hätte er Claire Randall schrecklich gern ein Messer ins Herz gestoßen.

»Weißt du, wie selten so etwas ist?« fragte er leise. »Diese Art von wechselseitiger Leidenschaft?« Die einseitige Art kam ja häufig genug vor.

»Ja.« Sie hatte sich halb umgedreht, den Arm über die Rückenlehne des Sessels gelegt, und blickte durch die Glastür auf die knospende Weite der frühlingshaften Blumenbeete hinunter.

»Die Sache ist – ich glaube, ich hatte sie«, sagte sie noch leiser. »Für eine kurze Zeit. Eine sehr kurze Zeit.« Sie wendete den Kopf und sah ihn an, und ihre Augen ließen ihn klar durch sie hindurchsehen.

»Wenn ich sie verloren habe – dann habe ich sie verloren. Damit kann ich leben – oder eben auch nicht. Aber ich will nicht mit ihrer Imitation leben. Das könnte ich nicht aushalten.«

»Es sieht so aus, als würdest du mich doch bekommen.« Brianna stellte ihm das Frühstückstablett über den Schoß und ließ sich schwer in den Sessel fallen, dessen Fugen ächzten.

»Treib keine Späße mit einem kranken Mann«, sagte er und nahm sich eine Toastscheibe. »Was meinst du damit?«

»Drusus kam gerade in die Küche gerast und verkündete, er hätte zwei Reiter gesehen, die durch Campbells Felder herabkamen. Er hat gesagt, er war sicher, daß einer davon mein Vater war – er hat gesagt, es war ein großer Mann mit roten Haaren; es gibt ja weiß Gott nicht viele Männer wie ihn.«

»Nicht viele, nein.« Er lächelte kurz und ließ seinen Blick über sie schweifen. »Also, zwei Reiter?«

»Es müssen Pa und meine Mutter sein. Also haben sie Roger nicht gefunden. Oder sie haben ihn gefunden, und er – wollte nicht zurückkommen.« Sie drehte den großen Saphir an ihrem Finger. »Gut, daß ich vorgesorgt habe, nicht wahr?«

»Wenn du damit sagen willst, daß du vorhast, mich doch zu heiraten, so versichere ich dir –«

»Nein.« Sie lächelte ihn halbherzig an. »War nur ein Scherz.«

»Oh, gut.« Er trank einen Schluck Tee und schloß die Augen, um den duftenden Dampf zu genießen. »Zwei Reiter. Ist dein Vetter nicht mit ihnen gegangen?«

»Doch, das ist er,« sagte sie langsam. »Gott, ich hoffe, Ian ist nichts passiert.«

»Ihnen könnten unterwegs alle möglichen Katastrophen zugestoßen sein, die deinen Vetter und deine Mutter gezwungen haben, hinter deinem Vater und Mr. MacKenzie herzureiten. Oder deinen Vetter und MacKenzie hinter deinen Eltern.« Er schwenkte die Hand, um die Unzahl der Möglichkeiten anzudeuten.

»Ich schätze, du hast recht.« Sie sah immer noch beunruhigt aus, und Lord John ging davon aus, daß sie allen Grund dazu hatte. Tröstliche Hoffnungen waren ja für den Augenblick sehr schön, doch auf die Dauer triumphierten oft die kälteren Realitäten – wer auch immer Jamie Fraser begleitete, sie würden bald eintreffen, mit den Antworten auf alle Fragen.

Er schob das halbbeendete Frühstück von sich und lehnte sich in seine Kissen zurück.

»Sag mir – wie weit geht deine Reue darüber, daß du mich beinahe hast zu Tode kommen lassen?«

Sie verfärbte sich und machte ein beklommenes Gesicht.

»Was meinst du damit?«

»Wenn ich dich um etwas bitte, was du nicht gern tun wirst, werden deine Schuld und dein Pflichtgefühl dich zwingen, es dennoch zu tun?«

»Oh, schon wieder Erpressung. Was denn?« fragte sie argwöhnisch.

»Vergib deinem Vater. Was auch immer geschehen ist.«

Die Schwangerschaft hatte ihre Haut zarter gemacht; all ihre Emotionen strömten direkt unter der Oberfläche dieser Aprikosenhaut auf und ab. Jede Berührung würde sie verletzen.

Er streckte die Hand aus und legte sie ganz sanft auf ihre Wange.

»Um deinetweillen genauso wie um seinetwillen«, sagte er.

»Das habe ich schon getan.« Ihre Wimpern verdeckten ihre Augen, als sie zu Boden blickte; ihre Hände lagen immer noch still in ihrem Schoß, und das blaue Feuer seines Saphirs glühte an ihrem Finger.

Hufgeräusche drangen deutlich durch die offenen Glastüren, ein Klappern auf dem Kiesweg.

»Dann glaube ich, daß du besser nach unten gehst und es ihm sagst, meine Liebe.«

Sie spitzte die Lippen und nickte. Ohne ein Wort stand sie auf und schwebte zur Tür hinaus wie eine Sturmwolke, die hinter dem Horizont verschwindet.

»Als wir hörten, daß zwei Reiter hierher unterwegs waren und daß Jamie einer davon war, fürchteten wir schon, Eurem Neffen oder MacKenzie wäre etwas zugestoßen. Irgendwie ist keiner von uns auf die Idee gekommen, daß *Euch* etwas zugestoßen sein könnte.«

»Ich bin unsterblich«, murmelte sie und sah ihm abwechselnd in beide Augen. »Wußtet Ihr das nicht?« Der Druck ihrer Daumen auf seinen Augenlidern ließ nach, und er blinzelte, obwohl er ihre Berührung immer noch spürte.

»Die eine Pupille ist etwas vergrößert, aber nur unwesentlich. Haltet meine Finger fest und drückt sie, so fest Ihr könnt.« Sie hielt ihm ihre Zeigefinger hin und er gehorchte. Es ärgerte ihn zu spüren, wie schwach er zupackte.

»Habt Ihr MacKenzie gefunden?« Es ärgerte ihn noch mehr, daß er nicht in der Lage war, seine Neugier im Zaum zu halten.

Sie warf ihm einen raschen, argwöhnischen Blick aus ihren sherryfarbenen Augen zu und blickte dann wieder auf seine Hände.

»Ja. Er kommt nach. Etwas später.«

»Tut er das?« Sie hörte den Ton seiner Frage und zögerte, dann sah sie ihn direkt an.

»Wieviel wißt Ihr?«

»Alles«, sagte er und erlebte die kurzfristige Genugtuung, sie die Fassung verlieren zu sehen. Dann verzog sich ihr Mundwinkel nach oben.

»Alles?«

»Genug«, verbesserte er sardonisch. »Genug um zu fragen, ob Eure Behauptung in bezug auf MacKenzies Rückkehr Eurem Wissen oder Eurem Wunschdenken entstammt.«

»Nennt es Zuversicht.« Ohne ihn auch nur um Erlaubnis zu fragen, zog sie die Schnüre seines Nachthemdes auf, breitete es auseinander und legte seine Brust frei. Mit kundiger Hand rollte sie ein Stück Pergament zu einer Röhre zusammen, deren eines Ende sie auf seine Brust setzte, während sie ihr Ohr an das andere Ende hielt.

»Verzeihung, Madame!«

»Psst, ich kann nichts hören«, sagte sie und brachte ihn mit kleinen Handbewegungen zum Schweigen. Sie fuhr fort, ihr Rohr zu verschiedenen Stellen seiner Brust zu bewegen, und hielt dann und wann inne, um versuchsweise auf eine Stelle zu klopfen oder ihn in die Leber zu stoßen.

»Habt Ihr heute schon Verdauung gehabt?« fragte sie und stieß ihn ohne Scheu in den Bauch.

»Ich weigere mich, das zu beantworten«, sagte er und zog würdevoll sein Nachthemd wieder zusammen.

Sie sah noch empörender aus als sonst. Die Frau mußte mindestens vierzig sein, und doch zeigte sie keine anderen Alterserscheinungen als ein feines Netz aus Fältchen in den Augenwinkeln und ein paar Silberfäden in dieser lächerlichen Masse von Haaren.

Sie war dünner, als er sie in Erinnerung hatte, in ihrer Barbarenaufmachung aus Lederhemd und Hose. Man konnte sehen, daß sie eine Zeitlang der Sonne und dem Wetter ausgesetzt gewesen war; ihr Gesicht und ihre Hände hatten sich zu einem sanften Hellbraun verfärbt, das den großen, goldenen Augen einen um so enervierenderen Ausdruck verlieh, wenn sie einen direkt ansahen – was sie jetzt taten.

»Brianna sagt, Dr. Fentiman hat Euch den Schädel trepaniert?«

Er wand sich beklommen unter den Laken.

»Das hat man mir auch gesagt. Ich fürchte, ich war mir dessen nicht bewußt, als es geschah.«

Ihr Mund verzog sich leicht.

»Das ist auch besser so. Würde es Euch etwas ausmachen, wenn ich es mir ansehe? Es ist nur Neugier«, fuhr sie mit ungewohnter Rücksicht fort. »Keine medizinische Notwendigkeit. Ich habe nur noch nie eine solche Schädelöffnung gesehen.«

Er schloß die Augen und resignierte.

»Von meiner Verdauung abgesehen, habe ich keine Geheimnisse vor Euch, Madame.« Er neigte den Kopf, zeigte auf die Stelle, an der sich das Loch in seinem Kopf befand, und spürte ihre kühlen Finger unter den Verband gleiten. Sie hoben die Gaze an, und ein Lufthauch kühlte seinen heißen Kopf.

»Brianna ist bei ihrem Vater?« fragte er, die Augen geschlossen.

»Ja.« Ihre Stimme war sanfter. »Sie hat mir – uns – ein bißchen von dem erzählt, was Ihr für sie getan habt. Danke.«

Ihre Finger lösten sich von seiner Haut, und er öffnete die Augen.

»Jamie kommt gleich zu Euch herauf. Er... spricht gerade im Garten mit Brianna.«

Er spürte einen kleinen Stich der Sorge.

»Sind sie – im Einvernehmen?«

»Seht selber.« Sie schob ihren Arm in seinen Rücken und richtete ihn auf, mit erstaunlicher Kraft für eine Frau von so leichtem Knochenbau. Jenseits der Balustrade konnte er zwei Gestalten am Ende des Gartens sehen, die Köpfe dicht beieinander. Während er zusah, umarmten sie sich und trennten sich dann wieder. Sie lachten über die Umständlichkeit, die Briannas Figur mit sich brachte.

»Ich glaube, wir sind gerade noch rechtzeitig gekommen«, murmelte Claire, während sie ihre Tochter mit geschultem Blick ansah. »Es dauert nicht mehr lange.«

»Ich muß Euch meine Dankbarkeit über Euer promptes Eintreffen gestehen«, sagte er, während sie ihn wieder in die Kissen zurücksinken ließ und sein Bettzeug glattstrich. »Ich habe es nur knapp überlebt, das Kindermädchen Eurer Tochter zu sein; ich fürchte, ihr auch noch als Hebamme zu dienen, würde mich vollständig erledigen.«

»Oh, das habe ich fast vergessen.« Claire griff in einen widerlich aussehenden Lederbeutel an ihrem Hals. »Brianna hat gesagt, ich soll Euch den zurückgeben – sie wird ihn nicht mehr brauchen.«

Er hielt ihr die Hand hin, und ein winziger, leuchtendblauer Funke fiel auf seine Handfläche.

»Da gibt sie mir doch glatt den Laufpaß!« sagte er und grinste.

64

Alle Neune

»Es ist wie Baseball«, versicherte ich ihr. »Lange Zeit nichts als Langeweile, dazwischen kurze Perioden heftiger Aktivität.«

Sie lachte, dann hielt sie abrupt inne und zog ein Gesicht.

»Uff. Heftig, ja. Puh.« Sie lächelte etwas schief. »Aber bei einem Baseballspiel kann man wenigstens an den langweiligen Stellen Bier trinken und Hot Dogs essen.«

Jamie griff den einzigen Teil dieser Unterhaltung auf, der für ihn einen Sinn ergab, und beugte sich vor.

»In der Vorratskammer ist ein Krug mit kühlem Bier«, sagte er mit einem nervösen Blick auf Brianna. »Soll ich ihn holen?«

»Nein«, sagte ich. »Es sei denn, du willst welches; Alkohol wäre nicht gut für das Baby.«

»Ah. Was ist ein Hot Dog?« Er stand auf und ließ seine Finger spielen, als ob er sich darauf einstellte, ins Freie zu eilen und einen Hund zu schießen.

»Es ist eine Art Wurst in einem Brötchen«, sagte ich und rieb mir die Oberlippe, um nicht loszulachen. Ich blickte Brianna an. »Ich glaube nicht, daß sie eins möchte.« Kleine Schweißperlen waren plötzlich auf ihrer hohen Stirn erschienen, und sie war weiß um die Augenhöhlen herum.

»Oh, würg«, sagte sie schwach.

Jamie, der diese Bemerkung anhand ihres Gesichtsausdruckes korrekt übersetzte, betupfte ihr Gesicht und Hals mit dem feuchten Tuch.

»Leg den Kopf zwischen deine Knie, Kleine.«

Sie sah ihn aufgebracht an.

»Ich kriege... meinen Kopf... ja nicht mal in die *Nähe* meiner Knie!« sagte sie mit zusammengebissenen Zähnen. Dann ließ der Krampf nach; sie holte tief Luft, und ihre Gesichtsfarbe kehrte zurück.

Jamie blickte uns nacheinander an und runzelte besorgt die Stirn. Er ging zögernd einen Schritt auf die Tür zu.

»Ich denke, dann gehe ich wohl besser, wenn ihr –«
»Laß mich nicht allein!«
»Aber es ist – ich meine, du hast deine Mutter, und –«
»Laß mich nicht allein!« wiederholte sie. Aufgeregt beugte sie sich zu ihm hinüber und ergriff seinen Arm, den sie schüttelte, um ihren Worten mehr Nachdruck zu verleihen. »Das darfst du nicht!«
»Du hast gesagt, ich würde nicht sterben.« Sie sah ihm konzentriert ins Gesicht. »Wenn du hierbleibst, dann wird alles gut. Dann sterbe ich nicht.« Sie sprach mit solcher Intensität, daß ich spürte, wie auch mein Inneres von einem plötzlichen Krampf der Furcht ergriffen wurde, so stark wie der Schmerz einer Wehe.

Sie war groß, kräftig und gesund. Sie sollte eigentlich keine großen Probleme bei der Geburt haben. Doch ich war auch nicht klein und ebenfalls gesund – und vor fünfundzwanzig Jahren hatte ich im sechsten Monat eine Totgeburt gehabt und war dabei fast selbst gestorben. Ich würde sie wohl vor dem Kindbettfieber schützen können, doch es gab kein Mittel gegen plötzliche Blutungen. Das einzige, was ich unter solchen Umständen tun konnte, war zu versuchen, ihr Kind mit einem Kaiserschnitt zu retten. Ich hielt meinen Blick entschlossen von der Truhe fern, in der die sterile Klinge bereitlag, für den Fall des Falles.

»Du wirst nicht sterben, Brianna«, sagte ich. Ich sprach so beruhigend, wie ich konnte, doch sie mußte die Angst unter der professionellen Fassade gespürt haben. Ihr Gesicht verzog sich; sie ergriff meine Hand und klammerte sich so fest daran, daß die Knochen knackten. Sie schloß die Augen und atmete durch die Nase, schrie aber nicht auf.

Dann öffnete sie sie und sah mich direkt an. Ihre Pupillen waren geweitet, so daß sie durch mich hindurchzublicken schien in eine Zukunft, die nur sie allein sehen konnte.

»Aber wenn...«, sagte sie und legte eine Hand auf ihren Kugelbauch. Ihr Mund arbeitete, doch was auch immer sie zu sagen vorgehabt hatte, konnte sich keinen Weg hinausbahnen.

Jetzt kämpfte sie sich auf die Beine, stützte sich schwer auf Jamie, das Gesicht an seiner Schulter vergraben, und wiederholte: »Pa, laß mich nicht allein, bitte.«

»Ich laß dich nicht allein, *a leannan*. Hab keine Angst, ich bleib' bei dir.« Er legte einen Arm um sie und sah mich hilflos über ihren Kopf hinweg an.

»Führ sie herum«, sagte ich zu Jamie, weil ich sah, wie unruhig sie war. »Wie ein Pferd mit einer Kolik«, fügte ich hinzu, als er mich verständnislos ansah.

Das brachte sie zum Lachen. Mit der Vorsicht eines Mannes, der sich einer scharfen Bombe nähert, legte er einen Arm um ihre Taille und zog sie langsam durch das Zimmer. Da sie beide so groß waren, hörte es sich wirklich an, als führte jemand ein Pferd herum.

»In Ordnung?« hörte ich ihn bei einer Runde besorgt fragen.

»Ich sag's dir, wenn's nicht so ist«, versicherte sie ihm.

Es war warm für Mitte Mai; ich machte die Fenster weit auf, und die Düfte von Phlox und Akelei strömten herein, vermischt mit der kühlen, feuchten Luft vom Fluß.

Das Haus war von einer erwartungsvollen Stimmung erfüllt: Vorfreude, mit einem Hauch von Furcht unterlegt. Jocasta ging unten auf der Terrasse auf und ab, zu nervös zum Stillsitzen. Betty steckte alle paar Minuten den Kopf herein, um zu fragen, ob wir etwas brauchten; Phaedre kam mit einem Krug frischer Buttermilch aus der Vorratskammer herauf, für den Fall des Falles. Brianna, deren Blick nach innen gerichtet war, schüttelte nur den Kopf; ich selbst trank ein Glas, während ich im Geiste die Vorbereitungen durchging.

Tatsache war, daß es nicht besonders viel gab, das man bei einer normalen Geburt tun mußte, und nicht besonders viel, das man tun *konnte*, wenn sie anders verlief. Das Bett war abgezogen und mit alten Bettdecken belegt, um die Matratze zu schützen; ich hatte einen Haufen sauberer Tücher zur Hand und eine Kanne heißes Wasser, das etwa jede halbe Stunde aus dem Kupferkessel in der Küche erneuert wurde. Kühles Wasser zum Trinken und zum Abwischen der Stirn; ein kleines Fläschchen mit Öl zur Massage, mein Nähwerkzeug, für den Fall des Falles – und darüber hinaus lag alles bei Brianna.

Nachdem sie fast eine Stunde herumgelaufen war, blieb sie plötzlich mitten im Zimmer stehen, packte Jamies Arm und atmete durch die Nase wie ein Pferd am Ende eines langen Rennens.

»Ich will mich hinlegen«, sagte sie.

Phaedre und ich zogen ihr das Kleid aus und beförderten sie im Hemd heil auf das Bett. Ich legte meine Hände auf die riesige Kugel ihres Bauches und staunte über die schiere Unmöglichkeit dessen, was sich bereits getan hatte und was noch kommen würde.

Die Verhärtung der Kontraktion flaute ab, und ich konnte die Umrisse des Kindes unter der dünnen, gummiartigen Hülle aus Haut und Muskeln deutlich spüren. Es war groß, das konnte ich erkennen, doch es schien gut zu liegen, mit dem Kopf nach unten und voll eingestellt.

Normalerweise verhielten sich Babies ziemlich still, wenn sie im Begriff waren, geboren zu werden, eingeschüchtert durch den Aufruhr in ihrer Umgebung. Dieses hier regte sich; ich spürte einen leichten, deutlichen Ruck gegen meine Hand, als sein Ellbogen vorstach.

»Papa!« Brianna streckte blind die Hand aus und schlug um sich, als sie von einer Kontraktion überrascht wurde. Jamie tat einen Satz nach vorn, fing ihre Hand auf und drückte sie fest.

»Ich bin hier, *a bheanachd*, ich bin hier.«

Sie atmete schwer, das Gesicht hochrot, dann entspannte sie sich und schluckte.

»Wie lange noch?« fragte sie. Sie hatte mir das Gesicht zugewandt, blickte mich aber nicht an; sie sah die Außenwelt überhaupt nicht.

»Ich weiß es nicht. Aber nicht mehr sehr lange, glaube ich.« Die Kontraktionen lagen etwa fünf Minuten auseinander, doch ich wußte, daß sie noch ewig so weitergehen oder ganz plötzlich beschleunigen konnten; es war einfach nicht zu sagen.

Eine leichte Brise wehte vom Fenster herüber, doch sie schwitzte. Ich wischte ihr noch einmal das Gesicht und den Hals ab und massierte ihr die Schultern.

»Du machst das wunderbar, Schatz«, murmelte ich ihr zu. »Ganz prima.« Ich blickte zu Jamie hoch und lächelte. »Du auch.«

Er versuchte tapfer, das Lächeln zu erwidern; er schwitzte ebenfalls, doch sein Gesicht war weiß, nicht rot.

»Sprich mit mir, Pa«, sagte sie plötzlich.

»Och?« Er sah mich gehetzt an. »Was soll ich denn sagen?«

»Es spielt keine Rolle«, sagte ich. »Erzähl ihr Geschichten; irgend etwas, das sie ablenkt.«

»Oh. Äh... hast du schon die Geschichte von... Habetrot, der Spinnerin gehört?«

Brianna antwortete mit einem Grunzen. Jamie sah besorgt aus, begann aber trotzdem.

»Aye, gut. Es war einmal ein Bauernhaus am Fluß, darin lebte ein hübsches Mädchen namens Maisie. Sie hatte rotes Haar und blaue Augen und war das schönste Mädchen im ganzen Tal. Aber sie hatte keinen Ehemann, denn...« Er hielt erschrocken inne. Ich funkelte ihn an.

Er hustete und erzählte weiter, weil er offenbar nicht wußte, was er sonst tun sollte. »Äh... weil in jener Zeit die Männer vernünftig waren und Ausschau nach Mädchen hielten, die kochen und spinnen konnten und gute Hausfrauen abgeben würden, anstatt sich hübsche Bräute auszusuchen. Aber Maisie...«

Brianna gab einen tiefen, unmenschlichen Laut von sich. Jamie biß einen Augenblick die Zähne zusammen, erzählte dann aber weiter, während er ihre Hand festhielt.

»Aber Maisie liebte das Licht in den Feldern und die Vögel des Tals...«

Das Licht im Zimmer verblaßte nach und nach, und der Duft der sonnengewärmten Blumen wich dem feuchten, grünen Geruch der Weiden am Fluß und dem schwarzen des Holzrauches aus dem Küchenhaus.

Briannas Hemd war durchnäßt und klebte an ihrer Haut. Ich grub meine Daumen in ihren Rücken, genau über die Hüften, und sie lehnte sich fest gegen mich, um den Schmerz zu bekämpfen. Jamie saß mit gesenktem Kopf da und hielt hartnäckig ihre eine Hand. Er redete immer noch beruhigend vor sich hin, erzählte Geschichten von *Silkies* und Seehundfängern, von Dudelsackspielern und Feen, von den Riesen in Fingals Höhle und dem schwarzen Pferd des Teufels, das schneller durch die Luft rast als der Gedanke zwischen Mann und Maid.

Die Wehen folgten jetzt dicht aufeinander. Ich gab Phaedre einen Wink, die loslief und mit einer brennenden Kerze zurückkam, um die Kerzen in den Haltern anzuzünden.

Es war kühl und halbdunkel im Zimmer, die Wände von flackernden Schatten erleuchtet. Jamies Stimme war heiser; Brianna hatte ihre nahezu verloren.

Mit einemmal ließ sie los und setzte sich auf. Sie zog die gespreizten Beine an und umfaßte ihre Knie, das Gesicht dunkelrot vor Anstrengung, und preßte.

»Na dann«, sagte ich. Rasch stapelte ich Kissen hinter ihr auf, ließ sie sich gegen den Bettrahmen zurücklehnen, holte Phaedre, damit sie den Kerzenleuchter für mich hielt.

Ich rieb mir die Finger mit Öl ein, griff ihr unter das Hemd und berührte sie an Stellen, die ich nicht mehr angefaßt hatte, seit sie selbst ein Baby gewesen war. Ich massierte sie langsam, sanft, redete mit ihr und wußte genau, daß es keine große Rolle spielte, was ich sagte.

Ich fühlte die Anspannung, die unmittelbare Veränderung unter meinen Fingern. Entspannung, dann noch einmal. Es kam ein plötzlicher Schwall von Fruchtwasser, das über das Bett spritzte, auf den Fußboden tropfte und das Zimmer mit dem Geruch fruchtbarer Flüsse erfüllte. Ich massierte und schob, betete, daß es nicht zu schnell kam, daß sie nicht reißen würde.

Der Hautring öffnete sich auf einmal, und meine Finger berührten etwas Feuchtes, Hartes. Entspannung, und es wich zurück, fort, und ließ meine Fingerspitzen prickelnd mit dem Wissen zurück, daß ich jemand vollkommen Neues berührt hatte. Noch einmal kam der große Druck, die Dehnung, und noch einmal wich es langsam zurück. Ich schob den Saum des Hemdes hoch, und bei der nächsten Preßwehe dehnte sich der Ring zu unmöglicher Größe aus, und ein Kopf, der aussah wie ein chinesischer Wasserspeier, kam in einer Flut aus Fruchtwasser und Blut herausgeschossen.

Ich befand mich Nase an Nase mit einem wachsweißen Kopf, der ein Gesicht wie eine Faust hatte und mir in äußerster Wut Grimassen schnitt.

»Was ist es? Ist es ein Junge?« Jamies heisere Frage durchschnitt meine Verblüffung.

»Das hoffe ich doch«, sagte ich und strich ihm hastig mit dem Daumen den Schleim aus Nase und Mund. »Es ist das Häßlichste, was ich je gesehen habe; Gott steh ihm bei, wenn es ein Mädchen ist.«

Brianna machte ein Geräusch, das vielleicht als Lachen begonnen hatte und dann in ein enormes, angestrengtes Grunzen umschlug. Ich hatte kaum Zeit, meine Finger hineinschlüpfen zu lassen und die breiten Schultern ein wenig zu drehen, um nachzuhelfen. Es gab ein hörbares *Pop*, und ein langes, nasses Etwas schlitterte auf die durchnäßte Bettdecke hinaus, wo es zappelte wie eine gestrandete Forelle.

Ich griff nach einem sauberen Leinenhandtuch, wickelte ihn hinein – es war ein er, der Hodensack hing ihm geschwollen und dunkelrot zwischen den fetten Oberschenkeln – und überprüfte rasch seine Apgarwerte: Atmung, Farbe, Bewegung... alles gut. Er gab dünne, zornige Laute von sich, kurze Explosionen seiner Lungen, ohne wirklich zu weinen, und er boxte mit seinen winzigen, geballten Fäusten in die Luft.

Ich legte ihn auf das Bett, eine Hand auf dem Bündel, während ich nach Brianna sah. Ihre Oberschenkel waren blutverschmiert, doch es gab keine Anzeichen für einen Blutsturz. Die Nabelschnur pulsierte immer noch, eine dicke, feuchte Schlange, die sie beide verband.

Sie lag keuchend auf den zerwühlten Kissen, das feuchte Haar an ihre Schläfen geklebt, ein breites Lächeln der Erleichterung und des Triumphes im Gesicht. Ich legte eine Hand auf ihren Bauch, der plötzlich schwammig geworden war. Tief innen spürte ich, wie die Plazenta nachgab, als ihr Körper die letzte physische Verbindung mit ihrem Sohn preisgab.

»Noch einmal, Schätzchen«, sagte ich leise zu ihr. Die letzte Kontraktion ließ ihren Bauch erschauern, und die Nachgeburt glitt heraus. Ich band die Nabelschnur ab und durchtrennte sie, dann legte ich ihr das solide, kleine Bündel mit dem Kind in die Arme.

»Er ist wunderschön«, flüsterte ich.

Ich überließ ihn ihr und wandte meine Aufmerksamkeit dringenderen Angelegenheiten zu. Ich knetete ihren Bauch fest mit meinen

Fäusten, damit sich ihr Uterus zusammenzog und zu bluten aufhörte. Ich konnte hören, wie sich aufgeregtes Geplapper im Haus ausbreitete, als Phaedre nach unten eilte, um die Nachricht zu verbreiten. Ich blickte auf und sah, daß Brianna leuchtete. Sie lächelte immer noch von einem Ohr zum anderen. Jamie war hinter ihr. Auch er lächelte, die Wangen tränennaß. Er sagte etwas in heiserem Gälisch zu ihr, strich ihr das Haar vom Hals und beugte sich vor, um sie sanft zu küssen, dicht hinter dem Ohr.

»Hast du Hunger?« Briannas Stimme war tief und gebrochen, und sie versuchte, sich zu räuspern. »Soll ich ihn füttern?«

»Probier's und schau einfach. Manchmal sind sie direkt danach müde, aber manchmal wollen sie auch nuckeln.«

Sie nestelte am Halsausschnitt ihres Hemdes herum, zog das Band auf und entblößte eine hochstehende, volle Brust. Das Bündel machte kleine Geräusche, die sich wie *grauf* anhörten, als sie es umständlich zu sich hindrehte, und ihre Augen sprangen vor Überraschung weit auf, als der Mund mit plötzlicher Heftigkeit ihre Brustwarze umschloß.

»Ganz schön stark, nicht wahr?« sagte ich, und erst als das Salz meiner Tränen mir in die lächelnden Mundwinkel lief, merkte ich, daß ich weinte.

Etwas später, als Mutter und Kind gewaschen waren, für ihre Bequemlichkeit gesorgt war, Essen und Trinken für Brianna gekommen war und eine letzte Untersuchung ergeben hatte, daß alles in bester Ordnung war, trat ich in die tiefen Schatten der oberen Etage hinaus. Ich fühlte mich angenehm abwesend von der Realität, so als schwebte ich ungefähr einen halben Meter über dem Boden.

Jamie war nach unten gegangen, um John Bericht zu erstatten; er wartete am Fuß der Treppe auf mich. Er zog mich wortlos in seine Arme und küßte mich; als er mich losließ, sah ich die dunkelroten Halbmonde, die Briannas Nägel in seine Hände gegraben hatten und die noch nicht verblichen waren.

»Du hast es auch gut gemacht«, flüsterte er mir zu. Dann leuchtete die Freude hell in seinen Augen auf und erblühte zu einem breiten Grinsen. »Oma!«

»Ist er dunkel oder hellhäutig?« fragte Jamie plötzlich und erhob sich neben mir im Bett auf seinen Ellbogen. »Ich habe seine Finger gezählt und bin noch nicht einmal auf die Idee gekommen, nachzusehen.«

»Das kann man jetzt noch nicht genau sagen«, antwortete ich schläfrig. Ich hatte seine Zehen gezählt, und ich war auf die Idee gekommen. »Er ist irgendwie rosarot, und er ist immer noch über und über mit Käseschmiere – das ist das weiße Zeug – bedeckt. Es wird wahrscheinlich noch ein paar Tage dauern, bevor seine Haut eine natürliche Farbe annimmt. Er hat ein paar dunkle Haare, aber die sind von der Sorte, die bald nach der Geburt ausfallen.« Ich räkelte mich und genoß den angenehmen Schmerz in Beinen und Rücken; Wehen waren harte Arbeit, auch für die Hebamme. »Es würde nichts beweisen, wenn er hellhäutig wäre, da Brianna es auch ist; er könnte es so oder so sein.«

»Aye... aber wenn er dunkel wäre, dann wüßten wir es mit Bestimmtheit.«

»Vielleicht auch nicht. Dein Vater war dunkel; meiner auch. Er könnte rezessive Gene haben und auch dann noch dunkel werden, wenn –«

»Er könnte *was* haben?«

Ich versuchte vergeblich, mich zu erinnern, ob Gregor Mendel schon angefangen hatte, mit seinen Erbsenstauden herumzuexperimentieren, gab es aber auf, weil ich zu müde war, um mich zu konzentrieren. Jamie hatte sowieso offenbar noch nicht von ihm gehört.

»Egal, welche Farbe er annimmt, wir würden keine Gewißheit haben«, sagte ich. Ich gähnte herzhaft. »Wir werden es erst erfahren, wenn er alt genug wird, um anzufangen... jemandem ähnlich zu sehen. Und selbst dann...« Ich verstummte. Spielte es eine große Rolle, wer sein Vater gewesen war, wenn er sowieso keinen haben würde?

Jamie schmiegte sich an meinen Rücken und nahm mich in den Arm. Wir schliefen nackt, und die Haare auf seinem Körper strichen über meine Haut. Er küßte mich sanft auf den Nacken und seufzte, und sein Atem kitzelte mich warm am Ohr.

Ich schwebte am Rande des Einschlafens, zu glücklich, um vollständig den Träumen zu verfallen. Irgendwo in der Nähe hörte ich ein kurzes, unterdrücktes Quäken und Stimmengemurmel.

»Aye, na ja«, weckte mich Jamies Stimme ein paar Sekunden später. Er klang trotzig. »Ich kenne zwar seinen Vater nicht, aber wenigstens bin ich mir sicher, wer sein Großvater ist.«

Ich langte hinter mich und tätschelte sein Bein.

»Ich auch – Opa. Gib Ruhe und schlaf jetzt. ›Ein jeder Tag hat seine eigene Plage.‹«

Er schnaubte, doch die Anspannung wich aus seiner Umarmung, und Sekunden später war er eingeschlafen, eine Hand um meine Brust geschlossen.

Ich lag mit weit geöffneten Augen da und beobachtete die Sterne durch das offene Fenster. Warum hatte ich das gesagt? Es war Franks Lieblingszitat, eines, das er immer benutzte, um Brianna oder mich zu trösten, wenn wir uns Sorgen machten: *Ein jeder Tag hat seine eigene Plage.*

Die Luft im Zimmer war lebendig; eine Brise bewegte die Vorhänge, und Kühle berührte meine Wange.

»Weißt du?« flüsterte ich tonlos. »Weißt du, daß sie einen Sohn hat?«

Es kam keine Antwort, doch in der Stille der Nacht kam nach und nach Friede über mich, und schließlich fiel ich über den Rand der Träume.

65

Rückkehr nach Fraser's Ridge

Jocasta trennte sich nur ungern von ihrem jüngsten Verwandten, doch wir waren schon sehr spät dran mit der Frühjahrsaussaat, und unsere Niederlassung war furchtbar vernachlässigt; wir mußten ohne Verzögerung auf den Berg zurückkehren, und Brianna wollte nichts davon hören, zurückzubleiben. Was auch gut so war, weil man Dynamit benötigt hätte, um Jamie von seinem Enkelsohn zu trennen.

Lord John ging es wieder so gut, daß er reisen konnte; er begleitete uns bis zur Great Buffalo Trail Road, wo er Brianna und das Baby küßte, Jamie und – zu meinem Schrecken – mich umarmte, bevor er sich nordwärts wandte, nach Virginia, zu Willie.

»Ich vertraue darauf, daß Ihr gut auf sie aufpaßt«, sagte er leise zu mir und wies kopfnickend auf den Wagen, wo sich zwei leuchtende Köpfe in geteilter Faszination über das Bündel auf Briannas Schoß beugten.

»Das könnt Ihr«, sagte ich und drückte ihm die Hand. »Ich vertraue auch auf Euch.« Er hob meine Hand kurz an seine Lippen, lächelte mich an und ritt fort, ohne sich noch einmal umzublicken.

Eine Woche später rumpelten wir über die grasüberwucherten Wagenspuren auf den Berghang, wo die wilden Erdbeeren wuchsen, grün, weiß und rot, Beständigkeit und Mut, Süße und Bitterkeit im Schatten der Bäume vermischt.

Das Blockhaus war schmutzig und vernachlässigt, die Schuppen leer und mit toten Blättern gefüllt. Der Garten war ein Gewirr aus vertrockneten, alten Stengeln und zufälligen Schößlingen, die Pferdekoppel eine leere Umzäunung. Der Rohbau des neuen Hauses stand als schwarzes Skelett vorwurfsvoll auf dem Bergkamm. Das Ganze sah kaum bewohnbar aus, eine Ruine.

Ich hatte mich noch nie so gefreut, nach Hause zu kommen.

Name, schrieb ich und hielt inne. Weiß Gott, dachte ich. Sein Nachname stand ja noch zur Debatte; über seinen Vornamen war noch nicht einmal nachgedacht worden.

Ich nannte ihn »mein Süßer« oder »Schätzchen«, Lizzie nannte ihn »lieber Junge«, Jamie nannte ihn mit gälischer Formalität entweder »Enkelsohn« oder »*a Ruaidh*«, den Roten – seine schwarze Babywolle und die dunkle Haut waren einer flammenden Röte gewichen, die es auch dem zufälligsten Betrachter klarmachte, wer sein Großvater war –, wer auch immer sein Vater gewesen sein mochte.

Brianna fand es nicht nötig, ihn irgendwie zu bezeichnen; sie hatte ihn ständig bei sich und behütete ihn mit einer Ausschließlichkeit, die keine Worte brauchte. Sie wollte ihm keinen offiziellen Namen geben, sagte sie. Noch nicht.

»Wann denn?« hatte Lizzie gefragt, doch Brianna antwortete nicht. Ich wußte, wann: wenn Roger kam.

»Und wenn er nicht kommt«, sagte Jamie unter vier Augen zu mir, »dann nehme ich an, daß das arme Kind namenlos ins Grab sinkt. Himmel, ist das Mädchen stur!«

»Sie vertraut Roger«, sagte ich ruhig. »Das könntest du auch einmal versuchen.«

Er sah mich scharf an.

»Es gibt einen Unterschied zwischen Vertrauen und Hoffnung, Sassenach, und das weißt du genausogut wie ich.«

»Na, dann versuch's halt mit Hoffnung, ja?« schnappte ich, drehte ihm den Rücken zu, tauchte meinen Kiel in die Tinte und schüttelte ihn ausgiebig. Das kleine Fragezeichen hatte einen Ausschlag am Po, der es – und damit alle anderen Bewohner des Hauses – die ganze Nacht wachgehalten hatte. Ich konnte kaum aus den Augen sehen und war geladen und nicht geneigt, irgendwelche Anzeichen mangelnder Zuversicht zu dulden.

Jamie ging bedächtig um den Tisch herum, setzte sich mir gegenüber und legte das Kinn auf seine gekreuzten Arme, so daß ich gezwungen war, ihn anzusehen.

»Das würde ich ja«, sagte er, eine Spur von Humor in den Augen. »Wenn ich mich entscheiden könnte, ob ich hoffen soll, daß er kommt oder nicht.«

Ich lächelte, dann langte ich über den Tisch und strich ihm als Zeichen der Vergebung mit dem gefiederten Ende meines Federkiels über die Nase. Er kräuselte die Nase und nieste, dann setzte er sich gerade hin und blickte auf das Papier.

»Was machst du da eigentlich, Sassenach?«

»Ich stelle Klein Gizmos Geburtsurkunde aus – soweit ich kann«, fügte ich hinzu.

»Gizmo?« sagte er skeptisch. »Ist das ein Heiligenname?«

»Ich glaube nicht, obwohl, man weiß ja nie, wo es doch Leute gibt, die Pantaleon und Onophrius heißen. Oder Ferreolus.«

»Ferreolus? Ich glaube, den kenne ich nicht.« Er lehnte sich zurück, die Hände über dem Knie verschränkt.

»Einer meiner Lieblingsheiligen«, erzählte ich ihm, während ich sorgfältig das Geburtsdatum und die Geburtszeit einsetzte – selbst diese war nur geschätzt, armer Wurm. Es befanden sich exakt zwei unstrittige Informationen auf dieser Geburtsurkunde – das Datum und der Name der Ärztin, die ihn entbunden hatte.

»Ferreolus«, fuhr ich genußvoll fort, »ist der Schutzpatron des kranken Geflügels. Ein christlicher Märtyrer. Er war ein römischer Tribun und heimlicher Christ. Nach seiner Entdeckung kettete man ihn in der Jauchegrube des Gefängnisses an, wo er auf seinen Prozeß wartete – die Zellen müssen wohl voll gewesen sein. Scheint ein ziemlicher Teufelskerl gewesen zu sein; er entschlüpfte seinen Ketten und entkam durch die Kanalisation. Aber sie haben ihn eingeholt, ihn zurückgeschleift und geköpft.«

Jamie machte ein verständnisloses Gesicht.

»Und was hat das mit Hühnern zu tun?«

»Ich habe nicht die geringste Ahnung. Das mußt du mit dem Vatikan ausmachen«, schlug ich ihm vor.

»Mmpfm. Aye, tja, ich selbst habe immer sehr für St. Guignol geschwärmt.« Ich konnte das Glitzern in seinen Augen sehen, doch ich konnte nicht widerstehen.

»Und wofür ist der zuständig?«

»Man ruft ihn gegen die Impotenz an.« Das Glitzern wurde stärker. »Ich habe einmal in Brest vor seiner Statue gestanden; man sagte, sie stünde schon seit tausend Jahren da. Sie war eine Wunderstatue – sie hatte einen Schwanz wie ein Gewehrlauf, und –«

»Einen *was*?«

»Na ja, es war nicht die Länge, die das Wunder war«, sagte er und winkte mir, zu schweigen. »Oder nicht nur. In der Stadt erzählt man sich, daß seit tausend Jahren die Leute kleine Stückchen davon als Reliquien abschlagen und der Schwanz immer noch so lang ist wie eh und je.« Er grinste mich an. »Man sagt, ein Mann, der ein Stückchen von St. Guignol in der Tasche hat, kann eine Nacht und einen Tag durchhalten, ohne müde zu werden.«

»Nur nicht mit derselben Frau, schätze ich«, sagte ich trocken.

»Man fragt sich aber doch, was er getan hat, um die Heiligsprechung zu verdienen, oder?«

Er lachte.

»Jeder Mann, dessen Gebet erhört worden ist, könnte dir das sagen, Sassenach.« Er schwenkte auf seinem Sitz herum und blickte durch die offene Tür ins Freie. Brianna und Lizzie saßen im Gras, von ihren Röcken wie Blüten umgeben, und sahen dem Baby zu, das nackt auf einem alten Schultertuch auf dem Bauch lag mit einem Hintern, der so rot war wie der eines Pavians.

Brianna Ellen, schrieb ich ordentlich, dann hielt ich inne.

»Brianna Ellen Randall, was meinst du?« fragte ich. »Oder Fraser? Oder beides?«

Er drehte sich nicht um, doch er zuckte ganz leicht mit den Achseln.

»Spielt das eine Rolle?«

»Vielleicht.« Ich blies über die Seite und sah zu, wie die glänzenden, schwarzen Buchstaben stumpf wurden, während die Tinte trocknete. »Wenn Roger zurückkäme – ob er nun bleibt oder nicht –, wenn er sich dazu entschließt, unseren kleinen Anonymus anzuerkennen, dann wird er wohl MacKenzie heißen. Wenn nicht, dann denke ich, daß das Baby den Namen seiner Mutter bekommt.«

Er schwieg einen Augenblick und sah den beiden jungen Frauen zu. Sie hatten sich am Morgen die Haare im Bach gewaschen; Lizzie kämmte gerade Briannas Mähne durch, und die langen Strähnen schimmerten wie rote Seide in der Sommersonne.

»Sie nennt sich Fraser«, sagte er leise. »Oder sie hat es zumindest getan.«

Ich legte meinen Federkiel hin und langte über den Tisch, um meine Hand auf seinen Arm zu legen.

»Sie hat dir verziehen«, sagte ich. »Das weißt du genau.«

Seine Schultern bewegten sich; kein richtiges Achselzucken, sondern der unbewußte Versuch, seine innere Spannung etwas zu lösen.

»Fürs erste«, sagte er. »Aber wenn der Mann nicht kommt?«

Ich zögerte. Er hatte völlig recht; Brianna hatte ihm seinen ursprünglichen Fehler verziehen. Doch wenn Roger nicht bald auftauchte, würde sie zwangsläufig Jamie die Schuld daran geben – nicht ohne Grund, das mußte ich zugeben.

»Nimm beide«, sagte er abrupt. »Laß ihr die Wahl.« Ich hatte nicht den Eindruck, daß er Nachnamen meinte.

»Er kommt schon noch«, sagte ich mit Bestimmtheit, »und alles wird gut.«

Ich ergriff den Kiel und fügte nicht ganz lautlos hinzu. »Hoffe ich.«

Er bückte sich, um zu trinken. Das Wasser plätscherte über dunkelgrüne Felsen. Es war ein warmer Tag; Frühling diesmal, nicht Herbst, doch das Moos unter seinen Füßen war unverändert smaragdgrün.

Er wußte kaum noch, wie eine Rasierklinge aussah; sein Bart war dicht, und sein Haar hing ihm über die Schultern herab. Er hatte in der vergangenen Nacht im Bach gebadet, aber er machte sich keine Illusionen über seine Erscheinung. Doch sie kümmerte ihn auch nicht, redete er sich ein. Sein Aussehen spielte keine Rolle.

Er wandte sich humpelnd auf den Weg zurück, wo er sein Pferd stehengelassen hatte. Sein Fuß schmerzte, doch auch das spielte keine Rolle.

Er ritt langsam über die Lichtung, auf der er Jamie Fraser zum ersten Mal begegnet war. Die Blätter waren frisch und grün, und in der Ferne konnte er die heiseren Rufe der Raben hören. Nur die wilden Gräser regten sich zwischen den Bäumen. Er holte tief Luft und spürte einen Stich der Erinnerung, ein zerbrochenes Überbleibsel aus einem früheren Leben, einen Splitter so scharf wie Glas.

Er wandte den Kopf des Pferdes zum Gipfel des Berghanges und trieb es an, indem er es sanft mit seinem gesunden Fuß anstieß. Bald. Er hatte keine Ahnung, wie man ihn empfangen würde, doch das spielte keine Rolle.

Das einzige, was jetzt zählte, war die Tatsache, daß er hier war.

66

Ein Kind von meinem Fleisch und Blut

Es hatte sich schon wieder ein unternehmungslustiges Kaninchen unter den Zaunpfählen meines Gartens durchgegraben. Ein einziges hungriges Kaninchen konnte einen Kohlkopf bis auf die Wurzeln vertilgen, und so, wie es aussah, hatte dieses hier seine Freunde mitgebracht. Ich seufzte und hockte mich hin, um den Schaden zu beheben, indem ich Steine und Erde in das Loch zurückstopfte. Ians Verlust schmerzte mich ständig; doch in Augenblicken wie diesem vermißte ich auch seinen gräßlichen Hund.

Ich hatte eine große Ansammlung von Stecklingen und Samen aus River Run mitgebracht, und das meiste davon hatte die Reise überlebt. Es war Mitte Juni, immer noch – gerade eben – Zeit, um eine neue Möhrenernte anzusetzen. Das kleine Kartoffelbeet war in Ordnung und die Erdnußbüsche ebenfalls; die Kaninchen rührten sie nicht an, und sie hatten auch keine Lust auf die aromatischen Kräuter, bis auf den Fenchel, den sie wie Lakritz vernaschten.

Doch ich wollte aus den Kohlköpfen Sauerkraut machen; wir würden auch mitten im Winter noch etwas essen wollen, das einigermaßen schmeckte und Vitamin C enthielt. Ich hatte noch genug Samen übrig, um einen anständigen Ertrag erzielen zu können, wenn es mir gelang, die verdammten Kaninchen fernzuhalten. Ich trommelte mit den Fingern auf meinem Korb herum und dachte nach. Die Indianer verstreuten Haarbüschel an den Rändern ihrer Felder, doch das war eher zum Schutz gegen das Rotwild als gegen Kaninchen.

Jamie war das beste Abwehrmittel, beschloß ich. Nayawenne hatte mir erzählt, daß der Geruch des Urins von Fleischfressern Kaninchen fernhielt – und ein Mann, der Fleisch aß, war fast so gut wie ein Berglöwe, ganz zu schweigen davon, daß er zahmer war. Ja, das würde funktionieren; er hatte erst vor zwei Tagen einen Hirsch geschossen; der war noch nicht ganz abgehangen. Am besten braute ich noch einen frischen Eimer Sprossenbier zu unserem Wildbret...

Als ich zum Kräuterschuppen ging, um nachzusehen, ob ich noch

Passionsfrüchte zur Aromatisierung hatte, fing mein Blick eine Bewegung am anderen Ende der Lichtung auf. In der Annahme, daß es Jamie war, drehte ich mich um, um ihn von seiner neuen Aufgabe in Kenntnis zu setzen, und erstarrte, als ich sah, wer es war.

Er sah schlimmer aus als beim letzten Mal, als ich ihn gesehen hatte, und das wollte einiges heißen. Er trug keinen Hut; Haare und Bart waren ein glänzender Wirrwarr, und seine Kleider hingen ihm in Fetzen am Leib. Er war barfuß, hatte den einen Fuß in ein Bündel schmutziger Lumpen gewickelt und hinkte stark.

Er sah mich sofort und blieb stehen, während ich zu ihm ging.

»Ich bin froh, daß du es bist«, sagte er. »Ich hatte mich schon gefragt, wem ich wohl zuerst begegnen würde.« Seine Stimme klang leise und eingerostet, und ich fragte mich, ob er mit einer einzigen Menschenseele gesprochen hatte, seit wir uns im Gebirge von ihm getrennt hatten.

»Dein Fuß, Roger –«

»Spielt keine Rolle.« Er packte mich am Arm. »Geht es ihnen gut? Dem Baby? Und Brianna?«

»Alles in Ordnung. Sie sind alle im Haus.« Sein Kopf wandte sich zum Blockhaus, und ich fügte hinzu: »Du hast einen Sohn.«

Er fuhr scharf zu mir herum, die grünen Augen vor Überraschung aufgerissen.

»Es ist von mir? *Ich* habe einen Sohn?«

»Ich nehme es an«, sagte ich. »Du bist doch hier, oder?« Sein Ausdruck der Überraschung – und Hoffnung, erkannte ich – verblaßte langsam. Er sah mir in die Augen und schien zu spüren, was ich empfand, denn er lächelte – nicht ohne Schwierigkeiten, nur das krampfhafte Anheben seines Mundwinkels –, doch er lächelte.

»Ich bin hier«, sagte er und wandte sich dem Blockhaus und der offenen Tür zu.

Jamie saß mit aufgerollten Hemdsärmeln am Tisch, Schulter an Schulter mit Brianna, und blickte stirnrunzelnd auf eine Reihe von Zeichnungen des Hauses, auf die sie mit dem Federkiel zeigte. Sie waren beide ausgiebig mit Tinte bedeckt, da sie zu großer Begeisterung neigten, wenn sie über Architektur diskutierten. Das Baby schnarchte friedlich in seiner Wiege vor sich hin; Brianna schaukelte sie geistesabwesend mit dem Fuß. Lizzie spann am Fenster und summte leise vor sich hin, während sich das große Rad drehte.

»Sehr idyllisch«, murmelte Roger und blieb im Eingang stehen. »Kommt mir wie eine Schande vor, sie zu stören.«

»Hast du eine andere Wahl?« sagte ich.

»Aye, das habe ich«, erwiderte er. »Aber ich habe sie bereits getroffen.« Er ging zielsicher auf die offene Tür zu und trat ein.

Jamie reagierte auf der Stelle auf diese unerwartete Verdunkelung seiner Eingangstür; er schob Brianna von der Bank und griff nach den Pistolen an der Wand. Eine davon hatte er schon auf Rogers Brust gerichtet, als er endlich erkannte, wem er sich gegenübersah, und sie mit einem leisen Ausruf des Ekels sinken ließ.

»Oh, Ihr seid's«, sagte er.

Das Baby, das vom Krachen der umstürzenden Bank brutal geweckt worden war, kreischte wie ein Feuerwehrauto. Brianna hob es aus der Wiege und hielt es vor ihre Brust, während sie die Erscheinung an der Tür mit wilden Blicken ansah.

Ich hatte vergessen, daß es ihr im Gegensatz zu mir nicht vergönnt gewesen war, ihn noch vor kurzem zu sehen; er mußte völlig anders aussehen als der junge Geschichtsprofessor, der sie vor fast einem Jahr in Wilmington zurückgelassen hatte.

Roger trat einen Schritt auf sie zu, sie wich einen Schritt zurück. Er blieb ganz still stehen und sah das Kind an. Sie setzte sich auf den Stuhl, den sie zum Stillen benutzte, nestelte an ihrem Mieder herum und beugte sich schützend über das Baby. Sie zog sich ein Dreieckstuch um die Schulter und gab ihm in seinem Schutz die Brust. Er hörte sofort auf zu quäken.

Ich sah, wie Rogers Blick von dem Baby zu Jamie wechselte. Jamie stand neben Brianna, auf jene völlig stille Art, die mir solche Angst einjagte – aufrecht und lautlos wie eine Dynamitstange, von deren Lunte ein brennendes Streichholz nur um Haaresbreite entfernt war.

Briannas Kopf bewegte sich sacht und blickte von einem der Männer zum anderen, und da sah ich, was sie sah; wie sich Jamies gefährliche Ruhe in Roger widerspiegelte. Es kam unerwartet und erschreckend zugleich; bis jetzt hatte ich keinerlei Ähnlichkeiten zwischen den beiden gesehen – und doch hätten sie im Moment Tageslicht und Dunkelheit sein können, Bilder von Feuer und Nacht, der eine ein Spiegelbild des anderen.

MacKenzie, dachte ich plötzlich. Wikingerbestien, blutrünstig und stark. Und ich sah das dritte Echo jenes glühenden Erbes in Briannas Gesicht aufflammen, das einzig Lebendige in ihrem Gesicht.

Ich hätte etwas sagen, etwas tun sollen, um das entsetzliche Schweigen zu brechen. Doch mein Mund war trocken, und es gab sowieso nichts, was ich hätte sagen können.

Roger hielt Jamie die Hand hin, die Handfläche nach oben gedreht, und es lag nichts Flehendes in seiner Geste.

»Ich kann mir nicht vorstellen, daß es für Euch angenehmer ist als für mich«, sagte er mit seiner rostigen Stimme, »aber Ihr seid mein nächster Verwandter. Schneidet mich. Ich bin gekommen, um einen Eid auf unser gemeinsames Blut zu schwören.«

Ich könnte nicht sagen, ob Jamie zögerte oder nicht; die Zeit schien stehengeblieben, die Luft im Zimmer um uns kristallisiert zu sein. Dann sah ich zu, wie Jamies Dolch die Luft durchschnitt, wie sich seine geschliffene Schneide rasch über das dünne, sonnengebräunte Handgelenk zog und eine plötzliche, rote Blutspur aufquellen ließ.

Zu meiner Überraschung blickte Roger nicht auf Brianna und griff auch nicht nach ihrer Hand. Statt dessen wischte er mit dem Daumen über sein blutendes Handgelenk und trat neben sie, den Blick auf das Baby gerichtet. Sie wich instinktiv zurück, doch Jamies Hand senkte sich auf ihre Schulter.

Sie wurde sofort ruhig unter dem Gewicht der Hand, die ihr gleichzeitig Einhalt gebot und Schutz versprach, doch sie hielt das Kind fest und wiegte es an ihrer Brust. Roger kniete vor ihr nieder, streckte die Hand aus und schob das Schultertuch zur Seite. Er schmierte ein breites, rotes Kreuz auf die runde, flaumige Stirn des Babys.

»Du bist Blut von meinem Blut«, sagte er leise, »und Fleisch von meinem Fleisch. Ich beanspruche dich als meinen Sohn vor aller Welt, von heute an für alle Zeit.« Er blickte herausfordernd zu Jamie auf. Nach einem langen Augenblick nickte Jamie leicht zur Bestätigung, dann trat er zurück und ließ seine Hand von Briannas Schulter fallen.

Rogers Blick wanderte zu Brianna.

»Wie heißt er?«

»Er hat keinen Namen – noch nicht.« Ihr Blick ruhte fragend auf ihm. Es war nur zu deutlich, daß der Mann, der zu ihr zurückgekehrt war, nicht der Mann war, der sie zurückgelassen hatte.

Roger behielt sie ständig im Blick. Von seinem Handgelenk tropfte immer noch Blut. Leicht erschrocken realisierte ich, daß sie ihm genauso verändert vorkommen mußte wie er ihr.

»Er ist mein Sohn«, sagte Roger leise und nickte dem Baby zu. »Bist du meine Frau?«

Briannas Lippen waren bleich geworden.

»Ich weiß es nicht.«

»Dieser Mann sagt, ihr seid per Handschlag verheiratet.« Jamie trat einen Schritt auf sie zu und beobachtete Roger dabei. »Ist das wahr?«

»Wir – wir waren es.«

»Wir sind es immer noch«, sagte er, und ich merkte plötzlich, daß er im Begriff war umzufallen, vor Hunger, Erschöpfung oder durch den Schock der Schnittwunde. Ich nahm seinen Arm, ließ ihn niedersitzen, schickte Lizzie in die Milchkammer, um Milch zu holen und ergriff meinen kleinen Verbandskasten, um ihm das Handgelenk zu verbinden.

Dieser kurze Rückfall in normale Geschäftigkeit schien die Spannung ein wenig zu lösen. Um in dieser Richtung weiter nachzuhelfen, öffnete ich eine Flasche Brandy aus River Run, goß Jamie einen Becher ein und fügte Rogers Milch einen guten Schuß hinzu. Jamie warf mir einen sarkastischen Blick zu, lehnte sich aber auf der wieder aufgestellten Bank zurück und trank schlückchenweise.

»Na schön«, sagte er, um die Versammlung zur Ordnung zu rufen. »Wenn ihr euch per Handschlag die Ehe versprochen habt, Brianna, dann seid ihr verheiratet und dieser Mann ist dein Ehemann.«

Brianna errötete, doch sie sah Roger an, nicht Jamie.

»Du hast gesagt, *Handfasting* gilt ein Jahr und einen Tag.«

»Und du hast gesagt, du willst nichts Kurzfristiges.«

Sie zuckte bei diesen Worten zusammen, preßte dann aber die Lippen fest zusammen.

»Das wollte ich auch nicht. Aber ich habe nicht gewußt, was passieren würde.« Sie sah mich und Jamie an, dann wieder Roger. »Sie haben dir gesagt – daß das Baby nicht von dir ist?«

Roger zog die Augenbrauen hoch.

»Oh, aber er gehört zu mir. Mm?« Er hob zur Illustration sein Handgelenk. Briannas Gesicht hatte sein durchfrorenes Aussehen verloren; sie errötete zusehends.

»Du weißt genau, was ich meine.«

Er sah ihr direkt in die Augen.

»Ich weiß, was du meinst«, sagte er leise. »Es tut mir leid.«

»Es war nicht deine Schuld.«

Roger blickte Jamie an.

»Aye, das war es«, sagte er ruhig. »Ich hätte bei dir bleiben sollen; dich in Sicherheit bringen sollen.«

Brianna zog die Augenbrauen zusammen.

»Ich habe dir gesagt, du solltest gehen, und ich habe es ernst gemeint.« Sie zuckte ungeduldig mit den Schultern. »Aber das spielt jetzt keine Rolle.« Sie umfaßte das Baby fester und setzte sich gerade hin.

»Ich will nur eins wissen«, sagte sie, und ihre Stimme zitterte ein ganz kleines bißchen. »Ich will wissen, warum du zurückgekommen bist.«

Er stellte bedächtig seinen leeren Becher hin.

»Wolltest du nicht, daß ich zurückkomme?«

»Kümmere dich nicht darum, was ich wollte. Jetzt will ich es wissen. Bist du zurückgekommen, weil du es wolltest – oder weil du geglaubt hast, du solltest es?«

Er blickte sie einen endlosen Augenblick an und sah dann auf seine Hände hinab, die immer noch seinen Becher umklammerten.

»Vielleicht beides. Vielleicht keins von beidem. Ich weiß es nicht«, sagte er sehr leise. »Das ist die Wahrheit, bei Gott; ich weiß es nicht.«

»Bist du bei dem Steinkreis gewesen?« fragte sie. Er nickte, ohne sie anzusehen. Er grub in seiner Tasche herum und legte den großen Opal auf den Tisch.

»Ich bin dagewesen. Deshalb komme ich so spät; ich habe lange gebraucht, um ihn zu finden.«

Sie schwieg einen Moment, dann nickte sie.

»Du bist nicht zurückgegangen. Aber du kannst es. Vielleicht solltest du es tun.« Sie sah ihn direkt an, ihr Ausdruck das Abbild von Jamies Gesicht.

»Ich will nicht mit dir zusammenleben, wenn du aus Pflichtgefühl zurückgekommen bist«, sagte sie. Dann sah sie mich an, und ihr Blick war sanft vor Schmerz. »Ich kenne eine Ehe, die nur aus Pflichtgefühl Bestand hatte – und ich kenne eine, die aus Liebe gemacht ist. Wenn ich nicht –« Sie hielt inne und schluckte, dann sprach sie weiter und sah Roger an. »Wenn ich nicht wüßte, wie beides aussieht, dann hätte ich mit dem Pflichtgefühl leben können. Aber ich *kenne* beides – und ich will es nicht.«

Ich fühlte mich, als hätte mir jemand vor das Brustbein geboxt. Sie meinte *meine* Ehen. Ich sah mich nach Jamie um und stellte fest, daß er mich mit demselben Ausdruck ansah, von dem ich wußte, daß auch mein Gesicht ihn trug. Er hustete, um das Schweigen zu brechen, räusperte sich und wandte sich an Roger.

»Wann war das *Handfasting*?«

»Am zweiten September«, antwortete Roger prompt.

»Und jetzt haben wir Mitte Juni.« Jamie blickte stirnrunzelnd von Roger zu Brianna.

»Tja, *mo nighean*, wenn du diesem Mann per Handschlag versprochen bist, dann bist du an ihn gebunden, da gibt es keine Frage.« Er wandte sich um und warf Roger einen dunkelblauen Blick zu. »Also werdet Ihr hier wohnen, als ihr Ehemann. Und am dritten September wird sie entscheiden, ob sie Euch vor einem Priester getreu der Bibel heiraten will – oder ob Ihr geht und sie in Frieden laßt. So lange

1148

habt Ihr Zeit zu entscheiden, warum Ihr hier seid – und sie davon zu überzeugen.«

Roger und Brianna hatten beide zum Sprechen angesetzt, um zu protestieren, doch er bremste sie, indem er den Dolch ergriff, den er auf dem Tisch liegengelassen hatte. Er senkte die Klinge sacht, bis sie den Stoff über Rogers Brust berührte.

»Ihr werdet hier als ihr Ehemann leben. Aber wenn Ihr sie gegen ihren Willen anrührt, dann schneide ich Euch das Herz heraus und verfüttere es an die Schweine. Versteht Ihr mich?«

Roger starrte einen Augenblick auf die glänzende Klinge hinab, ohne daß ein Ausdruck unter seinem dichten Bart sichtbar gewesen wäre, dann hob er den Kopf, um Jamies Blick zu erwidern.

»Ihr glaubt, ich würde eine Frau behelligen, die mich nicht will?«

Eine ziemlich dumme Frage, hatte Jamie ihn doch exakt in dieser irrigen Annahme zu Brei geschlagen. Roger bedeckte Jamies Hand mit der seinen und stieß den Dolch mit der Spitze in den Tisch. Er schob abrupt seinen Stuhl nach hinten, machte auf dem Absatz kehrt und ging hinaus.

Jamie stand ebenso schnell auf, ging ihm hinterher und steckte im Gehen den Dolch in die Scheide.

Brianna sah mich hilflos an.

»Was meinst du, was er –»

Sie wurde durch ein lautes Krachen und ein ebenso lautes Grunzen unterbrochen, als ein schwerer Körper die Außenwand traf.

»Wenn Ihr sie schlecht behandelt, reiße ich Euch die Eier ab und stopfe sie Euch in den Hals«, sagte Jamies Stimme leise auf Gälisch.

Ich sah Brianna an, und sah, daß sie genügend Gälisch beherrschte, um den Sinn dieser Worte zu verstehen. Ihr Mund öffnete sich, doch sie bekam kein Wort heraus.

Draußen erklangen die Geräusche eines raschen Handgemenges, das mit einem noch lauteren Krachen endete, als schlüge ein Kopf gegen die Balken.

Roger besaß nicht Jamies Ausstrahlung stiller Bedrohlichkeit, doch in seiner Stimme hallte Aufrichtigkeit wider. »Faß mich noch einmal an, du verdammtes Schwein, und ich stopfe dir den Kopf in den Hintern zurück, da, wo er hergekommen ist!«

Einen Moment lang herrschte Schweigen, dann erklang das Geräusch sich entfernender Schritte. Einen Augenblick später machte Jamie tief in seiner Kehle ein schottisches Geräusch und entfernte sich ebenfalls.

Briannas Augen waren weit geöffnet, als sie mich ansah.

»Testosteronvergiftung«, sagte ich achselzuckend.

»Gibt es ein Gegenmittel?« fragte sie. Ihr Mundwinkel zuckte, obwohl ich nicht sagen konnte, ob vor Lachen oder drohender Hysterie.

Ich schob eine Hand durch mein Haar und überlegte.

»Tja«, sagte ich schließlich, »es gibt nur zwei Dinge, die sie in so einer Lage tun, und das eine ist, daß sie versuchen werden, sich gegenseitig umzubringen.«

Brianna rieb sich die Nase.

»A-ha«, sagte sie. »Und das andere...« Unsere Blicke trafen sich in perfektem Einvernehmen.

»Ich kümmere mich um deinen Vater«, sagte ich. »Aber Roger ist deine Sache.«

Das Leben auf dem Berg verlief ein wenig angespannt, da sich Brianna und Roger wie eine in die Falle gegangene Häsin und ein in die Enge getriebener Dachs verhielten. Jamie hielt Roger beim Essen mit brütenden Blicken voll gälischer Mißachtung fixiert, während Lizzie sich selbst darin übertraf, sich bei allen Anwesenden zu entschuldigen, und das Baby sich entschloß, daß die Zeit reif war für nächtliche Koliken mit Brüllattacken.

Es waren wahrscheinlich diese Koliken, die Jamie zu hektischen Aktivitäten an dem neuen Haus antrieben. Fergus und einige der Pächter waren so zuvorkommend gewesen, eine kleine Ernte für uns anzubauen, so daß wir zumindest zu essen haben würden, wenn wir auch in diesem Jahr keinen Mais verkaufen konnten. Befreit von der Notwendigkeit, sich um eine große Anbaufläche zu kümmern, verbrachte Jamie statt dessen jeden freien Augenblick hämmernd und sägend auf dem Bergkamm.

Roger assistierte nach Kräften bei den anderen Arbeiten auf dem Hof, obwohl sein Fuß ihn behinderte. Er hatte schon mehrfach meine Versuche abgewiesen, ihn zu behandeln, doch jetzt weigerte ich mich, mich noch länger vertrösten zu lassen. Ein paar Tage nach seiner Ankunft war ich mit meinen Vorbereitungen fertig und informierte ihn bestimmt, daß ich die Absicht hatte, mich am nächsten Morgen als erstes mit ihm zu befassen.

Als es soweit war, bat ich ihn, sich hinzulegen, und wickelte den Fuß aus den Lumpen aus. Der süßlich-gammelige Geruch einer fortgeschrittenen Infektion kitzelte mich in der Nase, doch ich dankte Gott dafür, daß ich weder die roten Streifen einer Blutvergiftung noch die schwarze Verfärbung drohenden Wundbrandes sah. Es war auch so schlimm genug.

»Du hast ein paar chronische Abszesse tief im Gewebe«, sagte ich und drückte prüfend mit dem Daumen zu. Ich konnte spüren, wie die matschigen Eitereinschlüsse nachgaben, und als ich fester zudrückte, brachen die halb verheilten Wunden auf, und ein widerlicher, gelbgrauer Schleim sickerte aus einem entzündeten Riß am Rande der Fußsohle.

Roger erbleichte unter seiner Sonnenbräune, und seine Hände umklammerten den hölzernen Bettrahmen, doch er gab keinen Ton von sich.

»Du hast Glück«, sagte ich, während ich seinen Fuß weiter hin- und herbewegte, und die kleinen Gelenke des vorderen Mittelfußes beugte. »Du hast die Abszesse beim Herumlaufen immer wieder aufgebrochen und sie teilweise drainiert. Sie bilden sich natürlich immer wieder neu, aber die Bewegung hat verhindert, daß die Infektion in die Tiefe wandert, und sie hat deinen Fuß flexibel gehalten.«

»Oh, gut«, sagte er schwach.

»Brianna, du mußt mir helfen«, sagte ich und drehte mich beiläufig zum anderen Ende des Zimmers um, wo die beiden Mädchen saßen und sich mit Baby und Spinnrad abwechselten.

»Ich könnte es tun; laßt es mich machen.« Begierig zu helfen sprang Lizzie auf. Sie hatte Gewissensbisse wegen der Rolle, die sie bei Rogers Leidensweg gespielt hatte, und sie hatte auf jede erdenkliche Weise versucht, Abbitte zu leisten, indem sie ihm ständig etwas zu essen brachte, ihm anbot, seine Kleider zu flicken und ihn ganz allgemein mit ihren Äußerungen der Reue zum Wahnsinn trieb.

Ich lächelte sie an.

»Ja, du kannst uns helfen. Nimm das Baby, so daß Brianna hier herkommen kann. Warum gehst du nicht mit ihm nach draußen, damit er etwas frische Luft bekommt?«

Mit einem skeptischen Blick tat Lizzie, was ich gesagt hatte, nahm Klein Gizmo in die Arme und murmelte ihm beim Hinausgehen Liebkosungen zu. Brianna stellte sich neben mich, wobei sie Rogers Blick sorgfältig auswich...

»Ich werde das hier offenlegen und es drainieren, so gut ich kann«, sagte ich und zeigte auf den langen, schwarzverkrusteten Spalt. »Dann müssen wir ein *Débridement* durchführen, es desinfizieren und das Beste hoffen.«

»Und was genau bedeutet *Débridement*?« fragte Roger. Ich ließ seinen Fuß los, und sein Körper entspannte sich ein wenig.

»Die Reinigung einer Wunde durch die chirurgische oder nichtchirurgische Entfernung toten Gewebes oder Knochenmaterials«, sagte ich. Ich berührte seinen Fuß. »Glücklicherweise glaube ich nicht, daß der Knochen befallen ist, obwohl das Bindegewebe im Mittelfuß vielleicht beschädigt ist. Mach dir keine Sorgen«, sagte ich und klopfte ihm auf das Bein. »Das *Débridement* wird nicht wehtun.«

»Nicht?«

»Nein. Es sind die Drainage und die Desinfektion, die wehtun werden.« Ich blickte zu Brianna hoch. »Halt seine Hände fest, bitte.«

Sie zögerte nur eine Sekunde, dann ging sie zum Kopfende der Couch und hielt ihm ihre Hände hin. Er ergriff sie und sah sie an. Es war das erste Mal, daß sie sich seit fast einem Jahr berührt hatten.

»Festhalten«, sagte ich. »Jetzt kommt der gemeine Teil.«

Ich sah nicht auf, sondern arbeitete rasch, öffnete die halb verheilten Wunden ordentlich mit einem Skalpell und quetschte so viel Eiter und tote Masse heraus, wie ich konnte. Ich spürte, wie seine Beinmuskeln vor Anspannung zitterten und sein Körper sich leicht aufbäumte, vom Schmerz angehoben und gekrümmt, doch er sagte kein Wort.

»Willst du etwas zum Draufbeißen, Roger?« fragte ich, während ich meine Flasche mit der Wasser-Alkohol-Lösung zur Irrigation hervorholte. »Das wird jetzt etwas stechen.«

Er antwortete nicht. Brianna tat es.

»Er kommt schon klar«, sagte sie ruhig. »Mach weiter.«

Er machte ein ersticktes Geräusch, als ich begann, die Wunden auszuwaschen, und wälzte sich mit krampfendem Bein halb auf die Seite. Ich hielt seinen Fuß weiter fest und beendete so schnell wie möglich meine Arbeit. Als ich losließ und die Flasche wieder verkorkte, warf ich einen Blick auf das Kopfende der Liege. Sie saß auf dem Bett, die Arme fest um seine Schultern geschlossen. Sein Gesicht war in ihrem Schoß vergraben, seine Arme um ihre Taille gelegt. Ihr Gesicht war weiß, doch sie lächelte mich etwas mitgenommen an.

»Ist es vorbei?«

»Der schlimme Teil, ja. Nur noch ein bißchen«, versicherte ich ihnen. Ich hatte meine Vorbereitungen zwei Tage zuvor getroffen, zu dieser Jahreszeit war das nicht schwierig. Ich ging hinaus zum Räucherschuppen. Der Hirschkadaver hing im Halbdunkel und badete in schützenden Wolken aus duftendem Hickoryrauch. Doch ich hatte es auf weniger gründlich konserviertes Fleisch abgesehen.

»Igitt!« Brianna zog die Nase kraus, als ich hereinkam. »Was ist das denn? Es riecht wie verfaultes Fleisch.«

»Das ist es auch.« Teile der Überreste eines in einer Schlinge erlegten Kaninchens, um genau zu sein, am Gartenrand aufgesammelt und ausgelegt, um Besucher anzulocken.

Sie hielt immer noch seine Hände fest. Ich lächelte vor mich hin und nahm wieder meinen Platz ein, hob den verwundeten Fuß auf und griff nach meiner Zange mit den langen Enden.

»Mama! Was *machst* du da?«

»Es tut nicht weh«, sagte ich. Ich drückte sacht auf den Fuß und zog einen meiner chirurgischen Schnitte auseinander. Ich pickte eine der kleinen, weißen Maden aus den stinkenden Kaninchenresten und schob sie zielsicher in den klaffenden Spalt.

Rogers Augen waren geschlossen gewesen, seine Stirn mit einem Schweißfilm überzogen.

»Was?« sagte er, während er den Kopf hob, über seine Schulter linste und versuchte zu sehen, was ich tat. »Was machst du?«

»Ich stecke Maden in die Wunden«, sagte ich, auf meine Arbeit konzentriert. »Das habe ich von einer alten Indianerin gelernt, die ich einmal gekannt habe.«

Am Kopfende erklangen Doppellaute des Schocks und der Übelkeit, doch ich behielt seinen Fuß fest im Griff und fuhr fort.

»Es funktioniert«, sagte ich und runzelte leicht die Stirn, während ich den nächsten Einschnitt öffnete und drei der zappelnden, weißen Larven darin deponierte. »Viel besser als die üblichen Methoden des *Débridements*; dazu müßte ich deinen Fuß viel extensiver öffnen und von Hand so viel totes Gewebe herauskratzen, wie ich erreichen könnte – was nicht nur teuflisch wehtun, sondern dich sehr wahrscheinlich auch dauerhaft verkrüppeln würde. Aber unsere kleinen Freunde hier fressen abgestorbenes Gewebe; sie kommen an die kleinsten Lücken, die ich niemals erreichen könnte, und machen ihre Arbeit schön gründlich.«

»Unsere Freunde, die Maden«, brummte Brianna. »Also, Mama!«

»Und was genau wird sie davon abhalten, mein ganzes Bein zu fressen?« fragte Roger, dessen Bemühen um Gelassenheit durch und durch mißlang. »Sie... äh... sie breiten sich doch *aus*, oder?«

»Oh, nein«, versicherte ich ihm gutgelaunt. »Maden sind Larven; sie vermehren sich nicht. Sie fressen auch kein lebendes Gewebe – nur das eklige, abgestorbene Zeug. Wenn es genug davon gibt, um sie bis zum Verpuppungsstadium zu ernähren, dann entwickeln sie sich zu winzigen Fliegen und fliegen weg – wenn nicht, wenn ihre Nahrung erschöpft ist, dann kriechen sie einfach heraus und suchen sich etwas Neues.«

Ihre beiden Gesichter waren jetzt hellgrün. Da ich mit der Arbeit fertig war, umwickelte ich den Fuß mit losen Gazebandagen und klopfte Roger auf das Bein.

»Na bitte«, sagte ich. »Keine Sorge, ich sehe das nicht zum ersten Mal. Ein Krieger hat mir erzählt, daß es ein bißchen kitzelt, wenn sie an dir knabbern, daß es aber überhaupt nicht wehtut.«

Ich hob die Untertasse auf und trug sie hinaus, um sie zu spülen. Als ich aus dem Eingang bog, traf ich Jamie, der von unserem neuen Haus herunterkam und Ruaidh auf dem Arm hatte.

»Da ist Oma«, informierte er das Baby, nahm seinen Daumen aus Ruaidhs Mund und wischte sich den Speichel an der Seite seines Kilts ab. »Ist sie nicht großartig?«

»Gleh«, sagte Ruaidh, während er leicht schielend auf den Hemdknopf seines Großvaters blickte und nachdenklich darauf herumzukauen begann.

»Paß auf, daß er den nicht verschluckt«, sagte ich, stellte mich auf die Zehenspitzen und küßte zuerst Jamie, dann das Baby. »Wo ist Lizzie?«

»Sie hat auf einem Baumstumpf gesessen und geschluchzt, als ich sie gefunden habe«, sagte er. »Also habe ich ihr den Jungen abgenommen und sie fortgeschickt, damit sie ein bißchen allein sein kann.«

»Sie hat geweint? Was war denn los?«

Ein kleiner Schatten wanderte über Jamies Gesicht.

»Ich nehme an, sie trauert um Ian, oder?« Er vergaß ihre und seine Trauer, ergriff meinen Arm und wandte sich wieder dem Pfad zu, der bergauf führte.

»Komm mit mir nach oben, Sassenach, und sieh dir an, was ich heute geschafft habe. Ich habe den Fußboden für dein Sprechzimmer gelegt; jetzt braucht es nur noch ein provisorisches Dach, und man kann darin schlafen.« Er sah sich nach dem Blockhaus um. »Ich habe mir gedacht, daß wir MacKenzie da unterbringen könnten – fürs erste.«

»Gute Idee.« Selbst mit dem zusätzlichen, kleinen Zimmer, das er für Brianna und Lizzie an das Blockhaus angebaut hatte, wohnten wir dort mehr als beengt. Und wenn Roger mehrere Tage ans Bett gefesselt war, dann war es mir ganz recht, wenn er nicht mitten im Haus lag.

»Wie geht es ihnen?« fragte er mit gestellter Beiläufigkeit.

»Wem? Meinst du Brianna und Roger?«

»Wen denn sonst?« fragte er, diesmal ohne Beiläufigkeit. »Vertragen sie sich?«

»Oh, ich glaube schon. Sie gewöhnen sich gerade wieder aneinander.«

»Ach ja?«

»Ja«, sagte ich und blickte hinter mich auf das Blockhaus. »Er hat sich soeben in ihren Schoß übergeben.«

67

Zwei Seiten einer Medaille

Roger wälzte sich auf die Seite und setzte sich hin. Es war noch kein Glas in den Fenstern – das war auch nicht nötig, solange das Sommerwetter schön blieb –, und das Sprechzimmer befand sich an der Vorderseite des neuen Hauses, dem Abhang zugewandt. Wenn er den Hals zur Seite reckte, konnte er Brianna den Großteil des Weges zum Blockhaus hinunter nachsehen, bevor sie zwischen den Kastanienbäumen verschwand.

Ein letztes Aufflackern des rostbraunen Stoffes, dann war sie fort. Sie war heute abend ohne das Baby gekommen; er wußte nicht, ob das ein Fortschritt war oder das Gegenteil. Sie hatten sich unterhalten können, ohne ständig durch nasse Windeln, Quäken, Meckern, Stillen und Spucken unterbrochen zu werden; das war ein seltener Luxus.

Doch sie war nicht so lange wie sonst geblieben – er konnte spüren, wie das Kind sie von ihm fortzog, als wäre sie durch ein Gummiband mit ihm verbunden. Er nahm es dem Giftzwerg nicht übel, redete er sich fest ein. Es war nur, daß... na ja, nur daß er es dem Giftzwerg übelnahm. Das hieß aber nicht, daß er ihn nicht *mochte*.

Er hatte noch nichts gegessen; hatte keine Sekunde ihrer kostbaren Zweisamkeit damit verschwenden wollen. Er deckte den Korb ab, den sie mitgebracht hatte, und atmete den warmen, würzigen Geruch von Eichhörncheneintopf und frischem Brot mit Butter ein. Und Apfelkuchen.

Sein Fuß pochte immer noch, und es kostete ihn beträchtliche Mühe, nicht an die hilfsbereiten Maden zu denken, doch sein Appetit war trotzdem mit Macht zurückgekehrt. Er aß langsam und genoß das Essen und die stille Abenddämmerung, die unten über den Berghang kroch.

Fraser hatte gewußt, was er tat, als er den Standort für dieses Haus wählte. Es überblickte den kompletten Bergrücken, und die Aussicht erstreckte sich weithin bis zum Fluß und darüber hinaus, zu den nebelgefüllten Tälern und den dunklen Gipfeln, die den sternenbesäten Himmel berührten. Es war eines der einsamsten, großartigsten, herzerweichend romantischsten Fleckchen Erde, die er je gesehen hatte.

Und Brianna war dort unten und stillte einen kleinen, kahlköpfigen Parasiten, während er hier oben war – allein mit ein paar Dutzend Freunden.

Er stellte den leeren Korb auf den Boden, hüpfte zu dem Nachtgeschirr in der Ecke, dann zurück zu seinem einsamen Bett auf der neuen Sprechzimmerliege. Warum zum Teufel hatte er ihr nur gesagt, er wüßte es nicht, als sie ihn gefragt hatte, warum er zurückgekommen war?

Na ja, weil er es in diesem Augenblick auch nicht gewußt *hatte*. Er war monatelang in der verdammten Wildnis herumgewandert, halbverhungert und fast wahnsinnig vor Einsamkeit und Schmerzen. Er hatte sie seit fast einem Jahr nicht mehr gesehen – ein Jahr, in dem er durch die Hölle und zurück gegangen war. Er hatte drei Tage lang ohne Feuer und Wasser auf dem Felsvorsprung über dem verdammten Steinkreis gesessen, über alles nachgedacht und versucht, einen Entschluß zu fassen. Und am Ende war er einfach aufgestanden und losgegangen, weil er wußte, daß dies die einzig mögliche Entscheidung war.

Pflichtgefühl? Liebe? Wie zum Teufel sollte man jemanden lieben, ohne ihm gegenüber auch verpflichtet zu sein?

Er wälzte sich unruhig auf die andere Seite und drehte der glorreichen Nacht voller Düfte und sonnengewärmter Winde den Rücken zu. Das Problem dabei, daß er seine Gesundheit wiederfand, war, daß einige seiner Körperteile inzwischen so gesund waren, daß es nicht mehr schön war – vor allem weil ihre Chance, eine Gelegenheit zu angemessener Betätigung zu bekommen, unter null lag.

Er konnte es Brianna gegenüber nicht einmal andeuten. Erstens könnte sie glauben, daß er nur *deswegen* zurückgekehrt war, und zweitens hatte der Große Schotte in bezug auf das Schwein keine Scherze gemacht.

Inzwischen wußte er es. Er war zurückgekommen, weil er nicht auf der anderen Seite leben konnte. Ob es Schuldgefühle darüber waren, die beiden im Stich zu lassen – oder die schlichte Gewißheit, daß er ohne sie sterben würde... eins von beidem oder beides, es war egal. Er wußte, worauf er verzichtete, und nichts davon spielte die geringste Rolle; er mußte hier sein, das war alles.

Er warf sich auf den Rücken und starrte zu den schwach sichtbaren, blassen Kiefernbrettern hinauf, die seinen Unterschlupf überdachten.

Rumpel- und Rutschgeräusche verkündeten den allnächtlichen Besuch der Eichhörnchen aus dem Hickorybaum neben dem Haus, für die die Zimmerdecke eine willkommene Abkürzung bedeutete.

Wie konnte er ihr das so sagen, daß sie es auch glaubte? Himmel, sie war so scheu, daß sie sich kaum von ihm hatte berühren lassen. Hier mit den Lippen gestreift, dort mit den Händen berührt, und schon machte sie sich davon. Außer an dem Tag, an dem sie ihn festgehalten hatte, während Claire seinen Fuß gefoltert hatte. Da war sie ganz für ihn dagewesen, hatte ihn mit aller Kraft gehalten. Er konnte ihre Arme immer noch um sich spüren, und die Erinnerung versetzte ihm einen leisen Stoß der Genugtuung in der Magengrube.

Wenn er darüber nachdachte, wunderte er sich ein bißchen. Gut, die Verarztung hatte teuflisch wehgetan, doch das war nichts gewesen, was er nicht zähneknirschend hätte aushalten können, und nach all ihren Erfahrungen auf dem Schlachtfeld hatte Claire das sicherlich gewußt.

Sie hatte es absichtlich getan, oder? Brianna die Gelegenheit gegeben, ihn zu berühren, ohne sich bedrängt oder verfolgt vorzukommen? Ihm die Gelegenheit gegeben, seine Erinnerung daran aufzufrischen, wie stark die Anziehung zwischen ihnen wirklich war? Er wälzte sich wieder herum, diesmal auf den Bauch, dann lag er mit dem Kinn auf seinen verschränkten Armen da und blickte in die sanfte Dunkelheit hinaus.

Sie konnte gern den anderen Fuß haben, wenn sie es nur noch einmal tat.

Claire sah ein- oder zweimal täglich nach ihm, doch er wartete bis zum Ende der Woche, als sie kam, um den Verband zu entfernen, da die Maden jetzt vermutlich mit der Drecksarbeit fertig waren und – so hoffte er inständig – das Weite gesucht hatten.

»Oh, schön«, sagte sie und tastete mit dem schaudererregenden Entzücken des Chirurgen an seinem Fuß herum. »Granuliert wunderbar; fast keine Entzündung mehr.«

»Toll«, sagte er. »Sind sie weg?«

»Die Maden? Oh, ja«, versicherte sie ihm. »Sie verpuppen sich innerhalb weniger Tage. Haben ihre Sache gutgemacht, nicht wahr?« Sie fuhr vorsichtig mit dem Daumennagel an der Seite seines Fußes entlang, an der es ihn schon kitzelte.

»Das kann ich dir nur glauben. Dann darf ich jetzt also damit auftreten?« Er beugte den Fuß versuchsweise. Es schmerzte ein wenig, war aber kein Vergleich zu vorher.

»Ja. Zieh aber noch ein paar Tage keine Schuhe an. Und tritt um Gottes willen nicht auf irgend etwas Spitzes.«

Sie begann, ihre Sachen einzupacken, und summte dabei vor sich hin. Sie sah glücklich, aber müde aus; sie hatte Ringe unter den Augen.

»Brüllt das Kind nachts noch?« fragte er.

»Ja, armes Würmchen. Kannst du ihn hier oben hören?«

»Nein. Aber du siehst müde aus.«

»Das überrascht mich nicht. Seit einer Woche hat keiner von uns eine einzige Nacht durchgeschlafen, besonders die arme Brianna, weil sie ihn als einzige füttern kann.« Sie gähnte kurz und schüttelte blinzelnd den Kopf. »Jamie hat den Fußboden im hinteren Schlafzimmer hier fast fertig; er will nach hier oben ziehen, sobald er fertig ist – dann haben Brianna und das Baby mehr Platz, und nicht ganz zufällig haben wir dann selbst ein bißchen Ruhe und Frieden.«

»Gute Idee. Äh – wo wir von Brianna sprechen...«

»Mm?«

Sinnlos, es hinauszuzögern; besser gerade heraus damit.

»Hör mal – ich versuche mein Bestes. Ich liebe sie, und ich will es ihr zeigen, aber – sie weicht mir aus. Sie kommt, und wir unterhalten uns, und alles ist in Butter, aber dann will ich den Arm um sie legen oder sie küssen, und plötzlich ist sie am anderen Ende des Zimmers und hebt Blätter vom Boden auf. Stimmt irgend etwas nicht, kann ich irgend etwas tun?«

Sie warf ihm einen ihrer enervierenden, gelben Blicke zu; geradeaus und schonungslos wie ein Falke.

»Du warst ihr erster, nicht wahr? Der erste Mann, mit dem sie geschlafen hat, meine ich.«

Er spürte, wie ihm das Blut in die Wangen stieg.

»Ich – äh – ja.«

»Also dann. Bis jetzt besteht ihre Erfahrung mit den sogenannten körperlichen Freuden darin, defloriert zu werden – und ganz gleich, wie sanft du dabei warst, es tut normalerweise weh –, zwei Tage später vergewaltigt zu werden und dann ein Kind zu bekommen. Meinst du, daß sie sich demzufolge wie von Sinnen in deine Arme fallen läßt und es nicht abwarten kann, daß du deine ehelichen Rechte einforderst?«

Du hast es darauf angelegt, dachte er, *und sie hat es dir gegeben. Volltreffer.* Seine Wangen brannten heißer als jemals im Fieber.

»Darauf bin ich nicht gekommen«, murmelte er vor die Wand.

»Nun, natürlich nicht«, sagte sie und klang hin- und hergerissen zwischen Ungeduld und Belustigung. »Du bist ein verflixter *Mann*. Deshalb sage ich es dir ja.«

Er holte tief Luft und drehte sich widerstrebend wieder zu ihr um.

»Und was *genau* willst du mir damit sagen?«

»Daß sie Angst hat«, sagte sie. Sie legte den Kopf auf die Seite und sah ihn abschätzend an. »Wobei du übrigens nicht derjenige bist, vor dem sie Angst hat.«

»Nicht?«

»Nein«, sagte sie unverblümt. »Sie mag sich eingeredet haben, daß sie wissen muß, warum du zurückgekommen bist, aber das ist es nicht – ein Regiment von Blinden könnte das sehen. Es ist, weil sie Angst hat, daß sie nicht in der Lage ist – mmpfm.« Sie sah ihn mit hochgezogener Augenbraue an und vermittelte ihm auf diese Weise eine ganze Fülle von Vieldeutigkeiten.

»Ich verstehe«, sagte er und holte tief Luft. »Und was genau soll ich deiner Meinung nach dagegen tun?«

Sie hob ihren Korb auf und hängte ihn sich über den Arm.

»Ich weiß es nicht«, sagte sie mit einem weiteren gelben Blick. »Aber ich denke, du solltest vorsichtig sein.«

Kaum hatte er nach dieser verwirrenden Konsultation seinen Gleichmut wiedergefunden, da verdunkelte ein anderer Besucher seine Eingangstür. Jamie Fraser, mit Geschenken.

»Ich hab' Euch Rasierzeug gebracht«, sagte Fraser und blickte ihn kritisch an. »Und heißes Wasser.«

Claire hatte ihm vor ein paar Tagen mit ihrer Arztschere den Bart geschnitten, doch er hatte sich zu zittrig gefühlt, um eine Rasur mit einem jener Messer zu versuchen, die man mit gutem Grund »Halsabschneider« nannte.

»Danke.«

Fraser hatte ihm auch einen kleinen Spiegel und ein Töpfchen Rasierseife mitgebracht. Sehr aufmerksam. Er hätte sich gewünscht, daß Fraser ihn allein lassen würde, anstatt sich in den Türrahmen zu lehnen und die Vorgänge kritisch zu begutachten, doch unter den gegebenen Umständen konnte Roger ihn kaum bitten zu gehen.

Trotz des unerwünschten Zuschauers war es eine grandiose Erleichterung, den Bart loszuwerden. Er juckte bestialisch, und er hatte sein Gesicht seit Monaten nicht mehr gesehen.

»Geht die Arbeit gut voran?« Er versuchte es mit höflicher Konversation, während er zwischen den Rasierbewegungen die Klinge abspülte. »Ich habe Euch heute morgen dahinten hämmern hören.«

»Oh, aye.« Frasers Augen verfolgten jede seiner Bewegungen mit Interesse – abschätzend, dachte er. »Ich habe den Fußboden fertig und ein Stück von der Decke. Claire und ich werden heute nacht dort oben schlafen, denke ich.«

»Ah.« Roger reckte den Hals, um die Neigung seines Kinns zu verändern. »Claire hat gesagt, ich kann wieder laufen; sagt mir, welche Aufgaben ich übernehmen kann.«

Jamie nickte mit gekreuzten Armen.

»Könnt Ihr mit Werkzeug umgehen?«

»Hab' nicht viel Erfahrung mit Bauarbeiten«, gab Roger zu. Er ging davon aus, daß ein Vogelhaus in der Schule nicht zählte.

»Ich nehme nicht an, daß Ihr eine große Hilfe beim Pflügen seid, oder bei einer ferkelnden Sau?« In Frasers Augen lag definitiv ein belustigtes Glitzern.

Roger hob das Kinn und entfernte die letzten Stoppeln von seinem Hals. Er hatte in den letzten Tagen darüber nachgedacht. Kein großer Bedarf für die Talente eines Historikers oder Folksängers auf einem Bergbauernhof des achtzehnten Jahrhunderts.

»Nein«, sagte er gleichmütig und legte das Rasiermesser hin. »Und ich kann auch keine Kuh melken, keinen Schornstein bauen, keine Schindeln schneiden, kein Gespann fahren, keine Bären schießen, keine Hirsche ausweiden oder jemanden mit dem Schwert aufspießen.«

»Nicht?« Unverhüllte Belustigung.

Roger spritzte sich Wasser ins Gesicht und trocknete es ab, dann wandte er sich Fraser zu.

»Nein. Was ich Euch anbieten kann, ist ein kräftiges Kreuz. Reicht das?«

»Oh, aye. Könnte es kaum besser antreffen, oder?« Frasers Mundwinkel verzogen sich nach oben. »Aber Ihr könnt das eine Ende einer Schaufel vom anderen unterscheiden, oder?«

»Soviel weiß ich.«

»Dann kommt Ihr gerade recht.« Fraser schob sich aus dem Eingang. »Claires Garten muß umgegraben werden, die Gerste in der Destillerie muß gewendet werden, und im Stall wartet ein allmächtiger Dunghaufen. Danach zeige ich Euch, wie man eine Kuh melkt.«

»Danke.« Er wischte das Rasiermesser sauber, legte es wieder in den Beutel und reichte das Ganze zurück.

»Claire und ich gehen heute abend zu Fergus«, sagte Fraser beiläufig, während er es entgegennahm. »Und nehmen das Mädchen mit, damit sie Marsali ein bißchen helfen kann.«

»Ah? Na ja... schönen Abend.«

»Oh, ich denke, den werden wir haben.« Fraser blieb im Eingang stehen. »Brianna wollte lieber hierbleiben; der Kleine hat sich ein bißchen beruhigt, und sie will ihn nicht durch den langen Spaziergang nervös machen.«

Roger starrte den anderen Mann unverwandt an. In diesen blauen Schlitzaugen konnte man alles lesen – oder nichts.

»Oh, aye?« sagte er. »Wollt Ihr mir damit sagen, daß sie allein sind? Dann passe ich auf sie auf.«

Eine rote Augenbraue hob sich um zwei Zentimeter.

»Oh, da bin ich mir sicher.« Fraser streckte die Hand aus und öffnete sie über der leeren Schale. Es erklang ein leises, metallisches Scheppern, und ein roter Funke glühte auf dem Zinn auf. »Denkt daran, was ich Euch gesagt habe, MacKenzie – meine Tochter braucht keinen Feigling.«

Bevor er antworten konnte, senkte sich die Augenbraue wieder, und Fraser sah ihn gleichmütig an.

»Ihr habt mich einen Jungen gekostet, den ich liebhatte, und ich bin nicht geneigt, Euch dafür zu mögen.« Er blickte auf Rogers Fuß hinab, dann hoch. »Aber ich habe Euch vielleicht mehr als das gekostet. Ich würde sagen, wir sind quitt – oder auch nicht – wie Ihr wünscht.«

Roger nickte erstaunt, dann fand er seine Stimme wieder.

»Abgemacht.«

Fraser nickte und verschwand genauso schnell, wie er gekommen war. Roger blieb zurück und starrte auf die leere Tür.

Er bewegte die Klinke und drückte sacht gegen die Tür des Blockhauses. Sie war verriegelt. Soviel zu der Idee, Dornröschen mit einem Kuß zu wecken. Er erhob die Faust, um anzuklopfen, dann hielt er inne. Falsche Heldin. Dornröschen hatte keinen leicht erzürnbaren Zwerg bei sich im Bett gehabt, der nur darauf wartete, bei der geringsten Störung das ganze Haus zusammenzubrüllen.

Er ging um das kleine Blockhaus herum und überprüfte die Fenster, während ihm Namen wie Hatschi und Brummbär in den Sinn kamen. Wie würde man diesen hier nennen. Brülli? Stinki?

Das Haus war so dicht wie eine Trommel – seine Fenster waren mit Ölhäuten verhängt. Er konnte eine davon losboxen, doch das letzte, was er wollte, war, ihr einen Schrecken einzujagen, indem er hier einbrach.

Langsam ging er noch einmal um das Haus herum. Das Vernünftigste würde sein, zum Sprechzimmer zurückzukehren und bis zum Morgen zu warten. Dann konnte er mit ihr reden. Besser, als sie aus dem Tiefschlaf zu reißen und das Kind aufzuwecken.

Ja, das war ganz klar das Beste. Claire würde sich um den kleinen Mist – um das Baby kümmern, wenn er sie darum bat. Sie könnten in Ruhe reden, ohne Furcht vor Unterbrechungen, im Wald spazierengehen, die Lage klären. Gut. Das war's also.

Zehn Minuten später hatte er zwei weitere Runden um das Haus gedreht, stand an der Rückseite im Gras und betrachtete das schwach erleuchtete Fenster.

»Wofür hältst du dich eigentlich, zum Teufel?« murmelte er vor sich in. »Für eine verflixte Motte?«

Das Ächzen von Fußbodenbrettern hinderte ihn daran, sich selbst eine Antwort zu geben. Er schoß gerade rechtzeitig um die Ecke des Hauses, um eine weißgewandete Gestalt zu sehen, die geisterhaft den Pfad zum Abort entlangschwebte.

»Brianna?«

Die Gestalt wirbelte mit einem kleinen Schreckensjapser herum.

»Ich bin's«, sagte er und sah ihre Hand als dunklen Flecken, der sich gegen das weiße Nachthemd preßte, über ihrem Herzen.

»Was ist mir dir los, daß du mir so auflauerst?« wollte sie aufgebracht wissen.

»Ich will mit dir reden.«

Sie antwortete nicht, sondern fuhr herum und machte sich auf dem Pfad davon.

»Ich habe gesagt, ich will mit dir reden« wiederholte er lauter, während er ihr folgte.

»Und *ich* will aufs Klo«, sagte sie. »Verschwinde.« Sie schloß die Aborttür mit einen nachdrücklichen Knall.

Er zog sich ein kleines Stück des Weges zurück und wartete darauf, daß sie wieder zum Vorschein kam. Ihr Schritt verlangsamte sich, als sie ihn sah, doch es führte kein Weg an ihm vorbei, ohne in das hohe, nasse Gras zu treten.

»Du solltest mit deinem Fuß nicht herumlaufen«, sagte sie.

»Meinem Fuß geht's gut.«

»Ich finde, du solltest wieder ins Bett gehen.«

»Gut«, sagte er und stellte sich unverrückbar vor ihr mitten auf den Weg. »Wo?«

»Wo?« Sie erstarrte, tat aber nicht so, als verstünde sie ihn nicht.

»Da oben?« Er wies mit einem Ruck seines Daumens auf den Bergkamm. »Oder hier?«

»Ich – äh –«

Sei vorsichtig, meinte ihre Mutter, und *meine Tochter braucht keinen Feigling* war die Ansicht ihres Vaters. Er hätte eine verflixte Münze werfen können, doch fürs erste folgte er Jamie Frasers Ratschlag, und nach ihm die Sintflut.

»Du hast gesagt, du hast eine Ehe aus Pflichtgefühl und eine aus Liebe kennengelernt. Und du glaubst, das eine schließt das andere aus? Hör mal – ich habe drei Tage in diesem gottverdammten Kreis gesessen und nachgedacht. Und bei Gott, was habe ich nachgedacht! Ich habe ans Hierbleiben gedacht, und ich habe ans Gehen gedacht. Und ich bin geblieben.«

»Bis jetzt. Du weißt ja nicht, worauf du verzichtest, wenn du für immer hierbleibst.«

»O doch! Und selbst, wenn es nicht so wäre, weiß ich verdammt gut, worauf ich verzichten würde, wenn ich ginge.« Er packte ihre Schulter. Der leichte Gazestoff ihres Hemdes fühlte sich rauh an. Sie war ganz warm.

»Ich könnte nicht hingehen und in dem Gedanken mit mir leben, daß ich ein Kind zurückgelassen habe, das meins sein könnte – das meins *ist*.« Er senkte ein wenig die Stimme. »Und ich könnte nicht gehen und ohne dich leben.«

Sie zögerte und wich zurück, versuchte, sich seiner Hand zu entziehen.

»Mein Vater – meine Väter –«

»Hör mal, ich bin keiner von deinen verdammten Vätern. Gesteh mir wenigstens meine eigenen Fehler zu!«

»Du hast gar keine Fehler begangen«, sagte sie, und ihre Stimme klang erstickt.

»Nein, und du auch nicht.«

Sie sah zu ihm auf, und er fing den Glanz eines ihrer dunklen, schrägstehenden Augen auf.

»Hätte ich nicht –«, begann sie.

»Und hätte ich nicht«, unterbrach er sie grob. »Laß den Quatsch, aye? Es spielt keine Rolle, was du getan hast – oder was ich getan habe. Ich habe gesagt, daß ich keiner von deinen Vätern bin, und ich habe es auch so gemeint. Aber es gibt sie nun einmal, alle beide, und du kennst sie gut – viel besser als ich.

Hat Frank Randall dich nicht geliebt wie seine leibliche Tochter? Dich als das Kind seines Herzens angenommen, obwohl er *wußte*, daß du von einem anderen stammst, noch dazu von einem, den zu hassen er allen Grund hatte?«

Er packte ihre andere Schulter und schüttelte sie sacht.

»Hat dieser rothaarige Mistkerl deine Mutter nicht mehr geliebt als sein Leben? Und dich so sehr geliebt, daß er selbst diese Liebe geopfert hätte, um dich zu retten?«

Sie machte ein leises, ersticktes Geräusch, bei dem ihn ein Ruck durchfuhr, doch er ließ sie nicht los.

»Wenn du es ihnen glaubst«, sagte er, seine Stimme kaum mehr als ein Flüstern, »bei Gott, dann mußt du es mir auch glauben. Denn ich bin wie sie, und bei allem, was mir heilig ist, ich liebe dich.«

Langsam hob sich ihr Kopf, und ihr Atem war warm in seinem Gesicht.

»Wir haben Zeit«, sagte er leise und wußte plötzlich, warum es so wichtig gewesen war, jetzt mit ihr zu sprechen, hier im Dunkeln. Er griff nach ihrer Hand und drückte sie flach an seine Brust.

»Spürst du es? Spürst du es, wie mein Herz schlägt?«

»Ja«, flüsterte sie, führte langsam ihre verflochtenen Hände an ihre eigene Brust und preßte seine Handfläche gegen die dünne, weiße Gaze.

»Das hier ist unsere Zeit«, sagte er. »Bis sie endet – für einen von uns, für uns beide – solange ist es unsere Zeit. *Jetzt*. Willst du sie vergeuden, Brianna, weil du Angst hast?«

»Nein«, sagte sie, und ihre Stimme klang belegt, aber deutlich. »Das will ich nicht.«

Im Haus erklang ein plötzliches, dünnes Heulen, und ein Schwall feuchter Hitze traf überraschend seine Handfläche.

»Ich muß gehen«, sagte sie und wich zurück. Sie ging zwei Schritte, dann drehte sie sich um. »Komm rein«, sagte sie und rannte auf dem Pfad vor ihm her, flüchtig und weiß wie der Geist einer Ricke.

Als er an der Tür anlangte, hatte sie das Baby schon aus seiner Wiege geholt. Sie hatte schon im Bett gelegen; die Bettdecke war zurückgeschlagen und ihr Körper hatte auf der Daunenmatratze einen Abdruck hinterlassen. Mit befangenem Gesicht zwängte sie sich an ihm vorbei und legte sich hin.

»Ich füttere ihn nachts normalerweise im Bett. Er schläft länger, wenn er neben mir liegt.«

Roger murmelte zustimmend und zog den niedrigen Stillhocker ans Feuer. Es war sehr warm im Zimmer, und die Luft war voller Gerüche; Küchendünste, benutzte Windeln – und Brianna. Ihr Geruch war jetzt ein bißchen anders; das wilde Grasaroma war mit einem leicht süßen Geruch temperiert, den er für Milch hielt.

Sie hatte den Kopf gesenkt, und das lose, rote Haar fiel ihr in einer Kaskade aus Funken und Schatten über die Schultern. Die Vorderseite ihres Nachthemdes lag bis zur Taille offen, die volle Rundung der einen Brust war deutlich zu sehen, und nur der runde Babykopf verbarg die Brustwarze. Er hörte leise Sauggeräusche.

Sie hob den Kopf, als spürte sie seinen Blick auf ihm.

»Tut mir leid«, sagte er leise, um das Baby nicht zu stören. »Ich kann nicht so tun, als würde ich nicht hinsehen.«

Er konnte nicht sagen, ob sie rot wurde; das Feuer überzog ihr Gesicht und ihre Brüste mit demselben Glühen. Doch sie senkte den Blick, als wäre sie verlegen.

»Mach nur«, sagte sie. »Da gibt's nicht viel zu sehen.«

Er stand wortlos auf und begann, sich auszuziehen.

»Was machst du da?« Ihre Stimme klang leise, aber schockiert.

»Ziemlich unfair, wenn ich hier sitze, und dich anstiere, oder? Bei mir gibt's wahrscheinlich viel weniger zu sehen, nehme ich an, aber...« Er hielt inne und blickte stirnrunzelnd auf einen Knoten in der Verschnürung seiner Kniehose. »Aber zumindest brauchst du dir nicht vorzukommen wie auf dem Präsentierteller.«

»Oh.« Er blickte nicht auf, um nachzusehen, doch er glaubte, daß er sie damit zum Lächeln gebracht hatte. Er hatte sein Hemd ausgezogen; das Feuer fühlte sich gut an auf seinem nackten Rücken. Unaussprechlich verlegen stand er auf und ließ seine Hosen halb herunter, bevor er innehielt.

»Ist das hier ein Striptease?« Briannas Mund bebte, als sie versuchte, nicht laut aufzulachen, während sie das Baby sanft wiegte.

»Ich konnte mich nicht entscheiden, ob ich mich umdrehen soll oder nicht.« Er hielt inne. »Irgendwelche Präferenzen?«

»Dreh dich um«, sagte sie leise. »Fürs erste.«

Er tat es, und schaffte es, die Hose auszuziehen, ohne in das Feuer zu fallen.

»Bleib einen Moment lang so«, sagte sie. »Bitte. Ich möchte dich ansehen.«

Er richtete sich auf, stand still da und sah ins Feuer. Die Hitze umspielte ihn; es war unangenehm warm, und er trat einen Schritt zurück, während Père Alexandre plötzlich lebhaft vor seinem inneren Auge stand. Himmel, warum dachte er denn jetzt daran?

»Du hast Narben auf dem Rücken, Roger«, sagte Brianna, und ihre Stimme war sanfter denn je. »Wer hat dir wehgetan?«

»Die Indianer. Es spielt keine Rolle mehr. Nicht jetzt.« Er hatte sein Haar weder zusammengebunden noch geschnitten; es fiel ihm über die Schultern und kitzelte die nackte Haut auf seinem Rücken. Er konnte sich vorstellen, wie ihre Augen ihn kitzelten, hinabwanderten, über Rücken und Hintern, Ober- und Unterschenkel.

»Ich drehe mich jetzt um. In Ordnung?«

»Ich bekomme schon keinen Schrecken«, versicherte sie ihm. »Ich habe schon Bilder davon gesehen.«

Wie ihr Vater hatte sie die Fähigkeit, ihre Gefühle zu verbergen, wenn sie es wollte. Er konnte nicht das Geringste an ihrem sanften, breiten Mund oder in den schrägstehenden Katzenaugen ablesen. War sie schockiert, verängstigt, belustigt? Warum hätte sie irgend etwas davon sein sollen? Alles, was sie jetzt betrachtete, hatte sie schon berührt; ihn mit solcher Intimität liebkost und angefaßt, daß er sich in ihren Händen verloren, sich ihr rückhaltlos überlassen hatte – und sie sich ihm.

Doch das war in einem anderen Leben gewesen, in der Freiheit und der Bedrängnis der heißen Dunkelheit. Jetzt stand er zum ersten Mal bei Licht nackt vor ihr, und sie saß da und beobachtete ihn mit einem Baby in den Armen. Wer von ihnen hatte sich seit ihrer Hochzeitsnacht mehr verändert?

Sie betrachtete ihn genau, den Kopf zur Seite geneigt, dann lächelte sie und hob den Blick, um dem seinen zu begegnen. Sie setzte sich hin, verlagerte das Kind geschickt an die andere Seite und ließ ihr Nachthemd offenstehen, die eine Brust entblößt.

Er konnte nicht länger stehenbleiben; das Feuer versengte ihm die Haare am Hintern. Er ging zum Rand der Feuerstelle, setzte sich wieder hin und sah ihr zu.

»Wie fühlt sich das an?« fragte er, teils aus dem Bedürfnis heraus, das Schweigen zu brechen, bevor es zu bedrückend wurde, teils aus tiefer Neugier.

»Es fühlt sich gut an«, antwortete sie leise, den Kopf über das Kind gebeugt. »Wie eine Art Ziehen. Es prickelt. Wenn er anfängt zu trinken, passiert irgend etwas, und dann fühlt es sich wie ein Strom an, als würde alles in mir zu ihm hindrängen.«

»Es ist nicht – du fühlst dich nicht ausgelaugt? Ich hätte gedacht, es würde sich irgendwie anfühlen, als würde dir die Substanz geraubt.«

»Oh, nein, überhaupt nicht. Hier, sieh mal.« Sie steckte dem Säugling einen Finger in den Mund und löste ihn mit einem leisen *Plop!* Sie senkte den kleinen Körper für einen Augenblick, und Roger sah ihre fest angespannte Brustwarze, aus der die Milch mit unglaublicher Kraft in einem dünnen Strom heraussspritzte. Bevor das Kind anfangen konnte zu jammern, legte sie es wieder an, allerdings nicht, bevor Roger nicht mit winzigen Tropfen besprüht worden war, warm und dann plötzlich kühl auf der Haut seiner Brust.

»Mein Gott«, sagte er halb schockiert. »Ich wußte nicht, daß es das gibt! Das ist ja wie eine Wasserpistole.«

»Ich auch nicht.« Sie lächelte erneut, und ihre Hand umfaßte den winzigen Kopf. Dann verblich das Lächeln. »Es gibt eine Menge Dinge, die ich mir nicht vorgestellt hätte, bevor sie mir passiert sind.«

»Brianna.« Er beugte sich vor und vergaß seine Nacktheit in dem Bedürfnis, sie zu berühren. »Brianna, ich weiß, daß du Angst hast. Ich auch. Brianna, ich will nicht, daß du vor mir Angst hast – aber Brianna, ich will dich so sehr.«

Seine Hand ruhte auf der Rundung ihres Knies. Einen Moment später senkte sich ihre Hand auf die seine, so leicht wie ein Vogel bei der Landung.

»Ich will dich auch«, flüsterte sie. Erstarrt saßen sie eine Weile da, die ihm sehr lange vorkam; er hatte keine Ahnung, was er als nächstes tun sollte, nur daß er nicht zu schnell vorgehen, ihr keine Angst einjagen durfte. *Sei vorsichtig.*

Die leisen Sauggeräusche waren verstummt, und das Bündel in ihrer Armbeuge war erschlafft und schwer geworden.

»Er schläft«, flüsterte sie. Mit vorsichtigen Bewegungen, als hielte sie ein Fläschchen Nitroglyzerin, rutschte sie an die Bettkante und stand auf.

Vielleicht hatte sie vorgehabt, das Kind in seine Wiege zu legen, doch Roger hob instinktiv die Hände. Sie zögerte nur eine Sekunde, dann bückte sie sich, um ihm das Kind in die Arme zu legen. Ihre Brüste hingen voll und schwer im Schatten ihres offenen Nachthemdes, und er roch den durchdringenden Moschusgeruch ihres Körpers, als sie ihn streifte.

Das Baby war überraschend schwer; ein ziemliches Gewicht für ein Bündel dieser Größe. Es war auch erstaunlich warm; noch wärmer als der Körper seiner Mutter.

Roger faßte vorsichtig unter den winzigen Körper und kuschelte ihn an sich; die winzigen runden Pobacken hatten in seiner Handfläche Platz. Es – *er* – war doch nicht ganz kahl. Der ganze Kopf war mit einem weichen, rotblonden Flaum bedeckt. Winzige Ohren. Beinahe durchsichtig; dasjenige, welches er sehen konnte, war rot und zerdrückt, weil es an den Arm seiner Mutter gepreßt gewesen war.

»Man kann es ihm nicht ansehen.« Briannas Stimme riß ihn aus seinen Gedanken. »Ich hab's versucht.« Sie stand am anderen Ende des Zimmers und hatte eine Schublade der Anrichte herausgezogen. Er glaubte, daß vielleicht Bedauern in ihrem Gesichtsausdruck lag, doch die Schatten waren zu tief, um es genau zu sagen.

»Danach hatte ich gar nicht gesucht.« Er ließ das Baby vorsichtig auf seinen Schoß sinken. »Es ist nur – das ist das erste Mal, daß ich mir meinen Sohn richtig ansehen kann.« Die Worte klangen merkwürdig und fühlten sich sperrig auf seiner Zunge an. Doch sie entspannte sich ein wenig.

»Oh. Tja, es ist alles dran.« Es lag ein leiser Unterton des Stolzes in ihrer Stimme, der ihn im Herzen traf und ihn genauer hinsehen ließ. Die kleinen Fäuste waren so fest wie Schneckenhäuser zusammengerollt; er ergriff eine davon und streichelte sie sanft mit dem Daumen. Langsam wie die Schwimmbewegungen eines Tintenfisches öffnete sich die Hand so weit, daß er die Spitze seines Zeigefingers hineinschieben konnte. Die Faust schloß sich automatisch wieder, und ihr Griff war erstaunlich kraftvoll.

Er konnte ein rhythmisches *Wisch* an der anderen Wand hören und erkannte, daß sie sich die Haare bürstete. Er hätte ihr gerne zugesehen, doch er war zu fasziniert, um aufzublicken.

Der Körper hatte Füße wie ein Frosch; breit an der Zehenseite, schmal an der Ferse. Roger streichelte den einen mit der Fingerspitze und lächelte, als die winzigen Zehen weit auseinandersprangen. Immerhin keine Schwimmhäute.

Mein Sohn, dachte er und war sich nicht sicher, was er bei dem Gedanken empfand. Es würde eine Weile dauern, sich daran zu gewöhnen.

Aber es könnte sein, kam ihm der nächste Gedanke. Nicht nur Briannas Kind, das er um ihretwillen lieben wollte – sondern sein eigenes Fleisch und Blut. Dieser Gedanke war noch befremdlicher. Er versuchte, ihn zu verdrängen, doch er kehrte immer wieder. Jene Paarung in der Dunkelheit, jene bittersüße Mischung aus Schmerz und Glück – hatte er dies begonnen, damals?

Er hatte es nicht vorgehabt – doch er hoffte mit aller Gewalt, daß es so war.

Das Kind trug ein langes Kleidungsstück aus einem weißen Gazestoff; er hob es an, und sein Blick fiel auf die durchhängende Windel und das perfekte Oval des winzigen Nabels genau darüber. Von einer Neugier angetrieben, die zu hinterfragen ihm nicht in den Sinn kam, hakte er seinen Finger in den Rand des Windeltuches ein und zog es nach unten.

»Ich habe dir doch gesagt, es ist alles dran.« Brianna stand neben ihm.

»Na ja, er ist dran«, sagte Roger skeptisch. »Aber ist er nicht ein bißchen... klein?«

Sie lachte.

»Er wächst schon noch«, versicherte sie ihm. »Er ist ja nicht so, als würde er im Augenblick sonderlich viel damit anfangen.«

Sein eigener Penis, der ihm schlaff zwischen den Beinen hing, zuckte leicht bei dieser Erinnerung.

»Soll ich ihn nehmen?« Sie griff nach dem Baby, doch er schüttelte den Kopf und hob das Kind wieder hoch.

»Noch nicht.« Es – er – roch nach Milch und etwas Süßsäuerlichem. Etwas anderem, seinem eigenen, undefinierbaren Geruch, anders als alles andere, was Roger je gerochen hatte.

»Mama nennt es Eau de Baby.« Sie saß auf dem Bett, ein schwaches Lächeln auf dem Gesicht. »Sie sagt, es ist ein natürlicher Schutzmechanismus; eins der Dinge, die Babies benutzen, um ihre Eltern davon abzuhalten, sie umzubringen.«

»Ihn umzubringen? Aber er ist doch so ein süßes Kerlchen«, protestierte Roger.

Ihre Augenbraue zog sich verächtlich nach oben.

»Du hast den letzten Monat nicht mit dem kleinen Monster verbracht. Dies ist die erste Nacht seit drei Wochen, in der er keine Blähungen hat. Ich hätte ihn längst auf einem Hügel ausgesetzt, wenn er nicht meiner wäre.«

Wenn er nicht meiner wäre. Diese Sicherheit war wohl der Lohn einer Mutter. Sie würde es immer wissen – hatte es immer gewußt. Einen kurzen, überraschenden Augenblick lang beneidete er sie.

Das Baby regte sich und machte ein kurzes, schwaches Seufzgeräusch an seinem Hals. Bevor er eine Bewegung machen konnte, war sie aufgestanden, hatte das Kind wieder im Arm und klopfte ihm auf den gekrümmten, kleinen Rücken. Ein leises Rülpsen, und er erschlaffte von neuem.

Brianna legte ihn bäuchlings in die Wiege, vorsichtig, als wäre er mit einer Dynamitstange verkabelt. Er konnte den Umriß ihres Körpers schwach durch die Gaze sehen, vom Feuer in ihrem Rücken erleuchtet. Als sie sich umdrehte, war er bereit.

»Du hättest zurückgehen können, sobald du es wußtet. Du hättest genug Zeit gehabt.« Er hielt ihren Blick fest und ließ sie nicht wegsehen. »Also ist es jetzt an mir zu fragen, nicht wahr? Warum hast du auf mich gewartet? Aus Liebe – oder Pflichtgefühl?«

»Beides«, sagte sie, und ihre Augen waren fast schwarz. »Keins von beidem. Ich – konnte einfach nicht ohne dich gehen.«

Er atmete tief durch und fühlte den letzten Zweifel in seiner Magengrube dahinschmelzen.

»Dann weißt du es also?«

»Ja.« Sie zog die Schultern hoch und ließ sie wieder herabfallen. Damit fiel auch das lose Nachthemd herab, und sie stand genauso nackt da wie er. Es *war* rot, bei Gott. Mehr als rot; sie war golden und bernsteinfarben, Elfenbein und Zinnober, und er begehrte sie mit einer Sehnsucht, die weit über seinen Körper hinausging.

»Du hast gesagt, du liebst mich, bei allem, was dir heilig ist«, flüsterte sie. »Was ist es, das dir heilig ist, Roger?«

Er stand da und streckte die Hand nach ihr aus, sanft, vorsichtig. Hielt sie an sein Herz und dachte an das stinkende Zwischendeck der *Gloriana* und an eine abgehärmte, zerlumpte Frau, die nach Milch und Unrat roch. An Feuer und Trommeln und Blut und ein Waisenkind, getauft im Namen des Vaters, der sich selbst geopfert hatte, aus Angst vor der Macht der Liebe.

»Du«, sagte er in ihr Haar. »Er. Wir. Das ist doch alles, was es gibt, oder?«

68

Familienidylle

August 1770
Es war ein friedlicher Morgen. Das Baby hatte die ganze Nacht durchgeschlafen, eine Wohltat, für die es allgemein gelobt wurde. Zwei Hennen waren so freundlich gewesen, ihre Eier im Stall zu legen, anstatt sie in der Landschaft zu verteilen, so daß ich nicht in den Brombeerbüschen herumkriechen mußte, um das Frühstück vor dem Kochen erst einmal zu finden.

Das Brot war in seiner Schüssel zu einem perfekten Schneehügel aufgegangen, von Lizzie zu Laiben geformt worden und – da unser neuer Kachelofen die allgemeine kooperative Stimmung teilte – zu einer duftendbraunen Köstlichkeit fertiggebacken, die das Haus mit Zufriedenheit erfüllte. Gewürzschinken und Truthahnhaschee brutzelten verlockend in der Pfanne und fügten ihre Aromen den sanfteren Morgendüften von feuchtem Gras und Sommerblumen hinzu, die durch das offene Fenster strömten.

All das trug natürlich dazu bei, doch die allgemeine Atmosphäre verschlafener Behaglichkeit rührte eher von der vergangenen Nacht als den Ereignissen des Morgens her.

Es war eine perfekte, monddurchtränkte Nacht gewesen. Jamie hatte die Kerze gelöscht und die Tür verriegeln wollen, doch statt dessen blieb er stehen, die Arme in den Türrahmen gestützt, und blickte ins Tal hinab.

»Was ist los?« fragte ich.

»Nichts«, sagte er leise. »Komm und sieh's dir an.«

Alles schien dahinzutreiben, durch das gespenstische Licht seiner Tiefe beraubt. In der Ferne schien der Wasserfall zum Stehen gekommen zu sein und in der Luft zu schweben. Doch der Wind wehte in unsere Richtung, und ich konnte das sanfte Rumpeln der Tonnen fallenden Wassers hören.

Die Nachtluft war mit dem Duft von Gras und Wasser versetzt, und Kiefer und Fichte sandten ihren kühlen Atem von den Gipfeln herab. Ich erschauerte in meinem Hemd und drückte mich an ihn, um mich zu wärmen. Seine Hemdschöße waren an der Seite geschlitzt und fast bis zur Taille offen. Ich ließ meine Hand in die Öffnung gleiten, die mir am nächsten war, und umfaßte seine runde, warme Pobacke. Seine Muskeln spannten sich unter meiner Berührung an, dann bewegten sie sich, als er sich umwandte.

Er war nicht zurückgewichen; nur zurückgetreten, um sich das Hemd über den Kopf zu ziehen. Er stand nackt auf der Veranda und hielt mir die Hand hin.

Er hatte einen Silberpelz, und das Mondlicht meißelte seinen Körper aus der Nacht. Von den langen Zehen bis hin zu seinen wallenden Haaren konnte ich jedes kleine Detail an ihm genauso deutlich sehen wie die klaren, schwarzen Triebe der Brombeerbüsche am anderen Ende des Gartens. Er war dimensionslos wie sie; er hätte in Reichweite meiner Hand oder eine Meile von mir entfernt stehen können.

Ich zog die Schultern hoch und ließ mir das Hemd vom Körper fallen, ließ es in einem Knäuel an der Tür liegen und ergriff seine Hand. Wir waren ohne ein Wort durch das Gras geschwebt, mit nassen Beinen und kühler Haut in den Wald gegangen, hatten uns wortlos der Wärme des anderen zugewandt und waren zusammen über den Rand des Bergkamms hinweg ins schier Bodenlose getreten.

Nach dem Monduntergang waren wir im Dunkeln erwacht, mit Zweigen übersät, von Mücken zerstochen und steif vor Kälte. Wir hatten kein Wort miteinander gewechselt, sondern hatten uns gegenseitig durch den mondlosen Wald geholfen, hatten dabei gelacht und waren trunken geschwankt, über Wurzeln und Steine gestolpert und waren kurz vor der Dämmerung für eine Stunde Schlaf ins Bett zurückgekehrt.

Jetzt beugte ich mich über seine Schulter, stellte eine Schale Hafergrütze vor ihn hin und pflückte ihm im Vorübergehen ein Eichenblatt aus den Haaren. Ich legte es neben seiner Schüssel auf den Tisch.

Er wandte den Kopf, ein verstohlenes Lächeln im Blick, ergriff meine Hand und küßte sie sacht. Er ließ mich los und wandte sich seinem Porridge zu. Ich berührte seinen Nacken und sah, wie sich das Lächeln bis zu seinem Mund ausbreitete.

Ebenfalls lächelnd blickte ich auf und stellte fest, daß Brianna uns beobachtete. Ihr Mundwinkel verzog sich nach oben, und ihr Blick war warm und voller Verständnis. Dann sah ich, wie ihr Blick zu Roger wechselte, der gedankenverloren seinen Porridge löffelte und sie gebannt ansah.

Dieses idyllische Familienbild wurde dadurch unterbrochen, daß Clarence lauthals Besuch ankündigte. Rollo fehlte mir, dachte ich, als ich zur Tür ging, um nachzusehen, doch wenigstens ging Clarence nicht auf unseren Besuch los und warf ihn über den Haufen oder jagte ihn um den Hof.

Der Besucher war Duncan Innes, der eine Einladung mitbrachte.

»Deine Tante fragt, ob ihr vielleicht dieses Jahr zum *Gathering* am Mount Helicon kommt. Sie sagt, du hast es ihr vor zwei Jahren versprochen.«

Jamie schob Duncan den Teller mit Rührei hin.

»Daran habe ich gar nicht mehr gedacht«, sagte er mit einem leichten Stirnrunzeln. »Wir haben höllisch viel zu tun, und ich muß ein Dach auf dieses Haus bekommen, bevor es schneit.« Er deutete mit seinem Kinn nach oben und zeigte auf die Latten und Zweige, die uns im Augenblick vor den Launen des Wetters schützten.

»Es kommt ein Priester, oben aus Baltimore«, sagte Duncan und vermied es sorgsam, Roger und Brianna anzusehen. »Miss Jo meinte, daß ihr vielleicht das Kind taufen lassen möchtet.«

»Oh.« Jamie lehnte sich zurück, die Lippen nachdenklich gespitzt. »Aye, das ist eine gute Idee. Vielleicht gehen wir doch, Duncan.«

»Schön; das wird deine Tante freuen.« Irgend etwas schien Duncan im Hals querzusitzen; ich konnte zusehen, wie er langsam rot wurde. Jamie blinzelte ihn an und schob einen Krug mit Apfelwein in seine Richtung.

»Hast du was im Hals, Mann?«

»Äh... nein.« Inzwischen hatten alle aufgehört zu essen und betrachteten fasziniert die Veränderungen von Duncans Gesichtsfarbe. Als er es fertigbrachte, seine nächsten Worte herauszuquetschen, hatte sie sich in eine Art Braunrot verwandelt.

»Ich – ääh – wollte um deine Zustimmung bitten, *an fhearr* Mac Dubh, zu einer Hochzeit zwischen Mistress Jocasta Cameron und... und –«

»Und wem?« fragte Jamie, dessen Mundwinkel zuckte. »Dem Gouverneur der Kolonie?«

»Und mir!« Duncan hob den Cidrebecher und vergrub mit der Erleichterung eines Ertrinkenden, der ein Rettungsboot vorbeitreiben sieht, sein Gesicht darin.

»Meine Zustimmung? Meinst du nicht, daß meine Tante alt genug ist? Und du auch, was das angeht?«

Duncan atmete jetzt etwas leichter, obwohl ihm die tiefrote Färbung noch nicht aus den Wangen weichen wollte.

»Ich fand es nur angebracht«, sagte er ein wenig steif.

»Schließlich bist du ihr nächster Verwandter.« Er schluckte und richtete sich ein wenig auf. »Und... es erschien mir nicht recht, Mac Dubh, daß ich mir etwas nehme, was dir gehören könnte.«

Jamie lächelte und schüttelte den Kopf.

»Ich erhebe keinen Anspruch auf den Besitz meiner Tante – und würde ihn auch dann nicht annehmen, wenn sie ihn mir anböte. Wollt ihr am Mount Helicon heiraten? Dann sag ihr, wir kommen und tanzen auf der Hochzeit.«

69

Jeremiah

Oktober 1770

Roger ritt zusammen mit Claire und Fergus neben dem Wagen her. Jamie, der Brianna nicht mit der Lenkung eines Fahrzeugs betrauen wollte, das seinen Enkelsohn enthielt, bestand darauf, zu fahren. Lizzie und Marsali saßen auf der Ladefläche und Brianna auf dem Sitz neben ihm.

Vom Sattel aus fing Roger Bruchstücke der Diskussion auf, die seit seiner Ankunft ein Dauerthema gewesen war.

»John auf jeden Fall«, sagte Brianna mit einem stirnrunzelnden Blick auf ihren Sohn, der energisch unter ihrem Schultertuch herumwühlte. »Aber ich weiß nicht, ob das sein Rufname sein sollte. Und wenn – sollten wir dann nicht vielleicht Ian nehmen? Das ist die gälische Form von John – und ich würde ihn gern so nennen, aber wäre das zu verwirrend, wo wir doch schon Onkel Ian und unseren Ian haben?«

»Da keiner von ihnen hier ist, wäre es, glaube ich, keine große Schwierigkeit«, warf Marsali ein. Sie sah zum Rücken ihres Stiefvaters hoch. »Hast du nicht gesagt, du wolltest auch einen von Pas Namen nehmen?«

»Ja, aber welchen?« Brianna verdrehte den Oberkörper, um mit Marsali zu sprechen. »Nicht James, das *wäre* verwirrend. Und ich glaube nicht, daß mir Malcolm besser gefällt. MacKenzie heißt er sowieso, also vielleicht –« Sie fing Rogers Blick auf und lächelte ihn an.

»Was ist mit Jeremiah?«

»John Jeremiah Alexander Fraser MacKenzie?« Marsali runzelte die Stirn, während sie die Namen aufsagte, um ihren Geschmack auszuprobieren.

»Ich finde Jeremiah sehr schön,« fiel Claire ein. »Erinnert ans Alte Testament. Es ist einer von deinen Namen, nicht wahr, Roger?« Sie lächelte ihn an, lenkte ihr Pferd näher an den Wagen heran und beugte sich zur Seite, um mit Brianna zu sprechen.

»Außerdem kannst du ihn Jemmy nennen, wenn dir Jeremiah zu steif ist«, sagte sie. »Oder klingt das zu sehr wie Jamie?«

Roger spürte, wie ihm ein leiser Schauer den Rücken herunterlief, als ihm plötzlich ein anderes Kind in den Sinn kam, das von seiner Mutter Jemmy genannt worden war – ein Kind, dessen Vater blonde Haare hatte, und Augen so grün wie Rogers.

Er wartete, bis Brianna sich umdrehte, um ihre Tasche nach einer frischen Windel zu durchforsten, nachdem sie Lizzie das quengelnde Baby zum Aufpassen gereicht hatte. Er trieb sein Pferd an und drängte es neben Claires Stute.

»Kannst du dich noch an etwas erinnern?« fragte er leise. »Als du mich in Inverness das erste Mal mit Brianna besucht hast – da hattest du vorher Nachforschungen über meinen Stammbaum angestellt.«

»Ja?« Sie sah ihn mit hochgezogener Augenbraue an.

»Es ist schon einige Zeit her, und wahrscheinlich ist es dir sowieso nicht aufgefallen...« Er zögerte, doch er mußte es herausfinden, wenn es denn herauszufinden war. »Du hast mir die Stelle in meinem Stammbaum gezeigt, wo der Tausch stattgefunden hat; wo Geillis Duncans und Dougals Kind anstelle eines anderen, toten Kindes adoptiert worden war und dessen Namen bekommen hatte.«

»William Buccleigh MacKenzie«, sagte sie prompt und lächelte über seinen überraschten Blick. »Ich habe mich mit dieser Ahnenreihe ziemlich intensiv beschäftigt«, sagte sie trocken. »Ich könnte dir wahrscheinlich jeden Namen darin nennen.«

Er holte tief Luft, und Beklommenheit saß ihm im Nacken.

»Ja? Was ich mich frage – weißt du den Namen der Frau des ausgetauschten Kindes – meiner Urahnin? Ihr Name hat nicht auf meinem Stammbaum gestanden, nur der von William Buccleigh.«

Ihre Wimpern senkten sich über die goldenen Augen, als sie mit gespitzten Lippen überlegte.

»Ja«, sagte sie schließlich und sah ihn an. »Morag. Ihr Name war Morag Gunn. Wieso?«

Er schüttelte nur den Kopf, zu erschüttert, um zu antworten. Er warf einen Blick zu Brianna hinüber; das Baby lag halbnackt auf ihrem Schoß, die durchweichte Windel in einem Haufen neben ihr auf dem Sitz – und er erinnerte sich an die glatte, feuchte Haut und das nasse Lendentuch des kleinen Jungen namens Jemmy.

»Und ihr Sohn hieß Jeremiah«, sagte er schließlich so leise, daß Claire sich zu ihm hinüberbeugen mußte, um es zu hören.

»Ja.« Sie beobachtete ihn neugierig, dann drehte sie den Kopf, um auf die gewundene Straße zu blicken, die zwischen den schwarzen Kiefern verschwand.

»Ich habe Geillis gefragt«, sagte Claire plötzlich. »Ich habe sie gefragt, warum. Warum wir die Fähigkeit haben.«

»Und hat sie darauf eine Antwort gehabt?« Roger starrte eine Bremse auf seinem Handgelenk an, ohne sie zu sehen.

»Sie hat gesagt – ›Um die Dinge zu ändern.‹« Claire lächelte ihn an, den Mund ironisch verzogen. »Ich weiß nicht, ob das eine Antwort ist oder nicht.«

70

Gathering

Fast dreißig Jahre waren vergangen, seit ich zum letzten Mal an einem *Gathering* teilgenommen hatte; jener Zusammenkunft in Leoch, bei dem der Clan MacKenzie seine Eide abgelegt hatte. Jetzt war Colum MacKenzie tot, ebenso sein Bruder Dougal – und alle Clans mit ihnen. Leoch war eine Ruine, und es gab keine Zusammenkünfte der Clans mehr in Schottland.

Und doch waren hier die Plaids und die Dudelsäcke, und die überlebenden Highlander selbst, von unvermindertem, heftigem Stolz erfüllt, umgeben von einem neuen Gebirge, das sie für die Ihren in Anspruch nahmen. MacNeills und Campbells, Buchanans und Lindseys, MacLeods und MacDonalds; Familien, Sklaven und Bedienstete, Zwangsarbeiter und Gutsherren.

Ich ließ meinen Blick über das rege Gewimmel der Dutzende von Lagerstätten schweifen, um Ausschau nach Jamie zu halten, und erblickte statt dessen eine vertraute Hünengestalt, die mit schlackernden Gliedern durch die Menschengrüppchen schritt. Ich stand auf und winkte, während ich ihn rief.

»Myers! Mr. Myers!«

John Quincy Myers erblickte mich und kam strahlend den Abhang herauf zu unserer Lagerstelle.

»Mrs. Claire!« rief er aus, indem er seinen verlotterten Hut zog und sich vornehm wie immer über meine Hand beugte. »Ich bin ganz entzückt, Euch zu sehen.«

»Das beruht auf Gegenseitigkeit«, versicherte ich ihm lächelnd. »Ich hatte nicht damit gerechnet, Euch hier zu sehen.«

»Oh, ich plane normalerweise jedes *Gathering* ein«, sagte er. Er richtete sich auf und strahlte auf mich herab. »Wenn ich rechtzeitig aus dem Gebirge komme. Eine gute Gelegenheit, meine Felle zu verkaufen; den Kleinkram, den ich loswerden muß. Apropos...« Er begann langsam und systematisch, seine große Wildledertasche zu durchforsten.

»Seid Ihr sehr weit nach Norden gekommen, Mr. Myers?«

»Oh, ja, in der Tat, in der Tat, Mrs. Claire. Den halben Mohawkfluß hinauf bis zu der Stelle, die man die Obere Festung nennt.«

»Den Mohawk?« Mein Herz begann, schneller zu schlagen.

»Mm.« Er zog etwas aus seiner Tasche, blinzelte es an, steckte es wieder hinein und kramte weiter. »Stellt Euch meine Überraschung vor, Mrs. Claire, ein bekanntes Gesicht zu sehen, als ich in einem Mohawkdorf im Süden haltmachte.

»Ian! Ihr habt Ian gesehen? Geht es ihm gut?« Ich war so aufgeregt, daß ich ihn am Arm packte.

»Oh, aye«, versicherte er mir. »Sieht gut aus, der Junge – obwohl ich sagen muß, es hat mir einen Ruck versetzt, ihn wie einen Wilden aufgemacht zu sehen, und sein Gesicht war so sonnenverbrannt, daß ich ihn für einen gehalten hätte, wenn er mich nicht bei meinem Namen gerufen hätte.«

Schließlich fand er, was er suchte, und reichte mir ein kleines Päckchen, das in dünnes Leder gewickelt und mit einem Wildlederstreifen zugebunden war – eine Spechtfeder steckte im Knoten.

»Das hat er mir anvertraut, Ma'am, um es Euch und Eurem Mann zu bringen.« Er lächelte freundlich. »Ich nehme an, Ihr wollt es sofort lesen; wir sehen uns dann später, Mrs. Claire.« Er verbeugte sich ernst und formell, dann entfernte er sich und begrüßte im Vorübergehen weitere Bekannte.

Ich wollte mit dem Lesen auf Jamie warten; glücklicherweise erschien er nur ein paar Minuten später. Der Brief war auf etwas geschrieben, das die herausgerissene, innere Umschlagseite eines Buches zu sein schien, seine Tinte hatte die blaßbraune Farbe der Eichengalle, war aber gut lesbar. *Ian salutat avunculus Jacobus*, begann die Notiz, und in Jamies Gesicht brach ein Grinsen aus.

Ave. Da meine Lateinkenntnisse hiermit erschöpft sind, muß ich mich jetzt auf simples Englisch verlegen, an das ich mich weitaus besser erinnern kann. Mir geht es gut, Onkel Jamie, und ich bin glücklich – ich bitte Dich, das zu glauben. Ich habe geheiratet, nach den Bräuchen der Mohawk, und lebe im Haus meiner Frau. Du erinnerst Dich sicher an Emily, die so geschickt schnitzen kann. Rollo hat eine Menge Welpen gezeugt; das Dorf ist mit kleinen Wolfsrepliken übersät. Ich kann nicht damit rechnen, mich jemals so reichlich fortzupflanzen – jedoch hoffe ich, daß Du meiner Mutter von meinem Wunsch schreiben wirst, daß sie noch nicht so viele Enkelkinder hat, daß sie es übersieht, wenn noch eins dazukommt. Die Geburt ist im

Frühling; ich werde Euch davon berichten, so schnell ich kann. In der Zwischenzeit sei so lieb und erinnere alle in Lallybroch, River Run und Fraser's Ridge an mich. Ich denke mit großer Zuneigung an alle und werde es immer tun, solange ich lebe. Liebe Grüße an Tante Claire, Cousine Brianna und vor allem an Dich. Dein Dich liebender Neffe; Ian Murray. Vale, avunculus.

Jamie blinzelte ein paarmal, faltete die zerrissene Seite vorsichtig zusammen und steckte sie in seinen Sporran.

»Das heißt *avuncule*, du kleiner Trottel«, sagte er leise. »Für die Grußform nimmt man den Vokativ.«

Als ich an diesem Abend meinen Blick über das Pünktchenmuster aus Lagerfeuern wandern ließ, hätte ich gesagt, daß sich alle schottischen Familien zwischen Philadelphia und Charleston hier eingefunden hatten – und doch trafen in der nächsten Dämmerung noch mehr von ihnen ein, und der Strom riß nicht ab.

Es war am zweiten Tag, und Lizzie, Brianna und ich verglichen gerade unser Baby mit dem Nachwuchs von zwei von Farquard Campbells Töchtern, als sich Jamie seinen Weg durch eine Menge von Frauen und Kindern bahnte, ein breites Lächeln im Gesicht.

»Mrs. Lizzie«, sagte er. »Ich hab' 'ne kleine Überraschung für dich. Fergus!«

Fergus, der genauso strahlte, trat hinter einem Wagen hervor und schob einen schmalen Mann mit vom Wind zerzaustem, dünnem blondem Haar vor sich her.

»Pa!« kreischte Lizzie und warf sich in seine Arme. Jamie steckte sich einen Finger ins Ohr, wackelte damit und machte ein erstauntes Gesicht.

»Ich glaube nicht, daß ich schon jemals gehört habe, wie sie solchen Krach macht«, sagte er. Er grinste mich an und gab mir zwei Stücke Papier; ursprünglich Teile ein und desselben Dokumentes, waren sie sorgsam entzweigerissen worden, so daß die gezahnte Kante des einen zur gekerbten Kante des anderen paßte.

»Das ist Mr. Wemyss' Zwangsarbeitervertrag«, sagte er. »Steck ihn erst einmal ein, Sassenach; wir verbrennen ihn heute abend im Freudenfeuer.«

Dann verschwand er wieder in der Menge, von einer Handbewegung und einem Mac-Dubh-Ruf ans andere Ende der Lichtung bestellt.

Am dritten Tag des Clantreffens hatte ich so viele Neuigkeiten, Gerüchte und allgemeines Geschwätz gehört, daß meine Ohren von gälischen Worten widerhallten. Wer nicht redete, der sang; Roger war in seinem Element, er wanderte über das Gelände und sperrte die Ohren auf. Außerdem war er heiser vom Singen; er war fast die ganze letzte Nacht aufgewesen, hatte auf einer geborgten Gitarre gespielt und einer verzauberten Zuhörerschaft vorgesungen, während Brianna zu seinen Füßen zusammengerollt saß und ein selbstzufriedenes Gesicht machte.

»Ist er gut?« hatte Jamie mir zugemurmelt und dabei seinen voraussichtlichen Schwiegersohn skeptisch angeblinzelt.

»Besser als gut«, versicherte ich ihm.

Er zog eine Augenbraue hoch und zuckte mit den Achseln, dann bückte er sich, um mir das Baby abzunehmen.

»Aye, schön, das muß ich dir wohl glauben. Ich glaube, Klein Ruaidh und ich suchen uns ein Würfelspiel.«

»Du nimmst ein Baby zum Glücksspiel mit?«

»Natürlich«, sagte er und grinste mich an. »Er kann nicht früh genug damit anfangen, ein ehrliches Handwerk zu lernen, falls er einmal nicht für sein Essen singen kann wie sein Pa.«

»Wenn du Rübenpüree machst«, sagte ich, »dann achte darauf, daß du das Grün zusammen mit den Rüben kochst. Dann heb das Kochwasser auf und gib es den Kindern; trink auch etwas davon – es ist gut für deine Milch.«

Maisri Buchanan drückte ihr kleinstes Kind an ihre Brust, während sie sich meine Ratschläge einprägte. Ich konnte die meisten der neuen Immigranten nicht dazu bewegen, selbst Grünzeug zu essen oder es ihren Familien zu verabreichen, aber dann und wann fand ich die Gelegenheit, ihnen unauffällig ein wenig Vitamin C unter ihre übliche Ernährung zu schmuggeln – welche zum Großteil aus Hafermehl und Wild bestand.

Ich hatte Jamie als Demonstrationsobjekt benutzt und ihn öffentlich einen Teller mit Tomatenscheiben verzehren lassen, weil ich hoffte, daß sein Anblick den Neuankömmlingen einige ihrer Ängste nehmen würde. Doch es war nicht von Erfolg gekrönt gewesen; die meisten von ihnen betrachteten ihn voll abergläubischer Ehrfurcht, und man gab mir zu verstehen, daß er selbstverständlich den Verzehr von Dingen überleben konnte, die einen Normalsterblichen auf der Stelle umbringen würden.

Ich entließ Maisri und begrüßte die nächste Besucherin meiner improvisierten Klinik, eine Frau, deren zwei kleine Mädchen mit einem ekzematösen Ausschlag bedeckt waren, den ich zuerst für ein weiteres Zeichen von Mangelernährung hielt, der aber glücklicherweise nur von der Berührung mit Giftsumachpflanzen stammte.

Mir wurde bewußt, daß sich in der Menge etwas regte. Ich unterbrach meine Behandlung und drehte mich um, um zu sehen, wer da angekommen war. Am Rand der Lichtung glitzerte das Sonnenlicht auf Metall, und Jamies Hand war nicht die einzige, die an die Pistole oder zum Messergriff fuhr.

Sie traten im Gleichschritt in die Sonne, obwohl ihre Trommeln gedämpft waren und nur das leise *Tap-tap!* der Trommelstöcke auf den Rändern sie anleitete. Ihre Musketen waren zum Himmel gerichtet, und ihre Schwerter zuckten wie Skorpionschwänze, als sie paarweise aus dem Wald traten; ihre Röcke leuchteten scharlachrot auf und ihre grünen Kilts schwangen ihnen um die Knie.

Vier, sechs, acht, zehn... Ich zählte sie schweigend, genau wie alle anderen auch. Vierzig Männer traten hervor; die Augen unter ihren Bärenfellmützen geradeaus gerichtet, blickten sie weder nach rechts noch links, und man hörte nur das Geschiebe ihrer Füße und das Klopfen ihrer Trommeln.

Ich sah, wie sich MacNeill aus Barra am anderen Ende der Lichtung von seinem Sitz erhob und sich aufrichtete; die Menschen um ihn herum gerieten unauffällig in Bewegung, und mit ein paar Schritten hatten sich seine Männer um ihn gesammelt. Ich brauchte mich nicht umzusehen, um zu spüren, wie das gleiche überall um mich herum geschah; ich spürte mehr, als daß ich es sah, wie sich um den ganzen Fuß des Berges herum die Männer auf ähnliche Weise zusammenrotteten und jede Gruppe mit einem Auge die Eindringlinge fixierte, während sie mit dem anderen auf Anweisungen von ihrem Anführer warteten.

Ich hielt nach Brianna Ausschau und war erschrocken, wenn auch nicht überrascht, sie direkt hinter mir zu finden, das Baby im Arm, während sie mir gebannt über die Schulter blickte.

»Wer ist das?« fragte sie leise, und ich konnte hören, wie das Echo der Frage die Menge durchlief wie Wellen im Wasser.

»Ein Highlandregiment«, sagte ich.

»Das sehe ich«, sagte sie scharf. »Freund oder Feind?«

Das war ganz offensichtlich die Frage – waren sie als Schotten hier oder als Soldaten? Doch ich kannte die Antwort nicht, und dem Geschiebe und Gemurmel der Menge nach auch sonst niemand. Natürlich kamen Zwischenfälle vor, bei denen Truppen herbeieilten, um randalierende Gruppen zu zerstreuen. Aber doch wohl nicht eine friedliche Zusammenkunft wie diese hier, die keinem politischen Zweck diente?

Doch es hatte einmal eine Zeit gegeben, in der die bloße Gegenwart einer größeren Zahl von Schotten an ein und derselben Stelle einer politischen Erklärung gleichkam, und die meisten der Anwesenden erinnerten sich an diese Zeit. Das Gemurmel wurde lauter; mit dem unterdrückten Zischen der Vehemenz gesprochenes Gälisch umwehte seufzend den Berg wie der Wind vor einem Sturm.

Vierzig Soldaten zogen mit Gewehren und Schwertern die Straße entlang. Zweihundert Schotten befanden sich hier, die meisten bewaffnet, viele mit Sklaven und Bediensteten. Aber auch mit Frauen und Kindern.

Ich erinnerte mich an die Tage nach Culloden, und ohne mich umzublicken, sagte ich zu Brianna: »Falls etwas geschieht – irgend etwas – dann steig mit dem Baby in die Felsen hinauf.«

Roger tauchte plötzlich vor mir auf, und seine ganze Aufmerksamkeit war auf die Soldaten gerichtet. Er sah Jamie nicht an, setzte sich aber schweigend in Bewegung, so daß sie Schulter an Schulter dastanden, ein Bollwerk vor uns. Überall auf der Lichtung geschah das gleiche; die Frauen rührten sich nicht vom Fleck, doch ihre Männer stellten sich vor sie. Wer jetzt auf die Lichtung kam, hätte glauben können, daß die Frauen sich in Luft aufgelöst hatten und an ihrer Stelle eine unnachgiebige Phalanx von Schotten zurückgelassen hatten, die ins Tal hinabstarrten.

Dann ritten zwei Männer aus dem Schatten der Bäume hervor; ein berittener Offizier, begleitet von seinem Adjutanten mit wehendem Regimentsbanner. Sie gaben ihren Pferden die Sporen und ritten an der Soldatenkolonne vorbei in den Rand der Menge hinein. Ich sah, wie sich der Adjutant von seinem Pferd hinunterbeugte, um eine Frage zu stellen, sah, wie sich der Kopf des Offiziers uns zuwandte, um die Antwort zu bestätigen.

Der Offizier bellte einen Befehl, und die Soldaten nahmen Ruhestellung ein, die Musketen in den Staub gepflanzt, die karierten Beine gespreizt. Der Offizier drehte sein Pferd in die Menge und bahnte sich langsam seinen Weg durch die dichtgedrängten Menschen, die zögernd vor ihm zurückwichen.

Er kam auf uns zu; ich sah, wie sein Blick Jamie schon von fern fixierte, der nicht zu übersehen war dank seiner Körpergröße und seines Haars, das wie scharlachrotes Ahornlaub leuchtete.

Der Mann kam vor uns zum Halten und zog seinen Federhut. Er

glitt vom Pferd, trat zwei Schritte auf Jamie zu und verbeugte sich korrekt und steif. Er war ein kleiner Mann, aber kräftig, vielleicht dreißig, mit dunklen Augen, die so leuchtend wie seine Halsbeuge glitzerten. Aus der Nähe sah ich jetzt, was mir vorher nicht aufgefallen war, das kleinere Metallstück, das an der Schulter seines roten Rockes steckte; eine zerbeulte Brosche aus poliertem Gold.

»Mein Name ist Archie Hayes«, sagte er in breitem Schottisch. Seine Augen waren fest auf Jamies Gesicht gerichtet, dunkel und voller Hoffnung. »Man sagt, Ihr habt meinen Vater gekannt.«

71

Der Kreis ist geschlossen

»Ich habe Euch etwas zu sagen«, sagte Roger. Er wartete schon seit einiger Zeit darauf, Jamie Fraser allein zu erwischen. Fraser war sehr begehrt; jeder wollte für einen Moment seine Aufmerksamkeit. Doch im Augenblick war er allein und saß auf dem umgestürzten Baumstamm, von dem aus er hofhielt. Er blickte mit hochgezogenen Augenbrauen zu Roger auf, wies aber einladend auf den Baumstamm als Sitz.

Roger setzte sich. Er hatte das Baby dabei; Brianna und Lizzie bereiteten das Essen vor, und Claire war bei den Camerons von der Isle Fleur zu Besuch, deren Lagerfeuer sich in der Nähe befand. Statt Torffeuern lag dichter Holzrauch in der Nachtluft, doch es hätte in vielfacher Hinsicht Schottland sein können, dachte er.

Jamies Blick erfaßte Klein Jemmys runden Schädel, der mit einem Kupferflaum überzogen war und im Schein des Feuers leuchtete. Er streckte die Arme aus, und nach kurzem Zögern übergab Roger ihm vorsichtig das schlafende Baby.

»*Balach boidheach*«, murmelte Jamie, als sich das Baby an seinem Körper regte. »Ja, so ist's gut.« Er blickte zu Roger hinüber. »Ihr habt mir etwas zu sagen?«

Roger nickte.

»Das habe ich, aber nicht in eigener Sache. Man könnte sagen, es ist eine Botschaft, die ich für jemand anderen überbringe.«

Jamie hob fragend die Augenbraue, eine Geste, die ihn so sehr an Brianna erinnerte, daß Roger innerlich zusammenschrak. Er hustete, um es sich nicht anmerken zu lassen.

»Ich – äh – als Brianna zu den Steinen von Craigh na Dun gegangen ist, war ich gezwungen, ein paar Wochen zu warten, bevor ich ihr folgen konnte.«

»Aye?« Jamie machte ein argwöhnisches Gesicht, wie immer, wenn von Steinkreisen die Rede war.

»Ich bin nach Inverness gefahren«, fuhr Roger fort und hielt den Blick auf seinen Schwiegervater gerichtet. »Ich habe in dem Haus gewohnt, in dem mein Vater gelebt hat, und ich habe einen Teil der Zeit damit verbracht, seine Papiere durchzusehen; er hat jede Menge Briefe und alten Kram verwahrt.«

Jamie nickte. Er fragte sich sichtlich, worauf Roger hinauswollte, war aber zu höflich, um ihn zu unterbrechen.

»Ich habe einen Brief gefunden.« Roger holte tief Luft und spürte sein Herz in seiner Brust schlagen. »Ich habe ihn auswendig gelernt, weil ich dachte, ich würde Claire davon erzählen, falls ich sie fand. Aber als ich sie dann gefunden habe« – er zuckte mit den Achseln –, »da war ich mir nicht mehr sicher, ob ich es ihr sagen sollte – oder es Brianna sagen sollte.«

»Und jetzt fragt Ihr mich, ob Ihr es ihnen sagen sollt?« Frasers Augenbrauen hoben sich, dicht und rot, Anzeichen seiner Verwunderung.

»Vielleicht. Aber als ich darüber nachgedacht habe, kam mir der Gedanke, daß der Brief Euch vielleicht mehr betrifft als sie.« Jetzt, wo der Augenblick gekommen war, stellte Roger fest, daß er Mitgefühl für Fraser empfand.

»Ihr wißt, daß mein Vater Priester war? Der Brief war an ihn gerichtet. Ich nehme an, daß er sozusagen unter dem Siegel der Beichte geschrieben wurde – aber ich denke mir, daß der Tod dieses Siegel aufgelöst hat.«

Roger holte tief Luft, schloß die Augen und sah die schwarzen Buchstaben, die schräggestellt über die Seite liefen, eine ordentliche, kantige Handschrift. Er hatte ihn über hundertmal gelesen; er war sich jedes Wortes sicher.

Lieber Reg (stand darin);
Ich habe etwas am Herzen. Abgesehen von Claire, meine ich (sagt er voll Ironie). Der Arzt sagt, wenn ich vorsichtig bin, kann es noch Jahre dauern, und ich hoffe es – aber es könnte ja anders kommen. Die Nonnen in Briannas Schule haben den Kindern immer einen Mordsschrecken eingejagt mit dem fürchterlichen Schicksal, das Sünder erwartet, die ohne Beichte und Vergebung sterben; ich will verdammt sein (bitte verzeih mir den Ausdruck), wenn ich Angst vor dem habe, was danach kommt – falls überhaupt. Aber auch hier könnte es ja anders kommen, nicht wahr?

Dies ist etwas, das ich unserem Gemeindepfarrer aus naheliegenden Gründen nicht erzählen könnte. Ich bezweifle, daß er die Sünde darin erkennen würde, selbst wenn er nicht hinausschlüpfen würde, um diskret am Telefon psychiatrische Hilfe anzufordern!

Aber Du bist Priester, Reg, wenn auch kein Katholik – und was wichtiger ist, Du bist mein Freund. Du brauchst diesen Brief nicht zu beantworten; ich glaube nicht, daß man ihn beantworten kann. Aber Du kannst es Dir anhören. Eines Deiner großen Talente, das Zuhören. Hatte ich Dir das schon gesagt?

Ich schiebe es auf die lange Bank, obwohl ich nicht weiß, warum. Am besten heraus damit.

Du erinnerst Dich sicher an den Gefallen, um den ich Dich vor ein paar Jahren gebeten habe – wegen der Grabsteine auf dem Friedhof von St. Kilda? Lieber Freund, der Du bist, hast Du nie danach gefragt, doch es ist an der Zeit, daß ich Dir den Grund erzähle.

Weiß Gott, warum man den alten Black Jack Randall da draußen auf einem schottischen Hügel zurückgelassen hat, anstatt ihn zur Beerdigung nach Sussex heimzuholen. Vielleicht hat niemandem genug an ihm gelegen, um ihn heimzuholen. Eine traurige Vorstellung; ich hoffe sehr, daß es nicht so war.

Doch da liegt er nun einmal. Falls Brianna sich je für ihre Geschichte interessiert – für meine *Geschichte – dann wird sie dort nachsehen, und sie wird ihn dort finden; der Standort des Grabes ist in den Familienunterlagen notiert. Das ist der Grund, warum ich Dich gebeten habe, den anderen Stein daneben aufstellen zu lassen. Er wird hervorstechen – alle anderen Steine auf diesem Kirchhof sind so alt, daß sie schon zerbröckeln.*

Claire wird sie eines Tages mit nach Schottland nehmen; dessen bin ich mir sicher. Wenn sie nach St. Kilda kommt, dann wird sie ihn sehen – niemand geht auf einen alten Friedhof, ohne sich die Grabsteine anzusehen. Wenn sie sich fragt, wenn sie mehr wissen will – wenn sie Claire fragt –, nun, soweit bin ich bereit zu gehen. Ich habe die Geste gemacht; ich werde es dem Zufall überlassen, was geschieht, wenn ich fort bin.

Du weißt von all dem dummen Zeug, das Claire bei ihrer Rückkehr geredet hat. Ich habe alles getan, was ich konnte, damit sie es sich aus dem Kopf schlug, doch sie war nicht davon abzubringen; Himmel, was für eine sture Frau!

Du wirst das vielleicht nicht gutheißen, doch als ich Dich letztes Mal besucht habe, da habe ich ein Auto gemietet und bin zu diesem verfluchten Hügel gefahren – Craigh na Dun. Ich habe Dir von dem Hexentanz in dem Kreis erzählt, kurz bevor Claire verschwand. Als ich mit diesem gespenstischen Anblick im Hinterkopf im Morgenlicht zwischen diesen Steinen stand – da konnte ich ihr beinahe glauben. Ich habe einen davon berührt. Natürlich ist nichts passiert.

Und dennoch. Ich habe Ausschau gehalten. Ausschau gehalten nach dem Mann – nach Fraser. Und vielleicht habe ich ihn gefunden. Zumindest habe ich einen Mann dieses Namens gefunden, und die Verbindungen, die ich zutage fördern konnte, entsprachen dem, was Claire mir von ihm erzählt hatte. Ob sie die Wahrheit gesagt hat oder ob sie einer wirklichen Erfahrung eine Wahnvorstellung aufgepfropft hat... nun, es hat einen Mann gegeben, dessen bin ich mir sicher!

Du wirst das kaum gutheißen, doch ich habe mit meiner Hand auf dem verdammten Stein dagestanden und mir nichts mehr gewünscht, als daß er sich öffnen und mich James Fraser von Angesicht zu Angesicht gegenüberstehen lassen würde. Wer er auch immer gewesen ist, wann er auch immer gewesen ist, ich habe mir nichts in meinem Leben so sehr gewünscht, wie ihn zu sehen – und ihn umzubringen.

Ich bin ihm nie begegnet – ich weiß nicht einmal, ob er wirklich existiert hat! – und doch hasse ich diesen Mann, wie ich noch nie zuvor jemanden gehaßt habe. Wenn es stimmt, was Claire sagt und was ich herausgefunden habe – dann habe ich sie ihm weggenommen und sie all diese Jahre mittels einer Lüge bei mir behalten. Vielleicht nur eine Unterlassungslüge, aber dennoch eine Lüge. Ich nehme an, ich könnte es Rache nennen.

Priester und Dichter nennen die Rache ein zweischneidiges Schwert; und die Kehrseite ist, daß ich es niemals wissen werde – wenn ich sie vor die Wahl gestellt hätte, wäre sie bei mir geblieben? Oder hätte sie sich wie der Blitz nach Schottland aufgemacht, wenn ich ihr gesagt hätte, daß ihr Jamie Culloden überlebt hat?

Ich kann mir nicht vorstellen, daß Claire ihre Tochter allein lassen würde. Ich hoffe, daß sie mich ebenfalls nicht verlassen würde... aber... wenn ich mir dessen auch nur irgendwie sicher sein könnte, dann schwöre ich, daß ich es ihr gesagt hätte, doch das kann ich nicht, so ist es nun einmal.

Fraser – soll ich ihn verfluchen, weil er mir meine Frau gestohlen hat, oder ihm danken, weil er mir meine Tochter geschenkt hat? Ich denke über diese Dinge nach, und dann halte ich inne, angewidert, daß ich solch einer absurden Theorie auch nur einen Moment lang Glauben schenke. Und doch... ich habe ein merkwürdiges Gefühl in bezug auf James Fraser, beinahe eine Erinnerung, so als hätte ich ihn irgendwo einmal gesehen. Obwohl das wahrscheinlich nur das Produkt meiner Eifersucht und meiner Phantasie ist – ich weiß ja, wie der Mistkerl aussieht, viel zu gut; ich sehe sein Gesicht an meiner Tochter; Tag für Tag!

Doch das ist die merkwürdige Seite daran – ein Gefühl der Ver-

pflichtung. Nicht nur Brianna gegenüber, obwohl ich der Meinung bin, daß sie ein Recht hat, es zu erfahren – später. Ich habe Dir gesagt, daß ich so ein Gefühl in bezug auf den Mistkerl habe? Manchmal kann ich ihn fast spüren, wie er mir über die Schulter blickt, am anderen Ende des Zimmers steht.

Der Gedanke war mir noch gar nicht gekommen – meinst Du, ich werde ihm im Jenseits begegnen, falls es existiert? Merkwürdiger Gedanke. Ob wir uns wohl als Freunde begegnen, frage ich mich, jenseits der Sünden des Leibes? Oder für immer in eine keltische Hölle gesperrt enden, unsere Hände um die Kehle des anderen geschlungen?

Ich habe Claire schlecht behandelt – oder auch gut, je nachdem, wie man es betrachtet. Ich werde nicht ins schmutzige Detail gehen; belassen wir es dabei, daß es mir leid tut.

Das ist es also, Reg. Haß, Eifersucht, Lüge, Diebstahl, Treulosigkeit, alles. Ich habe nicht viel in die Waagschale zu legen, außer der Liebe. Ich liebe sie – beide. Meine Frauen. Vielleicht ist es nicht die richtige Art von Liebe – oder nicht genug. Aber es ist alles, was ich habe.

Immerhin werde ich nicht ohne Beichte sterben – und ich vertraue darauf, daß Du mir zumindest die eingeschränkte Absolution erteilst. Ich habe Brianna als Katholikin erzogen; meinst Du, es gibt irgendeine geringe Hoffnung, daß sie für mich beten wird?

»Natürlich war er mit ›Frank‹ unterschrieben«, sagte Roger.

»Natürlich«, wiederholte Jamie leise. Er saß völlig still, und sein Gesicht war unergründlich.

Roger brauchte es nicht zu ergründen; er wußte gut genug, welche Gedanken dem anderen durch den Kopf gingen. Dieselben Gedanken, mit denen auch er gerungen hatte, während jener Wochen zwischen Beltane und der Mittsommernacht, während er jenseits des Ozeans nach Brianna gesucht hatte, während seiner Gefangenschaft – und schließlich, als er in dem Kreis im Rhododendrondickicht dem Gesang der hochragenden Steine lauschte.

Hätte Frank Randall sich entschlossen, geheimzuhalten, was er herausgefunden hatte, hätte er jenen Stein niemals in St. Kilda aufgestellt – hätte Claire die Wahrheit trotzdem herausgefunden? Vielleicht; vielleicht auch nicht. Doch es war der Anblick jenes falschen Grabes gewesen, der sie dazu gebracht hatte, ihrer Tochter die Geschichte von Jamie Fraser zu erzählen und Roger auf die Spur jener Entdeckungen gebracht hatte, die sie alle an diesen Ort, in diese Zeit geführt hatten.

Es war dieser Stein gewesen, der Claire augenblicklich in die Arme ihres schottischen Geliebten zurückgesandt hatte – und möglicherweise ihrem Tod in dessen Armen entgegen. Der Frank Randalls Tochter ihrem anderen Vater zurückgegeben und sie gleichzeitig dazu verurteilt hatte, in einer Zeit zu leben, die nicht die ihre war; der in der Geburt eines rothaarigen Jungen resultiert hatte, den es sonst vielleicht nie gegeben hätte – der Jamie Frasers Blut weiterleben ließ. Zinsen seiner Schuld? fragte sich Roger.

Schließlich regte sich Jamie Fraser, obwohl sein Blick auf das Feuer gerichtet blieb.

»Engländer« sagte er ganz leise, und es war eine Beschwörung. Rogers Nackenhaare sträubten sich sacht; er hätte glauben mögen, daß er sah, wie sich etwas in den Flammen bewegte.

Jamies große Hände breiteten sich aus und wiegten seinen Enkel. Sein Gesicht war abwesend, die Flammen schlugen Funken in seinen Haaren und Augenbrauen.

»Engländer«, sagte er an das gerichtet, was er jenseits der Flammen sah. »Ich wünsche mir fast, daß wir uns eines Tages begegnen. Und ich hoffe fast, wir werden es nicht.«

Roger wartete, die Hände lose auf den Knien. Frasers Augen lagen im Schatten, sein Gesicht war maskiert vom Flackern des tanzenden Feuers. Schließlich schien so etwas wie ein Schauer den kräftigen Körper zu durchlaufen; er schüttelte den Kopf, wie um ihn freizubekommen, und schien zum ersten Mal zu bemerken, daß Roger immer noch da war.

»Sage ich es ihr?« sagte Roger. »Claire?«

Der Blick des großen Highlanders verschärfte sich.

»Habt Ihr es Brianna gesagt?«

»Noch nicht; aber ich werde es tun.« Er erwiderte Frasers Blick, Auge um Auge. »Sie ist meine Frau.«

»Für den Augenblick.«

»Für immer – wenn sie es will.«

Fraser blickte zum Feuer der Camerons. Claires schlanke Gestalt erschien dunkel im Gegenlicht.

»Ich habe ihr Aufrichtigkeit versprochen«, sagte er schließlich leise. »Aye, sagt es ihr.«

Am vierten Tag waren die Hänge des Berges mit Neuankömmlingen übersät. Kurz vor der Abenddämmerung begannen die Männer, Holz herbeizutragen und es an der Brandstelle am Fuß des Berges aufzuschichten. Jede Familie hatte ihr Lagerfeuer, doch hier war das große

Feuer, um das sich jedermann am Abend versammelte, um zu sehen, wer im Lauf des Tages angekommen war.

Als die Dunkelheit heraufzog, entzündeten sich die Feuer am Berg, leuchtende Punkte, die hier und dort zwischen den flachen Felsen und sandigen Gruben auftauchten. Einen Augenblick lang sah ich das Clanssymbol der MacKenzies vor mir – einen »brennenden Berg« – und begriff plötzlich, was es darstellte. Keinen Vulkan, wie ich angenommen hatte. Nein, es war das Abbild einer Zusammenkunft wie dieser hier, der Feuer der Familien, die im Dunkeln brannten, ein Signal für alle Welt, daß der Clan anwesend war – und vereint. Und zum ersten Mal verstand ich das Motto, das zu dem Bild gehörte: *Luceo non uro; ich leuchte, ich verbrenne nicht.*

Bald wimmelte es auf dem Berghang von Feuern. Hier und dort sah man kleinere Flammen, die sich bewegten, wenn die Oberhäupter der einzelnen Familien und Plantagen einen Ast in ihr Feuer hielten und ihn dann den Hügel heruntertrugen, um ihn in den flammenden Scheiterhaufen an dessen Fuß zu werfen. Von unserem Aussichtspunkt hoch oben auf dem Berg waren die Gestalten der Männer als kleine, schwarze Umrisse vor dem Feuer zu sehen.

Ein Dutzend Familien hatten bereits ihre Anwesenheit verkündet, als Jamie sein Gespräch mit Gerald Forbes beendete und sich ebenfalls erhob. Er reichte mir das Baby, das trotz des ganzen Getümmels fest schlief, und bückte sich, um einen Ast an unserem Feuer zu entzünden. Die Rufe kamen von weit unten, dünn, aber gut hörbar in der klaren Herbstluft.

»Die MacNeills aus Barra sind hier!«

»Die MacLachlans aus Glen Linnhe sind hier!«

Und nach einer Weile Jamies Stimme, laut und stark in der dunklen Luft.

»Die Frasers vom Berg sind hier!« Es erscholl ein kurzer Applaus in meiner Nähe – Beifallsrufe und Gejohle der Pächter, die uns begleitet hatten, genau wie es beim Gefolge der anderen Familienoberhäupter gewesen war.

Ich saß still da und genoß das Gefühl des schlaffen, schweren, kleinen Körpers in meinen Armen.

Er schlief mit der Hingabe völligen Vertrauens, sein winziger, roter Mund war halb geöffnet, sein Atem warm und feucht an der Rundung meiner Brust.

Jamie brachte den Geruch von Holzrauch und Whisky mit zurück und setzte sich auf den Baumstamm hinter mir. Er nahm mich bei den Schultern, und ich lehnte mich an ihn und genoß es, ihn hinter mir zu spüren. Auf der anderen Seite des Feuers führten Roger und Brianna ein ernstes Gespräch, die Köpfe dicht beieinander. Ihre Gesichter leuchteten im Feuerschein, und eins reflektierte das andere.

»Du meinst doch nicht, daß sie seinen Namen noch einmal ändern, oder?« sagte Jamie, während er sie leicht stirnrunzelnd ansah.

»Ich glaube nicht«, sagte ich. »Pastoren haben außer Taufen auch noch andere Dinge zu tun, weißt du?«

«Oh, aye?«

»Der dritte September ist schon lange vorbei«, sagte ich und neigte den Kopf zurück, so daß ich ihn ansehen konnte. »Du hast ihr gesagt, sie sollte sich bis dahin entscheiden.«

»Das habe ich.« Ein schiefer Mond schwebte tief am Himmel und tauchte sein Gesicht in ein sanftes Licht. Er beugte sich vor und küßte mich auf die Stirn.

Dann griff er herab und nahm meine freie Hand in die seine.

»Und willst du dich auch entscheiden?« fragte er leise. Er öffnete die Hand, und ich sah es golden aufblitzen. »Willst du ihn zurück?«

Ich hielt inne und sah in sein Gesicht hinauf, suchte darin nach Zweifeln. Ich sah keine, dafür aber etwas anderes; Abwarten, eine tiefe Neugier darauf, was ich tun oder sagen würde.

»Es ist lange her«, sagte ich.

»Und es war eine lange Zeit«, sagte er. »Ich bin ein eifersüchtiger Mann, aber kein rachsüchtiger. Ich würde dich ihm wegnehmen, Sassenach – aber ich würde ihn dir niemals wegnehmen.«

Er hielt einen Augenblick inne, und das Feuer spiegelte sich sanft glitzernd in dem Ring in seiner Hand. »Es war dein Leben, nicht wahr?«

Und er fragte noch einmal. »Willst du ihn zurück?«

Ich hielt zur Antwort die Hand hoch, und er steckte mir den Goldring an den Finger, das Metall von seinem Körper gewärmt.

Von F. für C. in Liebe. Immer.

»Was hast du gesagt?« fragte ich. Er hatte über mir etwas auf Gälisch gemurmelt, zu leise, als daß ich es hätte verstehen können.

»Ich habe gesagt, ›Geh in Frieden‹«, antwortete er. »Aber ich habe nicht mit dir geredet, Sassenach.«

Auf der anderen Seite des Feuers blinkte etwas rot auf. Ich blickte hinüber und sah gerade noch, wie Roger Briannas Hand an seine Lippen hob; Jamies Rubin leuchtete dunkel an ihrem Finger und fing das Licht von Mond und Feuer auf.

»Wie ich sehe, hat sie sich also entschieden«, sagte Jamie leise.

Brianna lächelte, den Blick auf Rogers Gesicht gerichtet, und beugte sich vor, um ihn zu küssen. Dann stand sie auf, strich sich den Sand aus den Röcken und bückte sich, um eine Fackel aus dem Lagerfeuer zu ziehen. Sie drehte sich um, hielt sie ihm hin und sprach so laut, daß wir es auf der anderen Seite des Feuers hören konnten.

»Geh nach unten«, sagte sie, »und sag ihnen, die MacKenzies sind hier.«

Danksagung

Die Autorin bedankt sich bei:

Meiner Lektorin, Jackie Cantor. Als ich sie davon in Kenntnis setzte, daß diese Serie noch einen Band länger werden würde, hat sie gesagt: »Warum überrascht mich das nicht?«

Susan Schwartz und ihren treuen Helfern – Lektoren, Setzern und Grafikern –, ohne die es dieses Buch nicht geben würde; ich hoffe, sie werden sich mit der Zeit von diesem Erlebnis erholen.

Meinem Mann, Doug Watkins, der meinte: »Ich weiß nicht, warum sie dir das durchgehen lassen – du hast *keine* Ahnung von Männern.«

Meiner Tochter Laura, die mir großzügigerweise gestattet hat, zwei Zeilen aus ihrem Aufsatz für die achte Klasse in meinem Prolog zu verwenden; meinem Sohn Samuel, der meinte: »Wird dieses Buch denn *nie* fertig?« und (im selben Atemzug): »Wenn du sowieso noch mit Schreiben beschäftigt bist, können wir wieder zu McDonald's gehen?« und meiner Tochter Jennifer, die meinte: »Du ziehst dich doch um, bevor du den Vortrag in meiner Klasse hältst, oder? Keine Sorge, Mama, ich hab' dir schon etwas ausgesucht.«

Dem namenlosen Sechstkläßler, der mir das Probekapitel, das während meines Vortrags in der Schule herumgereicht wurde, mit den Worten zurückgab: »Das war irgendwie kraß, aber total interessant. In Wirklichkeit macht so was aber keiner, oder?«

Iain MacKinnon Taylor und seinem Bruder Hamish für Übersetzungen ins Gälische, Redewendungen und kräftige Flüche. Nancy Bushey für Gälisch-Kassetten. Karl Hagen für seine Ratschläge zur lateinischen Grammatik. Susan Martin und Reid Snider für griechische Epigramme und verwesende Pythons. Sylvia Petter, Elise Skidmore, Janet Kieffer Kelly und Karen Pershing für die Hilfe bei den französischen Dialogen.

Janet McConnaughey und Keith Sheppard für lateinische Liebesgedichte, marokkanische Dichtung und den Originaltext von »To Anacreon in Heaven«.

Mary Campbell Toerner und Ruby Vincent, die mir ein unveröffentlichtes, historisches Manuskript über die Highlander am Cape Fear geliehen haben. Claire Nelson, die mir ihre *Encyclopedia Britannica* in der Ausgabe von 1771 geliehen hat. Esther und Bill Schindler, die mir Bücher über die Wälder im Osten geliehen haben.

Ron Wodaski, Karl Hagen, Bruce Woods, Rich Hamper, Eldon Garlock, Dean Quarrel und diversen anderen Gentlemen im CompuServe Writers Forum für ihre fachmännische Auskunft darüber, wie es sich anfühlt, wenn man einen Tritt in die Hoden bekommt.

Marte Brengle für ihre detaillierten Beschreibungen über Schwitzhüttenzeremonien und ihre Vorschläge zum Thema Sportwagen. Merrill Cornish für seine atemberaubende Beschreibung blühender Judasbäume. Arlene und Joe McCrea für Heiligennamen und ihre Beschreibung, wie man mit einem Maultier pflügt. Ken Brown für die Details des presbyterianischen Taufritus (im Text stark gekürzt). David Stanley, Schottlands kommendem großen Schriftsteller, für Tips zu Anoraks, Jacken und den Unterschieden zwischen beiden.

Barbara Schnell für Übersetzungen ins Deutsche, Fehlerkorrekturen und einfühlsames Mitlesen.

Dr. Ellen Mandell für ihre medizinische Beratung, das genaue Mitlesen und ihre nützlichen Vorschläge zum Umgang mit Leistenhernien, Abtreibungen und anderen qualvollen körperlichen Traumata.

Dr. Rosina Lippi-Green für Informationen über den Alltag und die Sitten der Mohawk sowie Anmerkungen zur schottischen Linguistik und zur deutschen Grammatik.

Mac Beckett für seine Idee mit den jungen und alten Geistern.

Jack Whyte für seine Erinnerungen an sein Leben als schottischer Folksänger, inklusive der passenden Reaktion auf Kiltwitze.

Susan Davis für ihre Freundschaft, ihren grenzenlosen Enthusiasmus, Dutzende von Büchern, die Beschreibung, wie sie ihre Kinder von Zecken befreit – und für die Erdbeeren.

Walt Hawn und Gordon Fenwick, die mir gesagt haben, wie lang ein *furlong* ist. John Ravenscroft und diversen anderen Mitgliedern des UK-Forums für eine mitreißende Diskussion über die Unterhosen der Royal Air Force, zirka Zweiter Weltkrieg. Eve Ackerman und den hilfsbereiten Mitgliedern im CompuServe SFLIT-Forum für das Datum der Erstveröffentlichung von *Conan, der Barbar*.

Barbara Raisbeck und Mary M. Robbins für ihre hilfreichen Hinweise zu Kräutern und früher Pharmakologie.

Meiner namenlosen Freundin in der Bibliothek für die *Unmengen* von hilfreichen Informationen.

Arnold Wagner und Steven Lopata für die Erörterung hochexplosiver und schwach explosiver Sprengstoffe und ihre allgemeinen Hinweise darüber, wie man etwas in die Luft jagt.

Margaret Campbell und anderen *online* vertretenen Bewohnern von North Carolina für diverse Beschreibungen ihres schönen Staates.

John L. Myers, der mir von seinen Geistern erzählt und mir großzügigerweise gestattet hat, gewisse Elemente seiner körperlichen Erscheinung und seines Charakters in den formidablen Bergläufer John Quincy Myers einfließen zu lassen. Der Leistenbruch ist erfunden.

Wie immer gilt mein Dank auch den vielen Mitgliedern im Literary Forum und Writers Forum bei CompuServe, deren Namen mir entfallen sind, für ihre hilfreichen Vorschläge und die geselligen Schwätzchen, und den AOL-Benutzern für die anregenden Diskussionen.

Ein besonderes Dankeschön an Rosana Madrid Gatti für die liebevolle Gestaltung und Verwaltung der preisgekrönten offiziellen Diana-Gabaldon-Webpage
(http://www.cco.caltech.edu~gatti/gabaldon/gabaldon.html).

Vielen Dank auch an Lori Musser, Dawn Van Winkle, Kaera Hallahan, Virginia Clough, Elaine Faxon, Ellen Stanton, Elaine Smith, Cathy Kravitz, Hanneke (der Nachname ist leider unlesbar), Judith MacDonald, Susan Hunt und ihre Schwester Holly, die Boise-Bande und viele andere für die vielen Aufmerksamkeiten: den Wein, die Zeichnungen, Rosenkränze, Süßigkeiten, keltische Musik, Seife, Plastiken, gepreßte Heide aus Culloden, Taschentücher mit Ameisenbären, Maoristifte, englischen Tee, Gartenschäufelchen und viele andere Geschenke, die mich bei der Stange halten und dafür sorgen sollten, daß ich auch jenseits der Erschöpfung nicht aufhöre zu schreiben. Es hat funktioniert.

Und schließlich meiner Mutter, die mich im Vorübergehen berührt.

Diana Gabaldon
dgabaldon@aol.com
76530.523@compuserve.com
[Section Leader, Research and the Craft of Writing, CompuServe Writers Forum]

Diese Übersetzung ist Otto Heuer gewidmet. Danke für das Kompliment.

BLANVALET

Der Bestseller endlich im Taschenbuch!

DIANA GABALDON

Der 3. Band der großen Highland-Saga:
Claire ist überzeugt, daß ihre große Liebe Jamie in der blutigen Schlacht von Culloden 1746 gefallen ist und kehrt in die Gegenwart zurück. Aber ihre grenzenlose Liebe läßt sie nicht zur Ruhe kommen und zwanzig Jahre später reist sie wieder zurück.
Ist Jamie doch noch am Leben?

»*Prall, lustvoll, historisch korrekt – und absolut süchtigmachend!*«
Berliner Zeitung

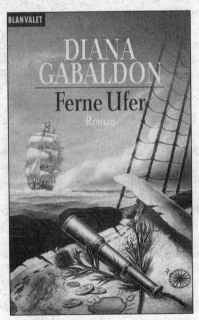

Diana Gabaldon. Ferne Ufer 35095

BLANVALET

FASZINIERENDE URZEIT-ROMANE
BEI BLANVALET

J. Tarr. Zeit des Feuers
35163

J. Wolf. Unter dem Rentiermond
35150

M. Mackey. Das Lied der Erde
35137

J. Wolf. Die Tochter des Hirsch-Clans
35083

BLANVALET

SUZANNE FRANK

Der erste Band einer großen Saga über
eine unsterbliche Liebe jenseits von Zeit und Raum:
Chloe wird während eines Tempelbesuchs in Ägypten in das
Jahr 1452 v. Chr. zurückversetzt – und erwacht in der
exotischen Welt am Hofe der Pharaonin Hatschepsut...

»*Ein exotisches, atemberaubendes und romantisches Feuerwerk der
Ideen. Glänzend geschrieben! Wo bleibt der nächste Band?*«
Barbara Wood

Suzanne Frank. Die Prophetin von Luxor   35188